《苏州全书》编纂出版委员会 编

·磨剑室诗词集

苏州全书

乙编

苏州大学出版社
古吴轩出版社

图书在版编目（CIP）数据

磨剑室诗词集 / 柳亚子著. —— 苏州：苏州大学出版社：古吴轩出版社，2023.12
（苏州全书）
ISBN 978-7-5672-4413-9

Ⅰ. ①磨… Ⅱ. ①柳… Ⅲ. ①诗词—作品集—中国—现代 Ⅳ. ①I226

中国国家版本馆CIP数据核字（2023）第239883号

责任编辑　刘　冉
助理编辑　祝文秀
装帧设计　周　晨　李　璇
责任校对　穆宣臻

书　　名	磨剑室诗词集	
著　　者	柳亚子	
出版发行	苏州大学出版社	
	地址：苏州市十梓街1号　电话：0512-67480030	
	古吴轩出版社	
	地址：苏州市八达街118号苏州新闻大厦30F　电话：0512-65233679	
印　　刷	苏州工业园区美柯乐制版印务有限责任公司	
开　　本	718×1000　1/16	
印　　张	84	
版　　次	2023年12月第1版	
印　　次	2023年12月第1次印刷	
书　　号	ISBN 978-7-5672-4413-9	
定　　价	480.00元（全二册）	

《苏州全书》编纂工程

总主编

刘小涛　吴庆文

学术顾问
（按姓名笔画为序）

马亚中	王卫平	王为松	王　尧	王华宝	王红蕾
王　芳	王余光	王　宏	王　锷	王锺陵	韦　力
叶继元	朱诚如	朱栋霖	乔治忠	任　平	华人德
全　勤	邬书林	刘　石	刘跃进	江庆柏	江澄波
汝　信	阮仪三	严佐之	杜泽逊	李　捷	吴永发
吴　格	何建明	言恭达	沈坤荣	沈燮元	张乃格
张志清	张伯伟	张海鹏	陆俭明	陆振岳	陈广宏
陈子善	陈正宏	陈红彦	陈尚君	武秀成	范小青
范金民	茅家琦	周少川	周国林	周勋初	周　秦
周新国	单霁翔	赵生群	胡可先	胡晓明	姜小青
姜　涛	姚伯岳	贺云翱	袁行霈	莫砺锋	顾　芗
钱小萍	徐兴无	徐　俊	徐　海	徐惠泉	徐　雁
唐力行	黄显功	黄爱平	崔之清	阎晓宏	葛剑雄
韩天衡	程章灿	程毅中	詹福瑞	廖可斌	熊月之
樊和平	戴　逸				

《苏州全书》编纂出版委员会

主 任

金 洁　查颖冬

副主任

黄锡明　张建雄　王国平　罗时进

编 委
（按姓名笔画为序）

丁成明	王乐飞	王 宁	王伟林	王忠良	王 炜
王稼句	尤建丰	卞浩宇	田芝健	朱从兵	朱光磊
朱 江	齐向英	汤哲声	孙中旺	孙 宽	李 军
李志军	李 忠	李 峰	吴建华	吴恩培	余同元
沈 鸣	沈慧瑛	张蓓蓓	陈大亮	陈卫兵	陈兴昌
陈其弟	陈 洁	欧阳八四	周生杰	查 焱	洪 晔
袁小良	钱万里	铁爱花	徐红霞	卿朝晖	凌郁之
高 峰	接 晔	黄启兵	黄鸿山	曹 炜	曹培根
程水龙	谢晓婷	蔡晓荣	臧知非	管傲新	潘志嘉
戴 丹					

前　言

中华文明源远流长，文献典籍浩如烟海。这些世代累积传承的文献典籍，是中华民族生生不息的文脉和根基。苏州作为首批国家历史文化名城，素有"人间天堂"之美誉。自古以来，这里的人民凭借勤劳和才智，创造了极为丰厚的物质财富和精神文化财富，使苏州不仅成为令人向往的"鱼米之乡"，更是实至名归的"文献之邦"，为中华文明的传承和发展作出了重要贡献。

苏州被称为"文献之邦"由来已久，早在南宋时期，就有"吴门文献之邦"的记载。宋代朱熹云："文，典籍也；献，贤也。"苏州文献之邦的地位，是历代先贤积学修养、劬勤著述的结果。明人归有光《送王汝康会试序》云："吴为人材渊薮，文字之盛，甲于天下。"朱希周《长洲县重修儒学记》亦云："吴中素称文献之邦，盖子游之遗风在焉，士之向学，固其所也。"《江苏艺文志·苏州卷》收录自先秦至民国苏州作者一万余人，著述达三万二千余种，均占江苏全省三分之一强。古往今来，苏州曾引来无数文人墨客驻足流连，留下了大量与苏州相关的文献。时至今日，苏州仍有约百万册的古籍留存，入选"国家珍贵古籍名录"的善本已达三百一十九种，位居全国同类城市前列。其中的苏州乡邦文献，历宋元明清，涵经史子集，写本刻本，交相辉映。此外，散见于海内外公私藏家的苏州文献更是不可胜数。它们载录了数千年传统文化的精华，也见证了苏州曾经作为中国文化中心城市的辉煌。

苏州文献之盛得益于崇文重教的社会风尚。春秋时代，常熟人言偃就北上问学，成为孔子唯一的南方弟子。归来之后，言偃讲学授道，文开吴会，道启东南，被后人尊为"南方夫子"。西汉时期，苏州人朱买臣负薪读书，穹窿山中至今留有其"读书台"遗迹。两晋六朝，以"顾陆朱张"为代表的吴郡四姓涌现出大批文士，在不少学科领域都贡献卓著。及至隋唐，苏州大儒辈出，《隋书·儒林传》十四人入传，其中籍贯吴郡者二人；《旧唐书·儒学传》三十四人入正传，其中籍贯吴郡（苏州）者五人，文风之盛可见一斑。北宋时期，范仲淹在家乡苏州首创州学，并延名师胡瑗等人教授生徒，此后县学、书院、社学、义学等不断兴建，苏州文化教育日益发展。故明人徐有贞云："论者谓吾苏也，郡甲天下之郡，学甲天下之学，人才甲天下之人才，伟哉！"在科举考试方面，苏州以鼎甲萃集为世人瞩目，清初汪琬曾自豪地将状元称为苏州的土产之一，有清一代苏州状元多达二十六位，占全国的近四分之一，由此而被誉为"状元之乡"。近现代以来，苏州在全国较早开办新学，发展现代教育，涌现出顾颉刚、叶圣陶、费孝通等一批大师巨匠。中华人民共和国成立后，社会主义文化教育事业蓬勃发展，苏州英才辈出、人文昌盛，文献著述之富更胜于前。

苏州文献之盛受益于藏书文化的发达。苏州藏书之风举世闻名，千百年来盛行不衰，具有传承历史长、收藏品质高、学术贡献大的特点，无论是卷帙浩繁的图书还是各具特色的藏书楼，以及延绵不绝的藏书传统，都成为中国文化重要的组成部分。据统计，苏州历代藏书家的总数，高居全国城市之首。南朝时期，苏州就出现了藏书家陆澄，藏书多达万余卷。明清两代，苏州藏书鼎盛，绛云楼、汲古阁、传是楼、百宋一廛、艺芸书舍、铁琴铜剑楼、过云楼等藏书楼誉满海内外，汇聚了大量的珍贵文献，对古代典籍的收藏保护厥功至伟，亦于文献校勘、整理裨益甚巨。《旧唐书》自宋至明四百多年间已难以考觅，直至明嘉靖十七年（一五三八），闻人诠在苏州为官，搜讨旧籍，方从吴县王延喆家得《旧唐书》"纪"和"志"部分，从长洲张汴家得《旧唐书》"列传"部分，"遗籍俱出宋时模板，旬月之间，二美璧合"，于是在苏州府学中椠刊，《旧唐书》自此得以汇而成帙，复行于世。清代嘉道年间，苏州黄丕烈和顾广圻均为当时藏书名家，且善校书，"黄跋顾校"在中国文献史上影响深远。

  苏州文献之盛也获益于刻书业的繁荣。苏州是我国刻书业的发祥地之一，早在宋代，苏州的刻书业已经发展到了相当高的水平，至今流传的杜甫、李白、韦应物等文学大家的诗文集均以宋代苏州官刻本为祖本。宋元之际，苏州碛砂延圣院还主持刊刻了中国佛教史上著名的《碛砂藏》。明清时期，苏州成为全国的刻书中心，所刻典籍以精善享誉四海，明人胡应麟有言："凡刻之地有三，吴也、越也、闽也。"他认为"其精，吴为最"，"其直重，吴为最"。又云："余所见当今刻本，苏常为上，金陵次之，杭又次之。"清人金埴论及刻书，仍以胡氏所言三地为主，则谓"吴门为上，西泠次之，白门为下"。明代私家刻书最多的汲古阁、清代坊间刻书最多的扫叶山房均为苏州人创办，晚清时期颇有影响的江苏官书局也设于苏州。据清人朱彝尊记述，汲古阁主人毛晋"力搜秘册，经史而外，百家九流，下至传奇小说，广为镂版，由是毛氏锓本走天下"。由于书坊众多，苏州还产生了书坊业的行会组织崇德公所。明清时期，苏州刻书数量庞大，品质最优，装帧最为精良，为世所公认，国内其他地区不少刊本也都冠以"姑苏原本"，其传播远及海外。

  苏州传世文献既积淀着深厚的历史文化底蕴，又具有穿越时空的永恒魅力。从范仲淹的"先天下之忧而忧，后天下之乐而乐"，到顾炎武的"天下兴亡，匹夫有责"，这种胸怀天下的家国情怀，早已成为中华民族精神的重要组成部分，传世留芳，激励后人。南朝顾野王的《玉篇》、隋唐陆德明的《经典释文》、陆淳的《春秋集传纂例》等均以实证明辨著称，对后世影响深远。明清时期，冯梦龙的《喻世明言》《警世通言》《醒世恒言》，在中国文学史上掀起市民文学的热潮，具有开创之功。吴有性的《温疫论》、叶桂的《温热论》，开温病学研究之先河。苏州文献中蕴含的求真求实的严谨学风、勇开风气之先的创新精神，已经成为一种文化基因，融入了苏州城市的血脉。不少苏州文献仍具有鲜明的现实意义。明代费信的《星槎胜览》，是记载历史上中国和海上丝绸之路相关国家交往的重要文献。郑若曾的《筹海图编》和徐葆光的《中山传信录》，为钓鱼岛及其附属岛屿属于中国固有领土提供了有力证据。魏良辅的《南词引正》，严澂的《松弦馆琴谱》，计成的《园冶》，分别是昆曲、古琴及园林营造的标志性成果，这些艺术形式如今得以名列世界文化遗产，与上述名著的嘉惠滋养密不可分。

维桑与梓，必恭敬止；文献流传，后生之责。苏州先贤向有重视乡邦文献整理保护的传统。方志编修方面，范成大《吴郡志》为方志创体，其后名志迭出，苏州府县志、乡镇志、山水志、寺观志、人物志等数量庞大，构成相对完备的志书系统。地方总集方面，南宋郑虎臣辑《吴都文粹》、明钱谷辑《吴都文粹续集》、清顾沅辑《吴郡文编》先后相继，收罗宏富，皇皇可观。常熟、太仓、昆山、吴江诸邑，周庄、支塘、木渎、甪直、沙溪、平望、盛泽等镇，均有地方总集之编。及至近现代，丁祖荫汇辑《虞山丛刻》《虞阳说苑》，柳亚子等组织"吴江文献保存会"，为搜集乡邦文献不遗余力。江苏省立苏州图书馆于一九三七年二月举行的"吴中文献展览会"规模空前，展品达四千多件，并汇编出版吴中文献丛书。然而，由于时代沧桑，图书保藏不易，苏州乡邦文献中"有目无书"者不在少数。同时，囿于多重因素，苏州尚未开展过整体性、系统性的文献整理编纂工作，许多文献典籍仍处于尘封或散落状态，没有得到应有的保护与利用，不免令人引以为憾。

进入新时代，党和国家大力推动中华优秀传统文化的创造性转化和创新性发展。习近平总书记强调，要让收藏在博物馆里的文物、陈列在广阔大地上的遗产、书写在古籍里的文字都活起来。二〇二二年四月，中共中央办公厅、国务院办公厅印发《关于推进新时代古籍工作的意见》，确定了新时代古籍工作的目标方向和主要任务，其中明确要求"加强传世文献系统性整理出版"。盛世修典，赓续文脉，苏州文献典籍整理编纂正逢其时。二〇二二年七月，中共苏州市委、苏州市人民政府作出编纂《苏州全书》的重大决策，拟通过持续不断努力，全面系统整理苏州传世典籍，着力开拓研究江南历史文化，编纂出版大型文献丛书，同步建设全文数据库及共享平台，将其打造为彰显苏州优秀传统文化精神的新阵地，传承苏州文明的新标识，展示苏州形象的新窗口。

"睹乔木而思故家，考文献而爱旧邦"。编纂出版《苏州全书》，是苏州前所未有的大规模文献整理工程，是不负先贤、泽惠后世的文化盛事。希望藉此系统保存苏州历史记忆，让散落在海内外的苏州文献得到挖掘利用，让珍稀典籍化身千百，成为认识和了解苏州发展变迁的津梁，并使其中蕴含的积极精神得到传承弘扬。

观照历史，明鉴未来。我们沿着来自历史的川流，承荷各方的期待，自应负起使命，砥砺前行，至诚奉献，让文化薪火代代相传，并在守正创新中发扬光大，为推进文化自信自强、丰富中国式现代化文化内涵贡献苏州力量。

《苏州全书》编纂出版委员会
二〇二二年十二月

凡　例

一、《苏州全书》（以下简称"全书"）旨在全面系统收集整理和保护利用苏州地方文献典籍，传播弘扬苏州历史文化，推动中华优秀传统文化传承发展。

二、全书收录文献地域范围依据苏州市现有行政区划，包含苏州市各区及张家港市、常熟市、太仓市、昆山市。

三、全书着重收录历代苏州籍作者的代表性著述，同时适当收录流寓苏州的人物著述，以及其他以苏州为研究对象的专门著述。

四、全书按收录文献内容分甲、乙、丙三编。每编酌分细类，按类编排。

（一）甲编收录一九一一年及以前的著述。一九一二年至一九四九年间具有传统装帧形式的文献，亦收入此编。按经、史、子、集四部分类编排。

（二）乙编收录一九一二年至二〇二一年间的著述。按哲学社会科学、自然科学、综合三类编排。

（三）丙编收录就苏州特定选题而研究编著的原创书籍。按专题研究、文献辑编、书目整理三类编排。

五、全书出版形式分影印、排印两种。甲编书籍全部采用繁体竖排；乙编影印类书籍，字体版式与原书一致；乙编排印类书籍和丙编书籍，均采用简体横排。

六、全书影印文献每种均撰写提要或出版说明一篇，介绍作者生平、文献内容、版本源流、文献价值等情况。影印底本原有批校、题跋、印鉴等，均予保留。底本有漫漶不清或缺页者，酌情予以配补。

七、全书所收文献根据篇幅编排分册，篇幅适中者单独成册，篇幅较大者分为序号相连的若干册，篇幅较小者按类型相近原则数种合编一册。数种文献合编一册以及一种文献分成若干册的，页码均连排。各册按所在各编下属细类及全书编目顺序编排序号。

磨剑室诗词集

柳亚子 著

出版说明

柳亚子（1887—1958），谱名慰高，字安如；后更名人权，号亚庐；再更名弃疾，字稼轩，号亚子。江苏吴江人。早年受西方民主思想影响，先后加入同盟会和光复会。1909年，与陈去病、高旭等人在苏州发起成立南社。辛亥革命后，担任上海《天铎》《民声》《太平洋》等报主笔，宣传民主革命。1924年，加入改组后的中国国民党，坚决拥护并执行"联俄、联共、扶助农工"三大政策。"皖南事变"发生后，与宋庆龄、何香凝等在香港发表宣言，严斥国民党当局的倒行逆施，坚决拥护共产党坚持抗战、坚持团结的号召。中华人民共和国成立后，曾任中央人民政府委员、中央文史馆副馆长等。长于诗词创作，著有《磨剑室文录》《南社纪略》等。

《磨剑室诗词集》辑录了柳亚子1903至1951年间创作的5000余首诗词，按年代排序分为十辑。诗集九辑，辑自《磨剑室诗初集》《磨剑室诗二集》《湖隐集》《岁寒集》《仗剑集》《横流集》《新春集》《结夏集》《图南集》《流亡集》《骖鸾集》《八步集》《巴山集》《小休集》《卷土集》《新生集》《光明集》《北长集》等诗集。词集一辑，辑自《磨剑室词初集》、《磨剑室词二集》、《磨剑室词三集》及《剑头词》等词集。

《磨剑室诗词集》反映了柳亚子一生为革命写诗、以诗宣传革命的追求，也是他参与半个多世纪革命斗争的实录，不但具有文学价值，也具有重要史料价值。毛泽东高度评价柳亚子的诗："慨当以慷，卑视陆游、陈亮，读之使人感发兴起。"茅盾称柳亚子的诗是名副其实的"史诗"。

本次出版的《磨剑室诗词集》以中国国家博物馆所藏柳亚子诗词手稿为底本，参校上海人民出版社1985年版本。作品按照柳亚子生前手订顺序排列，保留各卷原有名称及注释。

目　录

诗　集

第一辑（1903—1912年） …………………………………………… 001
　磨剑室诗初集卷一（1903年）………………………………………… 017
　磨剑室诗初集卷二（1904年）………………………………………… 020
　磨剑室诗初集卷三（1905年）………………………………………… 025
　磨剑室诗初集卷四（1906年）………………………………………… 029
　磨剑室诗初集卷五（1907年）………………………………………… 035
　磨剑室诗初集卷六（1908年）………………………………………… 050
　磨剑室诗初集卷七（1909年）………………………………………… 067
　磨剑室诗初集卷八（1910年）………………………………………… 096
　磨剑室诗初集卷九（1911年）………………………………………… 106
　磨剑室诗初集卷十（1912年）………………………………………… 113

第二辑（1913—1922年） …………………………………………… 123
　磨剑室诗二集卷一（1913年）………………………………………… 153
　磨剑室诗二集卷二（1914年）………………………………………… 163
　磨剑室诗二集卷三（1915年）………………………………………… 174
　磨剑室诗二集卷四（1916年）………………………………………… 186
　磨剑室诗二集卷五（1917年）………………………………………… 194

磨剑室诗二集卷六（1918年）…… 214
  磨剑室诗二集卷七（1919年）…… 223
  磨剑室诗二集卷八（1920年）…… 230
  磨剑室诗二集卷九（1921年）…… 267
  磨剑室诗二集卷十（1922年）…… 326

第三辑（1923—1929年）…… 357
  湖隐集（1923年）…… 373
  岁寒集（1923—1924年）…… 382
  仗剑集（1924—1927年）…… 391
  乘桴前集（1927年）…… 396
  乘桴后集（1927—1928年）…… 406
  秣陵集（1928年）…… 415
  浙游集（1928年）…… 420
  方壶集（1928—1929年）…… 425
  松寥集（1929年）…… 432
  玫瑰集（1929年）…… 437

第四辑（1929—1940年）…… 445
  横流集（1929年）…… 473
  新春集（1930年）…… 479
  结夏集（1930年）…… 486
  长谣集（1930年）…… 490
  丹青集（1931年）…… 493
  大风集（1932年）…… 501
  浙游后集（1932年）…… 509
  东沟集（1932年）…… 516
  河山集（1933年）…… 520
  萧艾集（1934年）…… 525

北行集（1934年） …… 547

  鲁游集（1934年） …… 560

  系马集（1934年） …… 568

  沧桑集（1935年） …… 570

  南游集（1935年） …… 573

  北归集（1935年） …… 609

  秋颦集（1935年） …… 615

  丽华集（1936—1937年） …… 618

  鸿毛集（1937—1939年） …… 625

  墨馨集（1940年） …… 632

第五辑（1940—1942年） …… 645

  图南集（1940—1941年） …… 657

  流亡集（1942年） …… 703

第六辑（1942—1944年） …… 707

  骖鸾集卷一（1942年） …… 739

  骖鸾集卷二（1943年） …… 756

  骖鸾集卷三（1943年） …… 764

  骖鸾集卷四（1943年） …… 779

  骖鸾集卷五（1943年） …… 793

  骖鸾集卷六（1943年） …… 816

  骖鸾集卷七（1944年） …… 829

  骖鸾集卷八（1944年） …… 840

  骖鸾集卷九（1944年） …… 866

  骖鸾集卷十（1944年） …… 895

  八步集（1944年） …… 907

第七辑（1945—1948年） …… 921

  巴山集卷一（1945年） …… 947

巴山集卷二（1945年） ………………………………… 961
巴山集卷三（1945年） ………………………………… 980
巴山集卷四（1945年） ………………………………… 990
巴山集卷五（1945年） ………………………………… 1010
小休集（1947年） …………………………………… 1029
卷土集（1947年） …………………………………… 1037
新生集（1948年） …………………………………… 1062

第八辑（1949年） ……………………………………… 1073

光明集卷一（华中集）（1949年） …………………… 1093
光明集卷二（华东集）（1949年） …………………… 1097
光明集卷三（华北集）（1949年） …………………… 1107
光明集卷四（六国金集）（1949年） ………………… 1114
光明集卷五（六国木集）（1949年） ………………… 1120
光明集卷六（六国水集）（1949年） ………………… 1126
光明集卷七（六国火集）（1949年） ………………… 1130
光明集卷八（六国土集）（1949年） ………………… 1135
光明集卷九（万寿乾集）（1949年） ………………… 1140
光明集卷十（万寿坤集）（1949年） ………………… 1147
光明集卷十一（万寿震集）（1949年） ……………… 1160
光明集卷十二（万寿艮集）（1949年） ……………… 1172
光明集卷十三（万寿离集）（1949年） ……………… 1178
光明集卷十四（万寿坎集）（1949年） ……………… 1182
光明集卷十五（万寿兑集）（1949年） ……………… 1186
光明集卷十六（万寿巽集）（1949年） ……………… 1192

第九辑（1950—1951年） …………………………… 1197

北长集卷一（1950年） ……………………………… 1209
北长集卷二（1950年） ……………………………… 1214

北长集卷三（1950年） …… 1242
北长集卷四（1951年） …… 1248

词　集

全一辑（1907—1950年） …… 1263
磨剑室词初集（1907—1910年） …… 1273
磨剑室词二集（1920—1932年） …… 1291
磨剑室词三集（1934—1939年） …… 1299
剑头词（1942—1944年） …… 1307
巴山集（1945年） …… 1311
北长集（1950年） …… 1314

诗 集

第一辑

(1903—1912 年)

卷 四

(雍正一乾隆)

目　录

磨剑室诗初集卷一（1903年） ………………………………… 017
　放歌 ……………………………………………………………… 017
　有怀章太炎、邹威丹两先生狱中 ……………………………… 018
　除夕杂感 ………………………………………………………… 018

磨剑室诗初集卷二（1904年） ………………………………… 020
　赠林力山 ………………………………………………………… 020
　答朱梁任 ………………………………………………………… 020
　为王卓民题扇 …………………………………………………… 020
　闻冯遂方女士演说赋赠 ………………………………………… 020
　题犹太爱国女伶罗情传 ………………………………………… 021
　题《张苍水集》 ………………………………………………… 021
　题全谢山《鲒埼亭文集》 ……………………………………… 022
　哭陶亚魂 ………………………………………………………… 022
　　亚魂去岁自武林归，盛道其友人吴剑铓，欲为余介绍相见，
　　卒未果。今亚魂死矣，追怀往事，长歌痛哭，借唁剑铓云尔
　　……………………………………………………………………… 022
　夜坐漫感 ………………………………………………………… 022
　十月十日，虏后那拉氏"万寿节"也，纪事得二首 ………… 023

闻万福华义士刺虏臣王之春不中感赋 ……………… 023
读山阴何孟厂得韩平卿女士为义女诗，和其原韵 …… 023
题《夏内史集》 ……………………………………… 023
赠亚魂弟神州 ………………………………………… 024
读《万福华传》书其尾 ……………………………… 024

磨剑室诗初集卷三（1905年）…………………… 025
元旦感怀 ……………………………………………… 025
回忆诗 ………………………………………………… 025
哭威丹烈士 …………………………………………… 026
白莲，为赵冕黄题扇 ………………………………… 026
海上赠刘季平 ………………………………………… 026
为梁任题小影 ………………………………………… 027
题《曼殊花说部》，为薛蛰龙赋 …………………… 027
题《太平天国战史》 ………………………………… 028

磨剑室诗初集卷四（1906年）…………………… 029
题《云间张瑞兰女士传》 …………………………… 029
贺高卓庵结婚 ………………………………………… 029
偕任守梅、赵拜一、金兰畦摄影，媵之以诗 ……… 030
题青年自治会摄影，次高天梅韵 …………………… 030
自题二十小影 ………………………………………… 030
送兰畦归里并示拜一 ………………………………… 030
云间蔡仲刚挽词 ……………………………………… 030
题金山顾灵石忧庵遗诗 ……………………………… 031
集定公句十二截，柳子自祷祈之所言也，以和天梅，可见吾
　　两人之论交，各在回肠荡气时矣 …………………… 031
和天梅自题"万树梅花绕一庐"卷子诗四首，即次其韵 …… 032
怀人诗 ………………………………………………… 032

读季平见怀之作，即次其韵 …… 033
陈汉元以诗见赠，适归里门未得读，及余重来海上，则君已去沪矣！为遥和之 …… 033
次韵和陈巢南岁暮感怀之作 …… 034

磨剑室诗初集卷五（1907年） …… 035

次韵和蔡冶民丈 …… 035
闻萍醴义师失败有作 …… 035
说梦二绝 …… 035
叠韵和冶民丈 …… 036
寄沈次公海上 …… 036
周湘云女士挽词，为朱少屏作 …… 036
吴门纪游诗题词 …… 037
巢南书来，谓将刊长兴伯吴公遗集，先期得公真迹小札一通，又得王山史先生所撰《夏内史传》及为内史营葬事甚详，喜极驰告，索诗纪之，应以四律 …… 038
题钱亚仑戎妆小影 …… 038
有悼二首，为徐伯荪烈士作 …… 039
题冯心侠、俞剑华合影 …… 039
王述庵《论诗绝句》诋諆放翁，感而赋此 …… 039
姚自珍女士挽词，为张聘斋作 …… 040
怀人诗十章 …… 040
次韵答剑华寄怀之作 …… 041
吊鉴湖秋女士 …… 041
次韵答天梅 …… 042
读《天义》杂志感题一律，叠前韵 …… 042
截句和天梅次韵 …… 042

得陈陶公书，感念时局，叠年字韵四截句答之，美人香草别
有会心，未堪为不知者道也 ··· 043
亡友亚魂死三年矣，成追悼四律，不知吾涕之何从，未可作
笔墨观也 ·· 043
送高吹万游武林，次天梅韵 ··· 044
寄题西湖岳王冢，同天梅作 ··· 044
次韵答吹万，八月十三日寄怀一律 ···································· 044
哭冯沼清 ··· 044
读松陵诸前辈遗集，尚论其人，各系以诗 ·························· 044
夜梦力山，诗以招之 ··· 045
题《钱蒙叟诗集》 ·· 045
题自撰《亡友沼清传》后一律 ·· 046
《神州女报》题词，为陈志群作 ······································· 046
海上重吊周湘云女士 ··· 047
聘斋以《鹃唳草》索题，成长歌报之 ································ 047
海上即事，次巢南、天梅韵 ··· 047
偕刘申叔、何志剑夫妇暨杨笃生、邓秋枚、黄晦闻、陈巢
南、高天梅、朱少屏、沈道非、张聘斋酒楼小饮，约为结
社之举，即席赋此 ··· 047
题《恨海花说部》 ·· 048
张园，次申叔、巢南韵 ··· 048
将归故里，留别海上诸子 ··· 048
海上归来，写寄陶公日本 ··· 048
次韵寄天梅 ··· 049
送阮介凡之柏林 ··· 049

磨剑室诗初集卷六（1908年） ··· 050

百感苍茫，喟然有去国之志，适天梅以戊申元旦诗索和，即
依韵奉寄 ·· 050

旧友傅钝根别三年矣，忽从天梅处以一诗见示，固知灰烬余
　　生，尚不忘此有情世界也，赋此答之 ………………………… 050
吊刘烈士炳生，即次其兄林生哭弟诗原韵 ………………………… 051
海上题南社雅集写真 …………………………………………… 052
天梅以和巢南《西泠吊秋诗》见示，即次其韵，并寄秋社
　　诸子 …………………………………………………………… 052
为孙竹丹题小影，即寄怀东京 ………………………………… 052
三月十九日书感 ………………………………………………… 052
题留溪钦明女校写真，为天梅作 ……………………………… 053
四月二十五日，前明永历皇帝殉国纪念节也，前十数日有
　　滇中之捷，感而赋此 ……………………………………… 053
和天梅四月十三日作，即次其韵，为滇中义师赋 …………… 053
四月二十五日 …………………………………………………… 054
题洪北江《更生斋诗集》 ……………………………………… 054
寄力山丹阳 ……………………………………………………… 054
五月二日醉后作，时闻滇师已败绩矣 ………………………… 055
海上赠季平 ……………………………………………………… 055
送次公归芦中 …………………………………………………… 055
贺郁少华、何问湘自由结婚 …………………………………… 055
杂感 ……………………………………………………………… 056
巢南携徐忏慧女士《听竹楼集》见示，题此奉寄 …………… 056
巢南初度将及，感成六绝和韵 ………………………………… 057
秋夜同侠侬女弟话沼清佚事，感而赋此，兼念其犹女织文、
　　遂方两女士 ………………………………………………… 057
追念亚魂亦成一律 ……………………………………………… 057
答天梅 …………………………………………………………… 057
次韵柬巢南 ……………………………………………………… 058

夜梦陶公醒而赋此 …………………………………………… 058
中秋杂事诗 ……………………………………………………… 058
答钝根仍用前韵 ………………………………………………… 059
感旧四首，为陶公作也，兼示季平 …………………………… 060
题《陈黄门集》，次巢南韵 …………………………………… 060
八月二十七日，明思文皇帝殉国忌辰也。读巢南诗，即题
　其后 …………………………………………………………… 060
重九节有怀陶公 ………………………………………………… 061
秋夜不寐，有怀内子郑佩宜女士红梨 ………………………… 061
将之东江留别次公 ……………………………………………… 061
杨柳四章，和高天梅、宁太一、傅钝根韵 …………………… 062
和巢南九月十九日顾端木、刘公旦、钱彦林、夏存古诸公三
　十余人殉国大纪念节诗二首 ………………………………… 062
寄叶楚伧吴门 …………………………………………………… 062
有所感 …………………………………………………………… 063
云间何亚云挽词 ………………………………………………… 063
天心二首，为那拉、载湉同殁作 ……………………………… 063
海上晤旧友十余辈，既别去，各赠以诗，亦怀人之义也 …… 063
期而未到者季平、天梅、巢南、道非，以事牵率不获来者陶
　公，亦成五截奉寄 …………………………………………… 064
寄何震生桐城 …………………………………………………… 065
健行公学同学余成任挽词 ……………………………………… 065
巢南自粤归，访余于梨花里，因招次公共饮酒楼，即事赋此
　 ………………………………………………………………… 065
次公将归芦漪，离筵话别，媵之以诗 ………………………… 065
狼星四首，为熊味根起义皖中作 ……………………………… 066
定庵有三别好诗，余仿其意作论诗三截句 …………………… 066

自题《磨剑室诗词》后…………………………………………066

磨剑室诗初集卷七（1909年）…………………………………067

梁大同瓦拓本，天梅属题………………………………………067
苏曼殊寄示近作，占此报之……………………………………067
寄马君武柏灵，时读其所著新文学……………………………068
蔡哲夫惠书枉寄，裁此奉答并似张倾城夫人…………………068
哲夫以手绘薛剑公先生遗像属题，敬成四绝…………………069
和哲夫徐汇移居诗四章，即用其韵……………………………069
惆怅词六十首，四月十七日夜作………………………………069
苦吟………………………………………………………………074
钱神………………………………………………………………074
寄俞剑华、顾珊人东京，阮介凡柏林，韩觉我大梁，兼怀陈
　陶公南都………………………………………………………074
闻陶公出狱，喜极不能成寐，枕上口占得四绝………………075
哲夫、倾城各写墨竹见惠，书此鸣谢…………………………076
次韵答哲夫见怀之作……………………………………………076
哲夫写示和曼殊本事诗十章，即题其后再次韵………………076
苦雨三次韵………………………………………………………076
四次韵和哲夫并示天梅…………………………………………077
和曼殊本事诗十章次韵…………………………………………077
晦闻姬人明明工书画，哲夫有诗题赠属和，即依韵并示晦闻
　…………………………………………………………………078
急雨………………………………………………………………078
哲夫见示端阳纪事之什，和韵奉寄……………………………078
题徐藻涵前辈（世勋）《枫江渔唱》…………………………078
读李后主词感赋…………………………………………………078
戴褐夫集云：圣安帝遇害在五月六日。赋此纪之……………079

五月十三日陈黄门忌辰，敬赋一章 …………………………………… 079
重题南社写真，时闻申叔已降虏矣 …………………………………… 079
感旧兼寄陶公 …………………………………………………………… 079
巢南病疡既濒于危矣，已而无恙，诗来述近状，书此慰之 ………… 080
寄示分湖文社诸同人索和 ……………………………………………… 080
次韵寄哲夫两律 ………………………………………………………… 080
有感次巢南韵，仍为申叔作也 ………………………………………… 081
寄剑华东京，兼怀珊人、陶公 ………………………………………… 081
海上与道非夜话，借晦闻韵 …………………………………………… 081
七月二十三夕偕陶公客留溪，酒后有作，和天梅韵 ………………… 081
天梅出示何亚希夫人诗文，为题一律，即用前韵 …………………… 082
留溪即事，再用天梅韵 ………………………………………………… 082
翌夕将归海上，留别天梅，次韵得七章 ……………………………… 082
海上送何震生、姚石子归云间 ………………………………………… 083
别后柬陶公 ……………………………………………………………… 083
海上归舟成怀人诗十四章 ……………………………………………… 083
吴其德女士挽歌，为哲兄小枚赋 ……………………………………… 084
小病答剑华即用其韵 …………………………………………………… 085
哭冯心侠 ………………………………………………………………… 085
追念亡友陶亚魂、冯沼清 ……………………………………………… 085
沼清、心侠两遗像为蠹鱼所蚀，哭之以诗 …………………………… 085
中秋遇亚魂弟甸夏于酒楼感赠 ………………………………………… 086
读哲夫云起楼赏雨诗奉和 ……………………………………………… 086
后怀人诗十六章 ………………………………………………………… 086
哲夫寄示中秋偕倾城待月话旧之什，依韵奉和 ……………………… 087
送震生之南洋文岛 ……………………………………………………… 087
用天梅韵寄季平武林 …………………………………………………… 088

简曼殊海上，叠前韵 …………………………………… 088

梦珊人戏寄并示赵拜一 …………………………………… 088

中秋后十日，喜剑华过访 …………………………………… 088

盼陶公未到，用前韵 …………………………………… 088

闻陶公自海上往魏塘不来此矣，三用韵 …………………………………… 088

重展心侠遗墨，四用韵 …………………………………… 089

被酒不寐有作，五用韵，时剑华亦将归矣 …………………………………… 089

九月二十七日访巢南于吴门，翌日剑华亦至，酒间赋此并谢主人毗陵张君，六用韵 …………………………………… 089

心侠未死，握手宵中几疑梦寐，爰成此作，七用韵 …………………………………… 089

十月朔日，泛舟山塘即事，八用韵 …………………………………… 089

南社会于虎丘之张东阳祠，同邑陈巢南，吴县朱梁任，虞山庞檗子，云间陈陶公，上海朱少屏，娄东俞剑华、冯心侠，宝山赵夷门，丹阳林力山，毗陵张寀甄、季龙，魏塘沈道非，山阴诸贞壮、胡栗长，歙县黄滨虹，顺德蔡哲夫，福州林秋叶，太原景秋陆咸来莅止，盖自社事零替以来，三百年无此乐矣！诗以纪之，九用韵 …………………………………… 090

酒后痛哭书示同人，十用韵 …………………………………… 090

是日薄暮，返棹金阊，觞于九华楼，再赋，十一用韵 …………………………………… 090

酒酣，梁任为余言南宋词人以稼轩为第一，余子不足道也，余甚佩之。又感当世词流议论多与余见相左，因成此示梁任，十二用韵 …………………………………… 091

赠秋叶，十三用韵 …………………………………… 091

赠秋陆，十四用韵 …………………………………… 091

偕陶公、少屏访汪旭初丈，投以一律，十五用韵 …………………………………… 091

送陶公、少屏、力山、道非、滨虹、哲夫、秋陆归海上，时夷门、秋叶已先行矣，十六用韵 …………………………………… 091

送剑华、心侠归娄东，十七用韵 …… 092
闻夷门赴粤西，怅然赋此，十八用韵 …… 092
感事一首，为《民吁日报》被禁作也，十九用韵 …… 092
时流论诗多鹜两宋，巢南独尊唐风与余相合，写示一章即用
　　留别，并申止酒之劝，时余亦将归梨里矣，二十用韵 …… 092
自吴门归未及旬日即闻冯遂方女士殁于海上，时距亡友沼清
　　及茜华女士之逝才三载耳，悲悼成此，二十一用韵 …… 092
次韵答天梅寄咏南社雅集之作 …… 093
观剧有赠 …… 093
答邓尔雅，借哲夫韵 …… 093
哲夫诞生一女，先此获汉蔡燕铜印及明董其昌玄芝翡翠印取
　　为名字，因投此奉贺 …… 093
前题，代陶公作 …… 093
夏昕藻夫人杨懿侠女士挽歌，代陶公作 …… 094
书忌儿摄景 …… 094
有感 …… 094
答楚伧 …… 094
书剑华所赠小影 …… 095
辽海一首，哀熊味根被捕也 …… 095

磨剑室诗初集卷八（1910年） …… 096

新正四日，喜楚伧见过有作，并示巢南 …… 096
正月十三日雪，柬孙逸清魏塘 …… 096
答次公 …… 097
枳棘一首，为次公作 …… 097
哭熊味根烈士 …… 097
酬尔雅即次其韵 …… 097
次韵和雷铁厓感怀八律，戏仿义山体 …… 097

铁厓以浙人余新吊秋坟诗见示，且云其人病亟，此时恐遂长逝矣！黯然和此，即用其韵 ········· 098

贺陶公新婚 ············· 099

夜雨不眠 ············· 099

将之鸳湖，枕上口占别佩宜 ········· 099

魏塘金氏废园见桃花 ·········· 099

简沈龙圣燕市 ············· 100

寄铁厓海上 ············· 100

连番一首，为汪精卫刺载沣不中作 ······· 100

七月七日偕高天梅、蔡恕庵游烟雨楼，兴阑归饮酒家，复遥望南湖灯火，慨然有作 ······· 100

偕次公寻明遗民徐俟斋先生祠弗获，感赋 ····· 101

为天梅题《花前说剑图》，集定公句 ······ 101

题《孝竹贞松图》，为朱久望作 ······· 101

题李仲殊《闻籁图》，为莫则一赋 ······ 102

中秋夜偕陶公泛禊湖 ·········· 102

有悼十章，为云间赵生作，仿《疑雨集》体 ··· 102

呈戚涵远夫人即示则一 ·········· 103

读天梅谒孝陵诗有感 ·········· 104

题天梅孝陵瓦当砚 ·········· 104

次韵酬剑华 ············· 104

《白门悲秋集》题词，为周实丹作 ······ 104

寄宁太一燕市 ············· 105

赠瞿绍伊 ············· 105

磨剑室诗初集卷九（1911年） ········ 106

调剑华 ············· 106

海上观剧赠冯春航 ·········· 106

消息一首，为春航作	106
文章一首	107
伤春	107
赠楚伧	107
戏柬珊人汉皋，为女伶王克琴作	107
题《浮梅槛检诗图》，为姚石子、王粲君夫妇作	107
寄赵伯先香江	107
和剑华梦作韵	108
叠韵再和	108
寄楚伧	108
次韵答楚伧	108
哭伯先用楚伧韵	108
次韵酬古公愚	109
和隋李密用原韵次梁任作	109
哭杨笃生烈士	109
感粤事有作	109
饮中八友歌	110
海上送佩宜归红梨	110
赠陈布雷	110
赠胡寄尘	110
赠宋遁初	110
题《留溪雅集图》，次亚希韵为钝根作	111
八月十四夜，对月有怀佩宜	111
感事	111
哭周实丹烈士	111
赠阳愓生	111
送楚伧北伐	112

磨剑室诗初集卷十（1912年） …… 113

- 桃叶渡酒家题壁 …… 113
- 题范茂芝《寻诗读画图》 …… 113
- "今日良宴会"联句限娟韵 …… 113
- 席上醉吟 …… 114
- 赠秋叶，借楚伧韵 …… 114
- 送秋叶归闽，次留别韵 …… 114
- 送剑华之南洋 …… 114
- 送铁厓归蜀 …… 114
- 海上重观《血泪碑》哀剧赋赠春航，即柬剑华南土四律 …… 114
- 送太一入粤 …… 115
- 送曼殊东渡 …… 115
- 送黄季刚北上，集定公句 …… 115
- 席上偶感示楚伧 …… 115
- 次韵答楚伧 …… 116
- 送陈蜕庵先生赴燕市 …… 116
- 送沈龙圣、夏光禹北上 …… 116
- 赠春航，次檗子、贞壮韵 …… 116
- 王郎曲 …… 117
- 剧散感成两绝句 …… 117
- 示姚鹓雏，为春航作 …… 118
- 再示鹓雏 …… 118
- 观剧有感，示林一厂 …… 118
- 送一厂归粤 …… 118
- 六月二十四夕，偕一厂观春航演剧感赋，即送一厂南归，时余亦将旋里矣 …… 118
- 读一厂忆春航诗，次韵却寄 …… 119

次韵答楚伧，并柬姚鹓雏、余天遂 …………………………… 119
次韵答鹓雏 …………………………………………………… 119
题剑华小影 …………………………………………………… 119
寄马小进 ……………………………………………………… 120
寄吹万 ………………………………………………………… 120
海上杂诗 ……………………………………………………… 120
寄一厂潮东，为春航作 ……………………………………… 121
岁暮杂感 ……………………………………………………… 121
观民声社所演《血泪碑》 …………………………………… 121
题胡石予《近游图》 ………………………………………… 121
题春航小影，寄庞独笑吴门 ………………………………… 122

磨剑室诗初集卷一
（1903年）

放　　歌

　　天地太无情，日月何无光？浮云西北来，随风作低昂。我生胡不辰，丁斯老大邦。仰面出门去，泪下何淋浪！听我前致辞，血气同感伤：上言专制酷，罗网重重强。人权既蹂躏，《天演》终沦亡。众生尚酣睡，民气苦不扬。豺狼方当道，燕雀犹处堂。天骄闯然入，踞我卧榻旁。瓜分与豆剖，横议声洋洋。世界大风潮，鬼泣神亦瞠。盘涡日以急，欲渡河无梁。沉沉四百州，尸冢遥相望。他人殖民地，何处为故乡？下言女贼盛，兰蕙黯不芳。女权痛零落，女界遭厄殃。邪说起何人？扶抑分阴阳。无才便是德，忍令群雌盲。服从供玩好，谬种流无疆。明明平等权，剥削无尽藏。会稽首刻石，罪魁仇秦皇。变本复加厉，蠢尔南朝唐。刖刑施无辜，岸狱盈闺房。同胞二百兆，心死热血凉。钗愁与鬟病，漫漫长夜长。我思欧人种，贤哲用斗量。私心窃景仰，二圣难颉颃。卢梭第一人，铜像巍天阊。《民约》创鸿著，大义君民昌。胚胎革命军，一扫秕与糠。百年来欧陆，幸福日恢张。继者斯宾塞，女界赖一匡。平权富想像，公理方翔翔。谬种辟前人，妄诩解剖详。智慧用益出，大哉言煌煌。独笑支那①士，论理魔为障。乡愿倡嚣言，毒人纲与常。横流今泛滥，洪祸谁能当？安得有豪杰，重使此理彰！仰天苦无言，长歌一引吭。

有怀章太炎、邹威丹两先生狱中

祖国沉沦三百载，忍看民族日仳离。悲歌咤叱风云气，此是中原玛志尼。

泣麟悲凤伴狂客，搏虎屠龙《革命军》。大好头颅抛不得，神州残局岂忘君？

除夕杂感

过江名士新亭泪，抱膝词人梁父吟。流水年华今去也，蹉跎尚有岁寒心。

十年悔学雕虫技，一样伤心玛志尼。无赖睡狮醒未得，中原望断汉家旗。

黯黯胡云拨不开，黄金希望化蒿莱。寒宵一枕邯郸梦，犹上韩王拜将台。

旧影前尘剧可怜，横流洪祸溢狂泉。龙吟虎啸浑闲事，未挽同胞自主权。

飘然身落海天涯，世界盘涡且驻车。艳李秾桃齐灿烂，春风初放自由花。

鹿儿岛内拜西乡，教育精神有主张。同学少年多气概，庄严祖国血玄黄。

猛闻南岳一声雷，起蛰蛟龙舞劫灰。飞起热潮三万尺，买丝我欲绣邹枚。

---

① 编者注：支那是近代日本侵略者对中国的蔑称。为遵照底本，保留特定历史条件下该称谓。

胡儿压力千钧重，民族潮流血气腥。痛饮黄龙虚愿杳，优昙花已渐凋零。

倦游身世尽堪哀，长铗歌中归去来。热血一腔呼负负，黄金何处赠椎埋？

幽幽惨惨同文狱，烈烈轰轰革命军。警电忽传钩党祸，横刀裂眦望燕云。

蓬莱仙岛居留地，学界风潮意气雄。吴越荆湘多怪杰，旗翻三色倒黄龙。

东海朝阳拥怒涛，黑龙江畔鹫旗飘。高歌一曲日中露，醉舞钧天恨伪朝。

呫呫长淹奴隶窟，行行何处自由乡？朔风吹起神州恨，私爱公情总断肠。

枉抛心力作词人，孤负头颅十七春。赢得囊中孤剑在，闻鸡起舞到天明。

磨剑室诗初集卷二
（1904年）

赠林力山

浮萍大海情何限，荆棘铜驼恨不平。同是天涯沦落客，残山剩水又逢卿。

答朱梁任

悲歌慷慨士，青眼识君仇。君仇为梁任别署披发佯狂态，卧薪尝胆秋。饥餐胡虏肉，誓斩贱奴头。珍重前途事，腥膻九世仇。

为王卓民题扇

素筝浊酒逢君日，白马青丝盗国年。痛饮黄龙终有愿，会教沧海变桑田。

国仇未报总蹉跎，一样伤心可奈何！快马健儿无限意，与君收拾旧山河。

闻冯遂方女士演说赋赠

伤心民族两重奴，慷慨登坛振法螺。一例须眉雌伏久，热心尚有女卢梭。

灵苗智种炎黄胄，祖国前途希望奢。为愿自由千万岁，神州开遍女儿花。

题犹太爱国女伶罗情传

原文见《杭州白话报》，题曰：《儿女英雄》

沉沦故国三千载，寥落遗民五大洲。惨绝女儿花放日，河山破碎一身愁。

蓬梗萍飘泪不干，孑遗民族自由难。排除罗网出门去，影照庭阶霜月寒。

英雄儿女亦奇男，国破家亡百不堪。优孟衣冠亲说法，那教同种不辛酸。

一曲惊鸿总可悲，舞台开处断肠时。鲛绡泪渍三千斛，染出同胞独立旗。

风潮鼓吹意难忘，绕指柔情百炼钢。寄语堂堂英宰相，可为民族建荣光。英前相的士礼亦犹太人

芳踪侠骨有谁同？愿铸黄金事女雄。最是汉家亡国恨，胡笳十二可怜虫。

题《张苍水集》

起兵慷慨扶宗国，岂独捐躯为故王？二百年来遗恨在，珠申余孽尚披猖。

北望中原涕泪多，胡尘惨淡汉山河。盲风晦雨凄其夜，起读先生正气歌。

廿年横海汉将军，大业蹉跎怨北征。一笑素车东浙路，英雄岂独郑延平？

延津龙剑沈渊久，出匣依然百炼钢。抱缺守残亦盛德，心香同爇谢

余杭。集为太炎先生校定

题全谢山《鲒埼亭文集》

铁骑阴山黯阵云,茫茫禹甸尽胡尘。中原文献凋零甚,收拾丛残赖此君。

希声大节完千古,苍水雄才冠一军。不读先生桑海记,谁知民族有奇人?

一片降旗出石头,钱塘江畔怒潮流。六狂三义五君子,碧血沈埋几百秋。

哭陶亚魂

英才零落国魂销,惨绝神州学界潮。私爱公情忘不得,又添新恨到眉梢。

生太飘零死亦难,宝刀未得斩楼兰。黄龙痛饮雄心壮,读罢遗诗泪暗弹。君有句云:"大刀阔斧一声雷,直捣黄龙痛举杯。"

亚魂去岁自武林归,盛道其友人吴剑铓,欲为余介绍相见,卒未果。今亚魂死矣,追怀往事,长歌痛哭,借唁剑铓云尔

蒹葭欲使俦琼树,自是先生苦爱才。千里红丝今断矣,前尘旧影总心哀。

中原数遍无余子,知己平生未报恩。愿与吴郎同一恸,吴山越水共招魂。

夜坐漫感

奇愁浩荡有谁知?侠骨柔肠痴复痴。别有感情忘不得,挑灯自写定庵诗。

华拿卢孟总浮名，旧梦零星怕记清。不为杨朱歧路泣，万千哀怨也关情。

十月十日，虏后那拉氏"万寿节"也，纪事得二首

毳服毡冠拜冕旒，谓他人母不知羞！江东几辈小儿女，却解申申詈国仇。时与冯遂方女士暨其弟宝和、宝龄诸小豪杰说国事。

胡姬也学祝华封，歌舞升平处处同。第一伤心民族耻，神州学界尽奴风。闻民立某校以是日辍业。

闻万福华义士刺虏臣王之春不中感赋

君权无上侠魂销，荆、聂芳踪黯不豪。如此江山寥落甚，有人呼起大风潮。

一椎未碎秦皇魄，三击终寒赵氏魂。愿祝椎埋齐努力，演将壮剧续樱门。

读山阴何孟厂得韩平卿女士为义女诗，和其原韵

移根换土自由花，血裔炎黄本一家。为祝前途希望地，黄金世界女中华。

筊凤囚鸾剧可怜，沈沈女界黯千年。桃花宝马梨花剑，独立功成一糠然。

一室难春我亦愁，萧条四海尽悲秋。献身应作苏菲亚，夺取民权与自由。

题《夏内史集》

降旗夜竖石头城，蹈海孤臣耻帝秦。国恨家仇忘不得，髫年十五便从军。

威虏吴志葵军中帷幄筹，长兴吴易幕府赋同仇。春申哭罢吴江哭，

不到新亭也泪流。

莽莽中原王气黯，嘶风胡马尚南来。伤心二百年前事，遗恨分明赋《大哀》。

鸱枭革面化鸾皇，禹甸尧封旧土疆。大业未成春泄漏，横刀白眼问穹苍。

战骨松山夕照黄，辽西妖梦太轻狂。剧怜汉贼洪亨九，不道人间有夏郎。

悲歌慷慨千秋血，文采风流一世宗。我宗年华垂二九，头颅如许负英雄！

赠亚魂弟神州

痛哭黄垆泪万行，故人有弟解衷肠。虎贲尚有中郎盛，况是元方与季方。

识想如君亦异人，解将青眼感狂生。西窗红烛斑斑泪，重话今宵无限情。

读《万福华传》书其尾

副车博浪误椎秦，暗杀潮流第一人。我愿破家救仓海，恨无韩士产千金。

磨剑室诗初集卷三

（1905 年）

元旦感怀

伏匿穹庐又一春，蹉跎岁月值黄金。忍看祖国沦非种，苦恨儒冠误此身。穷海何人存汉腊？中原满目尽胡尘。黑龙王气消沈未，独上昆仑吊国魂。

横流沧海势安穷，谁挽颓波一发中？未见义旗驰塞北，空传侠剑满江东。群龙无首知何日，桀犬骄人亦自雄。遍地荆榛行不得，几回搔首问苍穹。

天涯握手尽文人，结客年来四座倾。虎跳龙拿归爱国，鸾飘凤泊怨离群。扶桑剑气相思梦，欧陆潮流惜别情。更有奇愁忘不得，山阳邻笛一声声。

希望前途竟若何？天荒地老感情多。三河侠少谁相识，一掬雄心总不磨。理想飞腾新世界，年华孤负好头颅。椒花柏酒无情绪，自唱巴黎革命歌。

回 忆 诗

瞳瞳旭日照扶桑，中有奇人遥相望。何年学成归大陆，龙蛇起蛰风

云翔。林力山

我已世人皆欲杀，惟君缱绻多深情。黄金宝剑肝肠热，相期携手平胡尘。顾澄亚

翩翩公子豪华客，投身忽入虚无群。残山剩水一握手，前途万丈开光明。冯沼清

一腔热血燎天地，千言椽笔惊风雷。学书成时去学剑，健儿身手文豪才。沈道非

哭威丹烈士

白虹贯日英雄死，如此河山失霸才。不唱铙歌唱薤露，胡儿歌舞汉儿哀！

哭君恶耗泪成血，赠我遗书墨未尘。私怨公仇两愁绝，几时王气划珠申？

白莲，为赵冕黄题扇

自由花不染尘埃，此是黄民大雅才。猛忆神州光复史，白莲都为美人开。用张船山咏白莲军女首领齐王氏句。

白莲都为美人开，雄武芳馨总劫灰。民族风潮零落尽，残脂剩粉剧堪哀。

海上赠刘季平

风尘满地识刘三，季平别署刘三我亦当年龚定庵。恩怨满腔忘不得，天涯握手一潺湲。

破壁谁能藏玛志，挥金差幸葬邹阳。江东侠客多情甚，伴我驱车吊国殇。时同吊亡友威丹烈士墓，即君为营葬者也。

为梁任题小影

棱棱尚武魂，惨惨亡国恨。黄龙一杯酒，盟誓在方寸。

胡运今已替，昆仑有王气。珍重好头颅，努力中原事。

题《曼殊花说部》，为薛蛰龙赋

神女生涯原梦幻，英雄无奈也情痴。笔端多少兴亡感，来写当年洪督师。

将军旧是霍嫖姚，落日孤城汉帜高。昨夜羽书飞帐下，传闻胡马度临洮。

烽火连天战血流，开城偏裨不知羞。乌骓不逝山难拔，却戴南冠作楚囚。

北海抗怀苏武节，首阳欲步伯夷风。谁知销尽男儿气，只在胡姬一笑中。

生死关头一刹那，流波消受懊侬多。银壶万滴琼浆露，勾住雄魂不放过。

解衣推食事寻常，如此深恩不可忘。为报单于知己感，指挥南牧拓封疆。

天教红粉定燕山，降将功勋岂等闲？国破家亡浑不管，拚将赤县换朱颜。

蓦地惊魂不自持，情场角逐竟成雌。慈宁宫里胡儿笑，正是将军死别时。

佳人已属沙吒利，祖国还归曳落河。如此收场真不值，情天孽海误人多。

忍编秽史写谁家？回首神州泪似麻。省识江南亡国恨，曼殊花是断肠花。

题《太平天国战史》

帝子雄图浑梦幻，中原文献已无征。我来重读太平史，十丈银釭焰影沈。

旗翻光复照神州，虎踞龙蟠拥石头。但使江东王气在，共和民政自千秋。

楚歌声里霸图空，血染胡天烂漫红。煮豆燃萁谁管得，莫将成败论英雄。

故国已无周正朔，阳秋犹纪鲁元年。伤心怕看秦淮月，剩水残山总可怜。

白头宫女谈天宝，名士新亭有泪痕。一样兴亡千样感，南东事业倍销魂。

成王败寇漫相呼，直笔何人继董狐？鸿宝一编珍贮袭，他年同调岂终孤。

磨剑室诗初集卷四
（1906年）

题《云间张瑞兰女士传》

撒手人天一刹那，女权扫地恨如何？神州兰蕙飘零尽，故国山河感慨多。誓扫群魔凭铁血，剧怜身世葬铜驼。九峰三泖魂归未，怕听人间薤露歌。

罗兰、贞德成虚愿，如此蹉跎倍可伤。世网重重难解脱，国仇历历总凄凉。胡尘遍地心难死，墓草连天骨亦香。烈士女雄同薄命，销魂岂独玉樊堂？

贺高卓庵结婚

庄严世界有情天，如此鸳鸯不羡仙。平等楼台春浩荡，共和眷属月婵娟。金钗银蒜今宵梦，宝剑明珠绝世缘。起落爱河潮万叠，自由花放一年年。

夫婿应推第一流，名姝风度也无俦。莺花南国添新稿，箫剑中原忆旧游。红烛高烧翻侠史，黄河遥望倚妆楼。春星窈窕温馨过，金粉东南尽自由。

偕任守梅、赵拜一、金兰畦摄影，媵之以诗

明珠宝剑自翩翩，几辈江东侠少年。着个鲰生惭愧甚，生天柱自让侬先。

国仇历历磨刀日，情爱醰醰中酒时。廿纪舞台携手处，歌成光复最相思。

题青年自治会摄影，次高天梅韵

谁是众生谁是佛，无端萍聚总因缘。意根无着种魂在，与汝同登兜率天。

自题二十小影

成佛生天两不甘，脑丝魄电自醰醰。死生流转来相值，忍作人间血肉看。

送兰畦归里并示拜一

去去复去去，送君南浦别。忆昔见君时，疑是曾相识。时流数百辈，于君最心折。君才焕春华，君学储秋实。况是性情人，意真少言说。黄卷共青灯，风雨鸡鸣夕。翩翩美少年，大义持之力。夷夏古有防，耿耿心不灭。亦有赵王孙，惆怅怀古国。私爱不可忘，公仇日以亟。前途共砥砺，黾勉振长策。宗周虽式微，人才自辈出。平生牢落人，对此自慰藉。携手互相笑，此乐真无极。自君遭病魔，形影益随侧。二竖日潜踪，欢喜见颜色。今朝送君行，离绪满胸臆。君病未全瘳，我怀更愁绝。明知相见期，近复在咫尺。不解此衷肠，忽忽若有失。送君登车去，车轮转太疾。归来晤赵子，相对各寥寂。

云间蔡仲刚挽词

相见终悭一面缘，哭君今日泪阑干。云间恶耗传来急，薤露歌成百

不堪。

救时终患才人少，厌世还嫌寿命长。猿鹤虫沙总愁绝，伤心一掬涕浪浪。

九峰三泖多英杰，往事沈沈二百春。地下相逢应一恸，风流陈夏更何人？

西山薇蕨尽腥膻，撒手还归干净天。后死仔肩谁负荷，剧怜侬亦太颠连。

题金山顾灵石忧庵遗诗

骚魂哀怨杂精灵，荡气回肠忍再听。如此才华如此命，教侬懊悔作词人。

谈兵说剑莽苍苍，往事思量梦一场。满地胡尘心不死，墓门宿草亦何妨。

集定公句十二截，柳子自祷祈之所言也，以和天梅，可见吾两人之论交，各在回肠荡气时矣

浩荡离愁白日斜，少年奇气称才华。书生挟策成何济，救得人间薄命花。

忍作人间花草看，雄谈夜半斗牛寒。秋灯忽吐苍虹气，泪渍鳝鱼死不干。

回肠荡气感精灵，终贾年华气不平。亦是今生未曾有，商量出处到红裙。

万千哀乐集今朝，脉脉秋魂不可招。难向史家搜比例，一言恩重降云霄。

不是逢人苦誉君，美人才调信纵横。一番心上温馨过，兜率甘迟十劫生。

惭愧飘零未有期，渡江只怨别蛾眉。不如归侍妆台侧，留报金闺国

士知。

胸中灵气或成云，喜汝文无一笔平。原是狂生漫题赠，亦狂亦侠亦温文。

小语精微沥耳圆，梦还清泪一潸然。自知语乏烟霞气，负尽狂名十五年。

少年揽辔澄清意，甘隶妆台伺眼波。一卷临风开不得，青山青史两蹉跎。

万千种话一灯青，歌泣无端字字真。一语避君君匿笑，原非感慨为苍生。

整顿全神注定卿，为谁出定亦前因。槎通碧汉无多路，万一天填恨海平。

更何方法遣今身，悔杀从前拂袖心。绾就同心坚俟汝，羽琯安稳贮云英。

和天梅自题"万树梅花绕一庐"卷子诗四首，即次其韵

汉腊支撑剩海滨，南枝零落北枝春。白衣拜罢冬青树，来伴梅花作比邻。

恸哭西台尚有诗，天荒地老此何时。避秦岂必桃源洞？我说渠侬未是痴。

放翁老去恨徒赊，梅岭年年泪未涯。莫话雪交亭畔事，伤心不独为梅花。

画兰无土所南痛，种柳有情元亮眠。身在胡天心汉月，一枝聊借避腥膻。

怀 人 诗

今年春夏间，侨寓海上，得识四方贤豪长者，时相过从，至足乐也。秋冬归里，辄复离索，风雨怀人，情何能已！拟为怀人诗以纪之。涉笔未半，抽毫已秃，先成四章，余俟赓续焉。

英雄沦落作词人，路索文章屈子魂。小雅式微夷狄横，宗邦多难党人尊。一门竞树骚坛帜，君叔吹万、弟卓庵皆工诗。只手难回病国春。赢得狂生知己感，飘蓬飞絮镇相亲。高天梅

廿年湖海老元龙，此恨深深与海同。天为多愁留我辈，地无用武误英雄。高山流水情何极，西燕东劳怨未穷。击碎珊瑚谁领略，劝君休唱大江东。君喜读天梅及余所为诗或词，激昂顿挫，能移我情，东渡后，知音者渺矣！陈陶公

天姿飒爽自趋伦，难得英雄最率真。一代霸才如汝少，三生交谊感侬深。眼中卢、孟嗤文弱，座上荆、高托死生。千里皖江凭掌握，会看天际起风云。时君在皖江　孙竹丹

江南握手笑相逢，识得而今马贵公。君别署贵公海内文章新雅颂，樽前意气旧英雄。摆伦亡国悲希腊，君译摆伦哀希腊诗亭长何年唱大风。君撰中国国歌六章右手弹丸左民约，聆君撞起自由钟。马君武

读季平见怀之作，即次其韵

残山剩水情难遣，飞絮浮萍迹总尘。多谢刘三今义士，怜侬憔悴不如人。

陈汉元以诗见赠，适归里门未得读，及余重来海上，则君已去沪矣！为遥和之

霸才寥落最堪哀，歌哭新亭恸几回。报道英王今未死，江南握手笑颜开。

百年胡运驱除易，九死湘魂泯灭难。昨夜醴陵新报捷，似闻张楚已登坛。

楚风一竞暴秦亡，三户遗闻溯典章。千古湖湘称霸府，马殷陈谅尽

侯王。

正拟长驱捣房宫，忽传猿鹤又西东。燃萁煮豆寻常事，底事干侬血泪红。

一现昙花未可怜，天将魔劫试神仙。汉家子弟多才俊，莫便灰心士八千。

飘泊今吾复故吾，廿年恨事未吞胡。姑苏台下悲麋鹿，生不逢辰值沼吴。

那堪回首旧山河，凄绝裴伦希腊歌。一事思量真自痛，只凭文字扫妖魔。

不洒英雄离别泪，却愁未斩建州酋。萧萧易水荆卿去，只少樊将军一头。

鸾飘凤泊又三秋，话到重逢未自由。多谢沪西门外柳，替侬传梦到瀛洲。

谈兵说剑少年场，赠我新诗感未量。小雅式微夷狄横，笑他奴隶唱尊王。

次韵和陈巢南岁暮感怀之作

朔风凛凛天如死，和汝新诗忍放歌？沧海横流原此际，疾风劲草已无多。凤鸾罹网全身少，魑魅骄人奈尔何？我欲天涯求死所，十年磨剑悔蹉跎。

匈奴未灭敢言家？揽镜犹怜鬓未华。赤县无人存正朔，青衫有泪哭琵琶。入山我愿群麋鹿，蹈海君应访斗楂。留得岁寒松柏在，任他世网乱如麻。

磨剑室诗初集卷五
（1907 年）

次韵和蔡冶民丈

思量赵瑟更秦筝，哀乐中年写不成。一掬伤心南渡泪，几曾揽辔事澄清。

呕心可有苌弘血，剪纸难招屈子魂。不是江潭摇落柳，也应愁煞晋桓温。

闻萍醴义师失败有作

呜咽笳声怨，南朝王气消。赤乌吴正朔，黄犊汉歌谣。胡运百年永，楚风三户凋。招魂何处是？江汉水迢迢。

说梦二绝

散花历历着心头，歌泣缠绵病未休。昨夜梦游芳草地，桃花未减旧风流。

美人如玉剑如虹。定厂句并辔中原杀贼雄。只恨晨鸡辛苦唤，不教杯酒饮黄龙。

叠韵和冶民丈

寂寂荒江百不欢，处堂犹自诩平安。国仇忍说沧溟阔，世路翻疑蜀道宽。朱鸟无灵天尚醉，黄龙有约眼空酸。十年磨剑成何事？苦恨匈奴肉未餐。

中年未到已无欢，似为苍生误谢安。强学隐沦心不死，已抛家国罪难宽。关河雁影音书远，风雨鸡鸣泪眼酸。薇蕨西山非汉土，怕听人说劝加餐。

寄沈次公海上

挥手一为别，蹉跎近十年。士衡才入洛，张翰又归田。湖海相思梦，云萍未了缘。相期珍重意，努力策燕然。

周湘云女士挽词，为朱少屏作

自由花落黯芳春，女史伤心迹已陈。绛帐周旋称弟子，肄业务本女塾金钗慷慨赠夫君。少屏创办健行公学，经济竭蹶，脱钗钏助之。河山风景悲周室，巾帼潮流起异军。一自乘鸾归去后，撒环兴学更何人。

神州刚是陆沈时，蕙折兰摧百不支。天意何曾惜儿女，人才原不属须眉。红颜未遂苍生愿，彤管空留黄绢词。漆室殷忧无那甚，不堪挥泪读遗碑。

夫婿才名一代雄，也应低首拜闺中。樽前红烛谈兵夜，匣底黄金结客风。刚盼龙鸾同上下，何堪劳燕又西东。悼亡潘岳销魂意，黑塞青林恨未穷。

天涯朋好感同群，环佩曾教谒小君。差喜金闺传国士，无端繐帐哭斜曛。凄凉何减平陵曲，女士殁后未数月，湘中师燋，重以党狱，死者无算。黯淡难开歇浦云。薤露歌成天亦泣，沪西门外雨纷纷。

吴门纪游诗题词

　　吴门之游，高天梅、陈巢南、刘季平、沈道非、朱少屏五子自海上偕往，余杜门里居不获从也。既天梅以游草见示，为题截句十六章而归之。

　　阿侬生小吴趋地，不识麋台与虎丘。读罢纪游诗一卷，今宵也合梦苏州。

　　天涯到处便相亲，如此胸怀有几人。吴市吹箫燕市酒，飘零多半在风尘。和沪江酒楼醉吟

　　齐云一炬莫悲伤，建邺平江总汉疆。何似淮军三十万，江南遗老哭忠王。和古吴感事

　　灯红酒绿销魂地，玉树南朝恨未休。十五吴姬歌一曲，有人肠断不胜愁。和阊门听歌

　　南朝已见君王辱，北地何曾妇女愁。惟有胭脂桥畔路，吴娃依旧斗风流。和过胭脂桥

　　画船箫鼓满春湖，十里湖光一镜铺。我自笑君太痴绝，青山便买又何如。和山塘泛舟

　　佳人碧玉小家女，快马琅琊大道王。竹垞句风絮云萍原不管，相逢一笑亦何妨。和山塘偶见

　　伤心社鼠与城狐，一击能教逆焰枯。忍死倘然迟廿载，东南义旅问如何。和五人墓下作

　　剩水残山涕泪涟，何堪侧耳听啼鹃。莺花南国阳春烂，只汝一声便黯然。和山塘闻杜鹃

　　头颅昔自悬胡阙，魂魄今犹恋汉州。一水西陵松柏渡，吴山越浦怒潮秋。和谒张公国维祠

　　城南甲第开今日，江左衣冠异昔贤。一样东山丝竹好，可怜不是太元年。和游留园怅触写怀

　　小园痴立黯春魂，鬓影衣香此地存。欲问伊人何处是，前头婴武未

能言。和西园忆旧

壮游未许到天平，风雨终朝阻客行。百事从来缺陷好，山灵何必不多情。和约同人游城西诸山阻雨不果

山川一别足相思，惆怅胥江柳万丝。如此胜游能几遇，可堪珍重再来时。和归途火车中口占

忧时同洒新亭泪，高会还逢河朔杯。金粉东南原不恶，神州回首有余哀。

言愁我亦欲愁时，肮脏心情百不支。和尽纪游诗一卷，明朝高冢哭要离。

巢南书来，谓将刊长兴伯吴公遗集，先期得公真迹小札一通，又得王山史先生所撰《夏内史传》及为内史营葬事甚详，喜极驰告，索诗纪之，应以四律

吾乡陈季子，磊落复英奇。不远关河阻，殷勤尺素驰。遗闻珍义侠，喜气溢门楣。扬挖千秋事，如君信可师。

慷慨长兴伯，曾挥落日戈。头颅捐草莽，风雨黯山河。赖有文章在，烦君急网罗。遗函天赐汝，彝鼎未云多。

云间夏内史，束发便从军。江左龙飞误，华亭鹤唳闻。遗骸谁护惜？后死属王君，何日携鸡酒，相从谊士坟。

叹息乡邦事，萧条泪万行。阳秋今不作，文献久沦亡。绝学唯君在，论交许我狂。昔贤如可起，回首意苍茫。

题钱亚仑戎妆小影

万里神州一镜收，年年长啸看吴钩。书生投笔寻常事，不为人间万户侯。

残山剩水事堪伤，结束从军入战场。他日义旗齐北指，看君一矢殪天狼。

有悼二首，为徐伯荪烈士作

胡尘遍中原，侠风久不作。史公坚如起东粤，手揭荆、高幕。王汉万福华更延陵吴樾，连翩踵芳躅。惜哉剑术疏，遗恨终寥廓。桓桓东海君，祖烈中山族。投身入穹庐，缨笠不辞辱。得当竟报汉，一击天地复！副车中非误，环柱走已蹙。大憨既伏诛，群胡争骇愕。遂令旃裘长，天半惊魂落。成败非敢论，此功良不薄！

大勋既已集，流血固所宜。慷慨告天下，灭虏志无渝。长啸赴东市，剖心奚足辞！勿悲房政酷，株连无穷期。毒壅将自殪，徒为驱除资。闻公仗义时，陈马相因依。光复实先殉，宗汉犹囹圄。亦有鉴湖侠，竦爽含英姿。间关隔千里，岂得同驱驰。奈何罗网急，并遭矰缴施。相彼俄与法，殉国多蛾眉。血溅断头台，魂依自由旗。寄语金闺彦，投袂毋迟疑！

题冯心侠、俞剑华合影

娄东人物说西铭，应社风流事可寻。三百年来遗恨在，不堪重话鹿樵生。

吴门初识冯心侠，海上相逢俞剑华。如此头颅曾几个，绝怜飘泊各天涯。

王述庵《论诗绝句》诋諆放翁，感而赋此

放翁爱国岂寻常，一记南园目论狂。倘使平原能灭虏，禅文九锡亦何妨。王船山先生有云："使桓温功成而篡，犹胜于戴丑夷以为中国主。"末二句盖窃取斯义。

庆元党禁诚私意，恢复中原义至公。却笑当年许平仲，高谈理学昧华戎。此首兼为平原讼冤也。习斋、随园都持此论。

姚自珍女士挽词，为张聘斋作

昙花一现恨如何，又听人间惆怅歌。岂独张郎儿女泪，金闺国士恐无多。

豪情侠态不曾休，送子扶桑万里游。聘斋曾游学东国。删尽陌头杨柳句，此行端不为封侯。

春风桃李自由花，绛帐齐停问字车。郎作先生侬弟子，陶尧铸舜洵堪夸。聘斋就清华女校教席，女士偕往修业焉。

麟胎未育病魔侵，抵死难灰爱国心。女士以产难去世。料得夜台魂寂寂，归来漆室一悲吟。

夫婿才名冠一时，相逢海上订心知。却愁搏虎屠龙客，偏唱离鸾别鹄词。

沈沈巾帼病难瘳，人虐天饕一例休。更向鉴湖一凭吊，秋风秋雨不胜愁。女士殁后期年，浙东狱起，鉴湖秋侠遂以身殉，女界之祸于斯为烈，秋雨秋风盖其临命前所书也。

怀人诗十章

素王不作《春秋》废，大义微言一脉尊。却愧鲰生百无似，也曾立雪到程门。章太炎先生

元祐党人推司马，襄阳耆旧数庞公。天门谼荡无崖岸，坐我光风霁月中。蔡子民先生

乡邦坛坫慎交社，桑海遗闻补史亭。一自莘庐耆旧死，谓邑前辈凌先生泗松陵文献尽推卿。陈巢南

西台痛哭谢睎发，皆井沉书郑忆翁。更向竹林携小阮，君群从天梅、卓庵并有骏才。应无俗物恼王戎。高吹万

文采风流我愧卿，未堪沦落怨三生。青邱词笔渐离筑，同向人间诉不平。高天梅

元方磊落季方奇，中晚文章世已稀。堪笑机云终入洛，愧君同采首

山薇。高卓庵

半载春申江上住，与君肝胆最相知。临歧珍重长亭柳，不许行人折一枝。陈陶公

相逢曾记海东头，一曲骊歌唱不休。赠汝朝鞭还洒泪，寸心未死为恩仇。俞剑华

垂虹亭畔论交日，黄歇城边买醉时。一自鸠兹江上去，暮云春树尽相思。沈道非

解衣推食寻常事，各有千秋志愿赊。莫道沪江轻薄地，市中还有鲁朱家。朱少屏

次韵答剑华寄怀之作

相逢怀抱各酸辛，一别天涯负结邻。怜我颓唐拚世弃，感君缱绻独情真。新愁未必缘弹铗，旧梦浑疑误转轮。唯有朋侪知己感，一番回首一伤神。

新诗吟罢殷勤寄，如此相思奈尔何。寥寂足音原自喜，纷纭皮相尽人讹。蛾眉谣诼非无故，猿臂功名似有魔。料得雌黄瀛海外，谤书一箧未嫌多。

别有飘零身世感，敢将孤愤向人夸。乘风未得同飞絮，堕溷终愁似落花。寂寂华年羞邓禹，棱棱侠骨愧朱家。汝南月旦寻常事，自恨蹉跎计太差。

言愁我更意茫然，惆怅怀人路五千。絮迹萍踪缘落寞，晓风残月恨缠绵。腐心未免餐周粟，忍死何由睹汉年。记否去年今日事？临行赠汝绕朝鞭。

吊鉴湖秋女士

恶耗惊传痛哭来，吴山越水两堪哀。未歼朱果留遗恨，谁信红颜是党魁。缺陷应弥流血史，楚南女士吊沈愚溪诗有"如何流血史，女界无辉光"

句精魂还傍断头台。他年记取黄龙饮，要向轩亭酹一杯。

　　黄金意气铁肝肠，革命运中最擅场。天壤因缘悲道韫，中原旗鼓走平阳。飘零锦瑟无家别，慷慨欧刀有国殇。一笑人间痴女子，如君端不愧娲皇。

　　饮刃匆匆别鉴湖，秋风秋雨血模糊。填平沧海怜精卫，啼断空山泣鹧鸪。马革裹尸原不负，蛾眉短命竟如何！凭君莫把沈冤说，十日扬州抵得无？

　　漫说天飞六月霜，珠沈玉碎不须伤。已拚侠骨成孤注，赢得英名震万方。碧血摧残酬祖国，怒潮呜咽怨钱塘。于祠岳庙中间路，留取荒坟葬女郎。

次韵答天梅

　　忧生乐死不堪论，块垒难浇酒一樽。满眼陆沉名士痛，百年青史几人存？海枯石烂浑多事，凤泊鸾飘总断魂。寄语人间辛苦者，尘尘万劫本无门。

读《天义》杂志感题一律，叠前韵

　　一卷新书仔细论，浇愁未信酒盈樽。华、拿竖子何须说，巴、布英雄有几存？压线穿针贫女泪，快枪炸弹富儿魂。群龙无首他年事，好与驱除万恶门。

截句和天梅次韵

　　我亦飘零二十年，几回搔首问苍天。尘球弹指成灰烬，何处人生不可怜！

得陈陶公书，感念时局，叠年字韵四截句答之，美人香草别有会心，未堪为不知者道也

生涯寥落一年年，岂是难空色界天。独有美人心不死，芳馨悱恻最堪怜。

牒写鸳鸯记去年，姓名先注有情天。如何凤泊鸾飘后，辜负良缘绝可怜。

江湖载酒误当年，百劫终成离恨天。薄幸今生难忏悔，青衫红袖两堪怜。

佳人咤利又经年，粉黶香销别有天。侠骨押衙憔悴甚，摩挲龙剑有谁怜。

亡友亚魂死三年矣，成追悼四律，不知吾涕之何从，未可作笔墨观也

无端一恸便声吞，宿草三年有泪痕。极目铜驼成隔世，惊心辽鹤未归魂。茫茫遂令斯人逝，碌碌空留我辈存。槁死绳床良足痛，沈湘蹈海更休论。

同舟风浪记当年，强挽潮流竟不前。党论纷纭宁足骂，声华依附亦堪怜。知心差喜同忧患，中道谁知更弃捐。回首旧游丛百感，山阳笛里忍轻传。

赌酒弹棋又一时，谈兵说剑亦吾师。荒江鸾凤才难展，伏枥骅骝愿屡违。剪烛西窗情款款，垂杨南国泪丝丝。而今文采都销歇，黑塞青林知不知。

匆匆三载几经过，阅尽沧桑感慨多。未见白鱼兴吊伐，似闻黄犊起悲歌。人间恨事今如此，地下伤心奈若何。一事更应愁告汝，故人豪气半销磨。

送高吹万游武林，次天梅韵

我已闭门愁作客，君今浪迹欲安之。鸱夷潮怒悲亡国，苍水陵高惹梦思。铁铸六州犹有错，霜寒一剑此何时。君家小阮多情甚，累我重吟七字诗。

寄题西湖岳王冢，同天梅作

自坏长城奈汝何，黄龙有约恨蹉跎。无愁天子朝廷小，痛哭遗民涕泪多。草木不欣胡日月，风云犹壮汉山河。秋坟一例沈冤狱，可许长松附女萝？

次韵答吹万，八月十三日寄怀一律

坠欢如梦梦如烟，便不思量已黯然。文字因缘关骨肉，交游意气薄云天。一门风雅如君少，万种牢愁只自怜。地老天荒如此恨，不堪憔悴学秋蝉。

哭冯沼清

痛绝人琴最可怜，焦桐爨尾碎年年。从知海水天风曲，无复成连径刺船。

谢家群从尽堂堂，咏絮人亡已断肠。谁料西州门外泪，今朝偏又哭中郎。君犹女茜华，先君数月逝世。

结客江湖涕泪涟，无端识汝亦因缘。倾心一夕联床话，绝胜神交几十年。

亦有林君与顾子，当年同是素心人。海东波浪愁回首，直北关山倍怆神。力山东游三岛，澄亚北走幽都。

读松陵诸前辈遗集，尚论其人，各系以诗

痛哭辽阳战骨新，离忧憔悴屈灵均。我来绿晓庄前过，天地苍茫失

此人。卜孟硕

　　一代人豪未等闲，楼船横海甲亲擐。白龙倘竟逃鱼服，胡马终应悔入关。吴长兴

　　观物堂空宿草丛，知心惟有蒋山傭。天人绝学空矜惜，可奈挥戈日未中。王晓闇

　　劫火狂烧野史亭，坑儒遗恨血犹腥。韭溪坠简羌难觅，喜汝丛残托汗青。吴赤民

　　渊源学派衍黄刘，阁部军前借箸筹。一跌可怜浑不似，只余诗笔占千秋。计改亭

　　覆巢遗卵恨安穷，文叔何缘事圣公？孤负简书珍重意，困亨叟与蒋山傭。潘次耕

　　绝艳惊才吴季子，生归白发已婆娑。鞭鸾笞凤寻常事，谁遣灵禽入网罗。吴汉槎

　　僧衣初换宰官妆，苦节终惭午梦堂。门下归愚原不弱，诗书发冢更堪伤。叶横山

夜梦力山，诗以招之

　　百劫余身入梦来，海天回首意徘徊。飘零犹幸存书剑，郑重何缘共酒杯。中散黄垆今日恨，时沼清新逝幼安皂帽几时回。蓬莱信美非吾土，料理中原正费才。

题《钱蒙叟诗集》

　　东京党锢旧名流，晚节披猖恨未休。棋局丛残悲失着，集中多观弈之作蜡丸辛苦运奇谋。蒙叟尝以蜡丸书输敌情于瞿文忠公。生矜一代龙门史，死傍千秋燕子楼。地下若逢临桂伯，为言鸣镝满神州。

题自撰《亡友沼清传》后一律

鬓病钗愁黯不雄,凭君赤手辟蚕丛。美人虹有摩天势,谊士戈无返日功。南国夷吾嗟短命,北庭卫律正弯弓。伯鸾死后三千载,又向吴门哭寓公。

《神州女报》题词,为陈志群作

料理生花笔一枝,钗愁鬓病要扶持。女权死绝三千载,珍重丝牵续命时。

强权何自归男子?大盗居然号圣人!帝网重重齐解脱,完全还我自由身。

万里光明一线开,盲风晦雨尚纷来。思量剑底桃花落,要与群魔战一回。

腐儒偏喜谈家政,贤母良妻论可嗤。是好女儿能独立,何须雌伏让须眉。

一剑飞腾作有芒,扫除民贼剪豺狼。百篇枉读刘中垒,只爱当年聂隐娘。

俄都有党号虚无,韦露、苏菲尽圣徒。一掷甘同狂贼碎,红颜碧血好头颅。

卑屈原为淫佚媒,东邦解放亦堪哀。一言我佩时贤论,肉体灵魂有别裁。

服官议政事如何,已见英伦奏凯歌。终是群龙无首好,快枪炸弹莫蹉跎。

不堪回首望神州,鹙凤囚鸾貉一丘。文字收功知有日,鲁戈十万奋同仇。

鉴湖往事漫酸辛,流血红妆第一人。秋雨秋风休便死,广陵遗响未全沦。

海上重吊周湘云女士

寥落女权史，蛾眉恨若何？如君差快意，余子已无多。负笈输新智，挥金挽逝波。华年心力尽，生死两蹉跎。

猎猎西风急，吹残五月花。清秋悲白帝，故剑哭朱家。骨损香桃瘦，波填精卫赊。芳魂招不得，飞去女中华。

地老天荒日，兰摧玉陨悲。红颜原薄命，青史此何时。漆室嗟奚极，宗周竟不支。铜驼荆棘恨，埋骨已嫌迟。

聘斋以《鹃唳草》索题，成长歌报之

春申江上风萧瑟，沧桑满眼悲无极。忽逢京兆画眉人，示我哀蝉一编集。张郎索我歌，我歌将如何？喟然四顾发长叹，狂言惊座君勿诃。自从伏羲创婚制，强权举世归男子。巾帼偏教从一终，鸾胶断续无讥刺。亦有娉婷女子身，合欢花谢萎芳春。徐淑祭夫惟有诔，文君识曲已无人。不然命为红颜薄，文凰飞去孤凤独。緦帐方闻故剑哀，洞房已伴新人宿。习俗相沿可奈何，张郎有意挽颓波。一卷殷勤《鹃唳草》，泪痕还比墨痕多。君不见，天壤王郎自古悲，随鸦彩凤每双飞。如何答拜樊英者，偏唱神伤奉倩诗！

海上即事，次巢南、天梅韵

天涯旧是伤心地，裙屐丛中我再来。把臂恍疑人隔世，浇愁端赖酒盈杯。琵琶天宝龟年怨，词赋江南庾信哀。莫管存亡家国事，酒龙诗虎尽多才。

偕刘申叔、何志剑夫妇暨杨笃生、邓秋枚、黄晦闻、陈巢南、高天梅、朱少屏、沈道非、张聘斋酒楼小饮，约为结社之举，即席赋此

慷慨苏菲亚，艰难布鲁东。佳人真绝世，余子亦英雄。忧患平生

事，文章感慨中。相逢拚一醉，莫放酒樽空。

题《恨海花说部》

百劫难燃已死灰，明灯华烛且低徊。双飞双宿非吾愿，只为中原苦爱才。述书中女郎锺仪语

别有樽前挥涕语，借定公句鸾飘凤泊总前因。一池春水风吹皱，底事干卿作解人。二语嘲作者及评者，亦自嘲也。

张园，次申叔、巢南韵

久别重逢握手新，飘零又向此江滨。辽东皂帽归何晚，海上红梅岁已春。金碧楼台仍照眼，沧桑歌泣易成尘。明朝散发扁舟去，天地苍茫失此人。

将归故里，留别海上诸子

一年不到春申浦，今日重来作俊游。草草萍踪感离合，茫茫尘海任沉浮。伤心旧雨兼今雨，往事清流怕浊流。浩荡烟波扶醉去，万千恩怨在心头。

啼红泣翠送年华，潦倒穷途哭酒家。梦里荒唐新甲子，樽前憔悴旧琵琶。箫心剑态愁无那，马角乌头恨未赊。便是买山归亦得，只愁清泪落天涯。

海上归来，写寄陶公日本

不堪历历心头事，垂涕为君一放歌。煮豆燃萁原不少，残山剩水已无多。绨袍无意怜张禄，骂座从教学灌夫。我亦人间辛苦者，蛾眉谣诼恨如何。

次韵寄天梅

万千名士空怜我，谁慰伤谗南国时？荡气回肠遽如许，寒灰槁木已嫌迟。烧残蜡炬难成泪，死尽春蚕尚有丝。一事输君最惆怅，万梅花里觅栖枝。

送阮介凡之柏林

一载神交不相见，无端临别有书来。绨袍怜我谁知己，金箭如君信异才。慷慨独行人万里，飘零无分酒千杯。柏林市上休回首，蓬岛神州两可哀。时陶公东行未返。

磨剑室诗初集卷六
（1908年）

百感苍茫，喟然有去国之志，适天梅以戊申元旦诗索和，即依韵奉寄

十年惭愧读诗书，误我儒冠信有诸。铸铁六州嗟此日，残棋一局悔当初。屠龙搏虎心原壮，笯凤囚鸾计已疏。便拟弃家亡命去，北胡南越总吾庐。

旧友傅钝根别三年矣，忽从天梅处以一诗见示，固知灰烬余生，尚不忘此有情世界也，赋此答之

西郊麟凤羁囚日，宁太一东海龙蛇去国时。陈汉元回首日罗江上望，凄凉汉帜剩偏师。

鼙鼓关山两地愁，伤心往事付东流。如何万劫千生后，北海犹能念豫州。

楚尾吴头怨别离，思量握手杳无期。湘江波浪深千尺，不及多情寄我诗。

爨下琴声苦未工，怜才何意到焦桐。平生自被儒冠误，肘后难悬两石弓。

吊刘烈士炳生，即次其兄林生哭弟诗原韵

伤心黄犊起歌谣，一曲平陵涕泪遥。沧海波填精卫石，欧刀梦断楚江潮。爱书竟传张汤狱，乞食谁怜伍员箫？取义成仁千古事，魂兮归去不须招。

东南义旅纵横日，三户亡秦古有之。岂料楚氛终退舍，居然胡运尚乘时。黄龙杯酒盟犹在，白马清流悔已迟。风雨中宵雄鬼泣，挑灯掩卷一沉思。

国仇未报亲恩重，草草捐躯死不甘。万里难归丁令鹤，百身谁解晏婴骖？白虹贯日沈湘水，朱鸟无灵哭楚山。慧业他生倘不灭，生天猛士可重还。

滚滚胡尘黯四方，忍看鳞介易冠裳！最难义侠求仓海，如此河山对夕阳！流血千秋侪武穆，复仇九世重齐襄。锄非两字分明记，耿耿精灵倘未亡。

张楚相从大泽乡，为忧时局刳肝肠。凤麟在野终罹网，燕雀何心尚处堂。未报秦庭人下殿，愁闻梁苑狱飞霜。何时北伐陈师旅，拨尽阴霾见太阳。

春晖寸草恋亲慈，百蹈危机总未知。岂为豹皮留盛誉？何妨马革裹遗尸。海天迢递思兄夜，圜土凄凉忆父时。国恨家仇忘不得，苌弘化碧杳无期。

热血淋浪涕泪滋，如君才不愧须眉。几人侠骨埋黄土？终古英灵怨素帏。新鬼不须愁故鬼，汉儿岂竟让胡儿！头颅千里原无负，后死荒江更可悲。

新诗读罢意茫然，骨肉情深宛眼前。无复扶风豪士赋，难赓江左大哀篇。田横岛上人如梦，豫让桥边泪似泉。尚有椎秦遗恨在，闻鸡起舞亦因缘。

海上题南社雅集写真

云间二妙不可见，天梅、聘斋里居未出。一客山阴正独游。巢南时客越中。别有怀人千里外，罗兰、玛利海东头。谓申叔、志剑夫妇。

鸡鸣风雨故人稀，几、复风流事已非。回首天涯惟汝在，相逢朱、沈倍依依。图中诸子时在海上者惟少屏、道非而已。

天梅以和巢南《西泠吊秋诗》见示，即次其韵，并寄秋社诸子

热血胸中吹不凉，年年忍见柳丝长！华泾亦有邹容墓，一样秋坟吊夕阳。

泾浊难容渭水清，伤心倩影自亭亭。泣麟悲凤寻常事，屠伯居然附汗青。

素车白马已成陈，点缀湖山尚有人。赢得九原遗恨在，独怜沧海未椎秦。

男儿无分立黄天，不识何曾值一钱！厉鬼犹应能杀贼，未须魂魄恋重泉。

为孙竹丹题小影，即寄怀东京

意态雄且杰，孙郎信可儿。头颅原不贱，身世欲何之。风雨离怀梦，江湖落魄悲。几时重见汝，把酒话心期。

三月十九日书感

遗民无泪哭先皇，如此江山蔓草荒。南渡倘教仍旧帝，北庭岂遽借真王。鹃啼蜀道声呜咽，龙去桥山事渺茫。故国沦亡三百载，燕云何处吊斜阳。

题留溪钦明女校写真，为天梅作

高生我友天下士，不肯落落埋姓氏。芒鞋踏遍富山云，蹈海归来心未死。春申江上舞台开，鹿儿私塾多英才。学界风潮一澎湃，白虹堕地声如雷。高生此时不得意，拂衣竟望乡关去。端居郁郁苦无赖，雄心聊试牛刀技。留溪女校建钦明，从此文明教化行。绛帐不辞秦妇女，红妆多作鲁诸生。一幅图成索我歌，我歌岂与君殊科！自由平等夙所慕，贻讥半教理则那。娲皇炼石曾补天，此时男女无颇偏。扶阳抑阴谬论起，女权扫地三千年。三从七出等刍狗，笯凤囚鸾亦何有。遂令天下女子身，无端尽作牛马走。百年苦乐由他人，我闻此语心怦怦。圆颅方趾岂异类，燃萁煮豆诚何心！物穷必反剥极复，欧风美雨争接触。十年以还议论新，阳和煦气回荒漠。教育方针近若何？我言不畏人讥诃。良妻贤母真龌龊，英雌女杰勤揣摩。他年亚陆风云起，兰因絮果从头理。素手抟成民族魂，红颜夺尽男儿气。高生高生如汝真豪贤，勿嫌地小不足君回旋。愿君孟晋益孟晋，造福女界当无边。君不见，行远必自迩，登高必自卑。安知韦露、苏菲辈，不向图中一见之。

四月二十五日，前明永历皇帝殉国纪念节也，前十数日有滇中之捷，感而赋此

帝子南征去不回，滇池今有捷书来。似闻金马仍王气，肯使铜驼付劫灰？赤县重开新日月，鼎湖遗恨旧风雷。帝蒙难时，有风雷之异。几时痛饮黄龙酒，箪子坡前酹一杯。

和天梅四月十三日作，即次其韵，为滇中义师赋

乌头马角伤心极，我已今生悔有情。不道蓬山刚咫尺，天风吹下佩环声。

比翼文鸳仙不羡，相思红豆子全荒。思量纣绝阴天里，从此长悬日月光。

四月二十五日

伤心今日是何日？忍死遗民泪眼枯。从此中原虚正朔，遂令骄虏擅皇都。魂依凤辇排阊阖，血洒龙髯泣鼎湖。二百年来仇未复，普天犹自奉胡雏。

闽越金陵蔓草荒，桂林云气拥真皇。三忠戮力身先殉，半壁偏安事可伤。西粤存亡归阁部，南云惨淡话中湘。最怜日暮途穷后，犹有挥戈李晋王。

翠华摇落百蛮中，姬、姒河山梦已空。辛苦鹈音还粤地，猖狂狼子胁秦封。蒙尘岂是徽、钦主？镌石争夸弘、范功。回首高皇干净土，神州依旧混华戎。

天南义旅起堂堂，司隶威仪旧帝乡。小挫纵然闻洱海，大勋终望集昆阳。一成兴夏诛寒浞，三户亡秦忆楚王。好待收京传露布，十三陵畔奠先皇。

题洪北江《更生斋诗集》

投荒万里归来日，犹自题诗颂圣仁。臣罪当诛缘底事，昌黎误尽读书人。

雨露雷霆迥不同，狐埋狐搰本来工。小儿只有杨修好，丞相何曾是梦中。

寄力山丹阳

有客丹阳道，殷勤双鲤鱼。吴门倾盖后，瀛海倦游初。善病须珍重，多愁仗解除。绝交虽著论，犹喜故人书。

畴昔同游者，于今复几人。黄垆中散死，燕市酒徒存。流转嗟何世，坚贞葆此身。岁寒松柏操，此意好重论。

五月二日醉后作,时闻滇师已败绩矣

事有难言忍听之,一杯酒滴泪如丝。思量文宴从容日,恐是危城喋血时。

廿年辛苦误雕虫,镜里头颅负乃公。便筑糟邱拚醉死,也应人笑不英雄。

海上赠季平

几年辛苦念刘三,握手重逢酒半酣。莫话邹阳当日事,双双红泪落江南。

齐梁乐府旧东平,郭解朱家侠气横。我亦恩仇心事涌,告君多恐未分明。

送次公归芦中

归奇顾怪旧齐名,十载重逢倍有情。惆怅离多偏会少,匆匆今又送君行。

英雄竖子意苍茫,一任旁人论短长。我是当年狂阮籍,只留青眼对嵇康。

旧识君家有大苏,一门风雅近来无。对床风雨论文夜,为我殷勤讯起居。谓长公

此后传书特地忙,羡君高卧白云乡。秋风起后应相见,鲈脍莼羹好共尝。

贺郁少华、何问湘自由结婚

东都名士秦淮海,南国佳人李易安。玉暖珠温花灿烂,有情眷属共团圞。

岭上白云朝入画,问湘女士工绘事。樽前红烛夜谈兵。成句一编布鲁英雄传,玛利、罗兰好定情。

姊妹花枝一样娇，六朝金粉未全销。伯符旧事吾犹记，又见周郎娶小乔。问湘女兄亚希为我友天梅德配。

岂有红颜真命薄，从今青史要翻新。思量剩水残山际，留取人间一室春。

杂　　感

草草华年掷逝波，思量身世奈愁何。难将屈子穷天问，且学王郎斫地歌。直北关山犹入梦，江东名士已操戈。惟余一片丹心在，独向空山泣薜萝。

相逢结客少年场，剑态箫心尔许狂。冉冉碧云来已暮，年年红豆意难忘。盲风怪雨惊鸳梦，问息寻消托雁行。唱彻人间可哀曲，几番侧耳泪浪浪。

早岁文章浪得名，壮年忧患感心惊。雕虫技小谈何易，画虎才难学未成。岂有穷愁浇鲁酒，可能哀怨写秦筝。平居自笑无聊赖，莫便蹉跎了此生。

巢南携徐忏慧女士《听竹楼集》见示，题此奉寄

天盖吟成种菜诗，百年胡运又今时。语儿溪水浑无恙，剩有精灵属女儿。

学敝风颓恨未休，国亡文字至今留。补天填海伊人事，笑煞须眉貉一丘。

一生一死交情在，季布红妆想见之。风雨年年秋侠墓，有人和泪读遗碑。

元龙谓我君词笔，漱玉断肠此继声。便欲流传到南海，罗浮翠羽不胜情。巢南方刊《忏慧词》于粤，盖君旧游地也。

巢南初度将及，感成六绝和韵

残山剩水哭黄天，妖鸟余腥总蔓延。赖有义熙元亮在，中原不数羯羌年。

精禽填海感沈冤，六月霜飞鉴水昏。剩有秋家亭子好，夜深剪纸为招魂。

庾信江南洵可哀，那堪晞发上西台！白衣拜罢冬青穴，重向崖山痛哭来！君前年尝数登西台，今年又寻冬青冢及宋六陵，顷且往崖门云。

慷慨悲歌岂复痴，百年胡运总堪疑。江东王气今何在？苦念神亭太史慈。

元龙湖海本无家，绝业千秋计未差。便使此身终异域，要留文字辨夷华。

复社逃盟总旧因，网罗遗佚替传真。祝宗莫便轻祈死，文献东南要此人。

秋夜同侠侬女弟话沼清佚事，感而赋此，兼念其犹女织文、遂方两女士

千秋生死事茫茫，话到遗徽总断肠。如此人才空幻梦，无多尘迹感沧桑。对床风雨情如昨，击楫江湖愿已荒。惆怅谢家群从在，青绫障外可能忘。

追念亚魂亦成一律

长此无聊赖，因悲宿草芜。君身倘不死，吾道岂终孤。白帝新秋气，黄公旧酒垆。人琴今已矣，流涕感穷途。

答　天　梅

荡气回肠怨未休，云间词客善悲秋。可能东海无秦帝，已报南冠有楚囚。鸿雁失群怜我病，凤麟入世替君愁。美人天末今何处？夜夜吟魂

梦石头。时闻陶公陷南都狱中。

次韵柬巢南

芳兰自判误当门，飘泊年来有泪痕。已觉尘寰少知己，那堪离别更销魂。关心梁狱愁无赖，返日阳戈忍再论。料得粤王台上客，几回蒿目望中原。

夜梦陶公醒而赋此

乌头马角费疑猜，又见离魂入梦来。闻道网罗无羽翼，如何谈笑有谐诙？死生一剑情犹昔，忧患千年事可哀。如此匆匆太惆怅，晨鸡辛苦漫相催。

中秋杂事诗

月光如水又中秋，只照欢娱不照愁。苦忆南朝王相国，一生几见汝当头。

月自当头夜未央，家家儿女竞新妆。华灯明烛低徊处，卍字栏干亚字墙。

长天吹断美人虹，金粉南朝色相空。欲发狂言还自笑，掉头行过画楼东。

无端触我牢骚意，鬓病钗愁总可伤。三尺龙泉亲起舞，当年此事只秋娘。

解衣同上酒家楼，狼藉杯盘醉不休。忽忆春申江上事，茫茫清泪怕横流。酒楼纪事

量浅公荣气自豪，狗屠驵卒漫相遭。此中别有伤心处，块垒填胸要酒浇。

优孟衣冠演水滨，锄强扶弱性情真。莫将盗侠轻评品，我愿黄金铸此人。观剧有演绿林义侠事者，感而赋此。

国狗岂能分黑白，人豪自古重恩仇。子璋头血淋漓掷，抵得黄龙酒一瓯。

朱门娇女曳罗襦，谁识猗桑有饿夫？惆怅枯荣殊咫尺，激昂巴布论非诬。感所见

荆驼旧事我能谙，争奈狂夫梦正酣。便是太平风景好，一声白雁又江南。

弥天珊网最心惊，乌鹊南飞恨不平。一样中秋明月好，有人愁对石头城。忆陶公白下

罗兰伉俪近如何，为询松江双鲤鱼。料得沪西城外月，今宵仍照旧青庐。寄天梅、亚希云间

书来一纸自罗浮，劝我遨游暂解愁。多谢故人珍重意，月明万里思悠悠。巢南有书自粤来，占此谢之。

七年前事不堪论，荏苒光阴有泪痕。悔煞秦灰轻一炬，不留诗卷驻精魂。七年前有中秋诗若干首，后以少作自毁其稿。

今夕重吟杂事诗，茫茫万感寸心悲。酒阑人散寻常事，一局残棋热泪滋。

答钝根仍用前韵

地老天荒人未死，空山歌泣此何时，相如纵有凌云笔，羞比平羌十万师。

白门杨柳动羁愁，终古长江逝水流。又是汉南新碧血，萋萋芳草哭鹦洲。

残山剩水黍离离，揽辔中原未有期。荆棘漫天行不得，几回呜咽诵君诗。

楚风自古乱离工，哀怨声声诉爨桐。翘首伊人何处是，湘江千里月如弓。

感旧四首，为陶公作也，兼示季平

历历愁怀夜未央，挑灯重与费思量。人从沧海归舟日，酒饮江楼结客场。执手相看余涕泪，寄身无地只壶觞。不堪陈迹都如梦，回首当时总可伤。

湖海元龙侠气横，酒人刘季旧知名。相逢只判千场醉，如汝能消万古情。北海胜怀曾几遇，南皮高会快平生。只愁萍絮飘零甚，归棹西风取次行。

匆匆临去倒芳樽，惆怅骊驹已在门。潭水汪伦新别恨，江州白傅旧啼痕。当前送我存欢笑，此后逢君怕梦魂。早识分离如此苦，未应嘉会负平原。

马角乌头人未归，投林穷鸟悔南飞。飘鸾泊凤情难遣，槛鹤笼花事更非。黄浦怒潮流日夜，白门秋柳怨芳菲。茫茫铅泪知多少，说与刘郎共一挥。

题《陈黄门集》，次巢南韵

敢言处士负虚名，不见臧洪喋血盟。荡房无成拚一死，寒潮呜咽恨难平。

不堪三百年来事，一代人才入网罗。莫话新朝纶綍好，鬼雄地下恐操戈。集为青浦王昶所辑，冠以清乾隆朝赐谥制书，恐非公意。

伤心野哭吞声日，后死荒江几辈存。愁绝细林山下路，当年宋玉替招魂。公弟子夏内史有"细林野哭"诗。

汉阙唐宫空有愿，胡笳羌笛几曾休！如何鼎鼎华亭胄，又向人间作楚囚。谓陶公

**八月二十七日，明思文皇帝殉国忌辰也。
读巢南诗，即题其后**

一纸新诗涕泪涟，桥山弓剑至今传。魂归沧海怜精卫，人向空山拜

杜鹃。坏土难埋龙凤骨，皇后曾氏同殉冬青休问犬羊年。尼山笔削分明在，谁识《春秋》内外编？是日即孔丘诞辰。

玉树歌残国已亡，真人白水起南阳。长安父老思文叔，斟灌遗臣奉少康。誓以中原归栉沐，岂知骄虏遽披猖！汀州城外攀髯日，想见精灵在帝旁。

半壁匆匆三易主，君王神武有谁陪？官蛙晋惠原庸主，圣安帝冻雀唐昭岂霸才！永历帝薪胆生涯惟此日，沧桑浩劫竟成灰。天南旧事苍凉甚，谁继端哥赋《大哀》？夏内史有《大哀赋》，时思文帝犹在闽也。

百年青史已茫茫，帝殉国日，《明史》《南疆佚史》均失载。野哭荒郊几断肠。扬越山河仍险阻，无诸台榭尽荒凉。何时逐鹿驱元顺，此日蹊牛怨楚庄。莫话孝陵兴废事，中朝王气总销亡。

重九节有怀陶公

风雨重阳又一年，江南秋思渺无边。抛残红豆情难遣，瘦到黄花事可怜。万里云罗无雁至，群飞海水倩禽填。登高有约凭谁赴，手把茱萸自黯然。

负汝何言泪暗吞，南冠憔悴不堪论。美人自古原无命，羁客逢秋易断魂。悔乏先机藏复壁，几曾刎颈送夷门。迷阳却曲平生恨，念绝云间陈大樽。

秋夜不寐，有怀内子郑佩宜女士红梨

十里蒹葭费溯洄，黄花开尽未归来。人琴生死闺中怨，君新有嫂氏之丧风雨萧条梦里催。耿耿孤灯人语静，迟迟残漏雁声哀。诗成留待相逢日，端笑狂奴苦费才。

将之东江留别次公

赌酒弹棋日日忙，无聊情绪尽疏狂。湘东赤县悲残局，鄂国黄龙负此觞。北海犹存孔文举，东山谁是谢中郎？长兴战迹堪凭吊，明日云帆水一方。东江一名白蚬江，自梨里迤逦至此，南极分湖，数十里间，皆先朝长兴伯楼船血战地也。

杨柳四章，和高天梅、宁太一、傅钝根韵

杨柳萧萧白下门，思君此日尽销魂。天涯兰蕙飘零尽，枳棘丛中鸾凤蹲。

杨柳萧萧白下门，相逢曾记倒芳樽。如何一别汪伦后，千尺桃潭水亦浑。

杨柳萧萧白下门，西风吹梦已无痕。青山依旧归难得，闲杀云间旧水村。

杨柳萧萧白下门，一腔心事向谁论。延津何日龙飞去，愁看酆城剑气昏。

和巢南九月十九日顾端木、刘公旦、钱彦林、夏存古诸公三十余人殉国大纪念节诗二首

甽年前事恨难休，吴越人才一网收。东海龙蛇思帝子，诸君子以通表鲁监国被祸。北山猿鹤吊清流。生骑箕、尾归天上，死比袁、刘殉石头。从此中原销正气，沈埋碧血至今愁。

平生私淑玉樊堂，自向云间爇瓣香。两世成仁真父子，一身余技有文章。髫年崛起称豪俊，几辈同归尽慨慷。风马云车雄鬼集，人间何处奠椒浆？

寄叶楚伧吴门

白蚬江边一相见，新词遥寄值连城。苍生我已惭安石，青眼君偏学步兵。飞絮浮萍随遇合，暮云春树感生平。专诸门巷要离墓，吴市从来侠气横。

有　所　感

已悔狂名动一时，刘郎才气竟如斯！信陵醇酒年来意，尚有南山种豆诗。

闻道春雷起蛰鳞，嵇生龙性未须驯。素琴浊酒浑闲事，镜里头颅合付人。

云间何亚云挽词

鸥盟姓氏订名流，未向人间识豫州。一首长歌当痛哭，传君千载有青邱。天梅有诗哭君甚哀。

说剑谈兵作有芒，也曾结客少年场。神州戮力今休问，鹏鸟悲鸣吊夕阳。天梅诗有"戮力神州少一人"句。

风流陈夏已迢迢，峰泖湖山惨不骄。纵使云间佳士夥，那堪人虐更天饕。

岂为穷交变死生，缊袍恋恋故人情。西华葛帔休惆怅，犹有当年范巨卿。云间诸子料理君身后事，高谊足讽流俗。

天心二首，为那拉、载湉同殒作

天心今已厌匈奴，一夕元凶并伏辜。人鬽有灵诛牝雉，帝羓无命笑雄狐。白旄黄钺今知免，圣德神功内愧无。独自伤心苍水句，中华依旧奉胡雏。

二百年前泣鼎湖，春秋大义久模糊。鲍鱼已死秦皇帝，符命犹陈莽大夫。小雅式微真此日，中原恢复仗吾徒。侮亡取乱英雄事，振臂中宵试一呼！

海上晤旧友十余辈，既别去，各赠以诗，亦怀人之义也

辽东龙尾归来日，吴市梁鸿赁庑时。莫向人间争洛蜀，黄钟大吕总吾师。刘申叔

英绝眉痕不解颦，雄谈四座自生春。黄衫大侠今寥落，季布红妆要此人。何志剑

无计逃禅奈有情，青山故国画难成。相逢一笑拈花处，好向灵山证旧盟。苏曼殊

翻云覆雨且休论，戴笠乘车有几存。青史何须夸管、鲍，买丝先绣赵王孙。赵夷门

三年离别黯销魂，相见犹疑是梦痕。终古蛾眉有谣诼，人间恩怨不须论。林力山

不露文章气已豪，少年珍重赋同袍。伤心绿酒红灯夜，自倚栏干看佩刀。韩觉我

不妨游戏散天葩，侠气豪情总未差。复壁柳车辛苦甚，世人谁识鲁朱家。朱少屏

文献东南叹逝波，期君能返鲁阳戈。鸡鸣风雨伤心意，君有鸡鸣风雨楼。我亦闻歌唤奈何。邓秋枚

深源久已谢虚名，何意怜才尚有卿。赠汝多情书一卷。以曼殊著文学因缘奉赠。要留纪念到生平。于竹坡

对床旧梦杳难寻，握手匆匆感不禁。难得相逢容易别，天涯愁绝石头城。赵拜一

何甥谢舅我能谙，君与陶公为甥舅。往事思量酒半酣。丝竹东山羁旅恨，销魂今日对羊昙。蔡恕庵

期而未到者季平、天梅、巢南、道非，以事牵率不获来者陶公，亦成五截奉寄

东道迟君作主裁，西湖留汝不归来。南舣北驾人无恙，君诗有"北驾南舣成底事，只余忧患未能平"句。孤负相逢酒百杯。刘季平

蓬梗萍飘迹屡歧，代飞雁燕怅心期。酒徒燕市今重聚，不见悲歌高渐离。高天梅

南天踪迹久淹留，望断归人一叶舟。海上红梅今未放，去冬偕君及申叔游张园同作诗，余有"海上红梅岁已春"句。遥怜香雪满罗浮。陈巢南

西风憔悴沈郎腰，底事人来不趁潮。君居浦东，相隔一衣带水耳。露白葭苍何处是，鬓丝禅榻镇无聊。沈道非

白门杨柳早经秋，蹈海归来作楚囚。满眼沧桑谁省识，不堪重上酒家楼。陈陶公

寄何震生桐城

不见何生久，萧条费我思。江湖成昨梦，戎马又今时。虎斗龙争地，鸾孤凤只悲。君新悼亡皖公山色好，此意有人知。

忽漫飘然去，无缘共酒杯。霸才天下士，棋局劫余灰。世事今休问，吾曹总可哀。关山风雪路，岁晚好归来。

健行公学同学余成任挽词

玉树长埋恨，伤心奈汝何。才华原敏捷，身世太蹉跎！豹有留皮意，人无返日戈。秋坟蒿里曲，哀怨不能歌。

乐育英才意，当年迹已陈。江湖空结客，桃李不成春。寥廓嗟何世，穷愁失此人。生离翻死别，谁与话酸辛？

巢南自粤归，访余于梨花里，因招次公共饮酒楼，即事赋此

万里归来泛短艖，无端良会集今宵。疏狂最爱陈惊座，憔悴还怜沈瘦腰。尚有风骚心未死，断无块垒酒能浇。相逢忽漫成离别，红烛多情泪几条。巢南明日即归东江，故云。

次公将归芦漪，离筵话别，媵之以诗

相叙已无聊，离筵魂黯销。匆匆如此别，悁悁可怜宵。大海云萍合，归舟风雪骄。清樽且劝汝，惆怅是明朝。

狼星四首,为熊味根起义皖中作

狼星今敛角,胡运竟如斯!烽火连江表,英雄起誓师。侮亡原有训,仗义岂无词?惜未奇勋奏,凄凉皖水湄。

沼吴越勾践,报汉李骞期。尝胆味原苦,降胡计独奇。异军天上降,义问域中驰。成败何须论,黄龙酒一卮。

爝火犹争焰,伤心日未中。浪传三户楚,其奈百年戎!赤县销王气,苍生泣鬼雄。靖南遗恨地,咫尺接英风。

一击不能中,神龙见首来。秦庭空大索,沧海竟生回。世乱仍棋局,天心仗霸才。圯桥黄石履,千载自徘徊。

定庵有三别好诗,余仿其意作论诗三截句

平生私淑云间派,除却湘真便玉樊。哭过细林山下路,词家屈宋有渊源。《夏内史集》

不为叹老嗟卑语,不作流连光景词。一代耆儒俦伏郑,更留余技到风诗。《亭林遗诗》

三百年来第一流,飞仙剑客古无俦。只愁孤负灵箫意,北驾南舣到白头。定庵《破戒草》

自题《磨剑室诗词》后

剑态箫心不可羁,已教终古负初期。能为顽石方除恨,便作词人亦大痴。但觉高歌动神鬼,不妨入世任妍媸。只惭洛下书生咏,洒泪新亭又一时。

磨剑室诗初集卷七

（1909年）

梁大同瓦拓本，天梅属题

瓦上文为"能仁寺比丘正鹫仿铜雀剩瓦五万片舍入法忍寺，愿先妣童十九娘超生佛界，大同元年四月陆墓甘郎造"，共四十二字。

亦是人间纪念碑，能将何物报亲慈。生天成佛寻常事，我爱当年谢客儿。

曹家铜雀已成空，礼乐犹存萧老公。青雀飞来邺城里，谁传剩瓦到江东。

而今此瓦又堪传，收拾丛残意惘然。不似韩陵一片石，南朝正朔大同年。

一语吾闻龚自珍，飘零六代少芳尘。从今南国张旗鼓，金石吴天不恨贫。定庵诗："西京气体谁比邻，下有六代之芳尘。我生所恨与欧异，但恨金石南天贫。"

苏曼殊寄示近作，占此报之

申江握手无多日，又向西风惨别颜。何意鱼书来海外，似闻鹤唳下云间。青山旧梦家何在？红豆新词恨未删。毕竟逃禅成底事，袈裟清泪也斓斑。

自古文章见性真，新诗一读一悲辛。女萝窈窕离骚鬼，翠袖飘零绝代人。锦瑟华年随逝水，樱花游屐踏残春。最怜绮语销难尽，亦是今生一段因。

天涯知己几朋俦，惆怅南皮感旧游。司马文园仍善病，巢南元龙湖海未归休。陶公悲歌击筑思燕市，零落邮书怨石头。犹有刘三问消息，算君聊可慰穷愁。

平生故国恨难销，如此江山画里描。绚烂胭脂归北地，凄凉金粉剩南朝。化为顽石沉湘水，赢得多情谥洞箫。寄语梁园旧宾客，年来愁绝广陵潮。

寄马君武柏灵，时读其所著新文学

海内新文学，流传值万钱。如何马君武，能念柳人权。人权为余旧名抗手无时辈，推论异昔贤。欧花兼米锦，哀怨杂鲜妍。

忆昔匆匆别，于今又几春？江山非故国，身世感劳薪。意气能无恙？文章各有神。兰茵河畔水，照汝俊游人。

三叠阳关曲，平生未见来。伊人真绝世，之子解怜才。萍絮俄相值，沧桑亦可哀。江南肠断句，惆怅贺方回。

并世有刘三，轶群成两骏。浮生各飘泊，吾道自艰难。弦不期同响，才宜共一龛。何时成会合？双剑郁龙蟠。进退格

蔡哲夫惠书枉寄，裁此奉答并似张倾城夫人

怜才何意到伧荒，郑重邮书远寄将。顾我无能惭白社，羡君偕隐有红妆。蔫支狼藉翻绡锦，兰蕙飘零问沉湘。赢得闺房清课好，挥毫未觉夏时长。

博物真同张茂先，异书况自腹便便。风流岭表多奇士，人物江东有

寓贤。翻怪论交能念我，只愁握手尚无缘。何当远道招坡谷，时曼殊客海外，晦闻归粤峤同向尊前一放颠。

哲夫以手绘薛剑公先生遗像属题，敬成四绝

故园归去恨难支，先生有归故园赋。天遣空山借一枝。怕向崖门吊风雨，凄凉异代竟同时。

覆巢遗卵陈元孝，披发行吟屈大均。侥幸梁家称鼎足，算来此席合输君。陈、屈并与先生善。

画石补天天亦愁，胸中奇气不曾收。琴心剑胆今何处，零落人间剩蒯缑。先生善画石，题跋有补天之语，生平宝一琴一剑，著有《蒯缑馆文集》。

耇年遗像自堂堂，故国何人奉瓣香。更有遗书赖收拾，千秋好事蔡中郎。

和哲夫徐汇移居诗四章，即用其韵

知君生小住罗浮，作客年年爱远游。为有梁鸿高士妇，赁人庑下不须愁。

绿窗静对一衾书，樱笋筵开杂荐蔬。无此江南风雅士，湖山合让寓公居。

合肥祠宇近前村，旧事麋台有泪痕。宝马香车行乐地，未须惆怅到同根。

崔颢题诗谁敢和，吟成一笑问何如。怜侬亦是移家者，抛却分湖旧隐居。余家旧在分湖畔，湖为吴越间巨浸，颇汪洋可观，今移居来梨里，嚣尘近市，无复水村风景矣。

惆怅词六十首，四月十七日夜作

越水吴山两地分，萍踪难问砑罗裙。似闻已逐鸱夷去，孤负当年惜誓文。

碧海青天有旧盟，思量我总负卿卿。怃他三载漂零恨，拚守残棋了此生。

坠欢历历着心头，歌泣缠绵病未休。滴尽铜壶人不寐，挑灯自起写银钩。

曾记相逢初度时，人天从此有相思。早知此后纷纭事，悔不当初不识伊。

百年间气一生才，英绝眉痕未见来。佳侠含光人绝世，剧怜身世已堪哀。

话到凄凉泪暗流，便思借箸为卿筹。言深未觉交期浅，亦是平生一段愁。

柔情似海谁能比，薄命如花亦可哀。怪道缠绵难解脱，感恩知己更怜才。

百蹈危机总未知，与君同是苦情痴。含情脉脉缘何事，被冷灯昏亦自疑。

销魂一语降云霄，惭愧鲰生要福消。小字珍珠百回读，泪痕冰透一条条。

绝代伤心恨海花，后车那忍逐前车。红笺自写陈情表，料得香闺泪似麻。

割慈忍爱讵无端，情到忘情亦大难。一日三秋人不见，又教檐竹报平安。

三生福慧已成空，天上人间路尚通。早料欢场无结局，得相逢处且相逢。

与君相敬正如宾，同向园林步早春。赢得路旁人看煞，一时尽道比肩人。

故园一角已无家，枫冷吴江水一涯。便作武陵源亦得，有人留汝饭胡麻。

篷窗闲倚月如霜，指点山乡更水乡。愁煞秀洲塘外路，湖名偏道是鸳鸯。

落帆亭畔落帆迟，裙屐登临一问之。倘使人间无缺陷，真同一舸载西施。

三旬销夏亦何妨，苦恨旁人论短长。激起爱河潮十丈，便成龙战血玄黄。

拂袂天花不自由，矫情我已悔从头。娲皇万一天能补，从此佳人字莫愁。

岂有才人嫁厮养，从来名士悦倾城。银河多谢填桥鹊，谁信风波蓦地生。

云间避地愿终违，辛苦支撑一局棋。送汝鸠兹江上去，月明如水泪如丝。

电灯影里强支持，挥涕江头惜别时。悔不波心同一掷，许侬陪坐水仙祠。

思君我亦渡江来，不恋蛾眉更恋谁。无那催归传急耗，自怜无分隶妆台。

蜃气吹成百尺楼，盲风怪雨打扁舟。惊心当户芳兰事，煮鹤焚琴肯罢休。

男儿原不觅封侯，拚把微躯殉自由。总怕伯仁由我死，便教强项也低头。

生死危机一发催，矛炊剑淅敢徘徊。六州铸错非容易，曾费洪炉巨冶来。

降表修成出李家，降王从此走传车。小楼一夜东风恨，吹到唐宫月不华。

平生最恨负情痴，不料如今躬蹈之。辛苦河梁吟五字，千秋谁亮李骞期。

我住吴江君皖江，清波照影不成双。况多薏苡明珠谤，知汝疑团未易降。

正是横流动地时，蛾眉也上党人碑。燕邯游侠人亡命，着个红颜亦大奇。

自营土室藏张俭，私脱金钗贳鲁梭。我已闭门空叹息，焦原输汝挽阳戈。

坠甑已矣何须顾，破镜从今不再圆。此语吾闻心骨折，人天如此好因缘。

一棹匆匆莺脰湖，辱君书札到狂夫。沧桑小劫人重见，旧梦零星肯记无。

岂是心甘薄幸名，湘累谣诼不分明。华陀倘有仙人术，不惜心肝剖示卿。

剩将一语谢灵修，臣罪当诛只自尤。到底不分嗔与爱，怪他临去又回眸。

别后何来双鲤鱼，萧娘亲写绝交书。朱刘中散皆伧父，六代文章不似渠。

翩然去访九疑云，猿鹤声中不忍闻。半载洞庭湖畔住，销魂不独为湘君。

朔风海上又停车，垂死寒梅再着花。一纸谁传青鸟信，黄衫侠客女朱家。

红粉飘零翠袖寒，相逢真作梦中看。生天成佛寻常事，不似人间此会难。

到底难燃劫后灰，天寒日短共徘徊。不知何与旁人事，苦把归期抵死催。

又向西风怨别离，卿仍作客我当归。临行不敢回头看，多恐伤心不自持。

便欲乘桴蹈东海，不须梳洗望黄河。箜篌唱彻公无渡，哀怨声声可奈何。

千回百折水流东，苦语零星寄断鸿。总是长幡无气力，怪他枝上五更风。

怜卿憔悴为卿愁,特地申江一放舟。差喜美人无恙在,酒边重与话绸缪。

芳郊走马好亭台,落尽梅花杏未开。也算今生一相见,明朝归棹又相催。

又是匆匆半载过,拔山力尽奈虞何。轻罗纨扇人如旧,只恐香桃瘦损多。

商量身世恨难平,满地风波不可行。各有伤心无限事,一灯相对悄无声。

五张六角恨如何,无分今生泛五湖。已矣词成古决绝,有人红泪湿香罗。

湖海元龙侠气横,齐梁乐府旧刘生。黄衫不是无游侠,精铁栏杆悔铸成。

芙蓉迟暮涉江时,团扇秋风忍弃之。赠我一花兼一扇,此情终古要人思。

门外骊歌唱不休,匆匆此别那能留。今宵拚作如泥醉,呕尽心肝白尽头。

诗谶从来信有之,桓谭冯衍几曾知。最怜明月雕栏影,能照双双只此时。

从此天涯两地愁,征衫憔悴又杭州。小青沦落秋娘死,一代人才似汝不。

塞鸿社燕各迢迢,恨煞申江上下潮。刚是君来我已去,相逢一度福难消。

寻消问息自年年,怪底春来断一笺。忽报鱼书传间道,似云别自有因缘。

半世飘零得所归,知君未与素心违。只怜照影恒河者,瘦沈腰肢减一围。

一池春水底干卿，便不能圆也有情。难向东方问千骑，上头夫婿是何人。

思量往事总休提，无分梅花处士妻。但祝鸳鸯三十六，新巢安稳护双栖。

才人失路例逃禅，愧我难参九品莲。说与西山精卫道，茫茫恨海不须填。

少年击剑吹箫意，剑气箫心两渺茫。醇酒信陵犹是福，从今端不怨秦王。

愁来自唱懊侬诗，辛苦吟成只自知。禅榻鬓丝今已矣，天荒地老是相思。

苦　　吟

苦吟达旦自嫌痴，呕尽心肝不为诗。身世真同鼠入角，文章羞说豹留皮。西园公子今无我，南国佳人更有谁？已是晓风残月候，宵来心事一灯知。

钱　　神

钱神定何物，殉利不知名。慷慨绝交论，艰难乞食情。幸通方恣肆，老濞亦骄横。独有刘中垒，黄金铸不成。

寄俞剑华、顾珊人东京，阮介凡柏林，韩觉我大梁，兼怀陈陶公南都

大雅久不作，萧艾纷荣滋。幽兰抱孤芳，反为世俗嗤。已至国无人，悲哉轻薄儿。何来侠少年，玉树生阶墀。得一已云多，况有同心期。咸怀松柏操，各具琼瑶姿。谬以兄事余，余亦弟畜之。他山有攻错，同气无差池。所嗟不相见，各在天一涯。落月屋梁梦，春草池塘思。为谢双鲤鱼，寄我盘中诗。

俞君我旧友，海上相逢早。君方厌谣诼，余亦愁潦倒。一奏爨下琴，牙旷称同调。江南三月春，送汝蓬莱岛。祖鞭誓先着，温裾敢自保。何况离别情，去去勿复道。荏苒历岁年，思君令人老。

神亭余霸气，卖药逢韩康。众中一相见，衣袖三年香。蹈海复归来，小住春申江。抟沙忽重聚，话旧惊沧桑。天寒日已暮，意气惨不扬。人生亦有命，劝汝尽一觞。繫余归田庐，君仍客他乡。驱车大梁道，吊古何旁皇。信陵不可作，夷门徒慨慷。

相思不相识，此岂世俗有。吁嗟顾与阮，是我神交友。昔者陈惊座，高谊云天厚。爱此两少年，谓如左右手。驰书来告余，肺腑铭敢后。二子亦怜才，不弃余衰朽。虽无倾盖缘，此意安可负。虎头振奇人，东游亦已久。步兵更健者，灵槎犯牛斗。樱花岛上春，兰茵河畔柳。相去各万里，相望空翘首。怜余马齿长，闭置车中妇。云海渺苍茫，今夜梦来否？

我怀且未已，我歌今更悲。元龙湖海士，豪气凌蛟螭。平生肝胆交，想望无穷期。奈何罹世网，北斗南有箕。秦中乌头白，此意当诉谁？知君卓荦姿，岂受外物羁。一寸光明地，诀荡无瑕疵。入火火不爇，入水水不滋。坚贞炼道力，箕子方明夷。假此南冠囚，皈依西方慈。十年参面壁，豁然复何疑。于君诚无伤，而我情难持。坐视讵能甘，援手将奚为。人间不平事，往往心力违。去腊逢韩子，话此涕交颐。俞君及顾阮，函讯仍交驰。一言我负君，此罪安敢辞。作诗告同人，毋忘在莒时。

闻陶公出狱，喜极不能成寐，枕上口占得四绝

一纸书传喜欲狂，翻教涕泪湿衣裳。乌头马角今生事，到此犹疑梦一场。

惊心虎穴又龙渊，一岁真同十九年。也是汉家苏属国，丁零绝塞竟生还。

明夷箕子尚多情，魔劫深时道力精。铸舜陶尧无愧色，黄巾争拜郑康成。

昨夜思君愁未寐，今宵欢喜不成眠。何时却剪西窗烛？重话人间一段缘。

哲夫、倾城各写墨竹见惠，书此鸣谢

哲夫录归妹跋语，而倾城复写管仲姬句以志概，故诗中及之。

画兰无土郑思肖，画竹无坡归祚明。同是人间辛苦者，知君写此不胜情。

斑斑湘竹渍啼痕，犹有人间一室春。不似鸥波亭子上，薄他夫婿赵王孙。

次韵答哲夫见怀之作

文字光芒聚德星，借定公句竹篱茅舍一时新。寓公岭外移家远，高士人间赁庑贫。爱客固应同剧孟，征歌何事到阳春。几时半隐行窝里，容我玄亭问字人。君好奇字

哲夫写示和曼殊本事诗十章，即题其后再次韵

窈窕云间昨夜星，墨痕泪点尚如新。难销绮语空闻道，尚擅才华未算贫。有客伤心三岛梦，干卿底事一池春。怜侬大敌当前怯，合作词场袖手人。

苦雨三次韵

昨宵历历见明星，何意晨来雨又新。波浪接天真苦涝，蛟龙得水未愁贫。陆沈谁洗神州耻，一室难回大地春。最是索居长寂寞，柴门无复叩关人。时有所期不至。

四次韵和哲夫并示天梅

同是人间旧谪星，因缘文字订交新。阮生白眼难谐俗，刘向黄金不疗贫。如汝真能侪刻羽，嗟侬何敢比阳春。诗坛久已降幡树，犄角中原况有人。

和曼殊本事诗十章次韵

智慧难参欢喜果，人天赢得不平鸣。新诗谱出销魂史，不为灵箫却为筝。

春病恹恹镇日煎，爱河恨海路茫然。缠绵情话无端甚，亦是三生未了缘。

迦叶阿难是本师，沾泥禅絮已无丝。只愁荡气回肠候，不恋佳人更恋谁？

伤心影事八云筝，曾隶妆台伺笑颦。着袂天花消不得，银灯影里比肩身。

珍重亲调雁柱筝，泪波双眼自盈盈。才人浪说逃禅好，争奈逃禅尚有情。

事到难言惟有泪，人犹无着况于诗。伊谁精铁阑干铸，孤负逢卿未嫁时。

最是维摩愁示疾，何曾神女爱行云。悲欢离合从头数，瘦尽腰肢蛱蝶裙。

莺花易了今生梦，贝叶难招旧日魂。古店斋心人寂寞，袈裟亲为检啼痕。

憔悴人间乞食箫，微茫情海自生潮。娲皇倘有天能补，乌鹊填空不用桥。

割慈忍爱无情甚，我有狂言一问卿。是色是空无二相，何须抵死谢弹筝。

晦闻姬人明明工书画，哲夫有诗题赠属和，即依韵并示晦闻

黄君好事辟疆亚，绝代姬人亦一奇。应笑侯生无此福，秦淮惆怅李香诗。哲夫诗引冒辟疆姬人女萝为喻，故云。

急　雨

急雨如倾三峡水，宵来魂梦也难安。人间尽有伤心事，辛苦痴天哭不干。

哲夫见示端阳纪事之什，和韵奉寄

沉湘屈子成千古，作赋端哥又一时。云间夏内史有《端午赋》，端哥其小名也。岁月蹉跎惊令节，音书迢递感天涯。残山剩水兰无土，怪石香蒲梦有思。君仿郑忆翁画兰，又与倾城夫人合作《香蒲怪石图》并以见惠。珍重药炉相对处，闺中祝汝病魔离。倾城示疾未瘥。

题徐藻涵前辈（世勋）《枫江渔唱》

文采徐山民待诏吴子佩夫人照水滨，如何继起竟无人。白头一老云阳道，此是天留婪尾春。

芦雪梨云耐久交，分湖风景画难描。放翁老矣今无恙，何不归来共酒瓢。集中多与芦漪陆鸥安前辈唱和之什。

读李后主词感赋

亡国余生莫怨嗟，泪痕红透断肠花。始知高颎多情甚，先向青溪斩丽华。

卧榻旁边睡不容，逼人天水太匆匆。小楼一夜知何罪，又赐牵机出禁中。

戴褐夫集云：圣安帝遇害在五月六日。赋此纪之

降王仍上断头台，忍话南朝旧劫灰。竟蹈平阳怀愍辙，靖康五国未堪哀。

国事伤心误巨奸，党人遗老谤书传。千秋谁作持平论，前有温郎后戴渊。明季野史于帝多丑词，黄南雷、钱田间且有"卜者王郎"之疑，惟温哂园《南疆佚史》及褐夫《弘光纪略》独辨正之。

五月十三日陈黄门忌辰，敬赋一章

河山满目涕沾衣，欲挽阳戈愿总违。弘演纳肝真此日，董狐信史漫传疑。华夷地下心弥苦，几复人间事已非。一样云间陈卧子，天涯且喜暂生归。谓陶公

重题南社写真，时闻申叔已降虏矣

风流坛坫成陈迹，盟誓河山葆令名。凤泊鸾飘吾辈事，未须憔悴诉生平。

扬子美新称绝学，士龙入洛正华年。千秋谁信舒章李，几社中间着此贤。

感旧兼寄陶公

草草驹光又一春，坠欢飘泊不堪论。文通南浦空词赋，精卫西山惹梦魂。已幸如花成美眷，最难长剑断情根。年来细检青衫旧，多少啼痕共酒痕。

狂谈大酺酒家楼，别后悲欢苦未休。蒙难昔曾惊虎尾，生归今喜盼乌头。伤心建业龙蟠地，无恙华亭鹤唳秋。最是思君不相见，几回天际望扁舟。

巢南病疡既濒于危矣，已而无恙，诗来述近状，书此慰之

自是痴天解爱才，传经刘向更生来。百年桑梓绵遗绪，几辈东南赋大哀。时有所感应有文章称续集，不堪魑魅播余灾。君疾未全瘳故云。何须便作逃禅计，珍重焦桐爨后材。

少年意气误飞扬，问疾诗成亦自伤。千里相思难命驾，一钱不值只羞囊。交情前辈惭嵇吕，富贵侯门谢孟尝。为语青邱同此恨，歌成金缕泪浪浪。天梅有赠君金缕曲。

寄示分湖文社诸同人索和

乡邦文献成寥寂，山水清音孰总持。惆怅过江名士鲫，芦中崛起有偏师。

阿谁吊古问卿卿，陆行直家伎卿卿墓在北珝圩。老铁嬉春此地行。杨维桢有《游分湖记》。最是一堂醒午梦，疏香芳雪不胜情。

胜秀桥头水蔚蓝，分湖风景旧曾谙。天风吹堕人间住，我是移家郭十三。郭频伽有《魏塘移家图》，余亦自分湖畔之胜溪移家梨里，故云。

复社逃盟更慎交，百年坛坫属吾曹。珠帘、金粟今何在，谁向旗亭夺锦袍？珠帘、金粟二伎名，见杨维桢游记。

次韵寄哲夫两律

文鳞卅六寄天涯，辛苦奚囊只自随。人到中年难称意，天生我辈剩吟诗。已多碧化三年感，况值桐飘一叶时。如此光阴如此恨，不成风雨也凄其。

惊心沧海正横流，款段空思马少游。抱膝经纶惭管、乐，过江事业问孙、刘。黄龙梦醒旄旗杳，朱鸟魂归竹石愁。各有平生无限意，悲歌为汝不能休。

有感次巢南韵，仍为申叔作也

聂姊、庞娥旧等伦，如何竟作息夫人。琵琶青冢方辞汉，歌舞邯郸已入秦。国外争传司马语，梦中犹是坠楼身。伤心一传河间妇，刻画无盐恐未真。

寄剑华东京，兼怀珊人、陶公

脉脉秋魂荡不收，新诗读罢替君愁。清才如许遭尘劫，落魄无端剩蒯缑。穷海东南非故国，浮云西北是高楼。伤心无限唐衢泪，并作江湖日夜流。

大地何堪着此身，芳兰当户意酸辛。穷途阮籍空流涕，沧海王尼莫问津。画里青山难入梦，尊前白纻奈伤春。卜邻倘遂平生约，便作巢由后死人。君为余题《梦隐第二图》，复縢以短歌，其词绝悲。

遥睇神山一惘然，思君去国已三年。精禽东海魂应断，薇蕨西山事可怜。况值虎头伤远别，那堪龙尾竟先还。珊人与君同客东京，今已归云间矣。多情只有东阳沈，伴汝悲吟到酒边。谓沈希侠

与汝同参一瓣香，云间卧子自堂皇。楚囚新脱钟仪厄，秦帝终教鲁仲伤。共切瞻韩如望岁，只难访戴独登堂。阿谁先把离情诉，羡煞江南顾野王。

海上与道非夜话，借晦闻韵

有限悲欢成昨梦，无端歌泣为谁忙。高谈未免惊流俗，披发何由适大荒。懊恼莲心还自苦，微茫藕孔可能藏。十年旧事从头絮，也抵麻姑话海桑。

七月二十三夕偕陶公客留溪，酒后有作，和天梅韵

王前卢后总堪羞，悔作人间第一流。如此相逢疑隔世，为谁伤逝更悲秋？飘鸾泊凤平生事，怪雨盲风匝地愁。便向尊前拚一醉，灯残酒醒恨难休。

天梅出示何亚希夫人诗文，为题一律，即用前韵

憔悴裙钗一代羞，闺中今喜睹名流。文才倜傥能忧国，诗思高华不怨秋。最幸同衾得同调，那须多病复多愁。留溪一水堪偕隐，娲石辛勤未便休。君夫妇手创钦明女校。

留溪即事，再用天梅韵

五年梦想留溪路，今日临溪看水流。茅舍竹篱堪避俗，斜风淡日最宜秋。蒹葭泂溯添诗思，杨柳萧条起暮愁。独立苍茫无限意，阑干倚遍不曾休。

翌夕将归海上，留别天梅，次韵得七章

唱彻骊歌涕泪酸，一池春水底卿干。明朝我又匆匆去，如此欢场局已残。

中原蒿目最辛酸，恨不剖心学比干。一夜西风起天末，东南花事半摧残。

孤负相逢望眼酸，东劳西燕不相干。成灰成骨寻常事，世世生生愿总残。

酒醒明朝况味酸，晓风杨柳沪江干。悬知此后相思苦，憔悴青衫泪点残。

欲诉心期语太酸，吴钩遍拍倚阑干，尖叉斗韵成何用，已是迢迢银汉残。

辛苦歌成变征酸，怜侬与世本无干。青山梦隐终虚愿，留得人间画幅残。

生别何如死别酸，多情劳汝送河干。天涯知否能重见，黑塞青林梦也残。

海上送何震生、姚石子归云间

草草光阴又别离，送君帽影更鞭丝。萧疏秋柳浑如梦，细雨斜风归去时。

别后柬陶公

空桑三宿飘然去，君自南归我北归。夜夜梦魂飞不到，天津桥上杜鹃啼。君所居地有桥曰天津。

劝汝南游瘴海浔，冯骧余生、赵胜夷门最关心。寥天倘竟乘槎去，此后相逢何处寻？

海上归舟成怀人诗十四章

银汉西沉月又斜，挑灯絮语泪如麻。尖叉斗韵才真捷，聊当骊歌水一涯。余到沪之明日，君即往云间。沈道非

绝塞能归吴季子，铸金应拜顾梁汾。照人胆似秦时月，送我情如岭上云。借定公句。赵夷门

倾盖匆匆如旧识，神交半载剧难忘。独将一事留余憾，未向人间拜孟光。倾城夫人时未得见。蔡哲夫

许我忘年订交谊，知君饶有古贤风。青山一抹斜阳影，老向天涯作寓公。黄滨虹

多君赠我一编画，上有吾家先德诗。惭愧百年作孙子，一回展卷一沉思。君以秋夜宴宝爵斋图影本见惠，上有先高祖粥粥翁题诗。邓秋枚

恨海易填天竟补，相逢疑梦是耶非。高丘憔悴今无恙，一曲箜篌泪满衣。陈陶公

搏虎屠龙梦已芜，几回相见只长吁。销魂疏柳残阳句，南社犹存第一图。张聘斋

君家年少好兄弟，谢舅何甥又此时。自昔云间多杰士，《大哀》一赋尽堪师。蔡恕庵、涤夷昆季。

闻名五载识周郎，款款深宵笑语长。一局残棋劫正急，人间同此感沧桑。余曾与君弈。周平泉

罗兰、玛利成虚愿，偕隐青山一卷诗。失意英雄有成例，金闺国士况堪师。高天梅、何亚希夫妇

泥城桥畔伤心史，旧梦重温涕满腔。最是多情扶病日，送侬一路到申江。君自留溪伴我到海上。何震生

绝代翩翩美少年，似侬夙世有因缘。一弯西子湖头月，别有风流事可传。君春间偕夫人王粲君女士同如西湖度蜜月。姚石子

啼鸩东南春已残，无端弹铗遇冯驩。相逢忽又伤离别，欲絮心期事大难。余返梨里，君亦拟以是日入粤。冯余生

谣诼蛾眉未忍听，知君辛苦岁寒盟。春申江水深千尺，不及朱三送我情。君送余至舟中而别。朱少屏

吴其德女士挽歌，为哲兄小枚赋

天容惨惨云如墨，魑魅攫人鬼夜泣。春申江上杜鹃啼，芳菲满眼都销歇。双鲤何来尺素书？延陵公子真凄绝。延陵有妹人中豪，敦诗悦礼称明哲。旷观时局中怀开，欲奋雄心济艰厄。负笈从师海上来，才名隐隐倾同列。犹是深闺待字身，高堂屡为相攸择。裙屐何来一少年，翩翩浊世人争识。一缕红丝早系成，六州铸错谁能测？惆怅中庭咏絮才，王郎天壤嗟何及！天壤王郎已不平，谁知谣诼还相迫？一夜东南花事残，苌弘不化三年碧。春晖欲报复何心，读罢遗诗泪沾臆。"花残不足惜，何以谢春晖。"女士绝命诗中句。延陵公子友于谊，欲言未忍声先咽。誓借人间一段名，填海移山表贞烈。吁嗟乎！堕地为人已可怜，况又无端作巾帼。玉碎珠沈枉自伤，兰因絮果纷如织。君不见，浙西蒋清烈，才人厮养遇何劣，惨淡闺中绝命书，贞魂上诉应啼血。又不见，贵州王铁贞，辛苦无辜遭弃掷，鼠牙雀角讼终凶，鞭鸾笞凤冤谁雪？识字从来始忧患，强权谁更生怜惜？沈沈黑狱三千年，鬓病钗愁岂终极。枉说文明教

化行,摧残女界还如昔。苏菲、韦露彼何人,起视人间眦尽裂。长夜漫漫夜未央,呜呼吾意谁能说!

小病答剑华即用其韵

怜侬亦是病维摩,憔悴秋衣薄似罗。万里沧波穷海隔,四山黄叶夕阳多。临行谁解贻朝策,入梦犹思挽鲁戈。自昔娄东哀怨地,迟君于此筑吟窝。

哭冯心侠

一纸书传泪暗吞,苍天梦梦佛无言。如君死尚憎流俗,而我生难共酒樽。白眼看人怜阮籍,君生而青白眼青蝇作吊痛虞翻。平生知己成何用,一哭凭棺事莫论。

不见胡儿出汉关,忍教埋骨向青山。英雄佗傺身先死,家国艰难恨未删。堂上慈帏嗟白发,闺中少妇尚红颜。藐孤杵臼谁存赵?欲话遗书涕已潸。君去年以飞郎相片见惠,滕以书曰:余自知寿命不永,祈公他日善视此儿云云。

追念亡友陶亚魂、冯沼清

每到秋来哭良友,如侬厄运正堪伤。亚魂殁于甲辰八月,沼清殁于丁未八月。黄花零落陶潜死,大树萧条冯异亡。岁岁龙蛇惊恶梦,年年猿鹤吊清湘。鹧鸪屋上啼难住,黑塞青林接混茫。

沼清、心侠两遗像为蠹鱼所蚀,哭之以诗

地球亦自有成灭,而况微尘嚣世间。泡影虚空忘不了,有情为汝泪痕斑。

灵魂早已归天上,形影何须着世间。只我飘零成后死,青衫红泪自斑斑。

中秋遇亚魂弟甸夏于酒楼感赠

许剑摧琴恨未休，伤心六度过中秋。季方玉粹元方死，用定公句烂醉桥东旧酒楼。

读哲夫云起楼赏雨诗奉和

无端青鸟衔书至，如见狂飙骤雨来。感我飘零成昨梦，多君磊落是奇才。昭苏大陆龙蛇起，倒挽银河天地回。百尺楼头湖海士，记曾谈笑狎风雷。时陶公在座

后怀人诗十六章

别是人间一种才，裴伦路索不须猜。天涯羁旅劳登谷，感汝诗成远寄来。马君武

休疑亡国恋温柔，青眼红颜未白头。怕向西泠寻断碣，秋风秋雨不胜愁。刘季平

无端避面春申浦，去逐刘三共酒杯。直把西湖作西子，鸱夷一舸未归来。苏曼殊

不见松陵十里桥，为谁低唱更吹箫。浮眉潦倒郭频伽麐洮琼死，袁湘湄棠如此清才要福消。君近喜作小词。陈巢南

南归三岁别芳尊，梦里吴淞碧一痕。珍重翁山托遗著，悲秋冯衍正招魂。君网罗屈公羽山遗书，亡友冯心侠得其《皇明四朝成仁录》介余以赠，今心侠死矣。黄晦闻

自昔湘中产奇士，三闾而后又姜斋。龙飞破壁知何日？一集《南冠》手自排。宁太一

归来长铗且高歌，古调弹成废雅多。君诗初名《弹铗集》，后复编成《废雅》。闻道赣江烽火逼，关山戎马意如何？君客萍乡时邻邑有警。傅钝根

戢影潜鳞意苦辛，元龙豪气恐难驯。赋诗横槊当年事，自是曹刘一辈人。陈汉元

两日留溪真草草，不曾一棹访菰芦。他年寒隐图中见，晚节黄花入梦无。君倡寒隐社，哲夫为之图。高吹万

最忆君家大小阮，缘悭未得到秦山。问君近状知何似，玩妇弄儿深闭关。高卓庵

逢君结客少年场，穷岛栖迟事可伤。莫便神龙空见首，霸才江左爱孙郎。孙竹丹

绝交书著疑弓影，弹铗歌成剩蒯缑。如此人才剧贫病，欲言双泪已交流。林力山

天寒岁暮一为别，去去夷门半载过。莫向春江温旧梦，青衫狼藉酒痕多。韩觉我

天如不作受先逝，坛坫娄东角两雄。今日归来沧海外，黄垆一恸哭西风。君与冯心侠有娄东两狂生之目。俞剑华

君住云间我吴下，我来黄浦君白门。痴魂梦里倘相觅，瓶花帖妥炉香温。顾珊人

我所思兮在何处？美人无恙海西头。芙蓉薄采嗟难寄，况痒轮蹄大九州。阮介凡

哲夫寄示中秋偕倾城待月话旧之什，依韵奉和

去年赤柱中秋夜，绮想豪情两若何？令节依然前度好，客怀未免此宵多。青衫落拓怜红袖，碧海升沈问素娥。艳福如君算难得，珊瑚击碎听高歌。君去年中秋有水调歌头纪事。

送震生之南洋文岛

与君七载交情重，恨不临歧酒共倾。病骨支离须药物，君近善病雄心浩荡事长缨。一天风雨难为别，万里波涛壮此行。试向南陬访奇士，此中应有郑延平。

伤心博望旧星槎，用郑和事终古提封属汉家。一自中原满狐鼠，遂

令穷岛混夷华。天南魑魅骄人惯，篱下孤根黯自嗟。一剑凭君须作健，黄龙何日树高牙？

用天梅韵寄季平武林

无恙刘三在，狂如杜牧之。独怜经岁别，不寄一篇诗。南国莺花梦，西湖锦绣词。殷勤相问讯，莫笑我侬痴。

简曼殊海上，叠前韵

西燕东劳恨，飘零何所之。袈裟温旧泪，风雨酿新诗。憔悴高丘女，凄凉宋玉词。青山如可赠，应谢虎头痴。

梦珊人戏寄并示赵拜一

神交三载不相识，飞梦无端到白门。双桨几时来逆汝，渡江桃叶复桃根。

中秋后十日，喜剑华过访

黄歇江边送君去，梨华村里喜重来。海天红豆三年别，风雨黄花一夜开。闻笛只令伤急泪，谓冯心侠论诗聊复托清才。可能留汝成偕隐，白首相期共酒杯。

盼陶公未到，用前韵

无端海上风吹去，闻君在沪不向松陵放棹来。倘得论心偿我愿，不辞笑口为君开。元龙湖海留豪气，青兕文章愧霸才。况有俞郎同盼汝，休教孤负酒千杯。

闻陶公自海上往魏塘不来此矣，三用韵

灯花雀语都虚诳，盼断天涯人不来。一纸音书愁竟左，余书至而君

已行。百年怀抱郁难开。岂无白露苍葭思，已少红灯绿酒才。惹得俞郎心绪恶，旗亭独醉一千杯。是日饮于酒家，剑华大醉。

重展心侠遗墨，四用韵

图画几随蝴蝶去，君贻余小影已剥落过半。邮书未饱蠹鱼来。深宵悲涕一时集，终古盲云何日开。书中多伤时愤激之语。醇酒信陵原抱恨，君纵酒自戕。雄文有道愧非才。余撰传文颇以未能尽君所蕴为憾。他年倘遂黄龙饮，地下还应酹一杯。

被酒不寐有作，五用韵，时剑华亦将归矣

酒阑灯灺人无语，栩栩俞郎化蝶来。剑华方酣睡。四壁寒螀催梦醒，一枝篱菊傲霜开。已多哀乐谢公感，那有悲凉宋玉才。憔悴如侬争不醉，一生能得几千杯。

九月二十七日访巢南于吴门，翌日剑华亦至，酒间赋此并谢主人毗陵张君，六用韵

别离一日三秋感，有约吴门喜共来。高士南州无恙在，清尊北海此宵开。只谈风月防多恨，便薄文章也要才。更喜主人能爱客，籍咸同劝竹林杯。

心侠未死，握手宵中几疑梦寐，爰成此作，七用韵

相期作吊横塘去，岂意吹箫吴市来。恶梦猖狂偏易醒，疑云暧𣊭却难开。料应鬼伯憎无赖，未必天公惜此才。生死何须强分别，明朝且罚汝千杯。

十月朔日，泛舟山塘即事，八用韵

画船箫鼓山塘路，容与中流放棹来。衣带临风池水绉，长眉如画远

山开。青琴白石新游侣,越角吴根旧霸才。携得名流同一舸,低徊无语且衔杯。

南社会于虎丘之张东阳祠,同邑陈巢南,吴县朱梁任,虞山庞檗子,云间陈陶公,上海朱少屏,娄东俞剑华、冯心侠,宝山赵夷门,丹阳林力山,毗陵张寀甄、季龙,魏塘沈道非,山阴诸贞壮、胡栗长,歙县黄滨虹,顺德蔡哲夫,福州林秋叶,太原景秋陆咸来莅止,盖自社事零替以来,三百年无此乐矣!
诗以纪之,九用韵

寂寞湖山歌舞尽,无端豪俊又重来。天边鸿雁联群至,篱角芙蓉晚艳开。莫笑过江典午卿,岂无横槊建安才!登高能赋寻常事,要挽银河注酒杯。

酒后痛哭书示同人,十用韵

步兵不作参军死,准向空山痛哭来。如此心肝拚一吐,最伤襟抱未全开。途穷日暮人间世,宿草秋坟地下才。况是东阳旧祠庙,琼瑰那不洒盈杯。

是日薄暮,返棹金阊,觞于九华楼,再赋,十一用韵

洗盏回灯今夕事,重扶残醉酒家来。鸾吡凤哕贤豪萃,虎斗龙争壁垒开。已觉阮、嵇非隔世,不妨刘、项是庸才。独怜明日分飞早,劝汝殷勤尽此杯。

酒酣，梁任为余言南宋词人以稼轩为第一，余子不足道也，余甚佩之。又感当世词流议论多与余见相左，因成此示梁任，十二用韵

南宋词人谁健者？瓣香同拜幼安来。文场跋扈嗟侬独，风气沦亡要汝开。紫色蛙声都闰位，铜琵铁板此真才。别裁伪体吾曹事，下酒何辞醉百杯。

赠秋叶，十三用韵

自读新诗劳梦想，渡江端喜汝能来。文章骨肉谈何易，金石精灵恨未开。应有杜蘅贻静女，岂真枳棘老奇才。相看握手无穷意，憔悴还拚付酒杯。

赠秋陆，十四用韵

太原公子倾心久，意气如虹盘马来。俶傥雄文谁与抗，陆沈遗俗未全开。词华变雅新传诵，肝胆论交旧爱才。流涕新亭成底用，共君且尽一千杯。

偕陶公、少屏访汪旭初丈，投以一律，十五用韵

为寻龙卧南阳客，自挈云间酒伴来。游侠江湖名乍远，空山风雨卷能开。雕虫已悔非长计，读易从知是异才。舒位王昙真窈眇，从今好共斗深杯。

送陶公、少屏、力山、道非、滨虹、哲夫、秋陆归海上，时夷门、秋叶已先行矣，十六用韵

云散风流真草草，问君此别几时来。已拚孤注离筵醉，其奈飙轮落日开。眼底难忘新旧雨，寰中谁是纵横才。望齐门外凄凉甚，折尽杨枝劝酒杯。

送剑华、心侠归娄东，十七用韵

相聚无多便相别，教侬真悔此番来。客中送客纷纷尽，山外看山面面开。生死交情谁共语，寻常谈笑总怜才。最难消受今宵味，酒醒灯残月满杯。

闻夷门赴粤西，怅然赋此，十八用韵

去去如何成远别，临歧不见有书来。驰驱戎马千山隔，迢递关河一剑开。碧血君应怜故鬼，黄旗我自盼新才。迷离宿草瞿张墓，麦饭棠梨奠酒杯。

感事一首，为《民吁日报》被禁作也，十九用韵

覆卵倾巢何太酷！谁令枭獍忽飞来？精禽况瘁群流急，虎豹狰狞九户开。料敌应悲江郭论，讨倭空想戚俞才。交讧寇虏今何世，忍向长星劝一杯！

时流论诗多鹜两宋，巢南独尊唐风与余相合，写示一章即用留别，并申止酒之劝，时余亦将归梨里矣，二十用韵

匆匆半月昌亭住，与汝评量诗派来。一代典型嗟已尽，百年坛坫为谁开？横流解悟苏黄罪，大雅应推陈夏才。珍重分襟无别语，加餐先覆掌中杯。

自吴门归未及旬日即闻冯遂方女士殁于海上，时距亡友沼清及茜华女士之逝才三载耳，悲悼成此，二十一用韵

犹记逢人问消息，谁知恶耗遽传来。青绫步障嗟难睹，黄歇潮流咽

不开。已恨颂椒成短命，那堪咏絮失清才。谢庭群从风流歇，痛哭西州旧酒杯。

次韵答天梅寄咏南社雅集之作

吴市千年霸气枯，遗徽几复未全徂。江湖载酒群贤叙，风雨闻鸡吾道孤。大地河山供涕泪，中原文献属菰芦。悲歌慷慨平生意，忍把浮名与世沽。

观剧有赠

黄歇江边旧凤雏，无端乞食到姑苏。蛾眉谣诼声何苦，翠袖飘零怨岂芜。别有伤心看宝剑，那堪多难识明珠。狂生原是陈阳羡，也许云郎捧砚无。

答邓尔雅，借哲夫韵

闻道羊城客，神山暂卜庐。贻诗迟报李，问字阻停车。风雨怀奇士，琼瑰宝异书。吟盟珍重订，此意问何如？

哲夫诞生一女，先此获汉蔡燕铜印及明董其昌玄芝翡翠印取为名字，因投此奉贺

玉燕投怀日，铜符入手时。嘉名肇天锡，生女为门楣。媵以玄芝印，能吟柳絮诗。他年录金石，清照有前规。

前题，代陶公作

龙江蔡生抱奇癖，不爱钱刀爱金石。偕隐闺中亦俊才，伯鸾德曜东南宅。一夕明珠入手来，兰薰玉洁光徘徊。中郎有女益自喜，征诗欲遍寰中才。似闻当日有奇事，炎刘旧印君能致。于飞燕燕彼何人，借与女郎作名字。亦有吾乡董画禅，风流文采俱翩翩。玄芝小印曾名阁，碧玉

连城不论钱。并与闺房供清玩，知君寄意尤深远。犹是玄黄未讳时，俗书伪体休相乱。嗟余嗜古亦天性，止斋曾得吾宗印。十载摩挲怀袖间，波澜古井终坚定。湖海飘零几岁时，即今此道渐陵夷。吉金乐石长相托，博雅多君是我师。

夏昕薰夫人杨懿侠女士挽歌，代陶公作

夏生慷慨人中杰，杨君作配称双绝。大厦全凭赤手撑，补天不惜黄金掷。五茸自昔纷华地，宝马香车竞佳丽。鹜凤囚鸾几辈多，如君崛起良堪异。淑质清门有自来，唱随夫婿亦奇才。经营端赖闺房力，横舍连云一旦开。峨峨横舍号清华，从此文明属女娲。莫但青绫矜谢女，都令绛帐拜曹家。青绫绛帐年年事，岂料才多天亦忌。风雨摧残五月花，门墙恸哭三千泪。我哭杨君感无尽，我身多难夏生悯。鲍叔真怜管仲贫，鲁公曾指周郎困。蹈海归来又几年，素车白马总堪怜。感卿憔悴黄门诔，愧我凄凉白傅篇。

书忌儿摄景

生儿岂望保家俦，慷慨期如孙仲谋。只是而翁太文弱，莫将遗习肖箕裘。

有　　感

破絮蒙头过此生，忍看多难独吞声。五陵游侠成何事，悔被人间识姓名。

答　楚　伧

闻汝罗浮返，经旬复出游。怀人青玉案，贳酒黑貂裘。郑重征狂草，艰难惜俊流。几时黄歇浦，风雪送归舟。

书剑华所赠小影

绝代销魂俞剑华,黄尘席帽走天涯。飘零一树灵和柳,未减潘郎貌似花。

辽海一首,哀熊味根被捕也

忽闻辽海起鲸波,易水风寒涕泪多。肥遁已欣龙见首,重来底事鸟投罗?一椎未了亡秦愿,三户犹传复楚歌。亦有韩东奇杰士,鬼雄并命憾如何!

磨剑室诗初集卷八

(1910年)

新正四日，喜楚伧见过有作，并示巢南

屠苏酒洌椒花芬，秦正汉腊空纷纭。春回不到秋士室，肯与俗世通殷勤。扁舟有客何为来，出迎倒屣心为开。垂虹亭长我老友，叶生磊落尤奇才。忆余初识叶生面，白蚬江边才一见。醉眼模糊记不清，酒醒人散如流电。说部流传值饼金，文章声誉抃鸡林。纵横不厌百回读，昔者睹面今睹心。叶生尔时南入粤，蛮花傜草增颜色。天寒风雪忽归来，江城腊鼓催年歇。相思经岁到今偿，相叙无端喜欲狂。话到风骚同击节，厌闻时事且传觞。此时我醉亦何有，填胸块垒为君剖。霸才无人酒徒死，董龙钱凤何鸡狗。叶生劝汝尽一卮，高歌斫地双泪垂。明朝又是天涯别，莫诧嘉王好酒悲。

正月十三日雪，柬孙逸清魏塘

春来寂寂闭门居，多谢孙郎惠尺书。料得瓶山山下雪，哦诗有客正骑驴。

答次公

感汝言愁重赋诗，怜侬幽怨更难支。已谙世味同鸡肋，未信文名托豹皮。髀肉复生心不死，头颅犹在计全非。一言为报东阳沈，对泣徒令涕泪滋。

枳棘一首，为次公作

次公诗云："三十逡巡近，今吾尚故吾。狂来人辟易，贫到鬼揶揄。尸冢祢衡苦，天涯王粲孤。不如归去好，况复有分湖。"人以为怪，作此解之。

枳棘栖鸾意苦辛，谁疑臣朔是星辰。借定公句如君毕竟输嵇锻，入世应难避庾尘。诗倘能工穷亦得，俗何须徇道终伸。魏徵妩媚吾堪识，刘四虚传善骂人。

哭熊味根烈士

抉目悬门大可伤，头颅万里走沙场。芳兰自为当门忌，广柳谁能复壁藏？贯日白虹天黯淡，授书黄石事荒唐。家居苦被纤儿坏，化鹤归时更断肠。

寿春倡义闻天下，今日淮南大有人。辽海烽烟多故鬼，皖江风雨泣遗民。辍耕陈胜思张楚，函首於期竟入秦。莫问虹桥旧时月，衣冠梅岭也成尘。

酬尔雅即次其韵

独溅翁山后，艰难到此时。海邦多俊杰，云树寄相思。龙尾清流传，虬髯绝世姿。粤王台畔客，何事苦吟诗？

次韵和雷铁厓感怀八律，戏仿义山体

空闺寂寂岁华深，海样秾春何处寻。一剑黄衫谁任侠，十书青鸟竟浮沈。陌头杨柳封侯梦，山下蘼芜织素心。最是茂陵消渴后，求凰曲变白头吟。

登墙翻忆宋家东，罗袖轻飏兰麝风。岂有投梭湘浦外，居然划袜玉阶中。盟心郑重乌头白，刻骨玲珑骰子红。自昔美人原放诞，为欢端不负天公。

赠汝明珠泪一瓯，莫愁谁道不知愁？纵然乌鹊能飞渡，其奈蛟龙有伏流。红豆抛残终惜别，黄花开尽不宜秋。五湖旧约分明在。辛苦鸱夷未放舟。

花底狸奴试一鸣，合欢床畔晓云生。荒唐神女能成梦，窈窕媌娥解用兵。金屋盟谐眉语洽，玉钩钗坠泪波横。簸钱斗草寻常事，只恐弹棋惹不平。

爱河蓦地蹴惊涛，董相车边誓宝刀。鸟爪麻姑容狡狯，羊膏党尉厌腥臊。依然花下留环佩，肯向车前伴节旄。惆怅倩魂惊未定，天寒空谷读离骚。

银钩小字写云蓝，亲绣金经佛一龛。无分温郎求玉镜，尚怜司马滞江潭。娉婷惜嫁迟三载，宛转回文寄一函。闭户自拚邻女笑，屏除脂粉礼瞿昙。

文窗牢护不曾开，燕子衔泥涴绿苔。楼上花枝空寂寞，枕中绮梦杂悲哀。斑骓隔岸嗟无路，柳絮因风别有才。钿盒金钗当日事，定情诗里约重来。

肯嫌眉样不宜时，悦己能容岂便痴。鸠妇辛勤犹唤雨，鸩媒佻佻误栖枝。浪传团扇终成谶，别写红笺寄所思。莫诉为郎憔悴恨，知君原不是微之。

铁厓以浙人余新吊秋坟诗见示，且云其人病亟，此时恐遂长逝矣！黯然和此，即用其韵

绝艳惊才思不群，曾传湖上吊红裙。心肝空自呕长吉，容貌何由见

子云。岂独蛾眉伤短命，浑疑马鬣掩孤坟。生生死死无消息，一读诗篇一念君。

贺陶公新婚

绿叶清阴事总赊，鬖丝禅榻感年华。无端一夜东风暖，春满孤山处士家。

东海曾扬几度尘，秦淮金粉六朝春。元龙豪气今犹昔，未要温柔老此身。

荆钗裙布亦何妨，千古梁鸿爱孟光。只是桑弧蓬矢志，封侯梦里费商量。

黄旗紫盖盼江南，豚犬刘家百不堪。虎父狮儿成例在，赠君萱草祝宜男。

夜雨不眠

孤负芳衾一夜眠，朝来明镜损华年。听风听雨难成梦，如此春宵剧可怜。

将之鸳湖，枕上口占别佩宜

石尤不送征帆去，迟却檀奴一日行。听雨乌篷刚昨夜，薰香绣被又三更。寻常谑浪原无忌，小别能愁始是情。怪道鸳鸯难独宿，直拚相伴过今生。

魏塘金氏废园见桃花

浅白深红抵死妍，含情无语自年年。我来不忍轻攀折，留向荒园伴杜鹃。

简沈龙圣燕市

故乡咫尺不相见,万里分张忽寄书。多谢故人珍重意,风尘京洛近何如?

黄金招士士堪羞,屠狗人间第一流。莫向芦沟桥上望,萧萧易水不胜愁。

寄铁厓海上

明圣湖头载酒过,春申江上听骊歌。两番离合人如梦,一寸心期水不波。西蜀文章司马赋,中原事业鲁阳戈。苦吟情绪知何似,山鬼灯前泣薜萝。

相逢笑我醉颜酡,大酺狂谈意若何。坛坫有人争玉敦,江湖无地老渔蓑。已看世变天休问,且喜论交道未讹。万里萍蓬一知己,相思无那五更多。

连番一首,为汪精卫①刺载沣不中作

连番花事几销磨,横雨横风唤奈何。东海非熊才入梦,谓熊味根烈士北山有鸟又张罗。白龙鱼服天方醉,黄钺鹰扬计已讹。剩有旧时屠狗侣,筑声哀怨送荆轲。

七月七日偕高天梅、蔡恕庵游烟雨楼,兴阑归饮酒家,复遥望南湖灯火,慨然有作

天上人间两不知,金风玉露又纷披。一泓秋水明于镜,终古灵辰属此时。过眼繁华成转毂,泥人哀怨托参差。酒酣莫唱南湖曲,肠断梅村绝妙词。

---

① 编者注:汪精卫(1883—1944),曾谋刺清摄政王载沣。抗日战争期间投靠日本,沦为汉奸。其夫人为陈璧君。

高楼灯火认依稀，打桨吴娃夜未归。月下笙歌传水调，天边风露湿罗衣。鸳鸯湖畔新游迹，乌鹊桥头旧锦机。独有天涯狂醉客，凭阑无语故依依。

偕次公寻明遗民徐俟斋先生祠弗获，感赋

风流前辈酒人非，名父居然肖子遗。先生为文靖公令子死有精魂依汉腊，生无余憾采周薇。避兵曾泛分湖棹，破屋难寻禊水祠。亦有吾乡吴季子，英灵风雨倘同归。谓吴职方钜，先生姊婿也。

为天梅题《花前说剑图》，集定公句

何日重生此霸才，九州生气恃风雷。从兹礼佛烧香罢，悄向龙泉祝一回。

不能雄武不风流，自拜南东小子侯。谁分苍凉归棹后，笛声叫破五湖秋。

更何方法遣今生，难遣当筵迟暮情。为恐刘郎英气尽，儿谈梵夹婢谈兵。

我亦阴符满腹中，美人如玉剑如虹。明年三月猰㺄死，第一亲弯射羿弓。

题《孝竹贞松图》，为朱久望作

朱久望以母夫人《孝竹贞松图》命题，为集定庵句成二诗应之，聊存名字于卷中，非敢自附彤史也。

家有凌云百尺条，谈经门祚郁岧峣。秋灯忽吐苍虹气，尘劫成尘感不销。

百年子姓殷勤意，忍作空桑三宿看。一卷临风开不得，春山佳处泪阑干。

题李仲殊《闻籁图》，为莫则一赋

苕溪莫生索我歌，示我李侯《闻籁图》。天籁人籁究奚别？且吹南郭先生竽。李侯佳句似阴铿，雕虫篆刻无斯冰。模山范水有余事，耳中金石声泠泠。有如成连刺舟去，湘灵鼓瑟冯夷舞。金支翠旗光纷拏，鱼龙出没蛟螭怒。天风浪浪海苍苍，仙之人兮骑鸾皇。非箫非管非笙簧，人间不辨何宫商。飓风忽坠罗刹国，空山啼遍蜀王魄。步兵死后一千年，又见西台碎竹石。中宵嫠妇泣孤舟，亡国词人感楚囚。赢得琵琶声裂帛，青衫司马湿江州。人生哀乐本无定，换羽移宫在俄顷。八风不动三摩地，万籁无言心自静。吁嗟乎！孙登啸有台、陶令琴无弦，蒙庄不作嵇生死，且读南华第二篇。

中秋夜偕陶公泛禊湖

不用兰舟更桂桡，瓜皮艇子自逍遥。好携江左无双士，来赏人间第一宵。万古月明几圆缺，一泓水静贮波涛。琼楼玉宇知何处？我欲乘风叩九霄。

有悼十章，为云间赵生作，仿《疑雨集》体

肠断萧娘一纸书，无端锦瑟渺愁余。仙裙赵燕留难住，玉貌崔徽画不如。自古红颜原短命，几回青眼盼穷儒。文园憔悴文君死，往事凄凉赋子虚。

三千邻女艳如花，独遣墙东望宋家。合德无双犹有姊，太真第一信无瑕。三挑子贡情无限，十索丁娘愿未赊。从此红闺留韵事，定情诗里斗尖叉。

绝忆兰姨善病时，药炉茶鼎共扶持。小心恐被旁人妒，密意无劳阿母疑。强坐中宵还拥髻，长嚬镇日未舒眉。悲欢欲问当年意，付与烧残蜡炬知。

药店飞龙病有瘳，送人又上木兰舟。花开姊妹成连理，鸟号鸳鸯誓

白头。谁遣子规名谢豹，可能蝴蝶化庄周。恹恹直恁无情绪，剩有萧郎慰汝愁。

冰肌玉骨自清凉，红汗桃笙竟礼芳。划袜宵深来就汝，吃虚心细苦嫌郎。刀环已怕重逢误，角枕难留此夜长。最是晓风残月候，出门分手意茫茫。

惆怅西风著意吹，章台攀折最高枝。桃花门巷崔郎怨，樊素风情白傅诗。得句始知前日谶，寻芳苦恨再来迟。匆匆一握重千里，悔煞韶华满眼时。

从此相思两地悬，鸾胶何意续离弦。一池萍聚终成散，满院花飞尽可怜。差幸夤缘留半面，那知此别竟千年。金钗钿盒他生事，欲抚遗徽只惘然。

书来招我石城游，少妇卢家字莫愁。双桨桃根终负汝，一宵荷雨又成秋。自怜倦翮飞难起，谁料今生事便休。欲傍玉棺眠未得，黄衫肯赦十郎不？

五茸城畔美人家，门外难停掷果车。便剔银灯甘咒我，浪随流水到天涯。长门赋买金无价，团扇词成玉有瑕。自是檀郎浑薄幸，不思量已泪如麻。

紫玉成烟悔已迟，荒坟何处女郎碑。钿车有梦西陵路，月夜归魂后土祠。忍检青衫械旧泪，重抛红豆谱新词。也知难慰重泉意，且付杨家最小姨。

呈戚涵远夫人即示则一

采采芙蓉未涉江，明珠步障碧油幢。三春花鸟归湘管，万顷烟波绕绮窗。公子西园能下士，美人南国自无双。几时得傍秦楼住？听彻琼箫引凤腔。

一样秋罗十样纹，人间始信有针神。琅玕赠我从何报，琴瑟如君已罕闻。绝业更传许祭酒，俗书羞学卫夫人。楼头写韵寻常事，汉篆秦碑取次分。

读天梅谒孝陵诗有感

金陵王气今销歇，虎踞龙蟠事若何。一样英雄提尺剑，闭门仰药悔蹉跎。

题天梅孝陵瓦当砚

玉鱼金碗太凄凉，坏土长陵事可伤。记取他年书露布，功成长揖谢高皇。

次韵酬剑华

消瘦腰肢总未知，同心栀子半离披。沾泥禅絮空三宿，拂面墙花又一时。梦里犹疑金屈戍，尊前愁听玉参差。多情何与冬郎事，谱入香奁绝妙词。

旧欢新恨杂依稀，翻幸名花得所归。已有青衫能拥髻，不须翠袖怨无衣。频年惨绿蘼芜草，何处流黄云锦机？珍重玳梁双海燕，郁金堂畔梦依依。

《白门悲秋集》题词，为周实丹作

璧月琼枝渺不存，桃根桃叶尽销魂。行人莫问秦淮柳，憔悴当年寇白门。

虞山而后又渔洋，水阁题诗两擅长。输与兰成能作赋，轻烟淡粉已沧桑。

南内笙歌拥蒋侯，李波小妹亦风流。棋翻一着真愁绝，忍说卢家有莫愁。

天教奇气吒鸾龙，六代江山属寓公。别有伤心怀抱恶，秋来一树海棠红。

寄宁太一燕市

京洛缁尘浣未休，翩然鹰隼击高秋。似闻市上存屠狗，莫向车前问饭牛。金粉南朝新涕泪，胭脂北地旧风流。玉箫琼瑟湘娥怨，珍重芙蓉远道投。

穿针压线嫁衣忙，鸩鸟为媒亦自伤。掩袖有人工夺婿，牵萝绝代尚无郎。十年不字迟归妹，九死余情自信芳。梦里葡萄新酒熟，盈盈十五嫁王昌。

赠瞿绍伊

五载飘零成远别，羡君卷土又重来。关山烽火辽阳梦，淮海襟期歇浦杯。岂有雄文屈伦楚，果然健笔走风雷。不须更诧生公石，割肉东方旧辩才。

磨剑室诗初集卷九
（1911年）

调剑华

高柔爱玩有贤妻，张敞眉痕彩笔低。甲帐绣襦春睡稳，宵来无梦到辽西。

连波悔过三生约，苏蕙回文一寸心。侬是临邛旧庸保，长门赋要卖千金。

海上观剧赠冯春航

一曲清歌匝地悲，海愁霞想总参差。吴儿纵有心如铁，忍听尊前血泪碑。

明灯华烛小温存，枨触人天旧爱根。绝代销魂王紫稼，可怜并世有梅村。

消息一首，为春航作

消息无从托雁雏，似闻一舸下姑苏。馆娃宫里春如梦，响屧廊前草半芜。牛女含愁迟碧汉，鲛人衔泪堕红珠。为谁飘泊浑难解，莫问沾泥絮有无。

文章一首

文章何处托微波，忧患如山可奈何！渐觉眼中人物少，不堪梦里别离多。佯狂失路阮生涕，行乐及时杨恽歌。无分东山理丝竹，钓竿天地一渔蓑。

伤　春

宠柳娇花苦未真，九风十雨误芳辰。等闲莫洒中原泪，便解伤春已可人。

赠　楚　伧

去年饯别屠苏醉，今日重逢社燕飞。草草光阴随水逝，沉沉心事与天违。江湖十载狂名老，花草三生绮梦非。莫倩细娘歌一曲，防他红泪已沾衣。

戏柬珊人汉皋，为女伶王克琴作

辛苦传书顾虎头，琴娘今复滞荆州。美人身世鸳鸯寺，名士头颅鹦鹉洲。我愧周郎空顾曲，世怜庄叟解藏舟。风流一笑君家史，棘刺穿心记得不？

题《浮梅槛检诗图》，为姚石子、王粲君夫妇作

浮梅槛上擅风流，湖水湖烟尽唱酬。怪底不齐人世事，孤山一角自悲秋。

甲帐文箫写韵时，流传金粉玉台诗。而今不是承平日，桴鼓亲提系我思。借蒙叟句

寄赵伯先香江

土室生埋几岁年，喜闻羽檄动南天。头颅我自羞隋镜，髀肉君先着

祖鞭。鲍叔谊原应指困，阮孚穷奈不名钱。此情或得皇穹谅，忍死犹堪睹凯旋。

和剑华梦作韵

野狐踞座蚁称臣，万里西风庾亮尘。可有椎秦人似玉，空怜复楚泣通神。犬年羊月天难问，日角龙颜梦未真。莫向尊边絮憔悴，为谁出定亦前因。借定公句

叠韵再和

三载登墙望楚臣，手提金缕步芳尘。非花非雾香山句，为雨为云巫峡神。油壁西泠迎小小，画图南岳唤真真。一从证到钗钿果，引凤求凰总夙因。

寄楚伧

忍使神州付劫灰，八千子弟看重来。远从南海求王气，肯向东江老霸才。鹿走好提三尺剑，龙飞伫听一声雷。宵来第一关心梦，夺得胭脂塞上回。

次韵答楚伧

才名海内旧人龙，不醉醇醪味已浓。蚬水百年接长荡，长荡为吴长兴血战地，君抱负雅近长兴，故云。鲇江万里下吴淞。西台风雨招新鬼，东洛冠裳证旧踪。唾手燕然他日事，知君原不为侯封。

哭伯先用楚伧韵

宇宙空垂诸葛名，不留谢傅为苍生。义公已殉平陵曲，姬发难寻牧野盟。南国岂应销霸业？中原从此坏长城。魂归近接黄花冢，铁马金戈夜夜声。

寻常巷陌奈君何，忍唱尊前青兕歌！海岛田横心自壮，天门陶侃翼空摩。千秋北府兵无敌，一水南徐夜有波。何日黄龙奠杯酒，髑髅饮器发横拖。

次韵酬古公愚

羡君早誉比张融，万里书来自岭东。冷圃一篇高士传，虬髯千载大王风。珠生南海终腾彩，剑合延津肯贮丰。料得梅花江上夜，短檠新咏续韩公。

和隋李密用原韵次梁任作

寇盗满中原，蹄迹交长林。举事一不当，烦忧伤吾心。鹿走畴挺剑，麟获空沾襟。誓将卷土来，济此澄清意。乘流定吴楚，跨马收燕冀。拯我三代氓，夷彼万恶吏。阏氏充下乘，月支供饮器。配天祀轩辕，对扬倘无愧。

哭杨笃生烈士

思黄死后剑生殉，今日湘江又哭君。终古几人解《哀郢》？伤心三户未亡秦！君著《新湖南》，自署"三户愤民"。东南旗鼓迟陈胜，西北波涛走伍员。欲赋《大招》纪幽怨，海天何处吊灵均？

感粤事有作

决跟屠肠悲聂政，揕胸把袖惜荆卿。一时成败何须判，合传千秋有定评。

六王结果渐离筑，三户先声力士椎。铸镰销锋枉多事，咸阳一炬祖龙悲。

饮中八友歌

天开酒国地酒泉，左纛黄屋推公贤。惜哉霸业成荒烟，高坟长伴刘伶眠。赵伯先刘生昂昂千里驹，琴心一奏同相如。卓家窈窕亦酒徒，怜君消渴亲当垆。刘季平赵佗死后王气沈，中原健者唯一林。长星劝汝酒一樽，功成会勒糟邱铭。林秋叶三闾之族屈昭景，景避河东屈逾岭。翁山能文不能饮，输公酒阵文坛并。景秋陆云间卧子人中龙，十年湖海乘长风。抗怀一吐榴裙红，杜鹃啼血将毋同。东江叶叶天下才，一口吸尽千百杯。酒醒恸哭粤王台，嗣宗皋羽无此哀。叶楚伧翩翩年少娄东俞，异军特起谁枝梧。拦街空撞油壁车，王郎王郎识汝无？俞剑华逊抗机云久不作，千年重睹云间陆。血花铸史红泪落，酒狂如君良不恶。陆秋心

海上送佩宜归红梨

七日为期各一天，凌晨送汝上归船。端居郁郁良非计，行役劳劳亦自怜。辛苦新巢营牖户，仓皇故国怕烽烟。料知此夜凄清甚，一盏残灯照独眠。

赠陈布雷

布雷吾小弟，识面便忘形。异代同乡里，余家慈溪与君同籍，明季始迁吴中。雄文接窈冥。相逢头并黑，喜汝眼能青。何日平胡虏，借唐句燕然共勒铭。

赠胡寄尘

年少纷流辈，惟君独老成。风尘双颊洞，天地一峥嵘。忧国心如痗，论文气未平。黄山山色好，乡梦若为情。

赠宋遁初

桃源渔父是吾师，君籍湘之桃源，别署渔父天遣逢君江水湄。三户未

终秦正朔，皕年忍忘汉威仪！相怜各有平生意，欲语端难一致辞。辛苦湖湘耆旧传，不堪雪涕为吟诗。

题《留溪雅集图》，次亚希韵为钝根作

东阁官梅句最工，不教夫婿擅雄风。痴情独有湖湘客，逼我赓诗尺幅中。

八月十四夜，对月有怀佩宜

与子同林鸟，无端两地飞。怜余滞黄歇，念汝到红梨。月满终须缺，忧来不可医。新巢何日筑？安稳护双栖。

感　事

龙虎风云大地秋，酸儒自判此生休。功名自昔羞屠狗，人物于今笑沐猴。痛哭贾生愁赋鹏，飘零王粲漫依刘。不如归去分湖好，烟水能容一钓舟。

哭周实丹烈士

龙性堪怜未易驯，淮南秋老桂先焚。三年讵忍埋苌叔，一语无端死伯仁。嚼血梦中犹骂贼，行吟江上苦思君。新亭风景今非故，遗恨悬知目尚瞋。

赠阳惕生

语不惊人死不休，酒酣谈笑看吴钩。纵横宙合容歌哭，历乱光芒射斗牛。身世岂真屠狗贱？功名自古烂羊羞。阿童事业君须记，百丈楼船下冀州。君建海道北伐之策。

送楚伧北伐

投笔从戎信可儿，儒冠误我不胜悲。中原胡马横行日，大陆潜龙起蛰时。百粤河山秦郡县，三吴子弟汉旌旗。茫茫此日难为别，便醉且拚酒一卮。

青咒文场旧霸才，登坛曾敌万人来。图南此日联镳返，逐北他时奏凯回。灯影钗光迷扑朔，时偕观女伶演剧矛炊剑淅莫迟徊。伫看直捣黄龙日，拂袖归来再举杯。

磨剑室诗初集卷十
（1912 年）

桃叶渡酒家题壁

桃叶芳名尚来删，秦淮流水自潺潺。我来不洒新亭泪，只哭淮南周实丹。

题范茂芝《寻诗读画图》

大陆龙蛇起蛰雷，辋川卷里一徘徊。我侬倘写闲图画，十五垂髫捧剑来。

和议不曾诛贼桧，群儿今已奉曹瞒。会须画出中原景，立马昆仑放眼看。

"今日良宴会"联句限娟韵

今日良宴会，叶楚伧明月何婵娟。景秋陆华堂杂丝竹，陈汉元好客来蹁跹。蔡冶民红袖留佳句，费一瓢绿鬓按朱弦。邹亚云我本江海人，报韩志未宣。新亭耻恸哭，旧院空留连。英雄无用武，一醉三千年。柳亚子自非王子晋，汉元何意于神仙。秋陆

席上醉吟

花底妆成张丽华，相逢沦落各天涯。妇人醇酒寻常事，谁把钧天醉赵家。

赠秋叶，借楚伧韵

寄奴死后更无人，惆怅江南婪尾春。独有黄须游侠子，可儿终竟异凡尘。

送秋叶归闽，次留别韵

一士不得志，烦忧天地同。归心湖海壮，灵想鬼神通。樊哙犹屠狗，荆卿未化虹。送君无别物，红泪洒春风。

送剑华之南洋

送子南溟去，饥驱不自由。栖迟炎瘴窟，辛苦稻粱谋。如汝才堪惜！怜余病未休。只应歌舞地，还忆旧风流。

送铁厓归蜀

共说此间乐，况闻蜀道难。如何万里路，漂泊一身还。世乱何时定？才高自古叹。一江春水涨，别泪洒漫漫。

海上重观《血泪碑》哀剧赋赠春航，即柬剑华南土四律

此是人间第几回？笙歌广厦又重开。精禽自昔难填海，天女无端解爱才。从识双栖了无福，直拚同穴共成灰。一坏新筑韩凭冢，定有鸳鸯绕树来。

百折千磨奈此身，同根萁豆若为因。琴堂历指柔荑贱，菜市惊魂恶梦频。辛苦鹣鹣甘并命，狰狞魑魅善窥人。最怜征戍辽阳苦，老父无端骨化尘。

何堪弱质坠平康，血渍啼痕白练裳。纵有黄金赎蔡琰，奈无灵药救无双。不留娇喘营金屋，剩斩仇头嘱玉郎。千古多情同一哭，天荒地老恨茫茫。

此豸娟娟信可儿，芳馨悱恻寄遐思。登场啼笑宁知幻，无恙容颜又此时。别有伤心无过我，不堪回首却因谁？南溟万里波涛阔，双鲤迢迢一寄诗。

送太一入粤

豪气吞云梦，神交历岁年。邹阳梁狱泪，正则楚骚篇。乍作江南客，还寻岭外船。重逢知未易，扶醉各相怜。

送曼殊东渡

红灯绿酒几旬醉，海水天风万里行。正是阳春旧三月，樱花丛里访调筝。

送黄季刚北上，集定公句

江湖侠骨恐无多，俭岁高人厌薜萝。又被北山猿鹤笑，满襟清泪渡黄河。

文人珠玉女儿喉，凤泊鸾飘别有愁。一语避君君匿笑，万重恩怨属名流。

眼前二万里风雷，狼藉丹黄窃自哀。我论文章恕中晚，不拘一格降人才。

卿筹烂熟我筹之，努力删诗壮盛时。此事千秋无我席，莫从文体问高庳。

席上偶感示楚伧

扑朔迷离未可知，人间哀乐不同时。梅龙窈窕当垆女，那及凄清血泪碑。

一往情深可奈何，美人遥夜怨微波。春来阅尽闲花草，输与棠梨一树多。

次韵答楚伧

纷纷弦管杜娘家，咫尺红楼望里赊。汉佩无灵湘瑟杳，从教悔驾碧油车。

送陈蜕庵先生赴燕市

湖海萍踪几十年，灵光鲁殿独巍然。忘年我自惭无状，好士君真有夙缘。垂老终偿精卫志，破家谁忆子文贤？蒲轮束帛徒虚语，珍重黄尘漫着鞭。

青衫白发泪痕频，跌宕名场旧酒人。阳羡买田苏玉局，沅湘去国屈灵均。东风已恨嬉春晚，南浦何堪饯别新。此去长途千万里，燕云吴树奈伤神！

送沈龙圣、夏光禹北上

沈郎吾老友，夏子况新知。倾盖交如故，班荆喜不支。如何暂遇合，忽又远分离。万里京华路，相思未有涯。

赠春航，次檗子、贞壮韵

别有伤心一曲歌，含情凝睇奈愁何。梅痕菊影都难比，一任狂华十万多。

敢拈彩笔纪新妆，才尽文通枉断肠。输与东南两词客，流传艳曲谱春郎。谓叶楚伧、姚鹓雏

王 郎 曲

余以王紫稼方冯春航，檗子雅不谓然。余案紫稼少为勿斋徐公所赏，长从诸名流遗老游，当党狱诸人联翩出塞，一时饯别，独召紫稼放声一歌，悲不忍闻，争上马驰去，足以稔紫稼之风义矣。陨身酷吏夫岂其罪？焚琴煮鹤拂人之好恶，自命严正不阿，宵人情态往往有之，不足为紫稼疵也。第紫稼结局甚悲惨，而余以春航方之不知忌讳，此则吾过矣。成王郎曲一章，以质檗子如何？

濠州社屋曼殊立，义士中原半流血。烟花南部更荒唐，功罪千秋那忍说！四座豪客且勿狂，当筵听我歌王郎。王郎生长吴趋里，盛名藉藉驰金昌。长洲徐公当世贤，王郎侍酒长开筵。岂有庭兰累房相，柴桑亦赋闲情篇。简皇南渡真草草，内庭供奉承恩早。国破家亡万感新，兴朝文网何曾料。痛哭孤臣殉汨罗，又闻大狱起登科。出关广柳纷纷去，珍重王郎一曲歌。王郎仗义非轻薄，侠气柔情两难缚。肯将狐媚事公卿，翻遣蛾眉动谣诼。苏州御史何无情，西京酷吏传苍鹰。打鸭惊鸳当日事，鞭鸾笞凤可怜生。碧血红绡五色棒，叶蚌雪肤玉貌轻轻送。捐金那许赎文姬，葬玉何曾傍韩重。白马清流钩党悲，王郎何事苦追随？红颜乐部偷垂泪，皓首词人只赋诗。绝代销魂品目真，拟人未必便非伦。不祥名字未遑避，此自吾罪卿休嗔。剥复相乘几百年，自由花放正婵娟。铃幡十万坚牢系，稳护人间第一仙。

剧散感成两绝句

结客江湖吾倦矣，征歌选舞癖犹存。沉沉翠幕清音歇，中有骚人未死魂。

人间何地可埋忧？白纻红牙强自留。枉杀黄河远上曲，旗亭谁谱钿箜篌。

示姚鹓雏，为春航作

清音雏凤诩当年，烂熳风光态愈妍。岂有佳人怨迟暮！蟾圆三五正中天。

相马骊黄信有之，人间几见此丰姿？一池春水关何事，莫笑侬痴卿更痴！

再示鹓雏

失笑相看吾老矣，眼中如汝信能文。华年未晚才先尽，独步江东合让君。君诗有"怪底词人回护甚，怜君杜牧也中年"句。

亦是年来一种痴，回肠荡气究因谁？芳菲未便真销歇，多谢才人好护持。

观剧有感，示林一厂

法曲歌河满，华灯照座隅。鹊桥空渡汉，鲛泪自成珠。绝艳几生得？多情旷代无。赏音遄老在，吾道未终孤。

送一厂归粤

留君无计怅如何？我亦行将赋遂初。落落神交肝胆在，茫茫人海友朋疏。闻歌共下桓伊泪，浮白宁须班固书。一散浮沤何日叙？不堪流涕已盈裾。

六月二十四夕，偕一厂观春航演剧感赋，即送一厂南归，时余亦将旋里矣

暮雨潇潇惜别时，王郎绝代系人思。恢奇已见英雄传，哀艳难忘血泪碑。歌舞犹能张海国，风流无奈各天涯。良宵盛会何时再？珍重芳馨未便痴。

读一厂忆春航诗，次韵却寄

更从何处觅相思？人海浮沤一散时。自有精灵通万籁，难将哀乐喻群儿。百年潦草劳生梦，绝代婵娟空谷姿。伤别伤春两无奈，天教狂杀杜分司。

白练裳殷碧血痕，泪珠洗面度朝昏。黄金赎命悭仙药，赤刃寻仇祭墓门。剧罢犹难辨真幻，人归谁与慰精魂？多情苦忆南洲客，惆怅鸵江日夜奔。

次韵答楚伧，并柬姚鹓雏、余天遂

海上萍飘感旧游，春来旅舍为君留。缠绵解识狂奴意，辛苦真成古道谋。酒阵纵横差作达，歌场标格最宜秋。赋诗横槊男儿事，梦绕元龙百尺楼。

梁园宾客擅新声，刻烛围灯许共听。入洛士衡真绝世，从军王粲奈多情。银床冰簟秋无梦，细雨檐花句有神，多谢新诗频问讯，五湖烟水旧时盟。

次韵答鹓雏

平生姚季子，差喜共清游。说部才无敌，文章鬼亦愁。浮生同梦寐，良夜一勾留。君住吾先逝，离怀满酒楼。

结习销难尽，评量自一家。芳馨满天地，哀怨托琵琶。海上销魂史，人间薄命花。幽兰空谷好，休认武陵霞。

题剑华小影

灵和前殿旧丰姿，瑜、亮同时信有之。万里投荒怜汝瘁，春风休上鬓丝丝。

南浦销魂忆送君，无端我亦怅离群。闲情漫为红楼赋，珍重羊郎白练裙。

寄马小进

一别马公子，相思托海云。豪情推历落，奇变感纷纭。荼苦无如我，苍凉辄忆君。春江歌舞地，珍重记题裙。

寄 吹 万

余与鹓雏诸子争春航事，吹万老矣，不解风情，诗来颇涉讽刺。时吹万方创国学商兑会，主张尊孔，而小阮天梅反对甚力，有以墨代孔之议。夫朱陆异同头巾习气，其可厌恶不尤甚于余与鹓雏所争者耶？诗以报之，拚得罪名教，死不食两庑豚也。

孔墨纷争议总讹，君家何事自操戈？千秋容貌丧家狗，持比冯郎究孰多！

海上杂诗

东海骑鲸苏学士，曼殊朔方屠狗叶参军。楚伧归来心绪浑难说，付与秋风怨夕曛。

总是诸林未易忘，朅来消息断丹阳。力山干戈闽海天难问，秋叶、浚南风雨梅州夜未央。一厂

词流海内正纷纭，倦客何堪张一军？最是西风摇落后，天涯旅邸又逢君。为鹓雏题扇

玉敦珠盘吾倦矣，金尊檀板未宜思。酒兵潦倒文坛碎，凄绝姚郎七字词。鹓雏赠词有"已避名场避酒场"句。

握手惊看各老苍，飘零湖海怨陈郎。缁尘京洛终难染，可忆南山旧草堂？赠陶公

七子声华几百春，只难位置眇山人。中原坛坫如相询，我是孤吟谢茂秦。谢南社诸子

寄一厂潮东，为春航作

底事歌场有盛衰，时流争唱璧云词。多情独有林居士，解忆冯郎《血泪碑》。

何处重寻血泪碑，游龙夭矫去难追。谓龙小云美人意气浑无恙，《恨海》情波一曲悲。《恨海》亦剧名。

岁暮杂感

急景催年短，浮生涕泪多。王裒长废读，原壤忍狂歌。行乐诚无术，沉忧孰起痾。大难来日意，空自怨蹉跎。

夙有澄清志，而今事总非。沐猴民主贱，烹狗党人悲。妹土风难殄，周邦命正危。况闻边耗急，谁与定东陲？

结客夸游侠，江湖识姓名。恩仇嗟末路，气类感平生。亦有牙、期遇，终难踪迹并。海天一凝睇，风雨正鸡鸣。

用世非吾事，求田计亦差。桑麻无乐土，荆棘遍天涯。去住浑难定，浮沉只自嗟。寒宵不成梦，诗思乱于麻。

观民声社所演《血泪碑》

云散风流事可悲，汉皋解佩去迟迟。那堪沧海经过客，更看人间《血泪碑》。时春航将赴汉上。

一曲销魂《血泪碑》，西风残照动参差。雏莺乳燕相思鸟，娇小温柔亦可儿。谓凌怜影

题胡石予《近游图》

不学灵均赋远游，寻常丘壑足淹留。双柑新约听鹂伴，一斗还须与酒谋。随分湖山供啸傲，无边风月尽沉浮。怜余济胜浑无具，梦里追随未自由。

题春航小影，寄庞独笑吴门

翠袖银箫事岂真，无多绮梦已成尘。画图至竟留吴苑，环佩谁教去汉滨。未必忘情真太上，尽多秋士解伤春。荒江老屋凄寒甚，何处拈花绝代人。

诗 集

第二辑

(1913—1922 年)

目 录

磨剑室诗二集卷一（1913年）……………………………… 153
 雪后游湖上诸山 …………………………………………… 153
 哭宋遁初烈士 ……………………………………………… 153
 胜溪老屋古柏 ……………………………………………… 153
 观《血泪碑》赠陆子美 …………………………………… 153
 有感示子美 ………………………………………………… 154
 《陆郎曲》赠子美 ………………………………………… 154
 子美索题醉中合影，率成一绝 …………………………… 155
 题子美诸子化妆合影，并调沈长公 ……………………… 155
 无题四首示长公 …………………………………………… 155
 哭陈蜕庵先生 ……………………………………………… 155
 索子美画《分湖旧隐图》，即简芦漪 …………………… 156
 吴门重晤子美，集定公句 ………………………………… 156
 沧浪亭口占示子美 ………………………………………… 157
 得陈陶公手札感赋却寄，即示叶楚伧、俞剑华、姚鹓雏、姜
  可生诸子 ………………………………………………… 157
 将赴海上讯子美疾 ………………………………………… 157
 别吴门 ……………………………………………………… 157

观《血泪碑》赠冯春航兼寄林一厂燕市……………………157
重过杏花楼感悼邵亚云、陈蜕庵………………………………157
赠朱少屏，即呈蔡景明夫人……………………………………158
访春航寓庐奉赠一律，即题其见惠小影………………………158
赠陈匪石…………………………………………………………158
观《穷花富叶》赠春航…………………………………………158
将去海上留别春航，兼谢陈匪石、俞剑华、庞檗子、姜可
　生、沈道非、王莼农、连雅堂诸子，即步席上联句韵………158
先府君亡忌，骎骎近一周矣，感赋两律………………………159
自题《春航集》后，次陈微庐韵………………………………159
闻宁太一恶耗，痛极有作………………………………………159
北望三章，借陈汉元韵…………………………………………159
观梅兰芳剧后赠春航……………………………………………160
剧场感旧两绝……………………………………………………160
海上赠仲行然……………………………………………………160
酬鹓雏两绝………………………………………………………160
答周芷畦，集定公句……………………………………………161
三哀诗……………………………………………………………161
闻湘中烈士墓将被发掘，诗以哀之……………………………161
得子美海上书却寄………………………………………………161
少屏以春航化妆小影寄赠，奉酬两绝…………………………162

磨剑室诗二集卷二（1914年）……………………………………163
红梨赠谭天风丈，即题其所著《弯弧庐诗稿》………………163
汪兰皋有梅陆合集之辑，函索题词，为撰四绝………………163
再题兰皋所编《陆子美集》四首………………………………164
别子美一载矣，偶检箧衍，得旧时合摄小影一幅，感题两绝
　……………………………………………………………………164

偕一厂、楚伧、子美观春航《贞女血》，一厂有即事赠子美
之什，赋此奉和 …………………………………………… 164
夏五，社集愚园云起楼，即事分韵 ………………………… 165
海上哭夏昕渠 ………………………………………………… 165
题子美小影 …………………………………………………… 165
题《恨海》悲剧中子美饰张棣华化妆小影 ………………… 165
卫灵水以子美所绘《分湖旧隐图》邮寄，赋此志喜 ……… 165
梦春航 ………………………………………………………… 166
哭周仲穆 ……………………………………………………… 166
恶耗两章 ……………………………………………………… 166
《玉娇曲》，为傅钝根赋 ……………………………………… 167
与沈次公夜话，意有未尽，别后追寄一律 ………………… 167
题檗子《玉琤馆填词图》 …………………………………… 167
题莼农《四婵娟室填词图》 ………………………………… 168
郭频伽手写徐江庵遗诗，蔡哲夫获自燕市，携归岭海装潢成
卷，并自绘《灵芬馆写诗图》，驰书索题，为成两律 ……… 168
刘季平以苏曼殊所绘《黄叶楼图》索题，年余未报，岁晏
怀人，赋此奉寄 …………………………………………… 168
题吴瘿庵《藕舲忆曲图》 …………………………………… 169
雷母陈太君挽辞，寄慰令子铁厓南海 ……………………… 169
一厂南归追赠两什 …………………………………………… 169
寿陆鸥安先生七十五岁 ……………………………………… 170
题芷畦小影即以为赠 ………………………………………… 170
高天梅以《变雅楼三十年诗征》索题，感赋二律 ………… 170
鹓雏、衍静志居风怀诗成《燕蹴筝弦录》，为题一什 …… 170
方瘦坡有《香痕奁影集》之辑，函索题咏，感赋奉寄 …… 171
论诗六绝句 …………………………………………………… 171

消寒一绝 ··· 171
梦中偕一女郎从军杀贼，奏凯归来，战瘢犹未洗也，醒成两
　绝纪之 ··· 172
感事呈蔡冶民丈，用进退格 ································· 172
咏史二绝，为筹安会某君作 ································· 172
徐江庵梅花小景两帧，哲夫自燕市购归，既以一幅分赠，复
　邮示别幅属为题咏，率成两绝 ································· 172
题钱剑秋《秋灯剑影图》 ································· 172
送黄病蝶之淮上 ··· 173
悼钱颂文（其蔚） ··· 173
读江左三家诗，戏题一绝 ································· 173

磨剑室诗二集卷三（1915年） ································· 174

祝丹阳姜石琴先生六旬双寿，为令子胎石、可生昆季赋 ······ 174
周酒痴招饮醉后赋呈，兼示顾悼秋、朱剑芒 ············· 174
海上剧场感赋示冯心侠 ································· 175
五月九日晨起偕顾旦平赴愚园社集，车中口占 ············· 175
湖上，为姚石子题扇 ································· 175
答林秋叶 ··· 175
赠春航 ··· 175
赠龙小云 ··· 176
观剧有感 ··· 176
五月十八夜，招王漱岩、沈半峰、平复苏、高吹万、姚石
　子、陈忎尊、越流、丁不识、展庵偕饮湖上酒楼，即席分
　得真韵 ··· 176
过秋墓作 ··· 176
中日条约签字后之旬日，适见所谓《圭塘倡和集》者，感题
　一绝 ··· 176

闻王季高、姚勇忱遇害有作 …………………………………… 177
春航将去杭州，诗以招之，兼柬龙小云、范天声 …………… 177
寄李少华甬上四首，即效其体 ………………………………… 177
寄丁白丁、不识、展庵昆季杭州 ……………………………… 178
追哭子美 ………………………………………………………… 178
哭勇忱 …………………………………………………………… 178
少年一首 ………………………………………………………… 178
哭仇冥鸿 ………………………………………………………… 179
寿春航二十七初度 ……………………………………………… 179
为程苌碧题小影 ………………………………………………… 179
题《莽男儿说部》，为陈巢南作 ……………………………… 179
酒楼联句 ………………………………………………………… 179
酒后有作，用联句第一首韵 …………………………………… 180
席上分韵，得人字、寒字两首 ………………………………… 180
孤愤 ……………………………………………………………… 180
题《西湖散记》，为张冥飞、丁不识、展庵作 ……………… 180
题《风木庵图》，为白丁昆季作 ……………………………… 180
汤剑胡自如皋来访，写赠一律 ………………………………… 181
答陆秋心 ………………………………………………………… 181
酒后忆子美 ……………………………………………………… 181
酒社第一集 ……………………………………………………… 181
酒社第二集 ……………………………………………………… 181
酒社第三集 ……………………………………………………… 181
酒社第四集 ……………………………………………………… 182
酒社第五集 ……………………………………………………… 182
酒社第六集 ……………………………………………………… 182
酒社第七集 ……………………………………………………… 182

酒社第八集 …………………………………………… 182
中秋泛灯词，同玄穆作 …………………………… 183
送玄穆归里，即次其留别韵 ……………………… 183
次韵柬玄穆 ………………………………………… 183
酒社十二集，病足未赴写示玄穆 ………………… 183
题冯柳东"杨柳岸晓风残月"卷子，为天梅作 … 184
足疾就医吴门有作 ………………………………… 184
题玄穆乡居百绝 …………………………………… 184
钝根以崂山四景词见示，为题一绝 ……………… 184
阴霾 ………………………………………………… 185
题《天荒》画报，为孙仲瑛作 …………………… 185
纪梦二什 …………………………………………… 185
再题《圭塘倡和集》 ……………………………… 185

磨剑室诗二集卷四（1916年）…………………… 186

民国五年元旦 ……………………………………… 186
题芷畦《水村第五图》 …………………………… 186
题芷畦《燕游续草》 ……………………………… 187
哲夫属题北魏李映超、杨兴息造象二残拓 ……… 187
次韵分寄李康佛、王玄穆 ………………………… 187
宵来 ………………………………………………… 188
题《昭容集》，为沈太侔、刘幼狂作 …………… 188
哭陈英士烈士 ……………………………………… 188
酒边一首，为费一瓢题扇 ………………………… 188
王道民挽诗 ………………………………………… 189
哭龚铁铮烈士 ……………………………………… 189
哭顾锡九烈士 ……………………………………… 189
哭杨伯谦同学 ……………………………………… 189

哭华子翔同社 ····· 190
《苦女儿》弹词，为郭景卢题 ····· 190
有以李定夷《小莲集》征题者，为赋一绝 ····· 190
《寰中集》题词集龚为钝根作 ····· 190
将去海上有作 ····· 190
销夏社即事，次黄病蝶、凌昭懿联句韵 ····· 190
蒯啸楼招饮开鉴草堂，次病蝶、昭懿联句第二首韵 ····· 191
咏史四首 ····· 191
题《饮冰室集》 ····· 191
答陈微庐 ····· 192
为李息翁题扇 ····· 192
悼林寒碧 ····· 192
悼庞檗子 ····· 192
题昭懿《分湖晚棹图》 ····· 192
赠一瓢 ····· 193
感事 ····· 193
将归留别海上诸子 ····· 193
海上赠刘三 ····· 193

磨剑室诗二集卷五（1917年） ····· 194

民国六年元旦，次天梅韵 ····· 194
钝根贻我玲珑馆主玉影，为题四绝 ····· 194
和一厂题画四绝，即寄燕市 ····· 194
寄李洞庭岳州、姚大慈长沙 ····· 195
题瘦坡《留痕记》 ····· 195
痛哭八首，为浙事作 ····· 195
检旧稿得《酒后忆子美》之作，追赋一首叠原韵 ····· 196
次韵和冶民丈 ····· 196

寄玄穆……196
次公寄赠红豆并媵短歌，长公亦有和作，赋此奉报……197
追挽蒯啸楼……197
扑朔一首，追寄剑芒……197
妄人谬论诗派，书此折之……197
夜梦钝根、一厂、楚伧，赋此分寄……198
和天梅四十自寿诗，即次其韵……198
昭懿别后书来拈韵索诗，为赋两律……198
题姚民哀近著四绝，即以为赠……198
寄钝根……199
《花魂蝶影图》题词，为张花魂、顾蝶影伉俪作……199
答大慈四绝……199
《沙湖钓月图》题词，为刘筱墅、陆梅痕伉俪作……199
和余十眉书感韵……200
次韵答昭懿，为玄穆作……200
题悼秋《僵梅庵图》……200
寿冯康升五十……200
《盛湖竹枝词》题辞十二首，为沈秋凡作……201
观春航《自由泪》感赋……203
观春航《薄汉迷情女》感赋……203
示玄穆……204
先烈吴兴陈公归葬碧浪湖畔，冶丈、巢南并有挽歌，余亦继作……205
磨剑室宴集分韵得家字、未字，示玄穆、十眉……205
为郁佐梅题扇，次玄穆韵……206
再题王寿山先生画卷，即送一厂归粤……206
林梦芗先生七一寿诗，为令侄一厂赋……206

题沈剑霜印存 ································· 206

题南越冢木字 ································· 206

感事四首 ····································· 207

杨忠文抗虏殉国忌辰追赋 ······················· 207

题王梦仙夫人遗稿,为赵念梦作 ················· 207

梦亡友陶亚魂 ································· 208

后感事四首 ··································· 208

次韵答昭懿 ··································· 209

论诗五绝答鹓雏 ······························· 209

后论诗五绝示昭懿 ····························· 209

哭不识 ······································· 210

闻旦平入狱 ··································· 210

病蝶以邮筒唱酬韵索和,适有所感,成此示之,已块人杯不
  计本意也 ··································· 210

与玄穆夜话 ··································· 210

示十眉 ······································· 210

再示十眉 ····································· 211

磨剑室夜话,次昭懿韵 ························· 211

叠韵一首 ····································· 211

次韵和悼秋枕上一首 ··························· 212

旧中秋席上赋酬病蝶 ··························· 212

席上偕黄病蝶、许盥孚、吴茗余联句二首 ········· 212

泛灯词,偕余十眉、凌昭懿、郁慎廉联句四首 ····· 212

中秋后一夕即事示病蝶、十眉、昭懿、芷畦 ······· 213

和病蝶,为子美作 ····························· 213

磨剑室诗二集卷六(1918年) ··················· 214

题《榴竹居看菊图》··························· 214

题费素春夫人遗像……214
题陈仲威先生遗像，应令嗣秋槎丈属……214
梦英士先烈……215
送荔丹归蜀……215
十眉以诗索和，萧飒危苦，令人无欢，为作壮语矫之，却次原韵……215
民哀来诗，有冯郎陆生之语，感赋一律报之……215
喜旦平出狱作，即用闻入狱韵……215
寒夜杂忆……216
却扇词，为昭懿赋兼呈婉雯夫人……217
哭蒋万里……217
南湖草堂夜集，示楚伧、玄穆……217
哭苏曼殊……217
《如此湖山图》者，抗云偕其姬人君达临流双睎之所作也，为题二截……218
题宗瑞甫《寻亲闻耗图》……218
感事……218
水月庵小集示芷畦、十眉、玄穆、麋庵、悼秋，莘安、盥孚……218
麋庵昆季招饮含乐草堂，即送其北上……219
分湖看月词，八月二十三夕陶冶禅院作……219
纪梦……220
中秋前二夕示十眉……220
中秋前一夕再示十眉……220
许母陈太君寿萱图，为盥孚昆季作……220
题沈树奇前辈画竹石，为李汝航作……221
有感示长公……221

哭蔡幼襄元戎（济民） …… 221
自东江返梨里途中遇风口占 …… 221
题陆少唐先生遗集 …… 222
与颖若夜话意有未尽，别后追寄一律 …… 222

磨剑室诗二集卷七（1919年） …… 223

自鸳湖之歇浦，道中口占 …… 223
题毛翁（至刚）遗集 …… 223
屯艮书来，述金焦北固之游并示诗草，为题一截 …… 223
屯艮又游梁溪，言溪有项王庙，余旧游未之及也，补成一截 …… 223
洞庭自燕市书来，并以哭妹诗索和，率成一律奉寄 …… 224
六月二十三日夜，独坐磨剑室检视癸卯至癸丑旧作，风雨终宵，忽焉达旦，遂成是作 …… 224
纪事三首 …… 224
题《醴陵兵燹图》 …… 224
题许盥孚《西泠访古图》 …… 224
过凌太常祠示莘安 …… 225
中秋前一夕集闹红舸，次莘安韵 …… 225
中秋夕再集闹红舸，次莘安韵 …… 225
中秋后一夕三集闹红舸，次莘安韵 …… 225
为莘安题小影叠前韵 …… 226
闹红舸席上与莘安联句 …… 226
一树 …… 227
题黄妃塔华严经残拓，为屯艮作 …… 227
寿云间钱母王太君八秩晋一 …… 227
题秀君小传后，为心侠作 …… 228
题《深山采药图》 …… 228

题孙稚山《柳溪泛棹图》……228

绮劫……229

悼姚童子昭明即慰石子……229

归江夏族姑母之丧，姑丈黄先生（偁人）以悼亡三十绝见示，循诵即竟，感赋两律……229

磨剑室诗二集卷八（1920年）……230

题《岁朝清供图》次某君韵……230

舟中遇风作……230

故邑侯李暾庐先生（世由）挽词……230

简长公……231

秋社故址题壁……231

送洪涛入滇南……231

题屯艮《章龙归梦图》……231

勒生先烈旅葬孤山，诗以纪之……231

乡前辈陆鸥安先生挽诗……232

海上逢吹万即题其《寒隐图》……232

感事……232

题汪影庐《龙华春醉图》……232

题胡石予《倚间图》……232

寿叶子英七秩……233

题天梅《荔湾载酒图》……233

七月二十五夕梦中作……233

七月二十九夕纪梦……233

殷童子挽词……233

小集开鉴草堂……234

悼从妹蒨雯……234

舟中读嘉兴徐兰史（锦）《灵素堂遗稿》即题其后……234

题邑前辈凌苇裳先生（坛）《金苔花馆诗》……………… 234
陆母顾太君七秩寿诗，为令子钓鳌昆季作 ……………… 235
感事四首 ……………………………………………………… 235
题《麇砚庵填词图》，为陆麇庵作 ………………………… 235
长公以山民旧藏董思翁墨迹见示，后有补云、墨卿、频伽题
　　诗，为赘两截 …………………………………………… 236
题盥孚《秦淮酹月图》，席上限韵作 ……………………… 236
中秋夕集金镜湖中有鹤琴书舫，座上有倡为联字体者，才及
　　半什而罢，余为足成之 ………………………………… 236
叠韵再赋一律 ………………………………………………… 236
中秋本事诗 …………………………………………………… 237
同心一首示莘安 ……………………………………………… 237
燕赵一首示莘安 ……………………………………………… 237
十三词示莘安 ………………………………………………… 237
后十三词示莘安 ……………………………………………… 238
茗山四首示莘安 ……………………………………………… 239
别后寄莘安 …………………………………………………… 240
中秋后七日矣，回念前尘，怃然有作，即寄酒社同人并坚后
　　约，危坐斋心未忘云屏旧梦也 ………………………… 240
检得旧时方书一卷，辄题其后 ……………………………… 240
为灵修题《红梨感梦图》，次玄穆韵 ……………………… 241
题灵修《萧心剑态楼杂著》 ………………………………… 241
题《避秦图》 ………………………………………………… 241
题《红拂图》，为朱太忙作 ………………………………… 241
题徐榆村《入定图》 ………………………………………… 241
哭洪涛 ………………………………………………………… 242
题胡茗文先生行略后 ………………………………………… 242

梦中得首二句，醒而足成之 …… 243

梁溪俞母赵节孝君七秩寿诗，令嗣彬蔚索题 …… 243

题亡妹蒨雯手写《玉琤玖馆词》墨迹 …… 243

诸将六首 …… 244

分湖游两首，次韵和巢南 …… 244

十眉招饮探珠吟舍，即席有作，次韵奉和 …… 245

呓词一首示十眉，叠前韵 …… 245

谢觉殊招饮并规十眉，再叠前韵 …… 245

续呓词一首，再示十眉 …… 245

酒后一首，次韵和韶声 …… 245

留别一首，次韵和韶声并示觉殊、慎廉、佐皋、佐梅、篆卿诸子 …… 245

叠韵一首仍示十眉 …… 246

别后得慎廉诗，次韵却寄二首 …… 246

题《西园雅集图》，次慎廉韵 …… 246

长公以胜溪草堂、丈石山房两诗见示，次韵奉酬 …… 246

仁荣堂宴集，与十眉、巢南、佐梅、篆卿、韶声、佐皋、慎廉、觉殊联句 …… 247

安素堂宴集联句得四首 …… 247

吴根越角杂诗百二十首 …… 248

挽汝童子人玉 …… 257

题珍娘小影，为病蝶赋 …… 257

贺高小剑结婚 …… 257

初集迷楼 …… 258

次韵和巢南兼示同人 …… 258

赠玄穆用巢南韵 …… 258

坠楼三章，次韵和巢南 …… 258

无端八章，次韵和巢南	259
此日足可惜，次韵和戬人	259
迷楼醉归，夜坐玄穆风雨闭门斋与莘安联句	260
夜话四章，次韵和莘安	260
再集迷楼	261
迷楼题壁，次韵和巢南、玄穆联句	261
步虚一章，次韵和巢南	261
望衡一章，次韵和巢南	262
题玄穆《风雨闭门斋诗稿》，酒后作	262
赠戬人四章	262
赠云光两章	262
酒后写示率初弟	263
再示率初弟	263
婵娟一章，次韵示率弟	263
逃席两首，次韵和玄穆	263
次韵和玄穆四绝，末首盖自讼也	263
次韵和弘士	264
三集迷楼	264
迷楼醉归，次韵和一瓢	264
四集迷楼	265
迷楼苦雨，次韵和戬人	265
次韵和戬人	265
对酒歌，次韵和一瓢	265
连理草堂听雨有作	265
追悼沈屋庐丈（廷镛），六叠杯天韵	266
三十有一日抵梨湖已大除夕矣，书示儿子无忌，即送其游学海上，七叠杯天韵	266

磨剑室诗二集卷九（1921年） …… 267

　　元旦寄题迷楼，八叠杯天韵 …… 267
　　迷楼曲 …… 267
　　次韵和震殊迷楼纪事之作 …… 268
　　次韵和震殊 …… 268
　　次韵和眉若 …… 269
　　答眉若，九叠杯天韵 …… 269
　　答眉若，十叠杯天韵 …… 269
　　答眉若，十一叠杯天韵 …… 270
　　答眉若，十二叠杯天韵 …… 270
　　答十眉，十三叠杯天韵 …… 270
　　再答十眉，十四叠杯天韵 …… 270
　　和一瓢，十五叠杯天韵 …… 271
　　和弘士、震殊、让三、一瓢迷楼联句之作，十六叠杯天韵 …… 271
　　和震殊、安澜联句，十七、十八叠杯天韵 …… 271
　　和安澜、弘士、震殊联句，十九、二十、二十一叠杯天韵 …… 272
　　和弘士，二十二叠杯天韵 …… 273
　　答弘士，二十三叠杯天韵 …… 273
　　次韵和弘士迷楼即事之作 …… 273
　　和震殊，二十四叠杯天韵 …… 273
　　题震殊《尘障集》，次玄穆韵 …… 274
　　和震殊，二十五叠杯天韵 …… 274
　　答让三，二十六叠杯天韵 …… 274
　　和载华、震殊、安澜联句，二十七、二十八叠杯天韵 …… 275
　　和斜塘销寒社诸子联句，二十九、三十叠杯天韵 …… 275
　　答觉殊、十眉、韶声、佐梅联句，三十一叠杯天韵 …… 276
　　答十眉、韶声联句，三十二叠杯天韵 …… 276

答天放、盥孚联句，三十三叠杯天韵 …………………………… 276

答天放，三十四叠杯天韵 …………………………………………… 276

答镜涵，三十五叠杯天韵 …………………………………………… 277

答慎廉，三十六叠杯天韵 …………………………………………… 277

答一厂，三十七叠杯天韵 …………………………………………… 277

再答一厂，三十八叠杯天韵 ………………………………………… 278

三答一厂，三十九叠杯天韵 ………………………………………… 278

四答一厂，四十叠杯天韵 …………………………………………… 278

五答一厂，四十一叠杯天韵 ………………………………………… 278

六答一厂，四十二叠杯天韵 ………………………………………… 279

七答一厂，四十三叠杯天韵 ………………………………………… 279

八答一厂，四十四叠杯天韵 ………………………………………… 279

九答一厂，四十五叠杯天韵 ………………………………………… 280

十答一厂，四十六叠杯天韵 ………………………………………… 280

答眉若，四十七叠杯天韵 …………………………………………… 280

酒后和眉若，即送其返芦漪，并示夕阳、莘子，四十八叠杯

　天韵 ………………………………………………………………… 280

寄眉若芦漪，四十九叠杯天韵 ……………………………………… 281

再寄眉若芦漪，五十叠杯天韵 ……………………………………… 281

吊卿卿墓和眉若，五十一叠杯天韵 ………………………………… 281

磨剑室小集，五十二叠杯天韵 ……………………………………… 282

再和盥孚，五十三叠杯天韵 ………………………………………… 282

再集磨剑室 …………………………………………………………… 282

三集磨剑室 …………………………………………………………… 284

磨剑室限韵示十眉、禹钟、佐皋 …………………………………… 284

叠韵示十眉 …………………………………………………………… 285

寄蕺人，五十四叠杯天韵 …………………………………………… 285

前诗出无和者，凄艳填胸，复成二什，不足为外人道也，五十五叠杯天韵	285
和弘士迷楼即事韵	286
和弘士迷楼杂咏韵	286
题《迷楼集》后，和率初韵	287
题《迷楼图》，和伯名韵	287
次韵和楚伧题《迷楼集》之作，即寄广州	287
叠韵再寄楚伧	287
次韵和梁任	288
次韵和一瓢，赠别汝航作	288
次韵和个石	288
吴门寒碧山庄池畔见鸳鸯	288
和十眉送别诗	288
再和十眉见答诗	289
次韵和韶声	289
次韵和禹钟	289
三月十八夜有作，用韶声韵	289
三月二十一日为旧历花朝节，韶声有诗见怀，依韵奉寄	289
题约真《蕉窗忆昔图》	290
舟行即事	290
五月五日纪事	290
海上赠十眉	290
寓楼杂感	290
五月十八日夜眺	290
海上赠睨观，即题其《汕庐图》	290
示莘子、病蝶	291
次韵和病蝶	291

次韵和莘子枕上一首 …………………………………… 291

磨剑室酒次，与莘子、病蝶联句 …………………… 291

题颖若《梁溪归棹图》 ………………………………… 292

题星六《山居杂诗》，用玄穆韵 …………………… 292

次韵和星六 ………………………………………………… 292

题许平阶遗著 …………………………………………… 292

初过乐国 ………………………………………………… 293

西园晤张骥婴女士 ……………………………………… 293

禹钟新婚，诗以勖之，亦朋友责善之谊也 ……… 293

枭獍一首示同座 ………………………………………… 293

乐国纪事 ………………………………………………… 294

堕地 ……………………………………………………… 294

中夜闻鸡，苦不得睡，与巢南、玄穆、十眉狂谈达旦，遂有
　斯作 …………………………………………………… 294

重过乐国 ………………………………………………… 294

李花曲 …………………………………………………… 295

彩云词 …………………………………………………… 295

婪尾一首示佐梅 ………………………………………… 295

三过乐国 ………………………………………………… 295

放言两首，示斜塘诸子 ………………………………… 296

后放言两首，再示斜塘诸子 …………………………… 296

留别乐国主人 …………………………………………… 296

题《西园雅集第二图》，次巢南韵 …………………… 297

留别斜塘诸子，叠前韵 ………………………………… 297

留别探珠吟舍，叠前韵 ………………………………… 297

奇泪一首，叠前韵 ……………………………………… 297

九日阻风不得归梨湖，遂偕巢南、十眉走海上，车中有作 …… 297

旅邸夜坐，仍叠巢南韵	298
赠小眉	298
十日巢南招饮酒楼，即座赋呈兼示馨丽世妹	298
偕十眉观春航剧	298
海上寄韶声	298
温廑一首	298
长春一首	299
影事十首海上作	299
夜话示十眉，即以为别	300
十一日自海上归梨湖，留别儿子无忌	300
归装甫卸，即获莘子寄怀之什，并讯斜塘游况，依韵奉酬，不胜其凄惋也	300
莘子叠韵诗来，极哀艳之致，拂面墙花，颇征本事，辄复裁和，知不免丰干饶舌之讥已	301
别后寄巢南、十眉海上	301
彩云词，次玄穆韵	301
李花四首，次玄穆韵	302
玉儿两绝，次玄穆韵	302
题十眉《鸳湖双桨图》，次玄穆韵	303
微词两首，次玄穆韵	303
次韵和陈馨丽女士兼呈巢南	303
乐天吟，次巢南韵	303
禁脔一首，次巢南韵	304
情天两首，次巢南韵	304
灯红三首，次巢南韵	304
次巢南重过乐天韵	305
凯歌一章，次巢南韵	305

自题《蓬心草》后，次巢南韵	305
次巢南归自蚬江赠桐君韵	305
次巢南明日重赠桐君韵	305
阒寂二首，次巢南韵	306
次巢南吴门阻雪韵	306
次巢南冒雪过严扇韵	306
次巢南吴门重晤桐君韵	306
次韵和长公代乐国主人见答之作	307
次韵和长公代乐国主人别后见寄之作	307
被酒夜归，忽忽不乐，次韵和长公自题《蓬心和草》之作，即以奉寄	307
次韵和次公	308
次韵和安澜	308
次韵和弘士	308
次韵和禹钟	310
乐国宫词两首，次佐梅韵	310
温黁两绝，次佐梅韵	310
次佐梅夜过彩云家三绝句韵	310
次韵答长公再和三过乐国联句之作	311
次韵答长公代乐国主人别后和三过联句之作	311
次韵和长公代乐国主人答纪事之作	312
次韵和长公代乐国主人答重过之作	312
次韵和长公代乐国主人答留别之作	312
次韵和长公答震殊之作	312
偕佩君就医吴门，舟次赋呈	313
吴门晤从弟率初	313
出处一首，次韵和率弟	313

舵尾一首 ··· 313
车中一首 ··· 313
吴市有女郎狎巨蟒者，诗以赠之 ············· 313
翌日偕率弟再过，遂有室迩人远之慨，怅然成此，即次前韵
　··· 314
明日将去吴门，赋此为别，叠次前韵 ······· 314
追记弄蛇女郎 ····································· 314
留别率弟 ··· 315
留别吴门两首 ······································ 315
自吴门归梨里，附轮舶行半日而达，舟中口号示佩君 ······ 315
将赴东江，书慰佩君 ··························· 315
孤愤两首，叠前韵 ······························ 316
得张骥荄女士书，奉柬两首 ················· 316
次韵答骥荄 ··· 316
骥荄过访梨湖，适余留滞蚬江未获一晤，叠韵追寄 ······ 317
柬骥荄即次其自题小影韵 ···················· 317
次韵答天方 ··· 317
悔晦三十七忆诗次《蓬心草》第一首韵见怀，赋此奉答 ······ 317
乐国词 ·· 317
自题《蓬心补草》后，示佩君 ············· 318
寄君武梧州 ··· 319
刘廉卿先生挽词，为令子季平作 ·········· 319
题《风雨勤斯图》，为金丈讱广作 ······· 319
五集迷楼，五十六叠杯天韵 ················· 319
次韵和一瓢 ··· 320
席上与震殊、弘士、天贽、戢人、一瓢联句 ······ 320
酒后题《党友手札》，次一瓢韵 ·········· 320

六集迷楼，五十七、五十八叠杯天韵 …………………………… 320

七集迷楼，五十九叠杯天韵 …………………………………… 321

八集迷楼，六十叠杯天韵 ……………………………………… 321

感事示蕺人，六十一叠杯天韵 ………………………………… 322

示莘子，六十二叠杯天韵 ……………………………………… 322

示十眉，六十三叠杯天韵 ……………………………………… 322

示玄穆，六十四叠杯天韵 ……………………………………… 323

示巢南，六十五叠杯天韵 ……………………………………… 323

示弘士，六十六叠杯天韵 ……………………………………… 323

谢陶丈小沚招饮，即题其先德沚村前辈遗诗后，六十七叠杯
天韵 …………………………………………………………… 324

寄楚伧海上，六十八叠杯天韵 ………………………………… 324

三十一日，自蚬江归梨湖，留别迷楼，六十九叠杯天韵 …… 324

舟过北舍港，追悼寿庵族兄，七十叠杯天韵 ………………… 324

舟中暗记，七十一叠杯天韵 …………………………………… 325

抵梨里喜示佩君，七十二叠杯天韵 …………………………… 325

磨剑室诗二集卷十（1922年） …………………………………… 326

十一年元旦，送儿子无忌之海上，七十三叠杯天韵 ………… 326

寄率初弟吴门，七十四叠杯天韵 ……………………………… 326

为赵光涛题女神像，七十五叠杯天韵 ………………………… 327

前诗既成，意有未竟，再赋二绝 ……………………………… 327

和陈丽湘女士并示玄穆，七十六叠杯天韵 …………………… 327

和少华即寄杭州，七十七叠杯天韵 …………………………… 327

追怀亡友赵伯先先烈，和少华作，七十八叠杯天韵 ………… 328

和秋叶作即仿其体，七十九叠杯天韵 ………………………… 328

追悼陈稚兰（光誉），寄秋叶、少华，八十叠杯天韵 ………… 328

和何祝霖即寄安乡，八十一叠杯天韵 ………………………… 329

和吴悔晦即寄长沙，八十二叠杯天韵 …………………… 329
再和悔晦，八十三叠杯天韵 ………………………………… 329
三和悔晦，八十四叠杯天韵 ………………………………… 329
四和悔晦，八十五、八十六叠杯天韵 …………………… 330
五和悔晦兼示凤蔚，八十七叠杯天韵 …………………… 330
六和悔晦兼示屯艮，八十八叠杯天韵 …………………… 331
七和悔晦，八十九叠杯天韵 ………………………………… 331
题月岩《种树图》，为悔晦赋，九十叠杯天韵 ………… 331
题田华亭前辈《秋山独行图》，为令子星六赋，九十一叠杯
　天韵 ……………………………………………………………… 331
题周柳塘前辈《抱琴图》，为裔孙剑文赋，九十二叠杯天韵
　……………………………………………………………………… 332
和吴又陵即寄燕市，九十三叠杯天韵 …………………… 332
和徐慎侯即寄青浦，九十四叠杯天韵 …………………… 332
和金东雷即寄吴门，九十五叠杯天韵 …………………… 333
次韵和东雷 ……………………………………………………… 333
叠韵和东雷 ……………………………………………………… 333
和周迦陵，即谢其《枫江渔父图》拓本之惠，九十六叠杯
　天韵 ……………………………………………………………… 334
迷楼本事诗四章，同迦陵作 ………………………………… 334
次韵和迦陵 ……………………………………………………… 334
和顾悼秋即寄海上，九十七叠杯天韵 …………………… 335
和朱剑芒即寄海上，九十八叠杯天韵 …………………… 335
和剑芒、悼秋联句之作，九十九叠杯天韵 ……………… 335
再和剑芒，百叠杯天韵 ……………………………………… 335
再和悼秋，百一叠杯天韵 …………………………………… 336
三和剑芒，百二叠杯天韵 …………………………………… 336

三和悼秋，百三叠杯天韵 …………………………………… 336
题《海上集》，为剑芒、悼秋赋，百四叠杯天韵 …………… 337
题《春申缟纻集》，为悼秋赋，百五叠杯天韵 ……………… 337
题《酒国点将录》，为悼秋赋，百六叠杯天韵 ……………… 337
和陈蓺人，百七叠杯天韵 ……………………………………… 338
和徐弘士，百八叠杯天韵 ……………………………………… 338
和戴天赘，百九叠杯天韵 ……………………………………… 338
和戴步三，百十叠杯天韵 ……………………………………… 338
和戴震殊，百十一叠杯天韵 …………………………………… 339
再和震殊，百十二叠杯天韵 …………………………………… 339
三和震殊，百十三叠杯天韵 …………………………………… 339
四和震殊，百十四叠杯天韵 …………………………………… 340
五和震殊，百十五叠杯天韵 …………………………………… 340
六和震殊，百十六叠杯天韵 …………………………………… 340
次韵和费织云即寄莘溪 ………………………………………… 341
次韵和周芷畦即寄柳溪 ………………………………………… 341
朱葆庭先生六十双寿诗，为令嗣凤蔚、宗良昆季赋，百十七
　叠杯天韵 ……………………………………………………… 341
张蔚君先生六十寿诗，为令嗣圣瑜赋，百十八叠杯天韵 …… 341
检旧箧得亡友雷誉皆所贻文贝，感成两首，百十九叠杯天韵
　………………………………………………………………… 342
因誉皆更忆张荔丹，盖其同县人也，百二十叠杯天韵 ……… 342
再和迦陵，百二十一叠杯天韵 ………………………………… 342
一月二十七日，赴莺湖度旧岁即和悼秋，百二十二叠杯天韵
　………………………………………………………………… 343
次韵和又陵观女伶金少梅《文君当垆》《一笑缘》五绝 ……… 343
前题二首，再寄又陵，百二十三叠杯天韵 …………………… 343

和蔡丈冶民，百二十四叠杯天韵…………………………………… 344

再和冶民丈，百二十五叠杯天韵…………………………………… 344

三和冶民丈，百二十六叠杯天韵…………………………………… 344

八和悔晦兼示朱凤威、张平子，百二十七叠杯天韵……………… 344

九和悔晦仍示凤威，百二十八叠杯天韵…………………………… 345

十和悔晦，百二十九叠杯天韵……………………………………… 345

十一和悔晦，百三十叠杯天韵……………………………………… 345

十二和悔晦，百三十一叠杯天韵…………………………………… 346

十三和悔晦，百三十二叠杯天韵…………………………………… 346

十四和悔晦兼示凤威、屯艮，百三十三叠杯天韵………………… 346

十五和悔晦仍兼示屯艮，百三十四叠杯天韵……………………… 346

十六和悔晦，百三十五叠杯天韵…………………………………… 347

十七和悔晦，百三十六叠杯天韵…………………………………… 347

和陈微庐，百三十七叠杯天韵……………………………………… 347

和陈梨梦，百三十八叠杯天韵……………………………………… 348

次韵和陈越流…………………………………………………………… 348

和周酒痴，百三十九叠杯天韵……………………………………… 348

和凌昭懿，百四十叠杯天韵………………………………………… 348

三和少华兼示秋叶，百四十一叠杯天韵…………………………… 349

和沈仲云，百四十二叠杯天韵……………………………………… 349

和傅子文，百四十三叠杯天韵……………………………………… 349

再和祝霖，百四十四叠杯天韵……………………………………… 350

三和祝霖，百四十五叠杯天韵……………………………………… 350

次韵和悼秋…………………………………………………………… 350

答秋叶，百四十六叠杯天韵………………………………………… 350

再答秋叶，百四十七叠杯天韵……………………………………… 351

本事四首，次韵和秋叶……………………………………………… 351

和余辛甫即寄柳溪，百四十八叠杯天韵……………………352
答黄颂尧即寄吴门，百四十九叠杯天韵……………………352
再答颂尧，百五十叠杯天韵……………………………………352
五月二十九夜梦十眉………………………………………………352
问讯………………………………………………………………………353
梨湖曲……………………………………………………………………353
短歌行，为吴姬梅芬作…………………………………………354
周赓唐挽诗……………………………………………………………354
移家初定，约修社事，寄十眉诸子……………………………354
题《耕读图》……………………………………………………………355
题《西湖春景图》……………………………………………………355
有题………………………………………………………………………355
周湘兰女士挽词……………………………………………………355
任母潘太君德行诗…………………………………………………356
太原王氏双节诗……………………………………………………356
梦王季高………………………………………………………………356

磨剑室诗二集卷一

(1913年)

雪后游湖上诸山

六桥垂柳未成丝,镜里偏饶雪后姿。踏破琼瑶天不管,万山无语我来时。

哭宋遁初烈士

忽复吞声哭,苍凉到九原。斯人如此死,吾党复何言!危论天应忌,神奸世所尊。来岑今已矣,努力珍公孙。

不用吾谋恨,当年计岂迂。操刀悭一割,滋蔓已难图。小丑空婴槛,元凶尚负嵎。伤心邦国瘁,不独恸黄垆。

胜溪老屋古柏

先人堂构此溪隅,子姓飘零百不如。犹有童童车盖在,郁葱佳气未应无。

观《血泪碑》赠陆子美

坠欢如梦梦难醒,依约犹存旧典型。省识高丘无女恨,天涯为汝惜娉婷。

呖呖新莺出谷迟，别将哀婉系人思。不须更诧凌郎美，谓怜影秋菊春兰自一时。

有感示子美

当户芳兰意苦辛，蛾眉谣诼自前因。尊前莫洒青衫泪，我亦名场潦倒人。

结习余痴愧未忘，尽多哀乐付词章。晓风残月休回首，错被人呼柳七郎。

《陆郎曲》赠子美

三生花草梦苏州，好梦如云不自由。一自五湖西子去，浣纱女伴至今羞。屟廊香径空愁绝，翻道生男解倾国。问姓吴亡入洛人，问名天宝伤时客。善笑江东陆士龙，早年芳誉擅吴中。羊车偶驾人争看，凤德还愁世莫容。岂有青衿佻诗，明书悦礼记当时。一朝鹏翼图南去，斥鷃藩篱笑岂知！骨相封侯恨未成，儒冠多事误苍生。三郎自注梨园籍，从此人间识姓名。陆郎此时年十八，珠喉玉貌娇难索。别以哀情荡绮怀，不平怕近弹棋局。一曲登场总苦辛，哀歌婉舞不由人。鞭鸾笞凤沧桑劫，槛鹤笼花憔悴春。蛾眉自古多谣诼，泪珠洗面心情恶。飘泊天涯又几秋，茫茫海上成连蹢。相逢仆也伤心人，知音未敢轻相亲。酒酣耳热一执手，回肠荡气难具陈。陆郎慎勿嫌唐突，我有长歌诉胸臆。烂熳春华能几时，树人至竟祈秋实。千秋几见传伶官，紫稼云郎骨早寒。况是求仙天上易，飞升鸡犬满淮南。不如归卧麋台侧，读书还折平生节。十载名山绝业成，老夫为汝传衣钵。逆耳忠言古有诸，未知郎意却何如？愿郎珍重千金体，轻薄休疑旧酒徒！

子美索题醉中合影，率成一绝

美人如玉剑如虹，尺幅还能证雪鸿。莫怪酒酣狂态露，死生流转一相逢。首尾借定庵复生句。

题子美诸子化妆合影，并调沈长公

扑朔迷离事有无，环肥燕瘦尽堪娱。无端着个刘公干，赢得旁人骂老奴。

无题四首示长公

如此相逢如此欢，尊前红泪已轻弹。蛾眉自古多谣诼，乌喙端难共宴安。交浅言深原有罪，语长心重亦无端。五湖便作鸱夷计，一舸凌波送暮寒。

乌鲗盟寒誓忽翻，胭脂一夕树降幡。姮娥奔月情难遣，神女行云事莫论。转绿回黄缘底恨，看朱成碧总无言。独怜吒利功成日，孤负昆仑侠士恩。

忍把漂零怨落红，护花幡小不禁风。三千弱水难为厉，一万蓬山倘再逢。堕溷卿原无气力，量才我自惜玲珑。春蚕拚织相思茧，到死休疑意未通。

覆水平生薄买臣，微之轻薄更非伦。拗莲作寸丝难绝，捣麝成尘香未湮。织女天钱偿有日，茂陵消渴病无因。搴帷一笑能重见，莫认萧郎是路人。

哭陈蜕庵先生

少年揽辔志澄清，垂老中原未厌兵。伐鼓撞钟天下计，破家亡命劫余生。元龙豪气销难尽，杜老文章晚更成。叹息万方多难日，放翁家祭若为情。

十载声华鲁殿光，党碑姓氏自堂堂。如何北海孙宾石，老作南州盛孝章。张禄入秦名屡变，包胥复楚愿终偿。纷纭举世贪天力，一笑封侯尽烂羊。

识公名未读公诗，倾倒瑶华又一时。并世竟逢陈仲举，怜才难得傅修期。余与先生订交，傅钝根实为作合。秋风江上同羁旅，春雨檐前惯别离。当日早知成永诀，也应恸哭惜临歧。

吾辈情怀狂似虎，先生道德殆犹龙。揭来胜地贪行乐，悔未倾谈总负公。余每至海上，先生辄招往寓庐作竟日谈，苦耽征逐，未之应也。流涕不堪知己感，遗书倘赖故人功。传经伏女能无恙，辛苦西飞蜀道鸿。谓撷芬女士。

索子美画《分湖旧隐图》，即简芦漪

闻君踪迹滞菰芦，我亦烟波旧钓徒。一夜晓莺残月梦，无端惆怅落分湖。

腕底烟云万态殊，不须下笔费踟蹰。愿将潭水千寻意，为写荒寒一幅图。

露白葭苍水接天，伊人宛在意茫然。文鸳辛苦年年恨，输与闲鸥自在眠。

结束风华忏绮情，揭来吾亦厌才名。耦耕倘遂他年约，雨笠烟蓑过此生。君有明农之志。

吴门重晤子美，集定公句

罡风力大簸春魂，薏苡谗成泪有痕。谁分江湖摇落后，一帆冷雨过娄门。

文字缘同骨肉深，小屏红烛话冬心。一番心上温馨过，累汝千回带泪吟。

不是逢人苦誉君，胸中灵气或成云。愿求玉体长生诀，删尽蛾眉惜誓文。

红似相思绿似愁，年来花草冷苏州。一灯古店斋心坐。好梦如云不自由。

沧浪亭口占示子美

只惜登临易夕阳，一池流水自沧浪。濯缨濯足关清浊，此意还须仔细商。

得陈陶公手札感赋却寄，即示叶楚伧、俞剑华、姚鹓雏、姜可生诸子

荡气回肠各一痴，卿筹烂熟我筹之。怜才别具千秋意，此事人间恐未知。

将赴海上讯子美疾

十日吴门叙，相逢慰我思。如何忽示疾，恰又赋将离。拥枕怜憔悴，临歧敢涕洟。万千珍重意，莫忘杜秋诗。

别 吴 门

画堂红烛敞清尊，白袷青衫各断魂。犹有空桑三宿恋，行行未忍别吴门。

观《血泪碑》赠冯春航兼寄林一厂燕市

一度温馨十度思，重逢万劫未嫌迟。红颜命薄平生恨，翠袖天寒绝世姿。岂有因缘谐凤侣，不关谣诼误蛾眉。吟成辛苦凭谁寄，莽莽燕云怨别离。

重过杏花楼感悼邵亚云、陈蜕庵

梁园才调咽悲笳，湖海人亡泪似麻。春雨杏花零落尽，黄公垆畔忍

回车。楼中为旧时文宴地。

赠朱少屏，即呈蔡景明夫人

茂苑连申浦，劳君远送迎。疏狂能谅我，纯挚最怜卿。双宿鸳同命，将雏凤试声。画图珍重意，一为觅云英。君方为我觅春航相片，故云。

访春航寓庐奉赠一律，即题其见惠小影

相思十载从何说，今日居然一遇君。说剑吹箫余感慨，搴兰纫蕙惜芳芬。悬知沧海难为水，只恐仙心或化云。一幅秋山劳汝赠，江湖归去定香薰。

赠陈匪石

元龙淮海气难平，万里归来载酒行。顾我倾谈多沉瀁，羡君词笔剧纵横。论才叶适堪同调，谓叶中泠顾曲周郎最有情。鸿爪难忘今日事，马缨花下踏歌声。

观《穷花富叶》赠春航

未解欢娱未解羞，乱头粗服尽风流。三生慧业今宵忏，万劫情天一笑休。天女化来千亿相，美人销尽古今愁。从知辛苦聪明误，顽福甘心让一筹。

将去海上留别春航，兼谢陈匪石、俞剑华、庞檗子、姜可生、沈道非、王莼农、连雅堂诸子，即步席上联句韵

十年苦恨相逢晚，相逢恰又归期限。优昙一现讵忘情，就里因缘问谁管。一曲惊鸿可奈何，尊前我亦惯闻歌。终怜脂粉污颜色，输与庐山面目多。元龙作意征歌舞，泥我春江三日住。賸以人间绝妙词，天花乱

落飞红雨。一时豪俊聚天涯,狂杀娄东俞剑华。最是虞山庞处士,拈毫惯赋断肠花。裙边袖角留题遍,姜、沈、王、连称巨眼。酒绿灯红兴未阑,骊歌忽又催吴苑。吴苑春江尽可怜,飘鸾泊凤自年年。五湖他日能偕隐,愿作鸱夷不羡仙。鸱夷纵负平生志,还恐盟寒乌鲗字。一集春痕意苦辛,及时行乐今何世。潭水深情空尔为,坠欢重拾知何时。愿求玉体长生诀,万一能留相见期。

先府君亡忌,骎骎近一周矣,感赋两律

一掬孤儿泪,呼天奈此时。余生犹落拓,祖德已离披。腐鼠空相吓,潜龙亦自疑。保家非我分,此意九原知。

忧国平生志,遗言念棘驼。犹闻杀豪杰,未敢怨共和。竖子成名易,将军失计多。料知泉下恨,家祭涕滂沱。

自题《春航集》后,次陈微庐韵

此是空山痛哭声,学儒学侠两无成。文章已悔聪明误,歌舞还留轻薄名。南国佳人真绝世,东篱处士剩闲情。风花收拾他年事,便欲商量到耦耕。

闻宁太一恶耗,痛极有作

当年专制犹开网,此日共和竟杀身。早识兴朝菹醢急,不应左袒倡亡秦。

独夫曷丧苍生愿,豪杰成灰白骨哀。血溅武昌他日事,鬼雄呵护复仇来。

北望三章,借陈汉元韵

北望燕云戎马隤,中原昂首一低徊。浔阳鼓角从天降,猿臂将军杀贼来。

汉上兵魂倘可招，好搴兰蕙刈蓬萧。直须万马奔腾去，蹴破黄流渡铁桥。

太白终悬竖子头，横空一剑断千愁。东山好为苍生起，忍卧元龙百尺楼。

观梅兰芳剧后赠春航

厌闻月旦到歌场，卢后王前孰主张？一任野梅开烂熳，当筵我只拜冯郎！

剧场感旧两绝

檀板金尊乐未央，谁知此别已茫茫。苌弘不化三年碧，急管哀弦哭国殇。今夏过沪，观春航演剧于新新舞台，亡友宁太一亦时相过从，推襟送抱，极一时之盛。嗣余归卧枫江，而君遽成仁鄂市，黄垆重到，碧血犹新，生死散聚之感，不独雍门奏琴、山阳闻笛也。

草间偷活恨难支，借酒浇愁亦太痴！惭愧故人珍重意，春江歌舞泪如丝。亡友陈勒生，任侠自许，肝胆照人，尤能刻苦淬厉，无纷华之嗜。余撰《春航集》，朋侪争诩为美谈，君独以玩物丧志，抗言相责，余愧谢未遑也。自君碎身报国，而余犹未能废丝竹，厚负九原矣！

海上赠仲行然

憔悴河山梦不温，天涯握手认啼痕。闭门种菜年来意，负尽人间知己恩。

酬鹓雏两绝

不从北地问胭脂，不向王门舞柘枝。撑住南东金粉气，此心原不要人知。谓春航也。

落魄姚生鬓未残，难忘鸿印旧宣南。君有《鸿雪印》说部，为梅兰芳作。弇山才调原无匹，可有人间李桂官。

答周芷畦，集定公句

中年才子耽丝竹，伐鼓撞钟海内知。别有狂言谢时望，卿筹烂熟我筹之。

众女蛾眉自尹邢，回肠荡气感精灵。经生家法从来异，肯向渠侬侧耳听。

三 哀 诗

磊落宁居士，长吟诗百篇。未罹专制劫，光复前，系狱三年不死。终死共和年。骂座狂堪掬，名山集未传。头颅付黄祖，此意问谁怜！宁太一

陈生吾畏友，慷慨重恩仇。未溅生王血，先糜死士头。君以制炸药失慎死。填波精卫意，回日鲁阳谋。辛苦终无补，萧萧易水秋。陈勒生

大雅杨夫子，惊闻赴北邙。朝衣斩东市，一日尽三良。有弟怀沙死，谓笃生先烈慈闱两鬓霜。九原倘相见，家国倍堪伤。杨性恂

闻湘中烈士墓将被发掘，诗以哀之

田横犹有冢，项羽岂无坟？雄鬼亦何罪，忍令白骨纷。卷施心不死，杜宇唳难闻。谁种冬青树？深深护白云。

得子美海上书却寄

收拾风华计未真，明珠重现女郎身。如何舞罢歌残夜，犹忆寒江独钓人。

中酒情怀惜别词，梨花满地絮相知。难忘金镜湖头路，失意蛾眉宛转时。

一帆冷雨过苏州，十日名园恣俊游。如此相逢如此别，几宵春满九

华楼。

天寒翠袖意如何,惆怅华年似掷梭。感汝殷勤留后约,春风吹绿浦江波。

少屏以春航化妆小影寄赠,奉酬两绝

歌场驰骋未忘机,一卧沧江绮梦非。多谢故人能念我,肯将眉黛慰朝饥。

活色生香第一春,冷风寒雨独精神。群儿底用轻相诮,万古江湖属此人。

磨剑室诗二集卷二
（1914 年）

红梨赠谭天风丈，即题其所著《弯弧庐诗稿》

鸳鸯湖畔幽人宅，中有歌声出金石。万里关山赋倦游，长吟自署《弯弧集》。贱子平生感慨中，十年磨剑未成龙。空余一卷怀芳志，惭愧中郎赏爨桐。余编《春航集》，丈颇激赏云。怜才自是中郎意，仲宣未倒迎门屐。越水吴江一棹通，隔年预约相逢地。春风吹绿红梨波，相逢一笑双颜酡。漫诩雄谈惊四座，还怜同病多坎轲。弯弧磨剑心空热，身手男儿只自惜。君如凿齿称半人，我愧扬雄亦口吃。脉脉含情俱未申，相怜蛮驱倍相亲。飙轮底事催归急？一曲骊歌黯怆神。君不见：中原龙战玄黄血，浙台郿坞风云急。何当偕隐桃源住，读画吟诗忘永夕。

汪兰皋有梅陆合集之辑，函索题词，为撰四绝

清言优辨麈尾拂，高谈大睨虬髯张。百尺楼荒蜕翁逝，屈指吾数毗陵汪。

英雄不合雕虫死，滴粉搓酥亦等闲。收拾东南闲涕泪，狂名从此满歌坛。

旧芬新艳本殊途，北胜南强事有无。狂杀云间姚宛若，应言吾道未

终孤。

我亦歌场曾树帜，上天下地说春航。重重绮孽消难尽，一集还堪付陆郎。余方编《子美集》。

再题兰皋所编《陆子美集》四首

群儿轻薄自纷纭，盖世谁当定我文。多谢毗陵老居士，三都赋为左思焚。君编陆集已成什之六七，闻余亦有是作，遂自焚其稿。

白雪阳春古调弹，一篇锦瑟解人难。何如不落言诠好，华黍由庚一例看。来书云拙编现拟仍名梅陆集，惟陆集只有画图不着一字，譬如华黍、由庚，有声无词，不落言诠，较有深味。

书生屈意作伶官，奇士埋愁入笔端。一样英雄沦落恨，青衫红泪几曾干。

霸才无主最堪伤，蛮语参军未许狂。闲却中原驰檄笔，调铅杀粉为伊忙。

别子美一载矣，偶检箧衍，得旧时合摄小影一幅，感题两绝

信有回肠荡气时，故将眉黛照离卮。高楼颠倒鸳鸯记，逊抗机云此可儿。

病酒伤离总损眠，春宵红泪女郎天。坠欢一瞬年时事，便得重逢已可怜。

偕一厂、楚伧、子美观春航《贞女血》，一厂有即事赠子美之什，赋此奉和

但许重逢未恨迟，一春憔悴为相思。哀丝怨竹情何苦，菊影梅魂语岂痴。一代风华归茂苑，春航、子美并吴门产百年谣诼误蛾眉。回肠荡气平生意，况复闻歌雪涕时。

夏五，社集愚园云起楼，即事分韵

正是天荒地老时，且凭残醉慰相思。江南憔悴兰成赋，夔府飘流杜老诗。碧血三年雄鬼泣，黄垆一恸故人知。伤心云起楼头事，何处招魂宋玉祠？旧与遁初雅集，亦在此楼。

强欢忍恨若为情，借酒浇愁泪暗倾。一代兴亡付竖子，百年寥廓负狂名。风华到眼余哀乐，湖海论交半死生。况是长江呜咽水，周郎遗恨总难平。时闻社友周仲穆恶耗。

海上哭夏昕渠

结客千金赠宝刀，《大哀》一赋气能豪。交情自昔关生死，慷慨何曾惜羽毛。绛帐无灵弦诵废，君毁家倡清华女学八年，卒以费绌中止。黄垆有客旅魂销。回车不为西州恸，鬼叫狐鸣万胜桥。万胜桥在沪西门外，为君昔年养疴之处。又曩与君共倡健行公学、青年自治会、《复报》编辑部咸在斯地。自去秋兵燹以来，余遂不忍过此，况加以今日羊昙马策之悲邪！

题子美小影

三生恩怨几曾休，又作人间汗漫游。收拾风华宁此日，沈淫歌舞亦堪愁，高丘何处佳人远，洛浦难为神女留。省识年时残醉意，未应分付钿箜篌。

题《恨海》悲剧中子美饰张棣华化妆小影

忍泪相看又此时，纤腰无力步迟迟。飘零敢怨郎情薄，宛转终怜妾意痴。一度温磨千古恨，中年哀乐几人知。寻常崔九堂前见，海底红桑换旧枝。

卫灵水以子美所绘《分湖旧隐图》邮寄，赋此志喜

翩翩卫洗马，文采华江东。青鸟从西来，贻我书一通。开缄忽长

笑，尺幅烟云重。借问绘者谁？道是云间龙。忆昔缔交初，尊酒相过从。丹青妙手擅，绢素陈词恭。能事不迫促，寒暑倏一终。今日复何日，良会翩然逢。譬如临卬渴，忽睹远山容。又如吴夫差，浣纱初入宫。一日三摩挲，惊喜心忡忡。作诗谢卫郎，感汝酬汝庸。

梦春航

问息寻消别后思，冷香寒艳独怜伊。感甄忽入陈王赋，解佩休疑圣女祠。忏尽狂名余恨在，惊回绮梦有灯知。闲愁闲想都无着，一卷楞严好护持。

哭周仲穆

闻笛山阳痛未忘，距山阳周实丹烈士之死，未盈三祀。临风又哭此周郎。伯仁再世终无命，张角称兵敢跳梁。纵敌当年徒有恨，成仁此日亦何伤。白门劫后遗文烬，愿共侯芭仔细商。谓黄忏华

相逢乍忆过江年，狂狷殊途笑我颠。论学不妨所见异，著书要与后人传。陆沈世界沦禽兽，忧国心期在简编。一掬嗣宗广武泪，芒砀几处有烽烟！

恶耗两章

恶耗遥传涕未收，似君真个与天仇。孤行一意宁论命，盛气谁言未可谋。摇笔文章凌五岳，成仁姓氏已千秋。海风惨淡田横岛，叹息人间少一头。

汉贼宁容并立时，和戎误国至今悲。吾谋不用关天意，君见能同信可儿。偷活草间空有日，复仇地下尚无期。艰难一恸何人识，鹓首钧天梦醒迟。恶耗嗣知不实，然诗固未容泯灭也。爰过而存之

《玉娇曲》，为傅钝根赋

连鸡已失东南局，降幡夜树君山麓。痛哭当年识贾生，变名此日同张禄。烽火仓皇走避兵，株连钩党梦魂惊。谁知覆地翻天际，别有盟山誓海情。佳人少小生南国，玉娇小字传乡邑。一自天钟第一流，湘花湘草无颜色。佳侠含光本性成，桃花剑底独关情。红颜别擅凌云气，素手能弹变徵声。望门投止文章伯，一见无端情脉脉。本来苏小是乡亲，何况香君重遇客。枇杷门巷受恩身，好作桃源暂避秦。金屋翻教营复壁，玉钗亲典为留宾。贾生年少工词赋，宾从翩翩各殊度。明灯华烛屡寻欢，檀板银尊不知数。一度温馨几度愁，念家山破唱梁州。从来青史千年恨，都付红裙一哭休。红裙着意相怜惜，争奈柔乡难托迹。折尽门前杨柳枝，明朝又作关山客。后约难留啮臂盟，五湖天际若为情。空怜辜负婵娟子，霸越亡吴计未成。失时豪俊仍肥遁，蛾眉别去余长恨。传闻绿叶已成阴，差幸名花免堕溷。侠骨柔肠自古难，红妆季布拟湘兰。玳梁紫燕营巢去，祝汝双栖岁岁安。君不见：伍相穷途濑女逢，王孙漂母各英雄。独怜红拂天涯老，惆怅他年李卫公。

与沈次公夜话，意有未尽，别后追寄一律

大睨高谭肯息机，寒蛩四壁一灯微。更从何地衡功罪？忍信人间有是非。论世未妨中晚怨，求全自昔圣贤稀。低徊别具沧桑泪，才说开天已满衣。

题檗子《玉琤馆填词图》

浅斟低唱尽名家，独秀江东合自夸。一卷新词弹墨泪，销魂底事为梅花。

格律精严故不磨，姜、张门户自嵯峨。狂生独抱辛、刘癖，零落江才奈汝何？

题莼农《四婵娟室填词图》

度曲居然玉茗风,壮夫何敢薄雕虫,只怜菊影成飘泊,输与姜夔载小红。

嵚崎自爱香桃骨,哀怨难忘碧血花。最是霜华留旧影,四条弦上泪如麻。

郭频伽手写徐江庵遗诗,蔡哲夫获自燕市,携归岭海装潢成卷,并自绘《灵芬馆写诗图》,驰书索题,为成两律

百年桑梓衡前辈,自爱灵芬郭十三。岂独文章世所贵,更论风谊我能谙。碎瓶郑重犹留记,破帽萧疏忆健谈。频伽有《碎瓶记》为江庵作,"破帽""健谈"并所撰江庵墓志中语。况是丛残亲手写,应无余恨到江庵。

遗书幸未饱鱼蟫,翻自宣南落岭南。遇合名流欣得所,飘零文物却怀惭。更闻补画传新稿,合奉奇香供古龛。一样交情生死感,宁陈残墨正搜探。余正手辑亡友宁太一、陈蜕庵遗著。

刘季平以苏曼殊所绘《黄叶楼图》索题,年余未报,岁晏怀人,赋此奉寄

风雪残冬万虑荒,怀人感事两难忘。沈思黄叶楼头客,可似年时旧酒狂。

箧衍犹珍尺素书,未偿诗债又年余。文通岂为才华减,英气刘郎愧不如。

淡墨疏林黄叶图,阇梨才思古来无。海山正有扬尘感,消息沈沈忆曼殊。

吴侬旧住水云湄,泛宅移家感未涯。亦有荒寒图一幅,烦君健笔为题诗。

题吴瞿庵《藕舲忆曲图》

凄绝伊凉乐府声,填词记曲早知名。伯龙良辅今安在,可有南朝旧典型。

佰年谁续桃花扇,一曲新翻风洞山。等是汉家亡国恨,蛮烟瘴雨更间关。

樽前容易几回肠,凄艳温馨两擅场,话到暖香楼上事,销魂岂独孔东塘。

莫遣杨枝更竹枝,旗亭画壁几人知。十年唱遍吴娘曲,暮雨潇潇正此时。

雷母陈太君挽辞,寄慰令子铁厓南海

一夜巴山杜宇啼,中天宝婺忽沈西。当年健妇持门瘴,此日神方驻景非。夫婿齐眉逾花甲,儿孙绕膝尽麻衣。最怜游子终天恨,蜀道艰难不可跻。

薪胆余生第四郎,焦原奔走十年忙。绝裾慷慨怜温峤,忍泪从容诫范滂。已见征人还故国,如何亡命又殊方。万家营冢男儿事,好为神州惜栋梁。

一厂南归追赠两什

临歧未有一书别,消息翻从远道来。迢递关程游子倦,苍凉身世壮心灰。穷途谁解怜狂士,无主终当叹霸才。种菜闭门原不恶,危机多谢莫相催。

相对何妨似病喑,君耳聋,余口吃,见时恒不作一语。论交自爱印心心。百年天地终沈陆,一代人才付醉吟。识曲能聆弦外意,怜材不薄爨余琴。刺舟从此成连去,海上何人定赏音。

寿陆鸥安先生七十五岁

典型前辈渐沈沦，一柱中流齿德尊。岂独耆年系乡望，即论风谊亦完人。

清芬追溯一千年，子姓争传甫里贤。钱重鼎《依绿轩记》有季道为甫里贤子姓云云。先生则季道二十二世裔孙也。一自分湖开别业，季道父提举公大猷，始筑别业于分湖。至今留得地行仙。

胸罗掌故鬓华颠，乘兴还能手一编。此是枌榆文献史，祝他长寿比彭篯。

森森分湖十里波，瞻韩访戴两蹉跎。捧觞愿上先生寿，可许年时载酒过。

题芷畦小影即以为赠

鸢肩处士旧功名，一着羊裘便独清。两字头衔署渔侠，君自号分南渔侠半生心事付鸥盟。横流沧海无安席，变雅人间有正声。一笑壮怀销尽未，几人种菜与躬耕。

高天梅以《变雅楼三十年诗征》索题，感赋二律

一代文章属选楼，劳君搜剔费绸缪。淮阴谁是无双士，温峤宁甘第二流。忍说风骚关运会，转怜姓氏杂薰莸。国殇山鬼都零落，一集丛残愿未酬。余尝有志辑先烈诗为《碧血集》、亡友诗为《黄垆集》，尚未遑草创也。

铙歌慷慨奏平胡，全局终怜一着输。犹有亡臣嘘烬焰，无端妖谶侈当涂。画兰思肖宁殊族？附莽扬雄信贱儒！近世诗人，自吾党数子外，悉不能越此两派，可叹也。我是鲁连耻秦帝，客儿残句未模糊。

鹓雏、衍静志居风怀诗成《燕蹴筝弦录》，为题一什

老去填词剧苦辛，燕钗蝉鬓已成尘。寻思下九初三日，其奈轻衾小簟身。似有微词杨妹子，只难再得李夫人。怪他一事输元九，翻遣旁人补会真。

方瘦坡有《香痕奁影集》之辑，函索题咏，感赋奉寄

余谓泥犁黑狱之说，不足以吓吾辈，两庑特豚，尤非所屑。顾郑声乱雅，下流同归，亦复无取。佛氏所谓视横陈时味同嚼蜡者是也。缘情善感，衷艳凄馨，平生所慕独有吾乡枫江渔父本事一集耳。辄因斯旨成长句，奉寄瘦坡以为何如？

铁秀泥犁语可嗤，只怜雅郑不同时。美人香草宁无意，玉佩琼琚大放词。神女荒唐愁宋玉，宓妃哀怨赋陈思。别裁伪体平生愿，待续南州本事诗。

论诗六绝句

少闻曲笔湘军志，老负虚名太史公。古色斓斑真意少，吾先无取是王翁。

郑、陈枯寂无生趣，樊、易淫哇乱正声。一笑嗣宗广武语：而今竖子尽成名。

一卷生吞杜老诗，圣人伎俩只如斯。兰陵学术传秦相，难免陶家一蟹讥。

浙西一老自嵯峨，门下诗人亦未讹。只是魏收轻蛱蝶，佳人作贼奈卿何！

时流竞说黄公度，英气终输仓海君。战血台澎心未死，寒笳残角海东云。

快心一序见琴南，闽海诗豪林述庵。老凤飞升雏凤健，龙门家世有迁谈。

消寒一绝

袁安高卧太寒酸，党尉羊膏未尽欢。愿得健儿三百万，咸阳一炬作消寒。

梦中偕一女郎从军杀贼，奏凯归来，战瘢犹未洗也，醒成两绝纪之

梦回瑶想一惺忪，突兀何由见此雄。最是令人忘不得，桃花血染玉肌红。

十载江湖求女侠，隐娘红线已无多。胸中热血冰难尽，不溅沙场可奈何！

感事呈蔡冶民丈，用进退格

赫赫桃源天下士，忍令弱弟遘艰危。缔袍须贾人难得，葛帔西华事可哀！千载炎凉廷尉客，一门生死党人碑。最怜恤纬周嫠妇，早着黄绨入道来。

咏史二绝，为筹安会某君作

附骥马融曾失足，美新扬子又登场。经生家法原如此，一炬何人学始皇？

卖友求荣事可羞，觍颜枉自附清流。魏珰殁后怀宁在，义子干儿记得不？

徐江庵梅花小景两帧，哲夫自燕市购归，既以一幅分赠，复邮示别幅属为题咏，率成两绝

江乡画笔数徐熙，流转翻从燕市归。直似当年曹孟德，黄金绝塞赎蛾眉。

双龙不作延津合，一幅罗浮卧白云。从此中原人望气，迢迢吴粤要平分。

题钱剑秋《秋灯剑影图》

逐鹿瞻乌事总非，东南王气欲安归。匣中闲杀龙文剑，谁是芒砀旧

布衣？

肝胆峥嵘伴此宵，中原南望夜迢迢。秋灯自吐苍虹气，肯照儒生读楚骚。

乱世天教重侠游，忍甘枯槁老荒邱。霜寒一剑惊人句，太息君家十四州。用僧贯休呈吴越王诗事。

天荒地老感平生，万劫难销迟暮情。我亦十年磨剑者，风尘何处访荆卿？

送黄病蝶之淮上

负米如君已足师，出门莽莽便天涯。一鞭风雪淮阴道，可有当年胯下儿。

邻笛山阳旧酒悲，似闻双烈有崇祠。鸱鸮倘未毁予室，絮酒烦君奠一卮。

风花傥荡忆年时，伤别伤春尔许痴。绿遍红梨湖畔草，殷勤为我絮相思。

品学相期踞上流，清门何可坠箕裘。绕朝赠策非无意，愿与韦弦一例收。

悼钱颂文（其蔚）

少日论交解我怜，如何一病早生天。鲈乡春水麋台月，回首无端十四年。

读江左三家诗，戏题一绝

眉生如是各风情，芝麓虞山称重名。谁遣玉京终入道，千秋愁绝鹿樵生。

磨剑室诗二集卷三
（1915年）

祝丹阳姜石琴先生六旬双寿，为令子胎石、可生昆季赋

寄奴巷陌风云粗，金焦两点青模糊。江山灵气不可阁，尾闾还注丹阳湖。丹阳湖水清且涟，鄱阳老子仙乎仙。髫年健笔文场扫，壮岁高风锁苑传。蟾宫才折吴刚树，遂初早逐兴公赋。偕隐从知德曜贤，五噫婉娈同心句。谢家子弟森成列，冰雪聪明玉比洁。两到同时负盛名，双丁并世称材杰。芝兰玉树庭阶朗，掀髯一笑供欣赏。含饴雅爱弄孙枝，步屧何须曳卭杖。一自投簪卧故园，市朝变易不须论。麻姑沧海三千劫，柱史雄文五万言。平头花甲匆匆是，莱彩承欢献觥兕。恰喜齐眉小一龄，木公金母同栖止。贱子江湖蓬累身，跻堂介寿愧无因。捧觞恨少筵前拜，覆瓿还惭袖底文。

周酒痴招饮醉后赋呈，兼示顾悼秋、朱剑芒

斟酌桥西旧酒楼，成句斑骓曾共陆郎游。黄垆景物还如昨，白袷风流何处求？已分欢场成隔世，遥怜沧海正横流。老夫微抱凭谁诉？忍涕拚教一醉休。时闻子美恶耗

海上剧场感赋示冯心侠

忍说埋愁粉墨场，群空冀北事堪伤。冯郎一去陆生死，纵有风怀孰与狂。

五月九日晨起偕顾旦平赴愚园社集，车中口占

驱车林薄认朝暾，草草重来已隔春。至竟何关家国事，羞教人说是诗人。

故鬼烦冤新鬼恨，黄垆涕泪自年年。士龙死后羊车杳，携手江东顾彦先。去岁与子美同车赴此。

湖上，为姚石子题扇

姚家夫妇擅风流，我亦同乘范蠡舟。一卷浮梅吟草在，重来山水尚温柔。石子有《浮梅草》一卷，乃七年前偕其妇王粲君在湖上度蜜月时所作。

答林秋叶

十年沦落劫余灰，谁分菰芦老霸才。枳棘忍教鸾凤集，稻粱羞被雁鸿猜。素车白马宁关谶，"素车白马纷纭甚，寥落云天范巨卿"，此太湖李少华句也。秋叶为余题扇，醉后，余戏谓此语不祥，虑成诗谶，君怒而裂之。青兕黄须总可哀。君须色黄，余戏以曹彰相谑。青兕，使辛稼轩事隐寓余名。便欲同君拚醉死，人间还恐有轮回。

赠　春　航

与君不分重相见，万劫千生涕似潮。脂粉未湔名士气，湖山终让女儿骄。蛾眉落落天能妒，桐尾声声爨已焦，别有樽前知己语，狂生惭愧福难消。

赠龙小云

燕赵悲歌士，吴趋绝代人。柔情仍缱绻，豪气自弥纶。甘隶青绫障，能歌白练裙。泪碑无恙否，肠断旧啼痕。

观剧有感

不唱黄河远上诗，翻教唐突到西施。才人底事归驵侩，一例伤心漱玉词。

五月十八夜，招王漱岩、沈半峰、平复苏、高吹万、姚石子、陈虑尊、越流、丁不识、展庵偕饮湖上酒楼，即席分得真韵

携手登楼笑语真，相逢莫漫问前因。几钱能值嗤名士，双浆初归恋美人。终古湖山羞妩媚，只今肝胆郁轮囷。江才阮涕新来尽，草草壶觞愧主宾。

过秋墓作

大好中原坐付人，钱镠、赵构只称臣。西湖云气今休问，立马吴山少此君。

南徐北庾漫评量，盲祖居然著作场。一例文人牢落恨，淮西碑竖段文昌。秋璿卿归葬西泠，徐忏慧、陈巢南属余撰墓碑，将乞黄克强书之，未果而赣宁难作。今墓前乃树伪兴武将军朱瑞所刊石碣。秋侠有灵，弗来享矣！

中日条约签字后之旬日，适见所谓《圭塘倡和集》者，感题一绝

鹁首何缘竟畀秦，石郎勋业迈穷新。流芳遗臭寻常事，犹见歌功颂德人。

闻王季高、姚勇忱遇害有作

十年于越震雄图,束手无端遽受诛。失计轻窥狼虎窟,山头廷尉论非诬。

耳余刎颈恨难平,回首钱唐尺涕盈。绝代佳人姚弋仲,可怜生死殉田横!

春航将去杭州,诗以招之,兼柬龙小云、范天声

怅触离怀我未休,匆匆君又别杭州。十年萍梗关天命,三月箫韶与俗仇。已分贤豪同末路,即论歌舞岂长谋。龙生范子都无恙,倘放分湖一叶舟。

寄李少华甬上四首,即效其体

虎步龙行属寄奴,赵伯先一时瑜亮有黄须。林秋叶论才自合空余子,荐士何由到腐儒。标榜声华原忝窃,死生交谊敢模糊。劳君缄札殷勤赠,翻遣撑肠百感俱。

交臂相期失虎丘,己酉冬,南社雅集虎丘,君约赵厚生偕来,已而不果。六年旧恨絮从头。江东孙策终无命,孙竹丹淮海元龙尚有楼。陈穉兰击筑人从座上散,吹箫客向市中留。新亭痛哭成何济,铸错徒闻更六州。

素车白马语悲凉,文字因缘水一方。秋叶出示君诗,有素车白马一联,是为吾两人订交之始。沧海横流新涕泪,中原传檄旧词章。西泠风月娱残客,秋叶、穉兰并客杭州。北府松楸冷夕阳。伯先归葬京口,已四稔矣。越角吴根千里远,一回凝望一思量。

男儿举足系安危,三十成名倘未迟。起陆龙蛇终有日,处堂燕雀欲何为?狂奴故友刘文叔,髯客新交李药师。拔剑为君遥起舞,海天如墨雨如丝。

寄丁白丁、不识、展庵昆季杭州

仲季难兄弟，元方况大贤。三张应减价，两到敢争妍。酬酢劳君瘁，猖狂解我怜。西泠拚一恸，热泪洒樽前。

嘉惠堂中籍，琳琅重百城。楚弓虽得失，窦桂自峥嵘。好客倾刘酿，传经凿晏楹。清门兼硕学，气类感平生。

十日同游地，能寻旧梦无。南湖经别墅，雷峰塔下，旧名小南湖，君姑氏有恒居在焉。宝石瞰浮图。未立吴山马，难忘曲渚芦。西溪歌欸乃，烟水两模糊。

异代陈颐道，当年冯小怜。谁携一片石，来树墓门前。好事君无匹，题名我有缘。遥知风雨夕，灵爽拜婵娟。余以春航题名事立石孤山小青墓前，君家昆季实始终之。

追哭子美

生死经年别，幽明两黯然。生天原诞妄，堕地有悲欢。菊影翻新谱，梨云剩旧编。素车悭一吊，泉下倘相宽。

哭勇忱

十载知名姓，重逢及此辰。笑谈方款洽，罗网已弥纶。口吃怜同病，名高竟杀身。昭苏如有日，庙祀在湖滨。

桃梗去不复，箯筤怨渡河。十年剩皮骨，一夕死风波。亦有南冠士，重悲北道罗。茫茫仇与吕，微命又如何！时闻仇冥鸿、吕天民咸被逮。

少年一首

少年书剑纵横意，老矣浮名安用之。逃世岂真甘落莫，佯狂聊以慰妻儿。嵇生柳下曾无锻，杨恽南山尚有诗。十斛醇醪浇不尽，填胸块垒一行尸。

哭仇冥鸿

娘子关前气吐虹，石家庄畔哭秋风。九原若遇吴云梦，新鬼烦冤故鬼雄。

识荆说项未蹉跎，草草尊前一放歌。宁戚夭亡杨恽死，旧人今日已无多。元年春识君于宁太一席上，时杨性恂亦在座，今三人咸以国难死矣！

寿春航二十七初度

玉体长生诀有无，遥飞一盏寿黄奴。渐看哀乐从头逝，未信芳菲到眼殊。明月中天渣滓尽，寒花晚节色香俱。名山倘作千秋想，发愤新闻学老苏。

为程苌碧题小影

春江五月逢程大，痛饮狂歌在酒垆。白社飘零红豆远，琅函郑重玉颜俱。雪泥鸿爪情难遣，火色鸢肩事有无。稍喜闻君工泼墨，殷勤为我写分湖。

题《莽男儿说部》，为陈巢南作

功罪何当付盖棺，纷纭谣诼总无端。秦人倘识苻生枉，蜀老能为葛相宽。败寇成王谁定论？恩牛怨李此旁观，荒坟鬼哭鸺鹠叫，一卷丛残带泪看。

酒楼联句

筵开四坐尽狂奴，王怒安烂醉高吟旧酒徒。陈屺厂岂有文章回宇宙，柳亚子忍抛书剑隐菰芦。朱剑芒百忧丛集知何世，黄病蝶孤愤难平碎唾壶。颐悼秋未是等闲花月夜，亚子晨星寥落几人俱。屺厂

谁遣朝端拥沐猴，平林玉长安棋局不胜愁。怒安雨余香草灵均泪，悼秋劫后精魂伍相眸。亚子骂坐可怜狂酒国，屺厂横刀何处试人头。吴介安

钧天沈醉浑难问，蒯一斐倘许乘槎海外留。病蝶

酒后有作，用联句第一首韵

忍把中原付贼奴，剥床差幸剩吾徒。座中慷慨孤臣筑，江上萧条穷士庐。青兕横行兵万里，黄龙痛饮酒千壶。诸君莫洒新亭泪，会见亡秦胜广俱。

席上分韵，得人字、寒字两首

裙屐翩翩绝代人，酒龙诗虎各精神。伫看牧野陈师日，太白悬头笑纣辛。

佳客来莺朒，谓范茂芝开筵集古欢。分吟诗思窄，狂饮酒肠宽。殿陛豺狼恣，江湖鸥鹭寒。横刀一长啸，奇想郁无端。

孤　愤

孤愤真防决地维，忍抬醒眼看群尸。美新已见扬雄颂，劝进还传阮籍词。岂有沐猴能作帝？居然腐鼠亦乘时。宵来忽作亡秦梦，北伐声中起誓师。

题《西湖散记》，为张冥飞、丁不识、展庵作

已愧清游付逝波，居然文献足搜罗。青山黄土三生石，绿酒红灯子夜歌。谁遣冯煖怨弹铗？谓春航去杭似闻鲁叟叹临河。用赵简子杀鸣犊事坠欢零落吟怀减，剩逐桓伊唤奈何！

题《风木庵图》，为白丁昆季作

凄清风木掩斜晖，负土成茔愿未违。我亦人间无父者，披图有泪忍重挥。

百年佳气郁峥嵘，文采流传好弟兄。珍重年时一瞻拜，我来何处奠先生？

汤剑胡自如皋来访，写赠一律

沈鱼断雁五年别，宿露餐风九日程。交道感君能恋恋，生涯而我尚平平。掌中杯酒仇人血，殿上封章吠犬声。珍重前途期努力，等闲休负旧时盟！

答陆秋心

江东陆弟擅风情，一纸书来尺涕盈。烧烛谈诗温旧梦，当筵纵酒想平生。浮云苍狗何时尽，大海红桑几度更。好为重逢留后约，茱萸开遍沪江城。

酒后忆子美

检点春衫旧酒痕，生离死别不堪论。伯舆何苦为情死，洗马而今有几存。补恨漫疑天有石，埋愁翻怨地无垠。模糊泪墨从头写，迢递难招海上魂。

酒社第一集

谁使英雄无用武？翻投酒国作宾氓。挥戈便借刘伶锸，环壁争观项籍兵。虎啸龙吟声叱咤，雷轰电掣气纵横。伫看谈笑关符谶，三驾终成破虏名。有所指

酒社第二集

收拾余生付酒杯，已拚蜡炬尽成灰。疏狂便合称名士，慷慨何由老霸才。强破愁城回一笑，独留恨史供长埋。一作长哀苍茫百感无端集，愧负诸君作健来！

酒社第三集

豪情一纵不可阖，草草频来访酒家。入座杯盘尽狼藉，空肠芒角奈

槎丫。才名画饼君休问，哀乐中年我未涯。输与路旁人笑杀，狂奴故态总喧哗。

酒社第四集

草草生涯抨纵酒，沈沈心事强为欢。招邀雅爱诸君意，跳荡休令隔座看。但觉晨星渐寥落，不堪灯火已阑干。几时长夜开良会，金镜湖头月色寒。

酒社第五集

飞扬逸兴对秋葩，烂醉江东处士家。是集设宴悼秋凫。自是主人情意重，不妨我辈笑谈哗。天边缺月明于昼，墙角孤芳艳似霞。风露满庭凉未觉，有人诗思正无涯。

酒社第六集

旧中秋前一夕，集金镜湖舟中。

波光灯影现楼台，凉月如丸浸酒杯。谁使鱼龙长寂寞，自携星斗与徘徊。哀丝豪竹中年感，吊梦歌离大雅才。一笑筵前成目逆，太原公子裼裘来。谓王玄穆

酒社第七集

旧中秋夕，再集舟中，次病蝶韵。

月自当头杯在手，填胸块垒可能消。高歌未免惊邻舫，薄醉终怜负此宵。逝水华年成冉冉，晨星吾辈尽寥寥。无端哀乐凭谁诉？一剑何当更一箫。

酒社第八集

旧中秋后一夕，三集舟中，次王玄穆韵。

余生忍见莽元年，披发佯狂事可怜！断脰将军三尺铁，过江名士几文钱？不堪花月成良会，剩借笙歌结绮缘。金镜湖头一泓水，明年此夕为谁妍？

中秋泛灯词，同玄穆作

万花丛里酒盈卮，强遣牢愁借绮思。收拾铜琶铁板曲，红牙低按泛灯词。

香雾朦胧月作围，红妆白袷两相依。祝他情海无波浪，队队鸳鸯作对飞。

东船西舫恰齐肩，自向船头跂足眠。博得美人回眼视，狂奴诗胆大于天。

玉臂云鬟渐渐寒，何人中夜倚阑干。五铢衣薄当风飐，恰称邻舟仔细看。

送玄穆归里，即次其留别韵

连宵灯火酒樽飞，一瞥无端送汝归。记取临歧珍重语，泪花休涴旧征衣。

次韵柬玄穆

落木萧萧江上台，不堪回首酒盈杯。呕心诗句都成血，和泪文章定化灰。岂有黄衫能任侠，谁教红粉误怜才？鬟丝禅榻安排早，劝汝休为情死来！

酒社十二集，病足未赴写示玄穆

烂醉当时旧酒楼，赋诗横槊几曾休。如何一病西风里，涕泪相看似楚囚。

男儿三十不封侯，地棘天荆此尽头。我已自拚槁卧死，输君犹解筑糟丘。

题冯柳东"杨柳岸晓风残月"卷子，为天梅作

红牙檀板女郎词，八百年来梦见之。谁遣流传成好事，冯郎粉本郭翁诗。卷中有灵芬题诗

中酒伤春事事谙，依稀文宴集花南。如何一斛迷阳泪？输与漂零郭十三。花南老屋见灵芬诗注；"天遣飘零郭十三"，汪宜秋女士句，余方病足，故云。

足疾就医吴门有作

迷阳却曲恨如何，翻为求医一棹过。莫动王尼沧海叹，江湖随路有风波。先一日阻风不果行。

见时相错别相忆，用钝根悼太一句宁傅交情不可攀。移作闺房离合谱，临歧蹙损小眉弯。

题玄穆乡居百绝

拔剑王郎斫地时，悲歌慷慨几人知？胸中奇气销难尽，分付乡居百绝诗。

欲求平淡转崔嵬，心事沈沈未化灰。谁信词人能遂隐，荒江风雨长莓苔。

南冠岸狱泣钟仪，卓女垆头酒一卮。铁戟沈埋瑶瑟怨，两般情绪一般痴。卷中有《青浦狱中访周志伊》《夜饮如意馆》诸作。

我亦先人有敝庐，百年门巷未荒芜。何当合作还乡梦，依占分湖汝淀湖。

钝根以崂山四景词见示，为题一绝

楚尾吴头德未孤，崂山灵气胜分湖。几时得领嵚崎趣，身是烟波旧钓徒。

阴霾

万里阴霾事可怜，那堪举目望幽燕。尧天舜日匆匆尽，已是穷新闰位年。

冢中枯骨不须论，紫色蛙声敢自尊。会见亡秦三户士，一麾黄钺定中原。

题《天荒》画报，为孙仲瑛作

地老天荒此尽头，且凭琐屑耗穷愁。研朱滴粉成何用，说鬼谈玄苦未休。谁遣流民图郑侠？空教绝技擅僧繇。烦君画出神皋景，立马昆仑一览收。

纪梦二什

夜梦客游燕市，天寒风雪，伤时忧愤，呕血几死。忽有效红拂之就卫公者，然其人固非杨家妓也。缠绵歌泣，悲喜万状，晨鸡一鸣，恍然若失。爰为赋此，聆痴之诮，知弗免焉。

禅心空遣逐芳尘，又惹陈王赋感甄。累汝缠绵缘底事，怜侬憔悴不如人。鹃啼已尽相思血，蝶化能为顷刻春。是想是因谁辨得？难忘横翠上眉颦。

绝代佳人在北方，貂裘茸帽健儿妆。自甘卓女奔司马，谁肯佣奴嫁外黄？九死尚烦怜病骥，三生何意化文鸳。无端说梦君休讶，便有前尘亦渺茫。

再题《圭塘倡和集》

饮鸩共笑荀文若，投阁谁怜扬子云？一样感恩知己事，输他入幕有佳宾。

弃捐纨扇怨秋凉，永巷沈沈岁月长。附翼攀鳞原不易，杨花生性悔轻狂。

磨剑室诗二集卷四
（1916年）

民国五年元旦

正朔堂皇日月恢，痴儿空筑受禅台。天南鼙鼓喧阗起，一柱擎天仗异才。

碧鸡金马旧雄风，保障神皋第一功。我亦椒花新献颂，摩挲杯勺饮黄龙。

题芷畦《水村第五图》

王孙墨妙洒云烟，恰似分湖一角天。便筑新居招隐士，高风南陆至今传。赵子昂作《水村图》赠钱德钧后十四年，德钧客分湖陆季道家，季道为卜筑于其别墅之旁，景物处所，宛然与图中不异。见德钧所撰《水村隐居记》，南陆者季道家庵名。

枫江渔父文章伯，自写新图付禹平。点缀湖山不岑寂，丹青重见李南溟。徐虹亭、李南溟为魏禹平作水村第二、第三图。

移家归棹总风流，郭灵芬有《魏塘移家》《山阴归棹》两图。湖海漂零未白头。一代风骚题咏遍，几人佳句似宜秋。"深闺未识诗人宅，昨夜分明梦水村，却与图中浑不似，万梅花树一柴门。"汪宜秋女士题灵芬《水村第四图》

句也。灵芬因更作《万梅花树一柴门》图。

梦鸥小阁已成尘，第六村居静掩门。输与君家夸好事，直将衣钵接灵芬。芦墟梦鸥阁主许竹溪（铨）有《水村第五图》，未征题咏，故知者甚鲜。莘塔凌敏之（宝树）著《第六水村居》集，则并未绘图画也。

争墩故事有还无，分北分南只一湖。我亦廿年称旧隐，会须重绘水村图。

题芷畦《燕游续草》

桑海重来感旧游，宗周行迈黍油油。故宫铜狄西风泪，不为蛮夷大长流。

长安棋局几时休，憔悴行吟客子愁。不信黄金能市骏，可怜忙杀烂羊头。

易水萧萧贯白虹，岂宜重问大王风。燕邯游侠今何在，赢得胭脂北地红。

鸡鸣草草度严关，万里黄尘独往还。一卧分南烟水阔，不堪回首望燕山。

哲夫属题北魏李映超、杨兴息造象二残拓

拓为李是庵、俞滋兰、吴小荷、李莲性诸名媛旧藏。哲夫曩游武林时，携李陆四娘贵真于碑肆搜得者也。

玉匣金籤绣闼藏，红泥小印口脂香。漂流还付词人手，天遣聪明陆四娘。

访碑泰岱成陈迹，哲夫前游山左，有《冲雪访碑图》。携艳西泠又此时。我有孤山一片石，二千年后要人知。孤山小青墓，余有题名石刻。

次韵分寄李康佛、王玄穆

二士堂堂信美哉，飘零鸾凤可胜哀。君看世事如棋局，我已经年负

酒杯。莽荡乾坤回涕泪,槎丫肺腑走风雷。学书学剑成何济,闲煞屠龙倚马才。

宵　来

宵来一枕忽朦胧,起视残檠焰尚红。剑底因缘神女雨,樽前鼓吹大王风。强台再上人如玉,易水初寒日贯虹。莫讶荒唐沦万幻,沈沈心事本无穷。

题《昭容集》,为沈太侔、刘幼狂作

花草吴宫抵死愁,二分明月又扬州。剧怜荆布蓬门女,轻付人间鞠部头。

婉娈双雏赖姊恩,屈身络秀为家门。如何片玉天摧碎,血泪模糊舞袖痕。

清歌燕市动梁尘,汉上谁题白练裙。何日吴淞江畔路,春风省识旧乡亲。

刘郎绝代生花笔,影事刘娘郑重传。最是番禺老词伯,琵琶一曲泪如泉。

哭陈英士烈士

披发呼天那可闻,从知人世有烦冤。十年薪胆关青史,一夕风雷怒白门。建业未下,知君死不瞑也。生负霸才原不忝,死留残局更何言。苌弘化碧宗周烬,忍向黄垆检断魂。

酒边一首,为费一瓢题扇

酒边拨触动牢愁,万恨峥嵘苦未休。祈死已烦宗祝请,偷生忍为稻粱谋。栖栖桑海无多泪,落落乾坤剩几头。一盏醇醪三斗血,可能词笔换兜鍪?

王道民挽诗

抵死终悭一面缘，读君遗简意茫然。魂归淞口三春树，泪洒浔阳九派烟。鹏赋有灵怜命短，豹皮无恙要人传。伤心最是鸰原客，谓哲兄遽汝梦断池塘哭惠连。

哭龚铁铮烈士

君讳炼百，湖南湘乡人。奔走革命十年，余一晤之海上辛园，再晤之南都白宫，三晤之吴门植园，每晤必殷勤问讯，如晨夕交焉。今年春，率众攻长沙伪将军行署，事败，为汤芗铭所捕，剖腹而死，烹心肝以飨士云。

屠肠侪聂政，把袖失荆卿。成败空天问，精诚贯日明。哭君今夕泪，知我旧时情。衡岳荒荒峙，湘波怒岂平？

哭顾锡九烈士

君讳振黄，江苏阜宁人。虬髯绕颊，觥觥如武夫。辛亥，山阳周阮之狱，虏令姚荣泽逃走南通，有大猾张謇昆季实卵翼之。君率江淮子弟，痛哭来海上，讼冤于陈吴兴麾下，狱始平反焉。滇黔事起，日夕从韩恢谋举义江北。会张謇者复谬为通款，书来招君驰往，伏龙辈十八人与俱，至则骈戮之。伤已！

一斛包胥泪，秦庭泣鬼雄。如何苌叔血，终遣洒南通！乱世无人道，群凶有狗功。凭谁问遗恨，呜咽大江东。

哭杨伯谦同学

华泾同吊慰丹坟，急雨孤舟荡夕氛。纪丙午海上读书健行公学时事，首七字借巢南句。一别蹉跎成永诀，半生涕泪感斯文。春风桃李天原妒，大地荆榛鬼亦辛。哭过沪西城外路，云间宿草恐全湮！公学旧址在沪西门外，云间赵拜一亦同学中年少早夭者。

哭华子翔同社

赵生厚生去国冯生沼清死,独向吴门哭此人。余始识君于沼清座上,其订交则厚生为介。一传迟回犹待草,十年交谊奈成尘。姚江已信文堪继,君夙慕黄余姚之学,手辑《南雷文钞》若干卷,有叙见南社集中。贾傅终伤命不辰。凄绝梁溪归骨地,挽歌才尽只长呻。

《苦女儿》弹词,为郭景卢题

才人剑气美人虹,借天梅句肯惹闲情赋恼公。十载江湖歌哭地,买丝先绣女英雄。

三尺龙泉月一丸,恩仇了了总无端。胭脂红泪桃花血,付与江郎笔底看。

有以李定夷《小莲集》征题者,为赋一绝

初胎莲性自芬芳,堕溷谁怜此下场。愿借黄衫三尺剑,为卿先斩负心郎。

《寰中集》题词集龚为钝根作

胸中海岳梦中飞,城曲深藏此布衣。一语避君君匿笑,河汾房杜有人疑。

将去海上有作

百劫余生万念灰,拂衣径去敢徘徊。明知出处无长计,谁遣风云误蛰雷。厝火终劳年少哭,忧天未尽杞人哀。承平歌颂吾何与,忍断离肠付酒杯。

销夏社即事,次黄病蝶、凌昭懿联句韵

草草劳生未有涯,偶然息影伴梨花。茶铛小集偏饶趣,棋局长安莫

漫嗟！世事苦难分黑白，人情至竟恋桑麻。遂初一赋吾先了，持向东江旧主夸。海上晤楚伧，有不如归去之语。

蒯啸楼招饮开鉴草堂，次病蝶、昭懿联句第二首韵

长日虚堂敞宴游，竹林狂放几曾俦。清才司马三年渴，豪气元龙百尺楼。四座喧哗成绝倒，半生辛苦说无愁。可能急管繁弦感，付与方池浅碧流。座有奏丝竹者

咏史四首

亡秦三户大王风，竖子无端误乃公。自昔域中无姓字，于今床下有英雄。牧羊楚帝原无赖，烹狗齐王岂善终？万里归元谁最惨？北胡南越两途穷。先烈张振武死燕北、蒋翊武死粤西。

赣水东流启杀机，谁教右袒误戎衣？淮阴举足关轻重，叔宝何心混是非！助纣廉、来原可杀，安刘平、勃讵能希？可怜半壁东南劫，十万青磷带血飞。

纳土归朝万事休，降王执梃复何尤！君臣谊重兼儿女，婚媾情深岂寇仇。谁遣白旄迟薄伐？转教丹穴误旁求。中原此座真堪惜，大错匆匆铸六州。

守府孱王百不堪，奸人羽翼遍朝端。长蛇封豕唐藩镇，社鼠城狐汉宦官。父老捶心成绝望，贤豪袖手付旁观。"罪言"杜牧知何济？留当他年诗史看。

题《饮冰室集》

逐臭吞膻事可怜，淮南鸡犬早成仙。荒江却有鸿文在，饱死蟫鱼不值钱。

答陈微庐

已负昂藏七尺身，更何奇计动星辰。船脣车辙浑如梦，旗影刀光未许亲。万事蹉跎宁有待，半生出处总无因。桃源三户非殊地，惭愧亡秦转避秦。

为李息翁题扇

海内争传李息翁，奇芬古艳冠南东。风花六代烦收拾，底事中年感谢公。

返日谁能挽鲁戈，已知无奈夕阳何。严陵新筑黄昏馆，两地闲情问孰多。君自号黄昏老人，社友淳安邵次公，亦称小黄昏馆主，故云。

悼林寒碧

流转江湖十载身，谁令一死逐飙轮。君为英人克明汽车所殒。奇才鬼亦能为厉，庸福天终靳此人。柳下有妻工作诔，谓徐小淑夫人泪罗无地赋招魂。凄清最忆年时事，咫尺商於语尚新。今夏余避兵海上，君寓书引王荆公"如何咫尺商於地，便有园公绮季闲"句。

悼庞檗子

白日堂堂委逝波，西风邻笛动悲歌。应刘已分同时尽，谓寒碧魑魅谁怜并世多。绮思无端寄歌舞，词流原不废江河。十年社事成零落，忍向山塘掩涕过。南社首集虎丘，君与余均在座。

题昭懿《分湖晚棹图》

文献东南宅隐沦，羡君一棹往来频。谁教触拨沧桑感，依是分湖旧主人。

十里烟波旧德邻，百年姻娅互朱陈。茗柯无命村居逝，君家敏之丈有《第六水村居集》，密之丈有《小茗柯馆诗词》稿。后起如君倘可珍。

赠 一 瓢

摇落江湖感不禁,苍凉归棹一相寻。愿君努力崇明德,莫负天寒翠袖心。

感 事

颂莽歌操万口真,书生挟策独逡巡。群儿烂额争相贵,谁识当年曲突人。

将归留别海上诸子①

一年不到春申浦,今日重来作俊游。草草萍踪感离合,茫茫尘海任沉浮。伤心旧雨兼今雨,往事清流怕浊流。浩荡烟波扶醉去,万千恩怨在心头。

啼红泣翠送年华,潦倒穷途哭酒家。梦里荒唐新甲子,樽前憔悴旧琵琶。箫心剑态愁无那,马角乌头恨未赊。便是买山归亦得,只愁清泪落天涯。

海上赠刘三②

几年辛苦念刘三,握手重逢酒半酣。莫话邹阳当日事,双双红泪落江南。

齐梁乐府旧东平,郭解朱家侠气横。我亦恩仇心事涌,告君多恐未分明。

---

① 编者注:与《将归故里,留别海上诸子》诗文一致。
② 编者注:与《海上赠季平》诗文一致。

磨剑室诗二集卷五
（1917年）

民国六年元旦，次天梅韵

铁铸已教成大错，是谁卷土誓重来。头颅血泪都孤负，闲煞中原旧霸才。

钝根贻我玲珑馆主玉影，为题四绝

移山倒海情何限，荡气回肠句未工。多谢红薇老居士，心香容我拜玲珑。

广柳前尘已渺茫，人间季布重红妆。桑田沧海浑闲事，差幸麻姑鬓未霜。

王孙一饭何言报，倩女三生肯自媒。郎薄封侯侬不嫁，笑他红拂未奇才。

梅魂菊影都难比，玉佩琼琚倘未孤。别有报恩心法在，他年青史合传无。

和一厂题画四绝，即寄燕市

画为梅州王寿山先生遗墨，今藏邑人黄麂如所。

百年琴籁犹存集，寿山先生有《琴籁阁诗集》。画史高风倘未孤。收拾遗闻归一派，用龚句黄三同调有林逋。

沙鸟风帆绕远岚，岭南景物似江南。难忘万里题诗客，风雪金台百不堪。

一别从教万念空，江湖挥手去匆匆。故人京洛仍憔悴，一纸相思寄朔风。

峥嵘游子思乡梦，辛苦劳人念远情。何日扁舟能过我，披图重与话三生。

寄李洞庭岳州、姚大慈长沙

湖湘自昔人才盛，又见齐名到李姚。姚醇、李俊，本钝根语各有孤怀动寥廓，可无万恨杂萧骚。蟠天际地情何限，填海移山愿未消。一卧沧江吾已矣，相逢只恐鬓丝凋。

题瘦坡《留痕记》

搓酥滴粉才难尽，嚼蕊吹香梦易成。莫笑一池春水皱，干卿底事总多情。

痛哭八首，为浙事作

半壁南天烽燧红，是谁抗义效防风？六州铸铁先成错，恨史三年血泪中。

吴山蒙垢浙潮羞，不信霜寒十五州！交臂居然能事贼，教人长自怨婆留。

拔帜能麾大将旗，东南重见汉官仪。独怜帷幄无长策，唇齿甘心视瘠肥。

亡秦一旅起江濆，风鹤惊传海上军。倘使恤邻能赴义，沼吴应已建奇勋。

棋局全输子漫拈，马昭心事久耽耽。如何满地渔翁日，鹬蚌争持死不甘？

落日犹堪挽鲁戈，吾谋不用复如何！阴平穷寇非难御，谁遣潜师枕席过！

豚犬儿郎竟坐亡，是谁容易失金汤？前胥后种都无语，一恸江头礼国殇。

南都霸气久销沈，又见降幡出虎林。从此中原涂炭矣，悬门抉目我何心！

检旧稿得《酒后忆子美》之作，追赋一首叠原韵

梨云一梦堕春痕，心事温䃲忍再论。落日狐狸新鬼怨，荒江鸥鹭故人存。精灵倘许三生石，涕泪难干九地垠。莫向黄公垆畔过，珠衣玉貌旧离魂。

次韵和冶民丈

返日阳戈倘可寻，如何掷杖竟成林。清谈死误王夷甫，游侠生归楚季心。板荡应怜天亦醉，河山不信陆终沈。重来卷土男儿事，莫便新亭泪满襟。

红桑几度劫骎寻，仍见妖星孛上林。化碧未干苌叔血，当涂早识马昭心。空劳鬼国三年伐，忍遣神州一夕沈。何日黄龙真痛饮，大王风里快披襟。

寄玄穆

三十蹉跎鬓渐丝，笑人邓禹我安辞。尊前髀肉都成恨，镜里头颅亦自疑。黑白一枰宁袖手，玄黄万劫此何时。独怜老屋荒江夜，犹梦从军奏凯归。

次公寄赠红豆并媵短歌，长公亦有和作，赋此奉报

南国双红宛转思，琅玕赠我意何痴。却将岁暮怀人感，写入天涯倦客诗。二陆才名乡国秀，廿年交谊鬓毛知。雄词惭愧无由报，七字吟成一寄之。

次公狷介长公狂，萍聚依然在水乡。闭户我同嵇叔懒，传经君似伏生忙。一桥咫尺明河隔，孤抱萧疏旧梦荒。击筑弹筝忘未得，年时文宴酒垆旁。

追挽蒯啸楼

小别经旬近，如何命遽穷！一弯秋禊月，犹照酒颜红。俗敝能敦雅，时危倘善终。不须闻笛感，应尚辍邻舂。

扑朔一首，追寄剑芒

剑芒自周溪返梅花堰，同舟一女郎丰姿绰约，与春航有虎贲之似，书来索诗纪之，卒卒未有以应，倏忽两载矣，检箧得书，追赋一律。

扑朔迷离感慨中，三生慧业倘能同。苎萝未许人间识，剑芒颇以未询彼姝姓氏为憾。桃叶无端江上逢。应有眼波通隔坐，不关心事属飞蓬。一池春皱宁痴绝，惘惘何由遣此衷。

妄人谬论诗派，书此折之

诗派江西宁足道，妄持燕石诋琼琚。平生自有千秋在，不向群儿问毁誉。

分宁茶客黄山谷，能解诗家三昧无。千古知言冯定远，比他嫠妇与驴夫。

夜梦钝根、一厂、楚伧，赋此分寄

楚傅粤林能厚我，沈沈万劫感难忘。论交味在咸酸外，入梦魂怜道路长。易水衣冠回涕泪，一厂湘江兰芷惜芬芳。钝根飘零人海终相念，残抱犹堪付叶郎。

和天梅四十自寿诗，即次其韵

缁尘京洛鬓毛华，结客江湖旧梦赊。十载过秦曾著论，一楼变雅已名家。白衣骂座三升酒，红烛谈兵万树花。各有千秋心事在，头颅无恙不须夸。

昭懿别后书来拈韵索诗，为赋两律

微吟低唱度斜曛，惜别无端袂又分。十里蒹葭怀远道，一天风雪感离群。中年渐近浑怜我，后起无多恰遇君。最忆王郎歌矿地，春来消息断知闻。谓玄穆

难忘东阳一简尊，如君应亦感师门。故人沈次公为君本师，有书与君论学，颇合吾意。牢愁至竟非名士，涂抹何由证道根。秋实春华期努力，云情海怨且休论。丰干饶舌原多事，一笑韦弦倘可存。

题姚民哀近著四绝，即以为赠

记曲檀槽旧擅名，歌筵三日绕梁听。侯生一去宁南死，谁识当年柳敬亭。君善弹词

斗大吴淞幕府开，有人长揖上书来。风萧易水公无渡，未饮黄龙百事哀。光复时君任吴淞军政分府记室，及和议将成，知鲁难未已，思挟弹击某代表不果。

弹铗依人亦俊流，云天骥尾足千秋。俞生憔悴冯生隐，忍向梁园话旧游。元二之间，君橐笔海上，依故人俞剑华、冯心侠、邹亚云三子，今剑华羁栖冀北，心侠归卧娄东，而亚云则已墓有宿草矣！梁园使邹阳事。

中年哀乐感风尘，文体高庳宁足论。绝妙秋纤一枝笔，瓣香端合奉梅村。

寄钝根

怨别伤谗事事真，无端刻骨语酸辛。十年结客江湖遍，知我如君有几人？

纵教衔石有精禽，恩怨难填比海深。收拾狂名吾已矣，青山青史两何心。

《花魂蝶影图》题词，为张花魂、顾蝶影伉俪作

艳想秾情两未删，蓝田双种玉连环。愿君珍重如花眷，此福人间难复难。

答大慈四绝

自诧恶书腕有鬼，嗜痂人道走龙蛇。鳜生能草君能辨，一语姚郎信足夸。君谓余书惟君能辨，他人不识也。

君书草更胜于我，波磔欹斜我渐知。绝似五湖狂少伯，乱头粗服识西施。

昆体争传三十六，高三十五亦知名。湘吴他日征文献，倘似姚三柳七称。君自署姚三，呼余为柳七。

索我诗逋五六字，笑君羽檄夹江驰。谢台幸未周王筑，一夕偿君更倍之。余柬君一律，君报以三绝，谓尚负君五十六字，以余诗兼柬洞庭，故绌其半也。今以四绝奉答，君当反负我五十六字矣。

《沙湖钓月图》题词，为刘筱墅、陆梅痕伉俪作

刘家夫妇真奇绝，偕隐能为酬唱词。我论文章恕闺阃，略娴竟病已堪师。

猖狂痛哭成何济，标榜声华计亦疏。劝汝烟波深处住，十年多读古人书。

云水迷茫尺幅中，笔床茶灶间丝筒。沙湖可似分湖好，越角吴根一棹通。

句东风土清嘉甚，数典吾惭丘首狐。三百年来文献尽，陈生犹为讼慈湖。余家旧居甬之慈溪，明季始迁松陵。友人陈布雷题《分湖旧隐图》句"故乡亦有佳山水，我为慈湖讼不平"指此，慈湖者，慈溪胜地也。

和余十眉书感韵

收拾云愁与海思，劝君且遣有情痴。此心应有空王谅，珍重明星替月时。

次韵答昭懿，为玄穆作

自向南东矫首来，何须奇逸始称才。万言脱腕寻常事，却有闲情付酒杯。

岂有通诗王大觉，玄穆旧字大觉生憎刻划费清思。一池春水狂生意，自写琼琚玉佩词。

题悼秋《僵梅庵图》

诗情飘渺静中参，扫地焚香事事谙。一夜僵梅庵畔过，满天风雪梦江南。

寿冯康升五十

五十冯夫子，温温大雅群。故家风未歇，廉吏胤犹贫。齿渐枌榆贵，门欣桃李春。一杯持寿汝，吾意亦堪亲。

《盛湖竹枝词》题辞十二首，为沈秋凡作

江左熊罴旧统师，中兴开国亦男儿。孙吴赵宋千年隔，华胄遥遥事大奇。盛泽荡旧名盛寨荡，吴赤乌初，盛斌为司马领濠寨，建围作田，结寨于此，故名。及赵宋南渡，吴江开国伯盛章复自临安迁居且食邑焉。

果然象齿解焚身，复阁层楼换劫尘。万树棠梨零落尽，野花犹上九娘坟。红梨渡即俞家渡，以元富民沈万三于四围遍种红梨得名。今中山桥畔有九娘坟，相传为万三第九妾，其别墅故址亦在焉。

国士无双信美哉，人皆欲杀此奇才。伊川披发长沙涕，都付辽阳一恸来。卜孟硕，负狂名，自榜其门曰："乡人皆恶，国士无双。"闻辽沈陷，叹曰："吾其左衽矣！"赋长谣千余言以诒杨镐，后抑郁死。

沉沉院落说归家，雄艳蘼芜万口夸。谁识垂虹亭畔路，有人鱼呗葬年华。河东君初名杨爱，字影怜，所居归家院，遗址犹可仿佛。既从蒙叟归琴河，独其妹绛子犹居垂虹亭，不与人往来，质钏镯得千余金，构一小园于亭畔，日摊《楞严》《金刚》诸经，归心禅悦，颇有警悟。尝谒灵岩、支硎等山，布袍竹杖，飘遥闲适。寻至慧泉，溯大江而上，探匡庐，入峨眉，题诗铜塔，终隐焉。河东君数以诗招之，终不应，未几卒。著有《灵鹣阁小集》行世。其《春柳·寄爱姊·高阳台》一阕云："过雨含愁，因风助态，江南二月春时。少妇登楼，怜他几许相思。流莺处处啼声巧，织柔条，摇曳丝丝。散黄金，持赠旗亭，劳燕东西。　逢人莫便纤腰舞，纵青垂若辈，浊世谁知。张绪风流，灵和情更依依。天涯一霎花飞候，也应嗟，堕溷沾泥。怨东风，吹醒香魂，吹老芳姿。"见柴紫芳《芦峰旅记》。

幕府山头夕照红，筹南慷慨亦英雄。如何一第成蹉跌？终古溪阳恨未穷。计甫草以《筹南五论》干史阁部，一时有青兕霸才之目。晚节颓唐，得清廷一第，以奏销遣斥。论者惜之。其裔孙闻川计二田，有《溪阳谒墓图》。溪阳者，烂溪也。

博雅沉雄史赤霞，一编《秋树》继《秋笳》。敝庐无恙麻沙在，重与流传付万家。赤霞《秋树读书楼遗集》十六卷，先高祖粥粥翁为付梓行世。余复新拓数百部，分贻好事者。

枌榆文献几人知？话雨楼荒又一时。难忘画图沧海上，吾家先德旧

题诗。王任堂博学嗜古，搜周秦以下金石文字至数千种，著有《金石考》《话雨楼诗钞》。子旭楼，尤勤于著述，辑《话雨楼金石目录》及《松陵闻见录》《盛湖诗萃》。孙少吕，复辑《诗萃续编》及《舜湖纪略》。一门风雅，并世艳称。今其后胤亦陵迟衰微矣。少吕有《秋夜宴宝爵斋图》长卷，流转海上，余于顺德邓秋枚（实）风雨楼见之，中有粥粥翁题咏在焉。

词客辛壬角两雄，一编留爪德尤崇。百年骚雅红梨社，狎主齐盟有寓公。杨辛甫、仲壬甫倡红梨社，有诗钞一卷行世。吾乡陈梦琴时客舜湖，亦与焉。《留爪集》为壬甫手辑，传其亡友遗诗者，人自为卷，搜罗颇富，惜无总目，流传零替，求全本不可得，斯为憾事耳。

传经南一自堂堂，遗泽谁知母教长？解作水纹圆处句，簪花亲见小疏香。沈南一，以经学知名，其母夫人叶秋霞，名琼华，工诗，善楷法，所著见灵芬《爨余丛话》。余数年前曾于里中故家睹其墨迹，《咏莼菜》二截云："垂虹桥畔绿波凉，飒飒秋风吹有香。误认翠钿谁溜下，水纹圆处玉丝长。""记得吾家中表姊，年时分饷胜流酥。不知此际凉飔起，俊味思尝一箸无？"小注："江城严氏表姊，每春必馈此，今随其外至都中矣。"后署"癸未冬至后三日秋霞叶琼华题于小疏香阁"。下钤小印三方，一为"小疏香阁"，一为"秋霞女史"，一则"小鸾六世侄孙女"也。南一父琛崖，名烜，能诗好古，所居停云楼，藏弆名迹甚伙，钱俶美为作《停云读画图》，亦见《爨余丛话》。又善绘事，尝仿吴道子笔，画观音像，秋霞写《心经》于上，勒诸石，时称双绝云。风流文采，何减午梦当年，而名并为南一所掩，可异也。

二郑才华罕匹俦，齐名吾祖足千秋。却教惭愧朱陈好，玉镜温郎第二流。郑理卿、寅卿两先生，与吾祖笠云府君为中表，昆季三人，并擅经世才，其盛年不禄，又相类也。余妇佩宜，即理卿先生孙女。

一代风骚赖主持，匏斋文笔井华词。最怜楚尾春光尽，零落冬花几卷诗。清同光间，李辛垞、沈蒙叔诸老并负盛名，李著《匏斋遗稿》，沈著《井华词》，均已印行。王辛益最后死，所著《冬花诗集》，余为斠定如干卷，闻尚未付梓人也。

一老闻湖未白头，赁春皋庑亦风流。采风问俗周详甚，应有轺轩异代求。秋帆,浙禾籍,旧居闻川,为寓公斯土,所辑《竹枝词》前后凡百首,用力可谓勤矣。

观春航《自由泪》感赋

彩凤随鸦恨岂休,几曾伦父解温柔。分明制礼庖牺误,浪遣人间怨自由。

忍操史笔论贞淫,卓女多情爱听琴。文绣膏粱休错诩,黄金宁换美人心。

骨肉相关本至情,岂宜轻躁祸家庭。北堂萱萎终天恨,厉梗端应怪阿兄。

知仁观过非难事,缺陷犹堪补女娲。始乱如何终弃掷,恨无万众磔狂夫。剧为一新女子适腐儒,儒待之甚笃,然意气不相投,女终怏怏也。适有美术家挑之,事露,儒遣女大归。女有兄素相得,见儒书忽反唇,事闻于母,遂以恚死,女沦落无所归,闻美术家在鄂,溯江访之,则已别与富家女郎成伉俪矣。女自磬死,富女亦绝婚,美术家被逮入狱,剧遂终。

观春航《薄汉迷情女》感赋

世间惨事有如此,国亡家破君王死。仓皇马上走王孙,游戏人间逢侠士。从来侠士矜风骨,一言能脱王孙厄。江上空传索楚臣,关中已报逃齐客。王孙此日涕如洟,把臂江湖去弗疑。赵岐佣保埋名日,季布髡钳匿迹时。西邻哭罢东邻笑,元戎小队驱貔豹。左家雏女太娇痴,银鞍白马如花貌。突围狂兽从天来,玉肌已分残蒿莱。道旁挟弹谁相救,亡国王孙骏逸才。万口哗传夸骏逸。白龙鱼服畴能识。美酒葡萄上寿杯,巍巍铜像怜仇国。酒杯一掷群公怒,睚眦白刃难回顾。肝胆平生患难交,桃僵李代轻身护。李代桃僵事可嗤,雕笼鹰隼岂能羁。昆仑夜挟红绡走,恩怨难明是此时。红绡从此无家矣,凤泊鸾飘几万里。十年甘苦费绸缪,护花还仗青宫子。无家娇女自工愁,去国青宫恨未休!百劫河山归粉黛，千秋涕泪付箜篌。神龙彩凤天生匹，照影山鸡苦崎岖。夺婿瑶光一代雄，却怜凤为山鸡屈。山鸡本是江湖长，侠士陈词独慨慷。南国居然赋待年，北山依旧图张网。北山张网避人知，铸错由来费巧思。元戎甲第征歌夕，妒女阴谋奏凯时。云中仙子披绡縠，蹁跹妙舞人如玉。投梭才喜拒狂且，遗佩无端兴大狱。座上元戎阶下囚，公堂对簿气能遒。儿家清白谁甘玷，付与鸾刀一割休。儿家意气本如山，赢得元戎手自攀。分明软玉香瘢在，从此明珠合浦还。珠还合浦腾光彩，侯门可惜深如海。强欢偷泪百无聊，萧郎一去今安在。侯门漫道见时难，逾垣仲子翩然来。消息还防鹦鹉觉，行踪已被乌龙猜。乌龙鹦鹉狡难比，牵率元戎惊莅至。娇女温存善致辞，感恩知己甘情死。元戎此际费踟蹰，涕泣难禁掌上珠。盟誓纵深楚钟建，漂零其奈马相如。相如壁立休相谤，天家龙种难轻量。玉牒金函旧有名，青珊宝玦还无恙。一语红颜喜欲狂，元戎意气亦全降。乘龙门第仙人李，射雀因缘大道王。乘龙射雀竟心许，好事从来魔暗沮。妒女津翻十丈波，山鸡宁惜縻毛羽。轻身妒女剧披猖，狙击危机势莫当。幸有虬髯护一妹，遂教黄雀殪螳螂。凶人殪后良缘结，论功第一虬髯客。报仇昔戏挟红绡，仗义今还完白璧。爱河从此不生澜，凤尾檀槽昔昔弹。十载芳盟寻旖旎，一天明月照团栾。歌场只惜旋终局，后事茫茫杳难续。他年重耳倘兴晋，或者刘禅不思蜀。吁嗟乎！儿女英雄土一丘，雪肤花貌剩歌喉。苦将欧陆兴亡史，分付江南菊部头。仆也逢场雪涕人，抚尘百感知无因。摘词敢拟吴伟业，去国遥怜许永新。时春航将去海上

示　玄　穆

一春嫩约终成负，十日清游为底狂。未必乌篷真梦雨，却教湖海怨王郎。

来偏缓缓去匆匆，一夜鸳衾梦不同。料是陌头千树柳，有人楼上盼归篷。

千里传笺计已讹,半生几度醉黄垆。相思倘念年时意,桑下能留再宿无。

先烈吴兴陈公归葬碧浪湖畔,冶丈、巢南并有挽歌,余亦继作

一恸人间万事休,岂宜浩荡怨灵修。兜鍪未染名王血,帷幄先亡上将头。赤手撼天原共胆,<small>以千奴之共胆,撼一柱之擎天,袁简斋于忠肃公庙碑语。</small>白衣摇橹为谁谋。伤心尧化门前月,应照当年伍相眸。<small>贼自南都来,踪迹甚明,投鼠忌器莫敢举发耳。</small>

十载纵横树义旗,登坛誓众语堪悲。蛾眉谣诼关天醉,猿臂功名奈数奇。生有自来原大侠,死无私憾惜危时。中原惨澹长城坏,谁向黄龙奠一卮。

盖棺论定复如何,辛苦虞渊挽鲁戈。张楚首功陈胜在,吞吴遗恨孔明多。<small>辛亥,无公崛起沪上牵动江浙,即武汉决无幸理。丙辰,公不死,东南事亦大可为也。一成一败殆天意耶?伤哉!</small>人亡国瘁天难问,雨覆云翻乱正瘥。从此楼船横海地,寒潮呜咽夕阳酡。

已教营冢象祁连,碧浪湖头水接天。应有丰碑传信史,坐怜霸气掩重泉。苍茫谁挂延陵剑,慷慨难忘祖逖鞭。太息余杭和泪语,愿君化彗扫幽燕。<small>"愿君化彗尾,为我扫幽燕",余杭挽语也,此老毕竟不凡。</small>

磨剑室宴集分韵得家字、未字,示玄穆、十眉

东江与西塘,各在天一涯。小别忽数旬,思之愁槎丫。今夕复何夕,朋簪盍梨花。招邀八九子,杯酿倾流霞。长筵布广堂,四坐静不哗。絷余忝主人,佳客来纷拏。鸡黍虽草草,意气聊自夸。天步方荐瘥,杀机起龙蛇。雄谭泽潞兵,老子愿颇奢。吾谋恐不用,万劫成尘沙。何当赋招隐,偕老桑与麻。绝业寿名山,神灵倘护遮。感此郑重心,尔我各无瑕。愿君留十日,勿浪言归家。

国运方蜩螗，四海乱如沸。吾曹旷世才，持此欲何试。等闲风月谭，莫洒新亭泪。金樽满旨酒，劝汝尽一醉。揽衣舞低徊，魂魄为失坠。行乐贵及时，人生本如寄。况复会合艰，迢迢隔两地。别后苦相思，如何失交臂。愿君勿言归，此乐难遽弃。愿君善自葆，坚贞磨利器。青史矢寸丹，黄花期晚翠。沈沈古井波，中有蛟龙未？

为郁佐梅题扇，次玄穆韵

江山如此起悲歌，劫后逢君感慨多。谁遣九关蹲虎豹，誓凭只手钓蛟鼍。拿云心事余危涕，横海功名付短蓑。南国佳人真绝代，商量补屋与牵萝。

再题王寿山先生画卷，即送一厂归粤

荒天老地能重见，古抱今情忍再论。北望燕云南岭峤，中原万里暮烟昏。

一发青山断复连，送君归去雨如绵。此身未合风尘老，应有桃源许醉眠。

林梦芗先生七一寿诗，为令侄一厂赋

七一林夫子，灵光鲁殿余。抚孤敦骨肉，生子尽璠玙。业擅鱼盐富，门称廉让居。南州人瑞在，百岁愿非虚。

题沈剑霜印存

篆刻雕虫岂壮夫，耗奇借琐论终诬。何如抛却毛锥子，十万横磨事远图。

题南越冢木字

零落冬青问劫灰，臣佗霸业已堪哀。中原逐鹿风云急，望断南军度岭来。

感事四首

篦子坡前碧血腥，复仇九世负麟经。胡雏谁遣留三尺？爝火居然现一星。杂种旃裘天久弃，旧邦姬汉地终灵。伫看轵道牵羊出，一炬咸阳戮子婴。

十万横磨曳落河，白头作贼计全讹。六年芒砀逋穷寇，百里燕云恣恶魔。失笑深闺愁抉目，定知率土尽操戈。渐台郿坞须臾事，传首行看辫发拖。

五经符命国师公，浪以成周望犬戎。早识奸儒能发冢，遂教大盗竟弯弓。无君三月心难死，披发百年恨未穷。剖腹屠肠司隶职，谓他人父此元凶。

安乐无能举世知，最怜首鼠两端时。唐宗谁召朱温入？汉祚终教董卓移。降表踟蹰徒自苦，瀛台幽闭欲何之？虎皮羊质终难假，地下元勋悔已迟。谓武昌首难诸先烈

杨忠文抗虏殉国忌辰追赋

旧历五月二日为杨忠文先生抗虏殉国忌辰，李曒庐、沈长公诸子诣芦墟祠堂致祭，余亦与焉。归后十余日，追赋此什。世难仓皇，不自知其言之悲矣。

椒浆亲奠水云湄，慷慨成仁志未违。拒虎引狼天已醉，泣麟悲凤道全非。河山万劫仍多难，俎豆千秋倘可依。我亦愿为宗国死，草间偷活愧前徽。

题王梦仙夫人遗稿，为赵念梦作

水瑟冰璈绝代才，红闺唱和日追陪。如何跨虎人先去，凄断温郎玉镜台。

鼠须湘管遣华年，亲写云罗十幅笺。早死安知非福分，不将姓氏落愁边。

圌山云气挟江流，亲向江东见仲谋。谓伯先先烈，念梦从昆也。朱鸟不归红凤去，虮髯一妹各千秋。

金粉南朝事可怜，胭脂北地尽腥膻。祝宗祈死浑无效，输与生天女谪仙。

梦亡友陶亚魂

娲石辛酸海未填，屋梁落月总凄然。梦中省识君颜色，已隔幽明十四年。

平生心事只君知，慷慨华戎坐论时。今日胡尘犹满眼，燕云回首更凄其。

少年伐鼓与撞钟，意气真教海内空。不分半生闲事业，名山草草付雕虫。

发冢儒生议礼年，病中犹记辨奸篇。君临命前数日呓语犹痛骂康有为。白头作贼今何似，应有英灵怒九泉。

后感事四首

将军一怒汉阳烧，是建奇勋第一遭。南下长江曾血染，东来笠泽又兵鏖。丘山罪已千秋定，华衮书难一字褒。浪逐风云窥大业，龙蟠虎踞总无聊。

衣钵曹瞒是本师，马昭心事路人知。遮天一手称能事，负乘经年酿祸机。不信巢、温成异撰，独怜欢、泰竟同时。凤池还我掀髯笑，营窟津门寄一枝。

廿年奔走溷风尘，面目终难辨假真。孔雀有文宁掩毒，神狐善变总伤人。《春灯》《燕子》悲前辙，流水桃花倘后身。毕竟文妖成底事，漫将捭阖误仪、秦。

汉上诸姬树义秋，成名竖子不知羞！漫夸说士从隗始，已有雄文向莽投。附翼无缘成佐命，兴师还拟借前筹。杨花轻薄何须问，复雨翻云第一流。

次韵答昭懿

神州谁遣化修罗，群盗纷纭似蛤螺。直北忽传胡帝诏，滇南应唱汉儿歌。无情风雨催天暝，有限年华忍泪过。挟策书生吾已矣，罪言十万悔才多。

论诗五绝答鹓雏

撞钟伐鼓几人知？玉麈清言世已非。多事姚郎成谢女，青绫来解小郎围。

闽赣纷纭貉一丘，何劳宗派费搜求。经生家法从来异，渭浊泾清肯合流？

不相菲薄不相师，斯语平生我亦疑。谁遣魏收轻蛱蝶？龟龙螾蜓漫嘲讥。

蜡丸书奏意殷勤，绝命词成语苦辛。失节钱吴终晚盖，宁同腥秽虏遗臣！

自甘戎首复何尤，十载京尘苦未休。太息云间诗派尽，湘真憔悴玉樊愁。

后论诗五绝示昭懿

黄回绿转留残涕，凤哕鸾吡孕古春。自倚危楼成一笑：董龙鸡狗汝何人？

跨塘桥外雨丝丝，一代风骚失主持。岂有宁馨归老妪？不须轻拟蔡充儿。

灵秀三湘更八闽，雄奇瑰丽几天民？姜斋不作寒支死，负荷何堪问析薪。

市儿从古妒儒冠，苦忆温家绿牡丹。扫尽阴霾回日月，百年几复有骚坛。

高歌终拟草堂灵，失意英雄眼易青。六尺珊瑚三尺剑，横胸杯酒血花腥。

哭不识

不识死数旬矣，忧来忽忽，天地皆秋，成此四十字，不足酬年时雅意也。

一恸斯人死，天乎那可言。文章敦骨肉，气类重玙璠。内行君谁及，词华我未尊。段家桥畔水，呜咽为招魂。

闻旦平入狱

问息寻消久，何缘坠网罗。白衣曾骂坐，黄犊忽闻歌。扰攘同文狱，荒唐返日戈。余生无恙否，期汝老烟萝。

病蝶以邮筒唱酬韵索和，适有所感，成此示之，已块人杯不计本意也

不信元龙气已消，成名贾竖漫相标。荒江一例多新鬼，余子谁能耐久要。剑底青磷苌叔血，江头白马伍胥潮。忧来莫上危楼望，大地风云半沉寥。

阊阖天门撼不开，九关灵豹虓如雷。已悲冀北孙阳死，何处江南庾信哀。失水蛟龙徒自苦，忘机鸥鹭忍相猜。白旄黄钺非吾事，只合沈冥老此才。

与玄穆夜话

刘蕙焚兰恨岂休，一灯黯黯絮从头。罗巾不灭三年字，瑶瑟能言一晌愁。谁遣风华成堕溷，悔教心事托封侯。黄衫未铸双龙剑，说与姮娥亦泪流。

示十眉

断墨零笺泪万丝，言愁是我欲愁时。黄衫未铸双龙剑，此意人间那得知。

精铁阑干断情界，成句毗亚作平马克更迦茵。十年读破旁行史，我亦欢场雪涕人。十年前喜读译本小说，《红礁画桨录》《巴黎茶花女遗事》《迦茵小传》所尤嗜者也。毗亚德理斯、马克、迦茵皆书中主人名。

绿叶成阴计未讹，名华零落恨如何。今生无分司香尉，堕溷沾泥一任他。"来生愿作司香尉，十万金铃护落花"，袁简斋句。

制礼庖牺迈等伦，耶稣平等谊堪珍。劝君收拾闲情赋，归向妆台礼细君。

再示十眉

钿约钗盟一例休，三生恩怨付箜篌。温家玉镜台难下，剩遣青梅竹马愁。

倩女离魂知未知，为郎憔悴为郎痴。银河耿耿空阶月，坐冷罗衣是此时。

惺惺天遣惜惺惺，避面终难学尹邢。自向金闺呼月姊，半缘憨态半聪灵。

待阙鸳鸯事已乖，今生此愿总难谐。一襟别泪浓于酒，相见争如不见佳。

磨剑室夜话，次昭懿韵

黄叶堆阶雨打扉，秋灯虹气忽侵衣。临觞不语缘天醉，返日无戈与梦违。识字坐怜文网堕，绝交渐悟世情微。却惭数子犹能谅，寥廓高名未许归。

叠韵一首

拂袖年来自掩扉，荒江云冷护苔衣。恩仇历历孤衷烬，岁月沉沉往事违。画饼才名天偃蹇，如山忧患道稀微。狂华忏尽成何济，下驷儿郎款段归。

次韵和悼秋枕上一首

一角红楼阅岁华，风光老尽泰娘家。琴边涕泪成孤抱，梦里心情怨落花。遥夜怀人双鬓改，扁舟去国五湖赊。思量出处浑无着，碧海青天月又斜。

旧中秋席上赋酬病蝶

剩水残山万感侵，自携俊侣一登临。百年鼎鼎成今日，半世悠悠负此心。惜别言情原是幻，呼灯叱月总难禁。尊前莫动风云气，泪眼相看似病暗。

席上偕黄病蝶、许盥孚、吴茗余联句二首

又是人间一度秋，风光如此忍登楼。三生花月成良会，亚子十日琴樽恣俊游。误得狂名真怪事，病蝶漫从乱世问闲鸥。樽前醉倒何须惜，盥孚淘尽蟠天际地愁。茗余

百感沈滟付酒杯，乱蛩声里独徘徊。醉看星斗天初荡，亚子闲谱筝琶鹤亦猜。劫后烟波成小集，病蝶吟余身世供长哀。梵音古寺飞来晚，盥孚收入奚囊付剪裁。茗余

泛灯词，偕余十眉、凌昭懿、郁慎廉联句四首

兰桡桂楫荡轻波，唱彻吴娘水调歌。十里绮罗香不断，十眉六街灯火夜如何。似闻隔座催诗急，昭懿试问谁家得月多。如此良宵如此客，慎廉青天碧海负姮娥。亚子

波纹潋滟月华明，楼上黄昏笑语轻。几队笙歌催画舫，十眉一街香雾动春声。红栏微露鸾文鞠，昭懿素手亲调雁柱筝。别有温存消不得，慎廉年年花底祝长生。亚子

名湖泛月夜昏黄，翠袖临风怯薄凉。星眼暗抬羞客见，十眉云鬟斜弹背人妆。卷帘不信娇无力，昭懿纫蕙谁怜意自芳。怪杀刘桢敢平视，

将侬风格细评量。亚子

　　西舫东船衔尾过，两行银烛照微波。罗衫倘绣鸳鸯字，十眉玉腕防投翡翠梭。绿笑红颦宁有意，昭懿露花风絮不须诃。众中谁是婵娟子，自炷心香礼绛河。亚子

中秋后一夕即事示病蝶、十眉、昭懿、芷畦

　　强为群公作健来，横胸危涕一衔杯。从知天上多圆缺，不信人间异乐哀。歌管渐听成煞尾，梦魂无路上强台。愁看挥手明朝别，负尽芳菲又此回。

和病蝶，为子美作

　　梨云菊影已成灰，谣诼蛾眉尚费猜。别有伤心两行泪，黄垆斜月哭君来。

磨剑室诗二集卷六
（1918年）

题《榴竹居看菊图》

几幅图成几首诗，风流前辈想当时。百年坛坫凋零后，谁向黄花奠一卮？

东篱载酒主人狂，冒雨冲泥客自忙。今日平泉花木尽，兔葵燕麦感沧桑。

一州文献几人俱，我识云巢与鹤癯。最是东溪老居士，诗魂长为护枌榆。

楚弓得失事休论，一卷琼琚认墨痕。寄语谢庭旧兰玉，遗编珍重付温黁。

题费素春夫人遗像

咏絮才华旧轶伦，红薇花下认丰神。瑶池一现优昙影，已落人间几十春！

题陈仲威先生遗像，应令嗣秋槎丈属

一卷灵兰副墨新，能承家学有斯人。先生祖梦琴翁有灵兰精舍诗。从

知卖药韩康隐，谁识传神顾恺真。风木廿年思不匱，沧桑万劫海扬尘。故家遗泽今无恙，文献分湖此一鳞。

梦英士先烈

化碧经年矣，无端入梦来。黄龙闻直捣，梦中所语如是。白雁奈相催。飒爽姿犹昔，沈冥夜未回。余生吾负汝，虫蜡已成灰。

送荔丹归蜀

闻道南师定益州，送君归好赠吴钩。三年去国乡心切，万里从军朔气遒。坛坫珠槃惊绝世，旌旗玉帐借前筹。卧龙跃马俱余子，伫看艨艟出上游。

十载神交见几回，居然胶漆比陈雷。素书黄石千秋业，绿剑红箫一代才！慷慨长征君自壮，沈冥蛰处我犹哀。锦城丝管升平想，严武能容杜老来。君言此行倘得志，当招余作蜀游。

十眉以诗索和，萧飒危苦，令人无欢，为作壮语矫之，却次原韵

大招未信国魂非，会遣巫咸叩帝扉。岂有三分成服事，终须一战决从违。昆阳飞瓦萧王勇，郿坞燃脐董相肥。江汉汤汤佳气在，鲁戈珍重护朝晖。

民哀来诗，有冯郎陆生之语，感赋一律报之

一言能雪涕，知我定姚郎。负俗诚多累，空华亦渐忘。余馨西子水，新鬼北邙杨。已矣成何济，星星鬓欲霜。

喜旦平出狱作，即用闻入狱韵

昔讶鸿罹网，今闻鸟脱罗。狂且原祸水，谓夫己氏请室想悲歌。营

救惭齐客，事亟时，余为发书求援，迄无应者。生还抵鲁戈。空山期晦迹，珍重护藤萝。

寒夜杂忆

学超宋汉周秦外，诗在王杨卢骆间。只是荀郎怀抱恶，莫将涕泪换中年！吴爱智先生 时新有悼亡之戚。

别后林郎无恙否？烽烟万里海天昏！六年械札重开读，知我今生第一人！林一厂 君自燕市归梅州，适潮汕兵起，音问断绝。

当年我舌比山膏，此日君能忆久要。一事不堪同雪涕，秋坟邹衍长蓬蒿！李怀霜 余前依君于海上《天铎报》，亚云为介，今亡于五年矣。

湖湘百辈知名士，孰与堂堂悔晦俦。厚重虚怀当世少，翻教游夏赞阳秋。吴悔晦先生 方撰《十国战事诗》及《慈利县志》，命余论定，愧无以应也。

梦回忽复念黄须，底事经年音讯疏。淘尽英雄豪气未，酥烟腻雨好西湖。林秋叶

封侯李蔡原中下，伍噲淮阴亦偶然。未是千秋青史笔，雌黄漫遣误流传。周芷畦 君撰《妙员轩诗话》，持论有与余见相左者。

年少纵横恨见迟，解衣推食感难支。邹阳骨化君高隐，忍记联床共话时！陈布雷

月旦阳秋见一斑，孤行盛气例难芟。孤舟恨与春衾影，不是温家绿牡丹。姚鹓雏 《恨海孤舟记》《春衾艳影》，君所撰说部名，前者颇有微词及余。

自诧江南诗第一，剧怜与我竟同时。一言甘拾龚郎唾，劝汝删诗壮盛时。高天梅 君有私印曰"江南第一诗人"。

当面输心背便休，男儿难忘是恩仇。中流一柱君能障，毕竟何甥不似刘。姚石子

石破天惊绝代文，伏波聚米可同论。虎头燕颔还如昔，不信人呼故将军。叶楚伧

却扇词，为昭懿赋兼呈婉雯夫人

杏梢春意十分深，删尽檀奴惜誓吟。座上笙歌喧绮绪，帐中环佩颤余音。万方仪态华灯拥，一笑横陈玉杵寻。报道蓝桥消息好，文园无用托瑶琴。

写韵楼高墨海深，述昏诗就替郎吟。绣襦甲帐天人态，玉佩琼琚大雅音。偕隐梦圆饶旖旎，著书事好莫骎寻。秦嘉徐淑千秋在，珍重名山理素琴。

哭蒋万里

饥驱踪迹逐浮沤，归死犹能正首丘。北地典型明七子，梁园词赋汉诸侯。论才已恨今人少，抱拙还宜古道谋。难忘夕阳金镜水，送君双桨去悠悠。君曾过余禊湖寓庐。

一集宗风溯拙存，椠书刊布费辛勤。才原妨福宁论命，寒到无衣尚讳贫。万里依人怅弹铗，廿年行脚痛劳薪。平生一事吾滋愧，愧少欧阳荐士文。

南湖草堂夜集，示楚伧、玄穆

几点春星映草堂，云阶月地意茫茫。南湖松菊高人宅，北海衣冠处士舻。朋旧须眉欣接席，关山烽火奈回肠。停杯不语何由饮，起舞还惭尺剑长。

哭苏曼殊

白马投荒计未能，歌姬乞食亦何曾。鬓丝禅榻寻常死，凄绝南朝第一僧。

壮士横刀事已非，美人挟瑟欲何依？七年絮语分明在，重展遗书涕似縻。"壮士横刀看草檄，美人挟瑟索题诗"，君光复岁寄余书中语。

文采风流我不如，英雄延揽志非疏。千秋绝笔真成绝，忍对荒城饮马图!《荒城饮马图》,君为伯先先烈作,余得其影本。

潇潇暮雨过吴门,一水红梨旧梦痕。无那落梅时节近,江城五月为招魂。君曾客盛湖,寓余妇兄家累月。

《如此湖山图》者,抗云偕其姬人君达临流双睇之所作也,为题二截

落日西风吊国殇,湖山信美感难忘。楼头写韵浑闲事,桴鼓终怜负阿梁。君达工书

痴立忘归不用呼,闲情赋后霸才粗。鸱夷未遂亡吴计,倘许扁舟泛五湖。

题宗瑞甫《寻亲闻耗图》

无亲已抱终天恨,况隔峰烟十六年。闻耗不堪拚一恸,椎心呕血复奚言!

浩劫虫沙又此时,控弦南牧欲何之。不知大纛高牙外,多少慈孙孝子悲。

感　事

旗鼓骚坛已十年,敢持衰涕谢群贤。盟寒汐社吾何意,天靳斯文事或然。一辈贱儒多狗曲,几人微旨悟龙潜。身将隐矣名焉用,去去还寻旧钓船。

水月庵小集示芷畦、十眉、玄穆、麋庵、悼秋、莘安、盟孚

此是湘真亡命地,卌年而后我重来。荒天老地仍今日,挢雅扬风负此才。红蓼迎风秋水渡,白衣骂座酒人杯。流连良会非容易,故国斜阳莫漫催。

麋庵昆季招饮含乐草堂，即送其北上

入洛机云绍祖风，流连樽酒许相同。借书宁惜瓻痴诮，染翰能为点缀工。文献有征劳汝悴，菰芦无恙倘吾从。送君行矣轮蹄急，盼断瑶华一雁逢。

分湖看月词，八月二十三夕陶冶禅院作

一棹分湖载月来，碧波凉浸好楼台。无言悄傍阑干立，肯为宵深露重回。

相思廿载总难忘，此夕相思算略偿。省识分湖真面目，水天无际月昏黄。

直上元龙百尺楼，云阶月地豁双眸。明珠老蚌浑无据，可有宵光起渡头。

看月浑如看美人，云鬟玉臂镇相亲。笑他金粟珠帘梦，占断分湖六百春。

玉宇琼楼不世情，广寒宫殿照蓬瀛。此间便是真灵府，何必乘风叩上清。

味莼园畔一灯红，影事难忘旧寓公。输与分湖三十里，鸥波围住水晶宫。

淡抹浓妆明圣湖，鸱夷一舸未嫌孤。只怜未照团圞月，难比侬家两岸芦。

游伴空教意气矜，鼾声卧榻唤难应。料缘湖是侬家物，不许旁人染指曾。

看月终怜月易沈，侬心随月坠湖心。湖心闻道深千尺，那及侬心深复深。

怅触胸头万感横，晓风疏柳最关情。安能明月常如此，便守分湖过一生。

纪　梦

杳渺乘槎想，荒唐解佩情。支机一片石，还问女君平。

中秋前二夕示十眉

汐社盟寒残客散，剩君此夕尚能来。盛衰转毂同枯蜡，恩怨填胸郁怒雷。沸地笙歌非我意，摇天星斗为谁开。风云才略年时尽，不信风华亦化灰。

中秋前一夕再示十眉

秋灯沸箫管，浩浩如雀雅。峨峨朱雀舫，不羡博望槎。岂期人事变，倏若风吹霞。憔悴羁京华。伊人不可即，弃我乃如遐。不许人轻挃。闯然扣门入，拉我观群葩。曲意伺钿车。如云岂我思，此非为君耶。我，径返斜塘斜。吾侪幕上燕，何异操刀剑。麻。促，子阳陋井蛙。吾躬尚不恤，挐。吾诗庶有灵，尼汝东归艖。

盛事传梨花。而我素心人，书画俨米家。盟沤受约束，倏若风吹霞。伤离复感逝，已矣长咨嗟。填胸尽恩怨，冷眼谢热场，此愿颇复奢。感君硕果心，纨扇面弗遮。帕首经赵李，年少疑狎邪。佺偬倏两夕，豪兴未有涯。一笑我谓君，此计毋乃差。行乐当及时，击缶歌铜琶。遑计人疵瑕。劝君整全神，且住毋纷

迎神诵楚词，媚妆炫吴娃。文宴追兰亭，秋禊称非夸。镜湖清且平，中流恣喧哗。庶几铁笛游，三度期及瓜。岁岁乐中秋，豪气元龙加。蒯子病消渴，厄运嗟龙蛇。黄生困饥驱，亦有江湖侣，秋水隔蒹葭。万感愁槎丫。誓将闭蓬蘽，繄君何选事，一椁不辞赊。狂走踏香街，长日唯颂酒，深宵犹吃茶。如何欲辞此计毋乃差。苍苍未厌乱，四郊兵如岂宜苦局

许母陈太君寿萱图，为盟孚昆季作

祖德灵兰衍，于归近梦鸥。吁天曾剸肉，破镜独埋忧。灯影廿年

黯，机声永夜留。丹山有双凤，珍重献觥筹。

题沈树奇前辈画竹石，为李汝航作

典型前辈数江乡，瘦石疏篁最擅场。便当兰荃遗楚客，好教风雨忆潇湘。

三绝高名海内崇，使君谭艺笔如虹。丰姿肯比灵和柳，清绝江头绿一丛。

有感示长公

千秋艺苑有恩仇，广武登临涕欲流。年少贾生空挟策，下中李蔡早封侯。王头士垄谈何易，北庾南徐论合休。兰忌当门真可惜，有人茧足走炎洲。

哭蔡幼襄元戎（济民）

褒鄂军容镇上游，亡秦百战未封侯。连鸡谁肇来岑祸，失鹿徒为鹬蚌愁。妖雾正看迷北地，将星忍见堕南州。荒江风雪萧寒甚，酹酒招魂一恸休！

七年旧恨不堪思，欲语徒令涕泪滋。割地无端同鼠窃，誓师未免转狐疑。孤行一意唯余汝，九死靡他敢怨伊。又见和戎成国是，阑风长雨黯灵旗。

猿臂将军解论文，虚声处士谬相闻。归田张翰江南梦，化碧苌弘汉上云。百劫人奴谁痛我？千秋雄鬼合传君。从戎未效西台客，忍向空山吊夕曛。

自东江返梨里途中遇风口占

孤舟如叶尽随风，万兀千摇卅里中。犹有著书椽笔在，此身未合喂蛟龙。

题陆少唐先生遗集

采药栽花事可传，诗人风趣本天然。莫嫌卷底波澜少，中有沧桑八十年。

精灵长遣诗篇驻，姓氏终归耆旧尊。太息万方多难日，空山谁与护温廳？

与颍若夜话意有未尽，别后追寄一律

大睨高谈肯息机？寒蛩四壁一灯微。更从何地衡功罪？忍信人间有是非！论世未妨中晚恕，求全自昔圣贤稀。低徊别具沧桑泪，才说开天已满衣。

磨剑室诗二集卷七
（1919 年）

自鸳湖之歇浦，道中口占
稽首风云酹一杯，横流依旧我重来。似闻一路苍生哭，竟有千秋杞国哀。埋血龙荒宁得计，逃名桑海忍言才。不须更作澄清想，抉目昆仑认劫灰！

题毛翁（至刚）遗集
偃蹇一翁耳，平生孝义全。焦原舆榇日，磷窟负尸年。灭火天能格，麑兵事可传。名山千古在，凭吊感遗篇。

屯艮书来，述金焦北固之游并示诗草，为题一截
慷慨人从北府回，纪游诗笔足崔嵬。刘伶阮籍俱高世，奈遣王戎入队来。

屯艮又游梁溪，言溪有项王庙，余旧游未之及也，补成一截
长陵原庙已蒿莱，祠宇江东未劫灰。卅二琵琶三斗泪，王昙杜默倘重来。

洞庭自燕市书来，并以哭妹诗索和，率成一律奉寄

三楚非吾土，卢龙尔独行。不成杀安史，何处访荆卿。矧以忧时泪，而兼悼逝情。大雷书已矣，想见涕纵横。

六月二十三日夜，独坐磨剑室检视癸卯至癸丑旧作，风雨终宵，忽焉达旦，遂成是作

损尽宵眠计亦差，蠹鱼十载此生涯。精严少作今何有，剩遣银釭照鬓华。

纪事三首

一夕风谣遍，孤城事可疑。市人惊虎迹，众女嫉蛾眉。巨室难为政，太阿久倒持。翻思武健吏，非种早芟夷。

三年凭考绩，功罪岂难知。香火枌榆社，弦歌朴樕诗。牧民能不扰，恭己直无为。犹憾征文献，书成未可期。

独惜斯人去，翻令发浩叹。爱才今已少，下士古犹难。灵运端宜佛，东坡岂合官。何当赋招隐，投老共渔竿。

题《醴陵兵燹图》

坐大江东是祸胎，不征不战费疑猜。会师武汉徒虚语，长岳终教弃甲来。

平西卖国诚堪杀，营窟臣佗亦盗名。流尽湖湘万家血，可怜护法竟何成。

题许盥孚《西泠访古图》

吊古西泠酒一卮，纷纷图咏亦何为。谪仙人自甘投笔，上有王郎绝妙词。谓大觉

戈船红染杨坟血，螺黛青描叶埭痕。一样人天凭吊处，还将此泪洒榆枌。

过凌太常祠示莘安

刿刿崇祠在,秋风一棹过。旌旃南越国,蘋藻禊湖波。姊妹芳型著,公女兄淑贞,范忠室,以节旌。从女兄淑□,史珩室,长于琴,著琴谱二卷。云礽继起多。宗风今有属,努力漫蹉跎。莘安近有《家乘》之辑。

不与夺门功,何由附显恭。南溪有史笔,两语鉴孤忠。遗献征仁里,斯人定首庸。琳宫香火近,灵爽聿相从。邑志无太常传,无际翁谓公立朝在英宗景帝时,前无附阉人之迹,后不与夺门之功,其人可想。因为补传于里乘,并修缮其祠墓,可谓公异代知己矣。无际翁近奉祀禊湖先哲祠,在罗汉讲寺侧,与太常祠一水相望焉。

中秋前一夕集闹红舸,次莘安韵

中原人物而公在,余子纷纷宁许攀。差幸朋尊俊侣合,不辞短袂酒痕斑。弥天浩劫笙歌外,照眼空华水月间。尚欲梦中投笔起,此才未合老江关。

中秋夕再集闹红舸,次莘安韵

画船银烛警秋心,块垒填胸付醉吟。剩水残山一跌宕,琼楼玉宇几晴阴。鬼雄碧血天能谅,国狗黄金世所歆。回首上东门外路,森森丛棘怕成林。

中秋后一夕三集闹红舸,次莘安韵

偶逢佳节莫言哀,绮想豪情半未灰。南国旌旗诗垒壮,北山猿鹤美人猜。高丘何敢憎无女,弄玉而今尚有台。只惜流华成激矢,明年此夕倘重来?

为谁消瘦为谁容,老地荒天一笑逢。岂必黄衫真有约,剧怜缟袂不禁风。雄心暂忏蛾眉月,飞梦犹传瀚海弓。搁笔无端成自悯,唐愁汉怨一千重。

为莘安题小影叠前韵

忍续端哥赋《大哀》，与君同是劫余灰。脱身党籍天终鉴，托意风怀世尚猜。隐语红绡三复掌，招魂朱鸟一登台。轻衫侧帽花间客，不似鸢肩火色来。

仙人手把碧夫容，窥玉东墙几度逢。红烛谈兵三尺剑，紫箫话旧一襟风。已看历历桑成海，不信弯弯月似弓。毕竟封侯无福相，龙堆雁塞隔重重。

闹红舸席上与莘安联句

可怜名士误龙头，莘安衰草斜阳故国秋。安如一代兴亡成昨梦，十年箫管写新愁。莘安噀红笑碧安排早，安如浮海沈江去住休。莘安剩有沈雄心事在，安如不教负了旧吴钩。莘安

楼船王浚下江东，莘安谁遣南都霸气穷。安如孙策儿郎豚犬贱，莘安漳河陵庙棘荆重。安如将军事业从来异，莘安竖子勋名到此终。安如粉饰一朝青史稿，莘安岂真落笔有宗风。莘安

儿骑竹马我谈兵，莘安岂意人间识姓名。安如一卷阴符三尺剑，莘安半条门巷几张筝。安如银河漫说无多路，莘安草檄能飞十二城。安如雄武温馨各无赖，莘安红棠花底两书生。莘安

一肩黄雪看梳头，莘安不信佳人字莫愁。安如闹乱秋心鹦鹉舌，莘安换来春酒鹓鶒裘。安如求仙柱下琅函奏，莘安避地花间玉玦羞。安如闲听兰姨琼姊语，莘安星辰昨夜最高楼。莘安

哀艳温馨放厥辞，莘安蟠天际地总难知。安如诼谣不信蛾眉罪，莘安出处宁关猿臂疑。安如浮世功名双笠屐，莘安谁家楼阁一参差。安如枣花帘底桃花扇，莘安坐遣簪花缀小词。安如

顽福顽才一惘然，莘安偶教平视亦因缘。安如风前叶叶银衫薄，莘安日上斜斜素髻妍。安如此意苍茫那忍说，莘安任他飘瞥我犹怜。安如一襟兰芷幽馨袭，莘安不是浮家范蠡船。莘安

百感尊前尔我知，莘安未须辛苦怨填词。骚香汉艳终成佛，安如月地云阶不共痴。金翅鹓鸰桃叶扇，莘安玉颜鸦背水仙祠。凌波莫漫飘然去，安如指点河阳有鬓丝。莘安

　　几度相逢几度思，莘安怪他瘦尽小腰肢。为谁憔悴天难问，安如共我沉吟尔亦痴。唾碧罗衫三百字，莘安病红妆阁一宵诗。笑桃门巷斜阳改，安如不似青梅竹马时。莘安

　　离合悲欢不复论，莘安阳戈禽石总烦冤。指心未肯虚前诺，安如钳口宁能草罪言。一誓鸳鸯犹待阙，莘安九关虎豹独称尊。思量刻骨伤迻意，安如恩怨填胸历历扪。莘安

　　假手君能写我悲，莘安会真本事白郎知。离魂入梦星星语，安如逋发垂肩缕缕丝。阁笔风怀今已矣，莘安忏情经卷未宜迟。眼中多少婵娟子，安如梵呗长明合共持。莘安

一　　树

　　一树桐华属十郎，谁教铁槛锁鸳鸯。多情自古能为累，尤物从来总不祥。堕溷落英成怅惘，沾泥飞絮本轻狂。独怜孤负吹嘘力，葵藿何颜向太阳。

题黄妃塔华严经残拓，为屯艮作

　　残碣犹存塔影孤，婆留霸业久榛芜。重瞳一样耽禅悦，唇齿安危解得无。

　　纳土归朝万念灰，降王身世尽荣哀。如何三百年间事，又见冬青石塔来。

寿云间钱母王太君八秩晋一

　　尺五南东守山阁，故家乔木郁萧森。能令寿母生欢喜，直以清门傲古今。一室春晖天地复，千秋高义史书歆。簪花咏絮浑闲事，七略当年郑重斟。

题秀君小传后，为心侠作

雄文一纸孰传卿？从此人间识姓名。一事尚教留缺陷，美人身世未分明。

人天同是有情痴，葬玉埋香恨不支。他日降帆山下路，何人为树女郎碑。

题《深山采药图》

恫瘝久已弥天地，采药山中得隽不？我亦韩仇浑未报，翻思径作赤松游。

题孙稚山《柳溪泛棹图》

鼎峙桥亭付劫尘，起家保义剩传闻。柳溪名比陶庄古，何处还寻种柳人。

黄土文章泣玉瑶，孙郎遗句未摧烧。如何短命童乌墓，竟有痴人误钓鳌。

文山幕府旧参军，肯让田横五百人。笑煞嬉春顽老铁，净池未解吊忠魂。

慷慨杨公绝脰年，成仁里党共株连。有人茧足松陵道，辛苦流传主德篇。

柳车复壁竟何成，古寺空留瓢粟名。我是云间诗弟子，瓣香曾此礼湘灵。

碧血青磷仲子哀，相君别业久蒿莱。最怜一首分湖赋，嫠也能濡大笔来。

裙屐蹁跹集寓公，尊前诗笔各鸾龙。百年影事如烟烬，剩遣双鬟唱奥侬。

泛棹图成索我诗，柳溪掌故我能知。绂堂老去春湖死，一脉宗风孰主持。

绮　　劫

绮劫三生忏未完，翻留残梦证团栾。祝他无恙游仙枕，长向卢生借羽翰。

焚巢身世惊危燕，闭户生涯老蛰虫。人自乐生吾乐死，死时容与梦时同。

悼姚童子昭明即慰石子

大同世界行将至，恐怖时光定一经。怕见尸山血海劫，绝裾长自返青冥。

鲰生名字遭天忌，底事郎君独念之。应是不祥能累汝，销声铲迹誓今兹。

归江夏族姑母之丧，姑丈黄先生（偶人）以悼亡三十绝见示，循诵既竟，感赋两律

款款持家范，凄凄悼俪词。食贫原旧德，堕泪有新碑。随宦虎林月，招魂莺水湄。他年彤管史，汗简倘堪期。

不才犹子列，少小获追随。猥以书生拙，而蒙国士知。绛纱曾展谒，玄垠忽深悲。愧乏刘宗笔，昭兹懿行垂。

磨剑室诗二集卷八
（1920年）

题《岁朝清供图》，次某君韵

竹外夭斜见数花，昌昌云物任春华。山家清供高寒甚，漫把人门富贵夸。

世乱惊心鼙鼓催，忍将消息问寒梅。孤生羞作吉祥语，郁郁冬心入抱来。

舟中遇风作

坐看残棋劫劫更，著书杀贼两无成！此身纵赴冯夷约，一死何关世重轻。

故邑侯李暾庐先生（世由）挽词

噩耗遥传涕泗盈，素车惭负故人盟。蛾眉谣诼翻成谶，蜗角功名夙所轻。谢客生天应有日，坡翁学佛未忘情。风流弘奖谁能似？前辈吾思龙宛平。

飞凫一去便朝真，三载难忘政绩新。鹤俸频烦分野庙，创助分湖、禊湖、盛湖诸先哲祠。螭碑突兀表孤坟。葺严夫子墓撰文刊石。先贤气类能相感，下邑弦歌况共闻。他日枫江名宦祀，未应蘋藻缺斯人。

简长公

十年湖海倦游回，中散书成一世猜。尚有故人忘不得，偶闻剥啄憙君来。

秋社故址题壁

田海人间未十秋，翻云覆雨尽休休。最怜一代旗常烈，输与胡奴踞上头。

送洪涛入滇南

无端送子昆明去，倚剑能为慷慨歌，万里登临有奇胜，盛年岁月敢蹉跎。似闻金碧开天府，未信炎黄委逝波。老我荒江风雨夜，临岐剩惜醉颜酡。

题屯艮《章龙归梦图》

肠断阴山勒勒歌，天涯归梦奈愁何。红蘅碧杜飘零尽，呜咽湘江水不波。

虎跳龙拿梦乍醒，杜陵慷慨为收京。羽书已报南军捷，好买轻帆下洞庭。

勒生先烈旅葬孤山，诗以纪之

后死如余奈尚存，羡君今已奠高坟。河山破碎堪谁语，缟纻殷勤忍再论。翻覆雨云都化泪，苍凉天地独招魂。素车惭负黄垆约，未获相从哭墓门。

乡前辈陆鸥安先生挽诗

雪涕斯翁逝，分湖耆献空。少年曾折鹿，老去叹犹龙。家学壶天美，襟期雅叔同。崇祠七百载，一脉瓣香通。

贱子倾心久，平生大父行。怜才孔北海，作合沈东阳。箧畀娜嫚籍，图留琬琰章。如何山木痛，一瞬便茫茫。

年少谤前辈，群儿语可嗤。乡评凿齿传，名德蔡邕碑。独行诚难泯，千秋倘在兹。何年辽鹤返，华表草离离。

海上逢吹万即题其《寒隐图》

重逢寒隐子，隔绝已三秋。尺幅依然在，萧疏得似不？苍凉认须鬓，忧患澹恩仇。一语还相赠，冥鸿物外休。

感　事

对面公然能作贼，中原群盗剧披猖。战云吴越黑如墨，愁绝高骈与董昌。

题汪影庐《龙华春醉图》

一饮人间醉不辞，万桃花底泛金卮。词流一散春韶尽，又见成阴结子时。

黑子凭谁禁裔夸，天台无复饭胡麻。吴根越角传烽遍，海上孙卢别一家。

题胡石予《倚闾图》

五十三翁母九一，人间此福最难消。如何造士皋比贵，翻遣倚闾鸠杖劳。绛帐传经家学在，白华奉膳孝声超。他年再献冈陵祝，湖海宾朋捧浊醪。

寿叶子英七秩

垂老依人傍市廛,须眉如雪古稀年。未须翰墨传通隐,已见风标近昔贤。身世无端虫集蓼,沧桑留命海为田。大椿千岁浑闲事,倘起鹰扬渭水边。

题天梅《荔湾载酒图》

燕市歌呼赋《大哀》,乘风又上粤王台。南强北胜俱销歇,只合花前醉百回。

江山信美主人非,荔子湾前梦亦稀。尚有滇池好风景,投林倦翮倘南飞。

七月二十五夕梦中作

玉想琼思忍再论,空山猿鹤护温黁。愁多未信天为祟,泪尽终怜石不言。三尺蘼芜春有缝,一双蝴蝶梦无痕。高丘佚女分明在,那便轻窥处士门。

七月二十九夕纪梦

风花泥絮久销沈,虫蜡难灰十载心。不死固应留一面,有生何啻许千金。青鸾翼短南飞杳,赤凤歌残北盼深。太息趾离无赖甚,半床丸月堕瑶琴。

殷童子挽词

玉雪好儿郎,如何一瞬亡?磺硫能作祟,嬉戏竟逢殃!才未龙文现,身先豹雾藏。童乌嗟短折,天道奈茫茫!

文献征榆社,清门著一州。怀哉曜庭子,述作已千秋!科第从兹起,人才近少休。亢宗虚属望,宁怪阿爷愁!

若父吾同学,流华廿载徂。当时犹卯角,此日已妻孥。赢博号难免，西河痛岂无。非熊应入梦，夙慧未全诬。

小集开鉴草堂

八月一日天放、莘安、康侯、盥孚、景熙暨从弟公望自芦漪来访，招集酒痴开鉴草堂，用伯定词句分韵，得从字、公字两首。

清尊又集草堂东，大芋高荷点缀工。自喜襟怀成跌宕，稍怜宾客未从容。诸子急于旋里。湘纹微动虾须碧，日影遥看鱼尾红。便欲借君池馆住，小山丛桂可能从？

抵掌休夸一世雄，斗牛虹气黯尘封。中原寥廓无余子，青史纵横负乃公。收拾豪情归淡泊，忏除绮语不玲珑。最难劫后朋簪叙，人物菰芦感万重。

悼从妹蒨雯

妹以先叔考没后一年归苏溪陆氏，归后又一年有半以产难亡。

才脱麻衣着绣裙，用吴心香夫人句伶仃如汝复何云。宜男差喜兰征兆，伐性谁知桂自焚。械涕忍寻珠镜谶，伤心空制玉棺文。妹婿陆简敬能文章不堪回首当年事，箫管楼船薛淀滨。简敬赁庑珠溪，妹于归日余实送之。

舟中读嘉兴徐兰史（锦）《灵素堂遗稿》即题其后

斯才不三十，天意复何如？一卷存灵素，千秋配仲瞿。高宫兼大角，玉佩更琼琚。携向篷窗读，浑忘路郁纡。

题邑前辈凌苇裳先生（坛）《金苔花馆诗》

跃马幽并侠少年，未应烟水老吴天。脂韦洗尽承平习，慷慨疑披独行篇。刻骨恩仇缘底露，填胸块垒几人传。同时名辈推徐山民、郭频伽，若论诗心逊汝贤。

陆母顾太君七秩寿诗，为令子钓鳌昆季作

炙手钱神贵，人间市义难。如何焚券勇，竟有女冯驩。阴德天能眷，遐龄报未悭。更闻雏凤美，文采尽烂斑。

感事四首

苍狗红羊劫万重，燕南赵北竞传烽。主盟仓卒推袁绍，约法张皇岂沛公。始信成名都竖子，独怜遍野尽哀鸿。尔朱荣蹶高欢霸，功罪何劳问异同。

三载征诛战骨枯，到头南朔一丘狐。女真策命归刘豫，大长勋名笑尉佗。已见梯航朝玉马，会看荆棘窜铜驼。中原一发三巴国，炎井终留赤伏符。

玉墀冕服俨垂绅，不信身为几姓臣。长乐岂徒奸晋汉，彦回还拟效穷新。拥兵太尉终称帝，割地商於竞事秦。叹息陈东上书后，依然京贯是元勋。

国计频年竭泽哀，弹冠有客喜重来。廉来已复商辛社，债帅仍登周棫台。谁遣吞舟豪右免，居然入幕郄生才。前车后辙何曾戒，愁绝西陵土一坏。

题《麋砚庵填词图》，为陆麋庵作

柳生爱书不爱钱，道逢故籍口流涎。黄金散尽那复惜，谤台九仞高连天。陆生爱钱兼爱书，雍容车骑闲且都。双眸炯炯精鉴别，感召神物如喁于。山中宰相陈麋公，九流六籍罗心胸。石交沆瀣抱奇癖，挥毫秃尽中山锋。一朝忽入陆生手，麋砚盦中气冲斗。画师为写填词图，图成脍炙千人口。陆生本自芦中人，金门献赋才绝伦。车尘马足长安道，中

有盎盎江南春。文叔藏娇得丽华，谨厚亦复为之邪。捧砚添香好手爪，吴姬十五颜如花。柳生氉氎荒江边，陆生煦沫能相怜。征题郑重俟三载，彩毫久谢文通妍。今宵散发长吟罢，绿笺泼墨淋漓写。寄语麋公慎勿嗔，千秋谁是知音者。

长公以山民旧藏董思翁墨迹见示，后有补云、墨卿、频伽题诗，为赘两截

香光墨妙流传久，后起孙伊亦盛名。我是灵芬私淑者，瓣香更为复翁倾。

紫藤花馆坐忘机，酒畔吟边各逞奇。却怪山翁太慵懒，不留寸墨后人贻。

题盥孚《秦淮醉月图》，席上限韵作

龙蟠虎踞石城秋，不信佳人字莫愁。六代兴亡如此月，一江浩瀚自长流。南来戎马曾无垒，北顾烽烟尚有楼，杯酒岂胜凭吊感，寥天孤鹤下扁舟。

中秋夕集金镜湖中有鹤琴书舫，座上有倡为联字体者，才及半什而罢，余为足成之

秋月当头酒满杯，古梨花里逞风雷。一桥初度横波舫，半面微窥弄玉台。海绿江红如此夜，锦裙罗袜敢言才。不须更作沧桑感，已觉风花有盛衰。

叠韵再赋一律

欲向长天酹一杯，谢他今夜不风雷。六街巷陌秋如海，半壁笙歌月映台。岂有婵娟称侠子，漫劳轻薄骂粗才。酒龙诗虎狂犹昔，未信中年意气衰。

中秋本事诗

灯满高楼月满天，红阑干外赤阑船。不须更续陈王赋，罗袜凌波便是仙。

藕花衫婢最婵娟，领略风情已十年。闻道画船深处坐，几回空过曲阑前。

翩若惊鸿信可儿，健儿身手美人姿。居然枨触狂奴态，便化春泥也不辞。

谁家少妇郁金香，紫燕翩翩近画梁。省识当垆人绝世，何妨日日醉炉旁。

侧帽当筵最少年，填胸恩怨一凄然。吴淞江上一丸月，恨不移来禊水边。

忽为蛾眉一叹吁，谁从寥寂问欢娱？画船塞破昭灵庙，闲煞半泓秋禊湖。

同心一首示莘安

英姿飒爽绮罗身，佳侠含光迥绝伦。翠袖不遮双腕玉，云鬟微约一钩银。秋波滟滟能穿镜，罗袜仙仙不染尘。最爱同心鸳结子，翻阶红药斗精神。

燕赵一首示莘安

燕赵有佳人，吴趋异地春。游龙身手矫，威凤羽毛新。俊语微能辨，嬉光妙绝伦。谁家仙眷属，流宕尚风尘。

十三词示莘安

十三年纪恰娉婷，未露风华世已惊。闻道钱唐江上住，本来苏小是乡亲。

五湖艇子旧浮家，应识春愁秋恨些。不信书生悭福分，横波一笑耐人夸。

　　优孟衣冠貉一丘，兜鍪丛里见风流。不知一代伶官传，亦有沙陀亚子不？

　　爱好天然只自知，何须粉黛强矜持。凌波只着鸦头袜，值得陈王绝妙辞。

　　不矜妆裹不梳头，䰂发鬅鬙覆额柔。自向舵楼闲坐地，青娥素女见应羞。

　　何须镜底说温麐，才转秋波已断魂。应有猖狂天意在，不教生小住侯门。

　　西舫东船恰比肩，长年篙橹各争先。倘教轧杀桥头路，平视宁悭十万钱。

　　灵山灵水合休休，也替风花一代愁。留得殿春䕺尾在，敢将无女怨高丘。

　　生憎吴语太温柔，差喜杭州似汴州。呖呖娇莺才一啭，等闲拚白少年头。

　　惊鸿一去渺难追，惆怅临流觅影时。拍遍阑干谁会得？本来青兕是吾师。

　　栽花容易护花艰，玉体长生祝夜阑。忍作露华风絮看，怜才此意古来难。

　　未必明珠掌上身，沾泥堕溷总难论。他年倘嫁梁鸿婿，也胜金龟曳尾人。

　　征逐当年侠少场，断肠本事镇难忘。谁知灰冷银屏梦，又为伊人一放狂。

后十三词示莘安

　　秋禊湖边秋禊桥，无端良会又停桡。天公怕断相思种，咫尺银潢慰寂寥。

问息寻消难复难，千阑百就总无端。玉颜鸦背还如昔，立尽斜阳禁晚寒。

美人身世我能知，洗尽人间粉黛姿。缟素衣裳犹薄薄，天寒萝屋有相思。

生小吴篷六柱船，听风听水度年年。阿爷新死孤兄少，苦奉孀慈最可怜！

衣食全家与水谋，孤芳自闷谢灵修。拚教翠袖风前冷，肯学吴娘住虎丘。

文鸳鸦队恨何如，差幸葳蕤自守初。听尽伊凉新筑府，篷窗不斗十眉图。

岂矜门第始生才，一树琼葩水畔栽。会向五湖寻少伯，苎萝无梦上苏台。

炊烟万户月东升，煮饭煎茶儿亦能。不学娇娃闺阁态，一双玉腕任凌兢。

薄霭微茫夜气昏，凌波难忍雒妃魂。天涯此别拚终古，揾尽青衫旧泪痕。

别有微词感定哀，不流轻薄不矜才。唐愁汉恨填胸在，寄语人间莫浪猜。

明朝去去问何之，忍向重来订后期。凄绝罪言狂杜牧，镜中华发已丝丝。

不论明日尚今宵，小簟轻衾忍自聊。一夜乌篷篷底梦，累他飞过短长桥。

双红烛底两书生，斗罢心兵斗酒兵。挟策千时吾已矣。不辞湖海有狂名！

苕山四首示莘安

苕山苕水旧钟灵，艳绝天边姊妹星。忽向梨花村里见，不矜持处最娉婷。

刘家三妹一般妆，未绾灵蛇辫发长。不厌人多香汗透，罗衣为怯昨宵凉。

广场杂立闹喧阗，耳鬓厮磨了不猜。贪看梨园新剧好，不知徙倚向谁来。

平视无端亦胜缘，底须恼乱杜樊川。水萍风絮浑无着，四壁西厢欲悟禅。

别后寄莘安

狂游三日醉秋魂，跋扈飞扬尔我存。绝忆迦陵词句好，我髯君黑且休论。陈其年赠徐松之词，"我髯君黑，路旁红粉轻骂"。

中秋后七日矣，回念前尘，怃然有作，即寄酒社同人并坚后约，危坐斋心未忘云屏旧梦也

砑红结子最风流，惹得吟声满渡头。错被人呼书画舫，不知诗思在邻舟。

箫管嗷嘈羯鼓催，昭灵殿宇沸春雷。最怜榜女吴船底，一闭篷窗唤不开。

折齿金梭醉不辞，垆头高卧太憨痴。不如华崿明灯下，来看佳人雪藕丝。

已误屠龙缚虎才，江湖载酒不须猜。明年此会须珍重，整顿全神定再来。

检得旧时方书一卷，辄题其后

赠我殷勤抵百城，一编触手若为情。便教乞得长生诀，只恐相逢也隔生。

为灵修题《红梨感梦图》，次玄穆韵

明珠无价玉无瑕，仙侣刘樊合一家。谁遣箫声迟引凤，似闻杯影误衔蛇。沉江浮海虚盟誓，转绿回黄感岁华。太息罗敷犹未嫁，银潢咫尺便天涯。

湖海难寻范蠡舟，生憎纨扇又逢秋。三生公案桓伊笛，一抹斜阳定子楼。岂有美人修福慧，从来名士合牢愁。不须更说云屏梦，酒醒香销月一钩。

题灵修《箫心剑态楼杂著》

年少如君亦一奇，练裙题遍断肠词。从知才调天能妒，顽福终输没字碑。

蔷薇芍药秦郎句，未是韩公山石班。我愿一言存直笔，好删绮障礼名山。

题《避秦图》

羞向桃源说避秦，风云何地足潜身。素书三卷依然在，肯作神州袖手人。

题《红拂图》，为朱太忙作

越卫勋名岂足云，樊笼能脱是天人。买丝欲绣婵娟子，除却临邛便此君。

佳话流传动后贤，画图省识亦前缘。劝君什袭须珍重，便恐飞腾也上天。

题徐榆村《入定图》

榆村先生《入定图》为彦威一丈旧藏，去夏出示命题，忽忽年余未加烟墨，顷枕上微吟偶得四绝句，即书其后归之。

丈为榆村族裔而别居梨湖者，西蒙则其先世发祥之地也。梨湖诸徐，山民、双螺最著，山民从父整斋亦以能诗称。其后有子蓉、渌卿咸喜治文艺，所藏碑版书画之属甚夥。今子孙不能守，强半易主，高者如文君夜奔，犹得为长卿当垆，下则归呼韩邪、属沙吒利矣，独此图虽失于江城本支之手，而丈能谨敬藏弆之，又何其幸也。诗成，抚卷三叹，因纵笔墨之云。

菊庄词笔烂如虹，经术泂溪一代雄。应有佳儿能接武，故教崛起衍宗风。

销魂影事镜光缘，江上秋蓉悴可怜。忏尽情禅才入定，任他姹女粲盈前。

脱手黄金绝代才，曾骑骏马上燕台。乾嘉诸老留题在，珍重当筵未敢开。

鲈乡亭畔鸭阑边，一脉西蒙水接天。徼幸楚弓还楚得，南枝零落北枝妍。

哭　洪　涛

洪涛老友客死滇池，旅榇不归，羁魂未复。余闻耗之夕，即发愿为七言截句三十章哭之，此其第一首也。古欢新恨，既缭绕于回肠；苦绪幽情，竟艰迟于点笔。岁月不居，烟墨未染。顷届追悼之朝，爰以狂草书赫蹄笺，悬其灵座之侧，聊当絮酒焉！嗟嗟，丘迟返锦，已多才尽之讥；伯牙椎琴，弥切质亡之痛。九原可作，三复何辞已，九年双十节后十日记。

狐死何须正首丘，脱然长逝复奚求？凄风苦雨梨华里，迟汝魂归话壮游。

题胡茗文先生行略后

策杖丘园早息机，似闻朝市战埃飞。墨胎易暴原堪痛，岂为狻童守采薇。

分湖东去接金溪，流寓曾闻重陆曦。谓雪亭前辈太息近来耆献尽，欲征杞宋已无稽。余有分湖全志之辑，拟东尽青浦属金泽区，西尽吴江属梨里区，南尽嘉善属西塘区，北尽吴县属周庄区，唯金溪一带采访最难，惜乎先生之遽逝，不克助我以有成也。

梦中得首二句，醒而足成之

斗大明珠入手时，忍教负了百年期。已知好梦终成幻，便赋闲情亦自嗤。禅榻鬓丝扶病过，药炉经卷忏愁宜。三生恩怨都灰尽，吹绉春池骂趾离。

梁溪俞母赵节孝君七秩寿诗，令嗣彬蔚索题

家国沧桑日，艰难匹妇堪。少年荼集苦，晚节蔗回甘。胤子能敦雅，孙曾尽健男。惠山泉百尺，还让兕觥醰。

题亡妹蒨雯手写《玉琤玜馆词》墨迹

庞虞山《玉琤玜馆词》一卷，归河南蒨雯从妹手写本也。从妹以产难亡，妹婿简敬既补写《龙禅室诗》一卷合订于后，复制叙征题，为缀三绝，不知酸哽之无端已。

肠断瑶华一卷词，欹斜澹墨想临池。不须更说黄门悼，羯末封胡有涕洟。

谢庭咏絮敢言才，愧负温郎玉镜台。留得丛残遗墨在，秋灯亲为补钞来。

自制伤心一叙成，士龙年少早知名。流传他日珍双璧，应抵奇香蓺返生。

诸将六首

横海军容镇上游，使君高义足千秋。回旗温峤盟犹在，亡首元衡愿未酬。逐鹿谁凭觭角势？连鸡终误稻粱谋。寒涛残浪珠江月，愿铸黄金礼故侯。

降书李昊弃岩疆，崛起挥戈定沅湘。破竹师行真将种，渡河力尽奈天亡。谁怜斜谷驱杨业？空向彭城哭项王。绝忆当年袍泽子，孤城坐困裹金疮。

李蔡封侯本下中，控弦南牧为谁雄？残民罪岂分人狗，移镇都偏踞虎龙。一死应知天夺魄，十年早见鬼窥墉。却怜代将纷纭日，留后居然节度风。

碧鸡金马霸图开，首难乘时亦壮哉。设险远连巴子国，舆尸忍睹蜀王台？虚传犬子文章美，惜少文翁抚字才。王濬楼船今已矣，锦江玉垒使人哀。

西川刘禅本非夫，文灿贪庸亦竖奴。事急竟教胡越合，利驱一任马牛呼。挈瓶智小幸天险，铸错功成误壮图。翻遣伪庭诩恢复，侧身西望一长吁！

百粤河山汉旧疆，重来卷土认陈王。三年拜赐嘲应免，六月兴师志竟偿。已见军中驱贾相，行看海上返田横。南天佳气今葱郁，倘有雄师奠朔方。

分湖游两首，次韵和巢南

越角吴根一棹秋，铁崖去后我来游。豪情不似人间世，上客还劳江畔讴。文酒疏狂吾辈在，湖山姓氏几家留。依然南陆庵前过，吊古伤今讵自由。

寒雨潇潇水国秋，最难忘是此清游。晓风残月侬家舫，铁板铜琶异代讴。无主霸才犹落寞，有灵词客费淹留。当筵忽动离群感，惜少峥嵘几子由。时抟霄、率初、公望俱未从游。

十眉招饮探珠吟舍，即席有作，次韵奉和

伤离念乱今何世，置酒为欢汝已贤。肯惜银灯照黄菊，稍回冬令入秋妍。披肝沥胆谈何易，瘠地穷天忍放颠。别有温磨心事在，劝君今夜且高眠。

呓词一首示十眉，叠前韵

不闻桑下成三宿，肯信人间厄两贤。素女青娥原并命，兰姨琼姊忍孤妍。调停骨肉心原苦，琐碎恩仇梦亦颠。合共金仙礼圆觉，楞严密印写蚕眠。

谢觉殊招饮并规十眉，再叠前韵

乞食猖狂吾辈事，招邀深荷使君贤。老当益壮雄心在，画已成家粉本妍。一客蹉跎余涕泪，中年哀乐逼狂颠。白衣使酒真无赖，又损红闺一夜眠。

续呓词一首，再示十眉

白衣使酒旧狂奴，骂座无端学灌夫。一尺瘦腰怜沈约，三年岐路泣杨朱。风波满地公无渡，乌鹊填桥事又虚。负了黄衫游侠子，吾谋不用复何如。

酒后一首，次韵和韶声

银烛清尊敞画堂，却容吾辈一猖狂。才名盖世终焉用，恩怨弥天敢自量。似尔云情犹郁勃，看人雪涕奈苍凉。扪胸奇计谁堪借，愧负燕邯侠少行。

留别一首，次韵和韶声并示觉殊、慎廉、佐皋、佐梅、篆卿诸子

劳劳风雨送行舟，恻怆难为雪涕留。十日清游成底事，一生奇侠为

工愁。论才如汝犹年少，握手何时许共谋。辛苦琅玡王伯子，护持公等费绸缪。谓十眉近事

叠韵一首仍示十眉

不用吾言誓返舟，打头风雨去难留。愦王帐下虞兮泣，妒女津边伯玉愁。谁斗尹邢终汝罪，欲平廉蔺仗人谋。若兰壮盛文君小，期尔还为桑土缪。

别后得慎廉诗，次韵却寄二首

蒙头破絮不成欢，高会南皮念子桓。别去便如风扫籜，醒来忍见月当阑。词家浪说工三上，酒盏翻令惹百端。闻道鬈丝禅榻好，云愁海怨倘能宽。君究心禅悦

摇落江潭百不欢，可儿我亦欲推桓。流芳遗臭千秋烬，送抱推襟一晌阑。几处红桑沈海底，何人黄色上眉端。凭君扬榷粉榆史，漫道阳秋下笔宽。君有《斜塘小志》之辑，余以宁繁毋缺为言。

题《西园雅集图》，次慎廉韵

银涛白马伍胥塘，花下萧森集此堂。敢以千秋标姓字，已教一醉付壶觞。失时西子仍行爨，老去东家说闭房。历历头颅无恙在，龙威禹穴漫轻藏。

长公以胜溪草堂、丈石山房两诗见示，次韵奉酬

儿时巷陌未全荒，携客重来礼数忘。如我已伤周草蔓，羞他犹说谢兰香。枌榆历历怀前辈，尊俎寥寥款酒狂。陆叶风流今渺矣，此间还不算沧桑。

当年访柚共君过，嘉树今怜菱石窝。比似佳人难老大，空令上客费摩挲。先翁手植流传误，谢女亲栽感慨多。树为归河间长姑母儿时手植，君

诗中云云误也。绝忆同游林伯子，海南闻讯倘垂沱。七年前同来者有梅县林一厂。

仁荣堂宴集，与十眉、巢南、佐梅、篆卿、韶声、佐皋、慎廉、觉殊联句

连翩佳客来斜塘，十眉张灯围饮开华堂。巢南九秋已过黄花黄，佐梅棱棱傲骨凌寒霜。篆卿新醅绿蚁酬枯肠，韶声酒酣郁郁肝胆张。亚子元龙豪气飞以扬，佐皋披襟慷慨歌伊凉。慎廉长星天半煜有芒，觉殊草檄不数陈孔璋。十眉我今重修磬折廊，巢南青瑶绿玉森琳琅。佐梅千图万史盈缥缃，篆卿秦愁汉恨殊荒唐。韶声素君不作灵芬狂，亚子前贤后哲相颉颃。佐皋是诸法相终无常，慎廉主宾既醉乐未央。觉殊

安素堂宴集联句得四首

居然风雨故人来，觉殊入座围灯共举杯。北海壶觞情谊重，篆卿中原鼙鼓战争开。荒江自洒忧时泪，亚子乱世谁为匡济才？愿与班超共投笔，佐皋横刀跃马上强台。韶声

百尺楼头听雨声，韶声相逢杯酒话平生。伏波才调能横海，佐梅韩信功名善将兵。生我由天供世用，觉殊埋愁无地任人轻。汉皇不向温柔老，亚子悔被人间说有情。十眉

恩怨填胸有万千，十眉痴呆笑买自年年。樽前风月原无价，觉殊镜里头颅不值钱。青史岂为吾辈设，亚子红颜还仗使君怜。安排十万铃幡护，佐皋莫笑温郎不圣贤。亚子

湖海元龙第一流，亚子淡心自信合牢愁。风怀百韵存真面，觉殊词赋三都岂俊游。敢以典型轻一世，篆卿从来粉黛例千秋。鸡虫得失何须问，韶声虎踞龙蟠十五州。亚子

吴根越角杂诗百二十首

分湖湖水水连天，老铁嬉春六百年。我与湖神有成约，招邀沤侣未全愆。

我爱凌三莘安一代才，紫云楼上郁风雷。拿舟喜汝能先过，丁字帘前话夕晖。

梨湖一水接斜塘，便挈轻装上野航。李郭同舟今日事，高吟声已满篷窗。

浙西文献孰搜求，妩媚余郎十眉旧俊流。饮我碧湘秋梦馆，匆匆便与载扁舟。

扁舟直指魏塘行，郁老佐皋相从更蔡生韶声。亦是今生未曾有，暮烟寒雨走荒城。

抗手年时别几回，重逢喜汝醉颜开。丰姿俊逸还如旧，小李将军康佛绝妙才。

酒边肝胆郁槎丫，略有风怀计未差。坐我伊人妆阁底，芦帘纸帐太寒些。

欲别依依首重回，自燃绛蜡照人归。归途喜遇陈惊座巢南，旅邸围灯共举杯。

考献征文笔力扛，元龙豪气未全降。雄谈夜半归寥廓，刁斗声中间吠庞。

百年谁与驻诗魂，无复灵芬片址存。凄绝江家桥畔过，亭亭一塔独当门。

门前记取马缨花，晓起重过玉女家。窥见灵蛇初挽髻，半扉红板不曾遮。

别有荒寒感概中，芳菲蜕尽剩孤枫。栖鸦流水东园路，苦忆词人铅椠功。

点缀荒郊入画图，停车有客问菰芦。数钱姹女聪灵甚，不是临邛旧当垆。

宝幕香舆夹道逢，琉璃青映玉颜红。婵娟倘有千金意，只在回眸一笑中。

魏塘十里走斜塘，欲渡无梁一苇杭。未敢千金轻漂母，王孙报德太寻常。

仁荣堂上再衔杯，料理芦漪一棹开。余十眉蔡韶声陈巢南凌莘安兼二郁慎廉、佐皋，居然七子共追陪。

春满芦漪别一天，锦茵银幄坐张筵。结交差喜都苍老，徼幸侬家小惠连公望。

舴飞船名锣鼓气如虹，行尽韩郎荡名雪绿漾名通。失笑卯君虚奠雁，却牵坡老过分东。

置酒东溪旧草堂，主人爱客客能狂。却怜南阮缥缃散，秘笈娜嬛孰主张。

回船更挟酒徒游，银烛高烧坐两头。太息横胸奇气在，狂谭一纵浩难收。

百年鸳牒好初成，恰遣元龙作主盟。慷慨登坛凭说法，点头顽石胜荒伧。

今朝真个泛分湖，细雨寒潮似画图。惜少珠帘金粟伎，无人同与舞天魔。

顾逊曾招七客游，今朝我亦泛兰舟。斜塘游侣都无恙，许鬯乎范烟桥能从也俊流。

酒盏诗囊意气奢，便无声伎亦豪华。晓风残月侬家好，不羡当年钓雪槎。

南陆庵连来秀桥，隐君祠外一停桡。碧梧苍石今何在？文采风流久阒寥。

荒丘三两各峥嵘，断碣残碑没姓名。三尺棠梨一坏土，埋香何处问卿卿。

萧疏风物石桥西，上客同舟过胜溪。莫讶荒颓存老屋，昔贤几辈此留题。

　　酒虎诗龙一放颠，胜溪堂上为开筵。灵芬不作樗寮死，依旧能狂要后贤。

　　钩心斗角付深杯，越角吴根旧霸才。眼底兴亡等闲事，最怜麋鹿上苏台。

　　草草光阴苦不多，回船重与唱回波。十年一事成孤负，奈此寒篁旧约何。

　　永安桥畔又停船，慷慨忠文裂胆年。底事紧肩双了鸟，不容长揖影堂前。

　　泗洲寺里访碑来，明赵清潘各隽才。独惜叶家残石杳，捉刀年少渺难追。

　　谁家少妇颇温存，居近梵宫护绛云。莫把天台刘阮比，三间茅屋礼茅君。

　　惆怅荒寒暮色催，不容此地久徘徊。一池春水关何事，冥想无端又此回。

　　归舟仍指阿连家，入夜张灯四座哗。礼法岂为吾辈设，自排酒阵作长蛇。

　　惊筵抖战疾雷轰，天外长河落酒钟。我与老陈同醉倒，横刀骂坐亦英雄。

　　一举能倾三百杯，便教感概上胸来。淋漓热血无从洒，强捉闲人抵掌谭。

　　愁言一卷郁寒蛰，读罢焚余更断肠。诉与袁家老孙子翼青，百年奈此两王郎。

　　酒尽灯残未要眠，不眠奈此夜寒天。终宵转侧成何事，明镜明朝损少年。

　　凌晨有客叩门来，年少机云作赋才妹婿陆简敬。凄绝吾家旧道蕴蒨雯从妹，封胡羯末泪盈腮。

佳城郁郁愿非赊,自制埋铭宠赉加。付与老陈亲点窜,信他老眼不曾花。以简敬所撰《蒨雯权厝志》乞巢南点定。

三官堂外水茫茫,冒雨冲泥走且僵。摄取分湖图一幅,图中几辈擅文章。

旧宅灵芬老夏应祥专,百城坐拥自陶然。过门不入吾非惄,要付他年里乘传。

伴我清游伴我谭,桐村孙子老袁安镜涵。清门世德还无恙,零落遗诗奈郭鸾。

芦漪无沈不成村,五凤齐鸣最可人。三沈出门长公、次公、龙圣一闭户咏霓,让他㼆老咏裳独称尊。

疏花遗韵未全忘,大阮能书子贞翁小阮狂少牧丈。却为刘牢添㤇触,不应此集少何郎。友人王玄穆为少牧丈外甥,以病不至。

种杏成林橘异香,董翁蓉申丈矍铄鬓毛苍。焦桐馆圮韬庐闭,老矣吾家坦腹郎。

大许清狂康侯小许迂盥孚,若论才笔各于于。盛年不入香奁社,要食豚蹄两庑无。

拥髻笺愁句最芬,挥金荡子亦能文。平生未识赵君达,此日悭逢吴抗云。咏裳盛绳抗云姬人君达之侠义,惜余未见也。拥髻笺愁馆所居名。

老陈又鼓清游兴,一棹来舣先哲祠。寥落乡邦八九辈,当年议礼我专之。

议礼铿铿亦大难,孤行盛气倘难芟。乡贤尚失王原杰,词客独尊郭十三。

特表芦中李布衣,先人遗恨我能弥。"清名人重双忠节,谁吊芦中一布衣",先高祖粥粥翁句。长兴祠宇终虚愿,输与偏裨一健儿。

一席偏分乡校评,何人肱箧敢横行。长鞭马腹非龟玉,坐谳黄冠恐未平。有感近事

行尽南溪更北溪,仙楂仍系永安西。闭门恨煞杨维斗,管钥谁司事

可疑。

红颜碧血原平等，不见英雄便美人。茅屋一龛香火地，有人心里贮秾春。

未容刘阮饭胡麻，且吃儿家云雾茶。还算天公能解事，留人雨脚正如麻。麻韵复，昔人诗中有之，不足病也。

清言霏雪絮家常，肯学雏莺乳燕狂。失笑君家齐赘婿，此时泥酒正何方。

敲门又见一鬟催，白足凌波亦快哉。莫便轻他萝屋底，寒篝容遣替人来。

一阵归鸦历乱飞，纵难久住尚依依。秋波眉黛寻常事，奇泪无端欲堕衣。

出门惘惘便魂销，难遣扬雄赋解嘲。他日重来须记取，泗洲寺畔永安桥。

琼姊兰姨事本诬，何心唐突到仙姝。洛神原有陈王例，愿礼楞严忏绮余。

阿连好客又开觞，避酒人偏泥洞房。恃醉要窥新妇艳，高烧红烛照红妆。

放诞飞扬死不休，垂虹亭长老风流。庚子九月二十七，为见人欢惹已愁。记巢南影事也。

百尺高楼旧劫灰，狂胪文献誓重来。竹亭名字无人识，孤负当年作党魁。为巢南题《梅村西江游册》两首。

一曲鸳湖百代哀，梅村遗墨宝琼瑰。不将伟业讹韩业，安得珊瑚入网来。

阿连好事真奇绝，贻我香罗帕一方。堕珥遗簪敢轻视，愿持梵呗礼心香。

结束风华只此宵，明朝又上木兰桡。悲欢离合寻常甚，灵气分湖恐寂寥。

二惠吾家本可儿，季方率初负约奈迟迟。元方抟霄毕竟多情甚，别矣葡萄馂一卮。

一帆又要指斜塘，冒雨冲风客太忙。为有空桑三宿约，不辞病酒鬓毛苍。

中道维舟东鹭村，闲鸥三两正迎门。韵梅遗稿无人拾，谁忆灵兰旧馆甥。

恨煞灵芬徙魏塘，从教词笔冷吴江。百年旧物归乡里，片石韩陵磬折廊。

恐是灵芬再世身，巢南才调本无伦。独怜绿玉青瑶馆，少个红妆范素君。

负笈随翁郭石君，缥缃一散已如云。遗图尚有钱翁护，差胜论斤付市人。

斜塘烟雨景何如，水阁芦帘对户居，已隔一条衣带水，不同调笑酒家胡。

黄花无恙笑颜迎，围坐张灯战酒兵。宿我探珠吟舍里，余郎情更胜汪伦。

絮语喁喁睡不成，一灯相对话平生。乌龙鹦鹉都回避，莫遣陈抟睡汉听。与十眉夜话

慷慨平生慕鲁连，不能谋国岂徒然。愿持三寸悬河舌，成就君家一段缘。

良言告汝汝宜思，莫负休文瘦损姿。纵使断肠词笔妙，不应倾倒失平砥。

恨海情天事有无，须知我语本非诬。重提花月娟娟笔，来记鸳湖双桨图。

明朝裙屐集西园，鸿爪留痕逸兴酣。连我又教成八子，二陈巢南、觉殊三郁慎廉、佐梅、佐皋蔡韶声余十眉堪。

芦溆归棹失凌三，云散风流约渐寒。此日南泓湖畔水，又来挥手送

巢南。

荒江寒雨护温麐，词笔狂胪十载勤。又见郁家行看子，松陵沈惠是何人。慎廉出示《湖堤絮影图》册页，有松陵沈惠题词，词征所未及也，录之。

湖堤絮影落漫天，词客留题一半妍。难忘郁家文采好，子孙珍重护琼签。图为彝斋前辈作，慎廉曾祖也。

郁家好更说余家，老辈风流一代夸。什袭锦囊佳句在，肯教容易付麻沙。十眉述其尊人玉书丈遗事。

纵酒栽花能避世，诗不必传人已传。千秋有笔吾岂愧。当筵一诺心怡然。十眉以表墓为请，诺之。

匆匆草草又黄昏，座上人多旧酒痕。终是探珠吟舍好，主人下榻客携樽。佐梅携酒肴饮我探珠吟舍。

郁髯颇似寿星头，自爱冈陵献酒筹。醉倒只愁扶不起，下床高卧鼻齁齁。佐皋醉后留宿。

众客纷归郁老眠，余郎与我各狂颠。伤心影事重提起，屈指无端十五年。

同是欢场雪涕人，君能怜我我怜君。我如破甑已休顾，君似危棋要用心。

化为顽石难填海，便作圆铃忍护花。我已情苗都划尽，祝君美眷灿如霞。

不尽弦中危苦心，天寒如水夜沈沈。从知此意终难说，便不言愁忍自禁。

沈吟我亦损宵眠，明日招邀是别筵。最喜浙陈能爱客，一时风月满樽前。觉殊招饮。

不须竟赴浙陈招，尚有千秋业未遥。替我先钞诗七卷，要君斟酌我推敲。十眉有为余钞诗之约。

千秋敝帚未容骄，惭愧君能替我钞。不尽文章知己感，灵山重见亦难销。

瘴骨羁魂痛小陈，长歌便欲拟梅村。梨湖曲仿鸳湖曲，只少湖边靡人。亡友陈淮海（洪涛）客死滇南，十眉撰梨湖曲哀之，为题两绝。

耿耿君心只我知，君诗删定我奚辞。最难一句收场好，唱与梨湖姊妹知。十眉求点定字句。

匆匆竟赴浙陈招，已见高堂绛蜡烧。最喜金樽银幄底，湖山粉本看亲描。觉殊出示画稿。

绘事从来非我知，此中标格或同诗。湖山灵气归君手，绝代才人笔一枝。

入座春风喜欲颠，披图认取廿年前。元龙豪气浑难减，镜里容颜比昔妍。题觉殊《松菊犹存图》二首。

松菊田园岂本衷，鸢肩火色未侯封。似闻跨灶郎君美，祝汝痴聋作阿翁。

杯盘狼藉又今宵，刻烛联吟兴倍饶。只是填胸恩怨在，酒肠芒角总难销。

萋菲贝锦太无端，谣诼蛾眉一例看。莫怪恩仇忘不得，一池春水底人干。

骂座余郎又一时，如君谨厚亦为之。知君别有伤心泪，合向糟丘深处挥。

蔡生郁老最多情，扶得醉人缓缓行。我亦玉山浑欲倒，葡萄美酒悔狂倾。

风雨纵横扶醉归，楚囚相对一唏嘘。酒狂肯上高楼卧，赖有青绫善解围。

余郎已入青绫障，郁蔡同游黑睡乡。独我今宵凄黯甚，阑风长雨梦吴江。

便梦吴江只此宵，凌晨珍重理归桡。空桑三宿犹生恋，尘劫成尘感岂销。

别矣危崖撒手时，为君借箸一筹之。徙薪曲突且休问，烂额焦头倘

未迟。别十眉

秋菊春兰各异芬，九天雨露要平分。赠君第一关心语，勿以新欢忘旧人。

儒家攘外先安内，内既安矣外可攘。整顿护花铃十万，任他雨骤更风狂。

从来霸业说陶朱，三弃千金始丈夫。莫便恋他阿堵物，须知能舍是良图。

执拂不终杨越国，盟心肯属外黄人。婵娟何况临卭子，已是游行自在身。

花开须折直须折，当断不断乃乱媒。持此一言忠告汝，杨朱歧路莫徘徊。

草庐指掌定三分，名士争推诸葛君。到底吾谋能用否，绕朝忍谓世无人。

书生挟策成何济，大侠黄衫有怨嗟。何苦与人家国事，胸中奇气郁青霞。

危言极论君能听，横雨狂风吾欲归。挥手无言成自憪，南鸿倘递好音来。

风狂雨横别斜塘，水底冯夷费忖量。尽有蛟龙饥欲死，不曾轻唊此诗狂。

骇浪惊涛卅里路，呕肝掏肾一囊诗。何心更诧名山业，只许同游俊侣知。

同游俊侣尽离索，独自归来深闭门。三日斋心心未死，补诗午夜奠吟魂。

十日狂游诗百廿，会须锢铁葬湖心。湖心浩渺三千丈，吾意与之谁浅深。

挽汝童子人玉

小儿邺下有杨修，蕙叹芝焚百不犹。刍狗从来堪一哭，童乌何意遽千秋。人间已长红心草，天上还成白玉楼。失笑戴逵祈死久，输君跨凤早遨游。

沧海桑田感废兴，重呼五虎已难膺。人玉昆季与傅伯伦、蒯世勋暨余儿子无忌同校，有五虎之目。龙蛇身世夭长吉，豚犬儿郎薄景升。板荡苍天犹入梦，挽歌红泪早凝冰。何年更见中郎笔，灵表崔巍树马鬣。

题珍娘小影，为病蝶赋

生小明珠自爱身，最怜流转堕风尘。如何尚有双青眼，来问文园病渴人。

爱河涕泪几曾干，便当哀鸿劫后看。未遣文姬归故国，扪心何敢薄曹瞒。

慕色怜才计本差，伤心泥絮更风华。劝君割忍非无意，粉碎虚空任攫拿。

珍重莲胎杀藕丝，崔徽图画漫相思。不如共说无生话，法会龙华倘见伊。

贺高小剑结婚

郎君神武之曾玄，而翁与我交弟昆。当年老铁啸江海，此日新铓长子孙。结客而翁壮盛年，相逢海上辨才天。猿公越女论心法，勾践荆卿厕坐筵。平陵蹉跌歌黄犊，散尽黄金草间伏。填海移山志未休，花前说剑剑光绿。卷土重来知几秋，义旗一夕遍神州。我仍款段归乡里，君向燕云问侠游。出处歧途何足道，风云转瞬原头草。十年走越走胡身，归作痴聋阿家好。闻道郎君跨灶优，青萍结绿珊瑚钩。李渊射雀无双士，温峤燃犀第二流。佳儿佳妇都英物，汤饼明年惊座客。封狼生貙貙生貔，一剑传家计良得。独我蹉跎感百端，公孙剑器几曾谙。夔蚿身世怜庄叟，豚犬儿郎笑阿瞒。吴江带水通三泖，几回欲放山阴棹。只恐回舟兴尽时，迷阳却曲愁芳草。一语流传万口哗，驰笺君莫笑涂鸦。生儿差喜如欧冶，娶妇还应字莫耶。

初集迷楼

十二月二十有三夜，初集蚬江之迷楼，沾醉题壁，即示巢南、玄穆、莘安、藏人、一瓢、君崇、衡甫、孟璧、仲玉、灵修暨从弟抟霄、率初。

小楼轰饮夜传杯，是我今生第一回。挟策贾生成底事，当垆卓女始奇才。杀机已觉龙蛇动，危幕宁烦燕雀猜。青眼高歌二三子，酒肠芒角漫扪来。

红愁绿怨女郎天，蜡泪成堆烬篆烟。白堕惯邀千日醉，黄金散尽五铢钱。疏狂名士凌云气，窈窕佳人劝酒缘。输与长陵老孙子，江南羞见李娘妍。

次韵和巢南兼示同人

欲凭沈醉敌凄寒，拚以温黁护肺肝。携酒来寻金屈戍，哦诗小倚玉阑干。文君放诞词华擅，阮籍猖狂礼数宽。未用严辞例中晚，含光佳侠已良难。

赠玄穆用巢南韵

敬礼定文曾有约，客儿凤慧倘生天。扬雄奇字无人识，莫更辛勤草太玄。

坠楼三章，次韵和巢南

碎玉沈珠凄酒畔，飘茵堕溷怨花间。彩云易散琉璃脆，那比诗人骨格顽。

绝艳何须论虢秦，腰支楚楚髻鬟新。齐奴底事轻蹉跌，输与唐梯点屐身。

酒家调笑寻常有，慧眼怜才自昔难。苦遭当筵怨唐突，还同折齿幼舆看。

无端八章，次韵和巢南

罗愁绮恨上心来，万劫千生泪未灰，解作巫山沧海句，销魂不为李娘才。

蘼芜门巷几相思，转绿回黄有梦知。一掬温馨忘未得，微波枨触酒阑时。

珠欢玉笑总蹉跎，灵匹匏瓜怨奈何。便许天钱偿十万，银潢还隔一条河。

海怨云愁原有托，蝶飞花谢总难论。芳菲漫信春来早，回首墙东见泪痕。

石碑衔口徒悲愤，玉井牵丝奈辘轳。闻道美人英妙甚，如何迟嫁子南夫。

春山学画颇能工，称体罗衫浅浅红。可惜籑钱堂上日，不曾容易许欧公。

晶帘银烛夜荒荒，问息寻消事可伤。岂是谢娘甘薄幸，同心未解绾红妆。

浅梦浓香过眼迟，风怀秃尽笔千枝。墙花拂面关何事？又和微之惆怅词。

此日足可惜，次韵和戢人

此日足可惜，此酒不可无。江南有一士，仇尽占毕儒。哆口骂盘古，安论黄与虞。十三工词赋，邹枚避坐隅。十五冠游侠，原尝羞华腴。十七遂登坛，运筹蚁穿珠。强胡三万骑，扫之如灶觚。独夫千金头，漆之当盘盂。功成岂有恋，拂袖泛五湖。五湖太逼侧，四海亦局拘。不如醉乡游，窅然吾丧吾。遂携同心子，言醉酒家垆。酒家有女花为肤，明眸善睐春风敷。远山眉黛芙蓉颊，一笑影落红霞壶。红霞壶，白玉襦，对此不饮真人奴，莫邪干将悬座右，酒酣起舞红颜呼。石崇王恺信俗物，七尺但碎青珊瑚。何如贺兰高宴无心肝，男儿南八一矢穿浮屠。拔山项籍亦奇士，歌风刘季非吾徒。捧觞直欲驱温峤，骂坐何当学灌夫。吁嗟乎！此日足可惜，此酒不可无。瑶池穆满歌黄竹，鹑首钧天启霸图。不及吾曹日日垆头醉，玉山倾倒柔荑扶。

迷楼醉归，夜坐玄穆风雨闭门斋与莘安联句

整顿全神付酒卮，莘安不成狂醉岂甘痴。肺肝历历原如此，亚子恩怨垂垂未许知。文献狂胪三百载，莘安英雄收拾一囊诗。挽强压骏从今朽，亚子肯乞秦庭七日师。莘安

中原人物属而公，莘安余子纷纷敢自雄。刘项原来皆盗窃，亚子周秦以外绝宗风。灵山事业珍衣钵，莘安横海功名付酒钟。我有头颅还自惜，亚子宝刀夜啸蚬江东。莘安

夜话四章，次韵和莘安

共我栖皇共我痴，夜寒如水一吟诗。犹余渴睡陈抟梦，无复当垆卓女时。恻恻宵檠聊赠语，荒荒尘海费涟洏。此生原有千秋意，不死空为宗祝知。

抵死还寻油壁车，支机有约汉臣槎。文君此日犹沽酒，越女当年旧浣纱。岂有文章关治乱，强持涕泪谢风华。盖棺一论何须借，埋我陶家愿始赊。

阴符一卷计终赊，双鬓垂垂老岁华。北伐已抛金锁甲，南游且吃玉川茶。不须恨海填精卫，剩有闲情付髻鸦。三十功名吾已矣！人才令仆惜辕车。

临邛不见马相如，窈窕人来独步虚。自有盛名倾浊世，不劳狂态绝华裾。多情红拂轻杨素，无主先施逐子胥。倘老柔乡吾亦得，何须重问茂陵书。

再集迷楼

二十四夜再集迷楼，用杯天韵示同座。

强携恩怨付深杯，烛影摇红又一回。岂有行云神女梦，空劳作赋魏王才。丰容盛鬋还如昨，秋蚓春蛇任费猜。灭尽阴符三百字，闲情翻为丽华来。

一角危楼尺五天，豪情如水月如烟。丁娘未许成三索，程尉何曾值一钱。粉笑黄嗔都绝世，梭投果掷两无缘。狂飞一盏葡萄酿，添汝双红断晕妍。

迷楼题壁，次韵和巢南、玄穆联句

重款清樽水榭东，美人无恙玉颜红。感甄合续陈王赋，翩若惊鸿矫若龙。

春风鬓影照庭除，乘醉来窥眉妩余。一样芙蓉天际好，销魂无奈马相如。

不是销金帐里人，天寒萝屋梦中身。怜他皓腕擎觞际，微露纤纤约指银。

便梦游仙亦不殊，羊权萼绿倘非虚。飞琼传与人间晓，合怨书生唐突无。

步虚一章，次韵和巢南

盛年玄鬓不成霜，未碍当筵一放狂。岂是词流惯轻薄，南飞孔雀有文章。

望衡一章，次韵和巢南

望衡谁氏宅，影事费评量。迟嫁红颜误，怀春白发狂。婵娟人似玉，斑驳鬓添霜。剩有飞腾气，豪怀醉未央。

题玄穆《风雨闭门斋诗稿》，酒后作

二十王郎鬓未丝，诗名已遭万人知。我来敢作欧阳语，正是一头让汝时。

月旦阳秋见一斑，断断微抱我难荽。海天乐府第十首，谤圣呵贤倘可删。谓中山先生也。

赠蕺人四章

东江诸陶多虎龙，宅相乃有陈起东。李宁、罗素谈何易，痛饮葡萄酒百钟。

酒楼握手亦奇缘，闻道当垆尚妙年。我有扪胸心事在，露华风絮总堪怜。

翠袖朱家捧玉钟，但能骂坐便英雄。他年剑底桃花落，倘是无名玛利侬。

老陈鹘突王郎暮，只沥心肝付小陈。各有头颅要珍重，牺牲来祭自由神。

赠云光两章

簪花格写硬黄笺，妩媚云郎亦妙年。底事惯为逃酒客，输他英气属婵娟。

感梦红梨又一时，恚然觉悟未为迟。中原他日风云会，倘有旗常到女儿。君有《红梨感梦图》。

酒后写示率初弟

身世凄凉似屈平，偶然披发一行吟。卜居天问无人会，浪遣婵娟识姓名。

幺弦侧调忍成章，避尽名场避酒场。尚有横腰橡笔在，无端泼墨写琳琅。

再示率初弟

阿大中郎旧太丘，一门群从绍箕裘。长君渊默存玄德，谓挦霄仲子英年多古愁。而我宗盟惭作长，爱他书癖未能休。对床倘遂梨湖约，文献江乡恣共搜。弟有移家梨湖之誓。

婵娟一章，次韵示率弟

佯狂披发成何补，刻意逃禅计亦痴。劝汝风诗吟第一，艰危心事鬼神知。

逃席两首，次韵和玄穆

书来傲岸气难驯，逃席终怜避醉人。莽莽神州无乐土，熙熙酒国有长春。能文卿自希前哲，不饮吾终负此身。荷锸刘伶埋亦得，胜他词赋老崔骃。

寥落乾坤剩几头，何须琐琐毕占谋。三升红泪酬知己，十万黄金付侠游。依旧尊罍高北海，从来笔削贱东丘。难忘痛哭要离冢，尔我当年共患忧。

次韵和玄穆四绝，末首盖自讼也

不是寻常纵酒人，当筵一恸劫余身。阮生失路嵇生死，明哲还须让伯伦。

名高我自同虞叟，年少君应似贾生。别有伤心谁会得，尊前古泪尚分明。

剑底风云尔未消，荒江蒲柳我先雕。回车腹痛终成约，篆墓寥寥尽自骄。

九流触手恋余曛，结客难期仓海君。青史青山两无着，漫言吾意欲云云。

次韵和弘士

不尽恩仇海样深，便挥涕泪一哀吟。红颜枉说温柔老，玄鬓谁怜岁月侵。腐鼠人间堪痛哭，冥鸿物外又遗音。黄天未立苍天死，出处终难例古今。

丽词端不薄繁钦，把臂齐梁共入林。早识文章乖世运，难平奇侠此骚心。荒唐我已甘祈死，磊落君休费苦吟。缚裤从戎他日事，燕云唾手一登临。

三集迷楼

二十八夜三集迷楼，再用杯天韵，示蕺人、孟璧、云光、一瓢、抟霄、率初。

银蜡残檠酒浅杯，叩门无赖又今回。荒唐总误连鸡局，恩怨谁为逐鹿才。失笑清流成自悯，亦知狂态惹人猜。刘伶不作青莲死，却换卢同陆羽来。

郁勃豪情欲问天，坠欢成梦梦成烟。空桑宁遣留三宿，名士由来值几钱。水畔惊鸿人已渺，墙头窥玉我无缘。出门挥手从兹逝，明镜明朝减旧妍。

迷楼醉归，次韵和一瓢

潇潇暮雨怨吴娘，挟策樊川鬓已霜。姓是倾城名铸佛，教人无那一颠狂。

四集迷楼

二十九夜四集迷楼,仍用杯天韵,示戴人、君崇、一瓢、抟霄、率初,余明日亦将返梨湖矣。

招邀风雨斗深杯,卷土居然奏凯回。软语温麞成绝调,狂香浩荡见奇才。河间姹女令公喜,姑射仙人任世猜。只惜今宵真别矣,将毋死倘重来。

阻风中酒奈何天,差幸琼姿未化烟。处士乡亲呼小小,辛郎老去爱钱钱。何须缱绻真成约,暂得逢迎亦是缘。明日梨花湖畔路,远山休认黛螺妍。

迷楼苦雨,次韵和戴人

敛尽雄心尚未平,破愁漫说酒为兵。辨才天女垆头麈,儿戏将军灞上旍。推局何人收浩劫,干霄底事动哀声。吾谋不用终堪惜,失计南都罢北征。

次韵和戴人

东海红桑换劫秋,北邙坏土见山丘。信陵醇酒寻常甚,悔不清流付浊流。

对酒歌,次韵和一瓢

鲁戈十万华鬘天,红鹃啼罢红蚕眠。垆头卓女不称意,凌云夫婿空神仙。茂陵一夜怨头白,清才顽福畴能全。不如劝客金叵罗,重来卖酒骄人间。君不见,瑶池八骏去不还,穆满醉倒西王前,祈招哀怨三千年。

连理草堂听雨有作

三十日自蚬江返棹梨湖,阻风北舍港,寿庵族兄(鸣鸿)

留宿连理草堂，听雨中宵，怃然有作，复用杯天韵，盖已五迭矣。

已倦清游谢酒杯，阻风篷底又迟回。穷途寥落能吾主，门祚衰微要汝才。跌宕江湖成独往，艰危身世任人猜。鹤滨旧是枌榆社，惭愧儿孙誓墓来。

沈吟拥被夜寒天，小有园林避劫烟。爱客君留徐孺榻，挥金我愧阮孚钱。江头岂少千间屋，桑下难凭三宿缘。绿酒红灯依旧好，梦回不似昨宵妍。

追悼沈屋庐丈（廷镛），六叠杯天韵

剧饮曾陪河朔杯，无端一恸寝门回。交情骨肉关先世，月旦人伦逮不才。猿鹤魂惊君子逝，龙蛇谶应哲人猜。素车号泣寻常事，椽笔凭谁铭墓来。

绛云高阁旧连天，余烬犹堪拾麝烟。老去文章星宿海，少年词笔锦连钱。授书王粲留前约，问字扬雄惜后缘。珍重羊昙写遗墨，谓率初弟莫教珠剑阋鲜妍。

三十有一日抵梨湖已大除夕矣，书示儿子无忌，即送其游学海上，七叠杯天韵

十日狂游费酒杯，误他归棹几迟回。弥天哀怨都成集，乱世文章不算才。豚犬儿郎羞落寞，蛟龙雷雨莫惊猜。痴呆休效而翁买，学海无边抖擞来。

饱死侏儒莫问天，死灰星火会生烟。刳肝志士争仇国，著论才人竞骂钱。怜我栖皇甘老死，期卿孟晋漫延缘。誓凭热血三千丈，遍染中原赤帜妍。

磨剑室诗二集卷九
（1921年）

元旦寄题迷楼，八叠杯天韵

半付书城半酒杯，蹉跎岁月去难回。狂胪文献成何济，故托温醾见别才。入梦衣冠吟鬼拜，闲情词赋市儿猜。何如铜雀台前伎，岘首沈碑雪涕来。

自断此生休问天，中原莽莽尚烽烟。秦正汉腊今何世？填海藏山竞要钱。而我黄金都化泪，输他红粉解随缘。伤心奇侠千秋意，下笔无端付丽妍。

迷 楼 曲

别迷楼七日矣。率初书来，言编集将竣，属为歌行张之。因检《梅村集》，得所为"圆圆曲"，依体步韵，一夕而成。不无点缀之词，颇有苍凉之概，亦毋使其无传云尔。十年一月四日志于云芬别馆短檠下。

贞丰桥畔屋三间，一角迷楼夜未关。尽有酒人倾白堕，独留词客赋朱颜。朱颜宛转令公恋，初三下九频开宴。碧玉芳名座上呼，红绡憨态灯前见。碧玉红绡何处家，六朝金粉战场花。自饶南国风云气，莫认西陵油壁车。寄奴生小同乡里，铁瓮城头贱纨绮。阿父从军夸侠游，勋名欲逐嫖姚起。千里移家鹤市云，十年落魄蚬江水。蚬江水鸟尽双飞，齐赘淳于得所归。似闻织室逋天债，迟汝熏香理嫁衣。琼姿何必生闺掖，露华风絮堪怜惜。便许当垆溷市儿，不辞劝酒酬狂客。当垆劝酒悲迟暮，肯托微词向人诉。湖海难从范蠡游，檀槽羞被周郎顾。范蠡周郎岂我思，填桥生盼黄姑渡。自昔功名猿臂奇，任他谣诼蛾眉误。我亦天涯称意难，出门西笑薄长安。无端露白葭苍夜，却共罗衣宝髻看。此际君身有仙骨，此时我醉倚危栏。如何一瞥惊鸿影，飞入仙源不复还。寻踪从此仙源进，草草盘觞坐初定。但得长持白玉卮，何须更铸黄金印。座客如云意气豪，争盟晋楚车千乘。拇战喧豗轰疾雷，心香郑重窥明镜。明朝病酒泥江乡，一棹重来夜有霜。跌宕红颜荡子妇，蹉跎青史丈人行。已惭墨行兼儒行，肯薄秦皇与汉皇。蟠根卿是仙人李，挟策吾非大道王。红颜翻为吾侪累，夜夜传灯互招致。侧听唐梯点屐声，生愁折损腰支细。可怜鼙鼓满江湖，还遣温麐照天地。几曾乐府唱倾城，两字迷楼浪得名。岂有杨麼酬夙愿，翻教陶令赋闲情。放诞文君头未白，猖狂阮籍眼终青。吁嗟乎，定山堂上横波宿，便号迷楼卿亦足。楼不迷人人自迷，夭桃红换蘼芜绿。不尽苍茫万古愁，风尘瀜洞十三州。尊前唱彻吴娘曲，蚬水红潮咽泪流。

次韵和震殊迷楼纪事之作

洄溯伊人水一方，阻风中酒不辞狂。何曾碧玉歌金缕，忍以红儿比海棠。戢翼文鸳输跌宕，霸才雌雉未飞翔。他年付与闲青史，恐有词流为叹伤。

次韵和震殊

不用笼纱护壁来，敢劳红袖拂黄埃。狂名湖海成何用，只合摧烧付劫灰。

薄技雕虫岂合留，魏公藏拙未须愁。早应收拾闲情赋，整顿阴符铸壮猷。

次韵和眉若

刘阮荒唐事本无，人间何处有仙姝。国风好色离骚怨，太息风华一代徂。

偶托闲情销慧业，却劳健笔讯狂踪。便教真个柔乡老，差胜羊头万户封。

回首迷楼十日游，不成醉死忍甘休。当年阮籍垆头卧，应为穷途涕欲流。

哀乐伤心壮盛年，留题人说小游仙。感他涂抹非无意，为恐流传动地天。

答眉若，九叠杯天韵

蚬江惜未共深杯，酬倡梨湖又此回。宋玉荒唐称好色，休文消瘦尚怜才。浅斟低唱屯田误，大义微言尼父猜。岂必蛾眉真解事，胸中抑塞奈飞来。

鼙鼓关山离乱天，伊川披发哭荒烟。行吟正则偏多恨，偷活梅邨岂值钱。已办狂名惊俗世，宁劳幻梦证虚缘。尊前忽动飘零感，便赋闲情笔底妍。

答眉若，十叠杯天韵

强解醇醪强举杯，芳心掩抑百千回。从来凤女漂零恨，合费檀奴恼乱才。自是风花浑薄命，不应泥絮尚遭猜。七香金犊成何事，抃为蛾眉恸哭来。

无情世界有情天，烛穗双心袅篆烟。海底蛟龙愁失水，淮南鸡犬亦论钱。忍将空谷佳人怨，换取临邛荡子缘。我有燕支三百斛，为卿和泪更鲜妍。

答眉若，十一叠杯天韵

何心唐突到鞵杯，疑雨疑云薄次回。落笔自矜高格调，当筵始称出群才。言情韩偓偏多怨，无礼王昌莫浪猜。为有长沙闲涕泪，不嫌醉倒习池来。

辛苦娲皇补后天，肯将昙誓付云烟。填词本属空中语，聘艳宁挥囊底钱。五马使君原有妇，清娱侍妾未须缘。一尊但向东风祝，巢燕双栖玳瑁妍。

答眉若，十二叠杯天韵

不愁梁月照空杯，络绎吟笺往复回。快语君偏能作达，长谣我已悔矜才。寓言宋玉原无着，本事元稹漫用猜。四壁西厢曾悟道，秋波公案待参来。

安得重生如愿天，图书四壁不云烟。红闺写集三千卷，青鬓游山十万钱。结客惯窥龙虎气，征歌偶缔燕莺缘。大言子敬原儿戏，付与荒唐彩笔妍。

答十眉，十三叠杯天韵

凄绝鹃啼血满杯，埋愁无地怨康回。六州铸铁先成错，一局危棋倘要才。昙誓难凭天日谅，琴心终遣古今猜。才人失路寻常事，莫便猖狂痛哭来。

自爇心香谢帝天，离魂倩女未成烟。当年月姊窥妆镜，此日星娥靳聘钱。出骨飞龙愁善病，投怀怖鸽要随缘。右军倘许花间领，菊秀兰芬漫斗妍。

再答十眉，十四叠杯天韵

鹓首钧天梦里杯，迷阳却曲奈今回。卫公红拂终成侠，霍女黄衫惜负才。要遣千秋惇史谅，何妨一孔腐儒猜。只难并世尹邢恨，乐府空歌三妇来。

已遭潮流撼地天，不应弱质比轻烟。但能碧海求灵药，底用黄姑贳聘钱。词客忧时先忏绮，女儿嫁国始名缘。中原并辔他年事，雄艳河山剑底妍。

和一瓢，十五叠杯天韵

长房量浅不胜杯，底事招邀却此回。闻汝早谐金屋侣，何缘更费玉台才。临卭白首伤迟暮，大侠黄衫有怨猜。莫道麻姑太娇小，红桑曾见海中来。

忉利华鬘第几天，吞刀吐火幻生烟。从来精卫难填海，岂独嫦娥解数钱。夺婿瑶光宁有意，回文苏蕙惜无缘。应怜翠袖天寒句，杜老能为空谷妍。

和弘士、震殊、让三、一瓢迷楼联句之作，十六叠杯天韵

输君高会又传杯，我已苍凉一棹同。唾手词华金作屑，横胸人物玉量才。蹉跎身世终何补，恻怆心灵漫见猜。露白葭苍无恙在，他时泂溯定重来。

不用相期纣绝天，温磨过眼等云烟。耗奇借琐终关癖，带水拖泥岂值钱。杜牧何曾留后约，罗敷早已订前缘。凭教十万金铃护，忍折柔条损旧妍。

和震殊、安澜联句，十七、十八叠杯天韵

解向迷楼酹一杯，让人此座奈今回。吴姬压酒偏多恨，崔颢题诗漫诩才。牛耳敦槃吾岂敢，蛾眉谣诼世争猜。凭君莫话闲情赋，横览神州揾涕来。

羞言成佛与生天，烧尽风怀付劫烟。好色原非吾辈事，营巢肯乞富儿钱。尊前歌哭都如梦，镜里温磨岂算缘。幸是名花先有主，不然孤负

雨中妍。

红桑东海忍衔杯，故将南山射虎回。草檄中原成底事，哦诗小阁敢言才。流传已有千秋例，跋扈宁无举世猜。惭愧少微征故实，颇闻脱腕手钞来。

瞑想楼头一角天，闭门风雨蜡如烟。休教青鬓成华发，早逐黄姑贷聘钱。卓女当垆宁久计，隐娘磨镜亦良缘。练裙椎髻他年事，莫漫秋波对客妍。

和安澜、弘士、震殊联句，十九、二十、二十一叠杯天韵

希夷老子喜衔杯，瞒我公然又此回。不少过江典午卿，终输横槊建安才。戴逵求死天难谅，徐邈能文世易猜。多谢辛勤二三子，为渠点缀太清来。

不是云屏梦里天，诗来燃我死灰烟。远山隐隐描眉黛，残客匆匆费酒钱。事过思量堪破笑，情难淘洗倘名缘。心肝呕尽成何济？岂为垆头色相妍。

平居久谢玉交杯，影事难忘第几回。不信世人能好色，何妨我辈解怜才。飘茵堕溷花都怨，冒雨禁风蝶亦猜。携得长沙两行涕，忍教啼向酒边来。

华鬘天是奈何天，煎烬兰膏欲化烟。倘许耶溪韬粉黛，宁劳吴市看金钱。忧时词客登楼赋，失路才人卖酒缘。漫信蹉跎须忏绮，脂痕黯淡泪痕妍。

误尽黄龙旧酒杯，无端为汝费徘回。蛾眉岂合成知己，猿臂从来悔负才。晕颊红潮轻一笑，扪心青史任千猜。荒唐最有难忘感，扶醉曾歌捉搦来。

闭户寒江风雪天，雄心丽想两成烟。兰因絮果终多事，士垄王头倘值钱。不死已惭游侠传，他生休谱《镜光缘》。传奇名，邑前辈徐榆邨为李秋蓉作。却怜风度输公等，下笔能为琐碎妍。

和弘士，二十二叠杯天韵

又见招邀斗玉杯，徐郎沈醉不须回。雪中访戴偏乘兴，座上惊陈奈负才。索笑花枝原寄托，若论风格费评猜。嗣宗自向垆头卧，忍伍雕青年少来。

美人意气薄云天，乍合仍离隔雾烟。英绝眉痕宜看剑，狂呼酒盏不论钱。盛年岂合生多感，作达无妨醉是缘。自有宝儿憨态在，效颦宁屑捧心妍。

答弘士，二十三叠杯天韵

三十徐郎纵酒杯，吟笺迢递又今回。成王败寇宁关命，注雅笺骚不算才。化碧苌弘终古恨，登坛韩信一军猜。男儿不向沙场死，孤负弯强压骏来。

不是承平雅颂天，江山如画又烽烟。遗民涕泪三千斛，故将头颅十万钱。豹隐南山君亦得，鱼飞东海我无缘。夫人匕首公孙剑，携上红楼一醉妍。

次韵和弘士迷楼即事之作

卮言无奈夜如泉，为汝沈吟为汝颠。落笔只防千载后，忏情未信十年前。磨砖漫笑刘桢拙，成佛甘输谢客先。便不娴文亦良得，省他匀泪上蛮笺。

墨池雪岭借人杯，自诩风怀有别才。任使红桑能变海，须防青眼不成灰。投壶玉女横波电，煮酒英雄失箸雷。脱腕罪言吾倦矣，早应收拾付吴回。

和震殊，二十四叠杯天韵

真须浮白快盈杯，和我新吟又此回。填海移山薪胆史，沼吴霸越苎萝才。龙蛇起陆天难问，虎豹当关客漫猜。歌哭无端谁会得，伤心宁为丽华来。

蹉跎身世付壶天，郁郁孤怀避烬烟。荷锸刘伶堪颂酒，排墙王衍耻言钱。功名早薄羊头烂，词赋宁烦狗监缘。不是湖州狂刺史，负他丫角水嬉妍。

题震殊《尘障集》，次玄穆韵

一自迷楼唱和传，温麐始信戴郎妍。不逢荡子调金勒，却共佳人理宝钿。下九初三偏有约，丁歌甲舞总成烟。微闻双角山头路，翠袖天寒倚日边。

和震殊，二十五叠杯天韵

黄龙迟我饮千杯，碎尽西台竹石回。如此河山堪痛哭，但工文字莫言才。盗丘膻舜人谁识，遗臭流芳世漫猜。厌说嗟卑叹老语，会须整顿济时来。

龙蛇起陆敢尤天，汉腊秦正尽劫烟。赤帝乘时三尺剑，黄牛应谶五铢钱。难销乱世英雄气，剩有平居梦幻缘。安得渡河呼北伐，燕支山上血花妍。

答让三，二十六叠杯天韵

不破琵琶不碎杯，不将绮语付吴回。沈雄雅有千秋想，哀艳终凭一代才。岂独时流能齿冷，即论游侣亦心猜。雌黄尽付他年史，漫用阳秋曲笔来。

闻道娲皇解补天，倘留丹汞铸双烟。风怀不数三千牍，电笑能输十万钱。老子婆娑原有意，腐儒氉氋敢言缘。思量愿作虹髯侠，闲看梳头一妹妍。

和载华、震殊、安澜联句，二十七、二十八叠杯天韵

我已蹉跎负酒杯，却输公等醉今回。弥天珊网终归海，满地潮流倘要才。几辈闲人歌哭老，无端俗世姓名猜。董龙钱凤何鸡狗，只合文章投溷来。

兼葭卅里怅遥天，洄溯伊人隔水烟。竟阻剡溪安道雪，不妨榆荚沈郎钱。孟公此夕凭高会，汧国他生证旧缘。卿辈儒流渠侠子，红妆季布最能妍。

料量生前有限杯，美人能劝忍徘回。猖狂久已疏名教，磊落终怜负霸才。乱世英雄吾岂敢，无愁国主世争猜。还应低首婵娟子，曾对黄河梳洗来。

海山何用侈生天，一醉能春镜底烟。条脱羊权双腕玉，缠头史凤一囊钱。吴娃生小偏豪饮，燕市悲歌定胜缘。莫作腐儒粗粝语，如虹剑气比人妍。

和斜塘销寒社诸子联句，二十九、三十叠杯天韵

越角销寒又举杯，糟丘怜我倦游回。漫言白石青琴侣，终负红箫绿剑才。词客猖狂原有托，女儿生小本无猜。春波吹皱南湖路，定挈斜塘俊侣来。

愁垒欢城隔两天，伤心往事渺云烟。但能剑底销英气，肯惜垆头费酒钱。红泪凝冰缘底恨，白衣骂坐亦前缘。难忘纸阁芦帘好，日暮天寒翠袖妍。

尽许牢愁付酒杯，有人冯怒谢康回。早拚苌叔三年碧，肯薄文君一代才。势迫宁能萁豆谅，愁多一任豖猺猜。黄衫大侠成何济，费我临歧雪涕来。

寄愁何处问苍天？铅椠辛勤浩似烟。不信遗山亭筑史，输他和峤癖名钱。谢台已遣蛾眉笑，藜火终悭虎观缘。那不穷途拚醉死，当垆少妇况能妍。

答觉殊、十眉、韶声、佐梅联句，三十一叠杯天韵

料量风花付酒杯，投壶电笑感今回。不成倾国原非色，偶解谈兵便算才。到眼温馨天亦醉，横胸捭阖我能猜。老奴莫讶吾言妄，取次春风识面来。

离合悲欢一角天，阴符满腹化云烟。红妆季布堪千古，青史曹蜍值几钱。浩荡心兵原可托，荒唐皮相不名缘。旧游历历伤心处，莫认蛾眉镜底妍。

答十眉、韶声联句，三十二叠杯天韵

斜塘醽醁蚬江杯，两地温馨各几回。怜我寒寮成独醒，有人侧帽尚言才。行藏早被花枝笑，哀怨还防山鬼猜。只合无聊成作达，垆头高卧倘重来。

不须胡帝与胡天，楚楚腰肢一尺烟。无那当垆来劝酒，亦如谀墓为求钱。英雄失路墦间老，粉黛无情梦里缘。忍作虾蟆陵畔语，在山泉水本清妍。

答天放、盥孚联句，三十三叠杯天韵

二妙联吟赌酒杯，孤篷迢递魏塘回。张星天上婵娟样，许掾人间窈窕才。纵不风流亦沦落，更何方法避嫌猜。闭房漫说东家记，亲见三挑子贡来。

韦杜城南尺五天，鬓丝禅榻袅茶烟。汉滨交甫珍遗佩，堂下欧阳惜簌钱。东海精禽垂死怨，北山罗鸟再生缘。等闲便续徐陵咏，付与珊瑚笔架妍。

答天放，三十四叠杯天韵

南皮销夏记衔杯，手把瑶华此一回。闻道明湖落君手，尚怜卬市费吾才。银涛白马成何济，绿绮春风亦漫猜。随处猖狂堪恸哭，底须富贵

逼人来。

身世难忘酒畔天，珠光剑气璨生烟。登楼王粲频年恨，卖赋相如何处钱。岂必红桑感兴废，便歌黄竹亦因缘。西陵松柏同心在，油壁青骢若个妍。

答镜涵，三十五叠杯天韵

骂坐猖狂怨酒杯，难烧绮孽咒吴回。最怜离乱江山日，偏费平章风月才。生不逢辰原我罪，论何须定任人猜。岂同萧九娘家事，丫髻双双扶醉来。

一别袁公怅各天，新诗叠和麝煤烟。横流已办逃名约，署券宁关换酒钱。犹有风骚心上事，难忘聚散梦中缘。枯庵灯火高楼醉，怅触无端下笔妍。

答慎廉，三十六叠杯天韵

学佛难忘米汁杯，揣摩艳句又今回。泥犁黑狱原虚语，檀板红牙要此才。戒体阿难终不染，吞针罗什漫相猜。灵山倘动慈悲念，应化铃幡掩护来。

海山兜率旧同天，一坠尘寰障雾烟。妙悟君参罗汉果，钝根我愧草鞋钱。风枝露叶终成怨，鬓影钗声未是缘。安得皈依龙象力，龙华重见玉颜妍。

答一厂，三十七叠杯天韵

一别梨湖旧酒杯，尺书郑重感今回。缠绵酬倡都成涕，悱恻心期愈见才。将母介推君未隐，闲情陶令我休猜。垆头便得成高卧，阮籍何曾有意来。

吴头粤尾隔遥天，三载相思付暮烟。文字缘深千尺水，英雄气尽五铢钱。黄回绿转原如梦，翠笑红嚬不是缘。一语相怜更相慰，江花丘锦各鲜妍。

再答一厂，三十八叠杯天韵

粤海吴江隔酒杯，殷勤缄札玉珰回。佳人岂必能倾国，名士从来误爱才。百琲量珠无我分，十年磨剑有人猜。思量那及狂刘彻，唾手延年女弟来。

黑狱泥犁绝地天，才人口孽本云烟。娉婷犹是良家子，挥斥宁烦恶少钱。黛怨钗愁成掩抑，酒狂诗艳亦因缘。杜娘莫漫歌金缕，珍重婵娟玉样妍。

三答一厂，三十九叠杯天韵

扶头曾醉女儿杯，瞑想无端涉几回。何必蛾眉真绝代，能驯龙性便奇才。蓬门身世红颜误，萝屋心期青史猜。还是随缘还失路，最难轻叩个侬来。

新吟还絮旧游天，十载烦冤荡绮烟。闻道鲁连犹玉貌，却输韩掾掷金钱。舞裙歌袖怜遥夜，宝髻罗衣梦胜缘。同有天涯沦落恨，纻萝村女忍争妍。

四答一厂，四十叠杯天韵

卓女垆头凤女杯，江南肠断贺方回。风花轻薄成孤赏，尘海飘零见逸才。为雨为云非我梦，呼牛呼马任人猜。不妨真作荒唐语，呕尽心肝怨汝来。

已隔蓬山万里天，那堪晓雾更昏烟。美人眉黛生遗恨，名士头颅死换钱。岂有文章关运会，忍将电露证因缘。孤吟自笑清才减，输与梅州旧主妍。

五答一厂，四十一叠杯天韵

十年湖海几深杯，痛哭要离冢上回。未办埋名应有恨，但能谐俗便非才。闲情偶托惊鸿影，生世还凭磨蝎猜。我马玄黄君马瘁，寥天凄断帛书来。

位置此身何处天，下难穿冢上凌烟。伤心填海悭衔石，刻意藏山靳酿钱。俭岁稻粱君左计，谰台荆棘我随缘。送穷要学昌黎老，惭愧文章八代妍。

六答一厂，四十二叠杯天韵

愁说埋忧卓女杯，慧能妨福例难回。红闺倘有薰香分，绿鬓宁夸劝酒才。薏苡工谗人孰谅，玫瑰多刺世争猜。天涯我亦飘零者，唐突端应忏绮来。

鬓病钗愁补恨天，恩憔怨悴损芳烟。拚将酥泪酬金粉，漫掷韶颜换酒钱。相马骊黄宁具眼，丛兰荆棘不名缘。婵娟要有穷途感，拨触回肠忍放妍。

七答一厂，四十三叠杯天韵

又浇已块借人杯，海上惊鸿照影回。芍药春深原有恨，樱桃劫后尚多才。浮云世态何须问，明月前身合共猜。闻道王郎憔悴甚，尊前掩涕忍重来。

惆怅吴天隔粤天，风怀逋老未成烟。雌黄青史人饶舌，游戏红尘泪换钱。李广不侯终古恨，明妃去国奈何缘。蛾眉猿臂都如此，蜣志成名盐蟆妍。

八答一厂，四十四叠杯天韵

感汝言愁泪满杯，累侬身世费低回。敢云并世谁知我，其奈狂奴自不才。覆瓿文章徒恸哭，横胸心事付疑猜。铅刀一割终何济，宁换夫人匕首来。

苍天已死立黄天，太息书生弱比烟。银烛烧残余蜡泪，唾壶击缺感囊钱。度人度已终悭命，为雨为云未有缘。只合怀沙从正则，汨罗江上楚兰妍。

九答一厂，四十五叠杯天韵

铁如意碎玉交杯，虎啸龙吟看此回。郿坞渐台民贼血，快枪炸弹女郎才。百年王气终朝尽，谓俄德三户遗民抵死猜。谓韩爱只有神州狮睡稳，红潮卷地不曾来。

世界潮流平等天，岂应终古冒蛮烟。婚姻总误庖牺制，罪恶难销黄帝钱。歌泣缠绵成底事，虚空粉碎始名缘。会看十万头颅血，染出红旗异样妍。

十答一厂，四十六叠杯天韵

端居且醉夜光杯，未用穷途痛哭回。填海移山宁得计，雕龙绣虎忍言才。生涯萍梗原无着，世变虫沙莫漫猜。解得庄周齐物旨，不妨一笑破愁来。

何须烂醉问钧天，怜我雄心久化烟。姓氏不传梁狱史，头颅宁值汉廷钱。祝宗祈死浑无效，土室埋生或有缘。乘化他年早归尽，生刍一束素车妍。

答眉若，四十七叠杯天韵

料理吟筒当酒杯，一诗去后一诗回。孔杨久托忘年契，皮陆新夸赌句才。囊底慕容犹可扣，空中鲁直莫相猜。等闲肯坠泥犁劫，无那回肠荡气来。

客儿惭愧未生天，少日豪情尽化烟。袁绍横刀曾骂董，太真行酒便驱钱。英雄退步名山业，歌哭何心泡影缘。借琐耗奇成一喟，只愁才逊羽琌妍。

酒后和眉若，即送其返芦漪，并示夕阳、莘子，四十八叠杯天韵

共了吟笺共酒杯，鱼龙曼衍看今回。尽多傀儡恂恂态，惜少苍苍莽

莽才。青史姓名容可托，白头交谊各无猜。东风红上梨湖草，月落云停盼再来。

弱冠狂名动海天，琴心剑胆裛双烟。风云复壁留亡命，灯火高楼共意钱。一自江湖成遂隐，便挥涕泪谢奇缘。蹉跎剩有生花笔，唱彻骊歌为汝妍。

寄眉若芦漪，四十九叠杯天韵

草草垆头饯别杯，几人湖上盼君回。卅年举案鸿光侣，一代论文轼辙才。郑重楹书名父在，沈吟樽酒小儿猜。君有时不饮。可能沾溉粉榆史，分我名山片席来。余有《分湖全志》之辑，三年而未成，顷欲先撰芦漪、莘溪、北舍三小志，以为发凡起例张本，思与君及莘子分任之。

抗手分襟忆水天，吟情笑我死灰烟。埋才金粉愁伤骨，投溷篇章耻换钱。忍呕锦囊长吉血，倘留玄草子云缘。最怜刻翠描红管，曾勒燕然十载妍。

再寄眉若芦漪，五十叠杯天韵

唤起湖神酾酒杯，重胪文献誓今回。难忘吾祖藏山业，独佩青翁起例才。辛苦椎轮前哲在，蹉跎橡笔后贤猜。瓣香自奉需尊老，涂抹还应细校来。北溪《分湖志》稿本，有为人点窜处。

浪花点点白鸥天，谁引长绳界碧烟。古冢陈思人葬邵，名园来秀客留钱。划疆暂定偏安局，拓土终蕲囊拓缘。珍重汗青应计日，闲情删尽笔端妍。

吊卿卿墓和眉若，五十一叠杯天韵

红酿醁醾奠玉杯，旧家燕子倘飞回。廿年我别埋香地，一代人称记曲才。残碣无名疑冢古，野花有泪小魂猜。白杨萧瑟桃园路，想见春深葬夜来。

远山隐隐水浮天，有几蛾眉化紫烟。故国梅墩红鬼火，荒池叶埭绿荷钱。玉钩金碗前朝史，鹳砚鸾钗异代缘。还向陈思村畔过，邵家芳陇草芊妍。

磨剑室小集，五十二叠杯天韵

二月十五日磨剑室小集，和盟孚并示十眉、禹钟、慎廉、佐皋、癯梅、病蝶诸子。

愧无家酿荐琼杯，多谢群公集此回。离合悲欢端有恨，飞扬跋扈始称才。胥塘游侣豪怀在，燕市归人绮梦猜。一客芦漪自矜重，名山事业待君来。

哀乐中年百感天，蹉跎往事半云烟。霸才迟暮宜耽酒，词客飘零亦怨钱。幽草寒琼弦外意，弯强压骏梦中缘。匆匆岂合称高会，惭负平原十日妍。

再和盟孚，五十三叠杯天韵

江花久谢梦中杯，追促吟筒怨此回。识字早罹苍颉网，绝交终信孝标才。弥天哀怨凭谁诉，毕世蹉跎任尔猜。结客征文吾倦矣，糟丘香国倘能来。

羲爻一画祸开天，鲁壁秦灰问劫烟。恻怆心灵宜呕血，艰难文债不关钱。谤书满箧酬清泪，旨酒盈樽靳凤缘。安得逃名便长往，羞同华士竞媸妍。

再集磨剑室

十六日再集磨剑室，偕病蝶、十眉、禹钟、癯梅、慎廉、佐皋联句。

收拾闲愁且举杯，安如蒙蒙春雨漫相催。病蝶当筵别有风华感，十眉海意云情倘未灰。禹钟

不怕春寒集酒堂，瘿梅隔窗忽地透阳光。慎廉终蕲天意如人意，佐皋料理温柔老此乡。安如

穷塞归来鬓已丝，病蝶黄金无术赎蛾眉。十眉似闻省识春风面，禹钟玉佩琼琚绝世姿。瘿梅

一自佳人悦己容，慎廉同心绾就誓重重。佐皋子夫散发风流甚，安如弹指欢娱事已空。病蝶

骈文乞写女郎碑，十眉正要文园作赋才。禹钟地老天荒忘不得，瘿梅侬情欢意肯成灰。慎廉

䔩花妙舌别妍媸，佐皋失意蛾眉有怨词。安如岂是书生甘薄幸，病蝶成阴绿叶恨来迟。十眉

相看肺腑走风雷，禹钟鼍愤龙愁一剑才。瘿梅漫有文章夸海内，慎廉好从花国主裁来。佐皋

三客能留两客逃，安如盲风怪雨送归桡。病蝶临歧欲唱公无渡，十眉行色终输酒意豪。禹钟

多谢陈遵投辖情，瘿梅连宵尊酒话平生。慎廉果然桑下成三宿，佐皋底事匆匆拂袖行。安如

镫前恻恻无高论，病蝶篷底沈沈有梦思。十眉寒月摇风孤夜永，禹钟旅魂飞渡玉帘迟。瘿梅

生天成佛我何凭，慎廉唯愿参禅最上乘。佐皋输与长安游冶子，安如鸳鸯枕上梦觚棱。病蝶

去去偏能一日留，十眉茫茫知己数从头。禹钟光芒剑气腾寒月，瘿梅历历雄心不肯休。慎廉

燕台影事究如何，佐皋妆阁春深绮梦多。安如众里收身吾倦矣，病蝶圆圆一曲为谁歌。十眉

商量剑胆到横磨，禹钟胸有心兵十万多。瘿梅我似老僧初入定，慎廉忍看浩劫堕修罗。佐皋

三集磨剑室

十七日三集磨剑室，偕佐皋、十眉、禹钟联句。

恻恻深谈露肺肝，佐皋填胸恩怨太无端。花枝憔悴怜春病，十眉夜雨相思怯梦寒。谁识带围同鹤瘦，禹钟枉教剑气说螭蟠。押衙不作昆仑死，安如恨海情天带泪看。佐皋

须知并命有文禽，佐皋珍重相如白首吟。拚把豪情销绮恨，十眉难忘密誓绾同心。微闻碧海青天怨，禹钟都作清商变徵音。谁遣蛾眉愁里老，安如当年卓女悔听琴。佐皋

怅触前尘二十年，佐皋旧游回首渺云烟。落花如梦浑无迹，十眉冷月窥帘尚带妍。莫问欢场成幻相，禹钟已看沧海变桑田。吟髭捻断风情减，安如梦醒扬州一惘然。佐皋

红鹃啼上绿杨枝，十眉不管销魂只解痴。又见春场飘细雨，禹钟难忘秋月葬深卮。风波满地愁千叠，安如功罪横胸泪万丝。缺陷情天谁可补，佐皋伤心写出断肠词。十眉

桃花剑底论恩仇，十眉识透恩仇亦可愁。欲把深情归醉地，禹钟忍轻贬笔定阳秋。红嗔绿怨都堪惜，安如兰漆琼胶未易投。万一频伽能共命，佐皋生天成佛我何求。十眉

粉剩脂残一局棋，十眉春阴已恨绿章迟。崔郊诗力缘愁减，禹钟卓女琴心许梦知。轻薄总归元相罪，安如猖狂莫笑阮郎痴。此情此意成终古，佐皋灵药姮娥有怨思。十眉

磨剑室限韵示十眉、禹钟、佐皋

杯酒无端动别情，骊驹便作断肠声。孤灯黯黯愁今夕，影事重重奈此生。华鬘搔残天亦老，黄金散尽泪还明。楚囚相对堪悲诧，出处商量计未成。

叠韵示十眉

荒天老地悔多情，怜汝能为变徵声。蕙叹芝焚轻一掷，鸾漂凤泊怨三生。恩仇白首终堪谅，功罪红闺岂易明。未必入宫先见嫉，仳离中道奈无成。

待阙鸳鸯早有情，琴心一曲动双声。固知绝代婵娟子，无奈偏逢太瘦生。誓海盟山原磊落，笺愁絮怨未分明。妆楼奏记干何事，忏绮匆匆计倘成。

耳余刎颈旧交情，忽听仓庚树底声。青史霍光嗟不学，回文苏蕙奈余生。让人此坐原难得，买赋长门苦未明。安得尹邢重握手，一家鸥梦好圆成。

寄蔮人，五十四叠杯天韵

> 蔮人书来，言重晤当垆人于酒次，丰姿犹昔而意气非前，临觞黯然，若有不自得者，急为长句讯之，即寄蔮人并示玄穆、君崇。

一别难忘卓女杯，书来淮海费迟回。尊前删尽风云气，劫后终怜窈窕才。收拾狂香归敛抑，评量密意费疑猜。名高倘累狂生笔，合礼楞严忏悔来。

青绫障外辨才天，小语精微荡夕烟。岂合美人缄镜汐，倘同名士感囊钱。误渠十载终关慧，传汝千秋定有缘。花底长生勤祷祝，重逢休损玉颜妍。

前诗出无和者，凄艳填胸，复成二什，
不足为外人道也，五十五叠杯天韵

花间曾与共深杯，别后沈吟费几回。已办狂情成俗累，难消绮障悔清才。高丘无女灵均怨，巫峡行云宋玉猜。历历温磨心上过，自缄红泪背人来。

粗才谢客漫生天，碧海红桑紫玉烟。劝酒美人金络索，嘶春骏马宝连钱。蝶飞花怨关何事，水梦山愁证凤缘。题遍温香罗帕句，湘东银管为谁妍。

和弘士迷楼即事韵

漫向糟丘管送迎，烧残红蜡便三更。除非顽石能销恨，不遇佳人莫种情。一代风怀王伯谷，千秋金石赵明诚。从知此意终难会，羞说花前啮臂盟。

谁是黄衫大侠俦，十年磨剑恨难休。狂浇李白杯中酒，失笑杨廖镜里头。青史无凭拚一炬，红颜底事惹千愁。琼琚玉佩荒唐甚，付与东江日夜流。

和弘士迷楼杂咏韵

绝代佳人旧姓西，浣纱羞插绣鸳笄。我来卓女垆头过，不恋临邛恋蚬溪。

刚健能含婀娜柔，桃花剑底唱无愁。倘教九等分人表，不信甘居第二流。

浓香浅梦百宜娇，酒晕红催颊上潮。记得相逢初度日，牵连宾从本寥寥。

蛛丝鹊尾证灵辰，下九初三一晌亲。众里回眸伴未觉，自障罗帕掩朱唇。

不容履舄坐当筵，照彻灯前倩影娟。孤负明珠三百琲，有人种玉早成田。

远山学画黛蛾修，便不销魂也解羞。绝忆鸱夷生小约，湖风湖水看梳头。

尊前我亦太憨生，留滞无端十日程。题满杏黄裙百幅，又劳词客诩多情。

生天成佛误华年，祝汝双栖不羡仙。惭愧情禅销未尽，银钩亲写衍波笺。

题《迷楼集》后，和率初韵

生小长干住隔溪，投梭未忍况摩笄。刘桢平视寻常见，阮籍深杯取次携。辛苦难巢阿阁凤，荒唐终怨汝南鸡。何心更理闲金粉，但赋风怀意便迷。

漫将倾国笑周幽，未碍温郎第二流。自昔佳人怜骏骨，胜他处士误龙头。生张熟魏卿能谅，怨李恩牛我亦愁。付与名山传慧业，甘陵党部媚香楼。

题《迷楼图》，和伯名韵

阳戈挥尽日沈西，士垄王头气已低。不向吴山图立马，英雄沦落美人迷。

莫漫忘机比海鸥，不成雄艳尽休休。田横岛与要离冢，一样伤心是此楼。

次韵和楚伧题《迷楼集》之作，即寄广州

三千里外旧狂夫，倔强犹夸眼未糊。彭泽闲情原有托，汝南月旦岂容拘。猖狂但解驯龙性，漂泊宁劳薄凤奴。粤海栖皇君已矣，何当从我醉南湖。

叠韵再寄楚伧

万里龙骧一壮夫，劝君小事且模糊。须知吾意云云尔，岂为人言籍籍拘。自昔贤愚宁定论，能招唾骂不庸奴。高丘无女原堪诧，一恸拚教泪满湖。

次韵和梁任

闻汝论城旦，艰危已半年。稻粱成汉网，功罪总秦烟。幸遇金鸡赦，犹传玉树篇。江湖原浩荡，鸥梦倘能圆。

次韵和一瓢，赠别汝航作

未是山涯与水涯，一衣带水隔相思。素心倘便如圆月，不信人间有别离。

次韵和个石

横流沧海未容还，转绿回黄五色斑。百劫龙蛇争起陆，九阍虎豹独当关。畀秦鹑首天难问，张楚狐鸣客尚闲。安得填胸恩怨了，血花洗净旧河山。

嵇生痛哭阮生慵，辛苦神州血泪浓。鸩酒鸥刀酬国士，玉阶珠陛拜元凶。薰天气焰归狐鼠，横海功名误鼎钟。闲杀山东刘黑闼，闭门屠狗当屠龙。

吴门寒碧山庄池畔见鸳鸯

一队文禽逐水波，双栖双宿意如何。局天蹐地终堪叹，输与荒江野鹜多。

和十眉送别诗

十眉送别诗云："才说春来君又行，风流云散若为情。凭君记取尊前语，此后相逢倘隔生。"感其凄断次韵和之。

零风断雨送君行，难遣尊前迟暮情。寄语琅玡王伯子，春来何事苦戕生。

再和十眉见答诗

十眉病中见答诗云："风波满地不堪行，一息难忘旧日情。肯把微躯轻一掷，千愁万恨莫来生。"再和一绝。

掉臂休从觉岸行，茂陵风雨尚多情。移山填海寻常事，未了今生忍再生。

次韵和韶声

玄鬓能禁几度哀，入春偏负酒怀开。及时行乐原长计，无地埋愁奈此回。锦瑟华年成怅惘，玉珰缄札忍徘徊。故人药裹关心甚，底遣文园善病来。谓十眉

次韵和禹钟

喜汝能来舴艋船，尊前见便抵桑田。文章信美浑闲事，聚散无端损盛年。惜别匆匆原惹恨，言愁惘惘不关缘。一笺郑重飞鸿寄，旧日壶觞已梦边。

三月十八夜有作，用韶声韵

病酒伤春两未婴，端居其奈此时情。沈忧可破除非梦，长夜无如最易明。岂有途穷能恸哭，悔教年少不纵横。千仇万怨关苍颉，没字碑须证再生。

三月二十一日为旧历花朝节，韶声有诗见怀，依韵奉寄

春衣料峭又装棉，说着炎凉便黯然。连日奇暖，顷忽寒甚。冰雪岂应销剑骨，温馨转恐减花年。枝头合遣金铃护，梦里难忘玉貌妍。漫咏冬郎凄断句，等闲榆柳正新烟。

题约真《蕉窗忆昔图》

彩鸾跨虎返仙班，惆怅刘郎劫后还。我说美人归去好，不留泪眼看江山。

舟行即事

浩荡难乘万里楂，宗生少日语徒夸。年来粗却江湖胆，爱向中流狎浪华。

五月五日纪事

十年三乱究何成？喜见南天壁垒更。率土自应尊国父，斯人不出奈苍生。白宫北美推华盛，赤帜西俄拥李宁。我亦雄心犹健在，梦中无路请长缨。

海上赠十眉

劫后相逢带泪看，英英爽气尚眉端。人间应辟长春国，天上何来却恨丸。萍梗生涯怜聚散，駏蛩心事有悲欢。烂柯我亦凄清甚，历乱残棋下子难。

寓楼杂感

浃旬成小住，淹滞太无因。青鬓忧时客，红闺善病身。飞腾吾已倦，憔悴汝还新。莫问他生事，今生恐未真。

五月十八日夜眺

横空蜃气夜漫漫，滴碎方诸泪未干。倚遍红栏无一语，最高楼阁太孤寒。

海上赠睍观，即题其《汕庐图》

东邻肝胆士，十载见兹人。家国愁难疗，云天谊转亲。一成终祀夏，三户定亡秦。莫漫悲离黍，飞腾会有辰。

子切焚巢痛，吾怀寒齿忧。何当时日丧，与汝赋同仇。碧血清流史，黄金国士头。相期无限意，珍重看吴钩。

示莘子、病蝶

雁户鸽原怨不禁，天时人事苦骎寻。已辜佳节呼灯约，未死寒寮赌酒心。早分中年有哀乐，谁怜大地任浮沈。横流忽揾神皋涕，龙战玄黄自古今。

恻恻孤灯话夜阑，飘零宾从不成欢。过江名士高文峻，横海才人旅梦寒。寥落酒徒才几辈，纷纭棋局又千端。青山青史吾何济，独向恒河掩泪看。

次韵和病蝶

河山秋气逼残年，草草重逢一黯然。枕上南阳新泪渍，梦中下濑旧戈船。真能蠲恨无如死，便欲安心岂证禅。别有尊前惭愧语，丘迟才已不成妍。

次韵和莘子枕上一首

波澜情海郁难开，锦瑟诗成苦费猜。憔悴灵均香草怨，荒唐鲁望锦裾才。几曾奔月求灵药，无那浇愁劝酒杯。收拾风华吾已矣，生天成佛让君来。

磨剑室酒次，与莘子、病蝶联句

黄叶声中话古欢，莘子近重阳节渐添寒。招邀佳客终相待，病蝶料理回肠强自宽。死纵不祥生亦赘，安如人无可语梦犹安。灵山寂寂宗风歇，莘子天遣飘零到凤鸾。病蝶

题颖若《梁溪归棹图》

交情廿载剧难忘，惆怅梁溪水一方。今日抽身成早计，更无旅梦落江乡。

抛却先生苜蓿盘，生涯从此钓徒宽。对床尚有梨湖客，苦念姜家大被寒。谓君家长公

迎门有妇下机忙，纸阁芦帘老孟光。不似山阴归棹者，惯将词笔赚红妆。

征文考献已无多，杞宋犹存急网罗。回首九龙山下路，有人归计尚蹉跎。薛子公侠与君同客梁溪，亦有遂隐著书之约，苦未践也。

题星六《山居杂诗》，用玄穆韵

田公江海人，雕虫耻丹翠。银鞍铁裲裆，早具风云思。袖中黄石书，灵爽岂终闷。长驱援鄂军，肉薄汉阳地。书生竟从戎，豪情郁壮腻。北伐计不成，南归托放恣。泣麟与歌凤，磊磊平生意。一卷山居诗，慷慨惜猿臂。帝秦鲁连羞，复楚包胥致。眷言天挺才，讵合老僧寺。中原正颍洞，宝刀盍再试。

次韵和星六

黄钟弃掷釜雷鸣，苦恨微云点太清。衡岳阴霾连朔气，珠江铙吹动豪情。梦中词笔收京赋，镜里头颅太瘦生。寄语北征诸将帅，义旗早晚树春明。

题许平阶遗著

折却空山敛翅鹰，文章憎命亦何曾。直须封禅求遗稿，病骨秋深痛茂陵。

十载鸰原泪未冰，天涯有弟信难能。怜余早碎君苗砚，硬语吟成一抚膺。令弟盥孚求为弁首之文，以才尽谢之。

初过乐国

十一月六日初过斜塘之乐国，赋呈巢南、玄穆、十眉、禹钟、韶声、慎廉、佐皋、佐梅、夷岈、癯梅。

逃盟汐社未终赊，失喜相逢在酒家。人物最难吴越合，阳秋一任马牛加。百年间气归惊座，一代闲情付浣纱。多谢如云贤地主，尊前容我恣喧哗。

越角吴根又一秋，去岁分湖之游，实始终于斜塘，"越角吴根"者同人倡酬集名也。空桑三宿几淹留。今春十眉、禹钟、慎廉、佐皋、癯梅访我于梨湖，三宿而去，有《桑下集》纪事。蹉跎竟废梨湖社，余与吴越诸贤豪结为酒社，岁以中秋水嬉之夕，大会于秋禊湖上，今岁霖雨为灾，复遘女弟侠侬之丧，遂废斯集。匆促徒为歇浦游。双十节后旬日，与巢南、玄穆、十眉、禹钟一饮海上。誓纵狂欢追乐国，宁甘韵事让迷楼。《迷楼集》一卷，予季率初辑，纪蚬江游宴事。豪情历历扪胸在，拚得如泥一醉休。

西园晤张骥婴女士

咏絮簪花事事谙，才名颇著大江南。十年早射聊城矢，元年余主海上太平洋报社，君驰书以女子剪发议见抵，可谓得风气之先矣。一夕相逢柳外骖。怜我蹉跎磨慧骨，感君跌宕恣雄谭。栖鸦流水当前景，难忘秦淮纪阿男。

禹钟新婚，诗以勖之，亦朋友责善之谊也

三生灵石旧精魂，一系红丝仗汝恩。闻道蛾眉有哀怨，急须鸳侣与温存。无情何必生斯世，泛爱终难免痛冤。我说耶稣平等偈，胜他姬旦礼无根。

枭獍一首示同座

枭獍无端有此身，朱温冯道尔何人。十年傀儡谁牵线，百劫虫沙合

感恩。久矣曹丕知舜禹，几曾新莽长儿孙。王师北伐休濡滞，先向黄龙奠一樽。

乐国纪事

入门横槊气如虹，姑射冰姿醉里逢。调笑尽劳游侠子，蹉跎未怨酒家佣。论才如汝宜专对，此日封侯尽下中。莫唱杜秋金缕曲，樊川身世太匆匆。

词令聪华一座倾，十年我悔负狂名。能驯龙性原难得，不遇虬髯枉合并。窈窕施嫱非俊物，椎埋侧貮倘前生。飞扬闻道才如海，来嗅桃花剑血腥。

堕　地

堕地男儿百不聊，如何一跌又中宵。上床未合陈登稳，旁榻终怜李煜骄。辛苦半生鸡肋瘁，扶持午夜凤雏劳。谓玄穆倘教断送头皮了，定有骚人赋大招。

中夜闻鸡，苦不得睡，与巢南、玄穆、十眉狂谈达旦，遂有斯作

错认鸡鸣天下白，翻怜中夜乱啼鸡。枕戈琨逖原同调，适野轩辕奈众迷。人寿河清饶感慨，名山椽笔互提携。不须但扫门前雪，灵鬼千年有怨凄。玄穆懒于征文考献，以此督之。

重过乐国

七日重过乐国，写示巢南、玄穆、十眉诸子。

病酒孱躯气未平，呼俦重访许飞琼。胡麻一饭能容我，萍絮三生莫问卿。小妹李波工杀贼，平阳贵主亦专城。他年倘建龙骧业，帷幄何辞太瘦生。

李花曲

杨花落尽李花殷，环秀桥头见阿环。入座无言疑息妫，误人毕竟是朱颜。葳蕤幸托慈云护，辛苦终怜萝屋艰。闻说邻娃成早嫁，七香金犊梦魂娴。

云锦终年织七襄，穿针宁为嫁衣忙。蘼芜门巷三更月，杨柳楼台五夜霜。好卷珠帘迎蛱蝶，莫抛金弹打鸳鸯。低眉欲说生公法，便散天花满道场。

彩云词

尹邢并世见风流，敢说蛾眉貉一丘。卢后王前原定论，牛恩李怨各无尤。沾泥莫笑康成婢，啖芋谁为邺国侯。最是江东两词客，石榴裙下早低头。谓巢南、玄穆。

飞飞题壁断肠词，三百年来想见之。岂意闺中传一脉，依然汉上有诸姬。玉颜留晕肥增媚，絮语能挑慧亦稀。只惜香巢三窟杳，未能排闼与偎依。

婪尾一首示佐梅

我见犹怜亦太痴，乱头粗服病西施。抱衾何以酬佳客，复壁无端着此儿。穷士芦中箫激越，美人劫后玉支离。殷勤为语慈悲子，婪尾春光好护持。

三过乐国

八日三过乐国，与十眉、巢南、玄穆、少牧、信孚、慎廉、韶声、禹钟联句得三首。

又携一棹泛斜塘，安如风物乡关未忍忘。芋火十年唐宰相，十眉酒垆沉醉汉高皇。愁罗恨绮今犹古，巢南铁戟银箫梦亦香。独立伍胥滩畔路，玄穆芦漪潮打月荒荒。少牧酒边奇句满天飞，少牧一字推敲意甚微。满座谁分宾与主，信孚于人宁论是和非。蓬心未化终成累，慎廉玉貌相看总带肥。更有傲霜黄菊艳，韶声携尊堪与话忘机。禹钟

谁怜猿臂不封侯，禹钟王气金陵无恙不。张楚陈吴原戍卒，安如违天孔佛尽庸流。容成素女差闻道，十眉老子青牛亦可羞。惟有当垆拚一醉，巢南尽骑黄鹤上高楼。玄穆

放言两首，示斜塘诸子

释迦谬说我难应，孔氏迂谈亦未钦。但信人天有哀乐，莫从名教辨贞淫。免冠握手浏阳论，施雨行云造化心。断爱倘教真绝欲，茫茫丰草与长林。

裨瀛新说渺无垠，青史陈言却等论。非孝先河孔北海，平权鼻祖谢夫人。岂真劣败黄民罪，无奈延缘黑狱循。更有并耕名论在，劳农遗制未全湮。

后放言两首，再示斜塘诸子

面首三千创独裁，山阴当日亦奇才。独怜贵主徒豪举，未遣周婆制礼来。渴饮饥餐原磊落，持矛陷盾尽谐诙。须髯如戟成何用，齿冷于今笑彦回。

嬴刘文网犹疏阔，空见秦碑勒会稽。旅邸相从卓氏女，下堂求去买臣妻。奈从天水迂儒出，长遣金闺岸狱跻。一卷无聊传列女，冤魂怨魄有余凄。

留别乐国主人

白莲换劫齐王氏，红粉麀兵唐赛儿。束发读书疑共信，挑灯见汝是耶非。英雄倘竟帏房老，名字谁增史册辉。回首滇南思女侠，杨娥一传有余欷。

题《西园雅集第二图》，次巢南韵

横流依旧奈君何，又向名园侧帽过。词客无多灵气迥，酒人一辈醉颜酡。荒唐乱世英雄语，恻怆空山薜荔歌。横槊曹瞒休更问，负他铁马与金戈。

留别斜塘诸子，叠前韵

气尽风云唤奈何，犹能李赵一经过。猖狂宁惜金梭掷，憔悴终羞玉貌酡。锦瑟年华啰唝曲，醺桃门巷懊侬歌。残山剩水浑闲事，好挽情天落日戈。

花信频番近若何，冶春巷陌许同过。傲霜黄菊经秋艳，初日红蕖出水酡。刘阮重来犹有路，尹邢并世奈闻歌。肠回气荡君休讶，鳞甲横胸十万戈。

留别探珠吟舍，叠前韵

探珠吟舍重游地，又作空桑三宿过。门外白榆嗟汝老，酒边红烛照人酡。何年张翰归乡约，此日梁鸿去国歌。填海移山都易事，只难挥到鲁阳戈。

奇泪一首，叠前韵

奈此寒宵奇泪何！华年骏足梦中过。修名未立身将老，青史当前面易酡。少日燕然曾草檄，而今垓下怯闻歌。高堂病妇都堪念，忍绝温裾逐荷戈？

九日阻风不得归梨湖，遂偕巢南、十眉走海上，车中有作

三日斜塘烂醉中，如何归梦泣途穷。石尤忽唱公无渡，马首真成我欲东。出处岂应关大计，低徊无奈负初衷。遥怜病妇娇痴甚，却背银缸咒玉虫。

旅邸夜坐，仍叠巢南韵

依然宝马香车地，曾共伊人双宿过。念汝梨湖闺梦短，咒侬歇浦旅颜酡。繁霜皓月寒如水，银烛金尊夜听歌。只有归欤长计好，直须倒挽邓林戈。

赠小眉

当年蒙叟赞端哥，几复人才后起多。久与而翁成沆瀣，崭然如汝未蹉跎。兰芽早茁阶前玉，赤帜终扬海底波。磊落英奇归一辈，不须老眼厌摩挲。

十日巢南招饮酒楼，即座赋呈兼示馨丽世妹

廿载交情未死灰，招邀且共斗深杯。乡邦耆旧无双士，桑海文章第一才。身有千秋原自信，胸罗万卷要重裁。时有《松陵文集》三编之辑。刘家豚犬君休羡，珍重传经伏女来。

偕十眉观春航剧

自携潭水千寻客，来看楞严十种仙。恨海情天原尔尔，舞裙歌袖尚翩翩。删除结习归真谛，收拾风怀付后贤。崔九堂前当日事，江南重复见龟年。

海上寄韶声

伊谁无赖成词客，此夕生明有素娥。此联君海上酒家即事句。佳句中郎忘未得，豪游海上又相过。高楼猛烛黄娇酒，檀板银筝白纻歌。如此风情消不易，一诗相讯问如何。

温磨一首

心上温磨过一回，天将灵秀予蛾眉。外黄悔嫁原非耦，红拂能奔始

算才。庑下鸿光劳护惜，女中朱郭睹丰裁。难忘堕指宵寒甚，为我呼车巷尾来。

长春一首

长春行国暂徘徊，室小如舟亦快哉。塞窦闭门高士赋，牵萝补屋女郎才。五噫吴市何须羡，一舸鸥夷未要回。愧我卜邻空有约，可堪无地起楼台。

影事十首海上作

事到难言有泪倾，扪心终苦未分明。柳车季布当年誓，条脱羊权异代情。一别竟歧吴越路，他生休傍海山盟。寻常巷陌经行处，愁绝狼河与凤城。

生小凌云剑气谙，相思红豆落江南。飘零湖海人亡命，寥落云天客解骖。几度恩仇酬侠骨，一春消息付深潭。伤心鸩鸟为媒日，露苦霜酸分自甘。

玉珰缄札太匆匆，后约能回泪尚红。已遣私情陈李密，终怜豪气累元龙。蛎滩鳌背阳戈健，马角乌头吾道穷。莫向昆明问灰劫，胡僧无语岁星慵。

逭暑人来鬓未丝，轻罗小扇乍凉迟。支机有石难填海，英武多言悔授诗。惨绿华年成过隙，流黄云锦织相思。本初河朔空豪饮，孤负横刀骂座时。

门外铜驼对夕阳，新亭痛哭亦何尝。伊川披发终成谶，江左夷吾愿未偿。属国河梁愁卫律，小楼春雨梦重光。道清降表签名去，虎踞龙蟠此下场。

虬髯已分让龙颜，无恙扶余海外天。兴夏一成堪建国，乘桴万里况求仙。谁教弃掷雄心死，无奈萋菲簧舌便。一恸江南王气尽，胭脂辱井丽华填。

天寒翠袖玉容殷，犹见文姬绝塞还。须贾赠袍怜旧谊，孝标著论悔名山。金尊檀板成何济，碧海红桑只等闲。莫道云英犹未嫁，哀时罗隐亦江关。

凤泊鸾漂又几秋，恩罗怨绮可胜愁。东西沟断终流恨，决绝词成敢少留。南国杨麽羞揽镜，北平李广不封侯。枕戈击楫都无命，今古英雄貉一丘。

七二鸳鸯愿未赊，石城东畔有卢家。酒徒旧托高阳侣，沧海新浮博望槎。已见玳梁栖燕子，敢将人面问桃花。堕驴一笑陈抟老，归去青门合种瓜。

影事重重悔此生，休言太上足忘情。渡河宗泽心难死，填海精禽泪又并。容易蛾眉怨迟暮，几曾麟阁擅功名。蹉跎广武原头叹，大泽羊裘钓岂成。

夜话示十眉，即以为别

未来过去从何说，情话蝉嫣一夕多。君似顽仙初证果，我如止水不生波。人间竟辟长春国，梦里难忘荷锸歌。挥手又成明日别，当筵烛泪替滂沱。

十一日自海上归梨湖，留别儿子无忌

狂言非孝万人骂，我独闻之双耳聪。略分自应呼小友，学书休更效而公。须知恋爱弥纶者，不在纲常束缚中。一笑相看关至性，人间名教百无庸。

归装甫卸，即获莘子寄怀之什，并讯斜塘游况，依韵奉酬，不胜其凄惋也

良会无多似月圆，空教废尽几宵眠。春归浅梦浓香外，人在唐愁汉怨前。息壤有盟君竟负，斜塘之集，君期而未至，弥增缺憾。霸才无主我犹妍。一灯悄悄斋心坐，不信风怀尚盛年。

寥寥天上文星聚，落落人间酒帜开。避地梁鸿归亦偶，谓十眉哀时庾信感重来。自谓移山有誓终何济，骂座无端亦算才。收拾狂情归一唱，愿身成骨骨成灰。

莘子叠韵诗来，极哀艳之致，拂面墙花，颇征本事，辄复裁和，知不免丰干饶舌之讥已

昙誓无凭噩梦圆，有人卧榻正酣眠。黄鹂弄舌春归后，赤凤联歌月上前。闻道读书曾折节，如何要驾又狂妍。杜娘金缕真堪念，莫倚容华壮盛年。

卿本佳人第几回，名花偏向涧边开。似闻彩凤随鸦惯，底遣文鸳伴鸭来。飘泊自然怜薄命，飞扬能否悔矜才。明明觉岸前头路，指点婆心倘未灰。

别后寄巢南、十眉海上

归来海上有余思，消息难忘两总持。咏絮风流道韫在，赁春况味伯鸾知。交情骨肉关身世，文字因缘托导师。越角吴根尊硕果，松陵文笔魏塘诗。巢南辑《松陵文集》、十眉辑《魏塘诗征》，皆名山巨业也。

彩云词，次玄穆韵

门外遥山换髻鬟，门前杨柳斗眉弯。十年岂有参军恨，吴语喁喁也带蛮。

罗袜凌波罗带松，五陵年少惯相逢。自惭不是司香尉，空向心头贮玉容。

帕首经过李赵家，猖狂龙性亦徒夸。白旄黄钺非吾事，姓氏何堪付狭斜。

消息难凭下濑船，罪言空拟杜樊川。霸才流宕仍无主，袖手来看篆袅烟。

云雨荒唐别有思，楚臣宋玉到今疑。五湖倘遂移家计，愿借亡吴少伯鸥。

谁教灵秀萃裙钗，环秀来鸿隔一街。还是效颦还避面，玉颜红比凤头鞋。

软语遥怜暮霭昏，拂衣径去有啼痕。重来他日休忘记，红板桥头白板门。

清浊何劳辨渭泾，蛾眉尹岂不如邢。天钱十万同难贳，愁绝银潢织女星。

斫地王郎下笔娇，旧欢新恨两无聊。似曾相识缘何事，莫向红桥理故箫。

漫道微之胜牧之，微词曾赋会真诗。如何拂面墙花语，惯遭风怀白傅知。

李花四首，次玄穆韵

不论孔佛与回耶，那及如花凤女家。惭愧江湖摇落后，又教来吃玉川茶。

家评月旦付雌黄，卢骆王杨有短长。一队酒人才似海，昭容玉尺可能量。

春深妆阁一逡巡，小袖云蓝捧斝频。如此温存够消受，不言宁怨息夫人。

闲情偶赋广平梅，容易花间姊妹猜。未必王敦能作贼，漫劳香枣石家来。

玉儿两绝，次玄穆韵

汉南杨柳感桓温，迟暮英雄有涕痕。漫道此乡堪大隐，挑灯容易过黄昏。

上床客卧怨相催，百尺楼高此一回。莫问芙蓉城主事，露花风絮尽低徊。

题十眉《鸳湖双桨图》，次玄穆韵

绮梦难忘十载中，留仙不住竟随风。陌头依旧垂杨绿，垄畔无端宿草红。犹向画图窥引凤，可怜手爪误惊鸿。黄门一恸堪千古，哀乐中年老谢公。

凄绝招魂帐底身，优昙生命等浮蘋。从来福慧双修地，误尽婵娟一辈人。容易因缘成草草，断难环佩唤真真。遗簪坠履都休惹，缣素何因异故新。

微词两首，次玄穆韵

墙头邻女曾窥宋，座上刘桢早感甄。桃李依增迟嫁恨，茑萝郎岂自由身。拗莲捣麝情怀苦，转绿回黄涕泪频。佛说因缘耶说爱，庖牺制礼总难遵。

乌桕门前几着霜，菱花珍重铸鸳鸯。柳梢旧约愁边老，桃叶新欢梦里忙。漫道鸠人无叔子，居然夺婿有瑶光。长房缩地终成恨，便许重逢尽断肠。

次韵和陈馨丽女士兼呈巢南

孔李通家誓未灰，尊公巢南先生与先子同出杏庐门下，又与余有纪群之雅。一诗和我抵琼杯。辨琴早识文姬慧，咏絮今知谢女才。文献惭余荒旧学，风云盼尔建新裁。凤毛要有超宗美，他日中原草檄来。

解围俊语青绫障，表德雄文黄绢辞。君为其母夫人唐撰行述，文甚懿美。芳雪疏香久寥阒，扬今榷古一追随。家风名父原无忝，词苑新交未恨迟。百卷松陵传秘箧，丹铅费汝校雠时。巢南时方刊其所辑《松陵文集》三编，余任剞劂之资，君为襄校事焉。

乐天吟，次巢南韵

曹唐枉说赋游仙，那及春深乐国天。荀女红妆才绝代，谢娘青障语能妍。不妨袖底殷勤握，一任垆头沈醉眠。十日平原犹恨少，可堪三宿负婵娟。

禁脔一首，次巢南韵

难尝禁脔怨如何，累我赓酬重叠过。烈士暮年处仲恨，妇人醇酒信陵酡。由来垄上辍耕叹，羞见机中织锦歌。春水一池关底事，恩仇空老鲁阳戈。

情天两首，次巢南韵

情天有泪未成灰，块垒何妨借酒杯。猿臂谁为天下士，蛾眉奈此劫余才。歌成金缕伤迟暮，赋卖长门见别裁。一自海桑陵谷换，寥天无复帛书来。

两种情怀一种痴，底须哆口有微辞。飞花我已沾泥定，举鼎君防绝脰随。秦女吹箫原恨晚，燕姬暖玉更嫌迟。好吟骆马杨枝句，珍重香山悟道时。

灯红三首，次巢南韵

飘缈因缘可奈何，灯红时候又经过。玉台句好才终惜，唐韵楼高梦亦酡。漫把浮丘仙子袂，须防垓下楚人歌。情天恨海浑无据，只合书城挽鲁戈。

缕缕相思未死灰，又教相见共倾杯。金梭不折幼舆齿，玉镜终输温峤才。一夕姬昌劳反侧，三挑尼父见丰裁。怜君爱博情难壹，到处拈花弄絮来。

绝代佳人白玉卮，钟陵山下托微辞。倘教写韵登楼坐，何异升天拔宅随。不是明珠怜嫁早，那堪禁脔识君迟。有人一面缘还阻，惆怅停尊伫影时。

次巢南重过乐天韵

又向情场挽鲁戈,樽前齐唱乐天歌。飞书笔阵陈琳健,劝酒琴心卓女酡。东洛衣冠犹在望,西陵松柏屡经过。素君倘逐灵芬老,绿玉青瑶奈尔何。君有绿玉青瑶馆

凯歌一章,次巢南韵

回天真奋鲁阳戈,伫听黄龙奏凯歌。丧乱若教根尽拔,江山须要血成酡。重来卷土成功捷,十载伤心纵敌过。袖底素书三卷在,耻将刀笔比萧何。

自题《蓬心草》后,次巢南韵

越角吴根一苇杭,梨湖卅里接斜塘。重来骂座心情健,老去填词粉黛香。少妇莫愁年十五,伊人宛在水中央。酒龙诗虎狂犹昔,莫向樽前感海桑。

次巢南归自蚬江赠桐君韵

十里桐花烂似银,高华小字喜翻新。荷衣兰佩思公子,月地云阶拜美人。霸越功名尝胆苦,沼吴颜色捧心颦。悲欢离合从头絮,百劫风华恐未真。

绿玉青瑶馆郁峋,仙山楼阁认前身。秦楼箫史思骑凤,鲁国钼商怨谪麟。碧玉小家身就抱,红桑初度海扬尘。龙华相见再相谢,莫向欢场问笑颦。

次巢南明日重赠桐君韵

天寒袖薄感如何,百尺楼头一再过。漫道云英身未嫁,重逢崔护面应酡。隔帘鹦鹉传私语,待阙鸳鸯有艳歌。不信元龙豪气尽,横陈犹与枕霜戈。

驰驱铁马更金戈，归向江头发浩歌。草檄未忘盾鼻健，挑灯且醉玉颜酡。英雄儿女原同调，粉黛兜鍪合共过。却笑重瞳真草草，拔山力尽奈虞何。

阒寂二首，次巢南韵

障海西流挥日东，不然记曲有红红。幽情丽想缠绵外，古艳今愁磊落中。岂有阴符娴灶婢，可怜碑版付溪僮。等闲七尺珊瑚树，击碎何劳怨石崇。

幕天席地恣沈酣，无复青绫步障谭。虹气摩空云外堕，桃花薄命镜中篸。已尝世味咸酸苦，奈少文心沉瀣醰。一雁遥天婪尾尽，便教阒寂我能甘。

次巢南吴门阻雪韵

奈此金昌亭子何，沼吴十载误阳戈。一樽风雪诗情健，百劫河山霸气酡。草草兴亡黄菜叶，沈沈心事白虹歌。七姬墩冷群珠碎，楼阁齐云梦里过。

银海琼楼汗漫过，玉龙鳞甲蜕如何。披帷望远天都白，借酒浇愁面易酡。林下风流才女絮，淮西战血健儿戈。何当十四桥头去，蓑笠垂虹有棹歌。

次巢南冒雪过严扇韵

一赋才高咏谢庄，扁舟容与过鲈乡。寥寥耆旧马生角，历历襟怀海又桑。有限精灵天亦泣，无征杞宋史先亡。荒江钓雪吟梁父，万户千门陋建章。

次巢南吴门重晤桐君韵

又向吴门一棹过，匆匆良会感如何。玉钗罗袖三生约，骏马名姬一笑酡。耐可风怀吟锦瑟，肯忘雄略事金戈。明珠宝剑原无价，绾就同心一放歌。

镜底温黁玉貌酡，屧廊香径共经过。妆台密誓回文锦，玉树新声子夜歌。凤女漂零原有恨，檀奴身世问如何。五湖作计生怜早，起陆龙蛇返日戈。

次韵和长公代乐国主人见答之作

一纸诗来感若何，云屏梦又一番过。捉刀伎俩英雄惯，压酒心情儿女酡。不信垆头成醉卧，也同垓下发悲歌。拔山盖世豪犹在，付与荒荒落日戈。

伤别伤春唤奈何，几时旧地好重过。桃花马上长缨壮，娘子军前战垒酡。密意忍忘前度约，雄心还唱大风歌。相期并辔黄龙府，迟汝先挥越石戈。

次韵和长公代乐国主人别后见寄之作

替写簪花小字圆，又教劳我损餐眠。铺张青史风骚外，妆点红闺粉黛前。枚叔飞书他日健，长卿买赋此时妍。翻怜绛灌无文采，输与秦淮有董年。

是我平生第二回，迷楼集后一编开。最难瑜亮同时合，莫遣尹邢避面来。传汝千秋原有命，若论并世恐无才。弯强压骏霜红老，埋血深深碧未灰。

被酒夜归，忽忽不乐，次韵和长公自题
《蓬心和草》之作，即以奉寄

一纵狂情可奈何，愁边身世酒边过。欲驯龙性身难主，不饮鸾刀血总酡。三户亡秦陈胜国，九章哀郢屈原歌。南天佳气今葱郁，投笔班生倘荷戈。

兵谈纸上恨如何，痛哭长沙一再过。身欲奋飞毛未满，舌难骋辨面

先酡。剚蛟况乏沈江勇，匪兕空怜适野歌。坐困书城真失计，妻瞋婢笑共操戈。

次韵和次公

名山何处问"迁聊"，叶粟庵集名炯炯心光贯此宵。若论行藏原大错，但凭文字作天骄。雕虫技小吾何用，刻鹄功成尔亦劳。只合江湖投老去，玄真蓑笠倘堪招。

次韵和安澜

好句珠穿颗颗圆，早应几损上床眠。追来酒债茶逋外，吟到灯昏月上前。咄咄逼人吾盛气，便便有腹汝矜妍。百篇一斗原能事，不信研都要十年。

陶令黄花处士梅，人生能几好怀开。却从古店斋心后，为溯云屏旧梦来。落魄诗篇多妄语，入时眉黛倘奇才。何当忏悔狂禅尽，文字深深化劫灰。

次韵和弘士

填海移山志愿赊，匈奴未灭忍言家。城狐社鼠威犹炽，封豕长蛇祸转加。梦里勋名人草檄，愁边诗句壁笼纱。壶浆伫盼王师至，庾岭章江鼓角哗。

神州一发晋阳秋，辛苦南天正朔留。姬发鱼应舟畔跃，子阳蛙尚井中游。胆薪正切三分国，衣钵谁传十四楼。青史扪心功罪定，菲妾巧舌合休休。

十年痛史我能谙，群盗纵横遍漠南。颂莽尽多名士卿，讨曹谁跃健儿骖。休疑南董诛心笔，几见共欢革面谭。莫向旧黄河上望，中原何处有奇男。

闾阎何人返国魂，普天率土早承恩。一成兴夏穷终灭，三户亡秦楚竟存。讨逆奚须筹胜负，吊民合与拯烦冤。国殇多少苌弘血，酹酒先浇宿草根。

食人率兽恨如何，处士纷纭横议过。汉贼并称心早死，国钧私窃面应酡。黄粱未醒终南梦，白刃谁酬易水歌。要为两间留正论，书生奋笔当挥戈。

谁言行不得哥哥，六月兴师奏凯多。肯使枭雄成气候，翻教志士惜蹉跎。短衣射虎南山石，赤手屠鲸东海波。髀肉豫州还浅事，疮痍黎庶待摩娑。

燕南赵北劫余灰，痛饮狂泉三百杯。刘豫居然奈何帝，瀛王肯信出群才。事君传舍真长乐，托命旃裘乞主裁。枯骨冢中休作祟，会须悬首藁街来。

隋宫殿脚女三千，不信销魂独绛仙。掩袖谗言偏妮妮，留裙妖态总翩翩。从来狐媚能荧圣，岂有龙嫠不祸贤。卖履分香前事在，阿瞒心法记当年。

深源便出又如何，误尽苍生此竖多。国狗当关曾噬主，泥鳅入海也生波。重来倘仗神狐力，不死终愁相鼠歌。猿鹤虫沙归一劫，武昌鬼哭夜滂沱。

击鼓鸣金四海同，不成聋瞽便应聪。武侯讨贼忠谁比，向戌弭兵论岂公。要遣烽烟销宇内，肯凭寇盗踞朝中。戎衣一举终戡定，邪说如簧百不庸。

手捧重轮日月圆，真人宵旰废餐眠。勤劳禹稷胼胝外，怀抱黄农熙皞前。合众旧邦佐治圣，苏俄新史李宁妍。禽渠捣窟浑闲事，主义三民亘万年。

北伐旌旗见此回，长江铁锁一齐开。指挥武汉三军集，蹴踏燕云万马来。逆渠骄盈终授首，重华圣善岂矜才。腐儒投笔惭无路，袖底铙歌奠劫灰。

次韵和禹钟

飞琼仙子寒琼思，星裳霞佩光陆离。瑶池昨日宴宾客，酒酣起索长爪诗。长爪喟然忽太息，由来此乐天家希。即今中原苦丧乱，叫阍无路通微词。重华南狩苍梧野，僭王徐偃乘国衰。白头吴濞弄兵革，金堤一决民靡遗。曹瞒张鲁夸割据，蛮争触斗纷纭为。力穑农夫饥欲死，无衣红女空鸣机。嗷鸿哀雁满沟壑，长蛇封豕吞边陲。人间天上纵迢递，对此那不增千欷。及时我辈且行乐，拯焚救溺当谁期。陈词未毕飞琼笑，如郎热血何淋漓。麟生凤降岂在远，文台早握千璇玑。行看北伐殄元恶，专车载骨防风嗤。铜头铁额尽销歇，珠囊金镜真希微。功成好与洗兵马，银潢倒泻其庶几。

乐国宫词两首，次佐梅韵

英雄从古老温柔，汤沐关河蹈上流。叱起虞渊五色日，鱼龙东海看梳头。

快枪炸弹诛雄帝，冕服珠旒拜女王。可惜迟生一千载，不教妩媚作平章。

温麿两绝，次佐梅韵

便署芳名也要才，惺惺相唤尽低回。来鸿环秀无多路，可许尹邢一面来。

赵女弹筝秦女箫，终怜婉弱不胜娇。衡才自具千秋胆，付与公孙剑气销。

次佐梅夜过彩云家三绝句韵

灯前花气护行云，镜里眉痕斗小颦。镜影灯光双照彻，自扶残醉看春人。

同心双髻玉搔头，罗带轻拈着意羞。不信墙东通一语，月波楼上窃娘愁。

玉纤忍冻擘黄柑,可有深情个里含。妾似柑皮微带涩,郎如柑肉要全甘。

次韵答长公再和三过乐国联句之作

名姬骏马出南塘,好梦如云忘未忘。不信红颜成落寞,从来青史有张皇。相如病渴垆头酒,韩寿魂销袖底香。莫向情场留片影,天根月窟总荒荒。

剑气如虹十丈飞,隔花小语剧精微。锦裙罗袜无消息,碧海红桑有是非。丈室蒲团天女艳,围城玉貌鲁连肥。振衣一笑我何与,静听床头络纬机。

不须便拜醉乡侯,莽荡风云无恙不。补屋牵萝唐绝代,欧刀鸩酒汉清流。避秦南国飘零恨,窥宋东家憔悴羞。万一羽琌成本事,安排玉宇与琼楼。

次韵答长公代乐国主人别后和三过联句之作

仙山楼阁伍胥塘,招隐书来我讵忘。无那扪胸心磊落,遂教避席客仓皇。流离载道黄民苦,豪杰成灰白骨香。便有柔乡忍终老,中原天地正荒荒。

豺狼当道毒龙飞,十丈魔高道力微。血溅玄黄孤注掷,棋翻黑白一枰非。饥悭粒食糜偏餍,瘦尽南人北岂肥。红女号寒农饿死,枉教秉耒与鸣机。

不争天子不封侯,如此江山忍得不。早合揭竿从大泽,任他束阁号清流。便追晰美文焉用,未效红俄死亦羞。匹马短衣燕市去,荆高旧约酒家楼。

次韵和长公代乐国主人答纪事之作

击筑秦庭日贯虹，夫人匕首最难逢。不从征侧称雌帝，却慕长卿涤酒佣。钩党才名烧炭外，意大利烧炭党牵萝生计卖珠中。天寒翠袖真堪念，应悔屠龙十载匆。

几须觌面始心倾，早向江湖问姓名。风虎云龙一沆瀣，文儒武侠两交并。蹉跎我已同齐赘，慷慨君犹识郦生。好纵雄谭慰迟暮，仇头下酒革囊腥。

次韵和长公代乐国主人答重过之作

单绞岑牟祢正平，霓裳仙佩许飞琼。逃名青史应怜我，大侠黄衫或遇卿。自有权奇称绝代，底须颜色重倾城。何当真筑糟丘住，月地花天了此生。

次韵和长公代乐国主人答留别之作

须眉举世无男子，巾帼能狂此女儿。不死雄心犹磊磊，平生奇想故非非。风云未遇休言命，文字收功倘借辉。传汝江湖新掌故，红妆季布漫欷歔。

眼中落落羞余子，座上娟娟拜可儿。红拂从军才证果，朱虚行酒早锄非。一泓秋水人如玉，十丈春魂剑有辉。何日修罗真换劫，鸾钗敲断惜余歔。

次韵和长公答震殊之作

扬挖宗风计已赊，鸦鸣蝉噪尽名家。风云炼胆才方壮，市井称诗分岂加。南国阳秋凭月旦，东施颦笑误溪纱。劝君百尺楼头卧，一任群蛙井底哗。

偕佩君就医吴门，舟次赋呈

嫁得狂奴孽早成，篷窗聊复絮三生。家常慧骨磨真惜，精力韶年减暗惊。多病自难离药物，工愁毕竟误聪明。好求玉体长生诀，容我疏慵谢世情。

吴门晤从弟率初

西堂梦草酒边生，此夕糵台喜合并。披发佯狂山鬼泣，高冠长佩市儿惊。颇饶天外婵娟想，奈少人间婚宦情。刻骨相思到文献，名山风雨短灯檠。

出处一首，次韵和率弟

出处无凭悔此行，棋输一着局全倾。岂真恸哭杨朱路，枉负猖狂阮籍名。不醉红裙成缺陷，谁言青眼解逢迎。绝缨灭烛淳于语，福薄终难例此生。

舵尾一首

舵尾人来眼有波，縠纹清浅抵银河。箜篌莫唱公无渡，乌鹊真成尾毕逋。持楫忍劳双腕健，临流只惜片时过。浮家泛宅生涯惯，云水苍茫奈尔何。

车中一首

巷尾街头一笑逢，车中人去太匆匆。萧娘名字何曾识，崔护情怀未许通。十幅霞绡围绝艳，一枝瑶瑁纪狂踪。老夫心绪浑难说，自绾游丝罥落红。

吴市有女郎狎巨蟒者，诗以赠之

蓬门萝屋能钟秀，大泽深山会毓奇。粗服乱头饶妩媚，生鳞活甲动参差。豢龙刘累卿知否，跨虎文箫我亦疑。多少深闺虫豸胆，可怜输此弄蛇儿。

女权百辈谈名理，独立吾先见此儿。倚市不同燕赵贱，浣纱差比苎萝奇。玉颜有晕寒生颊，英气无端剑露眉。大陆风云今起蛰，可能从我狎蛟螭。

翌日偕率弟再过，遂有室迩人远之慨，怅然成此，即次前韵

游龙身手卿能矫，逐鹿襟怀我亦奇。排日过从三拂拭，浮生踪迹一参差。风云有气诚难识，猿鸟无情倘见疑。珍重蕲王红玉事，莫教轻嫁弄潮儿。

古愁莽莽成无赖，此豸娟娟信可儿。人海浮沈堪恸哭，玉容窈窕更离奇。鸿飞冥冥还留影，有摄影绝佳虎气英英肯画眉。惆怅萍踪在何处，倘从赤豹跨文螭。

明日将去吴门，赋此为别，叠次前韵

不成重见成轻别，离合悲欢亦大奇。剑气平吞金篆籁，罡风吹冷玉参差。畀秦鹬首钩天醉，浮海虬髯汗简疑。乞食伍员原此地，未应奇侠逊男儿。

早燃目炬空流辈，剩爇心香拜女儿。岂少婵娟兼绰约，最难倜傥更权奇。千秋汗血桃花马，一抹遥青卓女眉。去去沧江乖后约，逢君梦里驾虬螭。

追记弄蛇女郎

前在某所，士女如云，见有曳髻垂裳雍容大雅者，友人告余曰：此即弄蛇女郎也。贤者不可测，理或然欤！追纪以诗，仍叠前韵。

直以温文掩轻侠，略从端整露权奇。闺中婉娈谁堪匹，林下丰标亦

未差。胡帝胡天原共信，倾城倾国更休疑。神龙变化浑难测，那不低头拜此儿。

劲装辫发夸游侠，玉佩琼琚称女儿。狗曲鲰生安足道，龙腾虎变始为奇。酡颜合舞霓裳曲，英气难销柳叶眉。华贵雍容谁省识，生涯赤手弄蛟螭。

留别率弟

同游箫市浃旬多，踏遍长街短巷过。一赋闲情原不讳，百年蠹简要狂胪。魂销颜色葡萄酿，气尽风云苜蓿歌。小别临歧成怅惘，迷楼有约莫蹉跎。期以长至节会于蚬江迷楼。

留别吴门两首

斜塘三宿抵空桑，海上三山事渺茫。更向苏台问麋鹿，居然皋庑媲鸿光。猖狂合遣闺人骂，征逐还怜予季忙。别有尊前存殁涕，黄垆无地哭嵇康。陆生子美，吴门人，殁七年矣。

歇浦斜塘才五宿，此游差喜倍平原。料量文献都成绩，刊《莘庐诗补遗》附刻已竣事，《杏庐诗钞》集外诗亦付写官。评泊风华亦性根。绿酒红灯春似海，车中舵尾客销魂。难忘起陆龙蛇事，英绝眉痕眼底温。

自吴门归梨里，附轮舶行半日而达，舟中口号示佩君

补天浴日平生志，破浪乘风万里行。岂意江湖成袖手，翻劳闺阃骂闲情。绵蛮乡语垂虹过，漂泊云程旅雁轻。且喜玉容无恙在，又教归去一诗成。

将赴东江，书慰佩君

宵来枕席有违言，日上犹怜拥被眠。龙性难驯原我罪，鸡鸣能戒感君贤。时劝余止酒。耻为天下负心子，好作人间忍辱仙。沥血刳肝书作

誓，倘回电笑宥狂颠。

吴门归棹晚寒天，又泛东江一舸烟。湖海栖栖成浪迹，襟怀郁郁渐中年。难销碧血千秋恨，忍见红闺尺涕涟。东市朝衣原自负，那禁小别总凄然。

孤愤两首，叠前韵

又婴孤愤发狂言，底用横陈玉体眠。谢女工诗原可惜，周婆制礼究谁贤。强为家室终非福，能破婚姻便是仙。安得自由成恋爱，熙熙水畔更山颠。

食色分明见性天，何当羲礼付秦烟。一从罗网张三面，遂使烦冤亘百年。浪说双修成福慧，忍看孤涕泣湲涟。从来罪恶都人造，打破樊笼始豁然。

得张骥叕女士书，奉柬两首

匆匆一昔初谋面，郁郁千言始睹心。风虎云龙君跋扈，君自署龙虎风云室善女子。蚕丝虫蜡我销沈。文章信美原刍狗，哀乐无端证海禽。霸气中原孤注在，好持武水比山阴。谓秋鉴湖

如君怀抱堪千古，名字犹惭我未详。轵里杀身差突兀，北宫辞嫁太寻常。家为桎梏原当废，书著穷愁总不祥。誓碎毛锥椎铁砚，快枪炸弹一回翔。

次韵答骥叕

篆刻雕虫君尚谙，诗来迢递魏塘南。清才红藕易安句，奇气桃花良玉骖。截发何关留客饮，解围曾听泻珠潭。鉴湖事业终须继，愧死神州亿万男。

骥孁过访梨湖，适余留滞蚬江未获一晤，叠韵追寄

访戴能来苦未谙，萍踪谁分北东南。应门我愧梁鸿妇，题凤君劳吕叔骖。玉貌鲁连留片影，青绫谢女失雄谭。自惭不是渔洋老，空遣江湖重纪男。

柬骥孁即次其自题小影韵

剑底风云气未删，樽前红泪忍成灰。谈兵前席阴符健，罢猎南山小队回。炼石娲皇终补恨，高丘佚女肯求媒。十年相马骊黄遍。韦露苏菲倘汝来。

次韵答天方

共和已废君臣义，牙慧羞他说五伦。种种要翻千载案，堂堂还我一完人。自由恋爱无婚嫁，公育儿童孰主宾。孔佛耶回刍狗尽，独从真理见精神。

悔晦三十七忆诗次《蓬心草》第一首韵见怀，赋此奉答

楚尾吴头万里赊，诗来能咏卖浆家。猖狂乐国情何补，叹息横流恨转加。名士头颅钩党狱，美人身世浣溪纱。虫沙猿鹤关天意，一哭终难奠万哗。

乐 国 词

率初书来谓有《迷楼集》诚不可无《乐国吟》；然迷楼有曲，更不可乐国无词也。感此嘻言，重裁长句，仍次梅村《圆圆曲》韵于枕畔成之。曩作以顽艳擅长，兹篇用苍凉致胜，千百年后，庶几传吴根越角间双玉已。锦囊呕血，固不忧墓木之拱也，孤愤填胸，掷管三叹。云芬别馆旧主书。

胡麻一饭播人间，刘阮来时夜叩关。跌宕琴心通绿绮，纵横剑气识红颜。红颜耻为柔情恋，珠槃玉敦开高宴。进退雍容史上难，襟期磊落

尊边见。江东词客鲁朱家，挥尽阳戈掷浪花。灌夫谩骂通侯座，季布逃亡广柳车。柳车复壁轻乡里，肯把恩仇换罗绮。击筑时为燕市游，贯虹欲逐秦庭起。燕市秦庭时命乖，十年有泪如铅水。高鸟投林颇倦飞，西风莼菜季鹰归。近游踪迹偏难匿，到处襟痕酒浣衣。平生意气饶闺掖，落魄樊川何足惜。迷楼一集妒狂且，乐国重来惊座客。座中人亦伤迟暮，婵娟心事凭谁诉。犊鼻端难司马逢，盐车未被孙阳顾。游戏人间白纻歌，梦魂夜半黄河渡。秦家白杆旧弓刀，雄心忍共韶颜误。红粉谈兵自古难，颇闻结客满长安。能排鹅鹳三千阵，莫作鸳鸯七二看。屠狗功名轻黑闼，病鹦身世笑红栏。脂盦粉盏都抛撇，侠子儒流共往还。江湖愧我称先进，离乱中原几时定，无定河边白骨堆，纤儿肘后黄金印。新莽乘权位独尊，邓通舐痔车连乘。请剑难枭张禹头，燃犀羞借温郎镜。传闻消息满江乡，义旅南来耀日霜。倘便美人能教战，何妨君子竟成行。小队平阳开幕府，兵符玄女授轩皇。从来雌霓关天运，岂有雄风误大王。大言子敬英雄累，大嚼屠门岂殊致。伫待三年毛羽丰，终怜一握腰支细。慰汝朝鞭赠有人，怕侬心史埋无地。锦车冯嫽旧专城，红玉云英并擅名。不信河山归竖子，翻劳粉黛动豪情。豫州髀肉头还白，卓女修眉眼尚青。吁嗟乎，空桑谁遣成三宿，秾李夭桃看不足。傲雪终输菊蕊黄，销魂忍为蘼芜绿。恸哭苍生别有愁，几时侧贰起南州。弯强压骏一腔血，愿逐桃花剑底流。

自题《蓬心补草》后，示佩君

破甑休言过去生，敢将答拜笑樊英。燕钗蝉鬓空中语，龙剑鸾箫梦里情。偶尔风花成跌宕，都缘湖海不纵横。一言甘拾龚郎唾，侧调终难犯正声。

怕我耽吟损盛年，无端破戒又成编。良言塞耳真堪诧，孤愤填膺倘见怜。堤壅要防河泛滥，诗多聊写意婵媛。动而弥寿猿猱性，吉语相闻定粲然。

寄君武梧州

白水真人起蛰鳞，昆阳雷雨一时新。羊裘久罢桐江钓，羞向云台问故人。

刘廉卿先生挽词，为令子季平作

少年货殖晚儒流，名德还教媲太丘。种竹栽花多旖旎，评书泊画尽优游。抚膺独为苍生恸，纵敌原关吾辈羞。此日王师垂北伐，倘堪家祭告翁不？

雏凤清音大德门，犹龙老子姓名尊。快刀早断修蛇尾，狂草真同饿虎蹲。耆旧传堪留独行，党人碑早付儿孙。独怜蓬累江湖客，絮酒还悭奠一樽。

题《风雨勤斯图》，为金丈讱广作

覆巢完卵事艰虞，彤史模糊血泪俱。门户竟成枭毁室，芝兰瞥见凤将雏。飞霜几入于公传，块肉终全赵氏孤。差喜宁馨家法在，名山风雨护菰芦。

燃犀铸鼎事宜详，内讳何劳徇素王。久矣传闻资父老，亟须纪载付缥缃。展禽宁隐肝人罪，姬旦难删破斧章。倘遣当时奇行掩，荻熊冰蘖太寻常。

五集迷楼，五十六叠杯天韵

十二月二十三夜，五集蚬江之迷楼，盖距旧游已一载矣，赋示蕺人、弘士、一瓢、天赘、步三、震殊。

红楼重泛碧桃杯，隔岁能来又此回。鸿爪未销前度劫，莺花犹剩去年才。三分啮臂痕深浅，一集扪心鬼怨猜。差喜长条无恙在，不教攀折任人来。

逢迎劳汝嫩寒天，巷尾回车紫陌烟。难得今宵邀玉佩，可曾昨夜卜金钱。妃唇未啗终成恨，女手能招倘算缘。欲灌深杯还未忍，堪怜双颊断红妍。

次韵和一瓢

温柔欲老已无乡，漫向糟丘纵酒狂。复壁柳车成底事，悔教结客少年场。

人间何处芑萝乡，一舸鸱夷未算狂。霸越亡吴终左计，不如沈醉一千场。

席上与震殊、弘士、天赘、戢人、一瓢联句

天公毕竟负诗人，震殊谁信英雄自有真。邻女垆头阮籍醉，安如李家楼上泰娘嚬。柔乡赚得头颅老，弘士趣语催回天地春。莫道欢场容易散，天赘试参易理悟前因。戢人

两字斯文误众生，戢人儒冠掷地有余声。且寻千日山中酒，一瓢忍啗三生臂上盟。漫道吴娃能捧斝，安如须知楚客善调筝。等闲莫负知音者，震殊眉黛犹含旧日情。天赘

酒后题《党友手札》，次一瓢韵

柳车复壁一腔血，鸩酒欧刀几个头。独我蹉跎成后死，人间无地可埋愁。

六集迷楼，五十七、五十八叠杯天韵

二十五夜六集迷楼，示戢人、弘士、君崇、岷源、湘波、有文。

居然七子共衔杯，失笑南塘夜出回。初饮南湖校舍，醉后结伴驰至。蜗国难成如意梦，蛾眉至竟可憎才。玉颜留影谈何易，金屋藏娇事漫猜。忍作露华风絮看，有人凄断酒边来。

陈琳湘波徐邈弘士合生天，名士华歆有文劫后烟。枕畔留香陶令菊岷源，车中掷果沈郎钱君崇。元龙湖海余豪气蒇人，青兕文章靳霸缘自谓。惜少座中王武子是集玄穆未至，绮怀空比晚霞妍。

　　惊鸿一去恨盈杯，宝槛留春算此回。墙角久劳红袖倚，江东始信紫髯才。君崇自号髯公，独擅驯龙伏虎之诀，余愧未能也。纵横履舄齐髡醉，恼乱情怀杜牧猜。寄语柴桑陶处士，闲情赋后好重来。岷源自言属意斯人，以此调之。

　　清言霏雪辨才天，身世还怜镜底烟。捉搦何辞劳玉腕，蹉跎原只累金钱。不成放诞休言美，略解逢迎便算缘。高谊云天诸子在，长幡珍重护花妍。

七集迷楼，五十九叠杯天韵

　　二十八夜七集迷楼，示蒇人、弘士、君崇、震殊、巢南、十眉。

　　又从初地斗深杯，此是人间第几回。上客萍踪黄歇浦，巢南、十眉自海上来会。美人眉黛白虹才。新欢旧侣都无恙，越艳吴娃漫费猜。未必红颜真命薄，不劳巧历细仇来。

　　尊前感汝谊云天，电笑能春劫后烟。重叠金罍排作垒，娉婷玉貌称言钱。论才中晚端宜恕，托意风花敢道缘。别有蛾眉谣诼恨，忍持贬笔到狂妍。

八集迷楼，六十叠杯天韵

　　三十夜八集迷楼，示巢南、十眉、蒇人、弘士、天赘、震殊、玄穆、莘子暨周丈仁卿。

　　扶头又饯别离杯，婪尾春光奈此回。余将以明日返梨湖。刻骨竟寒红袖约，盟心终惜紫髯才。君崇期而不至。惊鸿影瞥谁尸咎，扪虱谈粗我亦猜。稍喜分湖凌仲子，酒龙诗虎汝能来。谓莘子兰艾纷胪各一天，男儿意气未成烟。灌夫谩骂何关醉，不识逢迎岂值钱。黄钺陈师无我分，白衣使酒倘渠缘。楼头拂袖吾何悔，悔负芙蓉初日妍。

感事示蕺人，六十一叠杯天韵

掷破铜琶碎玉杯，冲冠客怒笑今回。鲰生狗曲原堪骂，素女容成不算才。抵雀难销名士气，惊鸳拚被女郎猜。睚眦白刃寻常事，惜少夫人匕首来。

换劫河山杀运天，玄黄龙战血如烟。横磨十万投时器，毛瑟三千救命钱。君时创《蚬江声报》，"一纸书贤于三千毛瑟枪"，此西哲语也。乌托邦原胎理想，劳农国已证因缘。知难行易真名论，革命功收文字妍。

示莘子，六十二叠杯天韵

罚汝涂山后至杯，莫教载骨一车回。萍蓬无线吾终谅，醽醁能豪汝竟才。稍喜风骚张壁垒，还怜谣诼苦嫌猜。沧桑渍尽秋衫泪，君有《秋衫渍泪图》，为梨湖本事。此豸娟娟那便来。

痴心倘补娲皇天，忍遣鸳盟付劫烟。已恨温峤迟玉镜，何妨蔡琰赎金钱。青天碧海求灵药，秋实春华证慧缘。姑妄言之吾亦笑，丰干舌底粲花妍。

示十眉，六十三叠杯天韵

长鲸吸尽百川杯，赚汝迷楼醉一回。莫以恩仇酬宝剑，要从忧患炼天才。垆头眉妩吾非妄，袖底春痕汝亦猜。一笑相将排闷事，何妨复壁置人来。

霜华月晕夜寒天，烧尽丛残蜡炬烟。纵酒情杯怜玉斝，隔春消息卜金钱。深谭悃悃愁孤抱，高会堂堂订后缘。叱起分湖顽老铁，珠帘金粟斗芳妍。君言当以明春大会于分湖，载迷楼主乐国君与俱。

示玄穆，六十四叠杯天韵

斜塘客访蚬江杯，薛淀湖头急棹回。君暂返淀湖故宅，以十眉至，急书促来寓邸。邓处士难征佚史，巢南得虞山人《鼓枻稿》，中有淀湖邓处士，欲访其遗事，竟无考。鲁灵光早叹奇才。君年少能文，足比文考。定文敬礼平生誓，纵酒刘伶抵死猜。君劝余止酒。青史青山吾负负，墓门一石待君来。

恸哭要离冢畔天，当年影事付云烟。微词宋玉终成累，玄草扬雄倘值钱。忍说文章刍狗贱，还怜告朔瘦羊缘。眼中人物寥寥甚，拔剑王郎斫地研。

示巢南，六十五叠杯天韵

挥尽阳戈酒一杯，图南鹏翼暂飞回。尊前招隐淮王赋，市上悬金吕览才。草檄何如著书好，从戎恐被据鞍猜。枌榆绝业终须任，漫向行朝献策来。君将从大元帅于桂林行营。

雄谈扪虱寥天，酒冷香销烛烬烟。蛮语终嫌恶作剧，竖儒能值几文钱。荒唐邹列临流叹，惆怅巢由洗耳缘。败兴王戎谁俗物，倾杯一怒灌夫妍。

示弘士，六十六叠杯天韵

掷碎琉璃屏上杯，却劳亲送醉人回。君送巢南归寓。谦恭徐邈君堪喜，放诞嵇康我不才。恶客故应贤主谅，危言已动市儿猜。白衣骂座寻常事，愧负春风鬓影来。

一卧荒江风雪天，书来款款火薪烟。屠龙身手原无价，骂鬼文章尚值钱。一梦红楼饶感慨，三千白梃亦因缘。更堪铸鼎传文士，斑管宁输盲腐妍。《石头记》倡家庭革命，《水浒传》倡政治革命，《儒林外史》倡社会革命，余旧与君书中语。

谢陶丈小汕招饮，即题其先德汕村前辈遗诗后，六十七叠杯天韵

李膺门下又衔杯，愧我登龙第几回。若论辈行原大父，即今耆旧要人才。据鞍矍铄雄心在，赌酒猖狂末座猜。郑重楹书名父集，留题轻付后生来。

孤注红羊换劫天，不教乡里见烽烟。纵横门畜三千士，挥霍囊倾十万钱。樽俎自饶王霸略，湖山不废啸歌缘。雕虫余技犹千古，会见名山铅椠妍。

寄楚伧海上，六十八叠杯天韵

刚从蚬水一倾杯，歇浦潮寒汝又回。笑我难捐诗酒癖，如君未免纵横才。龙蛇起陆原难得，鸡犬升天漫费猜。莫作当关弃缛语，高车驷马看重来。君有不欲以光棍归故乡之语。

愿力须开混沌天，秦灰烧尽孔丘烟。叔孙何物能言礼，吴濞休教更铸钱。毛瑟三千夸绝代，伏尸五步始奇缘。鸡虫得失君毋问，忍骂迷楼眉妩妍。

三十一日，自蚬江归梨湖，留别迷楼，六十九叠杯天韵

两年八度醉琼杯。料理回肠又此回。名士声华原可惜，美人迟暮忍言才。江湖蓬累劳天问，踪迹萍飘任客猜。倘许割愁长剑利，桃花门巷未须来。

谁诛白帝立黄天，捣麝成尘蜡烬烟。霸气销沈伍员剑，穷途恸哭阮孚钱。狂名未忏终贻恨，绮梦能销不羡缘。负尽燕邯游侠子，当垆羞说远山妍。

舟过北舍港，追悼寿庵族兄，七十叠杯天韵

云天投辖孟公杯，嵇阮黄垆一恸回。鸡黍交情犹雪涕，鸰原急难况

需才。周宗已分天心厌，曹社终劳鬼语猜。呫呫嘻嘻感前事，不堪取子覆巢来。兄殁后未逾月，祝融降戾，全宅灰烬。

回首望门投止天，草堂连理早成烟。连理草堂，去岁阻风投宿之所。焚林烈火空三窟，避债谰台尚万钱。门户衰宗生意尽，沧桑老屋死灰缘。颇闻葛陂西华在，倘抱橙书秋实妍。谓族子世辉

舟中暗记，七十一叠杯天韵

扪心终负女郎杯，无意渔娃共载回。罗袜凌波曹植赋，玉容多丽苎萝才。鄂君青翰谁能会，少伯鸱夷我亦猜。更喜游龙身手健，横江击楫汝能来。

泛宅浮家浪里天，江干黄竹漫生烟。菱花照水开妆镜，鲈脍登盘换酒钱。金屋量珠无福分，舵楼窥玉亦因缘。文鸳憔悴原堪痛，输与闲沤自在妍。

抵梨里喜示佩君，七十二叠杯天韵

荷锸刘伶罢酒杯，头颅无恙喜重回。聪明绝代原非福，哀乐中年总累才。汝病恫瘝求艾苦，我狂荃蕙化茅猜。目空一世心千古，奈向红闺俯首来。

岁星游戏未生天，乐国迷楼过眼烟。早遣周婆能制礼，何须营室更逋钱。盗声处士君应谅，说梦痴人我算缘。检点药炉茶灶在，好持清供谢狂妍。

磨剑室诗二集卷十
（1922年）

十一年元旦，送儿子无忌之海上，七十三叠杯天韵

饯汝葡萄酿一杯，是君去日我才回。风云应割私情累，家国终须后起才。燕雀安知鸿鹄志，鲲鹏一任鹭鸠猜。景升浪被曹公笑，虎父原无犬子来。

歇浦梨湖各一天，轮蹄况瘁逐征烟。婚姻他日莫吾溷，学业穷年逋汝钱。废尽孝慈持一爱，相怜蛮駏亦关缘。王敦老去雄心减，期尔前途朝旭妍。

寄率初弟吴门，七十四叠杯天韵

刻骨迷楼旧酒杯，忍教良会负斯回。吴门话别时，约弟先归蚬江寓庐为东道主人，竟不果。笑桃门巷崔郎约，梦草池塘谢客才。老子婆娑天意妒，少年奇侠鬼雄猜。市中绝少吹箫侣，何不长谣归去来。

难忘温麐镜底天，隔年嫩约未成烟。已修眉史轰三界，那惜谬台累万钱。借琐耗奇胸块垒，将无作有梦因缘。独怜鸿雁离群恨，惆怅临樽黯不妍。

为赵光涛题女神像，七十五叠杯天韵

狂来酹汝酒盈杯，环佩休疑月下回。南岳画图留粉本，西陵松柏妒仙才。宓妃罗袜陈王赋，汉女明珠交甫猜。省识爱河无涸辙，黄金先铸恋神来。

钟陵跨虎下青天，弄玉乘鸾踏紫烟。月姊有时依桂魄，星娥何事累天钱。赤明龙汉仙还劫，沧海桑田涕换缘。莫话人间儿女恨，灵符制霉倘能妍。

前诗既成，意有未竟，再赋二绝

天若能倾地化尘，爱河益益尚生春。为君悟澈真如偈，自掬燕支写恋神。

无穷愿力冰霜炼，有限韶华电露过。沥血刳肝成底事，情天来挽鲁阳戈。

和陈丽湘女士并示玄穆，七十六叠杯天韵

迷楼沈醉蚬江杯，未拟鸱夷一舸回。吴苑莺花空入梦，湘江兰芷始称才。定文许剑三生誓，问暖嘘寒百口猜。谣诼蛾眉缘底恨，有人掩袖楚宫来。

十年高会浦江天，几复风流未化烟。谢氏二难铁如意，友人汉元、寿元为女士兄刘家三妹锦连钱。定元、治元均女士姊抟沙一散都成恨，和草能传便是缘。南朔雁行嗟此日，天寒袖薄汝还妍。

和少华即寄杭州，七十七叠杯天韵

失君交臂虎林杯，访戴缘悭一棹回。浊酒素筝名士涕，健儿快马使君才。蛟龙未合菰芦老，鸾凤还怜枳棘猜。剩水残山成底事，厨头恸哭步兵来。

十里荷花桂子天，销金锅底劫灰烟。降王修表终怜赵，节度开门耻

姓钱。广武登临阮籍叹，荆州留滞仲宣缘。何当痛饮黄龙酒。塞外燕支尚旧妍。

追怀亡友赵伯先先烈，和少华作，七十八叠杯天韵

黄歇江头共酒杯，尉佗城畔有书回。如何黄犊义公曲，竟殒白鱼姬发才！化碧苌弘原抱恨，渡河宗泽漫相猜。抚膺独为中原痛，已坏长城万里来。

血花洗净汉家天，愧我沈沦氍下烟。慷慨未酬子敬困，艰危终累阮孚钱。延陵许剑生余恨，有道题碑死倘缘。同是鲁公门下客，西台恸哭不成妍。

和秋叶作即仿其体，七十九叠杯天韵

镜台珍重合欢杯，讵分离鸾中道回。短命桃花堪雪涕，因风柳絮不宜才。仙裙赵燕生难曳，罗袜杨环死尚猜。记得为郎憔悴日，血花红染唾绒来。

吴宫紫玉早生天，小妹青溪日暮烟。琼姊已乖同穴誓，星娥几贯七襄钱。西风翠袖牵萝恨，南国黄绅入道缘。门外萧郎无恙在，提鞋划袜倘能妍。

追悼陈稚兰（光誉），寄秋叶、少华，八十叠杯天韵

两度曾倾河朔杯，黄垆一恸感今回。暮年烈士王敦恨，横海将军韩说才。潦草盖棺君可惜，蹉跎许剑我终猜。鸿妻霸子今何似，郑重诸公高谊来。

结客龙蟠虎踞天，少年奇侠付云烟。过江孙策谁归骨，亡友孙元竹（丹）横死海外。弹铗冯驩尚数钱。歌人冯旭（春航）与君少年同学，近尚鬻技申江。生亦飘零原足痛，死防孤愤不关缘。从今油壁西陵道，松柏同心那忍妍。

和何祝霖即寄安乡，八十一叠杯天韵

平叔何缘共酒杯，输君游屐北东回。三千死士田横岛，七二连城昌国才。交甫明珠游女赠，丽华辱井美人猜。独怜已问青溪渡，箫市翻悭一棹来。君北游卢龙海岱，南归访汉皋秦淮，独未至吴门耳。

虚传访戴菊花天，息壤前盟苦化烟。君有菊花开时乘兴访戴之约，后竟不果。风雨浮沈怜尺素，英雄迟暮感囊钱。平交百辈悠悠口，孤抱千秋了了缘。湘楚霸才今落寞，欲凭龙剑发春妍。

和吴悔晦即寄长沙，八十二叠杯天韵

未肯甘心歃血杯，诗城驰突看今回。不穿鲁缟兵家忌，能破昆阳大敌才。老将廉颇三战捷，少年韩信一军猜。直须会猎洞庭野，叱起湘娥捧瑟来。

浪说娲皇解补天，红儿横死更非烟。重男轻女谁阶厉，腐圣盲贤不值钱。破尽婚姻无眷属，但能恋爱便因缘。病梅雪涕龚郎论，玉树坚牢花放妍。

再和悔晦，八十三叠杯天韵

敢诩仇头漆酒杯，大言子敬驷难回。已辜射虎诛蛟愿，羞作雕龙吐凤才。廿载狂名都市满，一编奇论鬼神猜。可儿至竟成何济，流涕杨麈揽镜来。

汐社逃盟劫外天，半园雅集望如烟。吴淞经岁无斯乐，楚国骚坛尚值钱。龙汉已销王霸业，犁泥不废酒诗缘。湖湘子弟谁牛耳，六十五翁笔最妍。

三和悔晦，八十四叠杯天韵

横槊雄心付酒杯，牵愁肠角泪珠回。拔山项羽鸿门玦，饮剑虞兮楚帐才。不信风尘有真赏，漫劳贾竖费狂猜。填胸热血浇难冷，痛饮葡萄

一石来。

皕年刘石乱华天，火烬薪传操莽烟。和议难消六州铁，奸雄曾铸万山钱。匆匆革命真无谓，草草成功岂算缘。卷土重来今日事，莫教心悸血花妍。

四和悔晦，八十五、八十六叠杯天韵

歃血刑牲城下杯，举棋不定太徘回。景升已误坐谈略，黄祖偏饶杀士才。谓亡友易梅僧（象）惨死事。酿乱未应归运会，出师何意费嫌猜。倘教剑屦能先及，早见荆襄解甲来。

新市平林碎莽天，赤眉铜马亦凌烟。驰驱葛亮终分鼎，反覆陈豨笑值钱。残局烂柯嗟失着，重来卷土岂无缘。岩疆坐弃真堪痛，谓岳州之失憔悴湘灵损旧妍。

痛哭浏平血泪杯，是谁谋国误奸回？云翻雨覆原非计，鼠窃狗偷岂算才。联檄枉闻诛暴乱，招亡早遭惹疑猜。养痈自昔终贻患，况汝开门揖盗来。

野心狼子罪滔天，粤桂经年泣烬烟。犹借邻封作巢窟，强凭武力索金钱。鸱枭破獍休遗种，薙草狝禽始了缘。往者不追来可谏，好悬贼首槁街妍。

五和悔晦兼示凤蔚，八十七叠杯天韵

诸公衮衮解衔杯，孤愤朱家奈此回。独抱雄心谁与语，忍言乱世不宜才。谈兵久揾苍生涕，骂坐徒劳红袖猜。半园之集，凤蔚使酒骂其座人。我亦横江期击楫，何当一角两雄来。

稽山镜水复仇天，越女猿公史未烟。奇士胆薪关国社，美人玉貌看金钱。凤蔚越产，故使种蠡施旦事。霸才无主陈琳老，佣保依人李燮缘。衡岳无颜洞庭涸，不诛吴濞那成妍。谓伪巡阅使也。

六和悔晦兼示屯艮，八十八叠杯天韵

江南傅弈共深杯，雁帛长沙去未回。曲谱玉娇吾有例，玉娇曲本事，见屯艮所辑《红薇感旧记》题咏集。诗亡金宝汝非才。以《迷楼集》乞屯艮题和，迄不见报，金宝者楼中人小字也。畏人千里平生耻，惜墨三分抵死猜。旧是文坛射雕手，莫教城筑受降来。

世界更无中立天，甘泉烽火未央烟。漫书我自兵挑敌，肉袒谁甘岁贡钱。十荡陈安见肝胆，三登堇父亦因缘。尔音金玉休终閟，忍忘红薇题句妍。

七和悔晦，八十九叠杯天韵

迷楼旧梦女郎杯，乐国新歌破阵回。漫诩吴娃饶秀色，须知越女擅英才。登坛牛耳风云气，步障鸡谈宾客猜。小玉娇憨智琼侠，不妨避面尹邢来。

一卷阴符绝地天，长驱铁骑卷狼烟。桃花蠹下梨花剑，荷叶裙边榆叶钱。屠狗屠龙成左计，呼牛呼马漫前缘。谢娘奇气销难尽，羞对黄河梳洗妍。

题月岩《种树图》，为悔晦赋，九十叠杯天韵

月岩居士块填杯，种漆南园招隐回。地小长沙难展袖，云深慈利合栖才。将倾大厦栋梁老，久客泉明松菊猜。珍重澧湘耆献传，参天梨枣待公来。君有《慈利县志》之辑，故及之。

起陆龙蛇换劫天，岳阳楼外血如烟。誓填沧海三千石，奈少铜山百万钱。一室古春原浩荡，横胸奇涕不因缘。何当北伐成功日，画出放翁团扇妍。

题田华亭前辈《秋山独行图》，为令子星六赋，九十一叠杯天韵

白发婆娑上寿杯，当年思子几肠回。终天忽抱皋鱼痛，遗墨犹传老

凤才。慈孝虚声儒者耻，弥纶真爱性天猜。祭丰那敌养能薄，一语欧阳破的来。

水深土重日南天，峻节高风未化烟。名德太丘传独行，丰裁夷甫耻言钱。即论余技丹青手，绝胜词场翰墨缘。一卷画图珍什袭，临风展拜有余妍。

题周柳塘前辈《抱琴图》，为裔孙剑文赋，九十二叠杯天韵

海水天风酒一杯，成连赤鲤挟潮回。胸销爨下枯桐泪，手拔人间骂座才。有冯元锡者，负才不羁，使酒嫚骂，为其妇翁所弃绝，君独振拔之，后以功业显。献玉卞和甘足刖，两试秋赋不第阜财端木漫心猜。以商业致富郁轮袍耻王摩诘，肯向侯门奏技来。

居近田横岛畔天，栖栖淮海逐征烟。迁宅阜宁卜邻宁惜三千里，结客狂挥十万钱。河洛频窥王霸气，吊古关雒间荆湘还缔芷兰缘。浮江入汉，浪游荆楚。传家重器应无恙，愿听穿云裂石妍。有琴名小春雷，能为穿云裂石之奏。

和吴又陵即寄燕市，九十三叠杯天韵

洛阳年少涕盈杯，恨未吴公识面回。扬子玄亭悭问字，阮生青眼解怜才。谈诗合遣苏黄废，讲学何劳姬孔猜。清酒三升麈尾健，戴凭夺席不须来。君主讲北京大学

荆高燕市酒人天，惆怅吴江隔暮烟。北海能知刘备字，虞翻肯受阿瞒钱。兵间白帝犹鏖战，阶下黄巾亦凤缘。太学生徒都好在，春风嘘拂礼堂妍。

和徐慎侯即寄青浦，九十四叠杯天韵

儒家贼性柳为杯，侠子猖狂避席回。鲁壁金丝毋我溷，余主张非孔，与君异撰。青溪坛坫倘君才。悲歌难遣雄心死，挟策徒令下士猜。道广

太丘吾岂敢，生公说法未妨来。

陈夏风流几复天，中兴事业误凌烟。佛狸宗社营三窟，项籍头颅购万钱。殉国汪锜名父子，招魂宋玉本师缘。双忠一卷传梨枣，词赋江南若个妍。君以《双忠祠倡和录》见赠，双忠者卧子、彝仲也，汪锜、宋玉均指内史言之。

和金东雷即寄吴门，九十五叠杯天韵

蹉跎箫市负深杯，话雨楼头见几回。话雨楼在吴苑深处，余与君相见地。老我已生迟暮感，少年能几不凡才。一龙微服豫且笑，万马齐喑伯乐猜。整顿中原济时了，莫教轻付苦吟来。

文献松陵笠泽天，桐枯竹死爨余烟。狂胪我当连城璧，掷去人嗤敝帚钱。已见还珠敦古谊，可能合剑证良缘。多生结习终难忘，自抱丛残诩旧妍。邑前辈潘玉堂先生《鹤雪巢吟稿》，王君曼笑得之吴市冷摊，君为作合归余从弟率初焉。稿共两卷，惜其一已成广陵散矣。

次韵和东雷

花草吴宫抵死愁，李秀成张士诚王气黯然收。风尘巨眼谁真赏，失笑逢君百尺楼。

丛残遗简雪巢愁，大道琅玕箧底收。脱手宝刀无限意，荆风高谊酒家楼。

言愁我亦欲愁愁，小杜青袍涕未收。十载江湖原不悔，又教一集落迷楼。

叠韵和东雷

逢君欢喜别君愁，缕缕深情笔底收。不道海红帘外月，有人和梦忆迷楼。

乐府齐梁唱莫愁，少年丽想杳难收。南朝天子都凄绝，肠断临春结

绮楼。

银箫铁剑伍胥愁，闾阖城头霸气收。安得重逢香雪海，梅花深处共登楼。

和周迦陵，即谢其《枫江渔父图》拓本之惠，九十六叠杯天韵

蚬江两载赌琼杯，词客垂虹一简回。顾我已惭游侠子，如君犹见出群才。倾城施旦终非福，作赋卿云枉见猜。黑狱泥犁吾辈事，当筵铁秀漫诃来。

本事诗成兜率天，枫江渔父绿蓑烟。早传属国弓衣绣，苦费文孙篆刻钱。谓山民石墨烦君搜冷肆，琼瑰贻我定前缘。美人玉案何由报，料量寒窗清供妍。

迷楼本事诗四章，同迦陵作

花草三生梦润州，萍踪十载蚬江流。儿家生小葳蕤甚，错被人呼结绮楼。

短袜凌波衫杏子，长缨汗血马桃花。却怜将种空刘氏，未得从军代阿耶。

豪情我亦感云烟，负尽狂名十五年。敢比溪南辛老子，揾英雄泪有田田。

酒垆歌哭汉高阳，难遣填膺热血凉。唤取红妆联骑去，心香一瓣爇吴郎。"剑客屠沽联骑去，唤取红妆。"吴长兴伯绝命词句。

次韵和迦陵

不是羲之与献之，渡头桃叶未容痴。三生杜牧寻春恨，一首卢同蚀月诗。跌宕琴心兼酒胆，温馨玉想更琼思。神州袖手终成悔，付与缠绵茧底丝。

和顾悼秋即寄海上，九十七叠杯天韵

十郎君小字量浅不胜杯，浪向糟丘借帝回。借号神州酒帝漫诩窥帘韩掾少，岂同披发屈生才。小家萝屋原堪惜，本事桐花苦费猜。海上飘零嗟久别，却劳和我有诗来。

迷楼高会夜寒天，怜汝悭逢蚬水烟。绝艳惊才原有例，感恩知己不关钱。江潭杨柳桓温叹，旭日芙蓉谢朓缘。漫道逢迎邛市侠，笑他何晏妇人妍。

和朱剑芒即寄海上，九十八叠杯天韵

金镜湖头共酒杯，音书无恙浦江回。迢遥漫托朱家甥，短小还疑郭解才。白练吴门皋庑稳，红梨带水婿乡猜。君移家箫市，夫人为盛湖产。峨冠长佩凭君健，那不参军蛮语来。

白鹤山人醉里天，一编曾护蠹余烟。客儿慧业终成佛，扬子玄亭几值钱。前辈典型关气运，后生文献亦因缘。狂胪我竟成何济，输与龙威禹穴妍。君藏邑前辈白鹤道人陆俊《骈拇剩墨》，余曾从借钞。

和剑芒、悼秋联句之作，九十九叠杯天韵

叱起长星酹一杯，上东门外独徘回。儿童嬉戏自相贵，尸冢纵横几见才。乱世奸雄今亦渺，盗声处士众能猜。冰寒雪沍君休诧，破萼南枝度岭来。

十载昏霾长夜天，中原膏血尽云烟。城狐社鼠都三窟，颂莽歌操费万钱。铜柱南疆新正朔，石郎北房旧因缘。汉家王气今葱郁，痛饮黄龙酒倍妍。

再和剑芒，百叠杯天韵

闻道金闺擅玉杯，酒星夜射白虹回。最难滴粉搓酥秀，却具超伶轶卓才。娘子成军愁垒破，于思弃甲老奴猜。上清旧托瑶台侣，君夫人与

佩宜为中表。环佩还悭识面来。

惆怅乌啼鹿走天，屧廊遗迹付荒烟。赁春倘许三年住，卜宅何须十万钱。梅福逃名应有恨，要离穿冢岂无缘。临邛对饮真堪羡，绝胜梁家举案妍。

再和悼秋，百一叠杯天韵

无当何须抵王杯，风花伪体早今回。难销傅粉薰香癖，稍喜征文考献才。诗拾梨湖犹待续，词征笠泽未须猜。南溪不作巢南老，补缀还应付汝来。君有《禊湖诗拾续编》《笠泽词征补编》之辑。

湖头金镜水连天，前辈风流尽化烟。后起几人堪白纻，论才如汝尚青钱。滇云早折陈琳翅，陈淮海（洪涛）燕市还羁黄宪缘。黄病蝶（复）惆怅荒江独不见，丹铅想望顾荣妍。

三和剑芒，百二叠杯天韵

洪水横流屋似杯，未应冯怒怨康回。狂泉涓滴还争饮，裸国冠裳未易才。黄鹄摩天无羽翼，白虹贯日有嫌猜。荒江遂隐吾堪老，郁郁床头剑气来。

鹪鹩身世寄壶天，触乱蛮纷蜗国烟。逐客居然亡命士，买山未办卜邻钱。题门吕叔名园贱，败意王戎俗物缘。失笑一龙头尾在，蜂腰腹负不成妍。

三和悼秋，百三叠杯天韵

梅子黄时酒一杯，江南肠断贺方回。佯狂身世天难问，骂鬼文章我不才。秋实家丞期可勉，春华庶子漫相猜。垆头恸哭终何补，料理名山铅椠来。

乐国迷楼镜里天，荒唐自分付云烟。不妨借琐龚郎论，那便倾心姹女钱。檀板红妆原寄托，泥犁黑狱亦因缘。割愁忓绮平生意，删尽风怀笔底妍。

题《海上集》，为剑芒、悼秋赋，百四叠杯天韵

万马齐喑刍豆杯，长鸣振鬣一时回。骊黄牝牡何须问，白俗元轻亦见才。宋玉三年无女恨，王昌一咏有人猜。正平浅诞非吾意，大小儿休杨孔来。

踪迹萍逢海上天，抟沙未脱不云烟。小家绝代原名玉，姹女当垆惯数钱。中晚文章聊复尔，駏蛩心事亦关缘。无端和我迷楼句，枨触芙蓉颜色妍。

题《春申缟纻集》，为悼秋赋，百五叠杯天韵

何当已块借人杯，托意温麐又此回。锦瑟义山原有咏，香奁韩偓未宜才。沾花惹草从头絮，滞意尤云刻骨猜。十五盈盈画堂句，莫教投向李邕来。

满襟清泪有情天，旧梦枌榆略似烟。"满襟清泪出西门，枨触枌榆旧梦痕。"均集中句。一谪竟成千里别，重来岂值半文钱。金梭折齿幼舆恨，邻女窥墙宋玉缘。飞雪桐花无恙否，红妆贯索最能妍。

题《酒国点将录》，为悼秋赋，百六叠杯天韵

糟满瓮啜醺杯，何意匆匆月旦回。未到盖棺难定论，不能横槊敢称才。居然裂土谈何易，偶尔分曹便费猜。我有阳秋在皮里，几甘门户傍人来。余有《酒社点将录》之作，去取高下，与君异撰，且不国而社，差免夸大之讥。

一网东林竟蔽天，乾嘉诸老亦云烟。党碑叶相原居首，诗社袁郎尚值钱。《东林点将录》以福清相国为首领，《乾嘉诗坛点将录》则属之随园老人，皆能名实相副。谁分巢温成帝制，俨同吴楚借王缘。公孙蛙井真无赖，输与虬髯横海妍。君自叙有"社中诸子咸目余以宋三郎，余遂忝居不讳"云云。未免袁洪宪制造民意之故智也。

和陈蕺人，百七叠杯天韵

大嚼深谈共酒杯，墨家非战创今回。颇疑应劫献忠誓，不信弭兵向戍才。破坏始能成建设，调停弥复积嫌猜。君看模范劳农国，亦赖红军拥护来。君盛持非战之说，余谓伪都未覆，尚非其时也。

交情尔我证云天，意气男儿肯化烟。烛跋犹看三尺剑，囊空解赠五铢钱。不妨议论分歧在，终见风云会合缘。买醉迷楼原寄托，水心多事骂春妍。楚伧著论于《蚬江声报》，以迷楼做诗为诟病。

和徐弘士，百八叠杯天韵

不饮徐郎负酒杯，殷勤临去首重回。颇敦厚重虚怀谊，略少飞扬跋扈才。世态万喧归一默，孤行独醒谢群猜。尊前苦问文章诀，说与腐迁盲左来。

稍喜逢迎瓮畔天，美人忍比步非烟。居然挂齿经千佛，绝胜缠头锦万钱。青鸟远劳缄札使，乌龙饶有卧茵缘。如君谨厚犹成赏，始信当垆眉妩妍。李娘索《迷楼集》于余，属君为寄书邮焉。

和戴天赘，百九叠杯天韵

尹邢避面女郎杯，啸侣相从此一回。白面谈经戴凭席，红楼骂座灌夫才。何曾刮目三年别，那惜昂头一世猜。君腐吾狂谁作合，謇修端谢李娘来。

杞人底事善忧天，邸报频烦障雾烟。白堕放怀长夜饮，苍生奇痛卖儿钱。蛤蜊且食那知许，风月能谭略算缘。耻作新亭楚囚泣，夷吾江左霸才妍。君好谈时事，余颇不耐，浮大白乱之。

和戴步三，百十叠杯天韵

共醉垆头卓女杯，却教省识此君回。南朝王谢原名族，东洛机云倘俊才。燕颔封侯犹有相，金人缄口不须猜。狂生自抱嵇康癖，入座何劳问讯来。

只手支撑残劫天，务公遗烈未云烟。屈身宁惜骞期辱，结客常逋周赧钱。岂意挥戈终化杖，尽教断脰亦名缘。凄皇三百年来事，子姓何人继旧妍。戴务公先生讳之俊，明季以诸生入降将吴胜兆幕府劝其反正，事败殉国。君之远祖也。

和戴震殊，百十一叠杯天韵

劝饮迷楼醽醁杯，识荆说项算今回。君夸敏捷叉诗手，我具披猖骂坐才。盖次公狂何必醉，嵇中散傲尽堪猜。垆头恶客喧嚣甚，凭仗吴姬压酒来。

共工头触不周天，辛苦娲皇石化烟。柳市博徒三尺剑，河间姹女一囊钱。露华风絮终关命，补屋牵萝亦证缘。隔岁重来生恨晚，蹉跎龙性郁难妍。

再和震殊，百十二叠杯天韵

葡萄红酿碧璃杯，得意人间有此回。天际芙蓉餐秀色，酒边肝胆郁奇才。风怀合付群儿骂，身世何劳逐客猜。一赋闲情销未得，成灰成骨倘能来。

轻寒嫩暖女郎天，忍说风花过眼烟。转绿无愁春擪笛，投红有格夜摊钱。休将气类衡长计，那便温黁托短缘。负尽燕支好颜色，劫灰零落不成妍。

三和震殊，百十三叠杯天韵

底事干卿酒一杯，退红潮汐颊边回。猖狂龙性关天意，谣诼蛾眉见汝才。绝代佳人空谷怨，无双国士过江猜。惺惺容有相怜意，忍遣柔荑一握来。

呵壁何辞苦问天，有人眉黛绿浮烟。葳蕤心事羞行酒，生小年华惯数钱。忍以风情轻凤世，得窥颜色亦奇缘。回车恸哭穷途泪。啼上罗裾分外妍。

四和震殊，百十四叠杯天韵

使酒猖狂碎玉杯，微吟低唱感兹回。终怜篆刻雕虫技，不是琴心剑胆才。谩骂山膏原我分，差池海燕有人猜。阳秋月旦还多事，轻付鸡虫得失来。

一言辛苦报恩天，青史青山骨化烟。未遣文姬归国士，终输吉利富囊钱。垆头调笑原无赖，梦里逢迎别有缘。不是黄衫游侠子，江毫秃尽那能妍。

五和震殊，百十五叠杯天韵

辜负黄龙浊酒杯，横胸孤愤总难回。汉廷谁主和戎议，蜀国偏饶修表才。一局残棋堪叹息，六州铸铁费疑猜。南都不用王文伯，空遣平边挟策来。

曲突徙薪苦问天，焦头烂额尽凌烟。覆车抵死追前辙，料敌无谋值几钱。两字和平沙作饭，十年扰攘血成缘。颇闻岭表张天帜，倘见威仪司隶妍。

六和震殊，百十六叠杯天韵

不用相思泪满杯，虚无新树党旗回。骄花宠柳都非计，剚虎屠鲸始见才。座上谈兵红蜡艳，帐中飞剑白猿猜。似闻未决元凶胆，英绝蛾眉辇蹩来。

不信生涯命付天，誓燃三户死灰烟。红闺新辟逋逃窟，翠袖狂挥博进钱。嫁国自饶真意气，舍身何惜短因缘。宵来一击副车误，玉体瘢痕缕血妍。

次韵和费织云即寄莘溪

魂梦何妨为汝迷，佳人锦瑟酒边携。桃花马上无坚阵，娘子军前有战鼙。豆蔻年华芳讯逗，芙蓉颜色远山低。垆头一醉春如海，便有施嫱莫并提。

次韵和周芷畦即寄柳溪

莫漫疑偷韩寿香，垆头阮籍本佯狂。鸱夷一去临邛老，那不关心到李娘。

宝儿憨态说无愁，芝麓猖狂恣冶游。顾媚杨麽都俗物，人间珍重此迷楼。

朱葆庭先生六十双寿诗，为令嗣凤蔚、宗良昆季赋，百十七叠杯天韵

庭前春盎兕觥杯，一颂南山献寿回。起陆龙蛇酬铁血，充闾骐骥夸英才。史公高谊传游侠，墨翟宗风泯忌猜。老去据鞍犹矍铄，鹰扬伫待渭滨来。

危词欲叩九重天，大小儿传杨孔烟。老贼头风三万牍，豪门珠履半文钱。况闻荆布莱妻健，应缔沧桑柱史缘。横海红潮气葱郁，陈抟一笑堕驴妍。

张蔚君先生六十寿诗，为令嗣圣瑜赋，百十八叠杯天韵

雏凤清音酒一杯，老人星耀雪滩回。相期绛县书年寿，稍喜朱家任侠才。从井救人原不易，散财市义漫相猜。枌榆耆旧今无几，我愿跻堂献颂来。

国贫更患不均天，辛苦劳农血汗烟。愁说诛求到茕独，可堪皮骨换金钱。罪言欲作扪心论，呴沫终怜缓颊缘。劳农受富民迫虐者，先生每为之缓颊。仁术仁心谁共语，东江租核一编妍。《租核》一卷，东江陶沚村前辈著。

检旧箧得亡友雷詟皆所贻文贝，感成两首，百十九叠杯天韵

检点文螺当酒杯，碎瓶徐郭又今回。郭祥伯有《碎瓶记》，为徐江庵作。交情嵇吕三年别，词赋卿云一代才。吊客青蝇虞氏恨，老人黄石子房猜。世间岂有神仙诀，怜汝伴狂祈死来。君学仙不成，以狂疾死。

咤叱风云海外天，耻留面目在凌烟。巢由踪迹原肥遁，绛灌功名岂值钱。表墓中郎犹有待，定文敬礼讵忘缘。君友黄涓声嘱余撰君小传，并校印遗稿，均因循未果。车过腹痛平生语，不见虬髯入梦妍。君病中贻书令勿撰传、勿刊集，以期速朽，违者当为厉鬼以报。虬髯者，君长身铁面须髯绕颊，大类身毒国人，故云。

因詟皆更忆张荔丹，盖其同县人也，百二十叠杯天韵

剑光灯影郁金杯，黄歇江头识面回。一自飘零成契阔，难忘绝艳更惊才。干戈满地江湖远，消息无凭鱼鸟猜。惆怅严公迟节钺，锦城空盼杜陵来。君久客海上，闻吕超督蜀军，急装西归，书来告别，言此行苟得志，当招余作蜀游，如严郑公之客杜少陵也，会超为熊克武所逐，君音耗亦遽绝，西望峨眉，积思成痗已。

各有狂名动地天，论交一气证双烟。腰间匕首真无价，袖底阴符耻换钱。犹忆将离歌慷慨，如何一别梦因缘。关山极目蚕丛国，愁绝张郎玉貌妍。

再和迦陵，百二十一叠杯天韵

乐国迷楼两地杯，难忘豪饮纵千回。纲常名教汝何物，放诞风流吾爱才。稍喜胆从天外大，尽教身被世间猜。填胸郁塞轮囷在，合向吟边一吐来。

曲突徙薪苦问天，封侯无命骂凌烟。霸才不遇空搔鬓，词客能狂值几钱。只合长歌聊当哭，居然幻梦亦名缘。淋漓热血三千斛，灿作生花笔底妍。

一月二十七日，赴莺湖度旧岁即和悼秋，百二十二叠杯天韵

又饮屠苏饯岁杯，樱桃湖上一舟回。已成呼马呼牛侣，羞说屠龙屠狗才。沫士余风犹未殄，周邦新命漫相猜，共和十载成何事，北望神州揾涕来。

龙战玄黄浴血天，荒荒孤抱已成烟。誓师枭贼嗟无剑，结客征文亦欠钱。不武随何终落拓，铸金刘向靳因缘。著书仰屋前贤叹，况我区区温李妍。

次韵和又陵观女伶金少梅《文君当垆》《一笑缘》五绝

混沌谁教窍凿开，孔姬名教贱舆台。痴男呆女都情种，岂必凌云才子才。

知仁观过尚堪尊，几辈焚琴煮鹤存。解赠僮奴三百指，买丝应绣卓王孙。

自由恋爱抵神仙，一笑墙头纵体怜。情海爱河安稳渡，何须孤愤托逃禅。

人天佳耦自然逢，雪样聪明玉样珑。婚嫁向平多事甚，阿家翁只要痴聋。

省识蛾眉绝世来，丁歌甲舞冠燕台。东都绛帐风流甚，至竟英雄解爱才。

前题二首，再寄又陵，百二十三叠杯天韵

一曲琴心动酒杯，相从旅邸夜深回。独夫空立稽山石，侠女终传卬市才。那肯牛衣成对泣，不妨犊裤付群猜。贱贫贵富休渝志，模范人天恋爱来。

拈花一笑有情天，块磊填胸尽化烟。红泪能干三百斛，黄金肯换万千钱。才人志怪珊瑚管，姹女登场粉黛缘。燕市酒徒零落后，平章风月汝犹妍。

和蔡丈冶民，百二十四叠杯天韵

十年有约髑髅杯，依旧关河烽火回。方朔金门容大隐，酒徒燕市倘奇才。不妨扑面缁尘染，那便盟心白水猜。闻道鸥夷新铸象，鲁公宾客感重来。闻海上沪宁铁路车站新建吴兴陈公铜像。丈曾参吴兴戎幕，故及之。

娲皇不补有情天，苦恨申韩未烬烟。无道祖龙偏立石，清才司马不名钱。一池春皱吾多事，千里书传君亦缘。大侠黄衫劳借箸，水亭灰语最能妍。时以某友事就丈借箸。

再和冶民丈，百二十五叠杯天韵

仁戕义贼强为杯，齿冷于今笑彦回。舜日尧天宽大政，操台莽隶斗筲才。入关首义除秦暴，传檄愆期费众猜。衽席先登迟匹妇，奚为后我怨咨来。大理院长徐谦请大总统以明令废除袁世凯私造刑律补充条例。

熙熙皞皞自由天，谁布秋荼密网烟。卬市倘教依犢鼻，王孙未解赠蚨钱。铜山剚刃财神论，情海迷茫精卫缘。赠策绕朝我亦苦，春池吹皱绿波妍。

三和冶民丈，百二十六叠杯天韵

灌夫谩骂武安杯，钱凤何人折齿回。青史从来多酒失，黄尘谁解重顽才。移床江敩吾知免，作贼王敦世漫猜。失笑杜陵诗吻薄，叩门冷炙逐谁来。

西北浮云蔽远天，漫将恩怨付轻烟。升沈有命君平卜，荣瘁无端邓氏钱。叔子何如歌伎好，中郎差喜老兵缘。冬心入抱轮囷甚，欲荡春怀总未妍。

八和悔晦兼示朱凤威、张平子，百二十七叠杯天韵

改蔚为威贺一杯，凤蔚改字凤威不同张禄变名回。丹山鸣凤休辞瘁，赤手屠鲸正要才。不入危邦尼父怯，今之从政接舆猜。无端杀士真堪

诧，凭仗阳秋斧钺来。谓黄爱、庞人铨二烈士

美人早住四愁天，赠我琅玕未化烟。谊士头颅三斗血，词流声价几文钱。弦诗颂酒原儿戏，结社寻盟亦幻缘。楚尾吴头相望远，张衡才调旧时妍。

九和悔晦仍示凤威，百二十八叠杯天韵

一例讴歌上寿杯，却输吴质擅场回。悔晦以凤威父母六十寿诗见示。韩潮苏海君能事，屈艳班香我不才。积善从来有余庆，持衡那惜被群猜。笑他头触屏风者，夜半居然教诣来。

同里同宗判两天，浮云富贵扫如烟。河汾处士堪名世，兴武将军几值钱。交臂婆留空事贼，称臣赖子不成缘。射潮霸府今零落，那及童颜鹤发妍。

十和悔晦，百二十九叠杯天韵

国破家亡付酒杯，不妨更猎一围回。君真盖世拔山勇，我愧轻裘缓带才。刘秀平生小敌怯，孟明善败老人猜。洞庭薮泽梨湖沼，何敢轻言敌体来。

泰山北斗望如天，九澧精灵劫后烟。少日头颅钩党狱，中年涕泪买山钱。何曾垂老雄心减，犹缔能狂吾辈缘。雪干霜枝寒澈骨，梅花晚节最清妍。

十一和悔晦，百三十叠杯天韵

贼性休言杞柳杯，种松千树看千回。风云此日蛟龙气，枝干他年梁栋才。雨露早凭山顶足，桔槔不用汉阴猜。笑他橘柚真奴婢，只付老饕饱啖来。

月岩梨枣早参天，失笑秦皇一炬烟。禁版私书千载业，伪朝残祚半文钱。铁函郑史井中秘，儋耳苏文海外缘。耆献湘西留硕果，天教秋实发春妍。

十二和悔晦，百三十一叠杯天韵

汉书下酒好倾杯，卷土重来看此回。挈领提纲民主国，从长弃短史家才。要成青篆龙威秘，那管苍蝇下士猜。惭愧阳秋尼父笔，翻教游夏赞词来。悔晦旧撰《慈利县志》为清吏毁版，近拟改订新志，函商体例。

文台揖让弃南天，失位黎侯瞥眼烟。袁段冯徐一丘貉，汤张周傅几文钱。设官置守居然政，闰位余分岂算缘。令长纷纷烦月表，十羊九牧那成妍。

十三和悔晦，百三十二叠杯天韵

援鄂军盟歃血杯，伤心风雨二崤回。决堤水证狼心毒，读父书怜马服才。中道顿兵原失计，岩疆委敌合遭猜。禽王擒贼终须早，悔不长驱武汉来。

同戴尧封禹域天，门罗谁拾死灰烟。豚儿刘表终难霸，蛙井公孙不值钱。认贼作亲无意识，开门进虎恶因缘。纵横捭阖因收果，直桂纷纭盗帜妍。

十四和悔晦兼示凤威、屯艮，百三十三叠杯天韵

老子犹龙介寿杯，大儿文举绝江回。如何铁面虬髯侣，也爱愁罗恨绮才。乐国迷楼君不返，胶洲旅顺客相猜。一瓻轻借原非计，不见兰亭乾没来。

介子勋名绝塞天，吟情冷到死灰烟。倘甘巾帼宣王服，要责金缯赵宋钱。会猎曹瞒逞游戏，谩言冒顿亦因缘。最怜火急催诗箭，望断红薇尺素妍。

十五和悔晦仍兼示屯艮，百三十四叠杯天韵

浇尽填胸块垒杯，麈诗作阵又今回。前身青兕原英物，异种朱邪亦俊才。慕蔺徒夸名号壮，扪心未免鬼神猜。虎皮羊质平生恨，惭愧吴郎

拂拭来。

嚼甘蔗滓笑诗天，便有豪情亦化烟。君似飞将军没羽，我如程不识名钱。裹创吮血犹挑战，肉袒牵羊耻结缘。输与修期观壁上，烂柯袖手却能妍。

十六和悔晦，百三十五叠杯天韵

何辞百罚酒深杯，责我推崇过当回。若例开新原末技，但言继往信奇才。文章何与人家国。感慨徒令众怒猜。我论词家有奇喻，阿芙蓉癖比将来。

世界潮流革命天，旧诗终恐付云烟。太尊玄酒宁谐俗，清庙明堂不值钱。陶冶性灵难普及，铺张古典岂名缘。抱残守缺差成赏，敢向时贤竞丑妍。

十七和悔晦，百三十六叠杯天韵

珍重名山酒一杯，他年博物院中回。网罗要结前修局，创造还凭后起才。继往开来吾辈责，潮流过渡众人猜。千秋不朽谭何易，蜕古生新仗汝来。

钓雪垂虹蜗角天，也曾拂拭爨余烟。松江笠泽难征史，士垄王头竞值钱。洛蜀纷纭终覆鼎，渭泾清浊肯随缘。陈生一去李侯逝，怅触当时铅椠妍。民国六年敝邑倡修县志，邑侯李旸庐聘陈巢南主其事，余亦参末议，后以忌者沮废中辍。

和陈微庐，百三十七叠杯天韵

泥我重寻旧酒杯，多君缄札玉珰回。锦裙罗袜终悭命，绿海红江奈负才。一代风华关运会，千秋谣诼动嫌猜。收狂忏绮嗟予晚，炉火何人劝进来。

翘首嵇山镜水天，太丘名德未云烟。狂来欲问嵇生锻，清绝休言夷甫钱。报李投桃欣有什，登龙题凤奈无缘。剡溪一夕多奇兴，愧乏王家雪棹妍。

和陈梨梦，百三十八叠杯天韵

杏花村里记衔杯，曾共元龙识面回。弹铗冯驩犹失路，谓春航填词柳永不宜才。自谓银鞍白马当年约，锦瑟青鸾此夕猜。羯末封胡都好事，可容遍与倡酬来。君与兄虑尊（无用）、微庐（无名）、仲觚（蜕）、澹园（无私）、弟越流（樗）有六龙目

横波来梦沈寥天，有几迷楼不化烟？衣钵龚郎三嫁国，头颅扬广几文钱。何妨别创红妆格，可许同留青史缘。玉垒昆池饶女侠，多君点缀笔花妍。

次韵和陈越流

月窟天根未尽才，早持涕泪换琼瑰，宫驼索靖铜仙劫，骢马韩禽玉树哀。剩有闲情托词赋，苦无奇计狎风雷。信陵醇酒成何济，函谷丸泥一恸回。

和周酒痴，百三十九叠杯天韵

会仿销寒赌酒杯，琼楼玉宇看今回。纵横鹅鹳都成阵，曼衍鱼龙苦费才。乘兴剡溪聊复尔，因风柳絮漫相猜。独醒我有灵均例，不向当筵乞食来。余不与是集

园林裙屐夜寒天，烛跋频番见烬烟。上客争眠垆畔地，主人苦费杖头钱。流光鼎鼎原如梦，良会匆匆亦证缘。欲向君家问遗事，丹黄狼藉画图妍。君先德少裘前辈有《九九销寒图》题咏册。

和凌昭懿，百四十叠杯天韵

沈醉西池阿母杯，何妨竟挟玉清回。不填银汉终成恨，未死苍天讵

算才。秦弄玉归还自诧，许飞琼见漫相猜。淮王鸡犬喧脬甚，值得排云一骂来。

上清鸾鹤下诸天，不信人间有禁烟。一度沧桑千度劫，六铢衣袂五铢钱。倘凭条脱成佳耦，便受神鞭亦胜缘。碧海青天终古恨，独怜遥夜素娥妍。

三和少华兼示秋叶，百四十一叠杯天韵

幕府山头盾鼻杯，压残金线又今回。依人门户终非计，留命桑田倘要才。星斗销芒天亦老，英雄失路世终猜。沼吴霸越寻常事，愁绝当年种蠡来。

白马银涛越绝天，射潮霸府未荒烟。金床兔子罗平董，玉带龙驹尚父钱。成败无凭判王寇，头颅有价亦因缘。最怜憔悴罗昭谏，苦忆云英未嫁妍。

和沈仲云，百四十二叠杯天韵

劝酒殷勤卓女杯，芙蓉颜色共春回。白头吟在都缘恨，封禅书成苦费才。宝枕尽教曹植赋，回文终累窦滔猜。何如不落言诠好，掉臂红禅自去来。

楼阁仙山兜率天，卿云纠缦九衢烟。樱桃酒熟甜于蜜，豆蔻花开大似钱。拈带麻姑麟作脯，吹箫秦女凤为缘。文人慧业屠门嚼，绝胜东家俎豆妍。

和傅子文，百四十三叠杯天韵

何当与子共深杯，江左狂生识我回。醇酒妇人原有托，阴符玄女倘能才。死犹多恨夷齐悔，生不成名操莽猜。鬼夜泣时天雨粟，无端苍颉误人来。

空有雄心绝地天，苦无勋业到凌烟。过秦贾谊三千牍，破产留侯十

万钱。燕处危巢终臬兀，龙潜沧海尚延缘。填膺热血从何洒，幻作情场玉貌妍。

再和祝霖，百四十四叠杯天韵

楚尾吴头酹一杯，迷楼倘遣梦飞回。终怜越女苎萝貌，未抵湘娥兰芷才。处士深源君肯谅，大言子敬我先猜。墨池雪岭纷纭甚，漫笑阳秋曲笔来。

骄花宠柳女郎天，二月江南草似烟。耐可芳名输瑟瑟，生憎奇福愧钱钱。卢前王后三分鼎，李怨牛恩一昔缘。多谢何郎风谊重，裁笺千里咏春妍。

三和祝霖，百四十五叠杯天韵

紫葡萄浸碧琉杯，双颊红玫晕乍回。如此风情良不恶，但矜轻薄莫言才。因缘卓女垆边见，消息王昌句里猜。别后相思知何处，楚天云雨梦中来。

不是情天便恨天，忍将身世比非烟。美人几见能倾国，名士从来几值钱。绣被熏香谁竟信，玉珰缄札我何缘。却从忏绮斋心夕，想见云屏旧影妍。

次韵和悼秋

蚬江一别几阴晴，无复迷楼旧日情。多事顾生知诮我，天涯肠断踏歌声。

答秋叶，百四十六叠杯天韵

碧海红桑旧酒杯，玉珰械札隔年回。湖山啸傲君多幸，风月逢迎我不才。各有相思动寥廓，岂无窈窕惹疑猜。延年女弟粗疏甚，那及徐妃半面来。谓君西泠本事娲石休凭补恨天，销魂柱与说非烟。难回去国文姬驾，苦少余赃孟德钱。失意裙钗多古怨，无聊笔墨亦奇缘。君有"无聊笔墨因缘"印却怜射虎南山客，嚼蕊吹香尔许妍。

再答秋叶，百四十七叠杯天韵

绿剑红箫付酒杯，已拚孤注掷康回。十年沧海屠龙技，百劫中原市骏才。玉帐谈兵亡士梦，金门割肉岁星猜。头颅无价河山贱，脱手人天一恸来。

吴越恩仇瓮底天，乱离五代未荒烟。拥兵行密新争霸，裂土婆留旧姓钱。倘有风云关大计，能鏖炮火亦奇缘。裁诗欲讯罗昭谏，难忘云英玉貌妍。

本事四首，次韵和秋叶

玉骢油壁走香街，松柏西陵水一涯。压线心情红蜡泪，嬉春消息紫鸾钗。凌波已惹陈王赋，病渴谁怜司马骸。准备阿娇金屋贮，如何踪迹又相乖。

廿年湖海老狂踪，岂意倾城一夕逢。不道琴心通卓女，居然剑气尽元龙。歌成宛转伤金缕，灯不分明照玉容。划袜提鞋终负汝，依依裙衩有芙蓉。

玉颜眉黛不成臒，隔座娭光荡酒垆。团扇岂应比手腕，香囊何幸近肌肤。从来杜牧销魂惯，肯信王昌放胆粗。太息使君原失计，不曾便赠一双珠。

惊鸿瞥影累人狂，带水犹流粉黛香。门巷莺迁容可觅，相思蚕老未全忘。灯前错认疏疏髻，梦里浑疑澹澹妆。还是宥情还割爱，却留本事满钱唐。

和余辛甫即寄柳溪，百四十八叠杯天韵

越角吴根酒一杯，姜肱门巷几徘回。山矾岂合村夫老，蘅梦曾夸弱弟才。谓哲兄十眉枳棘凤鸾原有意，稻粱鸿雁不须猜。分湖烟水萧疏甚，可念离人海上来。

柳溪文献寓公天，老铁题名未化烟。更忆东阳泻珠玉，难忘南陌簸金钱。浮眉话雨并时俊，白袷红裙一晌缘。欲问女休文故事，秋坟灵鬼倘能妍。魏塘沈瘦客（大成）客柳溪，与频伽、江庵联句，有"闺中瘦损女休文"之句。

答黄颂尧即寄吴门，百四十九叠杯天韵

花草吴宫旧酒杯，横塘梅雨怨方回。难销伍相千年恨，不薄夷光一代才。赐剑吹箫无结束，屧廊香径有疑猜。霸图零落山川暮，忍问倾城颜色来。

麋鹿台荒越绝天，将邪神物渺云烟。六朝残局谁分鼎，一炬齐云尚值钱。黄叶歌谣怜旧主，白门烽火换新缘。更堪天国兴亡史，秋李花开战血妍。

再答颂尧，百五十叠杯天韵

长共朱云浊酒杯，谓梁任订交黄石尚迟回。一诗入手温吾梦，十载盟心喜汝才。落落肺肝豪士赋，盈盈眉黛美人猜。泰娘闻说皋桥住，可许他年买醉来。

月落枫桥霜满天，寒山旧梦荡齐烟。名园换主三千宅，浪子挥金十万钱。宝马香车争旖旎，爱河恨海证因缘。何当狂走昌亭市，与子同回枯木妍。

五月二十九夜梦十眉

别后精灵枕畔通，难忘海曲旧梁鸿。尽温清酒人如玉，偶纵雄谈剑

吐虹。铅椠能劳君亦健，君方任《松陵文集》校事。轮蹄无恙我偏慵。书来招作沪上之游，不果。相思合有心相印，可许相逢梦里同。

问　讯

问讯江东道蕴佳，别来半载讵忘怀。名园拾翠晴联辔，小阁围灯夜斗牌。偕隐梁鸿皋庑稳，双栖海燕玳梁谐。堂堂我友终相付，春绮华年浩未涯。

梨　湖　曲

梨湖湖水清且涟，梨湖文献征千年。词人不作酒人死，天教间气钟婵娟。婵娟窈窕谁家子，生长豪门厌罗绮。十二能通梵夹书，十三学挽双鸦髻。十五十六颜如华，金错刀分字破瓜。此日红闺犹待字，此时碧玉正无瑕。凌生年少初通籍，玉树临风矜品格。竹马青梅问岁华，初三下九同游息。郎君才调擅天人，谢女清谈妙绝伦。玉想琼思浑合璧，珠歌翠舞俨长春。绿窗鹦鹉喃喃语，红蕙花开自来去。愿得长谐玉镜台，不须更唱黄金缕。人间福慧岂双修，别向河洲赋好逑。岂意檀奴成薄幸，翻从琼姊妒风流。檀奴薄幸知难免，危崖转石离弦箭。鸳牒原非如意珠，鲛绡长织回肠券。回肠荡气莽无边，廿四番风花信妍。闻道高辛求佚女，忍拚丫角误华年。妆奁百福铺陈好，乘龙跨凤终须早。阿母瑶池绾赤绳，鸠媒不怨雄鸠狡。无端平地起风波，刻骨伤谗薏苡多。待阙鸳鸯嫌戏水，换巢鸾凤竟辞柯。云鬟不整晨妆罢，美人失意愁难写。却赖檀奴慰藉多，桃花门巷车重驾。檀奴苦语慰狂妍，珍重春华壮盛年。海上神山堪负笈，月中灵药好求仙。求仙负笈何心绪，丹铅永日还慵理。弹铗长谣归去来，可怜一落千寻矣。一落千寻可奈何，蓉城十二屡经过。六博蒱挐狎年少，鸣筝蹑屣通微波。徐公城北翩翩美，碧纱厨底同游戏。自署云都十七娘，仙官丁石应回避。宴安鸩毒岂难知，无奈春蚕茧里丝。沥血尺书龙象力，终愁无术悟蛾眉。蛾眉闻有衾裯约，甘领偏师事臣朔。打鸭频惊出处难，随鸦苦受讥评恶。凌生昨日驰书至，邀我长歌传本事。春社裁笺梦已非，秋衫渍泪图犹是。我闻此语三太息，沾泥堕溷防飘泊。孽海回澜有几人，滔滔臣里多奇迹。君不见，斗大珠光照海濡，风流蛮语夸娵隅，终怜龙女薰香体，轻伍虮髯逐臭夫。又不见，故侯门第东陵叟，如花娇女风尘走，玉映琼姿那复论，兰心蕙质休回首。纷华从古令人溺，纵体投怀肯自惜，十斛明珠值几何？绿珠浪许椎埋客，抚膺忽复恸苍生。岂独红颜有怨恩，投阁美新宁足道，机云入洛正纷纭，狂言惊座君休骂，神洲正气今聋哑。男子应为鲁仲连，女儿当学苏菲亚。不然剪彩斗春枝，风雨飘零能几时？伤心一首梨湖曲，莫认风花倪蓦诗。

短歌行，为吴姬梅芬作

十三解诗书，十五通剑术。觥觥奇女子，乃注青楼籍。假父之仇亦已报，生母承欢能尽孝。焚修誓墓了余年，咄哉所见终嫌小。大陆玄黄战未休，枭鸱破獍应同仇。何不飞行入惠州，龙泉先馘陈豨头。时中华民国十一年六月，陆军总长陈炯明反。

周庚唐挽诗

玉树翩翩子，无端委逝波。扣舷一蹉跌，天道竟如何。少日嬉游共，联舟薛淀过。人琴生死感，凄绝发悲歌。

五月余旬耳，青庐敞画堂。盈门溢嘉庆，末座奉壶觞。讵意欢娱地，翻成恸哭场。盛衰与哀乐，斯事两茫茫。

制诔悲徐淑，余生镜底萍。倘能穷学问，犹足慰幽冥。大陆龙方蛰，中原鹿未醒。女权新史在，休仅慕陶婴。

移家初定，约修社事，寄十眉诸子

壬戌中秋节，以移家未续社事，十眉书来，有"画舫雅集已停顿两年，风流云散，言之黯然"诸语。因成长句裁寄，并柬巢南、石子、玄穆、昭懿诸子索和，即坚来岁之约。

云散风流一叹歔，主盟惭愧负盘匜。纸窗竹屋功初拓，画舫清尊计已非。门第故侯容我寄，新居为清宫傅周元理故宅。笙歌圆月为谁肥。飞书预缔明秋约，壁垒重张酒国旗。

题《耕读图》

辍耕陈胜今何在，投笔班超亦未然。证取劳农新学说，周秦诸子许行篇。

题《西湖春景图》

腻雨疏烟第一州，十年旧梦絮从头。披图别有雄心在，立马吴山愿未酬。

有　　题

蝉噪鸦鸣感不禁，秦愁汉怨日销沈。虞初九百寻常甚，谁是人间正始音。

周湘兰女士挽词

少小兵家子，于归故将军。十年忧患共，一夕死生分。呜咽东江水，凄凉歇浦云。麻衣儿女在，相对泣斜曛。

庑下梁鸿宅，频年屡过从。纸牌曾斗捷，樽酒不教空。健妇持门瘁，长贫吾道穷。岁阑留一面，应更惜匆匆。

弱妹君同学，深悲委北邙。盛年各凋谢，母校亦沧桑。桃李春先落，弦歌命不长。姑胥台畔路，谁与话冯唐。

述德应无憾，夫君一代才。雄文青简在，妙手白描来。笔自生枯擅，辞宁新旧赅。终嗤潘岳辈，未合作重儓。

任母潘太君德行诗

揽辔淮南百两春，围棋别墅罢南云。卅年节自茹荼蘖，块肉孤偏孕凤麟。青史瓣香奉高义，绛帷弦诵拜宣文。怀清台榭浑闲事，漫向桃源问汉秦。

郎君奇气轶骅骝，年少过从日未休。下榻陈蕃人一室，留宾陶侃母千秋。岁寒松柏经霜健，堂背萱花着雨稠。更拟捧觞介眉寿，曰归游子海西头。

太原王氏双节诗

女权销歇夸阴教，欹侧偏颇倘未然。岂少冰姿兼玉质，那堪棘地更荆天。一泓潋潋分湖水，双节堂堂王氏贤。娲石无灵精卫死，千秋血泪付啼鹃。

梦王季高

生前浑未识荆州，死后精魂入梦游。应为鼓鼙思将帅，北征心愿几时酬。

诗　集

第三辑

（1923—1929 年）

目 录

湖隐集（1923年） ………………………………………… 373
 十二年元旦，次韵和陆简敬 ………………………… 373
 张骥孴女士惠示近著，感成两截奉寄 ……………… 373
 传经堂次韵 …………………………………………… 373
 钓月舫即席次韵 ……………………………………… 374
 题许亢由《燕筑图》 ………………………………… 374
 海上，次韵和胡朴安，兼示叶楚伧、余秋楂暨从弟率初 …… 374
 典型二首，为争分湖先哲祠祀典作 ………………… 374
 李散木为从弟公望绘《分湖访旧图》，系以二截，次韵奉
  酬，不胜人杯己块之感已 ………………………… 374
 叶琼章墓道歌，次沈长公韵 ………………………… 375
 失笑一首和散木 ……………………………………… 375
 凤春词 ………………………………………………… 375
 《画眉禅》题辞，为林秋叶作 ……………………… 376
 侧足两首次韵 ………………………………………… 377
 题俞剑华《小窗吟梦图》 …………………………… 377
 赠沈长公 ……………………………………………… 377
 赠丘纠生 ……………………………………………… 377

赠袁铁铮 377
赠毛啸岑 378
赠汝景星 378
赠朱智千 378
赠周介子 378
赠王质夫 378
题陆廉夫先生画册，为王忆庭警佐作 378
赠沙甪侯警佐，沙君秣陵人，曾宦红梨 379
题丁竞华女士遗著，为尊翁初我先生赋 379
次和鸳湖殷蝉宣夫人三十感怀韵，借呈云间朱素亚居士 379
旧中秋夕金镜湖舟中联句六首，同凌昭懿作 379
旧中秋后一夕，和昭懿韵，并示朱梁任、陈戢人、沈君崇、君匋，暨弟抟霄、率初 380
散发二首示昭懿 380
青油一首示昭懿 381
怀人四绝 381
次韵寄朴安、秋楂 381

岁寒集（1923—1924年） 382

十二年十月，海上赠汪精卫 382
赠马君武 382
赠张溥泉 382
书《徐母马太君行述》后，为忏华、小淑两女士赋 382
沈跻庵丈挽词 383
十月十八日，叶楚伧、吴孟芙夫妇招饮，赋示汪精卫、于右任、胡朴安、邵力子、陈望道、沈君匋诸子暨胡沨平女士 383
和楚伧兼呈孟芙、沨平 383
和朴安兼示力子、望道 384

十月二十一日，朴安招集朴学斋，赋示精卫、右任、力子、
　　望道、楚伧、秋楂诸子，暨孟芙、沩平、陈馨丽三女士 …… 384
题沩平绘《朴学斋话酒图》，次前韵 ………………………… 384
朴安赋诗见示有感 ……………………………………………… 384
十月二十八日，精卫招饮，赋呈座客 ………………………… 384
十一月四日，右任招饮宋园，精卫有事于浙不克至，座有谢
　　无量、刘季平，次右任韵二首 ………………………………… 385
宋园和朴安并示同座 …………………………………………… 385
宋园用渊明《周家墓柏下》韵，同朴安作 …………………… 385
乞沩平绘《江楼秋思图》，诗以将意 …………………………… 385
送李洞庭归岳州 ………………………………………………… 385
怀傅钝安长沙 …………………………………………………… 386
汪兰皋过谈湘事，赋呈一律 …………………………………… 386
为陶亦园丈题《运甓图》 ……………………………………… 386
岁寒社第一集即事，时十二月二十五日 ……………………… 386
呈谢景秋女士 …………………………………………………… 386
右任席上赠梅畹华 ……………………………………………… 387
十二月三十日，岁寒社第二集 ………………………………… 387
十二月三十一日，岁寒社第三集，精卫招饮中山先生别邸 … 387
题《岁寒图》 …………………………………………………… 387
十三年元旦，岁寒社第四集，张心抚、冯心侠招饮 ………… 387
赠杨杏佛 ………………………………………………………… 388
送廖仲恺归粤，兼呈何香凝夫人 ……………………………… 388
乞香凝、孟芙绘《江楼秋思图》 ……………………………… 388
一月十三日，岁寒社第五集 …………………………………… 388
一月十六夜，岁寒社第六集，兰皋招饮 ……………………… 388
一月十七夜，梦中山先生有作 ………………………………… 389

一月十九夜，岁寒社第七集 389
夜梦冯春航，述亡友陈越流死状，时春航方客南通也 389
别海上诸子 389
蔡翁侣笙七十双寿诗，为令子冶民丈作 389
题殷丈植庭《平波羡钓图》 390
题《月庵印存》 390
题陆丈徇甫《蛰庼图》 390
题顾梁汾寄吴汉槎《金缕曲》墨迹，为胡汀鹭赋 390
题河东君像，为钱翔春赋 390

仗剑集（1924—1927年） 391

十三年五月，赠任梦痴 391
赠杨雪门 391
赠王希禹 391
赠汝葆彝 391
题《英雄走国记》 392
题《奇侠精忠传》 392
八月五日，访叶琼章墓有作，示馨丽女弟 392
宝生庵题壁，庵为天寥老人逃禅地，今拟奉琼章香火于此 392
八月二十七日，寄林秋叶、诸贞壮杭州，时余方客海上也 393
次韵和馨丽 393
次韵答胡寄尘 393
乞顾青瑶女士篆"前身青咒"小印，报谢一绝 393
寄沈次公 393
空言 393
海上送鲁若衡赴夏口 393
赠汪子柔，即题其相片 394
十四年五月，和蔡冠雄悼亡 394

罗星洲题壁 ··· 394
赠馨丽同志 ··· 395
十五年五月，黄花岗谒廖仲恺先生墓 ································· 395
将去广州有作 ·· 395
十六年四月，西湖韬光庵题壁 ··· 395
绝命词 ·· 395

乘桴前集（1927年） ··· 396

东渡舟中即事一首，十六年五月十五日作 ·························· 396
西京赠王济远 ·· 396
赠郭谷尼 ·· 396
示东友长井大有、德永懒牛 ··· 396
东洋花坛口号 ·· 397
呈桥本关雪 ··· 397
呈野原樱州，乞绘蔷薇 ·· 397
送德永懒牛从军 ··· 397
寓楼示非儿，兼怀垢儿上海 ··· 397
樱州诸君为蕴玉女士写像，关雪散人并题一截，次韵奉酬 ······ 398
岚山道中口占 ·· 398
岚山渡月桥有感 ··· 398
赠长井大有 ··· 398
为中原瓮塘题画 ··· 398
重游岚山即事 ·· 399
题桥本关雪《南船集》 ·· 399
琵琶湖杂诗 ··· 399
次韵赠野原樱州 ··· 400
偕樱州访松本一洋，投以一绝 ·· 401
再赠松本一洋 ·· 401

金阁寺 ······ 401
大丸吴服店赠高津芳辅 ······ 401
觞樱州于支那料理馆，饷以绍兴老酒，兼賸一截 ······ 402
樱州招饮伎寮，即席赋此 ······ 402
题画三截句，为中原瓮塘作 ······ 402
赠安立君，君为京都大建筑家，兼工击剑 ······ 402
将去西京，留别谷房子女史 ······ 402
题画 ······ 403
谒桥本先生，奉呈六绝，即以为别，时先生亦将有西欧之
　行也 ······ 403
樱州导游桥本邸小园，并观射圃 ······ 403
赠长井大有移家 ······ 404
留别牧野近之助君，君为圣护院邮便局局长 ······ 404
留别东洋花坛 ······ 404
樱州绘紫藤赠高津芳辅，为賸一绝 ······ 404
邻妇以乌龙茶饯济远，赋此戏赠 ······ 404
自西京发江户，送者十余辈，各赠一诗为别 ······ 404

乘桴后集（1927—1928年） ······ 406

车过静冈，奉答桥本 ······ 406
江户赠殷孟俶、李坚甫 ······ 406
赠孟俶移居四谷 ······ 406
偕孟俶、坚甫游井之头公园 ······ 407
六月十日夜，梦张秋石女士，翌晨闻其噩耗，感成一绝 ······ 407
谢龚遂初惠笔 ······ 407
谢日华学会诸执事 ······ 407
六月十三日，移居乐天庐，在井之头公园侧 ······ 407
公园白孔雀 ······ 408

公园红杜鹃	408
赠刘海粟	408
观明治大正名作展览会，见所绘豫让、杜甫二像，各赋一诗	408
西乡南洲铜像	408
甘素人与其友人书，翛然有遁世之意，为题一截	408
读史	409
有纪	409
八月二十三日，送忌儿西渡，道出横滨，游三溪园，登绝顶观海，归途口占一律	409
前题二绝	409
三溪园池荷	409
忽漫	410
读史二首，九月九日作	410
粲花	410
三哀诗	410
消息一首	410
秋兴，次黄佩曼女士韵	411
至竟一首，叠前韵	411
追悼陈虑尊、越流昆季，兼示其犹子仲光，再叠前韵	411
秋兴改非、垢两儿合作，仍用前韵	411
感旧五绝句	411
深宵一首，为郑揆一作	412
送坚甫归国，兼订重来之约	412
十二月三十一夜作，兼示素人，用定公《辛巳除夕》韵	412
十七年三月五日雪中，日本名画家小杉放庵诸君过访，借呈一律	412

赠东人琴山民……412

题朝鲜女子吴虹月画兰，即以为赠……413

三月二十日，坚甫宴客乐天庐，赋示同座……413

赠袁愈佺……413

赠郑揆一……413

赠漆士昌……413

赠王英儒……413

赠冈崎礼子……413

孟俶喜慕定厂，占此调之……414

四月二日，留别乐天庐主人河田泷次郎……414

秣陵集（1928年）……415

十七年四月二十六日，重过秣陵谒中山先生陵寝，感赋二绝……415

于右任招饮安乐酒家，即席赋呈，兼示叶楚伧、姚鹓雏、杨千里、朱宗良、朱少屏……415

五月二日，海上赠林一厂，即次其丁卯除夕见怀韵……415

韦斋舅氏赐诗慰藉，即次原韵奉酬……416

读蒋光慈所著说部名《野祭》者，感其哀艳，即题一绝……416

邓秋马属题曼殊遗画……416

七月三日访刘季平、陆繁霜伉俪海上寓庐，并索观曼殊遗墨，小饮沾醉，赋呈一律，即用季平与诸贞壮、黄晦闻唱和韵……416

八月四日，狄君武招饮秣陵寓园，次季平韵……416

赠吴士翘县长，叠前韵……417

赋谢翟健雄、徐明瑾夫妇招饮，仍叠前韵……417

缪丕成于中央党部会议席上索诗，立成一律……417

初至玄武湖有作……417

柏烈武招饮玄武湖上佣庐，集者于右任、何香凝辈十余人。

  饭罢，更偕香凝诸子，乘小艇环湖一周而旋，即成一律…… 417

姚尔觉、苏映秋夫妇招饮玄武湖上湖神祠………………… 418

唐九如招饮秦淮河畔鉴园有作………………………………… 418

偕九如、少屏、佩宜重谒中山先生陵寝，恭纪一律………… 418

汤山别墅赠戴季陶……………………………………………… 418

次韵答姜可生…………………………………………………… 418

次韵答张挥孙…………………………………………………… 419

次韵答姚鹓雏…………………………………………………… 419

香凝同志因母病促归，诗以送之，并谢惠赠仲恺先生《双
  清诗草》……………………………………………………… 419

赠张友鹤，即以为别，时余将去秣陵之前一日也…………… 419

浙游集（1928年）……………………………………………… 420

十七年九月二十六日，陈巢南招饮海上酒楼………………… 420

莫干山赠周柏年………………………………………………… 420

蘧庐呈周丈梦坡………………………………………………… 420

剑池瀑布………………………………………………………… 421

塔山公园………………………………………………………… 421

九月二十八日，为旧中秋夕，山中对月，赋示少屏、馨丽、
  佩宜及非、垢两儿………………………………………… 421

是夜月色皎洁，而诸人遽皆酣睡，独与垢儿步月山中，复遭
  佩君迫促，败兴归寝，戏成四绝示垢儿………………… 421

游龙潭感赋……………………………………………………… 422

碧坞道中口占…………………………………………………… 422

山中夜梦秋石，醒而有纪……………………………………… 422

将去莫干山，写示馨丽………………………………………… 422

馨丽有小刀坠阜溪中，戏赋一绝……………………………… 423

次非、垢两儿韵…………………………………… 423
西湖谒曼殊墓有作…………………………………… 423
追记馨丽堕水………………………………………… 423
海宁观潮有作………………………………………… 424
海上宴集南园酒家…………………………………… 424
南园宴集之明日，馨丽返吴门矣。追寄一诗，不自知其言之
　凄黯也…………………………………………… 424

方壶集（1928—1929年）……………………………… 425

十七年十月九日，朱翊新招饮方壶酒庐，即席赠陈戬人，兼
　示朱云光、蔡元湛………………………………… 425
次韵和云光…………………………………………… 425
云光、戬人暨李一民招饮，三集方壶，余均未有诗，补成一
　律，叠年字韵……………………………………… 425
次韵答云光兼示戬人………………………………… 426
方壶第五集，赋示馨丽、佩宜、戬人、元湛，暨秦伯未、许
　半龙、陈景熙、陆简敬，即次半龙韵…………… 426
十月二十四日，偕馨丽、戬人、云光暨佩君、非儿游半淞园
　作…………………………………………………… 426
纤儿一首，书慰馨丽，兼示戬人、云光…………… 426
题《太平天国革命史演义》………………………… 427
沈长公书来，言将为秋石营衣冠冢于分湖滨无多庵畔，媵诗
　索和，叠韵成四律奉酬…………………………… 427
次韵和长公见怀之作………………………………… 427
杂感两首，次长公韵即寄…………………………… 428
长公见示追挽秋石之作，即用余方壶第一集年字韵次和奉寄
　……………………………………………………… 428
观《封神榜》杂剧，赠凤娘………………………… 428

前诗意有未尽,再赋两绝 …………………………… 428
王母朱太君八旬寿诗 ……………………………… 428
娄东顾心言女士遗画,为其未婚夫孔浣春题 ………… 429
为胡寄尘题《杂俎四种》 ………………………… 429
许啸天、高剑华伉俪招宴,赋呈一律 ……………… 429
贺周宪文、陈明珠婚礼 …………………………… 429
命宫二绝 ………………………………………… 429
十一月十二日,为旧历孟冬月朔,卧病不能赴虎丘南社之
　约,次一厂韵却寄 …………………………… 430
长公书来,言是日为秋石诞辰,补奠一诗,仍用一厂韵 …… 430
题周伽陵《还笏图》 ……………………………… 430
丹阳林丈玉堂八十寿诗,为令子力山赋 ……………… 430
贺狄画三、胡斐玉婚礼 …………………………… 430
徐丈佩青挽词 …………………………………… 431
邵济航自海外归,过余沪上,适病卧未获相见,闻其返越,
　追寄一诗,感逝怀人,不自知其言之悲也 …………… 431
次韵答长公招隐之作 ……………………………… 431
叠韵再和长公 …………………………………… 431
长公寄示梦秋之作,次韵奉酬 ……………………… 431
书空一首,十八年二月六日作 ……………………… 431

松寥集(1929年) …………………………… 432

京口即事 ………………………………………… 432
谒亡友赵伯先先烈祠庙 …………………………… 432
广陵纪游 ………………………………………… 432
呈翼谋宗兄 ……………………………………… 433
呈庄思缄先生 …………………………………… 433
赠汤树闳 ………………………………………… 433

杂感二首，奉和思缄先生暨翼谋宗兄 ··· 433
五月二日，自京口至梁溪，为秦效鲁题《佚园画册》 ········· 434
鼋头渚太湖别墅题壁，示孙静庵、吴观蠡 ····························· 434
海上哭陈汉园 ·· 434
松寥阁联句 ·· 434
读巢南、翼谋吸江亭唱和诸作，即用其韵 ····························· 435
松寥阁夜话示佩宜 ··· 435
南望吴门，忽动白云之思，敬赋一律 ······································· 435
楚伧、馨丽自秣陵来会，宴集品芳酒楼，即席赋赠 ·········· 435
谢王立佛、姜可生招饮 ··· 436
酒后偕立佛絮语亡友黄竞西殉国事，感成此什 ····················· 436
五月十五日，偕佩宜自京口返歇浦，巢南有诗追送，奉酬四
  截，兼寄馨丽秣陵 ··· 436

玫瑰集（1929年） ··· 437

玫瑰一首，十八年五月十九日作 ·· 437
乞香凝夫人补绘《江楼第二图》 ·· 437
为香凝夫人题画 ··· 437
续题香凝夫人画幅 ··· 438
为蕴玉女弟题画 ··· 438
香凝夫人属题画集，再赋两律 ··· 438
孤花一首，垢儿索赋 ··· 439
哭顾悼秋 ·· 439
哭王玄穆 ·· 439
题许半龙诗集 ··· 439
谢石药仙女士画扇之惠 ··· 439
沈体兰、金江蘅伉俪为其母夫人寿辰移粟赈灾，诗以美之 ······ 440
题蔡冠雄印稿 ··· 440

次韵答沈次公 …… 440

六月一日，中山先生奉安大典，余以病不克躬赴，次陈巢南韵一首志哀 …… 440

哭三妹英侬，即示妹婿凌光谦 …… 440

题陆丹林《鼎湖感旧图》 …… 441

题袁弘深《文水移家图》 …… 441

三题香凝夫人画幅 …… 441

乘车夜游有感 …… 442

孟俶于车中失其时计，诗以调之 …… 442

七月十四日，法兰西人所谓革命纪念节也，夜游环龙公园，惘然有作 …… 442

七月十七日夜，蓉裳招饮，赋酬一律，并示孟俶、坚甫、蕴玉、佩宜、佩亚 …… 443

湖 隐 集
（1923年）

十二年元旦，次韵和陆简敬

我意顽于石，君才灿似花。置身各草芥，放眼到天涯。霖雨羊城国，孙大总统返跸粤都。风云雁塞沙。蒙古新建共和国。更闻驱逆竖，飞将出三巴。石将军青阳以奇兵规鄂西。

张骥騄女士惠示近著，感成两截奉寄

煮豆燃萁事不祥，曹家兄弟略堪当。秋灯忽吐苍虹气，恩怨重重倘两忘。

发冢儒生工议礼，覆盆弱女惯埋冤。千秋一例伤心史，忍作家常琐屑看。

传经堂次韵

青冗前身旧姓辛，霸才无主敢言贫。横胸酒味羞肝热，喋血刀光与颈亲。老去灌夫犹骂座，哀时庾信不逢春。稍怜丁卯桥边客，药裹茶铛位置身。谓许半龙

钓月舫即席次韵

闲鸥死后冷斜晖，惆怅分湖霸气微。大泽神龙容可蛰，明珠老蚌为谁肥？花能冒恨开偏艳，月不中天钓又违。羞起长兴酹杯酒，臂鹰身手已蓑衣。吴日生先生讳易，明季起兵分湖抗虏，鲁监国封长兴伯，后殉难武林。

题许亢由《燕筑图》

燕市筑，吴市箫。箫声嘹唳楚宫班，筑声呜咽秦庭高。方今四海乱如沸，借名窃位纷相继。徐勣当年无赖贼，黎丘此日含沙鬼。渐离、荆卿久白骨，眼中突兀仇人血。挥手长谣归去来，芦中穷士肝肠热。

海上，次韵和胡朴安，兼示叶楚伧、余秋楂暨从弟率初

华、拿、卢、孟敢言才，酒满河山血满杯。涕泪已教成大错，文章何事付长哀？高秋健鹘摩云起，横海神龙卷土来。莽莽中原心事在，直须燃到劫余灰。

典型二首，为争分湖先哲祠祀典作

典型洪、李愿为徒，刀笔戋戋计已疏。安得戈船成小队，健儿铙吹下分湖。洪祖烈都督、李枝芳布衣，皆分湖先哲，明季起兵抗虏者。

豺狼当道血人腥，偶问狐狸变幻形。输与《留都防乱揭》，《春灯燕子》骂怀宁。

李散木为从弟公望绘《分湖访旧图》，系以二截，次韵奉酬，不胜人杯己块之感已

酒人三五德星孤，春水无端长荻芦。却累汉家狂执戟，一帆烟雨下分湖。

长府何劳改制来，瓣香切问转蒿莱。暾庐不作沤盦逝，并入山阳笛里哀。芦墟切问书院，创自陆青来中丞，即今分湖先哲祠旧址。邵阳李暾庐邑侯

讳世由，乡先生陆沤盫讳拥书，均当日首议建祠者也。

叶琼章墓道歌，次沈长公韵

晋阳已陷猎一围，崖山惨淡天王旗。国破家亡万事毕，孤坟儿女留依稀。松陵虞部矜风骨，分湖一水才人窟。午梦堂前梦未阑，疏香阁外香先没。沈珠瘞玉恸年年，营奠营斋苦费钱。已惜秾春随逝水，更惊沧海变桑田。朝局日非新令尹，苌弘碧血忠难泯。鼙鼓辽东动地来，华夷从此无畦畛。长兴一旅起维桑，返日戈难挽鲁阳。太息帐中书露布，将军椽笔梦全荒。西山行遁采薇子，华表魂归抉目视。六郎忽现宰官身，转瞬荣枯仅尺咫。三百年来旧史慵，黍离麦秀歌填胸。生天成佛寓言耳，一坏黄壤谁亲封。江湖载酒输农圃，飘零我愧分湖主。残山剩水又中原，不及伊家三尺土。香火因缘付后来，梨花酿熟酹新醅。丰碑突兀心犹歉，未种湖滨万树梅。

失笑一首和散木

失笑皮囊裹血丝，头颅一掷酒千卮。黄金倘铸同文狱，华表终刊革命碑。功罪千秋原旦暮，风雷只手要撑持。凭君莫动王尼叹，乌鹊南飞尚有枝。

凤 春 词

偶现甔甀色相身，玉颜倭堕似天人。拚持十万《波旬咒》，来看樽前伍凤春。

答凤鞭鸾奈此宵，锦衣褪后露红绡。玉阶宛转蛾眉死，狼藉丰姿越样娇。_{时演寇珠事}

百无聊赖遣中年，丝竹苍生恐未然。载酒江湖成老大，谈兵愁杀杜樊川。

《画眉禅》题辞，为林秋叶作

虎头燕颔未侯封，马上功名负乃公。谁信金樽银幄底，有人巨眼识英雄。

珍重逢君未嫁时，缟衣罗袜絮相思。如何折尽鸳鸯翅，襁褓曾牵一缕丝。

六州铸错恨难堪，能解冤亲抵死甘。仗义翻教成左计，误人至竟怨琴南。

五载相依形影神，绛帷问字俨天亲。剧怜红烛青庐夜，轻遣萧郎付路人。

欲报金闺国士恩，靴刀帕首去从军。亡吴倘遂鸱夷计，云水光中好遇君。

决绝词成泪眼双，拊心消息过台江。红闺安得长丫角，敢怨罗敷陌上桑。

从此相逢避面来，回肠百结寸心灰。割慈忍爱何能久，病骨香桃只自猜。

连朝娇喘已如丝，惆怅搴帷视疾时。欲订来生无片语，前头鹦鹉恐先知。

甲帐繁霜夜警眠，步虚声里隔人天。玉棺通替难重见，只博空山一恸缘。

消愁何策断知闻，莽荡关河付夕曛。惭愧头颅无恙在，十年身是故将军。

春雨明湖尺涕涟，渐看哀乐近中年。重温一卷伤心史，弹断青琴第几弦。

促我题诗感未休，大千恩怨上心头。愿书万本传寰宇，记取婚姻要自由。

侧足两首次韵

侧足焦原万事非，鲁戈羞与返斜晖。玄黄有血龙方斗，苍赤无辜鹿正肥。跋浪长鲸嫌海浅，投林穷鸟怨星稀。风尘苦念刘文叔，邓禹何由杖策归。

酒边奇气尚峥嵘，不信人天换雨晴。助纣廉、来原左计，逃尧巢、许岂求名。斩蛟我慕周东观，射虎人嗤李北平。失笑耳、余刎颈事，白鸥齿冷岁寒盟。

题俞剑华《小窗吟梦图》

少日俞郎似虎狂，中年何事苦颓唐。才华气概都销尽，却遣词坛拜梦窗。

梦窗七宝楼台耳，南宋词人貉一丘。欲向韩陵求片石，霸才青咒我低头。

赠沈长公

长公交廿载，不醉亦忘形。嫉恶肠同赤，论文眼共青。麋台闻采药，禊水待传经。急盼秋风起，重来斗酦醅。

赠丘纠生

纠生慷慨士，一诺抵琳璆。虎穴轻身入，龙文著意求。才能同辈少，风谊古人遒。郁郁《新梨里》，频烦借箸筹。

赠袁铁铮

铁铮万夫特，余事作诗人。赤手屠龙技，青山扪虱身。头颅还突兀，肝胆郁轮囷。莽莽中原在，终期屈蠖伸。

赠毛啸岑

啸岑吾弱弟，比例到章、邹。可惜同文狱，还成漏网舟。红潮新世界，碧血旧阳秋。何日冥鸿逝，同为万里游。

赠汝景星

景星今健者，高论到婚姻。媒妁真堪骂，家庭何足云。掀翻奴隶狱，膜拜自由神。持向红闺读，蛾眉问笑颦。

赠朱智千

智千真义侠，疑是古朱家。从井人能救，临流水不哗。蛟龙避豪士，豺虎莽天涯。愿赠千金剑，仇头在副车。

赠周介子

介子态娟妙，朋簪盍俊流。汪伦一潭水，子柔赵胜双吴钩。光涛金石歌声裂，丹青笔意遒。《女神图》好在，珍重漫轻投。

赠王质夫

质夫初识面，落落忘言筌。稍惜相逢日，遽成离别年。江湖从此逝，风雨渺无边。更念施居士，还悭一握缘。谓施士则

题陆廉夫先生画册，为王忆庭警佐作

郑虔三绝已千秋，弟子传灯早玉楼。难得年时衣钵在，一图郑重抵琳璆。忆庭尊人祝三翁，为陆廉夫先生高弟，英年早逝，此册其传授所遗留也。

薄宦何由怨式微，过江门第旧乌衣。题诗我负三年诺，不尽低徊为累歔。识忆庭三年，索题此册，亦三年矣。

赠沙荕侯警佐，沙君秣陵人，曾宦红梨

丞尉风流敢怨卑，龙蟠虎踞足雄奇。高文典册能传诵，曾向徐陵集里窥。君曾序徐苍生《尘天阁遗诗》。

我亦红梨旧婿乡，高门通德感沧桑。黄裳末座年时梦，掩卷沈吟抚鬓霜。曩岁晤君于外舅郑拙庵先生座次，今先生已墓有宿草矣。

题丁竞华女士遗著，为尊翁初我先生赋

虞山灵秀旧钟才，曾向垂虹负笈来。应为枌榆添掌故，琴堂挐女最堪哀。初我先生曾宰吾邑，女士以爱女随任，因毕业丽则女子中学校，归里后以病卒。

返生香断付谁怜，折蕙摧兰亦听天。独惜女权新史艳，撞钟伐鼓记当年。纪元前初我先生创《女子世界》杂志，昌言女权革命之说，余实尸前马，今二十年矣。

次和鸳湖殷蝉宣夫人三十感怀韵，借呈云间朱素亚居士

半教贻讥薄海羞，金闺素志可曾酬。十年绛帐人甘苦，午夜青灯月去留。得婿居然鶼比翼，生儿可许虎昂头。梦中忽作苏菲亚，朝鹹名王暮子侯。

桃花马上剑横磨，一水银潢静不波。青史要弥千载憾，红颜能见几人多。谈兵狼望朝投笔，同梦鸡鸣夜枕戈。好与庄严平等国，誓凭纤手荡群魔。

旧中秋夕金镜湖舟中联句六首，同凌昭懿作

木樨香外酒杯深，昭懿证取青天碧海心。岛国旌旗新战垒，亚子梨湖歌舞旧芳浔。重来诗有齐梁体，昭懿劫后人嗤郑卫音。铁锁横江开未得，亚子蟠龙踞虎鬼森森。昭懿

平陵铙吹洛阳年，昭懿尽许书生一放颠。乱世功名屠狗贱，亚子破

扉人物卧龙贤。已知剥后苍天复，昭懿要与中兴赤帜妍。稽首苏俄酹杯酒，亚子蚩氓还我自由权。昭懿

跂脚篷窗鼻息雷，昭懿梦中富贵迫人来。将军夜猎南柯郡，亚子处士春嬉北海罍。蕉鹿十年原计左，昭懿黄粱一枕漫心猜。腐儒岂有封侯相，亚子火色鸢肩误汝才。昭懿

难忘上界有银河，昭懿十载豪情委逝波。马上桃花秦石硅，亚子江头笠屐蜀东坡。罗池野庙诗兼佛，昭懿云梦词人哭当歌。愿折芳馨赠之子，亚子一襟清泪背人沱。昭懿

侧调幺弦只自夸，昭懿风雷腕底未容哗。迢迢灵气一千丈，亚子澹澹秋心三两花。笑绿嗔红揩倦眼，昭懿流黄晕碧怨年华。湘累骚屑陈王赋，亚子莫为春愁自浣纱。昭懿

闹红艇子稳罗漪，昭懿日暮伊人宛水湄。息壤有盟三尺剑，亚子平原夙约去年诗。空为柱下尾生叹，昭懿失笑山头阮籍欷。便欲缄书寄鱼腹，亚子不然老铁失春嬉。昭懿

旧中秋后一夕，和昭懿韵，并示朱梁任、陈戢人、沈君崇、君匋，暨弟抟霄、率初

子弟江东卷土来，金汤百二看重开。三分壁垒张诗史，十万旌旗葬酒杯。紫盖黄袍侬已误，红箫绿剑汝还才。黑头事业须珍重，漫为杨麼揽镜哀。

散发二首示昭懿

散发慵妆意态娇，别来三载更苗条。终怜负了同心结，研碧罗裳换绛绡。

使君五马久踟蹰，谁信罗敷自有夫。十六生儿原未晚，阿侯玉雪好肌肤。

青油一首示昭懿

青油幕底紫阑干，花影如潮一晌欢。得婿可能如弄玉，恼人至竟怨丰干。丰姿微觉年时瘦，消息都从镜里参。欲赋闲情须自忏，九秋鸥梦渌波寒。

怀人四绝

据鞍矍铄老廉颇，喋血盟寒可奈何。应恋六朝佳丽地，秦淮河畔月明多。陈巢南

猿臂将军意气骄，彩鸾新许嫁文箫。生憎孤负中秋月，绝代销魂宛转娇。叶楚伧

文章风谊数泾胡，有女能文道不孤。豪气欲吞云梦泽，终怜不敢问梨湖。胡朴安

十载秋灯照鬓红，无端海曲窜梁鸿。金篦刮目神方在，只乞琼浆一滴通。余秋楂

次韵寄朴安、秋楂

胡髯崛强余生怯，只惜春申秋禊遥。若准涂山王会例，专车载骨肯轻饶。

岁 寒 集
（1923—1924 年）

十二年十月，海上赠汪精卫
一击亡胡帝，平生张子房。丰姿犹妇女，家国有沧桑。廿载盟心久，一宵握手偿。元戎方旰食，何以拯黔苍。

赠马君武
四海马君武，别来十载强。君能事农圃，我尚困书仓。雷雨经纶梦，江山文酒场。雄心休便死，朝旭正苍苍。

赠张溥泉
沧州张溥十年别，相见浑疑入梦来。故旧纷纭化魑魅，江山摇落尚尘埃。如君独抱岁寒节，而我难为末世才。证取劳农新国土，黄垆休更发悲哀。元年晤君于亡友宁太一席上。

书《徐母马太君行述》后，为忏华、小淑两女士赋
绛帐扶风一脉尊，于归东海有高门。毁妆早佩鸿妻德，截发终酬侃母恩。生女由来胜豚犬，含饴差足慰晨昏。秋家亭子明湖好，华表泷冈要并存。

沈跻庵丈挽词

江曲堂堂老子孙，绛云余烬尚高门。枌榆力辟蚕丛局，桃李名归马帐尊。竞爽曾闻二惠誉，谓屋庐丈憨遗不遣一夔存。蚬江秋水麋台月，剪纸来招两地魂。

先人交谊丈人行，肺腑尤从臣叔将。怜我竹林感存殁，劳公絮事共商量。深谈便坐情弥切，曲宴寒宵意倍长。一集杏庐酬付托，杀青计日奠虚堂。长洲诸元简太夫子所著《杏庐诗集》，与丈共醵赀刊行，余方任校雠之役。

十月十八日，叶楚伧、吴孟芙夫妇招饮，赋示汪精卫、于右任、胡朴安、邵力子、陈望道、沈君匋诸子暨胡沣平女士

中华民国十二秋，吾生忽落松江陬。叶生慷慨为置酒，招邀宾旅陈觥筹。十月十八作重九，众人唯唯吾独否。持螯对菊便良辰，正朔已更休墨守。座中人物谁最妍，汪伦一斗才翩翩精卫。清谈痛饮余事耳，江山万里君仔肩。须髯如戟泾胡子朴安，有女能文刮目沣平。赐也方人我未暇，胸中一部廿四史。邵平力子、陈涉望道不能饮，计穷忽出背水阵。角力不解倒地同，瘦沈旁观但微哂君匋。主人主妇双婵娟，白头期汝千千年。文章争说叶永嘉，眉妩休描吴绛仙。贱子狂吟二十春，未谙禁病遭客嗔。老去渐于诗律细，长歌为谢于将军。谓右任也

和楚伧兼呈孟芙、沣平

不数人间第几回，蛟腾虬怒有风雷。中原战伐余残骨，吾党功名尚酒杯。失路纤儿宁足骂，横胸奇侠要重来。苏菲、韦露当年事，愿向红裙乞主裁。

和朴安兼示力子、望道

世界潮流撼地时，横戈跃马一凭之。江山莽荡人千里，雷雨纵横酒满卮。要起孔丘涂漆简，还从荀况觅金椎。布新除旧年时意，辛苦群贤替主持。

十月二十一日，朴安招集朴学斋，赋示精卫、右任、力子、望道、楚伧、秋楂诸子，暨孟芙、沣平、陈馨丽三女士

德星萍聚敞虚堂，酒绿橙黄累举觞。旗鼓两髯当主客朴安、右任，温黁三粲各文章孟芙、沣平、馨丽。椎秦不信人如玉精卫，霸越终期鬓未霜力子、望道、秋楂均浙籍。独惜江南王气尽，蟠龙踞虎有豺狼。

题沣平绘《朴学斋话酒图》，次前韵

糟丘岁月去堂堂，凭仗丹青驻酒觞。咏絮昔钦谢道蕴，披图今见米元章。眼中人物谁名世，劫后江山换鬓霜。莫漫膏肓到泉石，要弯强弩射天狼。

朴安赋诗见示有感

朴安赋诗见示，有迟暮之感。余当十六七时，生气虎虎，辄自诩不学邓仲华，当为夏完淳。今二十年矣，悠悠岁月，万事无成，循和既竟，掷笔三叹。

投林乌鹊怨星稀，失路英雄愿早违。无恙头颅犹故国，何曾江汉揽朝晖。市谣岂信群儿贵，壁立终看海水飞。邓禹封侯夏复死，不成不败计全非。

十月二十八日，精卫招饮，赋呈座客

来叩山中宰相家，招邀俊侣不辞赊。谈诗颇抑风云气，插鬓终怜窈窕花。文酒何关当世重，兴亡莫付后人嗟。黄岗烈士题名在，默对虚堂未敢哗。

十一月四日，右任招饮宋园，精卫有事于浙不克至，座有谢无量、刘季平，次右任韵二首

百战将军剩酒杯，招邀裙屐我能陪。宋公园畔客皆至，黄石桥边人未来。越绝霸图劳使节，吴趋文宴失奇才。荒江遂隐原非易，谢朓、刘伶有主裁。

南都事业误和戎，不用吾谋涕泪中。抉目已惭生国士，剖肝犹葬死英雄。亡秦自昔传三户，兴汉何年唱《大风》。一辈人豪墟墓痛，弁山山色正青葱。谓亡友陈英士先烈。

宋园和朴安并示同座

云起楼头识渔父，重来海上礼高坟。九阍寥远天难叩，遗像沈冥石不言。后死终教怜贱子，老谋还欲仗诸君。横流满地王尼叹，徙倚西风到夕曛。

宋园用渊明《周家墓柏下》韵，同朴安作

慷慨《平陵曲》，悲凉《雍门弹》。玉碎胜瓦全，至理参悲欢。洪流方降割，壮士久无颜。惓念泉下人，功业犹未殚。

乞沣平绘《江楼秋思图》，诗以将意

鸿、光敢便拟前贤，皋庑居然赁一椽。玉宇琼楼涵并影，药炉茶灶袅双烟。时偕内子佩宜养疴沪上。红桑海底今何世，翠袖天寒瘦可怜。乡梦一宵无着处，剩持图画托婵娟。

送李洞庭归岳州

我来沪渎未盈月，恰遇畸人李洞庭。粤海新归足犹茧，湖湘旧约眼终明。登楼忽漫伤离别，歧路何堪慰友生。三户亡秦今用武，北征努力事长缨。

怀傅钝安长沙

衡岳鏖兵夜举烽，故人不见意忡忡。陈琳未合依袁绍，董卓何由识蔡邕。倘遣龙蛇逃世外，最难猿鹤隐山中。绿波无恙江南路，安得重来絮駏蛩。

汪兰皋过谈湘事，赋呈一律

玉帐谈兵旧俊流，苍生我抱杞人忧。纵横国贼兼民贼，烽火潭州接岳州。门户久成狼虎窟，驱除宁为稻粱谋。北征将帅多亲故，愿起东山一借筹。

为陶亦园丈题《运甓图》

折翼天门梦有无，武昌官柳久榛芜。迢遥华胄珍先泽，重见陶家《运甓图》。

画苑松陵沈侍中雪庐，银针玉薤重王翁琴斋。披图忽漫伤陈迹，愁绝红桑出海东。

多谢浔阳老子孙，一瓴十载护温麐。旧有借书之雅题诗惭愧殷勤意，寒雨冲泥夜叩门。

岁寒社第一集即事，时十二月二十五日

未复生机转一阳，岁寒松柏郁青苍。招邀豪俊开诗国，整顿河山入酒酿。正朔南天新宇宙，云霓北地旧壶浆。书生尚有如椽笔，待奏铙歌下建康。

呈谢景秋女士

相逢忽漫感平生，尊酒还期意气倾。岂比中郎遗弱息，应同天盖诞宁馨。世传女侠吕四娘事。恩仇四海无家别，鼙鼓中原一剑明。闻道楹书酬付托，传经差慰草堂灵。

右任席上赠梅畹华

宣南名士多于鲫,爱汝清歌妙舞才。却怪三秦于节度,也从尊俎一追陪。

墨池雪岭费平章,卢后王前有短长。青史千秋成例在,巢、由至竟薄虞、唐。

十二月三十日,岁寒社第二集

裙屐翩跹集俊流,缤纷彩凤间苍虬。三山五岳钟英气,酒国诗场足壮猷。松柏后凋期晚翠,云天高谊动新愁。西华葛帔终堪念,多谢群公借箸筹。时醵金助亡友万纪常遗族。

十二月三十一日,岁寒社第三集,精卫招饮中山先生别邸

一老南天国父尊,喜留别邸在江村。布衣昆弟能延士,椎髻妻孥并款门。柏酒椒盘新历象,黄旗紫盖旧乾坤。何当北伐功成日,重为先生寿玉樽。

题《岁寒图》

沧海横流今已矣,居然有此《岁寒图》。眼中朋旧谁人杰,劫后江山半酒徒。贱子生涯殊自惜,群公勋业谅非孤。抚膺独有丹心在,谁荐雄文奏上都?

十三年元旦,岁寒社第四集,张心抚、冯心侠招饮

击筑悲歌动白虹,苍生涕泪酒杯中。金门大隐怜方朔,心抚更始遗臣数敬通。心侠入座英豪寰宇选,出山霖雨几时逢。朱家风谊今还在,旗鼓真堪角两雄。余与朱凤蔚斗酒颇豪。

赠杨杏佛

失喜重逢杨杏佛，白门一别十三年。浮云化狗何时尽，晦雨闻鸡吾道全。太学生徒都列座，金闺婉娈好随肩。独怜载酒当年事，零落何人问《太玄》。君为铁厓门下士，拟共搜集其遗著。

送廖仲恺归粤，兼呈何香凝夫人

星云山斗望中遥，才识荆州便故交。早向天南称柱石，恰从海上送征轺。疮痍吴地来苏后，图象云台列宿高。一幅流民新粉本，闺中湘管待重描。

乞香凝、孟芙绘《江楼秋思图》

已有丹青重皖胡，谓沸平更持绢素托何、吴。好教鼎立称三杰，绝胜功成泛五湖。椎髻鸿妻原鲁钝，赁舂皋庑未模糊。词宗更擅徐忏慧陈璧君、馨丽笔，愿与留题遍画图。

一月十三日，岁寒社第五集

酒人一散已如云，壁垒重开此日亲。要与长松争晚劲，莫随飞絮惜余春。新猷岭表风云壮，故国江南羽檄纷。惭愧平生百无似，老狂差近灌将军。谓元旦骂座事。

一月十六夜，岁寒社第六集，兰皋招饮

冲泥冒雨开新局，卜夜张灯纵酒来。冯衍何人忽猖獗，心侠拇战倾一座。朱云豪气渐衰颓。凤蔚饮少即去。海天苦念乘槎客，仲恺、精卫、右任、楚伧均南渡。臣里新看绝妙才。徐蔚南初预斯集。更喜主翁情谊重，桃花潭水抵深杯。

一月十七夜，梦中山先生有作

廿年两度感追从，梦里还来叩白宫。矍铄丰姿犹昔日，温恭言笑仰高风。驰驱戎马翁诚瘁，偃卧丘园我独慵。绝胜尼山孔老子，吾衰仍得见周公。

一月十九夜，岁寒社第七集

南都急足走征轺，湖海元龙复此宵。陈巢南自白门来。敢诩主宾都俊物，稍怜裙佩逐春潮。香凝、璧君归粤东，忏慧、景秋返浙西，孟芙亦掩关不出。词华曹、沈堪欣赏，纫秋、七襄二女士意气朱、冯未寂寥。凤蔚、心侠太息秦嘉缘病妇，当筵对酒不成骄。余自谓也。

夜梦冯春航，述亡友陈越流死状，时春航方客南通也

一别未盈月，哭君双泪弹。如何天下士，生死托冯骠。君依春航海上，一病遽殁。旧事西陵道，新愁黄浦滩。遗书无恙否，消渴痛文园。君患消渴疾。

美人杳何处，消息阻南通。弹铗歌还健，捶琴恨岂穷。盛衰愁转毂，哀乐有宗风。莫漫歌《蒿里》，山阳笛里逢。

别海上诸子

蛟龙不云雨，归逐故园春。杀贼符难验，旅沪之始，戏言辛亥一出灭虏，丙辰再出亡袁，今兹必有应者，后竟寂然，非特悲吾言之不中，抑伤国难之未瘳也。钧天梦尚忳。红潮新激荡，碧血旧轮囷。莫便羊裘老，雄心未隐沦。

蔡翁侣笙七十双寿诗，为令子冶民丈作

乡邦耆旧式瞻依，七十齐眉古亦稀。游子归来京洛远，缁尘休便浣莱衣。

题殷丈植庭《平波羡钓图》

水软山温几处村，绿波芳草最销魂。玄真不作耕闲逝，轻付东溪老子孙。

挥毫落纸尽烟云，酒阵诗场几策勋。一笑众中成莫逆，心香自拜黑髯君。图有凌退庵先生题句，极矫健，黑髯君其别署也。

题《月庵印存》

莫作文场末技看，雕虫篆刻几人谙。聋翁不作琴斋死，硕果依稀认月庵。

题陆丈恂甫《蛰庼图》

龙蛇起陆血玄黄，海底曾栽几度桑。独抱遗编究终始，书生束阁本无伤。

少年奇梦我飞腾，欲谢钻研苦未能。一卷金溪留小志，传钞肯付短檠灯。闻有《金溪小志》藏本，欲求借钞。

题顾梁汾寄吴汉槎《金缕曲》墨迹，为胡汀鹭赋

白袷词坛两少年，雁行南朔忽惊弦。驰书犹见云天谊，泪墨斓斑一幅笺。

玉门生入究谁功，屈膝留题证相公。惜未早陈明哲训，同时王、戴尽冥鸿。

题河东君像，为钱翔春赋

红粉能谈兵，何异梁红玉。惜哉钱尚书，老去徒碌碌。

绝代杨影怜，底冒吾宗姓。同时曹麻子，奇侠两辉映。

仗 剑 集

(1924—1927 年)

十三年五月，赠任梦痴

任生才弱冠，底遣便工愁。作健男儿事，呻吟合罢休。立身唯革命，杀贼要同仇。愿洗儒酸气，前途仗蒯缑。

赠杨雪门

杨生耽说部，吾意独不不。篆刻雕虫技，由来壮士羞。好除文字障，誓斩郅支头。革命功成日，酬君酒一瓯。

赠王希禹

箫市逢君酒百杯，红江绿海几徘徊。倾心愿脱吴钩赠，斗大松陵要此才。

赠汝葆彝

太学举幡救李膺，东都风谊旧堪征。劝君莫漫蹉跎过，报国端须仗俊英。

题《英雄走国记》

雪窦山人老魏耕,翩翩祁六旧知名。好储十斛蔷蘼泪,来与前朝写废兴。

香儿厮养能完主,谢女烟花便将军。知有填胸三斗血,青磷夜夜烛江濆。

题《奇侠精忠传》

白莲花底剑花芒,恩怨华夷费忖量。杀贼封侯功狗耳,终怜唐突到齐娘。传中以田红英影射齐王氏,诋之甚力,不知何意。

撒豆呼风亦异才,卢鸦玉骨早成灰。斋心曾礼如安像,未必宗邦便祸胎。借宗教以纾民族之痛,震旦之齐娘,法兰西之如安,其揆一也。而史家褒贬不同,殆所见异欤?如安一译贞德。

八月五日,访叶琼章墓有作,示馨丽女弟

一棹西风荇白蘋,居然重访小鸾坟。自携秋梦斋中侣,馨丽自号秋梦斋主来吊疏香阁上人。从说雨师能洗道,休疑巫女惯行云。迷阳却屈知何悔,珍重瑶台劫外身。是日两遇阵雨,中途迷失道颇惊悸,而馨丽又病,故以此慰之。

宝生庵题壁,庵为天寥老人逃禅地,今拟奉琼章香火于此

成佛生天事渺茫,便称才媛亦寻常。十年恨不迟珠陨,露布亲裁拂剑芒。"自起帐中书露布,将军椽笔剑花霜",天寥梦中贺沈君晦讨房功成断句也。

亡国孤臣亦可哀,蒲团香火劫余灰。湖山霸气今葱郁,倘见长兴义旅来。沈长公《重修宝生庵碑记》:"恍然如睹天寥当日,国破家亡,歌呼痛哭,日于此庵中盼孙、吴一旅义旗卷浪而来也。"

八月二十七日，寄林秋叶、诸贞壮杭州，时余方客海上也

句践当年启霸图，夫差愎谏卒为奴。千秋种、蠡谋臣在，霸越亡吴事有无。

次韵和馨丽

百道旌旗出海陬，偶携俊侣一登楼。愿随十万貔貅去，桃叶青溪问莫愁。

次韵答胡寄尘

覆枰黑白一奁收，不信悬门伍相眸。功罪自凭千劫史，牺牲宁惜万人头。便教失败休言辱，略破沈冥足遣愁。卷土重来知有日，莫从顽铁问刚柔。

乞顾青瑶女士篆"前身青兕"小印，报谢一绝

刻划金刀感女嬃，深劳顽石一镌铭。誓师杀贼浑无计，愧负荷花桂子名。

寄沈次公

盾火薪边倚伏微，书生狂语本非奇。独怜未得亲戈战，惭愧芦中李布衣。谓明季李枝芳烈士

空　　言

孔、佛、耶、回付一嗤，空言淑世总非宜。能持主义融科学，独拜弥天马克思！

海上送鲁若衡赴夏口

去年逢子春申江，急装缚裤神飞扬。方将陈师入百粤，河山整顿还

封疆。兵戈扰攘倏一载，功业未就毛鬓苍。拂衣重来走海上，明灯款客罗酒浆。我亦偃蹇避锋镝，感时抚事增惨伤。书生鸡肋何足道，横行十万无斧斨。如君慷爽宜得意，盍不当道除豺狼。君乎微笑不吾答，酒酣仰视天茫茫。为言明当下夏口，索诗为别殊仓皇。学书学剑吾两负，穷途岂有千琳琅。送君行矣心激昂，恨无双翼凌风翔。坐愁行叹亦何益，吾侪岂合终老修罗场。

赠汪子柔，即题其相片

回身抱恋人，流血溅民贼。我已两不堪，君应自努力。

世界虽末日，爱之花尚开。大雄大无畏，孟晋毋徘徊。

十四年五月，和蔡冠雄悼亡

  前岁自吴门返梨花里，于轮舶中见俪侣一双，如兰苕翡翠，婉娈相依，询之知为冠雄蔡君与词传黄女士，心识之弗忘。顷词传不幸短命死，冠雄以悼亡诗属和，为题二绝归之。

钗断琴焚总怆神，不须文采始堪珍。明湖双桨人双笑，记得曾窥一段春。

红榴阁在已天涯，画本流传万口哗。输与巴黎五一节，美人猩血溅茶花。

罗星洲题壁

  八月十日，党人招饮桐花里之罗星洲，见菡萏一枝，颇涉遐想，盖有感于百年前民族革命家白莲军女首领之故事也。适金士铜、朱秋岑诸同志索诗题壁，因口占一绝贻之。

一蒲团地现楼台，秋水蒹葭足溯洄。猛忆船山诗句好，白莲都为美人开。

赠馨丽同志

劳农革命罗森堡，民族牺牲秋鉴湖。期汝千年宁早计，忍拚一割始良图。匈奴未灭家何以，祖国为夫论岂迂！愿赠金刀三十六，扫除闲恨似摧枯。

十五年五月，黄花岗谒廖仲恺先生墓

乱草斜阳哭墓门，从知人世有烦冤。风云已尽年时气，涕泪难干袖底痕。何止成名嗤阮籍，最怜作贼是王敦。匹夫横议谁能谅，地下应招未死魂。

将去广州有作

几年梦想粤王台，游屐匆匆亦自猜。温峤过江犹有母，时以母病促归士衡入洛愧非才。立谈岂合倾豪俊，抉目犹堪证去来。潭水伊人渺何处？苍茫万感不禁哀。

十六年四月，西湖韬光庵题壁

青天白日党旗翻，侥幸余生此地闲。乞借晴游悭未得，却来冒雨看春山。

绝命词

五月八日夜半，余为宵人构陷，缇骑入室，匿复壁中，口占绝命词二十八字，瞑目待尽，后竟得脱。每诵吴祭酒"故人慷慨"之句，不知吾涕之何从也。

曾无富贵娱杨恽，偏有文章杀祢衡。成句长啸一声归去也，世间竖子竟成名。

乘桴前集

（1927年）

东渡舟中即事一首，十六年五月十五日作

万里蓬山一发青，自携琴剑涉沧溟。年时无复飞腾意，愁听鱼龙怒吼声。

西京赠王济远

画笔毗陵负盛名，传衣女弟倍关情。君为唐蕴玉女士本师，女士与余妇佩宜有姻连，时方同游三岛。蜻蜓州畔重相见，同上高楼看月明。

赠郭谷尼

郭生年少颇英绝，踪迹萍蓬昔未亲。异国翻教成邂逅，江南人与岭南人。

示东友长井大有、德永懒牛

三山自昔钟灵秀，裙屐翩跹各俊流。惜未相从红叶寺，阇黎才调已千秋。亡友苏曼殊生长江户，十五年前曾书来招游西京红叶寺。顷举询长井诸君，则云西京故多古寺，亦多红叶，但无以红叶名寺者。曼殊神通狡狯，或托为子虚乌

有之词，未可知也。曼殊工诗善画，早修净业，故朋辈咸以阇黎称之，今去世已九年矣。

东洋花坛口号

黄图赤县尽荆榛，海外桃源足避秦。倘许篮舆从弟子，一廛真愿作宾氓。花坛馆在西京吉田山上，风景绝佳，惜山路崎岖，颇以登降为苦，偶忆陶靖节篮舆故事，辄戏及之。

呈桥本关雪

东国桥夫子，风流老画师。怜才孔文举，爱客郑当时。游屐几洲遍，传衣一脉知。野原樱州、长井大有、德永懒牛诸君，皆桥本先生门下士。却因瞻尺幅，怅触故园思。先生有《烟湖采莼图》，酷类江南风景，见之不无故国之感。

呈野原樱州，乞绘蔷薇

秋津岛上人如玉，衣笠山前蝶乱飞。绝妙画师一枝笔，要从腕底乞蔷薇。

送德永懒牛从军

抛却丹青着战裙，胸中豪气欲干云。鲰生却为东邦惜，树帜文坛少一军。

伴我京都道上行，情深何啻比汪伦。中原他日如相遇，三舍还当一避君。用晋重耳对楚王语

寓楼示非儿，兼怀垢儿上海

娇憨随地护鸾雏，明月双擎掌上珠。欲问仁和龚礼部，他年能比阿辛无。

最小偏怜赋索居，临歧慷爽不牵裾。唐诗近日无爷教，寄否天边尺素书。

樱州诸君为蕴玉女士写像，关雪散人并题一截，次韵奉酬

着手何人竟作春，画师天遣萃东邻。欲从巾帼论才调，可是支那第一人。南海康同璧女士游印度诗，"若论女士西游者，我是支那第一人"，此用其意。

岚山道中口占

京洛名都地隽灵，西京一名京洛，亦称洛下。岚山山色逼人青。一生能着几两屐，竟向翠微深处行。

管弦隔座沸歌筵，游女如花满渡船。两岸烟螺一泓碧，波光人影绝堪怜。

岚山渡月桥有感

龙未为霖休见首，泉行山上本无声。何缘渡月桥边水，长向人间诉不平。

赠长井大有

携手岚山道上行，拈花微笑最关情。余未谙日语，君亦不解华言，相视微笑而已。何当更乞棋仙诀，黑白灯前战一枰。君能为橘中之戏。

为中原瓮塘题画

蓬莱画客多情甚，不写吴山写越溪。绿树阴浓芳草长，休教长听子规啼。

重游岚山即事

　　重向岚山道上行，昨游匆促未全经。溪回树转疑无路，步屧来登红叶亭。

　　崎岖未上大悲阁，输与东邦娘子军。笑向辨才天外望，蛮靴窄袖一群群。大悲阁下有小寺，署曰辨才天，于其地遇女学生旅行队。

　　临水茅亭树数行，嵯峨山畔酒旗张。当垆几辈人如玉，到处头衔"富久娘"。富久娘者，酒名也。

　　同游王济远、郭谷尼尽名手，更喜江南女画师。蕴玉女士安得结茅长住此，诸君作画我吟诗。

　　出山飞瀑作声喧，跣足中流弄钓竿。绝似明湖颠倒写，墼雷亭外印三潭。有三人植立溪中钓鱼，非儿谓似三潭印月之三小塔。

　　作画吟诗兴不支，夕阳西下我归迟。只余一事堪惆怅，俗物王戎败意时。山多虫豸，扑人眉宇，有武元衡适从何来之叹。

题桥本关雪《南船集》

　　放翁入蜀才方壮，杜老游夔句最工。读罢《南船》诗一卷，恍疑身在峡江中。

　　越州佳酿苏州女，名士风怀迥出群。却似英雄垂暮感，妇人醇酒信陵君。集中有句云："芳酿原闻绍兴府，艳丛犹说古苏州。"自注：绍兴酒，苏州美人，皆有名。

琵琶湖杂诗

　　波涛壮阔莽无涯，绝胜岚溪水一洼。留得三郎名句在，廿年前已识琵琶。曼殊小字三郎，有《西京步枫子韵》句云，"忏尽情禅空色相，琵琶湖畔枕经眠"。

　　篷窗几辈杂华夷，蛮语参军善滑稽。谓济远四座喧哗争绝倒，船行不觉过唐崎。

石山山上石山寺，宝塔钟楼旧著名。有志何人吾倦矣，灵符倘被不祥生。塔下镌"京都有志者"五大字，未知何解。寺中有小符，朱书"厄除御守"，余戏以金三钱购一枚佩之。

濑田川外望迢迢，罗帕温香纤手挑。未免有情家国感，画图一幅绣唐桥。有佩巾绣《濑田唐桥图》者，为湖上八景之一。东人呼中华曰唐，唐桥者，中国式建筑之桥也。

花月楼头暂驻骖，茅檐临水一盘桓。画师点笔忘饥惯，山色湖光尽可餐。饭于花月楼

朝乘坂本游石山，夕驾石山泛坂本。汽车颠簸若登天，何似田间驱薄笨。坂本、石山并船名，亦地名。自坂本至日吉岛居前，乘摩多车，殊颠簸不堪。

日吉山前躞屧行，泉声响过螫雷亭。野花红作无名媚，可是白山姬化身。山中有白山姬神社

天梯石栈落云间，比睿峰头一往还。两岸峭崖如剑削，轻车飞过几重山。游比睿山危崖峭壁，上下皆以铁道，险不可状。

夕阳西下路途纡，越岭经峰十里余。一笑东游诗谶好，居然昇我有篮舆。山中有兜子，舁以二人，乘之甚适。

车走登山复下山，车中客子笑颜开。归来八濑园前路，又听泉声似怒雷。自比睿山乘铁道下，为八濑公园。

飞瀑千寻卷怒涛，明灯万炬影岧峣。平生游屐几曾至，累我魂销白浪桥。八濑飞瀑之奇，平生所未见也，诗以赞之

青衫红袖各殷勤，伴我登山伴我行。谓长井君暨谷房子女史更有髯公能爱客，名园开宴酒同倾。归途值牧野近之助，招宴于公园。

次韵赠野原樱州

酒量诗怀夺鬼神，更看画笔证天心。从知四海皆秋气，不及君家腕底春。

偕樱州访松本一洋，投以一绝

画师才调绝清幽，仙侣刘、樊福慧修。乞写《萍踪图》一幅，艺林佳话合千秋。

再赠松本一洋

晨曦初出林，朝露犹瀼瀼。樱公翩然来，携我游翱翔。言访赤松家，桐荫凉入窗。主人擅文史，满室纷琳琅。饷我黑玉果，示我《白鹭娘》。画名更制写真图，眷属出后堂。有母未白头，颇闻娴义方。有妻能偕隐，椎髻贤孟光。有弟各岐嶷，兰玉森成行。有妹美且秀，画理通丹黄。有女绝娇憨，依倚怀中藏。和气溢一门，止止生吉祥。如遇桃源民，古抱挹羲皇。如过八龙家，德星聚光芒。清谈日未晡，佳宴罗酒浆。莼羹下鱼脍，使我怀旧乡。客称既餍饫，主犹累举觞。醉酒兼饱德，笑语乐未央。长揖出门去，礼意何周详。摘辞敢言报，聊以矢弗忘。

金 阁 寺

廿载知名金阁寺，驱车今日竭来过。南天飞锡人何在？信是三郎狡狯多。金阁寺飞锡所撰《潮音跋》，余向疑出曼殊赝造，今询诸寺僧，果云无飞锡其人。

镜湖池畔晴漪阔，衣笠山头暮霭曛。殿阁依然金碧尽，英姿犹认故将军。寺故义满将军别邸，身后舍为招提，殿中犹供其塑像。有阁三层，涂以金箔，故名金阁寺，今剥落尽矣。

大丸吴服店赠高津芳辅

蛮语参军亦一奇，君善英吉利语水深土重见风期。何当商战功成日，一舸琵湖学范蠡。

觞樱州于支那料理馆，饷以绍兴老酒，兼塍一截

老酒一壶公竟醉，靖洲狂客气无前。三言妙绝樱郎语，可抵刘伶《酒德篇》。"陶然哉，陶然哉，老酒伟德哉"，此樱公醉后语也。

樱州招饮伎寮，即席赋此

歌衫舞袖看当筵，粉脸朱唇尽可怜。更有弹筝人绝妙，回肠荡气十三弦。有伎人岩崎米勇能弹三味弦，颇类曼殊所藏百助眉史小影。

风光异国几曾经，苦忆三郎旧典型。省识知音难再得，八云筝是伯牙琴。曼殊《本事诗》有"我亦艰难多病日，那堪更听八云筝"句。

题画三截句，为中原瓮塘作

孤山处士林和靖，独自行吟负手来。可惜画师还惜墨，不添白鹤与红梅。

拜石人言米老颠，谁知颠乃得天全。耳、余刎颈终成累，输与石兄耐久贤。

蓬莱仙子董双成，手弄齐纨比洁清。何似麻姑娇小惯，坐看沧海几尘生。

赠安立君，君为京都大建筑家，兼工击剑

精能输翟游弘恢，更挟钦奇剑气来。大厦神州正倾侧，安能晋用借君才。

将去西京，留别谷房子女史

佳人逢逆旅，巧笑出东邻。娇鸟依人惯，游龙出水驯。能通文字古，渐与语言亲。临别依依感，何年再问津。

题 画

横塘十里渐成秋，隐隐钟声出树头。触我乡关无限感，山明水媚是苏州。

拍浮秋水接长天，十里蒹葭几派烟。何限伊人洄溯感，好风饱送一帆前。

谒桥本先生，奉呈六绝，即以为别，时先生亦将有西欧之行也

一老巍巍东国尊，诗豪画伯酒昆仑。希夷联语非虚诞，天马人龙并世存。门悬木榜云，"开张天岸马，奇逸人中龙"，希夷处士手笔也。

声名洛下重龙门，曳履狂生共笑言。更乞写真图一幅，买丝端合绣平原。

长袍短褂帽瓜皮，抛却和装学曼殊。赠造像一帧，作满洲装。笑我武灵亦胡服，人间何地限华夷。

椎髻贤声著孟光，中郎女亦不寻常。浮家竟向西欧去，龙动城头土亦香。

宋帖元椠着意求，欧瓷米锦一囊收。千年造像苔花碧，合称题名存古楼。

离合萍踪亦大奇，我行江户子巴黎。相逢他日知何处，不是吴中定洛西。

樱州导游桥本邸小园，并观射圃

横山门下有诗人，游戏神龙气不驯。导我来游矍相圃，一花一石解相亲。

绛、灌无文随、陆武，桑弧蓬矢足谐诙。蹉跎四十成何事，却向蛮荒较射来。

赠长井大有移家

出谷迁乔喜不支，嘤鸣求友正逢时。行程恨我偏匆促，未及登堂晋一卮。

留别牧野近之助君，君为圣护院邮便局局长

异国逢之子，鬖鬖颇有须。吉田游影制，八濑盛筵俱。意气凌河岳，交情比水鱼。殷勤远相托，隔海几封书。

留别东洋花坛

唱彻骊歌别绪催，吉田山下几徘徊。空桑三宿犹生恋，况我蟾圆半度来。

脚跟无线海东头，异国萍踪作浪游。差喜主人情谊重，临歧樽酒一绸缪。花坛主人谷爱之助携鱼酒来饯。

樱州绘紫藤赠高津芳辅，为媵一绝

看樱已恨春光暮，访叶还迟秋色赊。慰我客中岑寂感，多情唯有紫藤花。

邻妇以乌龙茶饯济远，赋此戏赠

洛阳少妇对门居，能识江南俊画师。分饷乌龙茶一盏，不教渴杀病相如。

自西京发江户，送者十余辈，各赠一诗为别

悲歌燕、赵不寻常，说剑谈兵作有芒。他日卢龙关外路，与君跃马历穷荒。张景桓

六六峰头花映杯，樱郎佳句出心裁。当筵更写春风面，可是真真画里来？野原樱州

温温长井有儒风,深惜棋仙局未终。江户一条衣带水,月圆时节再相逢。长井大有

高津厚重绝喧嚣,夜半深谈意气豪。市井中藏英物在,不为毛、薛定荆高。高津芳辅

负笈提壶日日来,懒牛门下寿郎才。胭脂惯写秋芒草,付与狂生障面回。阿部寿郎

五岛殷勤说红叶,光明古寺是耶非?他时合再游京洛,向日町边问阇黎。五岛安之丞君 言曼殊所称西京红叶寺,即西京市外向日町光明粟生寺,惜未暇一访其究竟也。

明眸善睐谷房子,半月操劳累汝来。临别柔荑才一握,声声汽笛苦相催。谷房子女史

逆旅主人亦奇绝,桥公月旦定非讹。吉田山下花坛馆,累我沈吟几度过。花坛主人

群雌粥粥尽多情,夜半驱车远送行。赠我黄蕉三十颗,诗脾润后一长吟。花坛女侍

黄耳无灵鸿雁杳,邮书健足累昆仑。临歧郑重一握手,风谊从知走卒尊。花坛老仆

乘桴后集

（1927—1928年）

车过静冈，奉答桥本

十六年六月二日夜半，自西京启程赴江户，明晨车过静冈，望富士山不见，同人颇有微词。桥公为山灵解嘲，远寄一绝云："时入黄梅云作堆，芙蓉恨不为君开。仙姬恐被丹青谬，况有诗人吟破来。自注：富士山祀木花笑耶姬，即女神也。"戏次韵奉答。

障面轻云砌作堆，仙姬未肯素颜开。怜余生怕磨砖罚，不学刘桢平视来。过静冈时，余独酣卧未起，故云。

江户赠殷孟俶、李坚甫

翩翩殷与李，故国两琼琚。门第崇王、谢，声华冠顾厨。论交情似海，传译语如珠。何日青山路，还期共卜居。两君寓赤阪区之青山町。

赠孟俶移居四谷

北驾南舣意态雄，方言重译贯西东。十年江户川边客，又向新居作寓公。

偕孟俶、坚甫游井之头公园

翩翩二子多情甚,导我驱车游井头。绝似西溪溪畔路,芦花浅水古杭州。

乔木千章绿蔽天,长虹宛在水中眠。披襟五月忘炎暑,颇忆严陵钓客贤。

入林更密入山深,独自缘溪曲折行。流水落花无限意,何人解作避秦吟。

上野平芜日比小,神宫外苑太雕锼。揭来江户数游迹,此是东邦第一流。

六月十日夜,梦张秋石女士,翌晨闻其噩耗,感成一绝

血花红染好胭脂,英绝眉痕入梦时。挥手人天成永诀,可怜南八是男儿。

谢龚遂初惠笔

赠我狼毫笔一枝,龚郎意气感相知。从今扫地焚香罢,写我东游一卷诗。

谢日华学会诸执事

蓬莱三岛接中华,玺剑东来本一家。十日行囊成寄顿,授餐适馆感无涯。

六月十三日,移居乐天庐,在井之头公园侧

万卷藏书无一字,余东来未携一书。自携竿木一身轻。多情最是白蝴蝶,两两三三远出迎。

辨天池畔乐天庐,分得青山赋卜居。记取诗人平淡意,北窗高枕梦黄、虞。

公园白孔雀

文章误汝复何言，洗尽铅华亦枉然。何似忘机鸥鹭好，水边林下自年年。

公园红杜鹃

魂来蜀帝认依稀，花鸟何心变化微。愁见满园红踯躅，声声似道不如归。

赠刘海粟

相逢海外不寻常，十载才名各老苍。一卷裴伦遗集在，《断鸿零雁》话苏郎。亡友曼殊尝译裴伦诗集，又著《断鸿零雁记》，君酷慕其人。

白衣送酒陶元亮，皂帽居夷管幼安。一笑劝君钳口好，升天鸡犬尽淮南。

观明治大正名作展览会，见所绘豫让、杜甫二像，各赋一诗

金石能开马亦惊，白虹贯日比忠诚。人间多少恩仇在，国士何当更遇卿。豫让

饭颗山前一腐儒，诗魂千载落江湖。九原倘并莎翁起，欧亚还堪一贯无。杜甫 曼殊云：莎士比亚犹中土杜甫，仙才也。

西乡南洲铜像

始树尊王帜，终挥叛国旗。成功宁足贵，失败复何辞。部曲诛夷惨，尸骸刲割悲。是非身后定，巍像永昭垂。

甘素人与其友人书，翛然有遁世之意，为题一截

跃冶祥金本不祥，死生流转更何常。封神榜上无名者，独向渝城哭老杨。原书云："渝城惨剧，杨闇公《封神榜》上有名。"

读 史

隆准从来猜忌姿，韩、彭菹醢讵无辞。料知钟室成擒日，应悔当年决策迟。

鸟尽弓藏事可知，赤松栖隐亦难期。翻怜乌喙犹忠厚，解遣夷光伴范蠡。

有 纪

玉颜素足称腰身，缟袂罗裳不染尘。曾向藐姑山上见，故应冰雪是精神。

八月二十三日，送忌儿西渡，道出横滨，游三溪园，登绝顶观海，归途口占一律

送汝西行万里舟，临歧还共一夷犹。离情别绪收残局，海水天风快壮游。宁惜跻攀劳远足，更堪凭眺豁吟眸。回车忽动低徊感，倘许重逢未白头。

前题二绝

仄径穿林曲屈登，忽然一白眼前横。失声咤叹真奇绝，绝胜韬光最上层。

奇怀一纵浩难收，破浪乘风万里舟。从此相思渺何处，屋梁落月海西头。

三溪园池荷

销尽烦忧洗俗尘，偶来此地托闲身。碧池开老芬陀利，借顾灵云句犹遣余香暗袭人。

故国传闻乱似麻，西行未遂壮图赊。初拟从忌儿西游美利坚，以金尽不果。浮生倘遣蓬莱老，合对三溪换岁华。

忽　漫

忽漫劳遐想，莺花异地春。胫趺倭俗洁，装束汉家新。挈伴嬉游惯，窥墙蹀躞频。无端狂阮籍，为惜宋东邻。

读史二首，九月九日作

无改三年语可伤，忍抛金镜委珠囊。危微心法谁亲授，不及红闺有未亡。

覆雨翻云亦太痴，疾风劲草竟难期。苍生终遣深源误，笑杀桓家跛扈儿。

粲　花

粲花妙语舌如簧，万众欢呼尽激昂。要为两间留正气，不辞纤弱历穷荒。

三　哀　诗

十载艰难呕血身，竟拚皮骨委劳薪。如君早死犹为福，胜我江湖作浪人。朱季恂

指天誓日语分明，功罪千秋有定评。此后信陵门下士，更从何地觅侯生？侯墨樵

英绝眉痕故自奇，难忘病榻絮心期。罡风吹堕华鬘劫，倘遣魂归后土祠。张秋石

消息一首

消息传来杂信疑，可怜好梦又成非。铁椎首未秦皇碎，郿坞脐空董相肥。浩劫弥天谁始难？横流遍地我无归。伤心怕望中原路，鬼火青磷带血飞。

秋兴，次黄佩曼女士韵

又听西风落叶声，怆怀故国最凄清。红羊苍狗沙虫劫，腐鼠僵蚕鹬蚌争。丛菊有心思去就，闲云无主怕逢迎。杜陵文采吾何与，愧负江东咏絮情。

至竟一首，叠前韵

至竟难销劫后声，更堪人寿俟河清。覆巢完卵偷生耻，残局枯棋抵死争。事去只教嬴恸哭，途穷谁更解逢迎。弥天忧患年时意，何计能忘太上情。

追悼陈虑尊、越流昆季，兼示其犹子仲光，再叠前韵

邻笛无端变徵声，故人心迹证双清。最怜季孟同时尽，敢道才华与命争。红蜡听歌愁旖旎，白衣纵酒记将迎。何堪今日山阴道，独遣狂咸慰我情。

秋兴改非、垢两儿合作，仍用前韵

何处吹来玉笛声，亦凄亦怨亦轻清。溪边照影兼葭瘦，墙角鸣秋蟋蟀争。红叶有心怕摇落，黄花无恙喜逢迎。异乡风物清嘉甚，奈此萧条故国情。

感旧五绝句

恩怨填胸感不胜，江湖侠骨几崚嶒。朱公不作侯生死，刎颈何人送信陵？

眉妩张娘迥绝伦，青溪白练不堪论。初三下九嬉游伴，更忆红楼醉药人。

深谈白石情如海，雄辩青门气似云。更忆飘零高伯子，几人生死断知闻。

拔剑王郎斫地哀，汉皋解佩几相猜。泥牛入海无消息，倘向南天作健来。

鹧鸪悲鸣草不春，蛾眉遥逐泪沾巾。陈王已倦游仙梦，愧负凌波洛水神。

深宵一首，为郑揆一作
深宵炉火坐围屏，骂鬼雄谈最爱听。此去鲸波千万里，中原一发故山青。

送坚甫归国，兼订重来之约
薄饯一樽酒，忽然离思增。飞腾吾已倦，谈笑汝还能。异国犹歌舞，中原几废兴。唯将歧路感，诊重付良朋。

十二月三十一夜作，兼示素人，用定公《辛巳除夕》韵
众生不成佛，何处自由钟。故国烽烟外，神山栖隐中。酒能出芒角，诗亦破顽空。珍重屠苏饯，鸿泥异地踪。

十七年三月五日雪中，日本名画家小杉放庵诸君过访，借呈一律
风雪穷庐万感新，似闻访戴属高人。词场树帜都雄俊，异国论交孰主宾。杯斝有缘成遇合，寒暄无语绝清真。伤离厌乱年时意，画里桃源倘避秦。

赠东人琴山民
自号琴山民，琴声宜绝俗。何当抱琴来，为我弹一曲。

大药可延年，采自蓬莱岛。感君郑重心，庶比安期枣。君赠药一剂，题曰起死回生。

题朝鲜女子吴虹月画兰,即以为赠

诗人郑所南,画兰不画土。貌异心则同,知君亦良苦。

饮我葡萄酒,酒泪浓于血。同是飘零人,相逢便相识。君以葡萄酒一罂见惠。

三月二十日,坚甫宴客乐天庐,赋示同座

一笑成萍聚,无端瀛海东。酒人狂似虎,词客老犹龙。意想悲欢外,形骸放浪中。重逢知何日,掷笔气如虹。

赠袁愈佺

平生不服洪宪帝,今日倾心海外袁。樽酒雄谈豪气在,可能携手奠中原。

赠郑揆一

壮夫按剑诚堪拜,美女簪花亦有情。一笑神州余子尽,英雄岂独郑延平。

赠漆士昌

发雏未燥已孤贫,十载漂流海外身。愿注爱情倾祖国,牺牲来祝自由神。

赠王英儒

右军饮少亦豪绝,一睨人才海内空。愿得黄金三百万,美人如玉剑如虹。四之三集定厂句。

赠冈崎礼子

海岛樱花绝世姿,美人磊落复英奇。自惭不是梁公子,孤负逢卿未嫁时。

孟俶喜慕定厂，占此调之

翩翩浊世佳公子，第一倾心是羽琌。我作新诗侑君笑，祝君才调似龚生。

四月二日，留别乐天庐主人河田泷次郎

庑下相依岁未终，脚跟无线又西东。半生飘荡成何事，输与东邦足谷翁。

黄巾竟犯郑康成，海曲梁鸿变姓名。倘老南阳三亩宅，此生原拟事躬耕。

秣 陵 集
（1928 年）

十七年四月二十六日，重过秣陵谒中山先生陵寝，感赋二绝

沧海龙归雾气昏，尚留灵爽奠中原。扪心欲诉年时事，孽子孤臣泪暗吞。

承平歌颂吾何与，地老天荒证此情。不奏通天台下表，岂关才谢沈初明。

于右任招饮安乐酒家，即席赋呈，兼示叶楚伧、姚鹓雏、杨千里、朱宗良、朱少屏

浮海归来鬓未霜，喜逢髯也戟须张。风云变幻思前度，文酒因缘又此方。出处岂关兴废事，交情难忘侠游场。评量家国诸公在，老我还容一放狂。

五月二日，海上赠林一厂，即次其丁卯除夕见怀韵

相携又上酒家楼，况瘁轮蹄遍几州。已悔高名动寥廓，亦知世事有迁流。廿年交谊无穷感，九十春光一晌愁。稍喜余生各无恙，重逢犹许话觥筹。

韦斋舅氏赐诗慰藉，即次原韵奉酬

辛苦余生感履霜，素琴中散尚晨张。跫然空谷音初喜，宛在伊人水一方。早识恩情关骨肉，更因气类热肝肠。只惭醉吐车茵事，大度公能恕我狂。

少侍元龙百尺楼，几陪文宴集西州。参商自悔年时误，忧患频催节序流。援手屡怀恩谊重，扪心翻动别离愁。避人客子还多怯，未敢趋承共酒筹。

读蒋光慈所著说部名《野祭》者，感其哀艳，即题一绝

柳车复壁事艰难，平等冤亲了不关。只有美人恩未报，独留泪眼看江山。

邓秋马属题曼殊遗画

死生交谊恸陈根，遗墨重看有泪痕。珍重故人藏弆意，名山风雨护精魂。

七月三日访刘季平、陆繁霜伉俪海上寓庐，并索观曼殊遗墨，小饮沾醉，赋呈一律，即用季平与诸贞壮、黄晦闻唱和韵

廿年牙、旷感知音，犹遣重逢付醉吟。赁庑梁鸿君健在，变名张禄我何心。楼头黄叶成千古，曼殊为季平绘《黄叶楼图》。海底红桑剩几寻。断锦零纨要珍惜，埋忧地下已深深。

八月四日，狄君武招饮秣陵寓园，次季平韵

苦无横管发清音，拥鼻聊为《梁父吟》。宾主宁惭人物美，河山如证友朋心。微词宋玉谁能禁，季平有双鬟劝酒之谑。旧约春申尚可寻。座中大半二十年来海上南社旧雨。只惜车尘催散早，不曾更纵酒杯深。

赠吴士翘县长，叠前韵

江湖跌宕慕清音，来暮今闻《五裤吟》。君长我乡，颇著政绩。强项书生原本色，君酒边以强项令自誓，余为浮一大白，祝其永矢勿谖。论才我辈却平心。余杭挽黎宋卿联，举世哗然，余谓辞义虽怪诞不经，而文藻自前无古人，君许为知言。箴规愿献韦弦佩，抚字须从狱市寻。惆怅暾庐凫逝后，与君牙、旷又交深。建国以来十七载，我乡牧令，与余通款曲者，自亡友李晓暾先生而外，唯君一人而已。

赋谢翟健雄、徐明瑾夫妇招饮，仍叠前韵

弹铗能为变徵音，相逢劫后费沈吟。感卿郑重加餐意，愧我徘徊歧路心。霸子鸿妻都跌宕，王头士垄奈骎寻。悬知风谊如君少，不饮醇醪醉已深。余以舌痛止酒。

缪丕成于中央党部会议席上索诗，立成一律

绝代翩翩子，相逢一笑来。榕城曾邂逅，白下又追陪。望气龙文剑，论交婪尾杯。吾衰今已甚，期汝上强台。

初至玄武湖有作

莲叶莲花无际开，莫愁只合作舆台。一湖潋滟如明镜，万感槎丫废酒杯。城郭参差宜入画，岗峦起伏尽奇才。佳人绝代从今见，值得偷生几载来。

柏烈武招饮玄武湖上佣庐，集者于右任、何香凝辈十余人。饭罢，更偕香凝诸子，乘小艇环湖一周而旋，即成一律

当代论人物，两髯旗鼓当。谓右任、烈武参军能爱客，别墅又称觞。剑佩群贤萃，钗裙一女强。谓香凝同志更饶余兴在，湖上足徜徉。

姚尔觉、苏映秋夫妇招饮玄武湖上湖神祠

集者赵光涛、陈璞如辈男女同志二十余人。薄暮开樽，曛黑始返，流萤引路，隔棹传歌。入洛以来，快意之游，斯为第一，不可无诗。

三宿空桑恋此湖，又陪群彦集菰芦。纵横履舄心魂畅，狼藉杯盘意气粗。吾舌存宁忍钳口，故人血已化春芜。归程多谢流萤照，隔棹歌传一串珠。

唐九如招饮秦淮河畔鉴园有作

髫龄曾诵板桥辞，灯火秦淮梦见之。一镜晴漪犹滟潋，酾年文采已离披。盟鸥聚鹭心原旷，打鸭惊鸳事可嗤。最爱主人情谊重，桃潭春水系人思。

偕九如、少屏、佩宜重谒中山先生陵寝，恭纪一律

白虎金精剑气开，招邀俊侣又重来。旷观马、列三千界，掩迹华、拿第一才。六代江山供屏障，三民义理岂沈霾。菁莪肃穆神灵在，敢效兰成赋《大哀》。

汤山别墅赠戴季陶

三峡才人少，苕溪借德邻。廿年湖海梦，一昔酒杯亲。国事枰中子，江波劫外身。此间堪遂隐，何意恋风尘。

次韵答姜可生

握手一为礼，此来旧雨多。处堂喧燕雀，起陆有龙鼍。失笑群才邵，谁为国老皤。不如二三子，诗酒未蹉跎。

结客当年事，东南坛坫开。朱方多故侣，白下又重来。已决弥天网，休言凿空才。破车愁快犊，我自羡驽骀。

次韵答张挥孙

愁来吹破玉参差，天上人间事可知。亡命久同刘黑闼，结交已愧郑当时。恨无豪气干牛斗，剩有闲情付鬓丝。输与丹阳张伯子，吐辞哀艳更雄奇。

次韵答姚鹓雏

宁少南阳二顷田，江湖聊浪剧凄然。廿年游侠今知误，一笑生平岂护前。握手故人怜未死，忍言老子不为先。伤心饭颗山头客，出处难凭清浊泉。

香凝同志因母病促归，诗以送之，并谢惠赠仲恺先生《双清诗草》

并世千豪俊，谁能比尔强？如何一携手，便又上征航。母老徐元直，仇深张子房。中原正多难，家国两茫茫。

歇浦追随日，刘、樊仙侣来。可怜文武尽，竟遭栋梁摧。杞妇崩城恸，娲皇炼石才。遗书珍付托，流涕满琼瑰。诗成，忽涕下如雨，不能自制，亦不自知其何故也。

赠张友鹤，即以为别，时余将去秣陵之前一日也

天上张公子，萍踪巧遇来。双心能互印，一见便无猜。取友朱家侠，贤兄大宋才。匆匆又离别，歧路忍低徊。

浙 游 集
（1928年）

十七年九月二十六日，陈巢南招饮海上酒楼

赋示蔡润卿、张运辉、郑雪耘三君，暨王佩珊、陈馨丽二女士，即次雪耘小有天席上韵。时将赴莫干山之前一夕也。

相逢便上酒家楼，人物韩江足唱酬。蔡、张，郑三君均梅县人。自昔蛾眉惯谣诼，且凭鲸饮慰牢愁。只谈风月人言是，便颂升平吾意不。一样天涯沦落感，未妨商女有歌讴。

莫干山赠周柏年

海上论交旧，分携二十秋。音书忽然至，招我袯清愁。金铁精灵地，川原浩荡游。授餐兼适馆，盛意感难酬。

亦有人琴感，凄然说曼殊。嵇公怀旧赋，扬子草玄书。轶事烦君纪，残编费我疏。行将湖上去，一为吊遗墟。

蘧庐呈周丈梦坡

干、莫开山事渺茫，碧瞳喧主更荒唐。名山合与名流管，天遣蘧翁作主张。

掌故南林旧有名，相思十载最关情。喜从云水光中见，至竟风流属老成。

剑池瀑布

铸剑开山事已陈，白虹倒影势常新。能从榛莽寻遗迹，始信蓮翁是解人。剑池故址，已不可考，梦坡老人为仿佛其处，刻擘窠大字以纪。

摩崖深刻盛铺张，从此高名轶汉唐。汉吴王濞有铜山遗迹、五代吴越时曾建浮图。应有中原人望气，龙文夜夜吐光芒。

塔山公园

兔子金床霸业空，浮图十丈渺无踪。山旧有塔，建于钱王时，顷已不可踪迹矣。蓮翁不读吴侯记，谁识荒山是主峰？清初邑令吴君始以塔山为莫干山主峰，蓮翁因之载入山志中。

残碑断碣太苍凉，斗大空园易夕阳。安得浮云割长剑，远瞻天目近钱塘。园创于民国九年，有碑记二刻石，其一已残缺矣。天目、钱塘皆记中语，余登之，乃杳无所见。

九月二十八日，为旧中秋夕，山中对月，赋示少屏、馨丽、佩宜及非、垢两儿

人生能过几中秋，此夕山中作滞留。岂少阴晴圆缺感，幸无风雨晦明忧。同心俊侣聊为伴，不栉娇儿足遣愁。安得结茅长住此，年年对月复何求。

是夜月色皎洁，而诸人遽皆酣睡，独与垢儿步月山中，复遭佩君迫促，败兴归寝，戏成四绝示垢儿

箫管梨湖损道心，辨天羁思费沈吟。何如此夕山中好，一白峰峦尽似银。梨湖指酒社事。辨天池在日本东京井之头公园，余去年中秋吟眺处也。

月大风高肯少留，几人絮被卧蒙头。慰情幸有娇儿在，步月中宵恣俊游。

却曲迷阳吾道非，扶筇曳履笑颠欹。御寒更着羊裘去，错遣人疑是羽衣。余连日登陟，不良于行，跛躄堪笑。垢儿则以羊毡蒙首而出。

看月中天月未西，红闺何事苦相讥。平生愆咎原丛积，又负多情后羿妻。

游龙潭感赋

周佩华女士暨俞时中、周世和两公子，招同少屏、馨丽、佩宜及非、垢两儿，游碧坞之龙潭，遂至福水，赋二律纪之

地主盛情意，相邀探薜萝。千寻云栈险，一径竹林过。聒耳泉声壮，寻源活水多。笑言裙屐惬，未觉路陂陀。

福水源头阔，龙潭地势高。浑疑千匹练，下降九重霄。万玉琤琮响，群珠历乱跳。幽寻还未已，思探浙江潮。

碧坞道中口占

参天万竹绝攀跻，峻阪羊肠七圣迷。赖是皋人腰脚健，此身一跌莫全非。用定厂句

山中夜梦秋石，醒而有纪

黑塞青林旧恨赊，无端魂梦落天涯。山重水复何由至，疑汝前身是莫耶。

泪珠洗面寻常事，强作欢颜乃大奇。负汝幽明复何语，人天万劫倘相期。

将去莫干山，写示馨丽

浮图三宿恋空桑，萍聚因缘岂易忘。不信女权终堕落，莫耶名早冠干将。

馨丽有小刀坠阜溪中，戏赋一绝

宝刀珍重海东还，脱手洪波岂等闲。应是莫耶精爽在，故教飞去奠灵山。

次非、垢两儿韵

南朝天子惯无愁，我亦频年只感秋。安得填胸心事了，便教长作五湖游。

西湖谒曼殊墓有作

廿载交期不可云，又携徒侣吊湖溃。沈霾九地君无恙，忧患频年我有身。苦为云林搜轶事，忍言敬礼定遗文。流传纵遣弓衣绣，难慰零鸿断雁人。

湖海萧郎旧骑兵，似闻于汝最亲情。丛残破烂都收拾，敦厚温柔足品评。画本精灵珍绝笔，杂书细碎见平生。袈裟一袭余温在，倘有脂痕泪点莹。均县萧纫秋藏君画稿、杂记及袈裟、戒牒之属，将汇为遗迹一编问世。敦厚温柔者，君目纫秋语也。

身世难言涕满裾，故人心事太迂墟。降胡克用唐名将，复姓希文宋大儒。只是纷纭传说异，终惭考证简编疏。凿开混沌原多事，地下骚魂倘谅余。

孤山一塔汝长眠，怜我蓬瀛往复旋。去岁东渡前匝月，亦曾至杭，一谒君墓。红叶樱花都负了，白蘋桂子故依然。逋亡东海思前度，凭吊西泠又此缘。安得华严能涌现，一龛香火礼狂禅。时议建燕子龛于墓侧。

追记馨丽堕水

洪宪天诛之岁，馨丽曾游三潭印月，桥断堕水中，遇救得免，距今已十二年矣。湖上舟人，犹有能言其故事者，馨丽嘱诗为纪，因成一律。

十二年前事，长年口有碑。断虹沈水底，飞燕出人间。行雨湘妃袜，凌波汉女鬟。返生天遣汝，珍重此红颜。

海宁观潮有作

无端来看浙江潮，郁怒秋心未易销。岂是湖山灵气尽，直同杯水戏堂坳。

婆留割地心原壮，胥、种扬灵事更诬。我亦廿年惭后死，射潮穿冢两蹉跎。

海上宴集南园酒家

十月二日，自杭州返海上，偕诸贞壮、刘季平、陈巢南、朱钵文、少屏诸君，暨徐忏慧、陆繁霜、蔡景明、王佩珊、陈馨丽、贞丽诸女士，宴集南园酒家，即席次贞壮韵。

廿年朋旧气纵横，处士何曾浪得名。草草杯盘供客醉，沈沈心事付歌声。忍言材略风云尽，尚有文章坛坫盟。离合悲欢两无那，酒阑人散若为情。

南园宴集之明日，馨丽返吴门矣。
追寄一诗，不自知其言之凄黯也

家国恩仇两激昂，与君同看海中桑。才高自合称元白，镜破何须惜外黄。屠狗功名吾已倦，雕龙心事汝能偿。琼仙不作秋娘死，武侠文儒待细商。琼仙谓叶琼章，秋娘则张秋石也。吾邑巾帼传人足称巨擘者，唯此二君而已。

方 壶 集

(1928—1929 年)

十七年十月九日，朱翊新招饮方壶酒庐，即席赠陈蕺人，兼示朱云光、蔡元湛

一别迷楼又几年，江湖风雨酒人天。重逢此日知非易，回忆前尘更可怜。英气君休销痼疾，绮怀我已忏狂禅。一时宾从都豪俊，絮尽心期任放颠。

次韵和云光

玉筝量怨旧红桥，絮尽闲愁未易消。不饮沉吟缘底事，终怜负了酒千瓢。

回肠荡气感难禁，哀乐中年何处寻？我已死灰枯木久，只愁星火动禅心。

云光、蕺人暨李一民招饮，三集方壶，余均未有诗，补成一律，叠年字韵

东海逋亡感岁年，又教荷锸老南天。将军骂座防中贵，天子无愁奈小怜。百劫虫沙归厄运，六时龙象护狂禅。平生不少山阳笛，敢效嘉王恣酒颠。

次韵答云光兼示戡人

君是东江太瘦生，天涯芳草感经行。唾壶有口何当缺，棋局中心奈不平。谁向墙东窥宋玉，最怜天上负梁清。鹓雏腐鼠浑闲事，恩怨宁劳抵死争。

方壶第五集，赋示馨丽、佩宜、戡人、元湛，暨秦伯未、许半龙、陈景熙、陆简敬，即次半龙韵

久涣朋簪漫合并，座中谁是武元衡。已怜中岁多哀乐，忍向狂泉问浊清。沧海扬尘愁大错，神州敛手看枯枰。躬耕原有南阳意，可耐萑蒲未荡平。半龙有江湖归去之语，故云。

十月二十四日，偕馨丽、戡人、云光暨佩君、非儿游半淞园作

啸侣驱车趁晚晴，萧疏景物最关情。此间饶有江乡趣，安得商量事耦耕。

词坛酒阵剧披猖，疑入修罗百怪场。何似素心人共语，一池秋水护茶铛。

朱俊陈豪有定评，海东逋客更多情。等闲容我称盟主，伏女梁妻并老成。

回肠荡气感难支，沥胆披肝此一时。只惜征轺催去急，便为后会莫迟迟。馨丽以是夕返吴门，约半月后重来海上。

纤儿一首，书慰馨丽，兼示戡人、云光

肯与纤儿较短长，吾曹心事自堂皇。明珠薏苡谗何苦，大树蜉蝣撼岂伤。龙性难驯关气类，蛾眉见嫉更寻常。割愁须砺摩天刃，莫浣鲛绡泪万行。

题《太平天国革命史演义》

已无父老说洪王，志怪传奇总渺茫。多少英雄兴废感，最怜鹬蚌斗韦、杨。

沈长公书来，言将为秋石营衣冠冢于分湖滨无多庵畔，媵诗索和，叠韵成四律奉酬

遗簪坠舄几曾留，一恸难教涕泪收。欲泯恩仇除化石，最怜身世不宜秋。湖山倘遣精灵驻，魂魄能通寤寐遒。猛忆赤明龙汉事，宵深絮语坐重楼。

一抔净土为君留，志乘他年倘见收。尽有微词寄哀怨，难凭直笔定阳秋。芳魂此日琼姝伴，侠骨前身一妹道。间气能钟原不易，胜他眉黛老红楼。

绿笺劝进墨痕留，铸铁居然大错收。浪说龙蛇能起蛰，谁怜风雨又悲秋。伯仁由我红颜死，苌叔违天碧血遒。欲赋《大招》渺何许，魂归倘在最高楼。

草间偷活我仍留，赴难从容汝见收。一别宁期隔人鬼，他生可许共春秋。青溪草色年年恨，黄浦潮声夜夜遒。便欲一椽傍虚冢，华严弹指倘成楼。

次韵和长公见怀之作

一别三秋日月将，嗟余留滞尚殊乡。中年哀乐都成梦，痛饮醇醪别有肠。绵上龙蛇愁隐遁，汉庭鹦鹉累词章。故人知我诚何恨，把卷沉吟泪满眶。

久拚身世付丁零，击碎珊瑚带泪听。欲借温馨遣愁思，可堪脂粉挟奇腥。难销苌叔三年碧，枉说虬髯只眼青。漫礼空王忏悲智，再生除是陨恒星。

杂感两首，次长公韵即寄

箫心剑胆郁轮囷，与汝同为后死人。抱道王通聊自乐，射钩管仲奈长贫。笙歌复社宁忘约，纨扇旗亭不障尘。倘许生公台畔见，悲秋心事胜嬉春。期以旧历孟冬朔日，赴虎丘南社之集。

谁指江乡子敬困，应龙罾井耻呼人。尚余白眼难谐俗，已尽黄金不讳贫。东市衣冠晁错血，南楼风月庾公尘。看花忽溅芙蓉泪，忍说阳和是小春。芙蓉指秋石旧字，"十月芙蓉应小春"，我乡谚语也。

长公见示追挽秋石之作，即用余方壶第一集年字韵次和奉寄

诗谶先成十二年，红妆季布竟生天。刑台缳首君何罪，复壁偷生我自怜。烹狗藏弓原有例，焚琴煮鹤合参禅。铁函漫拟沉《心史》，文字无灵敢放颠。

观《封神榜》杂剧，赠凤娘

褒衣披发跪刑场，绝代婵娟绝命装。自是佳人难再得，便为厉鬼又何妨。赭裙赤棒珠沈寇，《猩猫记》白练红颜玉碎杨。《马嵬坡》下策火攻更狼藉，成灰徐甲事堪伤。

前诗意有未尽，再赋两绝

人心惨酷复奚加，野史荒唐岂尽差。猛忆西邻贞德史，成灰玉骨恸罗鸦。

杀机天发起龙蛇，野火烧残革命花。安得断头台上景，凭卿描写遍天涯。

王母朱太君八旬寿诗

王觉新书来，言其大母朱太君，笄年矢节，茹苦含辛，历尽艰险，今届八旬诞日，属为介寿之辞，因成一律

白袷儿郎气吐云，能从大母溯清芬。吴根越角论交地，鄂渚晴川介寿辰。未敢私情陈李密，最怜后乐似希文。天涯游子须珍重，苦念依间鹤发人。

娄东顾心言女士遗画，为其未婚夫孔浣春题

空阁幽兰静自芳，更闻仁孝擅词章。桃夭未赋生天急，一样伤心午梦堂。

十幅鹅溪着意描，欲凭粉本认南朝。殷勤难慰郎君意，画里吟魂倘可招。

为胡寄尘题《杂俎四种》

皖江胡季子，一别五年余。结想恒成梦，谋生但著书。恢奇述文武，琐碎及虫鱼。识小聊为乐，高情足起予。

许啸天、高剑华伉俪招宴，赋呈一律

湖海才名廿载赊，似闻徐淑胜秦嘉。到门客敢题凡鸟，问字人争驻锦车。君倡啸天讲学社，女弟子甚众。浪迹最宜述辽沈，席间谈旧游甚详。故交几辈尚天涯。亡友苏曼殊、陆子美，均与君有旧。醇醪不设非无意，醉后还防泪似麻。是宴不设酒醴

贺周宪文、陈明珠婚礼

敢持高论薄婚姻，来叩华宴作上宾。恋海爱河平等国，镜光刀影自由神。愿除许慎、班昭说，为种罗兰、玛利因。正是人天好时节，一枝梅讯陇头春。

命宫二绝

命宫磨蝎坐崚嶒，欲纵清游竟未能。咫尺天涯歌舞地，药炉茗碗卧誊腾。

赚汝飙轮往复回，尹、邢避面转成猜。涂山倘赦专车罚，愿乞裙边泥首来。

十一月十二日，为旧历孟冬月朔，卧病不能赴虎丘南社之约，次一厂韵却寄

阑风长雨梦苏州，一病真同负酒筹。蜗角功名怜旧史，蛾眉谣诼动新愁。清言晋代宁亡国，衰草吴宫奈此丘。太息名场恩怨事，鬼谋岂必逊人谋。

长公书来，言是日为秋石诞辰，补奠一诗，仍用一厂韵

浴血冤魂泣蒋州，恨无清酒奠酰筹。当年应喜蓉开瑞，君讳应春，字蓉城，均按小春故实。此日谁怜桂折愁。临命时托姓名为金、桂华。风露秋江原有劫，烽烟残骨已无丘。西台恸哭浑闲事，豪气销沉未敢谋。

题周伽陵《还笏图》

谏草青蒲重，丰裁黄阁尊。偶然遗尺笏，终遣属云孙。合浦珠光灿，延津剑气吞。楚弓兼赵璧，得失好同论。

丹阳林丈玉堂八十寿诗，为令子力山赋

一老云阳瑞，平头八十春。沧桑经眼尽，岁月与时新。教子能敦品，穷交赖指囷。遥知仁者乐，眉寿正无垠。

令子嵚崎士，论交昔隐沦。专城花县日，上寿彩衣辰。喜气门闾溢，皇天宠荷新。何当陪末座，眉宇紫芝亲。

贺狄画三、胡斐玉婚礼

华胄推梁国，清才媲惠斋。果然双美合，愿祝百年偕。药谱青囊擅，琴声绛帐谐。合欢当此夕，珍重酒如淮。

徐丈佩青挽词

里党追随日，公乎爱我真。一为湖海别。遽遭死生分。天道嗟难问，斯人已不群。佳儿勤著述，珍重阐幽芬。谓令子蔚南

邵济航自海外归，过余沪上，适病卧未获相见，闻其返越，追寄一诗，感逝怀人，不自知其言之悲也

万里归来客，如何一面赊。江山红有泪，心事玉无瑕。恨海填精卫，余生老若耶。穷途休恸哭，且种邵平瓜。

次韵答长公招隐之作

后乐先忧愿已违，众喧独默知应稀。宾朋苦为田横殉，父老谁迎项籍归。袖手敢言来日易，画眉转恐入时非。出山远志徒虚语，失脚终怜下钓矶。

叠韵再和长公

出既无成隐又违，绕枝乌鹊怨星稀。苍生已悔虚名误，皂帽终羞故里归。一代风云原是梦，五湖烟水亦全非。杜门海曲书空日，枉念天涯旧钓矶。

长公寄示梦秋之作，次韵奉酬

黑塞青林又见伊，珠魂剑魄欲安归。江头野老新椽笔，梦里佳人旧锦衣。劫后湖山真亦幻，月明环佩是耶非。余生奈我凄清甚，惭愧黎侯赋《式微》。

书空一首，十八年二月六日作

书空咄咄几人谙，中散平生七不堪。痛哭刀头张一妹，可怜我已负虬髯。

松 寥 集
（1929年）

京口即事

十八年四月，偕佩宜、馨丽、少屏至京口，既游金山及北固，遂渡江登焦山，下榻松寥阁，抚事怀贤，辄成一律。

天堑长江第几州，十年梦想竟成游。金山桴鼓停遗响，焦麓琴书镇上流。巷陌寄奴谁作主，风云玄德数从头。青青北固还无恙，莫忘当年病虎讴。

谒亡友赵伯先先烈祠庙

唾手南东十五州，雄冠剑佩倘来游。知君灵爽凭云汉，愧我华年付水流。交谊难忘屠狗侣，功名无奈烂羊头。伤心一掬西台泪，朱鸟魂归未忍讴。

广陵纪游

四月二十八日晨自焦山抵广陵，游瘦西湖、平山堂、小金山诸胜，薄暮还宿松寥。同游者，余与内子佩宜，宗兄翼谋，暨陈巢南、朱少屏、林一厂、金葆光、于范亭、汤树闳、吴东诸君,吴闻樨、陈馨丽、于西华、金曼诸女士,共十四人。

绿杨城郭古扬州,天遣狂生恣俊游。修禊风光迟半月,过江裙屐尽名流。烟花李白愁边句,宫阙杨麼镜里头。太息竹西歌吹地,输他白石有清讴。

呈翼谋宗兄

一脉云礽衍柳州,大江南北许同游。词华我已成荒落,经术兄能冠辈流。绝业精灵惭骥尾,高文坛坫属龙头。晓风残月吾家句,尤喜赓传井水讴。

呈庄思缄先生

定庵诗爱颂常州,耆献乾、嘉溯旧游。差幸蒙泉存硕果,固应只手障群流。谈兵小范胸藏甲,说法生公石点头。倘许门墙侪北面,浴沂风舞有歌讴。

赠汤树闳

带水扬州接润州,感君相伴作清游。论才敢薄兵家子,述祖居然第一流。拥彗世方求骏骨,封侯我已贱羊头。先人交谊还如昨,记取秦淮旧唱讴。先曾大父莳庵府君与令曾祖琴隐先生,订交白门,唱酬甚富。

杂感二首,奉和思缄先生暨翼谋宗兄

逐鹿中原四百州,伤麟叹凤怕重游。治丝已遣棼繁绪,决策谁能济万流。赵构未甘蒙浙脸,钱镠多事斫杨头。步兵广武英雄泪,输与东山谢傅讴。

大错谁教铸六州,蛎滩鳌背悔曾游。桓温跋扈非英物,殷浩依违岂俊流。容易恩牛成怨李,凄凉士垒贱王头。年时已谢澄清志,跂脚胡床拥鼻讴。

五月二日，自京口至梁溪，为秦效鲁题《佚园画册》

少年努力事神州，此日园林爱息游。怪石奇花新粉本，故家乔木旧风流。经纶世上羞余子，丘壑胸中出一头。但祝南阳龙卧稳，草堂《梁父》不须讴。

鼋头渚太湖别墅题壁，示孙静庵、吴观蠡

已遣登临遍润州，挂帆真作五湖游。花神有像征奇艳，_{花神庙有瓷像，极美丽。}少伯何辜界浊流。_{陶朱阁供范大夫木主，为人投界湖中。}招隐我方愁蛮尾，故乡近有盗警。买山人自据鼋头，包吴孕越丰碑在，莫动雄心发浩讴。

海上哭陈汉园

拔帜当年起异军，湖湘三杰各能文。_{红薇傅钝安无恙仙霞宁太一死，}今日何堪又哭君。

廿年胶漆比陈、雷，跅弢词场旧霸才。赠我诗篇忘不得，"杨花败后柳花开"。_{丙午海上见赠句，自注："杨花者，杨秀清也。"}

"大倡几见梁红玉，小榭长怀寇白门。"_{君壬癸间断句}终向情天憔悴死，中年哀乐最销魂。

零落雄文百尺楼，_{君有《百尺楼诗集》}楹书谁托亦堪愁。慰情幸有中郎女，谓日生女士莫遣遗篇付水流。

松寥阁联句

五月十一日，重过焦山，翌夕，偕巢南、翼谋暨戴思骞、陈伯弢、金蘅意诸君夜坐松寥阁联句得两律，即呈陶小泚先生，时巢南将有临淮之行也。

十六人中几少年，思骞皤皤华发共陶然。伯弢宅边五柳邻双柳，会上群仙礼一仙。蘅意高阁枕江宜眺望，亚子临淮考古足流连。灌缨遥忆

沧浪趣，佳句来朝万口传。翼谋

　　登楼高唱大江东，伯弢三百年来此会同。蘅意北府人言兵可用，亚子西方我与佛争雄。山厨俊味兼樱笋，石壁残碑拓虎龙。翼谋更喜鲥鱼长尺五，未妨狂吸酒千钟。巢南

读巢南、翼谋吸江亭唱和诸作，即用其韵

　　填海愁精卫，挥戈笑鲁阳。何如恋丘壑，聊复一回翔。胜侣端难得，豪游未易忘。独怜黄歇浦，明日又归航。

　　饶有登临兴，休嗟易夕阳。大江流日夜，壮志愧飞翔。行乐诚多幸，沉忧付淡忘。已惭刘、祖辈，击楫誓舟航。

　　少年事游侠，颇复慕轵、阳。已谢风云志，还为薮泽翔。酒杯良可乐，诗笔未全忘。更咏印须句，长江带水航。

松寥阁夜话示佩宜

　　偕隐平生志，相携焦阜阳。鸳鸯不独宿，翡翠惯双翔。幽赏成真契，尘氛易坐忘。何当挈儿女，同作五湖航。忌儿久滞美洲，非、垢二女尚留歇浦。

南望吴门，忽动白云之思，敬赋一律

　　旧岁思将母，躬耕禊水阳。无端缯缴逼，遽作海陬翔。霾雾今都歇，冤亲本两忘。却惭人子事，定省间车航。时老母弱妹，别居吴门舅家。

楚伧、馨丽自秣陵来会，宴集品芳酒楼，即席赋赠

　　神龙终棹尾，旅雁尚随阳。颇感云天谊，羞为林薄翔。老饕贪一醉，俊赏岂全忘。可是樱桃宴，鲥鱼正上航。席间供此二品，余所特嗜也。

谢王立佛、姜可生招饮

故人仍满眼，厚我最丹阳。王子十年别，姜郎千仞翔。功名何足道，块垒要能忘。莫漫愁离绪，重来一苇航。

酒后偕立佛絮语亡友黄竞西殉国事，感成此什

酒悲君我共，邻笛恸山阳。白首怜潘岳，青蝇叹仲翔。死生成契阔，交谊敢遗忘。极目滔滔水，谁为济世航？

五月十五日，偕佩宜自京口返歇浦，巢南有诗追送，奉酬四截，兼寄馨丽秣陵

敢拟鸿、光《五噫篇》，登山临水共流连。纪、群卅载交情在，苦念君家父女贤。

向平愿了复乖离，桃李无言过别蹊。决策中边应俱彻，莫教带水复拖泥。

带水拖泥何日了，割慈断爱亦难论。人天要有双全策，抱子何妨更抱孙。

调停骨肉寡愆尤，青史难追李邺侯。但祝而翁长健在，一门慈孝共优游。

玫 瑰 集
（1929 年）

玫瑰一首，十八年五月十九日作
三春花事尽，照眼到玫瑰。赤帜薰天艳，红裙补日才。奇芬能醉魄，多刺孰为媒。安得明窗畔，无愁风雨摧。

乞香凝夫人补绘《江楼第二图》
岁寒社集沪江天，始识刘、樊俪侣妍。已遣秦嘉留翰墨，还愁徐淑吝丹铅。风云恸哭祈连冢，文字沉埋桑海缘。乞补江楼图一幅，七年积绪要今宣。

为香凝夫人题画
倒海倾河泻未干，横空唯见玉龙蟠。地维谁遣共工绝，可要娲皇炼石完。瀑布

雪月交辉意态殊，直教画出岁寒图。栋梁大厦心原在，羞向秦庭作大夫。雪月松

数点红心天地春，苍龙鳞甲岁寒身。调羹事业今安在，闲杀神州袖手人。松梅

月娥孀独可怜侬，照彻胭脂满树红。已是罗浮仙梦醒，教人长忆赵师雄。月梅

东篱啸傲陶元亮，南国婆娑王子猷。万紫千红零落尽，好持劲节战深秋。菊竹

丘壑无双腕底春，感时恨别总伤神。不须便向桃源去，料理江山要有人。山水

续题香凝夫人画幅

嵬负俨然百兽尊，深山藜藿护温麐。中原今日多狐兔，广武原头泪暗吞。虎

国魂招得睡狮醒，绝技金闺妙铸形。应念双清楼上事，鬼雄长护此丹青。狮　夫人十年前绘狮甚夥，悉为朋辈取去，此幅以仲恺先生爱玩，至今留箧衍中，洵希世之奇珍也。

为蕴玉女弟题画

参天峭壁绝跻攀，爱听松涛镇日闲。写尽胸中灵气未，无双丘壑几青山。

入山恐不深，入林恐不密。千岩万壑中，真赏聊自惬。

山明而水媚，可是西子湖？板桥无人迹，垂柳春模糊。

香凝夫人属题画集，再赋两律

岂独人间女画师，欲还元气入淋漓。补天捧日心原壮，填海移山事已非。谁遣流民成粉本，终怜绝技属金闺。调脂吮墨吾曹事，莫问长安似弈棋。

刘、樊伉俪旧神仙，歇浦追陪记昔年。一恸竟教梁栋折，重逢犹见雪霜妍。茫茫宙合今何世，粥粥裙钗此最贤。闻道壮游瀛海阔，归来画稿待新编。

孤花一首，垢儿索赋

墙角孤花一朵红，折来珍贮胆瓶中。众芳更遣成环绕，素女、青娥拜下风。

哭顾悼秋

卅载梨湖榜寓寮，识君才调够魂消。酒人零落词人死，劫后荒江惨不骄。

傅粉薰衣最擅场，狂胪文献不寻常。桐花一树今何在，肠断风流顾十郎。

哭王玄穆

十载交情重，无端两地乖。嗟余亡命日，是汝首丘时。年少贾生死，途歧杨子悲。归来又经岁，才就哭君诗。

酒社寻盟日，迷楼买醉年。当时饶意气，此日尽云烟。抉目怜胥相，招魂拜杜鹃。遗言犹在耳，华表不须镌。君有"埋忧埋骨寻常事，不用残碑碍马蹄"句。自注：吾侪苟终为僇民，不须以身后浮名自饰云云。

题许半龙诗集

卅里分湖路，当年几隐沦。儒流陆季道，词客郭灵芬。大雅今都歇，斯文谁复亲。论才到后起，谨厚独推君。

年少倡酬侣，王、凌与子三。蚬江邻笛恸，玄穆长逝，已近两年。鹤市寓公潜。昭懿赁庑吴门，音耗久绝。各有千秋志，休教两鬓惭。人琴生死感，料汝泪盈缣。

谢石药仙女士画扇之惠

年少毗陵女画家，师门衣钵定非夸。一枝烂漫春风笔，开尽徐熙没骨花。

花开花谢不关怀，腕底丹青有主裁。愿乞薛涛笺一幅，何时更与写玫瑰。余新咏玫瑰一律，愿得女士图以张之。

沈体兰、金江蘅伉俪为其母夫人寿辰移粟赈灾，诗以美之

江曲清门峻，鸿、光俪侣妍。奉亲娱爱日，养志谢高轩。推挽飞仁粟，壶浆仗义田。寄声问贤姊，戏彩共堂前。谓令姊心香女士

题蔡冠雄印稿

刻画精工值万钱，何甥谢舅有薪传。一从恸哭灵云后，始识焦桐旧主贤。君为悼秋宅相，即受治印术于悼秋。灵云者，悼秋别号也。

汉家旧谚烂羊头，失笑谁题关内侯。更忆重瞳刓印事，雕虫技小亦千秋。

次韵答沈次公

漂泊频年蓬梗如，故人踪迹久荒疏。感君梦寐能相忆，应寄殷勤尺素书。

六月一日，中山先生奉安大典，余以病不克躬赴，次陈巢南韵一首志哀

奉椿南归四载迟，八音遏密寄哀思。固应灵爽凭天上，可奈疮痍尚海湄。邓禹军门怀旧谊，民国纪元前六年，余始谒先生于吴淞江外轮舶中，谈匡复事。羊公、岘首恸新碑。不须更向昭陵哭，往事低徊涕染颐。

哭三妹英侬，即示妹婿凌光谦

田荆本连枝，窦桂生同根。与汝为兄妹，荏苒三十春。大命一朝尽，奄忽随飞尘。永怀骨肉谊，未言声已吞。

同怀四女弟，未筓殇长妹。仲子赋于归，七载霜凋蕙。犹冀叔与

季，竟爽成二惠。奈汝复夭亡，宁抑高堂泪。

吾生屡亡命，定省疏晨昏。汝依慈母怀，稍慰劬劳恩。沧桑几变迁，赁庑同海滨。路遥会面稀，经岁能几巡？

闻汝感寒疾，两度驱车过。形骸剧憔悴，医者言无佗。握别未半日，哀音惊电波。生死竟若此，一恸涕滂沱。六月四日，曾诣妹寓问疾，是夕妹剧不起。

忆昨游金焦，同行偕汝婿。永言云物美，颇复念予季。谓当赁一椽，逭暑清净地。息壤犹在兹，讵料幽明异。

明远难为兄，令晖难为妹。三冬足文史，何事慕富贵。可怜困琐屑，斯愿何曾遂。临命犹誾誾，慧根倘未昧。临终诵六朝文某篇而逝。

嫁婿十二年，四度占弄璋。长次能读书，最幼亦扶床，岐嶷抚玉雪，劳悴焉可偿。鞠育赖夫子，庶慰长眠长。

题陆丹林《鼎湖感旧图》

画图难遣精魂驻，消息偏惊异域来。莫怪放翁情恩恶，怜余词笔亦长哀。

题袁弘深《文水移家图》

柳溪带水接斜塘，容与中流一苇航。漫笑灵芬成好事，移家此日更寻常。

杀机天发起龙蛇，沧海横流感岁华。我亦有家归未得，人间何地长桑麻？

三题香凝夫人画幅

虎踞龙蟠梦已赊，霜皮黛色尚天涯。景阳宫井台城柳，同向人间阅岁华。六朝柏

富贵人间信有之，纷红骇绿自多姿。詀諵鹊语还相报，九十春华烂

漫时。红绿牡丹

沈香亭北旧狂欢，多买胭脂付笔端。魏紫姚黄都不写，独留正色与人看。红牡丹

一枝梅讯陇头春，点缀风华迥绝尘。莫问孤山林处士，罗浮翠羽倘前身。红梅

乘车夜游有感

七月十二夜，坚甫招饮市楼，酒后乘摩多车环沪西一周而返，万感横胸，辄成此作，即示坚甫、孟俶、蓉裳、蕴玉、佩宜、佩亚。蓉裳为蕴玉女兄，佩亚则佩宜之女弟也。

忾尽飞扬怨已深，高楼灯火一登临。难消岛国穷荒感，坚甫、孟俶、蕴玉、佩宜、佩亚均东游旧侣。不废江湖浩荡吟。剩粉残脂雄鬼血，蓉裳为秋石故友，顷方循视其遗影，意不能无所感激也。青天碧海酒人心。钿车碾遍城西土，风露中宵忍自禁。

孟俶于车中失其时计，诗以调之

破甑已矣宁须顾，失鹿从来亦偶然。何似岐周三百祀，骊山一笑付烽烟。

七月十四日，法兰西人所谓革命纪念节也，夜游环龙公园，惘然有作

血海尸山事可惊，转从异域庆升平。绿阴芳草清幽地，点缀人间不夜城。

罗兰、玛利鸳鸯劫，罗伯丹敦鹬蚌争。持比后来"三一八"，孰为失败孰功成。

七月十七日夜，蓉裳招饮，赋酬一律，并示孟俶、坚甫、蕴玉、佩宜、佩亚

高楼良会漫匆匆，难得襟裾此夕同。夙诺已教迟五日，蓉裳本约十三夜宴集。浮生奚忍薄千钟。樽前情话明湖月，同人将游武林，乞孟俶为东道主。梦里游踪辽海风。蕴玉、佩宜欲游青岛不果。稍惜主人悭遇客，车尘未遍沪西东。

诗　集

第四辑

（1929—1940 年）

目 录

横流集（1929年） ·· 473
横流一首，次韵和林庚白，十八年九月作 ··· 473
为陆丹林题《红树室时贤书画集》 ·· 473
六州 ·· 473
报载湘政府电云：黄、庞确有共党嫌疑，否准抚恤。辄题两
　截其后 ··· 473
微词两首，叠旧韵和庚白 ·· 474
丘燮亭七十双寿诗，为林一厂作 ·· 474
读史十首，和庚白 ··· 474
奇怀一首，次韵和陈巢南 ·· 475
题冰莹女士《从军日记》 ·· 475
题潘冷残遗墨，为丹林赋 ·· 475
题于右任诗稿 ·· 476
存殁口号六首 ·· 476
书生两首，次韵和庚白 ··· 477
呜呼篇，次韵和庚白 ·· 477
题菲律宾《民号报》，报为中山先生手创 ··· 477
题程善之《倦云忆语》，为胡寄尘作 ··· 477

续存殁口号六首 … 478

新春集（1930年） … 479

十九年元旦有感 … 479

庚白来沪，屡过寓庐杂谈旧事，凄然有作 … 479

庚白将返秣陵，续呈四截即以志别 … 480

南都一首示庚白 … 480

同洲两首再示庚白 … 480

一月二日夜，新新跳舞场示一厂 … 480

一月三日，一厂偕其犹子过访，纪以一律 … 481

寄一厂叠前韵 … 481

酬仲直再叠前韵 … 481

得蕴玉女弟海外书即寄 … 481

为丹林题《淞南吊梦图》 … 481

一月十七日，馨丽冒雪过访赋赠 … 482

送馨丽返吴门 … 482

馨丽书来招游玄墓，诗以谢之 … 482

追忆浙西江上诸游有纪 … 482

吟边一首 … 482

题秋石遗像，一月廿七日作 … 482

一月三十一日为旧俄纪念节，夜游大华饭店，漫赋次婉儿韵 … 483

书所见 … 483

次韵奉酬韦斋舅氏见示之作 … 483

除道一首，三月十一日赋 … 483

题庚白《瓶梅集》 … 484

四月七日游汤山归，中途车坏，偕庚白、淑儿步行二十里始达中山门 … 484

四月七日夜别庚白	484
四月十二日	484
题沈哂之《雪夜逃劫图》，图为芦墟匪祸作也	484
四月二十二夜梦季新有作	485
徐子为得江庵画梅于顺德蔡守，辟清芬室以张之。索题二律，次首为悼陆简敬作也	485
送馨丽东渡	485
五月二日为曼殊十二周忌辰，感赋一律	485

结夏集（1930年） 486

五月六日立夏节	486
坊间有刊锡山某氏文集者，感题其后	486
题诸贞壮《病起楼诗》	486
叠韵寄馨丽神户	486
五月十五日晨梦中作，亦不白其何意也	487
读史两首	487
五月十八日纪事	487
巢南以海棠诗见示，适余别有所感，奉和一律，愧未能如原意也	487
五月十九日晨纪梦	487
巢南有枕上忆中山故邸之作，奉和一首	487
挽嵇良英女士	488
丁大镛君挽词，君为吴江中学校长，首创开放女禁者	488
六月十三日馨丽归自神户，重见海上旅邸，赋赠一律，再叠送别韵	488
观南国社演《卡门》，示馨丽	488
六月十五日，期馨丽不至有作	488
次韵和馨丽、翼云唱酬之作	489

叠韵寄翼云神户 489
　　馨丽暂来复去，追寄一诗，时六月十七日也 489
　　六月廿二日夜，馨丽、佩亚招饮洪醉，翌晨写示馨丽 489
　　六月廿三日送馨丽返吴门 489

长谣集（1930年） 490
　　题傅伯伦遗像 490
　　叠韵奉酬长公见和之作 490
　　题沈立斋《东园种药图》 490
　　八月廿四日观女郎黄耐霜演剧 491
　　送陶怡赴哈尔滨 491
　　感事 491
　　寄馨丽 491
　　自题亡友余天遂哀辞后，十九年十二月十九日作 491
　　次韵寄田星六凤皇，十二月廿二日作 492
　　十九年十二月卅一日夜逸园即事 492

丹青集（1931年） 493
　　丹青引 493
　　题胡寄尘《江村集》，一月十四日作 493
　　傅钝安挽词八章，一月十六日作 494
　　咏史两首，二十年二月作 494
　　三月三日口号 495
　　三月二十二日游兆丰公园 495
　　寄怀庚白南京 495
　　长公寄示丁卯夏见怀之作，次韵奉和 495
　　前诗意有未尽，再赋一律，伤心人语不足为不知己者道也 495
　　叠翻字韵再寄长公 495
　　庚白来谈近事感赋 496

南国一首，为田寿昌作也 …… 496

自题重定曼殊年表后 …… 496

有悼五首，二十年七月三十日补作 …… 496

存殁口号五绝句，八月四日作 …… 497

新文坛杂咏 …… 497

题郁达夫《蕨薇集》 …… 498

续存殁口号两首，八月十八日作 …… 498

送丹林归粤，十一月三日作 …… 498

秋石初度有作 …… 499

读文艺新闻追悼号感赋 …… 499

十二月九日与香凝夫人夜话感赋 …… 499

题香凝夫人画幅，十二月十日作 …… 499

哭邓择生 …… 499

杭州饭店示垢儿，时十二月十九日也 …… 500

一九三一年大除夕，偕庚白、盛钧、蓉裳、佩宜、佩亚、无垢集华懋饭店有作 …… 500

大风集（1932年） …… 501

赠汪子柔 …… 501

叶平仲挽词，为楚伧作 …… 501

怀人四截 …… 501

一月十日夜，冰莹、凤城招饮，同席者曙天、衣萍、问鹃、庚白、继郚、咏薇、屏子、佩宜、无垢 …… 502

题虞淡涵女士画 …… 502

答澄宇并示碧湘 …… 502

费毓卿前辈《蛟门奏凯图》，为令嗣君坦题 …… 502

题救国画展会合作 …… 503

题香凝夫人《岁寒三友图》，为善子赋 …… 503

题心丹女士遗画 503

题香凝夫人《牡丹》 503

钱剑秋女博士乞香凝夫人绘牡丹赠马玉山，为题一截 503

题香凝夫人画梅，为坚甫赋 503

俞逸芬以朱竹坪所刻玉印见贻，奉酬二绝 504

题萧稚秋女士书例 504

赠方慎厂医生 504

谢石邻先生七十寿诗，为哲嗣国馨、冰莹昆玉赋 504

题香凝、海粟合作瑞士勃郎崖风景，四月十五日作 504

张权女士属题其母吴太君遗像 504

题画 505

题善子画虎，为公望三十初度作 505

题善子、大千《黄山游册》 505

题画，为子柔作，图中绘一松一鹤，香凝夫人所写也 505

香凝夫人画梅菊合幅，为欧阳慧真女士题，八月十三日 505

题朱剑锋《还玄吊梦图》 506

八月二十日次韵和若衡 506

赠若衡即送其北上 506

次韵和庚白 506

送无忌、蔼鸿北行 506

别无垢 506

九月三日偕屏子、坚甫、佩宜、佩亚、无忌、蔼鸿、无垢游
东沟晚归有作，是夕无忌、蔼鸿、无垢即赴析津矣 507

题海粟画，十月二日 507

庚白见示炮台湾纪游诗，即次其韵 507

次韵寄长公分湖 507

哭长公 507

浙游后集（1932年）……509
    浙游杂诗八十首，廿一年十月作……509
    长松山房歌，颐渊先生命题香凝夫人所绘《长松图》……515

东沟集（1932年）……516
    一九三二年十一月六日，偕佩宜、少屏、蔚南、斯曛、天庐、今可、葆华、冠华东沟看菊，归途口占……516
    彭翊寰先生挽诗……516
    陆丹林初度属题《百花画卷》……516
    题李易安戴笠小像……517
    某女士南归，香凝先生绘梅赠别，索题一截……517
    为香凝先生题画……517
    为俞寄凡题画……518
    为王济远题战区油画五首……518
    秣陵晤溥泉，索诗未报，别后却寄一律，十二月十九夜作……518
    一九三二年十二月卅一夜华懋饭店作，寄垢儿北平……519

河山集（1933年）……520
    河山一首，代陶怡作……520
    赠卢葆华女士，即题其《哭父集》……520
    十眉属题无量寿佛……520
    题画……521
    寄馨丽秣陵……521
    题《鸳湖影事图》……521
    题《社会日报纪念刊》……521
    七月五日夜，送垢儿赴闽西，次庚白韵……521
    七月十七日，次韵和田星六见赠之作……521
    寿钱新之五十……522
    寿张心抚五十……522

为欧阳慧真女士题其尊人石芝先生像……522

题菊石合幅……522

哭陈巢南，十月四日……522

题王滇生遗像……523

程良俦挽诗，十月……523

赠冰莹，十月十六日……523

赠南茜……523

张韵琴女士挽诗，为戴鹏天赋……523

题罗邕评注《李秀成供状》……523

追挽沈剑双，十二月十五日作……524

子游先生遗像，为哲嗣史良女士题……524

萧艾集（1934年）……525

一九三四年元旦次庚白韵……525

有忆……525

一月八日夜有赠，为冰莹作也……525

一月十一日夜录别……525

一月廿四日至秣陵作……526

一月廿四日游采石矶未果，登雨花台有作……526

一月廿五日偕少屏、君武、漱芳、馨丽、佩宜游灵谷寺，谒谭畏公墓有作……526

一月廿六日，右任招饮，旋约溥泉、力子、少屏、学文、漱芳、馨丽、佩宜同游牛首山有作……526

是夜季新招饮，即席赋谢，兼呈子民先生暨儒堂、树人、力子、仲鸣、楚伧、少屏……527

重题《秣陵悲秋图》……527

将去秣陵留别汪子柔、杨瑾瑛夫妇……527

秣陵杂赠三十首……527

秣陵续赠三十首 530
一月廿七日偕佩宜、馨丽、少屏暨开先、潄芳夫妇，从京杭国道赴杭州，途中杂纪得二十一首 532
杭州杂诗五十八首 534
喜维特至赋赠四律兼送返湘，一月卅一日 538
题亚、佩、忌、鸿、非、垢合影，二月四日作 538
寄狄狄山南都 539
香凝夫人病心脏经年，得黄雯医生疗治而愈，题赠一截 539
善英女医士颂诗，为香凝夫人作 539
赠萧吉珊，二月七夜作 539
自嘲 539
祝新松江社成立为联璧作 540
二月九日吉珊夫妇招饮沧州饭店，盖以结婚后二十五日补治喜筵也，醉后占四绝奉赠 540
题《艺苑画集》 540
新亚大饭店宴集有赋 540
题徐文定公三百年纪念册 541
题戴鹏天夫人张韵琴女士讣告后 541
题汪鞠如《菊隐图》 541
正秋席上喜晤胡蝶女士，奉赠一截，时女士将有西湖之行也，二月十六日夜作 541
谢开先、潄芳夫妇招饮 541
二月十七夜开先、潄芳夫妇席上分赠同座诸人得五截句 542
酒后与庚白论当代女界人才，忾然有作 542
悼艾霞女士，次庚白韵 543
庚白云艾霞为严侯官侄孙女也，感赋两截 543
二月十八夜，庚白席上赠黄定慧女士、陈志皋律师 543

题印人朱其石印谱,并谢其治印见赠,二月廿六日 …… 543
悼徐名鸿,二月廿八日作 …… 543
三月一日夜酒后作,借庚白韵 …… 543
赠宋寰公 …… 544
三月三日夜示阿祥,亚子自忏悔之所作也,耿耿此衷,唯阿祥能默喻之耳 …… 544
三月七日送阿祥返秣陵 …… 544
题马祝眉先生《春晖堂琴谱》,三月十三夜作 …… 544
题香凝夫人画兰花野菊,三月十八夜作 …… 544
贺陆伦章、施淑贞结婚,三月十九日作 …… 544
题渔父遗墨 …… 544
题画 …… 545
三月廿六日夜集双清阁,香凝夫人领句,为续成一律兼示梦醒 …… 545
三月廿八日,车行雨中,见道旁玉兰盛开,忽然有作,即示仙霏 …… 545
三月廿九日,次韵和庚白 …… 545
赠李慕贞夫人 …… 545
赠莫国康女士 …… 546
赠陈淑君夫人 …… 546
四月二日晨,津浦道中寄仙霏女儿两律 …… 546

北行集(1934年) …… 547
　北行杂诗 …… 547
　赠刘百闵 …… 557
　为黄病蝶题《闹红小集》 …… 558
　赠陈石泉 …… 558
　为若衡夫人运庄女士题画 …… 558

- 四月十五日留别伯诚 …… 558
- 别费令宜表妹 …… 559
- 自北平南下车中寄沪渎亲故计诗八首 …… 559

鲁游集（1934年） …… 560
- 鲁游杂诗一百首 …… 560

系马集（1934年） …… 568
- 香凝夫人与承志公子合作画，仙霏索题，十一月一日作 …… 568
- 题毛辅成遗像 …… 568
- 众孚亲家先生命题书卷 …… 568
- 烟桥属题《新吴江报》 …… 569
- 为俞慧殊题《松陵赠别图卷》 …… 569
- 波查女士初度 …… 569
- 狄君武四十寿诗 …… 569

沧桑集（1935年） …… 570
- 赠陶冶公，一月五日作 …… 570
- 赠高月秋 …… 570
- 赠袁文彰 …… 570
- 香凝夫人、承志公子合作《子卿牧羊图》 …… 570
- 廖凤舒先生七秩，香凝夫人绘松鹤为寿，属题此截 …… 571
- 为默农母夫人莞琴大家题梅花画幅，一月三十一日作 …… 571
- 林梦苎先生挽词，为其犹子一厂赋 …… 571
- 张心抚挽词 …… 571
- 二月四日为仙霏女儿三十二岁初度之期后二日，出十年前纪念册索题，漫成一截 …… 571
- 二月五日偕佩宜、无忌、蔼鸿、无非、麟瑞、无垢将母吴门，车中有作 …… 571

既抵吴门，均权、诵益招游虎丘，并奉老母暨叔慈偕往，写示诵益 ………………………………………………………… 572

赠杨公达 ………………………………………………………… 572

赠鲁潼平 ………………………………………………………… 572

赠毛国琦、刘毓芳夫妇 ………………………………………… 572

呈周召南先生 …………………………………………………… 572

贺周家治结婚 …………………………………………………… 572

南游集（1935年） ……………………………………………… 573

一九三五年二月，偕观光团诸君自上海赴马尼拉，二十一日舟中有作，呈潘公展、唐冠玉伉俪。时已过台湾海峡，明日将抵香港矣 …………………………………………………… 573

赠杨德昭将军，杰克逊舟中作 ………………………………… 573

赠王晓籁团长，并呈胡宝贞夫人 ……………………………… 574

赠公展、冠玉夫妇 ……………………………………………… 574

赠陈松源、缪翠夫妇 …………………………………………… 574

赠许晓初、黄赓保夫妇 ………………………………………… 574

赠陈永霖 ………………………………………………………… 574

赠陈湘涛 ………………………………………………………… 574

赠王天申 ………………………………………………………… 575

赠王衍庆 ………………………………………………………… 575

赠乐辅成 ………………………………………………………… 575

赠尤菊荪 ………………………………………………………… 575

赠毛和源 ………………………………………………………… 575

赠孙兰亭 ………………………………………………………… 576

赠戴仪仲 ………………………………………………………… 576

赠都锦生 ………………………………………………………… 576

赠朱少屏 ………………………………………………………… 576

赠郑方正、郑学俊 …… 576
赠刘沛泉、姚锡九、钟国权 …… 576
二十二日至香港太平山有作 …… 577
金陵酒家有赠 …… 577
诣华商总会欢迎会,入夜,银行公会招宴大同酒家。复赴陈玉梅、邵醉翁高升观剧之约,赋谢一律 …… 577
午夜自香港渡海归九龙,玉梅、醉翁伴送至杰克逊,半途始别去 …… 577
二十三日访醉翁、玉梅伉俪于天一摄影场 …… 577
车过宋王台未及登眺 …… 578
青山道中作 …… 578
过李应生夫妇山居,谢其留饭 …… 578
晚别香港 …… 578
二十四日舟中寄无恙海上 …… 578
寄无畏东京 …… 579
寄无垢北平 …… 579
寄无忌、蔼鸿天津 …… 579
舟中写示佩宜、无非 …… 579
寄怀林克聪女士海上 …… 579
二十五日抵马尼拉,喜晤王儒堂博士 …… 579
赠许友超夫妇,暨于以同、董冰如、桂华山诸君 …… 580
老友王济远招饭品芳楼 …… 580
邓中莹领事夫妇招赴东方俱乐部茶舞会 …… 580
观嘉年华会 …… 580
赠陆礼华女士 …… 580
二十六日驱车环市一周 …… 581
书所见 …… 581

乌鸦总会口占 ………………………………………………… 581

菲督招诣茶舞会 ……………………………………………… 581

以小册索菲美士女签字，赋谢菲商总会秘书乌甘布、华商总
　　会秘书杨世炳 ……………………………………………… 581

为颜文初题柯逻版画集 ……………………………………… 582

友超暨其夫人陈素娟女士招饮，赋此一律。并示同席董冰
　　如、于以同、鲍事天、苏宗惠、苏行三、陈道桢、许书
　　琼、桂华山诸君 …………………………………………… 582

与鲍事天谈菲岛历史有感 …………………………………… 582

二十七日乘飞机至碧瑶，佩宜、永霖、衍庆、和源同载 …… 582

自飞机场乘汽车至华盛顿饭店，既偕佩宜、湘涛、天申、沛
　　泉、锡九散步一周，旋返逆旅午餐 ……………………… 583

逆旅记事 ……………………………………………………… 583

环游碧瑶车中作 ……………………………………………… 583

菲督别墅 ……………………………………………………… 584

海陆军俱乐部花园 …………………………………………… 584

车中赠吴半生、王天申 ……………………………………… 584

郭涟漪、林馥秀、林磐秀、梁雅琴、林凤连、梁彩秀六女士
　　过访留饭，赠以一律 ……………………………………… 584

逆旅夜坐写示天申、半生、国权、湘涛 …………………… 584

二十八日游孟迄金矿公司 …………………………………… 585

西园酒家午餐，赋示沛泉、锡九、湘涛、少屏、晓籁、天
　　申、涟漪、佩宜 …………………………………………… 585

赠郭涟漪女士 ………………………………………………… 585

自逆旅出发赴火车站，佩宜、宝贞、赓保、晓籁、晓初、天
　　申、半生、湘涛、沛泉、锡九、少屏同行 ……………… 585

碧瑶返马尼拉道中 …………………………………………… 585

题晓初所摄赓保夫人小影……586
太原堂招宴,诗以酬之,即题其纪念册……586
重赴嘉年华会观历史表演……586
三月一日偕鲍冷雪、桂韵秋两女士,暨李世傑、于以同同车
　赴北山寒……586
北山寒泛舟纪事四首……586
归途口占二首……587
赠于以同……587
赠桂华山、韵秋兄妹……587
监狱局副局长亚西蒂介吴半生索诗,应以一律……588
中兴银行招宴乌鸦总会……588
二日,中西学校招饮大同俱乐部……588
陈穆斋先生有梅花帐额,为曩游天山时所作,流离五十三年
　未归故主,其令嗣掌谔抄题词索题,率成一律……588
泉笙诸君招宴总支部……588
菲、华各商会招宴东方俱乐部……589
三日,赴中华学会讲演……589
是午李清泉、薛敏老招饮巴西别墅……589
赠王雨亭……589
赠宗人旭东……589
赠王金俊……589
赠黄士琰……590
观模范监狱兵操,遂至妇女拘留所……590
马尼拉市长招宴……590
赠伍孟纯大家……590
赠陈雪蕉……591
四日午宗人谦德招宴……591

马尼拉旅社席上留别诸友…………………………………………… 591
乘"俄罗斯皇后"船归国,下午四时启碇留别马尼拉三首…… 591
临发得无恙沪上书,喜寄………………………………………… 592
来远甫登舟送别,贻我以诗,有"炎荒干净土,不作故乡
  思"句,感酬一首……………………………………………… 592
寄怀菲岛革命时代大总统阿圭拿度翁五日舟中作,共两首…… 592
寄题黎沙纪念碑及铜像…………………………………………… 592
次韵酬黄士琰送别之作…………………………………………… 592
寄于以同……………………………………………………………… 593
寄吴半生……………………………………………………………… 593
寄董冰如……………………………………………………………… 593
寄鲍事天……………………………………………………………… 593
寄苏宗惠……………………………………………………………… 593
寄许友超、陈素娟………………………………………………… 593
寄桂华山、韵秋兄妹……………………………………………… 594
寄李惠龄女医学博士……………………………………………… 594
见菲律滨华侨名人录,以林凤为李马芳,再寄事天一律……… 594
寄李清泉……………………………………………………………… 594
寄宗人谦德,并示令侄碧人、旭东昆季………………………… 594
寄余耀扶、陈卓汉………………………………………………… 595
寄潘葵邨……………………………………………………………… 595
寄傅三侬……………………………………………………………… 595
寄陈佑苏……………………………………………………………… 595
寄王泉笙……………………………………………………………… 595
寄岷市诸友…………………………………………………………… 595
寄林磐秀女士碧瑶,兼及其女兄馥秀女士……………………… 596
寄儒堂星洲…………………………………………………………… 596

寄礼华爪哇 …………………………………………………… 596
六日舟抵九龙湾，赠别钟国权 ………………………… 596
九龙车站晤马小进 …………………………………… 596
广州车站晤平复苏，遂赴新亚酒店绍兴同乡会茶话会 … 597
广州市商会及广东省商联会招饮 ……………………… 597
德昭过访新亚酒店 …………………………………… 597
入夜赴总司令部宴集，赋呈陈伯南、林云陔、林翼中、刘纪
　文诸君 ………………………………………………… 597
偕德昭、晓籁、少屏、佩宜、无非访蒋伯诚于新华酒店 …… 597
海珠戏园观粤剧，演张献忠、李自成故事 ……………… 598
七日晨，偕佩宜、无非、冷雪、冠玉、赓保、公展、晓初、
　济远、少屏献花圈于黄花冈七十二烈士遗冢，遂至执信、
　仲恺两先生墓道 ……………………………………… 598
访邹海滨于中山大学不值 ……………………………… 598
岭南大学晤钟荣光夫妇 ………………………………… 598
刘纪文、许淑珍夫妇招饮于市政府 …………………… 598
赠海滨夫人赵淑嘉女士 ………………………………… 599
沛泉偕其夫人王素贞女士邀乘飞机环绕广州市一周 …… 599
自广州发九龙，伯诚暨沛泉夫妇同行 ………………… 599
别广州一首，万感填膺，不自知其言之悲也 ………… 599
九龙车站喜遇小进、复苏，同至大新公司坐谈有作 …… 599
自九龙渡海抵香港，德昭招宴大同酒家，同座者佩宜、无
　非、冷雪、素贞、宝贞、冠玉、晓籁、公展 …………… 600
香港留别沛泉、素贞夫妇二首 ………………………… 600
午夜偕佩宜、无非、冷雪、冠玉、公展渡海返九龙，登
　"俄罗斯皇后"船，沈吉诚来送 …………………… 600

登舟倦极，解衣偃卧，素贞夫人来送，不及握别，只闻其隔窗道珍重而已，黯然销魂，不能无诗，追寄一律，兼示沛泉将军 ………………………………………………………………… 600

八日梦醒，闻波涛澎湃声，知舟已在大海中矣，追别香港 ………………………………………………………………… 601

国际妇女节写示冷雪，为亡友秋石女士作也 …………… 601

乞冠玉、济远写《同舟共济图》有作 …………………… 601

舟中赋赠旅伴得二十八首 ………………………………… 601

九日舟过台湾海峡，济远为绘素描，率题一首 ………… 604

林季丞以涪翁发愿文卷子属题有感 ……………………… 605

船员张达明、徐茂芳索诗 ………………………………… 605

济远盛绳岷市曾廷泉之材美，谓为民众英雄，而余独缘悭一面，甚堪叹惜也，诗以寄之 ……………………………… 605

谢天申惠手杖 ……………………………………………… 605

因天申手杖更忆宗人谦德，暨友超、半生馈烟卷，华山馈佩刀，士琰、事天馈冠履，宗惠馈花束，冰如、以同馈图籍，并谢一首 ………………………………………………… 606

次韵酬季丞 ………………………………………………… 606

十日舟抵沪上，留别同行诸友二首 ……………………… 606

留别济远，乞画《黄花冈吊墓图》 ……………………… 606

留别冷雪二首，即以为赠 ………………………………… 606

留别"俄罗斯皇后"轮船二首 …………………………… 607

叠韵酬公展 ………………………………………………… 607

题济远为晓籁写僧装像 …………………………………… 607

北归集（1935年）………………………………………………… 609

赴菲观光团梅园聚餐有作 ………………………………… 609

开先、潄芳招陪梁钟静怡夫人宴饮，赋诗为谢，兼示公展、
　　冠玉、冰清、冰海、明暄、佩宜、佩亚 ························ 610
三月十二日夜，冰清、冰海招集寓庐，与冠玉、潄芳、静
　　怡、佩宜、佩亚、羲农谈艺有作 ································ 610
中山先生忌辰有作 ·· 610
十四日，双清楼主再度枉驾，赋呈一律，兼示无恙、李湄 ······ 610
十五日，棣华、继郇、咏薇过访剧谈有作 ···························· 611
十六日夜，济远招集梅园，客共五席，与余同座者为子民先
　　生暨佩宜、宾虹、晓籁、永霖、谢公展、曹启明。宾虹及
　　诸画友既绘梅花册子作纪念，余滕以是诗 ···················· 611
十七日午少屏招宴新新酒楼，同席吉珊、开先、潄芳、佩
　　宜、佩亚、麟瑞、无非 ··· 611
是夕明暄招饮尚文小学，凤蔚、兰因、冰清、冰海、佩宜、
　　佩亚同席，潄芳不至，公展、冠玉、克成、开先先去 ······ 611
十八夜集新亚酒店，赋示德昭、穆如、开先、潄芳、陶怡、
　　吉珊、公展、晓籁、佩宜、少屏 ································ 612
题双清楼主绘虎，赠张向华将军 ······································· 612
陈令仪女士索题其故夫解中莁遗画，即以为勖 ···················· 612
十九日夜少屏招集杏花楼，同席者湘友张慕青、张仲钧、暨
　　吉珊、开先、明暄、佩宜、佩亚 ································ 612
次韵酬颖若 ·· 612
朱益之将军母夫人何太君七秩寿诗 ··································· 613
凌师甘伯挽词 ·· 613
四月一日为章铁民、蒋抡英证婚作 ··································· 613
李小舟先生百岁纪念诗，为哲孙大超赋 ····························· 613
次韵和周景瞻追悼渔父之作 ··· 613
陆丹林四十寿诗 ··· 613

四月二十九日陪廖夫人游天目山作 ······ 614
秋翬集（1935年） ······ 615
龙井道中怀垢儿，九月十四日 ······ 615
哲生先生命题中山先生手写《建国大纲》墨宝 ······ 615
十二月二日，翰笙邀赴南都福利大戏院，参观中国舞台协会公演，赋赠一律兼示寿昌，时距海上会宾楼狂欢之夕已三载矣 ······ 615
题画五截句，十二月十六日集双清楼作 ······ 615
十二月十九日夜，陈凤元、李焰生招陪廖夫人暨梦醒女士，宴集觉庐俱乐部有作 ······ 616
廖夫人画松竹梅，为凤元题 ······ 616
十二月廿三日赠别，为舜华作 ······ 616
廿四日南翔道中作 ······ 617
亚尘、君立夫妇招集云隐阁，题亚尘偕聿光、圯瞻、小鹅、公虎五君合作画 ······ 617
廿四夜维也纳舞场有作 ······ 617
十二月三十日再集双清楼题画六截句 ······ 617
丽华集（1936—1937年） ······ 618
赠向华、景容伉俪 ······ 618
向华索诗，代梦醒赋 ······ 618
赠向华 ······ 618
赠余恺湛 ······ 619
赠琼恩夫人 ······ 619
赠景容夫人 ······ 619
赠周至柔 ······ 619
赠华岳高 ······ 619
赠梁亚潮 ······ 619

赠张祥麟 619
寄周迦陵吴江，一月四日 620
赠曾今可，一月五日 620
今可索题一九三四年二月四日南社临时社集摄影 620
为哲之题画 620
赠梅光大 620
丁念先、谢圣镛订婚 620
赠明暄 621
二月七日夜，南社纪念会举行第二次聚餐于上海同兴楼酒
　家，集者一百五十七人，赋呈同座 621
是夕寰公邀同味知、十眉、汝航、啸岑、复镜、彼得、华
　昇、樱钧、佩宜、佩亚小坐大华舞场有作 621
题济远画梅 621
蔡子民先生七十双寿诗 622
李汝航属题画 622
题《柳溪诗征》，亡友周芷畦所辑也 622
赠济远移家萨坡赛路 622
读史 622
杜仲虑挽诗四首 622
读南宋史有感，用同兴楼即席韵 623
次韵和庚白 623
题钱化佛纪念卷子 623
秣陵赠王公陨，三月 623
梁溪画舫席上戏成 623
经颐渊先生寿诗 623
刘季平六十初度，二月作 624
于右任六十初度，四月 624

鸿毛集（1937—1939年） ……………………………………………… 625
 廿六年八月二十日，廖仲恺先生殉国十二周纪念感赋………… 625
 送冰莹赴前线 ……………………………………………………… 625
 为人题词集 ………………………………………………………… 625
 十二月十二日赋 …………………………………………………… 625
 胡寄尘挽词，廿七年一月十八日作………………………………… 625
 绛云 ………………………………………………………………… 626
 题徐一帆诗集，廿八年一月廿六日作……………………………… 626
 朱凤蔚五十寿诗 …………………………………………………… 626
 《大风》杂志出版周年纪念，为陆丹林赋 ………………………… 626
 寄沈次公 …………………………………………………………… 626
 春宵瞑想写寄希伏宜山 …………………………………………… 627
 徐蔚南四十寿诗 …………………………………………………… 627
 《江楼秋思图》旧卷，仲恺先烈暨夫己氏并有题句，展视怆
  然，为赋一绝 …………………………………………………… 627
 题徐一帆《璞斋养志图》 ………………………………………… 627
 讨倭兵起，忽忽两载矣。丹林为大风社征诗，赋此以应……… 627
 曹炳生悼词 ………………………………………………………… 628
 次韵答庚白行都，七月七日作 …………………………………… 628
 追悼经颐渊先生，用陈树人韵，八月六日作 …………………… 628
 题马相伯先生百岁年谱，为张若谷作 …………………………… 629
 哭朱惺公烈士 ……………………………………………………… 629
 次韵答庚白，十一月四日作 ……………………………………… 629
 应青浦万星洲先生索诗 …………………………………………… 629
 寄垢儿香岛，十一月六日作 ……………………………………… 629
 四公子歌，题陈复纪念册，十一月十四日作 …………………… 629
 悼郁曼陀（华）追步其辛未中秋渤海舟中韵 …………………… 630

马相伯先生遗像，为张若谷题，十二月八日 ················· 630

吴子玉挽诗，十二月廿一日 ································· 630

茅丽英女烈士挽诗 ··· 630

墨馨集（1940年）·· 632

敬题中山先生遗墨两绝，一月二十一日作 ··················· 632

题徐文熙（孝穆）印存 ····································· 632

蔚南索题秦汉瓦当拓本 ····································· 632

题枯荷翠鸟 ··· 633

题夏令仪女士仿赵松雪画竹 ································· 633

黄萍荪索书，即以为赠 ····································· 633

楚伧诗有"刘三死后瞿安死"句，感成此绝 ················· 633

二月二日对雪作 ··· 633

题祝希哲千字文墨迹，三月三日作 ··························· 633

题何义门《兰亭序》墨迹 ··································· 633

何义门临右军帖，蔚南索题 ································· 634

题王济远《黄山云松》画册，四月一日作 ··················· 634

巴达维亚华侨陈隆吉造像，济远索题 ······················· 634

题蚁光炎烈士遗像 ··· 634

魏塘胡蒙子自昆明寄示六秩述怀诗，报以四截，并询秋槎乔
　梓近况。若夫介寿之章，当俟诸凯旋以后矣。四月二十四
　日作 ··· 634

漫兴两首，五月十六日赋 ··································· 635

题萧尺木《乾坤一草亭图》 ································· 635

寄费一瓢吴门，五月廿五日作 ······························· 635

题白蕉画兰，六月十五日作 ································· 636

纪梦 ··· 636

和于右任 ··· 636

题语溪徐氏遗诗，为徐一帆作 ············ 636
王筱堂先生遗像，济远索题 ············ 637
题杨素影女士吟稿，应丹林属 ············ 637
题陈斯馨女士《纫秋簃图卷》，应丹林属 ············ 637
寄孙仲瑛香岛，十月七日作 ············ 637
观《海国英雄》剧赠刘琼，十月十七日补作 ············ 637
又赠陈琦女士一首，次魏如晦韵 ············ 638
十月二十九日纪梦 ············ 638
是日中国航空公司飞机自陪都至昆明为日寇狙击，名记者范
　长江、陆诒殉焉，悼以一绝 ············ 638
钱毅饰《海国英雄》中之朱经，赋赠一律，十一月十日作 ············ 638
闻长江、陆诒无恙，喜而赋此，即次前韵 ············ 638
梅电龙来言：鲍惠僧先生在武汉沦陷后，出任游击区县长，
　积劳致疾而殁二载矣！悲悼成此，兼寄其介弟事天菲岛 ············ 639
旧友李息霜六秩寿诗 ············ 639
儿辈问余个人处世之法，示以此偈 ············ 639
自我批判亦得一偈 ············ 639
寄伯流香岛 ············ 639
伯流兄伯遑索诗，赠以一律 ············ 640
次韵和朴安，即以为别 ············ 640
题《海国英雄》剧本 ············ 640
咏《海国英雄》中之马金子，赠严斐女士 ············ 640
咏《海国英雄》剧中之延平王董妃，赠顾兰君、沈浩两女士
　············ 641
赠高氏五昆季 ············ 641
赠梅电龙 ············ 641
题费穆编导《孔夫子》电影剧本 ············ 641

题巩启仁《玄亭问字图》 ………………………………… 641

赠别朱舜华女士 ………………………………………… 642

赠欧阳立征夫人 ………………………………………… 642

留别史冰鉴女士 ………………………………………… 642

留别唐纯茵女士 ………………………………………… 642

题唐应南女士遗像 ……………………………………… 642

留别孙大雨、月波伉俪 ………………………………… 642

留别犹子惠礽 …………………………………………… 643

横 流 集

（1929 年）

横流一首，次韵和林庚白，十八年九月作

萧瑟非关景物秋，伤心沧海正横流。看朱成碧缘何事？转绿回黄苦未休。一恸真怜余子尽，十年忍见大夫忧。人间功罪浑无据，跷跖端应胜旦丘。

为陆丹林题《红树室时贤书画集》

好事南州陆，辛勤费网罗。中原盛坛坫，沧海起龙鼍。壮岁雕虫悔，人才被墨磨。千秋无我席，未拟赧颜酡。

六 州

六州谁铸铁？海水尚群飞。惮帅成封建，文妖乱是非。可怜烈士血，徒遣烂羊肥。欲向昭陵哭，魂兮恐未归。

报载湘政府电云：黄、庞确有共党
嫌疑，否准抚恤。辄题两截其后

匹夫横议原堪杀？讨赤先声岂偶然！寄语常山赵延寿，好教图象上

凌烟。

黄、庞劫后施、林继，谁遣男儿热血腾？一哭十年闻道早，蓬莱至竟胜毗陵。

微词两首，叠旧韵和庚白

感时抚事百忧伤，呕尽心肝古锦囊。信有微词寄哀怨，千秋未忍说诗亡。

突厥半开罗马腐，无端伧父托心期，怪他遗臭桓宣武，误认枭雄是可儿。

丘燮亭七十双寿诗，为林一厂作

横海虬髯客，授书黄石公。风云关运会，天地辟鸿蒙。已餍苍生雨，还扶泰岱笻。据鞍能矍铄，老子信犹龙。

七秩须眉古，欣瞻介寿觞。儿孙足龙豹，俪侣媲鸿光。湖海宾朋盛，冈陵颂祷长。天南气葱郁，星象老人昌。

读史十首，和庚白

九嶷山下雨冥冥，泣尽孤篁泪尚青。不信神州竟沉陆，补天事业待娉婷。

大错无端铸六州，亡羊歧路误清流。绕朝倘遣吾谋用，晚盖端应谅孝侯。

饰义矜廉罪已深，白头作贼为黄金。南都谁起同文狱？谋主应归阮大铖。

家居撞破市儿纤，明允曾劳著辨奸。谁遣庸奴窃高位？董龙钱凤一身兼。

垂翅渑池记往时，西游观政有余师。如何起信终难定，洛蜀依违事可嗤。

称臣五代笑钱镠,铁券丹书礼数优。终是三家村学究,几曾大义识春秋?

绿林家世拥貔貅,乳臭儿郎据上流。失笑曹丕知舜禹,故应孟德配伊周。

莫漫生儿薄景升,箕裘弓冶苦难凭。归朝甘作降王长,刘禅何颜上惠陵?

富贵由来解逼人,孔光张禹有经纶。不须更着阳秋笔,投阁扬雄善美新。

袖手枯枰厌劫灰,可堪煮酒话青梅。英雄苦少庸才伙,横睇中原百事哀。

奇怀一首,次韵和陈巢南

奇怀一纵苦难收,荡气回肠未自由。北地降王甘执梃,南朝狎客久无愁。春灯燕子空三绝,秋水芦花萃百忧。眼底阳秋成断烂,羞将疑义问何休。

题冰莹女士《从军日记》

荼火军容踞上游,旧时莺燕尽貔貅。如何党议成蹉跌,误尽清流是浊流。

座上宾成阶下囚,沙场遗恨失同仇。臂鹰调马平生意,忍说卢家有莫愁。

题潘冷残遗墨,为丹林赋

画师骑鹤出红尘,画笔长留太古春。莫话黄花岗上事,几人能葆岁寒身。

题于右任诗稿

落落乾坤大布衣，伤麟叹凤欲安归。卅年家国兴亡恨，付与先生一卷诗。

茆店荒鸡剑影寒，几回亡命度函关。书生已办忧天下，莫作山东剧孟看。

虎踞龙蟠旧石城，当时遗恨误迁京。不须更怨袁公路，南朔而今有战争。

义师惜未下咸阳，百战无功吊国殇。寒角悲笳穷塞主，可怜我马已玄黄。

贝加湖水碧潆潆，去国申胥往复回。已换赤明龙汉劫，可堪回首列宁山。

仓皇阳夏筹兵日，辛苦钟山养望时。终遣拂衣归海上，高风峻节耐人思。

泰玄墓畔桂千丛，尚父湖边夕照红。稍惜江南哀怨地，小戎驷铁换秦风。

廿载盟心结客场，使君风谊镇难忘。怜余亦有穷途感，才尽江淹鬓未霜。

存殁口号六首

神烈峰头墓草青，湘南赤帜正纵横。人间毁誉原休问，并世支那两列宁。孙中山、毛润之

与人无爱亦无憎，地下长眠雪蝶僧。文采风流汪季子，东山莫漫误苍生。苏曼殊、汪季新

喋血羊城几战争，朱郎旅骨倘心惊。蚕丛蜀道兵戈满，谁念江南有恽生？朱季恂、恽代英

刎颈侯嬴漫怨哀，已从稗史证丰裁。当年粤海同舟侣，更忆钦奇小李才。侯墨樵、李立三

雄词慷慨湘江向，情话缠绵浙水杨。长痛汉皋埋碧血，难从海国问红妆。向警予、杨之华

张娘妩媚史娘憨，复壁摇灯永夜谈。白练青溪厄阳九，朱栏红药护春三。张秋石、史冰鉴

书生两首，次韵和庚白

再起东山唱大风，书生谋国苦难同。微闻释怨联黄李，先见鏖兵斗蒋冯。藩镇军威终自毙，工农民气岂长穷。同洲孙列交期在，徒党何缘厄两雄？

空谷当年喜足音，同舟共济谊尤深。如何一着翻全局，长遣重泉负素心。大错六州成浩劫，二桃三士发哀吟。群公倘具回天力，愿抱孤阳烁众阴。

呜呼篇，次韵和庚白

国民革命功未成，联合战线忽崩镡。王敦苏峻举叛旗，东南半壁沦长夜。白门黄浦血成川，杀人罗织无闲暇。此时正朔在汉皋，威灵犹遣群胡诧。殷忧启圣方自矜，复辙相寻奈分化。煮豆燃萁竞效尤，英灵地下应悲讶。中原从此遂沦胥，社鼠城狐获凭藉。青年殉道如草菅，藩镇乘时恣骄诈。纵横捭阖有纷纭，主义精神任摧挫。长堤蚁穴真堪嗟，狼子野心宁足骂。呜呼！狼子野心宁足骂。

题菲律宾《民号报》，报为中山先生手创

先生手创此木铎，发聩振聋十五周。正气中原久销歇，倘从海外见阳秋！

题程善之《倦云忆语》，为胡寄尘作

《浮生六记》沈三白，复有作者程倦云。多谢胡郎能拂拭，人间始

识此奇文。

续存殁口号六首

嘉会佗城成逝波，宾朋星散奈愁何。黄垆詹客身先殉，白发彭郎泪更多。詹大悲、彭泽民

风期难忘越州张，竟戴头颅掷故乡。辛苦宛平于伯子，蓬飘无地讯行藏。张秋人、于永滋

陈侯门下叶生才，尼父何缘叹丧回。歇浦丹铅堪遂隐，圣湖碧血早成灰。陈望道、叶天底

甘陵党部记初盟，王、宛翩翩各擅名。魂魄难招章赣水，音书久滞汉阳城。宛希俨、王觉新

风雨天涯共起居，刘、姜生死竟分殊。握拳已碎常山舌，橐笔犹佣沪渎书。刘重民、姜长林

潘岳同归期白首，虞翻孤愤托青蝇。头行万里怜黄祖，瓜种东陵学邵平。黄竞西、邵季昂

新 春 集
（1930年）

十九年元旦有感

改历居然十九春，沧桑万劫认啼痕。已嗟骨肉多新鬼，先府君没于民元，先叔、先姑母、侠侬、英侬两妹暨抟霄从弟、蒨雯从妹先后去世。更避萑蒲弃故园。吴下高堂疏定省，海西游子隔温存。行窝稍喜圆鸥梦，妻女围炉共一樽。

庚白来沪，屡过寓庐杂谈旧事，凄然有作

填海移山意已灰，偶闻谠论一低徊。翟公自笑门罗雀，冒雨多君几度来？

萍末终看起大风，剧怜举国尽痴聋。危忧尔我心心印，敢诩英雄见略同。

昆冈一炬燎鸿毛，龙战玄黄杵血漂。理欲交争矛盾处，翻然身世落镰刀。

政策吾曹有本师，九原一老证心期。凭君倘具回天手，奋斗和平语可思。

庚白将返秣陵，续呈四截即以志别

犯雪冲寒屡过从，临歧还惜太匆匆。卜邻倘遂平生愿，高论期君为发蒙。

列肆居夷尽海滨，文章买卖正纷纭。选楼事业沙龙趣，盼汝苍头起异军。

田黄而外更康吴，南国多才道未孤。他日重来须记取，江楼容我共提壶。

冰莹能武石瓃文，奇女都堪张一军。萍水何当成遇合，先容乞为寄殷勤。

南都一首示庚白

南都人物一丘悲，蒋帝感灵江水湄。外戚宋朝工聚敛，弄儿刘瑾亦乘时。中庸伪学嗤胡广，处士虚声盗戴逵。稍惜茶陵谭老子，聪明盖世误依违。

同洲两首再示庚白

同洲孙列旧交期，主义何曾背道驰？由浅入深原进化，推心置腹有成规。衅开贾竖家居坏，尤效书生覆辙悲。宣武深源都祸首，苦煎萁豆到今时。

三民本意重民生，谁信工农反见轻。胡广连环原曲解，戴逵道统更无名。最怜马列齐驱祖，翻共耶儒朽骨平。党治如斯安足取，况今军治尚难成。

一月二日夜，新新跳舞场示一厂

焦岩把臂钱春光，又见申江歌舞场。君尚佣书吾闭户，相逢莫漫问行藏。

紫绿缤纷电炬妍，蛮靴短发看婵娟。自怜才谢黄公度，未敢轻裁乐府篇。

入怀纵体可怜身，舞态轻盈妙绝伦。倘有随园诗老感，黄金容易换温存。

死生流转旧情亲，海内论文复几人？辛苦此来知不易，明朝休便逐飙轮。

一月三日，一厂偕其犹子过访，纪以一律

叩门喜极老逋来，更遣同车小阮陪。雏凤丹山毛羽健，潜龙苍海雨风哀。莫言小别经年恨，尚欠平原十日杯。挥手匆匆疑梦寐，重逢好待早春回。

寄一厂叠前韵

失喜冲寒雁足来，尖叉句好恐难陪。美人自昔伤迟暮，名士于今有怨哀。俭岁薜萝愁闭户，歌场金粉偶衔杯。难忘十八年前事，崔九堂前醉几回。

酬仲直再叠前韵

诗坛飞将自天来，酬和还堪摇笔陪。帷幄经纶聊自隐，江山文藻未宜哀。宦游好蜡焦岩屐，乡梦终浮鉴水杯。多谢张衡青玉案，江南已老贺方回。

得蕴玉女弟海外书即寄

惜别临歧忍泪流，书来远道感绸缪。昔年江户曾同住，此日巴黎让独游。奋臂要探文艺窟，挥毫尽写海天秋。扶摇九万鹏抟翼，莫忘沧江有故鸥。指佩宜

为丹林题《淞南吊梦图》

吊梦歌离总不祥，人间何处返生香。披图我亦伤今昔，一妹虬髯事渺茫。

一月十七日，馨丽冒雪过访赋赠

风雪真同访戴来，独怜采药失追陪。蓬莱几度看清浅，丝竹中年换乐哀。孤愤易销豪士剑，狂欢难纵酒人杯。空桑三宿君休忘，越水吴山共往回。

送馨丽返吴门

鸿雪因缘证去来，临歧恨失后车陪。封侯去国关时命，瘗剑焚琴杂怨哀。出处早知成异路，艰危无分斗深杯。苍茫挥手难为别，惆怅飙轮逝不回。

馨丽书来招游玄墓，诗以谢之

尺素频烦远道来，清游笑我未能陪。山川岂落吾曹手，墟墓徒增异代哀。何似春江歌舞地，尚留羁客浅深杯。酒狂待汝金貂换，卓女垆头醉一回。

追忆浙西江上诸游有纪

福水龙潭换梦来，松寥小阁一灯陪。难忘绝巘中秋胜，不尽长江北府哀。明圣湖边同泛棹，平山堂畔共衔杯。而今坠绪羌无着，荡气回肠日几回。

吟边一首

吟边万感涌潮来，辛苦阴何问孰陪？呕血沥肝徒自苦，决堤破堰未须哀。只怜身外诗千首，未抵人间酒一杯。学剑学书原两负，忏愁忏绮又今回。

题秋石遗像，一月廿七日作

犹见英姿飒爽来，梦魂无路可追陪。三年地下苌弘血，一赋江南庾信哀。乱世经纶钩党狱，漫天烽火髑髅杯。蹉跎我已悲心死，愧对眉痕日几回。

一月三十一日为旧俄纪念节，夜游大华饭店，漫赋次婉儿韵

功成革命着鞭先，末路王孙海外天。漫说通亡多涕泪，依然歌舞艳神仙。江山摇落难为客，士女淫荒绝可怜。众醉翻教愁独醒，有人飞梦赤城间。

广厦笙歌占地先，城开不夜蔚蓝天。葡萄酒熟浓于血，罗绮衣轻渐欲仙。烂醉狂欢谁会得？酡颜玉臂我犹怜。回车惘惘浑疑梦，惆怅荣枯咫尺间。

书 所 见

蟏蛸全露掩胸酥，椎髻低垂越样都。最是不遮肩臂好，嫩黄肌称浅红襦。

次韵奉酬韦斋舅氏见示之作

杜门未觉三年久，破寂仍欣一简来。名德端知郑草贵，狂言已悔鲁戈回。江山涕泪吟边远，风月经纶眼底开。翘首阊闾城畔路，青松白石气佳哉！

吴中文宴输同赏，海上风波耐独看。避地自惭充大隐，传书多谢念孤寒。嵇生柳下逢人懒，李白诗中行路难。辛苦何时成会合？玄亭载酒一寻欢。

除道一首，三月十一日赋

除道清尘礼国宾，前星忽耀大江滨。中山路上千家哭，却向胡雏换笑颦。

题庚白《瓶梅集》

猛挟思潮撼地天，旧囊新酒倘无愆。已教断代成诗史，苦为闲情索郑笺。百劫虫沙怜我独，廿年流辈剩君贤。春风吹皱秦淮水，欲托微波转惘然。

四月七日游汤山归，中途车坏，偕庚白、淑儿步行二十里始达中山门

飙轮飞驶出都城，归路翻愁徒步行。未信游踪关运会，从知世事有陂平。谈锋珠玉忘疲履，山色郊原畅晚晴。最喜左家娇女好，居然健足学长征。

四月七日夜别庚白

抵掌雄谈杂笑哗，彷徨歧路忽回车。忧情真似弥天网，理论无惭革命家。倘遣分离蠲苦痛，未妨管蒯换丝麻。尊前更乞千金诺，羞比梁汾援汉槎。

半缘私爱半缘公，要使蛾眉拜下风。卡尔良俦推燕妮，孟光高节励梁鸿。罗森柯冷原英杰，宋庆何香岂异同？期许千秋君自壮，沈秦王郁太庸庸。

四月十二日

一着棋差换满枰，三年余痛忍忘情。燃萁只博强邻笑，作俑谁教叛帜横？从此中原销正气，最怜吾党坏长城。私衷独吊青溪水，忍怨蛾眉一掷轻。

题沈晒之《雪夜逃劫图》，图为芦墟匪祸作也

贾竖居然万户侯，工农衣食苦难周。不平相激终成累，满地萑蒲铲得不？

世上如今半若曹，横流祸水已滔滔。池鱼铤鹿都堪痛，侥幸儒冠劫外逃。

不死终期享大名，书生谋国究何成？阴符未敢轻相赠，我已年来厌用兵。

分湖卅里水泱泱，汤沐湖山念旧乡。烽火漫天归不得，披图恼乱九回肠。

四月二十二夜梦季新有作

报韩酬魏几人知，忍死相逢在此时。凄绝绕朝随会语，可怜无泪泣临歧。

徐子为得江庵画梅于顺德蔡守，辟清芬室以张之。索题二律，次首为悼陆简敬作也

奇才郭十三，死友一江庵。画笔萧疏甚，诗心飘渺谙。流传归岭外，收拾又江南。尺幅曾分取，还同靳与骖。画有两幅，其一先归于余。

何处逢徐稚，难忘陆士龙。街车驱歇浦，垆酒念黄公。狂态诚堪骂，英年奈遽终。交情生死感，邻笛怅西风。

送馨丽东渡

三渡蓬莱岛，婵娟意亦强。吐丝休束缚，鼓翼又飞翔。扶病君堪念，埋忧我自伤。海中珍重看，曾否见红桑。末联参用仲子、一厂诗意。

五月二日为曼殊十二周忌辰，感赋一律

地下长眠十二年，人间沧海几桑田。调筝女伴都难问，倚扇才人亦可怜。怨李恩牛谙世味，烟蓑雨笠证情禅。乾坤整顿吾滋愧，稍喜心期托简编。

结 夏 集

(1930 年)

五月六日立夏节

人虐天饕万感新,九风十雨误芳辰。樱桃红润鲥鱼美,便算匆匆了一春。

坊间有刊锡山某氏文集者,感题其后

名德期颐事两妨,云翻雨覆太荒唐。可怜十五盈盈女,老作邯郸大道倡。

题诸贞壮《病起楼诗》

与人家国原多事,托意风骚剧苦辛。一病翻教吟笔健,先生毕竟是诗人。

虎踞龙蟠付夕阳,秦淮流水绕宫墙。威兴蒋帝何年歇?长向青溪拜女郎。秦淮青溪上有张丽华小祠,见《燕子龛随笔》。

叠韵寄馨丽神户

去国怜君瘁,传笺慰我强。如何同病客,终遣两分翔。心迹原乖

异，行藏各黯伤。莫干山上月，辛苦恋空桑。

五月十五日晨梦中作，亦不白其何意也

江头剪剪晚风寒，未死心情有万端。悄向龙泉挥泪祝，报仇容易报恩难。

读史两首

知人明哲古难凭，空见唐虞托万能。卅载栖皇成底事，穷奇梼杌尽传灯。

嗣子不才君自取，孔明先主两英雄。最怜临没无遗命，密札徒劳诫服从。

五月十八日纪事

曾记青蝇吊国殇，而今盛事费铺张。官司莫问南风媦，两部虾蟆正擅场。

巢南以海棠诗见示，适余别有所感，奉和一律，愧未能如原意也

坚牢玉树不长春，断锦零绢尽化尘。酹酒浑疑生是梦，招魂何处泪沾巾。更无黄土埋香骨，忍涴红脂写恋神。菊影梅痕商略遍，海棠命薄倘前身。

五月十九日晨纪梦

窈窕谁家子，相期邃目成。长身真玉立，小语泻珠轻。蜡炬愁边泪，鸡声枕畔惊，非因亦非想，惭愧梦云屏。

巢南有枕上忆中山故邸之作，奉和一首

歇浦留潜邸，难忘莫利哀。哭临曾雪涕，醴酒记衔杯。孀凤今何

处？真龙去不回。卮言嗟日出，大义久蒿莱。

挽嵇良英女士

牺牲愿作自由神，珍重红闺不字身。辛苦殉商还殉学，最怜疾疢误斯人。

五字长歌痛阿爷，返魂无术恨徒赊。伤心死别生离日，握手低声泪似麻。

丁大镛君挽词，君为吴江中学校长，首创开放女禁者

学府南高曾夺席，乡邦掌教作人多。如何一病伤蹉跌，棫朴诗成薤露歌。

钓雪垂虹旧讲台，森严女禁赖君开。铸金丝绣寻常事，倘见班行有异才。

六月十三日馨丽归自神户，重见海上旅邸，赋赠一律，再叠送别韵

不死仍相见，依然万恨强。风云无我分，海水任君翔。歧路杨朱泣，穷途阮籍伤。天涯应有憾，未许老扶桑。

观南国社演《卡门》，示馨丽

漫笑情场竟作牺，红颜赤血两迷离。从知恋爱平庸甚，要树人间反抗旗。

六月十五日，期馨丽不至有作

十日平原约，如何竟弃捐。狂花难着树。飞絮总漫天。谣诼憎多口，栖皇亦自怜。绝交吾未忍，还与寄红笺。

次韵和馨丽、翼云唱酬之作

气尽虞兮奈若何,男儿终古负心多。恩仇琐屑君休问,起陆龙蛇有大波。

叠韵寄翼云神户

宾朋星散奈愁何,廿载重寻旧梦多。记取桃花憔悴未,红桑海底早生波。

馨丽暂来复去,追寄一诗,时六月十七日也

问罪方驰檄,来归忽叩扉。行程太匆遽,情话只依稀。跳荡还如昔,风华讵易跻。候门他日事,坐怅隔云泥。

六月廿二日夜,馨丽、佩亚招饮洪醉,翌晨写示馨丽

牛马呼名一任他,庐山真面久传讹。如何一斗梨花酿,注射孱躯热血多。

狂言骂坐记宵分,忍遣蛾眉有怨恩。一样亡羊歧路感,故应低首谢红裙。

六月廿三日送馨丽返吴门

离合悲欢感万端,长途辛苦又征鞍。邮筒底事催归急,莫作金牌十二看。

豆棚瓜架事荒唐,舞扇歌衫倘擅场。今夜银筝桦烛底,何人同看玉梅娘。约观陈玉梅演杨乃武本事不果。

长谣集

（1930年）

题傅伯伦遗像

露爽英英见此才，如何朝露委尘埃。思量更为乡邦惜，寥落梨湖万事哀。

当年五虎冠朋俦，我亦生儿似仲谋。料得鱼笺传噩耗，有人衔涕海西头。君与吾儿无忌幼同笔砚，校中有五虎之目。

叠韵奉酬长公见和之作

一纸诗来抵好春，故人迢递隔音尘。三千死士扶余岛，五柳先生垫角巾。大地风云怜袖手，中年哀乐总伤神。田园芜尽归难得，沧海王尼奈此身。

题沈立斋《东园种药图》

云璈不作卍川逝，脱手东园留赠君。怜我有家归未得，漂零何似郭灵芬？

种药何如种菜香？春耘秋艺亦寻常。侏儒饱死臣饥死，可有人间辟谷方。

八月廿四日观女郎黄耐霜演剧

娇喉呖呖啭珠圆，忍见婵娟绝命年。镣锁柔荑幡插颈，赭衣驴背剧堪怜。

披发呼天事有无，泪珠粉渍两模糊。无端结想真痴绝，满地江湖碧血枯。

送陶怡赴哈尔滨

万里投荒又此身，劫余沧海几扬尘。已无奇泪酬家国，剩有离愁惹梦魂。文酒故人多不贱，江湖吾辈奈长贫。饥驱媛伏都非计，莫遣临歧更怆神。

感　　事

秦人宫阙太岧峣，值得阿房一炬烧。首难陈吴原谪戍，拥兵邯鄡惯奔逃。张皇赤帜开新国，狼藉青磷殉旧朝。十日兴亡成噩梦，凄凉湘水咽寒涛。

寄　馨　丽

十二月十五日，得馨丽书云："抱病以来，恍如隔世，九死一生，可怜孰甚，憔悴之躯，不知尚有几回相见也。"语极凄黯，赋此驰寄。

两月音书绝，琼笺意外来。婵娟究何病？魂梦苦相猜。岁月催人老，襟期仗孰开？何当黄歇浦，与汝斗深杯。

此生能几见？此语剧辛酸。疾疢销魂魄，恩仇搅肺肝。埋忧徒自苦，行乐总无端。愿保千金体，相期共岁寒。

自题亡友余天遂哀辞后，十九年十二月十九日作

海内子余子，交情二十春。难忘酬赠旧，已见挽歌新。黯黯才都

尽，沉沉意未伸。遗笺犹在箧，未忍展芳尘。

同怀有弱妹，立雪侍程门。早岁忽焉逝，高堂空泪痕。君文不可续，吾憾亦长存。私愿留家传，蹉跎那复论。

躯魄吾还在，臣精奈久亡。乱离犹未已，功罪总难量。等抱牺牲痛，端为故旧伤。眼中新鬼满，凄绝酒垆旁。

次韵寄田星六凤皇，十二月廿二日作

湘山赭后诗翁健，一纸书来漫怨嗟。犹遣故乡容遂隐，遥怜清福已无涯。虫沙猿鹤刀头血，城郭人民劫外笳。何处人间安乐土？武陵渔父种桃花。

雀丛猱木两无端，恩怨评量抵死难。晁错何名斩东市？马援未老困征鞍。十年功罪扪胸问，百劫河山掩涕看。粉饰承平流辈事，终怜四野尽饥寒。

十九年十二月卅一日夜逸园即事

懒上长沙恸哭书，狂欢此夕意何如？年华荏苒催人老，歌舞沉酣奈梦余。玉臂酡颜谁绰约，修罗极乐只须臾。天涯忽动离群感，别久林陈倘起余。时一厂、庚白、馨丽俱期而不至。

丹 青 集

（1931年）

丹 青 引

赠何香凝夫人，即题其所绘松菊巨幅。用杜少陵原韵。

卅年革命中山孙，廖何仙俪同及门。苌弘埋碧死不朽，周嫠恤纬今犹存。岭南当日盛才人，跋扈早识桓将军。新亭涕泪河朔饮，酒徒一散都如云。微言愧我称先见，慷慨长辞粤王殿，杜门已悔锥处囊，亡命还愁剑劈面。多君仍挺鲁阳戈，赣鄂从征冒矢箭，武昌虽小正朔尊，巍然坐看玄黄战。可怜驽马啮骊骢，水火朝端论不同，殷浩虚名误天下，九章哀郢悲回风。过江名士多于鲫，唯君杰出群流中，一恸昭陵毕万缘，誓言去国凌长空。去国三年居海上，笔床茶灶东西向。补天炼石梦荒唐，滴粉研朱心惆怅。余技丹青迥绝伦，羞为凡葩写形相，后凋松菊入画图，雪虐霜饕岂沮丧。文章有道交有神，唯我与君同性真，江山摇落千行泪，家国兴亡几辈人。秦庭大夫讵足骂，陶家三径宁嫌贫。吁嗟乎！劲质孤芳世已稀，愿君善保坚贞身。

题胡寄尘《江村集》，一月十四日作

一卷江村集，殷勤寄朔风。淡交真似水，好语欲腾虹。味在咸酸外，功参新旧中。廿年黄歇浦，迹异证心同。

傅钝安挽词八章，一月十六日作

忽报钝庵逝，凄然搔首来。长眠究何病？乱世倘逃灾。竟厄龙蛇谶，终伤鸾凤才。文人例无命，儋耳不须猜。

海上初相见，俄惊廿六秋。君方偕武子，吾亦挟青丘。鄂渚朝衣殉，云间醇酒休。旧游几人在？生死感蜉蝣。

一卷红薇集，相思籀梦魂。幸君脱罗网，而我尚江村。旧隐图还在，怀芳志亦存。十年肺腑谊，此夕忍重论。

宁戚长谣绝，陈登豪气休。文才太一健，诗思蜕翁愁。遗稿辛勤辑，音书往复稠。剧怜汪伯子，早岁亦山丘。谓兰皋也

潮流瀛海外，荡决势无穷。我已新机昵，君犹故步封。行藏一相左，踪迹两难同。劫后搜遗札，寥寥几雁鸿。

牢落酸儒命，栖皇幕府身。始闻依赵括，近复托何真。几度湘波沸，终焉楚炬焚。盖棺嗟异地，竟在皖江溃。

三楚朋侪盛，黄刘久杳然。嵯峨余一老，吴晦悔磊落有双田。星六、个石急写篇章悼，还凭光影传。怀沙兼赋鹏，屈贾尔犹贤。

长沙孙茂柏，云旧出君门。衣钵能传否？词华未易论。驱车曾夜访，袖简至今存。欲寄重洋讯，凭招函丈魂。

咏史两首，二十年二月作

正朔中朝奉武昌，居然侵地返汶阳。投荒万里犹驰檄，尽道元龙气激昂。

浮海归来万事非，新亭风景有余唏。小怜玉体寻常甚，休遣缁尘涴素衣。

三月三日口号

苦持顽铁换精金，点窜阳秋枉费心。附莽功成仍失足，千秋何苦学刘歆。

三月二十二日游兆丰公园

风软轻尘拂面暄，驱车胜日涉名园。乾坤浩荡春还在，花柳扶疏石不言。且与林峦消永昼，好凭物候慰惊魂。江乡亦有诛茅愿，寇盗兵戈未忍论。

寄怀庚白南京

不见林庚白，苍茫又一年。蚕丝徒自缚，虫蜡苦相煎。俊辩终堪念，沉忧未易宣。何当破岑寂，寄我好诗篇。

长公寄示丁卯夏见怀之作，次韵奉和

棋局无端一例翻，千秋痛史总难言。先机惜未除豺虎，贻患终教噬凤鸾。草长红心应有泪，魂归碧血讵忘冤。覆巢惭愧留遗卵，地下良俦倘见原。

前诗意有未尽，再赋一律，伤心人语不足为不知己者道也

五年前事不堪论，旧梦零星忍泪痕。埋碧未干苌叔血，呼天难返聂娥魂。青磷白马潮三月，匹练欧刀酒一樽。慷慨故人吾已矣，草间偷活几晨昏。

叠翻字韵再寄长公

要典三朝尚未翻，井中心史亦空言。不闻铁骑驱强虏，却遣金丸打睡鸾。忧患一身宁足道，是非千载奈沉冤。阳秋直笔今何在？恸哭英灵到九原。

庚白来谈近事感赋

翩翩惨绿少年行，文采风流各擅场。岂意危机罹一网，遂教骈戮痛诸良。贪生王褚空荣显，并命袁刘尽激昂。最忆中原烽火逼，有人茧足走章江。

南国一首，为田寿昌作也

南国豪华付逝波，尚留泪眼看山河。宝刀骏马休闲却，痛饮黄龙事若何。

自题重定曼殊年表后

依然身世郑延平，蔽日轻云渐渐明。不信无名东岛女，生儿真个是宁馨。

孤臣孽子留哀怨，老地荒天鉴性真。泉下尔翁应抚掌，千秋文苑此传人。

有悼五首，二十年七月三十日补作

忽报恽生殉，凄然双泪流。人皆有一死，君已足千秋。苦行嗟谁及，雄文自此休。剧怜狐媚子，对汝亦颜羞。

海上初相见，稠人千百中。世方怖河汉，我独识鸾龙。安石衣冠敝，臧洪意气雄。同时向女士，咄咄赌词锋。初见君于上海公共体育场孙中山先生追悼会，君与向警予女士各据一坛演讲。

党论纷纭甚，西山莽寇氛。下聊鲁连矢，谕蜀子云文。我未当仁让，君尤劝进殷。伤心桑海后，难觅捉刀人。西山会议时，余草一文，力持正论，由君供给材料，并怂恿发表。

百粤重逢日，轩然起大波。我谋嗟不用，君意定如何？矢日盟犹在，回天事已讹。苍茫挥手别，生死两蹉跎。余在广州，曾建议为非常可骇之事，君不能用。

侯张魂久逝，于、谢梦都无。旧侣几人在？天涯吾道孤，从容酬碧血，憔悴泣黄垆。结习销难尽，诗成忍自哦。

存殁口号五绝句，八月四日作

垂老能游年少群，论才低首拜斯人。宗风阒寂文坛碎，门下还教泣凤麟。鲁迅、柔石

田郎踪迹渺难攀，蓬岛章江疑似闲。最惜剧家黄处士，劫余文字尚斑烂。田汉、黄素

拔帜当年负盛名，一江沫水最关情。如何海外飘零日，翻向人间哭后生。郭沫若、李初黎

别派分流有幻洲，於菟三日气吞牛。星期沦落力田死，羞向黄垆问旧游。叶灵凤、潘汉年

胡郎与我不相识，掩卷沉吟几度过。欲问艰危丁女士，卖文生计近如何？丁玲、胡也频

新文坛杂咏

逐臭趋炎苦未休，能标叛帜即千秋。嵇山一老终堪念，牛酪何人为汝谋？鲁迅

南国田郎绝代才，不阶尺土煽风雷。泣珠鲛女今何处？倘共诗人跃马来。田汉

太原公子自无双，戎马经年气未降。甲骨青铜余事耳，惊看造诣敌罗、王。郭沫若

痛史新翻《鸭绿江》，一篇《短裤》证行藏。郑娘薄幸章娘殉，野祭诗成已断肠。蒋光慈

篝火狐鸣陈胜王，偶经点缀不寻常。流传万口《虹》和《蚀》，我意还输《大泽乡》。茅盾

苍头突起此奇兵，生小峨眉气骨清。尽有雄文比茅盾，泉流汩汩地

中行。华汉

光轮未转骨先糜,一语深悲《倪焕之》。愁见鬼雄来入梦,楚骚哀怨泣江蓠。叶绍钧

夜半扪心杂苦甘,井中旧史倘能谙。飞扬我哭张秋石,飘泊君怜金道三。陈勺水

谢家弱女胜奇男,一记从军胆气憨。谁遣寰中棋局换,哀时庾信满江南。谢冰莹

人言徐淑过秦嘉,但论文章语未差。检点情场哀艳剧,重呼韦护泪如麻。丁玲

题郁达夫《蕨薇集》

妇人醇酒近如何,十载狂名换苎萝。最是惊心文字狱,流传一序已无多。集有自序,极隽永。刻成后遭书局毁弃,盖惧其贾祸也。

续存殁口号两首,八月十八日作

存殁口号五绝句为二七党狱作也。顷知传闻之辞有不尽确实者,补赋两绝正之。

铁丸洞体悲城北,黄土生埋哭陇西。差幸冥鸿避罗网,汉年无恙更初梨。潘汉年、李初梨、徐殷夫、李伟森

黄郎黑狱漫长哀,倘许年时卷土来。一卷流传红日记,罡风吹折岭头梅。黄素、冯铿

送丹林归粤,十一月三日作

沧海横流久闭门,多君几度慰晨昏。一笺忽报将归去,隔岁还期再过存。绝域珠崖仍国土,辽天榆塞有惊魂。伤离悯乱今何世,一往辛酸那复论。

秋石初度有作

碧血红心几泪痕，每逢初度一招魂。镰刀赣水成孤注，烽火辽阳忍再论。空有雄心调洛蜀，苦无长策挽乾坤。年年酹酒愁私祭，风雨危楼静掩门。

读文艺新闻追悼号感赋

贤江夭折光慈死，恶耗流传总断肠。最忆年时谈宴事，人间处处有沧桑。

霸才无命奈伤神，燕赵悲歌张采真。愁向晴窗读饥饿，汉皋碧血已轮囷。

人虐天饕两不堪，蛾眉一例逐奇男。出师未捷身先死，用追悼号原句遗稿飘零《六二三》。粤东李尚贤女士以伤寒病死，遗著有剧本《六二三》，为沙基惨案作也。

十二月九日与香凝夫人夜话感赋

人亡国瘁恨难平，空遣深源负盛名。一样刘樊仙侣事，可怜双照愧双清。

题香凝夫人画幅，十二月十日作

猛虎在深山，藜藿犹不采。奈何神明胄，苦少卫霍辈。
当其岿负时，俨然百兽长。危哉一失势，终落猎人网。
支那老大国，人言类狮睡。酣梦有时醒，大雄大无畏。
人猿本同祖，我信达尔文。亚当与夏娃，传说徒纷纭。

哭邓择生

恶耗传闻杂信疑，伤心此度竟非虚。爰书三字成冤狱，谁向临安救岳飞？

欧刀鸩酒血流红，玉敦珠盘正会同。自坏长城檀道济，忌才岂独是枭雄！

举幡太学惨舆尸，黄鸟歼良又此时。哭过中山陵下路，沉冥天意总难知。

北海当年重豫州，避人一面竟无由。胥门抉目观吴沼，太息乾坤剩几头？

杭州饭店示垢儿，时十二月十九日也

酒痕狼藉间啼痕，偶涉欢场尽断魂。地下鬼雄犹饮泣，人间痛史总休论。伊谁作俑成亡国，敢望旋乾更转坤，虎豹狰狞天日暗，九阍欲叩已无门。

一九三一年大除夕，偕庚白、盛钧、蓉裳、佩宜、佩亚、无垢集华懋饭店有作

胡马奔腾蹴锦州，江南歌舞正夷犹。已怜憔悴成心死，谁更艰难赴国仇。逐臭宁知兴废计，喧宾争为稻粱谋。虫沙猿鹤终同尽，邹衍休谈大九洲。世界大革命已届前夜，欧美资本帝国主义者亦终与吾侪同尽耳。

大　风　集
（1932 年）

赠汪子柔

子柔知我者，以我比萧翁。学问诚何敢，襟怀倘略同。潮流狎宾客，时势造英雄。倘教专车骨，相期唱大风。

叶平仲挽词，为楚伧作

年少才华隘九州，如何竟逐子安游。箕裘事业原虚幻，持慰尔翁漫涕流。

卅年交谊两家知，惜未瑶阶见衮师。别有怀人天际感，巴黎城外脊令诗。长君北平，去岁由俄赴法。

怀人四截

平原门下亦寻常，脱颖如何竟处囊。十万大军凭掌握，登坛旗鼓看毛郎。

张子翩翩擅盛名，难忘嘉会尉佗城。徙薪曲突终何济，烂额焦头已上卿。

双栖翡翠护珍柯，仙俪瞿、杨信足多。生死传闻消息异，萍踪倘滞莫斯科。

李生英气似仙霞，转瞬潮流廿载差。成败论人吾岂敢，稍怜一炬火长沙。

一月十日夜，冰莹、凤城招饮，同席者曙天、衣萍、问鹃、庚白、继郇、咏薇、屏子、佩宜、无垢

大酺高谈乐有余，朱门酒肉感何如。已看谢、顾成新局，更喜吴、章并俊徒。余初识曙天、衣萍。身世终愁限阶级，才名各已满江湖。豪情一褚尤堪念，怜我荆枝十载枯。女弟平权去世已逾十年，问鹃其同学也。

题虞淡涵女士画

尺幅鹅溪妙剪裁，层峦叠嶂看重开。句东灵气今销歇，倘见婵娟笔底来。

脱手湖山盎盎春，荡胸冰雪净无尘。人间倘有桃源地，不愿亡秦愿避秦。

答澄宇并示碧湘

高谈大眄终何补，一瓣心香惜未通。只有潮流判今古，更无文化限西东。

坛坫南朝散似云，故人有妹尚能文。笑他帘卷西风句，漱玉才应胜赵君。

兰苕翡翠喜能言，仙俪刘樊倘并论。节育我宗山额法，稍怜汝已孕雏鹓。

费毓卿前辈《蛟门奏凯图》，为令嗣君坦题

中原岂信竟无人，又见榆关莽寇氛。欲与先公比勋烈，龙江唯有马将军。

功名一例烂羊头，猿臂休嗟广不侯。独抱遗图珍护惜，故家乔木感绸缪。

题救国画展会合作

健儿塞北横戈日，画客江南吮墨时。一例众芳零落尽，忍挥残泪为题诗。

题香凝夫人《岁寒三友图》，为善子赋

嫠也南天旧俊才，虬髯大侠出峨嵋。倘教添我成三友，堪比图中松竹梅。

题心丹女士遗画

一去芳魂未可追，拈毫吮墨想丰裁。河山此日同摇落，忍见婵娟绝业来。

题香凝夫人《牡丹》

石桥西畔画堂东，吩咐胭脂着意红。富贵人间亦凄绝，托根无地向东风。

钱剑秋女博士乞香凝夫人绘牡丹赠马玉山，为题一截

霸越亡吴计未赊，鸱夷一舸属谁家。铲除莽莽苍苍气，来写人间富贵花。

题香凝夫人画梅，为坚甫赋

江南喜见一株梅，月地云阶旧主裁。为报孤山林处士，春风吹送聘书来。

俞逸芬以朱竹坪所刻玉印见贻，奉酬二绝

朱亥鼓刀工冶玉，斯冰文字费雕锼。奇珍忽落酸儒手，羊烂惭非关内侯。

年少清才俞逸芬，龟厂门下此传人。琼瑶投我何由报，郑重诗成为策勋。

题萧稚秋女士书例

女儿腕底有风雷，扫尽千军慑九垓。安得相携辽海去，捷书露布看亲裁。

赠方慎厂医生

度世金针旧有功，更看电疗出囊中。抱残守缺非吾愿，要抉藩篱刱大同。

谢石邻先生七十寿诗，为哲嗣国馨、冰莹昆玉赋

雅量清怀重谢公，天教名德冠南东。风尘四海兵戈满，春在先生杖履中。

兰薰雪洁好儿郎，淑女清才更擅场。安得兵氛暂销歇，从君介寿过湖湘。

题香凝、海粟合作瑞士勃郎崖风景，四月十五日作

异域风光写旧游，归来风雨感同舟。江山已逐纤儿坏，倘遣桃源海外留。

张权女士属题其母吴太君遗像

义侠无惭慈母型，象贤有女独娉婷。十年革命成何事，家祭终难慰九京。

题　画

袖手神州计已讹，和羹心事总蹉跎。栋梁材与凌云操，负尽苍生可奈何？松、竹、梅

思妇江南惯断肠，东篱处士剧苍凉。无端拨触河山感，愁见铜驼在洛阳。海棠、菊花、荆棘

兰忌当门棘刺衣，人间故故惜芳菲。江山于汝关何事？却惹愁心为累欷。兰、棘

垂柳风前弱似烟，墨痕淡淡更鲜妍。江南春色深于海，一树夭桃最可怜。墨柳、碧桃

题善子画虎，为公望三十初度作

初度灵均诞自寅，阿连生小绝聪明。封侯食肉非吾事，长愿沧江护德馨。

题善子、大千《黄山游册》

蜀国双髯并世英，元方磊落季方清。人间蛮触关何事？一笑黄山顶上行。

题画，为子柔作，图中绘一松一鹤，香凝夫人所写也

往事华亭梦一场，似闻罗网尚高张。忍饥独坐长松下，愁逐哀鸿竞稻粱。

香凝夫人画梅菊合幅，为欧阳慧真女士题，八月十三日

东篱元亮赋闲情，南国师雄旧擅名。差喜笔端回造化，不教避面到尹邢。

题朱剑锋《还玄吊梦图》

悲欢离合总寻常,生死因缘更渺茫。莫问十年前影事,万梅如雪衬波光。

八月二十日次韵和若衡

荡胸云气挟苍茫,漫遣诗肠换酒肠。不信儒流能治国,已惭渔钓莫怀乡。虫沙猿鹤行同尽,蛮触蝇蜗为底忙。稍喜重逢君未老,海中新见长红桑。

赠若衡即送其北上

叩门行色剧仓皇,不为饥驱亦自忙。十载相逢才几度?宵来草草又离觞。

次韵和庚白

漫言春水底卿干,累我千回带泪看。贾谊过秦三论健,范雎去国一袍寒。能为说议终何补,便赋闲情只自宽。欲借陈言相慰藉,霸才遇主古来难。

送无忌、蔼鸿北行

五载寰瀛泛海航,归来草草又津梁。桑弧蓬矢男儿事,其奈樽前有感伤。

婉娈金闺女导师,固知才略胜痴儿。战云华北天如墨,烽火关山赖护持。

别 无 垢

留君不住送君行,难遣当筵迟暮情。从此江楼成阒寂,谈兵说艺两无声。一作更谁谈艺斗心兵少子能怜未尽关，匆匆唱破念家山。一言记取林庚白，可语人间事本难。

九月三日偕屏子、坚甫、佩宜、佩亚、无忌、蔼鸿、无垢游东沟晚归有作，是夕无忌、蔼鸿、无垢即赴析津矣

强抛离绪趁豪情，万顷江波一棹轻。小集亲朋知有意，最难儿女得随行。日轮幻作胭脂色，烟缕能为瑷瑍形。寄语天边眉子月，夜来休照短长亭。

题海粟画，十月二日

秋林苍莽意无穷，四面峰峦曲曲通。拄杖入山谁氏子？还疑天外有冥鸿。

庚白见示炮台湾纪游诗，即次其韵

血痕倘比晚霞殷，废垒峥嵘江海间。战史千年应有恨，国权一去竟难还。沉沉万劫谁收骨？衮衮群公合赧颜。怜取词人心绪恶，驱车揽胜漫萧闲。

次韵寄长公分湖

评量名辈愧卢前，烈士江关近暮年。南史勋名徒执简，夷吾贫窭亦求田。霸才无主终堪喟，谠论惊心岂偶然，闻道故人新病愈，鬓丝禅榻媵吟笺。

哭长公

死亦寻常事，况君六一翁。如何闻讣夕，悲哽塞余衷。卅载交情热，千秋謦欬通。分湖湖畔水，呜咽哭西风。

身后传经业，森然五丈夫。儒门原淡泊，安稳老菰蒲。菽水孺亲

馔，璠玙名父书。况闻痴叔健，吾道未终孤。

附 挽 联

鲁连使秦将却兵，豪气难销，玉貌围城天下士；
信陵为侯生执辔，霸才终老，西风落日大梁门。

浙游后集

（1932 年）

浙游杂诗八十首，廿一年十月作

逭暑莲邦昔未曾，乘风破浪我何能。金闺国士终堪念，胜礼慈云十丈灯。佩宜曩游普陀，余以惮海，行未偕。顷香凝夫人自白马湖书来招往，因冒险赴之。

结伴朱、徐并俊流，少屏、蔚南山妻茬弱恣狂游。佩宜名湖东道谁为主？一老峥嵘未白头。谓颐渊先生

斗室摇灯万怪逃，鱼龙窗外蹴奔涛。雄谈夜半惊星斗，青史青山误我曹。自沪赴甬，海轮中听颐渊先生谈党国旧事有感。

漫笑夫差弃石田，孤悬濒海一隅天。句东霸气今销歇，竖子成名亦偶然。初至甬上

乘人兜子驾双肩，血汗疲劳我亦怜。安得五丁能治道，摩多车子驶云烟。天童道中

迎神钲鼓汉官仪，失笑初民混漠姿。已感西欧潮力猛，入山健步有胡姬。

道场水陆盛天童，照澈松明炬火红。绕遍万工池畔路，灯光人影尽憧憧。

破梦钟声意惘然，闻鸡何似祖生鞭。十年持论非宗教，惭愧禅房一宿缘。夜宿天童寺

凌晨盥洗别天童，夹道松篁涧水通。最喜四围山色里，朝暾艳艳向人红。

危坐肩舆冷不支，偶为小步怯崎岖。攀援自叹疲筋力，却付徐生一笑嗤。

船窗谑浪坐忘形，绝倒吟声杂笑声。两岸青山一溪水，汽船疑向画中行。自小白至宝幢

沿溪垂柳复垂杨，绝似江南云水乡。安得太平无寇盗，结庐人境足徜徉。

金碧辉煌育王寺，文绫宝榻佛长眠。问渠鼾睡缘何事？便苦津梁亦等闲。阿育王寺观卧佛

朱翁长跪视舍利，吾独静观母乳泉。为向摩耶求掌故，曼殊遗句我能笺。母乳泉碑文引释迦母摩耶夫人故事。因悟曼殊本事诗中用典。

昙花贝叶妙相于，想见朱明敕赐初。太息敝庐三万卷，年来徒遣饱虫鱼。藏红楼供朱明正统年敕赐龙藏。

富丽堂皇选佛场，浮图高矗殿中央。金钱遍布祇园地，财力居然侈阜康。阿育王寺之壮丽，平生所未睹也。再赋此绝。

突兀长虹卧水滨，古姜皇后复何人？璇宫史迹疑真伪，倘是封神传里身。舟经古姜皇后桥

曝背徐生坐向阳，霸才扪虱亦何伤？郝隆毕竟儒酸甚，只解诗书腹内藏。戏示蔚南

探胜归来水一洼，渡江击楫愿还赊。铃声扬抑街前路，放胆来乘人力车。往于京口覆车，因有戒心，今日破例矣。

开窗遥望越山低，密树丛丛护绿畦。结习难销宗法旧，云礽一脉话慈溪。宁绍线车中望慈溪有作。

向晚停车访驿亭，经翁扶杖早相迎。扁舟载我湖中去，无限葭苍露

白情。自驿亭渡白马湖

入门快睹女元龙，病后孱躯起坐慵。湖海宾朋都磊落，山房今日见长松。晤香凝夫人于长松山房

山房今日见长松，文酒诙谐亦自雄。画理诗心都入妙，累侬题句斗才锋。

嫣红姹紫付轻尘，谁伴河山劫外身。要为乾坤留正气，苍龙鳞甲护秾春。为马景云女士题颐渊先生画松。

寒冰为骨玉为身，不似优昙顷刻春。雪地霜天斗幽艳，孤山新妇洛川神。题颐渊、香凝合作梅花水仙

拈毫为汝染云笺，名父家风女亦贤。写出江乡好风景，黄花红叶晚秋天。为普椿女士题香凝夫人画枫菊

宝相庄严至足夸，不同桃李斗浮华。只缘偶寄朱门迹，错被人称富贵花。为普椿女士题树人画牡丹

从来棘子破人衣，典午江山为累歔。只有东篱陶处士，义熙甲子坐忘机。题香凝、颐渊合作荆棘、菊花

彭泽羞为五斗折，秦庭肯受大夫封。毫巅岂仅冰霜操，际地蟠天百怪胸。题香凝、颐渊合作松菊

炯炯长松不世姿，罗浮消息证南枝。可容添我成三友，劲节虚心洵足师。题香凝、颐渊合作《岁寒三友图》

青藤居士剧披猖，使气矜才两未妨。倘忏狂花修慧业，银钩密字写金刚。题徐青藤手写金刚经

款客山厨盛酒浆，连宵文宴集秋堂。梁鸿千载传佳话，合拜床头老孟光。谢颐渊先生伉俪也

经翁染翰神情旺，何子挥毫意态奇。索我题诗劝我饮，酒痕墨沈各淋漓。

六博分曹兴不支，便留十日亦何辞。只愁出岫闲云急，不得从君更一围。

红树青山白马湖，雨丝烟缕两模糊。欲行未忍留难得，惆怅前溪叫鹧鸪。题张同光《红树青山白马湖图》，即以为别。

别矣经家群从贤，一门风雅足流连。湖滨游侣难忘却，此日分襟一黯然。别利涉公子昆季

文章五色凤皇雏，颇忆经翁掌上珠。祝汝天真常烂漫，他年健步走康衢。别普椿女士

最难忘是女中豪，送远登楼意倍劳。多谢南州马女士，料量医药伴秋宵。别香凝夫人

匆匆挥手别名湖，何日重来理钓蓑。别有荒寒寥落感，扁舟细雨渡曹娥。雨中渡曹娥江

汽车飞抵五云门，好向龙山觅梦痕。秋雨秋风无限意，轩亭此日吊秋魂。绍兴龙山旅馆外为轩亭口，有秋侠成仁纪念碑。

烟雨冥蒙泛鉴湖，乌篷碎玉语非虚，北平游子应无恙，结想无端念大苏。谓启明、鲁迅昆季也

烟雨冥蒙泛鉴湖，诗情画意一船孤。越山隔岸青青色，抵得夷光眉黛无。

映阁登临兴未穷，森严门禁幸能通。不嫌冒雨淋漓苦，为访诗人陆放翁。冒雨游映阁陆放翁读书处

放翁一去已千载，老屋还留香火缘。小隐鉴湖原不恶，那堪挥泪望中原。

余郎婉娈故人子，重遇樽前已十年。更喜陈生能厚我，一车借坐最安便。谢余小眉、陈于德

阴霾天气不开晴，惆怅东湖未可行。更负兰亭觞咏地，汽车草草指西兴。别绍兴

送行一路会稽山，驰道长虹直不弯。万壑千岩都过尽，诗翁吟兴剧萧闲。

一塔巍然踞道旁，玄庐才气不寻常。恩仇牛李成何事？化鹤归来费

忖量。萧山道中见沈玄庐纪念塔

肩舆舁我过钱塘,天堑还凭一苇航。吴越兴亡成昨梦,金涂残塔礼钱王。渡钱塘江

汽力飙轮破浪趋,渡江忽复见牛车。由来新旧多矛盾,汰旧开新要我徒。江中见驾牛车以济者

淡抹浓装意态殊,居然重复见西湖。莫嫌平淡无奇趣,山色湖光并世无。抵西湖

北伐功成万骨枯,功成以后复何如?民生国计还依旧,愁见当门塔影孤。湖滨旅馆见北伐阵亡将士纪念塔

日暮途穷事可悲,亡羊歧路浪徘徊。冥鸿忽报罹鱼网,谁为中原惜此才。阅沪报有感

偷闲半日泛西湖,雨霁云开乐有余。踏遍孤山山畔路,小青墓上一踟躇。

剔藓重寻旧日碑,念年尘梦渺难追。息霜披剃春航隐,异物陈丁更足悲。小青墓上有余民国四年夏五所立题名纪念碑,陈虑尊、越流、稚兰、丁白丁、不识,都已长逝矣。

一角西湖吊曼殊,死生契阔感何如。塔铭更念诸贞壮,旅骨申江亦早枯。曼殊塔下作

名场画虎惜行严,孤愤佯狂有太炎。更忆囹圄陈仲子,曼殊朋旧定谁贤。

生死蜉蝣何足道,是非蛮触更休论。班生九等分人表,太息潮流总后尘。

勒生遗蜕归何处?十载孤山一奠虚。白首故人今贵矣,鬼雄灵爽复何如?访陈勒生墓不获,墓为林子超所筑。

昨日轩亭吊秋侠,今来秋社访徐娘。英风豪气终难觅,琐屑家常语未详。秋社访忏慧词人

家常琐屑恨难瘳,脱手明珠总暗投。料得皖江江上夜,有人眉妩动

春愁。忆馨丽皖江

词人自古例悲秋，淘洗英雄苦未休。一样秋风秋雨恨，西泠何似秫陵愁。忏慧有《西泠悲秋图》，为璚卿作。余有《秫陵悲秋图》，则为秋石作也。

万感填胸沸乱丝，心肝呕尽亦何辞。中宵风雨难成梦，猬缩寒衾自补诗。湖滨旅馆午夜赋

当年二妙玉台徐，一纸招邀兴未孤。秋雨秋风访秋社，秋心楼上望西湖。忏华、小淑招饮秋社

千今百古闭门羹，失笑汪庄浪得名。处士虚声原一例，深源从古误苍生。汪庄藏古琴，自题为千今百古琴集，扃门拒客，窥之杳无所见也。

汽车直上虎跑山，石磴登临足力孱。济胜苦无腰脚健，望洋兴叹亦徒然。虎跑口占

三十三年梦落花，文章金一旧风华。麻沙翻本流传遍，却说无名是作家。《三十三年落花梦》为我乡金一旧译，翻本佚其姓名。

三十三年梦落花，闭门雪夜读曾夸。无端偶象成今日，耶孔焉能奠万哗。

梵土沙翁绝妙词，曼殊赞叹我能知。译书多谢王维克，庄艳无伦自铸辞。读王维克沙恭达罗译本

万灵光怪定难逢，瞿德当年亦改容。珍重多情书一卷，行縢携遍浙西东。

浙西旧侣几人存？南社风流未可论。君是多情姜白石，固应红袖护温馨。姜丹书招饮，见其爱人红叶。

红叶丹枫色自娇，小红今日又吹箫。西湖不是松陵路，莫把垂虹误六桥。为丹书题《丹枫红叶图》

姜翁画笔剧淋漓，创造能开一代奇。最爱美人姿态妙，风篁山下帽倾欹。丹书画时装美人在丘壑中小坐

岂仅人间劲羽留，巍峨此鹫亦千秋。居然振翮风前立，可似胡儿侧目愁。丹书画室中见鹫鸟标本

重话樽前李息霜，风流文采亦何常。精修苦行吾无取，麻醉神经事可伤。谈息霜披薙事有感

谁欤后至会稽孙，酒力难禁脸晕痕。莫话江山摇落感，便谈风月尽销魂。示春苔

旧贯何须问溧阳，廿年儿女已成行。全家送我登车去，千尺桃潭未可量。别丹书

昨宵挥手别姜翁，风起桥头电炬红。今日匆匆谢西子，不曾十日恣游踪。别西湖

十日游踪未易追，空桑三宿尽低徊。湖烟湖水都无恙，后约何时许再来？

七日成诗八十首，雕心镂脑亦奚为。不如掷笔回天地，一路归车看越山。杭沪车中有作

长松山房歌，颐渊先生命题香凝夫人所绘《长松图》

长松先生人中豪，结庐喜在山之坳。岁寒不数梅与竹，苍龙直干干云霄。两松揖让恰相对，一松偃蹇山墙外。蟠天际地百轮囷，戴月披风万光怪。放毫谁写《长松图》，须眉巾帼南海何。养疴适馆逾两月，兴来时对长松哦。贱子东西南北人，短缘暂与松为邻。命题敢拂主人意，为松写照惭不文。

东 沟 集
(1932年)

一九三二年十一月六日，偕佩宜、少屏、蔚南、斯曛、天庐、今可、葆华、冠华东沟看菊，归途口占

忙里闲偏半日偷，招邀徒侣恣清游。新盟底事终愆约，衣萍诸子期而不至旧雨难逢忽聚头。望道先生伉俪不期而遇岂有骚人怨迟暮，好持劲质战深秋。义熙甲子今何世？便对黄华只自羞。

彭翊寰先生挽诗

矫矫彭夫子，丰裁迥不群。鸾翎怜易铩，龙性故难驯。本具荃兰德，翻遭萧艾焚。珠江呜咽水，休更怨红军。一九二七年，红军破陆丰县城。先生走避江婆，后为剿共军队所杀。故结联云云。

陆丹林初度属题《百花画卷》

灵和殿里好丰姿，百卉芳菲正及时。多谢东风扶健翮，将身飞上最高枝。

题李易安戴笠小像

归来堂上旧风流，差喜图中未白头。名士倾城原一例，便教戴笠也娇羞。

某女士南归，香凝先生绘梅赠别，索题一截

惜别意殷勤，归舟向海滨。江南何所有？写赠一枝春。

为香凝先生题画

孤舟蓑笠钓寒江，雪压风欺兴未降。尽尔严冬天地闭，荡胸春气倘潜藏。

浅水芦花一例妍，江南此日晚秋天。缘溪孤棹夷犹去，人与归鸦共渺绵。

白鹤青松绝世姿，岁寒图里证心期。凭君莫漫夸流俗，不合时宜未可师。

漫向华亭叹式微，梅边石畔两忘机。同林旧侣休相妒，一羽冲天亦倦飞。

翠袖天寒瘦可怜，红罗亭外意缠绵。潇湘泪与罗浮梦，同是人间第一仙。

竹畔梅边自秘藏，羽毛何事焕文章。劝君慎落虞罗手，五色还堪拟凤皇。

九天双唳不胜寒，月地云阶惜羽翰。俯视尘寰转凄绝，何当翮海挽狂澜。

得傍松梢鼠亦驯，孤花瘦石自嶙峋。义熙甲子今何世？敢拟羲皇以上人。

壮游万里海西头，惜别怀贤意未休。好为艺林留掌故，茶花梅竹伴清幽。送欧阳女士

瘦石自嶙峋，寒梅几点春？罗浮消息断，剩与米兄邻。

为俞寄凡题画

春山膏沐若为容,绿尽垂杨几万重。何处人间堪避地,仙源只在画图中。

为王济远题战区油画五首

战区暮色

夕阳犹似血痕腥,废垒经春草自青。凭吊兴亡有余痛,战云华北正沉冥。

吴淞废炮

为奴长自痛先氓,抗敌终教见义兵。顽铁无言休齿冷,九州一掷气纵横。

庙行古庙

敦庞想见旧时风,社鼓春醪岁岁同。空遣巍峨逃劫火,金汤锁钥已无踪。

战区风雨（原名水火大难）

毁巢取子想当时,风雨飘摇事更悲。太息海隅形胜地,年年长自撤藩篱。

车站废址（原名无家可归）

浮屠三宿恋空桑,名士新亭泪几行。我亦频年羁旅客、驱车重过惜痍伤。

秣陵晤溥泉,索诗未报,别后却寄一律,十二月十九夜作

论交三十载,沧海久扬尘。宁戚刀头血,太一邹阳墓上春。威丹飞腾君自健,忧患我何因?忽漫伤离别,裁诗泪浣巾。

一九三二年十二月卅一夜华懋饭店作，寄垢儿北平

国破山河尚此身，惊心又换岁华新。朝阳纵陷休悲哽，一霎狂欢异域春。

战云华北究如何？消息安危入梦多。最忆去年今夕事，有人缄涕蹙双蛾。

河　山　集
（1933 年）

河山一首，代陶怡作

河山破碎尚斯村，风雨年时记款门。蔓草朱虚锄已晚，画兰思肖奈无根。沧桑身世愁终古，湖海宾朋幸告存。忍说桃源在人外，辽东皂帽酒盈尊。

赠卢葆华女士，即题其《哭父集》

卢家少女旧工诗，贻我桃花红满枝。惭谢殷勤修贽意，但开风气不为师。

琐碎家常语可思，蓼莪废后有余悲。敢师北海持高论，真爱弥纶见此时。

十眉属题无量寿佛

填海移山志已芜，逃名倘与佛为徒。莲花国土今何处？宝相庄严事有无。

题　画

西风一夜酿深秋，林下停车记旧游。红尽江南千万树，三春凡卉合低头。

寄馨丽秣陵

采药乘楂旧梦赊，无端流宕又天涯。龙蟠虎踞都陈迹，愁向青溪吊丽华。

题《鸳湖影事图》

影事前尘恨未休，鸳湖湖水尚东流。从知恋爱寻常甚，谁遣家庭靳自由。

题《社会日报纪念刊》

乱世人才貉一丘，更从何地着阳秋。冢中枯骨袁公路，失笑雄谈九大州。

七月五日夜，送垢儿赴闽西，次庚白韵

岂少乘风破浪情，吾衰甚矣奈心惊。名驹迈往原堪喜，舐犊恩私苦暗萦。年少宁知万里远，才高翻遣百忧横。祥金跃冶愁非福，矛盾中怀意未明。

骊歌唱彻断肠声，无计能留此夕行。好梦易随明月尽，闲愁休逐乱潮生。驰驱已失中原鹿，睍睆空怜出谷莺。倘及归来吾未死，漂零莫漫似浮英。

七月十七日，次韵和田星六见赠之作

百书未及一相见，见便如何苦费思。豪气已随流水逝，微躯还感累棋危。铁函锢史谁能谅？土室埋名倘最宜。输与湘西田老子，普陀天竺恣游嬉。

寿钱新之五十

射潮家世旧王孙，文社当时共笑言。碧浪湖边乡梦远，黄龙江上寓庐存。挥金朱、郭堪同调，结客原、尝倘并论。五十年华烁烂漫，跻堂介寿酒盈樽。

寿张心抚五十

嬴颠刘蹶几沧桑，五十年华鬓未霜，独向金门夸大隐，齿如编贝汉东方。

附为张心抚题《桐花小筑》联语

剑气腾龙，尽有闲情开小筑；
箫声引凤，依然俊赏属桐花。

为欧阳慧真女士题其尊人石芝先生像

儒家行谊佛肝肠，奕世须眉见老苍。更喜清音雏凤美，婵娟万里渡重洋。

题菊石合幅

精禽填海余孤愤，屈子餐英惜众芳。自是解人难再得，陶元亮与米元章。

哭陈巢南，十月四日

壮思翻海洗天河，老抑雄心掩薜萝。文献松陵今已矣，书城难挽鲁阳戈。

附 挽 联

一老不憖遗，文献松陵成绝业；
九原宁可作，恩仇歇浦独斋心。

题王滇生遗像

白袷翩翩鬓未颠,龙蛇何意厄高贤。法坛绝业凭谁继,梦草池塘泣惠连。

程良俦挽诗,十月

秋石埋冤大千死,剑飞尽瘁剑双戕。私情公谊都堪恸,草草如何君又亡。

赠冰莹,十月十六日

澄清揽辔总难期,孤负金闺国士知。凄绝尊前挥涕语,英雄无命仅能诗。

赠南茜

逭暑高桥记旧游,冰肌海水共沉浮。不须更诧同文狱,享受人生且自由。

张韵琴女士挽诗,为戴鹏天赋

处士吴中旧戴逵,张娘静婉镇相随。如何玉臂云鬟侣,侧足焦原共险危。

楼头少妇断惊魂,六载沉冤怆覆盆。夫婿归来营葬奠,凄凉华表护新坟。

题罗邕评注《李秀成供状》

不将成败判朱洪,总理遗言出至公。谁与徐、常比勋烈,忠王生死证孤忠。

丛残收拾仗吾徒,野史亭高道未孤。一语告君应太息,庙堂今又重曾、胡。

追挽沈剑双，十二月十五日作

歇浦梨湖纵酒年，休文风度最翩翩，闭门仰药君无悔，胜我飘蓬尚海天。君名场失意，吞丹汞自戕已一载余矣！

桂死蓉枯尺涕萦，剩凭贞石缔心盟。多君刻划精工在，好与同垂不朽名。余以纪念亡友秋石，故颜其室曰：礼蓉招桂之龛。丐君刻印甚精美。

子游先生遗像，为哲嗣史良女士题

高卧沧江六九翁，山颓木坏感难穷。等身著述堪千古，剑气还应夜吐虹。

雪洁兰馨说象贤，明珠掌上更翩翩。法坛绝业无双誉，应遣而翁慰九泉。

萧 艾 集
（1934年）

一九三四年元旦次庚白韵
萧艾弥天日晕阴，苦无长剑作龙吟。江湖流宕成何事？负尽低徊十载心。

有　忆
四海从来有困穷，纷纷戈甲满寰中。蛾眉消息多歧异，万一南天起蛰龙。

一月八日夜有赠，为冰莹作也
填海移山百虑荒，怜君孤抱尚堂堂。盟心倘竟成偕隐，披发居夷总未妨。

一月十一日夜录别
千言万语从何说，惜别心情似乱麻。笼鸟盆鱼我亦苦，焉能从汝走天涯。

一月廿四日至秣陵作

十年五度秣陵游，世变仓皇感未休。众论喧豗谁执咎，万缘灰冷岂忘忧。逃名终遭薰丹穴，垂老还思筑菟裘。冰炭填胸无限意，早拚袖手看神州。

一月廿四日游采石矶未果，登雨花台有作

天堑长江采石矶，书生于此破东夷。如何日暮兼途远，凭吊缘悭败兴归。

归车直上雨花台，石级登临足力孱。愁过方家旧祠墓，株连瓜蔓满人间。

一月廿五日偕少屏、君武、漱芳、馨丽、佩宜游灵谷寺，谒谭畏公墓有作

华屋山陵万事休，墓门已见长松楸，阳秋皮里吾何敢，雅望雍容镇九流。

握手羊城苦系思，秣陵更忆坐谈时。清言能折狂生意，感念艰虞一涕洟。

额上三毫妙写颜，敢言老子足痴顽。虎贲忽忆余杭叟，肥瘦从知了不关。

谢公有女旧能文，我亦娇雏字阿辛。横海归来消息阻，怀人风雨隔英伦。

一月廿六日，右任招饮，旋约溥泉、力子、少屏、学文、漱芳、馨丽、佩宜同游牛首山有作

牛首寻诗景物新，一时徒侣盛如云。颇饶燕赵悲歌客，亦有吴赵窈窕人。薪胆卅年余感慨，川原万象郁轮囷。江南倘见夷吾在，雪涕新亭愧此身。

是夜季新招饮，即席赋谢，兼呈子民先生暨儒堂、树人、力子、仲鸣、楚伧、少屏

居然重许酒觞同，十载交情证雪鸿。士论堂堂尊一老，谓子民先生齐盟草草狎群雄。无诸台畔烽初熄，鞿鞴城边房未穹。珍重东山谢安石，风流宰相黑头公。王俭云："江左风流宰相唯有谢安。"语见南史。

重题《秣陵悲秋图》

伤心又吊秣陵秋，坏土无缘正首丘。只惜年光如尺电，敢言姓氏已千秋。虫沙猿鹤终同命，瓜蔓株连竞效尤。最是伯仁由我死，长教隐痛贮心头。

后死终怜悔已迟，敢持絮酒与君期。国殇早筑衣冠冢，石碣深镌涕泪碑。尚有铁函沉井史，恨无竹石碎西台。杜陵野老今同尽，欲诉销魂更向谁？谓沈长公也

将去秣陵留别汪子柔、杨瑾瑛夫妇

汪生真可比汪伦，潭水桃花千尺情。一别终教劳远梦，重逢差喜慰平生。江湖身世能怜我，蛮貊心期忍语卿。握手临歧珍重意，天寒翠袖惜娉婷。

秣陵杂赠三十首

太羹玄酒味能醇，我亦程门立雪人。只是年来心绪恶，山阳邻笛不堪闻。子民先生

礼贤下士原难得，恭己无为亦可人。安得扁舟湖上去，一樽同奠勒生坟。子超

垂老于髯尚爱才，十年心事费低徊。河声岳色诗千首，累我沉吟几度来？右任

沧州张溥最多情，爱我浑如弟与兄。东房骄横华北急，贾生痛哭岂

无名。溥泉

文采风流汪季新，深情厚貌自无伦。南阳倘比刘文叔，惭愧羊裘钓水滨。精卫

吴淞江畔一农夫，容貌依然黑且癯。绝忆诗僧劳供养，西泠执绋更唏嘘。觉生

请盟绝域当年事，开府陪京此日身。好向金鸡问消息，读书种子自由神。力子

丘迟才未随年减，王令文偏与宦新。两字穷工原妄语，不应再误读书人。楚伧

诗笔早年能简练，文章此日更矜严。秦嘉徐淑寻常甚，青史应劳素手编。元冲

相逢四度秣陵城，历劫红桑几废兴。难忘民元同入幕，殷勤病榻馈汤羹。孟硕

江左人才几姓名，精修慧业有茅生。低眉不语真如佛，点缀升平赖老成。咏薰

弱冠曾将弱弟呼，栖栖中岁各江湖。邹生宿草俞生废，执手相看意若何？布雷

战血辽阳黯阵云，玉门生入岂初心。荒唐点染虞初史，辛苦终怜故将军。霁青

悲歌斫地老王郎，七载重来鬓未霜。猛忆鹊华埋玉树，黄垆嵇吕镇难忘。励斋

高柔爱玩有贤妻，京兆风流黛影低。一卷人间专爱集，三生鹣鲽总双栖。树人

六博枭卢脱手呼，经生家法酒为徒。流传枫落吴江句，红树青山白马湖。颐渊

清言娓娓重齐州，淮海元龙旧俊流。呕尽心肝吾未悔，几时重醉杏花楼。公博

太学举幡旧领班，十年名早满江关。不须濠泗论形相，如汝才华已不凡。志希

成贤街畔记初交，黄歇江边狎浪潮。旅邸殷勤几顾我，感君风谊重云霄。春涛

甘郎厚重镇相亲，同向梅花拜后尘。记否春申江上宴？英多磊落彼何人？自明

爱我诗篇索我书，大镌深刻愧璠玙。郑笺苦为于髯作，语重心长道未孤。陆一

齐眉仙侣方君璧，绝代清才曾仲鸣。管领风骚君辈事，鸥波亭子倘前生。仲鸣

年少梁生气似云，官斋款我最殷勤。信陵门下多宾从，文酒江山领一军。寒操

堂堂京兆画眉张，雄辩天花散道场。割肉东方游戏耳，美人身世却西方。道藩

硕大无朋洪陆东，诗文双绝六书工。何时顾我春申浦，樽酒雄谈喢噱同。陆东

王俭红莲幕府名，廿年南社旧同盟。不才我自惭名辈，敢要萧郎作骑兵。吉珊

粤西开府重黄生，三十登坛世所惊。纵我泥涂非绛老，已教君说是遐龄。旭初

虎步龙行气激昂，汉皋碧血重浏阳。翩翩公子今豪俊，人说莲花是六郎。有壬

谢庭才女镇相亲，柳絮因风句有神。今日东山见安石，期君谈笑靖胡尘。季宽

匝月陈师定海疆，将军神武自堂皇。南征北怨从来事，雪耻何年捣沈阳。介石

秣陵续赠三十首

恩仇跌宕老名场，嬉笑东坡倘未妨。绝忆黄徐同辈事，泥城桥畔有沧桑。稚晖

银钩铁画曼殊诗，抱雅扬风赖总持。门下周郎愁短命，休从沈约絮相思。静江

元老联翩蔚国光，北人门第重高阳。难忘卅载巴黎事，一卷流传夜未央。石曾

说法谈禅渐老成，议场雄辩尚飞腾。九原善化应心感，高谊云天范巨卿。季陶

平原慷慨有贤声，珠履三千尽擅名。谁与绸缪天下计，处囊脱颖见毛生。哲生

儒雅风流朱益之，议场伏案治军书。羊城旧侣今余几？犹喜重逢鬓未丝。益之

南陈北顾论何如？记否东山识面初？君自嵯峨吾侘傺，旧交朱、李尽黄垆。孟馀　朱、李谓朱季恂、李大钊也。

频年开府沪江城，王粲依刘此日情。地分宾师异僚佐，自应傲骨谅书生。铁城

黄花冈畔初谋面，黄歇江头复问名。最是难忘民十七，深谈絮语石头城。子文

愿学梁汾救吴季，敢言风谊重东林。一笺唐突愁无报，填海移山负此心。庸之

团扇才人踞上游，江南开府小诸侯。师门一衲先埋骨，北固青青无限愁。果夫

曾以英王拟英士，竹林嵇阮旧交情。步兵蝉蜕阿咸贵，头角峥嵘见后生。立夫

刘生未老鬓先丝，人海浮沉独我私。袖底琬华题扇在，风流文采镇相思。元臣

苕霅湖山毓秀灵，更闻姻娅重汪生。何时得听钧天奏？大吕黄钟有正声。民谊

杀人如草不闻声，戡乱当年负盛名。谁分秣陵城畔见？温文尔雅似书生。啸天

汉卿好客似原、尝，家国沉沦百感伤。欧陆倦游初返棹，梦中倘复忆辽阳。汉卿

仆射当年是父兄，旌旗曾与镇羊城。高才大纛今何在？猿臂长怜旧北平。福林（登同）

底用银成没奈何，阴山敕勒动悲歌。谈诗爱带幽并气，快马健儿曳落河。商震（起予）

哲弟黄花旧鬼雄，清才弱妹重江东。廿年南社知名姓，惜未匆匆一握通。韵松

闻君雄辩似仪、秦，压骏弯强取次行。倘向霜红龛下拜，黄冠朱履傅先生。纪亮（子明）

江左王郎大雅行，苏刘慷慨此传灯。味根祠墓君能表，慰我当年恸哭情。伯龄（茂如）

旧荫甘棠记沪城，一廛我亦寄为氓。几回相见不相识，羞向旁人问姓名。岳军

赵佗城畔初相见，蒋帝陵前几度逢。朱亥侯嬴零落尽，信陵醇酒我何功？丕成

当年绛、灌娴军略，此日仪、秦重辩才。奉使几曾同陆、贾，乘风直上越王台。肇英

沪渎曾闻口舌雄，秣陵人散各西东。白眉家法从来异，苦忆君家旧骏公。超俊

佣庐曾记一舲同，甘向髯公拜下风。难得我来君又去，伯劳飞燕总西东。烈武

周旋坛坫说儒堂，三十年来几海桑。又报乘槎游越峤，谈兵赌酒兴

能狂。儒堂

浙东形势本崚嶒，建设年来事渐兴。我自贪君作东道，几时游屐落严陵。养甫

议场识面七年前，更忆佣庐尊酒缘。今日重瞻丰采好，别来眠食料安便。丁立夫

遁初埋碧克强逝，洛蜀纷纭忍再言。不以盛衰掩交谊，死生肝胆两桃源。理鸣

一月廿七日偕佩宜、馨丽、少屏暨开先、潄芳夫妇，从京杭国道赴杭州，途中杂纪得二十一首

虎踞龙蟠旧石头，诗魂酒梦尚淹留。如何挥手匆匆去？只为鸿妻爱壮游。

壮游虽好未能䯁，谁伴京杭道上行？伉俪同车充护卫，故应风谊重延陵。

昵我从来有老朱，卅年保姆载前车。阿祥痴黠真参半，甘为狂生挟策趋。

严冬物候似初春，煦气阳和万象新。天意难窥民力瘁，忍教掩袂别金陵。

汽车飞驶过汤山，苦忆年时覆辙还。鸥梦一家圆未得，萍踪南朔总乖违。

风物摹研我未谙，车窗寥廓发雄谈。蛾眉自古多谣诼，难忘湘江谢阿蛮。

阿蛮流宕梦难温，一妹黄垆血已陈。忍向金闺搜比例，死生肝胆两红裙。

横议无端骂阿祥，谁教螳臂敢车当。李阳辣手吾终悔，绝倒吾家老孟光。

别有清才未可量，阿祥断句剧悲凉。桃花年命浑如梦，萍梗生涯黯

自伤。三四用馨丽句

姜狄当年住溧阳,宜兴今更忆汪郎。江湖流转成何事?我亦频年别故乡。

水畔停车景不凡,大雷亭对大雷山。五湖三万六千顷,谁载夷光一舸还。

宜兴百里接长兴,吴越分疆擅地灵。天为画师留粉本,千岩万壑似山阴。

灞岸剡溪旧卧游,此来真个豁吟眸。堆琼垛玉谁游戏,一路青山尽白头。

一车飞跃一车颓,残局支撑未易才。便与同行呼共载,直教重迭作人堆。

爱玩高柔膝上轻,朱陈履舄尽忘形。延陵夫妇同骖乘,珍重双栖一段情。

雨花石子秣陵书,塞破车箱信一痴。更有人间无价宝,巢南文稿老于诗。

塞破车箱尽俊流,纵横谈笑各绸缪。堂堂白日忽西去,夕照黄昏无限愁。

碧浪湖边旧鬼雄,已看部曲霸寰中。只鸡斗酒盟终负,日暮何堪路未穷。

湖州过去近杭州,黑夜驱车放胆游。凄绝莫干山下路,死生契阔哭双周。谓梦坡、柏年叔侄也

破暗欣看电炬明,下车便共指西泠。宿酲残醉浑难解,多谢延陵酒又斟。

不见狐狸画现形,黄巾岂犯郑康成。小心谨慎师诸葛,失笑东江旧叶生。

杭州杂诗五十八首

碧海红桑换劫尘，卅年交谊镇相亲。宫娥白发谈天宝，我亦名场雪涕人。一月廿八日，偕少屏留西泠饭店谈沪上报界旧事有作。

舆论潮流撼地天，三陈接武共联翩。章邹吴蔡连张溥，后起刘林也自贤。三陈者蜕庵、仲甫、竟泉，刘、林则申叔、白水也。

言论终教启实行，横三民与竖三民。《神州》《天铎》纷纭起，侧叶旁枝尽正声。

怒潮澎湃《太平洋》，知是文场是战场。坛坫主盟推小叶，朱林苏李各飞扬。谓少屏、一厂、曼殊、息霜也

异军《生活》起江南，名著流传燕子龛。辛苦典钗能买纸，叶家贤妇记湘兰。

帝制妖氛洪宪朝，特标民国挽狂潮。一编《觉悟》千人看，叹息家风后渐佻。

山外青山楼外楼，酒痕又认旧杭州。延陵风谊真堪诧，大酺雄谈日未休。开先、漱芳招集楼外楼。

又向湖滨吊曼殊，忽逢忏慧共唏嘘。信陵醇酒巢南死，累汝申申詈女婴。曼殊墓畔晤忏慧

诗酒纵横逸兴酣，扪心未忍薄巢南。稍怜晚岁蹉跎过，一集松陵婪尾残。

十年难觅勒生坟，今日居然一奠君。只是孤山封尺雪，未能扪石读碑文。偕馨丽访勒生墓

闽海当年重二林，与君慷慨共论心。飘零惯惜摩登客，寂寂黄须断见闻。

放鹤亭边鹤未归，小青墓下立斜晖。廿年勒石题名在，人鬼参差共一碑。小青墓下访碑作

勒石题名事未忘，虑尊渊默越流狂。伤心元季同时尽，问息寻消付仲光。

门第杭州重令威，当时昆季镇相随。白丁、不识都仙去，欲访仙芝怕泪挥。

姚家夫妇最温文，今日孤山吊粲君。故鬼烦冤新鬼泣，难忘横海旧将军。谓陈穉兰也

梵行精严感息霜，歌场挥手老春航。蹉跎我亦惭无补，独对朱翁百喟伤。

又向汪庄一棹行，依然到处闭门羹。狂言绝忆年时句，月旦阳秋已定评。汪庄

归舟缓缓指西泠，日暮风寒渐不禁。难挽阳戈留落日，倘从冷暖见人心。返西泠饭店舟中始觉有寒意

跨凤乘龙古艳称，冰清玉润更难能。向平有愿吾粗了，撰杖从游兴踔腾。林率、无非自海上来会，喜占两截

期汝痴骏态渐忘，好持婉娈事陈郎。髫年惯课龚生句，此日杭州认故乡。

歇浦西湖两地春，更堪鸥梦落平津。佳儿佳妇吾何愧？难忘清华羁旅人。寄藹鸿、无忌、无垢华北

怜我春申叹索居，板舆迎侍最关渠。南舣北驾非容易，辛苦儿曹谅我无。

珍重湘江双鲤鱼，开缄累我几踌躇。刘郎英气销沉尽，愧负金闺国士知。得阿蛮湘江书

祝汝休如锥处囊，书成便好渡重洋。低徊莫更吟愁句，"身世飘零似白杨"。身世句，阿蛮旧作也

小国弱民真乐否，濠梁庄惠论何如？芳兰当户从来事，又哭池中翡翠鱼。二十九日玉泉寺鱼乐国题壁

画师无命惜陶郎，萁豆相煎更惨伤。弱女自应轻典宥，谁从黑狱救红妆。过陶元庆墓有感

天竺早成殖民地，飞来峰好岂飞来。海潮冲激原真理，宗教愚民总

祸胎。飞来峰下观石洞

　　一丘一壑认前尘，卅载难忘是老陈。谁分冷泉亭畔坐，商量谀墓捉刀文。冷泉亭为忏慧点定巢南会葬启

　　老陈结想颇峥嵘，徐达曹瞒尽借名。乳臭未干休预计，传君还仗女缇萦。

　　纪群交谊十年迟，愁绝蛾眉失意时。怜汝栖皇嗔汝戆，酒边恩怨总难知。天外天赠馨丽

　　岂女元龙意兴豪，不娴静婉但嗷嘈。盟心为我倾三爵，红晕无端上颊潮。

　　钦奇古洞问黄龙，香火因缘奉道宗。绝倒胡儿诗下劣，居然涂遍浙西东。黄龙洞观弘历诗碑

　　痛饮中原志未酬，岂甘径逐赤松游。卢家娇女今何处？懒向卢生借枕头。见卢葆华女士留题诗

　　不能跨马只乘车，应遣秋娘笑蠹鱼。绝忆巢南诗句好，环西湖上独驰驱。乘汽车环游苏堤、白堤一周有作

　　钱塘江畔豁吟眸，天水茫茫一白浮。到此始嫌西子小，射潮强弩忆钱镠。六和塔下作

　　终遣须眉拜下风，褰裳有女自雍容。李波小妹如君否？脉脉微波惜未通。途中见女郎驰马

　　莱妻鸿妇我何求？玉女金夫尽好逑。倘遣中原迟鼎沸，买山真欲老杭州。林率言有地在雷峰故址畔，车中指点其处。

　　慈悲肯现女儿身，宝相庄严镂刻新。美术能回宗教弊，于阗此玉美无伦。昭贤寺观玉佛

　　归来重与上层楼，东道陈郎借酒筹。最羡吴家贤伉俪，慈萱未老女娇柔。林率招饮楼外楼

　　高谈大睨乐难休，却累徐娘动暮愁。慷慨当筵轻一诺，酒狂传汝定千秋。忏慧乞为墓碑之文，诺之。

肩舆舁我上灵峰，无际群山雪渐融。踏破琼瑶天不管，廿年旧句剧侘傺。三十日游灵峰补梅庵

济胜苦无腰脚健，不甘示弱要跻攀。一枝筇杖双芒屩，敢踏中华两戒山。

踏雪寻梅梅未开，亭名来鹤鹤迟来。解嘲聊拾龚郎唾，百事翻从缺陷佳。

山僧示我寿坡图，不吊坡仙吊梦坡。更吊宛平白中垒，旧交零落半黄垆。

失喜来登四照堂，开窗面面照湖光。停杯恐被湖山笑，更约吴郎尽一觞。开先、漱芳招饮四照堂

酒边忽复忆燕台，舐犊心萦曰几回。何日征车同北指，法源寺畔牡丹开。与开先夫妇订春假北游之约

酒边更遣忆湘娥，谣诼蛾眉自古多。十万金铃勤护惜，好花休便早辞柯。谓阿蛮也

意外相逢李宝泉，弥罗旧梦已如烟。名场恩怨从何说，蜀洛纷争总可怜。与宝泉谈衣萍、春苔交恶事。

竹林小阮亦同游，能说黄河入海流。终是太丘门第好，於菟三日气吞牛。赠林宰犹子君锐

已教游侣暂分歧，旅邸沉吟自补诗。敢学欧公三上语，回肠荡气总难知。归坐西泠饭店补诗有作

欲访诗人郁达夫，云封仙境恨模糊。卓家窈窕应无恙，近日西湖烂醉无。拟访达夫、映霞，忘其寓址不果。

太丘门第剧高华，桓鲍风流共一家。折简尽招游侣饮，长兄丘嫂各清嘉。林宰奉其太夫人命招饮三松六梅九竹之轩。

太丘作客久淞滨，鼎盛门庭风雅亲。布置轩窗都不俗，疑君身是六朝人。

小有园林竹石幽，米家书画更无俦。琳琅四壁都悬遍，想见挥毫吮

墨秋。

元方玉粹季方清，姊妹丹青并擅名。只惜图郎仙去早，室中凄绝睹遗形。

好拟吾乡午梦堂，春兰秋菊各芬芳。左家娇女痴憨甚，惭倚兼葭玉树旁。

已醉醇醪餍盛筵，更劳环送到门前。汪伦情比桃潭水，访戴还期异日缘。

几日西泠恣俊游，今朝终遣别杭州。空桑三宿浑闲事，莫作人间一段愁。三十一日自杭州返上海留别西湖有作。

喜维特至赋赠四律兼送返湘，一月卅一日

四海黄维特，江湖独往还。谈兵犹肮脏，忍泪自间关。恋爱标新谛，风云郁故山。冰莹今付汝，好为护红颜。

十日三传讯，开缄喜欲狂。未能歼寇盗，聊复作鸳鸯。娲石天终补，阳戈梦未荒。从今谢道蕴，无复怨王郎。

执手匆匆别，君行去沅湘。相期千万意，持赠两三行。异地人同梦，寥天月似霜。守雌兼守默，努力慎行藏。

几日抵长沙，鲰生结想赊。双栖蓝市玉，俊赏赤城霞。莽莽苍苍气，莺莺燕燕家。前途春烂熳，珍重惜韶华。

题亚、佩、忌、鸿、非、垢合影，二月四日作

一九三三年八月，忌、鸿将为蜀道之游，因摄此影。时无非漫游欧陆归甫半载，无垢考察闽西行滕未卸也。忽忽改岁，重加展视，而忌、鸿尚滞南开，无非新嫁真如，无垢复留北平，独余夫妇仍羁迟沪渎耳。感萍踪之易散，惜鸥梦之难圆，补题两截，聊志鸿爪。

鸿光偕隐吾何愧？佳妇佳儿乐未央。只惜江山限南北，天津沪渎镇

相望。

欧陆归人初得婿，闽西倦客久离家。北平雪影真如月，各有相思证岁华。

寄狄狄山南都

十载鸿泥迹，难忘狄狄山。谈兵君尚健，骂座我终孱。家国落人手，年华去不还。相思劳问讯，惆怅隔江关。

香凝夫人病心脏经年，得黄雯医生疗治而愈，题赠一截

上医医国更医人，只手能回病国春。留住金刚身不坏，光华灿烂自由神。

善英女医士颂诗，为香凝夫人作

仁心仁术自超超，注射殷勤敢惮劳。愿为国民九顿谢，感君珍护女英豪。

赠萧吉珊，二月七夜作

横胸杯酒揖萧郎，俊辩高谈郁莽苍。历历家珍关党国，他年野史自堂皇。

廿年南社始相知，惭愧吾称老总持。安得新都裙屐会，撞钟伐鼓更论诗。

自　嘲

问姓红牙柳七真，词坛青兕我前身。变名更拟李天下，惜未鸦儿张一军。

一编天赋人权论，激荡巴黎革命潮。少慕英豪老滋愧，年来未敢学卢骚。

祝新松江社成立为联璧作

主盟南社成陈迹，几复云间喜中兴。我替休文深颂祷，新松江社踔飞腾。

二月九日吉珊夫妇招饮沧州饭店，盖以结婚后二十五日补治喜筵也，醉后占四绝奉赠

萧郎风度最温文，祝女才华自轶伦。璧合珠联今日事，江南人与岭南人。借《乘桴集》旧句

百年眷属如花美，五载交情比雪澄。结婚前订交五载矣多谢主盟兼作合，东南一老重毗陵。谓绶经先生

致语庄谐郑正秋，张怀九孙镜亚俊辩各风流。曲终奏雅雍容甚，仪态婵娟压九流。萧夫人亲起致词极美

华堂宾从盛如云，美酒葡萄我最醺。急写新诗裁本事，双栖鹣鲽护温馨。

题《艺苑画集》

高子今长逝，丹青笔有神。师门应付钵，弟子早传薪。郑侠流民苦，王维粉本新。披图三太息，愁对海天春。

新亚大饭店宴集有赋

二月十二日招惠芳、吉珊、孝英、大超、雪痕、一厂、潄芳、开先、廪丞、庚白、毅生、少屏宴集新亚大饭店，赋呈席上诸公，兼送一厂伉俪返京口。

豪俊联翩萃此堂，湘吴闽粤镇相忘。颇多磊落钦寄子，更挟婵娟窈窕娘。文酒心期殊不负，风云材略倘能狂。稍怜二客匆匆去，别绪离情付一觞。

题徐文定公三百年纪念册

西学开山三百年，中华病国总难痊。交侵倭虏还如故，倘有英灵怒九天。

题戴鹏天夫人张韵琴女士讣告后

玉碎珠沉历几霜，忍从夫婿话沧桑。九泉倘遇张秋石陈君起辈，未白沉冤更惨伤。

题汪鞠如《菊隐图》

鞠如先生为先外舅拙庵丈老友，曩客婿乡，时共晤言，顷距先外舅之亡已十余载，与先生亦久别矣。先生嘱竞存内弟以《菊隐图》命题，为赋二绝。悼逝怀贤，不胜莽苍之感已。廿三年二月十三日

汪翁门第旧双林，卅载红梨寄寓情。曾记留余斋畔坐，电灯灿烂酒同倾。

东篱薄采陶元亮，更忆餐英屈子辞。一样芳馨悱恻感，楚骚兰佩不同时。

正秋席上喜晤胡蝶女士，奉赠一截，时女士将有西湖之行也，二月十六日夜作

倾国倾城事本诬，何心唐突到嫱施。西泠自昔伤心地，断雁零鸿吊曼殊。

谢开先、潄芳夫妇招饮

匆匆一来复，三醉使君家。鹤唳声惊座，梨涡脸晕霞。新知多俊杰，旧侣亦高华。何以酬风谊，云天感未涯。

二月十七夜开先、漱芳夫妇席上分赠同座诸人得五截句

矜严朱老川原秀,跌宕林生湖海愁。比例倘教搜域外,英伦绅士法名流。

朱陈门第旧风流,闺侣黄程赌酒筹。可惜孟公初罢饮,不然真可筑糟丘。

犹有童心李大超,孝英风格郁岧峣。秦嘉徐淑原常例,酒国居然哲妇娇。

大吴伉爽小吴憨,杨郑还同靳与骖。最是主人真福分,娇雏长侍北堂萱。

偃蹇中年万虑休,梁妻伏女共遨游。东床更喜添英物,玉镜陈郎第一流。

酒后与庚白论当代女界人才,忾然有作

人才毕竟赖陶甄,肯向须眉让后尘。青史青山先不朽,孙夫人与廖夫人。

冰心呼吸通沧海,庐隐文章出石头。后起冯陈都不弱,各持椽笔睨千秋。

七年埋血湘江向,万里投荒浙水杨。一样佳人难再得,更缘私谊哭秋娘。

青溪蒋妹最高华,生死传疑惜鬓鸦。愿乞诸天龙象力,铃幡长护谢娘家。

三年早识刘蘅静,一夕争传王孝英。艳福无双推郭李,自应低首拜娉婷。

莱妻鸿妇我何求,卅载辛酸几患忧。太息狂奴终落魄,可能传汝共千秋。

悼艾霞女士，次庚白韵

鸩酒欧刀孰主持，死生一诀涕如丝。颇闻左袒张新帜，忍见孤芳殉女儿。崛起粉脂原不易，同归猿鹤亦奚悲。沙场东市都堪恸，成骨成灰怨已迟。

庚白云艾霞为严侯官侄孙女也，感赋两截

澎湃潮流休捍御，沉沦阶级有咨嗟。开山西学推严复，末路今还哭艾霞。

末路君休哭艾霞，巨轮飞进一周差。他年青史传文苑，不信孙枝逊阿爷。

二月十八夜，庚白席上赠黄定慧女士、陈志皋律师

百劫沧桑忍再论，剩持樽酒诉温黁。肺肝磊落湘累姊，女士为湘产姓氏高华内史孙。敢以风云回宙合，好凭恋爱慰精魂。韶华如水休轻负，急盼双栖䴔䴖尊。

题印人朱其石印谱，并谢其治印见赠，二月廿六日

吉金乐石重朱翁，刻划争传不朽功。愧我不如李亚子，羞教姓字播寰中。

悼徐名鸿，二月廿八日作

长图远虑更休言，一瞑终当谢万喧。履舄纵横文宴乐，最难忘是聚丰园。

三月一日夜酒后作，借庚白韵

年时文宴已无多，敢说今宵酒似河。块垒难浇芒角出，剩持眉黛托微波。

赠宋寰公

夷吾江左吾何敢，老革关东汝亦豪。甘载相逢各迟暮，闲情倘遣付妖娆。

三月三日夜示阿祥，亚子自忏悔之所作也，耿耿此衷，唯阿祥能默喻之耳

热血填胸沸不支，模糊恩怨总难知。红潮晕颊吾终悔，甘向蛾眉乞赦词。

三月七日送阿祥返秣陵

十日匆匆叙，如何袂又分。君情原可谅，吾过岂容文。各有沧桑感，相怜蛩駏真。伤离兼悼逝，此意总难泯。

题马祝眉先生《春晖堂琴谱》，三月十三夜作

高山流水听能便，皓首庞眉意自贤。忍作人间孤愤语，青琴弹断十三弦。

题香凝夫人画兰花野菊，三月十八夜作

九畹芳兰特异姿，幽馨曾入楚骚词。更添野菊饶生趣，何必东篱薄采时。

贺陆伦章、施淑贞结婚，三月十九日作

华堂春暖绮筵开，惭愧狂生作主裁。愿乞人间平等诀，女权持论卅年来。

题渔父遗墨

桃源渔父是吾师，文采风流想见之。卅载黄垆寻断梦，忍从笔墨辨妍媸。

题　　画

山深林密足优游，着个茅亭景更幽。尘外仙源浑不恶，稍怜袖手看神州。

晚节黄花重独清，终怜身世太凋零。何如烂缦东风下，薄命夭桃恰有情。

盐梅鼎鼐寻常事，乱世调羹亦大难。何似孤山林处士，暗香疏影未阑珊。

三月廿六日夜集双清阁，香凝夫人领句，
　　为续成一律兼示梦醒

忍气吞声且欢宴，此时不饮复如何。江山劫后朋侪少，文字缘深涕泪多。空有雄心回大地，剩凭残醉发悲歌。新亭对泣惭名士，稍喜娇雏脸晕酡。

三月廿八日，车行雨中，见道旁玉兰盛开，
　　忽然有作，即示仙霏

照眼玉兰明，春心入杳冥。车行嫌太疾，雨打更无情。何日开晴旭，他生醉醾醽。回肠兼荡气，端为惜娉婷。

三月廿九日，次韵和庚白

岁寒何处觅乔松，摧尽春韶雪霰浓。掌上骊珠初入握，酒边龙剑倘能从。薜萝早遭高人厌，燕赵还期侠少逢。寄语白门羁病客，好吞河岳贮心胸。

赠李慕贞夫人

良缘梅李灿春华，福慧双修愿未奢。更感云天高谊在，买丝应绣女朱家。

赠莫国康女士

绝忆年时在北方,曾参救护办严妆。而今小作南都客,六代江山费忖量。

赠陈淑君夫人

盛誉曾闻著小乔,谭郎风谊似醇醪。金闺国士真堪念,愿铸黄金礼女豪。

四月二日晨,津浦道中寄仙霏女儿两律

填海移山共此心,临歧雪涕总难禁。交情稍惜文章掩,风谊端同骨肉深。北驾南舣吾健往,蚕丝虫蜡汝沉吟。长途辘辘车轮转,好为裁诗寄赏音。

乌头马角事间关,辛苦三旬愿力孱。薪胆难消畸士骨,粉脂宁涴女儿颜。密书在箧精灵寄,别泪留襟去住难。北望觚棱南望雁,羽琌奇句忍轻删。

北 行 集

（1934 年）

北行杂诗

康健萱闱未白头，莱妻能隐我何求。从知南面王难易，万里河山恣壮游。四月一日奉老母偕佩宜发上海

三旬辛苦恋红颜，去住商量事大难。为践板舆迎奉约，割慈忍爱出江关。别仙霏

谁伴狂奴共俊游，吴潘俪侣胜高柔。谓开先、潋芳、公展、冠玉也金闺合奏江南曲，洗尽筝琵俗耳愁。

闺侣黄吴誓比肩，冰清冰海最缠绵。此行惜少朱公子，握别临歧倘怃然。羲农初约偕行后忽食言

潘唐吴夏更吴黄，柳郑居然附雁行。更喜萱堂三老健，婺星今夜吐光芒。开先、冰海各奉老母同行

赋别文通此际情，骊歌休作断肠声。红妆季布传张马，辛苦河梁送我行。别张琼、马景云两女士

怜君遭遇异林鸿，咫尺红桥未许通。投袂归来才一夕，又教人海各西东。别庚白

市隐朱家卅载交，如何不共我游邀。南归倘及迎江上，十日平原醉

乐郊。别屏子

风骨嶙峋太瘦生，徐郎年少颇能文。如何送我登车顷，不共君家小阿云。别蔚南

唐丁蓉裳、怀骥闺侣旧高华，更遣陈生炳耀共一车。别有温鏖心上过，芬怀芬煌炳煌此日正移家。

俪侣陈程克成、健雄挈爱儿，小吴吴澍健步共诸姨。稍怜不践金昌约，短薄祠前醉一卮。

梨涡双颊玉颜红，婉娈依人林克聪。记取归来留后约，桃根桃叶渡江逢。

翁子翩翩擅俊才，偏教俪侣不追陪。西泠何似幽燕好，他日归装更怨谁。别羲辳

十年甘苦镇相依，惜别吾家最小姨。茶灶药炉心力瘁，更怜病女在真如。别光颎兼念无非病中

絮语车窗共月台，一声汽笛隔关山。遥知灯火高楼畔，定有襟痕泪点斑。谓仙霏也

苏州过去又常州，犹见江南景物稠。更喜同车陈主席，高谈俊辩慰离愁。

卅载交情说豹军，同川旧侣散如云。征车又遭匆匆别，祝汝前途锦样春。豹军方应县长甄审，占此祝之。

江南金粉世无双，北固青青气未降。又见六朝形胜地，飙轮电炬渡长江。乘轮渡过长江两首

杨仆楼船万丈高，列车分载各岧峣。却怜左右成遮隔，不见江心涌怒潮。

王郎公陵夫妇最多情，夜半登车远送行。底事阿祥踪迹杳，天风不下步虚声。谓馨丽也

夜半匆匆蚌埠过，奔雷掣电渺山河。魏公败后中原弃，梦醒符离意若何？四月二日晨起过符离集有感

珍重天涯一纸书，朝来欹枕更愁予。难忘散发慵妆态，想象高楼睡起初。寄仙霏海上

谈兵帷幄旧知名，儒雅风流诧蒋生。此是北平贤地主，喜教同载后车行。赠蒋伯诚两首

西山佳气郁葱茏，探胜搜奇赖谢公。倘许清游同蜡屐，敢劳筹笔稍从容。

但开风气不为师，敢拟随园伣荡姿。惭愧金闺修赘意，黄唐差喜共论诗。冰清、冠玉并以诗词相质

自爇心香拜六朝，江南哀后庾郎骄。芜城萧瑟怜明远，彩笔江淹意更消。与冰清杂论新旧文学成诗六首。

晚明遗著问谁搜，叔季钟谭并俊流。崛起能翻文苑狱，启明冲淡语堂幽。

玄珠笔调自温馨，鲁迅文章更老成。田郭同时才气健，达夫醇酒最关情。

欲数寰中女作家，冰心庐隐各风华。白薇潦倒冰莹隐，生死传疑惜蒋娃。

派别文章有等伦，古今新旧各弥纶。升平据乱多迁变，不变唯应美与真。

大义微言一脉尊，扫除陈腐洗乾坤。狂言倘遣黄生谅，衣钵还堪付汝存。

不流雕琢不轻斜，诗句黄生自俊华。祝汝心光长智慧，天边璀灿见云霞。冰清以道中即事诗见示，次韵答之。

重寄萧娘双鲤鱼，刳肝沥胆最关渠。文章憎命从来事，搁笔无端泪满裾。寄仙霏海上两首

抑塞胸怀斫地歌，蛾眉谣诼恨如何？酒边欲掉仪秦舌，十万金铃未厌多。

又遣张灯宴画堂，蒋生风谊不寻常。一杯醉我葡萄酒，莫辨甘咸总

未妨。伯诚招饮食堂有作

甘咸莫辨笑端多，青史青山倘未讹。客难解嘲吾自会，吕端大事不糊涂。

飙轮又驻济南城，国难年时几重轻。忍便歌呼来历下，"五三"碧血已无名。车过济南作

空劳名士泣新亭，诗句新城有典型。一代谈龙赵秋谷，蜉蝣撼树总难应。

文物中原见古风，车行河朔别山东。黄流自昔称天险，飞渡还凭十丈虹。过黄河铁桥已入河北境矣。

十丈虹梁驾列车，凭栏女伴笑谈余。姮娥倘怕围人炉，雾箔云帘掩面徐。是夕无月

德州北去近沧州，一夜车床恣卧游。欲向故人问消息，栖栖湖海几曾休。三日晨询同车者知沧州已过，遥念溥泉不置。

杨柳青边柳未青，春光迟到短长亭。晓风残月吾家奏，不要关西大汉听。杨柳青口号

劳劳三驿是天津，触我回肠荡气情。佳妇佳儿原不忝，已教驰传出郊迎。天津东站喜见无忌、蔼鸿。

甘载娇憨掌上珠，经年阔别意何如？匆匆又要乘桴去，离合悲欢万感殊。示无垢

悲欢离合且休说，三世同车乐泄融。颇爱天津风物美，乡村都市一炉熔。

风物天津美且都，无端奇想落空虚。潘舆梁案安排定，更挈仙霏住止庐。车过止庐有作

欲挈仙霏住止庐，从知此愿总成虚。一家鸥梦圆难得，苦念真如病起无。

汽车飞驶抵南开，水影林光互抱环。此是桃源仙境界，已同浊世隔尘埃。小憩南开寄庐

明窗净几妥安排，如此家庭乐且谐。低首金闺才略美，有人三管欲题斋。

树人树木百年才，颇佩张翁怀抱恢。惭愧痴儿劳拂拭，景升我自诧驽骀。南开校长张伯苓来访。

为觅邮筒渡小桥，一笺宁便慰辛劳。娇雏解我嵚崎意，尘劫成尘感不消。偕无垢至邮局为寄仙霏书也。

邮书电信正纷纭，意外翩然降朵云。尺素竟先侬苾止，猿啼鹤唳不堪闻。得仙霏海上书

多谢湘江一纸书，冰莹维特倘欢娱。危疑自是吾曹事，莫便申申效女媭。得冰莹长沙书

自向邮筒递报书，湘江沪渎几踟躇。明朝更忆东瀛客，辛苦天涯几女儿。无垢明日行矣

百城南面足论功，堂构巍峨缔造雄。十万黄金书万轴，教人长忆木斋翁。过木斋图书馆

喜遇吾乡唐仲明，画师风格剧峥嵘。一门风雅从来事，更忆巴黎旧女兄。赠仲明即题其展览会册子

画师风格剧峥嵘，画本骈阗抵百城。草草一文吾自愧，只能觊缕到生平。

入夜张灯宴饮余，一家团聚稍怜渠。真如消息终堪念，况又明宵别凤雏。

宵来鸥梦小能圆，晓起欣看晴朗天。最喜慈闱生日好，六旬又九是今年。四日为老母生辰

美酒葡萄上寿觞，双红橡烛影辉煌。鞠躬吾自沿欧礼，进化潮流凤主张。

平时离索此能欢，苏沪平津岂异天。无用张公书百忍，小家庭制最安便。

有女真如怯病身，终怜未得共车轮。吴门弱妹还堪诧，胡不同来及

此辰。

更与驱车郊外游,宵来不送汝登舟。写真一幅堪留念,记取离情在镜头。再示无垢

别绪离情感万端,宵来珍重劝加餐。三周未敢轻留诺,为有婵娟盼我归。

飙轮午夜去塘沽,明日青天荡碧波。为恐临歧挥别泪,倚门强自敛双蛾。

三岛蓬莱证旧游,巢痕难忘井之头。华严瀑布岚山月,好遣驰书慰我愁。

倚门挥手送车行,惆怅天涯远别情。共我不眠迟午夜,殷勤为谢仲明兄。

料得今宵笑语多,青天碧海静无波。只怜老父龙钟泪,欲浣罗衾唤奈何?

万感茫茫夜不眠,朝来明镜损华年。蓬莱羁旅真如病,更念仙霏一惘然。五日晨起有作。

才说仙霏便泪流,孤花身世忍禁秋。珍珠密札千行字,一字端应集百忧。

南瞻沪渎有烦冤,东顾沧溟系梦魂。流水小桥人独立,苍茫奇想渺无垠。

飞车靓女尽轩昂,窄袖轻衫时世妆。灵气自钟人自瘁,不堪家国恸辽阳。八里台邮局书所见。

钱郎才气颇纵横,抵掌能谈政与兵。揽辔澄清吾已倦,论坛一臂汝能撑。钱端升来谈近事。

柳车复壁当年事,鸩酒欧刀异代情。几见桑田变沧海,无端雪涕为韩生。闻韩麟符被害作。

佳儿佳妇又传觞,人物南开萃一堂。平教纠纷谈定县,德高从古谤弥张。六日午无忌、蔼鸿招同南开诸君宴饮。

张翁风度尽休休，英绝群伦冠辈俦。谈笑中含名理在，何人落笔定阳秋。

病女真如体未恢，寻消问息正低徊。传笺忽报猩红热，急泪无端欲堕腮。麟瑞来书无非患猩红热，入上海市立传染病院。

撩乱情怀万缕丝，剩凭驰电问安危。归鸿喜有平安信，料理回肠十二时。

南归倘慰女儿愁，北去应陪老母游。还是南舣还北驾，交争冰炭在胸头。

决策终教定北征，明朝便又别天津。空桑三宿吾多恋，几树桃花最有情。

凌晨盥漱便长征，日晦风潇破晓行。倘比桃潭千尺水，挥巾黯别仲明兄。七日晨由津赴平，仲明来送。

风物天津自不凡，南开境更异尘寰。剧怜卧榻鹰瞵客，破碎河山事大难。过日本兵营

中岁能狂计未疏，何人伴我共征途。陶家老母梁家妇，俪侣佳儿更步趋。

草草征轺指北平，补诗匆促未完成。飙轮倘共思争捷，下笔春蚕食叶声。

剩水残山旧帝都，下车便拟访潘吴。有人道左劳迎候，风谊桐荪自昔无。正阳门车站晤桐荪。

难觅双吴更夏黄，剩从旅邸晤潘唐。金闺雅擅丹青技，可有新图入锦囊。访公展、冠玉于中央饭店。

十年喜复见黄生，伴我高谈伴我行。流辈黎湖生死半，忍教孤负故人情。中央饭店晤病蝶

湖海中年气尚豪，何曾双鬓感飘萧。不才樗栎全天寿，持语黄生足解嘲。病蝶以余旧影索题，口占一截。

匆匆便共诣清华，卅里崎岖故道赊。已见迎门童稚在，难忘最是妇

兄家。偕桐荪、佩宜至清华园门前，喜遇士宁姊弟，时老母及忌、鸿已先在矣。

情话缠绵聚一堂，潘杨戚谊镇难忘。妇兄丘嫂都康吉，女已能书儿跳踉。清华园赠纯如

芝兰玉树旧门庭，老父明珠掌上擎。喜见擘窠书大字，多才多艺足仪型。赠士宁即题其纪念小册。

又是华堂介寿筵，慈闱代祝感难蠲。通家至竟交情重，福慧双修汝最妍。桐荪夫妇招饮仍为老母介寿也。

关心芳郁侄从姑，喜遇周生一笑呼。回首红梨全盛日，故家乔木感如何？赠先庚、芳郁夫妇

同学当年重许杨，娇儿东渡意难忘。红桑碧海浑闲事，差幸麻姑鬓未霜。赠许榴芬、杨镇邦

华堂宾客散纷纭，读画论书酒未醺。为道明朝珍重见，补诗我自彻宵分。

午夜裁诗兴尽狂，愁心忽落海天旁。药炉况瘁陈郎伴，病榻娇躯倘未妨。忆无非海上

病榻娇躯更有人，仙霏消息亦惊魂。三旬历尽风波险，地侧天倾会有因。景云书来言仙霏病矣。

地侧天倾会有因，思量此疾恐非轻。尺波急与传流电，倘遭长天报好音。

思量娇喘累逡巡，捉笔还劳马景云。料得回肠肠百结，狱中人与墓中人。

狱中人与墓中人，便不思量亦断魂。我更长途限南朔，去留无计惜劳薪。

损尽宵眠为补诗，凌晨端坐一凝思。卅年匡济成何事？却误痴人说孝慈。八日晨补诗有作

风日人言北地佳，如何初至便阴霾？裹粮且作郊游计，十载颐和旧梦谐。游颐和园

折戟沉沙问旧朝，尽移膏血筑岩峣。颐和建后戈船朽，一败丁沽帝业销。

王气燕云已久穷，何人禁跸敢称雄。曹蜍李志真虫豸，排闼来登景福宫。有显贵宴客景福阁，闭户不纳，游客叱之乃启。

排云宫阙郁崔嵬，尽刮珍奇壮殿帏。南北东西民力竭，苍生自瘦帝豝肥。排云殿口占

山名万寿小嵯峨，一水昆明静似罗。颇惜王郎才质美，轻生何事委清波。昆明湖悼王静安

杂沓篮舆更渡舟，龙王庙畔合分流。唐尧汉武成枯骨，不朽人间只此牛。龙王庙畔铜牛，觉罗弘历撰铭，有云"人称汉武我慕唐尧"。真可谓吹牛矣。

颐和游罢返清华，游侣同时几大家。犹幸不曾交臂失，卅年老友证清嘉。赠周赤城夫人孙潜诸女士。

卅年老友记潜诸，绝忆同川识面初。异地相逢嗟老大，成行儿女幸能姝。

回首金闺择婿才，周郎风度自恢恢。临安一战东南定，辛苦儿夫杀贼归。潜诸述赤城辛亥光复事甚详。

破房梦中当日事，骑驴湖上此时情。相庄鸿案君无恙，应遣南都忆北平。赤城恒来往南都西湖间。

便与潜诸共入城，车窗重话卅年情。萍蓬再聚知何日，敢道临歧一握轻。与潜诸、佩宜同车入城。

失喜传来一纸书，仙霏无恙更能词。悲凉一曲歌金缕，热血淋浪泪欲滋。得仙霏和我金缕曲，知病已少痊。

重读仙霏绝妙词，才如江海命如丝。惠阳家学渊源在，天遣狂生作导师。

重遇樽前鲁若衡，文章风谊两无伦。刘樊仙侣寻常事，燕市平分一段春。若衡夫妇招饮欧美同乐会。

南社词流几变迁，山林台省究谁贤。麻姑不遣霜侵鬓，留命还须看海田。与若蘅谈旧事有感。

城中一夜伴灯檠，侵晓冲寒又出城。倘遣春申游侣妒，鸳鸯双宿更双行。九日晨偕佩宜自中央饭店返清华园。

揽胜今朝风日佳，西山游计早安排。胭脂土蚀佳人骨，奇句终思老定才。游西山八大处

汽车停处换肩舆，儿辈居然跨蹇驴。终是翠微山色好，一番凝睇一踟躕。

辛苦桐荪曳杖从，纯如策蹇亦堪雄。士清捷比猿猱健，济胜端应胜媪翁。

奉母携妻兴郁葱，舆人健步走如风。痴儿只合随鞭镫，搴袂先登看蔼鸿。

山游首指灵光寺，更向三山庵里来。揽胜寻幽吾未倦，龙王庙宇足徘徊。

大悲寺古连香界，可惜春风迟海棠。绝顶宝珠凭眺处，西山山色总青苍。

翻山来访秘魔崖，险阻浑如蜀道斜。稍喜年来游胆大，吟声依旧杂喧哗。

刻划雕镂愧未能，登高作赋我何曾？终怜孤负天然美，献媚争妍万态腾。

西山游罢去香山，中道停车实胜碑。扪葛攀藤良不易，桐荪而外蔼鸿随。观觉罗玄烨撰实胜寺四体碑。

僭帝胡酋侈武功，凭陵松杏敢称雄。赤眉又戴刘盆子，旧恨新仇血沸胸。

松堂来看白皮松，谡谡松风万籁空。日影中天羊出牧，扃门未许恣游踪。观清华牧场白皮松。

香山旧号静宜园，别墅双清侈大观。忽忆惠阳雄鬼事，娇雏海上泣

孤寒。香山游双清别墅

肩舆直上半山亭，烂熳山桃夹道迎。信有韶华无限好，春风端不负斯行。

古刹巍然见碧云，衣冠灵爽妥斯坟。三民衣钵何人继，空遣头衔国父尊。碧云寺谒孙先生衣冠墓。

沧海桑田事杳茫，十年前此谒灵堂。痴儿重为留光影，雪爪鸿泥倘未妨。

通天台表沈初明，异代怀贤尚有情。况我平生多感激，只应涕泗哭昭陵。

苍梧龙去九嶷遥，斑竹娥皇泪汐潮。更忆惠阳孤女在，号天无路彻云霄。

郑重铜棺异域来，红绫无分藉遗骸。赤明龙汉千重劫，瘖井沈书下笔难。

人影亭亭久候门，低徊无计恋精魂。纳肝弘演寻常甚，披发何由叫九阍。

轮蹄况瘁又终朝，百感轮囷未易消。慰我劬劳邀我醉，周郎郑女各岧峣。先庚、芳郁招饮

电信重传海上来，热衰病减慰中怀。终怜舐犊情无极，插翅难飞肠九回。麟瑞电来言无非略愈。

又向灯前念阿仙，人天无计慰缠绵。何须骨肉关毛里，情感交孚岂偶然。仍为仙霏作也。

丹山文彩凤皇雏，身世何由惜险虞。早向惠阳雄鬼乞，明珠掌上肯分无。

赠刘百闵

风骨刘生壮一时，相逢燕市订心知。山游无分终怜我，孤负夭桃红满枝。

彩云一曲重樊川，青史红裙带泪看。犹见灵飞留刺字，羡君此度亦奇缘。

为黄病蝶题《闹红小集》

雪爪鸿泥十七年，尚留坠简在人间。酒人生死都零落，肠断吾家旧惠连。谓从弟抟霄也

坛坫空教负盛名，江湖流转百无成。琼瑰好遣黄生护，一笑相看在北平。

赠陈石泉

吴会英才萃此州，元龙淮海气无俦。登高能赋寻常事，压骏弯强胜九流。

为若衡夫人运庄女士题画

羊权彩萼太风华，翠羽师雄旧梦赊。倘遣孤山添一鹤，此图真合拟林家。梅花

蜀国葵花独占秋，枝头小鸟语啁啾。从来多子红裙事，锦样前程似石榴。秋葵石榴

翠羽风清夏日凉，紫藤花下静生香。鸡鸣喔喔缘何事，端为群雏觅稻粱。紫藤母鸡

韶华不遣感骎寻，十丈春光似海深。倘比齐眉仙侣好，双栖安稳护珍禽。月季双燕

不教乡梦落潇湘，朱邸传笺翠鸟翔。占断太平湖一角，春光倘属紫薇郎。紫薇绶带

四月十五日留别伯诚

羽扇纶巾重使君，从容华北镇长城。情深更比桃潭水，公谊私交百

感萦。

卅年陈酿鉴湖酒，六秩老伶杨小楼。醉我心魂娱我听，此行端不负千秋。

别费令宜表妹

卅年中表初相识，人海萍踪亦大奇。早遣才名传异域，双修福慧女宗师。

自北平南下车中寄沪渎亲故计诗八首

阳戈禽石平生意，粉本奚囊此日身。倘遣鸾雏常爱护，黄金愿铸自由神。香凝夫人

侠游少日倾淮海，名德中年拟太丘。水软山温西子美，丹青粉本恣狂搜。众孚亲家

历劫归来道自尊，笔床镜槛共温黁。不须轻为姮娥妒，炯炯心光付汝存。冰莹、维特

海国频年记壮游，归来偕隐共林丘。文章好与传流辈，雪北香南坐两头。无非、林率

酒阵诗场几策勋，中年坛坫欲何云。刘樊仙侣寻常事，福慧双修始见君。曙天、衣萍

党争昔未殉膺滂，市隐今堪拟孟梁。绝忆双栖人似玉，脂奁粉盝对梳妆。文勇、钧伯

含光任侠美无伦，翠袖朱家绝代人。好与庄严平等国，誓凭纤手荡妖氛。史良

金闺余技重丹青，家学渊源记德馨。他日鸥波亭子上，双修福慧证双清。陈麟飞

鲁　游　集

（1934年）

鲁游杂诗一百首

　　一夜奔雷睡梦间，凌晨盥洗换关山。车窗闲共刘生语，不觉匆匆已济南。四月十六日晨，自天津抵济南与百闵别。

　　挥手刘生惜别情，张梁又喜出郊迎。南舣北驾寻常事，辛苦无端累友生。喜晤张苇村、梁烈亚两君。

　　一树棠梨红正酣，紫丁香发趁春暄。明窗净几堪容我，暂解行縢"石泰岩"。住石泰岩饭店作

　　张子东邦旧导师，梁生南粤证心期。金闺更喜添东道，步武鸿光绝世姿。谓梁夫人钟静怡女士也

　　导我来游国试场，健儿意气各飞扬。真同夔相陈弓矢，四面环观似堵墙。观国术考试场

　　肩舆直上舜耕山，只合同游女伴随。那及张梁吴弟好，登临健步各跻攀。历山又名舜耕山，亦即千佛山也。苇村、烈亚、开先步行，余与诸女伴肩舆以从。

　　仙被山更千佛山，杂流道释共庄严。还教附会来虞帝，巍坐英皇共执圭。山有重华庙

指点齐州九点烟，凭栏俯瞰豁心颜。下方城郭真如蚁，衣带黄流曲折环。

水下由来性沛然，奔湍激荡一回旋。苍生霖雨终虚愿，惭愧来观趵突泉。趵突泉有感

宵分又顾聚宾园，草草朋尊小合欢。越酿忽然愁味变，只应珍重劝加餐。饭于聚宾园以酒劣罢饮。

驱车来访五龙潭，精舍潭西水蓄涵。闻道秦琼留故宅，风云无分见奇男。十七日访五龙潭，旁有潭西精舍，墙上刻"秦叔宝故宅"数字。

黑虎泉边抚虎头，有人留影在中洲。建瓴便有千寻势，泻尽清波无限愁。黑虎泉水门下即为护城河

城头驰道莽纵横，城下明湖万顷縈。输与胡酋夸眼福，会波楼上闭门羹。城墙有马路可通汽车，其上有楼曰会波，门扃不得入，见觉罗弘历所建诗碑而已。

饭庄东鲁小勾留，添得潘唐共宴游。绝倒座中谐谑美，乘槎合向海天浮。公展、冠玉自天津来会，共集东鲁饭庄。

济南风物似江南，烟水迷离景绝酣。买得明湖青雀舫，中流容与恣清谈。乘游舫泛大明湖

吊古来登历下亭，呼俦啸侣兴飞腾。百年风雅谁为主？我亦苍茫杜少陵。历下亭题壁

铁公祠畔又停舟，尚有庄严貌像留。一死自关南北运，金陵王气黯然收。铁公祠吊铁铉作

黄流能奠佹神功，张曜祠堂气郁葱。咫尺独怜成寂寞，瓣香谁与奉南丰？曾子固祠在张祠旁，颇有盛衰之感。

羊裘惜未钓渔矶，浣女如花望欲迷。凄绝辽阳成异国，为谁辛苦捣征衣！湖畔捣衣女郎甚夥

明湖游罢兴阑珊，便赋归欤石泰岩。却羡篷窗酣睡足，有人趵突去寻泉。谓冠玉独有兴游趵突泉也。

伯鸾德曜三千载，大隐金门又见君。饮我兰陵陈酿美，温文不信故将军。谢烈亚、静怡伉俪招饮

过庭书法空千古，曼倩诙谐压万流。付与金闺作珍秘，鸿光俪侣美无俦。烈亚嘱题所藏孙过庭书东方朔传。

南海才人雪水姝，凌晨携手顾行庐。东关卅里驱车去，龙洞寻诗兴未孤。十八日烈亚、静怡来访，即偕游龙洞。

钟唐异地诧乡亲，苔水苔山毓秀灵。遥望前车人似玉，车中倩影绝亭亭。谓静怡、冠玉也

停车我又觅篮舆，桀纣乘人事有无？济胜自惭腰脚弱，异人愁听喘还吁。舆中忆冰海语有作

峭壁危崖千仞奇，粗砂大石见丰仪。三春可惜无红叶，剩有青青柳几枝。

龙洞寻幽景绝奇，洞深无际烛光微。殷勤多谢梁家嫂，老母扶将感未涯。

豁然霁朗洞天开，俯瞰山凹仰碧崖。龙井龙涎虚语耳，几曾霖雨出山来？

寿圣庭前启广筵，野餐味美欲流涎。黄牛白鸽甘肥甚，一笑真成大嚼仙。饭于寿圣院中庭

揽胜重寻佛峪偏，当年佛乳泻山泉。音声沿袭成差误，多谢梁生费探研。自龙洞至佛峪，烈亚云：佛峪乃佛乳之误也。

登高怕上钓鱼台，向下还寻仄径回。清水一泓人十二，真教明镜画图开。

济胜无功我自云，提携汝亦累夫君。金闺莫便甘雌伏，矫捷应看娘子军。戏示冠玉

举幡太学重东京，五四潮流近渐湮。自奋澜翻广长舌，漫从狂狷惜中行。齐鲁大学邀演讲，略张公羊三世礼运大同之义，未能尽言也。

高材文理各分科，更遣医林养太和。齐鲁岩疆原不忝，旧邦新命作

人多。

杰阁藏书散海源，明湖访籍惜扃门。搜罗犹幸存鳞爪，倘有光芒气吐吞。访齐大图书馆

野史荒唐说建文，白龙鱼服事休论。何人年谱勤搜拾，可许重留副墨痕？阅建文年谱有感

嬴颠刘蹶总寻常，骄房陵华气未降。凭仗遗民归著录，静庵剩稿总悲凉。题亡友孙静庵《明遗民录》

小有园林话夕阳，碧髯海客鬓毛苍。团栾重启围灯宴，东道林生有主张。林济青校长招饮邸第

宴罢重寻旅邸来，行程明日妥安排。直须揽胜青丘去，穷岛田横亦壮哉！

便辞历下指青丘，胶济行程一览收。欲吊衡王宫阃事，匆匆径过未淹留。十九日自济南赴青岛

胶澳山川气郁葱，周行巡览豁心胸。无端萍水成东道，侥幸同车遇葛翁。车中晤葛静岑

盘飧款我宴车窗，樽酒雄谈颇激昂。太息金汤终未固，老成谋国见衷肠。

辛苦郊迎感吉生，汽车便共指新民。诗囊画卷安排定，多谢吴郎酒又斟。胶济路局吉梅五来迓，下榻于新民饭店。

海滨风物信佳哉！缭曲登临往复回。可惜不逢炎夏节，冰肌玉骨照人来。二十日晨起游海滨公园，遂至海水浴场。

折戟沉沙梦一场，会全废垒太荒凉。汶阳纵复休轻喜，仍有人居卧榻旁。过德国炮台旧址

颇闻儿辈旧谈瀛，黄石周游万里程。今见小巫亦良足，公园千亩汽车行。驱车游中山公园

重与驱车过四方，方池曲径足倘佯。槎丫忽忆宵来醉，便对壶觞未敢尝。饭于四方公园

几度花房恣览游，雕笼鹦鹉在前头。山鸡纵兔为牺苦，却遣雌雄两地囚。

投袂来登观象台，襟山带海涤胸怀。亭亭灯塔如人立，应遣光芒烛九垓。观象台面对小青岛，灯塔在焉。

厚重虚怀见葛翁，沈侯气度足雍容。金樽银烛开筵宴，更喜如花隔座逢。静岑招饮青岛咖啡，晤沈成章。

快论彭郎旷世奇，更闻风谊绝堪师。冯驩弹铗相依久，倘见囊锥脱颖时？静岑座上赠彭东原

渔洋俊赏崔黄叶，江左清门陆士龙。各有才名惊海国，骚坛旗鼓合争雄。题崔景山、陆渭渔诗稿两首

齐风表海重临淄，能和张衡绝妙词。愁把剑南吟稿读，伤心一卷惜云诗！

旅邸挑灯酒半醺，裼裘过我李将军。顾生蝉蜕周生死，此夕殷勤惜遇君。李一民来访，赠以一绝。

十年一别老冯唐，万感灯前郁莽苍。我亦薜萝愁俭岁，黄金无分赠儿郎。赠春航四首

檀板歌场旧梦残，簿书丛脞鬓毛斑。玉颜已老金丸尽，那不低徊念故山！

生死交情感太丘，勖君品学重兼修。焚香礼佛终难报，倘遣传灯艺苑搜。谓亡友越流也

执手中宵袂又分，驱蚕身世我何云！裁诗急为彭郎道，拂拭穷交赖使君。春航客青岛，赖东原周恤之。

海上神仙事渺茫，劳山金碧尽辉煌。燕齐迂怪君休诮，谡谡松风夹道凉。二十一日游劳山

导我山游有谢公，九流七略萃心胸。龙江孤愤关青史，杯酒葡萄血泪浓。赠谢抗白

栾郜清门世所嘉，临邛贳酒更堪夸。满山樱李都开遍，点缀春风要

鬓鸦。赠劳山大饭店主人栾君夫妇

　　山行险阻有攀蹉，却曲迷汤一叹唏。治道几曾遇康乐？号天幸未学昌黎。自柳树台至靛缸湾遇险有作

　　响彻云霄匹练开，乱流危石足低徊。潮音马尾纷纭甚，输与题名小掣雷。靛缸湾瀑布，叶遐庵题"潮音"，傅藏园为易"马尾"，抗白云：不如小掣雷三字为佳。

　　吴生兀傲宿山巅，潘谢同归一怃然。无分太清宫里去，苍茫横海失楼船。遐庵、藏园游太清宫，咸以兵舰今不可得矣。

　　征轺又复指劳山，促膝潘唐足解颜。仰瞰峰峦俯沧海，上方宝刹是华严。二十二日偕佩宜、公展、冠玉重游劳山华严庵。

　　一白无端眼底空，失声咤叹足奇雄。华峰饭店供鸡黍，草草杯盘日正中。饭于华峰饭店

　　丰姿少妇总嫣然，蓝袄红裤驴背妍。只惜时光成错误，不应仍与步金莲。华严道中书所见

　　争春杂卉睹华严，郁李辛夷取次看。开到酴醾花未尽，珠梅蓓蕾耐冬残。华严庵中百卉争放，前所未见也。

　　憨老开山龙象灵，遗书长与镇门庭。妙高台上高吟处，不似当年病虎狞。庵僧出示憨山大师墨迹"题妙高台"一律，诗字均佳。

　　肩舆行尽又车行，缘海翻山历旧程。一路烟岚如送我，匆匆挥手别山灵。自劳山返青岛

　　嘉会难忘提督楼，沈侯风度美无俦。红莲幕下饶人物，尹谢纵横压九州。沈成章招饮迎宾馆，俗称提督楼。即席赠尹肖波、谢抗白。

　　文武兼资重沈侯，华严一榜足千秋。酒龙诗虎吾曹事，值得沈酣一醉休！

　　一梦蘧然日已高，安排归计定今宵。传笺郑重为留别，诉尽新知更旧交。二十三日晨起，坐新民饭店作。

　　清谈最爱谢参军，酒阵诗场几策勋。为我题图兼署册，苍凉沈郁定

斯文。抗白来谈，得三绝句。

当年春柳几英奇，李息逃禅有叹欷。更忆成都曾孝谷，廿年阔别汝何之？

门墙桃李诧欧阳，记我年时共酒觞。已遣灾梨传本事，冥鸿辽廓任翱翔。

魏塘旧侣散如云，各有奇愁不可云。辛苦远来曾几见？匆匆又别李将军！别一民

剑南旧主美丰仪，吉甫云礽亦俊奇。为我绸缪行李便，殷勤旅邸荷先施。渭渔、肖波过访

吉生慷慨气如云，萍水劳君远送迎。更有瓶罍持赠我，琉璃重器博山珍。吉梅五以琉璃瓶见赠，为书两截报之。

赠我琉璃何以报？报君泼墨写新诗。书生伎俩原堪笑，愧遣笼鹅道士知。

重与张灯宴画堂，主人情重客能狂。储生端厚雷生俊，更见王郎铁裲裆。储、雷、王三君招饮青岛俱乐部

大户依然尹谢贤，酒兵杯斝各争先。停杯忽动苍茫感，为有离情黯别筵。

别矣苍凉动万愁，天风海水荡心眸。重来倘遣休文诺，容我栖迟提督楼。

扶醉重归旅邸来，入门已听语喧豗。劳山游侣都无恙，履舄纵横意气恢。书示开先、漱芳、冰清、冰海两首

俊谑雄谈各朵颐，颇思裁剪入吾诗。河豚黄雀都甘美，弥勒慈悲法海奇。

收拾行縢理急装，消魂重为见冯郎。匆匆握别无多语，空谷幽兰意自芳。别春航

尹、吉同来远送行，剑南旧主更关情。专车让我安眠好，一夜诗魂过历城。渭渔同行赴济南，以其所乘工务车见让，赋谢两截。

直遣同行赴济垣，从知此老兴尤酣。宵来一枕雷硠梦，那不殷勤谢剑南？

怅惘凌晨别剑南，稍怜病酒怯加餐。将迎又见鸳鸯侣，辛苦梁鸿我旧欢。二十四日晨过济南，重晤烈亚、静怡于车站。

呼俦便共诣梁家，宾至如归语未夸。八怪瘿瓢留墨妙，无端又促我涂鸦。烈亚以瘿瓢子遗画索题。

倘见南阳旧草庐，云台无分钓台渔。空山蚀尽阴符字，失笑重寻种树书。次瘿瓢原韵，不能工也。

不数山林处士庐，从来大隐胜樵渔。五陵结客千金剑，更喜金闺共读书。为烈亚题《读书秋树根》便面

忍说题诗为应酬，狂名已悔动诸侯。一餐绝胜胡麻饭，百搅千紊感未休。赋谢烈亚、静怡两截

痴儿病起一封书，瀛海吴淞几女儿。只此殷勤传递感，也应刻划到肝脾。

到处逢人说项斯，蒋侯风谊我能知。匆匆见又匆匆别，苦念同车识面时。烈亚座上别蒋伯诚

奔波又遣指前程，多谢张、何共送行。更谢伯鸾贤伉俪，桃潭春水此时情。留别苇村、冰如、烈亚、静怡

未熟黄粱已泰安，车窗一梦我能谙。持笺便觅吴郎语，东道殷勤似旧欢。泰安车站赠吴筱峰

泰安宾馆绝安便，四面云山远接天。好奉慈闱暂休息，让人登岱去求仙。宿泰安宾馆作

登岱求仙兴踔腾，山妻兀傲亦同行。鸳鸯双宿年时事，凄绝今宵冷半衾。

玉简金书总惘然，茂陵封禅岂能贤。移文不畏山灵勒，却为蛾眉一赧颜。

系 马 集
（1934年）

香凝夫人与承志公子合作画，仙霏索题，十一月一日作

系马垂杨大道旁，沈雄莫负酒千觞。天涯游子终堪念，倘见关河郁莽苍。垂杨系马图

青萍三尺自提携，起舞还嫌力未齐。想见一声天下白，漫漫长夜喜闻鸡。闻鸡待旦图

题毛辅成遗像

秋禊湖头溯德芬，晚宜楼上黯斜曛。清门子姓都零落，愁抱遗编独对君。

令子漂流在海濡，当年曾记共艰虞。就医迎养终虚愿，旅丧萧然一柩孤。

众孚亲家先生命题书卷

渤海书名重一时，龙拿虎跳逞丰仪。柯亭爨竹谁真赏，三百年来见此奇。

我已频年谢九流，感君郑重意难休。恶诗劣字都堪笑，惭愧题名在上头。

烟桥属题《新吴江报》

枌榆舆论昔标新,我有雄心冀策勋。今日苍头仍树帜,可堪还忆故将军?

为俞慧殊题《松陵赠别图卷》

文采风流仰昔贤,松陵祖道事堪传。丹青翰墨都无恙,阅尽沧桑三百年。

　　松陵赠言叙一首,我邑前辈吴因之先生为训导马凤池移官行唐令而作。前有绘图一幅,当即状尔时饯别情况者。因之为明万历二十年壬辰会元,距今三百四十余年,云三百年者举成数也。慧殊社友以斯卷索题,余久客沪上,箧中未携故里志乘之属,马训导宦迹暨因之生平均未能详考,聊以短诗塞责,盖不胜惭汗矣。二十三年十一月吴江柳弃疾记。

波查女士初度

北驾南舣旷代才,婵娟岂合老金闺。河山倘鉴飞扬意,剑底桃花咤叱来。

狄君武四十寿诗

自昔娄东地,恒生绝异姿。飞腾千里意,交旧廿年期。脱略能投分,诙谐足解颐。明朝过四十,珍重杜陵诗。

沧桑集

(1935年)

赠陶冶公,一月五日作
历尽沧桑廿四年,故人心绪尚缠绵。何当同醉秦淮月,白日青天抱瓮眠。

赠高月秋
写真妙手拟天生,博带峨冠几现形。何似山川灵秀气,风鬟雾鬓貌娉婷。

赠袁文彰
红桑碧海两悠悠,万里蓬山记旧游。省识羽琌诗句好,有乡终欲老温柔。

香凝夫人、承志公子合作《子卿牧羊图》
大漠黄沙蔽故山,羝羊牧尽待生还。穷荒自守坚贞节,终见扬旗入汉关。

廖凤舒先生七秩，香凝夫人绘松鹤为寿，属题此截

皓鹤翔天宇，苍龙起地维。羽仪君子德，万岁以为期。

为默农母夫人莞琴大家题梅花画幅，一月三十一日作

撑天老干郁轮囷，点缀疏花不染尘。雪窖冰林休太息，穷冬终见换阳春。

林梦芗先生挽词，为其犹子一厂赋

大隐隐朝市，逋仙德望隆。阜财端木智，好客孟尝风。复壁藏张俭，遗经付小同。文儒兼武侠，八十九龄翁。

兰玉森成列，更欣犹子贤。通家空有日，纳履惜无缘。郁郁驯龙性，娟娟记凤弦。忍闻星斗陨，南望涕潸然。

张心抚挽词

臣朔诙谐卅载雄，晚来文宴尚能从。山阳邻笛黄垆酒，忍泪重经甘世东。君徙居甘世东路，去岁招余小饮，不意遂成永别也。

二月四日为仙霏女儿三十二岁初度之期后二日，出十年前纪念册索题，漫成一截

难忘往事十年前，沧海扬尘几变迁。寄语麻姑莫惆怅，要留微命看桑田。

二月五日偕佩宜、无忌、蔼鸿、无非、麟瑞、无垢将母吴门，车中有作

拂面春风喜可亲，好携仙眷共车轮。川原葱郁仍佳气，谈笑喧哗见性真。应遣慈闱劳望眼，最怜沧海易扬尘。人间聚散寻常事，漫惜来宵去析津。

既抵吴门，均权、诵益招游虎丘，并奉老母暨叔慈偕往，写示诵益

瘦马疲车去虎丘，冷香如雪足淹留。慈萱二老欣能健，弱妹双清喜好逑。谐谑颇夸儿女俊，行藏莫动别离愁。春郊归辔还嫌促，未及真娘墓上游。

赠杨公达

东方雄辩美无伦，大隐金门最率真。割肉归贻应绝倒，细君原是细腰人。

赠鲁潼平

海阔天空握手期，蜻蜓岛畔睹丰仪。归来三载钱塘住，倘遣沉吟岘首碑。君为咏安主席介弟。

赠毛国琦、刘毓芳夫妇

翡翠兰苕天路翔，鸳鸯双宿自成行。爱河滟潋春波暖，不信人间有海桑。

呈周召南先生

儒雅风流见性真，江湖跌宕老潜民。何当重问玄亭字，烂醉陶家漉酒巾。

贺周家治结婚

珍禽云路任双翔，喜气门楣溢吉祥。料得今宵春似海，万梅花下拜红妆。

南 游 集
(1935年)

一九三五年二月，偕观光团诸君自上海赴马尼拉，二十一日舟中有作，呈潘公展、唐冠玉伉俪。
时已过台湾海峡，明日将抵香港矣

又纵南溟万里程，耗奇借琐若为情。闲游我自携梅鹤，内子佩宜、女儿无非同行结伴人多重骏英。尽有雄风怀故国，稍怜斜日落残枰。华堂日夜笙歌沸，肮脏无端气未平。

先民表海此经营，太息南疆渐就倾。近史难忘林少穆，远猷更愧郑延平。登高能赋终怜我，击楫同舟倘遇卿。明日流连香岛路，更谁揽辔誓澄清。

赠杨德昭将军，杰克逊舟中作

鹏翼图南志未休，欣逢李郭正同舟。忧时危论如云纵，倾盖深情比水流。百粤衡才足豪俊，三吴学语尽温柔。明朝分袂休嫌促，东道先凭预约留。

赠王晓籁团长，并呈胡宝贞夫人

商战频年负盛名，睦邻持节出南溟。诙谐绝倒夸雄辩，领袖群才赖老成。绕膝已超郭令福，齐眉更喜孟光清。扣舷倘许歌金石，叱咤还愁海若惊。

赠公展、冠玉夫妇

仙耦潘唐誉早齐，鸳鸯双宿更双栖。北游昔共燕齐骋，南渡今还溟渤携。狂草米颠劳辨凤，同心祖逖倘闻鸡。空桑三宿因缘在，佳话留传任品题。

赠陈松源、缪翠夫妇

阜财端木擅经营，桓鲍风流更艳称。异域殊风劳密询，比肩扶杖每同行。心悬瀛海工商战，望重句章耆旧情。仙侣刘樊堪作范，祝君福慧证双清。

赠许晓初、黄赓保夫妇

同舟俪侣最翩翩，黄许争传小比肩。山色皖公自英俊，江声娥女足婵娟。象胥已探瀛寰秘，闺阁还饶铅椠缘。弱女更叨同学谊，青灯风雨忆髫年。

赠陈永霖

直上元龙百尺楼，振衣高步看齐州。滑稽方朔称能事，雄辩淳于旧俊流。故里鉴湖原毓秀，寓公沪渎足忘忧。识荆说项寻常事，喜共南来破浪游。

赠陈湘涛

百尺高楼旧主裁，似闻峰泖足英才。魁梧颇讶幽燕客，跌宕相期淮海杯。万里车书凭笠屐,三生缘法证岑苔。南舣北驾从今始,先导还须仗汝来。

赠王天申

闽土才人什百强,轩然霞举看王郎。曾持牛耳扶余岛,更启龙门沪渎场。阮籍对人岂青白,弈仙覆局有玄黄。钧天鹑首年时事,愁过台澎旧海疆。

赠王衍庆

拔剑王郎斫地歌,接茵联席意如何?看樱曾踏蓬山土,破浪重经粤海波。娓娓清谈良足乐,棱棱侠骨恐难磨。句东倘托维桑雅,三百年前旧薜萝。君家甬上,余亦旧籍慈溪,故云。

赠乐辅成

华胄遥遥数乐生,冰清玉润旧驰名。英年商战持牛耳,瀛海游踪结鹭盟。煮茗调羹频共语,抠衣接席更偕行。图南倘展鲲鹏翼,万里星洲取次程。君有远游星洲之约。

赠尤菊荪

尤杨范陆一千年,迢递云礽派自延。自辟新基创鸿业,更留余技付鲲弦。健儿身手刀镮筑,历史仪型粉墨贤。嬴蹶刘颠多少恨,倘凭次第播歌筵。

赠毛和源

经师先汉溯毛公,继起西河硕望崇。耻以哗占温旧业,要凭货殖振雄风。疮痍满地来苏后,药石收功食报隆。更喜郇厨娴粤味,归来倘荷一樽从。

赠孙兰亭

永和觞咏几千年，又见兰亭此日贤。华胄居然同国父，楚骚还拟谱芳荃。似闻妙手留光影，可许闲情播管弦。烂漫天真君自好，阿蒙吴下久流传。

赠戴仪仲

戴凭夺席旧岐嶷，壮岁英才想见之。鉴水风流传韵事，钱江铅椠足师资。当年西学曾窥奥，此日南溟共探奇。肉食久悲吾鄙陋，豚蹄一匕倘能施。

赠都锦生

钱塘山水久钟奇，丝绣平原语可思。都穆当年工结客，陶朱一舸倘能诗。要将南海殊风诡，付与西泠织锦宜。更说炎荒多瘴热，旗亭纨扇馈何时？

赠朱少屏

卅年投赠尽囊诗，谷换陵移事可知。碧海红桑沦万劫，恩牛怨李岂初期。鹏飞未遂冲霄志，马齿徒增歧路悲。祝汝化为轻蛱蝶，将身飞上最高枝。

赠郑方正、郑学俊

甬江二郑并高华，别籍殊乡倘一家。名德浑如大小阮，提携还赖辅车牙。老成自守寰中业，年少曾穷海外槎。鸡卵后先多异辩，倘凭科学奠群哗。

赠刘沛泉、姚锡九、钟国权

飞机大炮日披猖，世界居然相斫场。掠夺自应凭利器，艰危谁与守岩疆。鹏图好展垂天翼，龙战真成缩地方。愿与侨胞商大计，归来珍重固金汤。

二十二日至香港太平山有作

踯躅先春烂漫开，波光峦影绝尘埃。荡平云路供飞驶，牵曳雷车恣往回。倘结神庐堪削辙，更观远岛似浮杯。江山宾主无穷美，莫动登临王粲哀。

金陵酒家有赠

杨花飘荡落谁家？飞絮浮萍足叹嗟！莫怪对人施粉黛，最难遍野有桑麻。缠头曾博千金笑，孤注还愁一掷奢。惘惘中宵应百感，灯红酒绿度年华。

诣华商总会欢迎会，入夜，银行公会招宴大同酒家。复赴陈玉梅、邵醉翁高升观剧之约，赋谢一律

德星东道集群贤，酒盏茶珰尽胜缘。卜昼已欣逢盛会，及宵更荷敞华筵。南珍北错芳馐萃，晕碧轻红乳燕翾。最感沪来陈邵谊，梨园款我听歌弦。

午夜自香港渡海归九龙，玉梅、醉翁伴送至杰克逊，半途始别去

灯光隔海似繁星，高下峰峦澈夜明。此地河山拱手弃，几家鹣鲽比肩行。殷勤东道多陈邵，窈窕南溟列障屏。归去船窗迟偃卧，驰笺儿女最关情。作书寄无恙海上，无畏日本，无垢北平，无忌、蔼鸿天津。

二十三日访醉翁、玉梅伉俪于天一摄影场

丰神掩映玉梅奢，夫婿风流醉紫霞。窈窕红楼双影倩，栖迟碧嶂一

橡赊。南来为我添东道，西笑因君识大家，鹣鲽几人留影在，归途重认貌如花。

车过宋王台未及登眺

匆匆未上宋王台，凭吊豪情付劫灰。倘见残碑埋姓氏，最怜故国委尘埃。孤儿寡妇将谁咎，志士仁人总可哀。多少镌功弘范辈，神州东望又蒿莱。

青山道中作

长堤百丈接青山，鱼贯飙轮似怒雷。俯瞰澄波掠帆舶，仰瞻叠嶂蔽松槐。帕头樵妇循崖去，跣足渔娃狎浪来。惭愧凭车独吟眺，书生未是济川才。

过李应生夫妇山居，谢其留饭

驱车亭午过山家，夫妇迎门犬不哗。万叠苍峦围一墅，六时碧草护诸花。莫嫌野蔌邀宾薄，正喜饥肠得饱奢，倘许鲰生唐突请，重来逭暑不辞赊。

晚别香港

空桑三宿我何曾？又纵鲲鹏万里程。东道殷勤群地主，南游慷慨一书生。横波敢击中流楫，去远终伤故国情。交臂更怜马公子，匆匆未得一将迎。谓小进也

二十四日舟中寄无恙海上

移根换土自由花，临别终怜一握赊。记昔北行驰电檄，及今南渡换星华。端居绣闼愁兼病，偃卧船窗海是家。有约黄花冈上路，先茔华表郁槎丫。

寄无畏东京

汝尚东居我南渡,想思相望意如何?萍踪虬海豪游远,俪侣鸥波乐事多。几日樱花开烂缦,他年萝屋共婆娑。战场鄂渚原如梦,好事毛锥弃鲁戈。

寄无垢北平

匆匆决策渡南溟,一纸书传料喜惊。天性固知缘肺腑,少年休更太聪明。海行不信风波险,陆处须防冷暖更。万里驰诗无别语,眠餐安稳最关情。

寄无忌、蔼鸿天津

佳儿佳妇镇相望,累我沈吟意岂忘。几日匆匆才北去,一家草草又南航。舵楼卧看涛如雪,游伴频惊鬓未霜。更喜狄鞮通译事,晨昏弱妹伴高堂。

舟中写示佩宜、无非

并世争传鸿妇贤,明珠掌上亦娟娟。当年曾渡东瀛岛,此日还瞻南海天。万里虬髯饶意气,一家鸥梦小团圆。危时自笑无长计,托意遨游只怃然。

寄怀林克聪女士海上

远别难忘林克聪,辛勤午夜一舟同。盛年自称衣裁绿,热意从教脸晕红。玉腕余温劳把握,银钩密字苦惺忪。宵眠损尽终堪念,急为裁诗寄远鸿。

二十五日抵马尼拉,喜晤王儒堂博士

军乐悠扬铁缆张,泊舟喜晤老王郎。首都昔屡同樽俎,异域今还共

匕觞。管领江山君自健,遨游海国我犹狂。稍怜断酒兼旬惯,未醉佳人锦瑟旁。

赠许友超夫妇,暨于以同、董冰如、桂华山诸君

万里神交喜识荆,许家夫妇著贤声。新知到处逢津逮,旧雨频年感别情。湖海豪怀犹磊落,楸枰残局付沈冥。南来触热吾无悔,辛苦终怜累友生。

老友王济远招饭品芳楼

南溟热浪扑人腥,涂炭衣冠苦未经。失喜居然能遇汝,论交真可到忘形。杯盘草草无穷味,宾从寥寥旷世情。更忆花坛亡命日,云天高谊岁寒盟。

邓中莹领事夫妇招赴东方俱乐部茶舞会

沈沈广厦敞云霄,特启华筵缔国交。四海一家原姊弟,众声繁会异笙箫。雪胫玉趾温馨见,雾袂星裾掩映娇。恨我未娴酬舞技,观场负尽小蛮腰。

观嘉年华会

异国殊风负盛名,观光此夕恣豪情。珠氛宝气无遮会,火树银花不夜城。旷地千坪连海岸,天魔万态舞飙轮。蒙头张目旁观诧,信有奇觚域外民。

宝辇香车捧女皇,长矛短剑各辉煌。倘凭地秀钟神后,乱散天花满道场。午夜回车吾已倦,万头攒孔众犹狂。酣歌恒舞寻常事,倾国倾城总未妨。

赠陆礼华女士

南来克敌国权张,球战威名震两江。此夕相逢人似玉,当筵敢劝水

盈觞。鹏飞鲲徙波涛阔，燕叱莺嗔粉黛强。娘子成军三十万，好铭铜柱奠扶桑。

二十六日驱车环市一周

潦草中宵梦未圆，凌晨款户客来翩。补诗研墨眠餐损，绕市驱车景物妍。表海雄风原壮阔，开山筚路几庄严。先民堂构今谁继，血汗遗型总怃然。

书　所　见

纱袂飘飘不染尘，五光十色比轻云。酥胸起伏文裾媚，素足婵娟利屣新。土俗垂髻蛇髻美，欧风断发浪花匀。南柔北俊惭能事，愧负秋波顾盼频。

乌鸦总会口占

十顷球场别墅张，好风吹我上回廊。万鸦蔽日憎多口，群蚁缘梯倘就凉。迢递远山云暧𫘤，高低成列树槟榔。此间遣暑真堪乐，惜少华筵晋一觞。

菲督招诣茶舞会

鳌极休夸戴一尊，珠盘玉敦款嘉宾。盛衰漫证名山史，翰墨能留旷代人。珠履雍容萃群彦，飙轮流转感劳薪。苍茫巴石湖头望，影事凭谁纪秘辛。

以小册索菲美士女签字，赋谢菲商总会
秘书乌甘布、华商总会秘书杨世炳

南来何物一身随，小册还同纪念碑。狂草名流劳过誉，簪花贵女更堪奇。美辞重叠流泉泻，作介辛勤百拜宜。薏苡明珠两无分，归装留取伴囊诗。

为颜文初题柯逻版画集

廿载南溟桃李春，狂胪艺术亦堪珍。画图风物原留影，制版琉璃倘乱真。泼墨淋漓推巨手，调脂点缀杂闺人。文姬洛水垂红泪，凄绝诗僧示现身。

友超暨其夫人陈素娟女士招饮，赋此一律。并示同席董冰如、于以同、鲍事天、苏宗惠、苏行三、陈道桢、许书琼、桂华山诸君

弛袍褪袜笑披猖，快意南来第一觞。琐碎家珍胪史实，事天谈菲岛独立史。激昂吟调动诗肠。以《南游集》就正于以同。抟沙小喜群贤聚，倾盖还同旧雨狂。最感主人情谊重，千秋期汝比鸿光。

与鲍事天谈菲岛历史有感

骊珠稳抱太平洋，班美当年作战场。记昔举旗拚血肉，谓阿圭拿度革命之役而今筹策付商量。独立期以十年，尚在讨论中。先民屠戮冤难雪，西班牙占领菲岛时，屠杀华民三次，死者以数万计。世界平和愿倘偿。不用铁函沉井史，黎沙铜像已辉煌。事天拟撰菲律宾历史，诗以勉之。

难忘汉土有英雄，林凤当年唱大风。无赖莫轻徐世勋，先驱早兆郑成功。人豪成败寻常事，家国兴亡转瞬中。他日车书终混一，未须种族辨西东。

共和创造卅年前，持比台澎孰后先。国父论交曾结纳，孙先生曾与阿圭拿度有密约。鲰生著论未流传。余三十年前在《苏报》著论预言菲岛独立，虽暂失败，终必成功。预言青史凭猜测，卷地红潮倘变迁。世界无穷愿无尽，好凭花月照婵娟。

二十七日乘飞机至碧瑶，佩宜、永霖、衍庆、和源同载

真成鼓翼向天翔，城郭人民在下方。大海直同衣带阔，巍楼浑似木型张。川原到处阡连陌，云雾还疑釜沸汤。不信书生无胆略，更携闺侣共徜徉。

迦陵豪宕意如何？百谷西河共啸歌。稍惜机声成轧轧，欲凭耳语只哦哦。更看伴侣同时起，湘涛、天申、沛泉、锡九以别机行。已隔云山万丈多。却笑群公牛步化，火车颠簸尚中途。无非暨全体团员乘火车，计时尚未及半途也。

飞行直上万岩巅，霞蔚云蒸尽化烟。日晕照分浓淡色，山峰低比培塿妍。此行真展垂天翅，恣意还同绣榻眠。说与山妻应一笑，居然宿愿遂经年。

自飞机场乘汽车至华盛顿饭店，既偕佩宜、湘涛、天申、沛泉、锡九散步一周，旋返逆旅午餐

松柏参天驰道长，汽车停处即吾乡。小园饶有山林胜，闲步还寻湖水凉。野馔正宜枵腹美，雄谈不觉朵颐将。枕流漱石吾粗了，安得幽栖遂此方。

逆旅记事

林梢屋角缀红花，媚态幽情入望赊。此地已看春烂缦，故乡还恐雪交加。登楼王粲休多感，同梦齐姜静不哗。更喜群公联袂至，娇儿良友共巾车。无非、友超偕团员麇至。

环游碧瑶车中作

汽车飞驶万山中，高下弯环曲折通。叠嶂层峦凝翠霭，干霄蔽日尽苍松。野花红紫无名媚，板屋丹黄到处逢。更喜文窗开一角，垂髫十五见玲珑。

菲督别墅

别墅沉雄侈大观，客星闻说此栖鸾。万山凝黛当门送，一鉴方池照影寒。异代虬髯思霸业，几家鸳侣恣狂欢。灵台倘与民同乐，扃户犹传禁跸宽。

海陆军俱乐部花园

越岭翻山路几重，又来胜地证泥鸿。雄冠剑佩他家业，短袂轻裙吾辈踪。四壁花坛齐俯下，一龛弥勒独当中。谓晓籁摄影事逢场作戏寻常甚，转瞬兴亡亦太空。

车中赠吴半生、王天申

又纵豪游半日狂，同车风谊重吴王。携筇蹑履君能健，点笔裁诗我自忙。鸿雪因缘留异国，鼃蛮身世岂殊方。驱车莫道归途倦，意气犹堪并激昂。

郭涟漪、林馥秀、林磐秀、梁雅琴、林凤连、梁彩秀六女士过访留饭，赠以一律

斗大明珠入手来，冲霄六女共衔杯。珠江风土能钟秀，瑶市文明好借才。絮语泻泉通译事，簪花密字见心裁。韶华浩荡春如海，祝取前途幸福恢。

逆旅夜坐写示天申、半生、国权、湘涛

鲁鱼亥豕辨宵分，旅邸谈诗亦异闻。领袖群才推百谷，天申主持说论有梅村。半生殷勤伯敬夸年少，国权豪宕眉公见性真。湘涛我愧敬亭才力薄，未能摇足动星辰。

二十八日游孟迄金矿公司

崎岖驰道几艰危，来看黄金遍地时。万恶万能归主宰，一铢一忽足思维。笑谈裙屐联翩候，辛苦劳工血汗资。终见大同新历史，不须三尺口涎垂。

西园酒家午餐，赋示沛泉、锡九、湘涛、少屏、晓籁、天申、涟漪、佩宜

居然裙屐集西园，脱略形骸我辈妍。刘季大风呼万岁，沛泉姚长定霸在何年。锡九陈朱接席谁高下，湘涛、少屏浑潘论功岂后先。晓籁、天申多谢殷勤雌郭解，涟漪鸿光夫妇我能贤。

赠郭涟漪女士

红妆郭解见丰裁，露爽英姿意度恢。绛帐宣文频讲学，朱颜贞德信奇才。要将瑶市新邦启，莫动珠江故国怀。有妹更欣能自立，临歧珍重约重来。女士有妹慧萍，在华盛顿饭店供职。

自逆旅出发赴火车站，佩宜、宝贞、赓保、晓籁、晓初、天申、半生、湘涛、沛泉、锡九、少屏同行

独留娇女试飞行，无非留碧瑶，明日将以飞机返。共载峨车赴杳冥。驾铁长桥虹十丈，出山飞瀑水双声。开岩凿磴神工险，密树丛林利薮称。绝倒旅中谐谑美，孟公惊座有高名。谓湘涛

碧瑶返马尼拉道中

挥手匆匆别碧瑶，四山苍翠接云霄，胭脂日彩方圆别，瑷璲金缘曲折交。大海波光凝绿色，原田野火看红烧。归途凭眺无穷乐，掌上明珠恐寂寥。

题晓初所摄赓保夫人小影

鹣鹣鲽鲽比肩真,白袷朱颜韵事新。城市碧瑶原蜜月,碧瑶又称蜜月市画图红影证双身。豪情江海钦奇士,私语闺襜窃窕人。年少鸳俦良足羡,双飞珍重护长春。

太原堂招宴,诗以酬之,即题其纪念册

原庙松楸肃穆春,太原世泽至今存。旧家乔木云初远,异域殊邦结合真。莫但家风追故国,要凭文物作新民。华筵饱饫郁厨美,醉墨留题恐被嗔。

重赴嘉年华会观历史表演

盛会嘉年又见邀,屏除渴睡坐中宵。肯辞风露延凉久,未信星辰去地遥。进化巨轮无限劫,登场傀儡不终朝。奇装异服多殊诡,海外风情足解嘲。

三月一日偕鲍冷雪、桂韵秋两女士,暨李世傑、于以同同车赴北山寒

侵晨来访北山寒,寥廓车窗许纵谈。鲍妹南征横海健,桂姑北语泻珠圆。驱车俊李夸能手,挟策狂于有短髯。投分浑忘长路远,椰林遍地更奇观。

北山寒泛舟纪事四首

裸体来乘独木舟,北山寒水碧于油。鲽鹣并命仍偎倚,余与佩宜同舟鸥鹭寻盟恣拍浮。万仞危崖如斧劈,千寻急浪泻波遒。弄潮身手真堪羡,稳送书生渡逆流。

恍似瞿塘滟预滩,挽舟真比上天难。波涛龙战原奇谲,性命鸿毛亦等闲。怒浪奔腾疑骇雪,飞泉澎湃讶惊雷。雌雄双瀑缘天挂,泻玉流珠

信大观。

弃舟登岸路艰虞，赖有友生夹辅余。履石披荆穷仄步，微漪浅縠见明湖。掠波小鸟衣侵沫，跋浪长鲸水溅珠。更喜方塘开镜影，鸳鸯鸂鶒尽成图。

来时逆浪去奔湍，破胆惊魂总未安。十丈建瓴凭一泻，只身飞渡已千盘。沈舟王濬论功早，覆艇姚长入梦难。探险归来真快绝，举杯郑重劝加餐。

归途口占二首

取次循途觅故踪，内湖湖水照惊鸿。同车依旧人如玉，飞驶还疑路似虹。未遣温泉洗尘梦，剩凭椰汁涤烦衷。归程又指黎沙省，凭吊沉吟感未穷。

密树丛林百里程，忽开眼界见南溟。海波绿玉摇春涨，落日红脂衬晚晴。霞彩千层浑变幻，长天一色更鲜明。令晖聪慧真堪念，多谢诗材供我成。吟至第五句后，诗思不属，冷雪忽诵王子安语，遂以终篇，亦韵事也。

赠于以同

山左于郎鹓鹭行，疏髯俊骨尽恢张。南游有集君能读，西狩无言我自伤。御李因缘感风絮，推袁心事已沧桑。平生未遂扶余梦，荡气回肠总激昂。

赠桂华山、韵秋兄妹

桂子丰仪美少年，杜陵兄妹并婵娟。王恭濯濯当春柳，庾杲翩翩出水莲。王谢家儿无俗物，鲍班闺秀尽名贤。同车几度殷勤谊，纪念应留翰墨缘。

监狱局副局长亚西蒂介吴半生索诗，应以一律

保障人权几岁年，君曾任律师职飞腾今作出山泉。哀矜勿喜先民训，德礼能齐举世贤。划地为牢仍犴狴，当春布气化鹰鹯。笔刀未习平生愧，索我诗篇只忱然。

中兴银行招宴乌鸦总会

繁星灯火照愉山，百尺高楼启盛筵。履舄纵横长夜乐，笙璈错杂小游仙。潇浑竞秀休轩轾，谓儒堂、晓籁潘邓高名岂等闲。公展与中莹接席失笑无端陪末座，半生簪绂未能娴。

二日，中西学校招饮大同俱乐部

华筵特启谢群公，佳谶欢逢是大同。两字中西须贯彻，百年体用误凡庸。李鸿章、张之洞始创中学为体西学为用之说，误人不浅。今之食必西菜，住必洋楼，而思想尚停滞于十八世纪者，皆李、张之信徒也。诸贤南渡超群鹤，有女东征旷代雄。指两江球队醉饱浑惭无以报，书生掷笔气如虹。

陈穆斋先生有梅花帐额，为曩游天山时所作，流离五十三年未归故主，其令嗣掌谔抄题词索题，率成一律

无己豪情出玉门，东坡妙笔写梅痕。帐额为鹭江苏笑三绘。百千万里关河远，五十三年图画存。脱手终怜难返璧，抄诗聊复当招魂。一门风雅真堪羡，附骥留题亦夙因。

泉笙诸君招宴总支部

策源革命纪南洋，太息英荷久敛芒。硕果蒙泉留此岛，豪情密意付觥觞。群龙无首玄黄战，一鹗冲天寥廓翔。愧我远来成底事，挥毫泼墨总凄惶。

菲、华各商会招宴东方俱乐部

幕天席地敞长筵，风露星辰在眼前。倘遣无遮成大会，尽教不夜送流年。车书寰海同文好，履舄高朋入座妍。蛮语未娴惭我拙，杯盘草草已流涎。

三日，赴中华学会讲演

居然鼓我舌如簧，雄辩天花散道场。天下为公原礼运，太平三世溯公羊。大成国父能熔冶，曲解群盲漫跳梁。入地升天真理在，千秋万岁自堂皇。

是午李清泉、薛敏老招饮巴西别墅

同车许桂各沈雄，谓友超、华山导我仙源曲折通。薛璩才华能吐凤，李膺品望重登龙。狂谈大酺豪怀在，抱海环山别墅崇。多谢主人真爱客，再来有约敢辞慵。

赠王雨亭

失喜南来见此才，当门兰蕙异蒿莱。党碑漫启同文狱，姓氏浑惊起蛰雷。上国衣冠今寂寞，中原豪杰久沈埋。读书养气吾曹事，愿敛锋芒抑壮怀。

赠宗人旭东

大邦齐晋是王陈，邾莒吾宗亦百人。三黜展禽能混俗，一麾子厚颇工文。衰庸我已惭年长，慷慨君还识性真。莫更保持封建习，他年同作大同民。

赠王金俊

解纷排难鲁连高，挥尽黄金礼故交。江左夷吾天下士，山中宰相海滨豪。青箱旧泽流殊域，赤仄威权铸宝刀。丝绣平原等闲耳，千秋风谊重云霄。

赠黄士琰

闽峤诸黄几辈妍，识荆喜在海南天。澄波叔度千秋仰，诗笔庭坚一代贤。异域逢迎欣此日，故园归去定何年。才人自昔飘零惯，别绪离情感万千。

观模范监狱兵操，遂至妇女拘留所

天桥十丈似虹梁，军乐声中列帜张。岂信幽囚威隶卒，恍疑兵战是嘉祥。慎刑终见人权重，利器还夸电椅良。倘咏文山柴市句，从容一掷又何伤。

广厦沈沈照夕阳，漫怜黑狱锁红妆。自由纵失遨翔地，酣梦翻成安乐乡。犹见提携连襁褓，几曾蹴踏等牛羊。长身玉立谁家女，领袖群雌费忖量。

马尼拉市长招宴

笙歌广厦奏逶迤，已是文通赋别时。三宿空桑成眷恋，万缘瀛海总参差。殷勤地主敦邦谊，惆怅离情付酒卮。他日重来应有约，黎沙碑下独题诗。

赠伍孟纯大家

南来喜见此鸳鸯，娘子成军酒阵张。国士金闺原磊落，小君玉佩自铿锵。平章粉黛春无价，啸傲湖山海不扬。双宿双飞无限好，尽他龙战血玄黄。

赠陈雪蕉

羞以书生占哔老，倘同胜广托佣耕。鲲鹏此日愁南徙，戎马何年赋北征。犹有孟公投辖雅，岂无叔宝别离情。新诗一卷能贻我，出匣龙泉总未平。

四日午宗人谦德招宴

南游何意遇吾宗，鸡黍留宾似德公。四十英年方壮健，三株玉树并玲珑。闽泉旧贯君能记，浙鄞同枝我未逢。万里将迎真快事，迟来惜未见而翁。谦德尊人步坚先生为革命老同志，热心公益，惜于去年逝世矣。

马尼拉旅社席上留别诸友

移樽特地谢群贤，海水天风荡别筵。此日迁鲲终北返，再来题凤定何年。借花献佛风萍合，反主成宾玉帛翩。不奏云璈知有意，恐防离绪咽冰弦。

乘"俄罗斯皇后"船归国，下午四时启碇留别马尼拉三首

匆匆觇国未经旬，珍重离歌又送行。大好湖山怜触热，一时豪俊尽忘形。内湖涉水探骊窟，瑶市飞天控鹤程。更愧群公投赠夥，归装不似郁林轻。

后先班美领江山，进化文明胜野蛮。何日共和恢故国，他年群治换新颜。玄黄血战龙无首，黑白棋争鹿未颁。证取大同新世界，重来应惜鬓毛斑。

辛苦诸贤送海滨，桃潭千尺忆汪伦。一家胡越原兄弟，隔水华菲似齿唇。慷慨更怀南渡客，栖皇我已北归人。缤纷彩缕应牢系，地角天涯惜此身。

临发得无恙沪上书，喜寄

我方南渡汝裁书，书到居然尚旅途。最喜闺中眠食好，倘教海上梦魂俱。游踪昔忆留鸿爪，绮想今怜属凤雏。记取乌头马角候，此邦风物足清娱。

来远甫登舟送别，贻我以诗，有"炎荒干净土，不作故乡思"句，感酬一首

忽漫相逢是送行，骊驹真作断肠声。故乡干净诚无地，异域风花应有情。南渡诗才君不乏，北归意气我难争。一椽倘许同栖遁，海角山巅待太平。

寄怀菲岛革命时代大总统阿圭拿度翁五日舟中作，共两首

南来抗手几鸾龙，交臂终怜失此翁。闻道优游息尘影，难忘叱咤起雄风。卅年终见窥吴沼，九世还期复楚弓。御李瞻韩惜无分，簪花差喜认闺中。菲督茶舞会席上曾乞得夫人签字。

义旗当日树南邦，我亦闻风为激昂。亭长斩蛇功未就，书生附骥气难降。骑驴湖上韩王老，歌凤人间楚客狂。辛苦裁诗投远道，重来倘便款壶觞。

寄题黎沙纪念碑及铜像

海邦国父属黎沙，犹记中山握手赊。取义成仁真志士，赋诗横槊亦名家。当年贯铁心非石，此日熔金貌似花。愧我驱车悭下拜，吟成未敢惜涂鸦。

次韵酬黄士琰送别之作

江郎花管梦中来，白傅诗篇咏马嵬。旷世几逢投分客，如君倘是轶群才。江山异域凭登眺，风月蛮邦仗主裁。我自未甘吟笔老，大同运会要新开。

寄于以同

南渡才人第一流，于郎气分我能投。论交岂只诗肠健，累俗真宜古道谋。肝胆云霄轻一羽，衣冠涂炭薄诸侯。文章信美浑闲事，海外扶余愿岂酬。

寄吴半生

半生轻侠笑端多，午夜抄诗意若何？衰凤伴狂同楚客，浮鸥身世动吴歌。最难倾盖交如旧，只惜闻声语易讹。花后容颜应赠我，不然罚汝酒千螺。

寄董冰如

匆匆数度遇冰如，绝忆天涯识面初。旧雨苔岑良可感，热肠姜桂苦难除。殷勤厚谊休忘汝，慷慨雄谈足启余。只惜鸳鸯同命侣，海天飘泊总羁孤。

寄鲍事天

说剑谈兵作有芒，填胸青史自堂皇。休嫌杞宋无遗献，已见文明胜旧邦。黎氏捐躯殊磊落，阿翁投老总徜徉。倘从往事穷来襮，万岁千秋岂淡忘。

寄苏宗惠

鄂渚晴川几俊豪，髯苏慷慨始论交。虎贲颇似长松貌，<small>经颐渊，自号长松主人，君有虎贲之似。</small>鸳侣频烦东道劳。<small>眷属琐碎之事颇以相累。</small>渊默寡言君自美，逢迎到处我堪骄。临歧投赠情何限，姹紫嫣红伴寂寥。

寄许友超、陈素娟

闻名三载只神交，倾盖终朝似久要。好客原、尝能下士，挥金朱郭信人豪。游山伴我扶筇杖，横海何年试宝刀？德曜闺中双璧合，几回枉驾感辛劳。

寄桂华山、韵秋兄妹

公子翩翩旷代姿，留侯博浪尽堪师。禁书黑夜关门读，义帜青年奋臂奇。廿载力征商战业，几回名列党人碑。陶猗朱郭英豪萃，况见婵娟女总持。

寄李惠龄女医学博士

仁心仁术女中豪，救世慈航意态超。灵秀山川钟闽峤，辛勤衣钵觅燕郊。蛮荒开业真医国，旅邸先施辱下交。厚谊深情无以报，一诗惭愧抵琼瑶。

见菲律宾华侨名人录，以林凤为李马芳，再寄事天一律

林凤翻成李马芳，译名歧异费推详。雄才大略真人杰，折戟沈沙古战场。忍见谤书呼大盗，几从穷海辟新邦。阁龙事业凭谁继，林旺声名亦渺茫。林旺为华人首至菲岛者，中国历史中亦难问其姓名。

寄李清泉

巴西别墅共壶觞，离索天涯感未忘。季子多金君自富，鲁公争座我犹狂。阶前兰玉三琼树，酒后心情一剑囊。挥手重来成约在，漫嫌恶客太嚣张。

寄宗人谦德，并示令侄碧人、旭东昆季

太原有妫并堂皇，崛起吾宗亦擅场。旧贯晋江隔山海，新硎岷市试锋铓。主盟工战兼商战，竞爽元方更季方。赠我雪茄三十匣，北归郑重富行囊。

寄余耀扶、陈卓汉

王郎门下每随行，颇喜相逢粤两生。负笈远来知不易，名山绝业倘能成。读书休染纷华习，谈艺须同民众情。辛苦将迎无以报，韦弦勖汝倘心倾。

寄潘葵邨

葵开辛苦自倾阳，海外文明此曙光。南渡才流能结合，东林门户慎嚣张。勿持旧习颟蒙见，要吸新潮澎湃强。吾舌犹存心独壮，讲筵慷慨说公羊。

寄傅三侬

临岐喜晤傅三侬，省识诗僧绝代容。穷岛英才原不易，吾宗杯酒幸能同。春风燕子红泥寺，海雪畸人绿玉筇。行箧未携曼殊集，曰归许汝付邮筒。

寄陈佑荪

前尘影事《太平洋》，旧梦如烟未易忘。坛坫主盟姚弋仲，雨平江淮草檄骆宾王。自谓断鸿零雁怜苏衲，曼殊春柳茶花感李郎。怀霜喜汝殷勤能记取，樽前沧海早红桑。

寄王泉笙

卅载闽南老革命，喜教此日证萍踪。江山涕泪供文藻，湖海襟期付酒钟。洛蜀争持休太急，鲁连排解倘能从。重逢期汝中山路，握手应疑梦寐中。

寄岷市诸友

辛勤午夜独裁诗，隔海群贤苦费思。七日豪游怜况瘁，一时佳会信淋漓。姓名并入奚囊册，风雨难忘异国期。镂脑刻肝吾亦倦，敢辞才尽答新知。

寄林磬秀女士碧瑶，兼及其女兄馥秀女士

苦忆林家姊妹花，小乔题字更清嘉。密辞宛转劳人译，厚谊殷勤感我加。秀发娟娟怜此豸，春韶黯黯送流华。金闺国士何由报，隔海相望路已赊。

寄儒堂星洲

迓我停舟送我行，旅程七日最关情。坫坛扪舌夸雄辩，田径开球负盛名。玉敦珠槃人望重，虬宫骊窟浪花轻。图南此日多辛苦，瓜代华宗倘弟兄。谓济远同舟归国事

寄礼华爪哇

球队南征凡几辈，军成娘子尽虬龙。树人树木无双誉，倾国倾城第一功。扫荡群雄风卷箨，恢张天女日穿虹。稍怜鲍妹离群感，天遣同舟握玉葱。冷雪为球队南征秘书，顷先偕观光团北返。

六日舟抵九龙湾，赠别钟国权

南游滇渤太匆匆，北返居然抵九龙。半月同行共谈笑，一时握别颇怔忡。穷途胯下怜韩信，年少人间识孔融。海角天涯从此逝，萍蓬何日再相逢？

九龙车站晤马小进

挥手俄惊廿四霜，重逢道左鬓毛苍。当年草檄夸英俊，此日谈诗尚激昂。原宪米盐心自苦，庄周矢橛道弥张。君为港报撰诗话，述某君米盐艳体及冯焕章捡粪诗，故云。匆匆见又匆匆别，有约明宵共酒觞。

广州车站晤平复苏，遂赴新亚酒店绍兴同乡会茶话会

车窗兀坐两三时，密洞危崖取次移。照眼忽惊天又判，逢君更喜手同携。珠江风月今无恙，剡水人才倘出奇。为道年来生计稳，元龙敢惜气凌夷。

广州市商会及广东省商联会招饮

佗城珠海别经年，旧梦重寻半似烟。昔见劳工张赤帜，今逢商贾启华筵。攘夷革命名犹壮，乐业安居事倘然。稍惜北归衣袂薄，斋心旅邸只高眠。

德昭过访新亚酒店

南渡曾欣共酒樽，北归何意又逢君。纵横口舌仪秦辩，磊落襟怀侨札纯。美貌留侯如好女，深情潭水托汪伦。惭余军府多疏阔，介绍频烦指点真。

入夜赴总司令部宴集，赋呈陈伯南、林云陔、林翼中、刘纪文诸君

北来野老我骄矜，始识元戎垫角巾。霸业赵佗勤擘划，利权管子重经营。波澄南海群公壮，地近中山吾道行。饱饫雄谈兼异味，黄柑笼袖若为情。伯南盛绳潮柑之美，余携一枚归，颇为闺人所诟，谓其不识大体也。

偕德昭、晓籁、少屏、佩宜、无非访蒋伯诚于新华酒店

好将口舌奠山河，陆贾声华近若何。昔日北平劳款宴，此宵南海又婆娑。要驰倚马千言檄，莫纵飞鲸大海波。握手临歧珍重意，明朝香岛倘同过。

海珠戏园观粤剧，演张献忠、李自成故事

覆明张李亦奇才，喜见歌场扮演来。啸聚山林原不易，评量粉墨岂能赅。张皇青史无真相，妆点红颜上舞台。十五垂髫双宝剑，当筵吾意颇雄恢。

七日晨，偕佩宜、无非、冷雪、冠玉、赓保、公展、晓初、济远、少屏献花圈于黄花冈七十二烈士遗冢，遂至执信、仲恺两先生墓道

瓣香展拜墓门前，迟我重来又十年。旷代汗青应不朽，两贤埋碧更相连。风云气已人豪尽，粉黛缘还娇女妍。欲起惠阳雄鬼语，掌珠海上我能怜。

访邹海滨于中山大学不值

黉舍中山万亩宫，驱车恨未一相逢。到门客敢题凡鸟，破蛰人期起卧龙。瀛海游踪千里远，党碑姓氏几家崇。绩溪闻说遭鸣鼓，发墨针膏我尚雄。社友古公愚反对胡适之，余未以为然也。

岭南大学晤钟荣光夫妇

学府南邦数岭南，看花走马敢盘桓。掌珠宛转曾栖凤，齐赘英奇亦驻骖。苍莽龙蛇生大泽，殷勤梁孟劝加餐。荣光夫妇以校中自制冰结涟相饷。却愁门窄车难度，辛苦闺人步履艰。

刘纪文、许淑珍夫妇招饮于市政府

刘郎前度美丰仪，仙侣金闺绝代姿。合璧联珠双管健，佳肴旨酒一樽宜。当筵颇动新亭感，倾盖真同旧雨奇。杀粉调脂劳素手，他年还拟乞临池。

赠海滨夫人赵淑嘉女士

抠衣交臂失邹侯,却见同心婉娈俦。乡语吴音珠玉润,画图楚绢粉脂愁。谢公生死怜横草,宅相英奇岂女流。惆怅隔筵悭对语,临歧未得展绸缪。淑嘉女士自言为陈蜕庵先生女甥。蜕庵即苏报案主角陈梦坡,以革命破家。光复后憔悴死海上,已二十余年矣。

沛泉偕其夫人王素贞女士邀乘飞机环绕广州市一周

刘家夫妇最多情,握手浑疑肺腑倾。邀我乘机良可感,在天比翼又偕行。佩宜同载一江曲折同衣带,万屋参差俨木型。插翅高飞真快绝,云霄万古羽毛轻。

自广州发九龙,伯诚暨沛泉夫妇同行

别绪休言乱似麻,故人慷慨又同车。竹溪俊语殊流俗,文叔仙俦挟丽华。长路峰峦飞羽捷,十年战史泪痕赊。津梁跋涉吾终倦,一梦薨腾谢万哗。车中假寐,移时始醒。

别广州一首,万感填膺,不自知其言之悲也

红棉开遍五羊城,十载重来倘有情。埋血故人都宿草,横胸奇泪尚新亭。草间怜我空偷活,泉下逢君已隔生。朱亥侯嬴同抉目,欲呼张妹更谁膺。

九龙车站喜遇小进、复苏,同至大新公司坐谈有作

登山渡海不辞赊,旧雨逢迎感慨加。磊落才人都失意,栖皇寰宇几名家。黄金挥尽佣书活,小进曩为港中巨富,顷因商业失败已中落矣。赤血流空壮志奢。复苏于光复时,从尹维峻女士制炸药,失慎爆裂,几殒其躯。闻说尤翁仍健在,董狐休吝笔槎丫。小进为言孙先生老同志尤烈尚在港,唯贫不能自给,人亦无过问之者,顷拟口授革命历史于小进,俾资流布云。

自九龙渡海抵香港，德昭招宴大同酒家，同座者佩宜、无非、冷雪、素贞、宝贞、冠玉、晓籁、公展

杨生年少气沈雄，东道天教证雪鸿。几日曾欣游侣共，今宵更喜旅程同。德昭仍偕同人返沪。江山风月无穷美，肴核壶觞到处逢。剩有离情独惆怅，丽华北渡未能从。晓籁戏言当挟素贞夫人北去。

香港留别沛泉、素贞夫妇二首

意外相逢事大奇，刘家夫妇许心期。丽华绝代真殊艳，文叔冲霄信异姿。肺腑交情三尺剑，因缘文字一囊诗。如何此日轻言别，不送吾曹渡海归。

从化山中景物奇，驱车此日怅无期。翻波鲸激滔天浪，照影鸿惊绝世姿。茅舍竹篱堪避俗，青泉白石好寻诗。何时再鼓南游棹？十日平原未肯归。

午夜偕佩宜、无非、冷雪、冠玉、公展渡海返九龙，登"俄罗斯皇后"船，沈吉诚来送

飙轮又指九龙行，灯火缘山似列星。一客能偕情宛转，几人同渡貌娉婷。风鬟雾鬓飘仙袂，月地云阶别艳坪。闻道同来游荡子，灯红酒绿兴纵横。

登舟倦极，解衣偃卧，素贞夫人来送，不及握别，只闻其隔窗道珍重而已，黯然销魂，不能无诗，追寄一律，兼示沛泉将军

闻道刘郎兴正豪，如何不共我游遨？冲寒犯夜君能送，跣足蒙头客敢邀。破梦莺声传睍睆，隔窗絮语感辛劳。鸿光俪侣终堪念，为写新诗寄碧霄。

八日梦醒，闻波涛澎湃声，知舟已在大海中矣，追别香港

两度香江来去船，空桑三宿意茫然。河山莫问谁家物，粉黛曾无一醉缘。荡气回肠应雪涕，归田返璧定何年？吟诗惭愧书生拙，梦醒蓬窗忍再眠。

国际妇女节写示冷雪，为亡友秋石女士作也

女权扫地二千载，要与发蒙振聩聋。青史独标三八节，红颜曾见几人雄。酣歌恒舞原非计，流血牺牲证大同。惆怅难忘张一妹，十年危涕尚横胸。

乞冠玉、济远写《同舟共济图》有作

同舟共济总艰虞，乞向船窗写作图。杀粉宁辞劳弱腕，挥毫差可傲狂夫。补天填海心凄恻，返日移山事有无。岂是书生夸选事，新亭奇泪早模糊。

舟中赋赠旅伴得二十八首

赞襄戎幕佐南征，何意翻然返棹行。应为长途苦岑寂，特教此豸露聪明。一枝湘管天然美，千尺桃潭水样情。寄语姚苌休负诺，欧阳荐士我能膺。冷雪

得天居士自堂皇，半月同舟意趣长。诸葛大名垂宇宙，希文和气致嘉祥。平章公案无留牍，游戏尘寰有道场。最喜北山寒瀑布，褰衣圆笠陟高冈。晓籁

谢公丝竹已中年，正好金闺得妇妍。樱木有情通宛转，螽斯衍庆更联翩。指挥若定隆中客，口舌能雄蕉下贤。用红楼梦探春典浪静波恬今日事，不须辛苦损餐眠。宝贞

好学潘郎旷代姿，一行作吏尚堪师。廿年汐社风云气，君为南社旧人三叠船窗唱和辞。文字有灵应识我，江山无恙共哦诗。刘鞭祖楫彷徨

意,莫遣沉吟感路歧。公展

辛苦同舟写画研,此行真信骈华贤。一枝梅萼寰中艳,万里波涛腕底传。杀粉调脂原韵事,挥毫泼墨更奇缘。艺林探秘非容易,好学深思几岁年。冠玉

太丘名德岂寻常,懦立廉顽为激昂。悃愊无华美丰度,殷勤对客异原、尝。河汾化俗文中子,京雒闲居司马光。笑我干霄豪气在,对君心折不成狂。松源

刘樊仙侣几家妍,敦厚终推莱妇贤。不露锋铓知盛德,好凭荆布缔良缘。鸿光佳耦谈何易,桓鲍高风信可传。认取如椽中垒笔,辛勤肜史纪他年。缪翠

许郎年少信豪英,自溯长江入锦城。幕府红莲曾草檄,健儿白马更谈兵。当时庾杲传芳誉,此日陶朱负盛名。一舸鸥夷良足乐,五湖烟水拥倾城。晓初

明诗习礼擅芳姿,崇碫由来岂女儿。夫婿乘龙双璧合,文章吐凤一斑窥。簪花小字留题好,傅粉深情随分宜。记得黄冈凭吊处,英雄事业感蛾眉。赓保

赋诗横槊感姚苌,杯酒倾谈气激昂。三出国门求学急,一飞霄汉向天翔。渡江心事谁琨逖,横草功名有海桑。剑合延津原不易,归途惆怅失刘郎。锡九

岂独江南旧画师,豪情奇概想当时。柳车辛苦藏亡命,墨沈淋漓付侍儿。昔日东瀛曾托庇,今宵南海又题诗。同舟共济丹青在,好作平生纪念碑。济远

经济家兼幽默家,陶朱方朔两堪夸。导游岷市曾窥艳,归棹羊城又看花。辛苦碧瑶搜异俗,仓皇香海觅巾车。吴郎半生与汝堪同调,太息分张道路赊。天申

相逢天壤有王郎,挟弹挥金两擅场。身手健儿原磊落,心情荡子总颠狂。征歌珠玉三分艳,博进枭卢一掷忙。香岛无端寒鲗誓,终须酬我

在申江。衍庆

淳于雄辩是湘涛，旅邸谈诗足解嘲。岂有明珠传薏苡，颇闻修竹劲芭蕉。襟期淮海吾终谅，意气云霄汝自豪。颇感将离成怅惘，冠缨尽绝岂辞劳。湘涛

剡水风流旷代真，颇闻吴语滑秋莼。掌珠窈窕曾横海，老子婆娑信可人。王衍衍庆毛苌和源三鼎足，淳于方朔一家春。释迦说法兼权实，莫遣蛾眉动怨嗔。永霖

七襄织锦感天孙，纨扇旗亭事未真。摄影颇闻夸妙手，绣丝何用觅针神。仓皇菲岛窥花后，辛苦桑田换海尘。赵胜田横今不作，黄金倘铸自由身。锦生

钧天仙乐奏西堂，泊凤飘鸾两渺茫。岂意云礽传奕叶，却从货殖夸流芳。申江商战筹能握，香岛豪游兴颇狂。何日金樽檀板畔，看君身手恣低昂。菊荪

先汉经师大小毛，迢遥华胄兴能豪。桃花人面黎娃曲，美酒嘉鱼粤味肴。厚重看君心自广，疏狂笑我舌常饕。曰归好过梅园路，东道休辞十日劳。和源

阿蒙吴下旧相轻，岂意论心忽眼明。不是阊闾城畔客，难忘松笠水边情。晨报社辑观光团特刊，误君籍贯为吴县，其实乃吴江八坼人也。陆游入蜀曾留记，吴易举旗此用兵。一笑同乡逢异域，与君俱是可怜生。兰亭

玉润冰清旧艳称，黄金台畔更驰名。曾传典午无双士，能下田齐七二城。一脉云礽殊不俗，虚怀厚重莫相轻。难忘荔子湾头路，鼓翼飞翔次第行。辅成

访戴山阴王子猷，欣逢华胄更同舟。操刀敢学陈平宰，食肉休令曹沫愁。君任中国制腿公司董事尽有侏儒惭欲死，可无方朔解相求。归来倘荷豚蹄赐，好祝丰穰尽满沟。仪仲

大郑南来胜共探，同游难忘北山寒。沈舟曾踬王晓籁姚锡九辙，治业还能乐辅成戴仪仲骖。生死鸿毛真胆落，奔腾虬窟岂心安。他时欲诣

青丘暑，东道还期礼数宽。方正

英英露爽负才名，二十韶华世已惊。慷慨乘槎天外至，仓皇脱险贼中行。英伦颇忆遨游乐，闽峤难忘魑魅形。君留学海外，又尝乘"普安"轮自沪赴青岛，遇盗被掳至闽之诏安，卒脱险安然而返。年少如君真不恶，艰难玉汝倘相成。学俊

湖海相期三十年，桑田沧海总堪怜。立身骄谄终非计，抵掌恩仇莫问天。晚盖倘宽周处论，绝交忍诵孝标篇。韦弦攻错他山谊，直道休疑愧圣贤。少屏

武侠文儒两不群，屡从舟次挹清芬。深情北海能知我，雅谑东方亦可人。骏骨黄金愁濩落，凤毛丹穴岂沉沦。解推最感殷勤谊，密意相怜见性真。德昭

比肩比翼总相亲，双宿双飞语最真。只惜苦吟逢薄怒，更怜迟卧惹娇嗔。书生作态原堪骂，闺侣含愁岂尽申。午夜裁诗心胆怯，船窗倘有未眠人。佩宜

掌上明珠抵玉瑶，几经横海撼波涛。辛勤倘念离人远，婉转终依老父娇。此日晨昏劳定省，他年衣钵恐迢遥。最怜兄妹都分隔，赖汝天涯慰寂寥。无非

鼍愤龙愁愧此才，廿年挟策动风雷。雄心早逐春韶逝，奇泪休为祖国哀。摇笔狂吟原左计，忏情绮梦又今回。霜毫掷罢天鸡曙，祖逖刘琨莫浪猜。末首盖自谓也。

九日舟过台湾海峡，济远为绘素描，率题一首

草间偷活比梅村，描我容颜有泪吞。惯向欢场歌当哭，欲寻往事梦无痕。新亭人物谁王导？季世文章耻薛浑！又过台澎遗憾地，畀秦鹬首忍重论。

林季丞以涪翁发愿文卷子属题有感

原书无款识，嘉道诸贤亦有疑为南宋张樗寮手翰者，推敲题跋不厌求详。倭人内藤虎独以骄矜之论，武断一切，正堪表示民族性之浅薄耳。余读而愤之，题此志慨。

谁教题识失涪翁，持此樗寮有异同。嘉道诸贤犹聚讼，倭夷持论岂能公。恶书我自惭蛇蚓，壮志君还证虎龙。禅律儒宗两无分，慈悲一念倘堪通。余不喜释氏，亦不宗孔孟。对于禅宗戒杀之说，认为有相当之理由。惟其遏绝男女交媾，则实荒谬绝伦。信如彼说人类且将绝灭，遑论其他哉。文中有戒淫、戒杀诸愿，故驰论及之。

船员张达明、徐茂芳索诗

终年骇浪更惊涛，万里飘蓬亦自豪。吾辈坐谈殊赧恶，诸君食力始崇高。劳工神圣非邪说，祖国光明赖汝曹。惭愧书生百无用，只堪饮酒读离骚。

济远盛绳岷市曾廷泉之材美，谓为民众英雄，而余独缘悭一面，甚堪叹惜也，诗以寄之

南来横海几虬龙，未见曾郎绝代容。身世略同苏子谷，人豪倘比郑成功。君华父菲母，故以郑、苏为比。广场叱咤风云起，民众追随剑佩从。世界大同终有日，鹏程万里莽难穷。

谢天申惠手杖

南游豪俊萃如林，闽峤王郎风骨森。含笑对人无愠色，能狂喜汝有仙心。更教贻我红瑶杖，安得报君绿玉簪。拟办箨冠芒屩好，避秦从此入山深。

因天申手杖更忆宗人谦德，暨友超、半生馈烟卷，华山馈佩刀，士琰、事天馈冠履，宗惠馈花束，冰如、以同馈图籍，并谢一首

南来觊国俨乘轺，惭愧归装陆贾骄。诸友殷勤烟叶卷，桂郎慷慨赫连刀。簪冠倘作排云想，珠履能忘踏月劳。花束缤纷图籍美，书生何计报琼瑶。

次韵酬季丞

豪气能吞大九州，采风问俗倘乘辀。鹏飞鲲徙三千里，鼓伐钟撞万斛舟。先哲古香原足宝，狂生恶札漫轻留。匡时事业非文字，忧国沉吟易白头。

十日舟抵沪上，留别同行诸友二首

廿日为期聚一堂，无端分手意苍茫。风萍大海流能遇，诗酒雄谈兴自狂。璧合珠联人伉俪，云蒸霞蔚族陈王。济时公等皆豪杰，文字无灵我黯伤。

滑稽臣朔是东方，领袖群伦气激昂。国士金闺原磊落，嘉宾珠履共翱翔。最难风浪同舟渡，颇喜留题手墨香。多谢明宵都锦生戴仪仲郑方正、学俊，梅园有约更倾觞。

留别济远，乞画《黄花冈吊墓图》

难忘风雨墓门前，凭吊人豪总黯然。埋血成灰应不朽，挥毫如汝亦堪传。哦诗车座巾流泪，泼墨船窗水接天。乞写黄花冈上事，青山青史两缠绵。

留别冷雪二首，即以为赠

无端见汝意缠绵，分袂终教各一天。依竹佳人怜袖薄，簪花小字比珠圆。打球玉腕凝脂露，蛮语莺喉泻水妍。销尽元龙湖海气，高丘窈窕我能贤。

不是风花傥荡思，临歧惆怅为吟诗。怜才吾意堪千古，似水春韶又一时。勖汝丹铅勤朴学，任人青黛斗长眉。金闺珍重风云意，剑合延津倘有期。

留别"俄罗斯皇后"轮船二首

卅年前读饮冰文，抑美扬俄谬绝伦。梁任公在新民丛报撰文反对革命，有游美利坚而梦俄罗斯语。岂意潮流一冲决，遂教世界尽翻新。沙皇断颈刀头血，坤媪留名舶上珍。青史青山无限意，空桑三宿更伤神。

狂呓书生百不庸，低头独拜北冰熊。列宁墓草三年碧，胡蝶唇脂万里红。谓胡蝶女士游俄事。独我翱翔无健翮，任他优孟恣游踪。欲偕梅畹华北行未果。望梅止渴怜曹孟，一笑题诗大海中。

叠韵酬公展

雕龙吐凤铸奇姿，雅意殷勤信可师。投赠札侨情自契，唱酬苏李谊难辞。寥天梦影三生石，横海奚囊一卷诗。愿得随时亲麈教，不须惆怅惜分歧。

题济远为晓籁写僧装像

佛龛弥勒自堂皇，画出头陀衲子装。一笑拈花公案在，六时说法讲筵张。蛟螭海底狞龙窟，狮象人间大法王。倘有辩才天女共，好持梵呗礼心香。

附录一 碧瑶游记

碧瑶在万山中，为菲岛逭暑胜地。中华民国二十四年二月余观光南国，遂游其处。自岷市乘飞机往一小时即至，峰峦烟霭，悉在足趾之下,洵云海大观也。吴君半生、王君天申导游全境,驱车一周,遂返华盛顿旅馆。游踪所至,若礼拜堂,若天文台,若农林学校,若菲督别墅,若海陆军俱乐部、花园,悉为碧瑶名胜,尤以后者为最佳。山道曲折,依高下为准绳,而平坦如驶,甚少颠簸之苦,良足乐也。既归憩逆旅,吴君半生索文以纪,遂走笔应之,不加点窜。时二月二十七日下午六时,暮霭苍苍已侵我几案间矣。吴江柳亚子记。

附录二 祝大白社周年纪念

大白社创刊周年到了,要我写些东西,憋了一肚皮闷气的我,能够写些什么呢？我在三十年以前,不客气,是以石达开、李秀成一流自命的,到现在,半生潦倒,一事无成,落魄江湖,佣书自给,雄心灰尽,俯仰依人,还有觍颜对读者讲话的资格吗？

讲国家大事呢？东三省丢了差不多三年有半,榆关热河,也一去不复,华北在敌人囊括之中,新愁旧恨,历历心头,真是一部二十六史,从何说起！讲文坛小事罢？一九三四年,据说是小品年和幽默年,我也不管小品文是否足以涵盖文坛的一切,幽默是否适宜于现代的中国。不过,看看他们的思想和文字,实在是令人莫明其妙,从参加语丝战线到复活语录体；从提倡让娘儿们来干到主张女子应该以嫁人为职业；从"剪拂""保障"到出卖袁中郎,标榜辜鸿铭,目空一切,旁若无人,浅薄固陋,没有读过洋书的我,不知道他们究竟是在走进化的路线还是在开倒车？

在这乌烟瘴气的文坛中,大白的出世,的确是很有价值的,讲学问方面,他们对于中国旧的知识,比较有深刻的研究和解剖,并不是一味卖野人头以欺人,讲思想方面,也觉头脑清晰,不开倒车。所以,对于他的周年,我是抱着宁馨儿的希望的。祝颂他易长易大,长命百岁罢！

一九三五年二月二一日,于"杰克逊总统"号南航舟次。

北 归 集
(1935年)

赴菲观光团梅园聚餐有作

三月十日赴菲观光团归抵沪上,翌夕举行第一次聚餐会于梅园酒家。佩宜、冠玉、缪翠以事未至,即座赋示德昭、晓籁、公展、济远、永霖、松源、天申、少屏、菊荪、和源、锦生、仪仲、方正、学俊、兰亭、衍庆、湘涛、晓初、辅成、锡九、季丞、宝贞、莲影、美华、赓保、无非、冷雪诸子。

北归又幸一樽同,灯火梅园似画中。竹滥丝哀群彦美,晓籁、菊荪、兰亭珠圆玉润大家风。谓宝贞夫人书生弦管惭无分,烈士精灵尚可通。余当筵诵岳鹏举满江红一阕,自谓极激昂慷慨之致。鲍妹稍怜成隔座,襟期淮海惜玲珑。

忧患如山可奈何!当筵怕唱定风波。谢公哀乐中年逼,庾信文章雪涕多。九死翻怜成舐犊,三生何意又闻歌。灯红酒绿销魂地,荡子豪情金叵罗。

开先、潄芳招陪梁钟静怡夫人宴饮，赋诗为谢，兼示公展、冠玉、冰清、冰海、明暄、佩宜、佩亚

又向华堂醉兕觥，鲲鹏才喜息南征。北归欣晤茗中美，东道难忘历下程。静怡夫人为茗产，偕烈亚兄侨寓济南。去岁余辈鲁游时，蒙招待殷挚，逾于骨肉，至今未能忘怀也。翰墨雄谈聊快意，冠玉、冰清、潄芳，并擅绘事，座中谈艺极欢。云天高义不胜情。谓开先白衣骂座吾何敢？错遣蛾眉罢酒兵。佩宜要余止酒，其实盖次公醒而狂，何必醉也。

三月十二日夜，冰清、冰海招集寓庐，与冠玉、潄芳、静怡、佩宜、佩亚、羲农谈艺有作

八音遏密付长埋，是日为中山先生忌辰谈艺犹堪入座来。雪涕有亭周颢恸，画兰无土所南哀。宋遗民郑所南画兰不画土，人问之，辄恸哭曰：土为胡人夺去，汝不知耶。今之东北四省又安在者？江山莫问谁家物，烟墨还劳弱腕裁。最忆廿年前旧句，昆仑顶上血花开。民国元年，中山先生逊位，袁项城就临时大总统职。余极愤懑，有题画诗云："和议不曾诛贼桧，群儿今已奉曹瞒。会须画出中原景，立马昆仑放眼看。"盖字里行间隐隐有血泪痕焉。

中山先生忌辰有作

飞扬无路哭昭陵，朝市仓皇几废兴。入梦红桑都变海，填胸赤血早凝冰。天门折翼怜陶侃，余自谓也豚犬生儿羡景升。指北平近事侧目愁胡浑不管，年来辛苦郢都鹰。

十四日，双清楼主再度枉驾，赋呈一律，兼示无恙、李湄

文字缘同骨肉真，登楼病体累艰辛。老牛舐犊怜同命，乳燕将雏报好春。化碧三年苌叔血，谓廖先生补天万劫女娲神。楚囚雪涕成何济，江左夷吾倘有人。

十五日，棣华、继郇、咏薇过访剧谈有作

电檄交驰北事平，南冠消息又心惊。红颜黑狱娇雏命，翠袖朱家旷代情。湖海豪怀怜季子，云天高谊倘吴卿。伯仁对泣非吾愿，珍重双栖祝此生。

十六日夜，济远招集梅园，客共五席，与余同座者为子民先生暨佩宜、宾虹、晓籁、永霖、谢公展、曹启明。宾虹及诸画友既绘梅花册子作纪念，余媵以是诗

三千珠履启华筵，灯火高楼月共圆。二老堂堂寰宇秀，子民先生暨宾虹一枝草草陇头烟。虬髯横海英姿露，龙女垂髫玉貌妍。别座有波兰士女，均从济远学画者。愿向樽前拚烂醉，任他病齿损宵眠。

十七日午少屏招宴新新酒楼，同席吉珊、开先、漱芳、佩宜、佩亚、麟瑞、无非

萧衍生儿喜欲狂，吴郎入座更披猖。豪情莫遣金闺怨，密意还宜玉尺量。问罪岂关绫十幅，快心聊付酒千觞。飞扬我亦浑无忌，甘学刘伶葬醉乡。

是夕明暄招饮尚文小学，凤蔚、兰因、冰清、冰海、佩宜、佩亚同席，漱芳不至，公展、冠玉、克成、开先先去

慈明慷慨女中豪，六载春风灿李桃。广厦万间平地起，雄谈一夕刺天高。酒徒剩取朱云健，艺事难忘女伴劳。惆怅钿车荆隐渺，覆杯我亦感无聊。是夕余罢饮。

十八夜集新亚酒店，赋示德昭、穆如、开先、漱芳、陶怡、吉珊、公展、晓籁、佩宜、少屏

此是人间第几回，风云龙虎又重来。两贤玉斝杨吴厄，绝代金闺笪夏才。旧社希夷诗意在，新硎绍伯酒旗开。稍怜避席潘王早，我自横刀郁壮怀。

题双清楼主绘虎，赠张向华将军

深山藜藿万灵屯，横海归来感慨新。食肉封侯班掾相，精忠报国岳家军。诸君共洒新亭泪，妙手能还尺幅春。虎啸中原他日事，讨倭平虏倘斯人。

陈令仪女士索题其故夫解中荪遗画，即以为勖

绢素留遗痛可知，江山如画又今时。鲽鹣忍靳庸流福，烟墨能传旷代姿。故国兴亡人有责，新亭涕泪我安之。陶婴徐淑平凡甚，要树中原革命旗。

十九日夜少屏招集杏花楼，同席者湘友张慕青、张仲钧暨吉珊、开先、明暄、佩宜、佩亚

太一牺牲君剑死，楚材犹喜足论交。看山衡岳他年约，劝酒申江此夕劳。磊落萧吴原上驷，婵娟杨郑亦人豪。还凭归棹长沙日，珍重黄刘慰久要。亡友宁太一、民二为黎元洪所枪毙，迄今已二十三年。传君剑客死皖江亦五载矣，湘中旧友今惟黄梦蘧、刘约真暨约真犹子雪耘，尚依慕青厅长幕府耳。

次韵酬颍若

新亭涕泪三年苦，瀛海波涛万里宽。陶侃天门郁奇想，信陵醇酒恣狂欢。收功文字终虚语，末路英雄耻大观。余旧藏古印，文曰"英雄末路作诗人"。凭仗割愁新剑利，坐愁行叹总无端。

朱益之将军母夫人何太君七秩寿诗

带砺河山铸券辞,莱衣彩舞足期颐。缨长始信终童美,裾绝还嗤温母愚。知废知兴堪万禩,如淮如海晋千卮。秣陵春暖笙歌沸,记取华堂上寿时。

凌师甘伯挽词

程门风雪旧追随,朴学薪传此大师。髫岁神童曾负誉,乡评至德岂能私。方圆应入畸人录,衣钵终留异代思。房杜河汾吾自愧,千秋青史漫相疑。

四月一日为章铁民、蒋抡英证婚作

卅年持论废婚姻,此日居然作主盟。但使爱情成幸福,何妨习惯号文明。银灯照梦无凡艳,珠箔搴帷证再生。家国兴亡谁管得,青溪小妹最关情。

李小舟先生百岁纪念诗,为哲孙大超赋

文儒武侠此传灯,不信书生百不能。万古羽仪栖穴凤,半生心事脱鞲鹰。周情孔思韩公好,土垄王头颜触矜。更喜孙枝仍奕叶,青山青史倘堪凭。

次韵和周景瞻追悼渔父之作

革命卅年成底事,尸山血海泪千丝。白丁致寇无坚垒,红女啼饥有断炊。一德格天秦相国,三吴埋冢古要离。招魂宋玉终何补,莫遣江南庾信悲。

陆丹林四十寿诗

南社声华几变迁,陆郎后起亦堪贤。名场结客愁金尽,世网惊心幸

瓦全。文字有灵烟墨贵，画图无恙鼎湖仙。羡君四十才英妙，醉我何当介寿筵。

四月二十九日陪廖夫人游天目山作

山游端赖腰脚强，借人肩背终堪伤。舆前况有两卫卒，更应笑杀徐霞客。天目声名震域中，龙飞凤舞足称雄。描摹风物惭难好，天荒地老我才穷。

秋颦集

（1935 年）

龙井道中怀垢儿，九月十四日

依旧南山辇路尘，重来心事付秋颦。苔痕屐印都如梦，绝忆低鬟去国人。

哲生先生命题中山先生手写《建国大纲》墨宝

马列同真谛，华拿逊伟猷。宝书贻继体，持此奠神州。

十二月二日，翰笙邀赴南都福利大戏院，参观中国舞台协会公演，赋赠一律兼示寿昌，时距海上会宾楼狂欢之夕已三载矣

会宾醇酒成陈迹，福利华灯又此时。执手相看余涕泪，请缨谁与复边陲。东京党锢名犹壮，南国旌旗事可为。忍听梅娘歌一曲，黄沙碧血汉家儿。

题画五截句，十二月十六日集双清楼作

童稚嬉春玩岁华，承平风物旧时夸。似闻直北关山异，冰雪南枝忍

着花。吴青霞女士嬉春图,廖夫人补红梅花。

蜀国葵花一丈红,斓斑乳虎伴鳞龙。空山藜藿须珍护,莫遣天骄踞上风。廖夫人绘虎,顾渊补松,聿光画蜀葵。

梅鹤长春一拳石,仙子凌波湿罗袜。黄尘涴洞遍中原,对此忘忧永晨夕。廖夫人画梅,聿光鹤石,青霞水仙。

振翮长松畔,英姿飒爽来。谁言蜂有毒,微物敢为灾。廖夫人画松,聿光鹰蜂。

比翼羡珍禽,雌美乃逊雄。人间富贵花,惜未经严冬。聿光双孔雀,廖夫人牡丹。

十二月十九日夜,陈凤元、李焰生招陪廖夫人暨梦醒女士,宴集觉庐俱乐部有作

车马园林敞酒樽,重茵密室暖于春。元龙百尺留豪气,锦瑟三生见隽人。慷慨裙钗尊一老,纵横湖海狎诸宾。曳裾怜我疏狂甚,愧对明珠掌上身。

沧桑家国此孤儿,青史横胸剑气粗。取义成仁豺虎窟,覆巢完卵凤皇雏。风云早失关张命,衣钵犹传计范书。此夕华堂谈故事,昭陵恸哭意何如?凤元襁褓尊人为中山先生同乡密友,早预义师殉难粤中,凤元襁褓亡命,今以货殖起家。

廖夫人画松竹梅,为凤元题

劲节贞柯历古今,江山如此付沉吟。南枝为报春消息,雪地冰天鉴此心。

十二月廿三日赠别,为舜华作

执手难为别,风寒水不波。殷勤留后约,愁送女荆轲。

廿四日南翔道中作

昔游曾共舜华行，今日驱车感别情。惆怅伊人渺何许，海风腥处是崇明。

亚尘、君立夫妇招集云隐阁，题亚尘偕聿光、屺瞻、小鹣、公虎五君合作画

梅花绿萼吐奇艳，柿果鲈鱼快朵颐。嚼蕊吹香吾事了，江南休唱雉朝飞。小鹣画绿梅，屺瞻红柿，公虎青果，亚尘鲈鱼，聿光悬雉。

廿四夜维也纳舞场有作

狂欢此夕遣悲凉，裸舞天魔最擅场。极乐修罗原咫尺，有人血肉换鞭枪。

青年血肉健儿心，不信神州竟陆沉。商女早知亡国恨，歌喉凄咽动哀音。

十二月三十日再集双清楼题画六截句

冷艳孤芳又几秋，思量身世不禁愁。微生也解相残贼，鹬蚌争持恨岂休。芙蓉、卖鱼郎、虾

载酒携柑听好音，春光如此感难禁。老藤矢矫疑龙卧，可有人间梁父吟。黄鹂、紫藤

放鹤青天上，冲霄去复回。本无尘俗意，腐鼠莫相猜。放鹤图

把酒话兴亡，滔滔江水长。世无曹孟德，何处有周郎。赤壁图

攀折无多恨，春来又几枝。阳和嘘气好，水暖鸭先知。柳鸭

杨柳袅晴烟，桃花着意妍。春光无限好，愁思在谁边。桃柳

丽 华 集
（1936—1937年）

赠向华、景容伉俪

廿五年一月二日向华、景容伉俪招饮，座有香凝夫人、梦醒女士、恺湛、琼恩夫妇暨祥麟、至柔。酒酣以往，至柔述十六年从军北伐，道出黎里，于军民联欢会中，聆秋石女士演讲事，悼往伤今，不胜凄咽。适向华索诗，写此为赠。

百劫河山感慨新，又看鸿爪落淞滨。天留一老雄巾帼，酒醉群公失主宾。猿臂不侯李广老，蛾眉无命丽华颦。青磷碧血年时梦，忍付华堂此日春。

向华索诗，代梦醒赋

学剑复学书，堂堂万人敌。何日定扶桑，铜柱奇勋勒。

赠 向 华

当年血战为扶民，此日骑驴海上春。多垒四郊成国耻，也应难忘故将军。

赠余恺湛

陈文张武妙周旋,雄辩春生海上天。一笑劝君输一着,金闺国士更能妍。

赠琼恩夫人

青绫步障妙能赅,吾友还教逊汝才。不信女权终堕落,罗兰玛利看重来。

赠景容夫人

倦游瀛海赋归航,紫燕双栖玳瑁梁。湖上骑驴今日事,金山桴鼓漫轻忘。

赠周至柔

相逢失喜此周郎,一醉能教万虑忘。难忘当年张一妹,青溪碧血泪千行。

赠华岳高

飞书草檄孔璋才,府主旌旗震百蛮。何日东征驰露布,为君大白罄千杯。

赠梁亚潮

百粤才人数阿梁,十年橐笔饱沧桑。息翁披薙苏郎死,热海披图足感伤。

赠张祥麟

堂堂京兆画眉张,彼美榛苓有异香。据乱升平公例在,西方毕竟胜东方。

寄周迦陵吴江，一月四日

遂隐田园君肮脏，余生江海我羁孤。长公不作巢南逝，忍忆垂虹旧酒垆。

赠曾今可，一月五日

新亭奇泪郁苍茫，江左河山百感伤。我自皈依卿法久，打牌声里度年光。

今可索题一九三四年二月四日南社临时社集摄影

卅年横槊走天涯，坛坫重寻意气赊。不论风云论词藻，也应低首蓼儿洼。胡寄尘仿诗坛点将录，以余为及时雨。余见《瓮天脞语》载酹江月一阕，文武兼资唯有愧谢耳。

为哲之题画

秃尽霜枝见道心，倚林负手自沉吟。中年不信归平淡，一赋江南感慨深。

夏云如墨蔽危崖，点缀茅亭艇子斜。莫道出山作霖雨，中原何处有桑麻。

赠梅光大

渥洼汗血此名驹，王谢儿郎玉不如。好舆飞腾舒壮志，五云楼阁是家居。

丁念先、谢圣镛订婚

江左丁郎貌似花，青绫谢女称才华。周婆制礼传家法，莫便轻驱短犊车。

赠明暄

慈明慷慨女中豪，横海东征拭佩刀。难忘埋冤张一妹，蓬蒿虚冢刺天高。

二月七日夜，南社纪念会举行第二次聚餐于上海同兴楼酒家，集者一百五十七人，赋呈同座

江山已落侏儒手，坛坫还寻旧日盟。忍泪佯欢吾事了，可堪抉目俟河清。

酒龙诗虎卅年前，剑胆箫心未化烟。倘向新亭作豪语，夷吾江左我犹贤。

是夕寰公邀同味知、十眉、汝航、啸岑、复镜、彼得、华昇、樱钧、佩宜、佩亚小坐大华舞场有作

垂老英雄百感伤，难驯龙性尚轩昂。金戈铁马辽阳梦，忍遣温柔老此乡。为寰公赋也。

三十五年成一瞥，撑肠芒角醉颜酡。欧刀醇酒沙场血，后死吾曹可奈何。识味知已三十五年矣。

入抱纤腰熨电波，玉颜微晕累娇娥。摩挲戒体浑闲事，不信回肠荡气多。纪舞场本事也。

转绿回黄万涕洟，佳人天末杳难期。北胡南越寻常甚，凄绝河梁苏李诗。忽忆异域故人，惘然有子卿子陵之感。

题济远画梅

梅园是我曩游处，梦里春葩三万株。安得梁鸿溪上去，冲霜冒雪访仙姝。

罗浮仙子原奇艳，便买胭脂绘不成。却借红笺作背景，黄山画伯太聪明。

蔡子民先生七十双寿诗

并世勋名推逸老，他年评价胜尼山。三千弟子谁衣钵，倔强昌黎早俯颜。

六代才华徐淑美，千秋名德孟光贤。人天俪侣堪模范，记取樊英答拜年。

李汝航属题画

百丈虬龙气莽苍，披图漫拟白云乡。深山大泽堪肥遁，倘见椎秦张子房。

题《柳溪诗征》，亡友周芷畦所辑也

南冠几辈楚人咻，狐死还怜枕首丘。犹见淳庞秦父老，忍轻断烂晋阳秋。风波早信年时恶，文献终期桑土缪。倘以一觞奠渔侠，青山青史我休休。芷畦别署分南渔侠。

赠济远移家萨坡赛路

东岛南溟共岁华，归来百万买邻奢。春韶霭霭移家好，画笔诗囊载一车。

读　　史

不用吾谋范亚父，能持横议李三才。张元吴昊都人杰，谁遣中朝弃九垓。

杜仲虑挽诗四首

便秘何须死，知君脑病真。抱冰寒澈骨，凄绝比灵均。

病态缘宗教，斯言君定诃。任他人欲杀，我不礼弥陀。

吾脑亦多病，飞扬别一科。来朝买长剑，私誓祝荆轲。

论交三十载，诀别在冬前。不信轮回说，应无再见缘。

读南宋史有感，用同兴楼即席韵

玉敦珠槃恭执礼，大朝兵至问寒盟。谯周李昊都能手，郑重签名谢道清。

大学生徒狱户前，江湖诗集付秦烟。南园一记君休讶，难忘平原北伐贤。

次韵和庚白

彦回漫诩语如珠，死事惭难袁粲俱。无赖王敦工作贼，流民郑侠早成图。未关世运文焉重，不用吾谋论岂迂。地下故人愁入梦，红颜碧血总模糊。

题钱化佛纪念卷子

革命早充马前卒，焚香晚托竺乾民，英雄仙佛都冥补，难忘优昙示现身。

秣陵赠王公陡，三月

弹铗冯驩足叹吁，嘉鱼尽饱出无车。故交百辈青云上，慷慨王生总不如。

梁溪画舫席上戏成

莺花歇浦渺云烟，廿年前偕曼殊辈影事。又向梁溪缔胜缘。撑住南东金粉气，蒋家天下蒋家船。所乘为蒋氏舫，有闻于时。

经颐渊先生寿诗

郑虔三绝诗书画，篆刻雕虫负壮夫。难忘海舟偕渡夕，酒酣慷慨说雄图。

刘季平六十初度，二月作

廿六年二月，余过南都，楚伧为言：季平六十初度，宜有所撰述。返沪成此，卒卒未及写寄，遂遭国变。今距季平之逝，且近期岁矣！慷慨收京，犹稽臣甫；栖皇祭告，长盼渭南，悼逝怀贤，百端交集，偶捡旧什，录呈繁霜夫人，聊附挂剑之义云尔。廿八年六月十八日记。

黄叶楼中客，年时鬓未霜。诗篇凌鲍谢，俪侣媲鸿光。朋旧几人健，艰危一笑忘。怜余新断酒，未敢奉壶觞。医者谓余血压过高，戒亲醽醁。

于右任六十初度，四月

华岳钟奇气，人间大布衣。称诗椽笔健，伐暴义声驰。薪胆身还在，风云愿未违。掀髯应一笑，介寿正齐眉。

鸿 毛 集
（1937—1939 年）

廿六年八月二十日，廖仲恺先生殉国十二周纪念感赋
君死已泰山，我定鸿毛死。悔不早从公，今日颡有泚。

送冰莹赴前线
三载不相亲，意气还如旧。歼敌早归来，痛饮黄龙酒。

为人题词集
慷慨悲歌又此时，词场青兕是吾师。裁红量碧都无取，要铸屠鲸制虎辞。

十二月十二日赋
骄虏横行虐焰张，中枢决策转坚强。同仇愿赋无衣什，倘见奇兵出朔方。

胡寄尘挽词，廿七年一月十八日作
书生何计献丹忱，起蛰春雷尚杳冥。委蜕羡君真幸福，祝宗祈死我

无灵。

卅载交情一瞬空，黄垆向笛痛西风。传经差喜宁馨好，家祭他年告乃翁。

绛云

绛云一炬烛天红，十载狂胪误乃公。拚与国殇同殉国，他年痛饮奠黄龙。讹言旧里被焚，藏书俱烬，为赋此截。后知不实，存此示宁为玉碎之决心耳。

题徐一帆诗集，廿八年一月廿六日作

三年病脑废吟哦，投笔书生未荷戈。老见君诗夸眼福，哀时天遣杜陵多。

国族争存计未讹，回天终奋鲁阳戈。愿君珍重如椽笔，好待他时奏凯歌。

朱凤蔚五十寿诗

卅年文社误雕虫，孤岛天留夒铄翁。还我河山应有日，期君痛饮到黄龙。

《大风》杂志出版周年纪念，为陆丹林赋

羞说陶潜似卧龙，蛰居人笑不英雄。讨倭何日收全绩，重向中原唱大风。

寄沈次公

歼庼正筹元敬笔，收京盼赋杜陵诗。烬余收拾应非亟，铭勒燕然会有期。

春宵瞑想写寄希伏宜山

羡汝东西南北人,避秦慷慨逐征尘。多情赠我双红豆,倘染英雄战血新。

七尺从天乞活埋,中兴辛苦待姜斋。莫教比例陶元亮,采菊东篱骀宕怀。

吉祥佳谶语斓斑,应见春风入汉关。凭仗君家飞将健,三年还我旧河山。辞修将军言尽扫倭氛至迟以三载为期。

设想收京梦未遥,期君珍重理归桡。秦淮烟水钟山月,好共登临慰此宵。

徐蔚南四十寿诗

四十明朝过杜句,飞腾许汝贤。舜湖标异帜,沪市撰新编。一自虾夷乱,还从鄂渚旋。何当歼丑虏,把酒共陶然。

《江楼秋思图》旧卷,仲恺先烈暨夫己氏并有题句,展视怃然,为赋一绝

欲追构桧真可诧,便学张邦昌刘豫岂有成。千载薰莸今日判,忍从地下哭同盟。

题徐一帆《璞斋养志图》

辛苦流亡滞海滨,娱亲养志信堪珍。何当扫荡岛夷日,重向田园作幸民。一作从来大孝关宗国,我自低徊念太真。

讨倭兵起,忽忽两载矣。丹林为大风社征诗,赋此以应

星火能教旭日颓,卅年遗恨讵长埋。乌珠刘豫休猖獗,会见擒渠捣穴来。

曹炳生悼词

龙剑沉霾蕙草芜，人琴生死感黄垆。王师他日收淞沪，应遣椒浆奠一壶。

次韵答庚白行都，七月七日作

失喜西来一纸书，故人慷慨笑谈余。枕戈君看龙蛇起，巢幕吾怜燕雀如。共盼六师恢白下，宁堪群盗僭黄初。中兴待献舆人诵，十稔倾危戒后车。

不负包胥复楚心，亡秦兴夏古犹今。一蜚大鸟冲天起，尽斩长鲸跋浪深。咤叱风云欣并世，艰危衰病失知音。豪怀娇女同销歇，踯躅麻鞋阻海浔。

追悼经颐渊先生，用陈树人韵，八月六日作

颐渊以二十七年九月二十一日殁于沪上，距今几一岁矣。

吾家非杞以树人挽诗寄示，次韵成此。

五绝颐渊旧著声，君负郑虔三绝之誉，余戏谓应增二绝，一绍兴酒，一麻雀牌，皆其所酷嗜也。君笑而颔之。病床殡舍若为情。戊寅余居海上，经岁仅出门三度，第一次访君于台拉斯脱路旅邸，时君方卧病；第二次在广慈医院，病已绵惙；第三次则在上海殡仪馆中，与公子利涉商君身后事矣。辨奸每詈东窗妇，君每与余语及夫己氏，必痛诋其妇陈璧君，呼为女李逵，言其无理可喻也。得婿宁辞左袒名。女公子普椿下嫁廖承志，即《续西行漫记》中之何柳华也。早死羡君成解脱，余生留我砺坚贞。丁丑冬君自甬上来沪，余走商行止，以沪居多流言为虑，愿从君西赴渝都。君辞以老病，且笑慰余曰，奴辈宁能污我二人耶。余遂不果行，顷君翛然长逝，余尚留滞异域，悲夫。九州底定何年事，白马湖头絮酒倾。壬申双十节曾从君游上虞之白马湖，山光水色至今犹撩绕我梦魂中也。

题马相伯先生百岁年谱，为张若谷作

太平军覆胡清灭，又见中华抗战时。一老天南身是史，要留扶杖看平夷。

哭朱惺公烈士

烈士主《大美晚报》副刊"夜光"，持论犀利，为夫己氏所忌。嗾党徒狙击之，遂殉难。时二十八年八月卅日也。

惺公天下士，文采颇华腴。能草陈琳檄，长捐袁粲躯。元朝时人语云："可怜石头城，宁为袁粲死，不作褚渊生。"君之义烈似之。成仁君太早，偷活我诚愚。更念高常侍，应怜老泪俱。谓子曰先生也。

次韵答庚白，十一月四日作

阴霾十载渐逢阳，引领南天盼曙光。讨贼自应依晋郑，阋墙早悔斗炎黄。新邦虎变期能久，旧社龙头耻作伥。不信霸才终濩落，磻溪倘复遇姬昌。

应青浦万星洲先生索诗

八十耆英值乱离，泮宫芹藻系人思。重光天日年时事，好向商山采紫芝。

寄垢儿香岛，十一月六日作

舐犊吾惊老，将雏汝有年。外孙光辽已三龄矣。风云方激荡，怀抱岂迍邅。小别情难已，长穷理未然。收京应有日，郑重事餐眠。儿方患肠疾。

四公子歌，题陈复纪念册，十一月十四日作

蒋、廖、陈、邵四公子，羁囚我识何柳华。廖承志假名长征健翩归

南海，奇才跨灶言非夸。棱棱经国露风骨，匡庐力战摧胡笳。参赞戎机佐名父。相期事业煊云霞。就中陈、邵独不幸，有才无命堪咨嗟。青门断脰海西土，元龙溅血羊城沙。呜呼二子死太早，鸾涪凤醢愁群鸦。神州抗建需英俊，谁令兰玉摧萌芽。琳琅满卷恣痛哭，愿呼屈宋歌楚些。

悼郁曼陀（华）追步其辛未中秋渤海舟中韵

君任上海江苏高等法院第二分院刑庭庭长，以廿八年十一月二十三日乘车赴法院办公，遭奸人狙击遇害。

来、岑喋血此沙场，叱驭王尊殉急装。自是书生娴节义，肯容素抱乱苍黄。故交几辈光盟社，难弟频年负酒觞。君为南社旧人，九一八后弃官自辽沈归，始于介弟达夫席上相见。顷达夫远走南溟，而君复以身殉国，悲夫。有女长征堪继志，漫嗟迢递在殊乡。女公子郁风有声于时，闻在桂林任救亡工作。

马相伯先生遗像，为张若谷题，十二月八日

木坏山颓恸国师，暮年切齿为嵎夷。遗诗漫惜龟堂老，饮至收京会有期。

吴子玉挽诗，十二月廿一日

云长疏略粗能似，鹏举勋名苦未谙。天遣斯人全晚节，不同遗恨左宁南。

荆襄称霸吾无取，辽沈恢疆汝倘谙。愿以平心论功罪，哀时词客在江南。

茅丽英女烈士挽诗

女士杭县人，任上海中国职业妇女俱乐部主席，以义卖救难，为奸人所忌。十二月十二日，遭狙击，中要害，至十五日

死之。

鉴湖慷慨悲秋瑾，吴市羁囚重史良。天为淞滨留正气，又教喋血到红妆。

取义成仁自昔谙，云鬟不信愧奇男。曼陀文采惺公笔，鼎足流芳此第三。

墨馨集

（1940年）

敬题中山先生遗墨两绝，一月二十一日作

总理遗墨为南洋巴达维亚华侨书报社题者，王君济远携归沪上装潢，因获拜观。时则首都未复，倭逆稽诛，愿奉九天之灵，尽歼丑虏，庶几河清海晏，共庆太平耳。

北美白宫同佐治，东欧赤帜并兰宁。齐州圣哲原天纵，椰雨椰风护墨馨。

神功圣德威灵远，孽子孤臣涕泪潜。应睹收京车骑盛，凯歌铙唱上钟山。

题徐文熙（孝穆）印存

刻划精工值万钱，雕虫技小我犹贤。何当掷去毛锥子，歼尽嵎夷奏凯旋。

蔚南索题秦汉瓦当拓本

汉阙秦宫百二遥，甘泉烽火彻天高。几时渴饮匈奴血，坐看蒙恬拭宝刀。

题枯荷翠鸟

秋老荷枯翠盖倾，珍禽啁哳不胜情。难忘玄武湖头夜，曾倚红阑看月明。

题夏令仪女士仿赵松雪画竹

绿玉青瑶旷代容，好凭淡墨写芳踪。红闺自葆坚贞节，何事轻模赵魏公。

黄萍荪索书，即以为赠

一炬何堪付犬戎，墨痕黯淡血痕浓。相期扫尽胡氛日，立马吴山唱越风。

楚伧诗有"刘三死后瞿安死"句，感成此绝

设想收京会有期，秦淮风月秣陵诗。刘三死后瞿安死，无复新亭高会时。

二月二日对雪作

洗尽腥膻故国愁，玉龙鳞甲遍遐陬。元戎韬略无前古，倘见雄师下蔡州。

题祝希哲千字文墨迹，三月三日作

虎跳龙拿绝世姿，淋漓墨沈想临池。俗书伪体休相乱，珍重玄黄未讳时。

题何义门《兰亭序》墨迹

兰亭高会无前古，不是新亭对泣时。江左衣冠终落寞，神州板荡责奚辞。

何义门临右军帖，蔚南索题

典午风流数右军，茶仙临写见精勤。劫余轻付徐郎手，惆怅縻台陷寇氛。

题王济远《黄山云松》画册，四月一日作

毓秀钟灵此奥区，风云长为护樵苏。相期电扫岣夷日，共策吟筇证画图。

巴达维亚华侨陈隆吉造像，济远索题

药囊长遣伴吴钩，海外孤吟百尺楼。荡房中兴应有日，好抬青眼看神州。

题蚁光炎烈士遗像

烈士客暹罗数十年，抗战军兴，从事救亡工作极努力，曾归国就国民参政会参政员，仍赴暹都，为奸人所刺遇害。

不见鉏麑全赵孟，竟同来歙殉公孙。他年痛饮黄龙日，翘首南天酹酒樽。

魏塘胡蒙子自昆明寄示六秩述怀诗，报以四截，并询秋槎乔梓近况。若夫介寿之章，当俟诸凯旋以后矣。四月二十四日作

一纸诗来万感挠，昆池迁客气岧峣。吴根越角伤心地，负尽灵胥八月潮。

壮游六秩未华颠，狂走滇南万里天。辛苦麻鞋杜陵叟，中兴会睹大唐年。

经秋蒲柳我先衰，病废居夷健翩摧。安得黄龙能痛饮，寿君更进紫霞杯。

碧湘旧梦散如雲，消息安危了不闻。更念君家贤宅相，少年病肺近何云。

漫兴两首，五月十六日赋

一绿遥无际，当窗误远山。寓楼面顾家宅公园，极林树葱郁之致。郊坰仍虏迹，草树已春阑。刘豫颜终厚，陶潜意未闲。捷书传豫鄂，抚剑喜重看。

自撒辽东戍，于今近十秋。当时愁铸错，此日喜昂头。两戒余残寇，三军有壮猷。黄龙期痛饮，珍重赋同仇。

题萧尺木《乾坤一草亭图》

豪气吞云梦，乾坤一草亭。汉廷潜管乐，胡马躏郊坰。誓扫侏儒迹，终宁庙社灵。南阳龙卧起，匣剑试新硎。

寄费一瓢吴门，五月廿五日作

季侯能触权珰死，沈义端应享大名。华胄超超究何似，他年郑重待乡评。

奴星琐琐萧秦耳，快论吾思黄慕庵。萧王孙之仆惟以愧夫秦宫冯子都而已，见黄人所撰林旭传论。倘有吴江真国士，早应攘臂殪朱三。明弘光元年乙酉六月，清兵陷吴江。县丞朱国佐降清，授伪令。诸生吴鉴徒手入县廷骂之，国佐执送苏州，杀于胥门之学士街。职方主事吴易闻之，即夕攘臂呼于市得三十人，禽国佐，殪之以祭鉴，遂据吴江城起兵。

故人吴市久风尘，倘作杨维斗刘公旦一辈人。黄宪蔡邕都失足，谓宾虹在燕、晢夫在宁事。期君善葆岁寒身。昔人有言：饿死事小，失节事大。愿与君共勉之。

题白蕉画兰，六月十五日作

大宙钟灵秀，娟娟湘水湄。会看非种尽，萧艾汝何为。

漫学郑思肖，露根愁不胜。中原仍汉土，休遣犬羊陵。

不将骚怨拟灵均，盎盎乾坤自在春。要为中兴留间气，高山芝秀倘堪伦。

海曲畸人旧隽才，芳馨窈窕绝尘埃。老夫泼墨题诗罢，伫盼荆宜捷报来。

纪　梦

廿九年六月廿七夜梦在莫斯科谒斯达林同志，劝其乘德英龙战之际，先定远东。其策以飞机千架，毁灭东京，并遣红军百万，突破东四省，代中国收复失地，则中苏邦交自然巩固矣。醒成此截纪之。国际局势自有其中心政策，友邦领袖老谋深算，成竹在胸，岂外人所宜越俎代谋？存此聊以志书生之狂呓尔。

轰炸千机毁日京，红军百万定辽宁。男儿愧负仪秦舌，寰宇何年见太平。

和于右任

右任旧句云："二百年余霸业零，天风吹尽浪花腥。掬来十亿劳民泪，彼得湾中吊列宁。"

七日包胥涕泪零，九州龙战血花腥。何当展我抟云翅，亲向红场拜列宁。

题语溪徐氏遗诗，为徐一帆作

天盖楼倾讲舍灰，语儿溪水自潆洄。沧桑陵谷销沈尽，剩遗宗风属玉台。

玉台二妙我能知，慷慨西泠誓墓辞。流转死生成契阔，荒天老地又今时。

拾遗举废情何限，抈雅扬风事可凭。珍重君家老孙子，要留椽笔颂中兴。

王筱堂先生遗像，济远索题

弓冶箕裘意匠良，卅年心力辟康庄。会看抗建成功日，奕世长留翰墨香。

题杨素影女士吟稿，应丹林属

愧以毛锥当大敌，会驱怒马向中原。千秋漱玉光芒在，倘有雄辞并稼轩。

题陈斯馨女士《纫秋簃图卷》，应丹林属

屈骚郑史两吟呻，纫取秋心事可珍。安得楼船泛香海，绛帷真见画中人。

寄孙仲瑛香岛，十月七日作

一诗远道百绸缪，盟社难忘旧酒筹。周勃安刘凭左袒，包胥复楚愿同仇。故人厚我关风谊，隔海期君共倡酬。大旱云霓终有日，楼船吴越梦中收。惠诗有"何日楼船下吴越，相期杯酒话良辰"句。

观《海国英雄》剧赠刘琼，十月十七日补作

少年能立志，垂老敢忘仇。典籍开生面，衣冠睹俊流。鏖兵闽海血，传檄秣陵秋。青史英雄在，凭君一剑收。

又赠陈琦女士一首，次魏如晦韵

风云材略付悲歌，良玉、云英侠气多。可惜北征功未就，不然梳洗对黄河。秦、沈皆将门之女，故以比剧中延平王女公子。

十月二十九日纪梦

余梦在靖康朝为张邦昌故人，张已窃伪楚号，意颇悔，询赎罪之策，告以诱斩粘罕、斡离不二酋，举汴京反正，犹可及也。邦昌不能用，扼腕而寤。遂检南明史得金声桓、李成栋二传，感成一截。

捷报长驱入桂林，南昌、宁夏并堪钦。金声桓死后追封南昌王，李成栋追封宁夏王。书生胆略原无用，更奈斯人陷溺深。

是日中国航空公司飞机自陪都至昆明为日寇狙击，名记者范长江、陆诒殉焉，悼以一绝

小范曾留几面缘，"八一三"后始识长江于田寿昌座上，嗣复相晤于黄定惠女士宅中。士龙入雒正华年。陆诒为陪都《新华日报》从军记者。三千毛瑟今摧折，应有精灵吼九天。

钱毅饰《海国英雄》中之朱经，赋赠一律，十一月十日作

代北李存勖，江东孙伯符。狮儿名不忝，虎父愿非虚。事业传薪在，衣冠铸镜摹。期君更珍重，努力赴修途。

闻长江、陆诒无恙，喜而赋此，即次前韵

乘龙闻道缔良缘，长江新与沈衡山先生之女公子订婚。唳鹤休疑壮盛年。反用机、云故实，仍指陆诒也。毛瑟三千无恙在，光芒白日更青天。

梅电龙来言：鲍惠僧先生在武汉沦陷后，出任游击区县长，积劳致疾而殁二载矣！悲悼成此，兼寄其介弟事天菲岛

早岁艰危党籍尊，清党之役，余与君同被通缉。余列名第二十二，君在第一百五十五名。晚惊尽瘁断离魂。难忘握手殷勤语，寒雨疏灯白下门。"一·二八"以后，"八一三"以前，余屡过南都，君恒偕哲弟事天见访旅邸，絮谈不倦。事天治历史学，余游马尼拉时所倾盖订交者也。

椰月榔风记过从，英年陆弟气如虹。虬髯横海浑闲事，苦念音书滞断鸿。事天归国数载，"八一三"后重赴菲岛，迄今未得其音讯，颇以为念。

旧友李息霜六秩寿诗

息霜披剃杭州净慈寺，称弘一大师已二十余腊，顷方闭关于泉州云。

君礼释迦佛，我拜马克思。大雄大无畏，救国心无歧。
闭关谢世事，我意嫌消极。愿提铁禅杖，打杀卖国贼。

儿辈问余个人处世之法，示以此偈

大胆老面皮，努力冲过溪。倘然冲不过，依旧笑嘻嘻。

自我批判亦得一偈

理想与现实，恍隔东西球。为问沈玄珠，输我矛盾不。

寄伯流香岛

湖海元龙百尺楼，蟠根仙俪共绸缪。儿曹每喜同栖止，说论休教有怨尤。兴汉雄文君自壮，安刘左袒我何求？新潮激荡终前进，努力还期踞上游。

伯流兄伯遑索诗，赠以一律

哲弟神交几岁年，元方才调更能妍。寸心直造诸天境，只腕还生万派烟。终见中原扬赤帜，何妨艺苑着先鞭。淋漓更祝如椽笔，早写新图纪凯旋。

次韵和朴安，即以为别

萧萧易水白衣歌，欲去还迟可奈何？早办安心殉锋镝，稍怜古井起澜波。收京梦里精魂热，野史亭边退笔多。时有辑南明史之意。尚有挥戈回日愿，重来收拾旧山河。

故人郑重赠骊歌，刻骨相思意若何？卅载交情期短剑，千秋心事托微波。羡君病废才偏健，怜我诗魔泪更多。握手楼头期不远，澄清休拟到黄河。

题《海国英雄》剧本

《海国英雄》剧本中，对于南明绍宗襄皇帝指为代表，知识阶级颇致不满。余谓帝英姿天挺，不忘恢复，在小朝廷中已不可多得。至为郑飞黄所卖，实时势使然，非其罪也。况明亡而后，中原无复帝制自为者。曼珠僭窃，固不足数，即天国洪王亦强阳余闰耳，然则潜移默化之间，殆亦有运会使然之慨欤，率以此意，写成一截。

卧薪尝胆思恢复，不愧炎黄好子孙。已尽中原专制运，莫将成败论斯人。

咏《海国英雄》中之马金子，赠严斐女士

洗尽金闺粉黛姿，女儿豪气胜男儿。辍耕会见雌陈胜，手拔胡酋十丈旗。

咏《海国英雄》剧中之延平王董妃，赠顾兰君、沈浩两女士

小乔嫁婿足风华，儿女英雄态未差。不数金山桴鼓事，眉痕柳叶剑桃花。

赠高氏五昆季

儒雅恂恂美且文，丛残收拾意殷勤。千秋万古传南社，三字难忘高继郇。继郇

龙剑光芒破壁飞，当年歇浦重英奇。黄农虞夏终能见，漫向西山赋采薇。咏薇

坐镇枌榆几策勋，仓皇避地意何云？他年荡房功成日，跃鲤龙门一醉君。鲤庭

笔墨能成梁稻资，琅环坐拥百城储。赤松黄石谈何易，珍重桥头一卷书。妃书

虎劣龙优见小高，誓凭忠信涉波涛。南巡我自愁摇落，何日归来醉浊醪。季诺

赠梅电龙

目如流电舌如龙，一夕雄谈喜发蒙。难忘无诸城下事，苌弘碧血痛冥鸿。谓徐名鸿也

题费穆编导《孔夫子》电影剧本

大同世界运为公，兴夏先收微管功。此是孔家真学术，莫将磨擦误元戎。

题巩启仁《玄亭问字图》

虎啸深山黑，龙飞沧海青。楼兰今未斩，不卧子云亭。

赠别朱舜华女士

临歧握别太匆匆，十载交情证雪鸿。劝我南行君北去，离愁一夕满吴淞。

赠欧阳立征夫人

浮云富贵已无求，天遣松筠劲节留。张楚刘齐都愧死，一编孤岛有春秋。

留别史冰鉴女士

一样蛾眉间气钟，山阳邻笛恸西风。临歧各有人琴感，愁见江头灿晚蓉。

留别唐纯茵女士

一夕征轺走朔方，南归十五岁苍茫。关心泖塔湖头事，人影亭亭黯夕阳。

题唐应南女士遗像

女士为先烈佛尘先生之爱女，以昆季不肖失节，力劝不从，愤极心房破裂而死。舜华持遗像索题，敬赋一截。

汉皋碧血恸浏阳，家国恩仇两激昂。虎父由来无犬女，千秋彤史此流芳。

留别孙大雨、月波伉俪

旧雨新知感德馨，文坛艺苑各驰名。吴淞江水深千尺，那及君家送我情。

留别犹子惠礽

十载淞滨几过从,临歧热泪塞心胸。孤芳誓葆坚贞节,家祭毋忘告尔翁。

南游我自惜匆匆,期汝还能走浙东。会见岛夷终扫荡,旌旗十万奠吴淞。

《苏州全书》编纂出版委员会 编

· 磨剑室诗词集

苏州全书

乙编

苏州大学出版社
古吴轩出版社

诗 集

第五辑

(1940—1942 年)

目 录

图南集（1940—1941 年）·· 657
 廿九日文烈甥陪同佩宜、无垢、光辽偕游浅水湾················· 657
 凤书、怀瑜伉俪招集建国酒家，同座者啸岑、华昇、佩宜、
  无垢、文烈、光辽·· 657
 次韵和兰馨四首·· 657
 赠梅斌夫··· 658
 卅日题丹林所藏赵香宋先生诗卷，张大千补画···················· 658
 偕国芳游中国货品展览会，承中国茶叶公司职员殷勤招待，
  饮以闽茶两盏，赋谢一绝·· 659
 三十年一月四日，文协香港分会招集胜斯，赋呈地山先生，
  兼示同座·· 659
 是夜，上海市政府旅港同人"七七"月会，招集英京大酒
  家，赋呈鸿钧市长，并示同座······································ 659
 赠胡木兰女士··· 659
 赠程剑霞女士··· 659
 五日，业联剧团公演"国家至上"，柬招参观，感赋一律，
  为饰张老师之张宗扬君作也··· 660
 徐季龙先生挽词两首·· 660

六日，丹林书来言，蔡有守以今年元旦日病死南都，诗以悲之
　……………………………………………………………………… 660
偕国芳至兰园，讯仲瑛病，深谈有作 ……………………………… 660
自由夤夜枉存，赋谢两截 …………………………………………… 661
七日午，期公虎不至有作 …………………………………………… 661
诗成而公虎至，招集桂园，再赋一绝 ……………………………… 661
桂园席次，赋示公虎六首 …………………………………………… 661
寄谢彭泽民先生伉俪 ………………………………………………… 662
地山先生伉俪招诣"面壁斋"茗叙，集者十三人 ………………… 662
赠陈寅恪先生伉俪 …………………………………………………… 662
赠袁同礼先生 ………………………………………………………… 663
赠叶遐庵先生 ………………………………………………………… 663
赠冼玉清大家 ………………………………………………………… 663
赠陈君葆先生 ………………………………………………………… 663
赠马季明先生 ………………………………………………………… 663
九日偕廖夫人访叔平将军于畅园，深谈留饭，赋谢主人伉俪
　……………………………………………………………………… 664
十日赠陈友仁博士二首 ……………………………………………… 664
十一日晨起，奉寄潘小磐先生二首 ………………………………… 664
小磐先生惠诗，次韵奉酬 …………………………………………… 665
智础来谈，感赋两截 ………………………………………………… 665
偕丹林、亢德、周新谒蔡夫人于邸第，黯然有作 ………………… 665
移居柯士甸道有作，示佩宜暨啸岑伉俪 …………………………… 666
既澄以三十年元旦诗见示，即次其韵 ……………………………… 666
十五日夜，定慧大家招集寓邸，赋谢一首，借千里见赠韵 …… 666
次韵答千里 …………………………………………………………… 666
赋呈云史先生、美南夫人，三用千里韵 …………………………… 666

廖夫人画梅，为月笙题，即次廖夫人自题原韵…………… 667
又次云史先生韵一首……………………………………… 667
十六日午，叔平将军再招宴畅园，座有廖夫人，相与深谈往
　昔经历及北伐战史，将军慨然有解甲就商之意，索诗为
　赠，即次九日奉呈韵………………………………………… 667
感事二首，借庚白韵……………………………………… 667
藻斌三顾寓庐，雅意殷勤，至可铭感，补赠一律………… 668
是夜为废历除夕前一日，宗礼、思珍伉俪暨端人招饮…… 668
廿六日，丹林来谈………………………………………… 668
醵饮羿楼有作……………………………………………… 668
中夜不眠，闻爆竹声有感，自淞沪沦陷以来，不聆砰訇已三
　稔矣………………………………………………………… 669
香墨林将军发起东江兵赈艺术陈列会，为赋一律………… 669
赠陈畸一首………………………………………………… 669
喜刘筱云先生过访………………………………………… 669
次韵和震西三绝…………………………………………… 669
田翠竹自湘潭寄诗丹林，问讯遐庵、云史两先生，并齿及贱
　名，次韵奉和……………………………………………… 670
是夕招匀金、壮秋、季震、啸岑、华昇小集羿楼，陪座者佩
　宜、无垢、光辽也。饭罢，复与匀金倾谈有作……………… 670
廿九日喜彼得过访………………………………………… 670
二月一日，仲老暨地山、季明、君葆招为茗谈，集者裕芳、
　新彦、张英、孙源诸子………………………………………… 671
读美洲洪门总干部及纽约衣馆联合会通电，即书其后…… 671
为微光出版社题壁………………………………………… 671
赠刘火子…………………………………………………… 671
赠邝鲁明…………………………………………………… 671

二日刘源沂偕复初、正康枉顾 … 671

小进、天牧伉俪联襼过存，余与佩宜坚留共饭不获，驰谢一诗，即次小进赠天牧夫人四十四岁生朝韵 … 672

喜李直夫过谈 … 672

三日偕佩宜、光辽重谒廖夫人于双清楼有作 … 672

叠韵和尔雅 … 672

次韵和步陶见惠一律 … 673

再叠和绝句二首 … 673

读史二首，改范志超女士作 … 673

四日访纫秋于弥敦酒店仍不值 … 673

叠韵再和星曹一律 … 674

又叠和七绝二首 … 674

赠仲华 … 674

是日值仙霏生朝，入夜招集羿楼，以普椿为亚宾，陪座者余与啸岑、华昇、安澜、佩宜、垢儿、辽孙也 … 674

五日喜乔木偕长江、夏衍过访 … 674

裕芳、张英、孙源过存，商新文字学会事成此 … 675

自题编次《皇明四朝成仁录》目次后三首 … 675

检三十五年前赠君武四律，寄其治丧事务处刊入纪念册，媵以此什 … 675

为斯馨题《初步集》 … 675

六日上午三访纫秋于弥敦酒店，握手欢然，重申移写曼殊影事之约，誓言西抵陪都从事笔砚，喜纪一律 … 676

直夫、若昭伉俪招饮香港大酒店 … 676

赠吴敏墀兼示陈铁一 … 676

赠刘季生伉俪 … 676

自香港返抵九龙，昭修伴我渡海，赋赠一律兼示源宁 … 677

是夜小集桂园，赋示长江、乔木、端先、森禹暨垢儿，时乔木、森禹将有星洲之行也 …… 677

七日晨起命垢儿送辽孙入岭东幼稚园，正姓名曰柳光辽，忾焉有作 …… 677

次韵奉答季海惠赠之什 …… 677

缚虎两首，叠旧韵作也 …… 677

寄小进兼示小磐、畹卿伉俪 …… 678

是夕彼得招饮，同座者张廷荣伉俪外，有严淑和、张湘纹、李典芬、陈东生、黄仲玉暨余夫妇共十人 …… 678

八日，啸岑、华昇假羿楼宴客，集者余与佩宜、匀金、铭盘、炳麟、德庸、壮秋、季震、安澜、馨馨共宾主十二人 …… 678

子千来言，纫秋行矣，怃然有间，追寄一律 …… 679

梁冠中女士以玄园园丁惠诗见寄，次和两律 …… 679

叠和左海少年四绝句 …… 679

九日午，吴江同乡第十二次聚餐在聪明餐室，集者二十三人 …… 680

夜赴香港新文字学会欢迎会 …… 680

十日晨起寄馨丽湄潭 …… 681

忆楚伧重庆，时久不获其手札矣 …… 681

前诗甫成，闻楚伧病矣，再赋一首 …… 681

闻洪深教授全家自杀有感 …… 681

是夜步陶、茝楼伉俪招饮，同席者景昭、慕华、千里、锡仁、啸岑也，赋谢二什，即次朴安贺两君结缡韵 …… 682

十一日得小进来书，以陈巢南、高天梅二君遗墨索题，并媵一诗，次韵奉和 …… 682

百年二首，次小进韵，未见仙根原唱也 …… 682

次小进辛巳元旦试笔韵一首 ……………………………… 683

次戢庵庚辰除夕写怀韵二首 ……………………………… 683

震西庚辰岁除四咏，余已和其三，顷补示一绝云："嶙嶙白骨载疆场，抗战无期日月长。可恨倭奴杀不尽，中原血泪尚纵横。"复成此什和之 ………………………… 683

偕国芳观"苏三艳史"影片于弥敦戏院 ………………… 683

粤俗有供祀张柳御仙于虎下者，莫详其朔，戏赋一绝，亦定公"乞貌风鬟陪祀我，他生来作水仙王"意也 …………… 684

十二日晨起成长歌一首，补呈步陶、茝楼双粲 ………… 684

是夕铭盘招饮金城酒家，集者千里、羹梅、匀金、元芳、炳麟、啸岑、明珠、杜宇、正宇 …………………………… 685

十六日偕小进访小磐、畹卿伉俪于薄扶林道作 ………… 685

十八日再寄小磐、畹卿伉俪 ……………………………… 685

二十日次韵和筱云辛巳元旦旅港之作 …………………… 686

筱云以《观明末遗民四高僧遗迹有感》长歌见示，借韵次和一首 …………………………………………………… 686

三十年"九一八"纪念，为《光明报》创刊之期。先六日，漱溟、颂华、空了三先生招集胜斯饭店征稿，录旧作应之并希指正 ………………………………………………… 687

读曾愚公"九一八"九周年纪念日旧作感和次韵 ……… 687

陈孝威将军以赋赠美利坚大总统罗斯福氏诗索和，漫酬长句 ……………………………………………………… 688

经颐渊先生挽诗 …………………………………………… 688

再次愚公韵一首 …………………………………………… 688

再叠匡字韵呈愚公 ………………………………………… 688

三叠匡字韵呈愚公 ………………………………………… 689

四叠匡字韵呈愚公，十月十四日晨起赋 ………………… 689

鲁迅先生逝世五周年 ……………………………………… 689

五叠匡字韵呈愚公 ………………………………………… 690

马小进五十三岁寿诗 ……………………………………… 690

题朱铎民《维摩室图》，即次其自题原韵 ……………… 690

送王济远赴美利坚国 ……………………………………… 691

六叠匡字韵呈愚公 ………………………………………… 691

寄冰莹华山，兼讯谭六奸子 ……………………………… 691

廖夫人画菊，为吾宗非杞题 ……………………………… 691

又题画梅一首 ……………………………………………… 691

送梅兄内渡 ………………………………………………… 692

题黄般若《黄石斋图》 …………………………………… 692

题香港新文字学会二周年纪念特刊 ……………………… 692

寄林力山花溪，叠前韵 …………………………………… 692

十一月九日，总理老友李铁夫先生偕谪生、耀骢、普天、晓
　明诸君枉顾，旋饮思豪酒家赋呈 ……………………… 692

次韵和谪生两首 …………………………………………… 692

十一月十一日，亡友张秋石女士四十一岁初度，翌晨为十二
　日，则中山先生诞辰也。枕上追赋三律，盖距女士缳首南
　都时，岁星已十四周矣 ………………………………… 693

中山先生诞辰第七十六周纪念感赋一律 ………………… 693

袁洪铭属题杨云史先生遗画墨梅，即次其自题韵 ……… 693

仲老将去渝都，赋此惜别，时三十年十一月十一日也 … 694

中山先生诞辰值玄珠、一之、怀晨、蒲足、之杰诸君小集羿
　楼，赋呈一首 …………………………………………… 694

十一月十六日为沫若先生五十生朝，入夜有纪念晚会，先赋
　一律兼柬渝都索和 ……………………………………… 694

啸庐嗜叶子戏，诗以调之 ………………………………… 694

十一月十六日夜，谪生招集弥敦道画室，赋呈国父老友李铁夫先生，并示裕芳、金铭、世杰、天纪、耀骢、普天诸子 ………………………………………………………………… 694

十七日夜，偕涵真、焕平冒风雨访栽甫于黄泥涌道旅邸 ……… 695

叠韵奉酬旭初丈三首 …………………………………………… 695

十一月十八日，偕涵真走谒铁夫先生于九龙城画室，赋纪一首 ……………………………………………………………… 695

涵真伉俪招陪铁夫先生小饮，赋谢若虹夫人 ………………… 696

寄毛润之延安，兼柬林伯渠、吴玉章、徐特立、董必武、张曙时诸公 ……………………………………………………… 696

赠别瘦居士 ……………………………………………………… 696

次韵答左海少年一首 …………………………………………… 697

沫若先生五十寿诗兼呈愚公先生索和，仍叠匡字韵，愚公先生今年亦五十初度，又两先生兼蜀籍，故次章及之云 ……… 697

八叠匡字韵呈愚公，为苏联十月革命第二十四周年纪念作也 ……………………………………………………………… 697

次韵和研因《秋柳》之什，即送其南游马尼拉 ……………… 697

再次研因韵两绝句 ……………………………………………… 697

端木蕻良过存，述东北过去痛史甚详，感赋一首 …………… 698

再赠蕻良一首，并呈萧红女士 ………………………………… 698

杨云史先生挽诗 ………………………………………………… 698

《北京人》礼赞 ………………………………………………… 698

十一月二十八日为邓择生先生殉国十周年纪念，感赋二首，仍叠哗字匡字韵索愚公先生和 ………………………………… 699

咏史十首，呈愚公先生，仍叠匡字韵，盖自十一至二十叠矣 ……………………………………………………………… 699

感事一首 ………………………………………………………… 700

喜友人过访一首 ·· 700

释了如来谈，自言其俗家姓名为梁兴汉，盖任公先生之犹子
也，又述平生革命经历甚详，赋赠一首 ·················· 700

十一月三十日偕爱泼斯坦君视垢儿于九龙医院，道中有作，
兼赠白寿伦君 ·· 701

赠萧红女士病榻 ·· 701

十二月七日游元朗之李苑题壁一首 ··························· 701

苍梧一首 ·· 701

十二月九日晨从九龙渡海有作 ································· 701

流亡集（1942年） ·· 703

流亡杂诗十首，一九四二年一月作 ··························· 703

长洲岛寄内 ··· 704

新村题壁，借某公韵 ··· 704

九龙寨夜坐有作，仍叠匡字韵 ································· 704

再赋一截 ·· 705

潮梅道中，昌黎庙题壁 ·· 705

追寄阿钟一首 ·· 705

将去兴宁石马，留别张华林、陈宛璁夫妇 ·················· 705

别谢一超、蓝奋才、袁嘉猷、连贯 ··························· 705

南华寺写示同游者陈炳传、刘锦鸿、刘淼庆、李伯球 ······ 705

曲江喜晤李南溟，赋赠一律 ···································· 705

湘衍园呈廖夫人。园主人区觉孟君，盖仲恺先烈女弟十九姑
之夫婿也 ··· 706

图 南 集
（1940—1941 年）

廿九日文烈甥陪同佩宜、无垢、光辽偕游浅水湾

涉岭更登山，言游浅水湾。阴晴几变化，家国两间关。亲串欣能聚，岩崖未易攀。潮声天地壮，疑是伍员还。

凤书、怀瑜伉俪招集建国酒家，同座者啸岑、华昇、佩宜、无垢、文烈、光辽

歇浦一为别，重逢十五年。鸳钗曩再折，鸾镜此双圆。病舌不须酒，雄谈高接天。难忘张一妹，横海有婵娟。谓秋石先烈也。

次韵和兰馨四首

客星萍聚在南州，多谢吴郎作謇修。绿酒红灯君自壮，高车何日共遨游。

苌弘碧血伍胥潮，块垒扪胸郁未消！安得人间游侠子，眉痕英绝为重描？

比例吾乡郭十三，岭南飘泊忆江南。已无官烛修书分，墨沈炉香共一龛。

朋旧南来仍满眼，倡酬得汝更欣然！金针度尽鸳鸯诀，衣钵能传我亦贤。

赠梅斌夫

梅咏当年旧酒徒，恂恂哲弟称家驹。髑髅愈疾全无用，珍重君家药一铢！余少从亡友沈长公游，因得识斌夫之从兄咏仙先生于芦墟，先生大腹便便，如边孝先，不修边幅，以酒徒自命，醉中数投水不死，逸事甚夥，别后杳无消息，顷问讯斌夫，始知先生已于去年逝世，不胜黄公酒垆之痛！曰梅咏者，仿昔人葛亮、韩禽例也。斌夫毕业金陵大学，复研治药物学于北平协和医院，能以科学方法，炼制国药，云有治疟剂，足胜金鸡纳霜。顾斌夫方病疟，余深冀其速晋刀圭，霍然有瘳，则更足以证其成绩之不虚矣。

旧侣难忘张济苍，进登桥畔辟坛场。清门快婿君能健，累我沉吟感海桑。君为张青士孝廉之孙女婿，即亡友张济苍之女婿也。余十七岁时，偕姑丈蔡冶民先生暨亡友陶亚魂辈，创中国教育会支部于里中，假褉湖书院为会所，每周集众演讲，寻为主者所阻，乃以济苍之助，迁于众善堂。其后余与冶民先生及亚魂，并走歇浦，入爱国学社，及归而章、邹难作，支部早解散矣。余少患周昌、邓艾之痼，济苍复病口齿不清晰，忌余辈者，遂有张刁柳葛之谤云。

卅日题丹林所藏赵香宋先生诗卷，张大千补画

东坡法乳传香宋，蜀国才人迥出奇。不信须髯如戟叟，能为十五女郎诗。诗凡八章，其首章云：北乡荒率旧山茨，春到贫家燕子知，忘是小风杨柳绿，美人惊会李师师。固知此老风情不薄也。

间气峨嵋共一龛，双清座上识双髯。季方玉粹元方死，愁绝年时龚定庵。余识善子、大千昆季于廖夫人座上，顷善子尽瘁国事以殁，展视大千此画，不胜鹡鸰在原之感。

偕国芳游中国货品展览会，承中国茶叶公司职员殷勤招待，饮以闽茶两盏，赋谢一绝

八闽间气自钟灵，不使风篁负重名。一饮琼浆生百感，难忘最是白观音。所饮为观音牌红绿茶，会场因有石膏观音塑像，玉雪可爱。

三十年一月四日，文协香港分会招集胜斯，赋呈地山先生，兼示同座

子将天下士，文采妙相宣，渊默君能听，荒唐我尽言，大同尊国父，小集萃群贤。领袖姿英绝，先驱愿着鞭。昔人语云：斯文未丧，必有英绝领袖之者，故以相勖。

是夜，上海市政府旅港同人"七七"月会，招集英京大酒家，赋呈鸿钧市长，并示同座

高会新亭感喟频，悲歌慷慨屈灵均。余歌岳鄂王《满江红》一阕，自谓极抑扬顿挫之妙，闺人则病其粗犷，见仁见智，不敢强同也。哀丝豪竹都销骨，惟愿明年在沪滨。

万里黄河障浊泥，吾诗何可制为谜。布成疑阵倾孤注，多谢南通张震西。震西以余《图南集》中句制成诗谜廿条，命曰《柳诗之谜》，博者下注一毫，捐入"七七"月会。

赠胡木兰女士

耳余交谊付埃尘，华、管齐名总怆神。夫己氏与展堂先生齐名卅年，不意堕落至此，故以华歆、管宁为比。毕竟展堂犹有女，英雌重现木兰身。鸿钧市长介绍余识女士，谓为今之木兰也。

赠程剑霞女士

窦娥金锁孕沉冤，断胆杨家节概存，贞女奇男归一例，歌喉呖呖总

销魂。女士当筵歌《六月雪》及《碰碑》各一曲。

五日，业联剧团公演"国家至上"，柬招参观，感赋一律，为饰张老师之张宗扬君作也

慷慨苍髯叟，俄然殉战争。生怜误挑拨，死竟作牺牲。团结千钧重，艰危独臂撑。感情吾用事，热泪奈纵横！

徐季龙先生挽词两首

安刘左祖起雄图，一病南天奈遽殂。闽海潜流仍激荡，武昌官柳久榛芜。生凭壮剧掀幽蓟，"三一八"之役，先生任国民大会总指挥。死盼雄师奠皖苏。先生皖籍凭吊我来嗟已晚，倘从遗稿见欹谟。先生工诗文，甚冀仪彬夫人能早为刊播也。

弼教明刑史可窥，曾删苛律去奸非。会稽刻石淫威暴，天水推波伪学滋。无耻袁皇恢旧恶，大同国父启新机。墓门华表他年事，椽笔应书第一碑。清季改订刑律，无夫奸，不论罪，袁世凯僭位，恶其害己而去之。民十一，孙先生正位粤都，先生长司法，始除袁氏暴制，此亦民国政治史上值得大书之一事也。

六日，丹林书来言，蔡有守以今年元旦日病死南都，诗以悲之

丹林告我中郎死，牛李恩仇卅四年。佻侻微词原可恕，披猖晚节惜难全。水晶孟颊人皆骂，凝碧王维我尚怜。只是千秋青史笔，未能衮钺曲回旋！

偕国芳至兰园，讯仲瑛病，深谈有作

相将问疾到江村，恰喜迎门是故人。慰我晚餐能渐好，怜君行辈已微尊。麻姑沧海拈裙带，天女昙花种瓦盆。园有昙花数本，开时红白奇艳。

满地夕阳归踠晚，一瓻惠胜酒盈樽。假得《香山县志》，暨《胜朝粤东遗民录》诸书。

自由贪夜枉存，赋谢两截

新新楼上逢胡适，十年前事，君为东道主人。功德林中忆梓琴。亦十年前事，梓琴即亡友玄玄居士田桐，始为君我作介者。一样死生存殁感，十年握手又江浔。

国史待修党史补，龙门椽笔胜兰台。愿君料理丛残稿，重向昆池认劫灰。

七日午，期公虎不至有作

盼极吴公虎，如何竟不来！愆期宁有说，罚汝酒千杯！

诗成而公虎至，招集桂园，再赋一绝

诗成报客至，公虎闯然来。言往桂园去，招邀共酒杯。

桂园席次，赋示公虎六首

十载淞滨几宴游，汪伦座上共觥筹。谓亚尘、君立伉俪招饮事。江淹谢朓都无命，感念人琴一泪流！小鹣、公展，先后长逝。

新新酒阵记喧哗，宾主薰莸共一车。已破吴刚斫桂斧，更羞江总后庭花。"一·二八"之役，君招集新新酒楼，座有吴醒亚、江亢虎诸人，醒亚早逝，亢虎则竟污伪命矣。

山颓木坏感如何，一恸师门涕泪多。上寿捧觞成往迹，谒庐奠墓尚蹉跎。余十七岁肄业上海爱国学社，君则北大高材生，并孑民先师门下士也。民廿五先师七十寿诞，在上海国际饭店举行祝典，两人咸与其事，南行迟我，永诀人天，念之不胜凄绝！闻君言蔡夫人已赴昆明，未识确否，正属详为探询，又闻先师权厝华人永远坟场，期共君驱车驰奠，冀勿孤此约为幸！

年少休轻盛孝章，甘陵门户尽堂皇。尼山殁后儒分八，大义微言费忖量。

大义微言君念之，心传国父我能知。信陵倘执侯生辔，愿为君家作导师。

酒酣饭饱吾诚乐，雄辩高谈世已惊。不信见仁还见智，汗青他日有分明。

寄谢彭泽民先生伉俪

自桂园返寓，知泽民先生偕会巧夫人曾携玉照一幅、柑桔两篓枉顾，与闺人略谈一小时许，后以待余久不至乃去云云。惭感万状，寄诗二律，聊当负荆。

桂园贪话酒，交臂失彭笺。枉顾吾何敢，先生去岁曾惠访一次，以不得其门折返，此为再顾矣。幽居汝尽贤。只怜医国手，长作在山泉。回首羊城事，伤心十五年。民十五之五月，余与亡友朱季恂、侯墨樵，南至广州，出席中国国民党第二届中央执监委员第二次全体会议，始识泽民先生于议席，值通过某案，廖夫人陈词慷慨，余鼓掌和之，先生独瞻对总理遗像，雪涕不止。时传何香凝骂人，柳亚子拍手，彭泽民痛哭，为会场三韵事云。

韩康能卖药，德曜亦忘饥。双影留天地，余光照海湄。鹿门栖隐日，京雒退居时，大道如终泰，端为吾党师！

地山先生伉俪招诣"面壁斋"茗叙，集者十三人

面壁斋中客，南天萃俊流。陈荀欣遇合，桓鲍有绸缪；茗隽能清肺，兰薰倘并头。主人艺兰甚伙。商量文献事，此意足千秋。

赠陈寅恪先生伉俪

少愧猖狂薄老成，晚惊正气殉严城。散原老人与海藏齐名四十余年，晚节乃有薰莸之异，余少日论诗，目郑陈为一例，至是大愧。从知名德天终相，

犹有宁馨世漫轻。九死孤忠怜异代，谓义宁中丞卅年读画重贤兄。谓师曾先生潘杨门第尤堪媲，战垒台澎郁未平。

赠袁同礼先生

遐庵席上曾相见，失喜重逢面壁斋。蓟北图书无恙在，闻北平图书馆藏书，尚得保全，为之雀跃不置。滇南风物此游嘉。先生久客昆明入川应著文翁化，新自陪都来横海言寻博望槎。将西渡美利坚起例发凡吾有愿，期君为介鲁朱家。余以南明史事，乞先生修笺，致朱遏先先生共商胜业。

赠叶遐庵先生

歇浦虚怀酒共斟，抠衣奉教又相寻。大师岭表尊兰甫，华胄吴中衍石林。犹见曲江留相度，已亡真逸孰书淫。陈子砺先生，自号九龙真逸，亦称九龙山人。苍茫学海无涯畔，愿共先生证素心。拟借书于学海书楼，乞先生为介。

赠冼玉清大家

迢遥华胄溯夫人，抛撇旗常媚典坟。围解青绫尊道蕴，经传绛帐拜宣文。才高咏絮簪花外，名轶搓脂滴粉群。珍重女权新史艳，书城艺海共论勋。

赠陈君葆先生

孔璋湖海士，豪气最难忘。柱下犹龙子，寰中马季常。琅环罗典籍，庠序焕文章。愿借燃藜读，期君发秘藏。君为冯平山图书馆馆长，兼香港大学教授。

赠马季明先生

马氏几昆弟，白眉君最良。深谭儒佛学，莫动爱憎肠。苦行今弘一,风流旧惜霜。因之念往事,凄绝不成章。君询弘一大师轶事于余,大师即卅五年前在东京创办春柳社自饰茶花女之李惜霜也。

九日偕廖夫人访叔平将军于畅园,深谈留饭,赋谢主人伉俪

中山陵畔一相见,阔别于今已十年。勋学征南传左癖,谈兵元度著新编。长城转战无坚垒,穷岛栖迟有胜缘。桴鼓金山期此日,骑驴湖上漫留连。

十日赠陈友仁博士二首

当年侵地返汶阳,蛮语参军气激昂。君不谙国语。今日重逢犹矍铄,难忘握手在中央。民十五之五月始识君于广州中央党部。

英雄垂老住温柔,少妇卢家字莫愁。记取淞滨曾造膝,而翁今滞海西头。君为静江先生快婿,闻先生留滞纽约,故云。

十一日晨起,奉寄潘小磐先生二首

余访求九龙山人所撰《宋王台麓新筑石栏记》全文未获,忽得先生来书云:侯王庙庑下有二碑,其一所镌,即是记也。诗以志喜,并驰寄先生求政。

侯王庙外碑曾访,交臂何期失此文。曩承斯馨女士招登宋王台,缘候车失道,遂届薄暮,归饮寰乐园,丹林谓侯王庙外有碑,因往访之,且扪且读,竟一碑已曛黑矣,不虞记文之亦勒其旁也。怜我曩游成晼晚,感君驰札剧殷勤。沈湘蹈海孤臣恸,饮至收京异代勋,记取兴亡吾辈责,何年辽左共嬉春。

山人一去九龙空,惆怅瓜庐集未逢。九龙山人即九龙真逸,友人退之、丹林、完璞均持是说,今更得先生一言,可以论定矣,惜所著《瓜庐诗文集》尚未入手耳。识昧华夷殊舛误,功参史乘合推崇。山人以清遗老自命,其实满清之亡,为中华民族奋斗之结果。与宋明全不相同,何况大同世界运会已开耶?拘君

臣之小节，昧种族之大闲，更不明进化之公理，余窃为山人惜之！所著《胜朝粤东遗民录》，即书名"胜朝"两字已极不妥，独其搜辑颇勤，文章亦美，终堪钦佩耳！高文已读遗民传，仁里难追旧隐风。一卷宋台秋唱好，可能惠我比球琮？时访求《宋台秋唱集》未获，未知先生处有藏弆否？

小磐先生惠诗，次韵奉酬

惠诗云："才名潇洒甚，绝似柳耆卿。沪渎终防缴，江边且避兵。流连山水地，怅触古今情。万一西台恸，胡尘卷两京！"

君是潘邠老，吾惭柳下卿。士师非卿职，聊借以协韵耳。猖狂愁学道，慷慨每论兵。喜睹琼瑶札，难忘耆旧情。龙门容我侍，节概汉东京。连日移家颇忙迫，稍暇当以造庐为请，度先生不我却也。

智础来谈，感赋两截

七年两见在殊乡，须鬓惊看各老苍。君是金刚身不坏，人间顽铁岂能伤。辛亥革命时，君在沪上，遨游同盟、光复两会间，参预机密，调停维护，极著劳瘁。及沪军都督府成立之夕，君在寓所，值杨哲商先烈制炸弹，失慎爆裂，君举弹投窗外，而身已受伤，耳目皆糜，今一耳仅存轮廓，一目虽外观无恙，实已失明，并其成绩也。哲商先烈，即殉于是役，而尹锐志、王素贞二女士，或受伤，或为捕房拘禁入狱，后均赖英士先烈，分别医治救援获免。事详黄岩王漱岩葆桢所撰《杨哲商传》，刊入南社文集，君不肯自言也。

同盟、光复无差别，革命原需众力擎。不论恩仇论史实，铁函秘籍好完成。余劝君写《光复会记略》，君惧引起摩擦，余谓过去之事，述之足昭后人炯戒，非为个人发挥恩怨地也。如虑误会，则深藏密锢，俟诸五十年后发表，亦未为迟。惟现在不写，则来者将无从征信耳。

偕丹林、亢德、周新谒蔡夫人于邸第，黯然有作

泰山梁木恸师门，忍泪苍凉谒左芬，太息孟光举案德，翻成徐淑祭

夫文，抚孤愿保千金体，继志休轻匹妇伦。白首彭宣我亦老，艰难往事却重论。半年前有纪念蔡先生一文，已刊入《上海周报》。

移居柯士甸道有作，示佩宜暨啸岑伉俪

草树依然入望青，投荒聊遣慰伶仃。深惭诸葛隆中宅，敢拟遗山野史亭。时有辑南明史之意。偕隐有妻吾自足，从游得伴汝能馨。啸岑伉俪与余辈同寓。却怜歌哭同时事，话到师门总泪零！谓余晋谒蔡夫人事。

既澄以三十年元旦诗见示，即次其韵

逢君辛苦贼中来，示我新诗壮不哀。雪耻先应荡辽热，恢疆还遣奠澎台。庄严箕壤终须复，灿烂和魂自此开。伐罪吊民吾辈事，新邦缔造正需才。

十五日夜，定慧大家招集寓邸，赋谢一首，借千里见赠韵

同座者月笙、云史、文六诸人，暨千里长兄，止庵仁弟。

乐章家世愧屯田，多谢逢迎绝徼天。解佩汉皋愁往迹，嬉春歇浦记当年。原尝珠履群贤萃，词赋金荃一老先。谓云史先生未是寻常酬酢意，临歧握手感兜绵。

次韵答千里

万家华屋旧桑田，射虎南山耻问天。客帝乘权异吾土，虬髯横海问何年。齐名兄事吾终幸，脱手诗成汝最先。安得艨艟定南粤，白云高处撷红绵。

赋呈云史先生、美南夫人，三用千里韵

诗人老去爱田田，供养烟霞在海天。万里江山愁故国，一龛灯火伴耆年。云史先生有《江山万里楼集》。鲁公宾客西台恸，言偃文章南土先。

乞取画梅双管健，论交慰我意缠绵。云史先生与美南夫人，并善画梅，极盼挥毫见惠，俾光寓庐蓬荜也。

廖夫人画梅，为月笙题，即次廖夫人自题原韵

罗浮仙子絮相思，驿使江南寄一枝。任是严冬冰雪壮，天心来复一阳持！

又次云史先生韵一首

红罗无取恣狂欢，锻炼风霜见岁寒。天遣毫端留正气，疏花冷蕊耐人看。

十六日午，叔平将军再招宴畅园，座有廖夫人，相与深谈往昔经历及北伐战史，将军慨然有解甲就商之意，索诗为赠，即次九日奉呈韵

伯荪剖腹伯先死，谓徐锡麟、赵声两先烈也，将军为徐公门下士，后从赵公在南都谋举义旅。荡扈功成三十年。草昧经纶愁往迹，兰台史乘惜残编。余劝将军以平生史实撰为文章，将军笑而不允。鲰生饱饫郇厨味，虎将期参蠡水缘，肝胆裙钗尊一老，兰言臭味总相连。

感事二首，借庚白韵

漫嗤蚁穴更蜂衙，槐国春秋树几丫。一哄原知兴废易，十年倘悟步趋斜。亡秦胡亥愁难免，复楚包胥愿总奢。年少纷纭流辈尽，传笺两地有咨嗟。

侧身香岛望巴山，失路栖皇亦等闲。少妇莫愁君自艳，德俪北丽夫人，为亡友寒碧先生爱女。逸妻莱子我宁鳏。定庵诗云"我读先秦书，莱子有逸妻，闺房以逸传，此名蹈者希，勿慕厥名高，我知厥心悲"。佩宜从余三十六年，夷险一节，恒人所难，故以莱子语为拟。读者当勿嗤其夸诞也。人怜汉怨唐愁

外，地异吴趋越绝间。安得登坛抚长剑，胭脂还我女儿颜！

藻斌三顾寓庐，雅意殷勤，至可铭感，补赠一律

岭表畸人胡藻斌，频烦三顾感相亲。从戎投笔参黄埔，杀贼歼夷记沪滨。"八一三"之役，君身在行间。画虎争传余技美，屠龙未信壮怀驯。旧游存殁都堪念，珍重双清座上宾。余七八年前，始识君于廖夫人沪上寓邸，座有善子、大千昆季，顷善子已下世矣。

是夜为废历除夕前一日，宗礼、思珍伉俪暨端人招饮

又饮屠苏酒，频登饯岁筵。人皆怀旧腊，我自重新年。陶李杯中圣，用渊明、太白故事。鸿光庑下贤。殷勤吴季子，扶掖累周旋。谓国芳也。

廿六日，丹林来谈

芳馨悱恻楚骚心，世网弥天耐独吟。惆怅蛾眉有谣诼，人间恩怨百年深。

怜君悻直终逢怨，顾我苍凉欲解围。各有千秋心事在，坚贞共葆愿休移。

醵饮羿楼有作

是夜为废历除夕，啸岑、华昇伉俪暨壮秋、季震醵饮羿楼，客有岳甫、诵芬、复初、国灿、文烈诸人，佩宜卧病，无垢外出，未能从也。

一月二十六，犹开饯岁樽。天心方愦愦，人意亦泯泯。有酒不成醉，无言却易醺！病妻兼弱息，身世付吟呻。

中夜不眠，闻爆竹声有感，自淞沪沦陷以来，不聆砰訇已三稔矣

爆竹喧阗闹比邻，三年积蛰倘堪伸。似闻巨鹿鏖兵日，不是黄龙奏凯辰。戈演旷林疑有劫，杵漂牧野竟无人。讨夷歼逆平生意，安得天声沸海尘。

香墨林将军发起东江兵赈艺术陈列会，为赋一律

东江转战阵云深，儒将风流觅赏音。誓拯疮痍歼丑虏，独饶感慨入长吟。万间广厦杜陵愿，一赋沉哀夏复心。南明夏存古先烈，讳复，有《大哀赋》。好运戎机筹笔健，长鲸拔浪要成禽。

赠陈畸一首

海内子陈子，闻名溯旧年。地灵人自杰，笔健墨频研。欲补余杭史，烦搜合作篇。风云愁变幻，热泪又盈笺。时方乞君觅余杭先师暨马相伯先生联合宣言稿于工商日报社。

喜刘筱云先生过访

廿载神交旧，萍踪异地逢。按图劳索骥，盛德见犹龙。先生不识路，挟地图一幅访余寓庐始得之。伟矣须眉古，豁然神理通。吴头连粤尾，何日奏平戎。先生家广州，沦陷后始由澳门来港，备尝流离琐尾之苦，未知衮衮诸公运筹帷幄者，何日始能底定粤都，大慰民望耳。

次韵和震西三绝

伤心忍见建炎年，宋祚中衰岂偶然。便作陈东亦良得，格天遗臭更堪怜。

鲁戈无力返斜晖，招集黄魂归未归。自昔秦风原卓荦，小戎驷铁赋无衣。

万族疮痍血岂干,伤心叔宝总无肝。祝宗莫便轻祈死,不信拿翁字典难。

田翠竹自湘潭寄诗丹林,问讯遐庵、云史两先生,并齿及贱名,次韵奉和

凝睇齐州九点烟,沈湘蹈海问苍天。已拚孤注浑忘老,不信殷忧会有边。敢共叶杨分片席,稍怜冰檗负三年。谢翱情绪新来恶,不上西台已泫然。

卅年屠国怜无史,万里流人幸有楼。未许解铃驯猛虎,倘容囊笔狎闲鸥。尽教日采西山蕨,还怕宵移大壑舟。栋折榱崩吾岂免,伤时何限杞天忧。

是夕招匀金、壮秋、季震、啸岑、华昇小集羿楼,陪座者佩宜、无垢、光辽也。饭罢,复与匀金倾谈有作

螺旋成进化,吾道岂终穷。独立苍茫想,千锤百炼躬。松筠君自健,蒲柳我先慵。倘葆微躯在,还期见大同。

廿九日喜彼得过访

淞滨十载感殷勤,白下将迎又几春。此日萍踪逢海徼,温郎玉镜有传薪。君为余婿林率门下士。

岭海当年重女豪,辨谈名理故超超。丹山雏凤清音美,更喜孙枝长羽毛。太夫人竹君女士,四十年前以女权解放之说,蜚声于新学界,为李平书、胡展堂、马君武诸公所倾倒。奔走国事,矢贞不字,抚君为嗣,能济其美,顷已庆抱孙矣!

二月一日，仲老暨地山、季明、君葆招为茗谈，集者裕芳、新彦、张英、孙源诸子

茗话能忘倦，雄谈亦自豪。须眉尊国老，坛坫属吾曹。世已风云急，人犹鹬蚌劳。怜他瑶草辈，终饮赫连刀。

读美洲洪门总干部及纽约衣馆联合会通电，即书其后

孤忠天地会，余派衍洪门。谠论批龙正，人才屠狗尊。天心终涣汗，民意岂沉沦？便拟乘桴去，昭苏此国魂。

为微光出版社题壁

群龙无首血玄黄，瀛海鏖兵作战场。直笔自应存正义，谦辞何意托微光。宣尼礼运传心法，国父民生有主张。愿祝青年齐努力，追踪前哲好流芳！

赠刘火子

大好青年刘火子，索书火急似催逋。黎明在望须前进，荣誉从教属我徒。火子著《不死的荣誉》一卷，辑入黎明丛书。

赠邝鲁明

邝生与我不相识，却介黄刘索我书。刘火子以黄苗子之介，与余通讯，鲁明又属火子向余索书。失笑涂鸦三十载，居然瓦砾当琼琚。

二日刘源沂偕复初、正康枉顾

印人一集早流传，枉顾蓬庐意倍妍。金石斯冰成绝诣，门墙桃李灿群贤。君金石诗书画以外，更娴皮簧，从游者甚众，复初、正康，皆其门下士也。勒铭有笔君宁橐，射日无弓我自怜。余欲榜寓楼曰"羿楼"，取后羿射日之义，君许治印见贻，然余手无斧柯，只自伤失路耳。闽海诗豪尊沈约，可能抵

掌在樽边。曩游康乐园，见壁间悬沈演公墨宝，诗书并妙，君许为作介相见。

小进、天牧伉俪联襼过存，余与佩宜坚留共饭不获，驰谢一诗，即次小进赠天牧夫人四十四岁生朝韵

茅容鸡黍未遑张，惭愧交情卅载强。莱妇鸿妻真并世，燕南粤北岂殊乡。高才玉局啥蛮咽，国士金闺亦雁行。淘尽风怀归淡泊，耦耕偕隐自堂堂。

喜李直夫过谈

郭嘉坐上初相见，温峤筵前再度逢。淞沪沦陷以前，始识君于沫若坐畔，一别三年不闻动定，顷源宁招饮，始复相见。更喜深谈成此日，微言危涕荡心胸。

獭鱼鹯雀千秋史，猿鹤虫沙一例愁。厝火扬薪宁得计，好持遗教奠神州。君极言中国社会农民数量最多，而受压迫最惨，末流反动，每三百年无不大乱者，杀人盈野，流血成河，皆农民受压迫之结果也。余谓孙先生创三民主义，不以民族民权为已足，而必殿以民生，且郑重诫党人云："苟反对民生主义，即无需革命。"其后又坚持扶助农工，列为三大政策之一，斯不徒在积极上见其伟大，即从消极上论之，已可将三千年历史惨剧完全消弭于无形矣！君颇趣余言。

三日偕佩宜、光辽重谒廖夫人于双清楼有作

谣诼蛾眉不可禁，鸿妻霸子又相寻。获麟忍绝春秋笔，斥鹦宁知鸾凤心。亭角炉灰参秘计，海天雪涕动长吟。时得范志超女士自马尼拉来书，颇有所感。党碑得附吾终幸，积感何堪更病喑！

叠韵和尔雅

南来惭愧作诗淫，未死沧桑卅载心。宁便尊罍承复社，敢辞斧钺殉东林。精严旧作何须悔，流泪新亭倘可寻。君诗云："社刊少作今兹悔"，

余则佩定公少作精严之论，未以为然也。黄陆相期终见左，何时煮酒与同斟。苗子曾约君会饮其家，余以先有所期不能赴，嘱自在更约君，又不得间，卅稔相思，尚悭一握，岂天实为之耶！

次韵和步陶见惠一律

卅年箫剑震南东，三载生埋复壁中。淞沪沦陷后，余杜门不出者三稔，颜其所居曰"活埋之庵"。讵意死灰燃爝火，要翻巨浪狎长风。誓驯猛虎屠狞鳄，忍学寒蝉咽断鸿。地老天荒谁可语？新诗一夕播邮筒。

再叠和绝句二首

几时重醉习家池，山简风流忆旧时。只愧后先忧乐意，干戈满地我何之？

漫遣篇章重谢池，客儿流涕帝秦时。横流要作擎天柱，莫道风波任所之！

读史二首，改范志超女士作

将军意气本英豪，三字沉冤祸怎逃！自坏长城檀道济，曾摧强虏霍嫖姚。东窗缚虎谋何亟，南海屠鲸志漫劳。万一风波真不幸，墓门华表刺天高。

赤手空拳善用兵，朱仙转战早闻声。云霓得雨民心附，山岳鏖兵敌阵惊。可惜秦头终压日，遂教李令失收京。功高不赏休流涕，已有千秋万岁名！

四日访纫秋于弥敦酒店仍不值

君为萧颖士，我是柳耆卿。排闷愁难见，怀人感未平。音书休寂寞，意气奈纵横。旬日内外，上书于君，言曼殊事，不获报。遗事终须草，宁忘故旧情？

叠韵再和星曹一律

快心颜蠋叱王前，屈贾英灵薪火然。入世云愁休恸哭，出山泉水誓清涟。要追旧绩夷吾霸，耻学新亭典午年。扫净倭氛吾辈责，白山黑水莽无边。不能收复东北四省，驱嵎夷于鸭绿江之外者，非夫也！

又叠和七绝二首

柳州远谪记陀坡，杜老哀时鬓未皤。风絮云萍成遇合，飘零天遣意如何？吾乡灵芬馆主有一私印，其文曰"天遣飘零郭十三"，盖汪宜秋女士赠句也。

陆游曾读新行卷，崔护难寻旧酒尊。豹劣龙优都细事，素衣休便浣缁痕。自彭宠附逆以来，辄念琴冈旧侣不置。

赠仲华

识荆说项事寻常，握手翻怜在异乡。却喜萍踪酬肺腑，颇愁龙血战玄黄。清流坛坫君能领，浊世风波我亦强。廛教长承私愿足，耻随流俗作迎将。

是日值仙霏生朝，入夜招集羿楼，以普椿为亚宾，陪座者余与啸岑、华昇、安澜、佩宜、垢儿、辽孙也

三载相思歇浦潮，开樽犹幸值良宵。稍怜夫婿吟笻滞，更惜娇雏屐齿遥。少石、李湄皆不至。三爵既行饶喜气，一阳来复是今朝。是日为立春节。酡颜更爱婵娟美，记取超宗有凤毛。普椿颇能饮，前此所未稔也，将门之女，自应尔尔。

五日喜乔木偕长江、夏衍过访

邸报长江美，传奇夏衍狂。俄焉萃双璧，作介感乔郎！波浪巴渝急，风云桂管张。前驱期我辈，意气各恢皇。

裕芳、张英、孙源过存，商新文字学会事成此

美矣新文字，遐哉旧辈流。论功参禹稷，撼树笑蜉蝣。誓拯文盲厄，宁辞压刀遒。寄声钱董辈，何物是千秋。钱凤、董龙，并见《晋书》。

自题编次《皇明四朝成仁录》目次后三首

翁山逝后遗书窜，收拾丛残赖我曹。夏五郭公真满目，校雠天禄敢辞劳？

吴兴捆载静嘉堂，珍秘龙蟠又海航。何日嵎夷成面缚，终教重器返宗邦。

青史青山愿未虚，张皇幽渺海天隅。自怜一管生花笔，讨逆锄奸更著书。

检三十五年前赠君武四律，寄其治丧事务处刊入纪念册，媵以此什

卅五年前投赠诗，伤心重检泪涟洏。论才黄叶终同调，入海红桑换旧枝。君与亡友刘季平出处问学都不相类，余独引为双璧，盖有相赏于牝牡骊黄以外者。自季平云逝，君复殂谢，真有魏太子南皮之感矣。黄叶楼者，季平华泾旧邸也。晚节喜能年少重，高名留遗史家知。君晚岁喜与新作家往还，田寿昌有诗奉赠极美。朱颜碧血牺牲泪，碑碣端应有怨词。孙先生正位粤都，以君任广西省长，舟行入桂，忽遭狙击，姬人某奋身覆护，遂中枪死，君竟获免，虽金钗阿杜，有乖平权解放之箴，而汉殿当熊，颇凛之死靡他之烈，甚愿撰君碑传者，勿轻为讳饰也。

为斯馨题《初步集》

粤风表海重南陬，后起婵娟附胜流。莫遣蛾眉怨谣诼，怜才吾意自千秋。

人才自惜赖陶甄，风会能开世界新。莽荡红潮扬赤帜，期分担负到钗裙。

六日上午三访纫秋于弥敦酒店，握手欢然，重申移写曼殊影事之约，誓言西抵陪都从事笔砚，喜纪一律

三顾重逢萧纫秋，终怜敦厚更温柔。温柔敦厚，曼殊曩日目君语也。感君郑重千金诺，慰我沉吟十载忧。乞君写曼殊轶闻逾十稔矣。南国精灵红豆赋，西湖高冢白蘋洲。巴山夜雨勤挥写，入梦诗僧伴旅愁。君言曼殊徂谢后，梦至西湖，访其寓庐，似在地下，缘梯而降，室内陈设精美，云已结婚，其夫人即《绛纱记》中旧侣，能为六朝小品，诵所作《红豆赋》一篇而觉，仅忆两语云："挹玄露之方渥，撷朱实之既离"，后吊墓塔，山影湖光，仿佛梦境，倘所谓"思之思之，鬼神通之"者耶！余平生持阮瞻无鬼之论，顾亦不能不佩君与曼殊之相厚，异于侪辈也。

直夫、若昭伉俪招饮香港大酒店

鄂州有仙侣，曾遣住吴门。为感招邀意，直夫枉过寓庐，借余渡海。能倾窈窕樽。若昭自言不能饮，特为余尽葡萄酒一杯。萍蓬欣遇合，履舄尽温馨。座客十六人，男女宾各居其半。难忘夷吾语，新亭见泪痕！

赠吴敏墀兼示陈铁一

豪游瀛海女吴刚，却累夫君作嫁忙。敏墀创办梅芳中学十余稔，出国后乃以铁一代任校长。誓以精魂酬祖国，好拚约指助输将。敏墀在美洲，捐结婚钻戒作义卖救国，获美金数万元以归。沈沈鬓病钗愁夜，耿耿天回石炼肠。桃李盈门齐灿烂，中原翘首此红妆。

赠刘季生伉俪

秣陵一别五年矣，重遇刘郎在酒边。更喜婵娟成隔座，却凭燕赵话前缘。季生夫人与余接席，盛赞北平风土之美。河山信美非吾土，风月能谈感汝贤。安得天戈真北指，黄龙痛饮慰缠绵。

自香港返抵九龙，昭簇伴我渡海，赋赠一律兼示源宁

左海传家学，西湖溯旧游。苌弘埋碧血，谢女有红愁。昭簇为闽侯籍，少从外祖居杭州甚久，其舅氏林长民先生后殉郭松龄之难。夫婿崟奇士，闺房燕婉俦。传经兼续史，努力踵前修。

是夜小集桂园，赋示长江、乔木、端先、森禹暨垢儿，时乔木、森禹将有星洲之行也

星洲游子轻分袂，渝桂归人未洗尘。异域萍逢心共热，明灯絮语意尤亲。稍怜薄酒难成醉，喜说生驹亦可驯。长江谈骑术甚稔。感喟终愁家国事，填胸块垒有轮囷。

七日晨起命垢儿送辽孙入岭东幼稚园，正姓名曰柳光辽，忾焉有作

慰我牢愁悦我魂，含饴浮海几朝昏？向长五岳还乖愿，顾绛单丁议立孙。无忌尚未有男子子，余终抚光辽为孙矣，故援亭林自况。弱质岂宜夸智慧？童心来复最温馨。沈思五十年前事，愧负高堂鞠育恩。余髫龄入学时，年五岁，今光辽亦五岁矣！

次韵奉答季海惠赠之什

论才王霸我粗疏，未敢灵台昧本初。秦相格天仍旧术，贾生资治有新书。要凭良史千秋笔，已见丘民万口誉。读马尼拉文化团体宣言，颇以为慰。整顿乾坤吾事了，漫教流涕感居诸！

缚虎两首，叠旧韵作也

缚虎东窗急，期酬女直恩。十年成此日，三字忍重论。慷慨风波狱，奸回桧俊魂。长城终自坏，吾涕已盈樽！

老革关东子，荒唐昧怨恩。浊流人岂拔？商女曲休论。金砾华歆

传，心肝叔宝魂。绝交书好在，未拟共清樽。以不屑教诲者教诲之，是亦教诲也。

寄小进兼示小磐、畹卿伉俪

小进来书云：有旧时高足姚国英女士，字畹卿，盛娴吟咏，即小磐之德俪也。衣钵有人，索诗为贺，驰寄一律，兼乞小磐、畹卿双粲。

诗逋长遣负河阳，未敢轻挑大敌强。半月前得小磐惠简，稍稔行藏，知春华烂漫，才及老泉发愤之年，而笔仗纷披，俨然庾信大哀之什。循诵再三，叹为观止，赠诗六首，亦极敲金戛玉之音，匆遽中尚未能裁答也。恰喜音书来马帐，云传衣钵属姚娘。畹卿为小进主讲梅芳中学时女弟子。银钩小字劳纤腕，小磐诗简悉出闺人誊写。药裹关心伺病床。小磐善病。终拟叩门同访戴，君欣桃李我周行。

是夕彼得招饮，同座者张廷荣伉俪外，有严淑和、张湘纹、李典芬、陈东生、黄仲玉暨余夫妇共十人

珍味潮阳美，萍踪歇浦狂。席陈潮州菜，有闻于时。客多自沪上来者。峨冠愧巾帼，廷荣夫人暨淑和、湘纹，并海上墨梯书院高材生，典芬则湘纹之女弟子也，淑和方任女子银行行长，湘纹、典芬以活人术蜚声沪港间，仲玉与东生结缡未半载，有述婚诗甚美。醴酒热肝肠。廷荣论时事颇激烈，谓国民放弃天职为中国最大病根，主张非彻底实行孙先生遗教不可。南国黄崇嘏，方山陈季常。谓东生、仲玉也。稍怜登降瘁，送我及归航。彼得送余夫妇至尖沙咀轮渡始返。

八日，啸岑、华昇假羿楼宴客，集者余与佩宜、匀金、铭盘、炳麟、德庸、壮秋、季震、安澜、馨馨共宾主十二人

鸡黍壶觞杂主宾，异乡偏萃故乡人。豚蹄颇动纯鲈思，席设酱豚蹄

为吾乡特制。鸳侣难忘弧悦辰。是日为华昇预祝生朝。几见松陵能返棹，却怜沧海正扬尘。高谈大眳终何补？惆怅新亭泪点新。

子千来言，纫秋行矣，怃然有间，追寄一律

十年契阔几相见，临别还悭一握缘。从此巴山宵话雨，应怜香岛昼谈天。倘容加腹客星狎，托取安刘左袒贤。更祝旅窗勤著述，诗僧轶事要君传。

梁冠中女士以玄园园丁惠诗见寄，次和两律

忍拚金注竟成孤，万里河山入画图。肯任奸回成跋扈，会看宇宙有昭苏。狂流卷地终思挽，世网弥天感独殊。仗马寒蝉非我事，中原不复总非夫。

名论苏家著辨奸，知人未信帝犹难。陈东伏阙头颅好，贾谊成书涕泪看。赠我琅玕情自重，许人肝胆誓宁寒。裁笺欲问婵娟子，倘遣嘤求在海端。

叠和左海少年四绝句

甘持独醒谢群噂，宋玉能传屈子骚。记取定公名论在，但开风气尽堪豪。来书有执贽之约，余未敢承也。

奸倭讨逆奈迟迟，桧俊何心礼本师！成败千秋悬一发，贾生恸哭泪如丝。

仗马何堪久不鸣，中心棋局最难平。扬麈揽镜端宜笑，便殉刀锯已有名。

王孙天国喜能谙，豹隐鸿冥阻笔谈。安得萍踪能我告，便同抵掌在天南。

九日午，吴江同乡第十二次聚餐在聪明餐室，集者二十三人

新春二月日在九，中华民国三十年。松陵笠泽盛文藻，聚餐乃在香江边。关西夫子推祭酒，论齿论学咸居先。左家娇女号小同，题名杨德腕力坚。杨千里暨其女公子杨德。太常之裔有相国，明清两代明堂贤。燕南赵北胡尘满，卜居异域神明全。沈羹梅太原一老我兄事，追踪文恪高名镌。明夷羑里炼道力，誓为禹稷四体胼。王勾金凤兮凤兮独娟妙，晚来得妇胶鸾弦。围棋斗茗童年梦，怀瑜握瑾金闺妍。杨凤书、汤怀瑜伉俪毛生英绝锥处囊，指挥四座称中权。鸿妻霸子并跌宕，一家眷属真神仙。毛啸岑、沈华昇伉俪暨其公子毛安澜。仙缘更羡严与顾，何甥谢舅多牵连。琬雯寂寞灵云去，怀贤悼逝心渺绵。严赓雪、顾久康伉俪，赓雪为千里外甥，故有何甥谢舅之语。琬雯姓严，为南社旧友凌昭懿之夫人，乱后久不闻昭懿、琬雯消息矣。灵云姓顾，即亡友神州酒帝顾悼秋也，并因严与顾而牵连及之云。莺湖之唐迁红梨，竹林清旷籍与咸。小唐了了亦不俗，而翁责子终嫌偏。唐元芳、炳麟叔侄暨元芳之公子步瀛也，元芳以步瀛学业稍迟进，辄为谦抑之辞，故举此广之。颛塘有吴芦漪王，同川盛寨陈计骈。吴宗源震泽人，王旭东芦墟人，计宜初同里人，陈树敏盛泽人。黎湖季子本土著，壮秋归化尤殷拳。当时里巷悭相识，于今海徼同一廛。徐季震黎里人，吴壮秋祖贯平湖，今入黎里籍，并在九龙与余同寓。佯狂怜我不称意，闺中有妇以逸传。布筵设席巧相对，迢遥疑阻银潢缘。柳亚子、郑佩宜夫妇娇痴弱息独后至，久抛毛颖愁鸾笺。余女无垢不娴毛笔字，题名乞啸岑代笔。华堂草草款宾客，杯盘已矣吾言旋。长歌还拟留后约，誓探海窟啖水鲜。时有游香港仔食鱼虾之约，期在第十三次聚餐云。

夜赴香港新文字学会欢迎会

斗室摇灯静不嚣，沈沈长夜坐今宵。婵娟都有如虹气，雷、蔡两女士陈词极慷慨之致。领袖宁忘前马劳。谓仲老革命青年新世界，大同国父旧风标。平生饥溺衷肠在，百感交萦沸怒潮。

十日晨起寄馨丽湄潭

阔别无端及五年,中华犹未靖狼烟。人愁越水吴山外,梦绕黔疆蜀徼边。门户豆萁燃应泣,干戈鹬蚌斗终怜!何当用我平戎策,夺取胭脂泽汝颜!

忆楚伧重庆,时久不获其手札矣

兄事袁绍弟灌夫,卅年交谊敢模糊?如何政海翻波日,不见承明属草书?陈阮翩翩惭记室,乾坤落落感吾徒。蒲轮未拟巡西鄙,蜀道艰难古所吁。

前诗甫成,闻楚伧病矣,再赋一首

起废针膏祝病夫,云泥消息未模糊。平戎王朴非无策,救世华陀幸有书。豹军来书云:君患肋膜炎,送中央医院诊治,用手术开刀,经过良好。文酒宁关新国运,江湖难忘旧吾徒。池亭已见烽烟扰,偕隐何年足叹吁。君先德居我乡之池亭,曾筑堤以御倭寇,事在朱明中叶,今夷氛复炽,鸥梦难圆矣!

闻洪深教授全家自杀有感

报载洪深教授全家自杀,留书有政治、事业一切都无办法之语,具见愤世苦心。而论者犹嚣嚣然攻讦不止,殊可怪也,感成此什。

一切都成无办法,岂无办法奈群嚣。梁亡真切剥肤痛,齐王忾声终悭反手劳。大义自难衡岱岳,苛求奚忍责鸿毛。史鱼尸谏应同感,直笔阳秋定见褒。

是夜步陶、苴楼伉俪招饮，同席者景昭、慕华、千里、锡仁、啸岑也，赋谢二什，即次朴安贺两君结缡韵

五年不见郭有道，旅况能安事便嘉。民二十五年二月七日，南社纪念会举行第二次聚餐会于上海同兴楼，与君相见，距今恰五年零三日。怜我佯狂深国耻，羡君垂老占春华。步陶年六十三，与苴楼结缡仅四稔耳。安贫乐道斯为美，继往开来倘未赊。进化螺旋非退步，大同世界总花花。

辽海管宁尊老宿，金闺桓鲍更清嘉。文章科学合为一，鸡黍杯盘泽不华。苴楼为北平大学工学士，兼娴文笔，而款客肴馔悉出手治，殊难能可贵也。厚意终怜纤手瘁，雄谈一任客怀赊。景昭、慕华、千里、锡仁、啸岑诸君倾谈颇畅，余以神思不属，默然隅坐而已。欣闻绛帐延都讲，灿烂门墙桃李花。苴楼掌教华英女子中学校。

十一日得小进来书，以陈巢南、高天梅二君遗墨索题，并縢一诗，次韵奉和

小进诗云："开山南社陈高柳，君似灵光鲁殿存。今日天南同感旧，丛残掇拾可无言。"聆音凄绝。

巢南得一天梅二，道统三民怅独存。时论谓章太炎先生为一民主义者，巢南似之；黄克强先生为二民主义者，天梅似之。余又目巢南代表封建社会，天梅代表资本主义，而慨然以代表社会主义即民生主义自任，恨蹉跎未能力行耳。各有千秋恩怨在，抚膺流涕忍轻言。自南社停顿后，余与二君都以政见失欢，洎余亡命嵎夷，言旋歇浦，犹得与巢南重修旧好，而天梅则已墓有宿草矣。今巢南长逝，亦迄九稔，黄垆向笛，触处生悲，此意惟小进能识之耳！

百年二首，次小进韵，未见仙根原唱也

百年谁遣辟鸿濛，不在张骞凿空中。便道塞翁欣失马，依然野祭叹为戎。舟藏大壑还防盗，地似神山那有风。幕燕安巢吾亦瘁，虬髯横海岂能同。

百年忍与话前徽，去国黎侯叹式微。逐北终期妖孛扫，图南原与素心违。嵇康柳下龙方蛰，贾谊庭隅鵩倘依。安得燕然碑共勒，艨艟溟渤我言归。

次小进辛巳元旦试笔韵一首

漫言元结颂中兴，忠爱舂陵自昔称。世尽风痹陈亮哭，梦犹恢复陆游曾。依人自分同王粲，谀语终羞属景升。郁郁万言书未报，他年留遗史家徵。

次戡庵庚辰除夕写怀韵二首

除旧由来总布新，生怜积习尚陈陈。已惊瘠地穷天会，犹见燃萁煮豆人。不信风雷成寂寞，何曾雨露有均匀。阮狂贾哭畴能识，雪涕樽前愧此身。

冠挂帘钩笑杜严，人皆欲杀亦何嫌。纵教北寺风波恶，肯信东林气类歼。红豆红桑空有忆，青山青史倘能兼。只愁长吉呕心日，婢笑妻嗔泪又添。

震西庚辰岁除四咏，余已和其三，顷补示一绝云："嶙嶙白骨载疆场，抗战无期日月长。可恨倭奴杀不尽，中原血泪尚纵横。"复成此什和之

男儿自分殉沙场，抗战何愁岁月长。只是阋墙成恸哭，江南一叶泪纵横。

偕国芳观"苏三艳史"影片于弥敦戏院

死生甘苦终纯一，富贵浮云讵足夸。移爱倘教到民族，文山武穆复奚加。

粤俗有供祀张柳御仙于庋下者，莫详其朔，戏赋一绝，亦定公"乞貌风鬟陪祀我，他生来作水仙王"意也

一妹精灵应不死，七郎残魄耻犹存。他年倘祭垂虹社，秋菊寒泉共一樽。

十二日晨起成长歌一首，补呈步陶、苴楼双粲

步陶先生南社良，六旬有三体力强。神完气足筋骨健，徒步陟降凌阜岗。论交卅载溯沪海，覆杯一夕愁吴阊。民国二十四年十一月十日，南社旧友会葬陈巢南先生于吴门之虎丘。夜宴中央饭店，酒未半，步陶亟起，乘夜车返沪，阻之不可，覆杯绝裾而去。同兴楼上再相见，群流杂沓意未央。谓民国二十五年二月七日南社纪念会聚餐会事。岂期握手在绝域，更闻嘉耦联鸿光。枯杨生稊占终吉，女萝袅袅乔松长。金闺国士亦英绝，精研科学能文章。调和鼎鼐见余技，良宵款客罗酒浆。烹鲜治国原一例，非驱女杰归闺房。平生切齿希特勒，稍惭口福贪羹汤。杯盘甫撤陈茗果，雄谈众客都觥觥。疏慵怜我独隅坐，沉思冥窅非张皇。沈思隅坐究何苦，主人有问殊未详。诗歌新旧孰优劣，播新除旧吾非狂。万事万物归进化，筚路蓝缕成康庄。即以诗论岂殊致，赓歌飔拜原杳茫。葩经有作楚骚继，恢弘汉魏成齐梁。文辞六代岂颓弊，骈精俪美追毫芒。起衰振废欺人耳，沿流遂尔开三唐。宋词元曲称作手，明清何遽非明堂。自珍变体金和继，平心未拟菲黄康。谓人境庐、更生斋绩溪崛起趁风会，诗界革命大旆扬。志摩纤碎我不喜，独喜光慈、沫若九天九地能翱翔。五四至今未及三十稔，安见来者遂无陶、谢、李、杜兼苏、黄。步陶先生休太息，旧诗终废新诗张。继往开来吾有愿，愿以吾诗旧囊新酒成津梁。旧诗会入博物馆，新诗好置飞机场。图南鹏翼九万里，何似飞箭横渡太平洋。吾言未终听者休疑讶，政治问题岂异文学问题亦应后起前者僵。小康大同见《礼运》，据乱升平太平三世称《公羊》。顽强封建当歼灭，殖民帝国休披猖。聪明天亶国父孙，微言大义会与马列相颉颃。三民主义新中

国，民族独立民权平等民生幸福终无疆。高谈大睨岂荒诞，会看碧海生红桑。此时步陶先生正健在，行见杖期杖国非杖乡。茝楼夫人更未老，亦应出其所学教国庠。贱子不才复何事，愿以长歌侑酒共尽三千觞。

是夕铭盘招饮金城酒家，集者千里、夔梅、匀金、元芳、炳麟、啸岑、明珠、杜宇、正宇

又启华筵款酒卮，主人情重我奚辞。异乡萍絮客星萃，主客十一人，吴江籍居其九，以同乡而萍聚异乡，不胜悲喜交集之概。远嫁婵娟得婿迟。明珠婿杜宇贵州籍。艺苑固应尊二宇，谓杜宇、正宇梁溪莫漫惜孤枝。正宇为梁溪人，而千里曾长其邑，故云。稍怜辜负周郎意，纤手新橙绝妙词。主人命女侍剥橙饷客，余以腹满谢之，颇念美成旧句也。

十六日偕小进访小磐、畹卿伉俪于薄扶林道作

誓遂识荆愿，先邀访戴俦。素心人自迓，芳草地重游。渡海微风拂，登山宿雾收。潘郎新病起，握手意终酬。

微意难言说，沉思有万千。才高真铸佛，命定岂关天。敢以杨修拟，端居王勃前。倡随能婉娈，双璧更欣然。

栖皇偕隐侣，况瘁傲霜枝。鹤俸悭天外，龙孙长路陂。羞争鸡鹜食，终睹凤鸾姿。岭学愁荒落，凭君定起衰。

独溯翁山后，艰危一剑飞。江西流派衍，岭表正声非。待遣颓波挽，终期健笔挥，横流犹满地，歧路倘思归。

掷果河阳美，从龙新息豪。青山搔短鬓，绛帐灿夭桃。分袂情还切，酬诗愿岂韬。刘家三妹好，名字入江毫。

十八日再寄小磐、畹卿伉俪

忽忽浑疑梦，抠衣竟扣门。语犹劳译舌，交已缔精魂。恨少扶将力，空伤气类存。文渊知我意，太息两无言。

卅年愁落魄，四海有交亲。肝胆宵中剑，衣冠陌上尘。俄惊之子美，同是劫余身。念乱伤离意，宁期世网甄。

阮籍愁狂醉，嵇康愤绝交。千春诗笔瘁，一夕酒樽抛。忧愤弥山泽，逢迎岂水坳。寥天翔白鹤，应慰我讥嘲。

殷鉴端非远，伤心七百年。栖皇埋碧血，憔悴哭红鹃。碑碣依然在，文章问孰贤。鲁连终蹈海，玉井有丝牵。

九龙城畔路，何处问瓜庐。未见长卿草，难求钱起书。危时多涕泪，陈迹总唏嘘，直欲沈心史，期逃汉劫余。

大隐在都市，如君岂复痴。尤夸妻作友，直以婿为师。赁庑鸿光愿，耦耕沮溺期。平生饥渴意，翻愧管蠡窥。

二十日次韵和筱云辛巳元旦旅港之作

未须谶纬侈龙蛇，身世还惭逐浪花。一线光明尊北极，千秋进步惜南车。包胥有志终恢楚，似道何心助灭华。不尽兴亡凭吊意，宋皇台畔泪痕斜。

五五流光岂凿空，狂来骑虎更批龙。武侯夙抱伊周略，贾谊宁求绛灌容。无恙头颅犹我戴，几家茅土任人封。霜饕雪虐吾何悔，笑指寒梅更老松。

筱云以《观明末遗民四高僧遗迹有感》
长歌见示，借韵次和一首

为南社失节诸獠作也。君是怀贤之什，我成刺恶之章，己块人杯，深惭唐突已。

雅废夷侵四维折，咄尔清流群隳节。伤心面目宁复存，不挽龙髯入鼠穴。楚昌齐豫彼何人，引颈空惭燕市血。忽左忽右愁旁皇，盗名终遣声名裂。衣冠江左小朝廷，可惜夷光蒙不洁。天地腥膻鬼亦羞，忍向桥陵礼圣烈。都尉河梁泪纵挥，幼安皂帽交先绝。泥牛入海等萍飘，玉虎牵丝愁井渫。太白悬头会有期，槁街东市畴觞醊。旧人亦有顾与赵，意气当年互倾结。前车已覆后弗戒，相思中夜肝肠咽。西神山下残客残，诗癖书淫自怡悦。一朝蹉跌事全非，羞见梁鸿溪水澈。薄技犹怜姚小妖，敬亭末路终殊辙。锄奸一弹贯心胸，即论谋身已非哲。叔度中郎并画师，暮年何苦遭磷涅。埋骨江南死太迟，潜踪蓟北生尤子。忠厚待人百不欢，摘奸发伏惭肝铁。陈吴当日骂怀宁，当道豺狼宁足楔。弘范镌功浪自骄，王敦作贼谋终拙。元凶他日谥鹗王，群丑终教偾狗窃。南游亡命我艰危，喜晤刘翁訾宋桀。败类无端出佛门，不成龙象成龟鳖。万襈诛魂畀有豺，四凶贪食终为饕。主盟复社愧张、杨，痛恨钱、龚终造孽。张、杨指天如、维斗，钱、龚指牧斋、芝麓。长歌愿写告人天，一一莲生一一舌。

三十年"九一八"纪念，为《光明报》创刊之期。先六日，漱溟、颂华、空了三先生招集胜斯饭店征稿，录旧作应之并希指正

蚕食危机半纪前，鲸吞十载失祈连。诗歌凭吊都空幻，功罪衡量总渺绵。谁遣鼓鼙关内哄，不堪涕泗帐中涟。晋阳一旅回天手，指顾终期复九边。

生机会见死灰燃，底用深文咎守边。搏虎孝侯终晚盖，射钩管仲况英年。恩仇种种如天度，谤议纷纷障眼烟。安得南山起李广，便教逐日下虞渊。

读曾愚公"九一八"九周年纪念日旧作感和次韵

说诗忍颂解颐匡，煮豆燃萁总断肠。羞见公孙霸西蜀，尚迟诸葛起南阳。大同已兆龙无首，监谤终怜巇有王。跃马辽东惭旧约，十年容易换星霜。

陈孝威将军以赋赠美利坚大总统罗斯福氏诗索和，漫酬长句

英德之战争霸耳，苏联自卫义战成。吾华苦斗四载余，稽天狂寇犹未平。罗翁援华还援苏，五洲一瞩目炬明。援苏惟当重物质，援华还须勖以民主政治之典型。三民主义手创国父孙，正与民有民治民享声气相求应。微言大义近黯淡，借箸端赖旁观清。法西斯蒂即侵略，天视民视天听民听邦乃宁。方今胡越正一家，白宫举足关重轻。雄才大略邱吉尔，革命圣者史太林。举罗张网四围合，元凶终见縻长缨。柏林荆榛罗马墟，然后楼船百万东海屠蛟鲸。台湾箕壤咸解放，从兹寰宇无甲兵。元龙磊落兵家子，弢弓执简议论千人倾。驰笺海外代游说，仪秦异代应齐名。报书青鸟翩然来，西方彼美思榛苓。赋诗慷慨征作者，颇闻举国颂德歌功声。吾诗崛强稍异撰，各言尔志君休惊。聆音识曲世有几，掷笔一笑天地横。

经颐渊先生挽诗

五绝颐渊旧著声，病床殡舍若为情。辨奸每詈东窗妇，得婿宁辞左祖名。早死羡君成解脱，余生留我砺坚贞。放翁家祭知何日？白马湖头絮酒倾！

再次愚公韵一首

微管奚能奠一匡，射钩私怨讵撄肠；阴谋人自排元辅，义旅吾终重晋阳。桧俊奸回徒误国，春秋大义在勤王；何时突骑收辽沈，橡笔书空拂剑霜。

再叠匡字韵呈愚公

三十年九月二十五日，即旧历辛巳年八月五日，为愚公先生五十诞辰，先期于报章睹其辞寿启事，摘辞甚美。顷复见

《光明报》所载叠韵见酬之作，弥佩谦恭，更深惭恧，再成一律奉正。

宣尼曾遭畏于匡，浮海难灰行道肠。各有经纶筹大计，誓从盲晦振孤阳。扪心奚忍忘先烈；进步端宜法后王。五十年华春烂漫，投荒休嘖鬓毛霜！先生原作有："卧龙终负屠龙手，两表成时鬓已霜"句。余今年五十有五，痴长于先生五龄；虽衰病驽寻，犹未能忘暮年烈士之心也！

三叠匡字韵呈愚公

拙作再叠匡字韵一首，甫于报端披露；同时获读愚公先生再叠韵见柬之什，奖借逾分，徒滋赧颜，复赋短章，呈请郢削。先生时方主持中国民主政团同盟事，遘风云会合之辰，赓元白倡酬之雅，有心人倘不以落伍见嗤欤？

板荡神州问孰匡？鸡鸣风雨热中肠。狂胪髦俊联群策，剥极贞元起一阳。吾辈苦心惟救国；有人曲学倡尊王。大同礼运终须现，漫惜书生鬓渐霜。

四叠匡字韵呈愚公，十月十四日晨起赋

慷慨羞言涕满匡，割愁未信九回肠；倒戈终见来蜻岛，复国端宜奠汉阳。汉阳即汉城，朝鲜故都也。六合为家秦二世，中原草檄骆宾王；书生忧乐关天下，合抱坚贞砺雪霜。

鲁迅先生逝世五周年

鲁迅先生今圣人，毛公赞语定千秋。死开铁血麈兵局，先生殁未逾年，而"八一三"全面抗战事起。生是金刚历劫身！团结未坚愁抉目，澄清有待漫伤神。沪郊展墓知何日？护榇难忘民族魂。先生殁后，公葬沪郊，救国会同人大书"民族魂"三字于帛，覆遗榇上。

五叠匡字韵呈愚公

三黜何缘媲一匡，西瞻宗国痛肝肠。乱唐铁骑愁甘露，谓民十六清党之难辞汉铜人泣洛阳。提笔公堪侪李、杜，齐名我自愧杨、王。筹边跃马雄心在，会踏卢龙塞外霜！

马小进五十三岁寿诗

三十年十月二十二日，值旧历辛巳九月三日，为小进老友五十三岁初度之辰，长歌奉祝，仍叠旧时惠题《图南集》诗韵。

吾生在亥君在丑，粤海吴天睽左右。三年南社远邮诗，一夕申江欣聚首。邮诗淼淼太平洋，归国匆匆光复后。此时驱虏乍收功，此日论交喜多友。刘三兀岸曼殊憨，方驾高、陈称马、柳。高谓高天梅，陈谓陈去病，均中国同盟会会员，与余共创南社者。我狂毁圣更非贤，君才量石岂论斗。一别抟沙三十春，重逢握手惊君黝。重逢今日复何时？赤县神州沦八九。汹汹穷寇尚稽诛，草草家居付谁某。烽烟河朔阜昌朝，朋党都门王铎酒，君怀宁展只狂歌，吾舌犹存忍钳口。蹈海沈江百不欢，多君慰藉深谈久。高论硁硁浊世疑，中风举国皆狂走。笺经何敢比春秋，读史难忘恸申酉。陶侃天门翼纵陨，孔融北海樽堪守。由来大任属吾曹，劳筋苦志良非偶。忽报灵均揆览辰，诞生岂落更生后。清代学者洪亮吉，字更生，亦以九月初三日生。洪才沈博君逾之，鱼熊端不菲蔬韭。君年五三我五五，狂言宁计君可否。飞腾曾逐稽生龙，潦倒羞侪孔丘狗。何况闺中莱妇贤，弦诗好颂佼人懰。薇蕨今时且共餐，风云他日终难朽。记取功名压伏波，未拟文章追子厚。北斗天厨餍酒浆，长空彗字挥虹帚。感君郑重索我歌，我歌今作狮子吼。愿君享此黄发期，岁岁年年祝长寿！

题朱铎民《维摩室图》，即次其自题原韵

世界修罗万窍哗，维摩丈室散天花。九州龙战三分鼎，五夜鸡鸣一

盏茶。沫若先生有《龙战与鸡鸣》一文，辄复效颦，不嫌唐突否？自昔嘉州称乐国；几人苌楚念无家？田横穷岛吾终幸，袖手南溟阅岁华。

送王济远赴美利坚国

王郎天下士，画理妙通神。南渡争传钵，西行更洁身。黄垆同雪涕，谓许地山先生已逝。沧海几扬尘。留滞嗟余倦，风雷待蛰鳞。

六叠匡字韵呈愚公

将圣多能亦畏匡，泣麟悲凤几回肠。由来国士憎多口，漫遣群阴困一阳。请剑无人羞汉殿，格天有阁笑申王。岁寒同抱松筠节，未病坚冰愧履霜。龚自珍文云："履霜之厉，寒于坚冰。"诗语特反之。

寄冰莹华山，兼讯谭六妤子

毛女峰头月，来窥咏絮人。离愁黄歇浦，影事白沙津。病骨欣无恙，雄心郁未伸。寄言谭六妹，凄绝旧艰辛。

炎蒸吾病脑，偃卧绝吟呻。一夕倏然起，诗怀捷有神。中原犹战伐，吾道岂沈沦。珍重婵娟子，毋忘在莒辰。

廖夫人画菊，为吾宗非杞题

西风肃杀岂辞柯，皇觉曾留战伐歌。一例柴桑陶处士，诗成慷慨说荆轲。相传明太祖咏菊花诗云："百花开时我不发，我若开时要吓杀。好与西风战一场，满身尽着黄金甲。"亦诗体解放之先河也。

又题画梅一首

翠羽罗浮梦未颓，云阶月地自徘徊。广平岂便忘天下，负尽调和鼎鼐才。孔丘《龟山操》云："我欲望鲁，龟山蔽之，手无斧柯，奈龟山何？"我诗盖窃取其意。

送梅兄内渡

香岛同为客,深谈共晦明。迢遥千里去,漫怨别离情。故国多烽火,中原半甲兵。此行关大计,盘错起经营。

题黄般若《黄石斋图》

鲍鱼朽腐祖龙尸,黄石门墙好女姿。莫讶桥头呼孺子,坑儒焚籍岂良规。"夜半桥头呼孺子,人间犹有未焚书。"昔人咏留侯句也。

题香港新文字学会二周年纪念特刊

专制愚民焚籍余,千秋流毒足嗟吁。中华抗建开新运,扫尽文盲要我徒。

寄林力山花溪,叠前韵

抵掌雄谈鬼不哗,弱龄意气璨春花。卅年交谊千寻劫,万里相思半夜茶。秦相弄权终误国,周嫠恤纬敢言家。寒蝉仗马平生耻,未怨繁霜上鬓华。

十一月九日,总理老友李铁夫先生偕谪生、耀骢、普天、晓明诸君枉顾,旋饮思豪酒家赋呈

岳岳兴中元老;觥觥民主青年。继往开来谁任?却愁我虱其间!

次韵和谪生两首

江山虽陷不须愁,誓饮黄龙作壮游。请剑但教诛贼桧,岳家军便赋同仇。

石破天惊鬼亦愁,雄谈俊侣共遨游。相期民主成团结,共复神州九世仇。

十一月十一日，亡友张秋石女士四十一岁初度，翌晨为十二日，则中山先生诞辰也。枕上追赋三律，盖距女士缳首南都时，岁星已十四周矣

一恸神州万涕哗，南天忍见木棉花。十五年一月，君任中国国民党第二次全国代表大会江苏省女代表，出席广州，越岁殉国南都。其后余自马尼拉北返，过粤垣，哭君以诗。木棉花一名英雄树，盖广州之市花也。人间痛史悲锄桂；君临命时托姓名为金桂华枕上思潮悔饮茶。昨赴嘉年华会，晋咖啡一杯，遂不成梦。薪胆余生吾有舌；薰莸异类汝无家。君遗族有不肖者杨麐揽镜终成恨，后死蹉跎负岁华。

掩迹琼章故鬼哗，分湖灵秀孕昙花。君家分湖滨之葫芦兜，距叶氏午梦堂故址非远。违天苌叔埋残碧，娇女频伽字阿茶。君父鼎斋先生讳肇甲，为吾邑名宿，故以郭麐为比。剩粉余香愁隔世，蟠龙踞虎落谁家？南都沦陷，已近四周岁矣。伤心一曲青溪水，唐突无端比丽华。十年前余撰《秣陵悲秋图》小叙，缘君死事惨烈，遂以丽华玉环为比，唐突无盐，刻划西子，罪不可赎，书此以志吾过。

嵩生岳降万灵哗，侥幸长松荫弱花。君后国父三十五岁生，诞辰则先于一日，亦异数也。驹隙光阴真草草，鸦盘髻样忆茶茶。豆其煎逼仍前辙，琴剑飘零愧有家。安得莫愁湖上月，照君虚冢在京华。

中山先生诞辰第七十六周纪念感赋一律

鼎湖龙去哭声哗，凄绝中山陌上花。原庙衣冠愁对贼，遗黎丰沛苦茹荼。古无茶字，荼即茶也。惠陵已惜禅叶平非备，天策休夸国是家。七十六年青史在，好凭灵爽护中华！

袁洪铭属题杨云史先生遗画墨梅，即次其自题韵

逋我诗篇画稿迷，江山万里剩孤凄。罗浮梦醒师雄逝，翠羽喁啾有怨啼。先生许与美南夫人合绘墨梅见惠，未成而逝。又许贻我《江山万里楼诗

集》，亦迄未得一读也。

仲老将去渝都，赋此惜别，时三十年十一月十一日也

浮海乘桴日，相依愧仲由。坚贞知久矢，忠信岂能偷。蒲轮行迈疾，珍重别离愁。遐龄文潞国，清望武乡侯。此去开宣室，应烦借箸筹。岂其原共命，胡越好同仇。愿振阳刚气，阴霾一扫休。

中山先生诞辰值玄珠、一之、怀晨、蒲足、之杰诸君小集羿楼，赋呈一首

入座朋簪笑语哗，天龙八部礼天花。扪心历历百年史，款客匆匆一盏茶。各有肺肝期报国；相怜吴越半无家。座中诸人咸生长于吴根越角间。萍踪难得成高会，明镜明朝鬓不华！定庵句："一番心上温靡过，明镜明朝定少年"，窃取其义。

十一月十六日为沫若先生五十生朝，入夜有纪念晚会，先赋一律兼柬渝都索和

温馨遥隔市声哗，小小沙龙淡淡花。北伐记攘金锁甲，东游曾吃玉川茶。归来蜀道悲行路，倘出潼关是旧家。先生有"朔郡健儿身手好，驱车我欲出潼关"之句。上寿百年才得半，祝君玄发日休华。

啸庐嗜叶子戏，诗以调之

刘毅枭卢脱手呼，士行空罾牧猪奴。信陵门下三千客，失笑毛公是博徒。

十一月十六日夜，谪生招集弥敦道画室，赋呈国父老友李铁夫先生，并示裕芳、金铭、世杰、天纪、耀骢、普天诸子

失途真遣步兵哗，邻比流莺密巷花。谪生居地下，其门外榜曰"女医汪

二姑",余逡巡却步不敢叩扉,直上二楼,又遭闭门之拒。几欲途穷返驾矣,幸遇警士导之,始得达。坐上冰啤权当酒,有冰啤一军持,觅开瓶具不得,则碎其颈而饮之,曰此革命作风也。帘前英武惯呼茶。有白鹦鹉一,毛羽极美。纵横意气齐髡鸟;狼藉河山道济家。君画颇近清湘大涤一流。领袖群伦尊一老,各持椽笔卫吾华!

十七日夜,偕涵真、焕平冒风雨访栽甫于黄泥涌道旅邸

冒雨冲泥客敢哗,梅兄矾弟傲霜花。栽甫与余齐年。鸡声合舞刘琨剑,牛酪还参顾渚茶。主人饷客以牛酪。长夜漫漫期复旦,中原扰扰惜无家。赤松黄石从来事,莫作楼居萼绿华!

叠韵奉酬旭初丈三首

舒王原夙好,万里隔云岚。吴下羊昙泪,云间越石骖。沧桑君莫问,忧患我能堪。珍重维摩疾,心澄月印潭。

慷慨陈同甫,俳优纪晓岚。拗心羞狗曲,亡命比鸾骖。南海波涛阔,西山薇蕨堪。雄心犹健在,未拟老江潭。

刘伶耽酒国,沈约隐云岚。太息华泾逝,还同靳失骖,黄垆闻笛久,笔阵捉刀堪。一夜巴山雨,相思梦碧潭。此首谓尹默也。

十一月十八日,偕涵真走谒铁夫先生
于九龙城画室,赋纪一首

铁夫先生出示近诗,有"专待春雷惊梦回,一声长啸安天下"句,又命观在香港为画家冯钢伯先生及留学纽约美术大学时为同学某女郎所绘造像,欢喜赞美,不可无诗。

一声长啸奠群哗,画意诗情美比花。壮士虬髯挥铁笔;先生谓冯钢伯有燕赵烈士之风,其挥笔如挥剑也。美人玉貌胜仙茶。凤栖丹穴贤为宝,龙卧南阳壁是家。倘起鹰扬成薄伐,白旄黄钺定中华。

涵真伉俪招陪铁夫先生小饮，赋谢若虹夫人

若虹为徐宗汉女士所出，克强先生之谊女也。酒罢敬观国父孙先生与杨衢云、陈少白、尤少纨、关心焉诸先生合影及克强、宗汉两先生民国三年在美洲赴檀香山、埃仑顿诸埠全体华侨欢迎大会所摄相片。壁间悬宗汉先生造像出铁老手笔。又海滨风景一幅，则铁老二十七年前持赠克强先生者也。党碑名字，国史珍闻，并收拾作锦囊诗料矣。

斫桂吴刚月窟哗，女雄娇女艳如花。宗汉先生躬预黄花岗之役，脱克强先生于险，后又组织暗杀队，命其姊子李沛基炸毙清将军凤山于广州。若虹夫人明慧慷爽，饶有母风。醉人德意醇醪酒，款客浓情云雾茶。一老龙潜身是史；几人虎变国为家。中山不作长沙逝，棋局丛残感岁华。

寄毛润之延安，兼柬林伯渠、吴玉章、徐特立、董必武、张曙时诸公

弓剑桥陵寂不哗，万年枝上挺奇花。云天倘许同忧国，粤海难忘共品茶。杜断房谋劳午夜，江毫丘锦各名家。商山诸老欣能健，头白相期奠夏华。

赠别瘦居士

深谈促膝静无哗，世界恒河见万花。忍以离情酬芍药，直拚热血溅山茶。五一劳动节，巴黎工人大游行，有男女二青年尾随其后，人手一茶花，玉色莹然，已而枪声作，群众流血，溅茶花成红色矣！故五一节又名茶花节云。事见某说部，惜日久已忘其名。怀人一叶新诗句；君有怀人诗云："轻薄杨枝媚舞腰，随风飞絮入青霄。何如一叶松筠节？雪压霜侵翠不雕！"其词绝美。革命三吴旧世家。一九〇三年在北平为牝后那拉氏杖毙之愚溪先生，即君叔祖也。先生祖贯吴县洞庭西山，太平天国革命失败后，其先人始占籍长沙。期汝重逢何地好？中山陵畔是京华！

次韵答左海少年一首

未信生涯老腐儒,卅年惆怅剩今吾!盲心畴识连城璞?长夜空怀照乘珠。横海风云终莽荡,忧时涕泪岂狂迂。光明陕北连苏北,惭愧无能荷一殳!

沫若先生五十寿诗兼呈愚公先生索和,仍叠匡字韵。
愚公先生今年亦五十初度,又两先生兼蜀籍,故次章及之云

沈陆神州待汝匡!廿年奋斗热铜肠。红桑碧海寻千劫,晦雾盲云蔽一阳。学易无惭孔尼父,驰书端胜骆宾王。潼关堪出还须出,弓剑桥陵夜有霜!

两贤相厄更相匡,各抱千秋铁石肠。橡笔瓣香曾子固,丰功伟业郭汾阳。由来天视关民视,毕竟真王异假王。同有峨嵋灵气在,齐年五十鬓休霜!

八叠匡字韵呈愚公,为苏联十月革命第二十四周年纪念作也

五洲昏垫独能匡,万族欢呼沸热肠。授首沙皇悬太白;穷兵纳粹蹙强阳。纵横地轴空今古,成败人心判寇王。翘企红场新堡垒,大旗如血甲如霜。

次韵和研因《秋柳》之什,即送其南游马尼拉

致尧旖旎赋金銮,紫陌黄尘取次弹。岂比灞桥依帝阙,却疑狭巷挂臣冠。西风城郭芙蓉冷,北渚池塘菡萏残。还是向阳心绪好,南飞双燕不知寒。

再次研因韵两绝句

伤心腐鼠更僵蝉,广武原头忍泪看。惟有君家贤女好,一鞭长去万山端。

螳螂黄雀复鸣蝉，蛮触纷纭一例看。愿振宗风扬木铎，播新除旧岂无端。

端木蕻良过存，述东北过去痛史甚详，感赋一首

君言痛史我宁哗！白刃黄金碧血花。鳄浪鲸波堪雪涕；鬓丝禅榻坐煎茶。风云鼎鼎成今日，禾黍离离念故家。还喜孝侯能晚盖，晋阳一旅拯中华。

再赠蕻良一首，并呈萧红女士

谔谔曹郎蕻良原姓奠万哗，温馨更爱女郎花。文坛驰骋联双璧，病榻殷勤伺一茶。月中余再顾萧红女士于病榻，感其挚爱之情，不能弭忘也。长白山头期杀贼，黑龙江畔漫思家。云扬风起非无日，玉体还应惜鬓华。

杨云史先生挽诗

万里江山有怨哗，几曾双管赠梅花。难忘圆观三生石，苦忆卢同七碗茶。绣被猁儿犹恋主，玳梁燕子已无家。枭鸣狐媚终成恨，独倚黄垆感岁华。

《北京人》礼赞

旧社会，已崩溃；新世界，要起来！只有你，伟大的北京人呀，承继着祖宗的光荣，还展开着时代的未来！

破碎的大家庭，已面对着不可避免的摧残。老耄的白发翁，还依恋着古旧的棺材，长舌的哲妇，自杀的懦夫，都表现着旧社会的不才！只有你，伟大的北京人呀，一分力，一分光，正胚胎着时代的未来！

多情的小姐，洗净她过去的悲哀；被压迫的小媳妇儿，冲破了礼教的范围！跟着你，伟大的北京人呀，指点着光明的前路，好走向时代的未来！

十一月二十八日为邓择生先生殉国十周年纪念，感赋二首，仍叠哗字匦字韵索愚公先生和

□□□□□□①哗，蝮蛇岂有貌如花。陆沉早抉城头目，荼苦难忘陌上茶。自昔英雄多短命，于今黎庶已无家。长城自坏嗟何及？谁纵夷氛恣乱华！

叛帜纵横党孰匦？中兴期汝热肝肠。如何万姓还多厄，依旧群奸陷独阳。瞽井沈书存宋统，麻衣草诏詈燕王。纷纭成败奚须问？青史千秋笔有霜。

咏史十首②，呈愚公先生，仍叠匦字韵，盖自十一至二十叠矣

不雕朽木国宁匦，原壤狂箕别有肠。尸位十年徒伴食，丧邦一语昧当阳！任他媪相还髯相，漫说真王总假王。地下故人愁抉目，西陵华表蠹如霜！

撞坏家居刻意匦，相煎萁豆断人肠。腐心周处还人杰，流涕桓温老汉阳。稍惜恢弘输沛季，从来执拗误舒王。圣狂一念关兴废，史笔森严懔日霜！

孝子慈孙旧业匦，兼金夸蚀富儿肠。垂裳忍废重华训，洗耳争侪颍水阳。横海遨游忘故宇，归藩安乐老降王。惠陵一恸堪凄绝，开创艰难委雪霜。

华胄迢迢溯畏匦，笑君满脑更肥肠。郭家金穴原同调，邓氏铜山正向阳。恩宠争夸唐虢国，寒酸直鄙宋斡王。肉糜语妙传青史，太息流亡路上霜。

鸱枭破獍孰能匦，难遣纸灰涤肾肠。画虎不成希特勒，攀龙虚拟郭汾阳。东窗喋血追秦相，南国牵羊俟楚王。刘豫贝当谁请剑，有人夜半舞青霜。

---

① 编者注：原缺。
② 编者注：原件只九首。

湖海元龙国是匡，黄垆一哭痛肝肠。如何子弟为卿日，难慰精灵弁水阳。吉网罗钳工杀士，鲰生狗曲创尊王。坑儒焚籍终无幸，胡亥咸阳踏露霜。

狗盗鸡鸣政孰匡，横行公子可无肠。三年拜赐吴淞水，一夕逋逃粤秀阳。翻遣乘韬巡海国，只宜执挺作降王。贪狼硕鼠盈华夏，憔悴周黎雪上霜。

伐桂锄兰岂易匡，苍鹰搏击热中肠。头颅有价羞黄祖，鹦鹉无言怨汉阳。不食真应投狗彘，盗名犹记附卢王。桓魁未碍天生德，长啸中天拂剑霜。

赤帜曾思世乱匡，黄金白刃蚀肝肠。食人卒兽秦终毙，使鹤乘轩卫不阳。缇骑纵横遍屠国，厂臣勋烈配宣王。弘羊烹后天方雨，郿坞燃脐复似霜。

感事一首

死殉能狂瘦狗哗，怜渠命定似樱花。愤兵自掘嵎夷墓，革命初焙富士茶。薪火早知关大计，提封至竟属谁家。孟明三败终须洗，犄角相期奠夏华。

喜友人过访一首

炮火机雷恣沸哗，依然雄辩散天花。谈兵吾自娴戎略，款客妻能办饼茶。便作牺牲犹有幸，相怜黎庶半无家。平倭三策堂堂在，未信书生气不华。

释了如来谈，自言其俗家姓名为梁兴汉，盖任公先生之犹子也，又述平生革命经历甚详，赋赠一首

狞龙狂象寂无哗，居士蒲团天女花。闽海波涛晨去发，桥陵风雨夜煎茶。鹓雏宁受鸱枭吓，燕子能言王谢家。卅载艺蕲词笔健，难忘道韫

旧聪华。谓令娴女士,大师言久不得其踪迹矣。

十一月三十日偕爱泼斯坦君视垢儿于九龙医院,
道中有作,兼赠白寿伦君

仙山楼阁绝尘哗,驰道长松缀小花。已分劳人成草草,尚怜娇女唤茶茶。众生多病畴忘病,薄海无家愧有家。诗成未旬日,港战作,余家亦破矣,倘所谓诗谶者欤。最喜虬髯横海客,公情私爱恋中华。

赠萧红女士病榻

轻飔炉烟静不哗,胆瓶为我斥群花。余以丛菊贻君,君尽斥瓶中凡卉以供。誓求良药三年艾,依旧清谈一饼茶。风雪龙城愁失地,江湖鸥梦倘宜家。天涯孤女休垂涕,珍重春韶鬓未华。君赋诗赠余得"天涯孤女有人怜"之句,怆然挥泪,遂不复作。

十二月七日游元朗之李苑题壁一首

日暖风和浪不哗,松篁夹道间丛花。闭门玄德思锄菜,病渴卢同合种茶。航海梯山期报国,畜鱼引水便为家。荔枝三百馋吾吻,逭暑重来遣岁华。

苍梧一首

苍梧一去惨难哗,斑竹湘江渍泪花。信有聪明追燕妮,岂徒仁爱轶批茶。鹏飞鲲击三千里,禹甸尧封十万家。从此蛟龙得云雨,好持大计卫中华。

十二月九日晨从九龙渡海有作

芦中亡士气犹哗,一叶扁舟逐浪花。匝岁羁魂宋台石,连宵乡梦洞庭茶。轰轰炮火惩倭寇,落落乾坤复汉家。挈妇将雏宁失计,红妆季布更清华。

客香港经岁，得诗数百首，最后叠哗字韵、匡字韵均至数十首而未已。此为港战初起时所作，厥后九龙沦陷，心绪日劣，遂无复事吟咏矣。秦人一炬，编简成灰，记忆所及，默写存此云尔。三十一年七月十八日，识于桂林之羿庐。

流 亡 集
(1942年)

流亡杂诗十首,一九四二年一月作

一着迟先此局输,远猷能壮近谋疏。糜躯喋血吾何悔,终见铙歌入伪都。太平洋战事爆发,国际形势大变,倭寇切腹之局已成。余虽流血香岛亦所不悔,盖个人生死事小,民族兴亡事大也。

骂贼誓追文信国,偷生肯恋顾横波。无端广柳来相迓,留命桑田意若何。文烈姨甥忽偕潘、李二友来商出险计划。

卅年夫妇忍分离,无米为炊更惨凄。饿死倘教成永诀,首山合祀女夷齐。佩宜未能偕行,留别一首。

光辽是我肝还肺,剔肺镂肝太苦辛。我自积愆汝何罪,从兹夜梦有啼痕。别光辽

蔼鸿黾勉挈光南,悔驻萍踪中道骖。料得巴山愁夜雨,痴儿念汝正难堪。别蔼鸿、光南

最小偏怜我意同,剩携道蕴返江东。破家亡命成孤寄,后顾苍凉类转蓬。全家留港,仅垢儿随侍,聊伴岑寂。

一姥南天顾命身,千魔万怪敢相撄。劫余仍遭同舟济,揽辔中原共死生。廖夫人偕行

亡命龙城变姓名，周郎更挈小乔行。范雎张禄寻常事，不道黄生是谢生。周鲸文、翟舒翎伉俪同舟，不期而遇，称上海黄先生。余变姓名为黄重，而舟主谢君亦诡为黄姓，三人巧合亦一奇也。

南海波涛君实易，西山薇蕨伯夷难。重洋七日孤帆泊，倘有曹娥殉父来。自长洲岛乘帆船渡海丰之马贡，七昼夜未达，风浪倾侧殊甚。余谓垢儿殆将并命矣。"南海波涛，誓追张陆；西山薇蕨，甘学夷齐。"余旅港时致渝友书中语也。

无粮无水百惊忧，中道逢迎舴艋舟。稍惜江湖游侠子，只知何逊是名流。舟中粮水俱尽，忽值游击队巡逻之小艇，闻廖夫人在，乃得接济，并贻炙鸡、乳粉，余惟优游伴食，深以为恧。

长洲岛寄内

卅载双栖惯，分携两地愁。遥怜香岛月，今夜落长洲。杜甫无家别，梁鸿去国讴。何当黄歇浦，珍重大刀头。

战伐宁天意，流亡动旅愁。微闻消息好，铁鸟下蜻洲。烽火连欧陆，风云郁壮讴。昭苏终有日，痛饮月支头。

新村题壁，借某公韵

桃源凭仗好风吹，一任仙柯烂局棋。万里鸿嗷此安宅，几家鸳侣惜分离。时危真似枯枰劫，世乱还须国手医。倘作陈抟驴背笑，海东妖孛渐沈西。

九龙寨夜坐有作，仍叠匡字韵

重瞳垓下仲尼匡，弃妇抛雏总断肠。愁说白龙托鱼服，宁同玄德败当阳。剩携弱女凌曹蔡，无复雄心动帝王。长夜漫漫人不寐，举头忍见月如霜。

再赋一截
宋皇台畔几温黁,香岛河山认泪痕。又作九龙穷寨主,只惭后乐逊希文。

潮梅道中,昌黎庙题壁
韩公策仗鸣驺地,我独崎岖困旅程。不负圣明天子颂,谪居犹得宠专城。

追寄阿钟一首
米盐琐屑讵能狂,费汝评量累汝忙。回首日中墟畔路,只应惆怅别钟郎。

将去兴宁石马,留别张华林、陈宛璁夫妇
十日流连醉梦间,君家情话最缠绵。授餐适馆寻常事,难得樽前一破颜。

别谢一超、蓝奋才、袁嘉猷、连贯
复壁殷勤藏老拙,柳车辛苦送长征。须髯如戟头颅贱,涉水登山愧友生。

南华寺写示同游者陈炳传、刘锦鸿、刘淼庆、李伯球
龙门倾圮党碑颓,宾从如云又此回。明镜菩提非我事,寸心只觉报恩难。

曲江喜晤李南溟,赋赠一律
射虎曾为将,犹龙更著书。函关迟未出,灞上尚闲居。道义凭肝胆,风云仗卷舒。投林穷鸟倦,期汝一吹嘘。

湘衍园呈廖夫人。园主人区觉孟君，盖仲恺先烈女弟十九姑之夫婿也

劫后重相见，容颜泽不癯。新村握别后又将半岁矣。殷勤询旅况，憔悴念吾徒。家国期儿辈，眠餐托小姑。孙枝喜新茁，珍重渥洼驹。时闻夫人已有抱孙之庆。

诗 集

第六辑

(1942—1944 年)

目 录

骖鸾集卷一（1942年）·································· 739
    六月七日晨抵桂林，越三夕，于伶、柏李招饮，喜晤田寿
        昌，赋赠一绝·································· 740
    寿昌邀观华侨马戏团献技有作······················ 740
    赠熊佛西·· 740
    赠蒋本菁·· 740
    赠尹瘦石·· 740
    六月十八日为旧历端午节，偕田寿昌、廖沫沙游七星岩茗
        叙，寿昌索诗，遂有是作·························· 740
    六月二十七日，喜内子郑佩宜女士自香岛脱险来桂林·········· 741
    悼萧红女士·· 741
    哭林庚白·· 741
    七月六日端木蕻良招饮嘉陵川菜馆，酒后有作兼示寿昌······ 741
    骄阳一首·· 741
    冯焕章为吾家非杞作《骑驴图》索题一绝·············· 742
    次韵寄罗翼群兴宁·································· 742
    寄非杞渝都·· 742
    七月二十四日寿昌招集七星岩茗座，继饮桃园，索诗以纪······ 742

闻龙隐岩有宋元祐党人碑，欲访未果，遥题一律……742
叠韵和沫若、寿昌三首……742
次韵寄和汪旭初丈渝都，七月三十一日作……743
送马季明入蜀，即次其"柳江泊舟"韵……743
百年一首，次韵和胡朴安海上，八月十日作……743
何叙甫招客泛舟漓江，代余拈韵索诗，聊赋此什……743
端木蕻良谱萧红事为梨花大鼓鼓词以授歌女董莲枝，索题赋此，八月二十日作……743
为瘦石题画……744
匝月前曾观张安治画展，爱其《后羿射日图》之作，顷介瘦石索诗，报以一绝……744
陈诵洛招饮，属题其《间关集》，时八月二十四日也……744
赠傅彬然……745
赠杨承芳……745
赠宋云彬……745
赠陆联棠……745
赠千家驹……745
赠朱冈夫两首，八月三十一日作……745
纪梦一首，九月十日晨病中赋……746
感事两首，十月一日作……746
寿昌邀观中兴湘剧团演《桂岭双忠记》已数夕矣，忽来索诗，勉成二什，十月四日病中赋……746
双十之夕，佛西、本菁招集榴园，赋此以纪……746
为阳太阳题画三首，十月十四日作……747
龚镇洲挽诗……747
重九节宴集有作……747
送郭咏琴、夏一之伉俪返耒阳……748

题米南宫诗册,为咏琴赋	748
次韵答朱琴可	748
题琴可《甘寂寞室集外诗》后	748
为瘦石题屈大夫遗像	748
赠同乡黄宝珣女士,十月二十三日赋	749
耕耘出版社索题	749
焕章绘《骑牛图》,仍为非杞题	749
任绮雯女士索题造像,十月二十六日赋	749
赠张瑛兼示孙源	749
黄克夫为谢冰莹女士高足,同游阳朔,索诗赋赠,时十月二十八日也	749
十一月十日,谒瞿、张二公殉国纪念亭有作	749
十一月十一日,佛西、仲寅、瘦石偕巨赞上人过访,抵掌剧谈,漫成三绝	750
赠巨赞上人	750
仲寅女士以《碧血花》剧本见贻,亲加题识云"旧曾爨演是剧,用资纪念",感题两绝,并谢仲寅厚意云尔	751
赠曹丏公一首,十一月十八日赋	751
沈逸千画马,为冯和法题	751
病酒一首,十一月二十八日作	751
廖沫沙、黎树苍席上送雁冰入蜀	752
读史二首,十二月一日赋	752
十二月十七日,佛西、仲寅招集榴园,同座者王羽仪、小涵昆季,暨端木蕻良、李白凤、尹瘦石、薛天鹤,酒后联句成此	752
赠李白凤	752
赠王羽仪	752

自榴园醉归夜渡榕湖有作 ……………………………………… 753
十二月二十七日，羽仪招集春明馆，同座者余与寿昌、安娥、佛西、仲寅、蕻良、白凤、瘦石暨寿昌之女公子玛丽凡十人，赋此补壁 ………………………………………… 753
安娥女士索题佛西绘《牡丹兰花》，次寿昌韵 ……………… 753
羽仪绘《腊梅天竹冻雀》，为安娥题 ………………………… 753
题画二首 …………………………………………………… 753
赠孙冶公、黄波拉夫妇一首 ………………………………… 753
题叶郁画展一首 …………………………………………… 754
南明夏文忠公允彝暨其子中书舍人完淳遗像，任中敏索题，十二月三十日赋 ………………………………………… 754
前诗意有未尽，再题一律 …………………………………… 754
题汉民中学壁报"夏完淳"专号，仍为中敏作 ……………… 754
洪浅哉五十初度，遥祝一首即寄渝都，时十二月三十一日也
……………………………………………………………… 754
是夕寿昌招宴嘉陵馆，同集者予倩、问秋、佛西、仲寅、安娥、云彬、蕻良、孟超、郁风、萨空了、周钢鸣、许之乔、孙宝刚、杜宣、姚展、特伟、赵三暨余共十九人，赋诗纪事，兼赠馆主徐寿轩、宿伯石夫妇 ……………… 755

骖鸾集卷二（1943年） ………………………………………… 756
元旦试笔两首 ……………………………………………… 756
陈此生索诗，次沈雁冰韵一首，一月二日作 ……………… 756
汪退谷先辈遗墨，为此生题 ………………………………… 756
黄忏华自渝都赋诗见怀，隔岁始达，次韵奉和，一月三日作
……………………………………………………………… 757
连夕大风，占此以纪 ………………………………………… 757
端木蕻良有招饮诗，次韵一首，一月五日作 ……………… 757

沈衡山先生七十寿诗，次"元旦试笔"韵 ············· 757
中山公园示朱琴可，一月十日作 ················· 757
一月十三日夜，陆波如招饮绿官餐厅，碧窗朱户，规制典
　　雅，忾焉有作 ························· 758
郁风女士为邓郭绮梅夫人绘像索题成此 ············· 758
题端木蕻良画像 ··························· 758
一月十七日为尹瘦石初度宴客榴园有作 ············· 758
题黄尧画梅 ····························· 758
题李白凤印存 ···························· 758
咏梅词十二首，为黄尧题，一月廿五日作 ············· 758
余意未尽，再赋一绝 ························ 759
次韵答万民一兼示陈劭先二首，一月廿六日作 ·········· 760
马小进构一木屋于曲江上窑乡，颜曰"浩然草堂"，书来索
　　题，奉寄一律，即次其去岁五十四度生朝韵 ········· 760
次韵寄伍藻池、欧阳慧真伉俪台山，一月三十一日作 ······ 760
二月五日为立春春节。晨梦返胜溪故庐，得屈运隆《吴江
　　县志》及吴日生遗文，文皆言恢复事，正雒诵间为爆竹
　　声惊醒，纪以一诗 ······················ 760
健云大侄为余谈故乡事，感赋一首 ················ 761
国际友人诺米洛次基君来访，余宴之于绿官餐厅，赋呈一首
　　·································· 761
叠韵寄陈君葆香岛三首 ······················ 761
读《梁书》得二绝句 ························ 762
瞿文忠公遗像，为琴可题，二月十日作 ············· 762
二月十五日陈诵洛、杨月如伉俪招饮有作 ············· 762
二月十六日徐寿轩、宿伯石伉俪招饮嘉陵馆，醉后赋示同座
　　·································· 762

女儿一首，二月十七日作 ………………………………………… 762
二月十九日为旧历元宵节，夜集榴园有作，并寄巨赞上人桂
　平西山 ……………………………………………………………… 763
安娥女士索诗，报以二绝 ………………………………………… 763
后感事两首，二月廿三日赋 ……………………………………… 763
寄赠绿宫一首，次题壁韵，二月二十八日作 …………………… 763

骖鸾集卷三（1943年） ……………………………………………… 764
三月一日，为非儿三十二岁初度遥寄海上 ……………………… 764
寿琴可初度 ………………………………………………………… 764
陈公达索诗即送其返曲江 ………………………………………… 764
民一以插瓶桃花见惠并媵三绝，次韵奉谢，三月二日作 …… 764
李白凤、刘紫凰结婚七周年纪念，书此为勖，三月三日作 … 765
赠慈溪季宁复画师，三月六日作 ………………………………… 765
三月七日夜，宋云彬、陈此生招宴八桂厅，归途有作 ……… 765
为莫念厂题所撰《翼王传》后一首，三月九日作 ……………… 765
佛西绘绿梅，红茛索题，三月十日作 …………………………… 765
题《尧山图》，三月十一日为黄尧赋，兼示琴可、白凤 …… 766
三月十二日，为中山先生十八周忌辰有作 ……………………… 766
是夜诵洛招饮乐群社，抵掌倾谈遂成四什，索诵洛和 ……… 766
广西图书馆赠馆长龙兆佛，三月十三日作 ……………………… 766
赠赵建勋 …………………………………………………………… 767
热血一首，用嘉陵馆酒后韵 ……………………………………… 767
金炉一首 …………………………………………………………… 767
民一为余搜求南明史料并媵诗见惠，感谢三首仍次原韵，三
　月十六日作 ……………………………………………………… 767
三月十七日为旧历花朝节，方镇华招饮得纪事诗二十首 …… 767
三月十九日，中敏招游展山汉民中学，预赋二首 …………… 769

展山纪游四首 …………………………………… 769
某君诗有"落日当筵红可吞"句,不匮峰下抚景口占得此…… 770
题《不匮室诗》手稿 …………………………………… 770
三月二十二日,偕佩宜、安娥、琴可、红荳访故临桂县令徐
　骧侍姬红玉墓,纪以一律 …………………………… 771
浑融和尚塔畔作 ………………………………………… 771
重过瞿、张二公纪念亭有作 …………………………… 771
田寿昌寿诗 ……………………………………………… 771
又绝句二首 ……………………………………………… 772
题苏联游击队女首领丹娘遗像一首 …………………… 772
口号一首 ………………………………………………… 772
三月廿三日,诵洛邀游雁山广西大学途中口占 ……… 772
始晤王一秀女士,赠以一截,为嘉陵馆诗钟公案作也…… 773
偕予倩、诵洛、瘦石、红荳、白凤过亡友马君武墓得诗二律
　………………………………………………………… 773
赠林焕平一首,为李铁夫、刘裁甫两公赋也 ………… 773
雁山纪游一百韵,赠陈诵洛并示同游诸子 …………… 773
赠龙伯纯二律 …………………………………………… 775
题沈君匋《风雨一庐图》 ……………………………… 775
莫念厂嘱题未央瓦当拓本,谓得自女诗人韦汉平家中者…… 775
题《五代造像记》七种拓本 …………………………… 776
欧阳竟无先生挽词,三月廿七日作 …………………… 776
九渊一首示盛成中、卢冀野、万民一、钱实甫 ……… 776
赠杨月如、谭雪影两女士,三月廿八日作 …………… 776
黄花冈纪念为辛亥旧历三月廿九日,今移从国历,草野之身
　不与议礼,是非得失姑弗置论,感旧怀贤聊赋一律,四用
　春澨韵 ………………………………………………… 776

赵雅笙次春湑韵见示即和一首，并题其《疏雨横塘馆诗稿》，
　　三月卅日作 ……………………………………………………… 777
题虞重卿《昌华感旧词》后 …………………………………… 777
题曹昇之《梦洛诗集》并示雪影夫人 ………………………… 777
感杨惠敏事有作 ………………………………………………… 777
张季子以曼殊"年华风柳共飘萧"句作画见惠，赋谢一首 …… 777
珍琰女士初度诗索和兼示琴可，十用春湑韵，三月卅一日作 … 778
为黄尧题红梅五十幅后书 ……………………………………… 778
署梅花五十幅曰《鸳鸯谱》，再题一截 ………………………… 778

骖鸾集卷四（1943年） ……………………………………… 779

四月一日，黄尧、郑凯招宴普陀山之黄楼，集者余与佩宜
　　外，琴可、珍琰、红茛、伍艺，计宾主合饮中八仙之数，
　　黄尧出所画红梅五十幅令加墨，余为题名曰"香影天"，
　　复媵三绝句 ……………………………………………… 780
瘦石属题林树芬女士《环湖春色图》，四月二日作，女士为
　　闽侯人 …………………………………………………… 780
四月三日夜，珍琰招宴妆阁，赋示同座兼送卢冀野入蜀，十
　　一叠春湑韵 ……………………………………………… 780
诵洛、冀野谈亡友邵次公影事，感赋二首 …………………… 780
赠北丽，四月四日作 …………………………………………… 781
偕虞重卿、赵雅笙、云海吊凌璧城女士墓有作 ……………… 781
雅笙招集"疏雨横塘馆"兼示重卿 …………………………… 782
偕北丽集陈诵洛、杨月如夫妇邸第，喜晤陈劭先、白经天两
　　家伉俪 …………………………………………………… 782
狼籍一首，示经天索和 ………………………………………… 782
四月五日，偕北丽再访诵洛、月如伉俪，晤王冷斋夫人胡仲
　　贤女士，剧谭有作 ……………………………………… 782

雅笙以简绿盈、李梓棠两女士新诗乞正，报以两绝，四月六日作	783
四月七日为旧历上巳修禊节，陈孝威、侯哲华招集兴华大楼有作	783
赠刘源沂，乞其治印	783
黄尧绘梅赠苏炎辉市长，祝其移植桂林成香雪海，宠以一诗	783
四月八日夜，观《天国春秋》公演有作	784
仲寅女士饰剧中洪宣娇，赠以一律	784
赠林静女士，为剧中人傅善祥作也，四月九日补赋	784
四月十日，金素琴女士招集乐群社，盖自沪上脱险来也，赋此以赠	784
金端苓女士索诗，赋赠一律，四月十一日作	785
题黄尧《战争中的中国人》漫画	785
李白凤偕友李耿过访索诗为赠，即次其教师节感怀原韵	785
读查继佐《明春秋·太宗本纪》三首，四月十二日作	785
赠孟超	786
榴园宴集纪事	786
夜过三民戏院观剧，感事一首	786
小涵索诗，赋二绝句兼示羽仪，四月十三日作	787
《戏剧日报》呼余为诗坛元老，戏题一首，四月十四日作	787
十年前在沪上乞友治两印，一曰"南社主盟"，一曰"诗坛草寇"。楚伧乍见，舌挢不能下，继作转语曰："兄为草寇，吾侪合是毛贼耳。"追念斯言，复成一首	787
四月十九日诵洛、月如招饮，赋示诵洛，盖有责备贤者之意焉	787
次韵和重卿、雅笙、星如诸子璧娘墓下之作	787

读史二首 ·· 788
廖夫人偕其儿媳经普椿女士挈孙女廖坚、孙男廖恺孙自曲江
　　来桂林，赋呈一首 ································· 788
闻杨惠敏被杀感赋三首，四月二十四日作 ················· 788
赠简绿盈女士，即次其与李星如倡和韵，四月二十五日作 ····· 789
星如议创柳社，推余为盟主，诗以谢之 ··················· 789
冰莹自西安来桂林，不日返湘扫墓，赋此为赠，四月廿六
　　日作 ·· 789
赠周鲸文两首，四月廿七日作 ··························· 790
吴曙天女士挽诗，四月廿八日作 ························· 790
寄黄白薇女士渝都，四月廿九日作 ······················· 790
忆朱舜华女士歇浦，兼念贺复庵 ························· 791
吕儒真女士为冰莹中央政治学校武汉分校同学，招其午餐
　　有作 ·· 791
四月三十日夜，偕诵洛宴客南强酒家，赋示同座六首 ········ 791

骖鸾集卷五（1943年） ································· 793

陈迩冬集鲁迅先生"躲进小楼成一统""惯于长夜过春时"
　　句为联嘱书，媵以二律，五月一日作，五十二、三叠春湑韵
　　·· 793
赠漆琪生 ·· 793
赠陈延安医师，为琪生作 ······························· 794
赠曹勉功 ·· 794
送伍艺赴衡阳，五月二日作 ····························· 794
五月三日诵洛招宴旅邸，商追悼亡友庚白先烈事。集者北
　　丽、珍琰、冷斋、今铎、琴可暨余共七人，赋示诵洛一首
　　·· 794
今铎为其夫人凌成竹女士乞诗，赋赠一首 ················· 794

陆桂祥过访，谈云间旧侣，忽触余痛，呜咽不复成声矣！纪事得一首 ………………………………………………………… 795

初度将及，预赋四首，五月四日作 …………………………… 795

是日为立夏前一日，琴可招饮津津食堂，酒后有作 ………… 795

不见陈频女士几三月矣，戏赋一首 …………………………… 796

五月五日桂林茶话会二首 ……………………………………… 796

是夕，陈孝威、黄尧、岳震招集扬子餐厅，同座者寿昌、安娥、玛丽、佛西、琴可、白凤、红荳暨杨千里、侯哲华、高鹏九宾主共十四人，即席赋此 ………………………… 796

鸳犀一首 ………………………………………………………… 796

广东诗建设社纪念"五五"诗人节索题，为邵荃麟赋，五月六日作 …………………………………………………… 797

铃幡二首 ………………………………………………………… 797

安娥暨聂耳之兄守先招宴乐群社，集者余与佩宜、玛丽、寿昌、佛西、孟超、红荳、琴可、方可、镇华暨金素秋女士等二十许人，即席赋此兼送安娥入渝 ………………… 797

观素秋演《得意缘》有作 ……………………………………… 797

桂堂一首，五月七日作 ………………………………………… 798

是夕，旅桂同志公宴廖夫人暨普椿女士，集者余与佩宜、任潮、重毅、劭先、佩瑜、贤初、西欧、鲸文、舒翎、今铎、成竹、蕴山、此生、姜天星、尹时中、邓世增共十九人，赋示同座即送廖夫人暨普椿女士赴渝都 ………… 798

寄刘思慕衡阳一首，五月八日作 ……………………………… 798

斋心一首 ………………………………………………………… 799

北丽索题造像，五月九日作 …………………………………… 799

是日，李叔宽招集影翠茶室，至者余与佩宜、北丽、琴可、宁复、白凤、白水、念厂、重卿、星如、雅笙暨唐维韩共十三人，白水询亡友张秋石女烈士影事，故有次首腹联云云 ……799

五月十日夜，琴可招宴甘寂寞室，集者余与佩宜、北丽、佛西、瘦石、迓冬、镇华、钱实甫、陈佐良、梁焕誉共十一人 …799

红荳招观素秋女士演《红拂传》有作示北丽 ……800

瘦石为孙明心绘《碧嶂苍松图》，宝珣嘱题，五月十一日作 ……800

詹菊农嘱题画册 ……800

邂逅一首示北丽，时方自乐群社痛饮归来也 ……800

北丽出示月牙山无名亭诗，次韵成此 ……800

五月十二日晨，北丽过访有作，时余将有展山之游也 ……801

健云大侄来迓，偕佩宜、宝珣、白也泛舟游展山，访中敏、菊农于汉民中学，旋诣漱溟不值，晤张旭光而返，口占成此 ……801

记展山明墓 ……801

读《中西交通史料汇篇》有作 ……802

五月十三日纪事两首 ……802

五月十四日晨起作，时失眠已竟夕矣 ……802

电笑一首 ……803

寻常一首，五月十五日作 ……803

衰颜一首，五月十六日作 ……803

黄梦蘧挽辞一首，五月十七日作 ……803

是夕红荳招宴嘉陵馆，余邀北丽偕往，途次口占成此 ……804

粤友王在民自衡阳以宜兴《堵文忠公全集》见寄，赋此奉报，五月十八日作 ……804

送安娥入渝，时寿昌亦将有昆明之行矣 ……804

赠玛丽一首 …………………………………………………… 804

赠符浩 ………………………………………………………… 804

赠张英两首 …………………………………………………… 805

赠莫念厂 ……………………………………………………… 805

张季子有《花朝纪事诗图》，为题一什 …………………… 805

低徊一首 ……………………………………………………… 805

五月十九日积雨初晴，北丽偕章曼实过访，喜赠一律 …… 805

赠曹昇之一首 ………………………………………………… 806

五月二十日示北丽兼及佩宜 ………………………………… 806

薄暮一首示仲寅、佛西、孟超诸子 ………………………… 806

三春一首，五月二十一日作 ………………………………… 806

小满一首，五月二十二日作 ………………………………… 806

廖夫人画菊棘，为蕴山题 …………………………………… 807

廖夫人画梅，为今铎、成竹伉俪题 ………………………… 807

五月二十三日，偕佩宜赴今铎、成竹伉俪招饮，赋呈漱溟、
　　曼实、北丽暨任女士 …………………………………… 807

纸窗一首，五月二十四日作 ………………………………… 807

蕴山老友出示赠廖夫人绝句云："南天一姥话沧桑，劫后
　　重逢血未凉。十七年来无限恨，落花如雨对斜阳。"感而
　　赋此 ……………………………………………………… 807

叶仲寅女士三十寿诗，五月二十五日作 …………………… 808

是夕佛西、仲寅招集羽仪之春明馆，纪事有作得两首 …… 808

相思一首，春明馆醉后赋 …………………………………… 808

赠张延祉女士 ………………………………………………… 808

小语一首，五月二十六日作 ………………………………… 809

是日诵洛招宴扬子餐厅，集者余与佩宜、蕴山、北丽、曼
　　实、寿昌、安娥、佛西、仲寅、张英、玛丽共十二人 …… 809

余想象革命后之日本而作《樱都跃马图》，蕴山题句云："老骥犹存伏枥思，横流沧海感离离。樱花自有红时节，莫道英雄跃马迟。"喜而和之 ………………………………… 809

五月二十七日，曼实招宴扬子餐厅，集者余与佩宜、北丽、安娥、仲寅、玛丽、蕴山、寿昌、佛西、琴可、诵洛、张英共十三人 ……………………………………………………… 809

自寿四章，五月二十八日赋 ………………………………… 810

前诗既出，余意有未尽者，再赋一首 ……………………… 810

是夕，北丽、宝珣、安娥、仲寅、寿昌、佛西、孟超、曼实、琴可、红莨辈百余人宴余嘉陵馆，赋此以纪 ……………… 810

仙霏女儿自渝都书来乞诗，写此贻之 ……………………… 811

寄无双女儿成都，兼柬其夫婿汪子柔 ……………………… 811

五月二十九日，冰莹自湘来桂，喜赋一律 ………………… 811

赠谢赞箎一首 ………………………………………………… 811

赠贾伊箴一首 ………………………………………………… 811

赠杨济时、李瑞林伉俪一首 ………………………………… 812

张皇一首，示北丽女弟，五月三十日作 …………………… 812

遗书一首，忆陆繁霜夫人沪上 ……………………………… 812

跳踉一首，寄馨丽女弟湄潭 ………………………………… 812

浅水一首，为萧红女弟赋 …………………………………… 812

介北丽乞成竹绘《礼蓉招桂图》为秋石纪念，縢以一律 …… 813

费盛伯表弟过访，赋赠一首 ………………………………… 813

南光书局开幕纪念 …………………………………………… 813

青浦袁文彬烈士挽词，五月三十一日作 …………………… 813

欧阳白水索诗，报以一律 …………………………………… 814

《逍遥伉俪纪念集》，为黄天鹏、卢小珠题 ………………… 814

纪念集有叙，署邹海滨述，赵淑嘉书。淑嘉为蜕庵老友甥
女，十年前握手广州能道旧事者。怀贤悼逝，未容无诗…… 814
自廿九日至卅一日杂赋四什，示北丽、曼实，自此将不复为
春湄叠韵矣………………………………………………… 814

骖鸾集卷六（1943年）……………………………………… 816

六月一日夜，冰莹招宴嘉陵馆为余补作生日，集者余与佩
宜、北丽、宝珣、儒真、蕙兰、波拉、瑞林、丽真、冶
公、济时、楚南共十三人……………………………… 817
赠孙冶公、黄波拉伉俪一首……………………………… 817
赠齐楚南、孙丽真伉俪一首……………………………… 817
赠黄蕙兰女士一首………………………………………… 817
六月三日夜，郑人宏、周家庆招集爵禄餐厅，座有冰莹、丽
真、楚南诸人…………………………………………… 817
送冰莹赴金城江，六月四日作…………………………… 818
次韵和任瑾存兼示张云蔚………………………………… 818
六月六日，王小涵、池宝华假春明馆举行婚礼，诗以贺之…… 818
六月七日为旧历重午节，瘦石绘《钟馗像》索题，时余至
桂林适周岁也…………………………………………… 818
赠刘雯卿女士，诗人节座上作…………………………… 818
次韵答沫若，六月八日作………………………………… 819
是夜，琴可招集扬子餐厅，余与佩宜、北丽、曼实先后赴
之，大眲高谈，逸情云上，机锋杂出，謦笑无端，遂成
六律 …………………………………………………… 819
游广西大学，奉和廖夫人一截…………………………… 820
赠西大教授王德箴女士，女士为萧县人，曾游学新大陆…… 820
六月十日孝威招宴扬子餐厅，迟佩宜不至。写示北丽、曼
实、蕴山、瘦石、张英、胡和龙诸子………………… 820

是夜，沈逸千、张义人伉俪踏月过访，喜赠一律 …………… 820
题逸千画马 ………………………………………………… 821
次韵和董必武先生，六月十一日作 ……………………… 821
无题二首，六月十二日作 ………………………………… 821
六月十三日，北丽来迂邀共午饭，偕佩宜赴之 ………… 821
六月十五日，琴可邀同佩宜、仲寅、佛西、云彬、瘦石、小
　涵夜集酒家有作，时闻北丽病矣 …………………… 822
小涵邀观粤剧《秦淮曲》，即葛嫩娘本事。幕甫启，电灯忽
　灭，败兴而归。追念剧中史实，不能无言 ………… 822
六月十六日晨起，偕佩宜访北丽于丽狮上路有作 ……… 822
即午，翼群邀同佩宜、张英小集酒家，赋赠翼群一律，即次
　其柳江闲居韵 …………………………………………… 822
徐莅龄夫人五十寿诗，为翼群赋，即次翼群原韵 ……… 823
六月十七日，贺王坪、沈丹枫结婚 ……………………… 823
是夕，喜北丽、曼实过谈 ………………………………… 823
六月二十日作 ……………………………………………… 823
六月二十一日作 …………………………………………… 823
六月二十五日，茗叙写示佩宜、北丽、蕴山、曼实、瘦石、
　和龙 ……………………………………………………… 823
北丽为余抄自传已得六万言，诗以谢之 ………………… 824
六月二十七日夜，酒后示北丽兼及曼实、琴可 ………… 824
送诵洛北行，七月四日作 ………………………………… 824
十月七日为旧历重阳节，何敬群、任瑾存邀集月牙山倚虹楼
　不赴，次韵一首 ………………………………………… 824
远山一首，十月十日作 …………………………………… 825
是夕，对月不眠有赋 ……………………………………… 825

北丽移家相思江畔，余戏题其所居曰"丽隐楼"并媵二律，
　　十月十五日作 ································· 825
题宋萨科《相马图》，十月十六日作 ················ 825
心电一首，十月二十五日作 ························· 825
张仲仁先生挽诗四首，十月二十六日作 ·············· 826
送蕴山入蜀，十月三十一日作 ······················ 826
是日，置酒寓庐为蕴山饯别，邀北丽、曼实共话，感赋二
　　绝句 ··· 826
秦似索书题赠一绝 ································· 826
十一月六日苏联建国二十六周年纪念，献诗一首 ······ 827
十二月十九日，庚白殉难两周忌辰，赋示北丽一首 ···· 827
题张履贞诗集，为其女公子昆玉赋 ··················· 827
十二月二十四日，寿昌招游李家村有作 ··············· 827
题利柱石将军《淞沪抗敌图》 ······················· 827

骖鸾集卷七（1944年） ··························· 829

三十三年元旦偕佩宜走访北丽于丽狮路，赋赠一首 ···· 829
董必武先生六十寿诗 ······························· 829
一月三日，北丽携女小抗枉存留饭而去 ··············· 829
尹瘦石初度诗，一月七日榴园席上作 ················· 829
一月九日，北丽暨刘雯卿女士过访戏赋 ··············· 830
任潮将有渝都之行，重毅诸君饯之于独秀峰下，为赋二截
　　句，时一月十一日也 ··························· 830
一月十五日夜题瘦石绘《士雅击楫图》，为任潮赋 ···· 830
一月二十二日值废历十二月二十七日，佩宜招陪北丽、曼
　　实、黄宝珣、沈涤新、曹美成、桂华珍夜宴丽君庐为饯岁
　　之举，赋示北丽 ······························· 830
贺梁漱溟、陈树芬结婚，一月二十三日作 ············ 830

一月三十日晚喜北丽过谈 …………………………………… 830
次韵和赠王冷斋、胡仲贤夫妇，二月一日作 ……………… 831
得郭布谷泉州书却寄叠前韵 ………………………………… 831
二月六日，示北丽、雯卿 …………………………………… 831
二月十日，再示北丽叠前韵 ………………………………… 831
二月十五日戏剧节，为西南第一届戏剧展览会开幕之辰，索
　　题成此 ……………………………………………………… 831
二月二十日，三示北丽仍叠前韵 …………………………… 831
二月二十一日蕴山来谈，言浏阳焦岛松为达峰先烈介弟索余
　　赠诗，应以一截 …………………………………………… 832
二月二十五夜赠北丽 ………………………………………… 832
二月二十七日，蕴山将有蜀行，招集南京饭店为别，赋此
　　留念 ………………………………………………………… 832
酒后偕佩宜、北丽观仲寅演《茶花女》故事有作二首 …… 832
廖夫人绘松菊，为云彬题，二月二十八日作 ……………… 832
二月二十九日夜赠北丽 ……………………………………… 833
三月一日，偕佩宜再访北丽有作 …………………………… 833
刘雪耘见顾属题《黄鹤楼图》，报以一截 ………………… 833
三月五日北丽招饮丽隐楼，阻雨未赴，雯卿来邀亦不果去，
　　惘然成此 …………………………………………………… 833
题画三首 ……………………………………………………… 833
题瞿、张二公殉国史画，为瘦石赋 ………………………… 833
题王翁纪念册，为令嗣耀武赋 ……………………………… 834
黄克强夫人徐宗汉女士挽诗，三月十日作 ………………… 834
答宗子威二首，三月十二日作 ……………………………… 834
丽君庐小集，写示北丽、曼实、瘦石、琴可诸子 ………… 834
次韵答陈君葆二首，三月十三日作 ………………………… 835

寄冼玉清女士曲江，用香岛奉赠旧韵 ········· 835
田寿昌四十七岁寿诗 ········· 835
曲学一首，为夫己氏作 ········· 835
三月十四日，北丽亲持造像一帧、新诗两什过我丽君庐，写
　　此奉赠 ········· 835
次韵奉和北丽 ········· 836
朴安书来索题为沣平纪念，漫成二绝应之，三月十五日作 ····· 836
赠王造时一首，三月十八日补作，时造时已返吉安矣 ········· 836
赋示北丽兼简寿昌、予倩、佛西、迩冬、白凤诸子索和 ········· 836
怀陆子美、冯子和有作 ········· 837
三月二十六日丽隐楼小集纪事 ········· 837
章曼实四十四岁寿诗，三月二十七日作 ········· 837
赠黄琪翔、郭秀仪夫妇一首 ········· 838
赠廖青主、王青君夫妇二首 ········· 838
再示青主一首 ········· 838
三月二十九日感赋 ········· 838
琪翔、秀仪招饮甲山别墅，同席者余与佩宜、北丽、青君、
　　青主、曼实暨李任潮夫妇、邱昌渭夫妇共十二人 ········· 839
再赠秀仪二首 ········· 839
三月三十日寄张定方渝都，兼讯其姊氏曼倩女士 ········· 839

骖鸾集卷八（1944年） ········· 840

题鲜于国风画展三首，四月一日作 ········· 840
四月二日，偕佩宜、北丽、无垢、光辽观《愁城记》公演
　　于艺术馆有作 ········· 840
题琴可造像，次自题韵，四月三日作 ········· 841
次和衡山先生见惠之作 ········· 841
与此生谈东林复社故事有纪 ········· 841

题画梅一首,四月四日作 841
为鲜于国风题画,四月五日作 841
罗镇美索诗,赠以两截句,君为零陵东方美学院干部 841
短丧二首,四月六日作 842
赠田念萱女士,四月七日作 842
叠韵和玉清再寄曲江 842
四月八日夜,孙冶公四十初度招宴有作,兼赠黄波拉 843
赠冯介民、黄静容伉俪,冯为中国公学学生 843
红衫一首 843
四月九日,琴可、绮雯招宴猫屋 843
周镜吾乞诗,为赠一截 844
赴中国国民党桂林市党部召集之宪草研究星期座谈会有作 ... 844
偕佩宜、北丽、曼实、垢儿、辽孙、小抗、阿曼观《两面
　人》话剧于艺术馆得两律 844
四月十日,偕佩宜访罗翼群、徐苣龄伉俪于乐群社,旋邀赴
　桂南酒家小集有作,兼柬杨少炯、邓青阳 844
四月十一日观瘦石画展 844
读郭沫若《甲申三百年祭》一文,即题其后 845
阳九行一首,四月十二日作 845
五十八岁初度预赋,叠春字韵 846
健云大侄屡绳苏丹之才美,值瘦石为绘《展山桃李图》乞
　题成此 847
捡箧得寿昌去夏见惠诗,次和两首,四月十三日作 847
次韵和北丽题画两首 847
寄蕴山渝都,即次其去岁题《樱都跃马图》韵 847
云彬招饮,诗以纪之 847
闻万民一卧病东郊,奉寄二首,即次其去岁见惠原韵,四月
　十四日作 848

次韵和云彬旧作 …………………………………………… 848

又绝句一首 ………………………………………………… 848

寿昌以罗尤青将军招饮诗索和，次韵奉酬得四律，四月十五
日赋 ……………………………………………………… 849

题《南明昭宗三王圹志铭》拓本后 …………………… 849

赠廖仲爽 …………………………………………………… 849

赠廖辅叔 …………………………………………………… 849

四月十六日为中华全国文艺界抗敌协会重庆总会成立六周年
纪念，桂林分会举行庆祝，赋诗一首奉贺 ……………… 850

佛西招集榴园，赋谢四首 ………………………………… 850

四月十七日，寄马小进曲江，叠人韵 …………………… 851

三公子歌，题陈复纪念集，示树人、非杞，四月十八日作 …… 851

四月十九日示北丽 ………………………………………… 852

赠薛天鹤二首，四月二十日作 …………………………… 852

出席文协同乐会，观金素秋女士主演《葛嫩娘》平剧第二
幕，赋赠两首 …………………………………………… 852

听民谣独唱有作 …………………………………………… 852

次韵和王在民生朝述怀之作，四月二十一日赋 ………… 853

访覃理鸣于丽狮下路北一里十六号，抵掌杂谈，忾然有作 …… 853

赠武陵钱毅庵、实甫乔梓，兼示桃源萧友莲女士 ……… 853

孟超偕陈迩冬、钟惠琼夫妇见过，共读《夏完淳遗集》，兼
及郭沫若《南冠草》、张煮朗《江左少年》两剧本，纪以
长句 ……………………………………………………… 854

王坪偕高亦真（汾）女士枉存，奉赠二截句 …………… 854

四月二十二日晨冒雨访瘦石，挟之诣榴园与佛西倾谈，旋过
甘寂寞室，琴可、绮雯留饮，镜吾亦至，商游兴安计划，
甚惬余意，纪事得三律 ………………………………… 854

镜吾为桂平李思顺索诗，赠以一绝……854
偕瘦石访迓冬、惠琼、白凤、紫凰于桂林女子中学校，寻孟超亦至，畅谈有作……855
贺许幸之、卓元梁结婚，蜀腴馆席上赋……855
赠白凤夫人刘紫凰女士……855
赠迓冬夫人钟惠琼女士……855
游兴安秦堤纪事……855
兴安纪游诗三十六首，四月二十四日补赋……856
因兴安之游，追念樱都、菲岛影事，补纪两绝，为异日相思之券，四月二十五日作……859
是夕，文协主办诗歌唱诵夜会，有许幸之男声诗朗诵，安娥、朱琳女声朗诵诸节目，余以无伴不赴，午夜梦回，惘然有纪……859
忆定庵"守默守雌应努力，无劳上相损宵眠"句，反其意成此。四月二十六日作……860
四月二十七日，榴园诗人座谈会席上感赋二首……860
曾圣提、梁莲葵夫妇招饮维他命酒楼……860
赠洪素野……860
贺欧阳予倩五十六岁初度兼戏剧活动三十六年纪念，次寿昌韵，四月二十八日作……861
杂赠五首……861
四月二十九日晨起，题瘦石画展时为余所摄小影四首……861
题与瘦石合影……862
题与佩宜、北丽、紫凰合影……862
题与寿昌、迓冬、瘦石合影……862
题与白凤、红荳、瘦石合影……862
题与铁夫先生暨任潮、海鹰、苏丹、纪正、瘦石诸人合影……862

青君以行卷见投，自署曰女弟子，其诗甚美，为题两绝句于
　　卷端 ··· 863
青主偕哲弟辅叔先后顾我，且各携诗稿见质，合题两首 ········ 863
本事诗二十首，四月三十日作 ·· 863
是日在艺术馆剧场重晤冰莹之女符浩彬，补赠二首 ················ 865

骖鸾集卷九（1944年） ·· 866

次韵和庚白《五一劳动节》诗一首 ·· 866
曼殊忌辰有感 ·· 866
纪念苏曼殊聚餐会纪事 ·· 867
屈辱一首，五月三日作 ·· 868
太学二首，叠五一、五三韵，五月四日作 ································ 868
五月五日聂叙伦招饮兴文大楼，为庆祝新诗人节日也，谨赋
　　一律志喜 ·· 868
是日聚餐会纪事 ··· 868
杂赋十一首 ··· 869
晚偕佩宜、瘦石赴文学创作社、当代文艺社招宴，并观凯风
　　歌乐团表演节目，赋谢熊佛西、李文钊 ······················ 870
五月六日，毅庵、实甫乔梓再招集丽狮下路北一里寓庐，与
　　覃理鸣、杨少炯、陈劭先畅谈有作 ································ 870
次韵和实甫并赠友莲，祝其结婚十年纪念 ································ 871
叠韵和理鸣 ··· 871
读史三首，次韵和少炯 ·· 871
琴可夜访 ··· 872
残民一首，再叠五一韵，五月七日作 ·· 872
是日偕佩宜走访琴可于猫屋，欲游象鼻山，以可儿病不果，
　　佩宜颇怨望，诗以慰藉之 ··· 872

偕佩宜、无垢、光辽赴艺术馆观《军民进行曲》新歌剧，
　　旋北丽亦至，小集鸿运楼。邀返丽君庐避雨，观连月所作
　　诗，薄暮乃别去，赠以一首 ……………………………………… 872
艺术馆途中值焘朗兼识醴陵汪士楷，喜赋二首 ……………… 873
访观音山纪事 ………………………………………………………… 873
是夕素野、方可招宴绿宫，八叠九字韵 ………………………… 874
欷血一首，再叠五三韵，五月九日作 …………………………… 875
辑庚白《丽白楼自选诗》一卷成，縢附录十种，寄叶圣陶
　　成都，以梓行之事相属，九叠九字韵 ………………………… 875
五月十日女弟子青君来谈，旋偕访辅叔、扬华夫妇于文明路
　　通泉街李家巷一号归侨招待所，十叠九字韵 ……………… 875
汉家行一首，五月十一日作，十一叠九字韵 ………………… 876
是夕赴师范学院史地学会讲明清之间史事，写似林砺儒、吴
　　燕生、黄现璠、王克虎、覃树伟 …………………………………… 877
五月十二日晚问琴可疾，偕绮雯商略延医事，旋过榴园与佛
　　西、仲寅倾谈有作 …………………………………………………… 877
次韵和必武见寿新诗，分寄润之、伯渠、玉章、特立、恩
　　来、颖超、曙时诸子，时五月十三日也 ……………………… 877
闻萨空了飞渝，感赋一首 …………………………………………… 877
再赠陈阅明医师 ……………………………………………………… 878
北丽、丽霞夤夜过存，赋赠两绝 …………………………………… 878
五月十四日值废历四月二十二日，为仲寅三十一岁生朝，喜
　　赠一律 …………………………………………………………………… 878
为谢康寿题造像，即送其返贺县 ………………………………… 878
呓词二十四首 ………………………………………………………… 878
五月十五日，瘦石、仲华、辅叔、青君、美成先后来访，感
　　赋一绝 …………………………………………………………………… 881

谢仲华赠宣纸诗笺百页 ………………………………………… 881
廖夫人画牡丹松树，仲华属题 …………………………… 881
五月十六日访翼群有作 …………………………………… 881
偕佛西视琴可疾得二首 …………………………………… 881
五月十七日素野来谈喜赋 ………………………………… 882
五月十八日晨赴艺术馆黄克强夫人徐宗汉女士追悼会，返寓
　　后寿昌、佐才、孙源相踵至，偕往津津食堂午餐，艺术咖
　　啡馆小坐，十二叠九字韵 ………………………………… 882
闻伯渠抵渝，遥寄两律 …………………………………… 882
寿昌有赠安娥四绝，极缠绵悱恻之致，爱而和之，安娥倘不
　　嫌唐突钦，五月十九日作 ………………………………… 883
是夕西南第一届戏剧展览大会举行闭幕典礼，先期欧阳予
　　倩、瞿白音招宴蜀腴馆，入夜观剧宣四队、七队及新中国
　　剧社、广西艺术馆表演有作，十三叠九字韵 …………… 883
五月二十日实甫过谈有作 ………………………………… 884
访红荳不值 ………………………………………………… 884
四视琴可疾，知确为肾脏病，而陈阅明医师言，但得悉心调
　　治，则三星期可愈，诗以慰之 …………………………… 884
示佛西一首 ………………………………………………… 885
五月二十一日，青主、青君暨其次弟仲爽、弟妇郑崇德招宴
　　环湖东路中央航空公司桂林站办事处，集者余与佩宜、北
　　丽、小抗、曼实、辅叔共十人，十四叠九字韵 ………… 885
偕佩宜、青君、曼实访倪贻德于艺术馆有作 …………… 885
贻德为浙江民政厅长阮毅成索诗，报以一绝句 ………… 885
北丽挈小抗暂去复来，偕曼实倾谈良久乃别，复得二首 …… 886
定海孙源再度赴渝，诗以送之，借寿昌韵，五月二十二日作 …… 886
寄盛成中曲江，叠前韵 …………………………………… 886

胡仲弢介贻德索诗，亦成一绝 …………………………………… 886
素野、小忆伉俪邀宴百龄餐厅，即席得诗六首 ………………… 886
五月二十三日，偕佩宜、北丽、国统赴艺术馆凯风歌乐团音
　乐演奏会有作 ……………………………………………………… 887
吴县吴公良任省立医学院外科主任兼教授，介阅明索诗，报
　以一绝，五月二十四日作 ………………………………………… 887
赠汤明德（弘）一首，时方供职榴园文学创作社 ……………… 887
赠梁乐轩（祖光）二首，吴江县第五区区党部旧人也 ………… 888
赠张廷良、朱惠贞夫妇一首 ……………………………………… 888
寄蔡元湛渝都一首 ………………………………………………… 888
五月二十五日夜，偕佩宜暨沈涤新赴艺术馆，参加文协主持
　之诗歌诵唱夜会，晤北丽、国统有作 …………………………… 888
次和北丽 …………………………………………………………… 889
五月二十六日吴县冯英子来谈，并为《沅陵力报》出版一
　周纪念征诗，十五叠九字韵应之 ………………………………… 889
五月二十七日，五视琴可疾，知已渐愈，喜赋一首，兼示绮雯 … 890
题刘师子《玉泉观鱼图》 ………………………………………… 890
又题师子绘鱼两幅 ………………………………………………… 890
是日为余五十八度生朝，寿昌、佛西发起假社会服务处举行
　庆祝茶话会，晚宴蜀腴馆，不能无作，十六叠九字韵 ………… 890
后呓词三十六首 …………………………………………………… 891
五月二十九日，浩彬偕其学友郭竹君来访，赠以一律 ………… 894
五月三十日北丽过谈有作 ………………………………………… 894
减诗一首，五月三十一日作 ……………………………………… 894

骖鸾集卷十（1944年） ……………………………………………… 895
贺高士其、谢燕辉结婚 …………………………………………… 895
送李星如入蜀，六月五日夜作 …………………………………… 895

题海鹰画虾，铁夫先生先有跋语，六月六日作	896
题凌成竹女士画芭蕉	896
纵横两首示北丽，六月十一日作	896
刱论两首再示北丽，六月十二日作	896
戏仿玉溪体一首，不能工也	896
六月十三日送廖尚果、王浣霞夫妇赴八步	897
莫念厂自柳州来书，以谒吾宗文惠侯祠庙诗索和，并惠《龙城剑铭》拓本，酬以一律	897
寄徐文烈甥渝都	897
送谢康寿返贺县，次其留别原韵，六月十四日作	897
赠尹德华，六月十七日作	898
六月十九日夜，从长老团募捐列车归来，值北丽、曼实过访有作	898
为瘦石题《百寿图》，六月二十二日作	898
次韵寄崇德徐小淑夫人（蕴华）湖上两首	898
送垢儿随美国新闻处赴贵阳有作	899
入夜北丽、曼实复来，赋示一首	899
寄熊秋农柳州，六月二十四日作	900
严笑棠来书征文，诗以笺之	900
寄徐弘士渝都	900
扬华之中表行张超杰、展鹏兄弟乞诗，报以绝句	900
六月二十五日值废历重午节，招红莨、瘦石小饮丽君庐，候北丽不至有作，时闻长沙已弃守矣	901
喜蕴山至，赠以一律	901
喜北丽、曼实至有作，兼送白凤、紫凰赴柳州	901
六月二十六日，强迫疏散命下，将去桂林，为羽仪题《春明馆》画册	901

留别焘朗一首 ……… 902

别佛西、仲寅 ……… 902

别瘦石 ……… 902

别美成、华珍 ……… 902

别苏丹 ……… 902

别琴可、绮雯 ……… 903

别健云大侄 ……… 903

示佩宜、北丽一首 ……… 903

离桂林赴平乐舟中纪事八首 ……… 903

舟中呈铁老一首 ……… 904

赠海鹰一首 ……… 904

赠实甫一首,即送其奉亲挈眷赴阳朔 ……… 904

平乐杂诗三首,六月三十日作,纪昨宵本事也 ……… 904

赠区岳生大令 ……… 905

赠陈显达书记长 ……… 905

赠赵松子 ……… 905

为松子题画 ……… 905

赠刘运祯、姚展、杨健之、殷之濂、姜浩生诸子,刘为平乐中学校长 ……… 905

赠冯振家、振旅昆季二首 ……… 906

赠冯松龄一首 ……… 906

赠廖君实一首 ……… 906

赠黄浩然一首 ……… 906

八步集(1944年) ……… 907

三十三年七月三日,自平乐抵八步,赠李柏林司令,用女弟子王浣霞寄呈旧韵 ……… 907

七月四日,廖观玄、王浣霞伉俪招集沧海楼,赋酬叠韵 ……… 907

柏林邀访西湾，归途纪事，三叠浣霞韵 …………………… 908
七月六日，电传湘中战局好转，桂林爆竹声震耳。又闻北丽
　　女弟已抵平乐新华旅店，四叠浣霞韵奉寄 …………… 908
七月七日为抗战七周年纪念，出席灵峰台民众大会，演讲既
　　竟，归坐沧海楼，写示柏林、观玄、浣霞暨刘乾元、朱汉
　　斌、贤揖唐，五叠浣霞韵 ………………………………… 908
王国柄校长留居平乐师范，馆舍既定，颇有窗明几净之乐。
　　浣霞许排日过从，为余抄诗兼载酒问字，六叠前韵志感，
　　七月八日作 ………………………………………………… 909
七月九日偕浣霞深谈有作，七叠前韵 …………………………… 909
七月十日，以昨宵腹痛，不果赴浣霞招饮之约，八叠前韵纪事 …… 909
八步日报社副社长刘乾元来谈有作，九叠浣霞韵，时友人曹
　　红莨为余所写《龙女传》剧本已登载完毕矣 …………… 910
赋谢平乐师范校长王国柄留居之惠，十叠浣霞韵 ……………… 910
七月十一日，再集沧海楼，赋示浣霞、观玄，十一叠前韵 …… 910
芦荻索诗，十二叠浣霞韵奉赠，兼题其所著《燕泥集》 ……… 911
七月十三日，得北丽女弟平乐来书有作，十三叠浣霞韵 …… 911
七月十四日夜，芦荻偕化县陈颐模招饮酒楼，十四叠浣霞韵
　　纪事，兼示颐模索和 ……………………………………… 911
七月十五日晨起，写寄廖辅叔桂林，时方读其近作也，十五
　　叠浣霞韵 …………………………………………………… 912
谢康寿嘱题其爱人李素琼女士遗像，十六叠浣霞韵，七月十
　　六日夜作 …………………………………………………… 912
读北丽女弟所撰《柳亚子论》即题其后，十七叠浣霞韵，
　　七月十七日晨起风雨中作 ………………………………… 913
和康寿，十八叠浣霞韵，七月十八日作 ………………………… 913
无题二首和观玄，十九叠浣霞韵，七月十九日作 ……………… 913

七月二十日和颐模，二十叠浣霞韵 …………………………… 914

七月二十一日，为北丽女弟初度，观玄、浣霞邀饮，三集沧海楼。同席者佩宜外，有谭洁庄女士暨光宁、阿穆、小雄辈凡八人，二十一叠浣霞韵 …………………………… 914

七月二十二日为忌儿三十八岁生朝，写寄渝都，二十二叠浣霞韵 …………………………………………………… 914

七月二十三日，临江中学李镇校长招游其地，赋诗以纪，二十三叠浣霞韵 …………………………………………… 915

美国空军联络官范查礼君索诗，赋赠二首，二十四叠浣霞韵，七月二十四日补赋 …………………………………… 915

七月二十五日，寄馨丽女弟湄潭，二十五叠浣霞韵 ………… 915

题王仲瞿《烟霞万古楼文集》二首，二十六叠浣霞韵，七月二十六日赋 ………………………………………………… 916

辑白莲军女首领王赛昭史料竟，縢以二律，二十七叠浣霞韵，七月二十七日赋 …………………………………… 916

七月二十八日，寄无恙重庆，二十八叠浣霞韵 ……………… 917

七月二十九日，寄无畏成都，二十九叠浣霞韵 ……………… 917

七月三十日，寄无双重庆，兼柬其夫婿汪子柔，三十叠浣霞韵 …… 917

七月三十一日，送刘丽霞女士返平乐，并寄北丽女弟问疾，三十一叠浣霞韵，时余亦小病矣 ……………………… 918

送贤揆唐之平乐实验简报社 …………………………………… 918

赠吴大琨，君为吴门人 ………………………………………… 918

赠李抗之（次民），君为研究日本问题专家 ………………… 918

赠朱汉斌 ………………………………………………………… 918

寄张佐文城步，君为江苏通志编纂委员会旧人 ……………… 919

国父实业计划研究分会自渝都来索书，报以一律 …………… 919

骖鸾集卷一

（1942 年）

少耽文史，兼嗜讴吟，哀乐中年，遂多篇什，顾敝帚自珍，未灾梨枣，仅友人为辑印《乘桴集》《南游集》各一卷而已。抗战以还，淞沪沦陷，活埋三稔，墨沈寥寥，浮海南航，吟情复纵，留香港经年，所作不下四五百首，其刊播于国民、星岛、华商、光明诸报，以及时代文学者，盖百不获什也。江陵一炬，文武道尽，间关内渡，止于粤西，起予者独有田寿昌，晚乃获朱琴可，半载以还，更唱迭和，亦既哀然成帙矣。金华千家驹、梁溪陈翰笙为坊友作缘，因以贻之，将余无死，留俟后来。

中华民国三十一年大除夕，亚子自序。

六月七日晨抵桂林，越三夕，于伶、柏李招饮，喜晤田寿昌，赋赠一绝

万里投荒吾未死，五年重见子犹雄。黄尘六月桂林市，谁识人间有卧龙？

寿昌邀观华侨马戏团献技有作

劫后逢君感万丝，殷勤导我夜游时。云梯骏马开生面，碧海红桑换旧枝。豪士襟怀余涕泪，女儿身手胜须眉。萍踪倘遣成追忆，彼得城头正誓师。

赠熊佛西

满壁琳琅足破愁，留题姓氏尽清流。熊郎才调故奇绝，俊侣丛中掉臂游。壁间张横幅，长江、胡风、空了、安娥都有题咏，而寿昌跋语及诗最隽，故云。

赠蒋本菁

抛掷黄金铸简编，苍头一帜树南天。同盟旧侣都零落，话到颐渊一惘然。君为颐渊旧友，故不能无山阳之痛。

赠尹瘦石

阳羡溪山君入画，吴江风雨我惊魂。如何异地同飘泊，握手漓江认酒痕。

六月十八日为旧历端午节，偕田寿昌、廖沫沙游七星岩茗叙，寿昌索诗，遂有是作

怀沙孤愤郁难平，千载犹传屈子名。猛忆嘉陵江上客，一编珍重慰幽情。谓沫若新著《屈原》剧本。

剑态箫心吾已倦，风吹雨打汝能狂。飘零湖海三骑士，卧对云烟忆旧乡。

楚吴前辈典型在，风洞山高接水湄。百卷南明书未就，忍教流涕话兴衰。旧藏南明史料都毁于香岛之役。

六月二十七日，喜内子郑佩宜女士自香岛脱险来桂林

早拚成诀别，意外竟来投。执手浑疑梦，开颜足破愁。延津龙乍合，漓水凤堪游。誓愿平胡虏，相携返故丘。

悼萧红女士

杜陵兄妹缘何浅，香岛河山梦已空。私爱公情两愁绝，剩挥热泪哭萧红。

哭林庚白

万里匆匆赴难来，祢衡黄祖发深哀。赤明龙汉三千劫，典册高文一代才。不信死生关运命，终怜躯干委尘埃。交情卅载浑难忘，善怒能狂只自悲。庚白前赠余诗有"故人五十尚童心，善怒能狂直到今"句，可谓入木三分。

七月六日端木蕻良招饮嘉陵川菜馆，酒后有作兼示寿昌

美酒葡萄百盏红，依然裙屐醉春风。延津我喜龙方合，佩宜新自港来。甲帐君悲凤已空。谓萧红女士之逝。应有豪情回宇宙，忍持孤愤托痴聋。田郎四十才英妙，未纵歌喉贯白虹。

骄阳一首

骄阳暴雨两循环，天意还同人事乖。负尽南来游览兴，一湖新涨半城山。

冯焕章为吾家非杞作《骑驴图》索题一绝

鄂王未饮黄龙酒,蕲国曾传湖上驴。倘有英雄迟暮感,中原左袒惜吾徒。

次韵寄罗翼群兴宁

香岛欣酬酢,浈江感送迎。风云娴将略,儒雅尚书生。渴望东山起,难忘沧海经。杜陵余野老,辛苦盼收京。

寄非杞渝都

吾宗有非杞,能戆即今稀。直道宁三黜,潜鳞待一飞。置邮劳问讯,脱腕累钞胥。何以酬高谊,捻须为赠诗。

七月二十四日寿昌招集七星岩茗座,继饮桃园,索诗以纪

史家真赝原难辨,盲女弹词更渺茫。要为鸿濛开巨眼,酒杯以外有光芒。座中多谈历史事,故云。

闻龙隐岩有宋元祐党人碑,欲访未果,遥题一律

大书深刻排奸党,百口千声颂正人。斧钺君威安足惧,江湖民气岂长沦。丰碑未访惭缘浅,直道能留见性真。块垒填胸无一可,瓣香吾欲拜安民。

叠韵和沫若、寿昌三首

已难横海作延平,冊载清流浪得名。揽镜杨麼成一喟,头颅华发渐无情。

求真慕义吾何敢,寂寞依然类楚狂。沧海横流天地闭,人间何处是吾乡?

郭隗肯慕燕台骏,田市难忘齐海湄。安得中原建旗鼓,左提右挈起癃衰。

次韵寄和汪旭初丈渝都，七月三十一日作

金铁风雷感旧诗，卅年前事共艰危。多情夜雨巴山客，忆我漓江落魄时。卅余年前，丈写示一诗有"金铁岂能消士气，风雷终欲激奇鸣，阴沈天意真相逼，已有丰碑万古名"句，惜忘其全首矣。

栖枝无地悔南游，芒角撑肠浩不收。沟壑丧元都细事，最怜袖手看神州。

送马季明入蜀，即次其"柳江泊舟"韵

历劫余生雪涕频，论交经岁未嫌新。羡君此去尊都讲，我尚漂流作旅人。

锦官城郭对青山，绛帐宗风麈尾间。不作龟堂垂涕语，吴根越角盼生还。

百年一首，次韵和胡朴安海上，八月十日作

上寿百年非我愿，留名何意混茫间。太平据乱史三世，血海尸山球一寰。李白负才人欲杀，管宁避地国空还。伤心广武原头泪，便有雄心只等闲。

何叙甫招客泛舟漓江，代余拈韵索诗，聊赋此什

牛女临河汉，金飙扇素秋。微闻漓水上，高咏发扁舟。蛾目依人媚，狼烟满地愁。嗟余悭雅集，聊复托吟讴。

端木蕻良谱萧红事为梨花大鼓鼓词以授歌女董莲枝，索题赋此，八月二十日作

魏武人豪子桓劣，子建风流推第一。江山文藻三千年，又见红楼一枝笔。红楼血脉谁贯通，科尔草原生悲风。黄沙大漠无穷际，善感缘情旷代逢。承平非复康乾世，钗黛才华等儿戏。黑龙王气黯然消，钟灵独

数婵娟子。婵娟自昔多坎坷，飘零异代宁殊科。慷慨抛家入汉阙，当年意气倾山河。山河可惜非完好，胡骑凭陵渡江早。裙屐联翩访太行，雄冠剑佩称同调。羽书前敌烽烟急，突围夜踏咸阳月。遗憾桥陵拜未遑，鼎湖长念攀髯烈。双栖从此又巴渝，滟滪江流入画图。拥翠山城晨点笔，盘龙镜槛夜施朱。点笔施朱都不俗，风波亭外风波恶。海山飘渺岛扶余，柔乡避地差安乐。辛苦柔乡避地来，无端疾疢竟成灾。娇喘支床羸病骨，明眸忍泪识仙才。仙才病骨逢君暮，渔阳鼙鼓魂惊怖。鹑首钧天痛畀秦，升旗山上降幡竖。芦中亡士正艰危，风雨潇湘死别哀。一代红颜怜下葬，皓躯成骨骨成灰。成灰成骨恩情重，山阳邻笛桓伊弄。浅水湾头堕泪碑，七星岩畔相思梦。梨园弟子董娇娆，宛转歌喉唱六朝。谱就新声传恨事，有人珠泪湿红潮。

为瘦石题画

激浪奔涛趁好风，混茫灏气荡心胸。忘机鸥鸟休轻下，恐有人间石季龙。

匝月前曾观张安治画展，爱其《后羿射日图》之作，顷介瘦石索诗，报以一绝

整顿新魂换旧模，少年才笔压江湖。骄阳酷暑相煎急，爱看君家射日图。

陈诵洛招饮，属题其《间关集》，时八月二十四日也

武昌官柳痛榛芜，滟滪瞿唐入画图。一卷纪游诗笔健，杜陵未老客夔巫。

大隐何妨托市朝，小山丛桂漫相招。穷工莫信昌黎语，便学卢曾尽自豪。

漓江识面愧相亲，文酒招邀狎主宾。倘作巢南诗弟子，横山门下有

传人。君为亡友陈巢南门下士。

赠傅彬然

越水吴山旧梦慵，翩然梁益话游踪。西南文史烦撑柱，曾有人呼太史公。友人孙源戏呼君为太史公云。

赠杨承芳

才高岂仅象胥忙，华国文章最擅场。自力更生阐新谛，千秋高论尽堂皇。顷于《文化》杂志见所撰《自力更生论》。

赠宋云彬

庐山牯岭有阳秋，十载神交意气投。羡汝能文还善饮，襟痕忍浣旧杭州。

赠陆联棠

文章买卖近何如，大雅扶轮美且都。绝忆望门投止日，劳君馆舍觅榕湖。

赠千家驹

香岛年时记过从，深谈款款慰余衷。重逢此日漓江畔，依旧飘零类转蓬。

赠朱冈夫两首，八月三十一日作

柏林曾是旧游地，叹息今为纳粹宫。反法潮流正澎湃，相期横海扫魔风。

朱公慕义今人杰，张子盟心有令名。旧雨香江离索久，问君曾否识乔生。

纪梦一首，九月十日晨病中赋

病床奇梦，忽复少年，婚媾之宵，佳人绝代。缇骑排闼，双縶以去，行行中道，得一巨厦，飞瀑垂天，堂曰"白波"，传餐未毕，蘧然而觉，因欤想欤，不能无诗。

华胥一枕病荒唐，碧血黄金年少场。天外忽然飞黑索，剑头犹自拥红妆。卧龙未起嵇中散，杀贼难忘聂隐娘。就道槛车还痛饮，白虹贯日白波堂。

感事两首，十月一日作

锁钥高加索，名城血战场。三周华不注，一赋鲁灵光。民气终堪仗，天骄莫漫狂。元凶希特勒，会见汝崩亡。

故国创民主，恒河诞巨人。赤明亘古劫，黑狱自由神。肥瘠宁秦越，安危托齿唇。生惭天下士，排难竟无闻。

寿昌邀观中兴湘剧团演《桂岭双忠记》已数夕矣，忽来索诗，勉成二什，十月四日病中赋

舞台能说法，慷慨演瞿张。太岳真忠裔，东皋旧草堂。生应扶祖国，死遂殉封疆。正气留弦管，休教来者忘。

湘剧中兴盛，漓江良夜遒。田畴诚健笔，吴质亦工讴。青史师生谊，红闺父女愁。蛾眉成国士，张敞剧风流。剧本出寿昌手笔，饰稼轩者为演员吴绍芝，饰别山者则其女也。

双十之夕，佛西、本菁招集榴园，赋此以纪

榴园谁作主，虎女配熊郎。佛西、仲寅铁石联萧尹，萧铁、尹瘦石埙篪协二王。羽仪、小涵鸳俦蒋处士，本菁夫妇鹤立宋平章。云彬祭酒吾何忝，良辰共举觞。

民国今三一，难忘黄鹤楼。当时龙虎窟，此日犬羊游。逐虏何年

事，成仁异代愁。长缨嗟未请，慷慨念吴钩。

文化尔何物，流光宁倒驰。腐心方域囿，抉目大同规。监谤嗤周彘，干时斥李斯。笑哗非我愿，应为发深悲。

落拓桂林市，今宵亦快哉。穷途犹有舌，用世惜无媒。偶尔成高会，休教赋大哀。明朝还寂寞，三径长莓苔。

为阳太阳题画三首，十月十四日作

秋意满漓江，秋心日夜长。何当驱兽迹，还我旧鲈乡。余家吴江，张季鹰所思莼鲈之乡也，今沦陷已五载矣。

一棹延缘去，山崖复水滨。桃源在尘世，倘有避秦人。

红叶缤纷美，苍松兀傲遒。从来张一妹，合伴卫公游。

龚镇洲挽诗

覆满讨袁屡誓师，收功抗战恨迟迟。烂羊久薄封侯赏，老骥弥深伏枥悲。沪渎通亡留正气，漓江羁旅奈天涯。九原倘遇倪吴辈，为道澄清尚待时。君皖江人，少从倪映典、吴旸谷诸先烈游。

重九节宴集有作

十月十八日，为旧历重九节，郭颉韩招宴于五权村之寓庐，集者余与佩宜外，有欧阳予倩、刘问秋、沈雁冰、孔德沚、田寿昌、张安娥、熊佛西、叶仲寅、胡风、梅志、于伶、柏李、黄宝珣、金端苓、朱琴可、郑庆光辈凡十余人。颉韩暨其哲兄咏琴、丘嫂一之、犹女杭君，殷勤招待。酒酣偕谒满清亡命客广陵韦铁髯先生墓，并得观咏琴所藏米南宫真迹，逸情云上，遂有斯作。

芙蓉峰下路，相约作重阳。好客埙篪美，忧时诗酒狂。苔碑韦铁叟，墨宝米元章。佳节期明岁，酣歌辽水旁。

送郭咏琴、夏一之伉俪返耒阳

咏琴籍苏之江阴,一之籍浙之山阴,并与亡友诸贞壮有姻连,贞壮别署大至,故诗中云云。

娥女江头人似玉,芙蓉城畔月如弓。浮沤尘海忽相值,话旧难忘大至翁。

题米南宫诗册,为咏琴赋

人言米老颠,惟颠乃妩媚。草圣飞龙蛇,惊鸿句尤美。册中有嘉禾郡道中绝句云:"陈王自赋惊鸿句,何必当时见洛神。"风趣洒然令人神往。

次韵答朱琴可

危涕深杯强自持,横流满地我奚之。过秦悼史三千牍,喋血严城百万师。烂额焦头医国手,伤麟叹凤变风诗。怀沙惜誓成终古,难遣灵修傥荡思。

题琴可《甘寂寞室集外诗》后

箫心剑态倦登楼,年少能为万里游。开辟鸿蒙谁巨手,曼殊凄艳瑳人逎。

秋月春星两渺茫,花间呓誓更荒唐。楚骚孤愤唐衢泪,我亦低徊怨海桑。

相思桥畔相思水,惆怅逢君及此宵。便采芙蓉已迟暮,涉江谁泛木兰桡。

风怀朱十患才多,绮语宁辞铁秀诃。索我题诗还搁笔,闲情未忍付媌娥。

为瘦石题屈大夫遗像

张楚亡秦计已讹,骚经一卷自嵯峨。水深浪阔蛟龙怒,未敢题诗赠汨罗。

赠同乡黄宝珣女士，十月二十三日赋

黄童江夏女无双，杖履尊人拜旧乡。女士尊人肇成先生为吾乡耆宿，今已下世。翻遣流亡成遇合，香江散后又漓江。

耕耘出版社索题

播扬文化福人群，突骑苍头起一军。要为重洋添勺水，宁期收获但耕耘。

焕章绘《骑牛图》，仍为非杞题

吹笛骑牛谁氏子，沉吟我自念犹龙。函关倘遣成西出，会见流沙尽向东。

任绮雯女士索题造像，十月二十六日赋

海水天风荡绮思，论才敢薄女郎诗。赤城霞气三千尺，珠箔春星又此时。

赠张瑛兼示孙源

旧游冯马更陈张，感事难忘许子将。谓地山不是寻常文字谊，死生契阔有沧桑。

黄克夫为谢冰莹女士高足，同游阳朔，索诗赋赠，时十月二十八日也

道韫青绫傥荡身，宣文绛帐此传人。从游阳石浑难忘，杖履扶将感汝频。

十一月十日，谒瞿、张二公殉国纪念亭有作

亭中像设瞿右张左，位置井然，盖二公勋业、名位、辈行

孰先孰后，无待赘辞，况别山又曾亲受稼轩之衣钵者乎！榜书误作"张瞿二公殉国纪念亭"及"张瞿二公殉国纪念会"，殊不可解。又南明昭宗朝追赠稼轩为吴国公，谥文忠；别山为江陵伯，谥文烈；揆诸名从主人之义，自应以南明赐谥为准。亭壁刻清谥忠宣云云，时代关系固应别论，乃今人题识，亦有仍沿清谥者。甚矣，榷史之难也！

南明宗社莽榛芜，纪念亭留德未孤。欲起双忠问泉下，瞿张何事误张瞿？

十一月十一日，佛西、仲寅、瘦石偕巨赞上人过访，抵掌剧谈，漫成三绝

徐淑秦嘉并世才，意行更挈尹生陪。红妆白袷相携好，难得缁衣入队来。

无端出世复入世，一笑翁山比曼殊。苦行精修今已矣，生天成佛究何如。闻弘一大师圆寂泉州，追念南社旧游，不胜凄惘。

外道旁门任宠哗，终南捷径有攲斜。闲云野鹤吾终羡，方外儒林共一家。

赠巨赞上人

根器平生钝，论交方外疏。哗时宁足取，绝俗倘堪模。旧雨伤弘一，新缘证了如。往识了如上人于香港，顷闻主讲濠镜瑜伽佛学苑。怜君文字障，意气属吾徒。

谢客一双屐，卢同七碗茶。灵苗劳见饷，健笔更堪夸。龙象宗门钵，琼琚智慧花。西山薇蕨美，投老怅缘赊。上人撰《桂平的西山》一文，披露于旅行杂志，读之令人神往，惜少杖头钱，无能为买山终老计耳。

仲寅女士以《碧血花》剧本见贻，亲加题识云"旧曾曧演是剧，用资纪念"，感题两绝，并谢仲寅厚意云尔

玉腕银钩取次裁，一编赠我抵琼瑰。何当灯火氍毹夜，看取红妆喋血来。

虎踞龙蟠易夕阳，江南旧事断人肠。只今剩水残山际，多少英雄葛嫩娘。

赠曹丐公一首，十一月十八日赋

曹生丐公，今之笃行君子也。负笈九龙半岛，始与余相识，求为其贤母艾太君铭墓，执礼甚恭。乱起，仓皇离散。余自海陆丰道曲江、衡阳入桂，君则渡广州湾间关诣渝都，旋走坪石，音讯久隔。前月闻余在桂，不远千里，亲来存问，其意气勤勤恳恳，有非流俗人所能者，既别去，书来乞留纪念，赋此勖之。

论交遍湖海，晚乃识曹生。颇有如兰契，宁烦指日盟。苍黄九龙道，辛苦桂林行。暂遣韶州住，期君学业成。

沈逸千画马，为冯和法题

曹霸丹青旧轶伦，杜陵歌咏亦传神。渥洼天马宁难得，惜少挥金市骏人。

病酒一首，十一月二十八日作

病酒伤春怨未休，陆沈容易见神州。荣枯棋局纷难问，涕泪新亭莽不收。出处自关兴废计，艰危岂仅稻粱谋。风潇雨晦寻常甚，谁向中流放钓舟？

廖沫沙、黎树苍席上送雁冰入蜀

远道驰驱赴蜀京，月牙山下送君行。离情别绪浑难说，惜少当筵醉巨觥。

读史二首，十二月一日赋

荷锸刘伶骨未埋，横流何地着安排。昭王一去燕台寂，无复黄金礼郭隗。

材官夏屋列渠渠，不遣梁鸿庑下居。太息孟尝真爱士，冯驩只怨出无车。

十二月十七日，佛西、仲寅招集榴园，同座者王羽仪、小涵昆季，暨端木蕻良、李白凤、尹瘦石、薛天鹤，酒后联句成此

今日良宴会，榴园胜兰亭。无酒不成诗，有酒眼更青。宗元柳亚子，李白白凤李。羽仪王烟客，伯仲见伊吕。何事叶子红，花木满春风。春风被天地，满座皆雍容。狂夫本非狂，雄武不可当。天下归老熊，榴园作帝乡。座中有二王，盛德配三皇。大道天下公，此意休彷徨。

赠李白凤

北平狷客李白凤，怨我新诗不肯传。便遣传君又何益，难将此事落言诠。白凤见赠诗有"新诗不肯传"句。

赠王羽仪

佳人绝代王烟客，与汝论交忘影形。回首相思江上梦，几时醉我在春明。君有春明馆之筑。

自榴园醉归夜渡榕湖有作

月波倒影水中央，灯火楼台接混茫。领略榕湖好风景，只愁鸥梦落南荒。

十二月二十七日，羽仪招集春明馆，同座者余与寿昌、安娥、佛西、仲寅、蕺良、白凤、瘦石暨寿昌之女公子玛丽凡十人，赋此补壁

曲折相思水，悠然绕桂城。新型开广厦，旧梦落春明。岂少山林趣，难忘铙吹情。收京应有日，努力事长缨。

牯牛山下路，依约见西城。莽荡风云合，光华电炬明。馆址在湘桂路电厂之畔。主人能爱客，高咏有余情。安得沧浪水，时来濯我缨。

安娥女士索题佛西绘《牡丹兰花》，次寿昌韵

休将当户怨芳兰，红遍千山更万山。不是胭脂好颜色，苌弘碧血寸心丹。

羽仪绘《腊梅天竹冻雀》，为安娥题

腊梅本非梅，天竹亦非竹。屹干山头冻死雀，胡不飞去生处乐。

题画二首

顽石能补天，劲竹干云上。君子惜下流，一落莫千丈。顽石劲竹

百琲明珠美，因风异女萝。莫憎蜂虿毒，魑魅喜人过。紫藤黄蜂

赠孙冶公、黄波拉夫妇一首

沪渎一为别，重逢在桂州。当年盛文宴，此日感绸缪。绛帐玄风扇，青绫麈尾遒。阿侯新婉娈，福慧倘双修。

题叶郁画展一首

彩色缤纷美，挥毫若有神。中原多战伐，持此慰征人。画展中颇有为征夫思妇而作者。

南明夏文忠公允彝暨其子中书舍人完淳遗像，任中敏索题，十二月三十日赋

谈彪迁固寻常事，父子成仁亦等闲。只惜沼吴差一着，未能收复汉河山。

云间遗象堂堂在，妙手传神落桂林。伍相银涛苌叔血，不须凭吊已沾襟。

前诗意有未尽，再题一律

名父经纶著，奇童智慧纷。白虹曾贯日，黄犊遂成仁。大泽行吟客，楼船下濑军。苍凉三百祀，异地为招魂。

题汉民中学壁报"夏完淳"专号，仍为中敏作

几复云间旧俊流，名山迁固继谈彪。如何捧日成蹉跌，喋血汪童怨未休。

《大哀》一赋气崚嶒，终贾年华笔有棱。今日垂虹亭畔路，更无人解哭长兴。

挑尽青灯意惘然，著书忍泪老丹铅。沈思册载前头事，我亦江东美少年。

洪浅哉五十初度，遥祝一首即寄渝都，时十二月三十一日也

剧国文场旧霸才，洪郎五十气能恢。巴山此日开筵未，愿献漓江作酒杯。

> 是夕寿昌招宴嘉陵馆,同集者予倩、问秋、佛西、仲寅、安娥、云彬、蕻良、孟超、郁风、萨空了、周钢鸣、许之乔、孙宝刚、杜宣、姚展、特伟、赵三暨余共十九人,赋诗纪事,兼赠馆主徐寿轩、宿伯石夫妇

金貂换酒吾侪事,难得今宵酒似渑。三十一年大除夕,愿拚狂醉在嘉陵。酒浅愁深卒未能成醉也,存此诗聊作纪念而已。

骖鸾集卷二

(1943 年)

元旦试笔两首

年华惊五七,驹隙太蹉跎。慷慨思投笔,艰难愧枕戈。纵横谋未就,匡济愿如何?寥廓桂林郡,良辰草草过。

移家值元旦,失笑鼠搬姜。世已无皋伯,吾还有孟光。杜陵空激越,王粲奈流亡。安得收京阙,归耕淞水阳。

陈此生索诗,次沈雁冰韵一首,一月二日作

南来万里欲相依,旧约香江倘可期。方朔市朝君且隐,梁鸿羁旅我奚居?难从俗世求狂狷,漫向名场判侠儒。腾跃天衢终有日,守玄守默几人知?

汪退谷先辈遗墨,为此生题

长洲汪退谷,何、笪旧齐名。绢素留诗墨,乡邦识典型。漂零万里路,郑重皕年情。付与陈淮海,笼纱护德馨。退谷为满清康熙丁丑会元,与何义门、笪重光齐名。

黄忾华自渝都赋诗见怀，隔岁始达，次韵奉和，一月三日作

故人厚禄音书断，失喜君能念我时。沥血诗篇经岁阻，弥天交谊寸衷知。赤明龙汉寻常劫，白马银涛淼渺思。吾舌犹存心未死，梅花消息问军持。

连夕大风，占此以纪

风伯何骄悍，争鸣恣怒号。昆阳寻邑血，罗刹种胥潮。万马奔方疾，群龙战自鏖。追怀杜陵叟，吾屋愧非茅。

端木蕻良有招饮诗，次韵一首，一月五日作

热血胸头吹不凉，依然结客少年场。平生忧乐关天下，敢以巢由薄禹汤。

沈衡山先生七十寿诗，次"元旦试笔"韵

沈翁今七十，青史未蹉跎。钩党惊梁狱，回天奋鲁戈。道隆文潞国，舌辩汉随何。安得耆英会，玄亭载酒过。

垂老弥辛烈，生平拟桂姜。清流重君实，秘计异田光。行见中原靖，还欣纳粹亡。希夷驴背稳，一笑华山阳。

中山公园示朱琴可，一月十日作

园在独秀峰下，为明靖江王故邸，孙先生北伐时曾住跸于此，今纪念碑巍然尚在。琴可语余，瞿文忠、张文烈殉国即在此地，其槁葬处则在仙鹤岩，后人误埋碧之墟为成仁之所，又误仙鹤岩为风洞山，梁芷林勒石、吴霜厓撰曲皆习焉不察耳。凭吊苍凉，纪以此什。

独秀峰前路，丘原郁莽苍。规模朱邸在，栋宇白宫荒。无复藩封旧，犹瞻华表昂。流传风洞误，青史念瞿张。

一月十三日夜，陆波如招饮绿宫餐厅，碧窗朱户，规制典雅，忾焉有作

绿宫何窈宛，合遣酒人居。风雨才如晦，壶觞命有余。似闻边耗急，肯信庙谟疏。未用骊裘典，朱门学曳裾。

郁风女士为邓郭绮梅夫人绘像索题成此

门第平原更孟尝，大家风度自端详。香江烽燧漓江酒，影事难忘是曲江。

题端木蕻良画像

红梅花下立，袖手独沈思。寥廓家何在？艰危梦岂知。龙文双宝剑，蚕尾一囊诗，誓愿收乡国，辽东马正肥。

一月十七日为尹瘦石初度宴客榴园有作

尹郎生日好，灯火灿榴园。宾客贤人萃，壶觞逸兴骞。中原多战骨，小叙亦良缘，预祝明年事，文鸳并颈眠。

题黄尧画梅

铜瓶纸帐耐高寒，玉魄冰魂沁笔端。安得随军下吴越，孤山邓尉恣狂欢。

题李白凤印存

学书不成去学剑，金石刻画臣能为。四夷交侵小雅废，累累白石南山陲。

咏梅词十二首，为黄尧题，一月廿五日作

朔风凛冽冷香侵，早向寒冬觅赏音。指顾阳春成灿烂，直从数点见

天心。

尺幅能还大地春，从来墨客富经纶。姚黄魏紫都输却，惟有红梅是国魂。

翠竹苍松着意裁，参天拔地汝能陪。温黁偏作雄奇想，开遍冰河雪窖来。

自饶寒艳自风流，月地云阶紫玉愁。触我拒霜撑雪感，秋蓉与汝漫同仇。

风吹不落雨难扪，凭仗花间气节尊。不向东邻怜倩女，繁樱满地赋招魂。

雅废夷侵一代愁，几宵香梦落罗浮。长缨倘遣书生请，十万雄师定粤陬。

杜兰香去几晨昏，绿萼华归有怨恩。翠羽啾啾明月赤，自锄三径种灵根。

踏雪西泠忆旧游，林家少妇动人愁。吴山立马平生意，肯负铙歌入越州。

吴根越角几温黁，佳处春山认泪痕。不用漫漫香雪海，一枝红上女郎坟。

宗周未信黍油油，早晚收京下石头。便荐含桃已迟暮，梅花香里怨陵丘。

庾岭罗浮倩影双，孤山邓尉意难降。从知天意无私覆，要遣春归鸭绿江。

漂泊南荒叹数奇，芒鞋竹杖故迟迟。好凭妙笔回天地，写出红梅十万枝。

余意未尽，再赋一绝

沈醉葡萄艳玉容，苌弘碧血渺难逢。毫端倘有西来意，不买胭脂买蔻红。

次韵答万民一兼示陈劭先二首，一月廿六日作

华堂珠履敞金尊，剑气微茫酒霭昏。忍向修罗成独乐，玄黄龙血战乾坤。

定生阳羡才名噪，年少彭城病骨伸。老我须髯无一就，羞将余事作诗人。

马小进构一木屋于曲江上窑乡，颜曰"浩然草堂"，书来索题，奉寄一律，即次其去岁五十四度生朝韵

草堂缔造信艰难，病愈期君勉饭餐。好为著书胪笔砚，还因辟蠹爇椒檀。白衣倘醉陶元亮，皂帽新归管幼安。愿祝前军齐奏捷，东山猿鹤亦腾欢。

次韵寄伍藻池、欧阳慧真伉俪台山，一月三十一日作

劫后莺花梦里烟，故人无恙转欣然。金城杨柳桓宣武，玉笛关山沈下贤。诗倘能工穷亦得，国犹未复日如年。澄清揽辔平生意，漫遣闲愁到酒边。

羿楼狼藉拟秦烟，学府芳园更黯然。庑下艰辛吾自瘁，闺中婉娈汝能贤。度辽龙尾殊今日，横海虬髯忆往年。徐淑秦嘉双美合，椒花锦字寄谁边。

二月五日为立春春节。晨梦返胜溪故庐，得屈运隆《吴江县志》及吴日生遗文，文皆言恢复事，正雒诵间为爆竹声惊醒，纪以一诗

剥极穷冬换好春，一阳来复正逢辰。荒江老屋成灰久，胜溪故庐为忠义救国军教导班所驻地，复遭逆倭焚毁已经岁矣。故国遗编入梦频。讨虏宁忘身杀贼，著书还冀火传薪。比邻爆竹吾无恼，倘兆楼船下海漘。

健云大侄为余谈故乡事，感赋一首

健云大侄为余谈故乡事，谓吴江沦陷后，东北军人陈耀宗树义旗于分湖流域，凡芦墟、莘塔、北舍、周庄诸区都无敌踪。至三十年初，忠义救国军一部分自皖南入驻，以武力收编其部队，陈氏不欲内讧，洁身走沪上，忠救军乃代陈部而兴，声势颇壮盛，顾未能深入民众，其弱点与陈部正同。三十一年二月上旬，倭寇施行扫荡，忠救军不发一弹，遂告瓦解，惟排长咸某在包围中誓死不屈，先杀其妻、子，继复自击以殉。而政工队梁溪陶女士，则被捕后慷慨骂敌，身膏萧斧，乡人咸称其忠烈云，感赋一首。

河山破碎几经春，残局支撑历岁辰。避地端怜风概远，覆车终惜废兴频。明妆荀女撄霜刃，湛族臧洪殉釜薪。激浊扬清吾辈事，丰碑应遣树湖漘。

国际友人诺米洛次基君来访，余宴之于绿宫餐厅，赋呈一首

四海皆秋一室春，嘉宾莅止值嘉辰。绿宫酒熟豪情纵，赤帜风翻捷报频。彼得城头庆飞雪，中山门下愧传薪。大同运会行看始，腾跃山颠更水漘。

叠韵寄陈君葆香岛三首

西域张骞致石榴，东陵门第种瓜侯。穷冬合抱坚贞节，珍重羝羊北海秋。

龙威万卷对庭榴，南面依然小子侯。卅载南明青史笔，凭君还我旧阳秋。

甘苦何须别柘榴，由来尝胆胜封侯。宋皇台下沧桑泪，记取相逢一段秋。

读《梁书》得二绝句

喋血台城亦壮哉，当年曾刃玉儿来。如何南面称尊日，皈命瞿昙事可哀。

季龙而后更姚兴，膜拜庄严几圣僧。输与萧郎同泰寺，围城戎服自谈经。

瞿文忠公遗像，为琴可题，二月十日作

一柱南天殉故疆，宗臣遗象自堂堂。才猷未展焦宣国，雄武迟逢李晋王。独秀峰高忠血碧，始安城旷阵云黄。艰危亡士空瞻拜，愧道勾吴是旧乡。

二月十五日陈诵洛、杨月如伉俪招饮有作

巢南门下几豪雄，好客卢曾慷慨同。稍惜应官期会急，未能文宴尽从容。

东南明秀在毗陵，嫁得诗人福慧增。翠袖擎钟成感激，老夫除醉百无能。

二月十六日徐寿轩、宿伯石伉俪招饮嘉陵馆，醉后赋示同座

对酒当歌一惘然，闲愁如梦梦如烟。残山剩水浑无赖，豪竹哀丝镇可怜。倘有雄心还大宙，忍拚沈醉送华年。阮狂贾哭吾犹壮，骚屑恩仇付逝川。

女儿一首，二月十七日作

旗献孤军万口哗，女儿身手旧曾夸。横流浊世轻名检，作贼佳人困角牙。蝶梦翩跹伤故国，马蹄狼藉蹴残葩。更怜远涉重洋事，白璧无缘护绛纱。

二月十九日为旧历元宵节，夜集榴园有作，并寄巨赞上人桂平西山

绛蜡双烧晕浅红，春灯燕子可怜虫。殷雷爆竹声如沸，倘向漓江起卧龙。

龙象宗门任废兴，伊蒲供养我难应。肥鱼大肉今宵醉，多谢西山行脚僧。巨赞上人预留稿费宴客，故云。

安娥女士索诗，报以二绝

华年心绪惜蹉跎，回首江淮战骨多。更忆滞人魂梦地，庄严赤帜莫斯科。

交浅言深一喟然，感君劝我托逃禅。卅年持论非宗教，肯着袈裟礼佛前。

后感事两首，二月廿三日赋

是日为苏联二十五度红军纪念节，时大举对德反攻已深入乌克兰，遥望波罗的海三小国之解放，已不在远。而印度圣雄甘地则绝食正届第十四日，生命且危在旦夕矣。俯仰欧亚，遂有斯作。

二十五年史，红军新发硎。驹光成转毂，龙战正鏖兵。乌克兰田沃，波罗的海清。更期铙吹壮，直下柏林城。

世法乖平等，纍桑有饿夫。叠山悲赵宋，孤竹恋黄虞。史迹休相拟，民魂自此苏。生怜盗仁义，鼠辈汗颜无。

寄赠绿宫一首，次题壁韵，二月二十八日作

青梅枭杰论，赤帻帝王居。揽辔情犹热，移山力尚余。刘伶原卓荦，阮籍岂狂疏。记取黄龙饮，长戈荷短裾。

骖鸾集卷三

（1943年）

三月一日，为非儿三十二岁初度遥寄海上

歇浦三年别，漓江万里悠。米盐劳琐碎，门户慎绸缪。福慧平生愿，音书远道愁。老怀怜舐犊，吾意讵能休。

寿琴可初度

共和缔造龄三二，汝与齐年亦壮哉。动足下床隘天地，高歌沈饮挟风雷。衡才西粤开生面，榷史南明要别裁。继往开来吾辈事，发凡起例待君来。

陈公达索诗即送其返曲江

宋皇台下别，今日又相逢。我尚吟梁父，君应礼马融。白衣尊醴酒，绛帐畅玄风。期汝千金诺，休嗟吾道穷。

民一以插瓶桃花见惠并滕三绝，次韵奉谢，三月二日作

乌台诗案武陵春，敢向尘寰说避秦。多谢朋侪能厚我，胆瓶清供属骚人。

鸿妇莱妻处士家，何妨专爱尽情夸。难忘胞与苍生愿，默对铃幡祝护花。

淡白深红剪几枝，邻园从此不须窥。只愁一夜成憔悴，悼玉悲琼又费诗。

李白凤、刘紫凰结婚七周年纪念，书此为勖，三月三日作

比例孤山处士梅，求凰歌凤好安排。眼波合向妆台伺，漫学刘伶惬谏来。

赠慈溪季宁复画师，三月六日作

年少英奇笔有觚，虎痴衣钵合传无。美人骏马平生意，乞绘《辽东夜猎图》。

喜君乡贯衍慈溪，我亦云礽旧望迷。记取收京下吴越，甬江春雨共扶藜。

三月七日夜，宋云彬、陈此生招宴八桂厅，归途有作

多谢湘南载酒归，华堂浮白我奚辞。尽饶危论干星象，更润枯肠快朵颐。玄德许都宁自晦，嗣宗广武有深悲。宵寒未怯冲泥返，风起云扬正此时。

为莫念厂题所撰《翼王传》后一首，三月九日作

大渡河边草不春，出师未捷涕沾巾。鸱夷白马刀头血，鄂国黄龙梦里身。功罪杨、韦悲异论，风云冯、李并完人。乌骓迟逝山难拔，拟句高吟已苦辛。

佛西绘绿梅，红苋索题，三月十日作

江山无复胭脂泪，盟誓新留翡翠环。最爱此花颜色好，月痕天际碧云弯。

题《尧山图》，三月十一日为黄尧赋，兼示琴可、白凤

靖江陵畔遗谟壮，祝圣庵前暮霭斜。好是西南春意苒，尧山红遍杜鹃花。

三月十二日，为中山先生十八周忌辰有作

中山门下愧传薪，用旧句薄海同哀又此辰。邓禹献筹犹昨日，葛公尽瘁负吾身。麟亡谁续春秋笔，豹变空伤虮虱臣。恸哭昭陵无路达，几时原庙扫倭尘？

是夜诵洛招饮乐群社，抵掌倾谈遂成四什，索诵洛和

鼎湖龙去痛难追，阮籍沈哀付酒杯。未拟藏山老丘壑，忍矜摇笔动风雷。宝刀骏马君堪侠，桂子荷花我负才。别有山阳邻笛泪，死生交谊一徘徊。

闽江呜咽哭林鸿，绿鬓红桥尚旧容。任昉遗孥畴引手，孝标积愤总填胸。故人厚禄垂垂尽，吾辈襟期朗朗逢。合遣樽前搜比例，梁汾低首纳兰公。

横山门下有归愚，惆怅垂虹旧社芜。自是君身孕仙骨，偶征影事尽吾徒。锦绷叠骑轩亭驿，醇酒传经白马湖。愿趁生花椽笔健，淋漓醉墨纪黄垆。

苍凉身世陈同甫，迢递乡亲陆放翁。南渡偏安城可灌，中原恢复梦犹雄。深怜举世成风痹，更惜平原是妄庸。不信循环成历史，终期沈醉饮黄龙。

广西图书馆赠馆长龙兆佛，三月十三日作

南面专城坐拥余，西南文史此归墟。我来欲尽琅环秘，柱下犹龙问起居。

赠赵建勋

燕赵悲歌旧俊人，江湖牢落惜闲身。一瓶借我殷勤甚，寒雨冲泥记叩门。君供职图书馆，去岁借书屡承亲自递送，心感无既。

热血一首，用嘉陵馆酒后韵

热血心头烈炬然，肯将容貌上凌烟。黄农虞夏神龙渺，曹马嬴刘腐鼠怜。骏足美人聊快意，巍肩斗酒入中年。神皋逐鹿羞余子，瀛海茫茫待涉川。

金炉一首

金炉香烬劫灰然，兰麝成尘琥珀烟。辱井丽华终左计，专房飞燕漫轻怜。笔投耻续班姬史，剑啸难忘越女年。快马健儿同杀贼，手提日月上山川。

民一为余搜求南明史料并媵诗见惠，感谢三首仍次原韵，三月十六日作

河山还我汉家春，直笔阳秋肯帝秦。收拾狂华归胜业，余生未合老诗人。

濠泗南安共一家，奇献赐姓更堪夸。东宁正朔传三世，横海楼船狎浪花。

狂胪文献岂骈枝，短册今同秘籍窥。多谢彭城万年少，借书更与媵新诗。

三月十七日为旧历花朝节，方镇华招饮得纪事诗二十首

酒人几辈尽堂堂，整旅前驱似雁行。谁遣歧途麑尹李，迁墟败兴怨熊郎。偕佛西、仲寅、孟超、红荳赴镇华招宴。佛西尼瘦石同行，白凤亦拂衣而去，其实不速之客何伤雅道耶！佛老硁硁小节，余所弗喜，故于首章特著之。

春雨梨花为洗妆，主人泥饮客能狂。三花棘舌葡萄馨，累我低徊对

酒觞。

异味初尝亦快哉，荆高燕市共追陪。常州小闵粗豪甚，我爱当筵纵酒才。志违豪宕不愧阳湖学派。

张侯好客徒虚语，谓向华负我罗池一醉来。莫笑挈雏成后至，田郎新自柳州回。

老将文坛重孟超，黄垆旧恨几曾销。忆光慈也红茛默坐无言说，孤负莲花七宝刀。

小鸟依人叶仲寅，秦嘉徐淑感难平。逃禅计谬情终挚，每对安娥辄眼明。安娥劝余披剃月牙山，其言甚谬，其意则至堪感激也。

酒步欹斜放胆行，牵衣荆棘亦关情。相思桥下相思水，欲絮相思已隔生。谓秋石、萧红也。

梨花一白望中明，漫怨风吹雨打轻。还是慈悲还辣手，折枝曳蕊背花行。

桃花江畔夕阳斜，桃叶桃根何处家？王谢争墩原有例，江名合遣改梨花。

漫拟遗山野史亭，南阳龙卧未忘情。买田阳羡寻常事，一过安庐万感盈。玛丽谓安娥应住安庐，余旧字安如倘亦分我一廛耶。

田郎虎步更龙行，努力追随巾帼英。我自衰颓惭骥足，班荆趺坐可怜生。

凌波倒影绝娉婷，未信惊鸿浪得名。水自青青裳自赤，凄馨更送踏歌声。安娥放歌，调绝哀怨。

殢人红拂更红绡，无女高丘怨大招。一赋感甄愁洛浦，陈王宾从本寥寥。

不流轻薄不拘迂，平视无伤评骘非。但祝有情成眷属，鸳鸯对对尽双飞。

欲乞琼浆苦未成，华堂瞠目我何云。裙钗自有千秋笔，漫许雌黄到后生。

冰山依附尾频摇，千羽终难格有苗。解作青藤门下士，平心我不薄黄尧。

茅店停踪计未差，糖甘茗苦共安排。白衣素足垂髫女，浅笑迎人亦复佳。

广场分队打球来，平视刘桢又此回。雾里看花迷五色，中郎虎贲漫疑猜。

薔腾倦眼我思归，年少何人逸兴飞。失笑画师滕白也，醉心颜色到咖啡。

花朝本事我狂搜，初度还期寿醉侯。寄语营山方伯子，好持醇酒礼田畴。花朝后八日为寿昌诞辰，乞镇华再张燕市之饮，寿昌不喜三花酒，余亦同感，故末首郑重嘱之。

三月十九日，中敏招游展山汉民中学，预赋二首

同盟数三杰，世论拟陈平。玉貌寰中仰，奇谋囊底盈。苍凉珠海月，惆怅秣陵兵。大义吾尤壮，深谈恨未倾。余与展堂相见之日苦短。

平原门下士，任昉是名流。薪火能传否，风云郁未休。鹅湖新讲席，虎观旧阳秋。粗粝儒餐好，应先天下忧。汉中学风以刻苦擅名。

展山纪游四首

同游者方镇华、史从吾、蒋宾如、史济权、周慕周、蓝昌农，适合作者之数。自丽君路步行抵定桂门，乘小艇沿漓江下泛，至下关登陆以达展山。值任中敏、詹菊农暨健云大侄，偕饭酒家，旋登图书馆之楼，颜曰"展堂"者，拈诗叶子助兴，既杀一围，复渡小东江至国光印刷厂，赴昌农招饮。饮罢别中敏辈言旋，觅艇子不获，踏月入近郊抵南园酒家，慕周留进杯茗、食寒具乃归，漏下已三鼓矣。得纪游四律，每律首联都用拈叶所得，计余与从吾、镇华、中敏各十四字，菊农所拈则为

六言，体裁所限，姑付阙如云尔。

柳枝窥镜春堪醉，碧水回帆岸正长。忍以遨游消暑刻，要凭怀抱入微茫。一韩荆记传东野，万卷琅嬛供展堂。不匮峰高江水阔，论才端不薄胡郎。夫己氏今竟如何哉，堪发深喟。

东山高卧愁宵短，西塞悲歌恨泪多。猿臂不侯宁李广，燕宫沈醉想荆轲。新欢桂岭神仙眷，旧事扬州春梦婆。霸子鸿妻都不俗，汉廷刀笔漫轻诃。

斜竹醉时溪畔住，流莺梦里酒家眠。文章詹任开风气，事业周蓝孰后先。萍水自应尊老宿，谓昌农尊人竹林更喜挟狂咸。诗肠剑胆方三拜，步月归来意渺绵。

此曲似应天上有，壮怀都向月中开。亡舟宁下穷途泪，入座狂倾苦茗杯。东海鱼龙人渐老，南园灯火夜频催。高歌休斫王郎剑，逐客欢场负霸才。

某君诗有"落日当筵红可吞"句，不匮峰下抚景口占得此

落日当筵比血红，狂吞一霎酒杯中。崦嵫若木循环旧，无用亲弯后羿弓。

题《不匮室诗》手稿

曹全碑字供奇赏，韩愈诗篇入苦吟。学杜能拈山石句，襟怀不遣女郎侵。

嚼残蔗味易狂迷，叠韵诗多任世讥。我亦荡胸灵气迥，要凭芥子摄须弥。

江左帝王残社屋，中原无赖霸图骄。乌台诗案寻常甚，禁网森严南渡朝。

双清双照异薰莸，生死于谭莽不收。痛哭惠阳残墨后，又从吟卷识胡侯。

三月二十二日，偕佩宜、安娥、琴可、红莨访故临桂县令徐骧侍姬红玉墓，纪以一律

松柏西陵认旧碑，女郎坟畔一凝思。难追桴鼓蕲王贵，倘遣风流陈沆如。碑题姑苏东海主人字。夫婿功名秦县令，荒唐传说汉尚书。志乘误红玉为巡抚海宁陈元龙妾，不知姑苏非海宁，东海非陈氏，况元龙殁乾隆元年，而此碑明书乾隆四十七年耶？遐陬文献多疵缪，应谢王孙费辨辞。琴可据皖江方炳奎《月樵骖鸾小记》考定，红玉为徐骧侍姬，且为文以张之，故云。

浑融和尚塔畔作

曾脱袈裟着铁衣，更怜事去谢戎麾。负才偏裨终悭死，横草宗臣赖裹尸。痛哭军门杨艺壮，流离瓶钵性因知。至今墓塔巍然在，古寺栖霞礼本师。

重过瞿、张二公纪念亭有作

双忠亭子好，肃穆礼遗容。埋碧终千古，参天仰四松。正名吾辈责，迁善古人风。琐碎征文史，鸿泥认爪踪。榜书旧误"张瞿"，顷已改正矣。

雪湖杨义士，贱子托乡亲。临桂称终缪，吴江迹未湮。争墩异王谢，铸错几秋春。安得披云雾，重看栗主新。

田寿昌寿诗

湖湘南社扬宗风，克强、渔父同时雄。仙霞殉国性恂继，梅园后劲追苌弘。梅园衣钵属田郎，不阶尺土南国强。谢舅何甥一沉瀣，卫郎乐令双翱翔。我识田郎在海上，三秦节度倾家酿。万人争看梅兰芳，子春我独倾心赏。陵谷沧桑一瞬非，樱都亡命我归迟。孟博东京国士传，眉山元祐党人碑。青磷碧血东西厂，我亦伤心畏罗网。握手南都啼笑非，余生喜汝同无恙。芦沟鼙鼓从天来，蒋山陵寝飞黄埃。家国兴亡吾辈

责，忍凭沈醉老琼杯。香岛流亡窜桂林，逢君慷慨有深心。漓水潜龙容起蛰，丹山威凤独长吟。初度寻常何足道，西征闻说麇貔豹。将母从军忠孝全，虎头燕颔宁同调。小人有母计全非，翘首吴门万愿乖。温峤绝裾终忍泪，王陵慕义肯言归。称觞为祝田郎寿，明朝谁分离筵骤，何日磨崖许勒碑，淋漓醉墨沾襟袖。

又绝句二首

换酒金貂又此回，嘉陵裙屐萃群才。北堂萱健娇雏美，珍重田郎暖寿杯。三月廿四夜，嘉陵馆席上作。

祝寿狂欢第二回，滕、侯俪侣最怜才。史云厚重方干隽，许我葡萄醉百杯。三月廿五日午，滕白也、侯涵辉伉俪暨史从吾、方镇华招集滕氏涵辉楼作。

题苏联游击队女首领丹娘遗像一首

从军胜木兰，殉国拟贞德。肢体纵糜烂，精神永不灭。

口号一首

宣王巾帼低头受，武帝英雄煮酒论。除却裙钗无国士，中山门下两传人。

三月廿三日，诵洛邀游雁山广西大学途中口占

宾谷怀惭雅雨愁，元龙淮海始名流。跳踉我亦浑无忌，抱病驱车恣俊游。

等人剑客尽沈雄，旧侣黄垆卅载匆。凄绝钝庵遗句好，天风吹得鬓如蓬。钝庵，谓亡友醴陵傅专君剑。"天风吹得鬓如蓬"，辛亥冬同游吴淞，汽车中作断句也。

始晤王一秀女士，赠以一截，为嘉陵馆诗钟公案作也

状元新属女门生，不用楼头沈、宋争。寄语而翁休扼腕，由来老骥逊雏莺。谓冷斋

偕予倩、诵洛、瘦石、红荳、白凤过亡友马君武墓得诗二律

鸡酒乔玄誓，苍凉过墓门。当时各年少，死别漫声吞。附凤君能壮，批龙我亦尊。论才谁继起？珍重旧王孙。谓琴可也

一卷《新文学》，君武客倭京时所编杂志名。匆匆四十秋。裴伦发高咏，瞿德有闲愁。重译情难遣，雌黄意未休。更怜苏季子，荒冢落杭州。胡适评裴伦《哀希腊》译文，谓苏失之晦，马失之讹。实则晦涩由于太炎、季刚之修润，曼殊或不任咎。至讹谬处，则为君武有意点窜。如"本族暴君罪当诛，异族暴君复何如"诸语，皆君武针对清季情势立论，非真误解原文也。

赠林焕平一首，为李铁夫、刘栽甫两公赋也

昼寝刘栽甫，灵光李铁夫。深谈殊未罄，画笔已无多。大陆龙蛇蛰，空山猿鹤歌。殷勤讯林子，消息近如何？

雁山纪游一百韵，赠陈诵洛并示同游诸子

昔人惯买山，更蜡游山屐。今人作近游，费已嗟不给。出门无车马，下箸愁觳觫。苟非东道主，奚以遣晨夕。孟公湖海人，行谊兼儒侠。更喜作盐官，卢曾迹可接。三春晴自佳，雁山地非僻。大车载宾从，酒食储不缺。老夫更选事，啸侣驰羽檄。骥尾思齐贤，龙头肯附逆。闺中有德曜，素怀嗜泉石。鸿案齐卅年，鹿车欣此日。离乱获隽游，狂喜到眉睫。更挈女黄童，臣里夸门阀。因缘鸿雪踪，颇胜燕婉戚。同游谁白眉？浏阳夸双杰。闽江霸气消，桂海柔情昵。寿昌期不来，安娥意颇子。提携到玛丽，汤饼思畴昔。刚健佛西熊，婀娜仲寅

叶。榴园萃四豪，尹画兼王剧。红蕟拟雪芹，白凤附长吉。差喜小凤随，恨未紫凰挈。黄尧与郑凯，何日缡真结？双栖普陀山，同梦兴安驿。孙、杨我徒侣，张、詹君羽翼。转儿名特殊，来梦更玉尺。石郎御史台，骢马人辟易。相期振天纲，毋令寒螿咽。宛平有贤令，讨倭首鸣镝。香江脱险来，亡命理舟楫。鸥梦漓水圆，鸳侣松江密。玲珑掌上珠，状头我手拔。蛾眉拜门下，颇笑仓山癖。桓桓陈将军，矫矫李属国。凡此宾朋盛，一一入诗牒。前贤纪游诗，铺张盛云物。今我独觍缕，未惧笑口裂。云台二十八，上应星象列。中途逸兴飞，翻怅飙轮疾。雁山何嵯峨，学府创西粤。经神礼郑玄，髦士尽卢植。迎门喜庄叟，谈笑最款洽。魏塘接松陵，带水分湖阔。吴根越角地，今也犬羊窟。言寻俞沛文，而翁吾旧狎。窥门却双肩，无缘获良觌。诗翁龙伯纯，鬓白双颊赤。卅载旅吴门，愧未通謦咳。溯翁旧交游，我亦能历历。余杭既梦奠，韦斋复兰折。师门更渭阳，一恸肝肠热。慷慨老子军，张皇阙园客。即今俱分飞，各在天南北。邓侯吾未面，藏书侈群碧。海上风雨楼，吁嗟并散佚。翁今返故园，珍重勤著述。老成数典型，后起要蓬勃。叶生最昵我，追随未休歇。王、李各英髦，双陈美巾帼。英英缪希霞，登场能粉墨。他日誓重来，瞿瞿看日出。后约漫相期，旗亭且进食。三华异葡萄，酒军判红白。葡萄馨五瓶，三华还余一。持此较盈亏，红兴白终绌。酒酣兴愈豪，狂走吼霹雳。楼台何堂皇，旧是唐岳宅。涵通盛文献，西南指首屈。颇闻土木兴，部勒用兵法。至今相思牢，多少蚁民骨。文人恣辣手，谥合晋民贼。吴起更杀妻，桐棺惨生阖。灰钉不能下，狼藉柔夷血。余事猎胭脂，荼毒到闺闼。妆楼关盼锁，金谷绿珠劫。所以河桥亭，并树相思帜。铁树几年花，离离红豆实。我来怅非时，盈掬未曾撷。沧桑一瞬非，唐岑看更迭。舍宅辟公园，人己并利益。巍巍相思洞，大书还深刻。捉刀伊何人，文采秋桐笔。强村书法美，惜未题名籍。更念陈东塾，唐园冠榜楔。雁山别墅荒，惆怅瞻遗额。门联十字书，亦复委荆棘。王孙为我言，颇虑忝名节。放翁记南园，不免群议谪。反恨开黉舍，草草缺碑碣。君武我故人，筚蓝竭心力。功成身则徂，高坟有特兀。苍凉乔玄誓，呜咽山阳笛。挈侣过墓门，万感集胸臆。君乎不可作，我复将奚适。回头顾孟公，知我意凄恻。兴尽遂言旋，重看车轮发。狂飙自天来，白日已西匿。夹道杜鹃红，江南归未得。

赠龙伯纯二律

访碑古寺吊浑融，曾误颜标作鲁公。浑融墓上龙积之题记，琴可误为伯纯。万木黄埃留硕果，积之为万木草堂弟子。一韩绛帐启宗风。伯纯主讲雁山广西大学。期君文献胪遗帙，笑我车书创大同。章、费沦亡张、李远，麋台影事荡心胸。

麋台耆旧我能搜，婓尾堂堂天放楼。早岁文章曾付荍，高名坛坫尚清流。难忘陈胜昌三户，早许欧阳出一头。桂树吴云家万里，长谣感慨讵能休。雁山记游百韵中述伯纯在吴门俦侣，遍列太炎、韦斋、仲仁、印泉诸老而犹遗金天放，故此诗补述之。天放译《三十三年落花梦》，撰《女界钟》《自由血》，于鼓吹革命为前马，与余尤深气类之感，四十年前曾嘱杨骏公书联见赠，有"老夫愿让一头地，王孙善葆千金躯"语，念之不能忘弭也！

题沈君匋《风雨一庐图》

年少休文草檄才，宾筵喜为五旬开。一庐风雨飘摇甚，万马河山蹴踏来。旧梦迷楼邻笛渺，新都蜀国霸猷赅。平倭我挟阴符秘，痛饮黄龙要酒杯。

莫念厂嘱题未央瓦当拓本，谓得自女诗人韦汉平家中者

秦碑汉瓦总寻常，骨董狂胪费忖量。惜未女诗人手拓，不然墨晕带脂香。

题《五代造像记》七种拓本

梁唐晋汉更残周,不是奸雄即房酋。世乱民愚争佞佛,契丹伸脚蹴神州。

欧阳竟无先生挽词,三月廿七日作

胤子沈冤血尚红,龙蛇运又厄而翁。灌夫骂座豪情在,灵运生天吾道穷。身世建炎天宝外,文章剑拔弩张中。平生儒佛难谐贯,特为能狂一吊公。

精舍当年起秣陵,不相菲薄却相膺。白衣曾共杨居士,缁侣难求支道林。苏、李无缘成短命,桂、陈有传已难能。暮年自结熙州契,白首同归感喟深。此首用进退格。苏、李谓曼殊、晓暾,桂、陈谓伯华、散原,并祇垣精舍中人。熙州则陈仲甫也。

九渊一首示盛成中、卢冀野、万民一、钱实甫

骂座堂堂念九渊,故人恶耗至今传。魂归应傍乌号冢,事去愁寻牛渚烟。横海功名奴辈贵,沿江壁垒几时坚。铁函终拟开心史,不信埋冤亘百年。

赠杨月如、谭雪影两女士,三月廿八日作

酒狂自衍阳湖派,月如毗陵籍诗笔能排吕氏军。雪影籍旌德,其地有三吕,以才女名当世。我已昂头天外久,只垂青眼到红裙。

金闺九锡杨风子,诵洛语岂独杨癫柳亦痴。内子呼余为柳痴,谓是传余杭衣钵也。更约神经滕白也,白也自言有神经病。瓣香同拜女郎祠。

黄花冈纪念为辛亥旧历三月廿九日,今移从国历,草野之身不与议礼,是非得失姑弗置论,感旧怀贤聊赋一律,四用春潺韵

碧血黄花卅二春,穿胸裂脰念兹辰。墓门又见胡雏啸,魂梦还劳雄

鬼频。零落丹铅思执简，邹海滨有三月二十九日革命史之辑，近人已罕能举其名字矣。堂皇黼佩孰传薪。王孙故国吾难忘，高冢祈连江水浒。谓亡友伯先先烈也。

赵雅笙次春浒韵见示即和一首，并题其《疏雨横塘馆诗稿》，三月卅日作

疏雨横塘句里春，桃花零落不逢辰。乱离身世和愁过，哀艳诗篇荡气频。漫道才高成击钵，可能火尽为传薪。璧娘芳冢还无恙，奠酒期君共水浒。

题虞重卿《昌华感旧词》后

荔子湾头薄命春，昌华院畔断肠辰。游龙跨虎新愁渺，刬袜提鞋旧梦频。身世成灰早成骨，牺牲为釜亦为薪。书生薄幸惭同穴，多事陈王赋洛浒。

题曹昇之《梦洛诗集》并示雪影夫人

年少真成有脚春，金闺酬唱喜芳辰。颊云如火明妆靓，虹气摩天得句频。宓枕韩香饶绮梦，楚囚梁狱感劳薪。相思江畔垂杨绿，好共兰桡泛水浒。

感杨惠敏事有作

载誉重洋未五春，囊头对簿及斯辰。明知失足寻常有，还惜柔躯榜掠频。皲水笑干侬底事，窃钩愁以汝为薪。平情功罪终难忘，猎猎旌旗飐沪浒。

张季子以曼殊"年华风柳共飘萧"句作画见惠，赋谢一首

灵运生天近卅春，扬尘沧海感芳辰。故人持禄音书绝，女伴调筝涕

泪频。空遣门墙成炙手，几曾衣钵托传薪。湖山粉本张郎笔，风柳飘萧怅水湄。

珍琰女士初度诗索和兼示琴可，十用春湄韵，三月卅一日作

战垒琅琦三百春，天留灵气证芳辰。飞腾要作拿云想，离合休嗟逝水频。家事将门期报国，宗风吾党待传薪。伏经班史蛾眉事，健笔磨崖漓水湄。

为黄尧题红梅五十幅后书

林逋种梅三千株，黄尧画梅五十幅。梅花塞破天地间，乞我题诗笔为缩。欲题不题心徘徊，杜甫、李白都胆落。度尽金针绣嫁衣，标榜尼山述不作。四十九首昔贤句，曲终奏雅吾诗独。

署梅花五十幅曰《鸳鸯谱》，再题一截

黄尧初以折枝红梅十三幅乞余题，花枝向下，余尽仰之，后别取向上者五十幅乞题，余又尽俯之。一误再误，大错铸成，煮鹤焚琴，罪不可逭。君独厚谅我，珍此五十幅供枕中鸿秘，岂非嗜痂成癖者欤？爰为题名曰《鸳鸯谱》。盖寓颠倒众生之意云尔！

老夫心目两皆盲，不醉葡萄已酒狂。狼籍胭脂五十幅，笑他颠倒学鸳鸯。

骖鸾集卷四

（1943年）

卅一年六月七日，余亡命抵桂林，迄大除夕，得诗百余首，辞多噎塞，弗能尽意。卅二年改岁，吟情稍纵，顾自元旦迄三月杪，得诗亦仅如曩数耳！四月四日，北丽自曲江来，是月乃成诗六十五首，视前独多，且益沈博绝丽，岂丽白楼诗派有以诏我耶？抑余方以小弱弟畜北丽，乃如灵运所言，每见惠连辄获佳句耶？北丽矜才使气，白眼天下，独于余诗有痂嗜之癖，属写副本作纪念，先以此六十五首者应之。昔羽琌以行卷赠吴虹生，而亡友醴陵傅文渠亦曾手写所为钝庵诗词十卷见贻，古道今情，殆有同感，质诸北丽以为如何？

三十二年五月十一日，吴江柳亚子记于丽君路之射日斋。

四月一日，黄尧、郑凯招宴普陀山之黄楼，集者余与佩宜外，琴可、珍琰、红荳、伍艺，计宾主合饮中八仙之数，黄尧出所画红梅五十幅令加墨，余为题名曰"香影天"，复媵三绝句

黄楼又见画图开，晕颊酡颜次第来。为有散花天女在，不辞醉笔伴吟杯。

暗香疏影姜词伯，天上人间萼绿华。一夜江城吹玉笛，汉宫颜色淡琼葩。

天随笠泽圆鸥梦，惜抱桐城和鹤鸣。失笑广平心铁石，瓣香同拜女康成。郑凯女士桐城籍，而与余妇同姓故云。

瘦石属题林树芬女士《环湖春色图》，四月二日作，女士为闽侯人

榕湖柳色参天绿，闽海乡愁入梦赊。风雨拗春春更好，春光至竟属林家。

石湖吟卷桂林甲，李白诗篇蜀道难。不用皇华歌四牡，始安城畔好湖山。女士将赴渝都，瘦石属余诗以尼之。

四月三日夜，珍琰招宴妆阁，赋示同座兼送卢冀野入蜀，十一叠春湑韵

风雨连宵说拗春，红楼杯酒醉良辰。牛恩李怨寻常见，王后卢前感喟频。各有才名惊俗世，何妨皮骨付劳薪。飞扬喜汝摩天翼，俯瞰嘉陵江水湑。

诵洛、冀野谈亡友邵次公影事，感赋二首

南社声华几十春，西山拂袖最逢辰。小楼梦雨重光俊，有和李后主

词若干阕。大药还丹换劫频。苌叔孤怀宁化碧，用傅青主语意。信陵醇酒竟燔薪。名山绝业愁零替，万里题诗酹水湄。次公传齐诗翼氏学于吾乡连青厓进士（鹤寿）为私淑弟子，颇有撰述，身后惜不可问。连家分湖之池亭畔，故云。

廿年游屐北平春，邻笛山阳感此辰。国士中郎遗恨在，故人旧社抚心频。忍从眢井埋心史，难向龙光问胆薪。满眼黄垆羸痛哭，岂关抉目大江湄。民国十四年余游北平，从姑丈蔡冶民先生访次公旅邸，谈宴极欢，不意遂成永诀，冶丈则已先归道山矣。

赠北丽，四月四日作

鉴湖秋侠有女弟子曰崇德徐小淑，适闽侯林亮奇，负明诚易安之目。民国五年讨袁之役，亮奇主上海《时事新报》笔政，宣传甚力，深夜倦归，为贾胡克明汽车所躁杀，遗孤生甫十八日即北丽也。后归余友林庚白者五稔，庚白殉香岛之难，北丽中弹不死，挈两雏应抗、应同间关内渡。四月四日抵桂林，将依陈诵洛为笔耕糊口计。亮奇、小淑并南社旧人，庚白与余论交尤挚，曩时文裯，忽复霜鬓，劫后重逢，河山非旧，悲喜交集，不能无诗。

两世交情四十春，死生流转又兹辰。英魂南海埋冤恸，庚白槁葬九龙半岛。故国西泠雪涕频。亮奇家在湖上，顷小淑亦移家居此。钟阜因缘愁作茧，鉴湖衣钵好传薪。遗编独抱林君复，封禅无书喜海湄。庚白遗稿北丽挟以俱来，将谋印行。故用"茂陵他日求遗稿，犹喜曾无封禅书"句。

偕虞重卿、赵雅笙、云海吊凌璧城女士墓有作

璧城，番禺人，习看护，有艳名。广州既陷，从军内渡，服务前方，甚著劳绩。旋息影桂林，构屋以居。屋成忽圮，老母、弱弟阖门同尽，一妹守璧，绝而复苏，为营葬骝马山下，

遥对西城城濠，荒坟三尺，短碣不封。余及门台山赵雅笙曾仿娄东体撰《璧娘曲》以吊之，辞绝哀艳。四月四日，余偕雅笙、云海昆季暨山阴虞重卿，携葡萄酿两军持，肴馔三器，同奠其墓。酹酒既竟，徘徊久之，遂成此什。

弱妹题名碣上春，全家并命覆巢辰。墙排王衍弥天劫，机发骊山委土频。身世宁同金谷妇？烽烟更恸荔湾薪！携醪奠冢嗤多事，浣女盈盈隔水漘。

雅笙招集"疏雨横塘馆"兼示重卿

环山带水句能春，酬酢从容及此辰。侃母留宾操作健，鸿妻负襁笑言频。如君俪侣堪偕隐，并世人才总积薪。更喜仲翔真国士，骖鸾小集纪湖漘。重卿有桂林导游之作。

偕北丽集陈诵洛、杨月如夫妇邸第，
喜晤陈劭先、白经天两家伉俪

沧海横流一室春，德星会合此良辰。孟公豪气经年见，居易狂名震耳频。志士刳肝羞避世，庸奴止沸更扬薪。耦耕负戴非吾事，要遣潜龙起水漘。

狼籍一首，示经天索和

狼籍胭脂惨不春，踩鸾躏凤断肠辰。早知冤狱寻常甚，其奈孤怀怅触频。象齿焚身原有罪，蛾眉薄命竟为薪。一夫不获天犹遣，瓜蔓何堪浙水漘。

四月五日，偕北丽再访诵洛、月如伉俪，
晤王冷斋夫人胡仲贤女士，剧谭有作

五百狻猊蟛蛛春，定厂集外诗，言芦沟桥有五百狻猊。轰天炮火荡倭

辰。渡河宗泽艰难甚,扼敌张巡慷慨频。娘子军威悭筑寨,夫人城迥倘传薪。脱身虎口谈何易,一夕艨艟走海漘。

故都宫阙黍离春,上将旗披辙乱辰。报国救夫忠义尽,入生出死往来频。要平世难恢遗社,漫为才高笑积薪。桴鼓金山来日事,清凉未许老湖漘。

雅笙以简绿盈、李梓棠两女士新诗乞正,报以两绝,四月六日作

木兰出塞悭吟咏,崇嘏能文值乱离。画本湖楼征史实,仓山青眼属蛾眉。

倘作齐州女孟尝,挥金结客不寻常。漓江名士多于鲫,愿献珠盘晋玉觞。

四月七日为旧历上巳修禊节,陈孝威、侯哲华招集兴华大楼有作

寒食清明换早春,流传上巳又斯辰。兰亭觞咏承平惯,杜曲诗篇讽刺频。离乱开天宁异代,风流典午有传薪。酒杯罢后笙歌沸,惊起潜龙漓水漘。

赠刘源沂,乞其治印

篆刻雕虫一代才,羿楼曾遣宝琼瑰。江陵劫后文章尽,又见龙光漓水来。

黄尧绘梅赠苏炎辉市长,祝其移植桂林成香雪海,宠以一诗

桂林种桂平庸甚,要种梅花十万枝。珍重吾家香雪海,不辞脱手一贻之。

四月八日夜，观《天国春秋》公演有作

清人纪太平朝史事，多谓东王有莽、卓之谋，北王奉诏诛之。信如所言则杀一人足矣，何至瓜蔓株连祸延翼府，而天王后且不得不杀北王以平众怒耶？瞽龄读史即以为疑，友人阳翰笙此作，忠东奸北，独具只眼，惟府罪宣娇处，有以妇人为祸水之嫌，则尚可商榷耳，诗以论之。

龙蟠虎踞秣陵春，恸哭相煎萁豆辰。青史要能翻案读，红妆微惜蔽愆频。杨韦衮钺开生面，洪傅恩仇类积薪。太息天王真愦愦，破家亡国大江濆。

仲寅女士饰剧中洪宣娇，赠以一律

弦诗颂酒共秋春，亲见甋甀上演辰。不用温存娇态露，最怜忏悔苦心频。十年天国倾颦笑，一炬咸阳烬火薪。血溅蛾眉成辣手，只应流涕吊湖濆。

赠林静女士，为剧中人傅善祥作也，四月九日补赋

儿女英雄剑底春，红妆季布喜逢辰。闺帏体恤殷勤甚，脂粉恩仇琐碎频。岂独风尘感知己，最难韬略许传薪。麟亡凤死家山破，惆怅青溪溪水濆。

四月十日，金素琴女士招集乐群社，盖自沪上脱险来也，赋此以赠

万里人归值晚春，莺飞草长及芳辰。江头血浪扬桴起，扇底桃花雪涕频。女士能演《梁红玉》《李香君》两剧，故云。烈士暮年嗟伏枥，伶官绝代喜传薪。桂林云气寻常事，要共铙歌下沪濆。

金端苓女士索诗，赋赠一律，四月十一日作

女士兄仲华，旅港负重名，余与订交半稔余，独未识女士。太平洋战争爆发前匝月，香岛举行嘉年华会，余偕衡山先生女公子沈谱往游，曾闻呼女士名焉。港九沦陷，女士暨哲昆先后内渡，始觌面桂林，而沈谱则已远走渝都矣。女士擅绘地图，田寿昌以眉山小妹拟之，故诗中云云。

芳名口颇记余春，高会嘉年不夜辰。巾帼休文分袂久，画图苏妹索诗频。眉山钩党尊魁首，瀛海翻波叹积薪。聚米文渊堪媲美，丹黄脂粉满江湄。

题黄尧《战争中的中国人》漫画

芦沟烽火几经春，扫荡倭夷属此辰。牛鼻久夸椽笔健，龙髯莫挽鼎湖频。谓国父孙先生也刘章左袒终兴汉，勾践亡吴要卧薪。袖底阴符吾自壮，楼船行见下淞湄。

李白凤偕友李耿过访索诗为赠，即次其教师节感怀原韵

铁窗红泪漫伤春，还我依然自在身。谓李耿近事。无罪冶长名著鲁，辍耕陈胜耻亡秦。斯人南国文堪霸，李耿有中国文学史之著。彼美西方诗有榛。莫道昨非今日是，始终一节是完人。

读查继佐《明春秋·太宗本纪》三首，四月十二日作

燕子高飞入帝京，金川一炬太无情。徙薪早采书生计，底用方黄血肉争。

出关驱虏渐成功，榆木川头一剑红。逆取居然能顺守，长陵毕竟是枭雄。

吉网罗钳十族收，女儿清白葬寒流。西山老佛归来日，难遣沧桑一段愁。

赠孟超

宿草蒋光赤，新书钱杏村。交游存我辈，樽酒共君论。榷史南明壮，成仁天国尊。君研治南明史，更及太平天国史，甚为东王呼冤，与阳翰笙相合。方黄遗恨在，瓜蔓满乾坤。

榴园宴集纪事

是日熊佛西、叶仲寅招集榴园，先后至者余与佩宜、北丽、予倩、问秋、素秋、孟超、红荑、白凤、白也、琴可、珍琰、瘦石、小涵，宾主共十六人，赋此以纪。

莺花六代惨难春，凄绝江南板荡辰。蒋帝声威宁便永，丽华恩怨敢言频。同仇未泣秦庭血，上策悭迁曲突薪。十载罪言狂杜牧，酒悲流涕哭湖漘。

歇浦悲秋赣水春，清凉山畔断头辰。红潮已卷侯刘去，碧血还伤黄宛频。一恸寝门成宿草，朅来异地感劳薪。山阳邻笛悲嵇阮，岂独蛾眉殉海漘。

血肉横飞十七春，吾曹诗酒颂良辰。岂真叔宝心肝失，要洗眉山块垒频。已分狂言惊满座，誓凭弘愿继燃薪。头颅无恙余生健，私奠葡萄井水漘。

草间偷活几经春，梁燕重来又此辰。湖海命侪怀抱拓，楸枰袖手废兴频。国殇渐渐祧新鬼，世事茫茫恸积薪，瓜蔓黄台存硕果，几时倚啸大江漘。

夜过三民戏院观剧，感事一首

李广平居醉尉侵，灌夫骂坐愤尤深。经纶满腹成何济，赢得狂名噪桂林。

小涵索诗，赋二绝句兼示羽仪，四月十三日作

榴园剧怪推王剧，小涵别署王剧。天国春秋作小兵。泰岱端由抔土积，古来豪杰半无名。

王家群从多才俊，玉友金昆好弟兄。何日春明开盛宴，诗篇画笔各纵横。羽仪擅绘事，筑春明馆于牡牛山之阳，期落成后大宴宾客，卒卒未果，诗以促之。

《戏剧日报》呼余为诗坛元老，戏题一首，四月十四日作

子厚才高八司马，温公名冠党人碑。诗坛元老头衔贵，痛饮狂歌写我悲。

十年前在沪上乞友治两印，一曰"南社主盟"，一曰"诗坛草寇"。楚伧乍见，舌挢不能下，继作转语曰："兄为草寇，吾侪合是毛贼耳。"追念斯言，复成一首

败寇成王宁足据，汉皇低首鲁公来。凌云要作黄巢语，终胜东阳馆阁才。《水浒传》浔阳楼反诗自出作者伪造，然《瓮天脞语》载宋江《百字令》一阕，故是可儿。

四月十九日诵洛、月如招饮，赋示诵洛，盖有责备贤者之意焉

一石齐髡履舄春，英雄儿女此良辰。座有程子宜、史从吾、方振华、闵志达四将军，北丽、安娥、珍琳诸女士。士龙抚掌平生惯，温序衔须入梦频。昨梦庚白先烈，言及北丽，涕不可仰。屈宋衙官愁裂眦，卢曾风谊漫传薪。孝侯晚盖庸犹及，莫遣湘君怨水滨。

次韵和重卿、雅笙、星如诸子璧娘墓下之作

不信诸天都愦愦，最怜此豸是娟娟。题诗酹酒惭吾党，折栋崩榱痛

昔年。一剑红妆期作健，三生紫玉竟成烟。丰碑要勒如椽笔，更种梅花绕墓田。

读史二首

四月二十三日，即旧历三月十九日，距明威宗烈帝自杀煤山之辰已二百九十九年于兹矣，俯仰兴衰，忾焉有作。

芟除客魏起非常，晚节昏庸国便亡。一姓覆宗何足道，万家流血始堪伤。由来器小聪终蔽，未有君明臣不良。披发煤山嗟已晚，九原何面见元璋！

皇来跃马起延绥，破竹亡秦胜广规。书上张良嗟不用，谓南明张文烈公家玉上书大顺皇帝事。艳倾陈沅亦奚为。重瞳势盛亡何易，同室戈操事岂支？倘遣联吴能灭虏，中原依旧汉家旗。

廖夫人偕其儿媳经普椿女士挈孙女廖坚、孙男廖恺孙自曲江来桂林，赋呈一首

同舟亡命涉秋春，失笑温麐握手辰。遗爱两家门第迥，谓仲恺先烈暨颐渊老友。弥天一老瓣香频。鲁公正气留箕尾，勾践雄图炼胆薪。漫说狂生狂逾昔，头颅无恙醉江漘。

闻杨惠敏被杀感赋三首，四月二十四日作

断送韶华三十春，洞胸铁弹惨呼辰。乱邦重典经空托，窃国封侯史已频。爱惜人才宁末世，鞭笞血肉剩劳薪。晋元地下如相值，影事难忘沪水漘。谓四行孤军献旗事，晋元者营长谢晋元也，三年前病殁沪上。

流亡未共劫中春，想像双翘辫发辰。莱子佚妻残命续，郑玄诗婢恶声频。凄馨名字留吟卷，琐碎恩仇委积薪。闻道黑衣穹袴美，刑骸狼籍蜀江漘。

一样蛾眉窈窕春，生归讵便说逢辰。汉皋玉佩书非僻，事出南华非

僻书也，用温庭筠语。国士金闺泪已频。亡友庚白先烈有"深愧金闺国士知"句。诗狱苏、黄愁削简，鬼雄向宛惜传薪。闭门忏慧庸非晚，青眼高歌沫水湄。"柔荑已折传香海，兰佩空捐忆沅湘"，沫若诗也。

赠简绿盈女士，即次其与李星如倡和韵，四月二十五日作

百战中原喋血盟，投荒魑魅黯心惊。婵娟自有飞扬意，莫学雏莺出谷声。

漓江龙气久潜藏，郁郁雄图奠万方。耻与袁枚为后劲，口脂香带血花香。

星如议创柳社，推余为盟主，诗以谢之

是夕星如招宴东坡酒家，同集者余与佩宜、北丽、绿盈，暨虞重卿、赵雅笙、杨南孙、莫念厂、张季子、曾德礼、欧阳白水计十二人。

一匡定霸许都春，炉火曹瞒及此辰。便主诗盟宁计左，长怜酒国负才频。卧龙岂仅吟梁父，老骥何曾恋栈薪。花底右军容我领，蛾眉英绝在江湄。余谓当易柳社为林社，主盟应推北丽，余则执鞭弭以从耳，北丽未敢应也。

冰莹自西安来桂林，不日返湘扫墓，赋此为赠，四月廿六日作

握手淞滨炮火春，死生流转几萧辰。相思江畔迎君至，毛女峰头梦我频。擎掌明珠还合浦，有女浩彬，隔离九载，今始重睹，问年已十三矣。旧时女伴感劳薪。闺友周铁忠，湘之南县人。因析津狱五年释归，顷在沅陵设小肆为衣食计，艰辛可想。而白薇在渝亦穷老不得意，闻之不能无憾。南舣北驾平生惯，漫动离愁湘水湄。

赠周鲸文两首，四月廿七日作

鸭绿辽东塞外春，覆巢完卵乱离辰。入关亡命烽烟迫，渡海同舟波浪频。偕隐金闺堪避世，投荒玉局倘传薪。黄垆各有河山泪，难忘萧红浅水湄。

入塞从亡历十春，明夷箕子累囚辰。鬻拳兵谏忠堪拟，仲父匡周梦已频，帷幄无人畴借箸，公卿有党只扬薪。齐桓庸主犹艰遇，霸业空怀东海湄。

吴曙天女士挽诗，四月廿八日作

冰莹言曙天以去岁病逝成都，赋此悼之。曙天，初恋杭县叶天底，旋归绩溪章衣萍。抗战后以色衰为衣萍所弃，伊郁无欢，病肺呕血以死，盖上距天底殉义武林之秋亦已十有六稔矣。天底为新南社旧友，山阳邻笛，向秀怆怀，不独为曙天一恸已也。

西山薇蕨五湖春，凄绝华鬘忍利辰。苌叔素怀埋碧久，灵芸红泪呕心频。难驯龙性愁闻笛，未老蛾眉早作薪。闻道遗书犹满箧，可能流布锦江湄。

一束情书大地春，兰亭修禊永和辰。余识曙天、衣萍于海上文艺茶话会。文鸳交颈风流惯，海燕双栖缱绻频。天壤王郎金换墨，闻衣萍已以货殖起家。离魂倩女骨为薪。黄垆万劫吾终痛，缟素难寻沪水湄。曙天能画，自命颇高，沪渎过从，许为挥洒，今不可问矣。

寄黄白薇女士渝都，四月廿九日作

镜里红颜四十春，芒鞋行汲迫衰辰。老狂弥甚宁吾拙，贫病能坚忆汝频。大鸟岂为腐鼠吓，夷光真负越溪薪。著书无地衣无絮，珍重孱躯江水湄。

忆朱舜华女士歇浦，兼念贺复庵

南游劝我已三春，梦里相思劫外辰。成碧看朱疑谤萃，雨花说法辩才频。风云咤叱能惊座，贫病艰危竞作薪。梁孟天涯音问断，金闺国士沪江漘。

吕儒真女士为冰莹中央政治学校武汉分校同学，招其午餐有作

丰城龙剑武昌春，难忘兵间转战辰。夫婿兰亭觞咏惯，女士婿张春浩为浙江绍县人。梦魂汉水血痕频。黄垆向秀愁闻笛，翠袖朱家叹积薪。同是女儿身手健，如何退隐桂江漘。

四月三十日夜，偕诵洛宴客南强酒家，赋示同座六首

绿酒红灯饯晚春，同仇犹是荡倭辰。一军张楚人皆壮，三户亡秦愿已频。摇鼓江头曾卫国，骑驴湖上笑传薪。雍容裒带欣初识，鏖战终怀沪水漘。

长松一老酒杯春，孤愤难忘易箦辰。娇女左家门户瘁，故人汐社梦魂频。范老洗人为颐渊旧友。儿郎弧矢田文月，夫婿经纶勾践薪。绝忆白龙鱼服惯，同舟风浪马宫漘。

中山陵寝奠基春，握手元璋溯此辰。一恸黄垆侪辈尽，几人青史姓名频。剥床硕果矜风谊，老地荒天愧胆薪。记否碎躯张一妹，莫愁湖畔大江漘。

张敞眉痕剑底春，降旗看树岛夷辰。青绫谢女言辞美，翠袖朱家恩怨频。黑狱沈沦谁作炬？中原板荡竞为薪。西来亡命欣重见，珍重襟期漓水漘。

熟魏生张座上春，挥金苦忆卅年辰。羽琌客籍新来富，皋羽荒台旧恨频。一队酒人才似海，几家大义火传薪。龙虾漫遣田郎谑，相背终期阵水漘。寿昌以绘虾索题，余信笔书二十字云："漫惜头颅贱，还堪肝胆伸。龙髯

攀未得,虾子尚欺人。"盖用原韵并答其相谑也。"相君之背,贵不可言。"用《史记》蒯通语。

醉乡酒国梦犹春,身世嘉王奈不辰。宋玉微辞干汝怒,廉颇谢罪笑吾频。一人知己期尸剑,绝代功名起负薪。悔杀钿车匆促别,未留后约在江湣。

骖鸾集卷五

（1943年）

陈迦冬集鲁迅先生"躲进小楼成一统""惯于长夜过春时"句为联嘱书，媵以二律，五月一日作，五十二、三叠春湑韵

长夜何曾换好春，树翁生世讵非辰。喜君痂嗜能成癖，累我毫挥感已频。诗狱苏、黄愁禁版，党魂李、杜有传薪。南来快晤陈无己，倘共倾觞奠水湑。

行年五七涉秋春，我亦苍髯衰老辰。忍说才名惊世易？最难文字赏心频。词场跋扈怀髫岁，酒国浮沉岂卧薪？便作信陵吾讵悔？《罪言》有涕哭湖湑。

赠漆琪生

濯锦江头涛井春，卧龙跃马念萧辰。三巴毓秀夸才美，二惠齐名雪涕频。几见坑儒能靖国？于今硕果赖传薪。雁山无复风云气，且醉相思江水湑。

赠陈延安医师，为琪生作

病国疮痍着手春，喜看名字在兹辰。流亡逋客戕身易，辨晰秋毫费脑频。要起膏肓针废疾，誓驱愚妄付燃薪。良医良相原同体，袖手怜余隐桂湄。

赠曹勉功

九龙台畔劫余春，漓水重逢又此辰。阙党曾参怜汝鲁，泷冈欧九感余频。立身忠厚能昌世，燎火艰危惜累薪。揽辔澄清终有日，高楼黄鹤醉江湄。

送伍艺赴衡阳，五月二日作

雁飞不到处，送汝赴衡阳。桂岭愁分袂，漓江易断肠。余生犹磊落，子意莫旁皇。吾道东行矣，铙歌下沅湘。

五月三日诵洛招宴旅邸，商追悼亡友庚白先烈事。集者北丽、珍琰、冷斋、今铎、琴可暨余共七人，赋示诵洛一首

莺花无复秣陵春，终遣衙官屈宋辰。旧誓曹瞒扪腹痛，大招宋玉礼魂频。杜陵诗圣今争席，国父鸿谟孰继薪。善怒能狂遗句美，怜君马革瘗江湄。

今铎为其夫人凌成竹女士乞诗，赋赠一首

柳车复壁劫余春，香岛漓江隔岁辰。燕赵悲歌儿女健，风云会合废兴频。要挥画笔添眉妩，愿与郎君共胆薪。偕隐买山能养晦，龙光夜夜烛湖湄。

陆桂祥过访，谈云间旧侣，忽触余痛，呜咽不复成声矣！纪事得一首

万里重逢未饯春，云间唳鹤感萧辰。糜躯雪苑招魂渺，呕血朱家入梦频。各有佳儿承绝业，最怜俪侣困劳薪。闻墨樵夫人尚滞沪上，颇困穷窭，恨无力振拔之也。化茅荃蕙伤心极，难起休文问水湄。联璧兄病肺欲内渡，毅然割治，遂不起。距今已五稔矣！

初度将及，预赋四首，五月四日作

亚子无状，行年五十有七，犹顽钝不死，三十二年五月二十八日为揽揆之辰，先期成此，聊以纪一时怀抱云尔。

沉思五十七年春，难忘慈恩最此辰。合比梁公凝睇苦，宁同元直腐心频。过江早绝温郎袄，负米终惭仲子薪。荡虏收京期未远，愿言将母隐湖湄。

沉思五十七年春，长喜齐眉举案辰。善怒固知吾罪大，乞怜期慰汝心频。从来健妇持门户，岂有书生问米薪？俪侣恩私慈母爱，刳肝沥血誓江湄。

沉思五十七年春，救国无功离乱辰。囊底奇谋嗟未用，胸中积愤已嫌频。抚膺独下新亭涕，烂额争嗤曲突薪。万一杨麽成引颈，丰碑合树五湖湄。

沉思五十七年春，皂帽藜床避地辰。少妇鬼雄将护悴，王孙故国怨恩频。青绫帐撤谈惊座，玄草书成版讵薪？绝业名山吾辈事，左提右挈桂江湄。

是日为立夏前一日，琴可招饮津津食堂，酒后有作

狼籍杯盘说饯春，九风十雨误芳辰。留侯借箸寻常有，诸葛陈辞慷慨频。怜汝中年成铸错，许余后死为传薪。楚骚俳恻灵均怨，那便轻投汨水湄。

不见陈频女士几三月矣，戏赋一首

心肝叔宝拟临春，累汝扶将药转辰。岂有犀灵通扣扣，最怜鹦语唤频频。长空虹气终沉宇，偶现昙花讵作薪。漫遣丰城憎怪物，乡亲我自忆淞溽。

五月五日桂林茶话会二首

五月五日，孙中山先生在广州就任非常大总统二十三周纪念，是日为国际革命大师马克思先生圣诞，值苏联驻华大使馆武官别德聂科夫、秘书郭烈夫两同志自渝来桂，中苏文化协会桂林分会茶话欢迎，敬献二首。

桂林市上万家春，欣睹嘉宾莅止辰。肥瘠弟兄尔我共，安危唇齿梦魂频。纵横敢掉苏秦舌，艰苦同栖勾践薪。指日腾欢传露布，貔貅直下莱茵溽。

羊城纪念廿三春，至圣嵩生岳降辰。南北东西心自印，古今中外感还频。飞扬大国能传统，负荷宗邦愧析薪。握手真成悲喜集，应拚一石醉漓溽。

是夕，陈孝威、黄尧、岳震招集扬子餐厅，同座者寿昌、安娥、玛丽、佛西、琴可、白凤、红莨暨杨千里、侯哲华、高鹏九宾主共十四人，即席赋此

大江东去已无春，卷土重来要此辰。叔宝心肝原尔尔，伯仁涕泪已频频。楼船直下收京阙，石室孤怀炼胆薪。好遣老夫成酩酊，秣陵移取置榕溽。

鸳屐一首

鸳屐温馨两度春，西山气共晚霞辰。讵关脂粉寻常恋，要起风云掌握频。中馈贤劳吾有妇，阴符韬略汝传薪。杜陵兄妹因缘好，倘鉴微衷

誓水湄。"别有法门弥缺陷，杜陵兄妹亦因缘"，梁任公句。

广东诗建设社纪念"五五"诗人节索题，为邵荃麟赋，五月六日作

怀沙抱石惨难春，生世灵均叹不辰。掩袖工谗南后惯，入朝恃宠子兰频。一身殉楚关宗社，三户亡秦继火薪。鸾翮纵摧龙性健，千秋凭吊汨罗湄。

铃幡二首

活色生香绝代春，铃幡偏乞护花辰。孤忠由也桴浮共，五斗归欤腰折频。宦海沉沦终下策，情天坦荡好传薪。延津倘合双龙剑，愿主齐盟澌水湄。

浅晕梨涡颊上春，陈辞慷慨动星辰。骄阳宁抵情肠热，浊世能矜党籍频。碧血青梅人煮酒，黄龙白马火燃薪。双栖岂仅文鸳好，戮力相期奠海湄。

安娥暨聂耳之兄守先招宴乐群社，集者余与佩宜、玛丽、寿昌、佛西、孟超、红荳、琴可、方可、镇华暨金素秋女士等二十许人，即席赋此兼送安娥入渝

楝花开后已非春，履舄纵横又此辰。小谢汨罗遗冢在，元方货殖阜财频。歌声尚拟排阊阖，酒盏何妨当胆薪。惜别终怜张一妹，文通奇泪洒江湄。安娥女士姓张，故云。

观素秋演《得意缘》有作

口角眉梢盎盎春，因缘得意趁芳辰。骄男未免功名误，奇女欣看狡狯频。要遣家庭成革命，宁辞弓剑替传薪。绯裳绛帕红妆健，魂梦难忘桂水湄。

桂堂一首，五月七日作

销骨谗言刻骨春，桂堂昨夜又星辰。纵横口舌锋堪畏，破碎河山泪已频。出谷莺声愁逆耳，当门兰草漫为薪。解纷排难吾终负，臣罪当诛羑水湣。

是夕，旅桂同志公宴廖夫人暨普椿女士，集者余与佩宜、任潮、重毅、劭先、佩瑜、贤初、西欧、鲸文、舒翎、今铎、成竹、蕴山、此生、姜天星、尹时中、邓世增共十九人，赋示同座即送廖夫人暨普椿女士赴渝都

裙钗一老病能春，劫后重逢又此辰。斩棘艺梅豪气在，补天填海苦心频。珠囊国父曾传钵，石室奇男尚卧薪。愁说飞腾上巴蜀，离情无限桂江湣。

寄刘思慕衡阳一首，五月八日作

数月前思慕自南洋脱险来桂林，为言陈嘉庚先生以吧城沦陷前三日抵彼地，即不得行止。而胡愈之、沈兹九、王任叔、郁达夫、王纪元、邵宗汉等二十许人则自星洲浮海至一小岛，距吧城非远。曾电驻吧领事，请觅护照入吧。电未复，而领馆人员已撤退。自此音讯断绝云云。嘉庚先生为当代耆硕，世人仰望之如泰山北斗，愈之而下，并一时豪俊，兹九、任叔与余私交尤笃，达夫曩在沪上，亦数共文酒之宴。存亡未卜，凄恋如何！思慕旋去衡阳，属人以素笺乞诗，因赋此什，词多哀怨，读者谅之。

香江烽燧桂林春，辛苦南天脱险辰。一老堂堂音问绝，群才楚楚梦魂频。山阳忍便侪闻笛。海澨终期尚卧薪。自别刘生怀抱恶，泪痕和墨寄湘湣。

斋心一首

旅邸斋心黯不春，云屏非复梦中辰。一人知己衔恩惯，三户能兴指掌频。互见瑕瑜真美玉，忍言衣食悴劳薪。延津龙剑何时合？翘首浈湑更武湣。曲江有浈、武二水。

北丽索题造像，五月九日作

英绝桃花剑底春，蛾眉身世讵非辰。入生出死天能宥，转绿回黄愿已频。要为云台留粉本，任他画笔怨劳薪。中原万里犹征战，整顿阴符靖海湣。

是日，李叔宽招集影翠茶室，至者余与佩宜、北丽、琴可、宁复、白凤、白水、念厂、重卿、星如、雅笙暨唐维韩共十三人，白水询亡友张秋石女烈士影事，故有次首腹联云云

翠肥红瘦不成春，裙屐招邀初夏辰。弱妹杜陵新宠好，逸妻莱子旧恩频。杏坛高弟游求艺，石室谋臣种蓥薪。愿得主人长爱客，相思结社在江湣。

一翠泠然四壁春，初三下九此灵辰。主持坛坫头衔贵，提挈妻孥意气频。伐桂锄蓉征痛史，盛囊攒刃哭劳薪。豆沙风味空前美，惜少葡萄酎水湣。

五月十日夜，琴可招宴甘寂寞室，集者余与佩宜、北丽、佛西、瘦石、迓冬、镇华、钱实甫、陈佐良、梁焕誉共十一人

一室宁甘寂寞春，猖狂驰檄啸俦辰。华堂蹀躞情难遣，别馆栖迟怨更频。三顾卧龙能定策，六州铸铁孰为薪。耗奇借琐伤心极，文史商量桂海湣。

红莨招观素秋女士演《红拂传》有作示北丽

越公尸气卫公春，仙李枯杨取代辰。肯信乱猧推局负，终羞得鹿汗颜频。王侯夫婿非英物，兄妹因缘异积薪。我亦虬髯横海客，乘桴谁伴涉川湣。

瘦石为孙明心绘《碧嶂苍松图》，宝珣嘱题，五月十一日作

碧嶂苍松故国春，神山灵气往还辰。前尘累我苍凉忆，后起多君鲠直频。斗酒只鸡怀旧社，银涛白马感劳薪。交游臣里黄童美，郑重题诗漓水湣。

詹菊农嘱题画册

凤仙红捻女儿春，绝忆扬州骑鹤辰。阁部梅花遗冢在，杨麼醇酒掷杯频。画图点染珍吟笔，人物评量岂积薪。异地逢君增忾喟，展山高矗桂江湣。

邂逅一首示北丽，时方自乐群社痛饮归来也

宁同溱洧简兰春，失喜城隅邂逅辰。扪虱谈兵吾自健，听官应鼓汝还频。眼中人物谁名世，劫后风雷起卧薪。一斗醇醪三斗血，横胸星斗落江湣。

北丽出示月牙山无名亭诗，次韵成此

原诗云："高岩磴道到颠坡，一碧江流掠眼过。绿上征衣林罅客，风吹午日雾中波。全凭木石撑千劫，苦仗关山压百魔。布谷枝头频唤雨，春深得似两京么。"崔颢题诗，谪仙搁笔，结习难忘，次韵成此，不计工拙也。

南来踪迹异东坡，宁有朝云扶杖过。谢客池塘春草梦，杜陵兄妹縠纹波。钧天悔醉千年酒，大道还争一丈魔。纳粹骄横资产腐，相期努力荡么么。

五月十二日晨，北丽过访有作，时余将有展山之游也

荡胸灵气羽琛春，排日初三下九辰。鸳屪余寒罗袜润，凤城十里绮怀频。裁书女伴多恩怨，馨丽书来语多不可解。失节狂且怅釜薪。夫己氏卅三年前寄胡展堂血书有"我今为薪，兄当为釜"语。具见《不匮室诗钞》小注中，阅之不胜今昔之感。便不从游良亦得，悠悠心事付江湄。

健云大侄来迓，偕佩宜、宝珣、白也泛舟游展山，访中敏、菊农于汉民中学，旋诣漱溟不值，晤张旭光而返，口占成此

狂咸能醉竹林春，玩妪高柔缱绻辰。臣里黄童风度美，门墙白也挟持频。漓江水阔开妆镜，石洞云深异胆薪。只惜虬髯悭一妹，不曾同与涉川湄。

詹生画笔妙生春，任昉孤忠尽瘁辰。海曲梁鸿愁迹左，文豪张说著书频。归途斜照红惊血，跣足娇娃绿曳薪。暇日近游宁失计，题词水月读江湄。象鼻山下水月洞刻昔人题《水调歌头》甚美，惜未抄录，并其姓名亦不能记矣。

记展山明墓

展山新发现明奉国中尉朱某墓，有孝子履□字样，盖靖江王亨嘉、亨歅之族祖行也。墓主葬万历年，其配则葬崇祯年，棺椁尸骸悉早腐朽。男兆渺无遗物，女兆得金环数事、崇祯制钱十枚，今陈列汉民中学图书馆，旭光有文考证颇详密，为赋一律。

尧山陵寝展山春，靖江列王例葬尧山，此盖其别支疏族也。发掘宁期朽腐辰。高阀仍夸朱邸贵。乱邦已兆赤眉频。金环羊祜他生梦，石椁桓魋异代薪。痛惜王孙慵未至，不然椽笔纪江湄。是日招琴可同游弗至。

读《中西交通史料汇篇》有作

旭光出示亡友泗阳张蔚西（相文）哲嗣星烺所辑《中西交通史料汇篇》第二册，内载南明昭宗朝宁圣慈肃皇太后王氏致罗马教皇暨耶稣会总统两诏，又太监庞天寿上教皇书一通。诏中述宁圣与昭宗生母昭圣仁寿皇太后马氏暨皇后王氏均皈依耶教，且有圣名，为史料中珍品，既请旭光撰文以纪，先縢此什。

长信驰笺异国春，皈依恰值乱离辰。覆亡直继威宗后，威宗亦奉天主教。号泣空呼圣母频。永历四年存正朔，诏书后署永历四年庚寅。环瀛万里浪传薪。能先朝露庸非福，扼吭骿车惨水湑。宁圣先崩，昭圣与中宫并死于北狩道中，扼吭以殉。

五月十三日纪事两首

柳子自承愆戾之所作也，局天蹐地，龙性终驯；沥血披肝，蛾眉倘宥。世有解人当重悲余志也夫。

童心五十七年春，犹是能狂善怒辰。地下故人容我谅。寰中知己感君频。楚阍兵谏刑书腐，汉律失仪城旦薪。臣罪当诛复何说，誓甘车裂徇江湑。

小语精微四座春，怜余重听蔽聪辰。孤忠耿耿天能鉴。积怒重重罪已频。倘以无心宥飘瓦，何妨尽瘁杀劳薪。东皇玉女投壶好，电笑能回薄海湑。

五月十四日晨起作，时失眠已竟夕矣

长夜漫漫夏岂春，用鲁迅先生"惯于长夜过春时"意。搥床捣枕失眠辰。明知圣度汪洋大，其奈灵台鞭挞频。疾痛岂能呼上帝，艰危倘便殉劳薪。夜郎盼下金鸡赦，好起疮痍沟壑湑。

电笑一首

阴霾扫尽见阳春，玉女投壶电笑辰。文字有灵君已谅，心灵自谴我还频。秦风驷铁兴王会，汉狱髠钳赦鬼薪。雨气泥痕狼藉甚，奔波念汝涉溪浒。

寻常一首，五月十五日作

寻常谈笑总成春，失喜朝昏顾我辰。步屟纡途良不易，迎门吐哺敢辞频。钞胥细字愁劳腕，歌哭雄文当卧薪。泉下人间都绝代，终思一石醉湖浒。

衰颜一首，五月十六日作

衰颜镜底不成春，怜此星虚房昴辰。排日能来潮有信，三秋忽隔梦还频。高文磊磊酬名世，影事沉沉叹积薪。歌哭无端畴会得，七星岩畔桂江浒。

黄梦蘧挽辞一首，五月十七日作

梦蘧名钧，字栩园。湘之醴陵人，与宁仙霞、傅文渠交善。辛亥秋，武昌革命军兴，梦蘧方与文渠游沪，余馆之于铁笔报社。赓酬迭唱，自谓豪情胜概尤在《牧斋投笔集》上也。二次革命事败，仙霞为黎元洪所杀。文渠偃蹇十稔，先后居赵恒惕、何键幕中。红军破长沙，亡命入皖为财政厅椽僚，抑郁以殁。梦蘧独老健，从同邑刘约真任县志编纂。余在桂林匝月前与约真犹子雪耘通问，犹道及梦蘧近况。顷得来书，则言梦蘧已于五月一日溘逝矣！黄垆之感焉能已于秭吕耶？爰赋此什挽之，并述论交始末云尔。

亡秦三户汉阳春，黄歇江头唱和辰。墓草佽期魂早断，耗音叔度泪还频。交游故鬼添新鬼，世事迁薪叹积薪。珍重裁书刘季子，可能营冢渌江漘。醴陵西山渌江相传有红拂墓，仙霞遗蜕亦葬其地故云。

是夕红荳招宴嘉陵馆，余邀北丽偕往，途次口占成此

对酒当歌窈窕春，迓君喜傍夕阳辰。蛟龙沧海畴能测，翡翠兰苕戏或频。促步自缘防急丽，纡途何敢怨劳薪。文章风谊期吾党，豪俊相从集水漘。

粤友王在民自衡阳以宜兴《堵文忠公全集》见寄，赋此奉报，五月十八日作

羊城离乱几经春，飞雁衡阳又此辰。史料南明劳掇拾，邮筒西粤感烦频。遗书郑重连城璧，危论苍凉曲突薪。堵公论国事多独到处，当时不能尽用也。我亦孝侯乡里士，几时跃马楚江漘。余家吴江距宜兴匪远故云。

送安娥入渝，时寿昌亦将有昆明之行矣

漓波换劫历秋春，难遣离愁凄黯辰。乱世文章崇嘏美，从军意气木兰频。士龙入洛增声价，勾践栖山尚胆薪。闻道田郎南迈急，干霄剑气翠湖漘。

赠玛丽一首

亭亭玉立十三春，难忘当年设帨辰。碧血黄垆雄鬼泣，十三年前，玛丽生弥月大宴会宾楼，余与亡友庚白偕往。青山白社姓名频。寿昌为新南社社友。雏莺出谷清逾凤，丛桂当门漫作薪。祝汝天衢腾跃健，岂徒引吭在江漘。玛丽方学歌于金素秋故云。

赠 符 浩

闻君名字析津春，索我诗篇桂岭辰。历尽红桑千劫渺，换来青鬓几番频。昨非肯信蘧瑗语，往事休忘勾践薪。喜见亭亭雏凤美，传衣郑重托江漘。

赠张英两首

亡命西来共一春，沉思香岛宴谈辰。子将死别黄垆恸，垂老生离白发频。冯铗无鱼还作客，马经有帐喜传薪。难忘最是陈阳羡，嚼雪吞毡滞海湄。

亡命西来共一春，相怜蛩駏在兹辰。干秦策左情难遣，说项谋疏怨已频。岂有文人例驵侩，何堪生计窘劳薪。纵横休负平生意，他日挥戈粤水湄。

赠莫念厂

香江传简异秋春，铜鼓山头市隐辰。赵璧能归良不恶，秦书远寄已嫌频。芙蓉凤瓦休留榜，杨柳莺巢竞作薪。伐桂锄兰吾有恨，贾生痛哭在湘湄。

张季子有《花朝纪事诗图》，为题一什

俗绊尘羁负饯春，难忘影事属花辰。题诗我已情怀恶，作画君偏捉搦频。宁有鉴湖酬隐士，忍拚孤注掷劳薪。乡关惨淡烽烟满，何日言归笠泽湄。

低徊一首

换取黄金片刻春，低徊怨此雨阴辰。客来点展关心屡，风急敲窗侧耳频。薄暮居然能命驾，促行还恐累劳薪。乐昌闻道嘉宾至，侧想襟期隔水湄。

五月十九日积雨初晴，北丽偕章曼实过访，喜赠一律

初夏清和俨晚春，嘉宾顾我便嘉辰。采珠鲛窟雄心壮，历劫蛾眉援手频。北丽受创后，病困港岛，得曼实援助，又求庚白遗诗于敌手，其事甚壮。闻说埙篪能济美，可堪衣钵为传薪。黄垆白社交情热，樽酒还应酹海湄。

赠曹昇之一首

危疴着手便成春，喜汝披肝沥胆辰。醇酒信陵吾自老，东林钩党世还频。裙钗笔阵无余子，髦俊人才有积薪。排难解纷天下士，鲁连玉貌海江漘。

五月二十日示北丽兼及佩宜

月明负尽昨宵春，睨睆莺啼喜此辰。披沥肺肝嗟已晚，过从踪迹肯辞频。大江波浪曹瞒槊，越国山川勾践薪。谁解有涯无益意，忆云奇泪涨湖漘。"不为无益之事，何以遣有涯之生？"钱塘项鸿祚忆云语。

风云草草不成春，纵酒天留未死辰，闻道南都钩党急，宁忘西鄙责言频。重瞳垓下三年碧，独眼湘东一炬薪。忍作刘伶孤愤语，期君埋我傍江漘。倘保首领以殁，愿埋骨相思江畔耳。

薄暮一首示仲寅、佛西、孟超诸子

丽君路尽丽狮春，私冀重逢薄暮辰。避面尹邢畴竟料，分飞劳燕怨终频。楼空未敢门题凤，杖曳真疑客负薪。牵率老夫成绝倒，相思一水渺江漘。

三春一首，五月二十一日作

终朝失喜抵三春，微步翻怜踸踔辰。一饭恩宁漂母贵，千金报要楚王频。文章琐碎归行卷，交谊缠绵奈积薪。闻说新巢安稳筑，休教路滑跌江漘。

小满一首，五月二十二日作

饯春匝月早非春，节序今逢小满辰。听雨已愁良会左，愆期敢怨负心频。蚕眠未忍劳挥腕，鸳怯还疑病采薪。合待星虚房昴日，相从履舄醉江漘。

廖夫人画菊棘,为蕴山题

荆棘铜驼国不春,东篱种菊感萧辰。白衣酒逐陶潜隐,青盖悲深索靖频。忍见诗篇传甲子,已闻典籍付柴薪。伤麟叹凤嗟何补?会有神龙起海漘。

廖夫人画梅,为今铎、成竹伉俪题

罗浮今日已无春,惆怅师雄梦醒辰。翠羽啁啾天醉久,红罗妖艳国亡频。由来嚼雪能持节,漫叹当门竟作薪。指顾东风吹岭峤,好凭驿使寄江漘。

五月二十三日,偕佩宜赴今铎、成竹伉俪招饮,赋呈漱溟、曼实、北丽暨任女士

俪侣鸿光一室春,杯盘鸡黍便良辰。博闻强识推君独,谓曼实霁月光风坐我频。谓漱溟莱子伕妻能劝酒,杜陵弱妹许传薪。生香活色青年好,自酌葡萄酹水漘。

大地风云动荡春,吾曹生世倘逢辰。楚囚耻作新亭泣,梁狱还惊钩党频。有感近事。板荡人才终入梦,飞腾意气愿为薪。昌言文命吾能拜,一诺何辞誓水漘。

纸窗一首,五月二十四日作

户牖绸缪便是春,纸窗竹屋养疴辰。从知逆旅经营悴,差免长途踯躅频。已分忏情慵割爱,漫言付剩更传薪。难空色相吾滋愧,两字相思谥水漘。

蕴山老友出示赠廖夫人绝句云:"南天一姥话沧桑,劫后重逢血未凉。十七年来无限恨,落花如雨对斜阳。"感而赋此

落花如雨不成春,肠断斜阳夕照辰。衔石无功心未死,补天有愿梦

还频。忆翁锏史魂埋井，杞妇崩城泪湿薪。十七年来遗恨在，粤江湣更汉江湣。

叶仲寅女士三十寿诗，五月二十五日作

北胜南强共一春，三朝先我作生辰。氍毹贴地红妆美，笔墨摩天赤简频。喜见高才能绝世，可容大义付传薪。榴园闻有华封祝，果实离离灿水湣。

是夕佛西、仲寅招集羽仪之春明馆，纪事有作得两首

谈笑能生四座春，嘉宾贤主共良辰。惭余三秩年华长，余长仲寅二十七岁。羡汝双修福慧频。自划酒波书喜字，何妨天壤瘁劳薪。当筵爱看熊郎醉，青眼高歌动水湣。

英绝眉痕三十春，名花倾国两逢辰。馆中绣球盛开，菽荠亦茂。明灯电笑辉煌极，豪雨雷轰震荡频。燕市狂欢虹贯日，稽山教战胆兼薪。归途扶醉艰危甚，铁轨长桥跨水湣。

相思一首，春明馆醉后赋

相思一日抵千春，失路情怀中酒辰。龙性难驯吾自悔，蛾眉见嫉世终频。方山意气空游侠，安乐童昏辱负薪。倘许风鬟陪祀我，真思孤注掷江湣。

赠张延祉女士

江南二十四番春，北地移根几岁辰。握手蛮荒良不易，论才酒国已难频。全州羁旅伤离别，谓胡道彦夫妇。越国风云恋胆薪。一诺千金生感激，归程劳汝伴湖湣。

小语一首，五月二十六日作

小语精微沥耳春，但能相见便良辰。少年笃实偕来好，天女仪容梦想频。龙剑沈霾期出水，骊珠珍重漫为薪。平生一事余孤愤，由也谁从泛海湑。

是日诵洛招宴扬子餐厅，集者余与佩宜、蕴山、北丽、曼实、寿昌、安娥、佛西、仲寅、张英、玛丽共十二人

樽前感汝祝长春，诵洛语犹是猖狂乞食辰。寿昌语篆刻雕虫扬子悔，东涂西抹羽琤频。定庵《集外诗》云："西抹东涂迫半生，中年何故避声名？才流百辈无餐饭，忽动慈悲不与争。"余心志之而未能从也。倘容记室簪花笔，会见玄文镂版薪，惆怅鬼雄遗句好，南风微雨大江湑。庚白句："南风微雨大江浔"。改浔为湑。取便叶韵，刃伤事主，吾知罪矣。

余想象革命后之日本而作《樱都跃马图》，蕴山题句云："老骥犹存伏枥思，横流沧海感离离。樱花自有红时节，莫道英雄跃马迟。"喜而和之

江户逋亡十六春，画图跃马再来辰。野心宁比完颜亮，女伴还遗陈小频。伐罪吊民吾岂梦，旧邦新命孰为薪？樱花自有红时节，一碣终须补海湑。图中幸德秋水纪念碑，出余理想，并误以大彬荣为幸德，别撰《会师东京歌》亦遗大彬姓名，甚矣余之衰也。翘首邻邦，天怒人怨，义旅成功之日，终当伐石范金为斯人留纪念耳。

五月二十七日，曼实招宴扬子餐厅，集者余与佩宜、北丽、安娥、仲寅、玛丽、蕴山、寿昌、佛西、琴可、诵洛、张英共十三人

覆杯难遣鬓丝春，失路栖皇怅此辰。佩宜阻余痛饮，遂有忧生之嗟。溺

爱纵知情谊重，苛求无奈怨恩频。三人市虎谗销骨，一影杯蛇火厝薪。愧负桐城邀约意，灵均愿葬汨罗湄。

自寿四章，五月二十八日赋

沉思五十七年春，无首群龙血战辰。鲁国苞裘天未许，信陵醇酒我犹频。楼船横海紫魂梦，甲楯栖山励胆薪。拜赐三秋弹指近，樱都跃马饮江湄。

沉思五十七年春，倪荡红灯绿酒辰。莱子逸妻恩谊永，羽琌客籍姓名频。臣门如市心非市，国策迁薪客抱薪。耻作新亭周颉语，取威定霸大江湄。

沉思五十七年春，愁见流离载道辰。忧乐希文心久许，兴亡炎武感尤频。卧龙自决隆中策，曲突谁迁灶下薪。倘及吾谋能早用，哀鸿嗷雁岂江湄。

沉思五十七年春，不死天留及此辰。西粤羁踪经岁近，南明往事抚心频。子长放废堪修史，枚叔门墙倘积薪。借琐耗奇吾事了，青藜天禄烛江湄。

前诗既出，余意有未尽者，再赋一首

沉思五十七年春，婪尾情怀属此辰。国士金闺诗有例，围城玉貌梦难频。杜陵弱妹今生誓，皖水英才后起薪。安得老夫心愿遂，延津龙剑合江湄。

是夕，北丽、宝珣、安娥、仲寅、寿昌、佛西、孟超、曼实、琴可、红莨辈百余人宴余嘉陵馆，赋此以纪

沉思五十七年春，乞食猖狂未死辰。漓水作杯原壮阔，用寿昌诗意。糟丘埋我感烦频。黄垆旧雨招今雨，青史迁薪胜卧薪。天地苍茫安所适，醉看星斗落江湄。

仙霏女儿自渝都书来乞诗，写此贻之

忧患逢迎溯十春，难忘复壁槛车辰。干霄龙剑殷勤护，入手骊珠跳荡频。痛哭海滨疑隔世，扈从山国倘传薪。乞诗远道增惆怅，未得随余醉桂湑。

寄无双女儿成都，兼柬其夫婿汪子柔

句东霜气劫余春，离乱烽烟故国辰。送暖嘘寒人已远，寻消问息我犹频。秣陵一别浑疑梦，蜀道三年尚卧薪。更忆凌云夫婿好，郁金堂在锦江湑。

五月二十九日，冰莹自湘来桂，喜赋一律

迟来孤负酒杯春，冒雨衔泥投止辰。一握温磨何限感，三旬离别已嫌频。兰田日暖生烟玉，冰莹产新化之谢锋山，距兰田市十八里。爰戏改义山句以调之。丹籍名删愧胆薪。无难无灾良亦得，双栖从此锦江湑。冰莹不日赴成都，就其夫婿贾伊箴为偕隐计，故诗中云云。

赠谢赞簋一首

羯末封胡并世春，关心沪渎燕谈辰。名山谢铎生嵩好，讲帐蓝田铸玉频。君任蓝田明宪女子中学讲席。小妹才华夸咏絮，谓冰莹而翁衣钵待传薪。发幽表德吾能诺，华表终期蠹水湑。尊翁石邻先生讳玉芝，别署守拙老人。著有《覆瓿诗文集》行世。羽化时寿八十有一。赞簋兄妹以碑铭相属已慨诺之矣。

赠贾伊箴一首

大国青齐盎盎春，明湖忆我旧游辰。渥洼骏足钟灵美，谢铎蛾眉唾手频。百劫情天容结穴，九州工业要传薪。锦官城外栖迟好，梁孟相偕隐水湑。

赠杨济时、李瑞林伉俪一首

蛾眉英绝许都春，得婿吴侬软语辰。良相良医功贯一，屠龙屠狗感还频。恫瘝久切苍生愿，霖雨应传赤伏薪。自喜孙枝雏凤美，巴山书寄桂江湣。孙女光南与君伉俪甚善，时有书札往还。

张皇一首，示北丽女弟，五月三十日作

秋非我秋春非春，张皇喜怒笑颦辰。锦袍罗袜依然好，玄鬓黄梳涉想频。小妹李波工挟弹，宗师秋侠合传薪。何当千里名驹足，看汝扬鞭漓水湣。

遗书一首，忆陆繁霜夫人沪上

遗书灰烬两经春，敢说寻消问息辰。抱疚最怜身未死，抚衷难遣梦还频。茂陵消渴愁埋骨，卓女穷途倘卧薪。封禅名山留副墨，他年刊木沪江湣。夫人以亡友刘季平遗著《黄叶楼诗稿尺牍》若干卷畀余，属为斠定，九龙之役遗书灰烬，愧不可言。冀沪上尚留副本，他日终当为刊布耳。

跳踉一首，寄馨丽女弟湄潭

群纪交情廿五春，难忘辫发跳踉辰。雨花台下驱车共，明圣湖边使酒频。中岁依人还落魄，能狂名父愧传薪。思量汤饼筵前见，四十生儿湄水湣。

浅水一首，为萧红女弟赋

九龙穷岛惨难春，浅水湾头火葬辰。倘抵成灰贞德惨，宁输流血竟雄频。文章辽海终名世，衣钵稽山老胆薪，一诀无缘惭负汝，凯旋应许奠江湣。

介北丽乞成竹绘《礼蓉招桂图》为秋石纪念，賸以一律

桂死蓉凋不复春，留芳犹及画图辰。草间偷活吾终愧，地下埋冤汝已频。误国杨环犹有袜，复仇勾践恨无薪。金闺愿乞生花笔，雾鬟风鬟俨水潰。屡以丽华玉环例秋石，殊抱拟不于伦之憾。前者因陨命青溪，后者传捐躯白练故尔。然秋石死状迄今犹未大明，遗骸更不可问，惨于蓬莱宫中人远矣。

费盛伯表弟过访，赋赠一首

中表情亲四十春，蛮荒顾我喜良辰。羊昙久抱西州恸，韦斋舅氏逝世近十载矣。温峤还欣玉镜频。令宜表妹婿王守竞最为舅氏生前所激赏。濮、谢葭莩犹入梦，大姨母适濮，小姨母适谢，均早殁，仅存后裔。庞、汪生死各传薪。二姨母适庞芝符丈，精研管子之学，已故。新姨母适汪旭初丈，为余杭门下龙象，顷方养疴巴渝。祝君好展摩天翼，报国相期洱海滨。盛伯将去昆明任中央机器厂事。

南光书局开幕纪念

两京吴蓟惨难春，八桂南天支柱辰。言论收功民约贵，文章革命策勋频。誓凭韬略驱残虏，漫笑人才似积薪。龙剑光茫牛斗烛，起衰振弊此江滨。

青浦袁文彬烈士挽词，五月三十一日作

余与烈士论交十余稔，不为翕翕然，同居沪上，过从不逾三次，皆有所商榷而来也。去岁从军苏北，为敌伪所杀。诗以追哭之。

痛史南明异代春，依然野哭细林辰。用陈卧子事。一匡事业嗟余晚，三顾殷勤感汝频。旧侣朱侯同血面，鬼雄陈夏有传薪。云间鹤唳伤心极，酹酒终期泖水滨。

欧阳白水索诗，报以一律

继韩坛坫赵家春，盟誓从亡晋国辰。璧合珠联名姓美，左提右挈莫、张频。谓念厂、季子期君梦笔修心史，触我冤氛荡胆薪。伐桂锄蓉前事在，那堪恸哭大江漘。

《逍遥伉俪纪念集》，为黄天鹏、卢小珠题

伉俪逍遥十度春，双栖依旧蜀京辰。锡婚纪念头衔好，官纸征诗气象频。黄氏牛医原凤慧，卢家少妇倘传薪。桂林阳朔西南美，何不移樽醉水漘。

纪念集有叙，署邹海滨述，赵淑嘉书。淑嘉为蜕庵老友甥女，十年前握手广州能道旧事者。怀贤悼逝，未容无诗

海滨邹鲁老能春，嘉偶毗陵捉笔辰。宿草谢公碑未勒，倾樽道韫梦还频。当年丰采欣如舅，此日追随共卧薪。闻说肩舆陶令卧，蛾眉健步逐江漘。

自廿九日至卅一日杂赋四什，示北丽、曼实，自此将不复为春漘叠韵矣

天花着袂便生春，两月无端歌哭辰。收拾铅华吾已了，绸缪牖户汝还频。才高不信终非福，火尽相期更有薪。失笑狂夫狂逾昔，新诗叠遍桂江漘。

拂衣径去便无春，意外双双苤止辰。羽翼一恚天地变，睽违两夕梦魂频。尸居杨素池中物，火逼曹公灶下薪。早锡头衔称过激，黄垆碧血莫愁漘。亡友恽代英称余为过过激，故云。

曲学桐城几百春，文章革命属兹辰。延津自喜双龙合，丹穴宁嗟只凤频。九锡已加期劝进，孤根崛起好传薪。风云气要钗裙奋，秋实春华

灿水浐。

　　赤明龙汉换秋春，想像惊才绝艳辰。曒日丹心盟岂负，池塘碧草梦终频。鉴湖韬略传衣钵，公瑾醇醪胜胆薪。夜猎辽东诗待乞，松花鸭绿两江濆。时以季宁复画师所绘《辽东夜猎图》乞题于北丽。

骖鸾集卷六

（1943年）

春渼叠韵，肇端今岁二月，迄夏五而极盛。中间奖借诱掖，北丽女弟之力为多。顾强弩之末，不复能穿缟鲁，亦事势然也。入此月来，复七八叠，后逾所谓诗人节者，始废弃弗再作，然吟情亦自此渐就噎塞，岂天未欲昌吾诗耶！人事波翻，吾心石转，盛衰离合，余闰强阳，怅恨靡穷，掷笔三喟已。

六月三十日亚子。

六月一日夜，冰莹招宴嘉陵馆为余补作生日，集者余与佩宜、北丽、宝珣、儒真、蕙兰、波拉、瑞林、丽真、冶公、济时、楚南共十三人

依然履舄酒杯春，失笑哦诗破戒辰。鸳牒几家仙耦好，蛾眉各负霸才频。长生玉体求丹药，国士金闺共胆薪。又遣老夫成醉倒，葡萄红涨桂江漘。

赠孙冶公、黄波拉伉俪一首

玉骨冰肌别样春，海滨逭暑忆良辰。旧游已逐沧桑逝，得婿欣如梁孟频。襁褓阿侯真似玉，词华容若定传薪。明蟾惯照双双影，读律哦诗共水漘。

赠齐楚南、孙丽真伉俪一首

北驾南舣两地春，南强北胜合欢辰。得朋此日齐侯美，冰莹来桂，楚南为劻助甚力。结社当年孟朴频。丽真故乡属吾邑之吴溇，当是复社孟朴先生后人。燕市悲歌能纵酒，吴江灵秀待传薪。乡亲苏小吾真幸，一舸期归笠泽漘。

赠黄蕙兰女士一首

之子桃夭万里春，二南卷里见佳辰。天真自爱湘娥好，行役休嗟陇塞频。娘子军中能击鼓，夫人城畔倘传薪。黄龙痛饮期非远，夺取胭脂江户漘。

六月三日夜，郑人宏、周家庆招集爵禄餐厅，座有冰莹、丽真、楚南诸人

家庆为人宏未婚妻，肄业广西大学。是夕生辰设宴，期以七月八日举行婚礼后赴昆明。又余酒酣骂坐，怒逐某伧，故诗

中云云。人宏祖贯吴门，久居沪上，家庆则粤之南海人也。

江南春共岭南春，一月前头设帨辰。天际吹箫秦女美，酒酣骂座灌夫频。红闺意气兼儒侠，黄海风云愧胆薪。绛帐青庐来日好，双飞珍重翠湖湄。

送冰莹赴金城江，六月四日作

两度能来秋换春，如何又到别离辰？浮沉情海吾终谅，哀乐中年汝亦频。十稔掌珠惭付荆，千秋道统要传薪。金城江畔垂垂柳，系我相思在水湄。

次韵和任瑾存兼示张云蔚

诗社榕湖句共寻，丰城龙气惜浮沉。回天我负匡时略，觇国君怀遁世心。王粲依人宁失计，刘琨按剑每高吟。杜陵弱妹骈孊托，期汝能尊劫外琴。

六月六日，王小涵、池宝华假春明馆举行婚礼，诗以贺之

旧馆春明无限春，双栖珍重合欢辰。燕南赵北红妆健，越尾吴头白袷频。滴水萍踪天作合，稽山云气胆兼薪。兴亡有责吾侪事，擂鼓扬旗江户湄。

六月七日为旧历重午节，瘦石绘《钟馗像》索题，时余至桂林适周岁也

鲸波未逐楚臣游，浮海归来岁一周。输与南山钟进士，霜锋迟斩恶魔头。

赠刘雯卿女士，诗人节座上作

历史剧谈曾识我，诗人佳节又逢君。休言妹喜能亡夏，男子衣冠并

世尊。女士作男装,去岁寿昌招集七星公园作历史剧谈会,曾有一面缘。

次韵答沫若,六月八日作

桓魋石椁千年朽,尼山木铎差长久。天生我才那便虚,文章勋业终须有。山东出相山西将,江左夷吾休怅望。五十七年万事非,余生不死心犹壮。蛎滩鳌背惯风波,岂独宗侯唤渡河?要作补天娲后石,肯同投杖邓林戈。九天阊阖排云开,士行折翼登三台。白日青天悬赤帜,西风落叶扫黄埃。九州极目还八陔,鲸波龙血玄黄杯。天下为公会有期,人头饮器倾新醅。郭生郭生歌莫哀,亡秦三户燃劫灰。天禄著书余事耳,燕然勒石亦豪哉。行看突骑苍头起,左挈右提良有以。锦囊还矢告成功,丰沛歌风欢未止。肯信寒琼出幽草,北望桥陵佳气好。云台他日定相逢,君是星虚我房昴。

是夜,琴可招集扬子餐厅,余与佩宜、北丽、曼实先后赴之,大睨高谈,逸情云上,机锋杂出,颦笑无端,遂成六律

侥幸重逢便是春,干霄奇气动星辰。周情孔思终难遣,李怨牛恩苦未真。迟我风云归掌握,怜渠谈笑间啼痕。唐衢涕泪杨麽颈,惭愧天留后死身。

怨雨凄风白下春,十年恸哭几萧辰?淫威蒋帝天难问,少妇卢家梦岂真。碧血黄垆犹有劫,锦裙罗袜已无痕。锄蓉伐桂平生恨,不死终怜负此身。

红遍眉梢眼角春,可怜心事可怜辰。六朝文体征休遍,百韵风怀意剧真。岂有鸠人羊祜酒,最难埋我伯伦坟。罪言杜牧猖狂甚,劝进终期劫外身。

皖水桐城异地春,吴蒙刮目喜良辰。猖狂使酒吾终愧,厚重虚怀汝最真。横海游踪穷百国,宝书传译逾三坟。眼中余子纷纭尽,愿为神皋

惜此身。

钗满高楼一昔春，翻怜扶病度芳辰。天花着袂愁难拂，梅子含酸味亦真。忍以恩仇累闻闼，笑看口舌角仪秦。樽前愿乞长生诀，珍重金闺国士身。

虬枝着蕊便成春，故国王孙哀怨辰。我已骂人刘四悔，君应修史马迁真。华亭唳鹤宁归晋，玉貌围城耻帝秦。无限怜才知己感，风花休累岁寒身。

游广西大学，奉和廖夫人一截

六月九日，诵洛、蕴山招游良丰广西大学，廖夫人赋诗云："闲邀良友到良丰，沽酒烹鱼不怕穷，回忆同盟孙总理，大同天下永为公。"奉和一截。

亡命难忘海陆丰，猖狂阮籍哭途穷。南天浪迹经年惯，醇酒清游醉乃公。是日无酒，然心情已微醉矣。

赠西大教授王德箴女士，女士为萧县人，曾游学新大陆

萧砀丰沛帝王州，横海归来念旧游。一笑碧云湖畔水，相逢此意总悠悠。

六月十日孝威招宴扬子餐厅，迟佩宜不至。写示北丽、曼实、蕴山、瘦石、张英、胡和龙诸子

扬子江头看怒潮，借寿昌句。当筵惜未酒兵麎。须髯颇赏朱公美，眉妩休言张敞描。隅座何妨成寂寞，天真我自爱喧嚣。云鬟玉臂无穷意，明镜生愁已二毛。

是夜，沈逸千、张义人伉俪踏月过访，喜赠一律

沪渎一为别，重逢在桂林。蛾眉新俪侣，龙剑旧雄心。骐骥堪驰

骋，牛羊自古今。相期横绝漠，联辔发高吟。

题逸千画马

天马行空不受羁，金鞭玉勒意多违。渥洼从古生神骏，此意难为伯乐知。

思量骏马载红妆，拔剑高歌睨大荒。愁绝雁门关外路，黄沙白草两茫茫。

次韵和董必武先生，六月十一日作

世乱身仍健，心雄国便辰。头颅犹我戴，肝胆为君新。不死宁论命，偷生岂若人！飞龙终有日，屈蠖几时伸？

诸葛躬耕日，刘伶荷锸辰。聪明宁自悔？出处与时新。我亦吟梁父，彼哉叹世人。苍天犹愤愤，我意岂宜伸？

无题二首，六月十二日作

蓦地成忧患，栖皇魂梦间。荒唐秦日月，憔悴汉衣冠。死倘关兴废，愁来袭肺肝。鸠人羊叔子，地下讯平安。

平生期许意，兀臬禹颜间。华夏成腥秽，贤愚倒履冠。包胥犹有泪，弘演已无肝。一笑周婆礼，吾身亦谢安。

六月十三日，北丽来迓邀共午饭，偕佩宜赴之

曼实能指挥治馔，谈次及志超女士，又闻泽民翁在香岛被捕警耗，故诗中云云。

黄尘赤日路忘疲，联步偕行翠伞低。惆怅善忘无药疗，奔波佳酿累重携。

方闻博学实丰多，抵掌雄谈意若何？更喜能亲中馈职，真应齿冷到希魔。

死生流转忆蛾眉，魂梦难忘女范雎。更向彭籛惊急耗，酒酣累我屡停杯。

女萝墙角灿蕉丛，轻飏茶烟候晚风。只惜催归还草草，不曾品尽荔枝红。

六月十五日，琴可邀同佩宜、仲寅、佛西、云彬、瘦石、小涵夜集酒家有作，时闻北丽病矣

得酒能春仅刹那，月斜人定怕闻歌。水嬉早负湖州约，事去休寻春梦婆。琴可欲作舟游不果。百劫风云悭抚剑，三生恩怨付回波。人间祸福原难测，惆怅愁魔更病魔。

小涵邀观粤剧《秦淮曲》，即葛嫩娘本事。幕甫启，电灯忽灭，败兴而归。追念剧中史实，不能无言

又挫狂欢此刹那，灯残电歇不成歌。狁夷岂便亡人国，媪相还惭比梦婆。谁与雄奇追葛嫩？稍怜唐突到微波。伤心怕唱《秦淮曲》，三百年来几丑魔。

六月十六日晨起，偕佩宜访北丽于丽狮上路有作

骄阳长路两无那，失喜重闻定子歌。但为多才怜谢女，何曾制礼怨周婆。投荒避地身如赘，荡气回肠梦有波。输与铁厓杨老子，荒唐行乐舞天魔。

即午，翼群邀同佩宜、张英小集酒家，赋赠翼群一律，即次其柳江闲居韵

题襟共汝桂江阳，稍喜吾能挟孟光。海沸天旋今若此，国忧家难镇难忘。珠槃香岛昌新学，莼菜吴淞恋旧乡。射虎南山豪气在，黄龙期醉酒千觞。

徐苪龄夫人五十寿诗，为翼群赋，即次翼群原韵

齐眉三十载，设帨五旬辰。四海多秋气，依然一室春。风云今日梦，黻佩旧时身。夫婿原豪隽，闲居岂患贫。

讨袁当日事，慷慨见英姿。复壁同亡命，严城共誓师。江山万里国，花烛卅年诗。更盼崆夷灭，收京并訾时。

六月十七日，贺王坪、沈丹枫结婚

闻歌先喜大王雄，况瘁何曾效小忠。借北丽句。鹣鲽双栖薪胆好，鸳湖珍重沈丹枫。

是夕，喜北丽、曼实过谈

阵雨初过月上迟，相怜蛮驲夜谈时。迂拘笑我真成癖，磊落推君倘未疑。管乐有才身渐老，籍、涛不叛道多歧。雄心绮梦灯前黯，惜少金樽照鬓丝。

六月二十日作

寻消问息奈迟迟，凄黯情怀休沐时。恩怨弥天宁自忏，风云入梦总成疑。倘教心死身容福，便为愁多道益歧。漫向湖州留后约，罪言杜牧鬓先丝。

六月二十一日作

步屟能来敢怨迟，韶华留取眼前时。聪明绝代终成误，歌哭无端亦自疑。不用吾谋悭上策，每因暂别惜临歧。文章风谊成何事？惆怅河阳镜里丝。

六月二十五日，茗叙写示佩宜、北丽、蕴山、曼实、瘦石、和龙

《大招》惆怅续《离骚》，不死风云气已销。鬓影茶烟犹磊落，辰

星硕果渐萧条。黄垆旧侣思中散，玄草雄文托解嘲。挥手无言成自悯，牵连宾从本寥寥。

北丽为余抄自传已得六万言，诗以谢之

漫漫长夜意何如，破梦挑灯早晚书。未信雄文能寿世，最怜病腕累钞胥。相濡响沫情原切，欲报琼琚计已疏。惭愧平生恩怨事，人间天上两模糊。

六月二十七日夜，酒后示北丽兼及曼实、琴可

万绪难言说，萍踪近渐疏。如何灯火灿，犹遣酒樽俱。块垒填河岳，恩仇付辘轳。凄清风雨夜，肠断旧黄垆。

龙女倾风采，麻姑问海桑。定文谁敬礼，后死念山阳。况瘁怜肝肺，艰危托斧斨。醇醪吾自醉，不用酒千觞。

谨厚尊文叔，方闻数实斋。飞腾饶意气，落寞忘形骸。终遣传薪火，还宜伺镜台。笼灯归去好，扶醉踏苍苔。

清流新汐社，故国旧王孙。我自惭尼父，君应似稼轩。凄馨心事共，慷慨酒杯论。不死终相托，千秋史笔尊。

送诵洛北行，七月四日作

去日日以远，来日日以短。送君作远行，岂意损餐饭。忆惜初逢君，疏狂兼婉娩。招我雁山游，劝我鲸饮满。黄垆旧梦非，歌哭辄相伴。我意畴能知，君情奚可算。千金重一诺，信誓何衍衍。中道伤睽违，离筵惜缱绻。愿君乐此夕，金樽奏玉琯。忧来讵无端，临觞莫烦懑。

十月七日为旧历重阳节，何敬群、任瑾存邀集月牙山倚虹楼不赴，次韵一首

负尽登临漫怨哀，迷阳却曲首重回。难忘女伴黄花句，羞逐参军赤

帻来。高阁倚虹曾点屐，霸才戏马惜无台。周妻何肉平生事，懒向禅房斗酒杯。

远山一首，十月十日作

远山眉黛惯相思，见便沉吟别更痴。苴履干将原有恨，驮盐骒耳问安之。非关脂粉能增损，多谢风云替护持。珍重虬髯横海意，岁寒留取好丰姿。

是夕，对月不眠有赋

嬴蹶刘颠苦费思，姮娥坐对未嫌痴。素琴流涕嵇中散，红粉谈兵杜牧之。三户亡秦疑梦幻，百年兴汉孰撑持？繁灯人海蛙声沸，自抱寒琼绝世姿。

北丽移家相思江畔，余戏题其所居曰"丽隐楼"并媵二律，十月十五日作

曲折相思水，依然槛外流。背山成小筑，迟月上高楼。暂领幽居趣，能消羁旅愁。卜邻饶福分，吾自羡章侯。谓曼实也。

九域烽烟迫，三洲血肉流。破家张俭传，避地管宁楼。醇酒怜无忌，伊人字莫愁。此乡如可隐，何用赤泉侯。

题宋萨科《相马图》，十月十六日作

市骏高风不可寻，九州生气黯萧森。骊黄牝牡浑闲事，倘有驰驱万里心。

心电一首，十月二十五日作

十日成离逖，难禁心电流。浮云遮望眼，西北有高楼。唐突端宜忏，温馨未遣愁。琼瑶能报我，南面傲王侯。

张仲仁先生挽诗四首，十月二十六日作

北胜南强异所欢，耻从乡里拜骚坛，如何晚托忘年契，只为心期共岁寒。

朝端党论苦纷纭，未策龟堂北伐勋。回首穹窿山下路，老人星陨岂能军。

海外扶余度岁华，撞钟伐鼓各名家。伤心诀别西飞日，从此幽明道路赊。

谣诼蛾眉痛盖棺，舞文弄墨错相干。千秋信史分明在，折角批鳞句未刊。先生参政会纪事诗云："万马齐喑试一鸣，初心端不为浮名。歌功颂德由君辈，折角批鳞剩老生。"见香港《大风》旬刊五十三期。倔强之态可掬，而身后中央社纪载乃多歪曲之辞，岂足以瞑死者于地下哉？

送蕴山入蜀，十月三十一日作

二十年前事，沧桑泪眼枯。重逢怜瘴疠，握别又征途。羡子能无妇，嗟余亦有须。梦魂随去住，倦翮奋飞无。

玄武湖头血，苍凉判褚袁。偷生吾早悔，亡命子能全。犹有风云意，相期金石坚。属镂吴沼日，抉目愧重泉。

是日，置酒寓庐为蕴山饯别，邀北丽、曼实共话，感赋二绝句

神烈峰头判袂时，丽君路畔又相期。死生契阔无穷意，剩遣黄垆故旧知。

朱亥、侯嬴骨已销，鬼雄一妹气能豪。当筵尚喜人如玉，期共中原壁垒骄。

秦似索书题赠一绝

春草池塘梦客儿，劫灰烧尽尚天涯。青灯绛帷传经好，漫赋南山种

豆诗。君主《野草》半月刊已遭禁止出版，顷主讲良丰道慈中学。

十一月六日苏联建国二十六周年纪念，献诗一首

绿转黄回廿六年，红旗长喜耀中天。新邦首辟劳民局，义战终摧纳粹坚。唇齿辅车应有托，冠裳坛坫孰能先？同洲孙、列交期在，主义何曾厄两贤！

十二月十九日，庚白殉难两周忌辰，赋示北丽一首

横海扶余郁霸才，伤心邂逅竟成灾。千秋信史高名在，三载沉冤雪涕该。自三十年至今为三岁。苌叔违天君自壮，祝宗祈死我尤哀。青蝇吊客休悲愤，愿蓺心香一瓣来。旧曾发起追悼，以陈诵洛离桂不果行。

题张履贞诗集，为其女公子昆玉赋

议政蛮声有壮猷，哦诗卅载老林丘。中原旗鼓新民主，投笔还应倡自由。

十二月二十四日，寿昌招游李家村有作

寿昌言相思江源出良丰雁山，由李家村流至桂林西门外，最后与漓江合流，故诗中云云。

相思江水漫温黁，十万雄兵抵掌论。要为西南添掌故，龙蟠虎踞李家村。中央军校分校暨军委会干训团咸在斯地。

前导田郎足力遒，追随熊、叶各千秋。金家小妹多情甚，扶我登临最上头。偕寿昌、佛西、仲寅、端苓诸子登尖山之巅。

题利柱石将军《淞沪抗敌图》

柱石将军粤之花县人也。"八一三"之役，以一旅之众，力摧久留米师团于罗店、刘行间，厥勋甚著。后乃解甲归隐苍

梧，属黎沛鸿画师绘图以为纪念，并介巨赞上人索题，报以两绝。

百粤骁腾士马遒，吴淞喋血奋同仇。曾凭一旅摧强寇，歼尽倭夷付浊流。

湖上骑驴啸傲时，画图认取旧英姿。收京荡虏明年事，倘着戎衣更一围。

骖鸾集卷七
（1944年）

三十三年元旦偕佩宜走访北丽于丽狮路，赋赠一首

投荒又见岁华新，咤叱风雷气未驯。极目神州余子尽，可堪怜取眼前人。

董必武先生六十寿诗

大节不可夺，朝端重老苍。须眉文潞国，坛坫鲁灵光。贱子倾心久，神交许我狂。巴山饶喜气，愿进万年觞。

一月三日，北丽携女小抗枉存留饭而去

同是投荒客，相携几旦昏。微言成阒寂，孤抱岂寒温。黾勉千秋共，艰危一饭尊。故人今有女，往事忍重论。九年前庚白始识北丽，赠诗有"故人有女貌如爷"句，盖北丽为亡友寒碧先生掌珠也。今庚白女小抗亦六岁矣。

尹瘦石初度诗，一月七日榴园席上作

英绝年华气郁葱，雄谈剧饮贯长虹。文鸳交颈终须谶，酒畔双烧蜡炬红。

一月九日，北丽暨刘雯卿女士过访戏赋

风云材略不寻常，便坐深谈郁莽苍。万一婵娟真嫁与，刘娘容易作刘郎。雯卿作男子装，戏言欲娶北丽为妇，故云。

任潮将有渝都之行，重毅诸君饯之于独秀峰下，为赋二截句，时一月十一日也

南疆坐镇恰三年，爱士争传嗜好偏。此去倘关天下重，漫将愁绪付离筵。

朋侪延誉早心倾，投止能深地主情。欲赠阴符悭袖底，书生惭愧是浮名。

一月十五日夜题瘦石绘《士雅击楫图》，为任潮赋

大将旌旗出，残胡走且僵。中兴非典午，一举殄戎羌。

一月二十二日值废历十二月二十七日，佩宜招陪北丽、曼实、黄宝珣、沈涤新、曹美成、桂华珍夜宴丽君庐为饯岁之举，赋示北丽

病脑经年废，招邀入觥觎。妇犹耽旧腊，我自重新正。良会端难得，闲愁岂易平。酒酣赢作健，天地一峥嵘。

贺梁漱溟、陈树芬结婚，一月二十三日作

卡尔良俦传燕妮，孟光清德媲梁鸿。中原旗鼓新民主，携手还应奋斗同。

一月三十日晚喜北丽过谈

岂有龙门天际开，入春宾客亦喧阗。杜陵兄妹因缘在，记取殷勤旦晚来。

次韵和赠王冷斋、胡仲贤夫妇,二月一日作

双笑吟边更酒边,新翻乐府想夫怜。使君铁垒横戈奋,俪侣金闺并世贤。桴鼓漫夸蕲国健,韬钤肯让卫公先。三军早晚收榆塞,青史红裙岂偶然。

得郭布谷泉州书却寄叠前韵

雁帛鱼书瘴塞边,夔蚿蛩駏镇相怜。罪言早短湖州气,游侠难忘郭解贤。横海风云和酒尽,收京魂梦入春先。霸才无主词人老,镜里头颅总惘然。

二月六日,示北丽、雯卿

须眉愿作才人妇,巾帼思为坦腹男。用张问陶、黄崇嘏两典。我亦鬓丝禅榻老,维摩天女倘同龛。

二月十日,再示北丽叠前韵

家法孤山梅作妇,薪传秋侠女堪男。楼船他日收吴越,同吊诗僧燕子龛。

二月十五日戏剧节,为西南第一届戏剧展览会开幕之辰,索题成此

恍睹冠裳王会篇,西南坛坫莽云烟。苦从人物分忠佞,已见潮流撼地天。青史雌黄期不负,红妆歌舞问谁贤。移风易俗由来事,题句生惭彩笔妍。

二月二十日,三示北丽仍叠前韵

马谡曹奸都竖子,杨娥聂隐始奇男。献身要作卢森堡,铜像巍峨胜佛龛。

二月二十一日蕴山来谈，言浏阳焦岛松
为达峰先烈介弟索余赠诗，应以一截

张楚亡秦旧霸才，国殇曾哭哲兄来。季方玉粹欣能健，愿共飞腾靖九垓。

二月二十五夜赠北丽

灯火昏黄喜叩门，匆匆数语谢寒温。星虚房昴终留约，下九初三好共论。约以星期日观剧。

二月二十七日，蕴山将有蜀行，
招集南京饭店为别，赋此留念

欲掉仪秦舌，关河老据鞍。苍生忧乐意，青史是非端。扶病行何勇，销魂别亦难。婵娟怜后至，忍便拟涂山。谓北丽也

去岁曾为饯，今朝更送行。廿年交谊重，万里羽毛轻。碧血新天地，黄垆旧弟兄。相期酬壮志，铙吹共收京。

酒后偕佩宜、北丽观仲寅演《茶花女》故事有作二首

雪涕花都陷虏尘，人间儿女尚温馨。难忘四十年前我，苦为闲情黯断魂。

红氍毹上写相思，放诞风流此一时。猛忆春兰秋菊意，天涯识面已嫌迟。北丽言肄业高中时亦曾主演是剧。

廖夫人绘松菊，为云彬题，二月二十八日作

石室儿郎炼胆薪，周嫠恤纬费吟呻。劲松寒菊依然好，历尽风霜便早春。

二月二十九日夜赠北丽

一月几相值，昏灯照鬓丝。依然据乱世，倘见中兴时。尝胆休言苦，论诗孰起衰。风云横海壮，好为振偏师。

三月一日，偕佩宜再访北丽有作

不晴不雨亦无风，胜日清游与妇同。踏遍丽狮岩畔路，休言来去太匆匆。

刘雪耘见顾属题《黄鹤楼图》，报以一截

三户亡秦誓楚荆，高楼黄鹤意难平。河山倘见澄清日，愿挹椒浆酹祢生。

三月五日北丽招饮丽隐楼，阻雨未赴，雯卿来邀亦不果去，惘然成此

一夜愁人雨，宵来溜未停。畀秦天久醉，入蜀地难行。起坐俱无绪，栖皇别有情。冲泥悭作伴，惆怅谢刘生。

题画三首

不受污泥涴，花开有独清。怜他新鸭子，睡起自呼名。莲花鸭子

竹叶迎风劲，梅花映日红。更饶秾艳意，小鸟谧芙蓉。墨竹、红梅、芙蓉鸟

大雪满天地，琼枝弯复弯。飞来双冻雀，可傍纥干山。雪树麻雀

题瞿、张二公殉国史画，为瘦石赋

貌取遗容奠酒樽，千秋灵爽荡精魂。东皋旧里欣同郡，太岳高门重孝孙。独秀峰峦犹有泪，始安城郭黯无言。怜余未就南明史，输与宜兴画笔尊。

题王翁纪念册，为令嗣耀武赋

儒侠双修旧布衣，凤皇山下万桃绯。龟堂老去应遗恨，迟见儿郎奏凯归。

惊心飞贼犯渝州，手泽遗容一炬收。记取倭头亲手截，国仇待报更家仇。

黄克强夫人徐宗汉女士挽诗，三月十日作

南社湖湘几隽流，兼资文武克强遒。颇闻俪侣侪蕲国，曾共潜师袭广州。白发今悲辞浊世，黄花昔与赋同仇。周嫠恤纬艰危甚，病榻巴渝积愤留。

答宗子威二首，三月十二日作

虞山坛坫数宗杨，燕赵悲歌气莽苍。香岛沈珠饶感喟，谓云史蓝田种玉岂彷徨。子威主讲蓝田国立师范学院。江乡行辈差怜晚，湖海音书未厌狂。少日才华空自负，投荒容易鬓毛霜。

绛帐宗风礼马融，白衣骂座我何功？江潭涕泪桓元子，广武登临阮嗣宗。病脑不堪才渐尽，报书无奈笔还慵。生惭青眼高歌意，未信词人一世雄。

丽君庐小集，写示北丽、曼实、瘦石、琴可诸子

喜复团圞坐，春来第几回。相怜饶意气，直欲忘形骸。信有人如玉，惭言洒似淮。刘伶原得计，荷锸拟长埋。时余有忧生之嗟。

犹有风云意，何堪虬性驯。埋忧忍终古，握手便成春。骏骨谁能市，龙髯痛未湮。是日为国父忌辰。眼明佳句在，同酹自由神。"为有神州携手意，一觞同醉自由神"，北丽旧句也。

次韵答陈君葆二首，三月十三日作

柱下犹龙意态奇，钞诗为我更题诗。难忘禹稷平生意，满眼苍生尚溺饥。

麻鞋臣甫北征诗，红粉谈兵杜牧之。倘遣蛟龙得云雨，一飞未信远天池。

寄冼玉清女士曲江，用香岛奉赠旧韵

玉尺量才几隽人，能言五典更三坟。乱离身世鹃余血，穷变心情豹有文。溟水留君仍讲学，漓江笑我亦呼群。桃花马上多英杰，痛饮黄龙待策勋。

田寿昌四十七岁寿诗

艺圣田侯气度恢，南山又进祝厘杯。百篇斗酒寻常事，闲杀屠龙缚虎才。

曲学一首，为夫己氏作

曲学从来富可求，追思往事汗颜不？魏收轻薄扬雄诣，此辈真宜付浊流。

三月十四日，北丽亲持造像一帧、新诗两什过我丽君庐，写此奉赠

忽入维摩室，春风悄鬓丝。沈檀薰小影，玉雪喜新诗。才美知无敌，愁多倘未涯。陆沉吾有责，待与起疮痍。北丽有："四围幽美娱孤抱，忍见神州竟陆沉"句，占此慰之。

四海王夷甫，平生马少游。但能轻末富，早办傲诸侯。人物尊屠狗，衣冠贱沐猴。何当抚长剑，携手奠神州。

次韵奉和北丽

北丽二月二十七日雨中诗云："雨丝悄欲掩春光，破晓层楼踩蹚忙。起坐出门浑不是，不知何事乱柔肠。"又三月十日侵晓得句云："初日明霞一缕金，遥青如黛点疏林。四围幽美娱孤抱，忍见神州竟陆沉。"余读而美之，次韵奉和，捧心效颦，深惭才尽耳。

好句如珠换景光，沈吟我亦为诗忙。平生孤抱谁能会，此事由来有别肠。

可容赤帜换黄金，夸父何妨化邓林。犹有补天填海意，神州不信陆终沉。

朴安书来索题为沣平纪念，漫成二绝应之，三月十五日作

朴安有纪游图册，为其女公子沣平遗墨，图成于民国十二年，距今二十一年，而沣平长逝亦已十六度载赓葛矣。

剩水残山付夕阳，江南容易断人肠。寻思二十年前事，历历游踪未可忘。

谢家娇女我能知，酒畔淋漓泼墨时。留得雪泥鸿爪在，剩挥残泪为题诗。

赠王造时一首，三月十八日补作，时造时已返吉安矣

革命列宁称圣哲，大同国父见丰裁。中华抗建新民主，奋斗还须仗我侪。

赋示北丽兼简寿昌、予倩、佛西、迩冬、白凤诸子索和

三月十九日偕佩宜、北丽参观西南剧展资料陈列，遂及李桦、郑明虹两画展，旋出席文协大会，观温涛主持之傀儡剧，夜深始返。

房昴星虚又一过，招邀胜日眼明多。名场跋扈吾犹健，乳臭雌黄世已讹。抱石长教怀正则，文协大会议决将以重午为文学节。补天端拟觅灵娥。曲终鲍老牵丝好，奈此人间傀儡何？

怀陆子美、冯子和有作

剧展资料会场，有陆子美演《恨海》剧影，予倩跋语涉余名字，而寿昌题金素琴演《好姊妹》相片，亦言为冯子和所编剧。冯、陆皆余旧人，影事心头不能无作。

冯骥垂老陆机亡，悼逝怀人百感伤。缱绻梨湖温昨梦，栖皇歇浦变穷荒。料无归骨麋台分，子美遗榇闻犹在沪上恐不可问矣。尚记游踪浙水狂。四十年华成一瞥，蛎滩容易长红桑。

三月二十六日丽隐楼小集纪事

党碑怨李更恩牛，敢问樽前薄九流。傅粉六朝人绝代，晕红双颊草含羞。岂无士女新亭泪，忍见江山南渡秋。瘴雨蛮烟开霁好，阑干闲倚最高楼。

不信神州此局倾，善邻岂仅美兼英。垂亡纳粹无坚阵，义战苏联有胜兵。大道能行吾自壮，群儿相贵壑难盈。金闺国士殷勤意，肯付糟丘一掷轻。

章曼实四十四岁寿诗，三月二十七日作

体弱心雄撼万牛，党魁介弟旧清流。迂拘要洗桐城习，蹉跌还为独秀羞。初度屈平欣此日，更生刘向足千秋。德邻仁里由来好，喜傍人间丽隐楼。

孙公遐矣邓侯倾，戮力神州几俊英。树帜延绥堪建国，效颦希、墨柱陈兵。左旋长信光明在，歧路休教感喟盈。漫笑赠言诗笔俭，黄金百万比犹轻。

赠黄琪翔、郭秀仪夫妇一首

北伐南搴乳虎狂，中年韬略付平羌。鼓桴声里人如玉，岂独勋名戚继光。

赠廖青主、王青君夫妇二首

任侠平生郭翁伯，风流中岁蔡文姬。英雄儿女无穷意，忍把河山付滑稽。"英雄头肯向人低，长把河山当滑稽。一曲景阳冈上事，门前流水夕阳西。"不知何人赠柳敬亭诗，余颇喜诵之。青主长于音乐，亦敬之流亚也。

党部甘陵旧总裁，狂罗骏骨到蛾眉。应春殉国双成杳，后死何堪对汝来。民国十三年以后，余创中国国民党吴江县党部，复主江苏省党部，青君即以其时入党。应春姓张，吴江人，任省党部执行委员兼妇女部长，以清党之难，殉国南都。双成姓瞿，萧山人，曾任县党部执行委员，后在省部任职，桑海以还，不复闻其踪迹矣。

再示青主一首

此膝一屈那复直，冬烘我恶辜鸿铭。劝汝坚贞持傲骨，休将长跪贬平生。青主喜酗酒，醉后见女性辄长跪，余甚不喜，诗以戒之。

三月二十九日感赋

黄花冈革命在民国纪元前一年辛亥旧历三月二十九日，明岁南都改朔，准双十节例，应依辛亥年新旧历推算定国历四月二十七日为黄花节，方合事理。昧者不察，妄以国历今日举行仪式，复移纪念"五四"之青年节属之，则七十二烈士惊天动地壮绝人寰之流血纪念日，且有名实俱亡之痛已！悲夫！草野横议，吾舌可断，吾诗不可废也。

卅四年前血，沧桑一泫然。牺牲仁者勇，依附党人偏。数典浑忘祖，殷忧欲问天。井蛙声聒耳，浮薄误青年。

琪翔、秀仪招饮甲山别墅，同席者余与佩宜、北丽、青君、青主、曼实暨李任潮夫妇、邱昌渭夫妇共十二人

礼贤君不俗，挈妇我欣然。饶有园林趣，微嫌道路偏。壶觞堪送老，烽燧尚盈天。破虏军书急，休夸偕隐年。

邓侯门下士，衣钵岂徒然。见义行当勇，为公道未偏。新猷滇缅路，旧梦粤闽天。待扫妖氛尽，中原共耋年。

再赠秀仪二首

不向军中抱鼓桴，却来江上拓精庐。北山猿鹤能招隐，应许吾侪共起居。

据乱春秋辟羽琌，好凭松竹佐升平。功成文致他年事，山水西南有宠灵。

三月三十日寄张定方渝都，兼讯其姊氏曼倩女士

廿年党籍旧相知，重晤难忘白下时。便欲裁笺勤问讯，女兄踪迹近何之。定方名光达，其姊氏曼倩名光炜，是余同邑人，组党时旧部也。

骖鸾集卷八
（1944年）

题鲜于国风画展三首，四月一日作

君为朝鲜人，生于中土，原姓于氏，因纪念祖国，故加鲜字为复姓云。

箕壤明夷好弟昆，寄生仍得托同根。画师胆大真无敌，落笔能将富士吞。瘦石评君画为胆大两字，故云。

太平洋上扫烽烟，三户遗黎奋斗年。最爱国家需要你，中华儿女似苏联。画一女郎持枪跨马，有西方美人之态，题曰"国家需要你"。

亡秦复楚在今时，唇齿安危尔我知。画出大同新世界，樱花丛里见红旗。

四月二日，偕佩宜、北丽、无垢、光辽观《愁城记》公演于艺术馆有作

夏衍吾良友，香江共胆薪。索居频念旧，剧本喜翻新。遗产蜂多毒，投机象自焚。幡然从此逝，一举破愁城。

题琴可造像，次自题韵，四月三日作

昂首嘘云意态真，眼中倘见自由神。卅年我亦轻余子，衣钵犹堪付俊人。

收拾风华作计真，画图依约旧风神。名山绝业南明史，椽笔淋漓要此人。

次和衡山先生见惠之作

沈翁矍铄眼能青，怜我中年鬓渐星。蒲柳惊飙惭弱质，松筠晚节抵坚城。艰危党籍尊元老，沈醉钧天感独醒。一笑陈抟驴背稳，狂澜终挽否终倾。

与此生谈东林复社故事有纪

东厂淫威划俊流，螳蛳复社亦千秋。上公圣德今安在？乂子干儿地下羞！

题画梅一首，四月四日作

描取林家少妇姿，催妆更为补新诗。春来佳讯终须到，历尽冰霜漫怨迟。

为鲜于国风题画，四月五日作

牧场开处好田园，嬉戏儿童证自然。画出桃源新境界，不知尘世有烽烟。

罗镇美索诗，赠以两截句，君为零陵东方美学院干部

义师飙举起零陵，护法收功万马腾。此日山城开画苑，好持彩笔绘中兴。

迢递潇湘接桂江，旅中一握百彷徨。天真最爱青年好，珍重前途郁莽苍。

短丧二首，四月六日作

丧服三年，为儒家托古改制之一端，三代并无此典。滕文公时其父兄百官曰吾宗国鲁先君莫之行，吾先君亦莫之行。证据凿然，子舆之说特强辩耳。宰予言三年不为礼，礼必坏；三年不为乐，乐必崩。此后世帝王所以有以日易月之制，而定二十七日为大齐也。民国国民地位，与专制时代之天子无殊，何况世愈挽近，事变愈繁，顾欲守苦块之成规，废锦稻而弗御，何其谬也。实既难行，徒有其表，则告朔饩羊，特自欺欺人，曲学媚世而已，余殊无取。去年九月二十八日痛凋萱荫，道途阻隔，闻丧较迟，臂系墨纱，及岁除而辍。盖犹是以日易月之用心。闻陪都有礼乐馆之设，辄赋诗以贻采风者。

雄文非孝记当时，短丧吾还重宰予。稻食锦衣宁有歉，礼崩乐坏正堪思。噬人名教猛于虎，欺世狂且黠似狸。留得坚贞葆清白，他年家祭讵无辞。

箕踞狂歌吾亦可，毁伤呕血却无庸。宣尼多事排原壤，司马虚传护嗣宗。狗曲蝇营乡愿礼，龙飞豹变大王风。功名未拟输温峤，裾绝终为一世雄。

赠田念萱女士，四月七日作

剧展西南盛，云龙风虎时。感君能赠券，许我得探骊。中秘名堪重，高吟句未窥。楚材终古好，兰芷属蛾眉。

叠韵和玉清再寄曲江

雄才魏武讵犹人，惆怅漳河蔓草坟。谲甚神狐终露尾，毒深孔雀枉能文。罪言万牍恢孤抱，主义三民要合群。怜我阴符空满腹，伤春肯作杜司勋。

四月八日夜，孙冶公四十初度招宴有作，兼赠黄波拉

壮盛年华四十强，孙郎才调胜王郎。谢家群从青绫障，羯末封胡未擅场。同集者有波拉兄灿芳，姊静容、振光。

赠冯介民、黄静容伉俪，冯为中国公学学生

君是中公我健行，健行公学，余丙午主讲地。海桑卅载各飘零。刘樊仙侣真堪羡，吴语喁喁最有情。

红衫一首

褪色红衫乱发紫，珠娘南海自轻盈。长教名姓留诗卷，记取人间李秀清。

四月九日，琴可、绮雯招宴猫屋

集者余与佩宜、北丽、佛西、迩冬、瘦石、白凤、红荳、芝青、曼实、镜吾，宾主凡十有三人。

三十三年四月九，吉日良辰将进酒。不晴不雨亦无风，窥尽川原林壑秀。相思江水会通湖，榕树楼堤今种柳。风流文采旧王孙，琅琦将种堪嘉耦。赵管秦徐并世妍，鸳鸯翡翠双栖又。布席陈筵款老夫，驰檄飞书邀众友。宁比公羊卖饼家，芳错珍馐胪左右。老夫挈妇更携妹，得意浑同杜陵叟。卅载鸿妻伉俪恩，再生龙女才华茂。座中宾客谁白眉，丰城剑气冲牛斗。惜少红氍粉墨才，衡阳雁去愁红豆。酒兵跋扈陈胜骄，画笔嵚崎尹公瘦。北平狷士卷土来，辽东公子倾心久。常州学派配桐城，胡生岂逐章生后。曲终奏雅爱周郎，结客黄金轻脱手。夸我娇雏美绝伦，赠君长句情原厚。咫尺兴安旧梓乡，导游有约期毋负。剑客筝人四座倾，名山惇史千年寿。老夫耄矣气犹雄，拇战轰雷惊户牖。醉墨淋漓更作歌，歌成掷笔蛟龙吼。

周镜吾乞诗，为赠一截

不学周旋才俊杰，能操缓急是英雄。秦堤凭吊同君去，失笑庸奴吕祖龙。

赴中国国民党桂林市党部召集之宪草研究星期座谈会有作

殷忧启圣此何年，忍遣风怀老酒边。吾舌犹存钳未得，众中慷慨说人权。

偕佩宜、北丽、曼实、垢儿、辽孙、小抗、阿曼观《两面人》话剧于艺术馆得两律

忍将草昧付乾坤，扶醉来看《两面人》。迷复喜终能悔悟，宣传至竟见经纶。徘徊歧路原非计，启迪颛蒙信有神。一样蛾眉分巧拙，出山泉浊在山淳。

廿年文苑早知名，华汉而今署翰笙。沪渎惊魂销党狱，秦淮握手慰平生。金闺俪侣丰姿好，石室前尘岁月更。西望渝都东歇浦，旧交离索可胜情。谓继郇、冰鉴、咏薇、纯茵诸友。

四月十日，偕佩宜访罗翼群、徐苣龄伉俪于乐群社，旋邀赴桂南酒家小集有作，兼柬杨少炯、邓青阳

诗酒倡酬犹昨岁，风云会合又今年。金闺国士君能壮，椎髻鸿妻我亦贤。世乱真思偕负戴，邦新终拟奋回旋。重华去后高丘寂，倘奉娲皇补漏天。翼群《南岳新咏》十四首之一云："天下人争颂禹功，苍梧何处叫重瞳。二妃难雪终天恨，洒向湘筠泪雨红。"故余诗云然。

四月十一日观瘦石画展

即似铁夫、任潮、月卿、云彬、寿昌、佛西、琴可、迩冬、潘怀素、张安治、周钢鸣、陈海鹰、佟苏丹、萧纪正、吴

湘泉诸子。

尹郎年少笔能遒，高会灵山集众流。国老岂徒尊画苑，李铁夫先生，为国父旅美时老友，共创兴中会者，其画于一九一六年加入纽约全球最高画理学府竞选，为东方第一人。一九四一年余在香岛，先生偕友数人枉顾，余献诗一首云："岳岳兴中元老，魆魆民主青年，继往开来谁任，却惭我虱其间。"盖纪实也。群才各自有千秋。图成正气天应泣，血写双忠鬼亦啾。赵宋朱明今已矣，樱都跃马我昂头。谓《正气歌画意》《瞿张二公殉国史画》暨《樱都跃马图》。

如此星辰非昨夜，为谁风露立中宵。瘦石绘两当轩诗意为图。英雄儿女嗟同命，金粉胭脂惨不骄。阁部衣冠梅岭冢，《史可法督师扬州图》。延平勋业蚝滩潮。《延平王海师大举规取留都图》。更怜丘壑西山美，一衲难容谢世器。谓桂平西山写生及释巨赞画象，适见报载巨赞辞去西山龙华寺住持启事，故云。

读郭沫若《甲申三百年祭》一文，即题其后

陈迹煤山三百年，高文我佩鼎堂贤。吠尧桀犬浑多事，喘月吴牛苦问天。由检师心终覆国，自成失计遂捐燕。昌言张、李如能拜，破房恢辽指顾间。自成麾下人才以制将军李岩为第一，入燕后竟以谗死。张家玉以崇祯遗臣上书言事，不见报，反加敲掠，遂伺隙脱归。其后举兵抗虏，为南明粤东三大忠臣之一云。

阳九行一首，四月十二日作

赤明龙汉丁阳九，长星劝汝一杯酒。重华不返皋陶殉，有虞从此捐灵秀。下士书空殷浩笺，枭雄顾盼桓温柳。朝端水火竞相持，驽马神驹宁堪耦。知人则哲圣犹难，王敦败后苏峻又。褚渊蒙面惯偷生，郦寄贪荣便卖友。可怜无限青年血，赢得头衔染左右！阴谋秘计划炉灰，后先易节延陵叟。黄龙江上血花飞，神烈峰头功德茂。当年填海欲移山，此日簸箕竟成斗。奄奴肆虐坑衣冠，才士吟诗痛萁豆。夷狄生心藩镇骄，

官僚鼓腹工农瘦。自昔南朝篡僭多，受禅劝进由来久。成王安在燕王尊，瓜蔓鼎烹刑肯后。十族全枭正学头，一匡浪托夷吾手。明堂已见奉东昏，秽史谁能冤子厚？武昌鱼烂正朔亡，先圣遗谟一朝负。内讧纷纭外患乘，石敬瑭连赵延寿。追原祸始属纤儿，撞坏家居摧户牖。痛定思痛今何时，忍听豺狼尚咆吼。

五十八岁初度预赋，叠春字韵

余自去夏病脑，忧来袭人，无时或释，顾祈死无灵，块然躯壳，又将一度春秋矣。半岁以前，痛遭大故，短丧之说，夙所服膺。上袭帝王，以日易月，弦歌弗废礼俗所仇。顷值初度将及，朋好垂青更欲以杯茗相属，先赋新诗，仍叠旧韵。

自珍失恃废秋春，怜我重逢母难辰。原壤狂歌心自痛，嗣宗呕血涕还频。宰予高论征遗献，胡适名言亦积薪。但得绝裾初愿遂，泷冈阡表蠢湖湣。显亲扬名，孝道之大者，在此不在彼也。

历尽风霜换夏春，依然鸿案鹿车辰。漫将说部方山拟，深感高情诤友频。兴国古闻多拂士，齐家今喜见传薪。忌儿娶魏塘高蔼鸿女士，伉俪之情，亦甚笃挚。灵芬鸥梦圆能得，歌浦嘉陵几水湣。忌儿夫妇暨女孙光南均在渝都，非儿全家尚滞沪上，惟垢儿挈孙男光辽随侍在桂耳。

析桂餐珠又一春，牵萝补屋值斯辰。指困有客艰虞共，弹铗无车愤慨频。叔宝心肝愁末世，侏儒醉饱履危薪。匡时自诧无余子，终见神龙起海湣。

东南坛坫卅年春，结客西南亡命辰。女弟自矜才调美，谓北丽王孙近喜往还频。谓琴可卜邻宋、尹堪晨夕，云彬、瘦石谈艺田、熊托火薪。寿昌、佛西复社东林心史在，著书倘许老江湣。

健云大侄屡绳苏丹之才美,值瘦石为绘《展山桃李图》乞题成此

阿咸恒语我,极口誉佟君。执手一相见,飘然信不群。青年盛桃李,绛帐起风云。画卷留鸿爪,他时见异军。图绘苏丹、健云暨汉中学生廿四人。

捡箧得寿昌去夏见惠诗,次和两首,四月十三日作

怕哗众口鲁灵光,镜里头颅已渐霜。结客当年黄歇浦,怀人此日白云乡。身非富贵才宁媚,气挟风雷意自芳。语妙田侯成绝倒,老夫耄矣尚堪郎。余戏呼寿昌为田郎,君亦以柳郎报我。

万炬腾天露耿光,直教销尽百冰霜。飞扬燕赵开新局,临睨江淮是旧乡。复壁邠卿赢自愧,穷途宣武肯流芳。难忘四十年前事,减字偷声柳七郎。

次韵和北丽题画两首

失喜英雄见略同,樱花丛里万旗红。鹿车鸿案寻常甚,惜少婵娟入画中。

美人骏马画图中,剑胆琴心玉样珑。失笑痴儿真梦呓,弃辽翻佟攘夷功。某报论建都问题曾有此怪论。

寄蕴山渝都,即次其去岁题《樱都跃马图》韵

留命桑田苦费思,又持芍药赠将离。霸才尔我英雄仅,并辔中原未恨迟。

云彬招饮,诗以纪之

同席者予倩、问秋、今铎、成竹、家驹、怀素、朱达君、韩祖琪暨云彬夫人守真、女公子蕴庄共十二人。酒酣,怀素撷

笛，予倩伉俪、云彬父女先后歌《游园惊梦》《折柳》《思凡》诸曲，其词绝美。

脱略形骸礼数便，杯盘到手各争先。哀丝豪竹东山屐，浊酒新亭南渡年。法曲只应阆苑有，孤怀忍付市儿宣。秦声粤酿依然好，余韵难忘歇浦妍。亡友刘季平暨其夫人陆繁霜女士，咸嗜南北曲。十年前集沪上酒楼，季平有"纵饮客能倾粤酿，浩歌妇欲变秦声"句。今季平已墓有宿草，而繁霜消息杳如。悼逝怀贤，不胜於邑。

闻万民一卧病东郊，奉寄二首，即次其去岁见惠原韵，四月十四日作

敢言国老鬓皤皤，百炼千锤任折磨。不信神龙终失水，稍怜倦鸟欲投罗。感君微尚尊元祐，舍我其谁有孟轲。闻道维摩今示疾，杜门咫尺似山河。

少日声华同辈尽，中年意气俗流殊。胆瓶花瘁经千劫，手稿诗成动万吁。去春承以胆瓶插桃花见惠，又屡示诗稿。岂有闲情到樊素，惠诗有"不蓄朝云俭可夸"句，兹袭用其意。直烦真赏托倪迂。不成问疾栖皇甚，病榻还能谅我无。颇欲奉访，以无伴不果。

次韵和云彬旧作

俳优长遣薄相如，终古离忧属楚辞。逐客柳州宁我罪，原诗有"谪居子厚犹英绝"句。说诗匡鼎解人颐。横磨要试新铻利，直道无烦故国悲。一举冲天终有日，云扬风起中兴时。

又绝句一首

多君皮里有阳秋，酒盏诗囊意气投。越角吴根原咫尺，翻怜握手在他州。

寿昌以罗尤青将军招饮诗索和，次韵奉酬得四律，四月十五日赋

诗篇酬和眼能明，钗满高楼灯满城。霸业钱镠讵罗隐，壮怀刘季逊田横。吴淞秋老晨歼敌，漓水春深夜论兵。丝竹东山裙屐好，几时听唱凯歌声。

相思江上度寒宵，负我樽前酒百瓢。此日又虚陪末座，新诗空唱入层霄。仲家岂应当涂谶，楚国争传篝火谣。掷笔书生原自负，登坛会见起回飙。

风云材略我能逭，卅载嬉春更吊秋。镜里头颅亡士老，梦中髀肉少年游。麻姑桑海空留命，子厚诗篇未破愁。剩粉残脂雄鬼血，悬门曾记抉双眸。

穷途残寇尚能狂，便欲怀安意岂忘。江左旌旗犹变色，海南岛屿俨成行。要看民气成山岳，才许军威炼铁钢。失笑老夫悭醉饱，愁边心事有飞扬。

题《南明昭宗三王圹志铭》拓本后

史迹安龙耿不磨，河山襁褓共干戈。几曾梦见长陵树，犹胜同归篦子坡。昭宗为逆臣吴三桂行弑，崩于滇都篦子坡前，皇太子慈烜同殉。一代典章嗟未泯，三殇重叠意云何。更怜点画浑难据，片石韩陵字亦讹。沅殇王之沅字，原刻竟误作沔。

赠廖仲爽

邦旧翻闻器日新，经营盘错亦辛勤。飞车长自摩天起，倘载鲰生返海滨。

赠廖辅叔

青主有贤弟，传闻意气饶。杨修尊北海，灵运傲南朝。骂座狂堪

掬，藏山业未遥。还应勤砥砺，一举刺天高。

四月十六日为中华全国文艺界抗敌协会重庆总会成立六周年纪念，桂林分会举行庆祝，赋诗一首奉贺

殷忧启圣九州九，中原誓饮黄龙酒。元凶巨憝法西斯，妄以颛蒙划优秀。野心直欲恣鲸鲵，人性何堪比杞柳。希魔墨贼更倭酋，无独于今俨有耦。牺牲阿比西尼亚，佛郎哥兴橄枪又。中华一夕失辽东，海牙袖手嗟盟友。七十老翁张伯伦，绥靖政策偏袒右。芦沟桥畔战云开，飙起黄童兼白叟。武将挥戈杀贼豪，文人奋笔程功茂。十万横磨剑吐虹，三千毛瑟光冲斗。团结端应人胜天，丧心最恨萁煎豆。粉墨申王国已讹，肉糜晋帝民偏瘦。方今胡越成一家，中苏英美联盟久。东欧壁垒正摧枯，第二战场宁独后。艨艟巨舰太平洋，逆倭早失棋先手。民主精神四大邦，地大物博我良厚。唤起齐民奋斗年，国父遗言忍轻负。抗敌协会今六周，兰薰玉洁期长寿。雄才匡济拓心胸，元气淋漓开户牖。渝都桂岭祝厘同，爆竹声中睡狮吼。

佛西招集榴园，赋谢四首

兼示佩宜、绮雯、琴可、迩冬、白凤、红苋、瘦石。是日为清党纪念后四日，倾觞追奠，街痛奚堪，故起联首及之。

借取葡萄奠玉觞，赤明龙汉劫千场。论才自爱曹公隽，琴可、迩冬谓孟德乃奸雄，但取目的，不择手段，以比枭雄之并无目的者犹为胜之。纵酒还输阮籍狂。白凤居丧不饮。横海雄图尊大木，藏山直笔护东王。席间谈南明及太平天国史事，余以前者衣钵授琴可，复属后者于迩冬。稍怜雄武温黁意，一妹虬髯事渺茫。北丽负约不至。

雁去衡阳叶仲寅，榴园孤负此芳辰。琅琦将种依然美，谓绮雯林下风流惜未亲。谓北丽犹喜孟光能跌宕，可容燕妮共艰辛。孟光、燕妮并拟佩宜。画师自有如椽笔，描取人间一段春。瘦石善写真。

雪爪鸿泥梦半荒，主盟依旧属熊郎。画图要辟新行卷，雅集重开旧草堂。瘦石旧画《榴园雅集图》。羽仪供职衡阳，小涵教授浈水，而萧铁亦复他往，谓当以今日主客重绘入图矣。隅坐无言怜白凤，传奇能写感红荳。安排龙柳因缘好，待看金家舞袖长。红荳改编柳毅传书故事，为《龙女传》剧本以寿余，将以余生朝公演。素琴、素秋二者必得其一。倘能兼收并蓄，则更美具难并耳。

痛饮高歌泣鬼神，酒兵喜见斗朱陈。才流自昔悭西粤，史笔于今有替身。绝业名山衣钵贵，党人元老谤书频。龙门虎观三长在，失笑群儿未问津。

四月十七日，寄马小进曲江，叠人韵

尸冢之间讵有人，眼明倘见可儿坟。"韦曲杜陵名士尽，眼中多少可儿坟"，不知何人句。论交卅载真知我，高隐千秋焉用文。腐鼠僵蚕宁足骂，岭猿越鸟各呼群。探囊余智终须用，岂独诗城供策勋。

拔剑高歌磊落人，黄垆邻笛痛荒坟。食贫刘叟居夷愤，筱云尚滞香港。善病潘郎感旧文。小磐闻在梧州。香岛游踪浑似梦，漓江酒伴尚堪群。中原半落倭奴手，微管谁能共策勋。

三公子歌，题陈复纪念集，示树人、非杞，四月十八日作

中华民国三公子，羁囚我识何柳华。脱靮西北事长征，归来将母新婚遐。雏凤声清轶老凤，奇才跨灶言非夸。誓以精诚巩团结，同心戮力摧胡笳。海外扶余忽蹉跌，迢遥粤赣传槛车。越王勾践困石室，卧薪尝胆志愿奢。明德之裔百世宥，终期功业煊云霞。邵平陈涉两不幸，有才无命堪咨嗟。青门断脰海西土，元龙溅血羊城沙。呜呼二子死太早，鸾葅鹤醢喧群鸦。神州抗战需英俊，谁令兰玉摧萌芽。名父征诗作纪念，吾宗橐笔才如葩。纪念集由非杞主编。作歌我岂为私契，怀贤悼逝天一涯。琳琅满卷恣痛哭，狂呼屈宋酬楚些。

四月十九日示北丽

冲泥步屦感相寻，踪迹参商恨未禁。谓曼实也送汝七星岩畔去，稍怜孤负《水乡吟》。欲偕观夏衍《水乡吟》未果。

百琲珍珠抵一笺，银钩亲写字缠绵。如何一掷同孤注，煮鹤焚琴悔罪言。北丽来书，语有不可解者，追询究竟，则怒而裂之，无任惋惜，书此以志吾过。

游踪珍重说兴安，后约能留意便甘。想像秦堤风日美，湖山佳处恣狂欢。期以二十三日同游兴安。

赠薛天鹤二首，四月二十日作

地灵曾孕鉴湖侠，乡谊终推鲁迅尊。国难亲仇浑未报，天涯握手黯无言。天鹤为鲁迅县人。

千言脱腕手亲钞，午夜挑灯感汝劳。自昔孤根成大器，云霄一鹤刺天高。以近作乞君钞写。

出席文协同乐会，观金素秋女士主演
《葛嫩娘》平剧第二幕，赋赠两首

如晦才华郁莽苍，慕髡改制不寻常。何时更许窥全豹，雄武温馨葛嫩娘。

虎踞龙蟠易夕阳，江南金粉又齐梁。男儿胜算毛锥子，愧负当筵葛嫩娘。

听民谣独唱有作

恋爱从来重自由，腐膻礼俗苦相仇。长街面缚何曾怯，呖呖莺声百啭喉。本事为一妇以私恋被捕，面缚游街示众，仍抗声而歌云。

任他刑酷费申商，百炼千锤意自刚。放学儿时情味好，豆棚听唱姊偷郎。儿时闻一民歌，述女郎因恋爱对簿公庭，受刑惨酷，但仍挺身自承主动，求勿罪其爱人。有"口口声声还是姊偷那郎"句，其他歌词甚繁，惜不能记忆矣。

次韵和王在民生朝述怀之作，四月二十一日赋

四三、五八岁华新，迟我生朝定几辰。在民今年四十三岁，余则五十八岁相距十五年。君生朝为废历五月二十九日，即国历七月十九日，余则国历五月二十八日，先君盖五十余日矣。集蓼怜余成孽子，树萱羡汝有慈亲。羝羊北海苏卿节，风月南楼庾亮尘。定乱歼倭吾辈事，要持慷慨换艰辛。

衣钵中山一瓣香，未成革命负初肠。横行腐鼠天如墨，无首群龙血尚黄。浪说新诗侪北地，最难逸史觅南疆。请君觅温睿临《南疆逸史》弗得，仅获李瑶《南疆绎史》。祝厘赓和惭吾拙，石破天惊句自狂。

访覃理鸣于丽狮下路北一里十六号，抵掌杂谈，忾然有作

钝初、经武连翩去，人物桃源尚有君。碧血黄花雄鬼涕，蟠龙踞虎国殇坟。千秋华衮谁能信，一代风云异所闻。骂座据鞍同夔铄，老狂岂独故将军。

觉生六九君花甲，长我居然有二年。踪迹云泥休更问，才华诗酒各争先。黄垆姓字垂垂尽，白社交情故故贤。便向渝都飞亦得，朝廷虽小足流连。

赠武陵钱毅庵、实甫乔梓，兼示桃源萧友莲女士

武陵渔父种桃花，避乱移家桂岭遐。名父能诗原跌宕，长君好学更奢遮。相思江近缨堪濯，野史亭高日易斜。奇士不辰同雪涕，谢庭咏絮见风华。桃源萧培菱兼资文武，年三十六，为军阀所陷殉难衡阳。其女公子友莲即实甫妇。

孟超偕陈迩冬、钟惠琼夫妇见过，共读《夏完淳遗集》，兼及郭沫若《南冠草》、张焘朗《江左少年》两剧本，纪以长句

三间破屋面山居，二客能来共读书。一赋《大哀》凌庾信，千秋玄草属童乌。郭公椽笔堪名世，张绪新编亦起余。最羡元龙风趣好，郊行挈妇更将雏。

王坪偕高亦真（汾）女士枉存，奉赠二截句

横海齐名大小高，香江一夕各奔逃。王生相伴能相访，劫后重逢兴倍豪。

万口哗传新赣南，阳秋皮里问谁谙。兴邦不鉴苏联史，负尽风云意岂甘。

四月二十二日晨冒雨访瘦石，挟之诣榴园与佛西倾谈，旋过甘寂寞室，琴可、绮雯留饮，镜吾亦至，商游兴安计划，甚惬余意，纪事得三律

出游勤擘划，冒雨敢徘徊。浮海从何勇，谓瘦石敲门梦屡催。谓佛西槎丫生肺腑，意气怒风雷。肯以诗人老，苍生待我来。

感极翻无语，王孙一饭恩。醇醪公瑾意，眉妩小乔痕。卧榻疲魂适，名山绝业尊。艰危期许久，休更负荃荪。琴可、绮雯伉俪留饭后假寐有作。

作吏亲风雅，周郎故自超。驱车能迓我，珍重约明朝。旧梦黄婆渡，新欢紫玉箫。掌珠容我觑，十索肯辞劳。镜吾绳其义女之美余渴求一见，许以十诗报之。

镜吾为桂平李思顺索诗，赠以一绝

时余拟游西山谒太平天国纪念堂，故诗中云云。

年少英多最擅场，迢遥华胄倘忠王。西山揽辔何时共，酹酒来登纪念堂。

偕瘦石访迩冬、惠琼、白凤、紫凰于桂林女子中学校，寻孟超亦至，畅谈有作

沈沈黉舍古，院别落东西。门外休题凤，楼前合听鸡。陈琳才自壮，李贺句休迷。更喜苍髯叟，纷纷说王齐。

贺许幸之、卓元梁结婚，蜀腴馆席上赋

江都狂士才堪霸，粤海明珠美绝伦。地久天长成好事，双双同拜自由神。卓女士善演剧，饰茶花女，更剧名曰《地久天长》云。

罗帕香温无限娇，幸之出红绡帕索题。酒酣合卺喜今宵。风流雄武平生意，从此人间不寂寥。

赠白凤夫人刘紫凰女士

肇锡嘉名是紫凰，李夫人初名凤麟，余为改紫凰。朱樱一树更芬芳。白凤又为别署曰朱樱。李家新妇刘家女，叶叶花花正对当。

赠迩冬夫人钟惠琼女士

揽镜雄姿美陈涉，簪花小字女钟繇。钞胥脱腕真怜汝，午夜挑灯岂应酬。陈夫人为余抄近著甚勤。

游兴安秦堤纪事

四月二十三日偕佩宜、寿昌、安娥、琴可、绮雯、北丽、刘丽霞、吴国统、阳太阳、尹瘦石、陈迩冬、志良、自立、李白凤、刘雯卿、周镜吾等二十余人，游兴安之秦堤，饭于桂乐师管区司令部暨洗心亭。将归，成此纪事，兼谢王佐才将军、黎达睿大令、孙陵校长、崇启教授、曾恕一秘书。

胸中云梦吞八九，逼侧郊垧厌诗酒。桂林山水欺人耳，何似兴安风景秀。偕行我自傲鸿光，青史他年夸郑柳。两家眷属亦肩随，田、张、

朱、任差堪耦。王孙奉母更将雏，弱妹提携犹子又。金闺国士孤山林，丽霞、国统印须友。画师阳、尹并英杰，艺苑三陈孰左右。李郎妩媚刘娘犷，主盟吾独称髯叟。驱车迓我妥安排，醇醪公瑾勋贤茂。近游行乐本余事，太史宁奏星聚斗。汽笛呜呜铁轨长，野田菽麦兼蔬豆。大榕江畔吊南明，侏儒饱死夷齐瘦。灵川一瞥便严关，漓滨胜地萦怀久。万里沧浪更马嘶，三桥鼎峙畴先后。秦堤烟柳似江南，江南正落倭夷手。鞭笞六国吾无取，沈醉钧天宁独厚。东道无如处仲贤，兼资儒侠毋轻负。黎侯史地熟家珍，循良合共山川寿。孙陵跌宕崇启贤，曾生画幅盈窗牖。洗心亭畔饯筵开，诗成惊起潜龙吼。

兴安纪游诗三十六首，四月二十四日补赋

阴霾山雨欲来初，挈伴驱车我自如。喜遇兴安贤地主，能轻名位礼师儒。佐才以武人而娴文事，方自桂林返兴安，与余同车行。

七年转战百忧劳，又报倭奴逼虎牢。凿水秦皇真失计，任他徐市育腥臊。兴安为湘、漓分派处，二水本异源，秦时凿运河以贯通之。

篝火狐鸣耻帝秦，平生意气薄刘嬴。老夫耄矣犹堪霸，儿女英雄领一军。谓佩宜、北丽、安娥、绮雯、丽霞、雯卿、翠华诸子，翠华为琴可女弟，奉母挈琴可女可儿以从。

雨余为我启新晴，叱咤风云壮此行。公瑾醇醪心已醉，葡萄美酒更同倾。宵来豪雨，镜吾惴惴然惧不得当，车行而晴旭中天矣，君挈葡萄酒一军持，以其半饷余。

灵川北去是严关，赵宋朱明史忍删。一炬轰雷冤马塈，三军函首泣焦琏。灵川为军事重地，宋季马塈守此，蒙古兵不得进，乃以火药轰炸，与部下三百人同尽。而近人有言其兵败遁去者。冤哉！后南明昭宗匡皇帝朝宣国公焦琏亦曾驻兵于此，为叛将陈邦傅诱杀，函其首以献清虏云。严关则孔逆有德窥桂林时所经之孔道也。

下车趋府陟高冈，振旅齐驱似雁行。克敌教民弘愿在，榜书椽笔自

堂皇。司令部门联有克敌教民语，佐才所撰书也。

授餐适馆乐无涯，一架藤阴惜未花。礼教删除豪兴发，当筵吾自爱喧哗。余与佩宜、北丽、安娥、绮雯、雯卿、翠华、丽霞、国统暨琴可之犹子袭文同席。

惭愧毛锥当鲁戈，刘邦未遇奈萧何。卧龙长负隆中略，抱膝空为梁父歌。佐才诗云："五十年华尚枕戈，烽烟未靖欲如何。男儿誓转乾坤轴，斩尽楼兰奏凯歌。"次韵成此。

满眼苍生一涕洟，弈秋袖手看危棋。劳君拥抱吾终愧，不是歌风奏凯时。仍为佐才赋也。

中山门下几完人？忠实如余孰等伦。耻作于髯挥涕语，誓嘘灰烬续传薪。礼国父遗象作。

肯学风诗赋式微，丰裁自峻簿书稀。河山佳处王乔舄，濯足沧浪一振衣。达睿大令导游索诗，赠此留念。

罢酒高堂兴未颓，漓滨小步有低徊。卅年乡梦梨花里，谁遣江南付劫灰。佩宜言漓滨街景物颇类归乡，为之低徊不置。

十里秦堤迤逦行，成阴绿叶可怜生。飞来石上同登眺，漫向源头辨浊清。

漓南湘北旧分歧，凿空人功强合之。四海一家成底事，至今黎庶苦东夷。

姓名挽近较堪稽，神话流传旷古时。崇德报功都不朽，三将军墓四贤祠。

照影蓬莱问浅清，在山泉水本无声。如何忽作奔腾怒，棋局中心最不平。

惊涛急湍气难降，漓水南流始此邦。北去双虹天际远，新湘江与老湘江。

未尽长堤路已穷，朝来愁雨更愁风。望衡咫尺成孤岛，渡我端收舟楫功。连日水涨，堤端尽没，赖小舟得济。

生小吴侬惯水乡，山妻更喜五湖航。同舟共济依然好，碧海青天意岂忘。

　　分背三江峙一亭，贤侯为我续图经。惊鸿自爱留踪迹，雪爪霜泥那忍轻。登岸摄影为纪念。

　　逆流而去顺流还，湖水湖风只等闲。兴尽稍怜同访戴，白波如雪晚霞殷。

　　飞瀑长虹任往还，奔雷两岸一舟闲。我来已恨寻春晚，不见桃花遍地殷。

　　归舟还泊洗心亭，饮饯劳劳问醉醒。孤负主人酬劝意，将军腹负酒无灵。孙陵诸君饯别湖上洗心亭。

　　网得嘉鱼白似银，洞庭波送此潜鳞。红炉小火饶诗味，奈此劳生触热情。

　　秦汉平心论罪功，车书空说九州同。更无好语谀刘彻，犹有雄心压祖龙。亭中题册有献媚嬴政者，余甚不快，诗以诐之。

　　新妇谁家配使君，桥名万口啧夫人。嗣宗广武英雄叹，未必鸿妻逊洛神。

　　烽火关山问屈伸，江湖何地足潜身。沼吴霸越功成日，更对湘君白练裙。北丽诗云："弹丸右臂屈能伸，万劫金刚不坏身。自有鉴湖家法在，桃花马上石榴裙。"喜和一首。

　　同游歧路忍分张，留滞空桑四客狂。陈胜不归连李密，更教一妹伴田郎。迩冬、白凤、安娥、寿昌留宿不归。

　　归途急步夕阳低，汽笛声中别绪凄。送我登车挥手别，茂弘情重惜分离。佐才送至车站。

　　桑田留命百徘徊，未必明年度岭回。应与湖山坚后约，桃花红处我重来。

　　铁轨飞车又再经，日轮西下换星明。踏歌声里无穷意，凤泊鸾漂未忍听。北丽歌《一样的月亮》极凄馨哀婉之致。

卅载神交张稚香，风流南社未全忘。同车意外能相见，何日倾谈共酒觞。车中忽晤南社旧友营山张稚香女士（光萱），琴可实为作介云。

灯火微茫夜气冥，归途又指桂林城。溪山依约青难辨，一水相思无限情。

中年哀乐郁难宣，聚便欣然散黯然。安得杜陵开广厦，孟尝宾客致三千。

下车伴我剩山妻，宾从如云望已迷。辛苦宜兴尹瘦石，丽君路畔亦分离。瘦石送余至丽君路而别。

晨起浮云雨意凝，归来长夜苦炎蒸。官私莫问南风婿，两部蛙蟆正沸腾。归抵丽君庐，蛙声沸耳，居然署夜矣。

因兴安之游，追念樱都、菲岛影事，补纪两绝，为异日相思之券，四月二十五日作

刘樊梁孟我堪骄，海角天涯岂沴寥。最忆崳夷亡命日，万灯如炬白波桥。白波桥在京都岚山大瀑布下。

逭暑重来渡碧瑶，北山寒水涌奔涛。伯仁由我今番又，生死难忘范志超。曩游马尼拉，遂至碧瑶，有湖曰北山寒，瀑布最巨。云间范志超女士久客其地，太平洋战争前一月书抵香江，商略归计，余驰笺阻之。未几，菲岛沦陷，志超踪迹遂不可问，余能无伯仁由我之悔？曰又者，谓秋石旧恨也。

是夕，文协主办诗歌唱诵夜会，有许幸之男声诗朗诵，安娥、朱琳女声朗诵诸节目，余以无伴不赴，午夜梦回，惘然有纪

孤负沙龙绝世姿，宵行无伴枉相思。生怜睡梦薔腾际，正是安娥朗诵时。

忆定庵"守默守雌应努力，无劳上相损宵眠"句，反其意成此。四月二十六日作

齐喑万马此何年，誓以孤阳撼九天。守默守雌吾未忍，任他上相损宵眠。

四月二十七日，榴园诗人座谈会席上感赋二首

李、杜、苏、黄骨早枯，旧诗清算属吾徒。龙文自闭林庚白，牛耳终归柳亚卢。自庚白之亡，旧诗遂无抗手者，自怜更自负也。

摇鼓声中战斗年，一多巨眼识田间。闻一多为五四时代老作家，颇赏田间之战斗诗，知老眼不花也。王、杨、卢、骆江河在，失笑蜉蝣欲撼天。有张煜者妄诋田间，余以杜陵句折之。

曾圣提、梁莲葵夫妇招饮维他命酒楼

同席者寿昌、佛西、迩冬、洪素野、梁作矩，赋赠一首。

圣提娴梵文，随侍甘地先生左右甚久，故诗中云云。

五湖少伯夷光美，偕隐梁鸿德曜贤。俊侣联翩欣入座，雄谈寥廓欲连天。瞿沙疑案曼殊集，曼殊以南国行人笔名发表《娑罗海滨遁迹记》于《民报》托言译南印度瞿沙原著之英文本。但中间厕以摆伦一诗，殊嫌不类，疑出曼殊伪造。未敢论定也。甘地传人尼赫贤。华印弟昆唇齿谊，沟通文化要君先。

赠洪素野

素野浙江瑞安人，为仲容先生邑子，又为南社亡友洪棣园之族孙云。

名山绝业孙贻让，汐社陈人洪棣园。旧里宗风接坛坫，孙枝别派衍渊源。担簦南皖戴俞渺，君好旅行，曾游戴东原、俞理初之故里，著游记甚详。负笈西欧卢孟尊。留学法兰西，盖卢梭、孟德斯鸠之信徒也。安得驱倭心事了，芒鞋竹杖便从君。

贺欧阳予倩五十六岁初度兼戏剧活动三十六年纪念，次寿昌韵，四月二十八日作

醇醪公瑾惯登场，艺胜杨家回马枪。紫石金莲翻铁案，黄天红玉写钢肠。从军闽海心犹热，觇国苏都鬓未霜。南社交情终古在，好持杯茗话炎凉。是日文协召集茶话会于社会服务处，举行庆祝典礼。

杂赠五首

洞垣曾饮上池水，着手能回大地春。自昔功能拟良相，疮痍满眼要斯人。陈阅明

辟山垦土赖经营，剧本吾思阳翰笙。更忆定厂诗句好，孛星夜照越江明。吴觉农

卖买文章原不俗，搜罗书缋亦当行。何须更续三都赋，纸价于今贵洛阳。冯和法

端木阜财夸驷骑，陶朱去国号鸱夷。乱齐存鲁名还在，霸越亡吴事已非。蒋挺甫

一滴水中窥世界，众生平等赖甄陶。强权学说由来谬，互助终看树帜豪。费鸿年

四月二十九日晨起，题瘦石画展时为余所摄小影四首

洗马风流入洛时，羊车丰采路人知。绮年玉貌今何在？顾影居然两鬓丝。

朱明雄鬼夏存古，白水通侯邓仲华。怜我死生成两负，剩持笔舌奠群哗。

但开风气不为师，此语而今已愧之。平生不欲抗颜为人师，南来后乃欲罢不能矣。卅载栖皇成底事，枉教人说史前期。昨予倩庆祝会中周钢鸣言：中国新文化史当以五四为第一页。而余与予倩则皆史前期人物也。闻之轣然失笑。

海外扶余抵死狂，朱颜未改少年场。江陵一夕图书尽，换取鬖鬖领

下霜。香江偕老友马小进留影宋皇台畔，绿鬓朱颜，犹是少年故态。太平洋战争起，羿楼文史，尽捐敌手，亡命抵桂后乃蓄髯以自慰云。

题与瘦石合影

定生阳羡才名壮，吴易松陵韬略凭。他日桂林搜掌故，柳吴江与尹宜兴。

掌故南明我自任，左图右史汝堪寻。稍怜鼎足还亏一，不见王孙拥鼻吟。瘦石绘瞿张殉国史画，琴可草说明书，余为点定，有三位一体之致，故诗中云云。

题与佩宜、北丽、紫凰合影

领袖群才老孟光，恩深骨肉卌年狂。杜陵兄妹因缘在，余韵犹堪付紫凰。

题与寿昌、迩冬、瘦石合影

蹈海田横羞帝汉，辍耕陈胜便亡秦。翻怜柳、尹无名姓，月表葫芦少两人。谓秦汉之际月表也。"留部葫芦汉书在，英雄成败两凄凉。"秀水王昙句。

题与白凤、红茛、瘦石合影

赵北燕南愁白凤，黑龙绿鸭怨红茛。人间木石因缘在，老我犹堪一放狂。红茛自署端木氏，余戏谓木石因缘正堪与瘦石作配。顾李、柳亦皆从木，老夫耄矣，奈君辈年少何！

题与铁夫先生暨任潮、海鹰、苏丹、纪正、瘦石诸人合影

犹龙国父孙、黄亚，射虎将军卫、霍尊。惭愧鲰生分片席，尚堪并辔奠中原。

少年陈、尹更佟、萧，北秀南能意态豪。振臂一呼来日事，青天白日卷红潮。

青君以行卷见投，自署曰女弟子，其诗甚美，为题两绝句于卷端

女郎诗笔尽名家，赢得桃源极口夸。理鸣适过余，见诗谓才力并茂，绝无雕琢痕迹，盖已臻炉火纯青之候矣，极口称誉不止，且为余贺得女弟子，余惟惭谢而已。绝好仓山门弟子，稍怜风气异乾嘉。风气一作身世。第二句一作"骏骨蛾眉有叹嗟"，则小注应删。

雄心蠹蚀张昭汉，默君自长杭州市教育局以来，诗笔无复崎嶔磊落之致。英气消沉吕遁天。碧城晚年媚佛，豪气渐除，近闻已逝世矣。惟有鉴湖衣钵好，劝君低首礼梅仙。北丽近诗余谓在默君、碧城之上，能得鉴湖家法而深蕴过之，实现代一作手，余语至公，非阿私所好也。青君倘礼为本师，则胜于老夫衣钵多矣。

青主偕哲弟辅叔先后顾我，且各携诗稿见质，合题两首

诗体能开创造新，长君谈艺笔通神。飞行术语由来好，漫遣蛾眉动怨嗔。青主与青君论诗颇不相中，盖青君主保守而青主喜创造也。青主有七言绝句六十首，题为"昆明——成都——汉口——成都——昆明"以飞行术语入诗，新奇可喜，惟稍嫌有竹垞贪多之病，若青君则近乎渔洋爱好矣。

喜有心情传廿纪，更回风格入三唐。旧瓶新酒吾能赏，国士金闺倘雁行。青君盛绳辅叔夫人丘扬华女士之才美，颇愿以识荆为请，辅叔倘不我拒耶？其诗能以新思想入旧风格，则远在兄嫂之上也。

本事诗二十首，四月三十日作

猫屋王孙怜病酒，榴园老宿喜谈诗。曼殊正则关何事。自笑劳生尔许痴。以五月二日曼殊纪念日及双五新诗人节事就商于琴可佛西有作。

蜕尽顽强要日新，曹禺剧本美无伦。殷勤延揽招同伴，妥帖安排谢主人。邀北丽、丽良、国统诸人观曹禺《蜕变》话剧。既索剧券于予倩、问秋伉俪，复乞女公子代划座位。曰主人者，演剧在广西艺术馆，而予倩则馆长也。

姗姗来也去匆匆，未絮兴安别后踪。又是七星岩下路，喜留后约说相逢。北丽、丽良、国统暂来又去七星岩，期相见于艺术馆云。

徐行挈妇更将雏，风日能嘉意态愉。更有郑玄诗婢好，曾同忧患岂恒奴。偕佩宜、光辽、阿曼先赴艺术馆，末联谓阿曼也。

谢庭娇女可怜生，历劫归来曙后星。抚视每劳慈母意，恫瘝疾痛最关情。北丽诸人后至，盖自七星岩畔博爱托儿所来，小抗在所中闻又病矣。

铸鼎能为魍魉图，绘声绘影世争吁。七年抗战存皮骨，秦马纷纭尽貉狐。以下四首咏剧中影事作，秦马等均人名也。

庸流况孔只求容，骨鲠端还重秉忠。尽说官官相护惯，专员有几是梁公。

大嚼屠门良快意，光明描写倘堪誉。激昂最爱李营长，辛苦终怜丁大夫。

肯凭慈爱蚀钢肠，誓愿生儿作国殇。最是小心矛盾处，强械涕泪别丁昌。咏《蜕变》本事止此。

布席陈筵谢尹生，阿连迓我此时情。中南路畔徐行处，絮语喁喁侧耳听。瘦石邀宴蜀腴馆，嘱健云大侄来迓于艺术馆畔，余与佩宜、北丽联步赴之。

蜀腴楼上绮筵开，宾从如云又一回。朱、任、陈、钟都俪侣，安娥未见意徘徊。

越酿难倾田寿昌，寿昌索绍兴酒不获。三花浅酌笑熊郎。佛西嗜三花，顾浅酌而已，不能狂也。红茛白凤殊哗寂，更对清樽说二王。二王谓王羽仪、王坪。

拇战苏丹酒阵豪，微怜静默看吴、萧。纪群咸籍同流辈，结客宜兴亦自骄。瘦石年事甚少，而好结交老宿，故云。

宜兴画笔诚佳绝，惜少红闺粉黛香。佳谶文鸳今又兆，喜看电炬放光芒。

杯盘狼藉兴纵横，履舄交并无限情。未尽如泥今夕醉，酒阑人散汝先行。北丽以事先他去。

送我归欤又阿咸，苏丹作伴路能谙。万山扑面浑无语，似笑鸿光酒态酣。苏丹偕健云送余夫妇归。

月朗星稀夜气清，无端风雨忽相惊。望门投止雌张俭，挑尽孤灯漏未停。北丽以阻雨复至。

听雨挑灯读我诗，兴安游屐最堪思。坡公怒骂兼嘻笑，消得胸中郁勃奇。

立锥无地路多歧，负尽阴符袖底书。脱手锋铓持赠我，余生容有处囊时。谢北丽赠锥之惠。

雨止宵深别绪浓，更期双五得重逢。补诗午夜辛勤意，惜少寒山一杵钟。

是日在艺术馆剧场重晤冰莹之女符浩彬，补赠二首

失喜重逢符浩彬，无情我自怨冰莹。难忘沪渎鏖兵夜，共话樽前小号兵。"一·二八"前后，冰莹居庚白之子楼，与余时共文宴，小号兵者，浩彬之乳名也。

报刘终恋桂林城，将母难为蜀道行。歧路东西愁去住，怜渠娇小十三龄。冰莹去夏来桂，欲挈浩彬入蜀，不果。

骖鸾集卷九

（1944年）

次韵和庚白《五一劳动节》诗一首

庚白《吞日集》卷六有《五一劳动节》诗云："金铁飞扬大九州，变穷劳力自为谋。万夫张臂能成世，群盗抽刀欲断流。作势真同矛陷盾，焚巢但见鹊随鸠。弥天五一歌呼壮，壁垒中华得似不！"读而美之，追和原韵成此，时三十三年五月一日也。

无复升平侈九州，经生早托大同谋。已看世运趋民主，终见降幡出逆流。薄海争传红靺鞨，中原犹唱白凫鸠。茶花染遍情人血，影事巴黎记得不？相传五一节巴黎工人大游行，有情侣一双，尾随其后，人手一茶花，玉洁莹然。已而逻卒恣虐，枪声大作，群众流血，此情侣亦同尽，手中茶花遂成红色矣，故五一节亦名"茶花节"云。

曼殊忌辰有感

五月二日为曼殊逝世二十六周年忌辰，若以世腊计，则当属六秩晋一之岁矣。余与佩宜、琴可、绮雯发起纪念聚餐于甘寂窭室，乞瘦石绘象供奉，遂题长句。

逃释归儒道援堂，曼殊才调略能当。早曾橐笔干真主，曼殊画为中山先生所激赏。晚失从军靖粤疆。病中与丁景梁书有"急望天心使吾疾早愈，早日归粤，尽我天职，吾深悔前此之虚度光阴也"云云。时中山先生正位粤都，誓师北伐，曼殊即不能为班定远，犹当为王仲宣，惜乎其无命耳！祈死羡君成解脱，余生笑我尚披猖。长安冠盖交游满，独向邅陁酹酒觞。

惊才绝艳美无伦，衣钵师梨更拜伦。挂剑羞言秦相国，瓣香争拜卫夫人。同时名辈垂垂尽，入梦容颜故故亲。遗冢孤山犹陷贼，几时归棹奠湖湣。

纪念苏曼殊聚餐会纪事

是晚聚餐，集者余与佩宜、绮雯、琴可、洗人、彬然、迩冬、志良、佛西、瘦石、红荳共十一人。期而未至者北丽、寿昌、羽仪、王坪、白凤。大索桂林市上不获其踪迹因而未邀参与者，则曼殊旧友肖纫秋也。赋此纪事，仍用九字韵，盖已五叠矣。

西湖遗蜕厄阳九，榕湖万里一杯酒。自君之亡廿六年，披图犹睹丰姿秀。生交畴昔尽贤豪，死友而今余郑柳。靖江王孙好事徒，琅琦将种居然耦。牵萝翠袖怨天寒，拔钗沽酒今宵又。范傅来从白马湖，颐渊当日嘤鸣友。二陈熊、尹更曹郎，艺苑才名堪左右。向隅独惜女林逋，撚须愁绝龙城叟。田侯忽忽坐忘多，二王丛脞程功茂。北平狷士迟不来，惆怅虹光敛星斗。涂山终拟赦防风，绮筵岂仅唉葱豆。大嚼狂谈事便佳，抚膺忍说苍生瘦。悼逝怀贤感慨多，酒浇块垒奚能久。曼殊身世异髡奴，惠休今种差先后。神州极目泪沾衣，赐姓延平真抗手。归粤从军愿未酬，真人白水空相厚。盖棺评判费踌躇，考献征文吾宁负。论定生朝九二八，年年期祝眉山寿。旧侣终招肖纫秋，会见须眉照窗牖。曼殊曼殊不可作，天荒地老雄狮吼。

屈辱一首，五月三日作

廿年屈辱济南盟，往事难忘喋血情。萁豆谁令煎魏釜，烽烟从此逼秦城。鲸吞蚕食言终验，敌弱朋强局已更。壁垒临淮宜自壮，忍迟回纥替收京。

太学二首，叠五一、五三韵，五月四日作

陈东丰采动神州，太学举幡善自谋。自昔民岩关大计，于今人欲半横流。独裁制敝天终厌，团结功成国便鸠。一炬赵楼真快事，青年得似旧时不？

科学应联民主盟，婚姻德赛讵忘情。潮流自是空千古，勋业真同下百城。元季薰莸怜判别，陈胡功罪奈纷更。芒寒色正新文化，宁数班扬汉两京。

五月五日聂叙伦招饮兴文大楼，为庆祝新诗人节日也，谨赋一律志喜

聂耳先生今乐圣，鸰原犹喜识贤昆。开筵为祝新诗节，盛酒宁须老瓦盆。湘水行吟曾吊屈，渝都谠论合扶孙。"五五"本属国父孙先生就职非常大总统纪念，而先生又能为旧体诗，故余主张定是日为诗人节，其意非徒在吊屈也。顷见哲生院长发表《民主政府与计划经济》一文，已传诵遍海内外，士别三日，刮目相待，中山先生于是乎有肖子矣，喜而志之。中原并辔吾能健，一笑掀髯待细论。

是日聚餐会纪事

是日集者，余与佩宜、予倩、寿昌、佛西、问秋、安娥、仲寅、琴可、绮雯、云彬、羽仪、寿朗、叙伦、韩进之、卢方可共十六人，六叠九字韵纪事。

"五一""五三""五四""五七"更"五九"，填胸血泪未忍酹杯

酒。独有诗人佳节"五五"时日良，况在文化圣城、始安故郡、江号相思峰独秀。端阳吊屈据乱始于髫，移宫换羽太平改制吴江柳。武昌创义、大功未竟，乃有非常总统粤都之正位，双十双五、俨如姊妹成双偶。中山先生况能诗，歌风真见尼山又。东方西方革命两圣人，卬须孙、列同心友。大师更奉马克思，病理生理一以贯之、奚须偏袒分左右。五月五日纪念多，尊孙寿马、美俱难并、岂徒凭吊怀沙叟。夏正、周正、楚历、秦历汗漫那能理，何似报功崇德近代哲人茂。聂政有姊聂耳更有兄，轵深井里迢遥华胄光冲斗。开筵为我召朋俦，习礼凭君陈俎豆。银光化作铁长城，"凭将银堡垒，化作铁长城"寿昌赠叙伦句。今日诗人差不瘦，朋侪满座谁最贤，旧新南社交谊欧田久。剧坛三杰更熊郎，问秋、安娥、仲寅亦如三株琼树、休从行辈分先后。王孙俪侣美无匹，惟有鲁迅先生、广平夫人堪抗手。宋生妩媚王生健，张绪丰姿于我厚。初生之犊不畏虎，江左少年箫心剑态描写宁终负。笠泽难忘香隐妍，翠湖独为杨娥寿。韩愈、卢同伴酒杯，鸿妻莱妇窥窗牖。老夫岂愿以诗鸣，余技屠龙尚堪吼。

杂赋十一首

轻薄由来叱魏收，小儿无礼李邕羞。蜉蝣撼树猖狂甚，此辈真宜有北投。

一夫一妇寻常事，专爱何劳妄品题。观过知仁吾自恕，忍持苛论说修齐。

高叟为诗貉一丘，纤儿枉自附清流。笑他顽石头难点，不信东坡有子由。

经年阉媚附师门，入室操戈忽自尊。醴酒髡钳关大体，岂真一怒为盘飧。

叩胫以杖临原壤，鸣鼓而攻斥冉求。不似灌夫轻骂座，尼山木铎仰前修。以上五首为夫己氏作也。

吊屈尊孙兼寿马，次公今日意如何。"次公醒而狂，何必醉也"语见《汉书》。竹林苦累王戎俗，萁豆宁输子建歌。叙伦索书，占此界之。

当日昌黎号退之，起衰八代有吹嘘。公羊礼运张三世，进化由来是我师。谓进之当胜于退之也。

中山主义传千古，鲁迅精神付一嘘。私淑李宁狂语耳，二十年前自署"李宁私淑弟子"。两贤并世定吾师。寿昌言嘘字不易押，叠韵成此，不知寿昌以为如何。

临桂小楼初识面，感君款我以咖啡。去年琴可招饮，始识方可。诗人佳节重相见，惜未当筵酒盏飞。为方可赋。

红叶青松着意栽，茅亭临水小徘徊。老夫尚有鹰扬意，自驾扁舟渡渭来。

睡莲入画西方美，结合争看德赛新。鱼服白龙多少恨，海滨虾子惯欺人。太阳后至，与佛西合作两幅，一为山水，一为睡莲与虾，索题二首。

晚偕佩宜、瘦石赴文学创作社、当代文艺社招宴，并观凯风歌乐团表演节目，赋谢熊佛西、李文钊

宵行挈妇尹生陪，佳节诗人又此回。羞共田侯称二客，余与寿昌首座。剧怜张妹负初杯。安娥不饮先去。老成风度矜孤抱，少壮喧哗动怒雷。多谢熊郎连叶子，酒酣为汝一低徊。

小李将军旧著声，凯风一曲最关情。庄严政治持群动，烂缦风怀误众生。莫但和声矜学理，要从进步辟新型。东山竹好终输肉，三日梁尘尚耐听。

五月六日，毅庵、实甫乔梓再招集丽狮下路北一里寓庐，与覃理鸣、杨少炯、陈劭先畅谈有作

一堂围坐尽豪英，抵掌雄谈酒半醒。右祖诸公温旧梦，左旋贱子尚孤行。同舟共济当前事，竞渡中流过去情。领袖群才吾自许，要从遗教

觅光明。

满架红花冒绿阴，几番换酒未全斟。伯仁羞下新亭泪，诸葛聊为梁父吟。意外忽添裙屐影，吟边喜听凤鸾音，佩宜、北丽亦至。师门衣钵堂堂在，肯遣阳戈化邓林。

次韵和实甫并赠友莲，祝其结婚十年纪念

国士金闺肖友莲，湖湘间气独能贤。文姬要续中郎史，汉女曾贻交甫钿。革命自应偕奋斗，同心便是好因缘。钗愁鬓病非吾事，论取桃花马上年。

半壁中原海气侵，四郊多垒忍高吟。要撑宗社凭团结，莫更恩仇问浅深。长策传衣尊国父，狂言惊座亦良箴。不须左右成偏袒，英绝蛾眉杀贼心。

叠韵和理鸣

蹈海鲁连耻帝秦，弹琴司马看文君。批鳞曾借朱云剑，枯骨终怜公路坟。未必吾侪成落寞，要凭信史说尊闻。覃郎花甲犹堪健，倘共中原起异军。

读史三首，次韵和少炯

半壁有人娱富贵，中原无地哭丘墟。江陵浪说能专政，博陆生怜未读书。自昔梁亡鱼烂国，于今卫宠鹤乘车。绕朝赠策言终验，青史伤心炎绍初。

带砺河山盟誓寒，望诸去国起田单。已违遗训空言孝，自坏长城始大难。天外鲲鹏争起舞，域中鹬蚌忍相残。收京莫漫期回纥，太息诸军壁上看。

瓜蔓株连鼎镬烹，韩彭菹醢鄂侯羹。防民巘厉君为虏，殉义龙逢死胜生。薪胆十年家国重，云霄万古羽毛轻。匣中虹气将耶剑，求友还期睨睆莺。

琴可夜访

入夜月光皎洁，欲赴诗歌诵唱夜会，忽感肋腹作痛，又不果行，遂洗足上床。寻琴可来访，亦未起迓，枕上口占二绝。

光明空惜素娥姿，腹负将军耐苦思。缘法自悭肠自热，那堪惆怅上床时。

孤负王孙美好姿，不成倒屣但相思。丁宁后约休相负，象鼻山头揽胜时。期以明日偕登象鼻山。

残民一首，再叠五一韵，五月七日作

洪宪当年盗九州，残民仍袭牝朝谋。廿年终见吴为沼，一决而今毒尚流。蚌已半僵思制鹬，鹊犹未死肯容鸠。太平洋上波涛沸，迟我樱都跃马不。

是日偕佩宜走访琴可于猫屋，欲游象鼻山，以可儿病不果，佩宜颇怨望，诗以慰藉之

挈妇居然触热行，山城天气乱阴晴。近游忽阻看山兴，薄怒翻深指日盟。邸报怜渠消永暑，诗篇喜我发豪情。以近作示琴可。鸥夷嫩约终须践，鸥梦能圆意倘平。期以五月二十一日琴可作东道主泛舟象鼻山下，邀北丽、无垢、光辽与俱。

偕佩宜、无垢、光辽赴艺术馆观《军民进行曲》新歌剧，旋北丽亦至，小集鸿运楼。邀返丽君庐避雨，观连月所作诗，薄暮乃别去，赠以一首

将雏汝又过江行，北丽自东江博爱托儿所视小抗归。跋涉生怜雨复晴。途中曾遇雨。丝竹声繁嫌掩肉，军民血誓本同盟。剧情甚佳，惜乐声过高，歌白均为所掩矣。市楼饼饵能延客，斗室诗篇倘慰情。霁色渐开圆月上，嵯峨别绪未全平。

艺术馆途中值焘朗兼识醴陵汪士楷,喜赋二首

南冠剧草尽风行,孤抱偏怜异雨晴。未信谈诗添绮想,鼎堂《南冠草》剧本,述存古与盛蕴贞本事,稍嫌附会。要看杀贼振同盟。藏山敢拟如椽笔,吊古还深慕义情。更有杨娥香隐在,几时商略罄生平。

汪伦风谊慕孤行,肯为荣枯占雨晴。世路早嫌文网密,清流要缔岁寒盟。剥床硕果宁无意,继往开来最有情。难忘阿咸延誉久,却教途遇慰生平。士楷执教汉民中学,能以清议弭学潮,健云大侄称道不置。

访观音山纪事

五月八日偕洗人、彬然、瘦石、佩宜谒廖夫人于观音山旅邸,遂访南明江陵伯张文烈公别山先生暨元配许夫人合葬墓,命瘦石尽录碑碣之文以归。归途复过同盟会旧友龚镇洲(振鹏)新冢,龚盖乔冠华之妻父也,七叠九字韵纪事。

君不见,星期休沐女伴嬉游初三更下九,又不见,过江天子行乐及时苦劝长星一杯酒。吾曹今日踪迹两皆殊,呼朋啸侣为访金闺秀。浙东一老颐渊徒,招邀傅、尹兼郑、柳。金闺国士南海何,中山衣钵惠阳耦。圣死贤亡国脉凋,剥床硕果强阳又。恤纬周嫠百不谐,朝端恨少同心友。石室儿郎炼胆薪,谢庭兰玉森左右。谓廖夫人孙女廖坚坚、孙男廖恺孙也。新妇来从白马湖,丰姿恍睹长松叟。普椿女士为颐渊爱女。画师捧笔替传真,渊渟岳峙龙鸾茂。稍惜风鬟雾鬓悭,未写婵娟伴山斗。瘦石为廖夫人及余辈绘像,普椿、坚坚独不与。兴会淋漓日已中,不饕酒肉欣觞豆。卅年渴想张别山,长途跋涉宁嫌久。老将希文矍铄豪,辈行弱弟怜余后。马鬣巍然官道旁,逾垣矫捷夸身手。别山墓道,缭以周垣,门闭不得入,乃逾墙而晋。志士丧元沟壑多,得天翻羡张公厚。夜台故剑欣同穴,国恩端不昭宗负。觉罗准大彼何人,捉刀应为浑融寿。墓后有碑文,署名为"康熙十九年岁次庚申又八月十五日简亲王下一等侍卫盛京觉罗准大"撰文。首有"庚申仲夏,王师征柳"句,考庚申为永历三十四年,延平嗣王朱经以四月弃

思明州返东宁,明年辛酉,吴世璠败死,则征柳之役当为对付孙延龄无疑。延龄为孔逆有德之婿,有德陷桂林在永历四年庚寅,别山与吴国公瞿文忠同殉。及永历六年壬辰七月,西宁王李定国复桂林,有德诛死,其女孔四贞窜走北胡,清酋福临抚为义女,复欲使备后宫,以福临死不果,乃嫁孙延龄。开府桂林后,吴三桂举兵云南,延龄亦反正,或庚申岁,延龄已失桂林,仍守柳州,故清师有寇柳之举欤。民国二十九年三月再版之《浩气吟》亦录此碑,而文字小有异同。"觉罗准大"下添"汉名赵应凤"五字,碑文笔墨甚佳,以浑融为主角,准大则浑融之方外友也。此文疑出浑融捉刀,当时满房初入中国,文化水准尚低,不容以后来之纳兰性德相比例耳。归途更约访新鬼,脱狱难忘越窗牖。镇洲为同盟旧人,辛亥之役,夜入清江浦举义弗成坐狱,有死士数人乘夜劫逃乃得脱,复参加安庆革命及芜湖二次革命。抗战后,由沪走桂林,穷困以殁。长女普生留学美利坚,有闻于时,次女维航,今归吾友乔冠华云。张公龚公皆人豪,松楸郁郁,枫青月黑,倘见鬼雄吼。

是夕素野、方可招宴绿宫,八叠九字韵

集者余与佩宜、北丽、佛西、琴可、白凤、红荳、瘦石、琪生共十一人。

五月上旬纪念繁多肇始"五一"迄"五九"。唯有今宵风月清嘉雅合倾樽酒。瑞安朱与潮阳卢,两美必合风骨秀。劫后重来醉绿宫,刘郎前度河东柳。客籍宾筵任我邀,梁妻杜妹良堪耦。熊郎惜少叶子偕,更怜孤子王孙又。仲寅、绮雯俱不至。李、曹、尹、漆并吾徒,淮阴岂合樊哙友。卅年我自惯风波,周勃安刘祖宁右。猖狂乞食桂林城,儿童争识虬髯叟。好事今朝访墓回,别山坟上松楸茂。翻嫌函骨返江东,稼轩封树隔南斗。正名我自定瞿、张,设祭人闻陈俎豆。桂林有张瞿纪念亭与张瞿纪念会,以别山居稼山前,荒谬已极,余撰文揭橥《大公报》,始获改正。苍凉吊古更怀今,身毒难忘圣雄瘦。出狱应招老伴魂,枯棋残着焉能久。泰戈尔亡前不前,尼赫鲁兴后岂后。民族宪章德黑兰,尼君终展回天手。苏联华印奠东方,畀秦鹑首天宁厚。狂言不为紫云惊,孤抱休教青史

负。座客唯唯主人喜，传觞起祝尼君寿。大同世界要先驱，笑他蛙井窥窗牖。酒酣耳热更持鳌，无肠公子横行釜底宁能吼。

歃血一首，再叠五三韵，五月九日作

洪宪当年歃血盟，小儿炉火讵忘情。唐家愁絮开天梦，赵璧谁归十五城。国蹙终怜民自伐，棋危会见局先更。兴元哀诏如能下，早晚铙歌奠两京。

辑庚白《丽白楼自选诗》一卷成，滕附录十种，寄叶圣陶成都，以梓行之事相属，九叠九字韵

九章九歌九辨九，葩经而后推祭酒。继以汉魏六朝唐宋元明清，代有风骚毓灵秀。中华民国诗圣林庚白，谁与匹者亚子柳。林诗深刻柳诗大，诗人无独偏有偶。逐鹿中原沛季骄，屠龙沧海扶余又。不相菲薄却相师，我于林生称畏友。林生论齿少十龄，忘年犄角堪左右。香江一弹殒人豪，归来我已俨然叟。丽白楼颓丽隐兴，君家哲妇才华茂。杜陵兄妹亦因缘，借饮冰主人句。美人虹气贯牛斗。由来枚叔逊相如，休夸七步陈王豆。春草池塘梦惠连，敢以兄肥轻弟瘦。余以小弱弟畜北丽，故云。一卷遗诗比托孤，丹铅日夕摩挲久。江东叶弟旧知音，说部当年落我手。地老天荒倪焕之，墨樵影事怜君厚。圣陶撰说部《倪焕之》中有亡友墨樵故事，余读之至涕不可仰。褚渊袁粲死生殊，一钱不值吾终负。余甚以不死于清党之役为愧。桂岭相逢未论心，举觞空拟为君寿。绝业名山幸托君，禹穴龙威堪纳牖。林生林生倘有知，风云横海蒲牢吼。

五月十日女弟子青君来谈，旋偕访辅叔、扬华夫妇于文明路通泉街李家巷一号归侨招待所，十叠九字韵

吞云者八吞梦九，放胆诗篇拚命酒。平生意气薄仓山，生怜执贽蛾眉秀。蛾眉识我廿年前，甘陵党部吴江柳。鸳蝶双双署党碑，讵料因缘

成怨偶。海沸天旋我幸存，鸾飘凤泊君还又。君家门弟旧清华，雷州祖贯饶师友。大父旄旌袁浦尊，而翁笔砚糜台右。梅癯为父畹青母，林下风流伴髯叟。王杨名德自天生，父唐母宋诗功茂。一局弹棋意不平，从此仳离隔箕斗。辛苦曹娥幼妇碑，凄凉杨恽南山豆。再生犹幸遇明诚，依然帘卷黄花瘦。南国投荒万里归，西河偕隐三年久。青君与青主偕隐之地曰西河村。明诚有弟更敻绝，季方肯落元方后。横海雄图郁郁怀，同心俪侣纤纤手。婵娟毓秀自中山，故乡国父地灵厚。脱险西山战大场，木兰韬略知无负。扬华负笈北平大学，"七七"后鸠众入西山为游击战，以粮尽南旋，复编入救护队，从国军转战罗店大场间，辛劳甚著。扶病归来更结缡，双栖应祝鸳鸯寿。不飞不鸣岂无意，宁信斯才老户牖。题诗好赠凤鸾俦，冲天会看龙螭吼。

汉家行一首，五月十一日作，十一叠九字韵

时闻华莱士有东来消息，而林伯渠亦将南入渝都。时乎，时乎，会当有变。握管吟成，聊当杜陵诗史云尔。

汉家厄运丁阳九，帝秦烂醉钧天酒。纤儿撞坏好家居，中华无复钟灵秀。流芳遗臭总桓温，可怜摇落江潭柳。廿年专政苦纷纭，勋德魏公差足耦。旷林龙战师旅陈，岛贼鲸吞烽燧又。半壁炎兴尚阋墙，收京回纥偏求友。工农四野苦诛求，冠盖盈庭分左右。柄国惟闻歇后人，钓璜那见磻溪叟。独清独醒世争哗，先知先觉言虚茂。贰心东食更西眠，诽语南箕兼北斗。作俑王敦倚甲兵，痛心曹植吟萁豆。朱门酒肉苍生哭，将军囊橐官兵瘦。四海困穷自昔嗟，永终天禄那能久。何人奋臂倡驱除，附会乘除吾敢后。天下兴亡在匹夫，嫂溺终当援以手。飞书持檄属吾徒，宁异伾文仗子厚。玉镜珠囊迹未湮，天图地碣功休负。秦庭倘用绕朝谋，桥陵应祝轩辕寿。葱葱郁郁气佳哉，不信鸱鸮焚户牖。锦囊还矢会有时，神烈峰头狮子吼。

是夕赴师范学院史地学会讲明清之间史事，写似林砺儒、吴燕生、黄现璠、王克虎、覃树伟

凭吊能深鉴古情，卅年苦斗话明清。师心最耻朱由检，失计微怜李自成。

翻山鹞子惜无功，谓兴平伯高杰。刘、李巫山战血红。谓皖国公刘体仁、临国公李来亨，皆大顺故将也。赐姓延平开大业，孤忠定国亦英雄。晋王李定国，旧隶大西麾下者。

五月十二日晚问琴可疾，偕绮雯商略延医事，旋过榴园与佛西、仲寅倾谈有作

收拾丛残赖起余，匡床槁卧足长吁。琴可许为余访购《小腆纪传》《西南纪事》诸书，以病未果。阴阳运会都虚妄，疗疾应求科学医。为介绍陈阅明医师治疾。

南社声华卅六年，淡交如水重欧、田。予倩、寿昌熊郎叶子能怜我，情话缠绵欲暮天。

次韵和必武见寿新诗，分寄润之、伯渠、玉章、特立、恩来、颖超、曙时诸子，时五月十三日也

整顿乾坤入酒觞，新诗寿我剑花芒。朝无虚听言终渎，民有偕亡日曷丧。丧字叶平韵誓以心肝酬党国，岂贪姓字上旗常。平生管乐襟期在，倘遇桓昭试一匡。

闻萨空了飞渝，感赋一首

亡命投荒感未禁，生憎钩党苦相寻。东林风谊依然壮，北寺淫威任见侵。万里飞腾容变化，经年意气未消沉。泰和肥廖恩施叶，一样相思乱我心。

再赠陈阅明医师

哦诗彻夜苦难休，婢笑儿嗔妇独忧。饮我刀圭今渐愈，报诗郑重比琳球。

北丽、丽霞夤夜过存，赋赠两绝

本约偕赴诗歌朗诵晚会，而会忽中辍，盖已三误佳期矣。

孤负金闺婉娈姿，佳期屡误奈相思。夜行多露非容易，未是刘邦拔剑时。北丽初访丽霞，见大蛇当道，骇而却走。

秋菊春兰异代姿，荷花桂子耐寻思。怜余未获相从去，风露中宵入梦时。北丽、丽霞仍入城，余不获偕行为憾。

五月十四日值废历四月二十二日，为仲寅三十一岁生朝，喜赠一律

先我生朝十四天，历书昨岁异今年。去岁废历四月二十二日，值国历五月二十五日，较今年差十一日，纷歧纠杂，余甚憾之。汉家正朔终宜奉，仲寅生于民国三年废历四月二十二日，值国历五月十六日，余意自明年起应加改正为是。湘水游踪喜早旋。新自衡阳返此。马克豪情怜旖旎，宣娇雄武忆缠绵。何当歌舞红氍夜，更看南朝葛嫩妍。

为谢康寿题造像，即送其返贺县

新莽隋坚等伪朝，魏公衣钵更滔滔。能尊鲁迅君差美，谁继中山我自骄。才得相逢离绪黯，何当再见阵云高。题诗造像宁无意，倘比麒麟阁上豪。

呓词二十四首

是日先宴榴园，继醉春明馆，得诗二十四首，窃取羽琌意，命曰"呓词"，盖亦醉梦时多醒时少也。

房昴星虚休沐辰,凌晨宾从集纷纭。林、张、刘、谢都英绝,艺苑文坛共策勋。北丽、蓁朗、雯卿、康寿先后至。

问疾重来上小楼,相关痛痒我心忧。开门喜见王孙坐,三日悬知病渐瘳。访琴可于猫屋,知少愈矣。

虎女熊郎寿一觞,榴园喜气烂生光。梁妻杜妹吾能领,失喜鸳俦更雁行。佛西、仲寅招宴榴园,余挈佩宜、北丽同赴之。

安娥妩媚寿昌豪,俪侣洪、黄亦自娇。学派永嘉矜贵甚,当筵亲为酌葡萄。素野偕其夫人黄小忆女士至,女士为漱兰先生孙女,余初识面,亲以葡萄酒三爵觞之,礼也。

木石因缘笑尹、曹,瘦石、红莨琅玡江夏足谐嘲。谓羽仪与黄长善也刘桢平视原无禁,轩吾张绪丰姿尔许娇。蓁朗

红白分曹酒阵高,三花那许敌葡萄。微尘世界恒河劫,难忘蔷薇战史娇。

意气怜输雷雨豪,春明影事梦魂遥。长桥铁轨艰危甚,何似榴园酒罍高。酒半忽雷雨,忆去年春明馆大水事。

洛浦凌波原跳荡,巫山行雨太荒唐。仲寅语奔雷闪电声光烂,倘汝前身是阿香。

黄炉旧句我能传,绝艳惊才属虎年。庚白句却笑谢家痴道韫,齐龄难与汝齐肩。垢儿与仲寅齐年,而矮小特甚。

虎痴慷慨狂能圣,仲寅龙女低徊默更妍。北丽风起云扬来日事,"云从龙,风从虎"语出《周易》。论才未合老金荃。

榴园几度集贤豪,此日留髡履舄娇。稍惜座无陈李辈,王孙病榻更萧条。迓冬、白凤、琴可不至。

送客留髡履舄骄,翻怜奔命属吾曹。阳秋剧运留评价,要看江涵意气豪。榴园客未散,余与佩宜、北丽、蓁朗先辞去,将观《戏剧春秋》于艺术馆也,江涵为剧中人名,影射寿昌者。

江山如画开新霁,豪雨冲街洗浊浆。啸侣命俦吾自壮,梁妻杜妹更

张郎。

平生自负忘情者，舐犊难忘弱小来。虎女龙孙都不俗，郑家诗婢亦追陪。此虎女指垢儿，盖与辽孙、阿曼同至者。

戏剧春秋三十年，大书深刻笔如椽。于伶、夏衍、宋之的，三杰齐名并世贤。

当年未识应云卫，此日来看陆宪揆。烂额焦头原痛苦，良心环境惜依违。

南国东方影射来，江涵争似寿昌才。衣冠优孟浑难似，遗憾终教属舞台。饰江涵者对于寿昌浑不似也。

若燕何妨属似鸿，蒋生孤愤郁心胸。光慈徐娘老去风流尽，却怨推枰局未终。

又遣分张怅路歧，翻怜同出不同归。婵娟轻付刘、吴手，更别张郎袂屡挥。北丽偕丽霞、国统入城，焘朗亦别去。

牯牛山畔路难行，弹铗无车意岂平。自送孟光归去也，老夫拚与醉春明。羽仪、长善招宴春明馆，嘱以双车来迓，车坏仅得其一，欲呼街车无应者，乃送佩宜返丽君庐，而独身赴春明也。

春明旧梦絮年时，秉烛来看窈窕姿。虎女风流连一妹，更留崇嘏伴相思。谓仲寅、安娥、小忆也。春明馆在相思江畔，故云。

江夏琅玡两主盟，田、熊、曹、尹更洪生。余醒未解添新醉，难得今宵履舄并。

酒晕横波怯倦眸，灯光人面共温柔。熊郎负我簪花约，忍折窗前白绣球。佛西言将折花畀我，为归贻细君之用，后竟负约，然余亦未忍下此辣手也。

豪竹哀丝并郁陶，诗情画意两堪骄。素野操缦，寿昌亢声而歌，余写诗贻长善，而羽仪、佛西乃作画云。宵深拚作临歧别，不信湖山后约遥。愿羽仪、长善更有以醉吾辈耳。

五月十五日，瘦石、仲华、辅叔、青君、美成先后来访，感赋一绝

淋漓画笔尹瘦石，驰骋文坛金仲华。辅叔、青君夸入室，杏坛参鲁属曹家。

谢仲华赠宣纸诗笺百页

赠我名笺烛有芒，诗城从此郁龙光。真如十五婵娟女，入手还愁玉雪伤。

廖夫人画牡丹松树，仲华属题

牡丹虽富贵，松柏却坚贞。纵遭胭脂画，还矜冰雪莹。紫黄乖正色，秦汉有遗型。终返阳和候，春风嘘拂情。

五月十六日访翼群有作

纵横掉尽仪秦舌，说法难教石点头。抉目悬门前事在，沼吴霸越定阳秋。

孙夫人更廖夫人，巾帼须眉迈等伦。行辈第三才第一，平生怀抱我超群。

始祖谟猷原阔大，孙坚追谥武烈皇帝，庙号始祖。桓王言论近恢奇。凭将剔肾雕肝意，付与孙郎帐下儿。

重庆延安那可分，弟兄唇齿合相亲。绕朝赠策如能用，一举平倭岂异闻。

偕佛西视琴可疾得二首

榴园汤沐是吾乡，猫屋王孙未可忘。不遣求医成急效，但能止酒便无妨。

熊郎自许起疮痍，与我同心科学医。善保千金躯体好，南明史料要钩稽。

五月十七日素野来谈喜赋

容斋才地旧风流，顾我真如磁石投。解说雌林诗笔健，粉脂洗尽独昂头。谓北丽也

不唐不宋定庵诗，此事髫年有本师。击碎珊瑚辛苦甚，回肠荡气几人知。

五月十八日晨赴艺术馆黄克强夫人徐宗汉女士追悼会，返寓后寿昌、佐才、孙源相踵至，偕往津津食堂午餐，艺术咖啡馆小坐，十二叠九字韵

名士文章九锡九，那及鸳鸯楼记肮脏醉杯酒。从来巾帼胜须眉，雪芹有言女清男浊分蠢秀。粤王台畔诞英雌，封侯夫婿并謦台城柳。民国元年克强曾任南京留守。吃人礼教付秦灰，英雄儿女真佳偶。三十年来万事非，克强殁后宗汉又。因君忽复念吴兴，英士当年亦吾友。独裁巨子袁项城，一弹横飞贯胸右。英士被刺在民国五年五月十八日。吊客青蝇痛国殇，余生皓首尊髯叟。霍氏门庭误禹山，可怜博陆勋名茂。沪滨往事恰今朝，天上星辰敛芒斗。四维不张中夏危，徒向荒朝陈俎豆。凭吊黄徐更惜陈，新鬼峥嵘故鬼瘦。归欤百感荡心胸，便坐深谈客来久。田侯磊落王生壮，定海孙郎宁便后。津津食堂筵席开，大嚼深杯堪抗手。伤哉已矣国无人，张辽空说私交厚。李广南山数岂奇，周嫠漆室言休负。吾曹合罄三百杯，攀龙终祝桥陵寿。酒酣进茗亦良佳，孔庙巍峨对窗牖。艺术咖啡馆门对孔庙，有碑曰"德侔天地，道冠古今"云。谁信撚须一老翁，朝来曾作狮子吼。宗汉追悼会中，余与任潮及廖夫人所言均甚激烈。

闻伯渠抵渝，遥寄两律

红棉花底絮相思，廿载睽违别恨滋。南渡旌旗悭酒盏，十六年之役，君从程颂云定南都，同拜江苏省政务委员之命，余方杜门海上，未获相见。西征戎马又天涯。延安自昔防秋好，重庆于今舰国宜。团结尚烦君借箸，草

茅伏处只哦诗。

寇甚疆残糜万忧，匹夫张臂奋同仇。孙郎帐下驰书日，谓哲生毛遂囊中脱颖秋。谓润之事急倘能吴越合，朋欢终见李桃投。时美利坚副总统华莱士氏不日东来。桥陵佳气今葱郁，谋国端应壮老猷。

寿昌有赠安娥四绝，极缠绵悱恻之致，爱而和之，安娥倘不嫌唐突钦，五月十九日作

未拟襄阳古大堤，成阴绿叶杜鹃啼。祝他情海无波浪，不信人天有别离。

鲲鹏溟渤云垂水，翡翠兰苕色是空。劝我逃禅怜汝戆，却教感激蕴心中。

贝加湖水自长澌，记取红场跃马时。万里归来修慧业，葡萄劝进尽军持。

新编闻写石家庄，小字簪花意慨慷。一卷西征诗草在，吴郎英气耐思量。安娥有《石家庄》说部之作，庄为辛亥年吴禄贞殉国之地。吴字绶卿，有诗一卷，名《西征草》，桐城吴芝瑛女士为精写上石印行，南社亡友常熟庞檗子《树柏诗》所谓"可怜一卷西征草，难得簪花替写工"者是也。

是夕西南第一届戏剧展览大会举行闭幕典礼，先期欧阳予倩、瞿白音招宴蜀腴馆，入夜观剧宣四队、七队及新中国剧社、广西艺术馆表演有作，十三叠九字韵

战区剧宣大队第四第七更第九，苦心孤诣丰功伟绩誓捣黄龙饮杯酒。异军特起新中国，其他晋楚齐秦邾滕鲁卫纵横捭阖占尽西南秀。正气文山民族魂，丰姿张绪灵和柳。二月十五大会开，五月十九闭幕典礼良辰吉日真堪耦。辛苦欧阳连白音，蜀腴置酒今朝又。下午四时许聚餐。群众欢呼举起来，同心最喜青年友。予倩、白音均被举置台上。戏剧精神为民主，竞渡中流看左右。反法西斯吾道尊，陈词慷慨虬髯叟。桂林文

协分会赠旗，余书"为民主而戏剧"六大字，并阐伸其义。向隅我独惜田侯，青灯黄卷贤劳茂。寿昌以赶写剧本不至。太史倘奏德星聚，剑气虹光贯牛斗。狂谈大嚼乐无涯，有酒盈觞肉盈豆。搔首私怜贫病伦，疮痍满目群生瘦。闻广州儿童剧团二十六人被捕。哀乐填胸罢酒归，陈王伴我交能久。迩冬偕返，深感殷勤之雅。臣门今夕忽如市，纷纭宾从来先后。献金索券尹生贤，啸侣呼朋乞援手。尹白献大会二百金，索券于寿昌，不足则以余所有者畀之。丽霞、国统忠实徒，杜陵弱妹相知厚。更挈鸿妻赴广场，艺术馆前约宁负。偕佩宜、北丽、丽霞、国统同赴艺术馆。绝代佳人旧素萍，优孟衣冠祝君寿。新中国剧社演《湖上的悲剧》，北丽言十年前在浙江省立一中二部肄业时，亦曾氍演是剧，饰剧中人素萍，不无沧桑之感。父归涂抹菊池宽，压迫屏风笑窗牖。剧宣四队演《父归》，为菊池宽原作，七队演《压迫》极诙谐之妙，广西艺术馆演《屏风后》，讽刺旧礼教尤觉淋漓尽致。遗憾深宵摸索归，不曾更作蒲牢吼。文协命余与云彬赠旗，例有演说，以时间匆促不果，余甚引以为恨。

五月二十日实甫过谈有作

寇王成败原无据，左右依违更可怜。月攘一鸡非盛德，未须迟滞待来年。

事关门户晋阳秋，孙盛桓温异辈流。乞食墦间原细事，生憎五斗折腰求。

访红荳不值

冲泥辛苦访君来，门禁森严闭不开。奚事主人深避客，胸中奇怒郁风雷。

四视琴可疾，知确为肾脏病，而陈阅明医师言，但得悉心调治，则三星期可愈，诗以慰之

王孙龙种真宜葆，国手婆心大可思。珍重眠餐宁细事，名山椽笔待君持。

示佛西一首

莱妻鸿妇恩难报，益友良朋谊并尊。自信平生持大体，灌夫骂座漫同论。

五月二十一日，青主、青君暨其次弟仲爽、弟妇郑崇德招宴环湖东路中央航空公司桂林站办事处，集者余与佩宜、北丽、小抗、曼实、辅叔共十人，十四叠九字韵

神龙生子类有九，今喜三龙共杯酒。长公兀傲次公肥，惠连最小钟灵秀。吾今患在好为师，上座俨然尊郑、柳。更许孤山母女偕，主人主妇同心偶。籍贯桐城姓实斋，党魁介弟风裁又。风景杉湖甲桂林，盍簪满座嘤鸣友。方今文学重革命，吾曹期许祖宁右。长公小我才六龄，绝倒无须不称叟。寿我诗篇已绝伦，更看自寿诗功茂。战舰飞机唐克车，坐使诗城换星斗。相期瀛海共车书，底用迂儒陈俎豆。舜死尧囚咏谪仙，丧家犬笑尼山瘦。诗世界即实世界，祖龙遗毒宁能久。房马临江佛狸死，山鬼有知语岂后。吾曹未合老诗人，要共斯罗斗身手。天将以余为木铎，险阻艰难意良厚。廖生廖生定我从，平生怀抱休孤负。哲妇喧哗哲弟贤，一周为我先称寿。已看青史著声名，漫怨红裙醉窗牖。出门大笑归去来，万山无语群龙吼。

偕佩宜、青君、曼实访倪贻德于艺术馆有作

樱都亡命交初订，沪渎烹茶又几巡。初识君于井之头公园畔"乐天庐"，嗣归沪上，在文艺茶话会中复数得相见。今日相思江上见，羡君旧侣有红裙。青君为贻德美专同学。

贻德为浙江民政厅长阮毅成索诗，报以一绝句

画师作介倪贻德，雄辩曾惊阮毅成。西南剧展闭幕会上，曾聆君演讲。

罗刹江头贤地主，何当同听凯歌声。

北丽挈小抗暂去复来，偕曼实倾谈良久乃别，复得二首

隐山山畔几回经，跋涉登临又此行。漫比过江名士鲫，将雏来去最关情。小抗住博爱托儿所，在漓江东畔。

博学多能重实斋，但闻高论便开怀。拈花一笑同心友，自爱孤山处士梅。

定海孙源再度赴渝，诗以送之，借寿昌韵，五月二十二日作

香江劫后万缘非，辛苦渝都汝又归。此去双栖饶艳福，君与夫人鸳湖沈耀文女士偕行。可容残客恋斜晖。子将命世精灵杳，太岳孤忠涕泪飞。谓地山与仲老闻道借才资异国，莱茵行见合长围。君方供职自由法国新闻处。

寄盛成中曲江，叠前韵

梅岭芜城旧梦非，曲江东望子安归。异乡识面欣才士，残敌惊魂看落晖。蚊蚋负山人亦瘁，蛟龙得水我终飞。太平三策如能用，早晚樱都报合围。

胡仲弢介贻德索诗，亦成一绝

纸价惊传贵洛阳，书生本色恰当行。龙山佳气犹葱郁，何日轩亭吊国殇。君鲁迅县人，学美术而经营纸业，故云。

素野、小忆伉俪邀宴百龄餐厅，即席得诗六首

集者余与佩宜、仲寅、佛西、贻德、毅成等十余人。

两度招邀更送迎，殷勤厚意感洪生。丰姿飒爽能惊座，青眼厨头阮步兵。谓毅成也

崇嘏高才能妩媚，琼章小病费疑猜。女三自昔能成粲，英绝鸿妻领袖来。

画师喧默异熊、倪，蓟北江南任品题。卅载故人离索感，因风忽复念陶遗。佛西与武进汤定之交厚，又因定之而获识陶遗云。

宁绍嘉湖付劫灰，长城天目自崔嵬。何当诗笔连游屐，迟我龙湫雁宕来。毅成招为浙游。

曼殊旧侣忆云雷，难得天方考古才。小妹李波曾识我，寻消问息费低佪。乐清张云雷为光复会旧人，嘉善张天方主天目书院，有妹骥娄曾访我梨湖寓庐。乱后苦不闻消息。

伯荪磊落鉴湖才，衣钵稽山倘未灰。更忆双枪王八妹，酒酣慷慨话蛾眉。绍兴沈复生为伯荪高足，顷尚在沦陷区中。王八妹一作王小妹，盖草泽之英也。

五月二十三日，偕佩宜、北丽、国统赴艺术馆凯风歌乐团音乐演奏会有作

此曲只应天上有，老夫怀抱为君开。呼俦啸侣今宵乐，难忘高歌向日葵。姚牧作曲并男声独唱有《寄给顿河上的向日葵》一曲，胡危舟叹为绝唱。

吴县吴公良任省立医学院外科主任兼教授，介阅明索诗，报以一绝，五月二十四日作

宰相吴绵世漫云，羡君功烈比希文。麇台笠泽同乡里，合上天平看白云。

赠汤明德（弘）一首，时方供职榴园文学创作社

西子湖头一少年，流亡犹得侍高贤。谓佛西愿君努力崇明德，大器由来出险艰。

赠梁乐轩（祖光）二首，吴江县第五区区党部旧人也

十年不见蔡元湛，元湛为君同学、同事，顷在渝都。万里重逢梁乐轩。党部甘陵成底事，未将吾血荐轩辕。用鲁迅先生诗意。

剑秋长逝柏如殂，杨剑秋为吴江县党部监委，吴柏如则第五区党部执行委员会常委。薄命庄姜论忍严。女同志庄元勇，于余有旧恩。两度结婚，均不得当，近尚在故乡，外间颇多谣诼。翻喜明君饶晚福，早看一妹嫁虬髯。女弟子王青君亦在五区入党，顷与廖青主偕隐西河村。

赠张廷良、朱惠贞夫妇一首

伉俪双双至，枌榆古谊多。交情今鲍叔，勋业旧萧何。笠泽寒如许，漓江梦有波。君夫妇为吾邑之震泽人，今来桂林。笠泽者，震泽之别称也。鸿光偕隐好，松柏袅藤萝。君任中国通商银行桂分行副理，拟以市隐差合。

寄蔡元湛渝都一首

蔡生欣未死，寄我尺书多。忆旧怜君懿，居官近若何。顷供职社会部。余生巴子国，去年堕江不死。影事太湖波。余创吴江县党部时，君任第五区执委，最为忠实。安得重相见，秋风老薜萝。

五月二十五日夜，偕佩宜暨沈涤新赴艺术馆，参加文协主持之诗歌诵唱夜会，晤北丽、国统有作

几负沙龙夜会姿，今宵真个慰相思。只怜人事沧桑甚，无复安娥朗诵时。安娥以病不至。

慷慨悲歌飒爽姿，黄河远上耐相思。何堪呖呖珠喉啭，正是中原血战时。是夕夜会揭橥"为保卫中原而歌"，第一节目"中国在燃烧"，第二节目"黄河之歌"，第三节目"我们心向中原"，最后全场唱《义勇军进行曲》而散，极见精采。《保卫黄河》曲由剧宣九队音乐组担任，男女队员十余人抗声而歌，感人尤深。

惭愧金闺国士姿,缘悭促膝枉相思。方山未必河东拟,惆怅惊鸿一瞥时。

次和北丽

北丽近诗云:"剑气丰城那可寻,盐车此日共浮沉。苦无石硅匡时略,徒有杨娥报国心。庚白不存谁抗手,亚庐未达尚孤吟。筝琶俗耳喧哗甚,何处成连海上琴。"次和一律。

龙虎风云梦里寻,神州不信陆终沉。补天辛苦娲皇石,逐日荒唐夸父心。反法西斯吾自壮,诛希特勒汝堪吟。虬髯巨眼窥红拂,劫外胭脂邛市琴。

五月二十六日吴县冯英子来谈,并为《沅陵力报》出版一周纪念征诗,十五叠九字韵应之

苏州旧府属县九,吴江吴县联文酒。天平邓尉好湖光,垂虹钓雪钟灵秀。万里从亡吴县冯,一朝来访吴江柳。为道江城沦陷初,同仇奋臂争成耦。何意中朝党论偏,宋家炎绍而今又。晚节披猖程万军,先几早识仇非友。间关辛苦走渝都,报国何曾分左右。少年英绝总输君,老马识途吾岂叟。君今奔走已七年,主持舆论功勋茂。创刊力报始长沙,一炬移星兼换斗。鼎足三分魏蜀吴,讵比陈思泣萁豆。邵阳衡阳更桂林,不信弟昆异肥瘦。麑王监谤尚年年,邵阳寿命怜非久。却看薪尽火还传,沅陵又继邵阳后。正统由来天命尊,要同衡桂争身手。余脉犹看衍芷江,有在芷江出分版之议。湘水黔山得地厚。君今远来索我诗,我诗近被人欺负。花影入帘崔护娇,蜉蝣撼树杜陵瘦。绝倒蓉都十七郎,痴心我尚恋窗牖。谤议纷纭一任它,酒酣耳热诗魂吼。

五月二十七日，五视琴可疾，知已渐愈，喜赋一首，兼示绮雯

雄鬼南明佑汝来，良医郑重进刀圭。眼波得伺妆台好，千古刘伶是祸胎。

题刘师子《玉泉观鱼图》

五月二十八日晨，刘师子见访索题《玉泉观鱼图》，图中绘一美人凭栏俯水，眉目间颇有英气，北丽、焘朗并集余所，争言此《翠湖曲》中之杨娥也。余不忍拂北丽意，为题二十字。

自有潜龙想，观鱼意岂鱼。杨娥翠湖曲，宁第玉泉如。焘朗新写杨娥故事，成《翠湖曲》剧本。

又题师子绘鱼两幅

烧尾庸难必，乘云或有时。由来鱼服意，休遣豫且知。
并育忽相害，天人理岂然。可能消浩劫，强弱例平权。

是日为余五十八度生朝，寿昌、佛西发起假社会服务处举行庆祝茶话会，晚宴蜀腴馆，不能无作，十六叠九字韵

我生之初厄阳九，五八生朝寿杯酒。桂岭无端作寓公，分湖早许钟灵秀。少日才华白下笋，中年意气台城柳。渔阳鼙鼓自东来，惊破霓裳羽衣耦。歇浦埋名三载强，香江脱险一朝又。脱险余生万愿乖，结交犹喜卬须友。猖狂乞食桂林城，故人满眼都非右。抱膝畴甘梁父吟，后车未载鹰扬叟。英雄末路作诗人，谤书却累群儿茂。唐克飞车驾驭难，伤心剑气冲牛斗。燕南湘北寇氛深，失笑清流煮萁豆。欲将两耳塞琼瑶，苦遣三生问肥瘦。骨鲠在喉吐亦佳，官蛙乱沸宁能久。广座延宾孰主

盟，田熊剧圣无先后。宰相今无王叔文，书生空拟柳子厚。青山青史两无成，南纪谓南社纪念会南明休再负。茗荠争夸陆羽豪，壶觞更祝刘伶寿。却愁海内尚啼痕，一线光明仅户牖。浪言李白谪仙人，奚似列宁狮子吼。

后呓词三十六首

皇览揆余初度辰，星虚房昴更纷纭。凌晨自起操湘管，茧纸隃糜共策勋。

万言书就气难降，急湍惊波似大江。辛苦蜉蝣空撼树，流传卢骆更王杨。

剥啄声中报客来，中郎倒屣仲宣才。湘阴年少能怜我，解为完淳写大哀。赠恭朗十二首，杂纪剧史，不能尽作郑笺也。

一卷南冠草自哀，金台市骏郭隗才。戴凭夺席吾何敢，言志无妨盍各来。鼎堂写夏完淳事为《南冠草》剧本，余嘱恭朗别写《江左少年》，亦"不相菲薄不相师"之意也。

陈夏文章旧雁行，大哀衣钵属吴郎。子虚乌有荒唐甚，放笔来描香隐娘。写太湖起义事为《吴日生》剧本，完淳为日生参谋，以师礼事吴者。香隐娘，则余理想中人物也。

海雪词人旧俊流，孖楼风谊亦千秋。却教影射成佳话，文献奚烦杞宋搜。剧中写隐娘之夫，明指邝湛若，实暗射庚白也。

一篇赤雅足文章，名姓能传云䍐娘。换羽移宫成绝调，惠娘仙去隐娘强。又写隐娘姊惠娘，影射云䍐娘。

碧血青灯誓阿香，却嫌节义太寻常。将名作姓原无负，龙剑还思聂隐娘。日生有侍妾香娘守节抚孤，矢志以老。余不忍泯没，故窃其名作隐娘之姓云。

少年私淑长兴伯，慷慨悲歌誓中兴。三十五年吾未死，流传亲付短檠灯。日生有《中兴末议》十三篇，鲁监国封长兴伯，殉国时年才三十五耳。

杜陵兄妹亦因缘，龙女文成黯自怜。更与日生添艳史，红莲幕底写婵娟。剧本以隐娘为日生女参谋。

子虚香隐传长白，长白荡为日生起义地。影事杨娥谱翠湖。《翠湖曲》写杨娥影事。惆怅赵夫人一曲，琼华名字赠娇娥。赵夫人为李成栋侍妾，激成栋反正者，邝湛若撰《赵夫人曲》甚美，惜无名字，余取曲中琼华字补之。

纥干冻雀已堪哀，煮鹤焚琴奈不才。千古伤心郭良璞，誓翻铁案为卿来。昭宗朝女官郭良璞以自由恋爱被杖死，余为翻案写入《翠湖曲》中，亦钓奇之一端也。

替古人忧亦大痴，临川院本岸堂词。剧坛终古无吾席，翻遣张郎替主持。平生未写剧本，《江左少年》《吴日生》《翠湖曲》皆出余造意，煮朗命笔，而必并署余名，可愧也。

剧史南明数阿英，续貂累汝笔花明。淮南江北无消息，道是钱生是魏生。钱杏邨假姓名为魏如晦，又署阿英，始与余倡议写南明史剧而未竟，余嘱煮朗补成之。

龙女丰姿原绝世，隐娘心性亦天真。描摹未尽曲中秘，唐突休嫌座上人。赠北丽一首。余嘱红苰写《龙女传》，煮朗写《香隐娘》，咸以君为模特儿，故有唐突句。

桐城贵介肯追陪，负我宵深一醉来。抱病怜渠能见顾，胸中奇气郁风雷。赠曼实一首。

刘狮自号刘师子，惯写江湖大小鱼。濠濮不须怜涸鲋，龙云变化岂终虚。赠师子一首。

予倩能为捉搦歌，问秋诗笔近如何。双双顾我良堪感，南社交情定不磨。赠予倩、问秋伉俪一首。

廷良厚重惠贞才，万里相逢异地来。踪迹萍逢谁更料，松陵笠泽有低徊。赠廷良、惠贞伉俪一首。

五客醉归三客留，开筵先为斗觥筹。叩门一李能相访，燕赵沈雄气不浮。邀北丽、曼实、煮朗午饮，适星如亦至，喜赋一首。

吴县吴江原咫尺，宝珣更挈涤新来。黄公德望称乡国，群纪论交愧不才。招涤新、宝珣伉俪同饮有作，涤新吴县人，黄公谓肇成先生，宝珣之尊人也。

交厚言深能沆瀣，酒酣耳热有从容。刘娘妩媚吴生壮，此是林家旧传从。饮罢而丽霞、国统并至，盖应北丽之约也。

酒杯斟酌堪今古，茗碗商量共浅深。绝似欻飞成小队，丽君路畔发豪吟。酒后偕佩宜、北丽、丽霞、泰朗、星如、曼实、国统同赴社会服务处庆祝茶话会途中口占。

艺圣田、熊气类高，满堂宾客各分曹。犹龙一李尊元老，慷慨陈词意态豪。谓李铁夫先生也。

中山衣钵原无忝，鲁迅文章亦可因。成败论人千古憾，卧龙、元亮异声名。

中朝耆旧思君实，江左苍生望谢安。出处常为天下计，委蛇未信一身难。

丹山熏穴求贤日，青史成编待我年。何去何从宁自主，潮流世运任推迁。

多谢群公各赠言，良俦厚谊感难宣。稍怜孤负婵娟子，未听丽华词令妍。北丽以未得发言为憾。

散会匆匆赴蜀腴，高楼灯火共盘盂。梁妻杜妹欣同席，镜里明朝颜色姝。

肴核壶觞入座来，纵横履舄共追陪。刘伶自守妆台戒，未遑当筵赌酒才。

无端宾从失曹郎，龙女登场更渺茫。剩水残山依旧好，红氍毹上看金娘。红莨忽去柳州，所写《龙女传》剧本亦不果上演，乃赴桂林戏院观《葛嫩娘》平剧，盖素秋所主演也。

罢酒来看《葛嫩娘》，秦淮影事又登场。相公鬻国君王醉，国事清流赤手当。

慷慨从容孙武公，红妆季布两心同。忘仇事敌缘私欲，切齿何须骂芝龙。

喋血婵娟骂贼年，鸳鸯革命胜神仙。板桥不纪微波节，便欲平反亦枉然。剧中写王微波、蔡如蘅事，根据《板桥杂记》而更绚染之，与他书不同，数年前在海上开演时，有欲为王、蔡翻案者，苦未能得当也。

盲翁负鼓赵家庄，弦管纷纭更断肠。江上峰青总愁绝，下场头处耐思量。为剧中人咏，亦不仅为剧中人咏耳。

笙歌散尽可怜宵，良会匆匆后约遥。倘许明年仍作健，扶桑跃马看樱娇。

五月二十九日，浩彬偕其学友郭竹君来访，赠以一律

知仁观过符家好，雏凤声清小号兵。同学漓江推郭竹，思亲蜀道阻冰莹。小侯忠孝乖弘抱，大义阳秋属老成。祝汝自强还自立，春华烂漫十三龄。冰莹书来言六月四日为浩彬诞日，故诗以勖之。

五月三十日北丽过谈有作

喜从末世倾谈笑，终念环瀛困甲兵。假我斧柯天可补，平生心事玉同莹。眼波眉黛频萦梦，虹气龙文倘晚成。跃冶祥金宁自诧，誓餐杞菊许延龄。

减诗一首，五月三十一日作

简虑韬精慎用才，戒诗未忍减诗才。青山青史无穷意，丧此丰渠理亦该。

骖鸾集卷十
（1944 年）

贺高士其、谢燕辉结婚

　　士其先生能融科学与哲理于一炉，为当代第一流人物。燕辉女士则富有南丁格尔献身之精神者。三十三年六月四日举行嘉礼于桂林社会服务处。诗以贺之，亦"秀才人情纸半张"之意也。

科学能联哲理婚，高三十五旧能文。谢家道韫仁兼勇，甘作牺牲献恋神。

民贫世富意难将，惭愧人情纸半张。椽笔淋漓诗墨健，蜉蝣撼树任崔航。

送李星如入蜀，六月五日夜作

　　星如名乃昌，河北霸县人也。在桂林识余，以师礼相事，于其远别不能无言。

觌面无端戎马中，高楼酒盏几人同。嗟余衣钵将焉托，喜汝诗篇晚渐雄。得志当为天下雨，披襟羞说大王风。余生不死终腾跃，白日青天满地红。

西行送汝话宵中，断梗飘萍身世同。吴越旧乡怜梦寐，燕云豪气颇沈雄。文删赵壹穷愁命，书著虞卿国士风。更忆仓山诗弟子，华灯曾映酒颜红。赵雅笙、虞重卿及简绿盈女士均为星如同门。

题海鹰画虾，铁夫先生先有跋语，六月六日作

海鹰画本铁翁书，衣钵人间那复如。不画神龙画虾子，庄生齐物岂颟愚。

题凌成竹女士画芭蕉

诗情画意王摩诘，雪里芭蕉最擅场。凝碧池头休痛哭，郁轮袍唱已荒唐。

纵横两首示北丽，六月十一日作

纵横捭阖胜仪秦，妙语能当百万兵。归对蛾眉惭结舌，左芬词令太聪明。

消受横波费忖量，华鬘恩怨总寻常。鸿毛泰岱期能辨，倘作南朝葛嫩娘。

创论两首再示北丽，六月十二日作

创论龚郎谅汉秦，蛾眉从古例能兵。稍怜归计成仓卒，未共瑶阶步月明。"平生虽亦薄汤武，不薄秦皇与武皇"定厂句。

天长地久耐思量，斋禁由来笑太常。文体六朝甄略尽，只应谢罪向萧娘。定厂云"六朝文体闲征遍，那有萧娘谢罪书。"此反其意。

戏仿玉溪体一首，不能工也

喜汝连番步屧过，一欢能抵万蹉跎。礼防周密悭缘法，心电频烦伺眼波。春梦仓皇迷白下，红墙咫尺隔银河。余有印曰"伤春悼红之楼"，为

张应春、萧红作也。石榴裙畔桃花马，何日中原共枕戈。

六月十三日送廖尚果、王浣霞夫妇赴八步

胜日欢场草草过，骊驹声里怨蹉跎。会看虹气冲霄壮，依旧诗情漱玉多。帘卷黄花高格调，旗翻赤帜荡幺么。相思一水连平乐，同梦鸥夷合枕戈。

龙战鸡鸣二十年，麻姑裙带问桑田。文姬福慧超徐淑，阳曲才名配稼轩。同是仓山门下士，宁输少伯五湖船。公孙跃马乖弘抱，忍割东南半壁天。

不信栖皇负壮猷，老堪一篑障横流。嫌他风鹤连宵警，迟我湖山半月游。尚果夫妇本约余同往，以湘北告警不果行。民望武城羞避贼，寇深举国要同仇。平倭三策如椽笔，别泪罗裙一笑休。

莫念厂自柳州来书，以谒吾宗文惠侯祠庙诗索和，并惠《龙城剑铭》拓本，酬以一律

柳州终古属吾家，羡汝南游吊落花。能用伾文真国士，亦如训注嫉群邪。李唐庙社生荆杞，韩愈文章噪雀鸦。留取龙城神剑在，一挥行见靖中华。

寄徐文烈甥渝都

寇深孤岛送舟车，戚谊邢谭足感余。今日桂林思重庆，将雏挈妇定安居。

送谢康寿返贺县，次其留别原韵，六月十四日作

我言能尽汝能听，握别苍凉无限情。风雨鸡鸣天意晓，玄黄龙战霸图腥。行看指日摧疲寇，不信中原有死声。肯作枌榆归隐计，弃繻年少请长缨。

赠尹德华，六月十七日作

书生雄辩剧惊人，炙輠雕龙美绝伦。不动帝王动民众，故应意气胜仪秦。君自号"演说家"，著书立说，故云。

六月十九日夜，从长老团募捐列车归来，值北丽、曼实过访有作

奔走归来夜未央，喜看眉黛照灯光。尽多危语镌肝肺，尚有雄心接混茫。沧海桑田饶感慨，鸿毛泰岱费商量。余生倘未填沟壑，终见中兴国运昌。

为瘦石题《百寿图》，六月二十二日作

《百寿图》仅四十八人，尚未及半数。肇始于去岁余生朝之日。曰"百寿"者，溢美之辞，亦颂祷之意也。图凡甲、乙二幅，甲以余为中心，乙以廖夫人为斗枸。瘦石乞题，辄赋两律应之。

画笔淋漓染赫蹄，始安两载证鸿泥。纷纭漫笑头颅贱，标榜还嫌姓氏低。应有虹光冲斗极，难忘杜妹更梁妻。班生九等分人表，青史他年任品题。

一姥南天告幸存，儿郎薪胆泰和尊。修蛾未绘颐渊女，乳虎欣看仲恺孙。白马湖头新涕泪，黄花岗畔旧精魂。廖先生殉国后，权厝黄花岗，抗战前始迁附总理陵园侧。似闻黔蜀长征远，负我鸥夷怨酒樽。范洗老约共叙餐，久久未果，顷闻已入蜀矣。

次韵寄崇德徐小淑夫人（蕴华）湖上两首

民国二年，夫人女兄忏慧词人讳自华，营生圹于孤山。北伐后，周象贤长杭市，列西湖为禁葬区。二十四年七月十二日，忏慧殁，竟不许归骨圹中。夫人电故国府主席林森争之，

卒弗获直，乃改葬市立第一公墓。寻杭州沦陷，复遭伪政府逼迁，陈棺秋社者两岁有半。三十二年四月十六日凌晨，夫人募石工潜启生圹纳之，始安窀穸焉。忏慧为鉴湖女侠秋璿卿义姊，璿卿流血轩亭，忏慧慨收骸骨，嗣遭清御史常徽弹射，有平冢掘棺之狱，忏慧复移柩入文种山，光复后乃返葬西泠。揆诸夫人为忏慧营葬事，先后不谋而合。社会之厄善人，非仅身前，且及于身后，吁嗟酷矣！夫人为闽侯林寒碧先生德配，与余暨香山苏曼殊咸南社旧人。曼殊、寒碧并葬孤山，故诗中云云。寒碧遘难前十八日，夫人始诞生女公子北丽，顷才二十九岁，亭亭玉立，秀外慧中，余恒以小弱弟畜之，有"惠连春草"之朕。殆昔贤所谓论交在群纪间者欤！夫人以诗来述忏慧事，立和成此，虽寥寥五十六字，而旨甚深远。山川间隔，朋旧凋零。伍胥之目未瞑，越石之戈犹枕。悠悠此意，唯夫人能心喻之尔。

秋家亭子翼然存，舆榇重来叩墓门。齐帝申王遗臭共，报功宁解妥英魂。

曼殊寒碧等萧闲，明月梅花倘往还。地下故人应待我，春来跃马醉孤山。

送垢儿随美国新闻处赴贵阳有作

送汝黔中去，苍凉别绪多。借才资异国，亡命屡奔波。虎女原无忝，龙孙奈弱何。光辽扶病同去。重逢知有日，莫漫怨蹉跎。

入夜北丽、曼实复来，赋示一首

灯火微芒照鬓丝，寻消问息费猜疑。感君风露中宵意，慰我邮笺泼墨痴。捭阖自关天下计，安危要遣一身支。良辰佳节休辜负，倘许吟边伴酒卮。二十五日为废历重午节，邀北丽、曼实小饮，甚盼勿却也。

寄熊秋农柳州，六月二十四日作

熊郎与我不相识，远道驰笺乞我诗。愧负平生匡济愿，疮痍满眼意何如。

汤沐提封旧柳州，吾家子厚亦千秋。何当净扫狼烟日，凭吊罗池醉百瓯。

严笑棠来书征文，诗以箴之

严笑棠者不知何许人，自漳州九龙饭店来书，为其母夫人六秩晋一征文，且言将建长生经幢勒弘一上人所写金经于石，诗以箴之。

青史多贤母，奚如朱玉阶。第十八集团军总司令朱公之母以贤德著闻。太真裾未绝，戎马尚天涯。

君怀天竺国，我恋莫斯科。汉家火德王，不用唪弥陀。

寄徐弘士渝都

旧梦迷楼二十年，报书经岁感缠绵。松梅自祝双春寿，冰雪终看异代妍。残寇湖湘宁大敌，壮猷管乐忆前贤。平倭铙吹吾能健，一夕吴淞万里船。

扬华之中表行张超杰、展鹏兄弟乞诗，报以绝句

早岁食贫曾废学，壮年好客几倾家。能从遗籍求真谛，衣钵稽山愿未涯。超杰少失学，喜读鲁迅先生书，能建立正确之人生观。

学府勤劬闻苦读，交游结纳更轻财。鹏图好展垂天翅，万里扶摇待汝来。展鹏肄业中山大学英国文学系。

六月二十五日值废历重午节，招红荳、瘦石小饮丽君庐，候北丽不至有作，时闻长沙已弃守矣

闻道前军气不扬，汨罗江水断人肠。国仇未报伤心极，且为灵均醉一场。

盼断天涯旧雁行，恩深骨肉耐思量。武公不作余怀老，愁绝南朝葛嫩娘。

喜蕴山至，赠以一律

别久忽然至，湘江旧梦非。重来真赴难，远道喜能飞。奋斗行宜勇，高明鬼倘窥。桑田留命仅，与汝共艰危。

喜北丽、曼实至有作，兼送白凤、紫凰赴柳州

入夜依然款户来，党魁介弟喜追陪。三军不作巫臣想，歧路彷徨意自哀。

白凤相携更紫凰，故人满眼剧苍凉。关河道阻烽烟逼，祝汝平安到柳江。

六月二十六日，强迫疏散命下，将去桂林，为羽仪题《春明馆》画册

棋局无端黑白更，弈秋敛手对枯枰。阴平穷寇非难御，忍学重光挥泪行。

旧馆春明无限娇，江山如此马蹄骄。君看瞿孔循环史，指日重来奏凯铙。孔逆有德以南明昭宗匡皇帝之永历四年庚寅陷桂林，留守督师大学士临桂伯瞿公式耜死之。越二岁，孔逆亦为晋王李定国所获剥皮示众。事详明遗民刘某所撰《李晋王传》，见云南杂志特刊《滇乘》中。旧史言有德阖家自焚死，盖讳之也。

留别焘朗一首

吾爱张焘朗,能传香隐娘。名山椽笔健,剧苑异军张。劝汝去平乐,还堪爇瓣香。少年衣钵在,青史自轩昂。余嘱焘朗写南明史剧十二种,分前后两部。前部为《梅花岭》,为《江左少年》,为《吴日生》,为《九龙泷》,为《翠湖曲》,为《鲁阳秋》,仅成其三。后部为《红棉树》,为《双忠记》,为《安龙府》,为《箐子坡》,为《延平世家》,为《宁靖王》,则尚未着笔。劝其赴平乐转八步,成此名山大业耳。

别佛西、仲寅

两年留滞桂林城,文酒能深骨肉情。此日天涯歧路别,消魂一握悔将迎。

蜀水黔山路万重,送君西去我将东。宣娇雄武茶花俊,更喜秋来诞小熊。

别 瘦 石

尹宜兴与柳吴江,此日分张恨未降。自昔画师都入蜀,盼君彩笔换无双。

别美成、华珍

宣尼门下曾参鲁,我有曹生约略同。结驷联骑端木健,盼君俪侣好相从。嘱美成夫妇从红茛赴宜山。

别 苏 丹

阿咸极口誉佟君,厚重虚怀更博闻。姚、赵、殷、姜交谊在,修笺作介感殷勤。余将赴平乐,苏丹作函致平乐中学姚展,赵松子,殷之濂、姜浩生为介绍云。

别琴可、绮雯

万纸谁言左藏充，黄金挥尽泣途穷。王孙宝玞青珊好，静女云鬟黛影浓。怜我扶将无气力，劝君挣扎莫从容。冯驩慷慨堪东道，萍迹昭州倘再逢。君友冯振家为平乐人，其地古名昭州云。

别健云大侄

阮籍悭青眼，还能誉仲容。从军心自壮，报国路难通。意气千金剑，相思午夜钟。重来应待我，铙吹万夫雄。侄言桂林万一不守，当为游击队以图恢复云，其言甚壮烈也。

示佩宜、北丽一首

梁妻卌载能偕隐，杜妹频年亦胜缘。湖水湖风凉不管，相携同上木兰船。

离桂林赴平乐舟中纪事八首

是晚六时大去丽君庐，露坐舟中达旦。明晨伧夫构难，北丽拂衣竟去。余隐忍东下，迄二十九日晚六时始抵平乐。得纪事诗八首。昔人有言"欢愉难好，愁苦易工"，亶其然欤！

疏散声中别桂林，香江覆辙忍重寻。空桑三宿犹生感，三载何堪恋爱深。

忝为民望羞先去，便作牺牲亦等闲。泰岱鸿毛勤辨析，苍生留我起恫瘝。

广柳前尘已渺茫，翻思少伯五湖航。图书万轴休抛弃，整顿全神水一方。

娲后补天原磊落，常仪窜月奈讥嘲。卌年烂熟阴符诀，失计而今又此遭。

入手明珠脱手逃，空怜风露坐终宵。负人负己栖皇甚，碧海青天两沉寥。

伤心羊胃更羊头，负气蛾眉忍怨尤。败绩街亭应自劾，头衔羞署武乡侯。

重来狡狯托空言，一读云笺一黯然。危语倘成生死诀，箱笼那便抵钗钿。

扁舟万兀更千摇，愁雨愁风又几宵。凄断丽狮岩下路，相思江水不通潮。

舟中呈铁老一首

不堪容膝说同舟，喜见高贤豁倦眸。我自栖皇思八步，公今迢递去梧州。殊乡山水添愁思，故国旌旗壮远猷。柱下犹龙吾岂隐，异军终拟起苍头。铁老丰采颇似古希腊之先知，为言"渝都政局不久当有变化，必来迓君以国史馆馆长相属，拟于周之守藏吏老聃"云。余笑而谢之。

赠海鹰一首

枭鸣狐媚木兰舟，奴辈无珠枉有眸。失水白龙愁钓叟，鏖兵玄德败荆州。羡君有妹能偕遁，愧我平生诩壮猷。端礼门前钩党榜，几时逐客尽昂头。

赠实甫一首，即送其奉亲挈眷赴阳朔

相逢同路不同舟，块垒填胸泪溢眸。篝火君应思楚国，乘潮我自下昭州。中流士稚横江楫，左袒朱虚复汉猷。闻道山川阳朔美，高堂吟啸出人头。

平乐杂诗三首，六月三十日作，纪昨宵本事也

望门投止今张俭，骂坐猖狂旧灌夫。惭愧冯生能厚我，竹林小阮亦吾徒。赠冯振家兄暨其犹子松龄。

行李仓皇走一肩，图书法物忍轻捐。伍禾缘法逢歧路，本慧辛劳损夜眠。赠胡伍禾、胡本慧两兄。

豪杰昔惊孔北海，昭烈有言：孔北海亦知世间有刘备耶！江湖今重廖维华。兼金惠我愁难报，姓字流传万口哗。榕津乡中心校廖君素未识面，忽嘱伍禾兄以二千金为赠，赋酬一绝，俾留名字于吾诗集中，其为报亦至啬矣。午夜挑灯念之不胜惭恧。

赠区岳生大令

昭州有贤令，仙舄迓王乔。颇以文章著，休忘抗战劳。鸳江新创造，凤岫旧丰标。他日黄龙饮，中原共斗杓。

赠陈显达书记长

胜利曙光现，残倭尚陆梁。期君能卓荦，努力奠南疆。

赠赵松子

萧砀丰沛霸才遒，更喜铜山产俊流。二十余年缘法合，俄然相见在昭州。

为松子题画

霭霭苍山淡淡云，赤松黄石旧知闻。雄心未合逃秦老，便欲东求仓海君。

赠刘运祯、姚展、杨健之、殷之濂、姜浩生诸子，刘为平乐中学校长

群才领袖属刘郎，厚我徐姚更粤杨。惭愧后先疏附意，江阴殷与溧阳姜。

赠冯振家、振旅昆季二首

投止怜余瘁，推襟喜汝贤。大恩何以报，别意奈缠绵。振家

鸳凤钟灵秀，居然大小冯。坠欢成一瞥，古意荡心胸。振旅

赠冯松龄一首

头角峥嵘喜竹林，宵来款我感君深。题词欲袭唐贤句，雏凤清于老凤音。

赠廖君实一首

君为平乐城厢镇中心校校长，馆余于初级部，殷渥可感。时余已定七月三日赴八步，故诗中饶惜别之意云。

投止望门良自愧，授餐适馆乐无涯。空桑三宿缠绵意，惆怅歌骊别绪赊。

赠黄浩然一首

虎斗龙争新世界，鸳江凤岫好湖山。匆匆识面匆匆别，襟上还悭酒渍斑。君实座上识食糖专卖局主任黄浩然，介君实索书，以此挑之，冀换一醉而不果。商人重利，文字无灵。思之不值笑骂也。

八 步 集

（1944年）

三十三年七月三日，自平乐抵八步，赠李柏林司令，用女弟子王浣霞寄呈旧韵

黑白玄黄抵死分，论才如汝信堪群。一州灿烂开新国，五马堂皇拥使君。投止岂徒依地主，飞书还拟用高文。天人三策阴符秘，怀抱平生管乐勤。

尽抛砚匣废诗囊，便欲从军办急装。柳下襟怀和圣裔，临淮壁垒健儿肠。三分韬略心犹热，万古云霄语岂狂。钓渭耕莘青史在，宾师款我礼无妨。

七月四日，廖观玄、王浣霞伉俪招集沧海楼，赋酬叠韵

柔荑郑重握临分，倦鸟来归又合群。骂坐旧惩宽老悖，推襟新谊感夫君。横磨十万思能武，毛瑟三千倘用文。我志未酬人已苦，忍从谈笑觅殷勤。

画笔吟笺更隐囊，喜看明镜对新装。双栖早羡温柔福，斗酒难消块垒肠。碧海青天思妇梦，金戈铁马少年狂。卜邻倘遂髯翁愿，十日平原醉岂妨。

柏林邀访西湾，归途纪事，三叠浣霞韵

七月五日，柏林邀同佩宜、浣霞、观玄游西湾之平桂矿局，视李汉屏疾，饭于黄昶芳所。旋访锡业管理处，夹道桃梅，寻春恨晚，白兰花一树，亦含苞未放。柏林乞留住山中，以无伴谢之。

俪侣鸿光合岂分，嘤鸣求友鸟呼群。登山涉水都良伴，送抱推襟况使君。一老犹龙苏病骨，双栖叔度喜雄文。肥鱼大肉茅台酒，扶醉还期后约勤。

谷口乾坤似括囊，驱车揽胜喜轻装。梅妻易入林逋梦，桃叶难平子敬肠。静观峰峦应有悟，倘疏朋旧岂能狂。白兰花发浓香日，逭暑重来定未妨。

七月六日，电传湘中战局好转，桂林爆竹声震耳。又闻北丽女弟已抵平乐新华旅店，四叠浣霞韵奉寄

决战湖湘胜败分，亡秦三户昔堪群。谭唐血债开新局，胜广狐鸣殪暴君。横槊临江嗤魏武，伐崇囚垒美周文。山城爆竹殷天沸，倘比红都礼炮勤。

愁对筠箱更被囊，忽闻平乐顿行装。板桥茅店留君梦，泥絮风花乱我肠。浪说提携频计左，剩添资料助诗狂。青天碧海无穷感，恩怨填胸倘未妨。

七月七日为抗战七周年纪念，出席灵峰台民众大会，演讲既竟，归坐沧海楼，写示柏林、观玄、浣霞暨刘乾元、朱汉斌、贤揖唐，五叠浣霞韵

抗战真堪阶段分，六州铁铸反攻群。柏林指日歼残虏，樱岛明年黜伪君。强食从今辞弱肉，殊邦更喜见同文。五十年后中国当废汉字，以拉丁化新文字行世，更取世界语为第二国语，则从此见同文之盛矣。车书万国冠裳

会，礼运春秋训诲勤。所谓太平大同之世，庶几近之。

还矢南都负锦囊，白旄黄钺健儿装。已看团结成舆论，不信纷争有别肠。新命旧邦民自贵，发踪指示我宁狂。葛公怀抱仪秦舌，慷慨何曾口吃妨。

王国柄校长留居平乐师范，馆舍既定，颇有窗明几净之乐。浣霞许排日过从，为余抄诗兼载酒问字，六叠前韵志感，七月八日作

来禽青果格能分，赵管真堪李卫群。君是吹箫秦弄玉，我惭纵酒信陵君。钞诗深感缠绵意，问字羞裁剧美文。长路骄阳成触热，生怜鸳屦往还勤。

笔床茶灶伴书囊，小住行窝卸旅装。自辟鸠居新世界，难驯龙性旧肝肠。厮磨耳鬓怜卿热，咤叱风雷许我狂。冰炭交攻矛盾意，青山青史总相妨。

七月九日偕浣霞深谈有作，七叠前韵

生憎形体女男分，举世宁堪鸟兽群。碎首绿珠怜国士，埋香青冢负明君。朕时不若空挥涕，臣罪当诛那用文。侈口终羞谈博爱，闭门忏绮倘能勤。

长吉呕心古锦囊，剩添诗料咏红装。仓庚疗妒宁无术，梅子含酸别有肠。蜡炬蚕丝空自苦，盐车骏足讵能狂。惺惺容遣相怜惯，诉与蛾眉总未妨。

七月十日，以昨宵腹痛，不果赴浣霞招饮之约，八叠前韵纪事

河鱼腹疾苦宵分，一病端难与汝群。浪遣虚名称铁汉，终怜百体累天君。华鬘忉利丛残劫，玉佩琼琚忏悔文。孤负嘉招真自愧，枉教前度

约殷勤。

整顿琴书卸旅囊，好从客馆寄行装。高吟低唱堪消夏，问息寻消奈别肠。药店飞龙愁出骨，花丛么凤托佯狂。天图地碣平生愿，漫遣雄心与病妨。

八步日报社副社长刘乾元来谈有作，九叠浣霞韵，时友人曹红茛为余所写《龙女传》剧本已登载完毕矣

毛瑟三千为我分，《灵峰》副刊名啸侣更呼群。明珠唾手思龙女，绣被熏香感鄂君。结习未除赢绮语，雄心岂合老斯文。平生骁健飞腾意，多谢刘郎吐纳勤。

余智犹堪叩我囊，五洲龙战促严装。纵横小笠原头舰，恼乱法西斯蒂肠。切腹早知魔鬼毙，横刀倘许美人狂。贾生椽笔龟堂句，一纸风行定未妨。

赋谢平乐师范校长王国柄留居之惠，十叠浣霞韵

弦歌黉舍许平分，位置髯翁自轶群。烽火关山能慰我，栋梁桃李喜逢君。授餐适馆无穷乐，净几明窗好论文。记取枌榆风物美，秦堤游伴絮殷勤。

一椽假我妥书囊，宾至如归卸旅装。莱子逸妻温旧梦，郑家诗婢篆中肠。营巢燕雀今何世，得水蛟龙我欲狂。多谢主人情谊重，六旬迨暑镇无妨。

七月十一日，再集沧海楼，赋示浣霞、观玄，十一叠前韵

江湖肝胆合平分，汝与髯翁共轶群。自昔中原归亚子，用朱耶存勖故事。岂真南渡累青君。浣霞别字宁人负我英雄量，大道为公礼运文。皓腕红衫成掩映，钞诗筹笔两辛勤。

沧海楼高贮画囊，酒酣隅坐对红装。梁妻有药能医痼，杜妹无书怕

断肠。不信忠言能逆耳，稍怜绮语累清狂。樊英答拜吾终圣，小德差池定未妨。

芦荻索诗，十二叠浣霞韵奉赠，兼题其所著《燕泥集》

七月十二日夜，南海陈芦荻、澄海杜伯奎、怀集何铿锵、博白刘汉强招饮酒楼，集者余与佩宜外，有东莞刘瑞昌暨博白刘露莹、台山何爱崧两女士，宾主共九人。

论交粤桂倘平分，笑我吴儿木石群。卅载双栖期砺俗，四郊多垒又逢君。鏖诗南海曾夸圣，谓康长素氏，芦荻之乡前辈也。化俗钟山岂让文。钟山县新建未及二十年，瑞昌长其地中学校，故以文翁化蜀为喻。匡济孤怀终自负，酒酣絮语却殷勤。

燕泥落尽剩诗囊，豪气元龙办急装。风雨两江温旧梦，两江在桂林附郭，芦荻旧游处。湖山八步壮吟肠。知心海内愁无几，同调人间喜欲狂。更有双鬟能问字，书生不枉本无妨。

七月十三日，得北丽女弟平乐来书有作，十三叠浣霞韵

骊珠沧海合终分，浪托红闺兄妹群。自昔谢庭尊道蕴，敢将胡语例明君。名山绝业愁伤慧，末世横流悔用文。踪迹差池缘法舛，同心枉遣绪殷勤。

奇计生惭叩智囊，终怜颠沛属红装。项王垓下悲歌泪，苏轼人间肮脏肠。盖世拔山徒有愿，韬精沈饮岂能狂。山川咫尺成千里，欲渡何堪一苇妨。

七月十四日夜，芦荻偕化县陈颐模招饮酒楼，十四叠浣霞韵纪事，兼示颐模索和

中原坛坫要平分，喜见陈家昆季群。芦荻与颐模为兄弟交。子厚霸才君念我，吾家文惠侯思利用王伾、王叔文以肃清阉宦，实为一革命政治家，世徒

以文人目之，非真知文惠者也。元龙豪气我怜君。乱离身世双琼树，锦绣湖山十地文。亡友诸暨陈樗越流题曼殊画句云"燕子山僧十地文，写贻京口赵将军"。自注"十地文"即画，见佛经。颐模善绘事，故云。醇酒信陵私愿在，李白凤为余刻印有此四字。杜陵稷契奈忧勤。

提携画卷更诗囊，疏散声中共束装。旅邸论交饶感慨，高楼纵酒沸肝肠。燕泥一集吟怀健，鸿爪三生彩笔狂。虎步龙行吾自许，云台麟阁岂能妨。颐模许为绘像。

七月十五日晨起，写寄廖辅叔桂林，时方读其近作也，十五叠浣霞韵

延津龙剑惯轻分，吟啸欣传鸾鹤群。阳朔不波天逭我，传闻迩日过阳朔者覆舟三数起，君颇以为忧，顾余独布帆无恙，殆天命有归也。始安觅句鬼输君。昔人有长吉鬼才之喻，君庶几近之。阴平寇老宁逃死，回纥交深那用文。记取蜡丸三百字，飞书枚叔累辛勤。

三策天人忍括囊，誓枭秦蜀反攻装。由来西鄏兴王地，洗尽东窗鹭国肠。墨逆希魔期共毙，裕仁、近卫已难狂。杜陵他日传诗史，灵武麻鞋事岂妨。

谢康寿嘱题其爱人李素琼女士遗像，十六叠浣霞韵，七月十六日夜作

恋爱无端生死分，天风鸾鹤怨离群。虬髯绕颊应怜我，凤眼含愁始识君。郑重沈檀熏小像，苍凉热泪写高文。素琼名字留诗卷，记取金闺顾盼勤。

腰剑肩枪背革囊，女儿生小惯戎装。素琼曾参加学生军。红颜别擅风云气，皓腕能坚铁石肠。赤县黄图犹陷敌，青林黑塞讵堪狂。樱都跃马寻春际，唤起梅魂倘未妨。

读北丽女弟所撰《柳亚子论》即题其后，十七叠浣霞韵，七月十七日晨起风雨中作

论才一石许平分，林下丰裁自轶群。别后大雷书寄我，梦中春草句连君。湖山可望愁盈掬，风雨相思壮此文。漫笑儒家封建锢，大同礼运我能勤。

越女猿公旧剑囊，风姿恨未睹戎装。霸才不合谐庸俗，母爱终怜蚀肺肠。小抗随侍在侧。广厦杜陵虚有愿，方山陈慨岂容狂。蜡丸三百阴符字，奏记妆台定未妨。

和康寿，十八叠浣霞韵，七月十八日作

莽莽中原合岂分，几人青史自超群。冢中枯骨怜公路，釜底游魂笑巨君。四世三公成一梦，渐台威斗枉能文。神皋逐鹿羞余子，煮酒青梅意态勤。

失笑仓山倚隐囊，及门白袷更红装。湖楼问字萧娘酒，关塞横戈壮士肠。茶灶笔床吾已倦，快枪炸弹世犹狂。沼吴霸越能如愿，便作鸱夷老岂妨。

无题二首和观玄，十九叠浣霞韵，七月十九日作

巫山沧海合平分，博爱难忘姊妹群。昔人有言：愿天下男子咸为我兄弟，天下女子咸为我姊妹。盖能传博爱之真谛者，惜忘言者之姓名与其出处矣。洛水惊鸿思帝女，洞庭斑竹礼湘君。三生杜牧寻春恨，十幅萧娘惜誓文。菊影兰痕商略遍，水边林下最辛勤。

还矢南都负锦囊，女儿心性健儿装。好参帷幄韬钤秘，别有玲珑智慧肠。典册高文崇嘏美，飞书驰檄鉴湖狂。红莲幕府饶英物，雄武温麐岂两妨。

七月二十日和颐模，二十叠浣霞韵

枉持杯酒话三分，自信骖参最轶群。鹦鹉汉廷思国士，琵琶胡语怨明君。脂融粉腻相思泪，石破天惊绝代文。唤作诗人吾岂肯，苍生忧乐用心勤。

匕首秦庭旧革囊，萧萧易水白衣装。荆高燕市无余子，萁豆黄初有别肠。破国亡家人尽苦，移山填海我犹狂。不仁天地伤心极，刍狗牺牲事岂妨。

七月二十一日，为北丽女弟初度，观玄、浣霞邀饮，三集沧海楼。同席者佩宜外，有谭洁庄女士暨光宁、阿穆、小雄辈凡八人，二十一叠浣霞韵

平原十日正三分，浣霞前寄诗有"沧海楼中虚席待，稍来十日饮何妨"句。依旧红闺钗黛群。闻道高丘求佚女，忍从秋水礼湘君。东条已见投戈朕，西线行传露布文。跃马樱都来岁事，为山九仞最辛勤。

衣钵山阴剑一襄，昭州咫尺忆红装。平乐古号昭州。天真未凿终怜璞，地轴难移枉断肠。安得红莲开幕府，岂因华发负清狂。春韶失喜回晴旭，骤雨狂风那便妨。是日暴风雨，俄而开霁，红日中天矣。

七月二十二日为忌儿三十八岁生朝，写寄渝都，二十二叠浣霞韵

鸥梦难圆更判分，黔吴桂蜀惜离群。灵均初度逢今日，臣朔归遗喜细君。谓蔼鸿忧国忧民吾自瘁，无灾无难汝堪文。盛年五八连三八，来日终期淬厉勤。

传家清白薄钱囊，万卷图书各旅装。乐道能安巴子国，收京共沸杜陵肠。难忘偕隐他年约，犹记争棋少日狂。揽辔澄清期未远，暂时离索又何妨。

七月二十三日，临江中学李镇校长招游其地，赋诗以纪，二十三叠浣霞韵

饭于校董黄瑾光家，晤其公子卓林学士，同席者余与佩宜外，有铜山赵松子、姚展、江阴殷之濂、兴安王国柄、贺县张帆，主客共十人。

临江芳水渭泾分，校舍在临江与芳林江合流处，两江颇分清浊，故以泾渭为喻。黉舍弘开喜乐群。难忘高名李元礼，宁同醇酒信陵君。席间设醴酒，味醇而力厚，余谓此真信陵醇酒也。老成慷慨能兴学，年少英多更擅文。我醉欲眠殊自愧，主人情重感殷勤。

随身杖策更无囊，惮暑争衣短后装。一舸鸥夷萦梦寐，三升清酒热肝肠。犹龙自合倾余子，歌凤无烦学楚狂。偕隐未能甘寂寞，怜他烟水五湖妨。

美国空军联络官范查礼君索诗，赋赠二首，二十四叠浣霞韵，七月二十四日补赋

任他地轴六洲分，华美苏英自合群。革命孙公宁悉我，释奴林肯最推君。大同礼运民为贵，进化公羊质更文。诤友严师殷属望，岂徒保卫领空勤。

骆驼针孔累钱囊，世界文明要武装。马列能弘基督愿，罗华同抱释迦肠。由来艺术归民众，为献刍荛岂瞽狂。直捣黄龙期未远，樱都痛饮醉何妨。

七月二十五日，寄馨丽女弟湄潭，二十五叠浣霞韵

莫愁湖畔怅襟分，交谊难忘旧纪群。桂海萍蓬畴念我，杜陵兄妹合思君。人间那有长生诀，梦里还疑惜誓文。惆怅天涯消息断，裁诗驰驿枉辛勤。

赠我相思豆一囊，恨输约指镂金装。涛翻香海乾坤劫，梦绕宜山铁

石肠。馨丽曩客宜山曾以红豆馈余，香江劫后遂不可问。诗入商声疑有谶，人怜中岁未能狂。馨丽年四十五矣。扶摇九万心犹热，鹏翼摩天事岂妨。

题王仲瞿《烟霞万古楼文集》二首，二十六叠浣霞韵，七月二十六日赋

八斗才高子建分，萧娘吕姥讵堪群。张皇西楚仇班固，回护龙阳詈巨君。露布未干奇女血，集中有卸花坡女贼齐王氏传首露布，题不雅驯，文意则推崇颇至。王氏小名赛昭，为白莲军领袖，衡以民族大义，实吾国之贞德，史家以妖妇目之，冤也。丰碑早勒霸王文。集有谷城西楚霸王墓碑。回心院本愁零落，枉费挑灯按拍勤。据辽懿德萧后哀文，知有回心院传奇四十二折，惜不传于世。

不用奚奴古锦囊，金银皮革一炉装。纵横宙合龙川气，匡济民生杜甫肠。"不行区田，民无食计。不治黄河，民无燥地。"虎丘山夅室志中语也。我识琵琶弦外意，咏西楚霸王诗云："卅二琵琶将斗酒，他年也拟哭荒丘。"人嗤霹雳掌中狂。相传仲瞿能作掌中雷，见龚定庵所撰墓表铭。艨艟早乞东风便，莫遣招魂虎阜妨。仲瞿嘉兴人，葬吴门之虎丘山南，遗址已不可考。他时荡虏功成，一舸东返，终当以樽酒凭吊之耳。

辑白莲军女首领王赛昭史料竟，媵以二律，二十七叠浣霞韵，七月二十七日赋

白莲旗帜五军分，首义蛾眉最轶群。伟烈宁输贞德女，小名记取赛昭君。小名赛昭君，人呼为赛昭。英雌号令能神武，秽史荒唐怨不文。恸哭卸花坡下路，复仇驱虏感辛勤。清酋募刺客夜入赛昭帐中，断其一足，外兵急进，义不受辱，遂投崖死，地在郧阳之卸花坡云。

妙手空空耻剑囊，投崖殉国惜红装。钮麂赵盾嗟无耦，来歆公孙别有肠。黄鹄史传才子句，"黄鹄特翻贞女调，白莲都为美人开"，张问陶咏赛昭句也。青莲天纵美人狂。赛昭夫齐林先以谋光复见杀，昭入青莲庵为尼未削发

也。数年后，遂起义于襄阳之黄龙垱。翻怜附逆龙幺妹，衮钺阳秋直笔妨。贵州女士司龙幺妹，年十八，从清军反噬女雄王囊仙义旅，战功最著，诗人舒位、王昙咸激赏之。然律以春秋大义，则难逃附逆之诛矣，惜哉！

七月二十八日，寄无恙重庆，二十八叠浣霞韵

歇浦香江几合分，山城三载惜离群。移家临贺应思我，扈跸嘉陵每念君。门阀晋庭首王谢，功勋周室自桓文。更怜霸越栖薪胆，弱弟天涯意气勤。

入手明珠托剑囊，当年沧海对红装。最难夫婿钦奇士，更喜娇雏智慧肠。香象渡河诗笔健，神龙得水酒军狂。杜陵稷契平生意，迓我渝都倘未妨。

七月二十九日，寄无畏成都，二十九叠浣霞韵

桂林城畔袂轻分，濯锦江头未合群。剑法猿公传越女，乡愁屈姊更湘君。从军汉水欣能武，偕隐临邛焉用文。失笑长卿消渴日，远山眉黛感殷勤。

短笔长枪共一囊，女兵丰采睹戎装。吴淞杀敌曾参战，茂苑潜踪最断肠。赋别江郎徒有恨，栖真毛女讵能狂。毛女峰在华山，无畏旧游处。薛涛门巷蠛矶庙，儿女英雄岂两妨。

七月三十日，寄无双重庆，兼柬其夫婿汪子柔，三十叠浣霞韵

虎踞龙蟠天堑分，南都回首怅离群。一楼自满堪容汝，子柔署其居曰"自满楼"。七载相思苦忆君。别后已七周岁矣。越女甬江腾凤彩，吴儿阳羡露螭文。能消羁旅栖皇恨，膝下娇雏笑语勤。谓无双女因迟也。

失笑书生负剑囊，髯参短簿也戎装。无端橐笔称中秘，犹记裁诗许别肠。灵谷雨花游屐共，莫愁玄武酒人狂。难忘最是柔荑手，一握终怜万感妨。

七月三十一日，送刘丽霞女士返平乐，并寄北丽女弟问疾，三十一叠浣霞韵，时余亦小病矣

烽火关河袂又分，拱桥村畔鸟呼群。萍蓬大海今何世，肝胆孤山最重君。此去昭州逢故旧，听来吴语感温文。大雷械札惭明远，问息寻消枉自勤。

雾鬓风鬟镜一囊，秦堤游屐共行装。难消邛市昂藏气，犹喜青绫妩媚肠。送汝征途惟有怨，怜余同病未堪狂。星稀月朗沈忧集，横槊征西意岂妨。

送贤揖唐之平乐实验简报社

旧贯追西域，髫龄住福州。读书成远校，摇笔抚河秋。迋我意良厚，送君感岂休。风云天际阔，乳虎啸昂头。

赠吴大琨，君为吴门人

相逢万里外，花草冷苏州。羑里羁囚梦，潮流动荡秋。小康嗤管仲，大义托何休。年少多英杰，期君出一头。

赠李抗之（次民），君为研究日本问题专家

东夷狐鼠窟，中夏虎龙州。小笠原头梦，扶余岛上秋。著书功自壮，握手意难休。太学劳筹划，灵峰岩上头。君方筹办桂东大学，余谓灵峰岩一带颇宜为文化区也。

赠朱汉斌

倾盖欣如故，青年壮此州。君情劳缱绻，吾笔有阳秋。主义三民健，枭雄一代休。墨索里尼已倒，希特勒崩溃之期当亦不远矣。黄龙期共醉，饮器郅支头。

寄张佐文城步，君为江苏通志编纂委员会旧人

雁讯来城步，萍踪忆润州。交游半零落，凄绝十三秋。共事者陶小沚翁暨庄思缄、张蔚西、陈巢南、刘季平、朱贡三诸友皆去世矣。感旧情难遣，讨倭战未休。河清应待我，濯足大江头。

国父实业计划研究分会自渝都来索书，报以一律

遗谟弘国父，天遣奠神州。弓剑桥山恸，苍凉二十秋。大同期未远，魔劫恨难休。拜墓明年事，钟山顶上头。

诗 集

第七辑

(1945—1948 年)

目 录

巴山集卷一（1945年）·· 947
 三十四年元旦口号·· 947
 狄君武五十寿诗，阅岁补作，兼示顾缀英······················ 947
 次韵奉酬衡老、鼎兄，一月三日补赋···························· 947
 龙蛇一首，借徐弘士韵·· 947
 陈秉诚赠酒索书报此··· 948
 次韵答王孟潇，二月十五日作····································· 948
 赠姜庆湘··· 948
 赠曹美成、桂华珍夫妇··· 948
 赠先锡嘉··· 948
 赠沈涤新··· 949
 赠秦翰才··· 949
 赠文怀沙，三月十五日作·· 949
 沈振黄挽诗，三月二十四日作····································· 949
 三月二十八夜，衡老、鼎兄、若兄招友醵饮为余预寿，感赋
  两律，次首用陈真如韵·· 949
 亡友易梅僧先烈遗诗，哲弟蕴九索题，四月二十八日作········ 949
 口号二首，五月二日赋·· 950

五月十四日，淞妹顾我，言将赴滇都，索诗为别，赠以五、
　七言绝句各一首 ··· 950
延安一首，五月二十六日赋寄润之 ······························· 950
寿华昇五十，兼示啸岑 ·· 950
五月二十八日夜，酒后赋示佩宜、北丽、华昇、华珍、西
　曼、迩冬、庆湘、镇华、啸岑、美仁、非杞、怀沙 ······ 950
次韵答迩冬 ·· 951
与啸岑夜话有作 ··· 951
赠陈之伟医师 ·· 951
送鼎堂赴苏联，六月四日作 ·· 951
寄朱玉阶总司令延安 ··· 951
寄陈仲弘军长 ·· 952
赠马寅初先生 ·· 952
赠若飞 ·· 952
赠徐冰 ·· 952
赠张晓梅 ·· 952
赠许涤新 ·· 952
赠沈其震 ·· 952
六月二十四日，祝雁冰兄五十双寿 ······························· 953
赠葛一虹 ·· 953
赠叶以群 ·· 953
七月四日，独石桥途中吊庚白兼念北丽 ························· 953
北泉公园口号，七月五日作 ·· 953
七月二十四日为韬奋逝世周年纪念，补赋挽诗四截句 ······ 954
为高谪生题画十三首，八月七日作 ······························· 954
八月九日闻苏联参战喜极有作 ····································· 954
八月十日夜电传倭寇乞降，十二日补赋一首 ·················· 955

八月十三日得淞妹自昆明来书却寄 ·· 955

闻红军解放东北，追念萧红女弟，八月十七日作 ··················· 955

读报一首 ·· 955

八月十八日，高谪生偕梁寄凡过访赋赠，高、梁皆海南岛
　人，闻将创正谊学会云 ·· 955

焦山鼎拓本，谪生画花卉索余题句 ·· 956

黄归云以谭组庵书折扇属加墨，为题两绝句 ··························· 956

哀希腊四章，章四句，八月十九日晨起作 ······························· 956

是日双梦来谈喜成一首，仍用城字韵 ·· 956

桐城章伯弢挽词，八月二十五日作 ·· 956

八月二十八日，喜闻润之来渝，三十日下午相见于曾家岩
　畔，赋赠一首 ·· 957

忆费香曾表弟，九月二日作，距失踪时已半载矣 ··················· 957

赠卢延英、王德华夫妇 ·· 957

九月三日为庆祝胜利日，值罗、陶、施三君来谈有作，七叠
　城字韵 ·· 957

迩冬书来言桂林燹后，秦似走归博白，与其夫人骈死乱军
　中，诗以哀之，九月四日作 ·· 957

旬日前，洗翁、彬然、必陶邀饮留香园，补纪一截，九月九
　日作 ·· 958

次韵答黄假我 ·· 958

感事两首，九月十日作 ·· 958

少屏殉难，诗以哀之，九月十一日作 ·· 958

于以同挽诗 ·· 958

瘦石为余绘象，自题一律，九月十二日作 ······························· 959

还都口号两首，用范访畴韵，九月十三日作 ··························· 959

陆长恩屡赠书报，感谢一首，九月十四日作 ··························· 959

卢国琦纪念册，润之、恩来、若飞都有题字，余亦继声 ……… 959
卢家五秀诗，九月十五日作 ………………………………… 959
贺任以沛与黄文珊女士结婚 ………………………………… 960
再哭秦似一首，九月十六日作 ……………………………… 960
贺健雄新居 …………………………………………………… 960
为淞妹题纪念册，遥寄滇京 ………………………………… 960
赠陈明中即寄成都 …………………………………………… 960

巴山集卷二（1945年）……………………………………… 961

一九四五年九月十七日冰莹来访，畅谈竟日，得五言古诗三章，章四十句 …………………………………………… 961
九月十八日，美成、华珍顾我乞言，各赠一截 …………… 962
佛西乞写"八年回忆"一文，属笔既竟，系以一绝，九月十九日作 …………………………………………………… 962
戏改放翁临终示儿诗，九月二十日作 ……………………… 963
是日为旧中秋节，夜携辽孙步月成此 ……………………… 963
刘雯卿索诗，言将有峨嵋之游，报以一截，九月二十一日作 …………………………………………………………… 963
哭杨之华女士一首，九月二十二日作 ……………………… 963
朱梅四首，次韵和鲁实先，九月二十三日作 ……………… 963
次韵和李少石读史一首，九月二十四日作 ………………… 964
佩宜五十八岁初度寿诗，九月二十五日作 ………………… 964
是日亦为鲁迅先生六十五岁生朝纪念，敬献一律 ………… 964
咏史四首，九月二十六日作 ………………………………… 965
受降将军歌一首，九月二十七日赋 ………………………… 965
瘦石来谈，约为柳诗尹画联合展览之举，得诗两截 ……… 965
闻冰莹东赴沪渎，追赠一律 ………………………………… 966
九月二十八日为慈亲费太君去世两周纪念，敬题遗像一首 …… 966

是日为曼殊六十二岁生朝纪念，更赋一首 …………… 966
赠范访畴一首 …………………………………………… 966
赠翟健雄一首 …………………………………………… 967
不死一首，九月二十九日作 …………………………… 967
寄姚隽昆明一首 ………………………………………… 967
"英雄末路作诗人"两首 ………………………………… 967
自题《辽东夜猎图》，十七叠九字韵 ………………… 968
自题《鸥梦圆图》，十八叠九字韵 …………………… 968
次韵和文怀沙即寄白沙红豆树村，九月三十日作 …… 969
再题《辽东夜猎图》，叠淞妹旧韵 …………………… 969
忆林庚白、陈巢南 ……………………………………… 969
莫志恒索诗，即以为赠，君为桂林文化供应社旧人 … 970
追送翼谋宗兄东归一首，兄为南京国学图书馆馆长，旧同事
　江苏通志编纂委员会 ………………………………… 970
三题《辽东夜猎图》，次廖辅叔韵，十月二日作 …… 970
润之招谈于红岩嘴办事处，归后有作，兼简恩来、若飞 …… 970
十月三日，"五四"斗士李之常偕曹美成过访，适陈麟熙亦
　至，同饮金刚饭店，赋赠一首 ……………………… 971
佩宜忽患盲肠炎，偕无忌、蔼鸿送之入中央医院，夜归有作
　……………………………………………………………… 971
十月四日晨起，偕无忌视佩宜于中央医院，知开刀后经过良
　好，喜赋一首 ………………………………………… 971
佩宜入院奏刀，深得湘雅医学院潘世宬女教授将伯之助，诗
　以谢之 ………………………………………………… 971
自小龙坎步行返沙坪坝，途遇吴启仁，感赋 ………… 972
自题《樱都跃马图》，用辅叔韵，十月五日作 ……… 972
常熟钱金星遗像，为阿曼题 …………………………… 972

次韵和少石一首……972

十月六日得润之书问佩宜无恙否，兼及国事，感赋二首，再用溪中韵……972

垢儿馈余红色维他命丸百粒，绝类红豆，盖国际友人米君所移赠者，食而甘之，为赋一律，亦鲁迅先生饮牛乳以抵制反动派意也……973

叠韵和健雄兼示访畴一首……973

寄范志超女士新大陆一首，叠前韵……973

瘦石为润之绘像，即题一律，用余自题肖像韵……974

十月七日，偕无垢、光辽视佩宜于中央医院，叠张韵成此，时无垢将返沪上矣……974

润之书来，有"尊诗慨当以慷，卑视陈亮、陆游，读之使人感发兴起"云云，赋赠一首……974

赠吴英恺医师一首……974

十月八日晨，枕上不眠，戏集成语为口号四句二十字……974

柝声二首……974

赠陈振汉、崔书香夫妇一首……975

闻润之将返延京，赠别成此，三用溪、中韵……975

题画杂诗六首，为高谪生作……975

青年馆观高谪生画展，旋赴夫子池五芳斋小饮，十九叠九字韵……976

诗翁行，哭李少石，二十叠九字韵，十月九日作……976

自题尹瘦石所绘《东都谒庙图》，二十一叠九字韵，十月十日作……978

贺金文垣、沈惠芝结婚一首……979

王孟潇兄过留饭，示以一首，叠用寻字韵……979

赠张镜潭、崔凤鸣夫妇一首，再用南字韵……979

巴山集卷三（1945年） ………………………………… 980
　誓墓行 …………………………………………………… 980
　十月十二日，为鲁迅先生逝世九周年纪念前七日，《大公晚
　　报》罗承勋索诗有作 …………………………………… 981
　喜佩宜出院有作，三用张字韵 …………………………… 981
　延英、德华来视佩宜疾，感赠一首，三用南字韵 ………… 981
　季拓之书来言将飞沪，却寄一首 ………………………… 981
　送高谪生、曾敏书夫妇返粤，谓将于琼崖建省事有所奔走
　　云，叠用评字韵 ………………………………………… 982
　补题《樱都跃马图》，二十三叠九字韵，十月十三日作 …… 982
　虎女龙孙歌，送无垢、光辽返沪，二十四叠九字韵，十月十
　　四日作 …………………………………………………… 983
　河朔少年行，赠李星如，二十五叠九字韵，十月十五日作 … 983
　续题《樱都跃马图》，用谢康寿韵，十月十六日作 ………… 984
　再次辅叔韵一首，并念梁漱溟、朱琴可，盖二君于图中咸有
　　题记也 …………………………………………………… 984
　十月十七日为南开大学成立四十一周年纪念，夜演易卜生名
　　剧《娜拉》，诗以纪之 …………………………………… 985
　三吴少年行，赠陈万里即送其东归，二十六叠九字韵，十月
　　十八日作 ………………………………………………… 985
　农民党歌，赠齐树平即送其北行，二十七叠九字韵 ……… 985
　十月十九日尹瘦石来迓入市，觞于民族路之五芳斋，客有李
　　之常、方镇华、朱威北、曹美成、桂华珍、曹立厂、郑竞
　　存、毛啸岑暨余与瘦石共十人。二十八叠九字韵，即送威
　　北赴滇慰问缅甸侨胞 …………………………………… 986
　是日为鲁迅先生逝世九周年忌辰，纪事有作，二十九叠九
　　字韵 ……………………………………………………… 986

入夜偕瘦石观茅盾所编剧《清明前后》于青年馆，晤焦菊
　　隐暨秦孝瑜女士，归宿合众大厦，三十叠九字韵 …………… 987
十月二十日返津南村赠佩宜，四用张字韵 ……………………… 988
十月二十一日，瘦石与孙陵、张铁弘、于去疾、程德如、周
　　启厂、罗沛霖、施无己先后过访剧谈，三十一叠九字韵 …… 988
十月二十二日，沛霖夫人杨敏如女士携所作《远梦词》顾
　　我，奉赠一律兼示沛霖，四用南字韵 ………………………… 988
彭城少年行，赠铜山姚展并示其夫人贵县黄琼英女士，三十
　　二叠九字韵，十月二十三日作 ………………………………… 989

巴山集卷四（1945年） ……………………………………………… 990

十月二十四日，柳诗尹画联展举行预展于中苏文化协会文化
　　之家，瘦石嘱题签名单之首 …………………………………… 990
喜晤侯外庐、张西曼，奉赠一首 ………………………………… 992
是日为仲仁先生逝世二周之辰，余与衡山、任之、西曼、努
　　生、梓年、文彬、树权、孙源诸君发起纪念，敬献一律 …… 990
入夜徐冰招共外庐、西曼、靖华、瘦石、锡嘉小饮，晓梅、
　　叔璋暂来复去，纪事成此 ……………………………………… 991
十月二十五日，偕吾家非杞谒衡山先生于枣子岚垭良庄，深
　　谈有作 …………………………………………………………… 991
题武训先生纪念论文诗词册 ……………………………………… 991
东北青年沙汉索诗，赠以一律 …………………………………… 991
赠力扬，君为文化界宣言首署者，方从陶行知办育才学校 …… 991
赠河北俞佳奇 ……………………………………………………… 992
赠铜山孙瑞蕲 ……………………………………………………… 992
赠毗陵裴雨蘋 ……………………………………………………… 992
周镜吾乞诗有作，时新得琴可平安在桂林之电讯，尚未详绮
　　雯近况如何也 …………………………………………………… 992

喜叶仲寅来渝，兼念佛西 ································· 992
是夜武昌钱明栋父女招集民族路之五芳斋，诗以纪之，并送
　　威北赴缅甸慰问侨胞之役 ··························· 993
赠过学敏女士 ·· 993
赠魏希昭女士 ·· 993
偕薛嘘云夜谈有作 ·· 993
十月二十六日，瘦石为丁趾祥绘象乞余题句 ············ 994
趾祥招集文化沙龙饮青梅酒 ····························· 994
赠吴研因 ·· 994
赠罗翼群 ·· 994
赠李文钊 ·· 995
赠李瑞熙 ·· 995
入夜叶圣陶、傅彬然招饮于开明编辑部，偕瘦石往赴之，坐
　　有张择生、章锡珊、孙国芳 ······················· 995
瘦石送归合众大厦，久谈不去，杂缀四首 ············· 995
口号两首 ·· 996
赠沈复镜 ·· 996
戏示啸岑两首 ·· 996
谢华昇两首 ··· 996
追寄钱公来五绝 ··· 997
十月二十七日为竞存内弟题瘦石所绘像 ················ 997
赠陈志中即题其所撰《丹心曲初集》 ··················· 998
赠非杞 ·· 998
赠汪和笙，为华昇作 ····································· 998
偕非杞观海宁都冰如画展于江苏同乡会，晤陈蔼士有作 ···· 998
西曼招偕希昭、瘦石小饮爵禄饭店有作 ················ 998

入夜偕瘦石、啸岑、华昇赴青年馆观洪浅哉所编剧本《鸡鸣早看天》有作，兼赠浅哉 …………………………… 999
苏联费德林博士乞诗，奉赠两绝，十月二十八日作 ………… 999
为都冰如题《长恨歌》画 ……………………………………… 999
题都冰如画 ……………………………………………………… 999
题佛西、瘦石合作《梅石》贺蔚斯平、张志诚结婚 ………… 1000
赠寄凡 ……………………………………………………………… 1000
于去疾赠未央宫瓦当，文为"亿年无疆"，奉报两截 ………… 1000
蕴山过访有作 …………………………………………………… 1000
健雄招共钟宝民集夫子池五芳斋，候吴羹梅、徐仲年不至 …… 1000
非杞来迂，邀为毛振华、张冠玲证婚于广东酒家 ……………… 1001
暂过文化之家，苏联友人邀讲余赠毛润之一诗，辞毕掌雷声轰起，余何修而得此，抑民意有归欤 …………………… 1001
蔚斯平结婚贺筵，醉成二律 …………………………………… 1001
孙荪荃、秦德君女士深夜过存，感赋乞和 …………………… 1001
张礼纲、陈绵干夫妇过访有作 ………………………………… 1002
十月二十九日，重过曾家岩有作示乔木 ……………………… 1002
赠叶希夷之女公子扬眉一首 …………………………………… 1002
瘦石前绘放翁"南望王师又一年"句为图，余反其意成此 …… 1002
恩来送余返津南村感赋 ………………………………………… 1002
示佩宜，五用张字韵 …………………………………………… 1003
赠陈汝言老板，十月卅日作 …………………………………… 1003
赠喻传鉴，五用南字韵 ………………………………………… 1003
赠刘兆吉，六用南字韵 ………………………………………… 1003
赠杨哲夫一首，为竞存作 ……………………………………… 1003
十月卅一日，入城晤谭博文女士于节约巷，伴余至真如处得晤平山、蕴山、春涛、公敢诸兄，赋谢一首 …………… 1003

平山邀同蕴山小饮，荪荃亦至，出伉俪唱和诗词遍读之，奉
　　赠一律 ································· 1004
啸岑以朱秀山近作乞和，次韵成此 ················ 1004
为瘦石署"青天碧海之楼"附以一绝，十一月一日作 ····· 1004
赠常州戏剧运动家于一 ························· 1004
赠洪锡瑾、孙梅君夫妇一首 ····················· 1004
林立山过访，喜赠一首 ························· 1005
赠吴豹军一首 ································· 1005
《谭祖庵诗卷》，曹立庵手书乞题，十一月二日作 ····· 1005
题立庵印存 ··································· 1005
赠王重启，为立庵作 ··························· 1005
次韵和陈雪华论曼殊之作，十一月三日 ············· 1006
改邓煜诗两首 ································· 1006
答邓煜两首 ··································· 1006
莫念厂自柳州来书乞诗，报以两绝句 ··············· 1006
题念厂《西行诗草》两首 ······················· 1006
次韵和顾迈修女士 ····························· 1007
十一月四日晨率初从弟过访有作 ·················· 1007
赠汪子柔一首 ································· 1007
赠杨瑾瑛一首 ································· 1007
赠国迟义女外孙一首 ··························· 1007
非杞邀饮"白玫瑰"，集者无双、子柔、国迟、蕴山、辅
　　叔、访畴、寄凡、礼纲共十人 ··············· 1007
偕瘦石、子柔、瑾瑛、国迟饭于流珍小食铺，主人主妇美秀
　　而文，恂恂有礼，殆亦司马长卿穿犊鼻裤文君当垆之遗韵
　　欤？顾而乐之，赋赠一首 ··················· 1008

中国妇女文化社成立大会，乞余演讲有作并示刘清扬、骆剑冰、秦德君 …………………………………………………………… 1008

赠于振瀛 …………………………………………………………………… 1008

去疾招饮五味和酒楼，同座者平山、荪荃、春涛凡五人 …… 1008

十一月五日彬然过访，云子渊哲嗣利涉夭逝，寡媳孤孙茕茕沪上，感而有作 ………………………………………………………… 1009

十五龄童林松云南蒙自沙甸农家子也，书来乞诗，并问治学方针，报以一律 ………………………………………………………… 1009

十一月六日，次韵和成惕轩一首 ……………………………… 1009

题瘦石画《浣衣女》二首 ………………………………………… 1009

巴山集卷五（1945年）……………………………………………… 1010

谢启仁赠蟹，十一月十三日作 ………………………………… 1010

徐孝穆甥自沪上书来乞诗，报以二绝 ………………………… 1010

赠姚时章一首，十一月十四日作 ……………………………… 1010

赠郭春涛一首，十一月十五日作 ……………………………… 1011

赠秦德君一首 …………………………………………………………… 1011

十一月十六日为沫若五十四岁初度，诗以祝之 …………… 1011

陈嘉庚先生安全脱险庆祝大会一首 …………………………… 1011

赠章伯钧一首，十一月十七日作 ……………………………… 1011

赠史良女士一首，十一月十八日作 …………………………… 1011

赠罗努生一首 …………………………………………………………… 1012

赠左舜生一首 …………………………………………………………… 1012

赠曾愚公一首 …………………………………………………………… 1012

赠王若飞一首兼示其夫人李培之女士，十一月十九日作 … 1012

赠吴绍澍，十一月二十日作 ……………………………………… 1012

十一月廿一日重过流珍，赠其主妇俞敏华女士 …………… 1013

赠曹立厂一首，十一月廿二日作 ……………………………… 1013

赠鲁寿安一首,立厂之妇翁也 …………………………… 1013
十一月廿三日自城返抵津南村,再赠罗沛霖、杨敏如伉俪
　一首 ………………………………………………………… 1013
津南村芙蓉花一树零落尽矣诗以悼之,十一月廿四日作 … 1013
赠徐华峰、孙贻芬夫妇,十一月廿五日作 ………………… 1014
次韵和张铁弦 ………………………………………………… 1014
次韵答于去疾 ………………………………………………… 1014
崔书香、陈振汉伉俪过谈,旋共佩宜偕赴杨公桥畔药圃看花
　有作 ………………………………………………………… 1014
短歌行,为曹立厂赋,十一月廿六日 ………………………… 1014
赠曹美成二首,十一月廿七日作 …………………………… 1015
十一月廿八日赠董老 ………………………………………… 1015
十一月廿九日为邓择生先烈殉国十四周年祭,伯钧招集凯歌
　归酒家,赋此以纪,兼示必武、若飞、真如、初民、清
　扬、申府、沫若诸君 ……………………………………… 1016
题廖夫人画红梅,为啸岑赋,十一月卅日作 ……………… 1016
题郑明虹画红紫菊花,为美成赋 …………………………… 1016
为郑明虹题山水画三首 ……………………………………… 1016
又五言绝句五首 ……………………………………………… 1016
又画菊一首 …………………………………………………… 1017
赠鲍粹文 ……………………………………………………… 1017
赠华明之、沈安娜夫妇 ……………………………………… 1017
瘦石索题《正气歌画册》得十四首,十二月一日作 ……… 1017
十二月二日题瘦石为余绘像,寄林松蒙自沙甸 …………… 1019
赠青年学习社主编何丕光,即送其赴昆明 ………………… 1019
赠萧贻孙一首,十二月三日作 ……………………………… 1019
题邬瘦石、陆礼华结婚小影,十二月四日 ………………… 1019

赠沈同衡一首，十二月五日作 …………………………… 1019
再送何丕光返昆明，时滇中学生大屠杀案犹未解决，愤而成
　　此，十二月六日作 …………………………………… 1020
十二月八日，纫秋女公子伯荣来访 ……………………… 1020
十二月九日，为陪都各界追悼昆明被难师生大会，赋此书
　　痛，兼誓努力 ………………………………………… 1020
赠丰乃天一首，十二月十日作 …………………………… 1020
十二月十一日甘祠森、童曼伽夫妇夤夜过访，赋赠一首 …… 1020
十二月十二日，王尔三招饮五福楼，嘱题其纪念册 ……… 1020
赠吴海波医师 ……………………………………………… 1021
赠高启鸿女学士二首，十二月十三日作 ………………… 1021
未是一首，用杨千里韵，十二月十四日作 ……………… 1021
赠丁日初一首 ……………………………………………… 1021
"吃虚"一首 ………………………………………………… 1021
题孙梅陵《雁讯经年集》，卷端有其夫人王薇君女士小影，
　　十二月十五日作 ……………………………………… 1021
题孙陵《南行吟草》，多桂林兴安之所作也 …………… 1022
为孙鹤年题画四首 ………………………………………… 1022
再题曹立厂印谱 …………………………………………… 1022
赠曹寰生二首 ……………………………………………… 1022
闻嘘云谈影事感赋 ………………………………………… 1023
赠沔阳彭客山一首，十二月十六日作 …………………… 1023
与裴雨蘋、薛嘘云、沈复镜、毛啸岑夜话有作，即写示雨蘋
　　留念 …………………………………………………… 1023
赠吴县袁水拍三绝句，十二月十七日作 ………………… 1023
寿张东荪六十初度，十二月十八日作 …………………… 1024
李其相上将挽诗 …………………………………………… 1024

送曹美成返汉口，十二月十九日作 …………………………… 1024

赠别桂华珍一首，且订重逢之约 …………………………… 1024

追悼林庚白、章伯歿有感 …………………………………… 1025

赠谭惕吾女士一首，十二月廿一日作 ……………………… 1025

南康刘泽宏女士挽诗，为赖恺元赋 ………………………… 1025

赠于振瀛、陈建晨夫妇一首，十二月廿二日作 …………… 1026

庄颂声索诗得二绝 …………………………………………… 1026

赠袁缵云（丕烈） …………………………………………… 1026

十二月廿五夜，梦中被鼠啮鼻戏赋一绝 …………………… 1027

题广德殷显峻《云山诗词稿》 ……………………………… 1027

赠鲁宛曾女士，十二月廿七日作 …………………………… 1027

将去渝州留别曹立厂两首 …………………………………… 1027

王炳南得"夜梦过三峡"五字，乞续成一绝句，十二月廿
　八日作 ……………………………………………………… 1027

赠邓初民一首，章伯钧席上作 ……………………………… 1028

赠王世英二首，十二月廿九日作 …………………………… 1028

赠鼎荣，十二月廿九日 ……………………………………… 1028

小休集（1947年） ……………………………………… 1029

民盟二中全会杂赠，三十六年一月作 ……………………… 1029

无题一首 ……………………………………………………… 1030

赠李世璋 ……………………………………………………… 1030

赠郑太朴 ……………………………………………………… 1030

李公朴先烈《怒涛集》，张曼筠夫人命题，二月一日 …… 1030

为上海劝工大楼血案作 ……………………………………… 1031

为秦翰才题《满洲伪国官印集存卷子》 …………………… 1031

送李任潮南渡 ………………………………………………… 1031

贺曹谊、刘青结婚 …………………………………………… 1031

郑逸梅索题《双梅花厂》手册	1031
寿表老七十六岁	1031
寿泽民先生七十一岁	1032
赠伯钧	1032
赠张志和	1032
二月廿三日红军纪念节有作	1032
是夜平山、荪荃招饮，为结婚六周年纪念，赋诗得二首	1032
田寿昌五十寿诗	1033
赠邓本殷，为复之赋，五月四日	1033
赠朱克闻	1033
赠孔另境	1033
繁双夫人以黄叶楼遗稿属题，文通才尽，久未能报。三十六年五月五日夜，中酒失眠，遂成斯什。刘三地下有知，当谓汲黯今复妄发耶？	1033
于右任六十九岁寿诗，佩宜属赋，不必寄示也	1033
二哀诗	1034
萧春珊母九十寿诗	1034
沈道非挽诗	1034
六月二十三日，为废历端阳节，小宴寓庐，昂若索诗，醉后赋此	1034
邹韬奋逝世三周年纪念	1034
闻一多殉国一周年纪念	1035
贺冯希勃、胡宜秋结婚，八月廿二日作	1035
咏史一首，八月廿七夜作	1035
九月十四夜丏公过访谈次有作	1035
欧阳予倩母刘太夫人八十寿诗，予倩暨其夫人刘问秋女士并六十岁，故诗中云云	1035

啸岑、华昇双寿诗，啸四十八、华五十二故称百岁也 ……… 1036
为《华商报》双十特刊赋 …………………………… 1036

卷土集（1947年）………………………………………… 1037
    十月十八日自上海至香港机中口占 …………………… 1037
    下榻坚尼别墅，廖天羽索书成一截畀之 ……………… 1037
    杜斌丞先烈挽诗 ………………………………………… 1037
    十月二十七日罗理实过访，为马尼拉《民声报》社长来远
        甫乞诗，邮寄六首 ………………………………… 1038
    十月二十八日偕王燕叟访朱蕴山途中有作 …………… 1038
    过陈维周继园留饭，宠以一诗并勖之也 ……………… 1039
    偕蕴山谈时事感赋兼示燕叟，十月二十九日作 ……… 1039
    为廖夫人题画四首 ……………………………………… 1039
    十月三十日燕叟诞辰招饮海景楼 ……………………… 1040
    十一月二日纪事示蕴山 ………………………………… 1040
    李任公六十三岁寿诗 …………………………………… 1040
    十一月四日蕴山以车来迓，偕翦伯赞、刘遐犟同游浅水湾，
        觅萧红女弟埋骨灰处不获，怅然有作 …………… 1040
    虎骨酒两绝示燕叟 ……………………………………… 1041
    十一月八日应蔡贤初将军招饮，席上始识蒋中庸，赠以一律
        ……………………………………………………… 1041
    赠蔡贤初、罗西欧伉俪 ………………………………… 1041
    闻骆宾基未死，惊喜成此 ……………………………… 1041
    十一月九日偕蕴山诣周鲸文旅邸，得谒其夫人翟舒翎女士，
        留饭后驱车天文台道（今巴利道）间访庚白遗冢不获，
        遂至青山道而返，成三律纪之 …………………… 1041
    夜集酒家，恭祝圣诞 …………………………………… 1042
    一拳 ……………………………………………………… 1042

纪念张应春先烈冥诞……1042
十一月十六日夜喜佩妹自海上来……1043
十一月二十一日,乔木、龚澎伉俪招饮于英皇道寓庐,赋此奉谢,并示项胡绳、吴全衡夫妇,乞恕唐突之罪为幸……1043
邓择生殉国忌辰,赋诗二律……1043
重游浅水湾寻萧红墓……1044
邓择生先烈挽诗,代杨子恒作……1044
十一月二十三日,自市中返坚尼别墅,乞坤廉大妹作伴,徐上凤凰台石磴百余级,小语精圆,遂忘劳苦,诗以谢之……1044
坤廉大妹四十寿诗……1045
和龚一绝……1045
赠王颖小友……1045
赠丘松女士,十一月二十八日作……1045
十一月二十九日作……1045
十一月三十日访董秋水于时代批评社,促膝深谈,有相见恨晚之感,夜成三律奉寄……1046
赠钟敬文教授……1046
赠梅电龙、龚品娟夫妇,十二月一日赋……1046
谭平山大兄来港匿居不见,余侦之于六国饭店,居然握手,喜赋此什,兼示蕴弟、颖妹……1047
山村道畔遇陈君葆,口占一律奉赠……1047
赠周颖女士一首……1047
乔木、龚澎月夜过访有作……1047
十二月二日喜沈衡老偕萨空了惠顾,各赠一律……1047
坤廉大妹过谈有作……1048
赠李宁医师,为电龙赋……1048

十二月三日，偕佩妹、遐弟渡海访郭鼎堂、沈雁冰两兄有作 ………………………………………………………………… 1048

赠宋云彬一首，兼呈陈劲先 ……………………………… 1048

访吴涵真、李若虹伉俪于乐斯公寓有作 ………………… 1048

十二月四日，寰翠阁茗话，示蕴山兼简电龙 …………… 1048

十二月五日，访伯赞于九龙，奉赠两律，即次田寿昌《伯赞五十初度》韵 ……………………………………… 1049

十二月六日夜，君葆伉俪招宴凤辉台寓庐，赋赠二首，兼示马季老暨陈此生、盛此君夫妇，并及君葆女公子云玉女士 ………………………………………………………… 1049

十二月七日，次韵和云彬见赠之作 ……………………… 1049

是夜中国民主同盟南方总支部公宴衡老于寰翠阁，写示彭泽老、冯裕老诸公 ………………………………………… 1050

十二月八日，再访涵真于乐斯公寓，得晤若虹夫人，再赠一律 ……………………………………………………… 1050

赠廖恩德医师，盖仲恺先烈之族弟也 …………………… 1050

赠泽老一昔，十二月十日作 ……………………………… 1050

是夕劲先招饮，赋谢一首 ………………………………… 1051

叠韵赠丘松女士一首，十二月十一日作 ………………… 1051

尹君慈嘱题谭祖庵所写《大学》墨迹，得诗四首，十二月十二日作也 ……………………………………………… 1051

赠章乃器一首 ……………………………………………… 1051

赠周新民一首 ……………………………………………… 1052

次韵答蕴山三首，兼示平山，十二月十三日作，时扶余诗社行将成立矣 ……………………………………………… 1052

燕叟、蕴山同车赴罗便臣道，途中见红棉花，询燕叟始知，戏成一绝 …………………………………………………… 1052

喜王却尘自海上来有作	1052
是夕李任公、陈其尤招宴柯士甸道，即席赋此，兼示同座	1052
十二月十九日寄淞妹沪上	1053
纪念林庚白殉难忌辰，并祝扶余诗社成立	1053
胡守愚先为我抄诗寄南岛，会毕复以车送我上山，赋赠两绝	1054
归坚尼别墅后得燕叟见贶之作，次韵奉酬	1054
公敢亦以诗来，次韵答之，兼示芝姊、抗妹	1054
与却尘夜谈有作	1054
前题二首，十二月二十一日补作	1054
赠高天同志	1055
题耕耘出版社手册，为同邑黄宝珣女士作	1055
次韵答敬文	1055
次韵答孙霆四首	1055
叠韵再答孙霆四首	1056
次韵和廖天羽二律，时余将去坚尼别墅矣	1056
赠张春风董秋水一首，十二月廿二日作	1056
十二月廿三日，送别却尘夫人程铭和女士，兼示却尘	1056
陈汝棠、张香池同过，戏赋一律奉赠	1057
赠曹如璧、梁淑德伉俪，十二月廿四日作	1057
守愚为抗妹索诗，以一律畀之	1057
是夜为耶诞前夕，掩关不出，对月成此	1057
十二月廿五日重谒廖夫人，赋呈一律	1057
无题一绝，十二月廿六日作，不自知其意之所在也	1058
鸡虫二首，寄乔木、龚澎，十二月廿七日作	1058
偕佩妹、退弟渡海，白浪掀天，口占此律	1058
廖恩德医师为余打返老还童之针，感谢一首	1058

芝姊、抗妹宠赐花生酱、牛肉松，不可无诗以谢也 …………… 1058
赠田竺僧同志二律，十二月廿八日作 ………………………… 1059
赠遐弟二律 …………………………………………………… 1059
答孙荪荃女士沪上 …………………………………………… 1059
留别覃益生同志，十二月廿九日作 …………………………… 1059
次韵答曹炜生 ………………………………………………… 1060
再答炜生 ……………………………………………………… 1060
叠韵三示炜生 ………………………………………………… 1060
十二月三十日晨起，临去坚尼别墅有作 ……………………… 1060
聚春园纪事四首 ……………………………………………… 1060
定鼎九龙宝灵街之史楼有作，示佩妹、遐弟 ………………… 1061
赴达德学院送旧迎新联欢大会有作 …………………………… 1061
敬文曾见示旧作二绝句，此为余倾倒敬文之始，步韵成此
　　奉寄 …………………………………………………… 1061

新生集（1948年） ……………………………………… 1062

元旦试笔，时窗外爆竹声正雷鸣不已也 ……………………… 1062
金陵大酒家团拜典礼感赋 ……………………………………… 1062
一月八日，赠沈谱女士一首 …………………………………… 1063
赠友三绝句 …………………………………………………… 1063
题画三首，为郑侠卿作 ………………………………………… 1063
次韵和蕴山二截，一月十二日作，即柬淞妹沪上 …………… 1063
过江两首，不自知其意之所在也，微有商音，后当戒之 …… 1064
云间汪懿君、余姚祝公健两同志将行婚礼，敬贺二绝 ……… 1064
闻田竺僧同志返鄂，怃然成此，一月十五日作 ……………… 1064
次韵答贺澍兄、朱舜华姊伉俪沪上 …………………………… 1064
偶捡旧册，得舜华姊二十二年前手稿，步韵成此，仍寄沪上
　　………………………………………………………… 1064

赠陆波如星岛，并讯胡愈之、沈兹九伉俪，一月十六日作 …… 1065
偕佩妹渡海访廖恩德医师，感赋一截句 …………………… 1065
渡海返史楼，闻有伟躯目镜挈友将雏过访者，自署姓名曰宗
　　君仁，沈思弗省，怅然赋此 ………………………………… 1065
文烈宵诣史楼，见壁悬孙先生遗像，叩余从游始末，诗以
　　告之 ………………………………………………………… 1065
一月十七日夜，邓文钊招饮，集者自沈衡老、马夷老以下四
　　十许人，廖夫人索诗，赋呈一律 …………………………… 1065
即席呈衡老、夷老，两君皆南社旧人也 …………………… 1066
尖沙咀轮渡，与邓初民剧谈，始知宗君仁为常熟青年，别有
　　其人，而前日伟躯目镜将雏与宗君同过者即初老也，更赋
　　一律赠之 …………………………………………………… 1066
一月十八日，海丰旧友袁嘉猷过访有作 …………………… 1066
懿君、公健以是日举行婚礼于六国饭店之礼堂，燕叟属赋诗
　　以纪，更成一截 ……………………………………………… 1066
赠宗君仁一首，一月十九日作 ……………………………… 1066
是夕，初老、君仁偕李就才女士过访，初老为就才乞诗成此
　　……………………………………………………………… 1067
一月二十日，次韵和澍兄、华姊见赠作，即寄沪上 ………… 1067
海景楼宴集纪感 …………………………………………… 1067
再赠袁嘉猷一首，一月二十二日作 ………………………… 1068
次韵答刘仲英一首，一月二十三日作 ……………………… 1068
次韵答陈简侯一首 ………………………………………… 1068
蒋家三首，用董秋水病中杂感韵，即示秋水 ……………… 1068
秋水有《秋风曲》四首，盖在"九一八"九周年为辽东女
　　子柳碧诗而作也，次韵奉和成此 …………………………… 1069
再示秋水四首 ……………………………………………… 1069

老友冯裕芳索诗，奉赠两律，一月廿四日作 …………………… 1070
赠余伯陶两绝句，一月廿七日作，伯陶为上海神州国光社总
　经理 …………………………………………………………… 1070
松妹以其尊人映芙先生步韵之作钞示，奉和一首 …………… 1070
和钟敬文一首 …………………………………………………… 1070
再和钟敬文一首 ………………………………………………… 1070
为文艺生活社补壁两首 ………………………………………… 1071
闻抗妹已随其父母返闽峤，未得握别，怅然赋此，一月二十
　八日小病枕上作 ……………………………………………… 1071
云应霖为侨暹育民中学纪念索诗有作 ………………………… 1071

巴山集卷一

（1945年）

三十四年元旦口号

杜陵卷里夔巫壮，李白篇中蜀道难。怜我西来屡绪劣，肯将才笔换江山。

狄君武五十寿诗，阅岁补作，兼示顾缀英

信陵不作负平原，玉貌围城困鲁连。竟有飞车来迓我，恍疑神力足回天。逃盟复社论交久，酒阵名场得气先。割肉金门容大隐，春韶五十未华颠。

次韵奉酬衡老、鼎兄，一月三日补赋

良宵差遣旅怀宽，盟誓心期葆岁寒。万族疮痍愁未已，十觞酩酊醉相看。栖皇海内多麟凤，颠倒人间愤履冠。惟有桥陵云物美，中原北望共凭栏。

龙蛇一首，借徐弘士韵

龙蛇在野屈难伸，烽火神州惨不春。捷报邻邦聊自慰，覆车吾土已

嫌频。引吭我愿呼民主，俯首谁能事贵人。丹穴菟裘矛盾感，苍生满眼耻谋身。

陈秉诚赠酒索书报此

赠我茅台酒，恨我不能饮。索我素笺书，笑我字如蚓。平生负虚誉，名士例画饼。三复羽琌诗，惊心自鞭影。

次韵答王孟潇，二月十五日作

万里流亡喜见寻，赤明龙汉共浮沈。昭州下榻萦高谊，余去岁自八步返桂林，道出平乐，三宿君许。鹿寨担囊负苦心。君代余携书一箧入渝，至鹿寨失去。笑我风云犹作健，怜君湖海尚孤吟。黄农虞夏平生意，俗耳筝琶肯碎琴。

赠姜庆湘

蜀黔桂粤几千里，茧足携雏气未降。绝忆西南新壁垒，旧时徒侣在昭江。谓千家驹、张锡昌诸友

赠曹美成、桂华珍夫妇

宋皇台畔逢君夜，独秀峰前醉我时。此日嘉陵江上见，一诗聊以慰相知。

鸿光偕隐寻常事，何似长途并命难。烽火关河寥廓甚，依然俪侣共追随。

赠先锡嘉

山神庙与天官府，咤叱风云肝胆同。多谢驱车宵伴我，舞台开处看林冲。

赠沈涤新

木屑竹头无弃物，得心应手见长才。虚怀厚重如君少，扬挖端宜我辈来。

赠秦翰才

香海波翻曾识我，漓江潮落又逢君。如何此日成睽隔，却遣休文作介勤。谓涤新也

赠文怀沙，三月十五日作

抱石怀沙事可伤，千秋余意尚旁皇。希文忧乐关天下，莫但哀时作国殇。

沈振黄挽诗，三月二十四日作

八载救亡皮骨尽，剧怜殉国作牺牲。哭君有泪无言说，怨雨凄风世晦盲。

三月二十八夜，衡老、鼎兄、若兄招友醵饮
为余预寿，感赋两律，次首用陈真如韵

五十九年吾未死，黄垆碧血邈山河。风云气共春韶壮，履舄欢宜长夜多。应有娱魂信陵酒，可无回日鲁阳戈。薰莸异类羞同齿，马谲曹奸举世诃。一作"恨若何"

卧龙跃马旧心期，余事今宵共赋诗。未信艰危流蜀道，要凭战伐压江湄。吾谋终古绕朝策，天意宁忘博浪椎。张楚过秦青史在，兴亡无用问蓍龟。

亡友易梅僧先烈遗诗，哲弟蕴九索题，四月二十八日作

南社楚才多，灵禽殪网罗。宁杨怜并命，太一、性恂屈贾岂殊科。

旧识何无忌,谓田寿昌今知马伏波。题诗嗟后死,惭愧吾蹉跎。

口号二首,五月二日赋

柏林城上见红旗,应是人间快意时。顽旧可怜仍反共,滔滔举世欲安之。

黄钟毁弃旧金山,瓦釜雷鸣亦等闲。不信浮云能蔽日,光明终古属波兰。

五月十四日,淞妹顾我,言将赴滇都,索诗为别,赠以五、七言绝句各一首

送汝滇中去,南明旧建都。酒垆遗迹渺,何处问杨娥。

孤怀寥廓百无成,又折杨枝送远行。绝忆湖山文酒梦,经年留滞桂林城。一作"绝忆相思江上别,苍黄烽火桂林城。"

延安一首,五月二十六日赋寄润之

工农康乐新天地,革命功成万众和。世界光明两灯塔,延安遥接莫斯科。

寿华昇五十,兼示啸岑

好从花底祝长生,真见双修福慧盈。夫婿鸥夷宁左计,儿童雏凤喜新声。青天白日荒唐梦,绿晓红离故旧情。回首南都钩党史,中心棋局最难平。

五月二十八日夜,酒后赋示佩宜、北丽、华昇、华珍、西曼、迓冬、庆湘、镇华、啸岑、美仁、非杞、怀沙

五十九年吾未死,良宵差喜酒怀开。长鲸狎浪沧溟阔,俊鹘摩云大地恢。尸位群儿羞龌龊,横胸奇怒郁崔嵬。樽前跋扈飞扬意,低首延京

一柱来。

五十九年吾未死，无端鸿爪落山城。高名愁见邹容路，近市闻多纳粹营。后乐先忧殊自愧，雄心病骨苦相撄。何当一夕春雷起，得水神龙恣怒鸣。

次韵答迩冬

居然五十九年春，犹见红箫绿酒辰。杜妹梁妻欣入座，中山卡尔孰传薪。已看硕鼠盈华夏，忍遣封狼长子孙。惟有元龙诗笔健，高吟宛在桂江漘。

与啸岑夜话有作

青天白日新黎里，碧血红潮旧羿楼。换取巴山今夕醉，廿年影事上心头。

赠陈之伟医师

四海苍生有痛瘵，良医良相等艰难。老夫愧负匡时略，翻向君家乞大还。

送鼎堂赴苏联，六月四日作

相思卅载莫斯科，羡子豪游鬓未皤。祖逖着鞭原不易，刘琨舞剑欲如何。神龙得水鱼虾慑，威凤翔天鼠雀讹。霖雨苍生期望切，磨崖椽笔凯旋歌。

寄朱玉阶总司令延安

河山还我金汤固，百万青年子弟兵。武力由来属民众，中华民族此长城。

寄陈仲弘军长

兼资文武此全才，重向江东卷土来。我喜故乡消息好，前锋直指雨花台。

赠马寅初先生

文章道德万流宗，折角批鳞见大雄。更喜君房言语妙，阳秋皮里说真空。

赠若飞

贵筑山川钟俊杰，延安使节驻嘉陵。孤军奋斗真堪佩，民主由来喜得朋。

赠徐冰

城北徐公美且都，留宾投辖信吾徒。何当革命功成日，痛饮狂欢酒百壶。

赠张晓梅

热心直欲燎天地，豪气真堪洗粉脂。惭我衰慵百无似，相逢只合斗深卮。

赠许涤新

野老杜陵吾畏友，谓守素相思咫渺天涯。韩江一脉传灵秀，喜见青年经济家。

赠沈其震

香岛吟怀同沉瀣，巴山酒阵又将迎。重逢明岁期何地，不是南都定北平。

六月二十四日，祝雁冰兄五十双寿

寿君五秩感君贤，风雨论交二十年。记取潮流澎湃日，甘陵党部着鞭先。

蹈海归来耻帝秦，著书短喟更长呻。忧时血泪生花管，赢得高名动鬼神。

扶余横海海南东，未竟回澜卷土功。漓水年时愁乍别，巴山此日喜重逢。

健妇持门胜孟光，齐眉蒸妮祝康强。谓德沚夫人百年上寿方中日，毛瑟三千酒万觞。

赠葛一虹

联苏遗训堂皇在，文化交流事业多。我亦卅年成结想，飞扬魂梦莫斯科。

赠叶以群

九年抗敌笔如钢，文艺应教上战场。民主潮流撼天地，能开风气不寻常。

七月四日，独石桥途中吊庚白兼念北丽

海怨云愁足起予，死生契阔意何如？苍凉独石桥头路，不见诗人旧隐居。

北泉公园口号，七月五日作

南舣北驾两间关，棋局凭消永昼闲。孤负黛湖名字好，掉头不上缙云山。

七月二十四日为韬奋逝世周年纪念，补赋挽诗四截句

庙谋和战苦纷纭，横议清流起异军。不有诸君能仗义，早修降表割燕云。

风波亭外起风波，桧俊奸回面目多。拂袖一朝亡命去，渝都从此渺山河。

识荆说项有逢迎，香岛年时记日成。君已鞠躬成尽瘁，我犹未死愧偷生。

道胜魔高柱万端，光明终古属延安。骨灰归葬遗言在，莫作胥门抉目看。

为高谪生题画十三首，八月七日作

入山恐不深，入林恐不密。大索十日间，何处椎秦客。
信陵痛魏微，鲁连耻秦帝。此中倘有人，孤愤烧天地。
商辛虐犹炽，牧野师未吼。扁舟渡水来，恐是鹰扬叟。
红衫踞危亭，大蛇避赤帝。明年祖龙死，亡秦奋一臂。
孤根接青冥，树老枝叶繁。蛟龙不可作，风雨多烦冤。
危崖破苍天，老树撑独臂。桃源岂避秦，中有沧桑涕。
风帆出树杪，依约江南春。吁嗟兰成赋，颍洞盈胡尘。
明丽郁幽深，山水殊不俗。此中宁堪隐，龙蛇起大陆。
高生嗜画竹，竹节嗟伤直。铜驼在洛阳，何不画荆棘。
竹以晋贤著，山王徒碌碌。我自爱嵇生，龙性死不辱。
春花岂不好，繁荣满大地。狂飙一夕来，泥沙同委弃。
春亦非吾春，秋亦非吾秋。江山感摇落，天地多烦忧。
商山薄采芝，西台耻晞发。高隐非所期，愿言事黄石。

八月九日闻苏联参战喜极有作

盲云毒雾蔽山城，一檄经天众眼明。从此红军眷东顾，好教黔首庆

西成。独夫残焰行同尽，民主吾曹合共荣。倘遣骁腾能直下，乌兰万里接延京。

八月十日夜电传倭寇乞降，十二日补赋一首

殷雷爆竹沸渝城，长夜居然曙色明。负重农工嗟力竭，贪天奸幸侈功成。横流举世吾滋恨，义战能持国倘荣。翘首东南新捷报，江淮子弟盼收京。

八月十三日得淞妹自昆明来书却寄

酒杯离索怨江城，一纸书来倦眼明。浊世滔滔无可语，霸才莽莽欲何成。神龙失水空思奋，病树逢春独未荣。剩有蛾眉知我意，几时箛吹起滇京。昆明为南明昭宗所建之滇都，故云。

闻红军解放东北，追念萧红女弟，八月十七日作

赵璧真归十五城，伤心难遣夜台明。河山还我天应泣，生死怜渠志未成。紫玉化烟无寸骨，萧红殉后火葬香港浅水湾畔。红军复土有殊荣。虬髯一妹荒唐梦，挥泪题诗诉九京。

读报一首

翘首燕山百雉城，经营缔造尚元明。唐家蓝臼奸空炽，鄂国黄龙志倘成。撼岳阴谋嗟龌龊，如山民气自光荣。金牌十二秦长脚，难阻雄师下旧京。

八月十八日，高谪生偕梁寄凡过访赋赠，高、梁皆海南岛人，闻将创正谊学会云

东坡诗笔鸣儋耳，空谷伊人念白驹。朝野纷钩元祐党，清流正谊意何如。

焦山鼎拓本，谪生画花卉索余题句

古鼎焦山缔墨缘，高生粉本肖天然。难忘旧梦松寥阁，电掣雷奔十五年。

黄归云以谭组庵书折扇属加墨，为题两绝句

墨妙茶陵笔走龙，当年曾记酒杯同。恶书蛇蚓宁争席，定力端应胜此翁。

委蛇曾未挽危艰，钟鼎旗常亦等闲。失笑后生轻薄语，此翁书法学钤山。"写几笔严嵩之字，做一世冯道之官。"有人以为此乃组庵盖棺定论云，语虽太酷，或亦近似，掷笔狂笑不置。

哀希腊四章，章四句，八月十九日晨起作

哀哉希腊人，肝脑尽涂地。不死希特勒，乃死斯考比。
靦颜昔事仇，尸位今屠民。翻覆云雨手，人头而畜鸣。
拜伦不可作，斯考比何多？易暴更助虐，论罪应同科。
勖哉希腊人，愿汝挺剑起。世界今民主，宁畏斯考比。

是日双梦来谈喜成一首，仍用城字韵

空谷逃虚远市城，朋来真喜接光明。谈诗宁掩肝肠热，革命终期事业成。武力欣闻民众起，奸谋不信独夫荣。江淮燕赵多英俊，捷报何时下两京。

桐城章伯弢挽词，八月二十五日作

盖棺迟见九州同，泫泪成河哭放翁。才调雁行原不忝，啸歌龙隐记相从。偕亡希、墨魔先毙，遗憾冯、刘论未公。别有伤心谁共语，祝宗祈死我无功。

八月二十八日，喜闻润之来渝，三十日下午相见于曾家岩畔，赋赠一首

阔别羊城十九秋，重逢握手喜渝州。弥天大勇诚能格，遍地劳民乱倘休。霖雨苍生新建国，云雷青史旧同舟。中山卡尔双源合，一笑昆仑顶上头。

忆费香曾表弟，九月二日作，距失踪时已半载矣

马策西州痛谢公，凤毛济美世堪宗。能言民主昌新运，何意虚舟失旅踪。问息寻消劳况瘁，履危处困想从容。光明倘见期非远，魔窟何当破集中。

赠卢延英、王德华夫妇

绿杨分作两家春，赁庑居然喜卜邻。伉俪鸿光都不俗，庭阶兰玉尽堪珍。殷勤燕赵云天谊，惭愧江淮羁旅身。真见九州同轨日，离怀南朔漫伤神。余居津南村十一号与卢君比邻，甚荷照拂。顷抗战胜利，余拟南归沪渎，卢君伉俪则将北返津沽，故诗中云云。

九月三日为庆祝胜利日，值罗、陶、施三君来谈有作，七叠城字韵

还我河山百二城，阴霾扫尽睹光明。半生颠沛肠尤热，廿载艰虞志竟成。团结和平群力瘁，富强康乐兆民荣。嘤鸣求友真堪喜，抵掌雄谈意态京。京，大也。

迩冬书来言桂林燹后，秦似走归博白，与其夫人骈死乱军中，诗以哀之，九月四日作

天涯惊恶耗，怀旧涕潸然。烽火怜非命，干戈损盛年。文章忧患始，伉俪死生缘。留取高名在，还凭野草传。《野草》为君主编之刊物。

旬日前，洗翁、彬然、必陶邀饮留香园，补纪一截，九月九日作

名字留香何限佳，垆头痛饮酒怀开。无端触我人琴感，不见长松曳杖来。谓颐渊

次韵答黄假我

李白早知人欲杀，步兵惟与酒相宜。难消迟暮英雄泪，翠袖红巾青兕词。

感事两首，九月十日作

复社逃盟旧俊流，如何一跌便千秋。阜昌轩冕成无赖，叔宝心肝谧莫愁。事贼靦颜宁足骂，为人牵鼻更堪羞。难忘醉我春申市，倘有襟痕酒泪留。

揾涕桓温树半枯，流芳遗臭两嗟吁。头衔早锡儿皇帝，末路难为楚大夫。使申公巫臣事。东市藁街终下策，欧刀鸩酒是良图。忘仇媚敌平生恨，切腹休迟学寇倭。

少屏殉难，诗以哀之，九月十一日作

太平洋战事起后，即闻少屏殉难马尼拉之耗，顾犹冀其不确也。顷见《中央日报》载华人公墓发现题名事，则知其无幸矣。

恶耗四年今证实，交情卅载欲无言。影形踪迹终难忘，出处恩仇忍细论。不是坡公谣海外，竟同鲁国殉平原。东归倘觅经行地，白社黄垆尽泪痕。

于以同挽诗

以同山左人，久主菲律宾某报笔政，余曩游马尼拉，君与桂华山、许友超、陈道桢、董冰如、鲍事天、吴半生辈辄相邀

为文酒之会，《南游集》一卷亦君所发愿印行者也。闻其殉国，不可无诗。

海外扶余愿未酬，十年影事絮从头。刊诗厚我情难遣，取义怜君骨倘收。流血黎沙碑碣在，遗闻林凤网罗不？黎沙为菲律宾国父，有碑碣在黎沙省。林凤则明万历时华人之经营菲岛者。在马尼拉时，与君抵掌雄谈告我者。疏髭秀目犹能记，忍泪樽前一恸休。

瘦石为余绘象，自题一律，九月十二日作

五十九年吾未死，杨麽镜里好头颅。霸才无主陈琳老，竖子成名阮籍吁。苎篋龙文新宝剑，蜡丸鲛帕旧阴符。天图地碣堂皇在，振臂中原会一呼。

还都口号两首，用范访畴韵，九月十三日作

龙蟠虎踞旧都城，不见遗黎出郭迎。敌伪纵横仍满眼，岛夷群盗尽苍生。

祸福端由一念生，此番团结要精诚。从来痛定应思痛，谁坏金汤万里城？

陆长恩屡赠书报，感谢一首，九月十四日作

狂胪邸报更官书，深感云间意态姝。便欲从君谋一醉，只愁弹铗出无车。

卢国琦纪念册，润之、恩来、若飞都有题字，余亦继声

兰玉庭阶第一枝，英雄崇拜复何疑。已看三杰留鸿爪，更遣髯翁补小诗。

卢家五秀诗，九月十五日作

国琦好男儿，巨眼知英雄。怀中有小册，题字毛泽东。

国瑾态娟秀，曾作光辽师。福慧祝双修，健步翔天墀。
国琛善创造，茅亭手自筑。榜书署"五友"，消暑良足乐。
国璠颇跳荡，爱与光辽狎。鱼池惯放船，归来弄纸笔。
国瑜最娇憨，小字曰莉莱。见我呼阿爹，双颊红玫瑰。

贺任以沛与黄文珊女士结婚

虎岩笔阵新英物，富土书香旧世家。甲帐绣襦饶艳福，好携纤手奠中华。以沛供职虎头岩《新华日报》编辑部，为吾邑乡前辈友濂先生曾孙，故云。

再哭秦似一首，九月十六日作

横死怜秦似，乡亲忆绿珠。迩冬言秦似博白人，绿珠之同乡也。文章憎命达，怀旧共嗟吁。君在桂林屡乞余撰文在所编《野草》发表，后复辑为一卷，颜曰《怀旧集》，欲为余付梓而未果。健硕犹堪想，尸骸奈早枯。李家村畔路，影事未模糊。一九四三年耶诞前一夕，寿昌招游桂林之李家村，君与佛西、仲寅、安娥、端苓偕往。

贺健雄新居

几度焚巢劫火余，经营又见好家居。中华缔造关吾党，珍重南阳诸葛庐。

为淞妹题纪念册，遥寄滇京

年华三十正轻盈，未共登楼看月明。滇海渝州无限远，有人花底祝长生。

赠陈明中即寄成都

相逢海上记陈生，南国多才重俊英。蜀道艰难千里隔，可能同醉锦官城。

巴山集卷二

（1945年）

一九四五年九月十七日冰莹来访，畅谈竟日，得五言古诗三章，章四十句

芙蓉秋未花，白杨半萧瑟。欢呼报客来，冰莹闯然入。四目互瞠视，握手久未释。平生尔汝交，呼母世惶惑。父事到山妻，坤乾位互易。犹记相逢初，作介烦季迪。风云黄歇浦，文酒会稠密。故侣恸林朱，黄垆泣残魄。荏苒十余稔，沧海变沙碛。闽疆事戎马，樱岛陷缧绁。讨倭义师起，志岂忘报国。遂兴娘子军，裹疮更吮血。京沪忽弃守，退鹢飞仓卒。驱车越皖公，战区历大别。咸阳陌上霜，毛女峰头月。如皋逢射雉，解缡遂再结。曩岁桂林行，游踪曾几日。双栖锦官城，傲视卓与薛。一飞来渝州，纵汝垂天翼。今日且尽欢，把酒话畴昔。

其 二

冰莹为我言，问年已四十。流光如委矢，白驹嗟过隙。春华忽徂谢，何处问秋实。老大徒悲伤，自悔不努力。我愿语冰莹，意志即钢铁。人生识大义，所贵在标的。方今民治张，寰海成一室。小康尊孙毛，大同追马列。一卷新民主，持此堪建国。念汝弱龄时，慷慨厕党

籍。中道纵乖离，沟水东西辙。此第外表然，精神倘莫逆。中华应富强，匹妇与有责。况汝擅文辞，寸管胜毛瑟。昌言拜郭隗，报国惟用笔。要当师工农，庶与民众习。横扫法西斯，群魔咸辟易。笑彼夸毗徒，雌黄乱摇舌。老夫岂妄言，期汝能尽职。箴规代祝厘，四十庶不惑。

其 三

节序近中秋，举头见明月。良夜逢佳人，邀我步林樾。更挟鸿妻偕，风尘岂三侠。清光照平芜，广池鱼水狎。陟降宁惮劳，陂陀复阡陌。范孙楼巍峨，三友路坦直。意行忘远近，深谈颇款洽。汝言庠序间，新故互龃龉。敝帚应自珍，旧贯岂轻掷。我意殊不然，文学命早革。世已非姬孔，何事钻礼易。惟当付专家，酿花使成蜜。譬如治轻裘，要集千狐腋。取精乃用弘，糟粕弃狼藉。迎头起直追，庶与欧美敌。雄谈我兴豪，首肯汝意亦。山妻忽微嗔，多言奚喋喋。扪舌勿复道，归途寻旧迹。下床汝鼾眠，皋庑愁逼侧。高枕梦华胥，不觉东方白。

九月十八日，美成、华珍顾我乞言，各赠一截

独立自由更富强，中华民气此昂扬。工商并进兼兴学，祝汝弥天事业昌。

婉顺追随亦可儿，金闺国士友兼师。鸿光桓鲍平庸甚，燕妮能尊马克思。

佛西乞写"八年回忆"一文，属笔既竟，系以一绝，九月十九日作

八年抗战幸功成，回首艰辛无限情。赢得山妻嬉笑语，梦魂长自绕滇京。滇京者昆明也。

戏改放翁临终示儿诗，九月二十日作

便死原非万事空，此身已见九州同。中山卡尔双源合，论定千秋属乃翁。余旧有"亲炙中山　私淑列宁"小印，此物此志也。

是日为旧中秋节，夜携辽孙步月成此

明月今宵好，扶筇特地行。应怜圆缺意，漫动别离情。沉醉南朝酒，骁腾北府兵。孤吟谁伴我，珍重此雏婴。

刘雯卿索诗，言将有峨嵋之游，报以一截，九月二十一日作

北伐东征要女兵，冰莹而后见雯卿。如何瞒我飘然去，不共峨嵋顶上行。

哭杨之华女士一首，九月二十二日作

之华浙江诸暨人，为瞿秋白先烈爱人。一九二六年三月十二日，吴江同里镇举行追悼孙先生大会，余与君及张秋石女士同赴之。尝偕泛棹罗星洲，盖邑中胜地也。秋白被捕长汀，君在海上，驰书乞援，未有以应。去岁自莫斯科归国，道出迪化，为夫己氏所杀，同殉者一百五十余人，吁嗟惨已。

萍踪长忆莫斯科，谁分灵禽遘网罗。桃叶渡江同击楫。鲁阳回日未挥戈。廿年结想容颜美，九死宁辞斧钺苛。秋白成仁秋石死，桑田留命我如何。

朱梅四首，次韵和鲁实先，九月二十三日作

墙角朱梅红复红，青天白日荡春风。不缘多洒胭脂泪，根在苌弘碧血中。

雪窖冰天气自华，繁樱妖艳不成花。姚黄魏紫都凡卉，火德端应旺汉家。

英绝酡颜晕颊初，罗浮翠羽梦终虚。巡檐惯索惊人句，不信诗翁作计疏。

绛帕绯袍降玉清，红旗招展自轻盈。近朱尚赤宗风在，三世公羊见太平。

次韵和李少石读史一首，九月二十四日作

士行折翼坠天衢，社鼠城狐未伏辜。血沸殷红燕鼎镬，旗悬大白纣头颅。千秋龙比惊英物，一代勋华误独夫。犹有董狐南史简，羞他绵蕞小人儒。

佩宜五十八岁初度寿诗，九月二十五日作

今年九月二十五日，为佩宜五十八岁生朝，适值旧历八月廿日，与五十八年前巧符，盖新旧历适同在一日，亦异数也，亲故方镇业、郑揆一、郑竞存、曹美成、桂华珍、谢冰莹、徐文烈暨无忌、蔼鸿、光辽、光南会饮于沙坪坝金刚饭店，余亦以诗为寿云尔。

莱妇鸿妻未报恩，提携长拟北堂萱。联珠合璧光阴好，东海南山颂祷繁。福慧双修卿自健，鲍桓旷世我无言。平头六十犹虚二，珠履华筵介寿樽。

怀抱平生马克思，最难燕妮共艰危。苍生满眼成何济，青史他年已有辞。鞅佩未能偕负戴，风云还拟仗镃基。何当奋我垂天翅，安稳双栖到凤池。

是日亦为鲁迅先生六十五岁生朝纪念，敬献一律

禹甸尧封笔阵昌，瓣香早拜鲁灵光。孔姬法乳传茅盾，瑜亮同时有鼎堂。定论延京尊后圣，毛润之有言："鲁迅先生是现代的圣人。"殊荣莱妇附周行。举杯遥祝春申浦，景宋海婴尽健康。

咏史四首，九月二十六日作

狂虏七万吨黄金，换取头衔地下军。延寿称兵曾猾夏，弘羊输粟更逢君。六州不铸寻常错，九宇争传怪异闻。人欲横流天理汩，四维八德枉辛勤。

受降城畔气豪奢，一夕将军走传车。忆昔阴谋先作俑，于今黩货又名家。七擒未必蛮酋服，三黜宁因直道赊。自作聪明耳目锢，贪官污吏遍中华。

三十四年不倒翁，朝秦暮楚一时雄。借兵早学桑维翰，免胄虚传郭令公。浪说忧勤能刻苦，从来老朽定昏庸。钟鸣漏尽宁能久，吴质终羞地下逢。

骁腾士马出乌兰，末路降王夜叩关。助敌十年应寸磔，厚颜万甲侈生还。早撄犯汉黄龙罚，翻厕朝周白马班。功罪是非何地问，董狐南史简宁删。

受降将军歌一首，九月二十七日赋

受降城畔将军来，青天白日红旗开。倭刀忽举白如雪，将军鼠窜心魂摧。况闻黩货本天性，尽辇公物赢私财。倭酋狰笑倭兵怒，汽油一炬都成灰。诘朝奉命返行都，长跪稽首厥角颓。传闻请室尚长系，或言秘窟埋尸骸。爰书未布疑信半，何当九边传首稍使众怒平喧豗。吁嗟乎！爱钱怕死见明训，沐猴使鹤谁祸胎。使乎使乎观其主，盍不引咎归草莱。

瘦石来谈，约为柳诗尹画联合展览之举，得诗两截

时新得李白凤自曲江来书，而朱琴可则杳无踪迹，方将函电交驰，大索之于桂林市上也。

画师要辟千秋境，诗圣真堪九鼎扛。刘雯卿来书，尊余为诗圣。他日渝州传故事，尹宜兴与柳吴江。

迩冬雄辩三升酒，白凤羁愁一纸书。独有王孙消息断，死生契阔念黄垆。

闻冰莹东赴沪渎，追赠一律

辛苦重逢在蜀京，又挥别泪送东征。蛾眉遥逐天难问，龙剑沈霾地不平。磊落钢肠君自壮，温麐玉臂我能擎。宗风马列依然好，泉水休教误浊清。

九月二十八日为慈亲费太君去世两周纪念，敬题遗像一首

犹见劬劳圣善容，蓼莪废后两秋冬。绝裾一剑怜温峤，呕血三升愧嗣宗。鹏翼图南六月息，狼烟扫北九州同。泷阡表墓春来约，慈鉴端应谅藐躬。

是日为曼殊六十二岁生朝纪念，更赋一首

论定生朝九二八，行都无地寿眉山。名应党锢碑中见，姓忍高僧传里删。曼殊披剃未数月即返初服。世以佛徒称之，非知曼殊者也。宝玦最难忘帝子，荒江何处问云鬟。去年五月二日，为曼殊逝世二十六周年忌辰，余在桂林，朱琴可、任绮雯伉俪筋客于甘寂寞室，尹瘦石绘象供奉，集者十余人，约岁以九月二十八日为寿苏之举。尔后干戈满天地，即琴可、绮雯消息亦无从问讯。更怜歌哭同时意，想象慈容涕泪潸。

赠范访畴一首

绝忆春申识面初，翩翩白袷好头颅。廿年流转成今日，一念坚贞尚故吾。梦里难忘钩党狱，谓清党之祸海滨迟报大雷书。君有女弟志超在马尼拉，久断音耗。滔天人欲横流日，谩骂端应胜灌夫。君书来，多伤时之语。

赠翟健雄一首

华亭鹤唳忍重闻，朱亥、侯嬴骨已尘。往事真疑身是史，寓贤差与德为邻。黄垆白社交情永，碧血红心大地春。哭过五茸城畔路，难忘谐谑说三民。君为武进人，一九二六年春任中国国民党松江县党部委员。是岁余偕朱季恂、侯绍裘、姜长林西巡云间，县党部开会欢迎，君登坛致辞，言季恂象征民族主义，绍裘象征民权主义，长林象征民生主义。合而言之，则松江三巨头亦即象征三民主义也。闻者咸为解颐，哄堂大笑。明年三月十二日，季恂病逝广州。四月十二日变后，绍裘亦成仁白下。今惟长林尚偃蹇沪市耳！车过腹痛之感，余乌能自已哉！

不死一首，九月二十九日作

将军忽不死，又报在南都。圣德如天大，群情裂眦无。上方畴请剑，由检信非夫。虎踞龙蟠地，伤心走鼠狐。

寄姚隽昆明一首

金山天下士，南社有姚光。小阮一何隽，新声雏凤凰。音书吾久断，薪胆汝堪当。安得成携手，翠湖一苇杭。

"英雄末路作诗人"两首

余家旧藏石印，文曰"英雄末路作诗人"，盖乡前辈杨龙石先生为高祖粥粥翁所治也。嗣被从弟抟霄攫去，令原恸后，恐不堪问。余客桂林，乞北平李白凤补治一章，今尚携行箧中，入手摩挲，遂成长句。

英雄末路作诗人，纸上苍生意苦辛。孤竹黄虞曾入梦，杜陵稷契岂谋身。高名枉遣追瞿德，义旅何当起拜伦。呕尽心肝吾不悔，任他婢笑更妻嗔。

英雄末路作诗人，青兕前生旧姓辛。苏轼刊章元祐党，陶潜纵酒义熙身。恢奇要学臧三耳，矛盾羞为第五伦。种豆南山杨恽句，流传宁畏上公嗔。

自题《辽东夜猎图》，十七叠九字韵

一九四三年，余在桂林，慈溪季宁复为绘此图，雾鬓风鬟，仿佛若有所寄。翌岁三月琴可题长歌，即用余九字韵，顷复叠韵成此云尔。

一九四五月在九，红军痛饮黄龙酒。吊民伐罪俘溥仪，痴儿悔学金刀秀。祸首难忘"九一八"，倭奴伐尽边陲柳。匆匆南朔两儿皇，石晋刘齐偏有耦。赭袍龙凤向中原，奴尔哈赤疑今又。谁识牵丝傀儡徒，原非出谷嘤鸣友。降书一夕出樱都，雄师万骑陈辽右。龙血玄黄战一枰，烂柯愁杀河东叟。河东旧擅风云略，骨重神清才气茂。国手闲看急劫棋，醇醪日醉盈升斗。信陵未许近妇人，曹植惟堪咏其豆。竖子成名阮籍悲，侏儒饱死东方瘦。风波烟水惯江南，美人骏马魂萦久。画里真真宠爱偏，梁妻杜妹畴先后。月大风高叠骑驰，阿堵传神画师手。画师乡贯本慈溪，与我同钟地灵厚。余祖贯亦慈溪，明季始迁吴江。题诗却念旧王孙，绨袍怜我交情负。独秀峰头溯梦游，年年此日称觞寿。草中狐兔尽何益，不见王孙愁纳牖。何当并辔走辽东，白山黑水诗魂吼。

自题《鸥梦圆图》，十八叠九字韵

吾乡郭祥伯有《鸥梦圆图》，龚定庵诗所谓"一家尚许圆鸥梦，昼课男儿夜女儿"者是也。一九四四年五月二十八日，余五十八岁初度，宜兴尹瘦石为绘此图，余与佩宜居中，右上为无忌、蔼鸿，左上为无非、林率，右下为光南、光辽、君石、君华，左下为无垢、惠礽共十二人。

在昔消寒图九九，玉山醉倒围炉酒。于今亡命走西南，兰玉庭阶气森秀。吾家旧贯出慈湖，北来人道吴江柳。伐鼓鸣笳三百年，分湖凌沈

差堪耦。鬐龄深荷太翁怜，谓先曾祖莳庵府君。须髯何意今朝又。举案齐眉近四旬，闺中桓鲍真良友。画师写出鸥梦图，图中人物灿左右。佳儿佳妇客渝都，有女如花慰翁叟。玉镜温郎旧俊流，沪滨双隐才华茂。生儿君石女君华，东望虹光气冲斗。最小偏怜不栉人，数奇常叹南山豆。却抱龙孙侍老夫，含饴问寝同肥瘦。春草池塘失惠连，竹林小阮垂青久。从亡同走桂林城，缠绵情话常先后。忆昔频伽祝梦圆，羽琤更诧称诗手。我今漂泊在天涯，苦志劳身遇良厚。歊浦巴山更桂江，风云会合期无负。作图犹记去年时，五月廿八吾称寿。陵谷沧桑转瞬非，光明已见盈窗牖。小住巴山为补诗，诗成搁笔虬髯吼。

次韵和文怀沙即寄白沙红豆树村，九月三十日作

抱石怀沙黯涕零，白沙遁迹岂初心。相思红豆江南种，棋局年来惯不平。

曾家岩畔记危楼，别去君乘万县舟。闻道滇池风物美，有人欢喜有人愁。

再题《辽东夜猎图》，叠淞妹旧韵

射虎南山酒半中，美人如玉自玲珑。田畴岂卖卢龙寨，狐兔横行功狗功。时闻美军登陆大连之谣，愤而成此。

忆林庚白、陈巢南

平生交旧遍天下，顾能在各方面予我以最大之影响者，惟林庚白、陈巢南二君耳。十月一日，枕上失眠，感赋两律，兼寄淞妹昆明、祥妹湄潭。

卅年四海谁心折，丽白楼还百尺楼。思想旧新冰炭异，形骸放浪漆胶投。巢南笃旧，庚白趋新，两不相协，其狂放则将无同。芥针琥珀功能吸，香色玫瑰刺未收。漫向九原商益损，黄垆碧血两悠悠。

春草池塘梦半醒，销魂湄水更滇京。霜前鬘冷才难遣，曙后星孤意岂平。蔡琰文章述悲愤，易安金石掩明诚。祥妹为巢南女公子，淞妹曾与庚白结缡，故以文姬、清照为比。杜陵兄妹吾何愧，两世论交最有情。"别有法门弥缺陷，杜陵兄妹亦因缘"，梁任公句也。淞妹父寒碧先生，母双韵词人，咸南社旧友，故云。

莫志恒索诗，即以为赠，君为桂林文化供应社旧人

亡命南来滞桂城，三年文酒慰羁情。宋生远别宾生逝，珍重题诗莫志恒。

追送翼谋宗兄东归一首，兄为南京国学图书馆馆长，旧同事江苏通志编纂委员会

弟兄尔我各西东，犹记焦岩文宴同。江苏通志编纂委员会在焦山松寥阁。纵创南针凭指极，非师北圣不为功。兄言中国自然科学发明在欧洲之先，余则谓苟非社会科学能迎头赶上，纵有原子弹之发明，亦徒资盗粮而已。似闻图籍逃秦火，应责逋亡到海宫。除旧布新吾自壮，兄去秋顾我津南村寓庐，谓中国非除旧布新不可。中兴歌吹要能从。

三题《辽东夜猎图》，次廖辅叔韵，十月二日作

义战原凭得道多，髯翁旧梦未蹉跎。曼殊朱果歼余孽，鄂国黄龙奏凯歌。袁绍横刀饮河朔，木兰千里走明驼。鬓云衣雾依然好，制礼周婆有怨诃。

润之招谈于红岩嘴办事处，归后有作，兼简恩来、若飞

后车载我过磻溪，骏骨黄金意岂迷。兴汉早闻三足鼎，封秦宁用一丸泥。最难鲍叔能知管，倘用夷吾定霸齐。心上温廖生感激，归来絮语告山妻。

得坐光风霁月中，矜平躁释百忧空。与君一席肺肝语，胜我十年萤雪功。后起多才堪活国，颓龄渐老意犹童。中山卡尔双源合，天下英雄见略同。

十月三日，"五四"斗士李之常偕曹美成过访，适陈麟熙亦至，同饮金刚饭店，赋赠一首

守常殉国之常在，把臂欣然上酒楼。犹有雄心调健马，岂关私怒触虚舟。谈诗宁掩如虹气，借箸端为活国谋。亲故门生纷满眼，相逢未信在他州。美成以师礼事余者，麟熙为女婿陈麟瑞之兄，尝负笈东大，而之常则为东大及中大教授云。

佩宜忽患盲肠炎，偕无忌、蔼鸿送之入中央医院，夜归有作

腹疾无端忽紧张，惊人诊断患盲肠。深宵健妇欣能伴，群策良医聚共商。欲斩根苗惟割治，却怜情绪有旁皇。回车自挈佳儿共，夜气漫漫待曙光。

十月四日晨起，偕无忌视佩宜于中央医院，知开刀后经过良好，喜赋一首

心事驱车弛复张，沈忧洗净九回肠。家常琐屑休多虑，国是艰危待共商。喜极已能消病痞，恩深真欲谢医皇。难忘昨夜惊疑甚，欹枕无眠伫晓光。

佩宜入院奏刀，深得湘雅医学院潘世成女教授将伯之助，诗以谢之

仁心兼侠骨，我愿拜批茶。灵气三湘水，豪情五月花。慈恩能博爱，病理本专家。何以酬高谊，云天感未涯。

自小龙坎步行返沙坪坝，途遇吴启仁，感赋

红旗赤帜年时梦，碧血青磷故旧哀。绝忆杜陵诗句好，麻鞋辛苦贼中来。"金堡辛苦何来，朕所未惜。"南明永历朝朱文靖公天麟为昭宗匡皇帝拟诏书中语。严起恒见之抵几大笑曰"道隐善骂人，今亦被人骂邪"。

自题《樱都跃马图》，用辅叔韵，十月五日作

踏破蜻蜓斗大洲，齐襄九世复吾仇。当年军阀希雄霸，此日齐民破梏囚。死士应尊秋水垄，生王迟斩独夫头。狂游好与山妻约，早割倭宫署羿楼。

常熟钱金星遗像，为阿曼题

玉折兰摧万事休，迢遥华胄绛云楼。周嫠恤纬无穷意，愿矢坚贞到白头。

次韵和少石一首

夷跖千秋异圣愚，何须歧路泣杨朱。墨希遗臭倾宗社，马列流芳示范模。北去燕王羞篡国，南来齐帝更非夫。探囊余智匡时略，不用忧伤学左徒。

十月六日得润之书问佩宜无恙否，兼及国事，感赋二首，再用溪中韵

曲折延绵溪复溪，光明前路未长迷。来书云："前途是光明的，道路是曲折的。"周王防口流于彘，秦帝钧天醉岂泥？下士君能资集益，见贤我自愧思齐。驰笺问疾殷勤甚，合走深山慰病妻。

障海东流挥日中，吾曹妙手岂空空？独夫民贼终为虏，团结和平合奏功。周土蕨薇怀谊士，殷墟禾黍笑狂童。三年待纵冲天翼，风起云扬尔我同。

垢儿馈余红色维他命丸百粒，绝类红豆，盖国际友人米君所移赠者，食而甘之，为赋一律，亦鲁迅先生饮牛乳以抵制反动派意也

入手猩红最可怜，相思豆子玉缠绵。肉糜岂供齐民食，营养还羞我辈先。倘死便应烹五鼎，偷生终不愧诸天。嘤鸣海外多良友，奋起中原祖逖鞭。

叠韵和健雄兼示访畴一首

诗中人皆清党前中国国民党江苏省党部委员，十六年三月十二日朱季恂病逝广州，四月十二日变后，侯绍裘、张应春、刘重民殉国南都，黄竞西成仁歇浦，而宛希俨则流血于武汉云。后死者姜长林在沪，姚潜修在鲁，张曙时在陕北，故诗中并及之。

领袖朱侯举世闻，张刘黄宛尽灰尘。匹夫不死仇终复，同志相期德有邻。惆怅姜姚阻南朔，殷勤翟范共秋春。延京更喜乖崖健，历劫风波是幸民。

寄范志超女士新大陆一首，叠前韵

太平洋战事起前夕，余在香岛，女士自马尼拉书来，商归国事，余尼之而罢。菲岛乱作，不闻消息，甚以伯仁由我为恨。今得陈道桢来函，言女士已赴美，则余仔肩尽释矣，岂不快哉！

四载兵戈断见闻，疑君早作海滨尘。东来鸿雁传佳讯，西去萍蓬托比邻。浪说伯仁由我死，依然大地尽阳春。神州创造需巾帼，莫作旁观域外民。

瘦石为润之绘像，即题一律，用余自题肖像韵

恩马堂堂孙列健，人间又见此头颅。鸾翔凤翥君堪喜，骥附骖随我敢吁。岳峙渊渟真磊落，天心民意要同符。双江会合巴渝地，听取欢虞万众呼。

十月七日，偕无垢、光辽视佩宜于中央医院，叠张韵成此，时无垢将返沪上矣

挈女携孙笑紧张，车行坦道似羊肠。三秋一日情何限，万绪千头事待商。伉俪恩深追燕卡，治安策上梦羲皇。太平得睹吾终幸，胜利争看民主光。

润之书来，有"尊诗慨当以慷，卑视陈亮、陆游，读之使人感发兴起"云云，赋赠一首

瑜亮同时君与我，几时煮酒论英雄？陆游、陈亮宁卑视，卡尔、中山愿略同。已见人民昌陕北，何当子弟起江东。冠裳玉帛葵丘会，骥尾追随倘许从。

赠吴英恺医师一首

吴季辽东秀，珊瑚玉树柯。家风追扁鹊，神术拟华佗。贱子真蒙惠，山妻赖起疴。感恩无以报，惭愧一诗哦。

十月八日晨，枕上不眠，戏集成语为口号四句二十字

生不五鼎食，死当五鼎烹。宁为袁粲死，不作褚渊生。

柝声二首

柝声枕上屡经过，奈此漫漫长夜何。祖逖、刘琨今属我，闻鸡起舞莫蹉跎。

翠羽罗浮梦几巡，拿翁龙性本难驯。拿破仑每夜睡三小时，余颇类之。儿愁婢叹终多事，我是金刚不坏身。

赠陈振汉、崔书香夫妇一首

君家桐树我津南，万里萍踪共一龛。陈恺丰姿如少女，崔徽意气蔚奇男。苎萝生小佳人美，燕赵悲歌侠士堪。安得相从河朔饮，钧天沈醉亦心甘。

闻润之将返延京，赠别成此，三用溪、中韵

别绪奔腾似万溪，空同七圣路皆迷。闻雷竟失豫州箸，问鼎休封函谷泥。鹏展倘能移溟渤，鹰扬定遣霸青齐。相思相见知何日，却似荀郎别艳妻。

割必操刀羹日中，如何团结尚空空。独持帷幄劳君瘁，先树鏊弧倘我功。未见萧何追国士，终怜殷纣是狂童。离愁莽莽情难遣，卷土重来定许同。

题画杂诗六首，为高谪生作

苍翠欲攀松柏树，猩红不似女萝花。夺朱非正休轻诮，险阻艰难意未涯。紫藤

鹏飞已信鲲能化，鹊噪休教鸠妄争。惟有西飞青鸟好，一枝聊遣寄平生。青鸟

长松鹤鹤有高节，劲竹岩岩无媚枝。留得鲁灵光健在，风人惯咏白驹诗。松竹

远山淡淡含春意，茅屋疏疏有古风。短棹自欹桥自直，此中倘许起潜龙。山水

凌云劲节枝枝上，含露幽禽恰恰啼。记取稻粱谋未稳，夜来休遣凤皇饥。竹鸟

师雄翠羽罗浮梦，君复孤山处士妻。何似彩鸾饶艳福，绣襦甲帐伴双栖。梅花

青年馆观高谪生画展，旋赴夫子池五芳斋小饮，十九叠九字韵

集者余与谪生外，有梁寄凡、方镇华、翟健雄、范访畤、朱基俊、曹美成共八人。

汉家厄运销阳九，汉儿痛饮醇醪酒。民族画人高谪生，海南秦国分灵秀。主人延客客来七，梁方翟范朱曹柳。临淮壁垒两将军，文武兼资信堪耦。定扬可汗梁师都，牵制青溪方腊又。遥遥华胄尽枭雄，郁郁襟怀称胜友。太息甘陵党部才，安刘左袒谁甘右。季恂早逝孤儿壮，翟范今堪伴髯叟。康王儒雅异元璋，片语难忘折冲茂。翟义翟让都英豪，范雎范蠡岂筲斗。青梅煮酒美曹公，宁比痴儿咏萁豆。寂寞宗风剩老夫，盗跖苦肥柳下瘦。老夫怀抱剧非常，虞夏黄农入梦久。卡尔渊源列宁先，中山衣钵惠阳后。栖皇卅载谁知己，一朝喜握湘潭手。湘潭于我本同心，土重水深元气厚。新词一阕沁园春，玉局稼轩呼负负。两贤并世岂相厄，举觞起为湘潭寿。莫嫌道路有艰虞，终见光明入户牖。诗成掷笔示高生，风云龙虎鲜卑吼。高澄之母语其子曰："汝父如龙，汝兄如虎。"语见《北齐书》，高氏鲜卑人也。

诗翁行，哭李少石，二十叠九字韵，十月九日作

少石一字默农，余为署名曰韬公。粤东番禺人，先烈廖仲恺先生爱女梦醒之婿也。少与梦醒同负笈岭南大学，遂缔姻好，时廖先生已殉国矣。少石为中国共产党党员，尽瘁有年，奉命往沪上工作，挟梦醒与俱。梦醒出自世家，廖先生钟爱逾恒儿，至是乃备尝险阻艰难，日躬亲携筐入市与卖菜佣计值，归则爨飨浣涤，背负幼女，操作无休。世传少石赠内诗，所谓

"布裳夜缀怜卿苦，粗粝常甘谅我贫"者，盖在此时也。一九三三年春被捕入狱，梦醒奔告廖夫人。夫人时方卧疾，属营救之责于余。余遂抚梦醒为义女，尽谒国民党四元老，群策群力以赴，少石得不死，锢南京及苏州反省院几五稔。讨倭军兴，始复自由，与梦醒双栖海上。淞沪弃守，先后走香港工作，安居者复四载。顾党国贤劳，绝少画眉拥髻之乐，一九四〇年十二月十七日，余亦自沪抵港，复得与少石伉俪相见。少石喜为旧体诗，尤嗜余所作，心模口写，弗以为瘁。一夕，集廖夫人双清楼，夫人哲弟何季海亦在，三人者谈诗甚乐，梦醒遂戏呼少石为诗翁，余《图南集》中有句云："谢舅何甥绝妙词，一堂危坐共哦诗，任他闺闼成嗤点，我自撚髭誉可儿"者，正谓此也。一九四一年十二月二十五日，倭陷香港，余与廖夫人奔粤赴桂。少石、梦醒复先后间关入蜀，留居重庆。一九四四年八月，衡阳弃守，翌月十二日，余飞抵渝州，少石复从余受诗。一九四五年十月八日傍晚，余访少石曾家岩五十号，候于宾座，久久始至。会所假汽车复有他用，司交通者促余急行，遂挟少石登车，车中携余所撰《巴山集》一卷，狂吟朗诵以为乐，声浪震遐迩，有天风海涛之概。既抵沙坪坝，车复入城，余与少石握手为别。宁知天长地久，此恨绵绵，遂为永诀哉！午夜梦还，有客剥啄，开扉延入，惊悉少石恶耗，谓归途为暴客所狙击，入市民医院，以伤重不治，七时四十五分竟死。呜呼！我虽不杀伯仁，伯仁由我而死！余何不幸而蹈王茂弘之覆辙也！少石生于一九〇六年六月七日，即废历丙午闰四月十六日，余在车中始讯知之，宁期斯日便是忌辰！天之厄少石抑以酷余欤？依中国旧习惯计算，应为四十岁。报载三十九岁，则法律上之年龄也。少石有老母在澳门，犹倚闾望爱子东归。梦醒与少石齐年，而月日较先，无子，一女李湄，仅十四龄。余奚以对少石，更奚以慰梦醒哉？假令少石不嗜余诗，余必不挟少石登车，即少石必不死。少石之死，死于余，亦死于余之诗。诗翁，诗翁，遂成语谶，作《诗翁行》以哭之。

玄元皇帝孙枝九，卫公兵法谪仙酒。诗翁能诗不能饮，红棉花底丰姿秀。峨峨太白山头雪，濯濯灵和殿前柳。惠阳娇女美无伦，联珠合璧真佳耦。德曜梁鸿旷代贤，燕妮卡尔中原又。雪夜关门读禁书，鸡鸣同梦堪良友。一朝流转春申浦，仓皇贯索星明右。缇骑无端入室来，奋身营救推髯叟。入抱明珠掌上擎，谢家道韫才华茂。枕畔研光认泪痕，狱中剑气冲霄斗。燕南赵北鼓鼙喧，似闻当局宽其豆。尽赦清流出狱来，风裁无恙腰肢瘦。从兹双宿复双飞，扶余海外三年久。太平洋上沸波涛，间关入蜀分先后。我亦嘉陵江上来，柔荑紧握婵娟手。诗翁于我尊行辈，午夜钞诗意良厚。伴我归车毒弹飞，伯仁由我终身负。诗谶头颅一掷轻，少石临命前七日，以诗示余，有"莫讶头颅轻一掷，解悬拯溺是吾徒"之句，谓非诗谶而何？诗翁名字千秋寿。欲哭休嫌近妇人，寝门一恸凭几牖。剪纸难招鹏鸟魂，题诗疑作鲸鱼吼。

自题尹瘦石所绘《东都谒庙图》，二十一叠九字韵，十月十日作

世仇已复齐襄九，人头饮器黄龙酒。齐民亿兆尽欢呼，河山还我东都秀。东都当日辟疆谁，跼跻应胜展禽柳。三世延平正朔承，帝昺崖山宁堪耦。国轩锡范树降旗，共和覆国废刘又。转瞬沧桑五十年，收京还仗盟邦友。收京谒庙我先知，画里真真分左右。燕妮能随马克思，卫妃自拥虬髯叟。一妹无双今有双，林家跌宕陈家茂。杜妹梁妻并俊流，虹光剑气盈牛斗。侧调安能犯正声，肯教闺闼嗟其豆。父事微怜兄事同，纷纭环燕争肥瘦。仕女班头旧惠阳，十年掌上明珠久。何意红颜薄命多，霜鬓更惨孤星后。新化从军擅盛名，相逢惯吻兜绵手。亦有杨家不栉人，甬东未信地灵厚。去年乞画桂林城，如何画手愆期久。今日渝州

又见君,索逋应为虬翁寿。老夫耄矣气犹雄,耿耿心精天亦牖。谒庙图成更作歌,图中想见英灵吼。

贺金文垣、沈惠芝结婚一首

黄帝神方传扁鹊,白衣天使拜南丁。佳期双十成双喜,美眷如花万卉馨。

王孟潇兄过留饭,示以一首,叠用寻字韵

佳期双十喜相寻,真见神州起陆沉。合浦还珠凭汝力,相如完璧慰余心。绣襦甲帐温麈想,海水天风浩荡吟。只惜伯仁由我死,山阳怜笛广陵琴。孟潇言鹿寨书簏匝月后有完璧来归之望,而高昊初将于岁尾来渝结婚,故诗中云云。末联仍为少石痛悼,天荒地老,此恨奚穷哉!

赠张镜潭、崔凤鸣夫妇一首,再用南字韵

经年留滞共津南,太白东坡各一龛。庑下梁鸿原俊物,帐中崇嘏亦奇男。殷勤高谊云天厚,恩怨比邻鹅鸭堪。邸报借观思旧岁,味回谏果定能甘。

巴山集卷三

（1945年）

誓墓行

十月十一日下午三时，周恩来、潘梓年、熊瑾玎、王炳南、徐冰、张晓梅、刘昂、汪琦、乔木、胡风诸同志葬少石于小龙坎十八集团军办事处公墓，来会者自国母孙夫人宋庆龄女士以次凡四十余人。余与无忌、无垢、蔼鸿同往赴之，蔼鸿以迫校课中道而返。余既抵墓地，晤梦醒母女，哭不成声，归成誓墓行一首，示陈树人、郭沫若、沈雁冰、孔德沚、张友渔、韩幽桐、曹靖华、倪斐君索和，二十二叠九字韵。

恨海愁天十八九，山阳邻笛黄垆酒。痛哭深山誓墓来，芝兰玉树埋灵秀。番禺李生美少年，卫玠丰姿张绪柳。五载圜扉志不摧，廿年党籍功谁耦？香岛当时脱险归，渝州今日成仁又。士兵失教纪纲裂，四强惭愧厕盟友。横飞毒弹化龙桥，成仁恰在红岩右。何事驱车竟读诗，追原祸首关髯叟。忍见孤儿寡妇哀，百身莫赎英才茂。白马诸贤尽不凡，岩岩国母称山斗。国父云亡国母尊，寇仇婚媾煎萁豆。元龙盟社本吾徒，肉食宁嫌异肥瘦。有道东都旧党人，临风挥涕魂消久。沈孔张韩俪侣双，陈思八斗才宁后。牡丹富贵异寒梅，朱唇皓齿纤纤手。挂剑谁怜吊客悲，盍簪犹见交情厚。只惜髯翁百感伤，儿女追随意终负。醇酒难消长夜愁，高名柱共南山寿。便欲凭棺一恸来，高明浪拟鬼窥牖。天道宁论万事非，归来宵梦犹悲吼。

十月十二日，为鲁迅先生逝世九周年纪念前七日，《大公晚报》罗承勋索诗有作

迅翁遗教堂皇在，不作空头文学家。抗战八年成胜利，和平初步乍萌芽。光明已见前途好，曲折宁辞远道赊。论定延京尊后圣，毛郎一语奠群哗。

生埋柔石千秋恨，少石牺牲一例同。特务横行天亦怒，士兵失教国终凶。咆哮已听机前誓，恩怨难消世上踪。血荐轩辕吾岂吝，伤心无地用英雄。"吾以吾血荐轩辕"迅翁旧句；润之不许余"亦膊上阵"，余甚引为憾事也。

喜佩宜出院有作，三用张字韵

汤醪慷慨素琴张，喜汝归来洗肺肠。天上星辰原灿烂，人间眠食待评量。兰苕春暖翔翡翠，梧竹秋深老凤凰。莫笑狂夫狂不死，前途无限烛龙光。

延英、德华来视佩宜疾，感赠一首，三用南字韵

卜邻真幸傍津南，庑下疑同兜率龛。入抱骊珠双爱女，惊人犀角几奇男。齐眉君喜同心好，三径吾还二士堪。霁月光风容对坐，醇醪未饮意先甘。

季拓之书来言将飞沪，却寄一首

神教巫风待品评，骚经笺注倘功成。诗篇杜甫多佳句，君有出蜀八律影事玄机异色情。谓所撰小说纪鱼玄机事。初见渝州欣沆瀣，重逢沪渎

定光明。何当同醉龙华道，却忆巴山夜雨声。

送高谪生、曾敏书夫妇返粤，谓将于琼崖建省事有所奔走云，叠用评字韵

画笔淋漓换好评，八年抗战幸功成。宗风倘溯鲜卑族，母系难忘秦国情，骂座酒狂君肮脏，前途民主我光明。琼崖人物元龙健，匝月前得晤西南联大法商学院院长陈序经博士，余谓此君堪任琼崖省行政长官之职，谪生亦以为然。倘共双冯并著声。双冯谓海南岛红军司令冯白驹与香港新文字学会理事冯裕芳，两君皆琼崖人也。

肯与巫臣一例评，南游使命定完成。擎杯劝酒吾无分，前日五芳斋痛饮，未得敏书莅临亲自劝饮为憾。擘纸拈毫汝有情。学府难消新妇艳，前途定照大珠明。犹龙一老欣能狎，红拂虬髯并有声。谪生夫妇将访铁夫先生于苍梧故云。

补题《樱都跃马图》，二十三叠九字韵，十月十三日作

赤明龙汉丁阳九，逋亡曾醉樱都酒。犹记当年钩党时，深培莠草锄苗秀。国士岩岩尽党碑，鲍罗廷复亚子柳。缇骑中宵好梦惊，上公东厂吴门耦。复壁藏身张俭亡，乘桴浮海尼山又。结伴难忘女画师，朱家擘划劳良友。结庐曾傍井之头，板桥临水樱花右。岂少南阳二顷田，躬耕却愧居停叟。济南惨案迫危机，归来玄武樱桃茂。苦志劳心孰主持，四知杨震推山斗。谁料黄垆竟哭君，腐心曹植吟萁豆。悼逝怀贤一恸休，朱杨新旧鬼肥瘦。尤物真疑我不祥，负人负己由来久。绘图立意两年前，补句题诗经岁后，跃马樱都中预言，娲皇自擅补天手。并辔山妻病榻眠，危疴得救天良厚。按图索骥知何时，雄心壮志休终负。共和不成邻国危，悠悠此意谁能牖。士垄王头古谚传，倘闻雄鬼碑前吼。

虎女龙孙歌，送无垢、光辽返沪，二十四叠九字韵，十月十四日作

翁年五九孙年九，翁尚贪杯孙拒酒。道韫今年卅二龄，龙孙虎女都聪秀。谢公最小偏怜汝，追兄逐姊称三柳。当年一集菩提珠，二陆双丁安足耦。沪滨恰遇九一八，举幡请愿陈东又。异日清华负笈来，终怜割席虚良友。一夕仓皇忽见收，红妆黑狱缘非右。执言仗义问谁欤，飞书急告虬髯叟。患难居然共护持，读书颇喜才华茂。海外双飞亦有年，谁料南箕成北斗。道韫空吟昔昔盐，杨家惯种南山豆。天壤王郎自古嗟，伤心从此腰肢瘦。更愁无赖孕龙孙，破镜难圆绝缘久。将母归来百感萦，生儿更值干戈后。褓褓提携我亦劳，含饴更吻挽须手。九龙亡命痛分离，合浦珠还于我厚。湘江鼙鼓桂林兵，东劳西燕疑终负。犹喜延京去未成，夜雨巴山祝吾寿。昆明才返又春申，离愁别恨谁能㺜。虎父从来无犬女，孙枝期作蛟龙吼。

河朔少年行，赠李星如，二十五叠九字韵，十月十五日作

星如名乃昌，河北霸县人也。少习农学，一飞冲天，乃为空军司笔札。一九四五年十月，将以上尉秘书随空军第十三地区司令吴紫赴沈阳接收伪满空军设备，遂留驻焉。先期来津南村诣余告别且乞诗，诗以张之。星如从余学诗，自称柳门弟子。盖在桂林，先后及门者简绿盈、李梓棠两女士外，有虞重卿、赵雅笙、李叔宽、杨南孙、曹美成、桂华珍、庄伯理、张季子、欧阳白水诸人，初集东坡酒家，再集影翠茗座。星如欲创柳社，推余为盟主，时淞妹亦在座，余议为林社，以淞任社长，而余副之。淞则逊谢，议久不决。余复言桂林隐山之畔有相思江，地灵则人杰，宜创相思之社，余自为社长，而淞副之，盖并取昔贤闻才相思之意也。尝草小序及条例，成有日矣，会余病脑，遂不果。顷闻绿盈避地濠境，雅笙在茂名，伯

理在柳江，美成、华珍夫妇在渝州，重卿南下，则渺不稔其踪迹矣。因送星如而联想及之，诗中盖不胜其感慨云。

杏坛六艺人八九，李得吾诗未得酒。际地蟠天百怪胸，燕南赵北钟灵秀。从游远溯桂林城，纷纭结社争林柳。隐山道统接尼山，请业湖楼安足耦。东坡酒家绮筵开，风虎云龙冷翠又。绿盈谦退避沙龙，更怜未见闺中友。余欲尊绿盈为沙龙女皇，狂开文酒之宴，绿盈逊让未遑也。梓棠复屡约屡负，末得一面，余至今憾之。翠坊仓皇湘北莺，驱余避地右江右。半壁东南计未成，扶余空拟虬髯叟。桂林疏散，余走八步，所谓右江流域也。广西第一区行政专员李柏林与惠阳廖青主、海康王青君夫妇并执弟子礼事余，拟创东南联防政府。以李任潮、梁漱溟逡巡久弗至，余遂复走渝州。萍踪一散各天涯，忍寻旧社相思茂。李生慷慨独创军，一飞终见冲牛斗。雄心会拟化鲲鹏，儿戏宁容陈俎豆。不信封侯福命悭，虎头燕颔宁腰瘦。驱车诣我津南村，告别乞言期永久。于今民主大家庭，中华肯落苏联后。联苏国父有遗谟，廿年孤负回天手。秉国人推奉化尊，得天我爱湘潭厚。湘潭折节下奉化，廉蔺交期忍终负。团结和平倘告成，普天齐祝桥陵寿。李生官卑听则聪，我言能尽生能牖。相见明年在沈阳，白山黑水应同吼。余将以明春为东北之游。

续题《樱都跃马图》，用谢康寿韵，十月十六日作

蹴日扶桑倘再红，潮流民主海西东。英雄犹记冈田进，李蔡封侯尽下中。

再次辅叔韵一首，并念梁漱溟、朱琴可，盖二君于图中咸有题记也

齐烟九点旧神洲，叹息友仇更党仇，五噫梁鸿愁汉阙，三生朱序岂秦囚。梧州已报行人讯，桂岭仍疑国士头。苦念读书真种子，春帆何日共登楼。

十月十七日为南开大学成立四十一周年纪念，夜演易卜生名剧《娜拉》，诗以纪之

四十一年成一瞥，年年校庆说南开。白头喜见张翁健，赤帜还堪柳叟陪。历劫名葩浮水去，高飞小鸟出笼来。犁牛骍角吾能赏，粉墨登场有怨哀。

三吴少年行，赠陈万里即送其东归，二十六叠九字韵，十月十八日作

陈生五四我五九，少年誓饮黄龙酒。陈生自署汉家侠，太湖玄墓钟灵秀。专诸门巷草连天，少年崛起称陈柳。曰柳吴江陈吴县，青袍白袷堪良耦。垂虹桥畔我飞扬，皋家庑下君能又。画师曾绘汉侠图，题词我与鄂王友。荆比良椎有后先，箫市屠门宁左右。当日翩翩美少年，谁料重逢各称叟。陈生踪迹逐优俳，浮海归来医学茂。从此韬光敛芒角，无复声名动山斗。南国波涛沸海桑，东林党派煎萁豆。以医活民兼活国，国肥那患人民瘦。余事锄头考古来，磁窑唐宋流传久。一炬秦灰万事非，脱身却逐倭奴后。若望从容话卫生，岐黄卢扁传能手。降幡一夕树蜻州，侥幸中华天独厚。入蜀归吴君亦劳，补天回日吾宁负。东归计划福农民，掀髯我欲为君寿。仓海屠龙我自骄，要离穿冢君堪牖。却赋三吴年少行，头颅如许犹狂吼。

农民党歌，赠齐树平即送其北行，二十七叠九字韵

华夏农民十居九，痴儿但醉阿房酒。囊橐谁倾血汗劳，却怜谬论争蠢秀。何人政策创农工，昔推孙廖今毛柳。粤都往事痛成灰，延京大业谁堪耦。齐生少小学躬耕，几年宦海飘零又。宦海宁教壮志消，嘤鸣喜觅同心友。平章伴食农林部，海陆空军分左右。长官纵喜新来好，何曾惠及扶犁叟。齐生意气剧非凡，思想前驱学术茂。昌言民贵宗孟轲，岂畏南箕更北斗。要从据乱致升平，定遣桑麻遍梁豆。热心誓结农民党，

毋使奴肥主人瘦。老夫怀抱为君开，青眼高歌望子久。廿年历史絮从头，吾谋不用计非后。卷土重来要及时，阴符自信回天手。中山不作惠阳亡，湘潭后起得天厚。我亦肩随旧雁行，匹夫有责宁轻负。君言指日飞析津，惜无觞酒为君寿。逢君苦迟别君早，微言大义君能牖。燕南赵北君故乡，昭王台畔潜龙吼。

十月十九日尹瘦石来迓入市，觞于民族路之五芳斋，客有李之常、方镇华、朱威北、曹美成、桂华珍、曹立厂、郑竞存、毛啸岑暨余与瘦石共十人。二十八叠九字韵，即送威北赴滇慰问缅甸侨胞

酉年酉月日十九，老夫又醉五芳酒。异地同名莫问他，欣逢宾从都才秀。最喜宜兴尹画师，出郊能迓吴江柳。五四当年树叛旗，李生战绩谁能耦。方将军更朱将军，壁垒旌旗今日又。五宫中郎最爱才，挥金自结天涯友。新妇端凝郭后先，季方艺术陈王右。郑玄毛遂我姻连，开筵群拥虬髯叟。虬髯怀抱自飞扬，却怜地逊扶余茂。仗剑难平气吐虹，吟诗羞诩才盈斗。魏客争开无忌樽，秦声惯愤杨家豆。吾曹痛饮究何成，侏儒饱死苍生瘦。朱公避席起陈词，侨胞海外颠连久。一日王师定缅疆，遗民目断来俣后。谁料天骄英吉利，犹弄阴谋逞毒手。嗾缅仇华两败伤，卞庄制虎颜何厚。厚颜我亦觍中华，四强赫赫名空负。谕蜀文翁索我书，乘槎博望为君寿。民主不张国无幸，庙谟休遗面墙牖。叹息吾曹岂酒徒，酒怀郁郁诗魂吼。

是日为鲁迅先生逝世九周年忌辰，纪事有作，二十九叠九字韵

十月十九日下午三时许，举行纪念大会于白象街西南实业大厦，集者许季茀、叶圣陶、郭沫若、曹靖华、冯雪峰、舒舍予、茅盾、胡风、徐迟、赵丹、周恩来、冯焕章、邵力子等五

百余人，余与瘦石赴之。

山颓木坏周年九，嵇生忍忆黄垆酒。中华民国圣人殂，那比寻常折才秀。忆昔相逢海上时，天魁谬让吴江柳。论德论齿咸我先，怀惭我岂迅翁耦。两楹梦奠事堪悲，百身莫赎歼良又。此日招魂孰主盟，子将白发平生友。叶适陈辞天水军，郭隗慕义燕台右。及门弟子曹与冯，何事无言述周叟。举世滔滔尽阿Q，绘声绘影舒郎茂。茅盾沈潜席避人，胡风慷慨气冲斗。现实理想要两兼，岂同驽马贪羁豆。朗诵欢呼千掌雷，赵丹肥胖徐迟瘦。醇醪公瑾寓深心，折冲尊俎由来久。冯生诙谐邵生默，真怜病齿成牛后。老夫敢哭复敢笑，誓共青年斗身手。吴语何妨朗诵诗，土音忍割乡情厚。却愁顽钝百无成，此意悠悠莫终负。记取明年九二八，生辰还祝迅翁寿。纪念今朝盛英京，万头攒孔遮墙牖。归途却与尹生语，倘有英灵九天吼。

入夜偕瘦石观茅盾所编剧《清明前后》于青年馆，晤焦菊隐暨秦孝瑜女士，归宿合众大厦，三十叠九字韵

不如意事十八九，翻云覆雨误杯酒。美钞黄金鹦鹉言，人间一例无蠢秀。侠骨柔肠交际花，痴儿错认章台柳。伤哉民族工业家，牛衣对泣负佳耦。庞眉皓首彼何人，老而不死原壤又。书中人与剧中人，曲笔吾疑淆敌友。菊隐、瘦石均疑饰金澹庵者，不应以滑稽淡化其罪恶，余意此中或别有不得已之苦心在耳。大学教授有心人，思想前驱祖非右。丧心主任更科长，观场眦裂虮髯叟。牺牲夫妇小家庭，黑衣疯女丰姿茂。就中丑角最狼狈，直教酸气冲牛斗。柔荑一捆快人心，莠草居然混粱豆。反噬忘恩此辈多，食人转谅夜叉瘦。责任未完五大事，驽骀苦恋羁衔久。此岂寻常小说言，难忘现实清明后。仓皇自别桂林城，稀见剧人逞身手。今夕何夕良会多，坐中喜遇焦泰厚。鲍老郎当郭郎笑，焦生意岂批评负。请缨便是秦良玉，赠言要为乡亲寿。巴山夜月快归途，门扃虚设劳呼牖。万缘起落不成眠，中宵恍听蒲牢吼。

十月二十日返津南村赠佩宜，四用张字韵

结交熟魏更生张，归对山妻静沸肠。偕隐未成怜汝负，复仇此意定谁商。风云待遣从龙虎，枳棘休疑老凤凰。不信英雄终末路，海滨报有大珠光。

十月二十一日，瘦石与孙陵、张铁弘、于去疾、程德如、周启厂、罗沛霖、施无己先后过访剧谈，三十一叠九字韵

不死吾年五十九，童心未老耽诗酒。更喜凌晨客叩门，定生阳羡传灵秀。忘年尔我早齐名，宜兴尹与吴江柳。须臾又报远方朋，孙陵张铁芝兰耦。哈尔滨市连永吉，辽东夜猎何年又。更喜连茹为拔茅，人才夹袋咸良友。南都大侠于去疾，签名祖左不复右。死友难忘庞檗子，生交契阔黄须叟。闽侯林秋华（之夏）髯色微黄，以曹彰自命，近久不获其音讯矣。更念飘萍有寡妻，采薇德比夷齐茂，生憎腐鼠吓鹓雏，孤愤难平气冲斗。德如旧籍甘陵部，一郎冤死南山豆。刘三不作东海老，文君忍说腰肢瘦。苕溪后起有周生，便坐深谈亦良久。前客兴辞后客来，罗施恰逐程周后。罗郎俪侣喜金闺，相逢曾握兜绵手。由来徐淑胜秦嘉，鸥梦能圆汝良厚。施生讲授在磐溪，鹰扬他日期无负。革新文字拉丁化，遗训难忘迅翁寿。更念吴门张仲老，临危执手悭由牖。客籍宁输龚定庵，嘉陵江水应狂吼。

十月二十二日，沛霖夫人杨敏如女士携所作《远梦词》顾我，奉赠一律兼示沛霖，四用南字韵

赌茶宋北更齐南，清照明诚共一龛。庑下赁春宁弱女，人间不枻信奇男。青绫道韫才华敏，绛帐宣文衣钵堪。记取红蕤词好在，双修福慧定心甘。敏如旧著《红蕤词》《月弯环词》各一卷，合辑为《远梦词》。

彭城少年行，赠铜山姚展并示其夫人贵县黄琼英女士，三十二叠九字韵，十月二十三日作

天下英雄喜阳九，青梅痛饮曹公酒。歌风戏马峙彭城，萧砀丰沛分灵秀。凭吊还怜亚父坟，摩挲肯折桓温柳。汉祖飞扬骨早枯，姚生文采名谁耦。彭城年少重姚生，学书学剑更番又。阀阅名家大父尊，千金尽散印须友。义师一夕起讨倭，投袂从军桂江右。跋涉山川贵县来，遗黎难觅太平叟。贵县为太平天国发祥地。黄家有女颜如花，合欢岂比桑中茂。优孟衣冠颇擅场，珠光剑气冲牛斗。蚌底双珠美绝伦，嬉戏阶前陈俎豆。玉树争夸雏凤清，金闺不信描蛾瘦。双栖几载桂林城，行役昭州讵能久。庙谟忽报弃长沙，便守衡阳惜已后。姚生奔命返桂林，仓皇喜握柔荑手。昭州流转又渝州，骨肉团栾福汝厚。我识姚生在平乐，即昭州望门投止恩难负。牵率相从八步行，临江曾记举觞寿。君执教八步，临江中学校校长李镇曾招共宴饮。巴山此日喜重逢，嘉陵江水落窗牖。姚生索诗我作歌，归献高堂供吟吼。

巴山集卷四
（1945年）

十月二十四日，柳诗尹画联展举行预展于中苏文化协会文化之家，瘦石嘱题签名单之首

雯卿呼我为诗圣，蟾桂怜君是画师。崛起西南撑一帜，杜陵曹霸本同时。

喜晤侯外庐、张西曼，奉赠一首

外庐夫子吾能拜，西曼斯基汝亦佳。历史独凭开只眼，政谈犹见出群才。余杭衣钵殷勤继，武汉风云莽荡开。青眼高歌真快意，千秋倘许附岑苔。

是日为仲仁先生逝世二周之辰，余与衡山、任之、西曼、努生、梓年、文彬、树权、孙源诸君发起纪念，敬献一律

香江握手疑前日，渝水骑箕已两年。家祭放翁哀乐泪，甲兵小范死生缘。拉丁最喜新文字，民主难忘旧圣贤。白练吴门愁抉目，江南黔庶尚颠连。

入夜徐冰招共外庐、西曼、靖华、瘦石、锡嘉小饮，晓梅、叔璋暂来复去，纪事成此

酒兵百万谁堪敌，此夕纷争斗尹徐。燕北男儿原磊落，江东年少亦英奇。惊鸿一瞥来何暂，剿虎千秋计未疑。才子居然能革命，头衔归去告山妻。

十月二十五日，偕吾家非杞谒衡山先生于枣子岚垭良庄，深谈有作

民主同盟谁领袖，表方而外有衡山。栖栖禹稷堪千古，落落云霄见一斑。梁父高吟诸葛意，苏联建国列宁才。鲰生亦有匡时略，附骥登龙待我来。

题武训先生纪念论文诗词册

武训先生义学症，文盲举世尚滔滔。论才如汝堪千古，继志于今有一陶。莫笑愚民秦帝暴，更怜监谤虦王劳。拉丁何日祧方块，张蔡英灵亦未遥。

东北青年沙汉索诗，赠以一律

萧红长逝红苋别，后起欣逢沙汉来。白日青天张赤帜，黑龙绿鸭岂黄埃。北邻最爱苏联国，西域曾闻凿空才。民主潮流撼天地，共君携手上强台。

赠力扬，君为文化界宣言首署者，方从陶行知办育才学校

元祐党碑苏玉局，留都公揭顾梁溪。一时义问昭穹宇，千古才流任品题。画笔淋漓追速记，君善作画。国魂陶铸见端倪。士行为长君为辅，亿兆青年路弗迷。

赠河北俞佳奇

燕赵悲歌侠少年，逢君喜在蜀江边。三民主义新文化，一代兴亡旧管弦。斧钺要凭青史笔，光芒早烛白虹天。熊郎叶子都无恙，回首黔阳路几千。

赠铜山孙瑞蕲

南阳诸葛旧躬耕，抛却锄头便荷枪。天堑一朝嗟陷落，庙谟廿载枉经营。泗江宁畏蛟龙攫，别父休嫌骨肉轻。此日渝州欣会合，相期为国作干城。

赠毗陵裴雨蕻

毗陵年少美无伦，小字高华署雨蕻。负笈吴江风雨黯，题襟渝水胆肝亲。党朋漫信陈朱异，主义惟应孙列循。联展需才劳臂助，一诗敢讻报君新。

周镜吾乞诗有作，时新得琴可平安在桂林之电讯，尚未详绮雯近况如何也

宝玦王孙乍消息，云鬟靓女尚疑猜。如何渝水巴山地，重见龙拿虎跳才。百劫沧桑吾未死，一时豪俊汝堪陪。秦堤揽胜成陈迹，更为王郎斫地哀。谓兴安王国柄

喜叶仲寅来渝，兼念佛西

熊郎虎女追陪日，往事难忘在桂林。如此江山谁弃掷，只今文酒尚浮沈。黔山犹滞丰城剑，渝水先听卓女琴。倘见延津龙气合，三秋一日付沈吟。

是夜武昌钱明栋父女招集民族路之五芳斋，诗以纪之，并送威北赴缅甸慰问侨胞之役

座有长沙张西曼，商河魏希昭，宜兴尹瘦石，无锡过学敏，武进裴雨蘋，汉阳李邦瑞，武昌舒槐三、曹美成暨枝江朱威北、天津翟颖，吉安刘毓英、金华阚人威两夫妇，共主客十五人。

裙屐温馨此夕佳，酒杯又落五芳斋。中华七省钟灵气，民主高潮多好怀。渝水巴山双作合，明珠宝剑两情谐。出疆自壮朱威北，珍重相如草檄才。

赠过学敏女士

太湖灵秀属婵娟，绝艳惊才正妙年。敢以娟明苏小拟，难忘侠义隐娘贤。漓江萍水愁相左，渝水壶觞倘有缘。闻道旁通鞮译事，期君重校女权篇。

赠魏希昭女士

蓬莱宫阙旧婵娟，肯以疮痍负盛年。白璧自应尊美质，红莲更喜侍高贤。批茶意气环瀛史，道蕴才华步障缘。民主著勤科学瘁，燃藜天禄喜新篇。

偕薛嘘云夜谈有作

四十年前薛蛰龙，竹林小阮蜀江逢。史家班范都非命，文字难争造化功。

少年慷慨记同川，文献枌榆晚岁传。他日东归期掇拾，敢忘香火旧因缘。

同川衣钵谁能负，心折堂堂天放翁。留得鲁灵光殿在，留侯黄石倘重逢。

十月二十六日，瘦石为丁趾祥绘象乞余题句

存鲁乱齐推木赐，亡吴霸越有鸱夷。送君一舸东归好，珍重头颅镜里姿。

绿晓红离旧婿乡，卅年尘劫感沧桑。八千里外夸驹俊，百劫能追顾野王。

趾祥招集文化沙龙饮青梅酒

同席者叶仲寅、姚展、尹瘦石、曹美成、沈复镜、薛天汉、郑竞存、裴雨蘋。

文化沙龙今属我，纵横履舄忆齐髡。熊郎远别仲寅在，影事榴园滞梦魂。

青梅煮酒论曹公，难得英雄见略同。亲故纷纭仍满眼，重瞳定许返江东。

赠吴研因

香岛分襟日，渝州握手时。五年吾未死，万里子能归。辛苦逃秦劫，坚贞誓汉仪。金闺留国士，西渡喜追随。研因将西赴美利坚，余旧友范志超女士与同行。

去去不复返，吾悲朱少屏。头皮真断送，革命岂完成。枉共侨胞殉，犹稽褒恤荣。天心原愦愦，我意岂能平。

赠罗翼群

香海曾留文字契，桂林又托寄书邮。霸才无主词人老，罗隐江东亦俊流。

死别难忘张仲老，三民译本近何如。墓门谁挂徐君剑，风谊罗郎倘起予。仲老欲译三民主义全书为拉丁化中国新文字，遗志未偿，后死者之责也，愿与翼群共勉之。

赠李文钊

小李将军旧著声，凯风歌咏最关情。桂林一掷河山异，渝水重逢肝胆倾。影事已随南国尽，离怀倘作北都行。短衣射虎豪怀在，定向金台访庆卿。

赠李瑞熙

瑞熙自桂林来渝，出示寿昌赠诗，有"亚公痛哭辞漓水"之语，感而赋此，即送燕京之行。

去年痛哭辞漓水，今日欢呼聚蜀江。袖底田郎诗谶壮，好凭三户赶豺狼。

赵璧真归十五城，吊民伐罪早功成。光明应向苏联学，记取中山重列宁。

入夜叶圣陶、傅彬然招饮于开明编辑部，偕瘦石往赴之，坐有张择生、章锡珊、孙国芳

厚重虚怀此叶公，傅郎年少气沈雄。吴根越角多英俊，难得今宵共酒钟。

新鬼难忘李少石，旧人苦忆侯墨樵。酒悲莫诧嘉王癖，尘劫成尘恨岂销。

瘦石送归合众大厦，久谈不去，杂缀四首

太息尹郎真爱我，忠言逆耳我宁嚬。深谈久坐浑忘去，失笑泥人劝土人。

太丘道广岂谐诙，人号通天教主来。往者不追来不拒，杏坛澹荡孔门开。

谤我者挞学我死，持论香江更桂林。崛强卅年成此日，老夫端不悔初心。

碧海青天泪已枯，劝君旧梦付模糊。成仁我哭张秋石，乞写芙蓉花底图。

口号两首

迢递延京梦未圆，津南病妇尚平安。平生崛强谁心折，剩有毛苌与郑玄。

绿晓庄前款鱼水，井岗山畔忆旌旗。贤妻畏友原平等，漫笑书生惯钓奇。

赠沈复镜

犹记甘陵党部年，三民主义我能传。如何万劫经过后，转为休文一惘然。

绿晓红离旧霸才，大千疏放实雄恢。山阳邻笛黄垆泪，忍问当年弱妹来。

厚重我推汪履震，十年音耗断西秦。渝州未晤张红拂，谓曼情影事难忘酒泪新。

戏示啸岑两首

博徒能劝信陵返，自荐还收合纵功。那记炎刘家法贵，经师论定小毛公。

中山极口列宁贤，遗训流传二十年。一语劝君须郑重，莫教横议到苏联。

谢华昇两首

小楼为我安排妥，茗碗熏炉事事新。推食解衣何限感，金闺国士女休文。

不眠最喜起吟诗，蜡泪成堆午夜时。更爱胆瓶亲手插，牡丹雏菊费猜疑。华昇为我插花瓶中，一花颇巨，作紫红色，不识其名，或谓是洋牡丹，或言是菊花，谓恽南田所绘即此种，疑莫能明也。

追寄钱公来五绝

　　柳诗尹画联展之第二日，忽有彪形虬髯闯然而入者，示余一诗云："四十年前柳亚子，历尽劫灰竟未死。复报铮铮昨日事，翻来巴蜀传诗史。"署名金戈，余茫然不识也。追询姓名，始言为参政员钱公来，盖东北人，又言及国民党中委朱霁青原名朱桃云云，余识霁青在十五年前，亦未知其有朱桃之称也。悼逝怀贤，午夜梦还，百端交集，欲补诗为赠，忽奇泪袭胸，痛哭不止，遂成五章，以寄公来，倘有以和余欤？

有耳差闻参政会，有目不识钱公来。彪形大汉闯然入，金戈自署犹疑猜。

徒侣同盟四十春，半为元老半成仁。能言复报当年事，九宇于今有几人。

四十年来柳亚子，头颅无恙意犹恢。稍怜风度输君美，大侠虬髯让汝来。

不见朱桃十年矣，故人踪迹滞兰州。乐平流血励斋死，羞向人间问楚囚。

补诗午夜达清晨，奇泪无端浣我巾。注海倾河拚一恸，不知何事苦酸辛。

十月二十七日为竞存内弟题瘦石所绘像

卅载相依兄弟行，喜君玄鬓未苍黄。经天纬地才难展，折角批鳞意共狂。异域亲情成沆瀣，故家乔木尽堂皇。咏春不作桐荪老，珍重红梨旧草堂。

赠陈志中即题其所撰《丹心曲初集》

武训先生义学症，而今衣钵属陈家。难民声与丹心曲，大叶粗枝朴不华。

亚子先生今屈原，四支容转十三元。明堂清庙难涂改，鲍老登场一笑看。余生平喜改人诗，削足适履，亦是一病。志中赠诗，引郭先生语，而元支互协，余不谓然，妄欲修改，及入手乃知不易，书之以志吾过。

赠 非 杞

柳下宗风两千载，梁溪倘许附慈溪。龙城一剑留王气，步武云礽迹岂迷。

十稔神交非杞好，渝州才许拜髯翁。金枝玉叶何须贵，民主家庭世界同。

赠汪和笙，为华昇作

渝州企业创华新，东浙人才此轶群。一纸题诗谁乞我，金闺珍重女休文。

偕非杞观海宁都冰如画展于江苏同乡会，晤陈蔼士有作

长恨歌同正气歌，英雄儿女意如何。千秋一例伤封建，赚得都生粉本多。

九鼎原图魑魅形，剧怜忘祖饰承平。微瑕我为都生惜，颂德歌功世已轻。

霍氏门庭误乐山，四凶有二倘怀惭。鬼雄地下伤吾友，弱弟恂恂尚不凡。

西曼招偕希昭、瘦石小饮爵禄饭店有作

雄狮头与大鱼头，西曼斯基囊橐休。竟以猪肝累安邑，难驯龙性共

渝州。结婚喜见新人物，演讲羞闻旧倡优。叱咤风云吾辈事，酒酣慷慨话恩仇。

入夜偕瘦石、啸岑、华昇赴青年馆观洪浅哉
所编剧本《鸡鸣早看天》有作，兼赠浅哉

未晚先投宿，鸡鸣早看天。人生原逆旅，死硬误青年。痛哭求民主，呼号异昔贤。浅哉能说法，顽石俯头颠。

同情几女性，沦落各天涯。仗义披肝胆，奸商亦未差。歧途怜误入，后悔愿终赊。共尽真堪快，修罗毙药叉。

苏联费德林博士乞诗，奉赠两绝，十月二十八日作

光明长忆莫斯科，异国嘤求意若何？衣钵中山今属我，工农联共更联俄。

"亚子先生今屈原"，用陈志中句鼎堂此论我衔冤。匡时自具回天手，忍作怀沙抱石看。

为都冰如题《长恨歌》画

负心长遣怨隆基，情重江山付笑啼。绝似景阳宫井史，丽华碧血染青溪。

图画能摹汉武梁，题诗联唱不寻常。白公乐府都生笔，影事千秋总断肠。

题都冰如画

壁立危崖望杳冥，梦中犹记桂林城。难忘三宿空桑恋，红树青山画不成。山水

玉手琵琶着意擎，炉烟袅袅晚风轻。忍将离妇浔阳拟，倘有金闺惜别情。琵琶美人

题佛西、瘦石合作《梅石》贺翦斯平、张志诚结婚

罗浮绮梦风流伴，姑射仙人冰雪姿。不作寻常儿女态，石交郑重岁寒时。

赠 寄 凡

大小冯君冠海南，序经博士亦奇男。琼崖人物多才俊，要起梁郎作斩骖。

卅年衣钵负中山，急起桑榆倘可追。万一兴华能铸党，相期努力共艰危。

于去疾赠未央宫瓦当，文为"亿年无疆"，奉报两截

大侠南都于去疾，狂奴吴市柳人权。瓦当赠我无由报，倘学玄瑛藉枕眠。曼殊得明故宫瓦当藉之枕下，云虑人盗取之也。

柳七为嘲舞素腰，陈登漫诩霍嫖姚。亚庐余旧字无恙苏郎死，重共于郎斗酒瓢。

蕴山过访有作

漓江握手欣前度，渝水联盟又此朝。各有阴符虫蜡秘，难忘剑气烛龙豪。

斩蛇赤帝吾能健，叹凤荆狂世已淆。奋起一军张汉帜，空中堡垒是天骄。

健雄招共钟宝民集夫子池五芳斋，候吴羹梅、徐仲年不至

故人能厚我，劳瘁共驱车。曲折情何限，栖皇共路隅。嘉宾期不至，痛饮意宁虚。犹有陈琳笔，头风一夕祛。

廿年伤往事，慷慨欲悲歌。脱手千金掷，同情一念多。飞花沦小劫，病国起沈疴。饥渴平生意，朱门酒肉讹。

非杞来迓，邀为毛振华、张冠玲证婚于广东酒家

赵钱孙李传吴越，此日毛张是世家。华胄迢遥仍一脉，步兵青眼为君赊。

毛郎年少亦不俗，张妹低头态更妍。失笑狂生狂呓在，□□□□□□。①

暂过文化之家，苏联友人邀讲余赠毛润之一诗，辞毕掌雷声轰起，余何修而得此，抑民意有归欤

说诗匡鼎解人颐，舌辩仪秦苦逊之。何意掌雷轰一室，宁同海水酎千蠡。中山衣钵君宁忝，玄德英雄吾讵疑。惆怅渝州分袂后，延京迢递隔天涯。

翦斯平结婚贺筵，醉成二律

是日为翦伯赞哲嗣斯平世兄与志诚女士结婚之期，贺筵已具，余迫他缘久久未赴。瘦石屡电催促，至则宾客已将散矣。沫若病目挈立群先归，衡老、伯钧、恩来、徐冰独伴余痛饮。

涂山后至似防风，于郭还悭樽酒同。才子居然能革命，诗人毕竟是英雄。徐郎苛论天应泣，周子狂谈意未慵。风骨端凝尊一老，章生扶病亦能从。

西域豪宗说翦家，翦翁文笔艳于花。生儿恰似魏无忌，娶妇要同阴丽华。衣钵将门尊虎女，堂皇酒盏奠群哗。回车自挟英贤共，公瑾醇醪乐未涯。

孙荪荃、秦德君女士深夜过存，感赋乞和

论才四海薄须眉，心折蛾眉女导师。石砫挥军良玉健，卢鸦报国若

---

① 编者注：原件缺末句。

安知。若安即法兰西女杰贞德也。娲皇要补神州缺，玄女休教史乘疑。瑷瑈亲携归赵璧，光明终古与君期。

张礼纲、陈绵干夫妇过访有作

巢南儿女早成行，绵干今归张礼纲。失笑恂恂尊父执，不同兄事傲绵祥。

初逢海上意飞扬，娇女今成新嫁娘。留得桃花诗句艳，因君忽复忆绵祥。

十月二十九日，重过曾家岩有作示乔木

马策西州今日泪，翻教谢傅哭羊昙。已除迷信宁天意，可奈沈哀有万端。突兀高文犹在眼，伶仃遗裔更无男。赠言多谢乔郎壮，誓挽狂澜报九原。

赠叶希夷之女公子扬眉一首

若父相怜甚，蛮蛮与駏虚。香江传檄愤，漓水定交余。豹隐知何地，鸾雏亦起余。何时能痛饮？举国尚疮痍。

瘦石前绘放翁"南望王师又一年"句为图，余反其意成此

南望王师又一年，王师到后更颠连。帝王自昔皆民贼，武力端应民众先。

恩来送余返津南村感赋

自挟周郎返寓庐，云扬风起足嗟吁。珠盘玉敦行人节，棘地荆天故国墟。和战纷纭无定计，安危旋转赖通儒。乌江赤壁前猷壮，珍重延京借箸余。

示佩宜，五用张字韵

堂堂京兆画眉张，爱玩高床有别肠。我意温麐谁得似，汝才磊落定能商。欲为大鸟飞黄歇，倘报斯仇殪吕皇。废尽私情惭禹稷，过门不入始荣光。

赠陈汝言老板，十月卅日作

文章卖买最当行，复社风流数太仓。纪念集成传子谷，精华诗好选全唐。光明世界开风气，民主家庭要健康。言论自由吾党贵，怜他版籍禁苏黄。

赠喻传鉴，五用南字韵

轩亭直北鉴湖南，供奉徐陶革命龛。渝水偏安承正统，析津飞去亦奇男。马翁衣钵堂皇甚，秋侠枌榆磊落堪。他日鸿光传韵事，千秋说士肉同甘。

赠刘兆吉，六用南字韵

蓬莱宫阙海东南，邹衍谈天博望龛。淹贯九流子政裔，迢遥华胄沛公男。执经燕地殷勤颇，负笈滇京黾勉堪。惭愧再传衣钵好，一书赠我酒能甘。

赠杨哲夫一首，为竞存作

投笔从戎侠少年，梅溪杀贼洗腥膻。如何抗敌成功日，欲泛鸱夷万里船。

十月卅一日，入城晤谭博文女士于节约巷，伴余至真如处得晤平山、蕴山、春涛、公敢诸兄，赋谢一首

迷途七圣误崆峒，道路光明曲折中。累汝偕行联臂共，嗟余急步热

肠同。才华自昔尊闺秀，门阀端应继乃翁。万苦千辛偿便得，好凭樽酒论英雄。

平山邀同蕴山小饮，荪荃亦至，出伉俪唱和诗词遍读之，奉赠一律

谭翁朱老共心期，更拜金闺女导师。便学杜陵堪俊杰，早怜漱玉太娇痴。华刘终古成余子，毛柳于今倘可儿。愿共蛾眉分此席，沁园春好笑题诗。

啸岑以朱秀山近作乞和，次韵成此

雀噪鸦鸣枉费声，鸾翔凤翥自光明。愤兵榆塞弥天劫，使节延京何日行。一战从教关大计，百年倘许见升平。草庐指掌三分略，刳虎屠龙那用惊。

为瘦石署"青天碧海之楼"附以一绝，十一月一日作

铁马金戈吾自壮，青天碧海汝能狂。常仪窜月寻常甚，记取弯弓射太阳。

赠常州戏剧运动家于一

阀阅门楣是祸胎，纷纭真伪费疑猜。于伶前进于髯老，又见常州于一来。

粉墨登场意未讹，中华剧运近如何。百年文化归民众，高唱工农革命歌。

赠洪锡瑾、孙梅君夫妇一首

三世交情洪锡瑾，双栖艳福孙梅君。八年抗战成收获，一舸红梨绍旧芬。

林立山过访,喜赠一首

新鬼烦冤故鬼哗,孰为秋实孰春花。卅年呕我三升血,半晌酬君一饼茶。九等分明班固表,几人狼藉莫愁家。同盟两度成今日,大好头颅鬓未华。

赠吴豹军一首

蜘蛛山畔笑谈哗,尔我朱颜貌胜花。女伴合肥同顾影,寒宵无酒竟煎茶。齐年差喜吾能长,异域微闻汝有家。记取卅龄前壮志,风云吾党创兴华。

《谭祖庵诗卷》,曹立庵手书乞题,十一月二日作

风云南越事休论,庙食留都更断魂。一代元勋开凿手,如何哀怨似梅村。

祖盦诗卷立盦书,璧合珠联足起余。至竟曹家才调好,三千年内两陈思。

题立庵印存

篆刻雕虫旧隽流,胜他天禄阁中投。羊头烂尽平生耻,不作人间关内侯。

荒谬怜余自绝伦,斯毛并世两完人。王生罗曼祢生傲,知是前身是后身。

赠王重启,为立庵作

黄金能致要能散,青史堪传倘竟传。便向五湖归亦得,范家船更米家船。

次韵和陈雪华论曼殊之作，十一月三日

不成革命便虚空，岂仅生涯叹遽匆。记取曼殊临教语，悔无长策拯嗷鸿。

改邓煜诗两首

海国绛纱才绝妙，曼殊有《绛纱记》说部。江南黄叶美无伦。刘三有《黄叶楼诗钞》。若论时代前驱者，亚子先生第一人。

英雄末路作诗人，斯语先生意未真。梁父卧龙恒抱膝，杜陵契稷不谋身。

答邓煜两首

刘三兀傲曼殊遛，病倩天梅旧梦赊。当世若教推李杜，齐名只合让林家。谓庚白、北丽也。

诗人毕竟是英雄，一语周郎慷慨同。真见毛朱才绝代，白虹贯日日方中。

莫念厂自柳州来书乞诗，报以两绝句

问息寻消经一稔，书来迢递柳江南。龙城剑气犹存否？无恙头颅莫念厂。

关心李白更林逋，江畔相思别泪枯。赣水双鱼犹未达，滇池青鸟岂应无。书来问白凤、淞妹近况。

题念厂《西行诗草》两首

柳州自是吾家物，诗草西行却让君。坐惜地无贤地主，罗池未遣落吾文。

宗功祖德吾何愧，闻道遗民拜柳侯。失计伾文成一掷，龙城铭剑快恩仇。用朱琴可考证语。

次韵和顾迈修女士

旧乡绿晓更红离，壮志休嗟蜀道羁。绣虎才华君自壮，孽龙鳞甲我能披。由来视听民终贵，不信豪强主可欺。倘见功成行迈日，五湖烟水棹轻移。

十一月四日晨率初从弟过访有作

春草池塘旧惠连，难忘听雨对床眠。吴门巨蟒迷楼酒，何意重逢蜀道年。

磊落元方更季方，栗庐早逝断吾肠。竹林小阮差堪喜，旅况成都要共商。

赠汪子柔一首

自满题楼怜去岁，玫瑰赌酒喜今朝。招君共饮白玫瑰餐厅。微怜侧帽浑难似，少将丰姿一例娇。

赠杨瑾瑛一首

十年阔别无双矣，余改瑾瑛小字曰无双。今日携雏过我才。早遣吴江赢奉化，杨家有女人怀来。

赠国迟义女外孙一首

光辽大耳光南美，不语国迟意态尊。奉化早应销间气，宜兴至竟托灵根。八年血肉汝已长，万古云霄我仅存。君石君华原一例，只怜孤露李湄冤。

非杞邀饮"白玫瑰"，集者无双、子柔、国迟、蕴山、辅叔、访畴、寄凡、礼纲共十人

吾家非杞能为主，喜见呼俦啸侣来。并坐堂堂尊一老，谓蕴山捧觞

济济出群才。小圆鸥梦怜儿女，自抱龙文奋俗埃。墨逆希魔同扫坠，高歌青眼起风雷。

偕瘦石、子柔、瑾瑛、国迟饭于流珍小食铺，主人主妇美秀而文，恂恂有礼，殆亦司马长卿穿犊鼻裤文君当垆之遗韵欤？顾而乐之，赋赠一首

名字流珍无限好，油条味美豆浆甜。相如未敢轻相拟，不用长门卖赋钱。后询知主人吴铁三，鸳湖人，主妇俞敏华则平湖人也，并记于此。

中国妇女文化社成立大会，乞余演讲有作并示刘清扬、骆剑冰、秦德君

秦骆欣然共主盟，刘家大姊更超群。萍踪独念黄崇嘏，谁咏蛾眉旧见闻。

陈词慷慨我能贤，卌载堂皇创女权。闻道白薇憔悴甚，可能调护仗郎贤。

赠于振瀛

东夷浮海乘桴日，西域横刀跃马才。唤起青年吾党责，于郎奇气郁风雷。

去疾招饮五味和酒楼，同座者平山、荪荃、春涛凡五人

去疾堂堂真不俗，小楼郁郁萃群贤。雄谈剧饮今何世，羞说西湖南社年。

岭南一老自遮奢，更喜桐城女作家。倘为湖湘留间气，春涛珍重惜春华。

十一月五日彬然过访，云子渊哲嗣利涉夭逝，寡媳孤孙茕茕沪上，感而有作

长松一老负奇气，雅集难忘白马湖。爱女失踪儿又逝，盛衰天道总蹉跎。

坦腹东床女婿贤，栖栖薪胆又经年。白杨梅熟黄鸡嫩，谁向空山问旧缘。

十五龄童林松云南蒙自沙甸农家子也，书来乞诗，并问治学方针，报以一律

林松十五农村子，一纸书来道路赊。问我周行何以报，剩新民主为君夸。空头学术徒虚语，革命文章始大家。学习要从民众始，鲁毛高论定群哗。

十一月六日，次韵和成惕轩一首

孙列吾师事，斯毛并世英。圣贤非易致，狂狷胜中行。死倘五牛磔，生留一鹗名。法西方败绩，起听凯歌声。

题瘦石画《浣衣女》二首

阳羡溪山迥出奇，尹生不画好男儿。双鹅换取黄庭否，岁晚乡关无限思。

阳羡溪山迥出奇，卢郎以后几男儿。浣衣漫笑盈盈者，倘有猿公越女思。

巴山集卷五
（1945年）

谢启仁赠蟹，十一月十三日作

无肠公子自天来，终古横行是祸胎。黄雀螳螂原有劫，法西纳粹苦相猜。持螯把酒平生意，缚虎屠龙绝代才。记取东归留后约，与君更醉菊花杯。

徐孝穆甥自沪上书来乞诗，报以二绝

玉台美秀更温醾，亲谊邢谭旧日尊。难忘香江亡命日，山妻调护感深恩。

一别香江又几年，书来眠食近安便。驰笺为报陈黄侣，拂拭青萍仗世贤。

赠姚时章一首，十一月十四日作

姚郎诗好谁能介，丽白楼还丽隐楼。众难成仁余涕泪，□□□□换春秋。违天应化苌弘碧，望远空凝漱玉眸。珍重婵娟书一纸，双飞安稳不须愁。

赠郭春涛一首，十一月十五日作

红绵花下通词候，玄武湖头岸笠时。风谊自应尊郭解，才华何遽逊陈思。一成一旅萌芽在，三沐三薰契合宜。更喜金闺鸳侣好，宵深步屟叩阶墀。

赠秦德君一首

钟灵蜀道秦良玉，失喜今朝见裔孙。娘子军前铭白㮗，流民图里骨朱门。乐君闺闼慈心蔼，复我邦家大道尊。并辔中原来日事，河山如画酒盈樽。

十一月十六日为沫若五十四岁初度，诗以祝之

开筵醉我欣渝水，倾盖逢君记粤京。天下高名李元礼，人间朴学郑康成。南山比寿周诗什，北国观光汉使旌。五十四年清白在，洗兵努力挽承平。

陈嘉庚先生安全脱险庆祝大会一首

金风一叶飐江南，慷慨元龙仗义堪。太学举幡清议好，孔璋驰檄尺书谙。扶危要试回天略，脱险真同隔世看。万众欢呼同庆祝，歌功颂德我何惭。

赠章伯钧一首，十一月十七日作

桐城人物南山美，失笑方姚尽腐儒。三百年来君踵武，八千里外我传书。党魁青史新衣钵，介弟黄公旧酒垆。珍重千金孱病体，闭门好暂学潜夫。

赠史良女士一首，十一月十八日作

金张诗史旧豪华，季布红妆意气赊。钩党秣陵曾陷狱，救亡歇浦遂

名家。丰肌健美杨环硕，步障清谈谢韫遐。倘缔杜陵兄妹约，髯翁心事有槎丫。

赠罗努生一首

萧郎去珊席上始闻名，握手渝州无限情。姓字休疑唐帝子，君与李三郎同名。才华早冠鲁诸生。交游瀛海通声气，盟誓髯翁倘弟兄。颇拟与君缔昆季之好，未知不嫌借越否？昨夜婵娟书报我，鬟云衣雾旧滇京。淞妹自昆明书言努生事，"鬟云衣雾两朦胧"，淞妹留别词句也。

赠左舜生一首

高名海内曾左李，我爱季高是可儿。抗辨未妨成论敌，献崴毕竟托良师。魏征妩媚秦王语，杨恽悲凉曹植诗。肉袒负荆吾亦肯，交欢廉蔺重危时。

赠曾愚公一首

海外扶余霸业匡，五年离索九回肠。樱都正喜降关白，蛙井犹闻帝子阳。朱紫一门终伪善，苍黔万众始真王。愿君珍重薰莸辨，莫遣坚冰嗔履霜。

赠王若飞一首兼示其夫人李培之女士，十一月十九日作

慷慨王郎并世豪，高歌青眼醉醇醪。五年请室圜扉壮，三月珠槃玉敦劳。黔国山川通地肺，欧洲希墨浪天骄。更欣俪侣金闺美，北秀南能比漆胶。

赠吴绍澍，十一月二十日作

吴淞歇浦万家空，谁起疮痍德望崇。惟有和平能建国，断无武力可成功。相煎萁豆天应泣，解献刍荛我尚雄。倘许东归重握手，筵前醉舞与君同。

十一月廿一日重过流珍，赠其主妇俞敏华女士

清言娓娓静无哗，步障青绫那用遮。未是文君邛市日，谢庭道韫旧名家。

赠曹立厂一首，十一月廿二日作

黄初华胄未迢遥，八斗才名子建高。浪说洛神曾作赋，早携嬴女共吹箫。丹青曹霸真能手，篆刻扬雄漫解嘲。午少风流休顾影，登坛要拟霍嫖姚。

赠鲁寿安一首，立厂之妇翁也

卓刀泉畔旧精庐，枣子湾头赋卜居。盐铁有书匡济外，江山如画乱离余。云礽子敬循源远，人物高公快婿俱。出峡轻舟今日事，会须重食武昌鱼。

十一月廿三日自城返抵津南村，再赠罗沛霖、杨敏如伉俪一首

邺下江东旧霸才，杨家有女入怀来。便追漱玉终文弱，要学荪荃作党魁。徐淑秦嘉原小技，罗兰玛利托良媒。相期同梦鸡鸣夜，起拨寒炉未死灰。

津南村芙蓉花一树零落尽矣诗以悼之，十一月廿四日作

昔人苦恨寻春晚，今我归迟负小春。一日秋风三日雨，芙蓉花底女郎身。

芙蓉花底女郎身，想见南都换劫辰。埋碧沈红无可说，零脂断粉可怜春。

赠徐华峰、孙贻芬夫妇，十一月廿五日作

金银宫阙海东天，羁旅渝州伉俪贤。绛帐马融弘讲席，青绫谢女诓言筌。会看民主昌新运，肯以闲居负盛年。并謦中原期努力，风云大陆莽无边。

次韵和张铁弦

不信人间竞美新，渔阳挝鼓正平伦。巴山诗好愁边句，辽塞情亲梦里身。乱政汪黄悲赵宋，揭竿胜广覆赢秦。德邻北国光明照，肯咏西方山有榛。

次韵答于去疾

弱弟我呼于去疾，新声君唱李龟年。关张玄德原无忝，汉鼎西川吾辈延。

周昌邓艾讵高才，口吃能赢万掌雷。犹有信陵醇酒意，当筵未忍谢瓶罍。

崔书香、陈振汉伉俪过谈，旋共佩宜偕赴
杨公桥畔药圃看花有作

虎攫龙拿不尽奇，虬髯抵掌对蛾眉。平生自拟刘文叔，肝胆陈郎要共披。

篱边丛菊渲秋色，木末芙蓉艳晚晴。凋尽旧枝新又发，万花如海祝长生。

巫医终古薄儒生，不薄山川毓秀灵。长忆故人诗句好，一天风雪落黄精。亡友刘三句有此七字。

短歌行，为曹立厂赋，十一月廿六日

余属立厂治两印，其一曰：大儿孔文举，小儿杨德祖；前

身陶彭泽，后身韦苏州。其二曰：前身祢正平，后身王尔德；大儿斯大林，小儿毛泽东。诗以纪之。

大儿孔文举，小儿杨德祖。自非祢正平，狂语谁敢吐。大儿斯大林，小儿毛泽东。我狂胜祢生，斯毛真英雄。杨孔当年并澌落，惟有祢生堪鼎足。三仁并命殉清狂，鹦鹉洲边鬼夜哭。列宁逝后斯君来，中山衣钵毛郎才。老夫抑塞不如意，酒酣慷慨歌莫哀。方今海水群飞怒，金元帝国色如土。反苏反共争嚣张，螳螂振臂蟾蜍舞。中华民族多元凶，自残同类称奇功。司马昭心路人知，敬之附逆辞修同。斯君屹立寰球重，毛郎大智兼神勇。炸弹休夸原子能，无名师出终焉用。光明我拜莫斯科，翘首延京徒侣多。谩语惭难消热恋，雄心终拟挽天河。神驹生角乌头白，霸才迟暮休悲咽。彭泽苏州匪我思，后身权作王尔德。铸词瑰丽我能谙，摹拟斯冰几辈堪。惟有曹生工刻画，风流文采信奇男。江山满眼真如画，黄初人物青梅话。吐属吾宁逊杜陵，丹青君更追曹霸。

赠曹美成二首，十一月廿七日作

五载相依蛮駏情，扶余霸业莽纵横。漓江文酒常陪我，渝水风云又遇卿。青史留名家国重，黄金挥手羽毛轻。从游今日非陈蔡，道统能传有定评。

家世黄初好兄弟，子桓子建早心倾。论才漫笑三分鼎，草檄能驰百二城。肯学刘邦夸赤帝，要从谢傅起苍生。汤汤江汉钟英杰，继往开来定太平。

十一月廿八日赠董老

瀛海归来浪不哗，傲霜寒菊正开花。停车坐看红岩雾，款客迟煎碧玉茶。榆塞骄兵深涉险，枫江渔父苦思家。滔天龙战玄黄血，失笑痴儿误美华。

十一月廿九日为邓择生先烈殉国十四周年祭，伯钧招集凯歌归酒家，赋此以纪，兼示必武、若飞、真如、初民、清扬、申府、沫若诸君

风潇雨晦鬼雄哗，十四年前溅血花。已痛青磷长叔血，忍寻玄武小姑茶。鏖兵漫遣人寰手，革命终成民主家。伫待兴邦群彦力，划除蟊贼卫中华。

题廖夫人画红梅，为啸岑赋，十一月卅日作

雪地冰天休太息，罗浮红艳汉家春。南枝消息差堪喜，鹤子昂藏早抱孙。

题郑明虹画红紫菊花，为美成赋

菊有黄花万口传，谁知红紫亦翩然。家风门户休轻判，耐尽风霜便自贤。

为郑明虹题山水画三首

野渡无人艇子横，桃根桃叶讵忘情。山重水复何由见，人在桃源深处行。

深谈抵膝草堂开，想见亡秦意气恢。博浪一椎天地震，桥边黄石待君来。

危崖绝顶一亭高，万古云霄失羽毛。附凤攀龙嗤四皓，两生岳岳见风标。

又五言绝句五首

东风吹大地，一夜遂回春。绿遍长干柳，殷勤送远人。
三两风帆峭，江东是故乡。草庐鼾睡者，倘亦梦羲皇。
屋小难容迹，山深不见人。惟余三两树，草草伴晨昏。

船上何所有，桅樯高矗天。松枝蟠曲意，我见鲁山颠。水清辄见底，累累尽白石。渔父棹舟来，缘溪路曲折。

又画菊一首
劲节留天地，风霜奈尔何。义熙陶处士，慷慨说荆轲。

赠鲍粹文
醉翁亭畔思乡梦，卓女垆头沽酒时。劫火烧天归未得，横流满地去何之。光明终信前途在，曲折宁嫌进步迟。一语勖君还自勖，鋆弧早树汉家旗。

赠华明之、沈安娜夫妇
避地西来离乱经，依然模范小家庭。二分月色迷楼艳，万顷湖波一棹轻。枌社自应钟秀杰，凤雏更喜诞宁馨。沈思四海皆秋日，戮力神州最有情。

瘦石索题《正气歌画册》得十四首，十二月一日作
南创勤王起义师，堂堂宋瑞好男儿。劳生忠孝能销骨，苦念吴翁绝代诗。文山有"忠孝劳生"语，成都吴又陵先生取以入诗，余最喜诵之，惜不能记其全句矣。

君侯臣子等淫荒，殉职非关祖帝王。失笑海潮珠剧本，至今丑态演齐庄。齐庄、崔杼，一丘之貉。太史兄弟自殉其职，非以君权为不可侵犯也。

弃人用犬猛何为，分晋三家已不疑。我亦诛心董狐笔，铁函心史此何时。春秋多无道君，晋灵亦其一也。桃园之弑，咎由自取，宣子为法受恶，董狐诛心立论，并一时健者，恨当世更无赵盾耳。

万口争传博浪椎，赤松黄石世犹疑。妇人女子丰姿好，百二十斤今属谁。世艳称留侯博浪沙中一击，而不传力士姓名，岂太史公当日，已文献乏征

欤？余甚惜之。

雪窖冰天皓首归，节旄落尽鬓成丝。汉恩自薄胡难降，终古河梁有涕洟。衡草芥寇仇之义，李陵不为汉死，特屈膝单于之庭，终为千古笑端耳。子卿于是乎足重矣。

司马家儿本白痴，侍中苦语却堪思。蓼莪废尽王裒读，东市弹琴又一时。中散亲死司马昭手，而延祖乃拜晋廷之爵，余殊无取，荡阴流血，倘亦孟轲所谓观过知仁欤。

昏庸季玉弃边州，何必将军真断头。一笑解俘尊上坐，休休风度重桓侯。民贵君轻，严将军自无为刘璋而殉之理，惟断头一语，终成笑柄，文山此处，定少商量耳。读者以为何如？

常山太守不从贼，大腹胡儿空市恩。公愤私交难辨晰，千秋恨史总休论。以污气短之觍颜异族，而才智之士，犹有牵于私谊而奔附之者，受爵公朝，拜恩私室，殆为封建社会之惯例，常山太守岂不夐乎独远哉？

保障江淮一旅雄，贺兰袖手未成功。庸奴每误天才事，碎齿今朝恨亦同。睢阳之守，误于贺兰进明，张公不能成功，乃遂成仁耳。骂贼而死，岂其初志哉？

席帽辽东老叟归，藜床坐破亦奚为。生怜锄地华歆辈，一例当年割席来。管幼安与华歆、邴原交厚，有一龙头腹尾之称，尝锄地得金，幼安不顾，子鱼有欲得之色，遂与割席，而歆卒为乱臣。君子观人，盖于其微，不独废书观轩冕之过门也。

抱膝常为《梁父吟》，出师两表见初心。当时不遇刘玄德，便恐沉沦直到今。英雄造时势，时势亦造英雄，所谓风虎云龙，如鱼得水也。武侯不遇昭烈，亦槁项黄馘以老耳。成败论人，古今同慨，痛哉！

击楫中流祖豫州，闻鸡越石共更筹。一成一旅萌芽在，半壁江东恨岂休。东晋初期人物，除刘越石未渡江不论外，祖士稚温太真皆有霸气，在王茂弘之上，惜其才未竟耳。

正学大书燕贼篡，臧洪不共本初生。觥觥义士段秀实，一击岂仅朱泚惊。唐至中叶，民困极矣。世有英雄，或收旋乾转坤之功，天子何必世世姓李，特朱泚庸奴，非其人耳。秀实夺笏一击，而千古之乱臣贼子皆痛，岂独朱泚一人流血被面哉。

小楼燕市三年坐，写出人间正气歌。莫便轻他忽必烈，千秋心事未蹉跎。昔人云，用我者知己，杀我者亦知己。信如此言，忽必烈亦文山之知己矣。

十二月二日题瘦石为余绘像，寄林松蒙自沙甸

五九吾讵老，十五君犹童。尹郎神妙笔，貌取此髯翁。

赠青年学习社主编何丕光，即送其赴昆明

青年能学习，学习向青年。革命需君辈，前途快着鞭。风云民主国，感愤奈何天。送汝滇京去，花开月正圆。

赠萧贻孙一首，十二月三日作

四海萧公子，重逢喜隽英。渊源苏子毂，身世郑延平。弃养悲贤母，能文羡女兄。旅途滞名父，恨不酒同倾。

题邬瘦石、陆礼华结婚小影，十二月四日

金融巨擘邬瘦石，体育前驱陆礼华。肥瘠相殊恰相配，鸡鸣同梦静无哗。

鸳盟久订乍双栖，曲折光明路岂迷。绝似绩溪胡博士，瓮头陈酿拨香泥。

十年岷市同游谊，娘子军威记远征。便作春蚕吾岂悔，好教衣被到苍生。

赠沈同衡一首，十二月五日作

宝山深入岂空回，椽笔淋漓抵酒杯。沈痛石头城畔语，何人端是谒陵来。

再送何丕光返昆明，时滇中学生大屠杀案犹未解决，愤而成此，十二月六日作

送汝滇京去，滇京血怒流。丧心愤民贼，革命要同仇。慷慨苌弘碧，苍凉伍相眸。偕亡终有日，不用杞人忧。

十二月八日，纫秋女公子伯荣来访

结义当年事，寒盟此日羞。萧郎有贤女，蒋市岂牺牛。青史熏犹判，红妆意气投。翁山遗简在，椽笔要穷搜。太平洋战事爆裂之岁，余晤纫秋香江，属写曼殊遗事，纫秋言将口授而属伯荣笔述，故诗中云云。曼殊粤僧，早返初服，拟之翁山，可谓铢两悉称矣。

十二月九日，为陪都各界追悼昆明被难师生大会，赋此书痛，兼誓努力

渝水天沈醉，滇京血怒流。丧心愤群丑，切齿誓同仇。民主功应奏，和平愿倘酬。英灵知未沫，扫荡旧神州。

赠丰乃天一首，十二月十日作

已从黑狱参真谛，更与青年作导师。一诺千金君足感，弥天旷世我奚辞。中山鲁迅应传钵，季布朱家亦可儿。珍重覃家岗畔路，急行累汝夜归迟。

十二月十一日甘祠森、童曼伽夫妇夤夜过访，赋赠一首

万县伤心地，终教挺异才。青年能结合，红袖好追陪。客路深情款，寥天壮志恢。殷勤宵过我，惜未共尊罍。

十二月十二日，王尔三招饮五福楼，嘱题其纪念册

鬻拳兵谏晋阳池，前事难忘后事师。闻道越王仍石室，沼吴定霸在何时？

赠吴海波医师

良相良医论定难，灾黎满眼尚恫瘝。丹方一味新民主，愿向仙翁乞大还。

赠高启鸿女学士二首，十二月十三日作

绛帐青绫最擅场，豳风新译胜红茋。罗兰玛利期君久，漫借诗坛拓土疆。

汉水汤汤十七年，汉家正朔日中天，少康光武吾侪事，珍重阴符玄女篇。

未是一首，用杨千里韵，十二月十四日作

未是寻常蛮触争，曹奸马谲每忘形。敬瑭齿冷千秋笑，胡亥身先二世倾。地下云雷新赤帜，人间霖雨旧苍生。扣囊余智吾犹在，早晚鹰扬定太平。

赠丁日初一首

我爱丁公子，灵钟左海来。豪情倾肺腑，橡笔走风雷。耆旧推名父，骁腾重隽才。弃繻年少去，终见上云台。

"吃虚"一首

"吃虚"两度过流珍，颠簸巾车更几巡。岂仅文君眉妩好，豆浆风味太天真。

题孙梅陵《雁讯经年集》，卷端有其夫人王薇君女士小影，十二月十五日作

梅子含酸薇蕨清，诗人福慧倘天成。只怜辽水东头客，却少冰天跃马情。

雁讯经年近若何？河山还我莫蹉跎。祖龙当死倭当灭，起唱阴山敕勒歌。

题孙陵《南行吟草》，多桂林兴安之所作也

桂林山水欺人耳，何似兴安景物幽？多谢孙陵知此意，秦堤揽胜记同游。

桃花红处我重来，兴安记事我诗中语。此语而今愧不才。谁遣阴平穷寇窜，上方诸剑意堪哀。

为孙鹤年题画四首

平生不惯题山水，常遣拈毫呕墨来。拔地奇峰天外起，更疑楼阁五云开。

善貌深山瀑布形，画师笔底苦经营。朝宗终遣归瀛海，曲折奔波路几程？

绵蕞朝仪典制成，叔孙稽古启桓荣。空山偶语谁能禁，倘是人间鲁两生。

一日天教眼底明，奔腾长作出山声。三间茅屋无人住，未必桃源定太平。

再题曹立厂印谱

篆刻雕虫足壮夫，子云识字太模糊。秦新剧美玄文贱，抵得曹生铁笔无。

由来名士爱英雄，北海能知玄德翁。愿觅螭章珍凤字，好教持献大毛公。

赠曹寰生二首

子桓子建都才隽，我爱黄须是可儿。商战由来拟兵战，计然三策范

生师。

二陆双丁声价增，曹家三凤更飞腾。当歌对酒君堪霸，横槊赋诗吾亦能。

闻嘘云谈影事感赋

生怜夫婿困银铛，挥尽黄金肉券偿。约指未销纤手热，鸡心倘带乳罗香。

赠沔阳彭客山一首，十二月十六日作

投笔从军赴远征，楚雄罢戍返渝城。精研历史惩前辙，保障和平赖战争。陈涉揭竿民主国，魏公置厂集中营。后人不鉴嬴秦误，空遣阿房一赋成。

与裴雨蘋、薛嘘云、沈复镜、毛啸岑夜话有作，即写示雨蘋留念

巴山明月夜归迟，剑气虹光万陆离。假我斧柯天下定，何须辛苦念疮痍。

卅载中山覆满清，项城天殪合肥倾。独夫民贼宁能久，还我河山便共荣。

赠吴县袁水拍三绝句，十二月十七日作

柳毅传书大胜里，袁安卧雪大桥头。葫芦兜畔伤心史，玉碎珠沈泪未休。

宋皇台下初逢日，巴子城头重见时。桑梓葭莩留后起，老夫心事要君知。

索我题诗百感萦，难将渝水比离情。东归先后还同路，一醉龙华计倘成。

寿张东荪六十初度，十二月十八日作

三年燕市困累囚，还我河山便自由。倘学文山尚消极，要宗卡尔始名流。沧桑早历清袁劫，萁豆休为鹬蚌愁。钱凤董龙宁足道，大椿八百岁春秋。

李其相上将挽诗

万里中原转战来，前师忽报将星颓。归元先轸如生面，化碧苌弘动地哀。军令未闻诛马谡，恩纶空遣重曹丕。灵旗风雨无穷恨，丞相祠堂锦水隈。

送曹美成返汉口，十二月十九日作

海外扶余共酒樽，天涯地角感温麐。太平洋上鲸波沸，弹雨枪林夜叩门。

相思江畔喜重逢，鸳侣双双共过从。谁遣庸奴弃湘桂，鸾漂凤泊又西东。

民主潮流撼地来，嘉陵水绿照深杯。所南诗句休忘却，赤帜青毡共拓恢。

中山衣钵我能知，郑重传君更弗疑。握手何妨分手暂，汤汤江汉涌朝曦。

后约明年上寿杯，紫金山上待君来。平生忧乐关天下，虎踞龙蟠看异才。

赠别桂华珍一首，且订重逢之约

送子还乡去，重逢计岂疏。武昌鱼可食，建业水宁淤。珍重金闺彦。坚牢玉树躯。明年五二八，上寿舞华裾。

追悼林庚白、章伯弢有感

十二月二十日假特园民主之家招同张表方、沈衡山、吴玉章、董必武、周恩来、邓颖超、王若飞、陆定一、叶剑英、王世英、李澄之、齐燕铭、鲜特生、马寅初、章伯钧、李健生、张东荪、罗努生、陶行知、邓初民、张申府、张西曼、梁漱溟、蒋匀田、沈雁冰、孔德沚、汪琦、高章栋、浦熙修、鲁明、王炳南、罗子为、崔冠杰、曹美成三十四人为茗叙，追悼闽侯林庚白、桐城章伯弢两亡友，感成三律。

血面朝天四载前，奸倭此日亦徒然。霸才不信依黄祖，群盗无端犯郑玄。雄辩高吟原不易，鬓云衣雾镇相怜。死生契阔频年恨，空对嘉陵泣逝川。庚白以一九四〇年十二月十九日殉九龙，距今已四周岁矣。

丽君庐畔共温醾，倘有平生未报恩。一别岂期成永诀，重泉无计慰精魂。党魁介弟高名壮，国士金闺隐痛存。留得林家诗史在，此功文苑已堪论。伯弢出奇计为庚白护持遗稿，厥勋甚伟。一九四五年八月一日，以瘵疾病逝北碚。

难忘延安六秀诗，京津旧侣忆当时。鲁连传矢心犹热，宋玉招魂泪暗滋。倘遣虚堂分片席，要留后死证心期。平生慷慨悲歌意，风起云扬那复知！？

赠谭惕吾女士一首，十二月廿一日作

交情两世茶陵在，群从青绫更擅场。自有霸才超道韫，忍将先烈比瀛王。东西南北萍踪远，龙虎风云民气昌。劝汝绝裾吾讵敢，好教眠食伴高堂。

南康刘泽宏女士挽诗，为赖恺元赋

太上无婚姻，其次乃自由。父母之命媒妁言，千年怨耦多寇仇。正内正外强分界限已差误，更闻扶阳抑阴男尊女卑谬论真沟督。会稽刻石罪祖龙，西欧复古诛希酋。我持此谛四十年，樊英答拜高床爱玩自信超前修。南康赖生宵过我，耳聋语促未白头。首言天下诗人惟有柳亚子，但愿一识韩荆州。次言旧式婚姻亦不恶，金闺贤妇厥名泽宏厥姓刘。妇亡忽忽已两稔，乞翁一语荣千秋。吾聆生言重有感，持论迂腐情则优。方今四海尊革命，潮流澎湃倾注亚美摧非欧。封建沈沦法西死，惟有马列主义雄视五大洲。希酋违天弗自量，寇苏一败遂同戈林赫斯咸俘囚。红军致胜本多术，男女平等同执干戈卫国亦一由。倘舍异域论中国，鉴湖而后宋何蔡邓堪匹俦，戒旦鸡鸣宁足道，小戎驷铁秦风遒。何况行年五九弗为夭，生乎奚必焚香膜拜涕泗流。征诗百家亦多事，徒令灾梨祸枣充栋兼汗牛。老夫一语胜千辈，椽笔行见蠹地球。

赠于振瀛、陈建晨夫妇一首，十二月廿二日作

旧事难忘十六年，鸿光并辔出函关。生憎幻梦钩天醉，毕竟秦风驷铁贤。渝水已欣逢白裕，霸桥惜未遇红颜。金闺国士终堪念，努力中原竞着鞭。

庄颂声索诗得二绝

垂虹钓雪久荒凉，渝水巴山叙一堂。国计乡情心共热，富民上策是农桑。

闻道毛生复壁年，朱家郭解我能贤。重来卷土吾曹事，子弟江东旧八千。

赠袁缵云（丕烈）

桑梓葭莩旧弟昆，扶余影事共温存。元宗最喜君家健，水拍诗人海内尊。

嘉陵留滞我经年，未获袁生共话言。此日一飞东海远，题诗治学两茫然。

十二月廿五夜，梦中被鼠啮鼻戏赋一绝

饥鼠无端来啮我，神龙至竟要飞天。稍怜襟袖猩红血，不共苌弘化碧传。

题广德殿显峻《云山诗词稿》

从军壮岁意飞扬，吮墨拈毫倘擅场。秋蝶何如秋柳好，平生端不爱渔洋。

雨花台畔吊忠魂，瓜蔓方家十族冤。虎踞龙蟠多暴窃，伤心燕贼到今存。

赠鲁宛曾女士，十二月廿七日作

仲连高义秦师却，子敬豪情葛亮同。华胄云礽千禩后，金闺儿女亦英雄。

汤汤江汉霸图恢，儿女英雄并异才。闻道武昌鱼可食，明年跃马访君来。

将去渝州留别曹立厂两首

匝月渝州喜汝逢，黄初才子几英雄。子桓遄返黄须去，别绪离情似转蓬。

马首无端我亦东，几时汉上约重逢。别君一事留余憾，未见吹箫嬴女踪。

王炳南得"夜梦过三峡"五字，乞续成一绝句，十二月廿八日作

夜梦过三峡，晨曦盼廿年。中原期努力，齐着祖生鞭。

赠邓初民一首，章伯钧席上作

伯钧醉我醇醪酒，初老能为怒骂文。冒险东归原有意，中山陵上看朝曛。

赠王世英二首，十二月廿九日作

自昔山西出将才，扶危定乱霸图恢。乌江赤壁前猷壮，保障和平靖九垓。

冠裳剑佩集葵丘，独我东归恋末休。誓作前驱宁失计，龙蟠虎踞旧神州。

赠鼎荣，十二月廿九日

邓侯天下士，一见便倾心。意气凌河岳，文章重竹林。壮怀犹磊落，俗世岂浮沈。中散同诸葛，匣中龙剑吟。

廿载伤心史，神州沸乱丝。吾谋适不用，天意讵难知。定霸容非晚，飞天倘有期。掷杯成一笑，会见太平时。

小 休 集
（1947 年）

民盟二中全会杂赠，三十六年一月作

领袖民盟仗老成，峨眉灵秀萃耆英。疮痍四海兵戈满，霖雨苍生最有情。张表老

武侠文儒一老遐，银髯垂腹美如花。重逢失喜春申浦，记取渝州民主家。鲜特老

小范胸中富甲兵，先忧后乐为苍生。会看大纛扬民主，扫尽妖魔庆太平。范朴斋

半山村畔交初订，黄歇江头酒共赊。闻、李成仁陶梦奠，天留此老压群哗。邓初民

相符先生索我诗，我诗久废拙言辞。桐城才俊联翩起，树帜民坛看此时。李相符

主持中秘费绸缪，劳瘁经旬感未休。更忆乘轺滇海日，胸胪信史定阳秋。周新民

鼎峙三贤匹史王，议场雄辩气昂扬。人权国格争完整，余事丹青属画廊。李文宜

识荆说项记年时，海岛扶余礼大师。赠我先翁诗一卷，同盟风谊感

丘迟。丘映芙

　　柳车复壁韶关路，辛苦偕行李伯球。别有故人心上过，陈温无恙海南陬。李伯球

　　少年我重曾天斛，倘与曾生共一家。好向天南撑半壁，风云大陆莽无涯。曾天斛

　　渝州相见初相识，沪渎归来又遇君。干部人才需少壮，频年奔走感辛勤。祝公健

　　下关车站缨冠日，黄歇江边奋臂时。出谷迁乔仁者勇，人间正气好撑持。叶笃义

无题一首

　　炊粱易醒春婆梦，篝火难完拳帝尸。伫听春雷平地起，人民粉碎法西斯。

赠李世璋

　　临川公子翩翩甚，共我筵前醉一场。更忆同车风雨夕，雄谈抵掌剑花芒。

赠郑太朴

　　郑公儒雅恂恂者，谁信风云旧霸才。世界无穷愿无尽，江东卷土誓重来。

李公朴先烈《怒涛集》，张曼筠夫人命题，二月一日

　　公朴先烈殉国后，忽忽改岁。余病脑废诗，未有一字奉哭，惭恨欲死。曼筠夫人出是册命题，勉涂二截。公朴地下有灵，当知我悲痛也。

　　把臂渝州犹昨日，成仁滇海忽今朝。前胥后种无穷恨，罗刹江头卷

怒涛。

民主潮流撼大千，金闺国士女婵娟。崩城杞妇应收泪，炼石娲皇誓补天。

为上海劝工大楼血案作

卖国者荣爱国死，国仇民贼太披猖。谎言无耻成何用，血债终当以血偿。

为秦翰才题《满洲伪国官印集存卷子》

三百年来两满洲，奴酋开创溥仪休。人间多少儿皇帝，虎踞龙蟠一例羞。

送李任潮南渡

大盗横行公理死，中山衣钵属吾曹。一作"圣死贤亡蟊贼炽，微言大义属吾曹。"期君好展回天手，南海风云起怒潮。

贺曹谊、刘青结婚

婚姻至竟需平等，恋爱从来重自由。民主家庭新创造，风云莽荡海东头。一作"良缘佳耦话曹刘"。

郑逸梅索题《双梅花厂》手册

江山寥廓多新鬼，人物评量有旧缘。索我题诗无赖甚，涂鸦草草不成妍。

寿表老七十六岁

大椿千岁始春秋，海屋新添第几筹。霖雨苍生殷属望，补天浴日降横流。

寿泽民先生七十一岁

红棉花底识彭篯,廿载盟心金石坚。珍重居夷浮海意,虬髯一帜起南天。

香岛重逢记旧春,十年长我最情亲。赤明龙汉寻常劫,留取金刚不坏身。

赠 伯 钧

神州再建开新局,戮力同心仗众贤。更喜金闺鸳侣健,簪花秀字颂椒篇。

赠张志和

黔桂传烽日,渝都动旅愁。期君东道主,虚我锦城游。湖海欣相见,干戈莽未休。何当洗兵马,拨乱奠神州。

二月廿三日红军纪念节有作

马恩斯列堂堂在,我有孙毛誓勿疑。来日大同新世界,五洲万国尽红旗。

是夜平山、荪荃招饮,为结婚六周年纪念,赋诗得二首

同席者余与佩宜、景宋、衡老、必武、夷初、寅初、蕴山、初民、澄之、泠璧、伯钧、健生、春涛、德君、之光、昂姊、梓年、华岗、太朴、世璋、昂若、振瀛、家康共二十六人。

解道红场胜白宫,大同进化日方中。六年韵事今宵醉,歇浦嘉陵一水通。

记取渝州合卺时,红军佳节是佳期。英雄儿女无穷意,燕妮能偕马克思。

田寿昌五十寿诗

不阶尺土昌南国，倾倒田畴卅载来。漓水鏖兵曾雪涕，沪江介寿又衔杯。风云掌握新民主，词赋流传旧霸才。粉碎法西吾辈责，剧坛运会待重开。

赠邓本殷，为复之赋，五月四日

短衣射虎故将军，豪气犹堪朱郭群。我友堂堂今付汝，黄金挥手感殷勤。

赠朱克闻

不为良相便良医，世有疮痍足涕洟。更乞神方活奇士，即论风谊已堪师。

赠孔另境

十载重逢证雪鸿，岁寒心事后凋松。金丝鲁壁传华胄，只竟南宗胜北宗。

繁双夫人以黄叶楼遗稿属题，文通才尽，久未能报。三十六年五月五日夜，中酒失眠，遂成斯什。刘三地下有知，当谓汲黯今复妄发耶？

华泾坏土葬邹容，我亦曾驱薄笨从。岂意晶莹失天日，遂教党国属枭雄。卅年革命吾滋愧，一卷能传汝已丰。帘卷西风怜漱玉，明诚遗恨古今同。

于右任六十九岁寿诗，佩宜属赋，不必寄示也

裹疮浴血尽登陴，羡汝能驱十万师。只惜枰边差一着，更羞汉上负诸姬。降王早失连鸡局，净友犹传仗马规。卷土重来容可及，休教揖让换诛夷。

二 哀 诗

羞逐人间吊客群，寝门私恸独怜君。壮年曾共诛公路，没世宁期帝子文。未信操刀悭一割，空教遗命恋三民。伤心玄武湖边酒，襟上犹留廿载痕。柏烈武

平生切齿西山盗，何意倾谈在桂林。鲁史阳秋原曲笔，羲爻迷复证初心。渝州音讯成瞑隔，歇浦膏肓奈浅深。地下倘逢杨伯子，哀时涕泪忍重寻。覃理鸣

萧春珊母九十寿诗

十年旧梦落台城，曾遣萧郎作骑兵。一别宁知来日异，九旬差喜寿星明。歌功颂德非吾事，彩舞莱衣鉴汝诚。知废知兴青史例，长江天堑漫纵横。

沈道非挽诗

卅载交情溯社盟，评量人物石头城。戴逵不死虚名误，李勣犹期晚器成。嬴蹶刘颠感兴废，陵移谷换判幽明。山阳邻笛休回首，炉火曹瞒误此生。君以熏炉中毒死。

六月二十三日，为废历端阳节，小宴寓庐，昂若索诗，醉后赋此

少年心折仁和派，失喜龚郎见替人。骂坐白衣游侠传，相思红豆女郎春。霸才终古陈琳檄，独醒还怜屈子身。呕尽心肝吾未悔，几时铙唱起江浒。

邹韬奋逝世三周年纪念

长对嘉陵悼逝川，哭君忍泪已三年。遗雏差喜摩双翅，继志端应慰九泉。奋臂早看民众起，游魂不信独裁延。墓门无恙松楸在，会见光明照海边。

闻一多殉国一周年纪念

瞻韩未遂平生愿，雪涕难抒此日哀。一代高名侪孟博，九州凭怒怨康回。麟亡谁续春秋笔？鹏赋宁悲屈贾才！应与李、陶同不朽，悬门抉目起风雷。

贺冯希勃、胡宜秋结婚，八月廿二日作

将门儿女喜传人，雄艳河山百二秦。红烛青庐无限好，合欢先酹自由神。

小戎驷铁同仇梦，大海潮流革命花。宝剑明珠饶意气，相期携手奠中华。

咏史一首，八月廿七夜作

十载征诛铁裲裆，陈郎才气不寻常。中原万里纵横意，会见红旗下洛阳。

九月十四夜丐公过访谈次有作

香海漓江屡过从，渝州随扈气尤雄。如何两度春申浦，苦念髯翁是病翁。

梦魂长恋扶余岛，踪迹休寻西子湖。但愿风云能变色，春来好食武昌鱼。

欧阳予倩母刘太夫人八十寿诗，子倩暨其夫人刘问秋女士并六十岁，故诗中云云

慈母八旬儿六秩，承欢真见老莱衣。齐眉更喜齐龄妇，三寿丽年并世稀。

啸岑、华昇双寿诗，啸四十八、华五十二故称百岁也

爱河浩荡无涯岸，学海渊源有本师。愿力庄严平等国，百龄双寿祝齐眉。

美眷如花灿未央，百龄双寿镇堂皇。功成霸越鸱夷子，好载夷光返旧乡。

为《华商报》双十特刊赋

革命功成卅六载，清袁余孽尚披猖。何当重试回天手，百道旌旗下建康。

卷 土 集
（1947年）

十月十八日自上海至香港机中口占

机声震耳讶雷硠，万里云涛一苇杭。又是弃家亡命日，扶余岛畔蛰龙翔。

碧血黄垆有怨哀，萧红庚白并奇才。天饕人虐无穷恨，更为宾基雪涕来。

邹阳埋骨淞波咽韬奋，李白招魂蜀道哀少石。百劫余生吾未死，要留忧患炼天才。

风潮莽荡太平洋，旧地重来漫感伤。百万大军金鼓震，江淮河汉尽壶浆。

下榻坚尼别墅，廖天羽索书成一截畀之

漓水萍逢未论心，香江旅迹又相寻。髥参短簿从来好，脱手诗成为尔吟。

杜斌丞先烈挽诗

桃李春风愿未违，赤心报国几艰危。临安三字沉冤狱，构桧无端杀

岳飞。

三秦城阙气佳哉，纵敌当年是祸胎。一炬咸阳期不远，尽歼丑虏复仇来。

十月二十七日罗理实过访，为马尼拉《民声报》社长来远甫乞诗，邮寄六首

一纸书传语未详，十年旅梦有彷徨。故人苦念来君叔，依旧蛮荒胜故乡。十二年前余游马尼拉将归，远甫赋诗赠别，有"蛮荒干净土，不作故乡思"之句。其言弥痛，其心弥苦，余至今犹不能忘怀，况又在弃家亡命之秋耶！

结客当年侠少场，吴生端重许生狂。谓吴半生、许友超疏髯俊目犹能记，痛哭于郎是国殇。于以同殉倭寇之难。

厚谊难忘陈道桢，沪滨访我最情亲。绨袍恋恋千金意，惭愧穷途负故人。道桢去岁过我沪寓，以纸币见惠，鲍子知我贫也。

碑碣黎沙我旧谙，如何丑类尚峨冠。技穷鼷鼠寻常事，终见奇军起海南。

垂老投荒朱少屏，白头远宦苦无名。家居早遭纤儿坏，浪说侨胞共死生。少屏为同盟会暨南社旧人，革命功成，不入宦途，抗战军兴，旅居香岛不得意，忽以一官去马尼拉。太平洋事亟，电重庆蒋政府请进止，得严谕，以"与侨胞共死生"为嘱，遂与总领事杨光洁等八人同为倭寇枪毙，或言活埋死，事秘未能详也。南京沦陷时，蒋贼不与民众共死生，而独以责之手无寸铁之外交官，谬矣！

南游一卷客中诗，余游马尼拉时作诗甚多，于以同为排印成册，名曰《南游集》。海外扶余又此时。多谢罗郎珍重意，雄谈斗室起蛟螭。与罗君抵掌谈天下事，此中耿耿未易下脐，终期有以自见耳。

十月二十八日偕王燕叟访朱蕴山途中有作

二老相扶共白头，栖栖行路欲何求？要携袖底风云气，来访朱家旧辈流。

过陈维周继园留饭，宠以一诗并勖之也

宫阙沉沉似夥颐，钟鸣鼎食足安居。何当更树南天帜，结客千金志岂移。

偕蕴山谈时事感赋兼示燕叟，十月二十九日作

国父当年创大同，堂皇遗教我能从。但祈民众翻身起，大道能行天下公。

廿年血肉斗争来，碧血成河白骨堆。谁遣孤军长苦战，抚膺吾党合怀惭。

武力能依民众群，九天灵爽合狂欣。鸿沟莫漫分刘项，此是人民解放军。

责备求全论已苛，阳秋贬笔未宜多。牺牲少数赢全局，几辈哀号举国歌。

神皋终见巩金瓯，合作功成奠九州。狎虎驯龙吾有诀，不须轻抱杞人忧。

木兰生小负才多，跃马延京更热河。预祝阿翁狂喜日，归来千里走明驼。燕叟有女公子在解放区。

为廖夫人题画四首

林密山深景物幽，漫嫌寥寂似残秋。风云莽荡潜龙蛰，应有亡秦振臂俦。

云外青山映碧流，风帆三两见渔舟。鱼儿难捕民劳瘁，为问嬴秦何日休。

殷红富贵尽风流，未必人间见白头。何似寒梅留劲节，漫天风雪不须愁。

黄花绚烂留残艳，红叶娉婷寄远愁。亡命弃家归未得，枫江冷落几经秋。

十月三十日燕叟诞辰招饮海景楼

六八生朝唱大风，耆龄终见九州同。明年河朔称觞日，民众欢呼礼寿翁。

十一月二日纪事示蕴山

二老相携又此时，雷音真喜吼雄狮。温馨忽作风怀想，玉手金刀下剪迟。

李任公六十三岁寿诗

中山法乳有传薪，并世如公第几人。要为民萌跻上寿，直回天地入秾春。君看友党推盟主，我亦同心附后尘。跃马南都来岁事，龙蟠虎踞庆芳辰。

十一月四日蕴山以车来迓，偕翦伯赞、刘遐翚同游浅水湾，觅萧红女弟埋骨灰处不获，怅然有作

浅水湾头吊落红，六年前岛上旧句。余生无分更相从。最怜句好诗成谶，难忘愁多病转慵。玉骨成灰龙汉劫，虬髯卷土大王风。怒涛砰訇殷雷震，后种前脊倘尔雄。

天涯孤女有人怜，萧红病中赠我句。病榻残诗泪泫然。周老噓寒成隔世，骆生断胆又今年。风幡忍怨花无命，电语长疑意未传。辛苦红楼成绝笔，咸阳烽燧正烧天。萧红临命以尚有半部红楼未写为憾，盖欲传长征后延京史迹。曰"红楼"者，赤都之隐语，非欲续曹雪芹书也。

迓我朱翁最有情，翦生豪宕更刘生。湖山啸傲非今日，草昧经营赖小成。楼阁齐云劳者血，金丝鲁壁故人盟。驱车赤柱村前路，仙袂迎风意态轻。

自由呼吸已难求，愤语弥深刺骨仇。纪伯赞语迟饮黄龙轰兽窟，频惊白马葬清流。眼前山海情堪恋，袖底风云意岂休。斩鳄屠鲸吾辈事，

相期携手奠神州。

虎骨酒两绝示燕叟

王老床头虎骨酒，蒋家天下狗皮膏。奋拳一击冰山碎，祝汝年年意气豪。

王老床头虎骨酒，友邦舶上鹿茸精。联苏遗训堂皇在，大道能行革命成。

十一月八日应蔡贤初将军招饮，席上始识蒋中庸，赠以一律

闻名乍讶同禽跖，问籍端知异渭泾。清望赣江原不俗，恶流溪口有余腥。能诗君自承家学，掉舌吾惭似敬亭。扫穴犁庭将进酒，华堂猛烛夜谈兵。

赠蔡贤初、罗西欧伉俪

黄天桴鼓人如玉，始信蕲王是霸才。射虎将军能爱客，犹龙老子喜衔杯。难忘歇浦讨倭去，会向钟山谒墓来。儿女英雄真绝世，婵娟应并画云台。

闻骆宾基未死，惊喜成此

灵隐宾王疑蜕化，儋州玉局喜生回。沈阳烽火辽阳血，行见征人破狱来。

十一月九日偕蕴山诣周鲸文旅邸，得谒其夫人翟舒翎女士，留饭后驱车天文台道（今巴利道）间访庚白遗冢不获，遂至青山道而返，成三律纪之

翩翩公子美无俦，挥手千金一诺酬。车笠盟言君不负，风雷霸气我宁休。金闺婉娈堪偕隐，彩笔缤纷足遣愁。舒翎女士工译事。绝忆红丝青

辫发，惊涛骇浪马宫舟。

绝代才人命似丝，遥闻朱被裹遗尸。天荒地老愁难遣，碣杳碑亡吊已迟。高阁月仙犹有字，庚白旧寓曰"月仙楼"，今其地犹无恙。神仙兜率更无期。最怜潄玉桑榆景，鼠雀惊传对簿辞。

驱车为我恣狂游，骖乘人才第几流。俊侣周郎能顾曲，短髭朱老亦工愁。青山道上云涛美，浅水湾头涕泪稠。更与临歧留后约，只鸡斗酒奠荒丘。鲸文夫妇知萧红埋骨灰地，即余与蕴山大索不获者也，期以迟日更凭吊之。

夜集酒家，恭祝圣诞

十一月十二日为总理八十晋二寿辰，夜集酒家恭祝圣诞，同席者王燕叟、李任公、朱蕴山、张香池、何公敢、曹炜生、蒋中庸、刘遐羣、郑秀芝、郑坤廉、周颖、何抗暨余共十三人。酒酣以往，追念遗徽，并及张应春女士暨张光中将军两先烈殉国事，遂效唐衢痛哭，归成此什。

华堂电炬夜崔嵬，一恸当筵陨涕来。木坏山颓原有恨，霜饕雪虐岂无才。棋枰黑白翻新局，酒国玄黄换旧胎。卅载江东狂阮籍，温麐青眼许重开。

一　拳

一拳捶碎琉璃几，挥尽蒋家百万钱。干笑恺崇宁足道，书生豪气亘长天。

纪念张应春先烈冥诞

十一月十三日值废历十月朔日，为张应春先烈四十七岁冥诞，距其殉国之辰亦已二十春秋矣。余哭应春，过时而哀，因偕蕴山、香池、坤廉置酒坚尼别墅，宴集同志，聊为纪念云尔。酒酣遂于中山先生遗像前与坤廉订为兄妹，赋诗以纪悲喜交集之情。

廿年痛哭泪成河，忍对金樽发浩歌。镜里头颅犹粉黛，寰中土宇尽干戈。誓烹白首吴王濞，来奠红颜谢小娥。一样风流雄武美，杜陵兄妹意如何。

十一月十六日夜喜佩妹自海上来

盼断天涯宝树云，海舶名无端环佩降宵分。卅年薪胆同忧患，三日波涛亦苦辛。推枕裴伦吾已远，狂言杜牧汝休嗔。呓词甘拾龚郎唾，整顿全神伺笑颦。

十一月二十一日，乔木、龚澎伉俪招饮于英皇道寓庐，赋此奉谢，并示项胡绳、吴全衡夫妇，乞恕唐突之罪为幸

武水浈江合两流，嘉园情话几绸缪。居然得妇同刘秀，更喜生儿字阿侯。龙战乾坤吾自壮，鸡鸣风雨汝能酬。包胥七日秦庭泪，前席真烦借箸筹。

瞥影惊鸿怨小吴，谓全衡女士敢言长柄有胡卢。渝州十月音书叠，香岛重逢意气粗。谩骂灌夫侵座客，佯狂阮籍哭穷途。平生管鲍交期在，一纸诗容谢罪无。

邓择生殉国忌辰，赋诗二律

十一月二十九日，为中国国民党临时革命行动委员会主席邓择生同志殉国南都十六周年忌辰，赋诗遥奠，遂成二律。锦囊还矢仇头告庙之日，知不逾明岁今朝矣，十一月二十一日夜预赋。

电掣雷轰十六年，金川门外草芊绵。长城自坏嗟何及，吾党中兴愿

更坚。北海知刘君巨眼，龙门御李我悭缘。行看万刃蚩尤磔，沥血披肝洒墓田。

斑竹娥皇泪眼枯，重华一去邈黄虞。最怜东海伤鱼服，廖先生遇害，夫己氏实为谋主，吾头可断，此语不可易也。又向西州哭风雏。孽子孤臣吾未死，阳戈邓杖汝宁虚。老彭慷慨章生俊，振臂中原共一呼。

重游浅水湾寻萧红墓

十一月二十二日偕佩妹暨蕴山、鲸文、舒翎重游浅水湾。鲸文言萧红埋骨灰处在石栏中大树下，拟为题名之举，诗以纪之。

真向萧红墓上来，参天大木异松槐。埋香坏土磁瓶好，劫火卢鸦法兰西女杰贞德受火刑地。玉骨灰。椽笔题名怜后死，女权新史几人才。汉皋解佩年时事，倘遣曹生有怨哀。

重与驱车揽胜来，风流人物属吾侪。周郎顾盼饶英气，老子婆娑遣壮怀。一妹虬髯终古恨，萧红原名迺莹，与张应春同姓。冬花春卉并时开。小乔自美鸿妻健，更喜朱家骖乘才。

邓择生先烈挽诗，代杨子恒作

才哭当阳又奠君，猿啼鹤唳不堪闻。欧刀鸩酒苌弘血，白马银涛伍相坟。原庙孔林尊魏阉，倒戈牧野殪商辛。复仇救国吾侪事，秦陇关山起异军。

十一月二十三日，自市中返坚尼别墅，乞坤廉大妹作伴，徐上凤凰台石磴百余级，小语精圆，遂忘劳苦，诗以谢之

凤凰台上凤凰飞，伴我徐行入翠微。自比虬髯尊一妹，忍教众女嫉蛾眉。娲皇炼石天终补，娘子成军愿已违。喜与荆妻同姓氏，郑家诗教两金闺。

坤廉大妹四十寿诗

四十年华四牡飞,覆巢完卵漫沾衣。聪明合作诗人妹,辛苦长甘烈士妻。梦馘仇头恢故国,醒看妆镜悟戎机。袖中玄女兵符在,伫待明春奏凯归。

和龚一绝

偶读定庵诗:"著书何似观心贤,不奈卮言夜涌泉。百卷书成南渡岁,先生续集再编年。"若为余今日作者,次韵成此。

婢笑妻嗔那复贤,思潮生悔涌流泉。图南旧稿丛残甚,合写新诗再纪年。

赠王颖小友

王颖小友在沪托名为黄瑛,余戏以黄莺儿呼之,顷来岛上索诗,即赠一首,十一月二十七日作。

拔剑王郎斫地哀,琅琊江夏费疑猜。起居喜共张翁健,踸踔曾随史姊来。张禄变名原有托,范雎去国不须媒。卅年旧梦红楼影,忍遣莺儿伴宝钗。

赠丘松女士,十一月二十八日作

江南花底醉丘迟,喜见金闺弱息时。自愧白头称父执,最难青眼属娇姿。车尘道路劳扶掖,茗碗咖啡累主持。祝汝天衢腾踔好,由来奇女胜男儿。

十一月二十九日作

南固台前策杖行,卅年湖海误浮名。佯狂只博妻孥怨,独往谁怜党国情。未必牛刀容小试,终期鲈水许归耕。中山衣钵堂皇在,不信淫娃遽目成。

十一月三十日访董秋水于时代批评社，促膝深谈，有相见恨晚之感，夜成三律奉寄

卧龙跃马起辽东，文武兼资意态雄。歌幕健儿思叶子，文坛斗士哭萧红。猖狂乞食吾终瘁，奔走频年汝倘慵。失笑画师图夜猎，几时并辔出居庸。余在桂林有《辽东夜猎图》之作。

十斛明珠换宝刀，风流雄武几英豪。伊人天末音书远，推枕宵中梦寐遥。白玉肌瘢留战迹，红罗袖窄想丰标。关山倘许通名字，便铸黄金敢惮劳。秋水有《秋风曲》四首，述塞外奇女子战史极美，惜匆匆未询其姓名为憾。

交臂长惭漓水湄，相思江畔枉相思。子桓文采输君美，公瑾醇醪醉我迟。独步关东原不俗，倾心岛上誓相期。挥金更喜能推食，知己恩深一饭时。

赠钟敬文教授

廿载知名钟敬文，采风问俗喜翻新。何期海上成倾盖，便诵诗篇已轶群。催死扶生心太苦，识荆说项意能真。故人地下林庚白，身后桓谭合让君。君有评介《丽白楼自选诗》之意，诗以促之。

赠梅电龙、龚品娟夫妇，十二月一日赋

廿年湖海各奔波，忧患如山可奈何。失喜重逢红蜡影，好教同唱赤旗歌。劳民亿兆军如火，义士三千血染河。侯宛黄刘应抚掌，鬼雄地下有阳戈。

亦开风气亦为师，门下朱生鬓早丝。呕血羊城皮骨尽，返棺歇浦梦魂疑。剥床硕果留君健，莱妇鸿妻并世期。绿叶成阴唐史老，无郎一妹鬼娇痴。

谭平山大兄来港匿居不见，余侦之于六国饭店，居然握手，喜赋此什，兼示蕴弟、颖妹

汉鼎西川我辈延，当时意气各无前。如何急难来千里，翻遣相思误一天。后至涂山君有罪，先登堇父我无缘。风流朱弟连周妹，何日金尊对绮筵。

山村道畔遇陈君葆，口占一律奉赠

凤辉台上陈君葆，羝乳海滨苏子卿。大节临危能不夺，斯文未丧慰平生。萧何劫后收图籍，阮籍炉头证性情。更喜谢庭才咏絮，老夫眼为凤鸾明。谓云玉女公子

赠周颖女士一首

南固台前谢护将，多情深感女周郎。山光寿耇悭相遇，同访沈衡老于山光饭店不值。海角春怀黯自伤。失喜朱家逢翠袖，忍谈黑狱械红妆。鞭鸾笯凤仇须复，扫穴犁庭下建康。

乔木、龚澎月夜过访有作

海上生明月，乔木述唐人句。相思命驾过。使君能缱绻，老子许婆娑。慷慨无衣什，艰危得宝歌。宵深兼道远，归去意如何？

十二月二日喜沈衡老偕萨空了惠顾，各赠一律

南极老人应寿昌，云輧下降果何祥。锦囊自护美髯美，雄辩浑忘长路长。李志曹蜍空齷齪，伍胥张俭亦寻常。自由呼吸新天地，要为民萌祝健康。

南国词人萨都剌，西川恨史集中营。魏公东厂刑何酷，陈胜中原势已成。遇赦赵岐关智略，得妻卓女喜娉婷。何当饮我妆楼畔，大嚼狂谈慰老生。

坤廉大妹过谈有作

盟山昨赦专车骨,渡海今为谢罪行。欲遣苍生捐疾苦,翻劳红粉竭忠贞。飞书草檄难忘世,惹草拈花愧有情。未必蛾眉参秘计,出山泉浊在山清。

赠李宁医师,为电龙赋

活人活国无歧异,失喜闻名是李宁。剖腹涤肠新技术,快枪炸弹旧经营。能尊国父斯为美,便辅齐桓倘有成。更乞上池灵药好,替侬花底祝长生。

十二月三日,偕佩妹、遐弟渡海访郭鼎堂、沈雁冰两兄有作

浮海同游堪几辈,梁妻陆弟足翱翔。龙文豹采南冠草,鱼帛狐声大泽乡。并世尹邢能不妒,同时瑜亮本无伤。卜邻何日亲仁里,三叶花开定国香。

赠宋云彬一首,兼呈陈劭先

漓水当年屡过从,香江此日又相逢。微词宋玉吾能谅,豪气陈登汝亦雄。白雪自难倾下里,美人几见出墙东。狂言惊坐君休讶,一纵平生块垒胸。

访吴涵真、李若虹伉俪于乐斯公寓有作

病床喜见涵真面,交臂还怜失若虹。若虹夫人外出未遇。万里遨游君体弱,四年离别我心忡。襟期难忘青山月,踪迹还疑漓水蓬。珍重女豪新史艳,雄文表墓奠幽宫。谓徐宗汉女士表墓事,若虹之母夫人也。

十二月四日,寰翠阁茗话,示蕴山兼简电龙

冯怒康回恨有余,共工头触不周墟。纵横掣电轰雷候,谈笑光风霁

月初。犯上云长原傲慢，深心翼德岂粗疏。人生知己端难得，忍写黄垆感旧图。

廿载交情梅电龙，左支右拒最怜侬。挥戈返日心原壮，披发缨冠愿未穷。龙性难驯原叔夜，蛾眉见嫉反扬雄。鹿茸精好终须饵，玉体长生谢阿龚。

十二月五日，访伯赞于九龙，奉赠两律，即次田寿昌《伯赞五十初度》韵

蓟生才调太遮奢，问是文家是质家。将种刘章锄吕草，雄心祖逖耻胡笳。要翻历史千年案，先破农民十面枷。太息竭来孤愤语，风怀无复浪看花。

翁媪痴聋忆往年，佳儿佳妇在渝川。青霞意气寒奸胆，谓衡老公瑾醇醪火敌船。谓恩来宾从当时都绝代，艰难末路忍言钱。南明烈士衣冠拜，愿为先生执左鞭。余有志于南明史料之辑，甚愿伯赞加以赞助。

十二月六日夜，君葆伉俪招宴凤辉台寓庐，赋赠二首，兼示马季老暨陈此生、盛此君夫妇，并及君葆女公子云玉女士

明灯电炬宴华堂，会合荀陈在异乡。舌底波涛忍钳口，眼前人物付雌黄。端凝最爱张乖老，风趣难忘许子将。不是黄公垆畔地，酒悲未敢效嘉王。张仲仁先生暨许地山兄均君葆旧友，已先后逝世矣。

绛帐扶风一脉尊，季老元龙豪气灿盈门。渊源粤桂原同派，君葆籍中山，此生籍贵县。迎送车船最感恩。云玉来迓，此君伴送入山。咏絮谢庭才绝妙，画眉湘管喜留痕。稍怜归路崎岖甚，翠袖禁寒替护存。

十二月七日，次韵和云彬见赠之作

首义乘时起鄂州，重来骐骥杂犁牛。指大革命时代偷生愧对工农血，

钩党还联风雨舟。不信文章能寿世，无端侪辈有阴谋。余生终盼红旗起，横海台澎作壮游。

是夜中国民主同盟南方总支部公宴衡老于寰翠阁，写示彭泽老、冯裕老诸公

老彭南总称耆宿，何意休文夺席来。泽老七十一岁，在南方民主人士中年齿最高，今衡老以七四耆龄浮海南来，则压泽老而上之矣。琼岛冯生尊后起，裕老年六十五，于沈彭二老犹为后辈。吴江下士愧菲才。余今年亦六十有一。文章南社思前度，风谊东林重党魁。衡老本南社旧人，又为救国会领袖。两字署名寰翠好，云台麟阁几时开。衡老激赏寰翠署名，谓颇饶诗意也。

十二月八日，再访涵真于乐斯公寓，得晤若虹夫人，再赠一律

病起吴郎无尽意，金闺国士更心倾。重逢喜握兜绵手，卅载难忘填海心。虎女从来有贤母，凤雏更喜发清音。黄克强翁令子一寰世兄在解放区，若虹则翁之义女也。思量岳麓山头月，一样光辉照北平。徐宗汉女士骨灰尚留滞北平，未及归葬岳麓。

赠廖恩德医师，盖仲恺先烈之族弟也

惠阳天挺重英豪，更喜华宗医术超。扁鹊活人上池水，华陀去毒淬金刀。寒冰暑炭怜余瘁，起废针膏累汝劳。青史千秋方伎传，矗天橼笔属吾曹。

赠泽老一首，十二月十日作

南天一柱属彭篯，金石盟心那抵坚。曹贼称尊徐母愤，梁鸿举案孟光贤。议场自昔称三怪，友谊于今恰廿年。郿坞渐台来日近，中原同着祖生鞭。

是夕劭先招饮，赋谢一首

卅年湖海老元龙，痛饮狂谈喜再逢。援手凭君生羽翼，桂林沦陷时，余夫妇几落倭手，以劭先之力，获飞机票两纸，始幸免于难。论才满眼半雕虫。桑田留命言何怨，郿坞燃脐贼未穷。自昔先驱都寂寞，乘凉持赠后人风。

叠韵赠丘松女士一首，十二月十一日作

枚速由来逊马迟，谢庭咏絮喜今时。大雷路阻鱼鸿讯，歇浦梅开冷艳姿。女士有兄在解放区，尊人映芙翁尚留沪上。翡翠双栖期福慧，葡萄新酿劝军持。中原他日风云会，应有旗常属女儿。

尹君慈嘱题谭祖庵所写《大学》墨迹，得诗四首，十二月十二日作也

明德新民了不关，流传伪本忍轻删。石庵真迹犹难学，何况琼山与定山。

张楚亡秦一帜开，焦陈殉后使君来。秣陵秋雨羊城月，便坐深谈第几回。

谢女金闺咏絮才，蓬门弱质两无猜。云泥车笠何须说，夫婿封侯有怨哀。祖庵女公子谭祥与余女无非少同笔砚。

惠阳天挺几人豪，双邓偕亡廖亦凋。君慈与仲元、择生、仲恺均同乡里。留得《赤都心史》在，酒徒块垒几时消。

赠章乃器一首

典午风流溯七贤，欣看继起更超前。声名邹李争高下，情爱胡杨异后先。识面渝州成沆瀣，班荆香岛更缠绵。文章经济推能手，努力中原共着鞭。

赠周新民一首

江左周郎大雅才，廿年苦斗意雄恢。椟棺冥室生埋惨，暴政淫刑乱世哀。白马清流钩党血，黄龙痛饮髑髅杯。汉皋北望烽烟迫，盼断金闺国士来。新民夫人李文宜同志尚滞汉上。

次韵答蕴山三首，兼示平山，十二月十三日作，时扶余诗社行将成立矣

催死扶生用钟敬文教授诗中语。入此秋，亡羊歧路误清流。扶余岛上虬髯客，齿冷南东小子侯。

云长傲岸吾堪比，翼德粗疏汝已难。漫向中原恢汉鼎，孙曹抚掌正旁看。

玛丽临刑怨自由，伪谈民主合休休。英雄并世斯毛在，说法应教石点头。

燕叟、蕴山同车赴罗便臣道，途中见红棉花，询燕叟始知，戏成一绝

一物不知儒者耻，同车燕叟漫咨嗟。卅年结想英雄树，瞠眼红棉遍地花。

喜王却尘自海上来有作

一日三秋海道长，寻消问息几彷徨。忽然握手无言说，匝月相思此日偿。

是夕李任公、陈其尤招宴柯士甸道，即席赋此，兼示同座

李固陈蕃并轶群，华堂高宴集嘉宾。海鲜山瑞都珍错，碧玉红珊广异闻。有馔名"碧玉珊瑚"。小袖云蓝将进酒，坐有女侍行酒。周嫠漆室漫伤神。谓刘王立明女士大师罗曼吾何愧，洗眼行看蓻老文。伯赞屡言将撰

《罗曼大师柳亚子》一文，而久未属稿，故诗以促之。

十二月十九日寄淞妹沪上

故人有女貌如花，用庚白句何意重逢两鬈鬟。漱玉明诚缘太短，药师一妹眼休差。明知春水风吹皱，应念慈闱鬓渐华。双韵词人来笺，于淞妹颇有不了解处。销得鬼雄丘首恨，期卿结伴驾云车。庚白殉难九龙，槁葬今巴利道，遗址已不可辨认，惟盼淞妹能来迓骨归葬耳。

群纪论交卅载过，寒碧先生与双韵词人都为四十年前南社旧友。桑田留命意如何。蛾眉谣诼灵均怨，猿臂功名李广讹。解脱早应无我相，栖皇可奈负人多。东都谒庙辽东猎，画里真真记得么。余在桂林属尹瘦石绘《东都谒庙图》，淞妹与陈绵祥女弟并在从游之列，东都者，今之台湾也。又倩季宁复绘《辽东夜猎图》，一女子风鬟雾鬓，从虬髯者马上追逐，论者谓其貌颇与淞妹相似云。

纪念林庚白殉难忌辰，并祝扶余诗社成立

是日为庚白殉难六周忌辰，欲开会追悼，缘事未果。翌日十二月二十日，举行茶叙于华南救济总会，号召俊流藉志纪念，并为扶余诗社成立之期，集者二十余人，赋两律示同座者。

邂逅无端作鬼雄，年年追悼怆予衷。渝州自昔成高会，民国卅四年在重庆特园举行，吴玉章、董必武、周恩来、邓颖超、王若飞、叶剑英诸友咸莅。香岛如今继盛踪。大国陈钟连宋孟，谓陈君葆、钟敬文、宋云彬、孟超涂山章李更乔龚。章伯钧、李健生、乔木、龚澎皆期而不至。最怜臣里王翁却尘健，未得登坛一语通。

自笑长流劫劫波，余演讲苦婵嫣不能尽。人嗤九折旧黄河。王昆仑语仲谋孙霆醉舞天真露，伯敬敬文庄严定论多。夺席杜陵君已矣，希风李白我如何。诗坛毛瑟三千在，唤起工农共荷戈。

胡守愚先为我抄诗寄南岛，会毕复以车送我上山，赋赠两绝

浮海能从有仲由，衡才自比孔家优。驱车送我何亲挚，早许胡生出一头。

抄胥辛苦累蛾眉，谓林北丽、王浣霞脱腕刘郎未许催。安得胡生铅椠健，为侬十日写诗来。

归坚尼别墅后得燕叟见贶之作，次韵奉酬

青磷碧血泪交流，太息乾坤剩几头。留得旧时吟侣在，几时铙唱下神洲。

按剑谁怜照乘珠，文章笑骂似髯苏。也知不合时宜惯，羞学宫眉十样图。

公敢亦以诗来，次韵答之，兼示芝姊、抗妹

醉酒狂歌问水滨，中华历史要翻新。虬髯惯作扶余梦，一传何须问假真？

鸥梦能圆香海滨，官梅东阁一枝新。左家娇女聪灵甚，俪侣鸿光乐事真。

与却尘夜谈有作

抵掌雄谈见略同，金闺恚怒更娇慵。早知菫布城先上，未必阳戈日再中。此意只应吾辈晓，微词难遣俗流通。中山灵爽原无憾，大道能行天下公。

前题二首，十二月二十一日补作

未必齐桓定霸年，论交管鲍谊宁坚。薰莸杂进鱼龙耻，领袖无人党部偏。粉碎虚空吾未忍，纵横捭阖汝能全。痴聋早办成翁媪，其奈丹商不象贤。

自断此生休问天，豆萁何苦急相煎。东欧艳说新民主，北米犹迟革命年。禁果未宜先采撷，降心早拟善周旋。破甑已矣原休顾，一恸终怜故剑缘。写至此又恸哭不止，吾其终为神经病患者乎？

赠高天同志

同盟席上识高天，花比丰姿月比妍。卫玠璧人原濯濯，鲁连玉貌更翩翩。中州霸气风云莽，民主潮流金石坚。谈笑却秦余事耳，共君椽笔勒燕然。

题耕耘出版社手册，为同邑黄宝珣女士作

不期收获只耕耘，林下风流早轶群。六载艰难惟报国，一州文化属斯人。挥金市义田文好，天禄校书刘向勤。更盼东来饶紫气，词流联袂返淞滨。

次韵答敬文

昔嗤伯敬太寻常，今向钟陵爇瓣香。白马红羊劳者血，青蒲黄竹女儿箱。书生早薄刘中垒，剑侠难忘聂隐娘。泉下鬼雄应不恨，千秋巨眼待君张。谓庚白也

次韵答孙霆四首

早悔称诗冠一州，才名合与命相仇。黄粱未熟羊头烂，失笑刘家关内侯。

镜里头颅怜碧血，樽前哀怨吻朱唇。萧红无命林淞远，谁更花间起异军。

恩仇骚屑总微茫，雄武温麐两擅场。羞向扶余寻旧梦，中山衣钵自堂堂。

淮阴漫说无双士，温峤宁甘第二流。秘计阴符如见用，早应汤沐胜棋楼。

叠韵再答孙霆四首

眼看车书合九州，普天率土尽同仇。自怜一代斯毛侣，老向荒江作醉侯。

红妆季布留青眼，翠袖朱家启绛唇。风度端凝周主席，眉痕辛苦郑将军。

载酒寻欢总渺茫，断肠本事少年场。胡铨不作施全死，歌舞湖山偃月堂。

怀才未展意难休，悔作人间第一流。记取横江开铁锁，与君同醉媚香楼。

次韵和廖天羽二律，时余将去坚尼别墅矣

春非我春秋非秋，定庵句肯教壮志付东流。先机早逐风霆逝，决策还须桑土缪。北地降王犹恋栈，南朝儿帝本无愁。何当奋我排云翅，溟渤天池恣卧游。

礼运遗编归戴德，阳秋大义属何休。如何衣钵三民者，翻遣工农万众仇。牧野商辛终授首，南巢夏桀合长流。稍怜骐骥驽骀恨，大好家居漫滞留。

赠张春风董秋水一首，十二月廿二日作

春风大雅能容物，秋水文章不染尘。用成句鬓岁天真书印脑，暮年烈士气凌云。谈诗席上忘劳倦，问讯舟中剧苦辛。夜猎辽东期未远，左提右挈在松湄。

十二月廿三日，送别却尘夫人程铭和女士，兼示却尘

臣里王翁信美哉，金闺俊侣喜追陪。波涛万里真同命，忧患频年苦费才。生小麋台乡语软，壮游燕市霸图恢。殷勤十日难为别，更忆黄垆旧酒杯。去年一月曾偕同邑金松岑先生会饮却尘处，夫人实为治馔。今距松岑之

殁又将逾岁矣，思之雪涕不已，盖余少年时代之思想与松岑关系颇深刻也。

陈汝棠、张香池同过，戏赋一律奉赠

千年华胄太迢迢，齿冷当年刎颈交。大泽一军原有意，丰碑七杀未须饶。鄱阳巨舰龙相逐，吴下齐云鹿已焦。今日都成民主侣，岂宜重问霸王朝。

赠曹如璧、梁淑德伉俪，十二月廿四日作

曹公横槊赋湘沅，俪侣梁家岭外看。能事狄鞭惊泻水，阜财货殖挽狂澜。珠联璧合有时有，美具难并艰复艰。闻说挥金能下士，何当市义学冯驩？

守愚为抗妹索诗，以一律畀之

何家娇女太聪灵，不信垂髫只七龄。应对真如花解语，集邮最喜海通瀛。相期跨灶君超父，倘许忘年我作兄。失笑胡生干底事，累侬急就一诗成。

是夜为耶诞前夕，掩关不出，对月成此

贫病萧然静掩门，白龙鱼服漫声吞。扶余未必成王霸，南粤宁期长子孙。堕地耶稣原革命，依人玄德耻称尊。吾谋不用成何济，忍遣姮娥见泪痕。

十二月廿五日重谒廖夫人，赋呈一律

田横意气倾刘雉，赵后尊严赦触龙。见井二龙原在困，啸风双虎岂争雄。恩仇积谤销残骨，忧患频年萃藐躬。肉袒负荆吾岂吝，交欢廉蔺此心同。

无题一绝，十二月廿六日作，不自知其意之所在也

江南蓟北两蹉跎，卅载狂名换苎萝。收拾风华归淡泊，报恩如此疚心多。定庵句

鸡虫二首，寄乔木、龚澎，十二月廿七日作

知己平生乔与龚，怜余白眼看鸡虫。刘牢吕布原堪杀，王莽曹操岂尽忠。一怒自关全国计，重来早负廿年衷。天图地碣中山钵，失意群儿恣妄庸。

三间令草力心殚，夺席居然属上官。韩愈淮西碑早仆，孝征河朔论宁安。驽骀自昔憎骐骥，燕雀何堪压凤鸾。孤负艺兰锄棘意，龙泉在手只旁观。

偕佩妹、遐弟渡海，白浪掀天，口占此律

鸿妻莱妇喜追陪，前度刘郎今又来。不信夷齐终饿死，便同张陆也无猜。"西山薇蕨，甘学夷齐，南海波涛，誓追张陆，决不向小朝廷求活也"。此民国廿九年在港致叶楚伧书中语。挟山超海情何限，捧日回天意未灰。惭愧饥寒盈道左，杜陵广厦几时开。

廖恩德医师为余打返老还童之针，感谢一首

汉南杨柳感桓温，憔悴江潭我屈原。返老还童真有术，国魂呼起上昆仑。

芝姊、抗妹宠赐花生酱、牛肉松，不可无诗以谢也

骂坐喧哗有罪言，金闺忽地降温醹。老贪口腹宁为累，贫甚壶浆合感恩。漂母王孙怜一饭，长兄弱妹合同尊。九龙迁鼎成弹指，忍遣相思籋梦魂。

赠田竺僧同志二律，十二月廿八日作

丹心铁面赤旗讴，海岛田横第一流。自有精灵通万汇，难将怀抱喻群俦。鏖兵闽峤当年事，革命中原此日谋。漫笑虬髯狂欲死，逢君容易便低头。

海外扶余别一天，扬帆采石定明年。中山衣钵君无负，卡尔渊源我未传。倘遣齐桓尊仲父，定教方叔佐周宣。难追驷马吾宁悔，却为田生意渺绵。

赠遐弟二律

绝代才华绝妙年，刘郎英气不求田。蓬心我愧肱三折，桂魄君看月再圆。驱马太行曾杀敌，乘桴沧海岂求仙。卅年以长惭兄事，珍重三生石上缘。

刘郎才调更刘娘，平视缘悭愿未偿。铸铁六州嗟此日，挥金一掷悔当场。如何周郑成狼狈，迟见梧桐集凤凰。失笑与人家国恨，老夫搔断鬓丝苍。

答孙荪荃女士沪上

雁帛书来喜欲狂，孙娘至竟胜谭郎。沁园春好词堪和，黄歇江深路岂长。杯酒山城君有梦，楼船旗鼓我能张。如何输与秦良玉，不遣云涛一苇杭。

留别覃益生同志，十二月廿九日作

山居两月意缠绵，绝代丰姿美少年。镜里佳人堪比玉，淮南灵药早登仙。代庖越俎难为政，治国烹鲜岂偶然。最是临歧无限感，传书几度累邮笺。

次韵答曹炜生

三国争衡际，曹瞒一代雄。子孙今肖否，此意问高穹。吕布枭休惜，刘牢反亦空。吾才超葛亮，那便拟元龙。

再答炜生

横槊家风好，人称子建雄。燃萁怜白马，按剑哭苍穹。批判谁翻案，鼎堂著论扬丕抑植。文章总凿空。感甄缘底事，惆怅到游龙。

叠韵三示炜生

子建子桓宁足道，敬亭慷慨雪芹雄。最怜易姓攀杨柳，明季柳敬亭本姓曹，后冒吾族。早喜高文压宙穹。游侠声华原尔尔，色情哲学讵空空。武昌美成仁厚辽东红莨俊，不信君家少凤龙。

十二月三十日晨起，临去坚尼别墅有作

门巷乌衣了不关，渡江迁鼎愿宁孱。旧巢故燕窥帘认，不是平山定蕴山。

革命曾岩最擅场，乔龚王李更徐张。如何衣钵三民者，尽遭钗环下首阳。

聚春园纪事四首

风流寡妇头衔贵，罗曼女皇名字香。不比灌夫惟骂坐，孙郎至竟胜吴郎。谓孙霆与吴信达也。

黑狱红闱半教年，乾坤那得比坤乾。冲冠一怒非无谓，齿冷荆州刘表贤。

不饮白干吾有例，如何破戒在今朝。倾杯许我分余沥，吞炭心甘豫让桥。夺周颖白干半杯饮之，遂患喑哑之疾。

甘回朱老踞高坐，金满卢生作主人。两字诺言能警我，风流年少重刘晨。

定鼎九龙宝灵街之史楼有作，示佩妹、遐弟

草昧经营踞上流，新丰鸡犬胜炎刘。凤池夺我何须怨，龙种从来未必优。陆弟过江能远送，邑姜定鼎佐良猷。独怜明岁归程早，无分长居百尺楼。

赴达德学院送旧迎新联欢大会有作

十二月卅一日赴青山达德学院除夕送旧迎新联欢大会，登坛誓众，颇具激昂慷慨之风。会毕香池招食狗肉，复返院与敬文倾谈，晚由汝棠伴归史楼有作。

誓众登坛又此回，潮音狮吼掌心雷。光明已见前途近，配合还期努力来。屠狗风流燕市侠，谈龙文艺竟陵才。归途更喜陈蕃伴，犹及荆妻饯岁杯。

敬文曾见示旧作二绝句，此为余倾倒敬文之始，步韵成此奉寄

品题诗派数钟嵘，抵掌能令万感生。数亿劳民争奋斗，吾曹不幸以诗鸣。

鼎堂椽笔传瞿德，子谷清才译拜伦。继往开来应自任，潮流前进似车轮。

新 生 集
（1948年）

元旦试笔，时窗外爆竹声正雷鸣不已也

爆竹声疑炮火声，民萌亿兆庆新生。自由平等谈何易，天国原从血泊成。

爆竹声疑炮火声，昆仑顶上睡狮醒。中华革命成功日，从此全球庆太平。

金陵大酒家团拜典礼感赋

一月二日，民主党派及文化人士大会于金陵大酒家，举行团拜典礼，并欢迎马夷老自沪来，集者一百零八人，余与沈衡老、彭泽老、王燕叟、李任公、谭平山、陈劭先、朱蕴山、王却尘、陈其尤、方方诸人同席，赋此呈政。

从容揖让礼文优，团拜应为团结谋。国、共、同盟成鼎足，致公、民进亦千秋。马融更喜南来健，李广能为东道不？早遣首都移海峤，金陵王气黯然收。用唐人句

一月八日，赠沈谱女士一首

沈翁有女自超群，词令聪华比左芬。幸福先探民主国，激昂早睹背嵬军。同仇驷铁无衣什，夫婿范长江久在解放区。定省鸡鸣戒旦文。女士随衡老居香岛。最是殷勤成感激，银钩小字定香薰。许以小册子写民主人士通讯录见畀。

赠友三绝句

南来刮目看英俦，少壮田生出一头。子翼奉先奴辈耳，留君只手障狂流。黄陂田竺僧

江东余子数王郎，浮海乘槎鬓未苍。一笑莫愁湖畔酒，要君东道我倾觞。南京王夷东

不用吾谋是祸胎，黄垆向笛有深哀。指二十年前在广州献策于亡友恽代英不用事。渐离击筑荆卿剑，谁更当筵奏技来。武昌程一新。

题画三首，为郑侠卿作

深山藜藿护温馨，丰草长林迹未湮。好向虎痴商出处，莫教轻遇故将军。虎

零雨东山破斧章，廿年毁室我能详。会当殄尽鸱枭种，五鼎烹来恨岂偿。枭

何来大鸟不知名，自恨风诗学未成。碎尽微生宁自诩，会须控翼上青溟。大鸟，或云鹰也。

次韵和蕴山二截，一月十二日作，即柬淞妹沪上

博爱无成专爱苦，他生未卜此生休。丽华竟逐杨麽去，恨海茫茫隘九州。

酒饮三杯君已醉，诗成七步我能狂。废诗废酒都虚语，酒德诗才合细量。

过江两首，不自知其意之所在也，微有商音，后当戒之

过江浮海欲奚为？垂老羞为王霸师。双泪尚殷肠尚热，不堪回首卅年时。

抑李扬张意未穷，扶余海外创雄风。当年我作虬髯客，忍遣婵娟属卫公。

云间汪懿君、余姚祝公健两同志将行婚礼，敬贺二绝

虎攫龙拿新祝胤，桃花春水女汪伦。结缡此度年年记，与子同仇为兆民。

义师几社起云间，待访明夷愿未删。地域不殊时代异，民萌还我旧河山。

闻田竺僧同志返鄂，怃然成此，一月十五日作

此处不留人，自有留人处。梦醒剧思君，大别山头路。

齐桓信易牙，重瞳疏亚父。竖子不足谋，吾属今为虏。

次韵答贺澍兄、朱舜华姊伉俪沪上

拚居萝屋摒朱门，卅载艰危胆共吞。卡、燕早谐真伉俪，墨、希宁庇假儿孙。柳南毛北吾何愧，列诰斯谟世共尊。知己一人甘刎颈，几时握手拭啼痕。

偶捡旧册，得舜华姊二十二年前手稿，步韵成此，仍寄沪上

田海沧桑廿二年，死灰星火看终然。劳民亿兆移秦鼎，历史三千逐楚烟。战甲深红仇血染，义旗大白贼头圆。与君破涕同成笑，还我黄农虞夏天。

赠陆波如星岛，并讯胡愈之、沈兹九伉俪，一月十六日作

香江握手初逢我，漓水倾杯屡遇卿。讵意狼烽縻北地，喜闻鹏翼下南溟。时危都作扶余想，世变终看民主成。便拟附书约胡、沈，凯歌同奏石头城。

偕佩妹渡海访廖恩德医师，感赋一截句

乍死乍生劳扁鹊，三眠三起恰春蚕。比以夜眠不足，辄为昼寝之举。春蚕者，余旧时别署也。桑田留命吾何恋，诛逆锄奸事尚堪。

渡海返史楼，闻有伟躯目镜挈友将雏过访者，自署姓名曰宗君仁，沈思弗省，怅然赋此

客籍俄然富，姓名疑幻真。祢衡肯留刺，姬旦失迎宾。挈友襟期畅，携雏笑语频。茫茫尘海内，张禄汝何人？

文烈宵诣史楼，见壁悬孙先生遗像，叩余从游始末，诗以告之

瞻韩才两度，传钵定千秋。踪迹原疏阔，精魂倘滞留。廖、朱嗟死早，何、宋尚贤不。李志、曹蜍辈，真嗟貉一丘。

一月十七日夜，邓文钊招饮，集者自沈衡老、马夷老以下四十许人，廖夫人索诗，赋呈一律

驱车曲折上强台，喜见高朋满座来。一老裙钗矜独特，群贤樽俎共追陪。新亭涕泪王丞相，乱世文章夏大哀。持报主人延客意，江南春涨好浮杯。

即席呈衡老、夷老，两君皆南社旧人也

开山南社陈、高、柳，社友马小进旧时见赠句。异地能欣沈、马逢。草昧宋、黄怜早世，末流张、戴附元凶。泣麟悲凤嗟何及？剚鳄屠鲸意未穷！要为河山壮铙吹，扶余一集荡心胸。

尖沙咀轮渡，与邓初民剧谈，始知宗君仁为常熟青年，别有其人，而前日伟躯目镜将雏与宗君同过者即初老也，更赋一律赠之

何处寻张禄？宁知是邓翁。駏蛩情意重，湖海酒樽空。濡沫鱼相泣，挥戈日再中。黄金缘底贵，著论诧神通。

一月十八日，海丰旧友袁嘉猷过访有作

赠我延年之大药，感君援手在穷途。此三十一年四月兴宁旅中赠嘉猷联语也。当年行役舟车瘁，此日重逢肝胆粗。各有相思动寥廓，可无魂梦落江湖？谢生长逝蓝生远，说到酬恩泪眼枯。三十一年，余自香港脱险渡马贡，谢一超实为芦中人。其后留滞海丰之日中圩、九龙洞等处数月，嘉猷复偕一超暨蓝奋才三人来迓，由是经河田、河婆、安流、水寨、五华、老隆以达兴宁，行李之赀，君实任之，更以土产人参一枝相饷，此联语所由作也。一超以肺疾殁于三十四年，奋才辗转兵间，谈次不胜沧桑之感已。

懿君、公健以是日举行婚礼于六国饭店之礼堂，燕叟属赋诗以纪，更成一截

爱情神圣缘团结，底用断断信誓来。白首王翁风趣健，留题泥我逞诗才。

赠宗君仁一首，一月十九日作

笠泽吾乡里，虞山未往回。绛云嗟一炬，青史有余哀。后起多才

俊，期君辟草莱。东皋风节壮，吊墓誓同来。

是夕，初老、君仁偕李就才女士过访，初老为就才乞诗成此

当年革命而翁健，此日更生贤女来。后浪前沤成断续，趋新落伍费疑猜。宝书重译新文学，握算持筹绝代才。顾我深宵增感激，邓翁宗子共追陪。

一月二十日，次韵和澍兄、华姊见赠作，即寄沪上

拳翻汉祖脚唐宗，革命功成一世雄。国父遗谟终古在，大同天下永为公。

旗鼓中原逾卅年，洛阳痛哭有危言。平生最耻阴谋诀，李耳不为天下先。

俪侣英雄推燕妮，封侯刀笔薄萧何。刘樊梁孟从来好，国士金闺并世多。

意气箫魂还剑魄，风云豹劣更龙优。关心还我河山日，血海波腾二十秋。

海景楼宴集纪感

一月二十一日风雨交作，谭平山、朱蕴山、周颖、郑坤廉、梅电龙、刘遐犟、张克明、冯伯恒、吴信达、孙霆醵金宴余夫妇于海景楼，蕴山、遐犟来迟，坤廉、伯恒送归，归成三律纪感。

渡海冲泥愧俊才，梁妻陆弟共追陪。两山突兀奇峰出，二妙婵娟接席来。肮脏灌夫憎骂坐，牢骚苏轼合长哀。沈吟罢酒吾非法，万感撑胸郁怒雷。

天南旗鼓尽三流，孙霆旧句此语重闻怨未休。龙卧南阳嗟不用，马空冀北复奚尤。群儿轩冕争相贵，老子谋猷孰与俦。风雨漫天鸡唱早，

伤心孤负旧吴钩。

红妆季布故将军，骖乘同归气类殷。玉腕银钩轻一诺，车中亲订钞诗之约。黄旗紫盖定三分。微怜粤语难聪我，亲炷胡香合礼君。更喜冯生车可借，几时驰骋慰辛勤。

再赠袁嘉猷一首，一月二十二日作

将迎难忘日中圩，直到兴宁分手初。况瘁锺郎情谊厚，余居日中圩时，海丰钟娘永出身巨族，方从事农民运动，托迹为小学教员，余之保护人也。飘零谢嫂讯音虚。风传一超夫人在港佣工，顾不能获其确耗为憾。沧桑历劫终逢汝，恩怨填胸孰起余。安得梓乡成解放，彭生墓上见旌旐。彭湃先烈为海丰人，曾任海陆丰苏维埃主席，今殉国已近二十年矣。

次韵答刘仲英一首，一月二十三日作

碧海红桑几度寻，嘤鸣真喜贲佳音。铁肩自诩撑天阙，椽笔宁期冠墨林。乞食猖狂吾未悔，嗜痂郑重子何心。几时得睹刘郎面，情比桃潭春水深。

次韵答陈简侯一首

人之患在好为师，笑我仓皇浮海时。碧血江东宁左计，红旗河朔有余资。翻身亿兆扶犁众，夺目三千照乘珠。一檄陈琳吾愿足，指天誓日永相随。

蒋家三首，用董秋水病中杂感韵，即示秋水

蒋家兵马下延京，阉竖虚贪戡乱名。三桂臣清终卖国，德光儿晋异联盟。庙堂高论秦长脚，草野悲歌石曼卿。失笑秦淮河畔水，后庭一曲几人听？

孔光、张禹例顽痴，封建难延不绝丝。剸虎诛蛟三尺剑，伤麟叹凤

一囊诗。独夫暴戾无前古，民众翻腾正此时。终见头颅悬太白，任她狐媚浪娇啼。

剩水残山吊白门，玉儿容易殉东昏。虢秦末路沟渠骨，希、墨偕亡涕泪痕。欲报友仇惟有血，要平国乱不宜恩。南巢牧野分明在，宁许夷齐易暴论？

秋水有《秋风曲》四首，盖在"九一八"九周年为辽东女子柳碧诗而作也，次韵奉和成此

狂奴意气刺天高，十载殷勤讯女豪。今日辽阳烽火急，木兰倘试赫连刀。

见首神龙羞露尾，多情奇女岂无情。如何鸭绿江头望，盼断明驼再出征。

子卿当日陷龙庭，持节归来鬓不青。惆怅燕支山色好，红妆绝塞苦飘零。

派衍宗潢怜柳碧，文成知已哭萧红。拊心更为宾基恸，生死山阳笛里风。萧红以一九四二年一月二十二日病逝香岛，距今已六岁。骆宾基曾撰萧红小传者，亦屡传恶耗。

再示秋水四首

万国车书尽会同，匹夫横议岂能容。躬耕葛亮吟梁父，齿冷刘邦唱大风。

五陵裘马旧奢豪，今日耰锄意气高。剥复乘除穷变理，漫愁身世落镰刀。

巾帼须眉未易量，鲁翁衣钵属萧娘。如何四海周公子，不发彭城义帝丧。蒋家报纸明言宾基死耗，而吾曹犹讳莫如深，何也。

党见偏私岂足论，期君努力作诗人。江湖万古流长在，不废孙毛列史尊。

老友冯裕芳索诗，奉赠两律，一月廿四日作

失喜重相见，琼崖有大冯。言谈新沆瀣，水乳旧交融。扶病怜君瘁，论心许我同。六旬身是史，战斗老英雄。

革命同盟会，难忘总理贤。廖朱嗟不禄，吴戴耻中捐。衣钵堂皇在，还应我辈传。湘潭张赤帜，犄角亦因缘。

赠余伯陶两绝句，一月廿七日作，伯陶为上海神州国光社总经理

四十年前旧国光，鸡鸣风雨镇相忘。抱残守缺宁吾愿，民族精神赖发扬。

国魂终遣奠神州，亿兆劳农倡自由。民主风潮撼天地，支撑文献岂凡流。

松妹以其尊人映芙先生步韵之作钞示，奉和一首

江南留滞老丘迟，喜见邮筒酬和时。蒲柳早零秋后质，松筠不改岁寒姿。金丝鲁壁千钧系，玉貌公孙一剑持。群纪交情终古在，谢庭奇女胜男儿。

和钟敬文一首

敬文三十六年除夕书怀之作，久未奉和，岂刘将军见大敌亦怯耶？聊贾余勇，成此奉正，终不敢犯临淮壁垒也。

喜看置驿传佳句，想见低眉耐苦思。庚白已亡谁抗手，杜陵恍遇再生时。旧囊新酒君能了，大叶粗枝我自悲。要遣骚坛腾鼓吹，收京今岁复奚疑。

再和钟敬文一首

和敬文诗甫就，又得楼栖见赠之作，勉酬一首，欲罢未

能，真将战败于青山道上矣。

怀贤悼逝感今时，不为流亡揾泪丝。吟社即今多健者，骚坛真欲树降旗。寒凝北地冰霜气，春满南天婉娅诗。挟纩围炉吾自愧，同仇举国赋无衣。

为文艺生活社补壁两首

伟矣文生社，扶余霸业同。文章推司马，意气属元龙。民众翻身起，河山革命雄。青年能创造，影响到无穷。为香港总社作。

不数哥伦布，开荒到美洲。杀人渠利器，进化我嘉猷。力量能团结，侨民重自由。重洋三万里，风雨此同舟。为美国分社路斯君作。

闻抗妹已随其父母返闽峤，未得握别，怅然赋此，一月二十八日小病枕上作

集邮亲额两相需，往事难忘梦醒初。从此延津双剑判，马家龙佩霸扶余。夷老之女公子龙佩，年与抗相若，亦聪颖异恒儿，顾作风不同，余颇拟集两美于一堂而未果也，今则已矣。

云应霖为侨暹育民中学纪念索诗有作

郑王开国地，今日萃侨胞。人物琼崖美，潮流民主高。树人灿桃李，横海有英豪。终拟成联合，神山戴六鳌。

诗　集

第八辑

（1949 年）

目 录

光明集卷一（华中集）（1949年） …………………………… 1093
    二月二十八日启程有作 …………………………………… 1094
    民谣二首 …………………………………………………… 1094
    同舟二十七人，各系一诗，乡党叙齿云尔 ……………… 1094
    彬然兄舵楼观日出，属写一诗为记 ……………………… 1096
    云彬兄嘱和圣翁舟中纪事之作，步韵成此。崔颢吟成，李白
        搁笔，自惭其粗疏无当也 ………………………………… 1096

光明集卷二（华东集）（1949年） …………………………… 1097
    三月五日抵烟台，贾参谋长、徐市长等来迓 …………… 1098
    六日，华东局秘书长郭子化同志，偕宣传部副部长匡亚明同
        志，自青州远道来迎，各赠一绝 ………………………… 1098
    烟台华清浴室偶赋一绝 …………………………………… 1098
    夜赴烟台市党政军民欢迎来烟民主人士大会，被推讲话，旋
        观平剧《四杰村》及《群英会》，各赋一绝记之 ……… 1098
    赠军属马大姐两绝 ………………………………………… 1099
    三八节，赴欢迎晚会有感 ………………………………… 1099
    九日至潍县，今为潍坊市，市长郭石来迓，子化、亚明仍伴
        送同行，宵谈极欢畅，诗以纪之 ………………………… 1100

十日晚抵青州，书赠欢迎诸同志 ………………………………… 1100
十一日，观云彬、尊棋与金滋成对弈有感 ………………………… 1101
赴华东局招待会，五时开宴，进葡萄酒二十杯，飘飘然有仙
　意矣！夜会开始，复被推讲话，醉态微醒；观平剧《空
　城计》《三岔口》《御碑亭》，以时晚未及观《芦花荡》
　演出为怅！ …………………………………………………………… 1101
十二日，乘车参观解放军官团有作 ………………………………… 1102
民主人士会讯战犯 …………………………………………………… 1102
留别李金然同志，君为余警卫员，自烟台伴送至青州者 ……… 1102
包启亚女士索诗，再赠一首 ………………………………………… 1102
次韵奉和陈叔老一首 ………………………………………………… 1102
是夜乘卧车发青州，成一绝 ………………………………………… 1102
车中感赋一首，三月十四日晨起作 ………………………………… 1103
六时许抵济南，政委、书记刘顺元，市长姚仲明，教育局长
　李澄之来迓，旋至石泰岩饭店小憩，十五年前旧游地也 …… 1103
赠澄之两截句 ………………………………………………………… 1103
赠朱青女士 …………………………………………………………… 1103
游济南诸胜 …………………………………………………………… 1104
火车中过黄河铁桥有作 ……………………………………………… 1104
火车至桑梓店止，换乘汽车，月夜失道，陷夹沟中，继复覆
　车公路侧，其不死则幸也！戏占一截句纪之 ………………… 1104
十五日晨六时抵德州 ………………………………………………… 1104
十六日自德州发沧州，坐六号大汽车中有作 …………………… 1105
戏赠五号车诸友，得两绝句 ………………………………………… 1105

光明集卷三（华北集）（1949年） ………………………………… 1107
三月十六日夜，沧州火车中有作呈叶圣翁。圣翁者，余对于
　圣陶先生之尊称也 …………………………………………… 1108

天津市政府交际科长孙天胤同志登车来迓，感赠一绝 …… 1108
十七日，郑文卿部长将返华东，索诗为谢，奉呈一绝 …… 1108
赠别刘球、施稼、黄范三女士，盖并以医师资格，自青州伴我侪至华北者 …… 1108
赠杨之华 …… 1108
赠邓颖超女士两绝句 …… 1109
三月十八日，车中与之华谈秋白逸史，兼及侯绍裘、张应春、宛希俨、李一谔、刘重民、黄竞西诸人殉国事，黯然有作 …… 1109
之华介见康克清、蔡畅、区梦觉、陈少敏诸女豪，喜赋两绝，兼示颖超，并为中国妇女第一次全国代表大会开幕志庆 …… 1110
赠李富春、蔡畅两同志 …… 1111
车过天津，连贯、何惧、赵范三同志来迓，各赠一律 …… 1111
抵北平感赋 …… 1111
叶剑英市长来迓，赋呈一首 …… 1112
慰邢西萍一律 …… 1112
军管会文管会主任钱俊瑞同志来迓，赠以三绝句 …… 1112
是日适为"三一八"纪念节，感赋一首 …… 1113

光明集卷四（六国金集）（1949年） …… 1114

三月十八日，东交民巷六国饭店夜坐有作 …… 1115
赠谢雪红女士两首 …… 1115
赠范志超女士 …… 1115
赠吴剑芒一首，君为四十六年前亡友陶亚魂所作介者 …… 1115
三月二十一日夜听罗迈部长报告时事问题有作，君即渝沪时代之李维汉也 …… 1116
三月二十二日董老必武来寓，赋呈一律 …… 1116
赠萧三 …… 1116

赠艾青 …………………………………………………… 1116
赠齐燕铭 ………………………………………………… 1117
谢洪浅哉惠葡萄酒，兼示田寿昌、张安娥 …………… 1117
呈符老宇澄一首，三月二十三日作 …………………… 1117
赠蓝公武 ………………………………………………… 1117
赠曹葆华三首 …………………………………………… 1117
赠余心清 ………………………………………………… 1118
三月二十四日为全国妇女代表大会开幕之期，超弟有诗乞
　正，立和一首 ………………………………………… 1118
赠王平女士二首 ………………………………………… 1119
赠妇兄郑桐荪一首 ……………………………………… 1119

光明集卷五（六国木集）（1949年） …………………… 1120

三月二十五日毛主席自石家庄至北平，余从李锡老、沈衡
　老、陈叔老、黄任老、符宇老、俞寰老、马寅老之后赴
　机场迎迓。旋检阅军队，阵容雄壮，有凛乎不可犯之
　概。是夜宴集颐和园益寿堂，归而赋此 …………… 1120
赠张曙时，三月二十六日作 …………………………… 1121
赠张奚若 ………………………………………………… 1121
赠吴辰伯 ………………………………………………… 1121
赠李炳祥一首，用进退格 ……………………………… 1121
赠林葆骆医生 …………………………………………… 1122
三月二十七日陈振汉、崔书香伉俪招饮韶九胡同北大教授
　宿舍有作 ……………………………………………… 1122
是夜国民大戏院观大秧歌歌舞剧有作 ………………… 1122
观戴爱莲女士舞蹈表演有赠，即送其出国赴巴黎世界和平
　大会 …………………………………………………… 1122

赠王若飞夫人李培芝女士，兼及黑茶山殉难诸友，共得四律，三月二十八日作 …… 1123

赠费仲南（青） …… 1123

感事呈毛主席一首，三月二十八日夜作 …… 1123

三月二十九日为出席世界和平大会代表团出发之期，诗以送之 …… 1124

林老伯渠惠过，赋呈一律 …… 1124

黄病蝶以四十年前余赠渠旧影索题，为赋二绝句 …… 1124

重题《闹红小集》，为病蝶作 …… 1125

光明集卷六（六国水集）（1949年） …… 1126

呈李老锡九一首，四月一日作 …… 1126

赠钱端升一首 …… 1126

赠柳湜一首 …… 1126

为杨刚题纪念手册 …… 1127

黄任老写示北海公园二绝句，次韵奉和 …… 1127

再和任老北海公园三绝句，盖其定稿也 …… 1127

四月七日为刘湛恩烈士殉国十周年忌辰，赋此志悼，兼示王立明女士 …… 1128

呈施稼女同志乞安眠药一首，君为苏州人 …… 1128

为李文宜女士题纪念册，兼示周新民 …… 1128

沈体兰五十大庆，诗以祝之 …… 1128

赠张西曼、魏希昭伉俪 …… 1128

四月十日重游北海公园，示剑芒、桐苏、佩宜、病蝶，用任老初稿二截句韵 …… 1129

冷摊上得孙中山先生遗像，携归旅邸，供奉案头，感赋二首 …… 1129

光明集卷七（六国火集）（1949年） …… 1130

刘尊棋从军南下，诗以送之，四月十五日作 …… 1130

赠杨美真入华北大学政治研究所一首 …………………………… 1130
赠章乃器一首 …………………………………………………… 1130
呈俞寰老一首 …………………………………………………… 1131
题南社、新南社临时雅集社友题名录 …………………………… 1131
次韵和王冷斋两首 ……………………………………………… 1131
四月十六夜徐老特立来访，奉呈一律 ………………………… 1131
闻吴老玉章已来北平，乡居谢客，喜寄一律 ………………… 1132
赠雷洁琼女士，兼示严景耀 …………………………………… 1132
赠李立三一首，并示其夫人李莎女士 ………………………… 1132
立三和余旧作，次韵再奉和一截 ……………………………… 1132
魏希昭夫人索诗，为成此律 …………………………………… 1132
欧阳剑涛索诗，为赠一律 ……………………………………… 1133
次韵奉和陈叔老三绝 …………………………………………… 1133
赠管易文，君为六国饭店招待处处长，四月十九日作 ………… 1133
赠程绯英女士，君为六国饭店招待员，顷闻调北京饭店矣 …… 1133
赠邓子平 ………………………………………………………… 1133
赠吴良珂 ………………………………………………………… 1134

光明集卷八（六国土集）（1949年） …………………………… 1135

闻孙荪荃女士自沪来平，喜极赋赠，兼示平山索和，四月二
　十一日作 …………………………………………………… 1135
赠秦元邦两首 …………………………………………………… 1135
于雪红女杰处获晤台湾青年苏新索诗，成此以赠，兼示甘
　觉、柯秀英、丁光辉、林梁村、杨克煜 ………………… 1136
病蝶以所题一九一六年酒社雅集摄影两绝句见示，遂索和
　章，余适别有所感，不能尽和病蝶原意也 ……………… 1136
南北吟一首，四月二十三日作 ………………………………… 1136
赠寿石工刻玺，兼感病蝶赠石章印泥一首 …………………… 1137

四月二十三日深夜闻大军已下南都，喜极赋此 …………… 1137

四月二十四日卓午，许昂若、撰若昆季招饮弘通观，同席者李任潮、朱蕴山、王泽民、俞平伯以下计三十余人，赋此为谢 …………… 1137

席上赋赠蔡贤初将军、罗西欧夫人伉俪一首 …………… 1137

赠梅电龙一首 …………… 1138

是夕林老、董老招集大四眼井旅邸，余与佩妹赴之。同座者徐老、吴老、谢老暨张曙时、熊瑾玎两老，又各家眷属凡二十许人。赋谢两律，时正南都新下，蒋逆奔命时也 …… 1138

呈谢老觉哉一律 …………… 1138

赠熊瑾玎一首 …………… 1138

次韵和寰老两首 …………… 1139

叔老病中惠题《羿楼客籍》第一册，次韵奉和 …………… 1139

亡友朱梁任有弟藏曼殊遗画，余以三万金易得之，感赋二首 …………… 1139

光明集卷九（万寿乾集）（1949年）…………… 1140

四月二十五日，偕佩妹移居万寿山颐和园松青斋内之益寿堂有作 …………… 1141

余心清兄伴我来园，屈居西庑，诗以戏之 …………… 1141

酬超弟暨书香、振汉夫妇一首 …………… 1141

酬郭西女士一首，兼示北京饭店招待处申处长伯纯。伯纯盖郭西之爱人也，申籍宛平，郭则崞县，故诗中及之 …………… 1141

叠韵答曙老两首，兼示超弟，四月二十六日作 …………… 1141

次韵和曙老两截句 …………… 1142

次韵和谢老，四月二十七日作 …………… 1142

四月二十八日，为李守常先烈成仁二十二周年纪念，再用谢老见惠诗韵志悼 …………… 1142

赠华北人民监察院院长兼人民政府副主席杨秀峰，暨教育部
　　副部长孙文淑伉俪一首，三用前韵 ························· 1143
心清伴李任潮、周月卿、彭泽湘、钟书勤夫妇四人，过我益
　　寿堂小坐，更招清宫旧人鲍德，谈珍妃影事，哀艳温馨，
　　感而有作，四用前韵 ·· 1143
戊戌新政参与者，南海、任公外，有谭嗣同、林旭、刘光弟、
　　杨锐、杨深秀、康广仁，后皆死事，史家称六君子者是也。
　　鲍德坚持谓有七君子，问其人姓名，又不能答。余意倘加
　　入珍妃，则两家之驿骑可通矣！赋诗以纪，五用前韵 ········ 1143
珍妃悼词一首，六用前韵 ·· 1143
晚偕心清、佩妹散步乐寿堂偏院，看绯色牡丹有作，七用
　　前韵 ··· 1144
次韵奉和毛主席惠诗 ·· 1144
叠韵寄呈毛主席一首 ·· 1144
傍晚，再偕心清探绯色牡丹，已有徐娘半老之态，亦不复能
　　自然收缩矣！更借毛主席韵赋此，亦为花请命意也。三用
　　毛主席韵 ··· 1145
叠韵和谢老，各言尔志，幸鉴谅也 ··································· 1145
四月三十日，任老、寰老各携眷属，来顾园中，赋呈两首，
　　四、五用毛主席韵，时寰老将随军南下矣 ···················· 1145
任老女公子黄当当索诗，立成一首，六用前韵 ···················· 1146
赋呈郑桐荪内兄索和，兼示佩妹，七用前韵 ······················· 1146
次韵和任老三截句 ·· 1146

光明集卷十（万寿坤集）（1949年） ························· 1147

一九四九年五月一日为中国工人阶级行将解放全国之第一
　　年，首都举行盛大庆祝典礼，前此惟一九二六年五月一
　　日在广州亦有举动，然而小巫见大巫，相去远矣！八用
　　毛主席韵 ··· 1147

偕毛主席游颐和园有作，九用前韵 …………………………… 1148
五四纪念一首，为辅仁大学附中奔流社预赋，十一用前韵 … 1148
寄超弟燕京大学一首，十二用前韵 …………………………… 1148
叠韵和平伯先生，兼呈长环夫人，五月二日作 ……………… 1148
次韵和曙老一截句 ……………………………………………… 1149
济南惨案纪念日有感，十三用毛主席前韵 …………………… 1149
五月四日为北平学生运动三十周年纪念，而全国青年第一次
　代表大会亦于是日开幕，城中又呈茶火之观已！独居深
　念，未免有情云尔！十四用前韵 …………………………… 1149
恭谒孙中山先生之灵堂有感 …………………………………… 1150
赠孙中山衣冠冢留守办事处主任谭惠全先生老同志，兼示助
　理员马杰魁、谭义康，工人卢广高诸君 …………………… 1152
五月五日马克思诞辰赴毛主席宴集 …………………………… 1153
五月六日，朱蕴山偕周月卿、李任潮、曹孟君、王昆仑来园
　小饮。酒有名莲花白者，香洌异常。余非葡萄不饮，是日
　几破戒云！酒酣耳热，忽复成此四律。奏雅曲终，呓辞隐
　语，触眼皆然，非我佳人，畴能喻此意哉！二三至二六用
　前韵 …………………………………………………………… 1153
园游纪事诗十二截 ……………………………………………… 1154
谢老诗才敏捷，在延京五老中实为魁首，乃于余方人一律
　后，杳无嗣音见报，怒我耶？抑才尽耶？三用人嚃韵挑
　战，谢老其何以教我 ………………………………………… 1155
是日彭泽老偕刘清扬、李健生两姊暨张泽霖君来访，适余外
　出未晤，归见留简，戏改唐人诗寄泽老 …………………… 1156
五月七日，偕佩妹访北平市副市长徐冰同志于谐趣园之霁清
　轩，盖以积劳致疾，养疴而来也。徐冰本姓邢，原名西
　萍，其令兄宇清，长女公子邢霞，皆在轩中作伴云。二
　七、二八用毛主席韵 ………………………………………… 1156

吴县汪树滋兄来园，言寰老将以十日挈眷南下，诗以送之，
　　二九用前韵 ………………………………………………… 1156
与树滋谈某事感赋，三十用前韵 ………………………………… 1156
五月八日，剑芒、桐荪、病蝶、惠中先后来园，热甚未能出
　　游，清谈竟日，各赠一诗，卅一至卅四用前韵 ……………… 1157
广西永福县青年于寓真夤夜来投，投挚友桂林朱琴可荫龙、
　　琅琦任绮雯珍琰夫妇名刺为介，盖自平市西长安街步行至
　　此也！留宿东庑，将为介绍入华北大学，赋此志感，卅五
　　用前韵 ……………………………………………………… 1157
偕廖夫人游颐和园，卅六、卅七用前韵 ………………………… 1158
田家英同志来谈，赋赠一首，卅八用前韵 ……………………… 1158
赠冯织文女士二首，卅九、四十用前韵，五月十日作 ……… 1158
病蝶以和王冷斋诗见示，音节如秋蝉咽露，凄不忍闻，非寿
　　征也。立为点定，并和一首 ………………………………… 1159

光明集卷十一（万寿震集）（1949年） ……………………………… 1160
超弟书来，言秋白烈士忌辰将届，之华同志索诗于余，为赋
　　二首，四一、四二用毛主席惠赠诗韵 …………………… 1160
赠宗人柳林溪同志 ……………………………………………… 1161
次韵奉和谢老一首 ……………………………………………… 1162
五月十二日又得谢老用人檠韵惠诗，次和两首 ……………… 1162
得平伯先生报书，奉寄一首，四用人檠韵 …………………… 1163
谢老续惠诗一首，仍和二首 …………………………………… 1163
五月十三日，士清携桐兄诗来，次和一首，四三用毛主席韵 … 1163
屡得彭泽老来书，奉报一首，三用村频韵 …………………… 1164
午梦初还，林溪宗人偕张晓梅、王世英两同志来访，赋赠三
　　首，四、五、六用村频韵 ………………………………… 1164

偕佩妹暨世英、林溪、晓梅散步园中，见鱼塘掘泥工人荷锄
结队，歌咏而归，别有风趣。在毛主席"生产第一"的
正确领导下，中国真正走上太平大同之道矣，喜赋一首，
七用村频韵 ………………………………………………… 1164

叠韵和徐冰两首 …………………………………………… 1165

北平市政府秘书长薛子正同志书来，谬加奖借，赋谢一首，
八用村频韵 ……………………………………………… 1165

赠北平市长叶剑英同志两首，九、十用村频韵 …………… 1165

晚偕佩妹、心清至排云殿看芍药，十一用村频韵 ………… 1166

同游纪事两首，十二、十三用村频韵 ……………………… 1166

玉泉山疗养院院长陈兆龙招饮谐趣园之涵远堂，偕心清赴
之，晤市政府秘书长薛子正暨北方民族工业资本家李烛尘
诸君，十四用村频韵 …………………………………… 1166

次韵和烛老一截 …………………………………………… 1167

次韵和谢老 ………………………………………………… 1167

五月十六日桐兄来园，赋诗一首请桐兄正和，四四用毛主
席韵 ……………………………………………………… 1167

赠程之平同志，即谢蚊帱鸭蛋之惠，四五用毛主席韵 …… 1168

五月十七日张香池、李泽霖、蔡贤初、罗西欧偕来，同心清
看芍药，又至颐和饭店旁小坐，缘山径而归，颇有崎岖之
感，四六用毛主席韵 …………………………………… 1168

夜自后湖泛南湖，中流待月久久不至，狂飙忽作，几罹覆舟
之厄，诗以叙之，四七用毛主席韵 …………………… 1168

待月三截句 ………………………………………………… 1168

五月十八日，陈迩冬、钟敬文、边波过访，喜出望外，四八
用毛主席韵 ……………………………………………… 1169

与迓冬谈朱琴可、任绮雯伉俪欲北上而未能事,不胜凄恋,四九用毛主席韵 1169

偕迓冬、敬文、边波游谐趣园,旋至宫门,晤黄药眠、沈启予、柯灵诸君,倩陈女士为摄一影留念,五十用毛主席韵 1169

摄影甫毕,忽闻人语喧哗,则黄任老、姚维钧夫妇率领黄家子妇军全部杀到,而心清亦送贤初、西欧、香池、泽霖下山而来也。再摄一影,任老高呼大团结,余鼓掌和之,五一用毛主席韵 1169

黄波拉、孙冶公伉俪挈儿勃勃,偕梅公敦来访,为规划一切,媵以此诗,五二用毛主席韵 1170

呈毛主席一首,五三用前韵,五月十九日作 1170

桐兄前言王静安先生投昆明湖自杀事,颇萦脑际,久久未忘,感成一首,五四用毛主席韵 1170

五月二十日晨,枕上闻雷声,继以豪雨,知秋收无患矣!起检案头,获病蝶喜雨呈毛主席两律,即次其韵 1170

次韵奉酬廖夫人香岛旧作 1171

之平以葡萄酒、白兰地各一瓶见惠,再赠一首,五五用毛主席韵 1171

衣白山人一截句 1171

光明集卷十二(万寿艮集)(1949年) 1172

五月二十一日雨中,得超弟诗,立和一首,十五用村频韵 1172

调心清一截句 1172

五月二十二日,余六十三初度之前六日也。邀友宴集万寿宫食堂,为暖寿之举,醉后赋此 1172

平江单元麟、湘阴任培辰伉俪索诗,赠以一截句 1173

平伯先生、长环夫人出所藏余杭师暨戴子高、孙仲容两先生
　　上曲园翁笺札册页见示，属为题诗，敬赋 …………………… 1173
赠廖安祥一首，五月二十三日作 ……………………………… 1174
五月二十四日，闻林溪宗兄抱病入城，赋此为别 …………… 1175
五月二十六日卓午，始闻上海解放捷报，盖瓮山隐僻，如坐
　　瓮中也。百感交萦，辄有是作，兼寄陈仲弘将军沪渎 …… 1175
李烛尘来书，以余近体诗真元通叶为疑，诗以解之，并订醵
　　金修史之约 …………………………………………………… 1176
五月二十八日，为余六十三岁初度，诸友宴集于中山公园上
　　林春，群贤毕集，任老首唱索和，叠韵成二律奉教 ……… 1176
闻秦德君女士噩耗有作 ………………………………………… 1176
五月二十九日宴请诸友，感赋一首，三用身宾韵索和 ……… 1177

光明集卷十三（万寿离集）（1949年） ………………………… 1178

六月一日初谒白石老人齐璜于快车胡同，赋呈一首，时老人
　　年八十有九矣 ………………………………………………… 1178
国立艺专约余演讲，黄警铸博士索诗供壁报之用，草草成此
　　应之 …………………………………………………………… 1178
赠李可染一首 …………………………………………………… 1178
赠孙宝基一首 …………………………………………………… 1179
为韦江凡题《故都缘法》册子二首，江凡秦之澄城县人 …… 1179
前赠可染诗，颇有疑似处，别赋一首，谢华管筇杖之惠，兼
　　示其德配邹怀珠女士 ………………………………………… 1179
赠马大猷、王荣和夫妇一首，为振汉、书香作 ……………… 1179
赠单元麟、任培辰夫妇 ………………………………………… 1179
赠刘仁女同志 …………………………………………………… 1180
赠黄病蝶 ………………………………………………………… 1180
赠曹哲明女士 …………………………………………………… 1180

赠廖学清女士	1180
赠夏文珠女士	1180
赠范志超	1180
赠汪树滋	1180
赠徐悲鸿、廖静文夫妇	1181
赠别于寓真小友	1181
送黄波拉、孙冶公夫妇南归	1181
赠崔书香、陈振汉夫妇	1181
赠崔书琨	1181
赠陈孟平	1181
再赠刘仁二首	1181

光明集卷十四（万寿坎集）（1949年） 1182

三赠刘仁同志女英雄，六月六日作	1182
六月六日在韶九胡同有作二首	1182
是日，偕佩妹挟树滋兄归郊园，戏赋一律	1182
既抵郊园，任老暨维钧夫人、当当女公子先在，招余夫妇夜泛昆明湖，归途遇雨有作，奉赠任老伉俪又索和，兼示盛丕老、王艮仲、葛克信	1183
前诗写就，任老诗亦至，立和一首，盖已六月七日凌晨矣	1183
次任老知丝韵	1183
次任老偕涯韵，兼呈维钧夫人索和	1183
任老五月廿九日见寿之作，余今日始见，追和一首	1183
与葛克信谈往事有作，用任老湖殊韵	1184
赠王艮仲	1184
当当女公子前月来园，已有一诗奉赠，顷任老再为索诗，更赋一首，用进退格	1184
傍晚偕树兄泛湖有作	1184

任老伉俪暨诸友来园，既各赠一诗矣，独缺盛丕老，思之惶愧，追寄一首，五六用毛主席韵，六月八日作 …………… 1184

答寰老南都，五七用毛主席韵，六月九日作 ……………… 1185

赠钟惠润、李懿微伉俪一首 ……………………………… 1185

六月十日，雪莹、仲元枉顾园居，邀游南湖泛月，盖新自东北归来也，成诗二首分赠 …………………………… 1185

次和桐兄见寿之作 ………………………………………… 1185

光明集卷十五（万寿兑集）（1949年）……………… 1186

六月十一日，周先庚、郑芳郁、吴柳生、陈麟云招宴清华园新林院四号，余与桐兄、佩妹、香姊同赴之，赋诗奉谢 …… 1186

偕桐兄访陈竹隐女士暨毕树棠兄于清华图书馆有作 …… 1186

访潘光旦不值，晤其夫人，并得窥所藏法梧门旧拓国子监题名本，诗以谢之 ……………………………………… 1187

归途遇杨德女士，千里老友之女公子也，赠诗一截 …… 1187

六月十二日，雷洁琼、严景耀、黄娄生、孙冶公、汪树滋、王戟门、孙哲、于寓真、周惠中同集益寿堂午餐，诗以纪之 ……………………………………………………… 1187

偶检箧衍，得彭泽老、丘映老旬前留简，知曾过访，适余在城未值，而彭老且两点展尘矣！两老旧有见惠之作，积逋已久，清算维艰，次韵奉酬，共得两律，六月十三日作 …… 1187

谢吴茂荪赠派克墨水两瓶，兼致过访失迓之歉 ………… 1188

是夜以倦极早睡，恩来忽来访，树兄辞以入梦，未开阁延宾也。翌晨徐冰来谈，始悉其事，驰寄一律，六月十四日作
…………………………………………………………… 1188

谢树兄赠余杭师玉佩有作 ………………………………… 1188

答张镜潭一截句，六月十五日作 ………………………… 1189

题马香孙《陶陶吟》，集定庵句 ………………………… 1189

树兄入城挟其友王戟门来园共钓，诗以赠之 …………… 1189
六月十六日，徐亚伦表妹来访，赋赠一律，兼似桐兄、佩妹
　……………………………………………………………… 1189
六月十七日，偕佩妹访徐亚韦表妹于香山一颗松之北辛村，
　其姊亚伦先在，谈话及午而返，留赠一律 …………… 1189
次韵和刘挈园 ……………………………………………… 1190
寿廖夫人七十晋一大庆两首，六月二十日作 …………… 1190
为国际文化服务社北平分社补壁，六月廿八日作 ……… 1190
赠李瑞熙两首，次渝州旧韵 ……………………………… 1191

光明集卷十六（万寿巽集）（1949年）…………… 1192

次韵和刘仁女士两首，七月一日作 ……………………… 1192
是日亚伦来访，奉赠一截，兼谢亚韦 …………………… 1192
次韵寄廖辅叔、丘扬华伉俪海上，七月五日作 ………… 1192
张西曼挽诗 ………………………………………………… 1193
曾天斛挽诗 ………………………………………………… 1193
蕴老抚其犹子世昌为子，顷在华北革命大学攻读，行将毕业
　南下，索诗为赠，七月十三日作 ……………………… 1193
叠韵和挈老二首，七月十四日作 ………………………… 1193
七月十五日为民盟殉国先烈纪念有作 …………………… 1194
题于力同志《游击草》 …………………………………… 1194
得杨敏如女士天津来笺却寄，即题其旧贻《远梦词》册页
　后，词为女士夫婿罗沛霖兄所手写者也，七月十六日作 …… 1194
口号答云彬 ………………………………………………… 1194
叠韵和刘挈老，七月二十日作 …………………………… 1194
沈次公挽诗，兼及长公，用一瓢韵二首 ………………… 1195
次韵和敏如寄外之作，七月廿一日作 …………………… 1195

光 明 集

序

今之诗家，皆曰诗道至今日而已穷矣。余独谓不然：诗不能脱离时代，时代之演变无穷，而诗亦与为无穷。夫自汉魏两晋六朝以至唐宋，诗凡四变，元以穷于变，遂创制为曲。明人好为返唐，实则去唐远甚。清人多骛返宋，或庶几焉。然循环往复，不能自开途径。今之诗家之所谓穷者盖在此。虽然，是皆就格律言之耳。诗始三百篇，时代为其背景，旨在美刺，而以比兴赋出之，故其训词温柔敦厚。子舆之言曰："王者之迹熄而诗亡，诗亡然后春秋作。"春秋之褒贬，犹夫诗之美刺也。比事属辞，于赋为近。离骚为诗之变体，仍以时代为背景，比兴赋三者俱备，故能上继三百篇之后，为后世古体之所祖。杜少陵卓越千古，亦以躬与天宝之际，其所发舒，皆能不离乎时代，固不徒规规以格律为工。况格律云者，后起相沿之风尚，而非诗本旨之所在。近时盛行白话诗，其视旧规律如敝屣，然不能不承认为诗。吾故曰：诗不能脱离时代，时代之演变无穷，而诗亦与为无穷。仲尼有言："为此诗者，其知道乎！"所谓道者何？即此时代之事实而能知之、而能言之，美刺即存乎其中也。无关时代，或与时代相背驰，而今而后，诚可以不作矣。亚子柳君，当清之季，慨然以革命自任。时有南社，革命诗人所荟萃，君独出冠时。四十年来，奔走革命，一以主义为归，不折不挠，与恶魔搏斗。所遭至困，顾未尝废诗。今年三月，余与之同舟，自香港赴解放区烟台登陆，历十八日抵北平，先同居六国饭店，君后卜居颐和园益寿堂。所得诗厘为三卷，名曰光明初集，完全为时代性之作，有美有刺。君尝自谓其诗博大，余亦以为博大。君非自誉，余亦非徇君之自誉以誉君。以前旧作盈箧，贮之香港客舍，他日并付梓以公诸世人，并以见君之生平，而时代亦赖此以稍存其迹。谓之为诗可也，谓之为春秋可也；诗与春秋一也。世犹疑吾言者，则请读君之诗以证之。三十八年五月十九日，陈叔通，时同客北平，年七十有四。

　　叔老此文，谬誉之处，诚不敢当。然理论明通，词华茂盛，文章信美，吾无间然。稍有不足者，叔老持论，颇与亡友林庚白相合，而独不着庚白一字耳。林诗深刻，吾诗博大，世有嗜痂拙作者，当不废丽白楼自选诗也。畏友张西曼有言："庚白精华，不尽在自选诗。"盖自选诗止于一九三〇年五月，当角声集之半，后来居上，必有突过前作者，在思想上关键尤重，非独词章之美而已也。观虎尾集离渝前所作，已知蒋贼之无可救药，斥为吕嬴；（原句为"防民应比防川急，易代犹疑是吕嬴。"在桂林时，绍县陈诵洛出资印纪念册，刊载此诗，以是句为疑，余徇其请求，易以空白，顾诵洛卒以与余往还去官，亦可见当时文网之严密矣。）腹联"五年转徙千相忍，万口讴歌各有营"尤中肯綮；与前诗所谓"千秋大司马，身系汉安危"者，盖相去远已。时代进化，而庚白亦与之俱进，甚慨其为牺流血，不及见中华人民共和国之成立，而与余欣然把臂，各抒其鼓吹升平之大手笔也，呜呼惨已！庚白有兄炎南，曩客秣陵，今不知流转何地；北丽下嫔他氏，辛苦支撑，穷而弗变，顷犹留滞沪上。全稿之藏，非炎南即北丽，甚盼他日南归，付诸剞劂，与世人共见，息壤在彼，将予毋死而已。

　　　　一九四九年六月二日，亚子六十三龄初度后五日，
　　　　　　书于北平韶九胡同崔陈同命之庐。

光明集卷一（华中集）
（1949年）

一九四七年冬，自沪飞港，以避赠缴故。病废经年，郁郁不乐。毛主席电召北行，始有生意，行期固未定也。乔冠华、张铁生、宋云彬始任筹划，金仲华、罗雁子、赵沨扶将迎送，乃以一九四九年二月二十七日夜，登"华中轮"离港，名从主人，则有华中集云。

二月二十八日启程有作

六十三龄万里程，前途真喜向光明。乘风破浪平生意，席卷南溟下北溟。

拟民谣二首

太阳出来满地红，我们有个毛泽东。人民受苦三千年，今日翻身乐无穷。

太阳出来东方明，我们有个总司令。"云台麟阁非吾愿，咱就人民子弟兵"。次联用玉阶将军原句，盖自延京和余诗寄赠渝州者也。不敢掠美，附志于此。

同舟二十七人，各系一诗，乡党叙齿云尔

豪气元龙百尺楼，即论名德已无俦。子翁不作陶遗逸，向笛黄垆各自愁。杭市陈叔通先生，年七十四。

红岩岩畔记初逢，观剧谈兵屡过从。此日北行应南返，一拳捣碎管真空。嵊县马寅初，年六十八。

年少江湖跌宕来，黄金脱手赠椎埋。汤翁漏网陶公殉，说到元凶气似雷。镇海包达三，年六十六。

家风名父老翩翩，不奈卮言夜涌泉。自比梁山秦霹雳，灌夫骂坐识君贤。鄞县张䌹伯，年六十五。

比例群才总失真，疾雷怒瀑迅无伦。而今老作鸥夷长，半爱江山半美人。吴江柳亚子，年六十三。

寒月吟成感逸妻，定公名论异修齐。卅年忧患同林鸟，今日相携又北飞。吴江郑佩宜，年六十二。

钱塘潮怒太湖孱，越尾吴头任往还。夫婿早应呼月姊，秦嘉徐淑两无惭。杭县胡墨林，年五十七。

说部流传《倪焕之》，叶翁沈痛我能知。梦中合见林生拜，遗集流

传胜裹尸。吴县叶圣陶,年五十六。

巢南门下有诗人,半老张郎美绝伦。难忘东阳旧祠宇,穷途阮籍我沾巾。武进张季龙,年五十五。

玉立长身宋广文,朋侪调护最辛勤。论龚莫遣王生误,不信轻浮累此人。海宁宋云彬,年五十三。

旧学新知各有闻,郑郎玉貌气干云。哂园遗著疑真伪,异见还应考订勤。长乐郑西谛,年五十二。

萧山霸气莽纵横,貌古心雄重傅生。功罪玄庐何足问,旧俦我自念双成。萧山傅彬然,年五十一。

垩翁端重跅翁狂,少日才名重老苍。犹见曲江佳子弟,绛云劫火最难忘。吴江沈体兰,年五十。

不能刚健不娉婷,善病工愁四九龄。倘见鹊桥渡牛女,不然医药总无灵。沙市邓康,年四十九。

天马行空自昔难,王生至竟不凡才。子冈俊妙杨刚健,大海珊瑚铁网赅。静海王芸生,年四十九。

徐公城北美无伦,旗鼓堂堂壁垒新。一事老夫心最喜,次公门下此传人。宜兴徐铸成,年四十三。

曹禺剧本雄天下,恨未亲瞻《原野》来。惭愧身同陈白露,光明于我尚徘徊。潜江万家宝,年四十。

一月延安纪载余,不胫而走是奇书。此行更写新游记,纸贵应传解放区。瑞安赵超构,年四十。

英绝刘郎最少年,稍怜玄鬓早华颠。指挥巨细无遗算,欲铭丰功笔岂宣。鄂城刘尊棋,年三十九。

孤悬海外崇明岛,毓秀钟灵倘女儿。弃暗投明推俊杰,何须更恋旧家居。崇明冯光灌,年三十七。

生小湘江胆气豪,扶余岛上赋同袍。关心母性兼交谊,襁褓扶持未惮劳。长沙郭琇莹,年三十五。

小吴是我忘年友，英绝蛾眉嫁项斯。记否狂生唐突语，惊鸿瞥眼怨移时。常熟吴全衡，年三十二。

小方新作曹禺妇，海燕双栖玳瑁梁。绝代才人今付汝，堂堂我友好扶将。桐城方瑞，年三十二。

长记春江入狱年，铁窗红泪洒婵娟。此行合破巴斯的，杀尽魔王创女权。镇海包启亚，年二十三。

谢絮陈椒重小箴，郑家娇女嗣清音。最难慈父还兼母，体贴长途宛转心。长乐郑小箴，年二十一。

到处逢人说项斯，惊人小项亦权奇。龙文豹采多英物，虎母由来无犬儿。吴县项伊朗，年五岁。

七十四龄到一岁，豪情万里赋同舟。关心俊语陈惊座，最小英雄项锦州。吴县项锦州，年一岁。

彬然兄舵楼观日出，属写一诗为记

破晓上舵楼，红轮蓦地浮。光明疑刺眼，莫便闭双眸。

云彬兄嘱和圣翁舟中纪事之作，步韵成此。崔颢吟成，李白搁笔，自惭其粗疏无当也

栖息经年快壮游，敢言李郭附同舟。万夫联臂成新国，一士哦诗见远谋。渊默能持君自圣，光明在望我冥求。卅年匡济惭无补，镜里头颅黯带羞。

光明集卷二（华东集）

（1949年）

一九四九年三月五日，乘"华中轮"抵烟台。七日，以汽车行，赴莱阳县之三里庄。九日，仍以汽车行，抵潍县。十日，乘胶济路专车，止于青州，华东局暨华东军区所在地也。十三日，乘卧车离青州。十四晨抵济南，卓午渡黄河铁桥，至桑梓店而止。复乘汽车，崎岖失道，夜陷夹沟中，寻遭覆车之厄，侥幸不死，及抵德州，已十五日凌晨矣！十六日晨，复以汽车行，夜抵沧州，入河北境。盖华东集断手于是夕云。

三月五日抵烟台，贾参谋长、徐市长等来迓

阔浪长风六日程，之罘登陆见光明。出郊感谢群公意，宁有毛锥助战争。

六日，华东局秘书长郭子化同志，偕宣传部副部长匡亚明同志，自青州远道来迎，各赠一绝

郭为苏北邳县籍，与睢宁为邻县；匡则苏南丹阳人，私淑亡友苏曼殊者也。

旧雨睢宁未寂寥，远追周、郭近张、姚。周仲穆、郭菱南均南社旧友，仲穆在民初遭辫贼张勋毒手，菱南为仲穆弟子，亦下世矣。张曙时、姚尔觉则国共合作时代余主国民党江苏省党部时旧人，曙时任省执行委员，尔觉任省监察委员，二君思想极前进，后并参加中共组织。曙时现任华北人民监察院副院长，尔觉则任中原豫皖苏边区行政公署教育处处长云。天涯更喜逢翁伯，邳县人才此骏骁。

地覆天翻百战余，乡音入耳故徐徐。说诗匡鼎君无愧，同向樽前话曼殊。亚明为余诵"生憎花发柳含烟，东海飘零二十年，忏尽情禅空色相，琵琶湖畔枕经眠"句，恍见故人风致；正如昔贤所云："不意永嘉之世，复闻正始之音"者是也。况在百战之余，尤为难得。

烟台华清浴室偶赋一绝

偶向之罘一驻车，海山汤沐愿非赊。经年影事扶余岛，未免相思张秀华。

夜赴烟台市党政军民欢迎来烟民主人士大会，被推讲话，旋观平剧《四杰村》及《群英会》，各赋一绝记之

登台慷慨誓臧洪，吾舌犹存道未穷。莫笑韩非兼邓艾，仪秦雄辩一时雄。

阴谋秘计群英会，友谊朋情四杰村。小丑而今仍蒋干，余千浩气赫然尊。

赠军属马大姐两绝

七日抵莱阳之三里庄，借宿军属马大姐家，其夫婿李正滋同志参军已五载矣！马略识字，能言拥护毛主席八项和平条件，及打倒国民党反动派诸口号，文化水准之高，可以想见，敬赠两绝。

人民救主推毛氏，鬻国元凶恨蒋酋。漫道陌头杨柳绿，参军原不为封侯。

不修云鬓不梳妆，英绝眉痕表健康。但愿大军驰捷报，夫君早日返莱阳。

三八节，赴欢迎晚会有感

八日为三八节，欲出席妇女群众露天大会，以风烈为子化、亚明所阻，不果，殊怏怏也！入夜风定，赴欢迎晚会，节目繁多，首为花鼓戏《拥护毛主席八项条件》，次为《公平贸易》，又次为《努力生产支援前线》，最后为《南泥湾开荒》，皆改良平剧也！战士充演员，声容并茂。剧毕，余被推讲话，大呼："拥护毛主席，拥护中国共产党；打倒蒋中正，打倒美帝国主义。"盖兴奋达于极度矣！

四十七年创女权，关心三八岂徒然。风姨却怪无情甚，闭置车中妇岂贤。

凤阳花鼓反朱皇，拥护毛公便改良。平剧今成争斗具，旧瓶新酒漫轻量。

老夫又纵仪秦舌，一唱能教万和来。民众翻身今日事，元凶早上断头台。

九日至潍县，今为潍坊市，市长郭石来迓，子化、亚明仍伴送同行，宵谈极欢畅，诗以纪之

周村潍县讨袁地，往事难忘居觉生。屈膝宁堪长事贼，靦颜何以见同盟。迷途覃振差能返，覃理鸣为西山派巨子，但晚年极悔悟，曾在桂林相见，为言当初主张分共，不过以党外合作胜于党内合作而已，非有如蒋逆后来屠戮之计划也。毛主席抵渝，曾相与抱头痛哭，主席赠狐裘一袭，病亟时，犹索取摩挲循视，其用心甚堪怜悯已！不死于髯误重名。后辙前车惊世变，老夫慷慨矢忠贞。

十日晚抵青州，书赠欢迎诸同志

十日自潍县乘胶济路专车行，晚抵青州，华东军区政治部主任舒同，参谋长袁仲贤，后勤司令宋裕和，保卫部长郑文卿，山东军区司令员许世友，分局秘书长刘贯一，宣传部长彭康，交际处长张铁民，科长邓从均、许创明，科员金辉东诸同志来迓，谈笑甚欢，各赋一截句，将以明日书赠之。

抵掌谈兵态妙妍，人民义战史无前。几时烧尽横江铁，父老东南望眼穿。舒同同志

扫荡妖氛奠国维，指挥若定更无疑。华南一战关全局，喜见堂堂正正旗。袁仲贤同志

井冈山上从军日，渤海湾头筹笔时。更向黄垆怀故旧，酒边时话叶希夷。宋裕和同志

来从渤海郭、匡迓，去向平津喜伴君。辛苦长途劳保卫，惭言老拙亦人民。郑文卿同志

立功杀贼拯同胞，百战归来意气豪。绝似燕人张翼德，一声喝断灞陵桥。许世友同志

燕赵沈雄见健儿，文才武略两兼之。相逢喜在青州道，泼墨淋漓为写诗。刘贯一同志

江西诗派非吾喜，政治临川浪得名。惟有萍乡彭伯子，宣传真理为人民。彭康同志

平原文采旧雍容，能话诗僧跌宕踪。解甲归田主交际，干戈玉帛一炉融。张铁民同志

昔年复壁藏亡士，此日轺车俨上宾。百感千惭酬不得，愿将身命属人民。邓从均同志

坐我三熏三沐余，明窗净几更摊书。杜陵广厦流亡喜，扫尽妖氛更此居。许创明同志

蓬莱自昔多奇士，喜见金生值妙年。富庶繁荣创新国，持筹握算羡能先。金辉东同志

十一日，观云彬、尊棋与金滋成对弈有感

少慕趋庭训，也教儿弈嬉。髫龄能战斗，晚岁剩疮痍。跨灶原无憾，传经倘未宜。神州袖手日，钳口看残棋。

赴华东局招待会，五时开宴，进葡萄酒二十杯，飘飘然有仙意矣！夜会开始，复被推讲话，醉态微醒；观平剧《空城计》《三岔口》《御碑亭》，以时晚未及观《芦花荡》演出为怅

美酒葡萄二十杯，主人劝客客无猜。酡颜半赤肝肠热，化作君房语妙来。

奇计空城事有无，宣王诸葛两糊涂。碑亭封建传余毒，拂袖寅公欲怒呼。马寅老反对《御碑亭》的封建意识，不待终剧而走。

季布髡钳愿作奴，男豪女杰各分途。快心一剧《三岔口》，传得杨家故事无。《三岔口》述焦赞与杨六郎故事，但为说部《杨家将》所不载，未知何故？

平剧喧哗倡改良，《三岔口》已露端详。却怜赤脚《芦花荡》，未

睹张飞态莽苍。

十二日，乘车参观解放军官团有作

世界升平进太平，神威不杀斗心兵。屠刀放下谈何易，苦海回头救众生。

民主人士会讯战犯

不思忏悔不牺牲，畏死偷生岂重轻。徒费人民膏血养，早应一剑决长鲸。

畏死偷生不自羞，奴才翻遭诩名流。老夫一怒冲冠发，恨少龙泉斩贼头。

留别李金然同志，君为余警卫员，自烟台伴送至青州者

之罘迎我初相见，直到青州伴远游。此是人民新战士，老夫耄矣合低头。

包启亚女士索诗，再赠一首

髫龄便识光明路，两月曾撄狱吏威。更喜长途伴慈父，此才中外古今稀。

次韵奉和陈叔老一首

六十三龄愧老翁，敢言龙虎更云风。卅年早作飞腾想，一醉能令哀乐融。文藻雍容公自健，工农觉悟我犹蒙。大军百万南征日，吾辈赓歌奈技穷。

是夜乘卧车发青州，成一绝

曹禺、方瑞伉俪与余夫妇同睡一车厢，沈体兰戏呼为

"万柳堂",盖曹禺姓万,余则姓柳也。即成此绝,借定庵"访万柳堂址"韵。

甘露文茵愧报无,两家鸳侣尽昭苏。堂名万柳劳题赠,恰喜人来自益都。曹禺夫妇以热水壶中水与绒被分惠,故云。定厂原句云:"万柳堂前一柳无,词流散尽散樵苏;山东不少升平相,为溯前茅冯益都。"足征万柳堂故实,与青州有联系矣!

车中感赋一首,三月十四日晨起作

义师百万下江东,狗盗鸡鸣势已穷。如我笑言殊大叔,看人血汗建奇功。翻身别写中华史,横槊真成一世雄。指日新都传捷报,犁庭扫穴缚元凶。

六时许抵济南,政委、书记刘顺元,市长姚仲明,教育局长李澄之来迓,旋至石泰岩饭店小憩,十五年前旧游地也

十五年前旧游地,海山陵谷更沧桑。紫藤花暖丁香发,犹记当时旧草堂。

赠澄之两截句

春申访我思前度,历下逢君又此时。更忆嘉陵江上别,桃潭春水系人思。

渝州痛史何堪说,见汝无端念若飞。余自渝州飞返沪上,若飞、澄之以车来送,今澄之无恙,若飞则永别矣!更感歼良黄鸟痛,秦邦宪与叶希夷。

赠朱青女士

亡友朱少屏之爱女也。少屏为余四十三年前盟社旧侣,抗战时牺牲于马尼拉者。

故人有女能前进，意外相逢在济南。埋血十年悲宿草，从戎万里胜奇男。纵横寰宇今殊昔，胼胝耕耘苦亦甘。指顾渡江归歇浦，不须离别怅桃潭。

游济南诸胜

与顺元、朱青及佩妹游大明湖、趵突泉诸胜，以不得久留为憾，盖是晚已将取道桑梓店赴德州矣！

大明湖畔千丝柳，趵突泉边一线天。挥手无端成怅惘，汽车今夜又颠连。

火车中过黄河铁桥有作

已别朱青更李澄之刘顺元，长桥铁轨卧虹浮。途穷日暮寻归宿，月夜驱车赴德州。

火车至桑梓店止，换乘汽车，月夜失道，陷夹沟中，继复覆车公路侧，其不死则幸也！戏占一截句纪之

大泽天亡嗟项羽，覆车而死当家丘。此身一跌依然好，无复张骞凿空愁。

十五日晨六时抵德州

市长兼市委书记张持平为余长女无非夫婿陈麟瑞之高足，又知余在太平洋战争香港沦陷后渡海至海丰故事甚详，盖渠本曾生将军旧部故耳！谈宴既酣，诗以张之。

覆车不死吾终幸，更挟征轺入德州。传食诸侯儒本泰，狂胪故事我奚求。女夫衣钵欣能继，老拙眠餐善代谋。小饮匆匆风露冷，葡萄美酒快觥筹。

十六日自德州发沧州，坐六号大汽车中有作

登车慷慨别青齐，五老峰惭培塿低。余与陈叔老、马寅老、包达老、张绷老称五老，而余年六十三最少云。侥幸龙头今属我，凭窗吟眺尽忘机。六号车中，余又为最长者，坐司机同志之旁，余辈戏呼为车头座，文言之则曰："龙头属老成"也。

十年战斗崔班长，半月扶将李卫兵。中座居然容老拙，逢源左右尽光明。崔班长为司机同志中资格最老者，故有班长之称，是日驾六号车以行；李卫兵即金然同志，更自青州送余道德州，且言将至沧州后始分手云。

卅载艰危老孟光，覆车惊喜裹微创。下床偃卧酬庸仅，决策深恩敢淡忘。佩妹覆车受伤，裹以被褥，偃卧车中，为最优等的地位。余由香岛北行入解放区，初以病脑颇踌躇，佩妹实为借箸代筹决定大计者，甚愧无以为报也。

吴娃软语感乡亲，赠我刀圭镇我神。医师施稼女士，吴县人，恒以安眠药丸见畀。更感青年周小胖，山妻扶掖最殷勤。上海青年周惠中，身肥心热，余戏以小胖呼之。

战士胶东荣胜岳，归侨潮海敏为邦。寻亲万里朱公子，玉友金昆萃一堂。首句指武装同志崔荣岳，次句指潮州青年徐邦敏；朱公子者，谓老友蕴山之子世成、世同兄弟。

运输煤炭真劳力，小贩经营亦贾商。今日登车凭领导，德州张老德难忘。惩丁昨夜在公路上失道，故觅张老为向导，其人则初为火车站搬运煤炭，退职后经营小贩以自给者也。盖六号大汽车上之人物，尽见于吾诗，无复有漏网者矣！

戏赠五号车诸友，得两绝句

四大金刚纳一箱，大公报王芸生、文汇报徐铸成、新民报赵超构、联合晚报刘尊棋，均为新闻界之权威，余等戏以四大金刚目之；箱者，谓车箱也。宋公渊雅傅温良。宋谓云彬，傅则彬然也。曹禺剧本雄天下，曹禺即万家宝之笔名。更喜车头坐小方。小方谓方瑞，曹禺之夫人也。

八仙过海浪滔滔，今日沙尘比浪高。倘向华山寿毛女，拉拉果实胜

蟠桃。四大金刚再加宋、傅、万、方,则扩大而为八仙矣!余等亦有评判,谓吕洞宾为宋公,蓝采和为傅公,张果老为王公,汉钟离为徐公,李铁拐为赵公,韩湘子为刘公,曹国舅为万公,何仙姑为方公云。华山毛女为列仙传中人,影射中共毛主席;两拉拉字均读平声,余最后在华东演讲,譬革命斗争于球赛,中共实任选手,民主人士不过旁观的拉拉队,从旁助威足矣!不必越俎代庖,求工反拙也。附纪于此,以志谐谑不忘国事云尔。

光明集卷三（华北集）

（1949年）

　　一九四九年三月十六日之夜，汽车达沧州，换坐火车，即为华北境。留沧州两夕，起居于专车中。十七日夜七时，杨之华、邓颖超、蔡畅、康克清、区梦觉、陈少敏诸女豪，暨蔡畅之爱人李富春同志，咸自石家庄来；盖中国妇女第一次全国代表大会将在北平开幕，余亦得躬逢其盛矣！是夜十时开车，十八日晨五时过天津，连贯、何惧、赵范诸同志皆登车来迓。六时半车复开，十时抵北平，哀其吟咏，斯为华北集云。

三月十六日夜，沧州火车中有作呈叶圣翁。
圣翁者，余对于圣陶先生之尊称也

驱车夤夜入沧州，风露中宵动旅愁。蛇影杯弓疑过敏，如虹剑气浩难收。

谩骂灌夫原失态，数奇李广不成名。水心两字能箴我，"克己"终怜负友生。

天津市政府交际科长孙天胤同志登车来迓，感赠一绝

驰驱远道感孙郎，出郭郊迎意未忘。忽向华南怀旧雨，温文尔雅俨红荳。君与端木红荳有虎贲之似，红荳顷尚滞留香岛云。

十七日，郑文卿部长将返华东，索诗为谢，奉呈一绝

华东迓我连华北，午夜驱车伴旅程。更喜山妻同姓氏，云礽一脉溯康成。

赠别刘球、施稼、黄范三女士，盖并以医师资格，自青州伴我俪至华北者

伴我青州到华北，长途厚谊若为情。均衡血压吾差慰，颠覆车箱妇不惊。秀色湘江眉黛好，刘女士长沙人。乡音吴语耳根灵。施女士苏州人。句东更喜钟奇气，黄女士宁波人。璧合珠联萃德星。此诗作于车上，后三女士皆未果行，借入东交民巷六国饭店居住，黄女士且为六国饭店招待处处长管易文同志之爱人，双宿双栖，已逾匝月矣。顷闻刘女士决还济南省立医院，而黄、施两女士则将在北平学习云。一九四九年五月二日追记。

赠杨之华

杨之华女士为二十四年前旧交，久传东坡海外之谣，握手宵中，几疑梦寐，诗以赠之，时三月十七日之夜也。

秋白成仁秋石殉，与君不分更相逢。难忘廿四年来事，地覆天翻在眼中。瞿秋白先烈为之华爱人，殉国汀州。世多知者，兹不赘及。秋石即余同乡亡友张应春女士，国共合作时代任中国国民党江苏省党部执行委员兼妇女部长，同时参加中共组织。蒋逆中正在南京叛变时，女士即失踪，后知被害，而传闻异词，有言与省党部常委兼宣传部副部长侯绍裘先烈同时被捕，尽褫衣裤，置麻布袋中，乱刀攒刺，血流遍地，最后沈诸江中；亦有言与南京市党部妇女部长陈君起同志并受绞刑而死，疑莫能明也。之华养疴苏联，道迪化归国，为盛逆世才所捕，禁闭七年，居然不死，岂非天哉！

罗星洲畔嬉春日，迪化城头陷狱时。留命桑田同未死，须眉毕竟逊蛾眉。罗星洲在吾邑同里镇之七里湖中，为邑人嬉春之地。一九二六年三月十二日，吴江县党部举行总理孙先生逝世周年纪念，余在上海省党部，邀之华暨应春、绍裘诸同志道吴门前往，曾至罗星洲一游，同行者有余长女无非及妇妹郑光颖同志。今绍裘、应春，皆为国而牺牲矣！之华不死，犹将献其精力，利我人民，余则觍颜待尽耳！每诵吴骏公"故人慷慨多奇节"语，真不知吾涕之何从也！

赠邓颖超女士两绝句

红棉花底五羊城，记取逢君廿四春。今日沧州重握手，欣看胜利属人民。

文酒邹容碑下路，风云黄歇浦中潮。温馨影事难忘却，重向灯边认小超。小超者，同志中称颖超女士之昵词也。余唐突效颦，希恩来勿罪为幸！

三月十八日，车中与之华谈秋白逸史，兼及侯绍裘、张应春、宛希俨、李一谔、刘重民、黄竞西诸人殉国事，黯然有作

太息王丞相，无由救伯仁。遗书问真赝，热泪总酸辛。犹见偕亡史，相怜后死身。恩私何以报，尽瘁为斯民。秋白就逮江西，之华在沪，书来嘱余谒孙夫人营救，余以神经衰弱病大发，且惩孙夫人救邓择生失败事，遂未果行，引为终身遗憾之一，甚愧他日无以见秋白于地下也。汀州既殉，遂有致郭鼎

堂二札流播人间，盖由某医官抵余次女无垢于美利坚者。无垢以致陈其瑗先生，瑗老为油印传播，曾以一通邮寄莫斯科，时之华在莫，得书颇疑其真实性。而所谓秋白手稿者，则瑗老于十年后携归香岛，亲付鼎堂。闻此次鼎堂北来，又未置行箧中，此事殆终成疑案矣！偕亡云者，闻秋白之死，战犯戴传贤实促成之，今戴逆早伏天诛，流芳遗臭，岂不各有千秋耶？

白首同归侣，侯张并激昂。洞胸悲宛李，割舌惨刘黄。硕果今余几，丰功忍淡忘。表扬吾辈责，青史有光芒。国共合作时代，余任中国国民党江苏省党部执行委员会常务委员，兼长宣传部，侯绍裘副之；李一谔任监察委员；张应春长妇女部，宛希俨长青年部，刘重民长工人部，黄竞西长农民部，皆一时之选也。清党变起，侯、张骈首白下，遗骨难求；宛死江西；李谋暴动，死于故乡金山；刘在南京被逮，大骂蒋逆叛党叛革命，遂遭剜舌而死；黄在上海，与陈仲甫之子延年同时遇害，死状亦极惨烈。老而不死之吴逆敬恒，驰书贺屠伯某某，誉为天人者，正此时也！

之华介见康克清、蔡畅、区梦觉、陈少敏诸女豪，喜赋两绝，兼示颖超，并为中国妇女第一次全国代表大会开幕志庆

山阴义旅嗟难继，赍志唐张卅八春。崛起边区张赤帜，倾心康蔡邓区陈。鉴湖女侠秋瑾，五十三年前，谋起义浙东，以应徐锡麟安庆之役，事败斩首于绍兴轩亭口，实为中国女革命家流血之第一人。唐群英、张汉英并湘产，同盟会会员、南社社友，民元以争女子参政权，脚踢宋教仁，宋不敢较，举动虽幼稚，亦妇女界翻身之前奏曲也。二次革命失败后，忧伤憔悴以死，今恐无人更能举其姓字矣！抚今思昔，不胜黯然！

少诩斯宾塞尔篇，樊英答拜我能贤。今看豪俊联翩起，新辟中华女界天。西哲斯宾塞尔著有《女权篇》，亡友马君武译本，余少时最喜诵之。然中国为长期的封建社会时代，男权专制，压迫女性，夫妇关系，殊不平等。唐宋以前，妻见夫则长跪，夫置不答，今日本犹存此蛮俗也。汉处士樊英，答拜其妻，史乘传为美谈。余敬爱山妻，四十四年如一日，故诗中云云，非敢妄自标榜也。

赠李富春、蔡畅两同志

革命夫妻有几人，当时蔡向各成仁。和森流血警予死，浩气巍然并世尊。和森为蔡畅之兄，警予则其嫂氏也。

死生流转各天涯，今日新都奠众哗。记取铁肩担道义，双飞李蔡两名家。

车过天津，连贯、何惧、赵范三同志来迓，各赠一律

拯我兴宁共酒杯，重逢香岛复燕台。恶书谩骂君能谅，荡气回肠我不才。犹有青箱劳转运，起看赤帜尽欢咍。难忘石马村边事，俪侣张陈志未恢。连贯同志　太平洋战事起，香岛沦陷，余携次女无垢，自海丰走兴宁，匿迹张华林、陈宛璁夫妇家十日，君适来迓，由老隆而韶关，遂至桂林云。青箱者，余有书籍数箱，托君北运，尚未成功，不知消息如何也！

香江作客闻名久，津市登车喜汝来。尚父垂虹原咫尺，同盟、民革岂嫌猜。子游东鲁称高第，蒙叟南明亦党魁。指日红军下乡国，虞山红树好徘徊。何惧同志　君为常熟人，与余家吴江为邻邑，故云。

赵范原为田价人，范雎张禄用心深。凌晨迓我天津卫，弱息依君入桂林。旧梦艰辛宁复忆，新都开创喜相寻。当时影事吾难忘，荐士欧阳贲好音。赵范同志　君原名田价人，主桂林美国新闻处时，余介韬奋先生之妇弟于君，蒙惠书报可也。

抵北平感赋

是日上午十时，从陈叔老、马寅老、包达老、张绷老，暨蔡、康、邓、杨、区、陈诸女士之后，乘专车抵北平。沈衡老、郭鼎堂、李德全、许广平各同志，暨前辈及友好来迓者数十人，诗以志感云尔。

峥嵘游子思乡梦，辛苦劳人念远情。今日新都惊喜萃，还疑梦里见光明。

覆车不死吾终幸，敢诩辛劳廿日程。髯沈风流真绝世，太丘名德亦相成。沈衡老年七十有六，陈叔老年七十有四，二老者，可谓天下之大老矣！

旗鼓文坛角两雄，迅翁逝后屹双峰。东阳病损怜腰瘦，十里郊迎感郭公。鼎堂言雁冰患病未愈。

黑海波涛哭焕章，更怜冯裕老郑太朴后先亡。周嫠差喜坚强甚，百炼千锤是铁钢。谓李德全女士

《害马》名传《两地书》，抗倭陷狱更艰虞。难忘握手春申浦，决策南征实启予。谓许广平女士

旧游十五年前事，此日重来一惘然。奠酒碧云应告慰，人民已见太平年。孙先生灵堂及苏联所赠铜棺未用者，犹陈列碧云寺畔，余颇思驱车一奠也。

叶剑英市长来迓，赋呈一首

正正堂堂入国门，将军袭带自轻温。掀天揭地无前古，物与民胞喜共存。局定尽翻青史旧，朋来真比白宫尊。授餐适馆何由报，饮马长江待细论。

慰邢西萍一律

车站候邢西萍副市长不至，晤其夫人张晓梅同志，知西萍病矣！赋慰一律，兼示晓梅。晓梅即重庆时代余以谐音戏呼为小妹者是也。

嘉陵江上屡相从，讽喻微言出至公。才子居然能革命，诗人毕竟是英雄。方期汗漫倾杯酒，讵意劬劳病政躬。国士金闺尊小妹，柔荑一握惜匆匆。

军管会文管会主任钱俊瑞同志来迓，赠以三绝句

俊瑞无锡人，为老友沈次公门下士，故诗中云云。

慕蔺十年俨旧雨，识荆一面慰平生。惠山灵秀君钟毓，羞杀神奸吴

敬恒。

次公门下见奇才,比例河汾房杜来。饮马长江期不远,分湖同醉郁金杯。

规模弘大开新国,荐士书成快我怀。岂独杜陵思广厦,竹头木屑亦群材。

是日适为"三一八"纪念节,感赋一首

和珍女士牺牲日,鲁迅先生愤慨时。谁遣独夫专杀戮,难忘鲜血早淋漓。旧新军阀传衣钵,解放人民建鼓旗。掘墓鞭尸公论在,休将宽纵误慈悲。

光明集卷四（六国金集）

（1949年）

　　一九四九年三月十八日始抵北平，叶剑英将军宴余辈于东交民巷六国饭店，遂定居焉。临淄近市，略同晏子之家；邺下小园，堪入兰成之赋已。琴书既妥，歌咏斯繁，真如定庵所云："决藩枑为之者。"佩妹虽屡以韬语言、简思虑之旨进，然而不能从也。不自割弃而又诠次之，则为《六国集》云。

三月十八日，东交民巷六国饭店夜坐有作

挈妇抛雏记此行，无垢犹滞上海。扪心真喜见光明。百年侵略根先拨，午夜讴歌气未平。卜宅买邻都不俗，同舟共济漫相轻。归心慵梦江南好，定鼎终须在北京。

赠谢雪红女士两首

卅年幻想女英雄，此日真逢谢雪红。家世闽南尊旧贯，风云台北辟新封。鉴湖一去无余子，鉴湖女侠秋瑾殉国在四十年前，余以未获识面为恨。大脚中原峙两峰。陈少敏同志树帜中原军区，纵横游击，人称为陈大脚。更喜将迎初握手，长身鬈发颇娇慵。

东宁遗事我能详，勋业延平赐姓王。一贯称兵仍抗虏，景崧建制亦流芳。如何鹭国中行说，偏效儿皇石敬瑭。仗汝辛勤化民众，明珠还我太平洋。

赠范志超女士

侯、张殉国朱长逝，生死难忘范志超。侯绍裘、张应春断头白下，朱季恂呕血羊城，皆二十年前国共合作时代国民党江苏省部旧人。志超亦当年干部也。党部甘陵久寥寂，笼城岷市更辛劳。太平洋战争时马尼拉沦陷，志超匿迹是邦三稔，胜利后始游华盛顿学成归国。覆巢完卵身原幸，填海移山志未消。此日相逢疑隔世，风云掌握属吾曹。吾曹者人民大众也。

恶耗惊闻泪暗垂，郑玄身世不胜悲。海盐郑太朴为民主战士，奋斗毕生，去岁岁尾，自上海假道香港，将赴解放区出席新政协，中途以脑充血猝死，志超则其旧时挚友也。英雄儿女情偏挚，据乱升平愿岂违。祝汝长生珍玉体，要看奇侠属蛾眉。桑田留命从来事，忍溯交情廿载迟。

赠吴剑芒一首，君为四十六年前亡友陶亚魂所作介者

陶侃卅年坟草宿，吴刚初见鬓毛苍。风流文采当时怨，金松岑先生

挽亚魂联语云："文采风流，生世可怜病夫国；忧伤憔悴，在天愿作自由神。"余记之不能忘也。据乱升平此日偿。毛主席领导之新民主主义成功，吾侪可以无憾矣。老我未忘黄鹄志，窥君可有白虹光。吴山越水豪情在，欲上隗台睨旧乡。

三月二十一日夜听罗迈部长报告时事问题有作，君即渝沪时代之李维汉也

张禄更名名未复，臧洪誓众众无哗。兵谋早借军前箸，和议终怜溷际花。民有武装堪卫国，君能雄辩自名家。披肝沥胆谈团结，赢得孤根泪似麻。

执谦两字署粗豪，说到粗豪我更骄。李白交情推杜甫，牧之调护仗牛牢。牛僧孺绰号太牢，故云。狂奴故态今犹昔，国策方针定岂摇。但愿陈抟驴背稳，安排饮酒读离骚。

三月二十二日董老必武来寓，赋呈一律

渝州过我沙坪坝，更向申江感旧游。一夕奔车亡士窜，重来卷土大江流。早从北地开新国，要拓南疆展壮猷。霁月光风君不忝，温恭谈笑慰朋俦。

赠 萧 三

珊瑚连理玉交柯，倾盖相逢意若何。意气我惭萧伯纳，光明君自莫斯科。文章巨蟹横行远，踪迹神龙旅况多。旧雨刘三今宿草，萧三名字郁嵯峨。

赠 艾 青

绝代佳人有艾青，闻名十稔见忘形。旧瓶新酒吾终拙，放胆高吟汝自馨。几度问名怜眼拙，一书荐士早心倾。春风鬓影君休吝，愿借床头酹酽醺。

赠齐燕铭

燕赵悲歌慷慨雄，翻疑俊味俨吴侬。曾家岩畔欣初见，黄歇江头喜再逢。此日北平东道主，当年延水旧游踪。因君为问汪伦讯，倘遣蛾眉慰寸衷。王仲元女士属访其兄仲方，君许传书汪雨湘先生为踪迹之故云。

谢洪浅哉惠葡萄酒，兼示田寿昌、张安娥

红旗赤帜要翻新，美酒葡萄悦我魂。颜色鲜妍那可比，英雌颈血女郎唇。

倭都甜蜜巴黎辣，纽约平凡最下乘。良酝石庄能馈我，宁辞百拜谢洪生。

安娥明慧是奇才，围坐张灯斗酒来。自别桂林无此乐，老夫怀抱豁然开。

呈符老宇澄一首，三月二十三日作

七十一龄符宇老，闯然扶杖顾吾居。等身著作推君健，旷世才名愧我虚。耆旧湘南多化鬼，光明河朔早充闾。陈陈历史休轻拟，房杜河汾事有无。

赠蓝公武

故交卅载蓝公武，握手无端在北平。母系黎同尊旧贯，君父粤籍，母则世居吴江之黎里，复迁居同里，君遂著籍焉。事功察冀建新型。郑、金宿草悲先后，郑咏春、金松岑为君旧交。王、沈同游喜俊英。王却尘、沈体兰并在北京。王居同里，沈则周庄，并为吴江十八市乡之一。更忆佯狂苏子谷，乞君椽笔表幽冥。

赠曹葆华三首

君与吾儿无忌、女无垢并相稔，故次首云云。

浪漫诗人曹葆华，十年横槊走天涯。体胖心广身先健，逃墨归儒计岂差。换骨早看尘滓尽，翻身无复袱包加。同名忽忆卢家女，堕溷沾泥薄命花。

歇浦逢迎初识面，清华相见更相思。豚儿顽钝输君好，虎女流亡证果迟。舐犊颇思新港路，栖鸾更念沪江湄。匆匆顾我匆匆别，惜未天涯共酒卮。

天龙八部静无哗，共道君家有靖华。丕、植颇疑同气好，豫川畴识异乡遐。狄鞭健笔文章美，斯列英才运会赊。倘向赤都寻轶史，难忘秋白最遮奢。

赠余心清

赦书忽下君何幸，异地初逢我未迟。风谊应归游侠传，姓名早列党人碑。颇怜西北骁腾尽，君为冯焕章旧部。伫待东南运会移。哀乐中年豪气减，倘容更杀第三围。余不能饮而嗜酒，四十年前腾笑万端，后则仅亡友淮海生招饮及朱玉阶将军六秩华诞庆祝醉倒两回。闻君好客，戏一挑战，顾山妻同旅，遑敢自由。诗中云云，过屠门而大嚼，聊快吾意，非真有所干求也。

三月二十四日为全国妇女代表大会开幕之期，超弟有诗乞正，立和一首

超弟者，余三传女弟子范志超也。志超受学于侯绍裘，绍裘受学于朱季恂，季恂为余二十岁主讲上海健行公学时及门弟子，故云。

青史红颜不朽功，胜他男性惯痴聋。伏班自昔怜辕下，吕武还惭起禁中。真喜蔡康称绝代，羞言蔼美并雌凶。私衷独为张娘惜，倘有褒扬示大公。

赠王平女士二首

平为旧友王乐平之女，乐平则被蒋贼所暗杀者也。

故人贤女快初逢，大道能行天下公。乐平为中国国民党第二届中委。王平女士已加入中共故云。两世交情原不忝，当年坛坫各称雄。潘、王已叹同时尽，潘云超、王励斋均已逝世。叔宝还怜末路穷。千佛山头悭奠酒，济南高冢郁巃嵷。乐平葬千佛山，余未前知，过济南时未得以斗酒只鸡一奠故人，甚为遗憾也。

合璧联珠喜两王，王平女士之夫婿为王哲，亦中共同志，现任山东教育厅厅长。娇雏海燕已高翔。两王有女初名海燕，后自更为王宇。千刀应正元凶罪，万死难偿吾友亡。倘见表彰新诰令，难忘神采旧飞扬。悬头太白应非远，一矢期君返锦囊。

赠妇兄郑桐荪一首

异地相逢证古欢，河山解放喜平安。谈诗娓娓浑忘倦，艺苑真同畏友看。

光明集卷五（六国木集）

（1949年）

三月二十五日毛主席自石家庄至北平，余从李锡老、沈衡老、陈叔老、黄任老、符宇老、俞寰老、马寅老之后赴机场迎迓。旋检阅军队，阵容雄壮，有凛乎不可犯之概。是夜宴集颐和园益寿堂，归而赋此

中国于今有列、斯，万家欢抃我吟诗。华、拿陈迹休怀念，希、墨元凶要荡夷。民众翻身从此始，工农出路更无疑。伫看荼火军容盛，正是东征西怨时。

二十三年三握手，陵夷谷换到今兹。珠江粤海惊初见，巴县渝州别一时。延水鏖兵吾有泪，燕都定鼎汝休辞。推翻历史三千载，自铸雄奇瑰丽词。

光明灯塔曜苏联，釜底游魂美利坚。原子金元休作祟，枭雄横槊岂能贤。长江自昔非天堑，逆豫何曾幸瓦全。百万大军南下好，夫差授首甬东天。

昔日清宫今白宫，雍容谈笑酒樽空。客观环境原非偶，所见英雄信略同。傀儡登场嗤李密，文章投阁贱扬雄。中山衣钵君能继，大道之行天下公。

赠张曙时，三月二十六日作

何意重逢在朔方，华颠各讶鬓毛霜。叛朝伪命吾曾辱，余清党后遁逃日本，以杨杏佛、朱少屏之劝返国，曾与蒋逆委蛇，以视殉节诸公，实多惭德矣。亡命奔波汝备尝。偷活廿年羞伟业，复仇九世重齐襄。倘教比例同朱序，振臂犹堪速贼亡。

故人慷慨多奇节，侯、宛、刘、黄更李、张。呕血朱家先尽瘁，余生姚合独能狂。韬光犹喜姜、毛健，硕果还堪松柏长。姜长林、毛啸岑及高尔松、尔柏兄弟均在上海。愿与范雎同一醉，玉华台畔共飞觞。范志超女同志将邀饮玉华台，愿曙时之勿却也。

赠张奚若

秦中百战兴王地，旷代通儒胜霸才。太学群伦推领袖，中华新史孕胚胎。颜标名字疑同异，民国前沪上译本侦探小说有署奚若者，初疑为君，面询始知其误。山史乡贤异乐哀。御李识荆缘未舛，更欣长我一年来。

赠吴辰伯

识荆欣遇吴辰伯，说项翻思阮大铖。抗战时余寓桂林，议修南明史，战犯陈立夫以书抵余，推君为辅，是为余知君姓名之始。史续延平惭绝业，笔诛洪武见深心。藏山早欲空前古，唯物端宜证近今。长愿春风亲麈教，马班体例互探寻。

赠李炳祥一首，用进退格

旧梦难忘马尼拉，新交喜订李天生。昔年南岛失交臂，此日北都共论心。左计于郎原可惜，于以同于马尼拉沦陷时不能从君上山打游击，遂死敌人之手。依人朱粲更无名。朱少屏向不作官，抗战后忽如老女思嫁，为王儒堂所误，介任马尼拉副领事。寇迫时，由杨光泩向重庆政府请示，蒋中正复电甚严厉，不许撤退，有与侨胞共死生语。杨不敢违，朱亦同殉。其实南都沦陷，蒋逆何尝与居民共死生哉！自处安全，驱人死地。少屏之死谁为戎首，老贼万段，言之裂眦已。主持公论吾曹责，谣诼蛾眉谤善淫。范志超女士孤芳自赏，历劫不变，而妄人造谣生事，腾谤万端，期君善为调护之，亦故人之天责也。又亡友侯绍裘，为革命圣人。生平于性道德尤严格，而外间误传在革命时代曾携爱人东下，君亦误信之，实则浙人邵季昂之影事也。使柳亚子早死，又畴能为烈士呼冤哉！离骚经云：众女嫉我之蛾眉兮，谣诼谓余以善淫。绍裘然，志超亦然。抚今思昔，能无扼腕。

赠林葆骆医生

闽才济济诸林健，卢、扁传衣重此林。采药蓬山徐市意，悬壶燕市佛陀心。覆车爱侣劳相护，病理狂奴倘可寻。损齿求医能作合，肯忘每饭感来今。

三月二十七日陈振汉、崔书香伉俪招饮
韶九胡同北大教授宿舍有作

旅邸津南初握手，记从弱息证情亲。君夫妇与吾女无垢善，相识于重庆津南村。复兴中路曾留榻，书香在沪曾留宿余复兴中路寓庐。韶九胡同又款宾。文酒狂谈吾最乐，刘樊仙侣汝能真。南孈北俊诗还在，"北俊南孈两擅场"，余在渝州赠句。更喜雏莺出谷新。麟儿孟平生已三岁矣。

是夜国民大戏院观大秧歌歌舞剧有作

白发红妆胜利船，红缨枪杆气无前。要知解放军威盛，先看人民毅力坚。繁会八音都悦耳，纵横三界欲冲天。欢呼万岁声声好，临去秋波意渺绵。

观戴爱莲女士舞蹈表演有赠，即送其出国赴巴黎世界和平大会

南溟嘉礼曾参我，北地风光又遇君。仪态万方回纥舞，和平一旅女

儿军。门墙桃李春风暖，歌唱人民国运新。好向巴黎寻战垒，一樽先酹自由神。

赠王若飞夫人李培芝女士，兼及黑茶山殉难诸友，共得四律，三月二十八日作

曾岩初识李培芝，梁孟刘樊系我思。一夕天崩兼海裂，重逢鹄寡更鸾悲。黄垆涕泪无穷恨，青史勋名有道碑。差喜谢庭娇女好，兰薰玉洁正芳时。

黑茶山畔伤心史，知己恩深感若飞。一面无缘悭博古，重来交臂失希夷。奸良谁赎歌黄鸟，家祭毋忘告赤旗。最是阖门同殉惨，秀文而外又扬眉。

说到扬眉我更悲，聪明智慧不须疑。曾逃吉网罗钳厄，解诵三唐两宋诗。裂石歌声犹在耳，如虹剑气正堪思。难忘纪念扶余岛，濡笔为文有李湄。

难偿损失尽群雄，无命关张恨略同。卢后王前悲邓发，何甥谢舅痛黄翁。高坟早见衔泥众，恶耗还传发冢凶。待向延京奠怀酒，丰碑依旧树龙嵷。

赠费仲南（青）

松陵门第旧高华，三凤齐飞汝最遐。季子北平同讲学，长君南海早乘楂。交情远溯追名父，璞盦先生为余少年时旧交。亲谊还应念舅家。先母费太夫人为仲南之族祖姑也。漫笑文人封建习，一诗题赠喜天涯。

感事呈毛主席一首，三月二十八日夜作

开天辟地君真健，说项依刘我大难。夺席谈经非五鹿，无车弹铗怨冯驩。头颅早悔平生贱，肝胆宁忘一寸丹。安得南征驰捷报，分湖便是子陵滩。分湖为吴越间巨浸，元季杨铁厓曾游其地，因以得名。余家世居分湖之

北，名大胜邨，第宅弘大，抗战时为倭寇所毁，遂无复片瓦之遗留矣，先德旧畴，思之凄绝。

三月二十九日为出席世界和平大会代表团出发之期，诗以送之

大盗初夷德、日、义，金元帝国又披猖。毒蛇原有吞人意，狞虎堪怜是纸装。作俑元凶先服罪，效尤小丑尚跳梁。征轺此去应凭吊，滑铁卢前旧战场。

自由平等发祥地，卌载难忘历史来。黑狱早摧巴士的，阴谋宁惮华尔街。吾曹举足关全局，之子皇华尽妙才。寄语群公齐努力，雄冠剑佩更裙钗。

善战佳兵总不祥，如煎萁豆痛肝肠。攻心纸弹能生效，无罪民萌幸免殃。长路飞腾西伯利，怒涛汹涌太平洋。生惭老拙难同载，辛苦吟成为寄将。

林老伯渠惠过，赋呈一律

高名耆旧延京好，五老徐、吴、谢、董、林。杖国未妨君齿少，开诚相见我心倾。昔年枉驾沙坪坝，此日推襟古宛平。孺子东山烦作介，更思季礼滞山岑。五老中特立仅通唱和，前未识面。觉斋只欢迎毛主席时有一面缘，切盼林、董二老能作介绍。玉章则四十年来同盟会、国民党老友，惜闻其尚未来华北也。

黄病蝶以四十年前余赠渠旧影索题，为赋二绝句

张绪丰姿美少年，当时凌厉气无前。卅霜玄鬓成华发，差喜雄心未弃捐。

杨麽揽镜头颇好，阮籍佯狂涕泪新。今日情怀浑不似，翻身解放喜人民。附一九三四年四月题句"湖海中年气尚豪，何曾双鬓感飘萧。不才樗栎全

天寿，持语黄生足解嘲"。

重题《闹红小集》，为病蝶作

风波长废遂初衣，酒阵诗场旧梦非。歌舞湖山原不恶，飞扬坛坫欲安归。少年早抱澄清想，中岁宁知哀乐微。持比放翁真幸福，白头犹得见红旗。

小戎驷铁赋无衣，今是吾侪悟昨非。旧社题名新鬼大，几人下泽故乡归。惠连夭逝情难忘，朱郁飘零信久微。余大凌三倘无恙，朝朝应盼汉家旗。

当时商略芰荷衣，顿尽风流处处非。傅粉顾郎横草逝，佯狂公瑾一棺归。蔡邕倘许才名健，黄宪犹疑生死微。屈子离骚原寄托，忍张诗垒建吾旗。

黄垆向笛泪沾衣，相见同怜玄鬓非。五斗折腰君未老，卅年革命我终归。风云肯遣雄心死，车笠休疑旧约微。倘向分湖添掌故，宣南迢递树双旗。

光明集卷六（六国水集）
（1949年）

呈李老锡九一首，四月一日作
七七高龄推大老，堂堂浩气冠群伦。姓名喜共敏然合，衣钵终传国父真。卅载同盟悭一面，九州重望定千春。守常流血石曾丑，燕赵悲歌孰并尊。

赠钱端升一首
休忘握手南都夜，失喜班荆北国春。谣诼蛾眉原有恨，海天鸿印苦难真。群魔新路非生路，此日恒人尽主人。吹皱未名湖畔水，知君含意未能申。

赠柳湜一首
闻名十载疑张禄，今日才知姓氏真。三黜士师华胄远，一麾子厚霸才新。浙东派衍慈溪路，陕北灵钟湘水身。漫笑残余封建习，同心同德属斯人。

为杨刚题纪念手册

十年战友重杨刚，两世交情那便忘。更喜今宵逢豹子，光辽光迪正相当。杨刚有女光迪，小名豹子，与余孙光辽同辈行。刚则余爱女无垢之友也。

黄任老写示北海公园二绝句，次韵奉和

余于斯地亦新留綦迹，深觉其景光明媚有燕赵佳人本色。惜新传南京反动派屠杀学生，言语道断，愤不能平，悻悻之情见于词色，无复留连光景歌颂湖山，且亦甚乖诗人温柔敦厚之旨矣，惟大雅有以教之。

争斗翻身正锐尖，歼渠扫穴敢嫌严。皇消帝灭人民起，苦尽端应味转甜。

清亡袁死段、张覆，由检煤山一例哀。"四一"又惊传惨案，长缨行系独夫来。

再和任老北海公园三绝句，盖其定稿也

扶我登阶玉指尖，谓范志超女弟。一湖明镜照花檐。酒酣耳热无穷意，最爱当筵一吻甜。饮黄酒半斤，陶然欲醉，亟去中南海，与佩妹握手为别，而渠不应，则强吻其唇，登车径去。

翡翠鸳鸯逐队开，宁知人世有沈哀。绛纱帷幕青绫障，桃李春风着意栽。陈振汉掌教北大，崔书香讲学辅仁。

吴郎丰采赤城霞，觌面今朝鬓已花。四十五年身是史，金门大隐属黄家。吴剑芒为四十五年神交老友，未得一面，作介者陶亚魂且墓有宿草。异地相逢，问年已六十有六，长余且三龄，盖尔我皆垂垂老矣。黄病蝶居北都三十载，熟于掌故，故末句及之。

四月七日为刘湛恩烈士殉国十周年忌辰，赋此志悼，兼示王立明女士

太学生徒遍域中，门墙桃李蔼春风。临危慷慨真奇士，流血牺牲证大雄。革命耶稣原共产，抽刀来歕岂凶终。平生未识荆州面，后死如余愧妄庸。

棋局休怜一子差，尽歼丑虏始名家。成仁烈士应无恨，恤纬周嫠倘未遐。贱子须髯饶美丽，使君姓氏付吁嗟。刘王何似王刘好，心里秾春生死奢。

呈施稼女同志乞安眠药一首，君为苏州人

拔帜先登第一流，年来花草冷苏州。夷光去国多神话，陈沅同谋讵壮猷。当日北行原慷慨，此时南下合绸缪。卢生仙枕从君乞，大药还丹许我不。

为李文宜女士题纪念册，兼示周新民

革命夫妻重李、周，更欣足迹遍欧洲。立明老去史良远，努力期君踞上游。

沈体兰五十大庆，诗以祝之

江曲书庄老子孙，英才仍喜出清门。流芳早见兰根苗，滋蔓休教恶草存。后起枌榆原不弱，春风桃李合称尊。柳、王、沈、费同乡贯，松笠休迟上寿樽。

赠张西曼、魏希昭伉俪

西曼斯基已有儿，光荣魏女更堪师。如何瞒我真仙侣，反累呼卿假秘书。旧梦温馨西蜀艳，新都瑰丽北平宜。催妆句好吾堪补，酬报须偿酒百卮。

四月十日重游北海公园，示剑芒、桐荪、佩宜、病蝶，用任老初稿二截句韵

游伴同车三百岁，五伦除二宁嫌严。同游者剑芒六十六，余与桐荪皆六十三，佩宜六十二，病蝶六十岁，五人三百十四龄，曰三百者举成数也。佩宜与余为夫妇，与桐荪为兄妹，余则皆朋友关系，民主无君，天经地义，余等五人又皆抱终天之憾，故云。重来胜地忘餐饭，漫怨窝窝头不甜。饭于仿膳，佩宜嫌窝窝头不甜。

明湖绿净镜奁开，肯向中年感乐哀。裙屐纵横成小队，领班喜见沈翁来。遇沈衡老等十余人。

冷摊上得孙中山先生遗像，携归旅邸，供奉案头，感赋二首

中山卡尔双源合，万古云霄一羽毛。衣钵居然传友党，人民剩喜属吾曹。为公天下言非偶，大道能行愿已高。只是碧云成禁地，天涯咫尺感迢遥。

平生两度见吾公，梦里曾疑叩白宫。一像惊看尘土迹，卅年其奈马牛风。陈平、蒋干都蟊贼，□□□□尽下中。剩有纳肝弘演在，三薰三沐意无穷。

光明集卷七（六国火集）

（1949年）

刘尊棋从军南下，诗以送之，四月十五日作

执手临歧气贯虹，人民还我旧提封。同舟共济思前度，黑狱青年壮昔踪。此去蛟龙得云雨，行看旗帜满南东。三千毛瑟推君健，荡越平吴第一功。

赠杨美真入华北大学政治研究所一首

孝感、黄陂旧贯夸，无双又喜见杨家。美人虹自冲天起，谊士戈宁返日遐。学习真宜向民众，献身只合为中华。沈吟却遭章生惜，暂向妆台礼鬟鸦。

赠章乃器一首

青田人物属南章，肯与刘基作雁行。姚誉不同明七子，赏音谁是汉中郎。范滂抗节曾钩党，管仲匡时亦重商。两字天真君谥我，杜陵李白太寻常。

呈俞寰老一首

同盟中部起春申，后死于今复几人。醇酒信陵君跌宕，罪言杜牧我艰辛。燕都喜共春游早，复社真看士气新。梓里霍光原不俗，奈他山禹苦沈沦。

题南社、新南社临时雅集社友题名录

四十年华电露来，狂奴未死不须猜。辛壬轶史从头认，五四新潮撼地开。创业陈、高嗟短命，拓疆何、廖始真才。难忘卷土江东意，小雅赓歌北社杯。

失笑兰成恸哭来，一家四海绝嫌猜。南冠涕泪槎丫尽，北地莺花烂漫开。贵骏燕台隗自荐，游龙糵市偃多才。甲申影事吾能记，唤起英灵酹酒杯。

次韵和王冷斋两首

几经霜雪几经春，及此风云会合辰。肯让冬烘谈复古，要看世界早翻新。登坛慷慨称盟主，好友扶将感德邻。符老季生言定验，狂奴已分太平民。

桂岭分携又几春，未忘诗社撞钟辰。惊闻谢女年难劭，差喜梁妻德尚新。东道卢曾思下士，高楼丽隐记为邻。南鸿北雁无消息，倘向江湖作幸民。

四月十六夜徐老特立来访，奉呈一律

相思廿载订神交，赠我长歌意态豪。贼陷延京嗟播窜，人来燕市岂游遨。马融绛帐多英杰，屈子离骚未寂寥。五老群中尊大老，惭余弱弟鬓髯萧。延京五老，徐老七十四龄最长，吴老次之，谢老又次之，林、董二老齐年六十四最小，顾比余则犹长一龄也。

闻吴老玉章已来北平，乡居谢客，喜寄一律

紫金山下奠陵基，侯、宛、张、朱靡孑遗。老我直同绛县叟，逢君更在蜀江湄。平原骂贼欣无恙，光弼还都又此时。稍惜云深不知处，几时相对酒盈卮。

赠雷洁琼女士，兼示严景耀

玉骨冰肌好女儿，何堪凌辱受鞭笞。早知东厂无人性，会见南征荡兽维。粤海明珠欣有种，秦风驷铁赋无衣。夫随妇倡由来事，珍重燕京讲学时。

赠李立三一首，并示其夫人李莎女士

风涛粤海初逢我，文酒燕都又遇君。今是昨非蘧伯玉，读书折节郑康成。娇雏兰桂新聪慧，俪侣苏联旧弟兄。一炬长沙非信史，声名早遭万人惊。君言长沙暴动时尚滞沪上，惟文告则借其名以为重耳。

立三和余旧作，次韵再奉和一截

奇才灿烂赤城霞，弱水回舟计未差。观过知仁成语在，不须轻悔火长沙。旧作如下："李生英绝似仙霞，后种前胥廿岁差，成败论人吾岂敢，稍怜一炬火长沙。"仙霞即醴陵，宁调元二次革命失败，为黎元洪所杀，君之乡人，余之旧友也。

魏希昭夫人索诗，为成此律

喜闻虎女育麟儿，慷爽如君信足师。为国作牺葵卫足，簪花小字卫能书。堂堂我友才堪取，森森重华史倘宜。尚忆渝州前事未，狂谈大嚼酒盈卮。

欧阳剑涛索诗，为赠一律

剑涛盖予倩先生之弟，而立徽女士之兄也。

频年战斗太行山，胜利归来鬓未斑。二陆才名真不忝，三湘灵秀岂能删。当时觌面春申浦，此日班荆易水湾。燕市酒徒无恙在，难忘女弟独间关。

次韵奉和陈叔老三绝

南社于今卅一年，新南社集未秦烟。胡清早覆袁张死，讵料淫威蒋帝颠。

收功文字敢言先，项蹶刘亡任变迁。记取蓬莱清浅水，桑田留命我犹贤。

革命翻身撼地天，中山堂畔启华筵。欣看北社张新帜，要为工农快擘笺。

赠管易文，君为六国饭店招待处处长，四月十九日作

授餐适馆乐无边，尽瘁绸缪东道贤。不遣冯骦怨弹铗，直同孤竹愿归田。渡江士笑多于鲫，治国君真烹小鲜。三十年来勤摸索，好从真理悟真诠。

赠程绯英女士，君为六国饭店招待员，顷闻调北京饭店矣

青绫幛外伺秋波，一见倾心意未讹。小字高华张赤帜，卷帘梳洗望黄河。湘江钟毓群英萃，燕市将迎絮语多。迁擢频繁吾有感，三秋一日恨如何。

赠邓子平

嘘寒问暖费经营，豪气能消邓子平。出入车鱼宁有感，播迁吴粤岂无名。狂奴肝胆吾轻剖，琐事眠餐汝总成。自是人间美男子，翻疑母性

太多情。

赠吴良珂

君为奉化人,曾乞余向新华电台作广播,托觅床头捉刀人自代,未有报音也。

夫差末路甬东天,遗臭流芳各自怜。耻向独夫夸旧贯,要从民众学新诠。延京四载艰贞好,奉化同乡气类悬。广播新华吾亦肯,捉刀人杳意缠绵。

光明集卷八（六国土集）

（1949 年）

闻孙荪荃女士自沪来平，喜极赋赠，兼示平山索和，四月二十一日作

如何输与秦良玉，不遣云涛一苇杭。隔岁赠诗脑犹镂，一时握手意俱忘。好娱霸蜀刘玄德，莫作归吴孙尚香。弹指老夫生日近，西池献酒愿须偿。

赠秦元邦两首

闻名粤海头颅贵，握手燕郊意气赅。山抹微云淮海婿，风吹穷发李陵台。北游已履光明境，南牧频思将帅才。三十年间四入狱，霜饕雪虐栋梁材。

忍学兰成赋大哀，蒋家罪状笔难赅。已悲骏骨埋荒草，忍话蛾眉上绞台。江苏省党部妇女部长张应春与南京市党部妇女部长陈君起同被绞死。劫后灵光君未老，草间偷活我非才。诗人一例伤迟暮，那及耰锄刀斧材。

于雪红女杰处获晤台湾青年苏新索诗，成此以赠，兼示甘觉、柯秀英、丁光辉、林梁村、杨克煜

辟地东宁三百春，交讧倭虏贼吾民。而今美蒋成狼狈，三户犹堪殪暴秦。

儿女青年自一家，延平后起灿朝霞。独夫休作遄逃想，火穴终开万炬花。

狂呓书生百不庸，卅年梦想女英雄。脂痕剑影今无憾，自向台澎拜雪红。

记取东都谒庙图，画师才调未荒芜。终期跃马乘桴去，斗酒千诗慰老夫。

病蝶以所题一九一六年酒社雅集摄影两绝句见示，遂索和章，余适别有所感，不能尽和病蝶原意也

革命功成碧血枯，桑田留命愧今吾。沈生仰药张娘缢，岂独伤心旧酒垆。

卅年文宴又宣南，玉敦珠槃我尚堪。留取凌余兼小郁，桃花春水梦江潭。

南北吟一首，四月二十三日作

南北分歧本一途，南强北胜史全芜。应开北社承南社，更废南都建北都。国父迁南原有意，孙先生主张迁都南京，一以划除军阀帝制自为之妄想，一以击破东交民巷帝国主义势力范围。所见甚远大，余杭所谓苟宛平不夷为郡县，即革命不得为成功，犹此意也。今则时异势殊，当然不须泥守，然而前贤之苦心孤诣实有不容泯灭者，愿与天下有心人共白之，勿令孙先生遭鼠目寸光之诬也。郭生定北亦非诬。建都问题余向未经意，前冬港旅逢郭鼎堂始道此意，颇讶其远见，今则早成国策矣。人民齐起皇王殪，南北东西万岁呼。

赠寿石工刻玺，兼感病蝶赠石章印泥一首

卅载闻名寿石工，春明握手喜初逢。蛾眉众女愁谣诼，骏足驽骀见异同。人海浮沉充隐好，斯冰刻画与天通。金针玉薤何由报，感激黄生并此衷。

四月二十三日深夜闻大军已下南都，喜极赋此

荼火军容百万奢，残酋狼狈各天涯。文章早已无江总，金粉何曾杀丽华。真喜翻身到萌庶，宁愁亡命窜豪家。英灵地下应同笑，张、恽、侯、刘鬼一车。

碧云寺与紫金山，衣钵薪传我忍删。当日迁殷原有意，此时卜洛复何惭。后先不信孙、毛异，用三传弟子范志超女士句。评判还应列史班。北望觚棱南望雁，杜陵涕泪定庵屄。

四月二十四日卓午，许昂若、揆若昆季招饮弘通观，同席者李任潮、朱蕴山、王泽民、俞平伯以下计三十余人，赋此为谢

丁香花底钱秾春，政客词流几辈人。分我杯羹容李广，呼他俊物喜朱云。家声浙水联群俊，昂若二妹宝骍、四妹宝駃多出款客。新妇鸳湖更可人。谓揆若夫人钱静玫女士。感激王生倾盖意，临歧脱手革囊新。静玫夫人女兄韵华女士，其婿为王泽民，以革囊见惠，触手不能忘弭也。

春在堂空蔓草繁，浙西学派有渊源。钵薪高弟能名世，词赋曾孙亦并尊。元白以还无抗手，钱吴应许见精魂。藤阴一事差遗憾，未向樽前拜长君。平伯先生德配长环女士为昂若大姊，是日独未来。

席上赋赠蔡贤初将军、罗西欧夫人伉俪一首

江头擂鼓梁红玉，湖上骑驴韩世忠。革命应关同梦计，双栖喜在首都逢。桂林风物清樽共，香岛湖山霸业空。璧合珠联今日事，金闺国士

羡温恭。

赠梅电龙一首

电影龙文诧电龙，廿年亡命几萍蓬。拒君闽海谋宁舛，款我香江见略同。哀郢已怜兰芷国，依刘无奈马牛风。天人三策心犹热，喜被群儿骂妄庸。

是夕林老、董老招集大四眼井旅邸，余与佩妹赴之。同座者徐老、吴老、谢老暨张曙时、熊瑾玎两老，又各家眷属凡二十许人。赋谢两律，时正南都新下，蒋逆奔命时也

捷书中夜起江陬，解放雄师下蒋州。蚁贼连营齐弃甲，蛾眉降表借前筹。南京治安维持会副主任委员为吴贻芳。喜闻穈市成前线，那许狐群正首丘。取次红棉花下醉，敲筵饮器独夫头。

陵谷沧桑几变迁，更何面目见重泉。戎装短袂人都健，胡服垂裳我自怜。誓沥心肝酬大德，更欣伉俪各华筵。葡萄美酒容侬饮，三策天人郁未宣。

呈谢老觉哉一律

落落湖湘几俊人，怜他黄、宋早成尘。理鸣垂死留佳话，太傅抡才喜积薪。林、董款筵欣作介，张、熊后起亦称尊。延京五老今增二，合伴狂奴共笑嚬。

赠熊瑾玎一首

湖湘自昔英灵地，抱石怀沙有怨哀。俪侣喜闻才并妙，新诗可许眼终开。逢君渝市愁千叠，许我申江酒百杯。今日班荆堪痛饮，红军早奠雨花台。

次韵和寰老两首

寰老以游颐和园及悯忠寺看花二诗索和,时在余入园作主人之前夕,悯忠即法源,则半月前曾偕佩妹、超弟、剑芒、病蝶暨陈振汉、崔书香夫妇同游者,时丁香犹含苞未放也。

清亡袁废蒋沈沦,容我名园作主人。荼苦痴皇遗爱渺,淫荒胡牝屦痕新。楼台金碧劳民血,清浅蓬莱沧海尘。十万买邻吾自肯,说诗能屈亦能伸。余颇拟邀寰老居园中之景福阁,寰老亦有意否耶?

惋惜前游花未开,藤阴小立几徘徊。渔阳鼙鼓唐天宝,石晋燕云宋劫灰。几辈枭雄徒自苦,掀翻历史未宜哀。难忘猿鹤龚郎谑,自抱铜狮数点埃。寺有铜狮,与剑芒并立,超弟为摄影留念,并前游影事也。猿鹤语,见吴昌绶所撰《定庵先生年谱》中。

叔老病中惠题《羿楼客籍》第一册,次韵奉和

摇笔书生盛唱酬,行空天马似骅骝。何如捷报军前好,生见红旗入蒋州。

奇癖平生老更遒,南金东箭一齐收。宵衣旰食元戎事,三字题名尚保留。《羿楼客籍》凡二册,其一留毛主席处,尚未遑签署也。

亡友朱梁任有弟藏曼殊遗画,余以三万金易得之,感赋二首

清狂怜子谷,慷慨念君仇。草草留残墨,堂堂郁壮猷。覆舟沈碧血,入梦问红楼。一掷原无吝,吴钩换得不。

故人犹有弟,新社又经年。干谒非君分,清贫倘我怜。题诗黄宪好,细楷邓攸妍。休比明陵瓦,珍持夜不眠。曼殊得明故宫瓦抱持之,入夜不眠,谓惧人窃去云。

光明集卷九（万寿乾集）

（1949年）

一九四九年四月二十二日，齐燕铭同志访余六国饭店，谓将迓余夫妇赴西郊万寿山之颐和园益寿堂休养，盖奉毛主席之命而来者也。翌日，余偕佩妹、超弟乘汽车诣园中相宅。其圆满超出意外，随行者同志郭西女士，暨北京饭店招待处警卫科孙科长，时六国饭店招待处已将结束，惟"北京"犹为硕果之仅存耳。二十四日，余不得闲；明日，始移行李定居，以汽车两辆往，居西庑伴我者余心清兄，送者超弟暨陈振汉、崔书香夫妇，护卫者郭西女士及警卫员若干人，盖极一时之盛已。自今而后，其将安我神而悦我魂欤！戒诗未忍，简诗又不能，仍付写官，以万寿集名。

四月二十五日，偕佩妹移居万寿山颐和园松青斋内之益寿堂有作

胡牝嬉春地，髯翁养望辰。心犹依魏阙，身已落湖溃。鸳梦仍莱妇，蛾眉念阿珍。谓载湉之珍妃也。世传珍与戊戌新政有关，后遭禁锢，庚子秋那拉西窜，命李莲英挤珍入故宫神武门东角井中，死焉！颐和园内，虽无阿珍迹象可求，但以意度之，当时屐痕履綦，必曾涉及此园无疑。遐想至此，余诚痴绝矣！恩波真浃髓，长作太平民。

余心清兄伴我来园，屈居西庑，诗以戏之

待月西厢下，余生伴我来。夕看花阁合，晨与鸟徘徊。陷狱坚贞史，登山干练才。中郎携虎贲，游客漫疑猜。心清兄长髯下拂，微与余相似，离香港日，殖民地政府之特务，坚持谓为柳亚子，亦革命轶史上之佳话也。

酬超弟暨书香、振汉夫妇一首

自我燕都止，生怜汝辈忙。就医商药裹，书香驰檄草篇章。超弟范妹犹羁客，崔娘是旧乡。高楼腾百尺，奇气属陈郎。谓振汉也

酬郭西女士一首，兼示北京饭店招待处申处长伯纯。伯纯盖郭西之爱人也，申籍宛平，郭则崞县，故诗中及之

两度軿车送，驰驱汝太忙。斗争能进化，革命岂文章。河北申公籍，山西郭女乡。长征辽沈去，辛苦念关郎。六国饭店招待处副处长管易文，真姓名为关锡斌，方有东北之行。

叠韵答曙老两首，兼示超弟，四月二十六日作

重君有勇且知方，长我三龄鬓未霜。杀贼当年谋不用，余以一九二六年夏偕季恂、绍裘、暨超弟赴广州，初见蒋逆中正，决其必反，谋以死士狙击之，为恽代英同志所阻，不果。复仇此日味初尝。沼吴廿载期勾践，纵楚

中流怨宋襄。一鼓思明州畔路，头行万里独夫亡。闻蒋逆已窜厦门，厦门旧称思明州，南明延平王朱成功未取东宁以前，倚为民族主义最后根据地，以抗建房者是也。蒋逆身为叛党鬻国之元凶，罪浮于洪承畴、吴三桂，乃俨然欲以亡国孤忠自命；昔魏忠贤作三朝要典以配春秋，蒋之无耻，与忠贤足以比美矣！

神烈峰头赤帜扬，雄张曙老无恙恸雌张。应春子居代英失计身终殉，小宛希俨成仁敌已狂。朱亥季恂侯嬴绍裘埋血早，刘琨重民黄盖竟西断头长。范雎超弟留命吾犹健，恨不仇头作酒觥。蒋逆就禽以后，终当漆其头以当饮器耳！

次韵和曙老两截句

师徒效命尽遐征，大将旌旗入秣陵。恨不随军南渡去，紫金山上一题名。

太原石晋本儿皇，历事五朝第几王。闻道飞车逃海外，东宁传首看收场。南明延平王解放台湾于荷兰帝国主义者之手，初名东都，后改东宁；其地民气发皇，必报"二二八"之仇。阎逆锡山逃奔其地，将来必为台湾人民解放军所杀，传其首以献于首都也。

次韵和谢老，四月二十七日作

少年耳食公羊饼，喜见升平进太平。纵酒自惭无益事，鏖诗聊遣有涯生。吴根越角兵犹动，沅芷湘兰意早倾。收拾乾坤待公等，途行九十未宜轻。

四月二十八日，为李守常先烈成仁二十二周年纪念，再用谢老见惠诗韵志悼

熙州仲子误虚名，射虎将军右北平。夺笔江淹才是梦，衔须温序死犹生。当时霸气堪同调，薄海潮流要左倾。漫向苌弘愁化碧，兆民为重一身轻。

赠华北人民监察院院长兼人民政府副主席杨秀峰，暨教育部副部长孙文淑伉俪一首，三用前韵

刘樊梁孟旧才名，握手杨、孙意岂平。碧血红旗成大将，青绫绛帐俨书生。弦歌自是闺中彦，谈话微怜耳俯倾。秀峰微聋，以机器自随。多少中华好儿女，文人结习敢相轻。

心清伴李任潮、周月卿、彭泽湘、钟书勤夫妇四人，过我益寿堂小坐，更招清宫旧人鲍德，谈珍妃影事，哀艳温馨，感而有作，四用前韵

南山射虎久驰名，更喜彭叟共北平。顾我看花饶绿意，非关前席为苍生。余郎作伴髯同好，鲍老登场众所倾。历历齐东谈野史，今宵倘梦眼波轻。

戊戌新政参与者，南海、任公外，有谭嗣同、林旭、刘光弟、杨锐、杨深秀、康广仁，后皆死事，史家称六君子者是也。鲍德坚持谓有七君子，问其人姓名，又不能答。余意倘加入珍妃，则两家之驿骑可通矣！赋诗以纪，五用前韵

成仁慷慨六君子，兀傲谭、林意未平。何意齐东添一个，倘从衾底恋残生。珍妃不死于戊戌之难，意载湉或哀求那拉氏，全其一命耳！兴周十乱邑姜与，救国七人史姊倾。谓史存初女士良。凿空谈经吾自笑，红颜碧血忍相轻。

珍妃悼词一首，六用前韵

羞竞杨环赵燕名，肯随歌舞共升平。痴儿岂是中兴主，眢井难全弱质生。一代名花忍摧折，百年胡运早否倾。犹闻乐府传中萃，摇笔文人

孰重轻。亡友叶楚伧少年时曾游北平,有中萃宫传奇之作,云纪珍妃事,似未完稿。

晚偕心清、佩妹散步乐寿堂偏院,看绯色牡丹有作,七用前韵

花开富贵宁无名,肯与姚黄魏紫平。已到宵分怜夜合,也知物性护微生。心清言花开至夜分,能自收缩,以保卫其生命,将残时则不可能矣!远香微度人忘倦,尤物从来国可倾。珍重明朝更相觅,寻春恨晚敢心轻。

次韵奉和毛主席惠诗

四月二十九日上午,偕心清、佩妹挟鲍德作园游,纵观仁寿殿、玉澜堂、乐寿堂、排云殿诸胜,乘画舫渡昆明湖,至龙王庙观铜牛而返。归得毛主席惠诗,即次其韵。

东道恩深敢淡忘,中原龙战血玄黄。名园容我添诗料,野史凭人入短章。汉彘唐猫原有恨,谓那拉氏杀珍妃公案。汉彘用吕雉置戚夫人厕中,号曰"人彘"故实;唐猫则武曌以生命属鼠,禁宫中养猫,虑王皇后、萧淑妃复仇事也。唐尧汉武讵能量。弘历铜牛铭有"人称汉武,我慕唐尧"句,余于十五年前曾撰诗斥其无赖,如沪语所谓"吹牛皮"者耳!昆明湖水清如许,未必严光忆富江。

叠韵寄呈毛主席一首

昌言吾拜心肝赤,养士君倾醴酒黄。陈亮陆游饶感慨,杜陵李白富篇章。《离骚》屈子幽兰怨,风度元戎海水量。倘遣名园长属我,躬耕原不恋吴江。

傍晚，再偕心清探绯色牡丹，已有徐娘半老之态，亦不复能自然收缩矣！更借毛主席韵赋此，亦为花请命意也。三用毛主席韵

忍把前宵密约忘，犯风多露夜苍黄。尽多红紫留婪尾，终信葩骚是正章。桃杏成阴都隔世，藤萝绕树亦难量。惜花应向东皇乞，留得恩波润海江。

叠韵和谢老，各言尔志，幸鉴谅也

尼山评赐善方人，前进浑如辙扫尘。何、宋同伦宁愧色，风云后起积劳薪。微箕龙胤宗周晚，尚父鹰扬殪纣尊。漫向三仁轻比例，东施羞效捧心颦。

四月三十日，任老、寰老各携眷属，来顾园中，赋呈两首，四、五用毛主席韵，时寰老将随军南下矣

一集苞桑读未忘，神仙伉俪重姚黄。白髭药染嗤多事，任老至今无髭。彤管吟成喜和章。维钧夫人亦娴吟咏。交谊生平难尽说，人才眼底敢轻量。刘三不作繁霜老，影事当年忆皖江。刘三字季平，任老之旧友；繁霜姓陆氏，原名恢权，字秀民，又字灵素，刘三之夫人，而任老之高足也。与余均稔，且并为南社社友。刘三以抗战之役，淞沪沦陷，避居上海华龙小学楼上，伊郁以死；繁霜抚孤守节，颇娴文采，惨胜后仍居华泾黄叶楼，顷亦久不闻其消息矣！甚愿解放功成，故人无恙耳！皖江影事者，指繁霜于四十三年前，主讲芜湖皖江女学时也。

谈艺谈兵两未忘，从军南下太苍黄。崭新理论堪心印，怀旧诗篇喜报章。俪侣金闺真婉娈，胡夫人志珍温柔敦厚，佩妹亟称之。同盟血史待商量。寰老于辛亥前主持中部同盟会，颇盼能公布其史实也。空桑三宿留君住，倘许迟行渡大江。

任老女公子黄当当索诗，立成一首，六用前韵

相思何抗未能忘，何公干有女曰何抗，与余在香岛相见，余最喜爱之，曾亲其额，亦不怒也。北驾南舣重马黄。马谓夷老女公子龙佩，聪慧而露头角者。一样才华异喧默，谓马喧而黄默也。却从老悖索篇章。天真最忆童年好，进步还须后日量。何不观鱼留十日，昆明湖胜富春江。用毛主席见赠诗意。

赋呈郑桐荪内兄索和，兼示佩妹，七用前韵

顾、黄、卢、孟誉难忘，谷换陵夷叶陨黄。先外舅式如翁于余订婚前致余叔父无涯翁书，有"令阮今之顾黄，亚之卢孟"语，余于是乎有知己之感，今两翁去世皆在三十年左右矣！犹喜清门弘世泽，红梨旧第，仍有世泽堂。更从异地论词章。桐兄研精数理，不以文学名，实则见解甚深刻，余所不逮也。破车快犊吾终戒，余病心脏扩大，神经兴奋，桐兄谓亟宜自控制，否则殆矣！金玉之言，曷胜悚感。治道犹龙汝善量。白首天涯兄妹共，未须归梦绕鲈江。桐兄与余齐年，年六十有三，而佩妹亦仅少一龄。桐兄滞燕三十余载，疑不作归计，余则胜溪故第久付焚如；歇浦梨湖依人篱下，言之于邑，计亦惟长作寓公矣！晋张季鹰以秋风起，思莼鲈弃官归，世传为吴江人，故吴江亦称莼鲈江，又称鲈江也。

次韵和任老三截句

温峤刘琨一世雄，少年伐鼓更撞钟。时流漫道过江鲫，夷惠由来道未同。

杜陵广厦愿弘开，肯慕昭王市骏台。终拟楼船横海去，神山左股看蓬莱。日本革命成功，终当东渡，一访野坂参三诸豪俊耳。

衣白山人责讵轻，扪心原不拟归耕。竿头百尺能前进，何必前贤畏后生？

光明集卷十（万寿坤集）

（1949年）

一九四九年五月一日为中国工人阶级行将解放全国之第一年，首都举行盛大庆祝典礼，前此惟一九二六年五月一日在广州亦有举动，然而小巫见大巫，相去远矣！八用毛主席韵

余寂居颐和园，与外界潮流渺不相涉，思之惘然，诗以自讼云尔。

忍遣巴黎血史忘，茶花猩艳异兰黄。传说五一工人游行肇始巴黎。时有男女两青年，盖爱人也，人悬一白茶花，随队伍前进；忽警察开枪，中两人胸臆，血流如注以死，白茶花亦染成猩红色矣！尔后遂以五月一日为红的五月之开始，复称红茶花节曰云。百年战斗争前进，四海胪欢见报章。此日苏都应极乐，当年粤峤漫轻量。一九二六年春夏之交，余与季恂、绍裘暨超弟先后赴广州，当时所谓粤都也。五月一日，朱、侯、范皆有他约，余独乘洋车赴工人群众大会，人无知者。余不解粤语，亦不识演讲者为何人，但闻掌声如轰雷，红旗招展，心目为之爽然。盖二十余年无此乐矣！今复失诸交臂，惜哉！杜门习静惭吾拙，早见红潮涌海江。

偕毛主席游颐和园有作，九用前韵

是日昼寝方酣，忽闻毛主席偕其夫人江青女士，暨女公子李讷见访，遂起延接，尽出近作相质；复出门游散，联步过长廊，乘画舫游昆明湖一周而返，客去时则已薄暮矣，追记一首。

朽木难雕午梦忘，衣冠颠倒讶苍黄。南阳讵敢劳三顾，北地犹堪赋百章。挈妇将雏都磊落，同舟联步费商量。名园真许长相借，金粉楼台胜渡江。

五四纪念一首，为辅仁大学附中奔流社预赋，十一用前韵

革命前驱岂淡忘，奇兵五四起苍黄。早窥猛进光明路，粉碎弥缝断烂章。落伍陈胡今已矣，仲甫晚节不终，深堪惋惜；胡适则无耻之尤；仲尼所谓小子鸣鼓而攻之可也。论功蔡、李并难量。谓孑民、守常两先生。开天辟地今年好，已报红军过大江。

寄超弟燕京大学一首，十二用前韵

未名湖畔镇相忘，陌上柔枝青未黄。幕府莲花王俭美，骚经兰佩屈原章。骑兵早误梁台建，文学终须沈令量。花底填词闲过遣，岂宜辛苦涉长江。

叠韵和平伯先生，兼呈长环夫人，五月二日作

名园借住颇华繁，盼汝能来证道源。春在堂高遗泽永，弘通观近卜邻尊。君妇家许氏兄弟姊妹，并有才名，所居地名弘通观胡同，疑前为道院遗址，然否？白眉思拜闺中彦，用"马氏五常，白眉最良"典。赤帜频招地下魂。大军早下南都，东规吴越，成仁诸先烈，当欢呼于地下矣！衣钵章、吴同革命，漫疑曲笔谢俞君。曲园翁一传而为太炎章先生，再传而为检斋吴先生，皆以学术家而兼思想家，且并致力革命，非琐琐经生，如刘申叔、黄季刚辈所能望其项

背,此友人齐燕铭同志告余语,燕铭则检斋门下士也。宋云彬兄谓太炎《谢本师》一文,实为爱护曲园翁,虑其株连受祸而作,非真有所不满于师门,此言亦良是。诗中俞君指曲园翁,昔人以君为尊称,似见某书,惜忘其朔矣!

次韵和曙老一截句

掌中轰雷双霹雳,黄须欲染殷红色。唤我诗人百不甘,梦中大叫呼杀贼。

济南惨案纪念日有感,十三用毛主席前韵

五月三日为济南惨案纪念日,今虽已成过去,然创痕犹在也!国共合作时代,主张打倒帝国主义,外交上之胜利,有不可想象者,收还武汉租界,即其一端。故余恒言苟无"四一二",安有"五三",更无后来自"九一八"以至"八一三"之大牺牲,历史具在,可覆按也!今美帝国主义继日而兴,控制东京、汉城,以及马尼拉,声势汹涌;然楚虽三户,亡秦必楚,金元帝国之梦,岂久长哉?五三纪念前一周,日共领袖野坂参三接见《赤旗报》记者,庆祝中国人民解放军之胜利,其意义真远大无穷已!抚今思昔,不可无诗。

五三惨案镇难忘,拔木戕根叶自黄。当日阋墙成血史,今朝贺捷喜琼章。辅车唇齿安危共,中、日、鲜、菲结合量。帝国金元弹指毁,要看民气胜河江。

五月四日为北平学生运动三十周年纪念,而全国青年第一次代表大会亦于是日开幕,城中又呈茶火之观已!独居深念,未免有情云尔!十四用前韵

红潮赤帜忍轻忘,埋血苌弘碧未黄。密约鸳鸯联德赛,下流狼狈薄林章。掀天此日洪涛健,辟地当年基础量。猛忆吴君真绝世,鱼书几稔

断长江。吴君谓三十年前只手打孔家店之吴又陵老英雄是也。又陵先生名虞，成都人，为南社社员，与余无一面之缘，而论诗最相得，惨胜后尹瘦石兄开"柳诗尹画联展"于成都，曾携余书作介，时吴先生犹健在也，今则久不闻其消息矣！

恭谒孙中山先生之灵堂有感

余税驾北平之日，馆舍粗定，即思往香山碧云寺，恭谒中华民国国父、中国国民党总理孙先生之灵堂及衣冠冢。乃招待处诸同志恒以道苇为言。嗣迁颐和园，相距益近，相思益切，因乘毛主席枉驾之便，面陈衷曲，一诺无辞。五月五日，为孙先生就职广州非常大总统二十八周年纪念，毛主席命秘书田家英率卫士若干人，摄影员若干人，以双车来迓，余偕佩妹、超弟及心清兄等赴焉！寺为胡元旧构，明季逆阉魏忠贤实葬其地，胡清弘历朝，始按罪发掘，旋据为己有，大加修葺。盖集元、明、清三朝人民之膏血，始成此胜地。孙先生崩逝北平，陈棺寺中。一九二九年，奉安南都之紫金山，仍设灵堂于此，且有衣冠冢之建。余自一九二五暨一九三四，再偕佩妹来平，俱曾拜谒，并此盖三度矣！海桑陵谷之变，有不堪回首者在。由今追昔，一九二五，北平尚为段贼祺瑞所盘据，军阀横行，杀人无忌惮；孙先生病虽不治，亦未始不因段氏刺激而促其死亡，此为普天所同痛者！一九三四则已在蒋逆中正篡党鬻国以后，东北沦胥，长城自坏，正孙先生所谓"戴了我的帽子，来蹂躏我的人民"者是也！师徒济恶，而蒋逆尤青出于蓝。孙先生地下有知，当亦自悔其无知人之哲已！惟今兹之役，中共领袖毛主席，实为真正继承孙先生衣钵之人，自反帝、反封、节制资本、平均地权，以及耕者有其田诸口号，凡中共所揭橥而实行者，无一不与孙先生政策相符。其倡导之新民主主义，亦从三民主义中扬弃而来，为现阶段必然发展之途径。而

"民生主义即社会主义,又名共产主义"云云,又为孙先生晚年定论。微孙先生不能开革命之先河,微毛主席不能成革命之大业,先圣后圣,其揆一也。安有畛域之可分哉?吾知孙先生今日在天之灵,必掀髯大笑,谓"继起有人,余复何憾!"盖孙先生致力革命四十年,目的在求中国之自由平等,而非结党营私,自图小己之利益,与蒋逆中正之主张,其贤不肖相去天壤;而于中共中央暨毛主席之举措,则有不谋而相合者!余忝属孙先生之信徒,又为毛主席之挚友,今日之游,悲喜交集,岂能无所言说哉!感慨淋漓,遂成四律。盖十五至十八用前韵矣!

主义三民我讵忘,新民共产接青黄。百年名世洪天国,谓总理一代牢愁盛孝章。自谓杜默王昙赢痛哭,鲁阳夸父费评量。终怜友党传衣钵,一恸昭陵泪满江。哭本党之无人,而余亦偷生苟活,不能继总理之衣钵也。

矛盾平生苦未忘,风行著述太苍黄。谈经未洗周秦习,问学宁窥马列章。观过知仁原有说,传疑改错总休量。戴、胡、周、叶都无耻,谬种浑如蟹过江。孙先生学说,有不科学处,本未能为贤者讳,而胡展堂、戴季陶辈,更无意或有意的歪曲其论调,下逮周佛海、叶青诸叛徒,则变本加厉,弃其精华,撷其糟粕,下流无耻,面目全非,遂成千古笑端,一时话柄。孙中山学说,一变而为周、叶之学说,真所谓"一蟹不如一蟹"矣!

南都叛变最难忘,青史无灵尽化黄。武力黄、张原狗盗,文妖吴、李竞弹章。绕朝不用吾终憾,苌叔难凭碧化量。曲突迁薪今已矣,一夫不杀血成江。一九二六之夏,余游广州,初见蒋贼,即决其必反,力劝恽代英募力士狙击之,为中国除大害。代英不从,卒酿一九二七南京上海之变。当时为蒋逆张目者,狗盗则黄金荣、张啸林,文妖则吴敬恒、李煜瀛之流,滔滔皆是也。

漫云付劐敢轻忘,海碧天青落叶黄。傀儡心肝陈叔宝,摩挲泉石米元章。由来数典难窥祖,谁肯关心未可量。弘演纳肝南北共,紫金山下是长江。南都已解放,不知谁为最先谒陵之人耳?

赠孙中山衣冠冢留守办事处主任谭惠全先生老同志，兼示助理员马杰魁、谭义康，工人卢广高诸君

谭、马皆顺德籍，卢君则中山县人也。谭先生年七十有六，长余盖十三龄，不仅"十年以长，则兄事之"矣！先生以一八九七年在南洋大霹雳金定埠，加入兴中会及同盟会。一九一一返粤，参加乐化县起义之举。一九一二入同盟模范军，受训毕业，遂加入国民党。是岁，国父赴金陵，任临时大总统，先生实护卫北上。和议成返粤，加入军事讲习所。明年一九一三，再度赴南洋，宣传革命。一九一八返国，参加讨伐龙逆济光之战。一九二〇，国父就任非常大总统，遂充卫士焉。一九二二，陈逆炯明叛变，国父蒙难于粤秀楼，先生与同志六十余人，敌陈逆万余之众，卒护国父登永丰舰。一九二三，国父任海陆军大元帅，充卫士队分队长。一九二四，参加广东广宁剿匪之役。一九二五，参加讨伐滇桂军杨希闵、刘震寰之役。是岁，国父崩逝北都。及夏，奉国民政府命北上护灵，被委驻平护灵处队长。一九二九，国父奉安南都紫金山，遂任衣冠冢留守办事处主任。经敌伪之变，坚贞自矢；与余相见，流涕泫然，赠以两律。十九至二十用前韵。

十三龄长讵能忘，忍说明珠老便黄。三矢廉颇思用赵，七襄织锦总成章。从戎北伐名留史，开府南天绩未量。粤秀楼头遗恨在，前陈后蒋罪浮江。

廿五年来忍汝忘，披星犯露夜苍黄。扪心自葆坚贞史，鹭国羞看胜利章。蒋逆于惨胜后，贪天之功，以为己力，大发其胜利勋章，真无耻之尤也。荆棘陌驼浑不是，沧桑裙带漫轻量。挥金市义惭吾拙，濡沫焉能比海江。别谭老后三日，始从友人处借五千金，分馈办事处诸君，附记于此。

五月五日马克思诞辰赴毛主席宴集

是日为马克思大师一百三十周年诞辰，余欲敬上尊号，名曰"卡尔圣诞"，而令耶稣避席者是也。适逢毛主席有赐宴之举，遂偕佩妹、超弟、心清共赴之。有朱玉阶总司令，田家英秘书同坐，凡主客九人。谈诗论政，言笑极欢。自揆出生六十三龄，平生未有此乐也！不可无诗，敬呈二律。二一至二二用前韵。

卡尔、中山两未忘，斯、毛并世战玄黄。生才西德推贤圣，革命中华赖表章。粤海咸京堪比例，蒋凶、托逆漫评量。腾欢今日新天地，澎湃潮流沸海江。

谈艺谈兵肯两忘，座中人物敢雌黄。梁妻杜妹才华拙，新妇娇雏德暗章。龙虎风云能奋起，河山裘带付衡量。老夫最喜葡萄酿，恨不诗肠化大江。

五月六日，朱蕴山偕周月卿、李任潮、曹孟君、王昆仑来园小饮。酒有名莲花白者，香冽异常。余非葡萄不饮，是日几破戒云！酒酣耳热，忽复成此四律。奏雅曲终，呓辞隐语，触眼皆然，非我佳人，畴能喻此意哉！二三至二六用前韵

吸鲸杯底莲花白，爬虎墙头薜荔黄。不是闻香悭破戒，只怜织锦愧成章。才华周、李真堪匹，意气曹、王漫并量。更惜朱家南下急，梦魂几夕渡长江。蕴山不日将随军南渡矣！

送君未忍留难住，别后相思鬓乍黄。桃叶下堂新掌故，剌投机分子之北来者。丽华殉国旧篇章。亡友同邑张应春女士，别字秋石，以蒋逆中正一九二七叛党之难，磔死南都，余属诸贞壮、陈树人绘《秣陵悲秋图》纪事，且广征题咏，已斐然成巨册矣！用丽华故实，因姓氏与死地从同故。应春地下有灵，倘恕我唐突欤！恩仇梦寐吾终愦，琐碎家常汝细量。佩妹以沪上寓庐事，托蕴山

计划，故云。握手休忘临别誓，不教鱼素断长江。

不信鏖诗分黑白，竟忘战野判玄黄。略同所见英雄意，删尽歧途断烂章。傲慢云长原阔大，粗疏翼德细商量。稍怜大耳悭同醉，稳取荆州未过江。

长图自喜赤心赤，隐语难忘黄绢黄。际地蟠天吾有说，老谋深算汝成章。江东称霸伯符俊，天下归心孟德量。"周公吐哺，天下归心"曹孟德诗语。莫误罗金涓滴水，史才陈寿是河江。曹孟德盖代英雄，兼资文武，远在刘秀、李世民之上，更无论碌碌余子矣！陈寿国志，尚存公论，自罗贯中、金圣叹之流出，附会朱元晦之谬说，更加以渲染，颠倒是非，历史真面目，遂不可复问，余故辞而辟之，以正郢说燕书之误云。

园游纪事诗十二截

滚鼓高山语可思，流传到处十全诗。将军饶有书生气，扪葛攀藤共访碑。觉罗弘历自称十全老人，诗极不通，而喜强作解人，园中石碑林立，皆其得意之作也。余与任潮、蕴山、昆仑屡扪读之，举为笑端。任潮以武人而娴文翰，故诗中云云。

跋涉长途赖友生，崎岖曲折苦难行。几家鸳侣能骁健，生小农村羡月卿。由后山至南湖，路弗可怖，余与佩妹由武装同志扶掖，始达目的地。李夫人年长于佩妹四龄，而健步如飞，不落任潮之后，可艳羡也。

影事渝州忘未得，三湘崛起女英豪。薰莸终古难同气，遗臭生怜左季高。孟君为民盟健将，与昆仑分道扬镳，在渝州时，余屡劝其加入民联，未蒙即可，至今惜之。季高谓左舜生，旧政协开会前，渠任民盟秘长，而反动之机已露，余一日于议场中大骂之，孟君出任调解，然意实袒余，可感也！

浮海归来病骨痊，双飞双宿薄神仙。太湖三万六千顷，何似君家女弟贤。前于叶圣翁处晤陈传纲、王汝琪伉俪，王女士方任北平市民主妇联筹委，盖昆仑之女弟也。

风云袖底重朱家，便作仪秦亦未差。此去南都还矢祭，道途休怨紫金赊。蕴山不日南渡，以紫金山谒陵之责属之。

余髯明达胜于髯,陷狱经年气节严。余技犹堪导游侣,功高劳苦我心忪。导游之事,悉赖心清,同人咸心感无既。

辽东斗士说王雷,宁去明来酒一杯。何日欢迎卫同志,虹平兄弟各无猜。王雷同志前携五龄女北宁来,翌日送归,易其七龄子北明;北明嗜饮有父风,能尽葡萄酒一杯,虎父无犬儿,信然。其爱人卫镇藩同志,不日亦将园居,且携三龄子北虹,一龄子北平俱来云。

重浮画舫泛南湖,鉴远堂前德未孤。多少诗情兼画意,一衾明镜四窗虚。南湖鉴远堂后有澹会轩,水天一碧,风景绝佳。

薄命胡雏惜载湉,也留御墨上雕檐。阿珍犯夜曾来未,想像敲门玉指纤。鉴远堂与澹会轩都有载湉题额,故遐想及之。

草木虫鱼敢细量,芳馨悱恻怨春光。渔洋竹垞仝持论,从此酴醾是木香。鉴远堂前有木香两树,浓芬刺鼻,昆仑、蕴山都谓即"开到酴醾春事了,此花开后更无花"之酴醾,诗以纪之。

袭人香气更长楸,姊妹花开别样愁。园门前有楸花,又有十姊妹花,均极香艳。胡牡当年差解事,名园留与后人游。

来去匆匆迎送频,飙轮驰道净无尘。案头日历休轻捡,不信今朝是饯春。今日为立夏节,归后始知之。

谢老诗才敏捷,在延京五老中实为魁首,乃于余方人一律后,杳无嗣音见报,怒我耶?抑才尽耶?三用人嗬韵挑战,谢老其何以教我

吟眺玄晖旧俊人,客儿驰道凿山尘。惠连入梦池生草,安石围棋谱积薪。最喜君家词赋健,岂容吾辈姓名尊。鏖诗挑战嘤求切,倘许湖山共笑嗬。

**是日彭泽老偕刘清扬、李健生两姊暨张泽霖君来访，
适余外出未晤，归见留简，戏改唐人诗寄泽老**

松下问同志，言翁余自谓玩耍去。只在此园中，人多不知处。

**五月七日，偕佩妹访北平市副市长徐冰同志于谐趣
园之霁清轩，盖以积劳致疾，养疴而来也。徐冰本姓
邢，原名西萍，其令兄宇清，长女公子邢霞，皆在轩
中作伴云。二七、二八用毛主席韵**

忍遣渝州旧梦忘，当时我马尚玄黄。曾岩斗酒同侯、尹，沙坝寻诗共沈、章。无命最怜王、李逝，多才倘许郭、张量。匆匆惜别寻常甚，访我何尝到沪江。余滞渝经岁，与君相得最欢，外庐、瘦石、衡老、伯钧、若飞、少石、鼎堂、西曼皆曾共谈宴。今兹新都重见，王、李已后先殉难，侯、郭在苏都未返，瘦石留滞外蒙，西曼参观东北，惟衡老、伯钧在平，亦各以事牵，未能合并，追念旧游，不胜凄恋矣！惨胜后君以军调部事，匆匆来上海一次，未及访余，故诗中云云。

欲抑先扬语未忘，延京诱敌岂苍黄。早知义战关全局，一任谰言构报章。尽瘁市郊劳案牍，养疴谐趣费衡量。白头兄更能文女，慰汝宁须酒似江。君嗜饮，非病后所宜，以此劝之。

**吴县汪树滋兄来园，言寰老将以十日挈眷
南下，诗以送之，二九用前韵**

三宿空桑约忍忘，怨君行李剧苍黄。居然同梦能前进，只惜麋诗少和章。相印心心原不易，衡才落落总休量。龙蟠虎踞依然好，雾鬓风鬟夜渡江。

与树滋谈某事感赋，三十用前韵

四十六年事未忘，老夫胸次有雌黄。衡今已犯奸非罪，榷古难逃内

乱章。蒸报春秋人可杀，慈悲因果佛休量。上方倘请朱云剑，早断驴头掷海江。

五月八日，剑芒、桐荪、病蝶、惠中先后来园，热甚未能出游，清谈竟日，各赠一诗，卅一至卅四用前韵

神交五十年中事，何意相逢须鬓黄。镜里头颅犹旧日，樽前谈笑读华章。红墙碧瓦词哀怨，越水吴山梦忖量。漫作兰成迟暮感，笔花文锦未还江。吴剑芒名兆桓，别字琴孙，浙江杭县人，年六十六。

与君卅稔为兄弟，异地重逢黄发黄。只信少时娴数理，谁知晚岁究词章。风徽突过前贤远，海水原难用斗量。安得对床眠匝月，钞胥我有墨如江。郑桐荪名之蕃，别字焦桐，江苏吴江人，年六十三。

淮阴负米衫犹绿，燕市佣书鬓乍黄。跳荡乡间称恶少，绸缪盟社富琼章。折腰讵免陶潜累，洗脑须从扁鹊量。杜厦白裘吾自愧，瓮山灵秀胜严江。黄病蝶名复，江苏吴江人，年六十。

骄阳烈日颜犹白，短后严装裤已黄。此是青年真本色，好从医药见文章。化工科学落人后，扁鹊、华陀待汝量。良相良医同救国，岂徒感慨在申江。周惠中以字行，上海市人，年二十二。

广西永福县青年于寓真夤夜来投，投挚友桂林朱琴可荫龙、琅琦任绮雯珍琰夫妇名刺为介，盖自平市西长安街步行至此也！留宿东庑，将为介绍入华北大学，赋此志感，卅五用前韵

航海梯山愿肯忘，望门投止夜昏黄。惊看风谊朱云刺，更喜穷愁任昉章。复壁柳车原磊落，君以学运事为军阀特务所忌，索之甚亟，匿琴可、绮雯家半载，琴可亲自护送返永福，复不能容，仍走桂林，由广州而香港，遂抵新都。琴可于贫困中分金以赆，绮雯复脱金约指益之，君不忍脱手，仍留怀抱间，途中几行乞，弗顾也！长裘广厦待商量。蛮夷大长行传首，早晚红军下桂江。

偕廖夫人游颐和园，卅六、卅七用前韵

五月九日，廖夫人何香凝女士挈两孙来作园游，先乘肩舆至谐趣园，访徐冰于霁清轩，归饭益寿堂。后偕佩妹、心清至万寿宫食堂外品茗，乘画舫入昆明湖，绕湖一周而返，客去后成诗二首追寄。

恸哭昭陵那便忘，托孤受命夜苍黄。崩城杞妇滔天泪，恤纬周嫠织锦章。铸铁六州成大错，衡才举世苦难量。三仁笑被旁人唤，早见微箕弃洛江。"庆龄、香凝、亚子，国党三仁"谢觉哉语。

开尽酴醾春未忘，看花红紫更蓝黄。肩舆不负登临兴，觅句终吟慷慨章。绕膝儿孙真幸福，填胸家国要商量。一枝岭上梅先发，定遣征帆返粤江。

田家英同志来谈，赋赠一首，卅八用前韵

英绝才华未可忘，素丝容易染苍黄。中山衣钵宁乖马，鲁迅渊源直溯章。早岁著书容错误，晚年定论合评量。由来政治通文学，青海还连扬子江。

赠冯织文女士二首，卅九、四十用前韵，五月十日作

竹马青梅伴岂忘，剧怜世事变玄黄。早知天壤无情物，枉费回文织锦章。陷狱蛾眉愁缧绁，阴谋狗盗苦思量。黄衫惜少双龙剑，未遣鸱夷逐大江。世传越师入吴，盛西施于鸱夷而沈之江，以谢子胥，今用其典。

几日园游事未忘，午来申返剧苍黄。吴门埋骨梁鸿冢，柳絮因风道韫章。安石东山怜命短，文姬北国倘才量。卅年影事难追忆，向笛黄垆泪满江。女士为余四十八年前旧友，久旅燕都，遇人不淑，流离失所，余登报征求，始通音问，曾约来园一游，匆匆未畅，成此追寄之。女士从父沼清先生讳教让，字竟任，毗陵华胄，早岁倾心反满，提倡女权，创苏苏女学于吴门，佩妹亦曾从受业者也。时端方奉清命督两江，颇思网罗党人名士，后来刘申叔、何志剑夫妇

都为引诱，身败名裂；而沼清独思反其道以行之，日夜谋近端，端拟遣往日本游历，考察女学。沼清得报，狂喜拍案曰："老贼亦入我彀中耶！"盖欲待东游返命，以手枪狙击之，为汉族复仇也。行期已近，忽以暴疾死。余时居吴江之黎里，买棹往哭之，复为撰家传，而此事则传所不详，盖捣喉触讳，积愤弥深矣！织文与从姊茜华，从妹遂方辈六人，咸为苏苏女学高材生，有志革命；余撰沼清家传中，称为毗陵六冯者是也。沼清既殁，茜华、遂方相继死。余女弟平权，亦从沼清学，与织文相友善，嫁后以产难死，其子钱宏，媳夏华，咸在解放区，平权地下有知，庶几无憾欤！因织文而牵连及之云尔。

病蝶以和王冷斋诗见示，音节如秋蝉咽露，凄不忍闻，非寿征也。立为点定，并和一首

开尽酴醿怅饯春，难忘高会尚芳辰。郊寒岛瘦乖吾意，虎骨麟胎换汝新。世界已非前甲子，风云更喜洽朋邻。杞人莫作忧天想，驴背陈抟是幸民。

光明集卷十一（万寿震集）

（1949年）

超弟书来，言秋白烈士忌辰将届，之华同志索诗于余，为赋二首，四一、四二用毛主席惠赠诗韵

悲歌易水衣冠白，函首秦庭冢土黄。无力回天吾应磔，斐然织锦汝成章。拉丁最喜中华化，鲁迅同归热血量。家祭今朝宜破涕，红旗赤帜渡长江。

识荆说项成疑案，有女杨家鬓已黄。故国遗书传弱息，沪滨赁庑贮瑶章。千秋史册留评判，盖代才华孰较量。最是惺惺相惜感，高吟奇泪满河江。

一九二六之岁，国共两党尚合作，余以中国国民党第二届中央监察委员资格留沪，主江苏省党部事，任省执行委员会常务委员兼宣传部部长。时省部执委兼妇女部长张应春及范志超两女士皆为之华同志密友。余以张、范之介始识之华，相谈亦甚款洽，曾邀之华赴余故乡同里，出席孙先生周年纪念追悼大会。同行者张应春、侯绍裘两先烈外，有吴江县党部执委郑光颎、唐蕴玉，暨余长女柳无非诸人，三十年前旧事，至今犹纷纷然在目前。顾余与秋白烈士曾否识荆，则脑际已不复能记

忆，即询诸之华，恐亦茫然无以应也。八年后烈士被逮，之华尚在沪上，以密书抵余，命余走谒孙夫人及孑民、鲁迅两先生，共商营救方略，并言倘弗能免死，则请于死前勿虐待，语极悲愤。余得书涕泣，顾时患脑疾正严重，杜门谢客，屏弃万端，且惩择生往事，知蒋逆方非心于异己者，戴传贤辈更助桀为虐，事必无幸，转侧徘徊，计未能决，而烈士遽以殉国闻矣！我虽不杀伯仁，伯仁由我而死，每念东晋王茂弘之言，未尝不痛哭流涕，虑他日无以见烈士于地下也。烈士殉后，有某医官以其遗札及绝命诗抵余次女柳无垢于美利坚，遗札盖致郭鼎堂者。垢奉札呈陈其瑗先生，瑗老为付油印，分寄之华莫斯科，之华疑其不类，顾外间已悄悄流播矣！抗战结束，瑗老返香岛，始以墨迹归鼎堂，顾鼎堂北行，又未携行箧中，无能俾之华一辨其真赝，惜哉！绝命词似藏寒家，岁久不能详，顾曾付写真版，一幅且留岛上书笈，屡促乔木、连贯两同志负责北运，至今消息杳然，余甚憾之！抚今思昔，追溯渊源，余与烈士往还之概，盖尽此矣！赋诗哀悼，语不成章，之华其谓我何？一九四九年五月十一日，吴江柳亚子跋于新都颐和园之益寿堂。

赠宗人柳林溪同志

余初来园居，与管理处主任林溪宗兄相晤，具道家世，始稔君本山西洪洞籍，因燕王扫北之役，杀人如草，孑遗之民始迁河北肥乡。其趾甲有异征，至今犹然。询以燕王为何人，扫北何代事，则不能答，仅言此乃父老传闻而已。吾家族望河东，本为北方著姓。今长沙有柳湜同志，任北平市教育局长，则湖南亦有柳姓矣。余家旧贯浙东慈溪，明季始迁江苏吴江。抗战时余在渝州识慈溪宗人某君，今忘其名。自言尚聚族居祝家渡云。而肥乡则有柳家庄，以姓得名，规模较弘大，颇望他时能偕林溪一访之也，奉赠二首。

当年扫北惨燕王，父老传闻事未详。只道劫余存硕果，远从洪洞到肥乡。畸形趾甲关生理，疏漏陈编补佚章。安得交通能畅达，与君同访柳家庄。

李唐族望本河东，南北迁移几处同。沅芷多栽湘水畔，慈湖原与浙江通。一麾终见宗元远，三黜休疑和圣同。闻道吴江新解放，有缘万里喜相逢。

次韵奉和谢老一首

今日自晨至暮补诗得三十余章，盖神疲力尽矣！夜奉谢老华章，不敢不报，仍次韵奉和一首，并用其体。原韵次第为人尘薪尊鼙，而谢老以尊薪互易，亦不敢不从，但已变质，故不曰四用人鼙韵也。

补诗欣见和诗人，今日诗坛起战尘。谢罪负荆吾自肯，鏖兵擐甲汝堪尊。称觞未敢公违令，救火何妨暗抱薪。愿得一卮来醉我，苎萝不作捧心鼙。

五月十二日又得谢老用人鼙韵惠诗，次和两首

甘心衣白作山人，衡岱应容篑土尘。自笑学书狂未减，敢从有佛处称尊。生矜丰采无余子，不信人才似积薪。终古下和能献璞，纵遭三刖岂含嚬。

某也东西南北人，风樯铁轨汽车尘。左徒悱恻怀王谴，李白猖狂杜甫尊。毕竟怜才堪俊物，肯容行脚叹劳薪。牢骚肠断吾知戒，忍向蛾眉学浅嚬。

得平伯先生报书，奉寄一首，四用人颦韵

余杭门下几传人，吴质周昌集未尘。谓检斋、鲁迅两先生。尽瘁捐躯应化碧，长笺短句并称尊。刘歆媚主羞符命，黄宪论才岂积薪。申叔与余杭论交在师友之间，学问纵佳，其奈两污名节乎！季刚以声韵学有闻于时，人谓突出其师，然蹉跎佗傺，亦与革命无关矣！木本水源追溯旧，曲翁灵爽讵宜颦。

谢老续惠诗一首，仍和二首

末韵改颦为频，而首韵从缺，余僭以村字补之，从此人颦韵变而为村频韵矣，此亦诗坛之佳话也。

吴江难觅柳山村，五百年来史已尘。名世风流公自远，狂奴故态我犹尊。围棋谢傅矜先着，迟嫁夷光耻负薪。异体颦䦗原一义，笑我多事易为频。来诗自注云："颦䦗早已乱用，不妨更易一频。"实则颦䦗同字，仅笔墨之差，不比频字之别有意义也。

祝家渡异柳山村，旧贯慈溪未化尘。余家旧贯浙东慈溪县祝家渡，亦于明季始迁吴江之北舍村，今为北厍乡，再迁大港，三迁大胜村，又号胜溪，先曾祖粥粥翁有《胜溪竹枝词》一卷行世。戊戌政变之岁，先考钝斋府君四迁黎里镇，又号梨花村，即清袁枚女弟子吴琼仙所居地，《随园集》有《梨里行》者是也。先妣费太君，少受业于琼仙女徐玖字丸如，实为袁枚再传弟子云。蒋中正叛党，余自日本亡命归国，更五迁上海，赁庑以居，藏书犹在梨里，寄置清乾隆朝直隶总督周元理故第，恒有迁迫之虞，而胜溪旧宅，则早为日寇付之一炬矣。越绝吴趋吾久窜，湘兰沅芷汝能尊。龙飞大陆终归海，麟谪鉏商慎采薪。倘作莼鲈江上约，莫教小丑跳梁频。

五月十三日，士清携桐兄诗来，次和一首，四三用毛主席韵

江南时局惊还喜，陌上桑条绿乍黄。弱息依然巢乱国，雄心剩遣壮芜章。百年亲串同忧患，并世才华合忖量。闻道佳儿继弧矢，行程倘到牡丹江。两家曾祖妣咸出黎里邱氏，实为女兄弟行，故有百年亲串语，盖余与君

亦中表也。

屡得彭泽老来书，奉报一首，三用村频韵

索居身世苎萝村，颇喜名园绝点尘。一老能来嗟不遇，双姝同顾亦称尊。泽老一周前偕刘清扬、李健生两女士来，值余作湖游，以未值为恨。楸花满树增奇艳，藤蔓团香讵作薪。匝月应迎徐淑到，灯华雀噪喜频频。泽老夫人将以匝月左右由港来平，喜可知已！

午梦初还，林溪宗人偕张晓梅、王世英两同志来访，赋赠三首，四、五、六用村频韵

敦庞民俗重农村，香洌难忘粪土尘。电化他年关大计，支前此日最宜尊。如君长厚终名世，愧我蹉跎未作薪。辛苦危言能领略，一家兄弟往还频。柳林溪，河北肥乡人，年四十一，现任颐和园管理处主任。

顾我津南又一村，骄阳烈日汽车尘。吴淞黄歇匆匆见，齐鲁燕云冉冉尊。谈笑生风人未老，牺牲革命愿为薪。徐郎病酒吾终虑，盼汝忠言劝告频。张晓梅，河北阜城人，年三十九，现任北平市民主妇联筹委会主委。

洪洞名城未是村，苏三艳史讵成尘。燕王扫北君知否，主席还都我始尊。缱绻渝州怀影事，驰驱津市感劳薪。名园终拟能留客，诗酒殷勤十日频。王世英，山西洪洞人，年四十四，天津军管会参谋长。

偕佩妹暨世英、林溪、晓梅散步园中，见鱼塘掘泥工人荷锄结队，歌咏而归，别有风趣。在毛主席"生产第一"的正确领导下，中国真正走上太平大同之道矣，喜赋一首，七用村频韵

郊园风物俨乡村，掘土归来鬓有尘。我辈坐谈殊自赧，诸君劳力始堪尊。从知欢喜能增产，不比牢骚怨负薪。缓缓歌声前路去，重来明日讵嫌频。

叠韵和徐冰两首

五月十四日晨,偕佩妹访徐冰、晓梅伉俪于谐趣园之霁清轩。徐冰以和诗见示,自言床头捉刀人即令兄七十老人詹亭先生是也。慷慨沈雄,无惭名手。惜詹翁已入城,不及一见为怅耳,叠和两首。

龙虎云风世未从,生惭才略逊毛公。弩张剑拔宁人杰,眼合眉低证大雄。自笑狂奴藐余子,天生名德护微躬。秦嘉徐淑终堪念,半日倾谈惜遽匆。

班昭谬论误三从,制礼周婆论始公。莱妇鸿妻堪作健,双丁二陆并时雄。谓徐冰次兄宇清掌珠更喜夸才俊,醇酒休教祟病躬。最感张娘偿我愿,簪花小字替匆匆。

北平市政府秘书长薛子正同志书来,谬加奖借,赋谢一首,八用村频韵

曾岩比例苎萝村,珍重楼居绝点尘。知己若飞嗟早逝,怜才少石合同尊。剥床硕果留今日,革命为牺竟作薪。向笛黄垆同感旧,酒悲雪涕宁辞频。

赠北平市长叶剑英同志两首,九、十用村频韵

由来城市异农村,牛粪宁同马粪尘。况是新都天下望,已看专阃国威尊。屈平悱恻难忘楚,翁子牢愁尚负薪。市骏昭王台在否?莫嫌干谒太烦频。

柳暗花明又一村,江南江北扫埃尘。雍容裳带如公盛,威望陈刘要并尊。下士欣看倾醴酒,衡才莫漫叹劳薪。颇闻花底填词好,温李苏辛若个频。

晚偕佩妹、心清至排云殿看芍药，十一用村频韵

郊园毕竟异乡村，镇日垂帘不卷尘。夕月始知微步好，犯风只为看花尊。丁香木笔嗟来晚，魏紫姚黄早作薪。花坊旧种牡丹，都不堪复问。犹有将离无尽艳，莫嫌郑卫采诗频。芍药一名将离，言花盛时春光已晚，将在离别之候矣！"赠之以芍药"，见葩经。

同游纪事两首，十二、十三用村频韵

五月十五日上午，超弟偕秦振庭女大夫暨张曙时、吴钧伉俪同车来访，朱世昌、世成、世同及周惠钟亦至，同游谐趣园，晤徐冰、晓梅夫妇，乃至玉澜堂前看芍药，鲍老导入堂中，曙时踞载湉宝坐，余与心清左右之，惠钟为摄影，超弟继之，自负为摩登民主的西太后，不悟其为太炎先生所指斥为不辨菽麦之载湉也。余指其迷误，始大笑出门，饭于松春斋东厢，共十一人。饭毕剧谈良久，订廿八日再来之约而去，纪事得诗。

辂车容易降郊村，驰道风轻不染尘。秦范丰姿都绝世，张吴伉俪合称尊。愁从元老谈遗史，喜见青年累积薪。石烂海枯天亦补，群公莫忘过从频。

玉澜堂岂杏花村，御坐偏霑屐齿尘。呆女痴儿吾自惜，椓人胡牝世宁尊。过江名士多于鲫，历史人才总积薪。鲍老多情真足念，辂轮鸣马不嫌频。

玉泉山疗养院院长陈兆龙招饮谐趣园之涵远堂，偕心清赴之，晤市政府秘书长薛子正暨北方民族工业资本家李烛尘诸君，十四用村频韵

涵远堂开别一村，湘帘高卷绝纤尘。元龙好客无双士，薛李名流倘两尊。往事渝州赢痛哭，今朝白下悔迁薪。喜逢燕赵悲歌客，闽浙川湘客籍频。

次韵和烛老一截

天堑长江本凿空，紫金山上万旗红。中华此日昌民气，大道能行是大雄。

次韵和谢老

一麾至竟销才霸，三黜何曾叹数奇。和圣风流曾拥女，宗元政治胜新诗。安居每耻合胡牝，壮志休忘逐美夷。六十三龄身未老，要同钱李斗婴婗。来诗云有钱老来苏，李老木庵，均与谢老同龄六十六，钱老是为老解放区第一喜旧诗者，颇盼谢老能为我介绍，一斗尖叉也。

五月十六日桐兄来园，赋诗一首请桐兄正和，四四用毛主席韵

余偷半日闲偕桐兄、佩妹出游，登排云殿经长廊至乐寿堂看芍药，返抵玉澜堂，观载湉被软禁处，旋由谐趣园折往后山，欲沿堤访南湖诸胜，以佩妹足力不胜而止。

山巅松栝参天绿，堤畔波涛卷土黄。裙屐千秋康乐意，楼台七宝梦窗章。玉田言梦窗词如七宝楼台，拆下来不成片段。桐兄反其意，谓梦窗仅有七宝的材料，实未能搭成楼台也。曾集梦窗句成贺新郎一阕，自诩远胜原作。余视之信然，始信桐兄非眼高手低之流；余谈艺四十余年，而不知国有颜子，诚应忏悔，绝非阿私所好也。兄论词颇有奇辟之见，而懒于手写，余请其暑休期间园居匝月，请吴剑芒兄著录，其造就决不在王静安先生《人间词话》之下，谓余不信，请尝试之，如何？白头兄妹三人共，感旧潘杨一脉量。余先祖笠云府君，与桐兄本生祖玫卿先生、嗣祖寅卿先生为中表行，少年笔健，博学能诗文，而都不寿，邑中有郑柳之目。只是老牛怜舐犊，东都鼙鼓忆申江。桐兄谈清华园解放前诸艰险事，余甚以沪上小弱安危为念。报载大军已下京沪路上之昆山及沪杭路上之松江，大局形势已定，惟爱女无非、无垢及诸孙尚留危城，不能忘老牛舐犊之意耳！

赠程之平同志，即谢蚊帱鸭蛋之惠，四五用毛主席韵

安眠惠我蚊帱白，健饭贻侬鸭蛋黄。衣解食推真足感，星驰电檄总成章。五华婺尾今安在，三水同名合共量。六国饭店招待处解散前，五华李永年女士始来就职，故以婺尾春光目之；三水邓子平同志，与之平谐声从合，待我最厚，受我累亦最深，闻去参观东北矣！客籍倘容添掌故，桃潭春水胜长江。

五月十七日张香池、李泽霖、蔡贤初、罗西欧偕来，同心清看芍药，又至颐和饭店旁小坐，缘山径而归，颇有崎岖之感，四六用毛主席韵

辽沈征人原肮脏，香池秣陵归客诓苍黄。泽霖能修指甲真鸳侣，贤初、西欧伉俪欲借春阴奏绿章。荃不察余之中情兮，翻信谗而齐怒，余自谓也。登岳昌黎嗤胆怯，谈兵杜牧敢轻量。难忘最是红衣女，一舸盈盈竟渡江。

夜自后湖泛南湖，中流待月久久不至，狂飙忽作，几罹覆舟之厄，诗以被之，四七用毛主席韵

同游者余与佩妹暨西欧、贤初、泽霖、香池、心清外，较日间增王雷湘一人云。

东阁留宾人惨绿，南湖待月夜昏黄。如何羿后无消息，翻遣封姨怒报章。罗、蔡、李、张都不俗，余、王、郑、柳合商量。佩妹坚持先返，心清不可，我何依也。广寒休怨姮娥闭，便可看花值过江。

待月三截句

待月南湖畔，广寒宫未开。封姨无赖甚，翻遣巨飙来。
燕雀喧犹昔，龙蛇蛰未开。余髯夸捞月，恨未覆舟来。
碧伞舟中阖，红衫望里开。丰肌双玉股，倘遣梦中来。

五月十八日，陈迩冬、钟敬文、边波过访，喜出望外，四八用毛主席韵

元龙桂岭心肝赤，伯敬扶余醴酒黄。更喜青年来蜀道，要从京国展华章。八方豪俊燕云萃，一代人才海水量。吾辈坚贞原不愧，笑他措大过长江。"琵琶多于饭甑，措大多于鲫鱼"，不记何代何人语，语极俊爽，有哀梨并剪之风。"过江名士多于鲫，独有王敦是可儿"，亦不记为何人句。以此两典配合，则措大等于名士，名士等于鲫鱼，宜有过江之可能矣！若现住北京饭店四百十六号之李俊龙，正其人也！

与迩冬谈朱琴可、任绮雯伉俪欲北上而未能事，不胜凄恋，四九用毛主席韵

王孙故国心犹赤，静女严装额点黄。五色华衣金凤曲，一门风雅叶琼章。聪明侍婢衾先抱，谓于寓真已来北平。娇小仙人带已量。谓迩冬盼杀多情王子敬，几时桃叶渡长江。

偕迩冬、敬文、边波游谐趣园，旋至宫门，晤黄药眠、沈启予、柯灵诸君，倩陈女士为摄一影留念，五十用毛主席韵

八桂交情那忍忘，宫门瞥见大师黄。鸳鸯最喜全栖止，云锦居然有报章。将圣丘乎原自许，启予商也合评量。良俦俊侣柯灵好，一影留传到沪江。

摄影甫毕，忽闻人语喧哗，则黄任老、姚维钧夫妇率领黄家子妇军全部杀到，而心清亦送贤初、西欧、香池、泽霖下山而来也。再摄一影，任老高呼大团结，余鼓掌和之，五一用毛主席韵

忍以封侯轻李、蔡，居然仙侣又姚黄。青年元老成团结，新妇参军

合表章。一代龙头吾岂愧，几家鸳偶共商量。名园胡牝差堪喜，免遭舟沈鸭绿江。

黄波拉、孙冶公伉俪挈儿勃勃，偕梅公敦来访，为规划一切，縢以此诗，五二用毛主席韵

赠我齐纨意岂忘，桂林亡命感孙、黄。子真吴市娱春侣，雏凤新音出谷章。濑水投金酬汝德，智囊余计待吾商。衔泥旧燕休忘记，章书徒行过大江。

呈毛主席一首，五三用前韵，五月十九日作

扪心肮脏犹能赤，报帖平安未化黄。负气我甘同杜牧，怜才公岂逊奇章。藏山修史谋宁拙，结客挥金海可量。欲借头衔荣父老，今宵归梦落吴江。

桐兄前言王静安先生投昆明湖自杀事，颇萦脑际，久久未忘，感成一首，五四用毛主席韵

惨史昆湖我未忘，填胸人物费雌黄。尾翘宁洗遗民号，脑健偏抒进步章。殷礼在斯奇货贵，周婆专断腐尸量。抽烟兀坐从容甚，漫拟三闾蹈汨江。静安先生中岁悼亡，鸾胶重续，其妇颇有河东狮吼之风，先生苦之。同时，先生出上虞罗振玉之门，受其提挈。顾罗非端人，女嫁先生长子，姑妇勃溪，孀后大归，罗以是颇责难，先生处两大之间，于是不得不死矣！身后罗复居为奇货，请于伪帝溥仪，赐谥文悫，岂先生之本意哉？罗有《殷礼在斯堂集》，故云。

五月二十日晨，枕上闻雷声，继以豪雨，知秋收无患矣！起检案头，获病蝶喜雨呈毛主席两律，即次其韵

雷车梦里阿香行，豪雨奔腾遍旧京。起蛰蛟龙横海远，当关虎豹敌人惊。欧美帝国主义者从此不能再横行于东亚，足雪百年来之耻辱矣！探囊余智

吾犹壮，逆耳忠言汝实明。近以碧云寺国父衣冠冢、江苏省人民政府暨国史馆事，颇于毛公有所献替也。一笑未湔封建习，早知王气在幽并。

云中烟突千家竖，陌上柔桑万户栽。能以一诚销万劫，更凭人力御天灾。贾生痛哭休嫌激，隗市挥金岂负才。六十三年身是史，梁园文采继邹枚。"不是元咺讼卫侯，大千公案上眉头。梁园文采邹枚血，显出黄人第一流。"此四十七年前，邑前辈金鹤望先生为余杭章太炎大师、巴县邹蔚丹烈士被捕作也。邹阳隐巴县姓，枚叔则余杭旧字，时清房方以原告资格，讼章、邹于上海公共租界会审公堂，故有元咺卫侯之语；血者，疑其引渡后将流血以殉也。

次韵奉酬廖夫人香岛旧作

失喜名园赍好音，岂全麦秀黍离吟。三仁我辈原无忝，用谢老诗中语。群小投机别有心。已见南都张赤帜，倘容前席问苍生。卅年影事空惭恧，私淑吾曾附列宁。三十年前，余撰《迷楼集》叙文①，自署"列宁私淑弟子"，为同邑土豪某告密于江苏省长韩国钧，几弗免。

之平以葡萄酒、白兰地各一瓶见惠，再赠一首，五五用毛主席韵

倾心我爱葡萄赤，养士人称醴酒黄。合璧真堪夸醉福，报君何物剩诗章。游仙有窟劳排比，领袖谁家费忖量。吐雾吞云非我分，客来烟气隐湖江。

衣白山人一截句

衣白山人思李泌，山中宰相耻陈儒。陈儒者，明之陈继儒也。削足断头，昔人葛亮韩擒，早有成例。惟腰斩则似未见，自我作古，又何妨耶！庄光十字诗原好，绝胜强华赤伏符。

---

① 编者注：应为《乐国吟》后序。

光明集卷十二（万寿艮集）
（1949年）

五月二十一日雨中，得超弟诗，立和一首，十五用村频韵

夷光旧梦苎萝村，麋鹿苏台起战尘。一雨自关天下计，千秋只合老夫尊。牢骚太盛休传钵，哀乐相参异卧薪。阮籍、嵇康殊祸福，垆头醉倒莫辞频。

调心清一截句

归来长铗食悭鱼，天遣余髯有叹吁。一笑老夫同绝倒，城居曾怨出无车。

五月二十二日，余六十三初度之前六日也。邀友宴集万寿宫食堂，为暖寿之举，醉后赋此

酒阵葡萄霸一军，红旗赤帜我称尊。莲花白酿香无敌，兰地白兰地也黄封味共存。漫道独醒追正则，微闻芎泽醉齐髡。老夫六十三初度，暖寿犹疑合卺樽。于是乎佩妹亦年六十二矣！

平江单元麟、湘阴任培辰伉俪索诗，赠以一截句

卅年客籍富三湘，后起风云那便忘。陌上花开歌缓缓，湘阴过去是平江。

平伯先生、长环夫人出所藏余杭师暨戴子高、孙仲容两先生上曲园翁笺札册页见示，属为题诗，敬赋

吴门流寓曲园翁，身世随园有异同。籍著两家称弟子，先妣费太君讳漱芳，晚号德园老人，髫年时受业于同邑禊湖徐丸如女士，而女士母吴琼仙，则随园《湖楼请业图》中人也，故先妣于随园，可称三传弟子。余少游余杭师之门，又实为曲园翁再传弟子云。缘悭一昔坐春风。颇闻谬论神狐祟，倘与微言伯定通。世传曲园翁典试某闱，为妖狐所祟，出题"君夫人阳货欲"，以是免职，余颇疑翁见清政不纲，不欲侧足焦原，故以微罪作归计耳！此与龚自珍答友人问："正大光明殿赋"官韵，谓是："长林丰草，禽兽居之"者，殆有相同之点云。更喜曾孙传慧业，刘樊仙侣酒边逢。

余杭门下负传薪，敢与周、吴竞德邻。谓周树人，吴检斋两先生也。贱子髫年惭受菽，本师晚节定完人。邹容墓草华泾宿，马叟书楼歇浦新。电稿沈沦征未得，不应天遣丧斯文。余年十七，读书上海爱国学社，始及余杭师之门，与巴县先烈邹蔚丹讳容者相稔。余杭著《驳康有为政见书》，巴县著《革命军》，余偕同邑蔡冶民姑丈，陶亚魂挚友，醵金付大同书局印行，二公以是重余。苏报案起，老贼吴敬恒告密，两公牵连入狱，犹以书勉励余，余杭书有"庶使朱长孺、陈长发辈知后起有人，积薪居上"云云，朱、陈并吾邑之明遗民也。余杭判苦役三年，巴县两年，而巴县竟瘐死提篮桥西牢中。有言清房实贿狱吏，以鸩毒毙之者，疑莫能详已！余杭狱期满，孙先生在日本东京，遣同志龚炼百诣上海迓之，遂主民报社。辛亥革命以还，踪迹疏阔，芦沟桥抗战前后，闻与丹徒马相伯先生通电宣言，主张国共合作，共御外侮，余为拍案叫绝。惜求此电文十年，尚未入手，为遗憾耳！巴县殉后，亡友刘三为营葬华泾，今刘三亦久逝矣！

梦隐吾留第二图，戴君遗迹未模糊。此才合继杨秋室，家祭宁忘陆鉴湖。榷史南明应不朽，校书白下似追逋。思量温李徐钱傅，卅载终怜

旧业芜。子高有《梦隐图》。四十年前，顺德蔡寒琼为余缋《梦隐第二图》，余自题《金缕曲》一阕，颇沈痛，盖有天荒地老之感，不虞今日之翻身也！南明遗事，用正史体裁写订者，首为乌程温哂园之《南疆逸史》，而吴郡李瑶、六合徐鼒继之。李书名《南疆绎史》，盖得哂园残本，而窜改增补，实为点金成铁之作；徐书名《小腆纪传》，其命名颇恶劣，而书则后来居上也。其后元和钱绮、大兴傅以礼两人，一撰《南明书》，一撰《后明书》，似均未脱稿云。归安杨凤苞撰《南疆逸史跋》若干首，存秋室集中。盖终胡清之世，温氏书只有传钞，绝无刻本。子高客南京官书局时，始得一钞本，加以校勘，丹黄狼藉，藏上海涵芬楼中，安阳谢刚主（国桢）撰《晚明史籍考》时，犹及见之，惜毁于倭寇"一·二八"淞沪之役矣！幸子高别录一副本，附以杨跋，寄赠傅节子（以礼），后归吾友顺德邓秋枚（实），始由国光书局铅印行世云。余少喜史学，颇以撰述南明史自任，蹉跎卅载，一事无成，弥深遗憾。曩在桂林，与挚友朱琴可（荫龙），有修史之约，极盼琴可能早日北来，共襄盛业也！

　　大吕黄钟孙仲容，天图地碣辟鸿蒙。郑玄经术非吾恋，剧孟雄心喜汝同。未见柳车藏季布，早令海曲窜梁鸿。华夷大义春秋笔，皕稊留传在浙东。传余杭出狱时，仲容曾与通问，署名荀羕，拟招余杭居温州，以北海孙宾石自命，会余杭已东渡，乃不果云。

　　生惭赐也善方人，羞说薰莸共一尘。胡广中庸能劝晋，延陵抗节抵成仁。目无余子狂奴老，学有渊源家法新。感激温柔敦厚意，不辞着粪佛头频。昔贤言："与公瑾对，如饮醇醪"，余见平伯先生，亦有此感，恒以温柔敦厚四字品目之，盖人如其诗，诗如其人矣！于长环夫人亦云。

赠廖安祥一首，五月二十三日作

　　柳车复壁无穷意，今日方知东道人。谢客负才嗟不禄，钟郎交臂失由旬。沈机大海恩情重，索句新都感慨频。惭愧千金悭报德，王孙漂母异殷勤。

五月二十四日，闻林溪宗兄抱病入城，赋此为别

闻汝匆匆竟入城，未能远送负平生。昆明湖水深千尺，那及连枝同气情。

五月二十六日卓午，始闻上海解放捷报，盖瓮山隐僻，如坐瓮中也。百感交萦，辄有是作，兼寄陈仲弘将军沪渎

狼星一昔敛江头，百万红军下旧州。元时置上海州。故国遗黎宜厚抚，胁从群小忍深求。词华伟业惭千古，裙带麻姑瞬廿秋。蒋匪中正篡党时，余以不死为恨，草间偷活，瞬息二十余年，每诵吴梅村"故人慷慨多奇节"句，不知吾涕之何从也！向笛黄垆真满眼，酒边慷慨哭朱侯。朱季恂、侯绍裘与余并为国民党江苏省执行委员会三常委之一，季恂为余弟子，绍裘又为季恂弟子，时有三代同堂之谑。北伐出师后，蒋匪叛迹渐张，季恂以病留粤，悲愤呕血死，适为三月十二日总理忌辰，异哉！绍裘东归沪上，明年四月十二日之变，被捕磔死南都，传闻与妇女部长张应春女士同殉云。

探囊胜算未全收，闻道艨艟走大酋。上海解放之役，闻蒋匪以海道得脱，余昨电仲弘，期以生擒此獠，未能如余所计划，颇为遗憾也！地角天涯宁有幸，吊民伐罪本无尤。追师应早收珠海，漏网休教渡美洲。有私淑弟子谢生传学者，自虞山来笺献策，谓宜以三星期南平两粤，勿令蒋匪兔脱，致贻后患云云。闲杀龙文双宝剑，几时斫断逆臣头？蒋匪为吾党之乱臣贼子，人人得而诛之者，谥以独夫，犹嫌未当也！

裘带雍容陈仲弘，江南回首梦觚棱。杯羹分我盟犹在，五年前余居重庆，君旅延都，曾通诗讯，君谬加奖誉，余报书有："手无斧柯，奈龟山何"意。君再修笺见答云："他日誓师南渡，我师即若师耳！"余心志之，不敢忘也！第宅依人计未矜。为沪上寓庐事，有所干请，恃鲍子之知我耳！荐士欧阳吾自壮，得朋管仲汝能兴。余荐士于仲弘甚伙，士均国民党省部旧人，蒋匪叛篡时杀戮之余也！剥床硕果，愿与友党共宝之！何当驰马呼鹰去，一醉龙华最上层。

舐犊恩私漫自惭，喜闻胜利梦魂酣。围城玉貌秦休帝，奇气金闺女胜男。余两女无非、无垢，并在上海。安石出山宁小草，汪伦送我怅江潭。难忘最是昆明水，未忍轻言吾道南！北平无足恋者，惟此昆明一水、颐和一园，令人乐不思吴，有"故乡无此好湖山"之感，奈何奈何！

李烛尘来书，以余近体诗真元通叶为疑，诗以解之，并订酾金修史之约

林鸿齿冷沈东阳，林庚白《丽白楼诗话》，谓"沈约浙人，音本不正"云云。见开明版《丽白楼自选诗》页一一一。高叟为诗固未臧。孟子："固哉高叟之为诗也！"衣钵唐贤毛主席，新篇早已混江阳。《诗韵大全》云："江阳之通，唐人多用之，不为无见。"余谓毛主席近作亦然。

腐迁盲左我堪雄，官烛双鬓小宋风。市义挥金多旧例，李公倘许胜毛公。余以修史事商之李君，谓月费十万金可了此公案，则毛主席所不能担负的事业，而李君能之，岂非千秋佳话耶！

五月二十八日，为余六十三岁初度，诸友宴集于中山公园上林春，群贤毕集，任老首唱索和，叠韵成二律奉教

草间偷活劫余身，金谷生惭石季伦。往事休提容恸哭，潮流前进似车轮。剥床硕果今余我，流血为牺尽化神。剩有樽边无限感，安危消息沪江滨。时闻秦德君女士牺牲殉国噩耗，犹冀其非真也。

六十三龄未死身，伯夷伊尹两非伦。招邀敢负群公意，惭愧难追历史轮。卡尔谋猷堪建国，中山衣钵孰传神。昆明湖水依然绿，未拟鹰扬起渭滨。

闻秦德君女士噩耗有作

宗风真衍秦良玉，说部能开沈雁冰。玉貌锦衣犹在眼，秋坟向笛忍

传灯。东坡儋耳谣容误，一妹南都血尚凝。猛忆渝州初识面，含光任侠气飞腾。

五月二十九日宴请诸友，感赋一首，三用身宾韵索和

五月二十九日招邀孙荪荃、冯织文、范志超、秦振庭、魏希昭、崔书香、钱杏邨、宋云彬、钟敬文、陈迩冬、柯灵、边波、吴剑芒、吴信三、郑桐荪、黄病蝶、阮介蕃、张力成、余心清、梅公敦、李伯宁、宋剑行、陈振汉、汪树滋、于寓真、孙勃勃暨黄波拉、孙冶公、任培辰、单元麟夫妇共三十众，主则余与佩妹也。期而未至者，谢雪红、胡天新、王雪莹、郑坤廉、王仲久、包启亚、谭平山、叶圣陶、傅彬然、梅龚彬、尹瘦石、潘礼声亦十二人云。

中华民众已翻身，笑我原非冯道伦。六十三年身是史，百千万劫鲁如轮。臧洪慷慨心犹热，安石从容貌似神。一语孙娘持大体，不容文献委江滨。荪荃议创北平市文献保存委员会，为抢救木板书籍计，盖琉璃厂书肆大不景气，已在论斤捆载时矣！

光明集卷十三（万寿离集）

（1949年）

六月一日初谒白石老人齐璜于快车胡同，赋呈一首，时老人年八十有九矣

缶庐不作茫夫逝，鲁殿灵光白石翁。伏胜经传能溉泽，傅岩板筑早成功。新邦创造尊耆宿，旧国文明进大同。二十六龄能长我，抠衣长愿坐春风。

国立艺专约余演讲，黄警铸博士索诗供壁报之用，草草成此应之

群才济济愧华颠，桃李成阴卅一年。布鼓雷门吾自笑，乘潮沧海世能贤。欣看领袖新民主，划尽金元美利坚。粉墨丹黄须努力，一枝画笔矗青天。

赠李可染一首

渝州联展初逢我，燕市悲歌更遇君。昔日诗篇应雪涕，于今民众已翻身。画坛绝业堪千古，艺苑论交有几人。闻道尹生南下近，颇思十日酒杯频。

赠孙宝基一首

红冰碧血平湖水，异地逢君岂偶然。咳唾九天落珠玉，纵横万里扫烽烟。吴根越角壶浆满，画苑文坛气节坚。倘梦自由神畔路，卢梭旧事我能贤。君留学巴黎十载，近为国立艺专教务主任。

为韦江凡题《故都缘法》册子二首，江凡秦之澄城县人

无衣慷慨秦风壮，击筑苍凉燕市逢。自笑虚名满天下，何曾米价问江东。华山抚掌陈抟叟，少室煨芋叶平李泌翁。自署颐和园主好，感恩知己是毛公。

除却毛公便柳公，纷纭余子虎龙从。更无兰芷三闾怨，那有头颅黄祖雄。一代文豪今属我，千秋历史定称翁。韦将军自夸缘法，惜少双鬟玉指葱。是册无女性笔墨，颇以为憾。

前赠可染诗，颇有疑似处，别赋一首，谢华管筇杖之惠，兼示其德配邹怀珠女士

错认颜标作鲁公，老夫耄矣太痴聋。无端贻我文通管，何以媵之夸父筇。窈窕江妃珠佩解，苍茫墨翟素丝逢。李、邹仙侣真堪羡，大雅胡同市隐踪。

赠马大猷、王荣和夫妇一首，为振汉、书香作

绿遍垂杨一院春，德邻王、马更崔、陈。微闻获教传慈母，更善妆台礼玉人。电化应开新国史，医林能扫病床尘。闲居最好谈名理，赌酒弹棋日日频。

赠单元麟、任培辰夫妇

平江觥觥天下士，昔者睹面今睹心。湘阴任妹故英绝，明珠宝剑双瑶琴。

赠刘仁女同志

天涯未识刘仁面，任妹殷勤替索书。画鬼涂鸦何以报，嗜痂感激为题诗。

赠黄病蝶

七日城闉醉梦多，髯翁怀抱未蹉跎。驰驱奔走劳君悴，未尽酬庸意若何。

赠曹哲明女士

篱下依人漫怨哀，簪花小字喜亲裁。白裘杜厦平生愿，誓拯婵娟绝妙才。

赠廖学清女士

大雄大勇大无畏，此是金闺不世才。完璧相如宁足道，平生怀抱为君开。

赠夏文珠女士

鉴湖旧贯称诗好，燕市新声入耳灵。国老堂堂今付汝，慈悲基督启南丁。

赠范志超

生死难忘范志超，廿年交谊忍轻抛。邮书□□休轻视，整顿河山赖若曹。

赠汪树滋

汪伦赠我殷红玉，云是余杭手泽留。一事髯翁真快意，从今衣钵属龙头。

赠徐悲鸿、廖静文夫妇

争持壁垒少年坚，今日真知城北贤。珍重金闺新国士，坚牢玉树要长妍。

赠别于寓真小友

王孙故国伤迟暮，将种浪夸剩怨哀。幸有小于能解事，能传衣钵到燕台。

送黄波拉、孙冶公夫妇南归

豪情八桂早成灰，谁意黄孙返里来。任妹单郎知我意，长途作伴漫疑猜。

赠崔书香、陈振汉夫妇

崔娘干练真无匹，陈子温文最有情。韶九胡同留十日，髯翁快绝冠平生。

赠崔书琨

彪形大汉闯然入，惊道崔娘小弟来。强国要从强种始，人民模范此奇才。

赠陈孟平

聪明智慧娃娃好，颇胜真名陈孟平。一笑髯翁持比汝，老娃娃仅以诗名。

再赠刘仁二首

今朝才识刘仁面，奋斗成功六十年。最喜沁园春两阕，琅琅上口汝能贤。

丰沛萧砀叶平浪得名，鼠偷狗窃妄经营。从今历史开生面，毓秀钟灵属女英。

光明集卷十四（万寿坎集）

（1949年）

三赠刘仁同志女英雄，六月六日作

匆匆见又匆匆别，春水桃潭岂易忘。旭日中天防食昃，忠言逆耳费思量。吾侪一意依民众，大盗千年是帝王。芒砀英雄今在否，刘仁容易胜刘邦。

六月六日在韶九胡同有作二首

韶九胡同留十日，崔娘厚我况陈郎。天才更喜娃娃好，老悖还须粥粥量。先高祖古楂府君礼贤下士，尊事郭频伽、姚春木诸前辈，而性刚不能容物，与其女夫冲突，一怒致呕血，遂取老氏语，自号粥粥翁。余殆得其遗传者独多欤。使酒灌夫原谩骂，沈湘正则岂佯狂。英雄惯作欺人语，未必牢骚便断肠。

韶九胡同留十日，中年哀乐感苍凉。断头痛哭秦良玉，走肉生怜孙尚香。弱妹盛年真爱任，英雄落魄最怜黄。范超秦振依然好，肯把泥中郑婢忘。

是日，偕佩妹挟树滋兄归郊园，戏赋一律

钓竿欲拂珊瑚树，满地江湖重一汪。树兄云将垂钓昆明湖。潭水深情

缘李白，后车载汝异姬昌。悲歌燕市欣能聚，乡语吴音壮未忘。为我集邮兼剪报，夜谈更喜月如霜。

既抵郊园，任老暨维钧夫人、当当女公子先在，招余夫妇夜泛昆明湖，归途遇雨有作，奉赠任老伉俪又索和，兼示盛丕老、王艮仲、葛克信

挈妇将雏夜泛湖，无端天际乱云铺。桃园秉烛宁输李，赤壁拿舟意胜苏。水面惊闻豪雨落，人间肯信德邻孤。奇情胜概原无两，恨未亲携酒一壶。

前诗写就，任老诗亦至，立和一首，盖已六月七日凌晨矣

一霎晴湖变雨湖，仓皇脚底水泥铺。篮舆自坐陶公稳，电炬能令盲左苏。胜算千薪烹瓮鳖，乡心八月恋莼鲈。破车快犊君休憾，青史流芳论未殊。

次任老知丝韵

目光如炬定先知，举国犹狂众受欺。庆父不除终鲁难，仲连宁忍见秦旗。焦头烂额民何罪，曲突徙薪我有辞。地角天涯围早合，操刀脔割万千丝。

次任老偕涯韵，兼呈维钧夫人索和

鏖诗赌酒吾犹健，敌忾同仇汝可偕。不信葫芦藏汉史，何妨谈笑托齐谐。佚妻偕老平生福，新妇能文绝代佳。一集天长在几案，簪花乞写愿无涯。

任老五月廿九日见寿之作，余今日始见，追和一首

华章寿我见惭迟，卅载交情厚未漓。新贵雍容人尽健，晨星寥落我

奚之。同盟旧友苌弘血，国党青年杜甫诗。杜诗：访旧半为鬼。剩有割愁长剑在，可堪君子说愉怡。

与葛克信谈往事有作，用任老湖殊韵

意外相逢在此湖，康庄大道血花铺。人杯已块羞沈醉，病国劳民喜渐苏。忍见苌弘埋碧血，肯同张翰羡红鲈。廿年掌故君能记，□□□□说曼殊。

赠王艮仲

昔共乘桴今泛湖，十年歧路早平铺。狂言盈耳君能记，大众翻身国已苏。旧贯慈溪问桑梓，秋风沪渎味莼鲈。陈登、黄宪都人杰，太息交情生死殊。

当当女公子前月来园，已有一诗奉赠，顷任老再为索诗，更赋一首，用进退格

挥金昔重郑当时，此日黄当时更宜。名父家风千里骏，枯杨晚岁掌中珠。钓鱼好共汪伦学，种树还同葛伯期。珍重慈闱垂教意，讴歌解放到天衢。

傍晚偕树兄泛湖有作

客去从君更泛湖，荷花十里浪纹铺。辨奸决策悭诛蒋，谬论盈廷笑反苏。国士吴门欣一鹗，钓竿淞水失双鲈。君垂钓竟日，垂手而归。上天下地存真面，思肖当年意未殊。

任老伉俪暨诸友来园，既各赠一诗矣，独缺盛丕老，思之惶愧，追寄一首，五六用毛主席韵，六月八日作

遗献慈湖忍便忘，却看追逐伴姚黄。论才我胜柳文惠，积感君殊盛

孝章。四老浙东龄最长，卅年吴下史凭量。红棉沈醉秋来好，伫待观潮返沪江。

答寰老南都，五七用毛主席韵，六月九日作

同梦鸳俦才绮丽，中原龙血战玄黄。苕溪绝胜鸥波绿，织女重寻云锦章。劫后遗黎君抚慰，生前斗酒我思量。报诗半月终嫌晚，早见红旗树沪江。

赠钟惠润、李懿微伉俪一首

梅州物望重钟郎，福慧台山更李娘。良相良医功并颂，寿人寿世德无疆。鸥波亭子双清好，粤水才流竟体芳。疗我沈疴何以报，一诗惭愧是华章。

六月十日，雪莹、仲元枉顾园居，邀游南湖泛月，盖新自东北归来也，成诗二首分赠

金闺国士冰霜操，地下真堪慰故人。墓表蹉跎犹待草，平生慷慨讵成尘。来从辽塞榆关外，归向吴淞歇浦湄。愿得园居留十日，大家风范自由神。王雪莹女士，年四十八，浙江黄岩人。

扶余别后金台别，万里同归此隽人。踏破松花江畔路，换来仁寿殿中尘。丰姿濯濯思春柳，大月圆圆照水湄。失笑髯翁真健绝，去年那有此精神。王仲元女士，年二十六，安徽六安人。

次和桐兄见寿之作

十日城居诗酒酣，不妨髯鬓共毵毵。狂言吾舌存难剚，谏果君家味转甘。君嗣祖寅卿先生有《谏果书屋遗诗》，祝君晚境能似之也。未许苍生前席问，空教素帜旧时谙。青山青史声名在，那羡华封祝语三。

光明集卷十五（万寿兑集）

(1949 年)

六月十一日，周先庚、郑芳郁、吴柳生、陈麟云招宴清华园新林院四号，余与桐兄、佩妹、香姊同赴之，赋诗奉谢

关心芳郁侄从姑，公瑾醇醪德未孤。青史全椒门第好，红梨古渡婿乡芜。旧游十五年前事，一卷疏香阁上书。醉饱老夫怀抱畅，庄生化蝶梦蘧蘧。赠先庚、芳郁夫妇。先庚安徽全椒人，心理学博士；芳郁江苏吴江人，娴文翰，桐兄、佩妹之犹女也。

新昌旧贯住杭州，得婿吴郎第一流。姻娅蔓瓜原琐琐，诗书奕叶自悠悠。华筵赌酒欣同醉，瀛海乘桴快壮游。最是蛾眉身手健，自由车送气吞牛。赠柳生、麟云夫妇。柳生浙江东阳人，曾两渡美利坚；麟云浙江新昌人而生长杭市者，余女夫麟率之妹也。

偕桐兄访陈竹隐女士暨毕树棠兄于清华图书馆有作

古谊新魂重佩弦，短书背影已堪传。朱公尽瘁身先殉，陈女衔悲意未宣。画笔记曾留雁雪，书生原不羡麟烟。西华葛帔吾曹耻，忍泪无端独惘然。竹隐为佩弦先生德配，故云。

姓字难忘毕树棠，文章在案郁苍茫。书林独抱虞神志，医术能痊胃溃疡。信有畸人敦气类，何堪前辙误金汤。佩弦先生先患斯疾，以医治未得当，竟不起。无征杞宋家丘叹，问礼犹龙异日详。余从诸耆老后，有北平市文献研讨会之创，甚盼树棠有以助我也。

访潘光旦不值，晤其夫人，并得窥所藏法梧门旧拓国子监题名本，诗以谢之

梧门居士墨犹新，光旦家藏美绝伦。塵教缘悭偿眼福，金闺应拜卫夫人。

归途遇杨德女士，千里老友之女公子也，赠诗一截

扶余岛上簪花字，八桂林前快雪书。何意相逢隗市好，亭亭玉立女相如。

六月十二日，雷洁琼、严景耀、黄娄生、孙冶公、汪树滋、王戟门、孙哲、于寓真、周惠中同集益寿堂午餐，诗以纪之

台山门第匹余姚，白下争传此女豪。枫落吴江怀旧叶，波翻潮海起新飙。汪伦千尺桃潭水，王濬中原金错刀。更喜昔年同桂粤，阿周名理自超超。

偶检箧衍，得彭泽老、丘映老旬前留简，知曾过访，适余在城未值，而彭老且两点展尘矣！两老旧有见惠之作，积逋已久，清算维艰，次韵奉酬，共得两律，六月十三日作

生怜丫角住萝村，两负彭篯展齿尘。二老相携原不易，孤生恒耻独称尊。党碑端礼门前石，国论长沙釜底薪。一恸昭陵吾事了，读骚醉酒

漫辞频。

捷报兼旬歇浦陬，真同陶侃下江州。城狐作祟输全局，瓮鳖迟烹误一筹。殉国曾郎愁昔梦，衔悲秦女哭高邱。吴钩在手终长啸，鹿耳鲲身逆竖头。

谢吴茂荪赠派克墨水两瓶，兼致过访失迓之歉

挈妇将雏顾寓庐，吴郎英绝意何如？深谈曩夕君应记，蛰处兼旬我岂舒。暂借生朝抵生祭，何期同调失同车。髯翁久废阳秋笔，羞问玄亭剧美书。

是夜以倦极早睡，恩来忽来访，树兄辞以入梦，未开阁延宾也。翌晨徐冰来谈，始悉其事，驰寄一律，六月十四日作

周颛渡江缘就我，汪伦秉烛未延宾。卜邻歇浦交能淡，骖乘渝州谊最亲。五载红旗舒复卷，千秋青史笑还颦。虚堂介寿成孤负，汤饼终期补下旬。闻五月廿九日，君曾款客谐趣园为余庆生，余在城中，虚惠而已。转瞬六月廿八日，新政协筹备会议已毕，君亦渐有暇晷，何不为余作展生朝耶，企予望之矣！

谢树兄赠余杭师玉佩有作

树兄赠余玉佩，色红而润。佩为余杭师故物，民元持羽扇闯入总统府大骂袁世凯后，袁嗾警察总监吴炳湘禁师于龙泉寺，索佩得之，乾没焉。树兄以钓术与吴子狎，因获此佩，顷以赠余，亦云巧合矣！赋诗一首纪之，兼谢树兄云尔。

汪伦风谊厚难忘，罢钓磻溪获此璜。云是狂章遗手泽，移归髯柳恰当行。师门昔困龙泉寺，弟子今居益寿堂。传钵传衣两无分，剩持玉佩瓣心香。

答张镜潭一截句，六月十五日作

津南村记老髯翁，饯别香江酒盏同。今日颐和园里住，朝暾喜见出墙东。

题马香孙《陶陶吟》，集定庵句

陶潜诗喜说荆轲，光影犹存急网罗。不信诗人竟平澹，侧身天地我蹉跎。

树兄入城挟其友王戟门来园共钓，诗以赠之

汪伦两度出春明，更挟琅琊小弟行。白雪肌肤疑少艾，中州人物本豪英。不言息妫蹊桃李，健饭廉颇鼎重轻。更喜凌晨同下钓，一竿烟水傲公卿。公卿者，今之公仆也。当然钓徒可以傲之矣！

六月十六日，徐亚伦表妹来访，赋赠一律，兼似桐兄、佩妹

潘、杨戚谊更崔、卢，不信枌榆旧社芜。万里天涯成遇合，卅年影事未模糊。慈悲各抱平生愿，慷慨宁愁吾道孤。谈往漫嗤封建习，凌、徐、邱、郑见形模。先祖笠云府君妣凌太夫人，为莘塔凌退修翁胞妹，而亚伦祖父丽江翁德配实其女兄，故余与亚伦为表兄妹。先曾祖莳庵府君妣邱太夫人，出圣湖三邱先生后，而余妇翁式如先生实为邱氏之弥甥，故桐兄佩妹亦余中表行也。

六月十七日，偕佩妹访徐亚韦表妹于香山一颗松之北辛村，其姊亚伦先在，谈话及午而返，留赠一律

中表葭莩五十春，驱车远访北辛村。道旁迎候劳娞姊，榻畔温摩俨玉人。亚韦抱恙卧床二十余年，而貌转丰腴白晳，有西方美人姿态。半日坐谈情趣洽，春风鬓影画图存。重逢记取团栾月，更挈荆妻叩板门。

次韵和刘挈园

六月十九日，齐潜斋、刘园、朱侠粲三老，暨黄娄生、谢刚主过访，招集听鹂馆，坐有佩妹、超弟、秦振庭、白和懿、刘玉立诸女士，饭罢泛湖，及谐趣园而返。老有诗索和，次韵成此。

瓮山西海阻重城，喜见元戎洗甲兵。诸老联翩成雅集，一髯偃蹇尚豪情。余年少于三老而独髯。思园独得天倪趣，竹垞竟高游侠名。诗笔更欣原父健，携孙策杖句能清。

据乱升平世已更，国评无那更乡评。葭莩真见群公谊，风月能留贱子盟。叔度襟期思旧社，玄晖著述擅新声。鬟云衣雾联群粲，惜未明湖共棹行。超弟偕秦、白二女士先返。

寿廖夫人七十晋一大庆两首，六月二十日作

少年橐笔海东游，自署双清第一楼。杞妇崩城宁恤纬？娲皇炼石未忘忧。儿曹跨灶心弥喜，孙辈含饴愿早酬。稍惜寿筵开较速，东都迟献越王头。

粤峤论交二十春，文章道义讵成尘。病床扶掖冲魔窟，桑海翻腾念旧人。凭吊寝陵应逊我，对扬顾命却输君。时流漫把三仁比，不是殷郊麦秀辰。

为国际文化服务社北平分社补壁，六月廿八日作

选楼事业异从前，主义新民撼大千。我有高文三百卷，欲烦烟墨替流传。

多谢开明丽白楼，李公群益意殷优。何当鼎足成三绝，隗市从来萃俊流。

赠李瑞熙两首，次渝州旧韵

欣看祖国开新史，却上隗台睨旧江。革命卅年增赧恧，未亲弧矢殪天狼。

恶诗劣字诟连城，感汝殷勤挚性成。记取黄花时节近，红旗赤帜起东宁。

光明集卷十六（万寿巽集）

（1949年）

次韵和刘仁女士两首，七月一日作

欣见翻天复地时，国维重奠系千丝。八方豪隽尊元首，卅载风云护义旗。驴背陈抟应抚掌，瓮头李白剩吟诗。自惭输与蓬门女，犹解挑灯制战衣。

拒马河边觅句时，江淮女杰意千丝。介推归国宁言禄？良玉登陴早树旗。新命旧邦堪定策，旧瓶新酒自耽诗。惺惺相惜真难得，愧未同仇共铁衣。

是日亚伦来访，奉赠一截，兼谢亚韦

宝饭豚蹄载一车，药丸鲜果共贻予。病床小妹多情甚，更赠朱丹八骏图。

次韵寄廖辅叔、丘扬华伉俪海上，七月五日作

隗台歇浦路间关，笑我昆湖伴鹭鹇。赤帜红旗随地展，苍松翠竹耐天寒。绮怀文酒漓江乐，影事山川蜀道难。丘嫂青君无恙在，更欣仙侣报平安。

张西曼挽诗

西曼以一九四九年七月九日夜二时半，病故协和医院，诗以悼之。

记曾文宴渝州共，更喜心情陨市开。谁料浃旬成永诀，恍闻天半起惊雷。密书在箧休轻展，壮志临危总未灰。僻处郊园生死隔，未能一恸抚棺来。

卅载堂堂见此张，天人三策意难忘。铁函心史凭谁续，葵足遗謦要共商。及见澄清原不恨，独怜怀抱未全偿。遗嘱以不能多所贡献于中国痛苦的人民为恨。黄垆向笛中南海，跃马辽东更断肠。

曾天斛挽诗

君名伟，粤之惠阳人，淞沪解放前数日，为蒋匪所杀者。

倘与曾生共一家，赠诗当日笑谈哗。如何一别成千古，竟遭为牺祭毒蛇。香岛登楼情话渺，吴淞殉国党魂遐。天涯地角仇终复，鹿耳鲲身沸血花。

蕴老抚其犹子世昌为子，顷在华北革命大学攻读，行将毕业南下，索诗为赠，七月十三日作

朱翁犹子成儿子，年少嶔奇意度恢。抗日延京曾就学，挟书燕市又登台。家风名父原无忝，民主新潮要此才。更挈雁行双俊好，皖公山色共徘徊。

叠韵和挈老二首，七月十四日作

颂酒强诗那便忘，微怜素抱杂苍黄。太平已兆吾堪隐，群策能持道益章。卅载新亭周颉泪，一山屐齿谢公量。天南旧梦输文惠，种柳何曾到柳江？余客桂林两载，未得一访柳江为怅。

野史亭高誓肯忘，愿抛冗俗事丹黄。人民观点吾尊郭，史法研摩世

重章。茗雪哂园矜始创，华延年室合同商。修书秉烛人何在？一水相思忆桂江。

七月十五日为民盟殉国先烈纪念有作

沪江香岛愁私祭，纪念今朝在北平。地下英灵应告慰，寰中革命喜功成。噬人虺毒终天恨，殉国牺牲一代荣。故鬼嵯峨新鬼大，卅年先后两同盟。

题于力同志《游击草》

嵎夷犯顺稽诛日，夫子缨冠奋臂时。历尽险艰真大勇，好收烽燧入新诗。篇章郁勃追韩、杜，主义昌明重列、斯。记取钓台沉醉日，可能为我泼金卮。

得杨敏如女士天津来笺却寄，即题其旧贻《远梦词》册页后，词为女士夫婿罗沛霖兄所手写者也，七月十六日作

津南村里喜相知，赠我金闺《远梦词》。仙侣刘、樊真幸福，潮流燕蜀异天涯。党魁夺席谈何易，词苑名家亦可儿。替写簪花郎笔健，学成伫盼海西归。

口号答云彬

屈子怀沙逢乱国，贾生赋鵩值休明。忏除结习吾知免，不作苏俄叶赛宁。

叠韵和刘挈老，七月二十日作

鏖战诗坛梦未忘，连朝应敌剧苍黄。宁同羽檄驰强虏，却喜琼篇是和章。抱瓮灌园君自健，吟风啸月我难量。稍怜奇气垂垂尽，郭璞生花

肯借江。

千红万紫付轻忘，陶令东篱菊自黄。闻道名园多异种，可容醉客一平章。桃源渔父钓丝系，桑海麻姑裙带量。别有愁心寄页末，芙蓉远采涉秋江。

沈次公挽诗，兼及长公，用一瓢韵二首

枌社论交五十年，当时玄鬓正翩翩。河汾房杜畴能匹，世界潮流竞向前。归棹梁溪图在箧，爨余存庑稿成编。伤心斗酒生刍意，负尽分湖酬倡笺。

兄弟齐名异岁年，双丁两到喜联翩。蛎滩鳌背宁追忆，夸杖阳戈锐欲前。向笛黄垆愁满眼，长狂次狷集应编。鲁连玉貌侯嬴诺，忍向隗台检断笺。

次韵和敏如寄外之作，七月廿一日作

山城话别记冬寒，徐淑秦嘉信二难。异地驰笺劳惓惓，殊邦负笈返珊珊。燕台市骏人安在，鲸海翻波路已宽。安得相逢同握手，一家树蕙更滋兰。

诗 集

第九辑

(1950—1951 年)

目 录

北长集卷一（1950年） ……………………………………… 1209
 一九五〇年九月十日夜，将去北京饭店移居北长街有作 …… 1209
 九月十一日，始自北京饭店移家北长街八十九号新宅，追念
  张方中先烈夫人郑坤廉大妹，忾然有作，时距郑妹之逝已
  四更晦朔矣 ……………………………………………… 1209
 九月二十二日，题廖夫人画梅，寄王远勃、吴秀民夫妇天津
   ……………………………………………………………… 1209
 九月二十六日夜，毛主席宴全国英模代表于北京饭店大礼堂，
  值第四野战军战斗英雄从隔席来索诗，成二十八字应之
   ……………………………………………………………… 1210
 九月二十九日夜，周恩来总理欢宴各民族代表于北京饭店大
  礼堂 ……………………………………………………… 1210
 九月三十日，中山公园音乐堂举行国庆庆祝会，系以一诗 …… 1210
 十月一日第一届国庆节，即中华人民共和国建国一周年纪念
  日也，天安门上检阅台前作 …………………………… 1211
 十月六日，为耕耘出版社主人同邑黄宝珣女士题全国出版会
  议所赠纪念册，改前岁旧作成一律 …………………… 1211
 十月七日夜，戏示孙男光辽两绝句 ……………………… 1211

刘清扬大姊索诗，写赠四绝 …… 1211
十月十一日，自都门返吴，车中口占 …… 1212
红桑一首，用姚鹓雏韵，十一夜车中作 …… 1212
题袁仲鼎《篁溪秋唱图》 …… 1212
喜陈市长仲弘将军来迓，赋赠一首，兼示潘汉年副市长，管易文、张甦平两处长，林施远科长 …… 1213
高君介夤夜顾我，以《邓尔雅山水画册》索题，写此于漓江风景页后 …… 1213
为君介题顾青瑶女士绘《溪山秋霁》便面后 …… 1213

北长集卷二（1950年） …… 1214

刘园看菊诗 …… 1214
题叶遐庵《凤池精舍图卷》三十绝句 …… 1215
十一月二十三日，偕齐潜斋暨王啸竹、邹继业游北海静心斋，孔宪雍、刘贵荣为导，成诗二首。孔为圣裔，行辈颇尊云 …… 1217
戏作一首 …… 1218
集龚一首 …… 1218
遐庵座上，晤照喜和尚，得诗三首，兼柬巨赞上人 …… 1218
陈母吕太君挽诗五首，亲家众孚先生之德配也 …… 1218
夜集南河沿文化俱乐部，为民主同盟欢迎参加六中全会全体同志茶会也　赠高天一首 …… 1219
赠史存初二首 …… 1219
见与古人同名者，心奇其事，纪以一诗 …… 1219
二十四日，喜李世璋、冯伯恒、李子诵来谈，得诗六首 …… 1220
遐庵来访，感赋一首 …… 1220
陈迩冬偕邓后炎过访，酬以一诗 …… 1220
陈叔通先生枉驾过谈，奉赠一首 …… 1220

夜诣文化俱乐部，阒焉无人，驱车返北长街，已柳梢月上矣！感喟万端，不能无作 ………………………………… 1221
十一月二十五日，杂赠六首 ……………………………… 1221
祝黛娟、锦仪两同志大婚 ………………………………… 1221
赠别张黛娟、郭锦仪夫妇南飞四首 ……………………… 1222
中山先生致廖、谭、蒋三人书墨迹印本题后，即示平山四首
　………………………………………………………… 1222
十一月二十六日，为中国民主同盟六中全会开幕大典，继黄任老、彭泽老之后，颇有发挥，感成二首 …………… 1223
民主党派歌，用柏梁体，得三十三韵 …………………… 1223
二十七日，中国国民党革命委员会第二届二中全会假北京饭店东厅开幕，诗以纪感，得八首 ………………………… 1223
是夜，任潮主席招宴，赋赠但怒刚老同志十首。追溯歇浦旧好兼及蜀中亡友，匆匆盖四十五春秋矣 …………… 1224
座上偕宁孟言（武）、但怒刚（懋章）谈彭家珍烈士事，有作 ………………………………………………………… 1225
赠张平江女同志二首 ……………………………………… 1225
次韵和平江四首 …………………………………………… 1226
次韵答梁烈亚一首 ………………………………………… 1226
十二月一日作四首，示金云渠 …………………………… 1226
夜集《光明日报》社 ……………………………………… 1226
十二月三日，次韵和庞蘅裳，即寄海上二首 …………… 1227
寄徐子为海上，借蘅裳韵得二首 ………………………… 1227
赠罗逸尘四首，十二月四日作 …………………………… 1227
次韵答逸尘一首 …………………………………………… 1227
杂赠女男工作同志，共得十首 …………………………… 1228

十二月五日,中南海怀仁堂观剧,写示逸尘,兼赠石中瑜女同志 ……1228
无题二首,简许昂若(宝驹),十二月六日作 ……1229
次韵和吴艺父(树)二首,十二月七日作 ……1229
寄姜慧禅海上一首,即次原韵,为亡友丹阳黄竞西烈士作也 ……1229
十二月八日,闻抗美援朝大捷报喜作,时大军已解放平壤矣 ……1229
入夜,陈真如、蒋憇然两将军设宴新开路,得诗八首,仍迭真驯韵 ……1230
次韵答刘伯老一律 ……1231
十二月九日,民盟苏州支部负责人陆钦墀索书便面,为赋二绝 ……1231
赠民盟皖支部负责人李则纲同志一首 ……1232
邵力子、傅学文夫妇,招集陕西巷恩成居有作 ……1232
门人阳新金云渠(继先)来告别,言新拜西南军委会司法部工作嘉命,行将挈眷之官渝州,诗以送之,得四首,十二月十日作 ……1232
陈迩冬来,言将暂返太原,得诗六绝句 ……1233
次韵和迩冬补题《辽东夜猎图》五绝二首,图为季康作,朱琴可题 ……1233
十二月十一日,晨坐鸥梦圆室,展礼先考钝斋府君遗像,悯然有作 ……1233
题先考遗像一律,次渝州题先妣费太君遗像原韵 ……1234
是夜,陈劭先、张佩瑜、邵力子、傅学文四人招宴文化俱乐部。余夫妇外,客有李任公、周月卿、张文伯、陈铭德、邓季惺等主宾共二十七人,得诗四首,即示怒刚 ……1234
十二月十二日,逸尘设宴,再集恩成居,余夫妇外,客有刘伯瀛、但怒刚、武和轩、范予遂、王玉襄、张平江、秦德君、徐舜英计十一人;惜朱德君女同志未至,否则足金钗之数矣。得诗六首,呈同座诸子 ……1235

示力子一首 …………………………………………………… 1235
夜坐鸥梦圆室，猛忆今日为双十二纪念，感赋三首 ……… 1236
十二月十三日，偕朱蕴山、杨春洲、田竺僧、金云渠、曹美
　　成、秦德君、赵若萍、徐颖等三集恩成居，赋示同座，得
　　六首 ………………………………………………………… 1236
美成为王楷元索诗，赋此 ……………………………………… 1236
十二月十四日凌晨，曹美鸿、虞佩兰夫妇顾访，盖结婚后度
　　蜜月而来也，诗以贺之 …………………………………… 1237
民盟同志聂松翘（国青）枉存，索诗得二首 ………………… 1237
远东饭店杂赠三首 ……………………………………………… 1237
十二月十五日大雪，偕美成访赵若萍于民革总部，题诗一首
　　……………………………………………………………… 1237
十二月十六日，题影印本李息霜手写《白阳》杂志二首 …… 1238
十二月十七日，次韵和吴亦云同志 …………………………… 1238
是夜，招宴民革女男工作同志于润明楼饭庄，诗以纪之，得
　　六首 ………………………………………………………… 1238
酒楼杂赠八首 …………………………………………………… 1239
十二月十八日，题董思白遗墨后一首 ………………………… 1239
次韵答慧禅一绝 ………………………………………………… 1239
少华两度索诗，再赠一截 ……………………………………… 1240
为少华题画，改前人句 ………………………………………… 1240
十二月十九日，杂赠二首 ……………………………………… 1240
赠苏联两大夫各一首 …………………………………………… 1240
赠傅连暲同志一首 ……………………………………………… 1240
赠王凤兰女同志一首 …………………………………………… 1240
十二月二十日，访王重民于北京图书馆，嘱追和鲁迅先生赠
　　诗，漫成一绝 ……………………………………………… 1241

次韵和迅翁遗诗一律 …… 1241

北长集卷三（1950年）…… 1242

十二月二十一日，傅守静、郭纯蕙、何慧新三女同志来为余诊疾，诗以谢之 …… 1242

十二月二十三日，族女怡春自沪来，赋示二截句 …… 1242

示犹子宗棠二首，棠为从弟公望次子，伴怡春北来诣余者 …… 1243

偕怡春、宗棠暨邹继业、惠德明两同志小集北海公园漪澜堂，有作三首 …… 1243

题政协讨论会签名纪念册 …… 1243

赠别怡春、宗棠姊弟南返二首 …… 1243

赠别李民欣、萧隽英、李子诵、方少逸、冯伯恒归广州五首 …… 1244

次韵和蕴山、伯恒唱酬之作 …… 1244

十二月廿六日，杂赠五首 …… 1244

十二月廿七日晨起，检视一九四五年渝州纪念册有作 …… 1245

十二月廿七日晨，戏作一首 …… 1245

检视一九四五年冬客渝州时友好所书纪念册，感题其后，得如干首，人集一诗，亦有例外也 …… 1245

曹美成将返武昌，赠别四首 …… 1246

十二月卅一日晨起，赋谢西泠印社元老唐醉石施石施刻之贻，兼示李青厓，青厓盖为我二人作缘兼制锦盒见畀者是也 …… 1246

夜集中南海怀仁堂，偕佩妹同赴，看梅畹华、葆玖父子演《金山寺》有作 …… 1246

一九五〇年十二月卅一日朱丹坡招饮作 …… 1247

北长集卷四（1951年）…… 1248

一九五一年元旦自题羿楼客籍 …… 1248

一月二日夜集文化俱乐部，祝沈衡老七十七旬生朝，诗以
　　纪之 ··· 1248
一月三日，谭平老偕张克明来访，惠我溥心畬画山水一帧，
　　赋此为谢即题画首 ··· 1248
平老藏重器二事，一为古后妃所执玉琮；一则岳鹏举砚，自
　　文信国至郑海藏都有铭刻，为赋二首 ············ 1249
赴民革工作同志宴集 ·· 1249
箧中有邑先辈陆廉夫先生画幅，疑是邑子陆赓南、佩芸昆季
　　所赝造者，题诗四首 ··· 1250
闻汉城解放有作，时一月五日也 ························· 1250
赠庄仲霍 ··· 1250
石中瑜女士来访，喜赠一首 ································ 1250
夜赴怀仁堂观梅畹华演《贵妃醉酒》感赋 ··········· 1251
自题一九四二年六月在桂林所绘像两首 ············ 1251
次韵和姜慧禅送其犹子姜龙参军一首 ················ 1251
一月六日为皖南事变纪念日，得诗二首 ·············· 1251
夜偕惠德明、赵虎堂、邹继业三同志至华北戏院观幽兰氏主
　　演之黄宛氏评剧，亦成二首 ····························· 1251
一月十日赠徐州佟于久先生一首，先生为同盟会老同志，年
　　七十二矣，令子苏丹索诗有作 ························· 1252
赠徐舜英女士一首，即寄广州 ···························· 1252
赠罗理实一首，兼念来远甫 ································ 1252
赠郭翘然一首，翘然为冠杰之侄公子，年实相若也 ··· 1252
赠徐文烈姨甥一首 ··· 1252
赠姜长林老友一首 ··· 1252
赠李青厓一首 ··· 1252
赠汪倜然一首 ··· 1253

赠梅可钧一首，兼念亡友汪大千 …………………………………… 1253
赠林星垣、华瑛夫妇一首，即贺其结缡之喜 …………………… 1253
赠毛之芬女士一首，为垢儿赋 …………………………………… 1253
赠沈梅英大姊一首，即寄沪上 …………………………………… 1253
一月十一日得慧禅沪上笺，报以一绝句 ………………………… 1253
定庵集外诗有"紫云回"三叠，余戏反其意得二绝句 ………… 1253
一月十五日寄王在民东莞两首 …………………………………… 1254
是日为琅琦任绮雯女士（珍琰）逝世一周年忌辰，诗以悼
　之，兼念其爱人桂林朱琴可（荫龙）得五首 ………………… 1254
叠差华韵两首寄田个石老友凤凰，兼示朱丹坡将军，一月二
　十三日作 ……………………………………………………… 1255
叠求秋韵再寄个石一律 …………………………………………… 1255
叠华家韵寄冯伯恒广州 …………………………………………… 1255
重题《揖朱拜廖图》五首，借朱蕴山韵，一月二十五日作 …… 1255
重题《黄花岗吊墓图》，次但怒刚、陈真如、刘维章三君韵
　………………………………………………………………… 1256
再题《黄花岗吊墓图》，次刘伯瀛、罗逸尘韵二首 …………… 1256
三题《黄花岗吊墓图》，次朱蕴山、韩著伯暨蔡子民先生韵
　………………………………………………………………… 1256
四题《黄花岗吊墓图》，用王西神韵得二首 …………………… 1257
三叠差华韵寄田星六凤凰，一月二十七日作 …………………… 1257
再叠求秋韵寄星六，兼示朱丹坡 ………………………………… 1257
寄陈谷岑梁溪一绝，四叠差华韵，一月二十八日作 …………… 1257
前题四律，三至六叠求秋韵 ……………………………………… 1257
张若谷嘱题马相伯先生《学习生活》，七、八叠求秋韵，一
　月三十日作 …………………………………………………… 1258

一月三十一日晤郑云回女士于北京图书馆，读其台哀韵近
    作，奉和六首，兼广其意 ·· 1258
二月二日寄尹石公上海一首，九叠求秋韵 ························ 1259
丹坡将军以金华火腿、南京板鸭各二事，山西汾酒四罂，广
    东橘柚十斤见惠，报以四绝句，时二月三日也 ············· 1259
赠冯宾符一首 ·· 1259
赠宋君方女士一首 ·· 1260
赠饶彰风同志三首，即寄广州 ··· 1260
怀人二律，二月五日夜赋 ·· 1260
二月十日周惠钟自长春来访索赠一律 ······························ 1260
二月十二日寄赠徐孝穆沪上 ·· 1260
次楼韵寄孙霆港上 ·· 1261
赠谢刚主一首，二月十三日作，叠楼流韵 ······················· 1261

北长集卷一
（1950年）

一九五〇年九月十日夜，将去北京饭店移居北长街有作

经年逆旅长安市，半载行宫万寿山。尘世沧桑真一瞬，发须添得几茎斑。

卜邻北海更中山，紫禁城河办钓竿。何必垂虹故箫理，定公同调一欣然。

九月十一日，始自北京饭店移家北长街八十九号新宅，追念张方中先烈夫人郑坤廉大妹，忾然有作，时距郑妹之逝已四更晦朔矣

吻手难忘海外缘，重逢燕市损眉尖。红闺旧梦黄垆酒，生死交期女郑虔。

九月二十二日，题廖夫人画梅，寄王远勃、吴秀民夫妇天津

王生曾醉我，于我倘相知。别后无消息，梅花寄一枝。

梅花何足重，重出英雌手。图成开国前，匆匆一年又。图成于去年十

月一日以前，故未用公元也。

王生能跌宕，仙侣更吴娘。欠我葡萄酒，何时远寄将！

九月二十六日夜，毛主席宴全国英模代表于北京饭店大礼堂，值第四野战军战斗英雄从隔席来索诗，成二十八字应之

集者千余人，余忝为第二十三席之主人翁，客有汉口申新纱厂劳模朱玖女同志等九人，谈笑颇欢。

战斗英雄百战功，誓当跨海更征东。麦魔授首台澎复，自古元凶岂善终？

九月二十九日夜，周恩来总理欢宴各民族代表于北京饭店大礼堂

余又为第三十五席之主人翁，客皆内蒙文工团同志，女为朱岚、乌云、格日勒、斯琴塔日哈等，男为陆一、达木林、桑都仍、甘吐木耳、巴图道尔吉等，咸能操京音，酬酢无隔阂，喜可知也。

旧憾扫如烟，新欢共一天。弟兄联姊妹，围坐话樽前。

九月三十日，中山公园音乐堂举行国庆庆祝会，系以一诗

许楚生同志为余言，今日为旧历八月十九日，实三十九年前武昌革命之纪念日也。

武昌首义八一九，合璧联珠历旧新。只有后先无畛域，牺牲同是为人民。

十月一日第一届国庆节，即中华人民共和国建国一周年纪念日也，天安门上检阅台前作

联盟领导属工农，百战完成解放功。此是人民新国庆，秧歌声里万旗红。

十月六日，为耕耘出版社主人同邑黄宝珣女士题全国出版会议所赠纪念册，改前岁旧作成一律

不期收获只耕耘，林下风裁早轶群。十载艰虞惟报国，一州文献愧斯人。遗经伏女流传远，天禄更生校勘勤。喜见新都裙屐萃，岂同京雒染缁尘！

十月七日夜，戏示孙男光辽两绝句

又甜又辣糖姜汤，喝得光辽笑口张。到底是甜还是辣？要从辩证法推详！糖姜汤一首

无菊持螯亦赏秋，姜糖汤暖复奚求？阿姨饭桶同餐粥，烫杀光辽小鬼头。烫杀人一首

两首皆光辽出题目迫余以七步成之者。饭桶阿姨，光辽戏呼范志超语。

刘清扬大姊索诗，写赠四绝

握手扶余岁暮天，捐金作介我能贤。登坛咤叱千军废，刘、柳齐名岂偶然？

渡海惊涛共一舟，芦中渔父岂庸流？柳车复壁非容易，涉水登山各自愁。

渝州歇浦复相偕，息影隗台便驻车。离合悲欢都历史，伤心徐淑绝秦嘉。

一唱雄鸡白日中，危言无罪圣人聪。规君莫作模棱语，领袖忧劳重整风。

十月十一日,自都门返吴,车中口占

去国三年别绪纷,南飞香岛北燕云。沈疴渐愈归心切,不用枚家七发文。

山妻卅载镇双飞,弱女临分惜别离。次女无垢挈孙男光辽留京师。多谢华东车签谊,后车真许载磻溪。附华东军委会主席专车南下。

禊水鸳湖一苇杭,乡音亲切重钱娘。红莲幕下多英物,调护殷勤感艾郎。同行者华东水利部副部长钱正英,军委会秘书艾丁。

腰枪日夕镇相随,匝月辛劬累汝来。万里壮游今日始,直从隗市到胥台。谓随行卫士邹继业同志。

红桑一首,用姚鹓雏韵,十一夜车中作

红桑黄竹几番更,卅载难忘盟社情。老我壮怀犹磊落,蔽天霾雾渐光明。斯文何幸弘新国,拨乱终期定太平。漫道填胸恩怨尽,宵来长剑作龙鸣。

题袁仲鼎《篁溪秋唱图》

叹老嗟卑付一嗤,许身稷契杜陵知。要君鼓吹休明盛,莫作秋坟鬼唱诗!

女孥夭逝信堪悲,长吉修文有泪垂。总是一家私事耳,宁同开国喜弘规!

百首题图唱和诗,我诗压卷汝能知。片言甘拾龚郎唾,努力删诗壮盛时!

东莞高门重督师,征文考献我相期。要君郑重搜家乘,烧尽雕虫刍狗辞。君与明季袁督师崇焕同乡同姓,余方发愿修纂《南明史》,颇望君于史料有所补助,勿复戋戋以寻章摘句为工也。

喜陈市长仲弘将军来迓，赋赠一首，兼示潘汉年副市长，管易文、张甦平两处长，林施远科长

何当盘马调鹰去，同醉龙华最上层。去年大军解放上海赠仲弘诗四律中语。此约经年浑未践，居然握手慰平生。佯狂使酒吾犹昔，礼士寻贤汝最能。潘、管、张、林新旧雨，群才济济喜逢迎。

高君介貪夜顾我，以《邓尔雅山水画册》索题，写此于漓江风景页后

漓江为余抗倭时旧游地也。首联亦曩时成句，题签出亡友陈巢南先生手笔，故尾联云云。时十月十四日宵中，淞妹、吴兄同在客座。

黄尘赤日桂林道，谁向漓江起卧龙？旧梦如烟那便说，此意惟淞妹知之耳。新猷开国早成功。画师郑重描摹美，小友欽奇嗜好钟。君介年五十有三，余以弱小弟畜之。只惜题签剑南叟，不曾亲见九州同。

为君介题顾青瑶女士绘《溪山秋霁》便面后

卅年不见青瑶矣，金石家兼女画师。我友堂堂珍护此，调脂杀粉想矜持！

北长集卷二

(1950年)

刘园看菊诗

一九五〇年十一月十四日为立冬后五日,刘园招集其家圃看菊。看毕赏饭,夫人醉莲女士亲治羹汤,醉酒饱德而归,诗以谢之,兼纪一时兴会云尔。

大风起兮云飞扬,看菊人来菊正黄。抱瓮灌畦心力瘁,劳模今日属刘郎。

大风起兮云飞扬,看菊人输比菊长。多谢醉莲女居士,亲劳纤手作羹汤。

大风起兮云飞扬,那怕黄尘十丈强。破帽遮头筇作杖,老夫端为看花忙。

大风起兮云飞扬,稳遣鸳鸯鼓翼翔。漫向鸿光轻比例,从来青史我无双。

大风起兮云飞扬,太仆卿来袍褂长。君子谦谦真本色,笑他臣甫醉登床。

大风起兮云飞扬,病蝶能窥菊蕊香。弱我三龄比我老,怜渠身脑两颓唐。

大风起兮云飞扬，行炙传餐小阮忙。更喜女孙真玉立，昆湖影事愿休忘。

大风起兮云飞扬，十老终难共一觞。枉杀多情齐白石，文珠早掷太平洋。

大风起兮云飞扬，丈室铃幡护众芳。我亦高名齐杜甫，几时碑拓问虚廊。

大风起兮云飞扬，并蒂金星兆国祥。此是太平新气象，东篱元亮只彷徨。

题叶遐庵《凤池精舍图卷》三十绝句

祖德宗风衍石林，一家吴粤感情深。文人口舌招奇祸，难忘松岑论奂彬。

富土开山重景文，巢南考证语尤精。遗诗顺适堂无恙，要向吴江集里寻。

巨室先推叶振宗，小花园筑见豪雄。玉清舍地传宣赞，后起齐贤意未慵。

别派昆山季质贤，长方唱和有吟笺。松江秋泛传名句，短棹夷犹落照间。

叶家埭好接池亭，坊巷平江亦此名。宁但天寥侈文采，讨倭先世重奇勋。

曾与坤仪为义子，归宗犹署绍袁名。伤心一卷愁言集，天壤王郎著义声。

埙篪协奏竞皇都，遗泽谁知有菀枯。记得粤南亡命日，遗碑曾为剔榛芜。

昭齐夭逝小鸾休，黯淡声情重蕙绸。后起香期分一席，芦梢枫叶句惊秋。

猾夏东胡三百秋，传闻留发不留头。古为崛起能张臂，一集春晖万古愁。

横山门下归愚老，文献南明重学山。惆怅流虹桥下影，羊车看煞卫郎来。

黯淡犹存半帙诗，叶津秋诺几人知。开头便著星期订，越角吴根倘本枝。

珍重流传月佩词，景鸿后起亦权奇。长怜断颊霞飞句，铁秀犁泥拔舌时。

香王馆主号兰昙，零落宗风意未堪。好向词征搜佚事，郑璜而后叶镶谙。

一重帘幕一重窗，难遣红楼旧雨忘。湘竹梅花容忏悔，改吟至竟关情长。

传经南一自堂堂，母教应怜未易忘。又见箧中初学稿。同时瑜、亮小疏香。

唾壶击碎清漪阁，拈笔题图三秀轩。齐向坛场占片席，零星残墨忍轻删。

戟甫当年擅著书，留题眉砚入时无。北平词客吴仙吏，新月娟娟合有图。

仲甫先生旧霸才，重游泮水亦豪哉。老夫当日犹年少，一叙昌言赤化来。

藜仙谨厚最难忘，苁箧遗书畀楚伧。留得砚缘遗录在，丰碑重与表琼章。

丰碑重与表琼章，往事辛酸未忍忘。朱亥骑鲸沈约死，元龙小女亦沧桑。

黄帝龙髯素女仙，奂彬才大欠精严。终怜未得同杯酒，乡邑尤惭失印濂。

一卷能传小石林，弗康昆季用心深。论交群纪平生愿，悒悒无欢痛老成。

大正番禺一代雄，翁山名著播寰中。椎轮亦是君家杰，徐后温前并世宗。

班荆话旧扶余岛，倾盖新知沪渎江。好士爱才君夙愿，徐陵彩笔未轻降。

日夕名园载酒过，扶余风月未蹉跎。六郎何似莲花好，话柄流传简陆多。

史家已失黄慈博，女士难忘冼玉清。要向黄垆搜赤简，更看绛帐降红城。

曾向吴门作寓公，如何旧第委秋蓬。神楼沈与神庐郭，一样红桑碧海中。

扶余挥手又隗台，同向昭王传里来。敬老崇文新德政，劝君努力莫迟徊。

从古当仁不让师，自家怀抱自家知。开新绪旧吾曹事，万岁千秋某在斯。

落魄吴淞老画师，恪斋华胄我能知。凤池一卷堪千古，殿以虬翁本事诗。

退庵老兄以吴湖帆所作《凤池精舍行卷子》属题，余为狂搜六百年来吴趋越绝间君家旧事报之，于本题转没关涉也。禅师偈语曰：菩提本非树，明镜亦无台。余平生持论不喜一切宗教，但盗用机锋，亦自不免，退老学佛者其谓我何？一九五〇年十一月十八日吴江柳亚子题于都门紫禁城御河西岸之鸥梦圆簃。

十一月二十三日，偕齐潜斋暨王啸竹、邹继业游北海静心斋，孔宪雍、刘贵荣为导，成诗二首。孔为圣裔，行辈颇尊云

二老风云气尚遒，王郎天壤许从游。温公史局随身好，策杖迟登叠翠楼。

导我先行感孔、刘，堂堂曲阜小神洲。扶持端赖青年力，拾级同登有小邹。

戏作一首

金屋能藏十种娇，人间恩怨够魂销。大乔凿空乘槎远，却遣刘桢对小乔。

集龚一首

道韫谈锋不落诠，春娇簇簇互疑年。扪心夜半清无负，不奈卮言夜涌泉。

遐庵座上，晤照喜和尚，得诗三首，兼柬巨赞上人

空言削发除烦恼，真见留须表丈夫。谈吐不凡弘愿在，法师照喜亦吾徒。

老夫持论非宗教，底事莲邦遘宿缘。子谷归儒弘一释，黄垆向笛感无边。

熊叶漓江偕巨赞，青衫绛袖更瞿昙。何当羊管胡同去，一访人间极乐庵。

陈母吕太君挽诗五首，亲家众孚先生之德配也

别墅西泠曾醉我，沈疴歇浦遽言终。佳儿佳妇都前进，地下端应告畏翁。众孚讳允，别号畏风道人。

熙瑞朔南能竞爽，众孚长子麟熙在都门。其次子麟瑞，字林率，主英文《上海新闻》笔政，即余长女无非之夫婿也。谢家才女并时雄。麟云无恙麟飞在，地下端应告畏翁。

侧挺旁生邀抚爱，留珠去棣讵凶终。复兴中路麟文健，地下端应告畏翁。

失笑丈夫怜少子，心肝呕尽死还慵。麟图遗挂依然在，地下端应告畏翁。

紫禁城边虬叟隐，耗奇借琐荡心胸。传君三绝诗书画，地下端应告畏翁。畏翁诗书画三绝，而世莫能知。遗墨存余处者颇伙，方为整理裱背，悬诸壁间，俾留鸿爪，他日当更文以传之也。

夜集南河沿文化俱乐部，为民主同盟欢迎参加六中全会全体同志茶会也。赠高天一首

扶余岛上识高天，心折翩翩美少年。今日黄金台下见，愿君骏足着先鞭。

赠史存初二首

胜固欣然败亦喜，坡公此语我能云。将军婉娩真英武，下我齐东十七城。与存初对弈，余以后手，负十七子半。

负荆淮海醉渝州，谓陈真如桂死蓉枯愁复愁。最是刘娘消息杳，愿君往事记从头。君以一九二七年秋在南京入狱，狱吏为言囚室即张应春先烈旧系处，时张已就义矣。刑期莫详，余所深痛。君言同难刘尊一女士能言之，余方大索而未得也。

见与古人同名者，心奇其事，纪以一诗

曩游颐和园，招待同志有称李靖者，与一妹夫婿从同，已私异之；顷政务院为余觅火夫同志，则称李煜，俨然南唐后主矣！谤者必曰：咬文嚼字，好事之徒已。

万寿山头遇卫公，北长旅邸畜重瞳。河山到处生豪杰，革命由来民众雄。

二十四日，喜李世璋、冯伯恒、李子诵来谈，得诗六首

齐名郑李霸渝州，太朴骑鲸汝壮猷。广武源头狂阮籍，早拚危涕哭神州。

喜汝聪明绝世姿，老夫愿以友兼师。马斯南路分明记，旗鼓争雄醉不支。

南海冯郎亦俊才，扶余穷岛许追陪。金闺国士今何在？仰药生怜郑妹来！

吴生周姊旧相知，难忘黄垆纵酒时。今日朱张都鼎盛，感君犹葆岁寒期。

交臂当年失李膺，龙门此日许重登。铜鸣西返文森健，绝忆年时在桂林。

佯狂忽复念孙霆，健笔能描魑魅形。漫道天南无俊杰，三流犹是启明星。"天南旗鼓尽三流"，孙君旧句也。

遐庵来访，感赋一首

细针密线君能事，大叶粗枝我自尤。莫向人间轻绛灌，下中李、蔡早封侯！

陈迩冬偕邓后炎过访，酬以一诗

渝水巴山我旧游，感君万里出遐陬。隗台市骏浑闲事，敢让昭王出一头。

陈叔通先生枉驾过谈，奉赠一首

书生横议轻危局，元老孤怀惕壮心。希、墨前车终自毙，买丝我自绣尤兢。

夜诣文化俱乐部，阒焉无人，驱车返北长街，已柳梢月上矣！感喟万端，不能无作

光明殿用定庵典。上圆圆月，筒子河边瑟瑟风。真见断肠词笔妙，柳梢旧约几人同！寓庐旁有独柳一株，高出檐际丈许。

万喧尽默人如死，一水交辉我独游。漫笑孟津亡国语，今宵真见月当头。是夕为阴历十月望，午夜披裘至河滨望月，寒不可耐，废然遂返也。

十一月二十五日，杂赠六首

舐犊情深百怨嗟，皖中人物旧朱家。老夫胸有阴符秘，自竖铃幡护国花。朱偰青

淮阴羞与灌婴侪，温峤宁甘第二流。多事李郎生劫我，不然早办赤松游。李世璋

淮海元龙旧俊人，老夫于汝最情亲。因君忽复生惆怅，不见琅琦小筑人！陈迩冬

哈密曾同钱起唉，倘教海岳贮心胸。独怜蜷发红衫渺，初出茅庐便失风。金云渠

丹心黑面赤旗讴，此是扶余旧俊流。闻道曹生先我殉，难禁酸涕上心头！田竺僧

无端请客忘周颖，问罪居然扑作刑。玉掌温麐熊掌硬，老夫于此最关情。周颖

祝黛娟、锦仪两同志大婚

一九五〇年十一月十九日为中山先生八十五岁诞庆后七日，黛娟、锦仪两同志举行大婚典礼于新都森隆酒店，志此以祝。

赤柱山头建义旗，大鹏奋翼向天飞。须眉巾帼双鸳侣，大好男儿让女儿。

新都陒市旧金台，双宿双飞是异才。学习要凭黉舍力，磨砻锻炼九秋来。

杜鲁门学希特勒，麦克应同墨索尼。百旅义师齐努力，堂堂志愿汉家旗。

张黛娟同郭锦仪，参军先与醉青庐。老夫自诩虬髯叟，三侠风尘事大奇。

香山圣地毓中山，灵爽还凭咫尺间。阿大中郎吾小友，惠阳过去便龙川。

赠别张黛娟、郭锦仪夫妇南飞四首

俄然相见俄然别，尘海因缘亦大奇。翻遣虬髯留海内，卫公一妹竟双飞。

不作鸳鸯作大鹏，此行南海恣飞腾。领空保护烦卿辈，一臂应撑胡志明！

遮道攀车惊骇俱，万头钻孔路人呼。郭郎余技依然好，摄取风尘三侠图。

第一关心张黛娟，新婚恋爱海无边。鱼书雁帛纷纭甚，盼断南来锦字笺！

中山先生致廖、谭、蒋三人书墨迹印本题后，即示平山四首

遗教张皇动日星，师俄今日树先声。薰莸异路真堪痛，人百其身哭老成。

钼麂不救惠阳才，司马昭心世共猜。我有阳秋南史简，笔诛先遣警凶顽。

祸胎毒肇陈其美，魁杰人思陶焕卿。一弹广慈医院里，先亡光复继同盟。

奋臂渝州树义旗，民联民革共心期。苍髯华发应珍重，一老天留是我师。

十一月二十六日，为中国民主同盟六中全会开幕大典，继黄任老、彭泽老之后，颇有发挥，感成二首

沧桑四十五年史，棋局翻新喜不禁。天遣彭黄成鼎足，死生肝胆两同盟。

罗迈先生语未差，老夫跨党颇遮奢。工农领导归中共，民革民盟本一家。

民主党派歌，用柏梁体，得三十三韵

亚洲救主毛泽东，旧邦新命能陶熔，共产世界真大同。中国共产党中山国父人中龙，晚年定论惟俄从，吾曹喘汗追前踪。中国国民党革命委员会沈髯沉静张髯崇，李、闻、陶、杜血痕浓，曾、张小丑嗟凶终。中国民主同盟江西诗祖黄涪翁，心肠菩萨神明充，犹堪余力奖素封。民主建国会林宗鸡黍酬茅容，太丘道广今叔通，有人攘臂仇真空。中国人民政协无党派民主人士弦歌绛帐颂马融，王生臣里成双峰，高峰景宋扶将功。中国民主促进会有党有党号农工，曰圣邓演达是宗，章郎英爽彭翁恭。中国农工民主党致公党魁气贯虹，盛筵款客兼鱼熊，二十八宿罗心胸。中国致公党九三觥觥宁附庸，鸿光竞爽箕山公，仲谋弱妹枭姬风。九三学社台盟领袖谢雪红，将军娓嫚能娇慵，延平而后无此雄。台湾民主自治同盟三分鼎足廖、蒋、冯，剑光出匣青芙蓉，黄钟大吕青年宫。中国新民主主义青年团

二十七日，中国国民党革命委员会第二届二中全会假北京饭店东厅开幕，诗以纪感，得八首

胯下淮阴自昔哀，王前卢后费嫌猜。班生九等分人表，苏峻唐尧对坐来。

垂老英雄迟暮哀，汝南月旦几人猜。老夫迟竖冲冠发，深感何娘避席来。

兴中会与华兴会，粤女湘娥有怨猜。革命同盟形式耳，孙、黄几见合群来？

皖公霹雳轩亭血，胡运沈沦那复猜。敢以先亡薄光复，阳秋直笔老夫来。

神州戾气钟中正，铁案如山不用猜。稍惜元龙于我厚，公私冰炭战胸来。

未忍私情掩公义，盖棺定论谥雄猜。山阴奇女传文郁，一席深谈启我来。

谣诼蛾眉有怨哀，大椿翻遣蟪蛄猜。空言团结成何济，失笑迂儒浅见来。

桓魋为祟不须哀，史局随身那便猜？倘此区区不余畀，无情休怪老夫来。

是夜，任潮主席招宴，赋赠但怒刚老同志十首。
追溯歇浦旧好兼及蜀中亡友，匆匆盖四十五春秋矣

东吴后死虬髯叟，西蜀全才但怒刚。四十五年重见汝，天教碧海长红桑。

向隅涕泪杂欢呼，狂杀吴江柳亚卢。四十五年身是史，那堪握手一惊吁。

剑公醉死剑虹瘵，掘墓生怜朱葆康。留得左家娇女健，任他豚犬走殊方。

夏寓辛园两度逢，子师而外有黄公。流传一卷芭桑集，千首诗成臣甫同。

痛哭湘乡龚炼百，长沙未下首先枭。心肝剖尽声名壮，徐伯荪连阮梦桃。

马上桃花一代雄，当年湘女挟猿公。剧怜天壤王郎死，狂走东宁类中风。

汝南月旦蜀多材，沧白缘悭一面来。不肖生憎戴安道，秀才不做做奴才。

英绝雷生失意亡，大儿愚鲁小儿狂。西华葛帔终堪念，累我驰笺诉玉章。

雷生而外更张郎，丹荔黄蕉酹酒觞。太息草堂悭一到，杜陵严武愿难偿。

碧血青磷旧鬼徂，吾曹意气未全枯。英雄垂暮柔乡远，一斗淳于醉也无？

座上偕宁孟言（武）、但怒刚（懋章）
谈彭家珍烈士事，有作

抱残守缺非吾分，大辂椎轮要共尊。辛苦中华开国史，宫娥白发几人存？

慷慨彭郎亦蜀材，似闻兄事孟言来。思量与我同年岁，后死无名万事哀。

兰陵一传足传君，向笛黄垆那复论。渐觉眼中同辈少，酒狂痛哭欲何云。

别有伤心诋酒徒，要恢旧史壮新都。樽前一事差堪慰，睡醒希夷笑坠驴。

赠张平江女同志二首

慕蔺十年存想像，识荆一夕亦因缘。英雄儿女从来好，小语精微沥耳圆。

迟暮佳人窈窕躯，张娘丰韵敢言无。小于局促休饶舌，会见虬翁捋虎须。

次韵和平江四首

棋局虬髯输一着，太原公子信英雄。平生兀傲今低首，第一人才毛泽东。

大道能行天下公，中山此语死犹雄。虬髯不王扶余岛，拥护湘潭毛泽东。

留得故人遗句在，北毛南柳两英雄。贺生殡殁张娘健，翘首犹瞻沪渎东。

大叶粗枝吾自喜，不须学习早称雄。卅年前语犹堪忆，万顷红潮满亚东。

次韵答梁烈亚一首

重逢且喜头颅在，旧邦新命河山改。黄金台上盼君来，觑肩斗酒吾能待。

十二月一日作四首，示金云渠

叠被铺床事未妨，龚娘而后又刘娘。荐贤深感金生意，蜷发红衫菽乳香。

微闻身世颇飘零，逃劫天留曙后星。一瞥惊鸿飞去也，老夫于汝转关情。

倘返青溪亦大佳，白门杨柳惯藏鸦。何须更作泥中婢，词令聪华怨郑家。

博爱年来累盛名，佛香宦好费经营。剩将名字留吾集，记取南都周素清。

夜集《光明日报》社

电炬高烧客坐盈，光明社里见光明。沈翁奔走张端坐，便是光明两象征。

十二月三日，次韵和庞蘜裳，即寄海上二首

陷年客帝耻为奴，志决身歼共一途。谓亡友冯沼清也。六凤齐飞今几剩？黄垆危涕讵能无？

天壤王郎纨扇秋，青绫步障语悠悠。更生闻道新来好，家督痴聋执友羞。

寄徐子为海上，借蘜裳韵得二首

千年封建苦农奴，今日翻身喜径途。不用杞忧挠大计，倘教觇国有人无。

足征文献定千秋，莫信鲰生语谬悠。倘遭杞忧挠大计，松陵蒙垢具区羞。

赠罗逸尘四首，十二月四日作

白下萍逢亦偶然，扶余文字缔因缘。许生不作张、冯死，邻笛山阳尺涕涟。

记取双修福慧天，两家眷属喜随肩。相思江上同杯酒，一别匆匆又几年！

黄金台下喜重逢，贻我珍羞感未穷。为道故人消息好，红棉花底老姚翁。

留君无计送君行，举案鸿光最有情。但祝莺飞春暖后，双栖双宿在都城。

次韵答逸尘一首

和我新诗抵万金，为君点窜费沈吟。人间多少鸳鸯侣，难得英雄传里寻。

杂赠女男工作同志，共得十首

不信人间有若萍，从来自力要更生。何当一舸三吴去，同向梁溪画里行。赵若萍

为霖嘘气总成祥，毓秀钟灵重芷江。记取红军西指日，一群木屐此投降。龙成瑞

床头拜汝捉刀才，儿女英雄意气恢。倘有画图持赠我，春风环佩自天来。白受采

比拟红楼异惜春，秧歌腰鼓妙传神。更教自写娉婷影，一树梅花一美人。赵少华（世咸）

廿年烽火关河怨，万里金汤建设才。娇小玲珑吾爱汝，画师误认亦无猜。徐颖

割慈忍爱讵忘情，努力公私有重轻。此去兰闱祈病愈，双双携手向光明。陆天

百战当年马革轻，重围喜汝突围行。大邦齐鲁青州府，从此余生号复生。毕复生

抗战八年在后方，旧囊新酒意难忘。愿君掷去毛锥子，未拟沈酣典籍香。张俊甲

金山击鼓梁红玉，湖上骑驴韩世忠。不信河山灵气尽，黄生后起亦英雄。黄业麒

故乡丰沛重湘潭，海上逢人便脱骖。难得吴音能入耳，老夫浑似返江南。文辉宝（年裔）

十二月五日，中南海怀仁堂观剧，写示逸尘，兼赠石中瑜女同志

漓江分手隗台合，尔汝相呼谊未疏。失笑老夫诗谶好，居然有女赋同车。

同车有女石中瑜，北驾南舣意气粗。此是吾家新干部，诗篇投赠讵

能无！

榆关烽火忆流亡，绛帐宣文弦诵强。小字高华原有意，赏音便是女周郎。

车中有女剧中无，联座凭肩意若何？二九年华愁寡鹄，长眉蜷发滞秋波。

无题二首，简许昂若（宝驹），十二月六日作

清羸示疾可怜身，天女维摩误宿因。古店斋心赢自爱，云屏休拟梦中人。

姊妹承恩别样愁，龙漦燕啄一齐休。何如拥髻樊通德，不怨长门纨扇秋。

次韵和吴艺父（树）二首，十二月七日作

交亲王恪王恪成（绍鏊）更陈真，陈真如（铭枢）霁日光风盎盎春。知我谁欤吴艺父，嵇生龙性未宜驯？

快心两字谥天真，月旦阳秋笔底春。鸡鹜稻粱余子耳，海鸥万里讵能驯。

寄姜慧禅海上一首，即次原韵，为亡友丹阳黄竞西烈士作也

为牺流血殉元元，革命成功志未骞。地下故人应有痛，复仇两字忍轻言。

十二月八日，闻抗美援朝大捷报喜作，时大军已解放平壤矣

麦魔奴子李承晚，民众元勋金日成。胜负早分宁待卜，援邻一臂我能撑。

前车肯蹈李如松，平壤终收一战功。关白天诛有成例，麦魔末路定奇凶。

盱衡大局岂狂言，历历楸枰在眼前。突骑苍头飙起日，樱花丛里赤旗悬。

谒庙东都早画图，蒋家丑类看全俘。槛车生致群凶日，杖叩休教赦老奴。

东海惊潮接南海，辅车暹缅有风云。越裳会落胡翁手，歼尽丛残美法军。

南瞻荷印更星洲，努力挥戈殄国仇。百万同胞尚涂炭，东征西怨我终愁。

危机我重东西德，往事君看南北鲜。失笑庸奴杜马辈，临崖勒马倘能先。

大道之行天下公，中山遗教列宁庸。庸者，用也。书生自抱公羊癖，元始麟终证大同。

入夜，陈真如、蒋憬然两将军设宴新开路，得诗八首，仍迭真驯韵

余为不速之客，阗然入座，醉酒饱德，深感盛情，赋谢主人，兼示同座刘伯瀛、林仲易、林大绥、武和轩、李一萍、陈有全、张吟梅诸同志。

饮者从来见性真，一杯在手颊生春。微闻芗泽淳于醉，龙性由来亦易驯。此首和真如也。

抗战从教别伪真，八闽一局死灰春。元龙公琰都人杰，活虎生龙那易驯。此首谢主人也

省识庐山面目真，刘翁句好岂回春。微衷能谅昌言拜，兄事肩随我早驯。此首为福州刘伯瀛作。刘翁年七十二，长我八龄，在肩随兄事之间，故有此语。

碧血黄花痛史真，蒋家傀儡讵能春。樽前喜见双林健，地下犹难庚白驯。林仲易长乐人，林大绥福州人。

开国难忘二景真，武郎后起晋祠春。寓公歇浦吾终拜，封豕长蛇赖汝驯。文水武和轩，近移家沪上，参民革分会筹备事。沪多奸谍，故有封豕长蛇之喻。

吴县谁传衣钵真，大姚一李李桃春。任生坚苦卢生放，倘遣人间野性驯。大姚李一平，与南社亡友吴县吴瞿庵论交在师友之间，而身后赖其调护甚力，余甚感之。曰衣钵者夸词也。瞿庵门下龙象，向推任讷（中敏）、卢前（冀野），均余旧识。一平不满冀野，故末语广之，亦望冀野回头是岸耳。

布席传觞累汝真，陈生谈笑自生春。滇山黔水伤心地，太息秦王性未驯。为兴仁陈有念作。兴仁属贵州，为后明昭宗匡皇帝最后驻跸地。秦王孙可望恃功跋扈，擅杀大臣，与晋王李定国、蜀王刘文秀，均不能合作，可望终反，晋蜀二王合兵讨之，可望奔汉奸洪承畴军前，尽以虚实告。清封可望为义王，命承畴率师入黔，卒有缅甸之狩，昆明之殉，而明社终墟矣！

徐淑秦嘉定论真，罗浮庚岭岁寒春。同车悭载人如玉，生笑仪秦舌未驯。赠武进诸尚一、松江张吟梅夫妇也。诸年卅九，张年卅五，于侪辈中年最小，老夫应以弟妹畜之。尚一愆期久久未至，吟梅独来，欲赴民主剧场，参加学生界抗美援朝文娱晚会，而苦无伴。余欲践有女同车之谶，愿为执鞭舆，吟梅又不允，坚欲待尚一，未知后事如何也。

次韵答刘伯老一律

龙汉弥天劫，居然见曙光。看花犹有癖，对酒不成狂。各喜须眉古，还怜鬓髭苍。刘翁能知我，一醉愿终偿。

十二月九日，民盟苏州支部负责人陆钦墀索书便面，为赋二绝

成烈金元并国殇，卌年旧涕哭冯唐。斗牛尚有冲霄气，怀桔于今见陆郎。

因君忽复念□□，旷绝空时造就殊。珍重嘤鸣求友意，葭莩凌统本吾徒。

赠民盟皖支部负责人李则纲同志一首

文章宗派溯方姚，何似工农民气高。好为民盟撑一臂，蟠根仙李重吾曹。

邵力子、傅学文夫妇，招集陕西巷恩成居有作

客有范予遂、王玉襄伉俪，诸尚一、张吟梅伉俪暨武和轩、吴艺父，余自北总布胡同廿四号挟李一平偕赴之，主客适得十人之数，谈饮甚欢；谈次，知玉襄夫人为乐平烈士之女弟，怆触万端，不能无诗，即示同座，时尚一、吟梅、艺父将返沪上矣！

去冬早识范予遂，今日才逢王玉襄。惆怅鹊华山下路，只鸡斗酒未能将。

歇浦难忘结客场，励斋长逝允臣亡。聪明自误怜公博，一死无端殉老汪。

盖棺定论薰莸异，赌酒当年意气骄。寡鹄谁怜秦石砫，鬼雄我念郭春涛。

六十四年身是史，积薪喜见眼中人。风流夫婿张娘好，跌宕诗篇艺父新。

门人阳新金云渠（继先）来告别，言新拜西南军委会司法部工作嘉命，行将挈眷之官渝州，诗以送之，得四首，十二月十日作

胸中海岳梦中飞，择友如君世已稀。莫向河汾陋房杜，老夫传钵复传衣。

一事输龚悔已迟，亦开风气亦为师。曹生厚重金生隽，执手相看有涕洟。

鬈发红衫梦已非，闻君行远我沾衣。荐贤深愧欧阳表，众女蛾眉奈

怨唏。曾介君参民革中秘，主者弗能用也。

　　留君无力劝君飞，渝山巴水愿未违。渝州为君旧游地，且君夫人故乡也。未必塞翁真失马，鸳鸯同宿更同栖。

陈迩冬来，言将暂返太原，得诗六绝句

　　金向渝州陈向并，骊歌都作可怜声。愿君明岁归来早，好与王孙酒共斟。

　　元龙豪气讵消沉，惜未临歧饯兕觥。牛酪一杯壮行色，革囊手挈便长征。

　　聚首匆匆一月来，花晨月夕共追陪。寻常谈笑寻常酒，小别无端有怨哀。

　　相思江上推襟日，重庆城头送抱时。记取莺飞春暖早，静心斋畔坐谈诗。

　　艳说信陵能下士，侯嬴纳履亥操刀。自怜顾影隋炀急，未许鸣驺李广桥。

　　数奇李广不侯封，绛灌从来亦下中。历史要翻千载案，看君文史策奇功。

次韵和迩冬补题《辽东夜猎图》五绝二首，图为季康作，朱琴可题

　　诸婢猎前山，叠骑宁危殆。昨夜喜温䩉，梦里婵娟在。
　　和我梅村体，磊磊见姓氏。王孙久不来，丹心誓同矢。

十二月十一日，晨坐鸥梦圆室，展礼先考钝斋府君遗像，惘然有作

　　忍追哭父在民元，哭母还迟卅二年。天亦无父之日月，地亦无父之山川。

绛云一炬址空存，破产从来不帝秦。天遣奴星羸弱弟，若敖不馁荷深恩。

金鳌玉蛛万荷花，北海中山景物赊。应遣焚香泉下告，孤儿今日算宁家。

父学薪传早有孙，艰危门户惜单丁。亭林议礼嫌迂阔，不信莒人竟灭鄫。无忌无子，余终抚光辽为孙矣。

叔考崩殂更长公，次公馆粥吾能庸。门庭喜见三珠树，千里名驹惠烨弘。谓惠礽、烨礽、弘礽三侄也。

少年狂论尊文举，此日题诗念嗣宗。万卷遗书逃劫火，龙威禹穴筑吴淞。养余斋书目二册，先考暨叔考手编者，惜不可得；书则捐赠上海文管会矣。

旧贯慈溪接胜溪，卜年早逾胜清期。宗功祖德还无恙，掷笔无端泪似縻。

题先考遗像一律，次渝州题先妣费太君遗像原韵

道大从来世莫容，孤儿无父卅秋冬。谁怜破产还亡命，赢取虚名说亢宗。北海批龙聊自壮，文渊画虎或从同。先考弃养时，先母舅韦斋先生挽以一联云："以处士终，效陶贞白幅巾单衣而殓；有贤子在，毋忘马文渊刻鹄画虎之箴。"盖当时政见不同，故以微词相讽。余少年气盛，割席者十余岁。后自东倭亡命，始复谒韦斋先生于桃花坞旧邸也。今先生早殁，祥仲表弟复为蒋贼所害，书此以自劾云尔。分湖誓墓明春约，犹戴头颅愧直躬。

是夜，陈劭先、张佩瑜、邵力子、傅学文四人招宴文化俱乐部。余夫妇外，客有李任公、周月卿、张文伯、陈铭德、邓季惺等主宾共二十七人，得诗四首，即示怒刚

画堂猛烛集豪宾，十二鸳鸯一室春。谁向酒坛标赤帜，女将军更故将军。谓佩瑜夫人与但怒刚同志也。

二十七人杂万流，渝州陈、邓亦休休。稍怜奇语无根柢，未见爬行

悦众眸。佩瑜言座中有擅醉后爬行者,惜未献技。

怒刚先生真解人,剧场角色要翻新。云长推汝当无愧,翼德如余颇象真。

桓侯而外黑旋风,大角高宫一代雄。玄德收功子玉败,笑他裱褙附严嵩。

十二月十二日,逸尘设宴,再集恩成居,余夫妇外,客有刘伯瀛、但怒刚、武和轩、范予遂、王玉襄、张平江、秦德君、徐舜英计十一人;惜朱德君女同志未至,否则足金钗之数矣。得诗六首,呈同座诸子

刘、但同时并霸才,豫州汉寿倘相推。老夫惯放冲天炮,自署燕人翼德来。

南粤罗郎美绝伦,关心鸳侣性情真。山西武与山东范,同是清流传里人。

玉襄咏絮谢庭才,遏末封胡骨已灰。辛苦最怜秦石硅,渝州旧梦上心来。

议场雄辩气如云,我重平江与舜英。赖有青年陈百尺,不然男子尽无闻。

嘎嘎胡同客未来,狮儿虎父两无猜。秦娘寂寞朱娘杳,枉教同名异姓才。

连朝樽酒醉宣南,萍水相逢意气酣。愁说分飞时节近,汪伦李白怅桃潭。

示力子一首

寰中笔墨君能健,皮里阳秋我自知。解作平心静气语,瓣香合拜李澄之。

夜坐鸥梦圆室，猛忆今日为双十二纪念，感赋三首

家世何须讳绿林，留侯一击美无伦。惜乎未中秦皇帝，浮海终嫌种祸根。

缚虎寻常纵虎艰，独夫民贼讵心肝。秦人不用绕朝策，涂炭生灵发浩叹。

见仁见智从来异，听水听风亦大难。我论人才恕中晚，文章合有老波澜。

十二月十三日，偕朱蕴山、杨春洲、田竺僧、金云渠、曹美成、秦德君、赵若萍、徐颖等三集恩成居，赋示同座，得六首

兄事袁绍弟灌夫，西京风谊久榛芜。柳侯差比朱家长，入座先呼酒一壶。蕴山与余同齿而晚生，余以小弱弟畜之。

五岳游三华泰衡，写真摄影世难能。何当伴我南飞去，瀑布长流看石林。春洲为滇之石屏人，擅摄影术，奇美绝伦，漫游华泰衡三岳，都入镜头，故乡石林与三叠水瀑布，余尤爱之。

难忘昆明湖上游，杨娥影事记心头。一时艳说春秋配，我亦思量见素秋。春洲同志之爱人为丁素秋，滇人，戏以春秋配目之。

三楚英奇萃一堂，论交几辈剧微茫。曹生厚重金生俊，旧句更喜田生铁裲裆。谓田竺僧、金云渠、曹美成三人也。

重庆城头扶正气，春申江畔受奇刑。雪肤花貌今无恙，良玉云英并擅名。此首为秦德君作。

玉立长身赵若萍，玲珑徐颖最聪明。白家小妹丹青手，惜未同来醉酴醾。白受采期而不至，诗致怨望之意。

美成为王楷元索诗，赋此

病中存问感情亲，索我诗篇愧未应。今日曹生申旧约，为君吮墨费沈吟。

十二月十四日凌晨，曹美鸿、虞佩兰夫妇顾访，盖结婚后度蜜月而来也，诗以贺之

曹家兄弟皆好我，美成而外有鸿全。吴淞合卺吾为主，蜜月旅行汝最贤。

虞娘旧贯重慈溪，我亦云礽尚可稽。敢以乡亲苏小拟，不为良相却良医。

民盟同志聂松翘（国青）枉存，索诗得二首

聂为湖北沔阳人，年六十有六，时将归鄂渚矣！

轵里华宗传侠客，微云佳婿重诗人。友人伍禾为君女夫。元宗更喜佳儿健，虎父由来足凤麟。

巨帜中南一臂撑，得翁差遣壮吾盟。会场半月肩随惯，去去能无惜别情。

远东饭店杂赠三首

天南旧是伤心地，地覆天翻此日来。送汝归程要珍重，安民须仗出群才。杨春洲

未名湖上月争秋，南北东西恣壮游。中秘辛勤筹笔健，关心鸳牒有人不？翁世烈

儒林自昔重休宁，歙浦移家岂素心。异地逢君漫惆怅，精圆入耳是乡音。吴德銮

十二月十五日大雪，偕美成访赵若萍于民革总部，题诗一首

玉立丰肌赵若萍，冲寒冒雪一将迎。杜陵翠袖佳人怨，捉腕真怜鬼手馨。

十二月十六日，题影印本李息霜手写《白阳》杂志二首

文采风流李息霜，茶花春柳擅坛场。还教余技传书法，摹拟斯冰写白阳。

子谷归儒弘一释，天生南社两畸人。写真留取精灵在，喜杀当湖张卓身。卓身为李弘一大师之崇拜者。

十二月十七日，次韵和吴亦云同志

敢云瑜亮并时无，向笛黄垆旧侣孤。一笑自知输一着，吕端小事本糊涂。

是夜，招宴民革女男工作同志于润明楼饭庄，诗以纪之，得六首

余与佩妹为主人外，集者赵若萍、赵少华、博侍贞、王苋卿、秦慎之、王寿轩、毕复生、张俊甲、文辉宝、刘云阶、杨翼飞、于文莱、张闻誉等主客共十五人，联席横肱，欢呼狂叫，犹是四十二年前南社雅集故态。

太原公子盛筵铺，北饭欢呼烂醉无。留取润明楼一角，虬髯海外王扶余。是夜任潮宴客于北京饭店，余以先有润明之约，不果赴也。

狎主齐盟推郑、柳，别开鸳谱重王、秦。谓王寿轩、秦慎之两同志，盖伉俪也。苋卿磊落若萍媚，赵少华同博侍贞。

白家小妹渺愁余，惆怅龙、徐北饭羁。一样美人天末感，朱湘芸更石中瑜。白受采、龙成瑞、徐颖、朱湘芸、石中瑜均期而不至者。

如何瀛海漏明珠，铁网珊瑚有怨唏。太息若萍悭负责，遂教交臂失枭姬。总部孙克励女同志，未及邀请，若萍之罪也。

俊甲、复生咸旧侣，翼飞、闻誉是新知。半生半熟文辉宝，刘老、于郎竞索诗。

酒楼杂赠八首

白山黑水兴王地，秾李夭桃帝女花。今日人民尽平等，大家努力建中华。博侍贞

涿州人杰传三国，翼德公还大耳儿。一辈英雄俱往矣，苋卿今日是英雌。王苋卿

济南形胜夸齐鲁，千佛山兼趵突泉。历史曾传秦叔宝，于今绣闼起秦权。秦慎之（权）

济南风景旧曾知，鹣鲽鸳鸯喜此时。历下亭高君酹酒，大明湖旷我题诗。王寿轩（椿元）

陶侃天门插翼飞，梦为蝴蝶亦依依。相期努力求深造，马列斯毛世未违。杨翼飞（振国）

诗派江西早轶伦，张生年少亦能文。凭君烧尽虫鱼学，衣钵中山张我军。张闻誉（煦）

湘桂川黔抗战年，云阶月地气无前。如何老作诸侯客，绮绿青萍旷世贤。刘云阶（金弟）

朴学渊源溯广陵，于郎后起亦堪凭。阳秋断烂微言在，三世公羊证太平。于文莱

十二月十八日，题董思白遗墨后一首

捣阴剥裤异寻常，文采风流亦渺茫。还是文豪还恶霸？千秋愁绝董其昌。

次韵答慧禅一绝

旧邦新命上征途，往事休提莽大夫。最喜孝侯能晚盖，酒边忍泪一欢呼。

少华两度索诗，再赠一截

江陵生小钟灵秀，燕市移家亦偶然。一队画师齐敛手，可容更画少华山。

为少华题画，改前人句

万壑千岩蕴宝藏，幽人于此眺秋光。邻翁扶杖过桥访，兴到那嫌红板长。

十二月十九日，杂赠二首

滇南人物美华亭，文武兼资自轶群。骑虎握蛇经历惯，从今努力为人民。张德寿

渝州旧识先公面，海外扶余痛噩音。赖有象贤传一脉，祝君发愤振家声。杨兆虎

赠苏联两大夫各一首

老夫便是陈抟叟，赤县红潮早预言。愿得长生兼久视，学他一觉睡千年。神经病医生——巴沙宁

回春妙手起沈疴，良相良医一例多。难忘十年前致语，光明早属莫斯科。内科大夫——白祖比克

赠傅连暲同志一首

知春堂上举杯日，筒子河边问疾时。厚意隆情深感激，老夫扶病为哦诗。

赠王凤兰女同志一首

小语精微沥耳圆，粲花舌妙女婵娟。方言重译辛劳甚，矮册留题意未宣。吉林省九台县人，俄文翻译。军委北京医院。

十二月二十日，访王重民于北京图书馆，嘱追和鲁迅先生赠诗，漫成一绝

崔颢题诗在上头，谪仙才调岂终休。难忘二十年前事，温峤甘居第二流。一九二八年，余在上海，始识鲁迅先生，曾共宴饮两度，一为北新书局老板李小峰作东道主；一则迅翁赠余诗，所谓"达夫赏饭，闲人打油，偷得半联，凑成一律"者是也。"一·二八"后，以党人牛兰夫妇被捕绝食事，达夫发起，召沪上文化界联名电蒋政府司法院长居正，主持正义，签署人三十六人，合天罡之数，余为及时雨，迅翁则玉麒麟也。

次韵和迅翁遗诗一律

菟裘丹穴我奚求，瑜亮同时敢出头。北国朝廷尊一统，南天旗鼓耻三流。用港友孙霆句，孙自署三流也。凯歌平壤初扪虱，革命垣街始放牛。战贩人民宁两立，老夫椽笔定阳秋。

北长集卷三

（1950 年）

十二月二十一日，傅守静、郭纯蕙、何慧新三女同志来为余诊疾，诗以谢之

驱除黑暗见光明，大力能将造化更。却怪玉躯娇小甚，令人不信北京人。守静为眼科专家。

改良便遣重新知，火管休将旧法疑。肩背紧张忘不得，玻瓶累到十枚时。纯蕙为火管专家。

何娘两度顾我庐，奏记殷勤讯起居。燕赵悲歌游侠女，密云不雨意何如？慧新为记录专家。

十二月二十三日，族女怡春自沪来，赋示二截句

夫婿讨倭建义旌，父亡弟殉并牺牲。红桑碧海寻常事，娇小麻姑意未平。

谢家道韫夜驱车，急难来奔忍绝裾。阿大中郎吾自愧，传笺倘救网中鱼。

示犹子宗棠二首，棠为从弟公望次子，伴怡春北来诣余者

同气连枝德未孤，当年五柳岂殊科。率初憔悴抟霄死，愁对而翁访旧图。

绝忆分湖访旧图，留题人物半黄垆。老成凋谢青年起，喜汝多情伴聂娥。

偕怡春、宗棠暨邹继业、惠德明两同志小集北海公园漪澜堂，有作三首

北海公园冰镜开，漪澜堂外涧漪澜。惠生厚重邹生俊，都为虬翁作健来。

琐碎家常语万端，无端怒发欲冲冠。解围复辩青绫障，莫作杨家如是看。

摄影传真意未讹，坐看白塔影嵯峨。中郎自笑颓唐甚，输与封胡遏末多。

题政协讨论会签名纪念册

十二月廿五日，为人民政协全国委员会扩大会议分组讨论合作社及私营公司规程之日，余参加第一组，以纪念册请到会同志签名，自司徒美堂下迄寇韵华、金启钮、戴日勤共三十三人，寇、金、戴皆工作女同志也，戏题一截，示朱早观。

法会灵山愿未差，缤纷天雨散天花。钩章棘句群公事，我自低徊念岁华。

赠别怡春、宗棠姊弟南返二首

相见浑疑梦寐遥，匆匆此别够魂销。甘回苦尽应成谶，赠我酥糖二十包。怡春

门祚衰微未忍论，聪明如汝已堪尊。漫将谱牒嗤封建，文化从来有本根。宗棠

赠别李民欣、萧隽英、李子诵、方少逸、冯伯恒归广州五首

漓江作介能尊我，香岛寻盟更遇君。又向黄金台下别，人生宛有去来今。民欣

举幡太学重萧郎，门下冯生与郑娘。白袷风流无恙在，更从何地觅红妆？隽英

仙李蟠根绝世姿，会心微笑有情痴。三千毛瑟一支笔，狮吼龙吟正此时。子诵

此是南天第一流，即论才调已无俦。郭张鸳侣关心甚，记取森隆酒店否？少逸　郭锦仪、张黛娟在森隆酒店结婚，余任证婚，少逸则介绍人也。

冯郎年少最风华，文字因缘感未涯。栖凤楼中悭一醉，荒唐怨杀鲁朱家。伯恒　蕴山饯君于栖凤楼，而席无老夫，非吾徒也，小子鸣鼓而攻之可也。

次韵和蕴山、伯恒唱酬之作

如何斗酒无吾分，栖凤楼输海景楼。白袷未消千劫泪，红桑曾见九龙秋。征轺西北风云壮，周颖仰药东南眉黛休。郑坤廉危语难忘孙仲子，伤心旗鼓尽三流。

十二月廿六日，杂赠五首

文章风谊美无伦，微笑相看见性真。不信流传轻薄语，却嫌姜尚擅封神。姜玉笙，有谑君为姜太公者，诗以折之。

家兰姜更静安黄，努力同心建党庠。自是新邦人物好，何须比例引鸿光。黄静安、姜家兰夫妇，共创上海市中小学，学生逾六百余人，诗以美之。家兰为玉笙之女。

默涛张与默霞杨，记取扶余共酒觞。今日昭王台畔醉，感君鸳侣为

扶将。张默涛、杨默霞夫妇在民盟总部工作者。

朱十风怀百韵诗，云屏旧梦几人知？青年后起吴生好，莫向鸳湖唱竹枝。吴冠人为民盟文教委员会秘书，浙江嘉兴人。

三衢形势绾东南，毓秀钟灵汝岂惭。一纸能编盟讯好，发聋振瞶笔花酣。余胜椿为民盟组织委员会秘书，现编《盟讯》，浙江衢县人。

十二月廿七日晨起，检视一九四五年渝州纪念册有作

石破天惊未十秋，渝州影事上心头。人生知己端难得，我为王郎涕泗流。谓若飞也。

陶公死后我安归，折翼天门恸若飞。更惜李、闻无只字，从来珊网有遗珠。

未识闻髯识李髯，曾岩饯别笑谈酣。早知危语终成谶，拇战何妨让一拳。余自渝飞沪之前夕，吴玉章、董必武、林祖涵诸同盟会老同志，为余置酒曾家岩五十号饯别。为猜拳之戏，余三战三北。公朴后至，亦来挑战，余以一拳击破之，大笑曰："李公朴被打倒了。"岂意遂成滇池之谶，痛心极矣！

无端恩怨属双黄，底事终悭墨数行。千首凭君追杜甫，万篇容我傲龟堂。余以耕耘出版社女老板黄宝珣手册乞题于黄任老，竟遭拒绝，心颇怏怏不乐也。

十二月廿七日晨，戏作一首

叠被铺床事未妨，赵娘给假有阎郎。帐前厮养都豪俊，我愧汾阳异姓王。

检视一九四五年冬客渝州时友好所书纪念册，感题其后，得如干首，人集一诗，亦有例外也

才子居然能革命，诗人毕竟是英雄。鼎堂题句吾滋愧，卅载辛勤付太空。

曹美成将返武昌，赠别四首

共汝分张又此宵，骊歌虽唱讵魂销。汤汤江汉朝曦涌，旧句分明似斗枓。

挈妇将雏指日归，学成正好起恫瘝。中山衣钵吾犹健，卡尔渊源汝岂违。

复汉驱倭愿早偿，借余椽笔表泷冈。佳城卜筑君毋缓，我约明年到武昌。君贤母艾太夫人前殁，在九龙执挚时，首以表墓之文为嘱，余一诺无辞，时倭寇犹踞武汉也。今营冢之期不远矣。

灯前重写赠君诗，损我宵眠又几时。结束风骚犹未得，江才丘锦返迟迟。余明春又将戒诗矣！

十二月卅一日晨起，赋谢西泠印社元老唐醉石施石施刻之贻，兼示李青厓，青厓盖为我二人作缘兼制锦盒见畀者是也

赠我名章感慨萦，琼瑶入手意纵横。浑如十五摩登女，玉体摩挲滑且莹。

西泠开社忆当年，弘一、颐渊并九泉。一老憝遗天意厚，手持铁笔事雕镌。

佳石青田更寿山，无端割爱信因缘。唐生施石复施刻，唐生字在斯、冰间。

李生厚意更深情，锦盒留贻制作精。从此寒庐添重器，金装玉裹案头呈。

夜集中南海怀仁堂，偕佩妹同赴，看梅畹华、葆玖父子演《金山寺》有作

革命兰宁即列宁重女权，雉鸣求牡本天然。天庭倘订婚姻法，法海难逃伍伯鞭。

一九五〇年十二月卅一日朱丹坡招饮作

将军能武更能文,宾从真堪张一军。难向史家搜比例,灵山花雨下缤纷。

早观翔观更声观,珠联璧合难复难。双丁两到都浮薄,输与三朱耐岁寒。

赴壑修蛇真冉冉,衔藜猛虎看堂堂。从知后起超先进,肯效当年熊凤凰。

鼎鼐华堂集众宾,清言讵拟乐嘉春。稍怜垂老英雄恨,不见云蓝小袖人。

北长集卷四
（1951年）

一九五一年元旦自题羿楼客籍

天增岁月人增寿，春满河山洗甲兵。元旦书红万事吉，今年先遣下东宁。

中山衣钵有源流，客籍缤纷遍九州。不负昭王台畔住，千金骏骨我能求。

一月二日夜集文化俱乐部，祝沈衡老七十七旬生朝，诗以纪之

大老由来世莫京，高歌为唱寿星明。百年国耻翻身日，万岁千秋七七龄。

一月三日，谭平老偕张克明来访，惠我溥心畬画山水一帧，赋此为谢即题画首

努而哈赤黄台吉，末路儿皇笑溥仪。赖是侗儒能竞爽，歌坛画苑两忘机。

阿谁贻我心畬画，曾礼谭髯作长昆。彤管美人微旨在，题诗不为旧王孙。

平老藏重器二事，一为古后妃所执玉琮；一则岳鹏举砚，自文信国至郑海藏都有铭刻，为赋二首

方外圜中重玉琮，温柔敦厚后妃容。不愁枫落吴江冷，一去枭姬讵再逢。

杨幺血染洞庭红，奉诏班师命遽终。漫以时空轻海藏，我怜鹏举亦愚忠。

赴民革工作同志宴集

民革男女工作同志王寿轩、张闻誉、毕复生、文辉宝、于文莱、石中瑜、博侍贞、赵若萍、王苨卿、秦慎之、赵少华、武金墀等，招集中山公园来今雨轩，余与佩妹暨惠德明、赵虎堂两同志赴之，复挟庄仲霍与俱摄影三帧，宵分聚餐东单小市之五昌居，得诗八首。

建子新元正月三，公园垂柳未鬖鬖。老夫雅有遨游兴，多谢诸君气味醰。

不须咏絮夸才俊，自作清流顾及看。用姚鹓雏句。四十五年身是史，莱妻鸿妇共艰难。与佩妹结婚四十五年矣。

惠生执御赵生骖，更挟庄生放眼看。濠濮南华原有意，非鱼非我水洰洰。嘱庄仲霍与惠德明共摄一影，取庄惠濠梁之意也。

王生四十九龄矣，领袖群伦作主人。张、毕、文、于归一派，湘吴赣鲁尽能文。

妩媚中瑜更侍贞，若萍慷爽苨卿真。病床娇喘秦良玉，小赵丹青妙入神。

金墀后至复先行，底事匆匆趾不停。漫道廿三龄最小，虎堂比汝更年轻。

斗茗清谈乐有余，宵来更宴五昌居。润明雅集今番又，难得群贤共执裾。

少日才名动老苍，耄期未减昔年狂。华山不学希夷隐，巾帼须眉共一堂。

箧中有邑先辈陆廉夫先生画幅，疑是邑子陆赓南、佩芸昆季所赝造者，题诗四首

柳营较射图犹在，甫里传家德未孤。只惜分湖游未得，杨廉夫胜陆廉夫。

结客从军爱远游，少年我亦薄时流。同时同里缘悭甚，未向黄垆赌酒筹。

纪年癸亥费疑猜，未见人书俱老来。俱字作仄。旧案难忘明秀阁，机云作伪太多才。

天放楼文刻早成，松陵画苑亦留名。卷中应有廉翁传，披读犹难剔短檠。赓南著《松陵画苑》，同邑金松岑先生为作叙，书则未见也。

闻汉城解放有作，时一月五日也

瑞雪缤纷照眼明，星驰捷报喜遐征。麦魔授首期非远，一鼓先看下汉城。

赠庄仲霍

传钞文字累朋俦，琐碎英灵倘见收。信有庄生知己感，冲寒冒雪未夷犹。

石中瑜女士来访，喜赠一首

冒雪冲寒为我来，金闺国士喜追陪。驾车控马非容易，绝胜因风柳絮才。

夜赴怀仁堂观梅畹华演《贵妃醉酒》感赋

江山情重美人轻，薄悻三郎浪得名。七夕长生虚誓约，祸机早伏百花亭。

自题一九四二年六月在桂林所绘像两首

颔下鬑鬑早有须，三分游侠七分儒。晋阳棋局全输却，一妹虬髯事有无。

横山门下有诗人，风洞双归事未真。今日美人消息渺，别山踪迹倘淞滨。此首为门人廖辅叔作也，辅叔有金缕曲题余像极美。

次韵和姜慧禅送其犹子姜龙参军一首

国难家仇讵并论，侍中热血荡阴吞。盈虚消长寻常事，看取兄飞弟早骞。

一月六日为皖南事变纪念日，得诗二首

希夷横死秀文殉，更念扬眉泪满腔。惨剧茂林谁导演，蒋家天下遂全亡。叶希夷、李秀文夫妇与其女扬眉都殉"四八"飞机惨案，与皖南事变不太相涉，特希夷在茂林被捕，故牵连及之耳。

狗盗鸡鸣讵足谋，吞声忍气老夫羞。此獠不杀终遗憾，愤愤苍天知我不？

夜偕惠德明、赵虎堂、邹继业三同志至华北戏院观幽兰氏主演之黄宛氏评剧，亦成二首

青楼血案够魂销，犹是冰河解冻潮。一弹毙她终惋惜，佳人作贼奈风骚。饰黄宛氏即宛华卿者为鸿寿文，颇有佳人作贼之感。

小兰先殉巧兰亡，鸿氏联翩姊妹行。何似拉弦陆笑笑，词严义正尽堂皇。小兰、巧兰都饰妓女受害者，陆笑笑则复仇之主角也。

一月十日赠徐州佟于久先生一首,先生为同盟会老同志,年七十二矣,令子苏丹索诗有作

少年革命弁清流,垂老能参民主俦。安得云龙山下路,与君谈笑共觚筹。

赠徐舜英女士一首,即寄广州

议场雄辨气如云,旷劫难忘徐舜英。何日南游寻绮梦?红棉花底再逢卿。

赠罗理实一首,兼念来远甫

红炉峰下喜将迎,浮海还劳送远征。岷市旧人无恙否?可能雁帛费追寻。

赠郭翘然一首,翘然为冠杰之侄公子,年实相若也

咸籍当时共竹林,清谈娓娓慰余心。苍凉小阮南天别,何日重逢酒共斟。

赠徐文烈姨甥一首

戚谊葭莩耐久交,两番送别够魂销。长才初展摩天翅,服务人民敢惮劳。

赠姜长林老友一首

朱、张、侯、宛、李、黄、刘,火尽薪传意未休。驴背陈抟同一笑,悬门绝胜伍胥眸。

赠李青厓一首

闻名四十年前事,垂老逢君喜可知。更约西泠唐醉石,春回南国共倾卮。

赠汪偶然一首

黄山白岳郁嵯峨,人杰应钟地气多。新命旧邦今日事,议坛学苑意如何。

赠梅可钧一首,兼念亡友汪大千

久别重逢廿五年,坐怜沧海几桑田。尽多旧侣红梨社,谁向黄垆哭大千。

赠林星垣、华瑛夫妇一首,即贺其结缡之喜

黄花碧血丰姿美,黄歇青龙眉黛新。万里红丝牵一线,闽江人更沪江人。

赠毛之芬女士一首,为垢儿赋

前辈典型尊鲁叟,新闻报导佐冯生。豪情奔放肝肠热,弱女相依似弟兄。

赠沈梅英大姊一首,即寄沪上

青天白日新梨里,碧血红潮旧羿楼。两载淞滨欣解放,梅英大姊占先筹。上半首用旧句。

一月十一日得慧禅沪上笺,报以一绝句

息妫艰难曾抱憾,绿珠娇小忍轻埋。大贤阳羡吾终拟,便似卿言亦复佳。

定庵集外诗有"紫云回"三叠,余戏反其意得二绝句

"紫云回"三叠,其一云:神仙眷属几生修,小妹承恩阿姊愁。官扇已遮帘已下,痴心还伫殿东头。自序谓宋于庭妹之

夫曰缪中翰，分校礼部试，于庭以回避不预试云云。

仙家新例异凡庸，阿姊承恩小妹同。想是尘寰佳丽少，故教秦虢入唐宫。

神仙眷属此生修，示疾维摩一夕瘳。燕玉生春班扇冷，有人欢喜有人愁。一作人间恩怨几时休。

一月十五日寄王在民东莞两首

驰笺乞墨尔犹狂，旧句考献征文我未忘。绍武君臣同感激，黄垆残涕哭黄郎。在民与黄慈博亡友同援兄终弟及之义，谓后明绍武帝应列正统，慈博且有绍武实录若干卷，余求其稿未获也。

随身史局平生愿，无米为炊巧妇难。分取太仓三日粟，蒲轮迎汝上隗台。

是日为琅琦任绮雯女士（珍琰）逝世一周年忌辰，诗以悼之，兼念其爱人桂林朱琴可（荫龙）得五首

将种琅琦好女儿，天寒萝屋旧相思。典钗留客寻常事，难得王孙酬倡诗。琴可为明靖江王裔，与八大山人同也。

兴安江上从游日，阳朔城头共话时。宾从飘零吾自健，那堪死别更生离。

如此江山坐付人，一州文化逐倭尘。最怜划袜匆匆别，不见优昙示现身。

幻羽疑弓海上琴，用陈迹冬忆琴可句。长天飞过偶遗音。神龙变化终难测，枉向鱼书雁帛寻。

玉碎珠沈又一年，病床共语最缠绵。会当挥洒如椽笔，玄石丹文为汝镌。

叠差华韵两首寄田个石老友凤皇，兼示朱丹坡将军，一月二十三日作

负尽狂名愿未差，坐看血海孕奇花。萧闲却羡田郎好，袖手空山玩岁华。

一代人才有岁差，丹坡后起笔生花。何当更挟君痴叔，同访羊权绿萼华。

叠求秋韵再寄个石一律

执鞭富贵薄由求，留取杨麼镜里头。不信滔天成巨浸，早凭一柱奠横流。伏波聚米谋歼敌，乳虎生风气夺牛。史局随身吾事了，定教游夏赞阳秋。

叠华家韵寄冯伯恒广州

一别匆匆换岁华，佗台隗市共天涯。何当仗剑寻君去，重醉西园旧酒家。

重题《揖朱拜廖图》五首，借朱蕴山韵，一月二十五日作

精金百炼何无忌，惭愧刘牢负二难。更惜因缘悭一面，高坟剩遣剔碑看。余与朱执信先烈始终未获一面也。

钟山移榇向东南，欲伴黄花难复难。我有雄文镌石未，韩碑突兀几时看。廖仲恺先烈遗榇最初权厝执信墓旁，后移葬南京国父陵墓之侧。廖夫人何香凝女士命余撰纪念碑，思树黄花岗遗址，未知其有成否也。

明珠分我沪江南，恩怨人间抵死难。此日长幡无用处，生香活色国花看。

爱婿钟灵南海南，哦诗说剑共艰难。伯仁由我新亭泪，忍向红岩掩面看。

瘗井沈书笑所南，澄清揽辔已非难。破铜烂铁丛残甚，合共朱家仔细看。

重题《黄花岗吊墓图》，次但怒刚、陈真如、刘维章三君韵

岷市归舟曾谒墓，隗台吮墨续题诗。黄花碧血犹前日，绿海红桑长旧枝。

粤海渝州土共香，天留一老重西疆。陈、刘后起都英物，为我哦诗奠国光。

佛头着粪吾滋惧，原壤如何竟不良。幸是诸君题好句，不教遗臭掩奇香。

再题《黄花岗吊墓图》，次刘伯瀛、罗逸尘韵二首

思量四十年前事，争说黄花碧血香，讵意人心淆黑白，遂教棋局换玄黄。鏖兵北地三分鼎，窃国南都廿稔强。今日神州真解放，鬼雄地下愿应偿。

罗生誓墓漫长哀，十载风云起蛰雷。窃据纤儿原脆弱，庄严圣地忍沦摧。江山坐送枭雄手，碑碣全埋剥蚀苔。此日从头收拾起，与君同酹万年杯。

三题《黄花岗吊墓图》，次朱蕴山、韩菁伯暨蔡子民先生韵

天涯杯酒数恩仇，卅载沧桑下濑舟。建房早亡袁亦殒，伤心子翼盗阳秋。

卷地狂潮撼皖城，八公草木尽雷声。高生落魄朱生健，遗句韩生匣剑鸣。

宋砭流血染佗宫，韩重成仁赵胜风。要补余杭碑传缺，盛唐山畔万旗红。

光复同盟争一钵，山阴诗笔孕奇香。暮年烈士扶余岛，沥血披肝谢万方。

四题《黄花岗吊墓图》，用王西神韵得二首

西神残客厄龙蛇，遗墨丛残几岁华。一死艰难□息妫，故人慷慨殉黄花。更怜吊墓乘桴侣，谁听危城落日笳。千古薰莸伤气类，支机博望旧星槎。

朱家运厄亦龙蛇，冥室生埋鬓未华。幸遣宁馨尊虎女，不妨生死对黄花。酒徒危涕山阳笛，绝塞雄心越石笳。闻道画师踪迹滞，鬓云衣雾共仙槎。此首为亡友朱少屏殉难马尼拉作，画师则王济远也。

三叠差华韵寄田星六凤皇，一月二十七日作

一纸书来计未差，江才灿烂笔生花。扶摇九万鹏抟翼，期汝观光莅北华。

再叠求秋韵寄星六，兼示朱丹坡

主人北道不须求，早让朱云出乙头。岂仅平原欢十日，能陪末座即名流。童心来复君犹虎，重任难期我亦牛。将修后明史颇有临事而惧之感。旧侣傅、吴都宿草，湘灵瑶瑟怨清秋。

寄陈谷岑梁溪一绝，四叠差华韵，一月二十八日作

一枰黑白子全差，愿树长幡护落花。莫怪丰干太饶舌，吾家道蕴惜才华。

前题四律，三至六叠求秋韵

鱼书雁帛尽干求，不惜王头惜士头。汤网自应开一面，楚才早办护群流。顾吴气类倾杯斝，房杜河汾异马牛。笑我未潸封建习，任他牵率累阳秋。

得识荆州百不求，苏南人物此龙头。文章早已倾群辈，气度还能盖万流。旧荫长松连劲柏，新邦放马更归牛，门墙桃李纷无数，灿烂三春

到九秋。

初地重来梦寐求，包吴孕越割鼋头。当年大盗资群盗，此日清流免浊流。秋水南华容化蝶，龙门史笔讵呼牛。稍怜中散黄垆痛，死别微云十五秋。谓亡友秦效鲁。

南皮高会毕生求，东道夷吾出一头。镜底烟波收万顷，樽前裙屐集诸流。讴歌自喜鱼归水，逆浪谁能力撼牛。老去未忘文献约，行看直笔定阳秋。

张若谷嘱题马相伯先生《学习生活》，
七、八叠求秋韵，一月三十日作

百年人物费搜求，终让先生出一头。早慕维新号平变法，晚参抗战冕清流。文章惜未窥全豹，意气犹能撼万牛。留得笼鹅椽笔在，虚堂坐对换春秋。

文献东南刻意求，淞滨义旅纪红头。洪王林督原同调，指反帝而言也。义律、戈登并逆流。贱子因缘悭半面，张郎笔墨解全牛。题诗惭愧经年诺，革命功成及此秋。

一月三十一日晤郑云回女士于北京图书馆，
读其台哀韵近作，奉和六首，兼广其意

女士盖海藏诗人之道蕴，其夫婿则林宗孟之惠连也。暂自辽沈来京，王在三兄介绍为余任钞胥之役，故诗中及之。

万里筹边幕府台，诗心曾挟霸才来。百年国耻今销歇，应把欢娱换怨哀。

夫婿华宗冠鼓台，鸰原碧血廿年来。双栖鹣侣辽阳梦，暂遣分飞莫漫哀。

谢庭娇女旧妆台，负土成茔冒雪来。柳絮因风才自健，依人橐笔不须哀。

稍摅积愫上隗台，真遣衙官屈宋来。无德无才吾自愧，翻从欢喜杂微哀。

崖山旧恨宋王台，亡国朱明一例来。助我千秋成绝业，鬼雄地下道长哀。

漫嗤周赧筑谰台，喜见云鬟玉臂来。和得女诗人好句，黄金挥尽杂欢哀。

二月二日寄尹石公上海一首，九叠求秋韵

飞书驰檄恣干求，天雨缤纷石点头。肯以猪肝误昌邑，却因蠹简累清流，狂名早办倾三界，短檠奚须汗万牛。高谊云天留息壤，淞滨佳话定千秋。

丹坡将军以金华火腿、南京板鸭各二事，山西汾酒四罍，广东橘柚十斤见惠，报以四绝句，时二月三日也

隔年诗债未全偿，又惠珍羞到草堂。斗酒彘肩常自愧，谒来未敢混高阳。

春江水暖鸭先知，重泛秦淮未有时。橘柚垂垂霜实美，岁寒心事曲江期。

豚蹄味比猪肝俊，难忘金华士气尊。明季朱大典据金华拒虏，城陷，死者甚众。何似郭家汤沐地，酒徒心醉杏花村。

青玉留图二十笺，登徒讵忍玷天仙。涂鸦诗句惭言报，一脉心香总未宣。

赠冯宾符一首

大义微言气激昂，三千毛瑟重冯郎。援朝抗美惩奸暴，世界和平愿定偿。

赠宋君方女士一首

生小鸳湖唱棹歌,京华憔悴感今吾。茂陵遗稿凭收拾,滴粉搓脂入画图。

赠饶彰风同志三首,即寄广州

香江萍水欣初聚,隗市风云喜再逢。十卷图南诗集在,期君郑重讯元龙。谓陈君葆也。

史局随身我自雄,河汾端拟起王通,安车度岭非容易,辛苦劳君计划功。谓王在民也。

山阴宿草涕难收,翠袖朱家侠气遒。霸子鸿妻无恙在,莫教著论到朱、刘。亡友吴涵真逝世将二载,期君访其遗属消息也。

怀人二律,二月五日夜赋

定公四纪遇灵箫,我亦怀人感未消。倘遣焚巢逃劫火,好成仙侣度良宵。涂鸦自比簪花媚,倩影难忘蜷发娇。留得绝交书一幅,回肠荡气感难描。

铁秀泥犁论讵平,风怀朱十我同情。高华自爱留真赏,侧调安能犯正声。白璧微瑕陶靖节,黄巾诗婢郑康成。虬髯影事扶余岛,地老天荒惜此生。

二月十日周惠钟自长春来访索赠一律

黄歇江头美少年,从戎万里走幽燕。南游汉水旌旗壮,北上龙沙景物妍。赤县红潮期反帝,青囊丹药足回天。安车伫盼高堂驾,北海冰刀女伴娴。

二月十二日寄赠徐孝穆沪上

旧托邢谭谊,炉峰感未休。颇欣通篆刻,更喜接名流。蠹简劳收拾，梁溪共啸游。人民初服务，报最倘能优。

次楼韵寄孙霆港上

经年影事扶余岛，一夕相思海景楼。向秀黄垆惊噩梦，子将月旦诟阳秋。只鸡斗酒君能往，悼逝怀贤我未休。朱老张生都作健，倘从燕市醉三流。

赠谢刚主一首，二月十三日作，叠楼流韵

君修谢客千秋慧，我愧陈登百尺楼。肯为帝皇延统绪，要从夷夏辨阳秋。皕年青史功初就，午夜丹铅瘁未休，郑女王郎都绝代，名山大业冠群流。

词　集

全一辑

（1907—1950年）

目　录

磨剑室词初集（1907—1910年） …………………………… 1273
 一九〇七年 …………………………………………………… 1273
  大有　步韵答慧云见怀之作 ………………………………… 1273
  行香子　感旧，和慧云韵 …………………………………… 1273
  蝶恋花　忆燕，和慧云韵 …………………………………… 1273
  点绛唇　夜雨遣恨，和慧云韵 ……………………………… 1274
  木兰花慢　花朝，和慧云韵 ………………………………… 1274
  小重山　魂，和慧云韵 ……………………………………… 1274
  小桃红　泪，和慧云韵 ……………………………………… 1274
  虞美人　落梅，和慧云韵 …………………………………… 1274
  虞美人　忆太一湘中 ………………………………………… 1275
  解佩令　题竹垞词，即用其集中自题原韵 ………………… 1275
  虞美人　题定庵词，和慧云韵 ……………………………… 1275
  卖花声　怀道非海上，和慧云韵 …………………………… 1275
  丑奴儿令　春夜写感，和慧云韵 …………………………… 1276
  虞美人　题稼轩词，和慧云韵 ……………………………… 1276
  金缕曲　寄卧子东京 ………………………………………… 1276
  潇湘夜雨　题《燕子笺》传奇 ……………………………… 1276

百字令　巢南以词见示，用世不售，乃慨然有出世之想。外饰旷观，中实郁而不伸，故其词若重有忧者。为和此以慰藉之。君尝搜辑吴长兴伯及赤民节士遗集，校勘行世，故词及之。弼教坊、草桥门者，盖两贤殉国地也…………… 1276

百字令　剑华以吊蒋君希刚词见示，悲而和之…………… 1277

金缕曲　健行殂落，慧云以词告哀，倚此和之，知天涯犹有伤心人也…………… 1277

虞美人　题李后主词…………… 1277

金缕曲　哭冯沼清…………… 1278

百字令　夜梦慧云、卧子及亡友沼清，握手谈笑，欢若生平，占此记之…………… 1278

百字令　数年前，交亡友沼清，即耳梁溪秦君剑霜名，顷以会吊沼清来吴门，则闻剑霜死矣，怆然赋此…………… 1278

金缕曲　纪梦…………… 1279

一九〇八年…………… 1279

金缕曲　题慧云《沧桑红泪词》…………… 1279

高阳台　闻卧子被系作…………… 1279

罗敷媚　慧云有词见示，倚此和之，兼怀刘三华泾、巢南杭州、卧子海上…………… 1280

金缕曲　忆卧子留都狱中…………… 1280

金缕曲　送巢南入粤，和寄尘女士韵…………… 1280

踏莎行　秋夜有怀卧子…………… 1280

采桑子　和慧云移家留溪之作…………… 1281

金缕曲　秋夜有感…………… 1281

念奴娇　咏像生花…………… 1281

金缕曲　题天笑《秋星阁笔记》…………… 1281

| 念奴娇 | 余在海上，慧云有词见寄，即步其韵，兼怀卧子白门、巢南汕头、刘三武林 | 1282 |

念奴娇　题寄尘女士《忏慧词》，用定庵赠归佩珊夫人韵…… 1282

高阳台　寒夜感梦 …………………………………… 1282

一九〇九年 …………………………………………… 1282

蝶恋花　感赋 ………………………………………… 1282

满江红　吊蒋清烈女士，用岳鄂王韵………………… 1283

满江红　祝《民呼日报》，用岳鄂王韵 ……………… 1283

满江红　题《剑魂汉侠图》，用岳鄂王韵 …………… 1283

金缕曲　哲夫作枯笔山水一小帧见赠，为订交之券。荒寒寥寂，忽有感于余心，爰取戴子高影事，名之曰《梦隐第二图》，词以张之，即用三年前《为慧云题万树梅花卷子》韵。抚今追昔，若不胜情，海内词坛所不敢望，二三同志庶几和余 ……………………………… 1283

蝶恋花　闻卧子出狱有作，用前韵…………………… 1284

蝶恋花　依韵答慧云并示卧子………………………… 1284

金缕曲　寄卧子云间，叠旧韵………………………… 1284

高阳台　楚伧泛舟分湖，寻午梦堂遗址不得，作《分堤吊梦图》以寄慨。为题此解………………… 1284

金缕曲　六月六日秋侠忌辰，寄寄尘、小淑、巢南索和 … 1285

沁园春　寿巢南三纪初度……………………………… 1285

高阳台　云间感旧，写示卧子………………………… 1285

高阳台　亚希夫人手制像生花，慧云索题…………… 1286

罗敷媚　重过沪南有感 ………………………………… 1286

罗敷媚　题石子、粲君伉俪合影……………………… 1286

金缕曲　巢南就医魏塘，迂道来此，余小病初瘥，冒雨往舟中访之，复招颖若倾谈，竟日而别，词以纪事 ………… 1286

齐天乐　中秋夜无月 …………………………………… 1286
蝶恋花　戏示哲夫 …………………………………… 1287
金缕曲　八月二十二夕纪梦 ………………………… 1287
浣溪纱　八月晦日夜梦中作 ………………………… 1287
金缕曲　剑华自海外归，留梨湖旬日而去，倚此为别并坚
　　南社之约 ………………………………………… 1288
减兰　罗两峰、方白莲伉俪画砚，为哲夫、倾城题 …… 1288
金缕曲　十月朔日，南社同人会于虎丘，楚伧、慧云以事
　　未集，有词驰寄，依韵和此 …………………… 1288
金缕曲　剑华有齐鲁之行，迟予海上，欲牵衣一别，而余
　　未能赴约，填此代柬 …………………………… 1288

一九一〇年 ………………………………………………… 1289
金缕曲　楚伧入粤，道出春江，邂逅卧子，开樽斗酒，乐
　　可知矣！书来索词，填此奉寄 ………………… 1289
金缕曲　三月朔日，南社同人会于武林，泛舟西湖，醉而有作
　　………………………………………………………… 1289
蝶恋花　上巳日，余自武林发武塘，慧云适以是日至，觅余
　　不得，怅怅而归，书来极哀怨之致，词以慰之 …… 1289
高阳台　自武塘归梨，阻风不得达，维舟分湖之滨。芦中诸
　　子，握手道故，置酒相慰，至可感也。别后赋此寄谢 …… 1290
金缕曲　题沈咏霓《齐眉春泛图》 ………………… 1290
蝶恋花　寒夜忆内 …………………………………… 1290

磨剑室词二集（1920—1932 年） ……………………… 1291
一九二〇年 ………………………………………………… 1291
满江红　迷楼即事，次韵和徐弘士 ………………… 1291
浪淘沙　次韵和戴震殊 ……………………………… 1291
浪淘沙　次韵和陈安澜 ……………………………… 1291

浪淘沙　叠韵和从弟公望 …………………………………… 1292

金缕曲　题《迷楼集》，次丁堃生韵 …………………… 1292

金缕曲　前题，次田星六韵 ……………………………… 1292

一九二一年 ……………………………………………………… 1293

金缕曲　次韵和凌昭懿 …………………………………… 1293

齐天乐　次韵和星六 ……………………………………… 1293

一九二七年 ……………………………………………………… 1293

金缕曲　西京赠张景桓 …………………………………… 1293

一九二八年 ……………………………………………………… 1294

金缕曲　送甘素人归蜀 …………………………………… 1294

摸鱼儿　自题《秣陵悲秋图》，为亡友张秋石女士作，借吕碧城女士《伦敦堡吊古》韵 ……………………………… 1294

摸鱼儿　题陆丹林《鼎湖感旧图》，叠前韵 ……………… 1294

一九二九年 ……………………………………………………… 1295

摸鱼儿　题沈哂之《瘗雀图》，再叠前韵 ………………… 1295

满江红　次林庚白《秣陵感怀》韵 ………………………… 1295

一九三〇年 ……………………………………………………… 1295

绮罗香　题哂之为余绘《悲秋小幅》，即用其尊人眉若先生题《秣陵悲秋图》原韵。"蓉应春回原是梦，桂逢秋陨若为情"眉若和余哭秋石女士断句也 …………………… 1295

湘春夜月　次韵和眉若，为瘗秋未遂作 ………………… 1296

太常引　次韵和王楚英 …………………………………… 1296

沁园春　十一月十一日为秋石女士三十冥诞，词以奠之 …… 1296

一九三一年 ……………………………………………………… 1296

金缕曲　为吴汉叹哲嗣余后乐结婚赋。曰余者，从母姓也 …… 1296

一九三二年 ……………………………………………………… 1297

摸鱼儿　闻秋石女士衣冠墓告成，填此志感。三叠《秣陵悲秋图》旧韵 ……………………………………………… 1297

浪淘沙　文艺茶话会座上赠史伊凡女士……………………1297
　　浪淘沙　示庚白，为杨石癯女士作……………………1297
　　浪淘沙　寿谢冰莹女士初度……………………1298

磨剑室词三集（1934—1939年）……………………1299
　一九三四年……………………1299
　　金缕曲　王西神五十双寿……………………1299
　　金缕曲　赠庄元勇女士兼示宋钧伯……………………1299
　　金缕曲　赠廖梦醒女士……………………1300
　　金缕曲　再赠梦醒……………………1300
　　金缕曲　题陆丹林《红树室图》……………………1300
　　金缕曲　为陈霆锐书《忆香阁》榜并题此阕……………………1300
　　金缕曲　赠朱琴女士……………………1301
　　金缕曲　留别仙霏女士……………………1301
　　金缕曲　赠张琼女士……………………1301
　　金缕曲　赠马景云女士……………………1302
　一九三五年……………………1302
　　金缕曲　悼黄晦闻……………………1302
　　金缕曲　寿向松坡五十……………………1302
　　金缕曲　二月四日仙霏三十三旬初度，填此为寿得两阕…1302
　　金缕曲　题彭母何太君遗像……………………1303
　　金缕曲　为朱其华题《洪明达女士纪念册》……………………1303
　　金缕曲　其华书来述其女友王觉影事，感赋此阕……………………1304
　　金缕曲　题陈乃乾《共读楼图》……………………1304
　　金缕曲　一九三五年大除夕维也纳舞场赋，于是改岁则行
　　　　　　年五十矣……………………1304
　一九三七年……………………1305
　　金缕曲　越风社黄萍荪集岳鹏举、于少保、张苍水、徐伯
　　　　　　荪、秋竞雄诸墓摄影，颜曰"湖山正气"，属题此阕……1305

金缕曲　一民书来述春航近况，赋寄青岛 …………… 1305

齐天乐　题《柳溪诗征》，次十眉韵 …………………… 1305

一九三九年 ……………………………………………… 1306

鹧鸪天　次韵和希伏 ……………………………………… 1306

剑头词（1942—1944 年）………………………… 1307

一九四二年 ……………………………………………… 1307

酹江月　九月二十四日为旧中秋节，羽仪、佛西、雁冰诸
　　子邀集牯牛岭步月，旋泛舟江上，归成此解 ……… 1307

浣溪纱　十月二十八日偕佩宜、无垢、光辽、宝珣、雁
　　冰、德沚、佛西、仲寅、琴可、绮雯、小涵、克夫泛舟
　　游阳朔，翌日乘汽车返，记事得两阕 ……………… 1307

浣溪纱　见芙蓉一枝，忽有所感，漫拈是解 ……………… 1308

一九四三年 ……………………………………………… 1308

浣溪纱　二月十九日为旧元宵节，佛西属题羽仪所绘《守
　　岁图》，次寿昌韵 …………………………………… 1308

满江红　题瘦石绘《延平王海师大举规复留都图》，用岳
　　忠武韵。四月一日作 ………………………………… 1308

八声甘州　追悼亡友林庚白先烈，次李任潮将军韵，依吾
　　家耆卿体，六月八日作 ……………………………… 1308

金缕曲　六月三十日，送季宁复偕其表姊郑苏藻女士入滇 … 1308

浣溪纱　七月四日作 ……………………………………… 1309

齐天乐　七月二十一日为北丽女弟二十八岁初度，填此奉祝
　　……………………………………………………… 1309

一九四四年 ……………………………………………… 1309

齐天乐　七月二十一日为北丽二十九岁初度，余客临贺之八
　　步，北丽乃在昭州，相去百余里，不获一醉，词以遥寄 …… 1309

浣溪沙　八月十五日女弟子王浣霞招饮八步之沧海楼有作，时余病脑，废诗已半月矣 ………………… 1310

巴山集（1945 年） ……………………………………… 1311

齐天乐　六月十四日余在渝州之津南村，北丽来访，言将有滇池之行，赋此为别 ……………… 1311

鹧鸪天　次韵和北丽 ……………………………… 1311

浣溪沙　贺高谪生、曾敏书结婚，七月一日作 ……… 1312

满江红　借李树青韵，十月十日作 ………………… 1312

沁园春　次韵和毛润之初到陕北看大雪之作，不能尽如原意也 …………………………………………… 1312

浣溪沙　贺孝感毛振华、黄陂张冠珍结婚，十月二十八日作 ……………………………………………… 1312

沁园春　再用飘字韵为易君左赋，小儿无礼固当迭叱也，十二月七日作 ………………………………… 1313

沁园春　三用飘字韵以斥妄人之为李世民、赵匡胤张目者 …… 1313

北长集（1950 年） ……………………………………… 1314

浣溪沙　十月三日之夕于怀仁堂观西南各民族文工团、新疆文工团、吉林省延边文工团、内蒙文工团联合演出歌舞晚会，毛主席命填是阕，用纪大团结之盛况云尔！…… 1314

浣溪沙　中央戏剧学院舞蹈团演出《和平鸽》舞剧，欧阳予倩编剧，戴爱莲女士导演兼饰主角，四夕五夕，连续在怀仁堂奏技。再成短调，欣赏赞美之不尽矣！… 1314

浣溪沙　叠韵呈毛主席 …………………………… 1314

浣溪沙　题赵少华女弟画，十二月四日 …………… 1315

浣溪沙　次韵和云渠兼以志别，十二月十日 ……… 1315

磨剑室词初集

（1907—1910年）

一九〇七年

大有　步韵答慧云见怀之作

芳梦惊回，彩云飞尽，那堪往事回首。媵新词，此才已落君后。山涯水角伊人远，便两地相思怎守。任教咄咄书空，何处喃喃低咒。

重重泪，青衫袖。莫道不销魂，春光非旧。愁心一点，山下蘼芜闲逗。怕向蘼芜偷问，遮莫是旧时红豆。拚憔悴，没个人知，我侬消瘦。

行香子　感旧，和慧云韵

风也无边，雨也无边，更春愁浩荡无边。绕离魂一缕，水角山巅。是意中人，眼中泪，镜中天。

藕丝还连，月缺还圆，怅无端此恨绵绵。算萍踪絮迹，梦也难牵。愿身成骨，骨成灰，灰成烟。

蝶恋花　忆燕，和慧云韵

诉尽相思千万语，唤汝归来，认取前游处。最是关心伤别绪，去年今日寻春侣。

莫怨江南芳讯阻，有个香巢，无恙还凝伫。阅尽沧桑深尔许，似曾相识浑怜汝。

点绛唇　夜雨遣恨，和慧云韵

雨雨风风，遮断春光浑太易。问天何意，只管昏昏睡。

侬是愁人，忍听愁声坠。且休记，埋愁无地，多半伤春泪。

木兰花慢　花朝，和慧云韵

江南芳草长，蜂蝶闹，又东风。问天涯何处，游春伴侣，油壁青骢。为道年年今日，正春心，先遣小桃通。省识韶华如许，珠帘卷起重重。

惜春无赖恼春浓，愁转眼残红。忍把伊辜负，小阑干畔，密约喁喁。总被多情误了，算此生，已是可怜侬。不怪好春易谢，怪他来也匆匆。

小重山　魂，和慧云韵

一缕轻盈那自聊。梦中飞去也，不须招。归来月下佩环娇。徘徊处，十二短长桥。

生怕飓风飘。金铃牢护住，系梅梢。非烟非雾那能描。柔如许，怎忍几番销。

小桃红　泪，和慧云韵

湘竹斑斑，倩写入湘君传。三叠《阳关》，一声《河满》，为谁留恋。浣鲛绡零落不成珠，肯穿他金线。

惆怅心情变，洗净桃花面。哭罢新亭，歌残旧苑，怕人瞧见。劝渠侬将就也些些，忍梦中啼遍。

虞美人　落梅，和慧云韵

重重香雪风吹断，羌笛声零乱。缟衣素袂落如麻，忍见空枝依旧照横斜。

怜卿命薄浑如影，好梦罗浮醒。霜凄月冷掩重门，翠羽啁啁归去黯销魂。

虞美人　忆太一湘中

大鹏未展摩天翼，底事遭缯弋？湘兰沅芷不芳芬，一夜西风，何处吊灵均！

生离死别那能晓，清泪知多少？笯鸾囚凤奈卿何！渺渺予怀，望断楚江波。

解佩令　题竹垞词，即用其集中自题原韵

平陵结客，长杨献赋，叹黄花晚节凋零尽。尘土东华，也应把蹉跎自恨。又何堪星星双鬓。

扬州杜牧，小园庾信，哭穷途步兵差近。载酒江湖，且收拾残脂剩粉。更销魂温柔无分。

虞美人　题定庵词，和慧云韵

千年剑侠真长计，肯老空山里。才华如许竟虚生，荡气回肠禁得恨深深。

灵箫去后无人矣，谁识狂奴意。伤春怨女士悲秋，感慨名家如汝杳难求。

卖花声　怀道非海上，和慧云韵

往事梦中牵，十幅乌笺，相逢黄歇古城边。送汝鸱兹江上去，江水如烟。

秋雁更春鹃，忍话从前。倦游身世恨缠绵。燕市酒徒零落尽，更有谁怜！

丑奴儿令　春夜写感，和慧云韵

飘零莫向天涯问，总是闲愁。便是闲愁，一往情深不自由。

何人慰我伤谗意，细数从头。忍数从头，往事零星记得不？

虞美人　题稼轩词，和慧云韵

霸才青兕兵家子，读破书千纸。河山半壁误英雄，赢得雕虫余技擅江东。

唐宫汉阙荆榛遍，苦恨铜驼贱。华夷倒置总堪忧，未请长缨孤负汝吴钩。

金缕曲　寄卧子东京

别已经年矣。还记否，莺飞草长，江南十里。吴市吹箫燕市筑，携手荆高俊侣。浑不辨心中悲喜。我自江湖沦落客，却感君知己为君死。那忍说，匆匆去。

海东回首波涛起，酷相思，三千弱水，盲风怪雨。料得此中人亦恨，潦倒乡音蛮语。便只是，归来无计。莽莽中原谁净土，且神山一角鹪鹩寄。多少恨，穷途泪。

潇湘夜雨　题《燕子笺》传奇

小小蛮笺，多情燕子，衔来飞过红桥。崔徽图画忒妖娆。谁更信佳人难再，偏一样燕怯环娇。团栾处，双双鸳谱，两两鸾绡。

无愁天子，风流狎客，苦忆南朝。记薰风殿里，真个魂销。收拾起江山锦绣，分付那檀板银箫。飘零甚，长江东去，呜咽秣陵潮。

百字令　巢南以词见示，用世不售，乃慨然有出世之想。外饰旷观，中实郁而不伸，故其词若重有忧者。为和此以慰藉之。　君尝搜辑吴长兴伯及赤民节士遗集，校勘行世，故词及之。　弼教坊、草桥门者，盖两贤殉国地也

彩云飞下，有垂虹亭长，新词寄我。豪气元龙楼百尺，生怕飓风吹

堕。旧院风流，新亭涕泪，怀抱空今古。才人未老，准备逃禅真个。

劝君忍死须臾，千秋事业，我意怜才苦。绝域从军功未建，收拾名山缃素。粥教坊前，草桥门上，往事堪追溯。东南文献，好烦一一将护。

百字令　剑华以吊蒋君希刚词见示，悲而和之

新词读罢，便茫茫百感，辘轳终日。说道英才零落尽，阳九偏逢奇厄。搏虎无成，封狼遗憾，魂逐秋风歇。病魔无赖，天也何曾怜惜。

最愁怜我怜卿，惺惺惜惜，此意真凄切。我有一言君记取，生死无须分别。剩水残山，行尸走肉，一样伤心绝。不如归去，鬼雄长啸呜咽。

金缕曲　健行殂落，慧云以词告哀，倚此和之，知天涯犹有伤心人也

啼血鹃声苦，是年时残阳芳草，那人门户。望断红墙天一角，丁字帘栊如故。只风景已非前度。枉杀填桥灵鹊愿，奈银河未许天孙渡。肠断矣，向谁诉。

芳兰自判前因误，数从头蛾眉谣诼，今番真个。海誓山盟无恙在，去矣不须回顾。看一片彩云飞堕。我亦人间辛苦者，最关心忍续悲秋赋。知此恨，恨终古。

虞美人　题李后主词

南朝自古多亡国，如汝何须说。伤心划袜下香阶，此恨绵绵流不断秦淮。

不容榻畔卿酣卧，唱彻家山破。燕云十六尽干休，尚算赵家天子有人不？

> 昔周世宗攻南唐，一得淮南，即回师北伐，非周之力不足灭唐也。诚以李氏自称建王之后，衣冠文物，仿佛中原，烈祖

元宗，保境息民，于十国犹为令主。有圣王起，当以三恪待之。非若燕云十六，沦陷腥膻，为中原不可不复之地也。赵氏不察，萃精神于南牧，荆、湘、浙、闽先后并吞，宋之将骄而兵敝也久矣。沙陀残孽，犹崛强一隅，贻忧厥弟，况契丹大敌乎！自高梁河一败，终宋之世，无敢北辕，岂非太祖贻谋之不善耶？契丹亡而女真兴，女真败而蒙古起，神州陆沉，大命以绝。其祸至今未已，而其咎则自宋之勇于灭同种而怯于排异族始。因此词而并论之，读者亦有感于斯言乎？

金缕曲　哭冯沼清

岂料真如此。蓦传来几番恶耗，都疑非是。毕竟彼苍浑愦愦，蕙折兰摧底事。算江左霸才谁似。马革裹尸原不恶，奈英雄偏向绳床死。终古恨，有如水。

交君四载风尘里，猛回头凄凉故国，新亭名士。大树勋名空梦幻，辜负燕邯侠子。只赢得名传吴市。伫苦停辛谁省识，看血痕化碧还凝紫。歌一曲，魂来未。

百字令　夜梦慧云、卧子及亡友沼清，握手谈笑，
欢若生平，占此记之

蓦然相见，有渐离击筑，孟公惊座。料是梦魂飞到此，毕竟匆匆何苦。黄歇江边，田横岛上，离恨天难补。从知缘浅，已算相逢一度。

那堪才别生交，又逢死友，谈笑还如故。絮语喁喁休再记，记也何曾清楚。许剑无灵，焚琴有泪，此恨终千古。青林黑塞，何处是君归路？

百字令　数年前，交亡友沼清，即耳梁溪秦君剑霜名，
顷以会吊沼清来吴门，则闻剑霜死矣，怆然赋此

素车白马，向姑苏台畔，怆怀冯异。谁料无心刚道及，君亦翩然逝

矣。白首同归，青年短命，此事休提起。怜才如我，神交数载而已。

当时凭吊明陵，斜阳故国，如许英雄气。哀乐中年难自遣，一卷断旌词里。刘毅呼卢，信陵醇酒，岂是平生意。男儿多恨，不向沙场战死。

金缕曲　纪梦

过去生中事。谁竟料梦魂颠倒，从新提起。历劫余生无恙在，依旧喁喁絮语。浑不辨，是嗔是喜。剖却心肝难示汝，叹蛾眉谣诼真无计。揩倦眼，无人矣。

禅心自分沾泥絮。只难忘吹箫说剑，当年情绪。楚尾吴头踪迹滞，莫怨音程迢递。便咫尺，也成千里。精铁阑干谁铸错，拼相逢纣绝阴天里。丝未尽，春蚕死。

一九〇八年

金缕曲　题慧云《沧桑红泪词》

杜宇声声里，忍消受落花中酒，无聊情味。写尽沧桑词一卷，中有美人红泪。问赢得，鲛绡几许。捣麝成尘香肯灭，便芳心寸寸为伊死。休更作，相思语。

天涯回首伤离绪，记当时孤灯客馆，同听风雨。红豆年年劳怅望，依旧多才只汝。奈驱遣，愁怀无计。莫唱晓风残月句，怕前尘旧影重提起。掷笔罢，且休矣！

高阳台　闻卧子被系作

旖旎红箫，温柔碧玉，算来此福难消。雨雨风风，春光一霎飘摇。魂消心死都无赖，盼伊人，路远难招。最伤心，马角乌头，梦也迢迢。

雕笼鹦鹉深深锁，叹聪明误汝，翠羽萧条。如海侯门，萧郎怎忍轻抛。黄衫侠客今何处，更谁能，盗取红绡。愿将来，成骨成灰，私誓坚牢。

罗敷媚　慧云有词见示，倚此和之，兼怀刘三华泾、巢南杭州、卧子海上

天涯尽许相思死，偏不相逢，便是相逢，草草离筵一醉中。

鸾飘凤泊寻常事，未算途穷，真个途穷，槛鹤笼花恨万重。时卧子方羁清室，故云。

金缕曲　忆卧子留都狱中

盼汝归来矣，恁无端槛车就道，匆匆千里。山北山南罗网遍，收拾酒徒剑侣。有魑魅，攫人而喜。料得白门杨柳月，照南冠羁客凄凉死。今夜梦，可飞去。

那堪旧事重提起：记当年交成刎颈，腥风膻雨。便欲从君行不得，却曲迷阳谁语。总负汝，今番非计。地老天荒盟誓在，只新词难倩飞鸿寄。谁辨我，墨和泪！

金缕曲　送巢南入粤，和寄尘女士韵

草草离歌唱，送君行新愁万叠，泪波红涨。离别尽多欢会少，两日倾谈未畅。早一艇，菰芦闲放。况值中原钩党急，念楚囚梁狱心难壮。恶风起，滔天浪。

罗浮天半山如掌，算从今飞书草檄，未须悲怆。战血南天烽火地，应有遗踪可访。只此事，兜侬心上。惹我车中新妇恨，剩寻消问息传无恙。看汝去，奈惆怅。

踏莎行　秋夜有怀卧子

凤嘴含愁，鹃声带血，此生薄幸何须说。这般负汝不分明，劫灰烧烬鸳鸯牒。

弱水千寻，蓬山万叠，相思可有相逢日。秦淮烟月逼人寒，个侬憔悴伤秋色。

采桑子　和慧云移家留溪之作

横流沧海知何地，愁绝天涯，且住为佳，松满门前菊满阶。伯鸾德曜平生事，天与安排，酒盏诗牌，消遣风云壮士怀。

钓游地亦非吾土，作客何妨，清愿难偿，万树梅花十里香。剧怜四海皆秋气，一室春光，龙卧南阳，破壁何年仔细商。

金缕曲　秋夜有感

到此难言说。再休提，前尘影事，百端交集。拚则而今已拚了，忘便怎生忘得。只泪眼，背人偷滴。憔悴西风回首恨，料黄花瘦比君颜色。谁念汝，眠和食。

天涯地角寻消息。更谁知，鱼沉雁杳，长空岑寂。愁绝玉人何处去，梦里也无踪迹。魂不到，蓬山千叠。北驾南舣成底事，叹年来奔走何曾歇。难寄我，双红叶。

念奴娇　咏像生花

芙蓉迟暮，况迢迢远道，涉江千里。眼底秋容谁赠我，绝妙兰心蕙意。不似枝头，风痕雨点，狼藉斓斑里。孤眠伴我，铜瓶纸帐情味。

岂是当日唐宫，镂金剪彩，妆点春三二。中有美人魂一缕，独自背灯摇曳。憔悴年年，花开花落，飘泊浑非计。人天惆怅，铜仙无限铅泪。

金缕曲　题天笑《秋星阁笔记》

恨雨愁风里。最伤心，有情眷属，无情天地。纵有青庐新妇好，难慰伊人愁绪。情至者，大都如是。蓦地飞来金弹狠，忍生生拆散鸳鸯侣。拚一死，全休矣。

花残月缺休提起。问谁能，推原祸首，卿真解事。情海爱河原浩荡，无赖强分彼此。断送尽，人间儿女。容易六州成大错，只红丝一缕轻轻系。谁作俑，庖牺氏。

念奴娇　余在海上，慧云有词见寄，即步其韵，兼怀卧子白门、巢南汕头、刘三武林

小屏红烛，正去年今夕，与君相叙。问息寻消刚一载，料理重逢偏误。幽怨词笺，峥嵘剑气，迟汝从头絮。一灯古店，低徊往事如许。

最怜絮迹萍踪，天涯地角，哀怨谁能语？江左夷吾无恙在，歌泣新亭何处？南国行人，西湖狂客，迢递双鱼素。晨星寥落，海天无限凝伫。

念奴娇　题寄尘女士《忏慧词》，用定庵赠归佩珊夫人韵

奇才如许，有青绫帐外，谢家琼树。生小语儿溪畔路，弄月评花闲住。漱玉新词，断肠旧恨，谁辨今和古。蛾眉绝世，人间脂粉如土。

伤心风雨联吟，江湖结客，往事休重数！抔土西泠留未得，剩尔骚坛一旅。翠羽萧条，梅花零落，迸入哀弦去。因缘文字，一编珍重曾睹。

高阳台　寒夜感梦

英绝眉痕，嫣然人面，不成真个相逢。旧恨新愁，而今一例销融。五湖一舸人如玉，只防他，妒杀蛟龙。算从来，纥绝阴天，只在寰中。

明知是梦难寻觅，奈灯昏被冷，怎地匆匆。如水流年，能禁几阵西风。天寒翠袖飘零甚，料今宵，也怨途穷。更伤心，来日茫茫，难问苍穹。

一九〇九年

蝶恋花　感赋

未卜他生今已误。钗断琴焚，南浦当时路。十样蛮笺劳寄与，几曾写尽伤心语。往事思量谁记取。断雨零风，又送春归去。正是江南三月暮，鹧鸪声里留人住。

镜里窥侬颜色误。憔悴年来，总为郎辛苦。鹦鹉前头休絮语，背人

红泪还如雨。绣尽回文无一句。倩梦惊魂，只逐杨花去。盼汝今宵飞到处，秦淮水绕钟山树。

满江红　吊蒋清烈女士，用岳鄂王韵

鹈鴂声中，那忍见、众芳销歇？恨何物，萋菲贝锦，敢污清烈。娲后从来思补石，常仪岂有曾奔月？叹从容就义谢逸人，心悲切。

拚一死，冤应雪。传万禩，恨难灭。痛世间何事，硁硁易缺。六月霜飞东海狱，三年碧化苌弘血。料贞魂招尽不归来，排云阙。

满江红　祝《民呼日报》，用岳鄂王韵

禹甸尧封，叹频年、自由钟歇。蓦涌现，殽函紫气，三辰争烈。凤羽朝阳仪五采，麟经大义王正月。誓从今只手挽狂澜，雄心切。

秽史耻，须湔雪。黄书谊，肯埋灭？看悲歌慷慨，舌存未缺。衮钺无情南史简，江湖有党东林血。向昆仑顶上大声呼，撑天阙。

满江红　题《剑魂汉侠图》，用岳鄂王韵

荆比良侪，叹底事、侠风消歇。蓦地里，逢君吴市，箫声激烈。壮士悲歌辽海曲，健儿醉踏沙场月。吊要离家畔草连天，雄心切。

沼吴耻，几曾雪？报韩谊，终难灭。看不平棋局，唾壶击缺。青史百年薪胆恨，黄衫一剑恩仇血。问何时恢复旧中原，收京阙。

金缕曲　哲夫作枯笔山水一小帧见赠，为订交之券。荒寒寥寂，忽有感于余心，爰取戴子高影事，名之曰《梦隐第二图》，词以张之，即用三年前《为慧云题万树梅花卷子》韵。抚今追昔，若不胜情，海内词坛所不敢望，二三同志庶几和余

拔地奇峰起。笑平生，郑虔三绝，君真多事。挥洒烟云来腕底，灵气胸中未已！看枯木寒山如此。尘海茫茫无我席，算此身合向山中死。负汝者，有如水。

故人万树梅花里。记当年，卜邻有约，而今何似？恨海精禽填不得，付与凄凉眉史。侬已厌，伤心滋味。只恐人间无此境，便夸娥移也非长计。图一幅，且休矣！

蝶恋花　闻卧子出狱有作，用前韵

绝代因缘今未误。美眷如花，锦样前头路。艳福原凭天付与，人间删尽相思语。十斛明珠谁换取，只羡鸳鸯，不羡飞仙去。荡子归来犹未暮，温柔乡里留君住。

休道传言鹦鹉误。襫见三生，莲子侬心苦。昨夜护花铃上语，花开不怕闲风雨。碧海青天伤别句。此日重逢，莫再匆匆去。料理双栖安稳处，不须更化韩凭树。

蝶恋花　依韵答慧云并示卧子

竟有天涯愁似许。一水盈盈，未抵红墙阻。夜卜灯花晨鹊语，思君何日真相叙。

最是年来伤别绪。一样多情，秋士如春女。银烛画屏今俟汝，底须梦里重逢处。

金缕曲　寄卧子云间，叠旧韵

盼杀吴侬矣。恰归来，莫愁艇子，长干十里。凄绝年时秣陵路，听雨听风无侣。又谁料，今宵狂喜。桃叶桃根双画桨，倘重逢值得为卿死。便拟逐，梦魂去。

只愁倦翮飞难起，依旧是，天南地北，孤灯夜雨。倘使伊人能念我，料理缠绵情语。算买棹来真长计。笠泽吴淞通一水，莫殷勤浪把鱼书寄。好同话，蟾蜍泪。

高阳台　楚伧泛舟分湖，寻午梦堂遗址不得，作《分堤吊梦图》以寄慨。为题此解

午梦堂空，疏香阁坏，芳踪一片模糊。衰草斜阳，凉风摇动菰芦。

深闺曾煮蕉窗梦，到而今，梦也都无。最伤心，镜里波光，依旧分湖。

披图遥忆当年事，记一门风雅，玉佩琼琚。一现昙华，无端零落三珠。孤臣况又披缁去，莽中原，哭遍榛芜。剩伊人，吊古徘徊，感慨穷途。

金缕曲　六月六日秋侠忌辰，寄寄尘、小淑、巢南索和

六月飞霜雪。记当年，轩亭道上，英姿流血。荡房雄心谁得似？如汝须眉巾帼！只短命令人凄绝。大好西湖无福分，甚一抔难葬伊人骨！还被那，虎狼擖。

素车白马成陈迹，遗恨事，椒浆展拜，我侬还缺。一种交情生死感，二妙玉台曾识。问何处，萍踪此日。剩有元龙湖海士，困病魔豪气应消歇。谁和我，山阳笛。

沁园春　寿巢南三纪初度

十斛醇醪，寿汝元龙，岂不快哉！记桐飘坠叶，休惊时节；酒浇块垒，且尽尊罍。初度灵均，更生刘向，信有中原绝代才。才人惯，算逃禅底事，本是谐诙。少年壮志难灰。看骠骑弓刀拥上台。奈黄龙逋寇，胡尘未靖；苍鹅出地，心史先埋。入洛机云，草玄扬子，俯视人间尽可哀！君与我，好贞盟共守，古井无湝。

斗大松陵，逝矣吴潘，谁继千秋？有孤根崛起，目空余子；故书读遍，身是清流。钓雪滩荒，垂虹亭圮，文献枌榆次第收。多情甚，便雕虫小技，也费搜求。䭵年民史谁修？算鲁国阳秋肯罢休。看遗民著录，表扬芬烈；秘辛纪事，传播遐陬。天假之年，人无可语，努力名山付汗牛。从今后，祝青藜无恙，书著穷愁。

高阳台　云间感旧，写示卧子

几社名流，云间词客，芳踪渺矣难寻。醉白池南，无端又息游襟。华亭旧是悲秋地，记大哀，一赋愁深。更何堪，小劫人天，别样伤心。

当年我本无家客，叹萍踪絮迹，一例销沉。四载重来，沧桑感慨而今。瑶琴弹断钟期杳，怅人间，何处知音。絮心期，满地江湖，只有陈琳。

高阳台　亚希夫人手制像生花，慧云索题

连理枝头，自由花下，画帘稳护春深。玉树坚牢，风前不用幡铃。楚兰已属骚人佩，更何须，梦里沉吟。笑人间，花落花开，岁岁而今。

芙蓉迟暮秋江远，问伊谁妙制，巧夺天成。国士金闺，尽多余技堪寻。迦陵共命西方鸟，伴双栖，纸帐铜瓶。便休同，野草闲花，一例关情。

罗敷媚　重过沪南有感

迢迢一水黄婆渡，怎不销魂，拚不销魂，也算人间一段春。

游踪四五年前到，旧梦温存，旧恨零星，燕子归来认旧痕。

罗敷媚　题石子、粲君伉俪合影

几生修到鸳鸯伴，郎是兰成，妾是双成，并坐秦楼弄玉笙。

黄金不把相思铸，月样聪明，玉样温存，绣出人间一段春。

金缕曲　巢南就医魏塘，迂道来此，余小病初痊，冒雨往舟中访之，复招颖若倾谈，竟日而别，词以纪事

小病愁难疗，忽报道，先生来也，甚风吹到。倒着衣冠迎户外，赢得儿童争笑。算此意旁人难告。小艇垂杨低处泊，有明窗净几添诗料。令我忆，浮家好。

深谈款款何曾了，依旧是，元龙湖海，容颜未老。商略枌榆文献业，此事解人渐少。剩满地，鸦鸣蝉噪。一客东阳来瘦沈，好共君清话澜翻倒。奈别后，忘昏晓。

齐天乐　中秋夜无月

一年分外中秋月，连宵盼他辛苦。偏是无情，黄昏过了，有阵廉纤

微雨。酸酸楚楚。似好事将成，又遭奇妒。天上人间，素娥今夜在何许。

依旧华灯绣户，笑争妍斗影，等闲儿女。别有天涯，征人思妇，多少伤心难絮。年年此度。恨桂树吴刚，未寻斤斧。写入新词，倩红儿曼谱。

蝶恋花　戏示哲夫

恨海难填天易老。红袖青衫，总是相思料。我亦频年伤绮抱，蘼芜绿遍天涯草。

一语告君君莫笑。偕隐东南，有个倾城了。未用多情成懊恼，双修福慧如卿少。

金缕曲　八月二十二夕纪梦

梦太无凭据。忽飞来，蓬山弱水，痴魂何处？握手牵衣双涕泪，珍重离怀低诉！已门外鸟啼高树，非想非因谁解得，甚禅心浪付沾泥絮！空怅望，旧眉妩。

鲰生福薄休重语。似卿卿，良缘美满，红颜未误。弹断欧心歌一曲，"威特沙娄"何苦。算已是，名花有主。未必今宵能念我，羡双栖安稳天涯路。抔忏悔，愁千缕。

浣溪纱　八月晦日夜梦中作

昔日曾停柳外骖，而今摇落怅江潭，渭城歌里旧何戡。戎马兰成人未老，文章宋玉我争堪！梦魂何处是江南？

不惜明珠饰剑镡，五陵游侠问章邯，人间南八是奇男。朱鸟空归天尚醉，黄龙未饮死难甘！梦魂何处是江南？

草色裙腰一道蓝，堤边杨柳绿毵毵，相逢上巳正春三。红凤亲描羞并颈，黄鹂同听擘双柑。梦魂何处是江南？

岂有灵箫负定盦，当初一味是痴憨，断肠风味几曾谙。旧约重寻莺睍睆，空梁惟有燕呢喃！梦魂何处是江南？

忏悔狂禅只自惭，萧心剑态更休谈，烟霞泉石近来耽。青史青山双蜡泪，黄花黄叶一茅庵。梦魂何处是江南？

金缕曲　剑华自海外归，留梨湖旬日而去，倚此为别并坚南社之约

秋雨秋风里，算又是相逢一度，送君行矣。别后三年几曾见，见又匆匆如许。怎禁得，酒阑灯死！莫更临歧珍重道，看青衫已满天涯泪。听窗外，秋虫语。

碧云黄叶天无际，惨离筵丁宁后约，情何能已！雅集吴门期不远，饶有风流况味。便纵酒高歌休去。大醉可中亭畔月，好狂呼儿复骚魂起。重记取，别时意。

减兰　罗两峰、方白莲伉俪画砚，为哲夫、倾城题

罗方故物，摩挲一片端溪石。石不能言，想见当年伉俪贤。

而今依旧，蔡张伉俪双双守。珍重流传，红粉青山一段缘。

金缕曲　十月朔日，南社同人会于虎丘，楚伧、慧云以事未集，有词驰寄，依韵和此

匹练吴门道，算侥幸笙歌画舫，我侬真到。惨淡东阳祠宇在，不许胡儿拜倒。付吾辈，登临还好！万种伤心成一哭，猛山灵无语群乌噪。只此意，令人老。

而今云散风流早，依旧是荒江老屋，欢场如扫。赢得多情高与叶，珍重邮签未杳。似听见，杜鹃声叫。大好家居争撞坏，问奇勋谁奏相如赵。拚沉醉，此生了。

金缕曲　剑华有齐鲁之行，迟予海上，欲牵衣一别，而余未能赴约，填此代柬

蓦地牢愁惹，忍轻提分离两字，泪珠倾泻。蹈海归来才几日，怎便把侬抛舍。又此去，劳劳车马。离合悲欢成底事，问天公兀自妆聋哑。情到此，笔难写。

缘深缘浅谁相借,便匆匆临歧一握,也同无价。湖海飘零翻羡汝,绝胜羁栖辕下。算此意,告君休讶。只是长途风雪紧,要眠餐珍重休忘者。待明岁,早归也。

一九一〇年

金缕曲　楚伧入粤,道出春江,邂逅卧子,开樽斗酒,
　　　　　乐可知矣! 书来索词,填此奉寄

百尺楼头客,最倾心云间卧子,东南人杰。歇浦遨游谁把臂,狂杀东江叶叶。这相见,何须相识! 钳口莫谈天下事,只高歌痛饮乾坤窄。嵇阮放,荆高侠。

酒家垆畔花争发,笑人间浅斟低唱,都非英物。龙吸鲸吞无算爵,旗鼓中原大敌。似巨鹿、昆阳、赤壁。笑问玉山颓也未,好商量死葬陶家侧。算此乐,最难得。

金缕曲　三月朔日,南社同人会于武林,泛舟西湖,醉而有作

宾主东南美。集群英,哀丝豪竹,酒徒沉醉。指点湖山形胜地,剩有赵家荒垒。只此事,从何说起! 王气金陵犹在否? 问座中谁是青田子? 微管业,付青史。

大言子敬原非戏,论英雄安知非仆,狂奴未死。铁骑长驱河朔靖,勒石燕然山里。算才了平生素志。长揖功成归去日,便西湖好作逃名地。重料理,鸱夷计。

蝶恋花　上巳日,余自武林发武塘,慧云适以是日至,
　　　　　觅余不得,怅怅而归,书来极哀怨之致,词以慰之

越水吴山芳讯阻。是汝来时,是我归时路。刻意寻春春已暮,人生能几华年误。

省被兰姨琼姊妒。便不重逢,也胜重逢处。一瞥惊鸿人又去,坠欢

终竟无凭据。

高阳台　自武塘归梨，阻风不得达，维舟分湖之滨。芦中诸子，握手道故，置酒相慰，至可感也。别后赋此寄谢

浪打归鸿，云迷羁雁，今宵又落分湖。越水吴山，输侬乡味莼鲈。旧时鸥鹭犹堪问。愧伶才，青眼模糊。任飘零，乞食猖狂，未是穷途。

阻风中酒年年事，便高烧红烛，烂醉黄垆。飞絮捋沙，欢情都付提壶。解衣推食云天谊，奈逢迎，也到狂奴。谱新词，休怅萍蓬，且寄菰芦。

金缕曲　题沈咏霓《齐眉春泛图》

春水芦花渚。甚君家无端收入，画图中去。绝代东阳夸瘦沈，濯濯灵和琼树。况相伴，潘娘眉妩。双宿双飞篷底稳，笑人间无限闲鸥鹭。只恐被，鸱夷妒。

算来我本移家误，况年时江湖载酒，飘零风絮。一舸重寻归计好，卜宅梨花深处。奈犹是，他乡羁旅。何日傍君分水住，便刘桢平视君休怒。环佩样，夸先睹。

蝶恋花　寒夜忆内

小别居然愁寂寞，一日三秋，况是三旬约。风雨凄清楼一角，恼人只怨天公恶。

因甚心情容易错，见也寻常，去便思量著。睡鸭香销寒梦觉，半床绣被浑闲却。

磨剑室词二集

(1920—1932 年)

一九二〇年

满江红　迷楼即事,次韵和徐弘士

一饮琼浆,拚别后,熔肝铸脑。悔当日,不曾真个,垆头醉倒。促我欢娱缘底事,为卿憔悴何曾料。任泥犁绮孽大于天,阳戈扫。

也莫记,韶颜好;也莫问,痴魂绕。算十年龙剑,难平凄抱。负尽燕邯游侠子,羞他金粉齐梁姣。便化身成骨骨成尘,愁难了。

浪淘沙　次韵和戴震殊

不愿做娇羞,飏了星眸,何曾有意把人勾。佳侠含光奇气在,愧杀儒流。

水腻更山柔,多少闲愁,敢将卖饼薄何休。我有阳秋椽笔在,题上红楼。

浪淘沙　次韵和陈安澜

云锦织流黄,绿海红江,难寻拂水旧山庄。安得健儿三百万,快马轻装。

身世剧苍茫，豹隐龙藏，酒家垆畔有狂香。唤取吴姬来劝酒，拚老糟乡。

浪淘沙　叠韵和从弟公望

十二小红楼，楼上寻幽，西湾一曲向西流。黛影波光休错认，玉笑珠羞。容我老糟丘，花底熏修，春风门外几曾秋？好种长条千万树，系住归舟。

结绮有高楼，舜死尧幽，兴亡一例付东流。解识风花归伪体，未用娇羞。豆眼薄家丘，麟史重修，我来落笔定阳秋。安得五湖狂少伯，载汝扁舟。

金缕曲　题《迷楼集》，次丁堃生韵

良会东江好。卖浆家，唐梯百级，登临偏早。乞食猖狂吾辈事，海怨云愁缥缈。况更逼，峥嵘岁杪！难得当垆人似玉，看飘烟抱月腰围小。拚痛饮，忘昏晓。

闲情久谢闲花草。奈尊前狂香浩态，感侬孤抱。叱咤当筵能骂坐，莫怪酒狂倾倒。便倩影，深深镌脑。只惜中原驰檄笔，付荒唐一卷迷楼稿。青史冷，素娥老。

金缕曲　前题，次田星六韵

拔剑悲歌起。问千秋，信陵不作，更谁知己。醇酒妇人多少恨，寸寸心肝慵理。看如此，河山休矣！难得蛾眉能解语，早甘心卓女垆头死。盟息壤，蚬江水。

欢惊草草渠堪记。忍轻忘湘南楚北，恩兰怨芷。便读离骚拚痛饮，何必都称名士。只惭愧，瑶华公子。风絮露花怜命薄，莫等闲，短尽英雄气。鹓首鹢，钧天醉。

一九二一年

金缕曲　次韵和凌昭懿

七尺牢笼地。镇无聊，爱河恨海，回肠荡气。缫尽相思丝万缕，釜底红蚕汤沸。总惭愧，鸳鸯楼记。毕竟聪明成自误，算不须埋怨周婆礼。拚傔僁，此生已。

寻春杜牧原游戏。几曾见卖浆门巷，簸钱年纪。容易拈花成一笑，凄绝伤谗薏苡。又安得，桃源稳避。不是王郎团扇曲，任人间憔悴芳姿婢。君莫问，醉翁意。

齐天乐　次韵和星六

辒辌车臭秦皇死，余威虎狼犹在。张角称兵，曹瞒据地，更遣强吴坐大。纷纭五代。算南狩重华，尚娴鍪铠。北望神州，陆沉宫阙涕横洒。

炎枝越巢肯改！祝精禽木石，填平沧海。政客翻云，藩酋复雨，衣钵高家无赖。江山十载。怕谐价西园，背人偷卖。失笑黎丘，又丝牵傀儡！

一九二七年

金缕曲　西京赠张景桓

燕赵悲歌士。猛相逢，扶余岛畔，灯红剑紫。异国风光原烂缦，只惜种魂未死。总篱下，依人非计！便座深谈情悄悄，算胸中忧愤何能已！满腔血，几行泪。

夜郎自大原堪耻。奈神州，长城自坏，铜驼荆杞。北望宛平南建业，几辈英雄竖子。更几辈，僵蚕腐鼠。我已雄心销歇尽，愿使君终为苍生起。珍重祝，前途事。

一九二八年

金缕曲　送甘素人归蜀

同是飘零客。镇无端，蜻蜓洲上，逢君一夕。落魄英雄应有恨，不遇知音谁识？好伴我，旅窗岑寂！大酺高谈浑闲事，更相依形影肝肠热。弹指顷，十圆月。

骊歌吴蜀催归急。莽重洋同舟飞渡，终须离诀。老我萍踪黄歇浦，君去长江三峡。算后会，未知何日。未敢相留淹滞久，怕白云亲舍依闾切。珍重意，付啼鴂。

摸鱼儿　自题《秣陵悲秋图》，为亡友张秋石女士作，借吕碧城女士《伦敦堡吊古》韵

叹重来，西风白下，平陵黄犊愁奏。国殇多少苌弘血，不是曹家萁豆。翻复骤，痛一代蛾眉，也死伧夫手。天乎不寿。正奇气拿云，圆姿替月，英绝年三九。

扪心问，恸哭新亭时候，伯仁怜我轻负。马嵬白练香喉锁，惨抵男儿断脰。羞掩袖，奈龙剑沉埋，难决仇人首。雄心忏否？但同泰钟鱼，清凉梵呗，虔礼空王胄。

摸鱼儿　题陆丹林《鼎湖感旧图》，叠前韵

忆南天，湖山佳处，湘弦锦瑟曾奏。当时岂料轻离别，吟遍相思红豆。天意骤，奈梦醒灯残，难挽纤纤手。山盟海寿。记油壁同车，青骢并辔，嬉戏值三九。

风波急，可奈分飞时候。同心密约终负。蛾眉万里投荒死，好梦难圆鸳胄。痕满袖，画一幅真真，可抵诗千首。柔情忏否？问何地埋忧，狂歌痛哭，愿作离骚胄。

一九二九年

摸鱼儿　题沈哂之《瘗雀图》，再叠前韵

叹尘尘，虫天万劫，几多哀曲曾奏。衔环黄雀生来小，未餍人间粱豆。微命骤，痛弱肉强吞，竟死鹰鹯手。彭夭殇寿，算朝菌年华，蟪蛄身世，一例丁阳九。

谁埋汝？拨土抟泥时候。主人情重休负。佳城郁郁堂坳筑，忍见残翎断胬！双卷袖，更杀粉调铅，要换诗千首。前因悟否？总未免有情，那能无泪？凄绝东阳胄！

满江红　次林庚白《秣陵感怀》韵

袖手枯枰，已厌看长安棋弈。最难忘，叛旗初展，杀人如织。血染缥囊魂魄壮，身攒白刃尸骸掷。镇伤心，萁豆本同根，相煎急！

猿鹤恨，成今昔。胭脂巷，休寻觅。叹龙蟠虎踞，久无颜色。侯景当年曾跃马，王琳此日犹埋碧。更何时旭日射光芒，阴霾革？

一九三〇年

绮罗香　题哂之为余绘《悲秋小幅》，即用其尊人眉若先生题《秣陵悲秋图》原韵。"蓉应春回原是梦，桂逢秋陨若为情"眉若和余哭秋石女士断句也

蓉应春回，桂逢秋陨，此恨却凭君诉。写入生绡，可似伊人眉妩。倚孤标，曾斗严寒；揉弱质，难禁狂雨。更伤心，子规啼彻，冤沉三字狱谁铸？

折枝漫诩娟妙，倘比忆翁微意。托根无土。断粉零香，只合画图中住。盼红心，草长他年；化碧血，魂归何处？镇难忘：旧梦温馨，吴淞江上路。

湘春夜月　次韵和眉若，为瘗秋未遂作

葬衣冠，隔春嫩约成虚。谢家群从，寻消问息太模糊。玉臂朱书已矣，见返生香借三弓隙地，庸福还无。叹男儿死耳，裹尸马革，狼藉休呼。

招魂甚处，云间鹤杳，湖上鸥孤。迟树丰碑，算只有铁函瘗井，心史难诬。江头野哭，且莫教，泪眼轻枯。凭君问，问天涯何日，河山还我，狐兔终驱？

太常引　次韵和王楚英

不多时日过清明，节序又翻新。倦眼最慵青，怕窥到，瑶台几层。

风光依旧，河山依旧，不见昔年人，痛泪那能禁。问何处，山阳笛声？

沁园春　十一月十一日为秋石女士三十冥诞，词以奠之

英绝眉痕，逝矣千秋，何处招魂！记红楼絮语，笑辇无恙；青溪血溅，骸骨休论。覆雨翻云，荒天老地，鸡犬淮南尽噬人。伤心甚，剩瓣香亲祝，初度灵均。

忽然奇想无垠：算兜率天中别有春。料瑶台玉宇，早瞻灵气；璇宫贝阙，永护仙真。剑影摩虹，珠光掩月，风露秋江倘化身。穷愁我，悔草间偷活，留滞凡尘。

一九三一年

金缕曲　为吴汉叹哲嗣余后乐结婚赋。曰余者，从母姓也

汉叹吾盟友。廿年前，春申江上，缔欢杯酒。记得洞房花烛夜，曾以新词为寿。生羡汝，刘樊仙耦。别后重逢燕市饮，有荆高击筑呼屠狗。岁寒约，毋轻负。

红桑海底分襟久。蓦飞来，琼笺一握，朵云如绣。报道凤雏今已

长，喜睹佳儿佳妇。算画出，葫芦依旧。学作痴聋应已惯，问羹汤是否新人手。歌一阕，吾傝僽。

一九三二年

摸鱼儿　闻秋石女士衣冠墓告成，填此志感。
三叠《秣陵悲秋图》旧韵

甚岿然，一抔黄土，肤功今日才奏。埋冤何事轻成狱，凄绝南山种豆。惊变骤，悔惜别牵衣，未挽纤纤手。漫论夭寿。算死纵无缘，生还有恨，同此罹阳九。

衣冠冢，三载蹉跎时候。浑疑嫩约终负。一朝突兀丰碑树，差慰朱绳缳脰。休掩袖，看大地玄黄，血溅群龙首。芳魂知否？倘赤帝能兴，苍天当死，划尽穷奇胄。

浪淘沙　文艺茶话会座上赠史伊凡女士

珠玉泻莺喉，刚里含柔，吴娃燕语最风流。一阕新词低唱罢，怎不娇羞。

京兆画眉侪，是几生修，谓女士爱人张弓天教韵事继红楼。为恐石凉人睡去，芍药轻兜。

浪淘沙　示庚白，为杨石癯女士作

闻道密司杨，血溅云阳，先生何事硬心肠。香火因缘应未浅，怎不悲伤。小影贮巾箱，好护沈香，休嫌老太少风光。还有遗文三两首，仔细端相。女士貌寝，友人戏以老太呼之。

我自悔当年，觌面缘悭，矫情难忘意缠绵。安得黄金三百万，赎取婵娟。一语告君前，何必朱颜，古来才貌总难兼。相马骊黄牝牡外，此意谁怜。

浪淘沙　寿谢冰莹女士初度

绝技擅红妆，短笔长枪，文儒武侠一身当。青史人才都碌碌，伏蔡秦梁。旧梦断湖湘，折翅难翔，中原依旧战争场。雌伏雄飞终有日，莫漫悲凉。

岁首赋催妆，今进桃觞，红尘游戏尽无伤。艳福檀郎吾亦妒，努力扶将。年少侠游场，儿女情长，通家交谊镇难忘。寿汝恨无双匕首，惭愧诗囊。

磨剑室词三集
（1934—1939 年）

一九三四年

金缕曲　王西神五十双寿

老矣西神叟。镇难忘，撞钟伐鼓，少年时候。弹铗冯驩先宿草，淮海秦郎骨朽。问游侣，几人依旧。剩汝填词情思好，更蚕眠疑出纤纤手。真与美，倘无负。

江湖我亦飘零久。卅年来，名场恩怨，王前卢后。俭岁薜萝君未厌，桃李花开如斗。看烂熳东风锦绣。偕隐齐眉人似玉，祝木公金母无疆寿。歌一阕，侑觞酒。

金缕曲　赠庄元勇女士兼示宋钧伯

老我支离叟。喜重逢，梨涡潮晕，嫩红时候。龙汉赤明桑海劫，眉妩张娘不朽。忍更向，黄垆话旧。秋雨秋风拚一哭，记紫金山下同携手。生死谊，尽辜负。

几年问息寻消久。叹长幡，护花无力，甘居牛后。龙剑押衙君有幸，肝胆轮囷如斗。祝锦样前程春绣。市隐相依原不恶，好鹿车鸿案南山寿。且醉我，葡萄酒。

金缕曲　赠廖梦醒女士

惭愧夷门叟！恰逢君，槛车缇骑，仓皇时候。取子毁巢家国痛，东厂沈冤难朽。算侥幸，红颜依旧。马角乌头他日事，好商量迟整旋乾手。情与义，两休负！

十年早领芳名久。羡金闺，明珠擎掌，淮汜捷后。马策西洲何限恨，热泪琼瑰盈斗。便抛尽，铅华文绣。露苦霜酸多委曲，愿从今婉顺依萱寿。倘信我，誓杯酒。

金缕曲　再赠梦醒

埋碧悲苌叟。十年来，风云变幻，星移物候。掌上明珠原磊落，虎女从来不朽。只身世，飘零非旧。无罪冶长嗟缧绁，问罗钳吉网伊谁手？一腔血，总辜负。

揭来我自关心久。费弥缝，调停骨肉，华严劫后。两世交情群纪重，籍甚泰山北斗？只惭愧，平原丝绣。国士金闺知己感，敢平分春色狂奴寿！红烛下，酹杯酒。

金缕曲　题陆丹林《红树室图》

一笑虬髯叟。记鬈龄，谈兵说剑，纵横时候。凄绝鼎湖仙梦醒，瘴海韩娘魂朽。剩图画，崔徽依旧。红树香山人似玉，促挥毫更脱群贤手。箫与筑，总辜负。

逃盟汐社交君久。更频年，相忘形影，靳骖先后。一老山阴埋骨恨，腹痛桥玄鸡斗。仗料理，遗诗锦绣。揽辔澄清吾亦倦，叹英雄迟暮名山寿！苌叔血，付杯酒。

金缕曲　为陈霆锐书《忆香阁》榜并题此阕

湖海元龙叟。记当年，山头双角，量珠时候。郎自雷霆精锐者，刻骨相思不朽。算妾驾，雷车依旧。底事香君终短命，孕双麟难觅回天手！山海誓，总辜负。

绵绵此恨天长久。最伤心，琴亡钗断，小星沈后。便筑层楼留纪念，索我大书如斗。要镌刻，春痕眉绣。红袖青衫原一例，趁淋漓椽笔为卿寿！九地下，酹樽酒。

金缕曲　赠朱琴女士

吾友朱家叟。喜鸾雏，砌兰吐艳，扬芬时候。掌上明珠谁第一，凭仗干才不朽。更学问，能熔新旧。好与支撑家国事，要补天炼石柔荑手。名父业，期休负！

兰闺待字葳蕤久。是今年，岁朝春暖，赤绳系后。荏苒春韶三月暮，物候移星换斗。看无限，前程锦绣。锦帐青庐何日稳，祝双修福慧兼多寿。应醉我，合欢酒。

金缕曲　留别仙霏女士

赋别思江叟。太无端，倩魂销尽，将离时候。百劫余生家国恨，耿耿心头不朽。更此夕，情怀非旧。北驾南舣千万里，奈临歧难握柔荑手。珍重约，莫轻负！

论交堪抵三年久。惜匆匆，三旬未满，盟心太后。岂是文章憎命达，愧赠明珠盈斗。总抛尽，春韶如绣。倘遣归来无恙在，要心香一瓣为君寿。肠已断，谢杯酒。

金缕曲　赠张琼女士

蝶梦思庄叟。诧神奇，月丸下堕，诞生时候。骑虎握蛇成隔世，耿耿精魂不朽。喜仙侣，刘樊依旧。白骨如山红粉健，挽乾坤倘赖纤纤手。薪胆意，愿毋负。

侠游朱郭成灰久。四千年，葫芦汉史，居然传后。不信蛾眉心胆怯，一样肺肝如斗。更一样，铸金丝绣。更感临歧珍重握，证岁寒交谊南山寿。待重见，赌杯酒。

金缕曲　赠马景云女士

已愧仁和叟。喜红颜，裁诗问字，殷勤时候。风气能开吾自壮，安用陈言腐朽。更不信，调停新旧。新酒旧囊游戏耳，笑千言倚马屠龙手。衣钵在，莫轻负！

江湖卅载狂名久。颇思量，金闺国士，替侬传后。剑气箫心卿磊落，粤海明珠如斗。便度尽，金针神绣。说法雨花吾舌健，愿大书深刻贞珉寿。倘侑我，一杯酒。

一九三五年

金缕曲　悼黄晦闻

太息分宁叟。蓦惊心，松凋竹陨，岁寒时候。一恸龚生天年夭，耿耿精灵难朽。剩向笛凄凉怀旧。绝笔阳秋遗憾在，怎《黄书》未续姜斋手！民史约，总辜负。

江湖卅载论交久。镇难忘，吹箫说剑，王前卢后。龙战玄黄沦万劫，世态移星换斗。更莫问，斓斑古绣。凭仗筹安搜佚史，证名场风谊名山寿。君倘鉴，奠杯酒。

金缕曲　寿向松坡五十

一笑松坡叟。正华年，平头五十，桃觞祝候。烽火武昌当日事，首义勋名不朽。向黄鹤楼头感旧。非种腥膻凭扫荡，况龙泉常握书生手！儒与侠，两无负。

而今革命成功久。总惊心，周旋坛坫，甘居卢后。平房讨倭休梦想，金印空悬如斗。更铁戟沉沙斑绣。无限新亭周颉泪，迸一腔热血为君寿。且沉醉，信陵酒。

金缕曲　二月四日仙霏三十三旬初度，填此为寿得两阕

忧国东山叟。卅年前，明珠掌上，锦绷时候。栋折榱崩何限恨，千

古高名不朽。剩曙后孤星非旧。得婿英雄差足慰,看红丝牢系擎天手!随唱乐,庶无负。

几年薪胆生涯久,蓦惊心,笯鸾囚凤,群龙战后。差幸头颅无恙在,盟誓依然山斗。好赢得,金闺丝绣。忍泪寻欢今日事,祝补天填海伊人寿。且听我,醉醇酒。

仆也支离叟。十年来,雄心灰尽,闭门时候。何意相逢忧患际,捣麝成尘难朽。喜翠袖朱家依旧。鞠育分恩吾岂敢,只热情惯握柔荑手。久要谊,忍轻负。

天寒萝屋漂零久,怪无端,瑶池阿母,雷先电后。侠骨柔肠几曾见,肝胆轮囷如斗。真值得,铸金丝绣。婉顺娇雏依膝下,祝长生好为慈萱寿。更他日,黄龙酒。

金缕曲　题彭母何太君遗像

号血彭籛叟。痛无端,北堂萱萎,莱衣舞候。不是寻常巾帼姬,弘血演肝难朽。看磊落,英姿依旧。横杖誓言仇国贼,比补天炼石娲皇手!遗训在,莫辜负!

儿郎兰玉周旋久。记相逢,夷吾江左,新亭泣后。谣诼蛾眉功罪异,我自仰瞻山斗。算值得,平原丝绣。穷岛田横苦块士,有横胸青史高名寿。歌一阕,奠杯酒。

金缕曲　为朱其华题《洪明达女士纪念册》

未老吾先叟。其华呼余为老太爷好青年,朱家任侠,酒酣时候。残魄刀头余霸气,只是绮怀难朽。剩梦里,蛾眉依旧。戎马仓皇娇喘绝,葬香泥难委儿郎手。同六誓,总轻负。

天涯我亦伤心久。叹秋深,蓉枯桂死,河山劫后。血溅青溪遗蜕渺,热泪潺潺盈斗。倘碧化,春痕锦绣。一样铁函沈井史,要大书深刻茗华寿。如意碎,西台酒。

金缕曲　其华书来述其女友王觉影事，感赋此阕

同病梅村叟。几年来，草间偷活，靦颜时候。惭愧须髯如戟士，输与朱颜不朽。剩铁索，鸳鸯怀旧。酷吏严刑三木惨，忍摧残软玉兜绵手！飞血肉，忘毋负！

挥金赎得文姬久，莽无端，贻书决绝，网罗弛后。岂是蛾眉甘薄幸，侠骨崚嶒山斗。肯恋恋，春韶如绣。柴市沙场音耗恶，胜红楼佳耦齐眉寿。尽孤愤，付醇酒。

金缕曲　题陈乃乾《共读楼图》

四十堪称叟。是元龙，高楼百尺，上床卧候。共读有人真福分，韵事流传不朽。算绝胜添香窠旧。珍籍纷纭奇字秘，校丹铅辛苦柔荑手！偕隐约，莫辜负。

诗坛文社相从久，更前宵，归来赌茗，小君拜后。艳艳红霞灯影暖，春气潜生室斗。早奴视，珠玑文绣。引凤何如能跨虎，要扫除愁病为君寿。休比例，信陵酒。

金缕曲　一九三五年大除夕维也纳舞场赋，
于是改岁则行年五十矣

五十居然叟。叹平生，百无一可，知非时候。新学甚深微妙法，粉腻脂香不朽。笑郁勃，云情依旧。恒舞酣歌吾辈事，好家居轻付纤儿手！满腔血，总辜负。

祝宗祈死频年久，惭愧杀吴中名士，少微犯后。入抱温磨怜楚细，难遣横胸星斗。揾红泪，罗巾痕绣。莫道逢场浑作戏，怕江山输与红颜寿。忍醉我，新亭酒。

一九三七年

金缕曲　越风社黄萍荪集岳鹏举、于少保、张苍水、徐伯荪、秋竞雄诸墓摄影，颜曰"湖山正气"，属题此阕

柴市文山叟，歌正气，日星河岳，炳彪时候。三竺六桥埋碧地，鹏举英灵不朽。看墓树，南枝依旧。一代人豪于少保，更捧天浴日尚书手。好山色，肯轻负？

皕年胡运沈埋久。拨青天，皖公江上，大酋诛后。剖却心肝付奴革，伯约胆应如斗。更血溅，轩亭春绣。风雨秋家亭子好，祝英雄儿女无疆寿。图一幅，奠椒酒。

金缕曲　一民书来述春航近况，赋寄青岛

弹铗冯驩叟。镇难忘，东涂西抹，少年时候。辛苦怀芳留小志，期许名山不朽。奈眼底春韶非旧。宝髻蛮靴零落尽，剩临池点染姜芽手！春航学书于越流，曾鬻字海上。偕隐约，总辜负。

登楼王粲依人久。蓦相逢，斋心古庙，云屏梦后。记前岁青岛旅邸相晤事。惜别匆匆如昨日，几度移星换斗。更几度，花开樱绣。多谢殷勤长爪客，报寒梅无恙伊人寿。还记取，圣湖酒。二十年前，与林秋叶醉酒湖上，春亦在座。

齐天乐　题《柳溪诗征》，次十眉韵

天魔舞冷湖波绿，金粟珠帘都散。气节杨袁，文章钱魏，弹指枯棋劫算。逃禅公案。叹骆丞叶仄魂枯，苌弘碧烂。一角沤盟，铁函心史从头展。

皕年鼎鼎诗翰！有草堂瘦沈，风流未远。游子轻寒，女郎薄病，襟上泪痕休满。分南烟水，奈吊古伤今，黄垆谢馆。垂老英雄，江山愁睆晚！

一九三九年

鹧鸪天　次韵和希伏

万里神皋潢漾中，好凭赤手振雄风。书生报国谋猷壮，娘子成军战伐工。懒膏沐，任飞蓬。贪传捷讯到帘栊。挥戈会见鲸鲵剪，鬻国宁堪枭獍容。

漫为家山念坠欢，龙蟠虎踞旧峰峦。请缨已见同仇奋，囊矢终期奏凯还。宵梦好，应开颜。中原狐鼠尽除蠋。元戎号令看宗泽，飞将旌旗识曲端。

剑 头 词

（1942—1944 年）

一九四二年

酹江月 九月二十四日为旧中秋节，羽仪、佛西、雁冰诸子
　　　　邀集牯牛岭步月，旋泛舟江上，归成此解

年年今夜，问姮娥何事，敞开宫阙？俊侣招邀成胜会，惜少瑶尊浮白。筇杖登山，兰桡嬉水，共此团栾月。相思江上，生憎镜里华发。

无那东望秦淮，北瞻辽水，顾影成凄咽。名士新亭余涕泪，惭愧刘鞭祖楫。乌鹊南飞，旌旄西驻，待补金瓯缺。琼楼玉宇，人间天上愁绝。

浣溪纱 十月二十八日偕佩宜、无垢、光辽、宝珣、
　　　　雁冰、德沚、佛西、仲寅、琴可、绮雯、小涵、克夫
　　　　泛舟游阳朔，翌日乘汽车返，记事得两阕

胜侣招邀泛夜艭。乱山重叠水奔泷。橹声摇梦过漓江。并枕联茵人似鲫，疏星缺月野无厐。几家鸳侣总成双。

美酒葡萄比血浓。樽前倦眼剧惺忪。峭寒江上五更风。篷背去看山曲曲，车尘归惜路匆匆。蹉跎未上碧莲峰。

浣溪纱 见芙蓉一枝，忽有所感，漫拈是解。

绝代名花字拒霜。秋江冷艳断人肠。龙蟠虎踞奈沧桑。

剑底模糊苌叔血，灯前妩媚丽华妆。人间天上太凄凉。

一九四三年

浣溪纱 二月十九日为旧元宵节，佛西属题羽
　　　　 仪所绘《守岁图》，次寿昌韵

漫拟灵均赋卜居。穷冬风雪是三余。阴符惭愧旧兵书。

烛影生憎悭翠袖，狸眠还与颤黄须。春雷爆竹可相如。

满江红 题瘦石绘《延平王海师大举规复留都图》，
　　　　 用岳忠武韵。 四月一日作

三百年来，溯遗恨，到今未歇。真国士，延平赐姓，鏖兵战烈。组练晨翻南澳水，艨艟夜酹秦淮月。奈棋差一子局全输，攻心切。

甘辉耻，未湔雪。苍水计，成灰灭。愤丑夷狡狯，长围溃缺。龙驭难归滇缅僻，鲸波还喋台澎血。看白虹贯日画图中，排云阙。

八声甘州 追悼亡友林庚白先烈，次李任潮将军
　　　　　 韵，依吾家耆卿体，六月八日作

溯髫龄，篝火倡亡秦。陈吴漫同论。恁鲁连未老，围城玉貌，蠖屈悭伸。黯淡白龙鱼服，空遣热肠殷。黄鸟歼良痛，谁赎斯人。

未了三生幽怨，怅顾荣挥扇，蛾贼难奔。岂桓魋石椁，马革裹埃尘。待他年，鹤归华表，傍宋台，勒石表成仁。遗书在，壮山河气，不死精神。

金缕曲 六月三十日，送季宁复偕其表姊郑苏橐女士入滇

又送君行矣。莽天涯，相逢几度，离愁奚似。厚重虚怀当世少，岂但画师而已。待料理，名山心事。何况佰年文献旧，算慈湖还是吾乡

里。漂泊恨，有如此。

羡君中表才清丽。定行程，锦囊收拾，黔云滇树。我亦杜陵兄妹好，不愧离骚名士。最爱汝，传神卷子。骏梦美人留粉本，絮心期莫负蛾眉意。息壤在，誓江水。

浣溪纱　七月四日作

篱畔蕉花艳几丛。青山排闼入帘栊。盘飧款我感心胸。只惜蝇营憎客意，更怜雷动勒归踪。伤心负尽荔枝红。

冒雨冲泥入市来。过江名士苦追陪。愆期未忍怨蛾眉。空对彩笺笼壁句，何曾醇酒醉霞杯。归途肠共毂轮回。

齐天乐　七月二十一日为北丽女弟二十八岁初度，填此奉祝

寿君初度应觞我，高楼绮筵还肯。龙女风神，天仙智慧，影事沧桑休问。春韶鼎盛。算不是人间，等闲脂粉。撄月拿云，平生奇侠待重整。

南荒憔悴萍梗！丽狮岩畔路，无限幽恨。血面朝天，虬髯横海，难遣老夫心病。营巢倘稳。涤瘴雨蛮烟，好凭酒阵。惭愧填词，江淹才已尽！

一九四四年

齐天乐　七月二十一日为北丽二十九岁初度，余客临贺之八步，北丽乃在昭州，相去百余里，不获一醉，词以遥寄

匆匆初度成今日，重逢异方那肯。脱手骊珠，填胸龙剑，绝塞天高难问。栖皇正盛。怅泊凤漂鸾，腻脂融粉。咫尺昭州，阴符丸蜡未堪整。

华年心绪残梗。石头城下梦，苍凉绮恨。万里投荒，三生结契，未疗钗愁鬓病。旅怀渐稳。又鼙鼓湘江，烽烟倭阵。珍重春韶，风云缘岂尽。

浣溪纱 八月十五日女弟子王浣霞招饮八步之沧海楼有作，时余病脑，废诗已半月矣

忍遣蛾眉有怨辞。枉抛心力费猜疑。哦诗才尽剩填词。

月落休教牛女替，酒悲倘许信陵知。漫漫长夜夜何其。

巴　山　集

（1945年）

齐天乐　六月十四日余在渝州之津南村，北丽来访，言将有滇池之行，赋此为别

相思江畔轻分手，桑田命留还肯。恼乱柔肠，零星影事，绝艳惊才休问。兴亡衰盛。看西北关河，东南金粉。几度匆匆，巴山心绪奈慵整。萍踪土偶桃梗！送君滇海去，多少离恨。鹏翼摩天，鸿泥印爪，好慰无端愁病。眠餐安稳。许他日重逢，名场酒阵。蜡炬蚕丝，缠绵浑未尽！

合欢花底长生祝，行程欲淹宁肯。去岁昭州，前年桂岭，襟上酒痕慵问。年华正盛。有剑底风云，镜中脂粉。三十平头，名山绝业倘堪整。漂零漫怨萍梗！翠湖飞去好，未应有恨。壮士戈挥，美人虹起，不信工愁善病。月圆花稳。倘奏凯东归，铙歌破阵。国士金闺，相怜情岂尽。

鹧鸪天　次韵和北丽

咳唾珠玑谢好风，微波欲托转朦胧。天涯芳草无情碧，墙角榴花着意红。

银蜡烬，玉犀通，伯劳飞燕怅西东。鲲鹏变化畴能测，未必重逢便梦中。

浣溪纱　贺高谪生、曾敏书结婚，七月一日作

一纸音书喜欲狂。高郎今遣伴曾娘。鸳鸯翡翠自成行。

香岛年时思纵酒，巴山此日赋催妆。画眉双管尽堂皇。

满江红　借李树青韵，十月十日作

慷慨悲歌，何处问，门前双戟。畴肯信，温郎第二，王敦第一。如海人才皆令仆，五侯七贵三千石。看谐臣媚子坏家居，真堪惜。

楚弓失，楚人得。秦鹿走，秦人觅。要补天填海，誓追曩昔。推枕裴伦名已噪，登坛韩信人谁识。更巍巍铜像耸云霄，千腰折。

沁园春　次韵和毛润之初到陕北看大雪之作，不能尽如原意也

廿载重逢，一阕新词，意共云飘。叹青梅酒滞，余怀惘惘；黄河流浊，举世滔滔。邻笛山阳，伯仁由我，拔剑难平块垒高。伤心甚，哭无双国士，绝代妖娆。

才华信美多娇。看千古词人共折腰。算黄州太守，犹输气概；稼轩居士，只解牢骚。更笑胡儿，纳兰容若，艳想秾情着意雕。君与我，要上天下地，把握今朝。

浣溪纱　贺孝感毛振华、黄陂张冠珍结婚，十月二十八日作

孝感黄陂结合良。张娘今夕嫁毛郎。算珠倘胜左轮枪。冠珍毕业于立信会计专科学校，振华则抗战军兴时曾投笔从戎。

囊底金锥先脱颖，帐前红拂尚催妆，好教平视一端详！

中共同盟主席双。良缘恰好缔双江。迢遥华胄尽堂皇。中共主席毛润之，同盟主席张表方与新郎新娘姓氏恰合。

天遣老夫来作合，余任证婚。地图酒阵俨成行。于飞五世祝其昌。

沁园春　再用飘字韵为易君左赋，小儿无礼固当迭叱也，十二月七日作

大好神州，国父云亡，道统蓬飘。痛惠阳不禄，天乎愦愦；湘江崛起，誓挽滔滔。谁是黄巢，谁为白起，青史他年月旦高。支离甚，笑龙阳余孽，九尾妖娆。

美新词笔徒娇。向楚国章华学细腰。记怀宁按拍，曾传十错；子云投阁，空反离骚。谣诼蛾眉，评量蟓首，花面丫头任饰雕。谁怜惜，只赭衣傅粉，坐待明朝。

沁园春　三用飘字韵以斥妄人之为李世民、赵匡胤张目者

邈矣嬴州，仙李花淫，夹马旗飘。叹巢妃侍寝，丑声藉藉；燕山不复，祸水滔滔。一代人皇，千秋民贼，褒贬休嫌史笔高。君知否？听唐龟宋涕，谚语姣娆。唐乌龟，宋鼻涕，吾乡谚语也。崇拜帝皇者，可以休矣。

词场我岂妖娇。从不向王门折舞腰。要巴人下里，代言氓庶；引商刻羽，踵武风骚。牧野鹰扬，维师尚父，忍见殷辛朝涉雕。指昆明"一二·一"大屠杀案。怜鼠辈，似蜉蝣撼树，那有明朝。

北 长 集
（1950年）

浣溪纱　十月三日之夕于怀仁堂观西南各民族文工团、新疆文工团、吉林省延边文工团、内蒙文工团联合演出歌舞晚会，毛主席命填是阕，用纪大团结之盛况云尔！

火树银花不夜天。弟兄姊妹舞翩跹。歌声唱彻月儿圆。新疆哈萨克族民间歌舞有"圆月"一歌云。

不是一人能领导，那容百族共骈阗？良宵盛会喜空前！

浣溪纱　中央戏剧学院舞蹈团演出《和平鸽》舞剧，欧阳予倩编剧，戴爱莲女士导演兼饰主角，四夕五夕，连续在怀仁堂奏技。再成短调，欣赏赞美之不尽矣！

白鸽连翩奋舞前。工农大众力无边。推翻原子更金圆。
战贩集团仇美帝，和平堡垒拥苏联。天安门上万红妍。

浣溪纱　叠韵呈毛主席

落魄书生戴二天。每吟佳句舞翩跹。愿花长好月长圆。
平等自由成合作，匈奴南诏更于阗。骅骝开道着鞭前。

浣溪纱　题赵少华女弟画，十二月四日

革命功成别一天。秧歌队队舞翩跹。歌声响彻鼓腰圆。翠袖红衫都美好，裹头蜷发共骈阗。画师背景喜空前！

浣溪纱　次韵和云渠兼以志别，十二月十日

又是残冬送别天。门前狂柳不翩跹。一家眷属喜团圆。万里壮游年尚少，羡君曾到古于阗。而今鸥梦溯从前。

相见匆匆漫怨天。荆天舞戚尚翩跹。老夫心事那能圆。且喜婿乡寻绮迹，渝州士女或骈阗。识荆说项两空前。时将为作介于张曙时，但怒刚二老云。